HEYNE <

GEORGE A. ROMERO
DANIEL KRAUS

THE LIVING DEAD

SIE KEHREN ZURÜCK

Aus dem Englischen von
Julian Haefs

WILHELM HEYNE VERLAG
MÜNCHEN

Titel der Originalausgabe:
THE LIVING DEAD

MIX
Papier aus verantwortungsvollen Quellen
FSC® C014496

Penguin Random House Verlagsgruppe FSC® N001967

Deutsche Erstausgabe 09/2021

Printed in Germany
Umschlaggestaltung: DAS ILLUSTRAT, München,
unter Verwendung von Motiven von Shutterstock.com
(Nataliia K, Milan M)
Satz: Schaber Datentechnik, Austria
Druck und Bindung: GGP Media GmbH, Pößneck

ISBN 978-3-453-32066-6

www.heyne.de

Für George.

Ich hatte nie Gelegenheit, Dir zu danken.

– DK

Ach, nun hat der Geier die Taube gefressen, der Wolf das Lamm gerissen, der Löwe den scharfhörnigen Büffel verschlungen, der Mann den Löwen mit dem Pfeil erlegt, mit Schwert und mit Schießpulver; der Horla aber wird aus dem Mann machen, was der Mann aus dem Pferd und dem Rind gemacht hat: sein Eigen, seinen Diener und seine Nahrung, durch die schiere Kraft seines Willens. Wehe uns!

– Guy de Maupassant, *Der Horla*

Und stirbt auch die Nacht / Möge der Tag fortdauern!

– *Hoffmanns Erzählungen*

ERSTER AKT

DIE GEBURT DES TODES

2 Wochen

JOHN DOE

SPRICH MICH BITE FREI, WENN DU KANST

In den ersten Monaten des einundzwanzigsten Jahrhunderts, noch vor den Terroranschlägen des 11. September, erhielten alle Alten- und Pflegeheime, alle Krankenhäuser und alle Polizeiwachen der Vereinigten Staaten – bis auf jene ländlichen Außenposten, die so unwichtig waren, dass sie nicht einmal über Computer verfügten – die Anordnung, Teil des Netzwerks zur »Erfassung wichtiger statistischer Daten«, kurz EWSD, zu werden. Dieses Cybersystem lud sämtliche eingespeisten Daten in Echtzeit auf die Server einer Abteilung des statistischen Bundesamtes namens »Amerikanisches Modell für Datenherkunft und Bemaßungen« oder kurz AMDB, von denen, die sich in jenen Tagen noch schwarzen Humor leisten konnten, oft scherzhaft als »Apokalyptische Menschendatenbank« bezeichnet. Ob Geburt oder Tod, jedes Ereignis wurde von einer Ärztin, einem Assistenzarzt oder einer Krankenschwester eingetragen und mit einem Klick auf den entsprechenden Link ins EWSD hochgeladen.

In der Nacht, als John Doe starb, wurde sein EWSD-Eintrag mit der Nummer 129-46-9875 vom System doppelt registriert. John Doe war der Name, den man einem Toten gab, den man nicht identifizieren konnte. Es war der 23. Oktober. Zum ersten Mal wurde sie im katholischen Erzengel-Sankt-Michael-Krankenhaus in San Diego, Kalifornien, eingegeben, ein ganz gewöhnlicher Vorgang. Der zweite Eintrag, der den Vorfall überhaupt erst bemerkenswert machte, folgte dreieinhalb Stunden später aus dem Büro des Gerichtsmediziners von San Diego County. Er ging um 22:36 Uhr im Zentralrechner des EWSD ein, blieb aber weitere achtundvierzig Stunden unbemerkt, bis eine stille, unnahbare

EWSD-Statistikerin namens Etta Hoffmann auf der Suche nach Unregelmäßigkeiten in den jüngeren Datensätzen darüber stolperte.

Hoffmann druckte den ganzen Eintrag aus. Vielleicht hatte sie eine dunkle Vorahnung bezüglich der Verlässlichkeit der Systeme, von denen die Menschheit inzwischen abhängig war.

Unabhängig von Ausgangsprogramm, Schriftart und -größe des ursprünglichen Eintrags wurden alle eingehenden Daten vom EWSD-System in ein eigenes Standardformat umgewandelt. John Does Eintrag wurde vom Drucker in einer Schriftart namens »Vereinfachte Arabesque« ausgespuckt. Jahre nach dem Start des EWSD hatte es im Senat eine hitzige Debatte zur Frage gegeben, ob es für eine Bundesbehörde angemessen sei, eine so »arabisch« klingende Schriftart zu benutzen. Die demokratische Mehrheit bezwang die republikanische Minderheit, die sich für »Franklin Gothic« eingesetzt hatte. Nach diesem großen Sieg gab man sich bei den Demokraten ausgiebig befriedigtem Zuzwinkern und jovialem Rückenklopfen hin.

Niemand, der die Wochen nach John Doe überlebte, erinnerte sich noch an diese kleinliche Schlammschlacht. Sie war nur eine von Abermillionen Streitereien gewesen, die das Land seit Generationen entzweiten. In den dunklen Tagen, die folgen sollten, gab es immerhin einige wenige Kongressabgeordnete, die sich fragten, ob sie nicht, hätten sie nur genauer hingehört, vielleicht rechtzeitig bemerkt hätten, dass die Sehnen der USA wie gespannte Klaviersaiten gerissen waren, und eventuell in der Lage gewesen wären, die Wunden zu heilen, bevor das ganze Gemeinwesen auseinandergerissen wurde.

In den drei Tagen nach John Does Tod gingen Tausende Datensätze ein, die Ähnlichkeiten mit dem Fall Nummer 129-46-9875 aufwiesen. Etta Hoffmann entdeckte John Does Eintrag, als sie versuchte, den Ausgangspunkt des Phänomens zu finden. Da die ursprünglichen Programmierer diese Funktion nicht für notwendig gehalten hatten, war das EWSD nicht nach Datum und Uhrzeit sortiert. Hoffmann und ihre Kollegen mussten das System manuell durchsuchen, und erst später, als sie ihre Funde, die sie in einem Ordner namens »Ursprung« gesammelt hatten, miteinander verglichen, legte der Zeitstempel in John Does Eintrag nahe, dass dieser Fall der erste seiner Art gewesen war. Bis zum Ende war sie sich dessen nicht hundertprozentig sicher, aber selbst Hoffmann musste irgendwann die Suche einstellen.

Es gab andere, dringendere Aufgaben.

Am Ende der dritten Nacht nach John Does Tod saßen in der Washingtoner EWSD-Zentrale nur noch zwei Männer und zwei Frauen, die klickten, sich Notizen machten und sortierten. Das Quartett hatte mehrere Schreibtische in der Mitte des Raums zusammengeschoben und arbeitete in überlappenden, nicht genau abgestimmten Schichten; und niemand von ihnen so unermüdlich und mit solch beneidenswerter Gemütsruhe wie Etta Hoffmann.

Hoffmann war schon immer die Exzentrikerin beim EWSD gewesen. Alle anderen Statistiker, die sich gezwungen sahen, mit ihr zusammenzuarbeiten, gingen davon aus, dass ihr Privatleben ganz wie ihr Arbeitsalltag hauptsächlich aus bleischweren Interaktionen und leeren Blicken bestand.

Anders als Hoffmann hatten die drei übrigen Verweilenden nachvollziehbare Gründe, um zu bleiben. John Campbells Leben war in den letzten Jahren sehr traumatisch verlaufen – ein Kindstod und eine seinerseits ungewollte Scheidung –, und er hatte schlicht niemanden, zu dem er sich hätte flüchten können. Terry McAllister hatte sich einst entschlossen, für die Regierung zu arbeiten, um ganz persönlich die Welt zu retten; er würde die Stellung halten. Elizabeth O'Toole hatte gelernt, ihren Ehemann vor allem in stressreichen Zeiten zu fürchten, und hoffte, durch diese Ereignisse womöglich von ihm loszukommen.

Außerdem waren Terry McAllister und Elizabeth O'Toole ineinander verliebt. Das hatte Etta Hoffmann schon einige Zeit vor Beginn dieser Krise bemerkt. Verstehen konnte sie es nicht. Beide waren mit anderen Leuten verheiratet. Das immerhin war eine Sache, die Hoffmann verstand. Beim Heiraten ging es um rechtlich verbindliche Dokumente, um Besitzteilung und gemeinsame Steuererklärungen. Liebe und Lust aber waren für Hoffmann immer schon unlogische Rätsel gewesen. Sie machten die Betroffenen unberechenbar. Daher war sie den beiden gegenüber misstrauisch und gab ihnen so viel Freiraum wie möglich.

Und warum blieb Etta Hoffmann? Die anderen konnten nur Vermutungen anstellen. Manch einer beim EWSD hielt sie aufgrund ihrer fehlenden Emotionen für dumm. Jene, denen bewusst war, welch gewaltiges Arbeitspensum sie erledigte, hielten sie für eine Autistin. Andere hielten sie schlicht für eine blöde Kuh, obwohl selbst diese geschlechtliche Zuordnung zweifelhaft schien. Abgesehen von ihrem Vornamen und der Toilettenwahl gab es kaum Belege dafür, wie sie sich selbst verortete. Ihre Gesichtszüge und Körperform ließen keinen eindeutigen Schluss zu, ebenso wenig ihre schlabbrige Unisex-Garderobe. Der Tratsch im Büro sortierte sie also irgendwo zwischen trans, intersex und nichtbinär ein.

Ein Zeitarbeiter hatte sie unter Einfluss seines Literaturstudiums einmal schlicht als »die Poetin« bezeichnet, weil sie ihn an Emily Dickinson erinnerte, da sie so blass und ernst in die Tiefen ihres Computermonitors starrte wie Dickinson aus ihrem abgeschiedenen Schlafzimmer in die Welt. Vielleicht fand Hoffmann in der Monotonie des Alltags dieselben weltbewegenden Nebensächlichkeiten wie Dickinson.

Dieser Spitzname erklärte Hoffmanns Distanziertheit und Reserviertheit. So etwas war schließlich das Privileg der Poetin! Wer wollte auch den Geist der Poetin begreifen? Es war ein Spaß für das ganze Büro. So wurde der androgynen Mitarbeiterin in Jogginghose ein dramatisch romantischer Unterbau angedichtet, während sie freudlos Daten in die Tastatur hämmerte, Wasser auf Zimmertemperatur trank und uninspirierte Sandwiches verzehrte, die in der wohl nichtssagendsten Küche von ganz D.C. zusammengeschustert worden waren.

In den drei Tagen nach John Doe bewies die Poetin, dass sie die Beste von ihnen war. Ihre Miene blieb unbewegt, während andere zusammenbrachen, ihr Blick scharf und ihre Finger flink, als anderen schon die Lider zufielen und die Hände vor Erschöpfung zitterten. Hoffmann, die uninspirierendste Person, die man sich nur vorstellen konnte, inspirierte die übrigen drei Verbliebenen. Sie spritzten sich kaltes Wasser in die Gesichter und klatschten sich auf die Wangen. Von billigem Kaffee und Adrenalin angetrieben, verzeichneten sie die Ereignisse, auf dass zukünftige Generationen Beweise für die großartige, komplizierte, mangelhafte-aber-doch-manchmal-wunderbare Welt finden würden, die vor dem Untergang bestanden hatte.

Achtundvierzig Stunden später, fünf Tage nach Eingang von John Does Dokument Nummer 129-46-9875, waren sich John Campbell, Terry McAllister und Elizabeth O'Toole einig, dass sie alles Menschenmögliche getan hatten. Obwohl die EWSD-Zentrale dank des Notaggregats weiterhin mit Strom versorgt wurde, befand sich das Netzwerk selbst bereits im Zusammenbruch. Die wenigen Berichte, die noch eingingen, waren kaum mehr als unerfüllbare Hilfeschreie. John Campbell schaltete seinen Rechner aus – der schwarze Bildschirm erinnerte ihn an das tote Kind und die verlorene Frau –, fuhr nach Hause und tötete sich durch einen Kopfschuss. Elizabeth O'Toole fing an, wie besessen Liegestütze und Sit-ups zu machen, um sich auf eine ungewisse Zukunft vorzubereiten. Terry McAllister, dessen heldenhafte Träume verblasst waren, nahm einen letzten Eintrag in seinem Arbeitsprotokoll vor, der von den üblichen Fakten und Zahlen abwich und, sollte ihn jemals jemand lesen, eine gewisse Prise Galgenhumor verströmen würde: »Fröhliches Halloween.«

Es blieben noch drei Tage bis zu diesem gruseligen Festtag, drei Wochen bis Thanksgiving, zwei Monate bis Weihnachten. Millionen Süßigkeiten würden, statt an umherziehende Kinder verteilt zu werden, die Notrationen für jene darstellen, die sich nicht mehr aus dem Haus trauten. Wer bereits einen Truthahn zum Erntedankfest organisiert hatte, würde ihn sorgfältig hüten, statt seine Liebsten einzuladen, um ihn mit ihnen zu teilen. Tausende Flugtickets, gekauft, um die Verwandten über Weihnachten zu besuchen, würden in Posteingängen versauern.

Anders als John Campbell ließen Terry McAllister und Elizabeth O'Toole ihre Computer eingeschaltet; das überhitzte Surren klang für sie wie Atmen, wenngleich es an das angestrengte Keuchen von Beatmungsgeräten in Hospizbetten erinnerte. Ehe sie sich zu Terry McAllisters Wohnung in Georgetown aufmachten, fragte Elizabeth O'Toole Etta Hoffmann, ob sie mit ihnen kommen wolle. Terry McAllister hatte Elizabeth O'Toole zwar gesagt, sie könne sich die Mühe sparen, aber Elizabeth O'Toole wollte ihre Kollegin nicht im Stich lassen. Terry McAllister behielt recht. Hoffmann starrte ihre Kollegin an, als spräche sie vietnamesisch. Auch bei dieser letzten Interaktion zeigte die Poetin nicht mehr Gefühle, als wenn man ihr bei einer Geburtstagsfeier im Büro ein Stück Kuchen reichte.

Während sich Terry McAllister und Elizabeth O'Toole zum Aufbruch fertig machten, hörten sie das stumpfe *Klack, klack, klack* von Hoffmanns roboterhaftem Tippen. Elizabeth O'Toole fühlte sich durch Hoffmanns leblose, verbissene Arbeitsmoral an die massenhaft eingetroffenen Berichte über leblose, verbissene Angreifer erinnert. Vielleicht hatte Hoffmann bereits so viel mit Denen gemeinsam, dass sie die perfekte Wahl war, um die Bedrohung zu verstehen, zu verarbeiten und zu bekämpfen. Bereits in diesen frühen Tagen hatte sich *Die* und *Deren* als Bezeichnung etabliert.

Am siebten Tag saß Elizabeth O'Toole in Terry McAllisters Wohnung und schrieb auf ihrem Handy, das sich tapfer an einen letzten Signalbalken klammerte, ihrem Cousin, einem Priester in Indianapolis, eine Nachricht. Sie wollte ihre Sünden beichten. Sie fügte hinzu, dass sie zusammen mit ihrem Liebhaber, der nicht ihr Ehemann sei, versuchen wolle, Washington zu verlassen. Da sie nur wenig Lebenszeit und Akkuladung zu entbehren hatte, wimmelte der Text von Rechtschreibfehlern. Als ihr Telefon den Geist aufgab, schaute sie gerade nicht hin, würde also nie erfahren, ob die Beichte abgeschickt worden war oder nur als eine weitere der unzähligen Stimmen in den Chor des ungehörten Winselns am Ende der Welt einging. Als sie und Terry McAllister mit dem schlichten Plan, seiner Eingebung zu folgen und sich »irgendwie Richtung Norden« durchzuschlagen, aus der blutverschmierten Lobby des Mietshauses auf den von Schießpulver rußbefleckten Bürgersteig traten, sah Elizabeth O'Toole die Worte ihrer letzten Nachricht überall – wie Aasvögel, die den Novemberhimmel durchlöcherten.

Wir sehn uns wahrschienlich nie mer wider, also sprich mich bite frei, wenn du kanst, da, wo du jeztbisst, wen dass legal ist. Ich hab vesuht, ein Bussgebet zu sprechen, aber ich kan mich nicht mer an die Worte erinnnen, und is dass nicht das erschrekenste von Allem, das ich schonn kaum noch etwas weiss von diser Welt, als ob das Ales nie passsirt ist? Als ob unsr ganzzes Leben nur ein Traum war?

GRAUE MASSE

Luis Acocella schubste gerade weiße Bohnen durch seine galizische Gemüsesuppe, als die Frontscheibe von Fabi's Spanish Palace barst. Als Assistent des Gerichtsmediziners von San Diego war Luis mit allen Arten von Verletzungen durch Glas vertraut. Er kannte die fleischig aufgerauten Pocken, die das Sicherheitsglas von Windschutzscheiben auf Wangen hinterließ, er kannte die abschreckend schwanenhafte Schönheit eines von einer Spiegelscherbe in selbstmörderischer Absicht aufgeschlitzten Handgelenks. Die Frontscheibe von Fabi's mit ihrem Taifun aus durchsichtigen Lanzetten, die im Licht der billigen Kronleuchter funkelten, ehe sie sich wie ein Hornissenschwarm auf ihn stürzten, versprach eher Letzteres.

Bei jeder anderen Mahlzeit an jedem anderen Ort hätte Luis kaum etwas von seiner Umgebung mitbekommen, weil er beim Essen meist durch Facebook, Instagram, Twitter, YouTube, Snapchat oder Reddit scrollte. Aber galizische Gemüsesuppe war zu kompliziert, sodass er sein Telefon daher ausnahmsweise in der Tasche behielt. Zunächst entfachte die Abwesenheit des kleinen Bildschirms fast so etwas wie Panik in ihm. Sein Blick flackerte immer wieder zu der Stelle auf der Tischplatte, die das Handy normalerweise eingenommen hätte, und seine Finger zuckten. Aber nach fünf Minuten hatte er sich gesammelt und empfand das Fehlen sensorischen Inputs beinahe als faszinierend. Die Mariachi-Musik aus der Konserve hatte geendet, die Bedienung war noch nicht dazu gekommen, etwas Neues aufzulegen, und im Kielwasser des Lärms machten sich die Geräusche des echten Lebens bemerkbar: schlurfende Füße, Seufzen, Gelächter, Atmen.

Wenn er allein war, saß Luis gerne in Nähe der Küche. Er genoss es, zum beruhigenden Zischen der Küchengeräusche zu scrollen, zu liken, zu kommentieren und zu posten. Wann immer er eine knappe Bemerkung auf Spanisch machte, schien das muttersprachlich spanische Personal zu neuen Menschen zu werden. Die Kellnerin entspannte Nacken und Hüften, die Köche strahlten ihn aus der Küche an, sodass er dachte *Aha, jetzt krieg ich das gute Zeug*. Das alles wärmte sein Herz ebenso wie die irdene Schüssel voll galizischer Gemüsesuppe. Sprache brachte Menschen zusammen. Er fragte sich, ob sein geliebtes Handy am Ende gar kontraproduktiv sein könnte.

Aus all diesen Gründen saß Luis zu weit von der Frontscheibe entfernt, um von der Glasexplosion verletzt zu werden. Trotzdem schlug er die Hände vors Gesicht und ließ sich vom Stuhl fallen. Seine Instinkte hatten ganze Arbeit geleistet – zeitgleich mit dem dröhnenden Splittern ertönte das inbrünstige Bellen eines Schusses.

Es war gerade 17:54 Uhr, noch früh für Fabi's an einem Donnerstag, und die wenigen anderen Gäste wurden von den hohen Rücklehnen der Sitzecken abgeschirmt. Niemand wurde verletzt. Das wusste Luis sofort. Er lebte aber lange genug in San Diego und hatte schon mehr als genug Projektile aus Körpern geholt, um zu wissen, dass ein Schuss nur selten allein kam.

Er hockte unter seinem Tisch, starrte die Zuckertütchen an, die das wackeligste Bein stützten, und hörte eine ganze Salve an Schüssen, gefolgt vom Schrei eines Mannes. Eine kurze Pause, dann antwortete das knallfroschartige Feuer der Polizisten draußen – es waren zu viele Schüsse, um noch mitzuzählen. Er hörte ein feuchtes Knirschen – den verchromten Knall eines Autos, das ein anderes rammte. Dann nichts mehr.

Luis blieb bei seinen Zuckertütchen. Er wusste nicht, wie lange. Zeit fließt anders, wenn man in Lebensgefahr schwebt; die Sekunden waren wie kleine Messerschnitte in seinem Fleisch.

Irgendwann sprang er auf und rannte zur Tür. Die Glassplitter knirschten unter seinen Sohlen, als er in den kühlvioletten kalifornischen Sonnenuntergang hinaustrat. Er schloss sein Auto auf und zog den Verbandskasten hervor. Er hatte einen Mann schreien gehört, vielleicht war er noch am Leben. Luis rannte an einer Reihe parkender Autos vorbei, bis er den Mission Bay Drive erreichte und die altbekannte Szenerie nach einem Schusswechsel vor sich sah. Verbranntes Plastik auf Asphalt, im Schein der Polizeilichter rot und blau wabernde Abgase, ein plötzlicher Verkehrskollaps unter den von all der Gewalt völlig unbeeindruckten Ampeln.

Vielleicht lag es an seinem telefonfreien Essen, dass Luis sofort das völlige Ausbleiben einer Reaktion seitens der Passanten auffiel. Erst vor wenigen Minuten waren hier Schüsse gefallen. Mindestens ein Auto war getroffen worden. Trotzdem hingen die meisten Leute an ihren Geräten. Offenbar bevorzugten sie die Informationssalven, die sie mit ihren Daumen bändigen konnten. Manche machten Schnappschüsse von den übertrieben vielen Streifenwagen, einige nutzten sie gar als Hintergrund für Selfies. Sie würden all diese Bilder sofort hochladen, wie auch Luis schon so viele hochgeladen hatte – Lebenszeichen in untertitelten Kästchen.

Er trat auf die Straße und sah das Fahrzeug des mutmaßlichen Täters, einen alten Kastenwagen mit mexikanischem Nummernschild, der sich mit dem vorderen Kotflügel in einen Kombi gebohrt hatte. Die Beifahrertür des Kastenwagens stand sperrangelweit offen, ein Mann saß zusammengesunken auf der Sitzkante. Luis sah sofort, dass er tot war. Der Schaft einer rostigen Uzi klebte an der blutgeschwärzten Brust, aber der Leichnam klammerte sich an das Magazin, als wollte er die Verhaltensmuster noch nicht loslassen, die ihn als Lebenden umgetrieben hatten.

Die Passanten hatten ihre Apparate, der Schütze seine Uzi. Luis fragte sich, warum heute Abend beide Geräte so ähnlich aussahen.

Im Führerhaus des Kastenwagens bewegte sich etwas, aber die Streifenpolizisten hatten den Kleinlaster umstellt. Überall lugten Pistolenläufe hinter den SDPD-Wagen hervor. Luis wandte sich ab und hielt nach Leuten Ausschau, die nicht auf ihr Handy starrten. Die Sirenen der Krankenwagen waren schon näher gekommen, als er endlich jemanden entdeckte. Luis trabte in den Schatten der Straßenüberführung, wo ein Mann im nassdreckigen Glitzern zwischen Snacktüten und zerbrochenen Flaschen lag.

Der Mann war Mitte sechzig. Der säuerliche Geruch seiner feuchten Klamotten ließ vermuten, dass er obdachlos war, auch wenn Luis den Eindruck hatte, er lebe noch nicht allzu lange auf der Straße. Schultern und Nacken hatten noch Muskeln, die langjährig Bedürftige nur selten vorweisen konnten. Die Lippen unter dem Stoppelbart verbargen eindeutig ein vollzähliges Gebiss. Selbst die verwilderten Haare erinnerten noch ungefähr an eine Frisur. Noch eindeutiger war allerdings die beschmutzte Kleidung des Mannes: Maßanzug, Lederschuhe und ein feines Hemd, das an einer Seite sogar noch einen Manschettenknopf aufwies. Dieser Mann, dachte Luis, musste einmal reich gewesen sein. Er hatte alles gehabt, was Amerika zu bieten hatte.

Luis fühlte nichts von der Ruhe, die sonst mit seiner Laborarbeit einherging, als er den Verbandskasten abstellte, das Handgelenk des Mannes ergriff und vorsichtig die Glieder bewegte, um sich ein Bild von der Lage zu machen. Er sah vier Einschusslöcher, alle in der rechten Körperhälfte. Eins oben im Oberschenkel, eins im oberen Teil des Rumpfs, eins in der Schulter und eins im Hals. Er schob den Kragen beiseite und drückte seine Finger in das glitschige Blut, um nach einem Puls zu suchen. Die Temperatur der Haut verriet ihm bereits, dass es zu spät sein könnte. Er schaute auf die Uhr. 18:07 Uhr. Der Körpertemperatur nach musste der Mann vor wenigen Minuten gestorben sein. Müsste er jetzt die üblichen Dokumente ausfüllen, würde er die geschätzte Sterbezeit mit 18:05 Uhr angeben.

Fuck – nun bedauerte er die wenigen Minuten, die er unter seinem Tisch gekauert hatte.

Hinter ihm tauchte ein Kriminalbeamter auf, der sich schroff als Detective Walker vorstellte. Er hatte das glatte sandfarbene Haar eines Märchenprinzen und schien genauso wenig hier sein zu wollen wie die Passanten und Autofahrer ringsum. Er bellte einen Untergebenen an, alles mit Absperrband zu sichern, erfragte

Luis' Namen und Fachkompetenz, riss ein Formular von seinem Klemmbrett ab und hielt es ihm hin.

»Erklären Sie ihn für tot«, sagte Walker. »Er gehört zu meinem Tatort.«

Luis starrte das weiße Papier an und spürte kalte Wut im Bauch. In ein paar Stunden würde dieser Tote nur noch eine einzeilige Nachricht sein, an der die Leute ohne einen Hauch von Emotion vorbeiscrollten.

Er hob seine blutigen Hände. »Noch nicht.«

Detective Walker streckte den Arm aus. »Sehen Sie das da drüben? Ich hab drei Krankenwagen, die versuchen, sich einen Weg durch dieses Chaos zu bahnen. Bis die hier sind, ist der Kerl eiskalt. Wenn Sie ihn jetzt ins Krankenhaus verfrachten lassen, kostet mich das eine ganze Nacht. Und dann kriege ich Kopfschmerzen, Amigo. Lassen Sie ihn hier liegen, da kann er sich wenigstens noch ein bisschen nützlich machen, ja?«

»Das sind nicht notwendigerweise tödliche Treffer«, sagte Luis. »Wenn wir ihn rechtzeitig ins Krankenhaus bringen, können wir ihn vielleicht noch wiederbeleben …«

»Verstehen Sie Englisch? Hier staut sich alles, hab ich gesagt. Jedes Auto, das Sie da sehen, ist voller Leute, die nach Hause wollen, um sich vor den Fernseher zu hängen. Also helfen Sie mir. Das ist doch auch in Ihrem Interesse, oder? Es war schließlich einer von euch, der ihn umgelegt hat.«

Luis drehte sich um. Seine Sohlen machten ein matschiges Geräusch in der Blutlache.

»Einer von uns?«

Detective Walker schien es mit seinen Vorurteilen genauso unverblümt zu halten wie mit seiner Arbeitsweise.

»Da können Sie einen drauf lassen, Amigo. Gangmitglieder aus Mexicali waren das. Wir verlassen uns darauf, dass Sie das später noch beweisen. Also wischen Sie sich die Kirschmarmelade ab und füllen Sie das verfickte Formular aus.«

Der Knoten in Luis' Magen verhärtete sich. »Was soll das heißen, Sie verlassen sich auf mich?«

Der Kriminalbeamte baute sich über ihm auf. Seine Gesichtszüge waren grob, wie mit dem Daumen aus Teig geformt. Der gestärkte Kragen schnitt so tief in den Nackenspeck, dass er ihn fast zu enthaupten drohte. In den Mundwinkeln bildeten sich Speichelbläschen.

»Wenn wir diesen schmierigen Gangstern eine Mordanklage anhängen können, ist der Fall so gut wie erledigt.«

»Wollen Sie damit sagen, Sie *wollen*, dass der Mann hier stirbt? Weil es Ihrem Fall helfen würde?«

Detective Walker zuckte mit den Schultern. »Das hab ich nicht gesagt. Ich hab gar nichts gesagt. Kein Wort hab ich gesagt über irgendeinen wertlosen verfickten Penner, den kein Schwein vermisst.«

Allein mit seinem Verbandskasten würde Luis diesen Mann nicht retten können, der, von Schüssen durchsiebt, dalag. Zum Verstümmeln dieses beschissenen Polizisten würde sich der Inhalt aber ganz gut eignen, dachte er. Der Druckverband könnte als schönes Schleifchen seinen fetten Hals verschönern. Die Verbandschere wäre ein stylisches Accessoire in seiner Halsschlagader. Luis rang seinen Zorn nieder. Er hatte sich im Lauf seiner Karriere schon vieles gefallen lassen müssen. Er schaute nach links in die Frontscheinwerfer des nächsten Krankenwagens.

Jefferson Talbot, der Oberste Gerichtsmediziner von San Diego und Luis' Chef, war gerade auf einer Konferenz in Las Vegas. Ihm konnte er den Schwarzen Peter nicht zuschieben. Luis hatte den Fall wohl oder übel am Hals. Wenn er nicht alles richtig machte, drohten ihm von JT schlimmere Konsequenzen als von Detective Walker. Er stand auf und winkte mit dem Verbandskasten nach dem Krankenwagen, der noch einen Block entfernt war, in der Hoffnung, einer der Rettungssanitäter würde ihn sehen und herbeigelaufen kommen. Dann wandte er sich wieder Walker zu. Er gab sich keine Mühe, weder Abscheu noch Hoffnung zu verbergen.

»Ich glaube, dieser Mann kann noch gerettet werden, wenn wir jetzt den Arsch hochkriegen. Ich mache das auch ohne Sie. Aber es wäre leichter, wenn Sie mir helfen. Na los. Nehmen Sie seine

Beine. Bringen wir ihn rüber zum Krankenwagen. Sie und ich. Jetzt sofort. Also?«

Die ganze Menschheit war eine formlos graue Masse, diese schwer erträgliche Lektion hatte Luis im Zuge seiner Arbeit gelernt. Angeberische Arschgeigen retteten mit Erster Hilfe anderer Leute Leben, verachtenswerte Politiker zogen Kinder aus Autowracks, wegen Kinderpornografie vorbestrafte Ex-Knackis holten Menschen aus brennenden Häusern. Detective Walker war so einer – und tief im Innern nicht anders als Luis Acocella. Der Polizist stieß einen Schwall hässlicher Schimpfwörter aus, warf sein Klemmbrett beiseite und packte die dreckigen Fußgelenke des Obdachlosen. Gemeinsam eilten sie mit dem toten oder zumindest schwer verletzten Mann den Bürgersteig entlang, bis sie von zwei Rettungssanitätern abgefangen wurden, die gerade das Fahrgestell ihrer Bahre ausklappten.

Luis blieb danach nicht mehr lange. Weitere Krankenwagen trafen ein. Seine Arbeit hier war erledigt. Was nicht hieß, dass ihm nicht noch ein langer Abend bevorstand. Falls die Weißkittel im St. Mike's den Mann für tot erklärten, was wahrscheinlich der Fall sein würde, wartete in dieser Nacht noch eine forensische Untersuchung auf ihn. Aber er wollte verdammt sein, wenn ihn das von seinem geplanten Wochenendtrip zu seiner Familie in La Paz abhielt. Er würde die Autopsie also auf jeden Fall noch diese Nacht vornehmen. Er zückte sein Telefon und schickte Rosa eine Nachricht. Danach blieb ihm nichts anderes übrig, als zur Rechtsmedizin zu fahren und auf den Anruf zu warten. Falls Charlene Zeit hatte, würde er die Autopsie mit ihr durchführen, zur Not aber auch allein. Nur ein weiterer Körper zum Zerhacken, sagte er sich. Nur eine weitere Meldung ans EWSD. Nur ein weiterer John Doe.

HIER IST DER ORT

Die Plakette hing schon so lange in seinem Büro, dass Luis sie eigentlich längst nicht mehr hätte wahrnehmen sollen. Trotzdem wusste er nicht, wie oft schon eine andernfalls völlig nichtssagende Mittagspause, die er mit der Lektüre politischer Panikmache im Netz verbrachte, von der stoischen Anwesenheit dieser Plakette gestört worden war. Sie ging ihm richtig auf den Sack. Der Satz war kürzer als die meisten Social-Media-Updates, zog seine trockenen, an Kurznachrichten gewöhnten Augen aber immer wieder auf sich, weil er sich nicht einfach wegklicken ließ, sondern auf einem Schild stand, das fest in der Wand über der Tür verschraubt war.

HIC LOCUS EST UBI MORS GAUDET
SUCCURRERE VITAE

Kaum eine Tat als stellvertretender Chef der Gerichtsmedizin bedauerte er so sehr, wie etwa sechs Monate nach seinem Amtsantritt die Übersetzung schließlich gegoogelt zu haben. So hatte er sich selbst dazu verdammt, sich zwanghaft damit zu beschäftigen. Es war genau die Sorte von ouroborosartigem Zirkelschluss, die er schon an der Uni gehasst hatte. Ein solcher Satz wurde mit dem expliziten Ziel verfasst, den Leser in den Wahnsinn zu treiben.

HIER IST DER ORT, AN DEM DER TOD
DEM LEBEN MIT FREUDE HILFT

Auf einer grundsätzlichen Ebene verstand er das ja auch. Die Toten halfen den Lebenden, indem sie ihre Leiber für eine Autopsie zur Verfügung stellten. Genau da hätte er den Schlussstrich ziehen, die Plakette von der Wand reißen und in den Mülleimer stopfen sollen. Denn die Toten gaben ihre Körper ja nicht freiwillig her, oder? Man *nahm* sie sich. Luis kam nicht umhin, an andere Amerikaner zu denken, die man sich ebenfalls als »Hilfe« genommen hatte – Frauen als Gattinnen und Besitz, Afrikaner als Sklaven, Invalide und Behinderte als medizinisches Experimentiermaterial.

Die Vorstellung, dass der Tod sich »freute«, kam ihm da schon plausibler vor. Sie verlieh einem Gedanken Ausdruck, den Luis stets für sich behalten hatte. Wann immer er einer Leiche den Brustkorb öffnete, schienen die lebhaften Farben und Texturen im Innern geradezu *begeistert* zu sein, sich endlich zeigen zu dürfen. Das Konfetti der Sehnen, die von einer Knochensäge durchtrennt werden; die blendende Helligkeit frischen Blutes; das nasse Zwinkern des Hirns; die blühenden Chrysanthemen der Milchdrüsen; die verknoteten Ballontierchen der Herzkranzgefäße; das Designer-Ledertäschchen des Magens; das überraschende Gold der Bauchspeicheldrüse. Auf rationaler Ebene wusste er wohl, dass es sich bei alledem nicht um eine Party handelte, sondern um die ersten Anzeichen blühender Verderbnis.

Die letzten drei Worte der Plakette machten ihn am wütendsten. Es war eine durchaus bemerkenswerte Formulierung. Nicht »den Lebenden« – da lag die Messlatte sehr niedrig, selbst er als lethargischer Mittagspausen-Bildschirmscroller würde sich dazu zählen –, sondern »dem Leben«. Das war eine viel breitere Formulierung, die für ihn nach einer *Bejahung* der Existenz selbst klang. Luis fragte sich, ob er sich in seinem zu dunklen Leichenschauhaus im zu hellen San Diego überhaupt als Teil dieses »Lebens« sehen konnte. Die Plakette schien eine Art Gleichwertigkeit zwischen den Toten und den Lebenden zu suggerieren, eine wechselseitige Beziehung, die unter den richtigen Bedingungen fast zu Transzendenz führen konnte.

Luis war froh, als das Festnetztelefon auf seinem Schreibtisch klingelte. Die ständige Grübelei führte nirgendwohin. Er schloss seinen News-Feed (falls man dieses Potpourri aus Tier-GIFs, Twitter-Gemeinheiten, falscher Bescheidenheit beim Angeben über feines Abendessen und gesponserter Werbung wirklich als »Nachrichten« bezeichnen wollte), schaute auf die Uhr und nahm um exakt 20:22 Uhr den Hörer ans Ohr.

Es war gekommen wie erwartet. War man einmal mit dem Tod vertraut, hielt er nur noch wenige Überraschungen bereit. Das Erzengel-Sankt-Michael-Krankenhaus hatte John Doe um 19:18 Uhr für tot erklärt und den mutmaßlichen Sterbezeitpunkt mit 18:10 Uhr angegeben. Abgegeben hatte diese Erklärung, wie Luis nach ein paar Rückfragen erfuhr, ein Praktikant. Ein verdammter Praktikant. Erst trieb Detective Walker wie ein ungehobelter Türsteher John Doe in Richtung Grab, und dann überließ das Krankenhaus auch noch einem pickligen Idioten, der wohl dringend seinen Lebenslauf aufpolieren wollte, die endgültige Entscheidung. Wäre John Doe kein Obdachloser gewesen, wäre die Sache sicher anders gelaufen.

Immerhin würde Luis Acocella eine zweite Gelegenheit bekommen, John Doe mit Anstand zu behandeln. Seine Leiche war bereits unterwegs zu ihrem traurigen Wiedersehen. Luis begann sich tatsächlich darauf zu freuen. Er würde John Doe notfalls von Kopf bis Fuß auseinandernehmen, wenn er dadurch einen Hinweis entdeckte, dass die Schusswunden nicht tödlich gewesen waren und sein Ableben somit – zumindest teilweise – Detective Walkers Schuld war. Falls er damit Walkers Karriere beendete, gäbe es bei der SDPD immerhin einen Wichser weniger. Dann konnte Luis sich schon eher zum »Leben« zählen.

Er rief seine Laborassistentin Charlene Rutkowski an. Da sie ein normaler Mensch mit einem richtigen Privatleben war, ging sie nicht ran. Er schrieb ihr, dass er eine Leiche mit Schusswunden hatte, dass er die Autopsie noch diese Nacht vornehmen musste und sie absolut das Recht hatte, diese Nachricht zu ignorieren. Kurz zögerte er, dann fügte er einen letzten Satz hinzu. Er kannte Charlie gut genug, um zu wissen, sie würde alles stehen und liegen lassen, wenn er eine persönliche Sache daraus machte. Luis hasste es, eine solche Macht über eine Untergebene zu haben. Trotzdem wollte er den Kerl nicht alleine aufschneiden. Der Tag war schon nervenaufreibend genug gewesen. Immerhin war er beinahe erschossen worden, um Himmels willen.

St. Mike's hat ihn von einem Praktikanten für tot erklären lassen. VON EINEM VERDAMMTEN PRAKTIKANTEN.

Die Antwort kam fast sofort.

Wichser. Bin in 30 min da.

Die warme Freude in seiner Brust ertrank umgehend in heißer Scham. Charlie kannte seine Stimmungsschwankungen besser als seine eigene Ehefrau, und obwohl er diese Intimität genoss, musste er jedes Mal, wenn er sie vertiefte, mit stechenden Schuldgefühlen ringen.

In der Nacht des 23. Oktober, der Nacht des John Doe, war Luis Acocella vierzig Jahre alt und seit sechzehn Jahren mit Rosa del Gado Acocella verheiratet. Als sie sich kennengelernt hatten, war sie erst sechzehn gewesen, gerade illegal aus El Salvador eingewandert, und er ein mexikanisch-stämmiger Sechsundzwanzigjähriger, seit knapp fünf Jahren US-Bürger. Obwohl sie erst vier Jahre später ein Paar geworden waren, hatte ihn der Altersunterschied immer verfolgt – vor allem, wenn er daran dachte, wie sehr er sich bereits zu ihr hingezogen gefühlt hatte, als sie noch ein Teenager gewesen war. Ihre Beziehung war lange Jahre in mehr als nur einer Hinsicht illegal gewesen.

Rosa hatte damals kurz davor gestanden, zusammen mit ihrer Mutter abgeschoben zu werden. Diese hatte all ihre Ersparnisse Kojoten – Menschenschmugglern – gegeben, damit die ihr Mädchen in die Staaten brachten. Luis konnte sich damit rühmen, wie der große John Wayne zur Rettung herbeigeritten zu sein. Das Medizinstudium war ihm durch Stipendien und Finanzspritzen von den Eltern ermöglicht worden, und obwohl er noch einen Facharzt machen wollte, hatte er Schulden abzubezahlen. Also hatte er eine bescheidene kleine Praxis in der Nähe von Los Peñasquitos eröffnet, nachts gebüffelt und tagsüber als Hausarzt für größtenteils spanischsprachige Patienten gearbeitet. Und er hatte Rosa getroffen, sooft er konnte.

Rosa erzählte ihrer Mutter, Luis sei »muy hombre«, ein »simpático«, der seit Jahren sein Bestes tat, um Menschen ohne Papiere zu helfen. Mama del Gado wollte, dass Luis den Deportationsbeamten mitteilte, Rosa sei krank und könne erst abgeschoben werden, wenn es ihr wieder besser gehe. Ein lächerlicher Plan, auch wenn Luis die Frau für ihren Mumm bewunderte. Stattdessen versuchte er mit allen Mitteln, die Abschiebeanhörung so lange wie möglich zu verzögern. Irgendwann keimte der Gedanke auf, er könnte Rosa am sichersten vor der Abschiebung bewahren, indem er sie heiratete.

Sie war wunderschön. Das half schon mal. Zarte Knochen, honigfarbene Haut, dunkle Augen. Sie behauptete, ihn zu lieben, und bis auf den offensichtlichen Schutz, den er ihr bot, sah er keinen Grund, diese Aussage anzuzweifeln. Ihre Augen aber – es war ihm nie gelungen dahinterzublicken, und ein Teil seiner Scham rührte daher, dass er es irgendwann auch nicht weiter versuchte. Sie passte genau so in sein Leben, wie es eine Ehefrau tun sollte, verschaffte ihm gesellschaftliches Kapital und so weiter.

Aber auch Rosa hatte sein berufliches Dilemma nicht lösen können. Seine chirurgischen Erfahrungen hatten nicht zur erhofften beruflichen Erleuchtung geführt. Mit jeder Enttäuschung auf dem OP-Tisch war ihm weniger klar, was er sich wirklich davon versprach, Menschen zu helfen. Unter anderem deshalb freute er sich so auf den geplanten Wochenendausflug nach La Paz. Da sein Bruder Manolo mittlerweile in Bangor, Maine, wohnte und als Anwaltsgehilfe sämtliche Nächte und Wochenenden durcharbeitete, war Luis gezwungen gewesen, seinen Vater Jeronimo um Rat zu bitten. Der war zum Zeitpunkt seiner Hochzeit mit Rosa fünfundfünfzig gewesen, hatte aber fünfzehn Jahre älter ausgesehen; sechzehn Jahre später sah er noch immer so aus. Irgendwie hatte aber sein generell schlechter gesundheitlicher Zustand manch altertümliches Vorurteil verschwinden lassen und ihn in einen unverblümt redenden Mönch mit weißem Schnäuzer verwandelt, der Antworten wie Tequila-Shots servierte. Und dabei war es ihm scheißegal, ob man mittrank oder nicht.

»Bei keiner Arbeit der Welt fühlt man sich ohnmächtiger«, hatte Luis Jahre zuvor einmal erklärt. »Wenn jemand einfach vor dir auf dem Bürgersteig umfällt, und du kannst ihn nicht retten, ist das nicht deine Schuld, Papa. Aber ich habe die nötige Ausbildung, die Ausrüstung, die Unterstützung. Ich habe mich mein ganzes Leben darauf vorbereitet. Und trotzdem sterben sie mir einfach unter den Händen weg.«

»Die sterben nicht weg«, sagte sein Vater. »Gott nimmt sie zu sich, wenn ihre Zeit gekommen ist.«

»Ein fünfjähriger Junge. Ein dreijähriges Mädchen, beide innerhalb eines Monats, Papa. Wie kann es Zeit für die gewesen sein?«

»Gottes Plan braucht Jahrhunderte, um sich zu entfalten.«

»Wir sind nur Ameisen auf einem Grashalm. Ich weiß, ich weiß.«

»Du hast deine Beziehung zu Gott begriffen. Schöpfe Frieden daraus.«

»Schon möglich, dass ich sie begreife, aber sie gefällt mir nicht. Wenn das der Gott ist, den ich kenne, will ich ihn lieber nicht kennen. Ich sollte den Leuten Leben *geben* können, Papa. Selbst wenn die Leute sterben – wenn ich meine Arbeit nur gut genug erledige, sollte ich sie zurückholen können.«

Jeronimo Acocella hatte keine Wut mehr in sich, nur noch Überzeugung. »Dafür ist Gott zuständig.«

Unterhaltungen wie diese brachten Luis unbemerkt seinem Fachgebiet näher. Parallel zu seiner Arbeit als Hausarzt belegte er Abendkurse. Mit einer gewaltigen Ausdauer, die er sich niemals zugetraut hätte, zog er ein vierjähriges Berufspraktikum durch und hatte am Ende einen Abschluss in Pathologie in der Tasche. Je mehr Zeit verging, desto mehr sah er sich – nicht zuletzt wegen

Rosa – von Latino-Unterstützern umgeben, die sich zum Ziel gesetzt hatten, ihn zum ersten Chef der Gerichtsmedizin von San Diego mit lateinamerikanischen Wurzeln zu machen.

Er bewarb sich. Der Kampfgeist, der ihn auch als Medizinstudent vorwärtsgetrieben hatte, sorgte dafür, dass er mit harten Bandagen um diese Stelle kämpfte. Als er unterlag, war es ein herber Schlag für ihn.

Sieger wurde Jefferson »JT« Talbot, der Luis' Einschätzung nach auf die Unterstützung der Schwarzen und Schwulen hatte bauen können. Luis hatte natürlich die Stimmen der Latinos auf seiner Seite gehabt. Aber sie hatten nicht gereicht. Luis fühlte sich schrecklich, weil er in Rassekategorien dachte, aber er konnte nicht anders. Amerika war von magischen Demarkationslinien durchzogen, entlang derer sich ethnische Gruppen sammelten, die Reihen schlossen und stur stehen blieben.

JT war ein großmütiger Gewinner. Luis schluckte seinen Stolz herunter und nahm die Stelle als JTs Stellvertreter an. Oberster Gerichtsmediziner war eine geachtete *Stellung*, die Respekt und Autorität mit sich brachte. Stellvertretender Oberster Gerichtsmediziner war ein *Job*. JT benötigte eine ganze Batterie feiner Anzüge, Luis dagegen einen weißen Kittel, Kunststoffhandschuhe und ein Plastikvisier, um sein Gesicht von umherspritzenden Eingeweiden abzuschirmen.

Obwohl JT sein Boss war, sah Luis sich außerstande, den Mann in irgendeiner Form als ihm *überlegen* anzusehen. Dieser Groll kroch ihm unter die Haut und setzte sich dort fest, als hätte er sich mit dem Skalpell aufgeschlitzt und ihn hineingestopft. Wen wunderte es da, dass sich auch seine Beziehung zu Rosa im Lauf der Jahre immer mehr verschlechterte, als wäre die Ehe von einem entzündeten Geschwür befallen? Die Veränderung, die ihr Körper durchmachte, wirkte auf ihn fast wie Verrat. Ihre Honighaut wurde fleckig. Sie legte an Gewicht zu, und zwar eine Menge. Diese tiefen dunklen Augen, die einstmals Geheimnisse zu hüten schienen, konnten ihr nacktes Verlangen nach Fürsorge und Bequemlichkeit nicht länger verbergen.

Es waren die schlimmsten Jahre seines Lebens. War er wirklich so ein Arschloch, dem Äußerlichkeiten wichtiger waren als alles andere? Er diagnostizierte eine klinische Depression bei sich selbst. Statt sich in Behandlung zu begeben, trank er. Dass Rosa die Veränderungen in seinem Verhalten wortlos hinnahm, vertiefte seinen Selbsthass nur noch weiter. Sie hatte damit gerechnet. Die ganze Zeit schon, seit dem Tag, an dem sie ihre Treuegelübde ausgetauscht hatten, hatte sie damit gerechnet, dass er sich zurückziehen und sich von ihr entfremden würde so wie jeder andere Ehemann, dem sie bisher begegnet war.

Luis gestand sich nur ungern ein, dass der Zustand seiner Ehe einer der Gründe für die Bereitwilligkeit sein könnte, sich die Nacht in seiner frostigen Schlachterei um die Ohren zu schlagen. Er nahm die Füße vom Tisch, erhob sich und schaute einmal mehr zu der Plakette auf. HIER IST DER ORT, AN DEM DER TOD DEM LEBEN MIT FREUDE HILFT. Sooft er auch über die Morpheme dieses lateinischen Sprichworts nachgegrübelt hatte, hatte er sich merkwürdigerweise noch nie so richtig auf die ersten vier Worte konzentriert. HIER IST DER ORT. Irgendwie schwang bei diesem Ausdruck eine Art Vorahnung mit. Als sei es dieser unscheinbaren Leichenhalle in einer nichtssagenden Gegend von San Diego vorherbestimmt, zum Schauplatz eines wundersamen oder fürchterlichen Ereignisses zu werden.

Draußen fiel eine Autotür zu. Entweder hatte Charlie den Weg aus dem Gaslamp Quarter, dem historischen Stadtkern, schon hinter sich, oder St. Mike's lieferte die Leiche bereits. Die Lebenden und die Toten – wenn man nicht ganz genau hinhörte, klangen sie einander sehr ähnlich.

DIE KLIPPEN SIND DAS PROBLEM

Luis ließ die blauen Latexhandschuhe aus dem Pappspender mit lautem Knall auf seinen Unterarmen schnalzen.

»Ein verfickter Praktikant«, sagte er schon wieder.

»Du«, sagte Charlie, »bist ein alter Nörgler.«

»Das gebe ich freimütig zu.«

»Zugeben? Du genießt es doch richtig.«

»Ja, stimmt.« Er streckte den Finger aus. »Das Skalpell, Frau Diener.«

Es folgte der charakteristische Beckenklang scharfer Gegenstände, die auf ein Metalltablett gelegt werden.

»Nörgeln lässt den Blutdruck steigen, Acocella. Und führt zu Schlaflosigkeit. Meiner medizinischen Expertise nach brauchst du ein neues Hobby.«

»Dem kann ich nicht zustimmen. Wenn man zum Beispiel Kaviar, Foie gras oder Château Latour schätzt, kann man daraus ein, zwei, vielleicht drei Mal im Jahr Vergnügen schöpfen. Ein perfekt zubereitetes Steak, eine handgerollte kubanische Zigarre oder der nackte Oberschenkel einer schönen Frau, sogar der Sex selbst – das sind alles seltene Güter. Das Geheimnis, ein möglichst befriedigendes Leben zu führen, besteht darin, Vergnügen aus etwas zu schöpfen, das man jeden Tag haben kann. Und was könnte das wohl sein, Frau Diener?«

Charlies Stimme war knochentrocken. »Deine mitreißenden Vorträge?«

»Hervorragende Antwort! Ich habe eine noch bessere. Jeden Tag gibt es hundert Situationen, die uns die Laune verderben. Wollen wir also das Beste aus dem Leben machen, müssen wir lernen, daraus einen Vorteil zu ziehen. Den Zustand des Missvergnügens vergnüglich zu finden!«

»Und was missvergnügt dich jetzt gerade?«

»Ein Praktikant. Ein dreckiger Praktikant!«

Luis und Charlie bereiteten Obduktionssaal 1 für John Doe vor. Der quadratische Raum wurde von sechs Autopsietischen mit den benachbarten Arbeitstheken und Organbecken eingenommen. Alles bestand aus rostfreiem Edelstahl, der im Schein der Schwarzlichtlampen schmierig schillerte. Charlie nahm einen Schlauch und spritzte den vorderen Tisch ganz vorsichtig ab, damit sich keine Aerosolwolke bildete. Die Flüssigkeit lief in ein Auffangbecken ab, das an eine gesonderte Wasserleitung für Gefahrenstoffe angeschlossen war. Luis kalibrierte die Organwaage und räumte etwas Platz in dem Trockenschrank frei, in dem den Kleidungsfetzen von Mordopfern für spätere Untersuchungen die Feuchtigkeit entzogen wurde.

Es verschaffte ihm Erleichterung, die Wut auf Detective Walker und all die rassistischen Schweine, für die er stand, zu schwarzhumorigen Dartpfeilen zu formen. Charlie half der Katharsis zusätzlich, indem sie die Pfeile aus der Luft schnappte und auf halbem Weg zurückwarf. Beide waren sich bewusst, dass sie vor dem jeweils anderen eine bestimmte Rolle spielten, aber um keinen Preis der Welt hätte Luis das aufgeben wollen. Wie die Plakette über der Eingangstür sagte, gedieh hier Leben an einem Ort, den es eigentlich schon verlassen haben sollte.

Voller Zuneigung betrachtete er Charlie. Als sie vor zwei Jahren angefangen hatte, hatte er sie falsch eingeschätzt. Ein kleines Flittchen, hatte er gedacht. Charlene Rutkowski, geboren in der Bronx, passte mit ihren wallend blonden Country-Western-Haaren und dem wiegenden Gang so gut in eine Leichenhalle wie ein Toter auf eine Bühne in Nashville. Charlie schien sich an diesem Gegensatz zu erfreuen. Außerhalb der Autopsieräume trug sie fröhlich gemusterte Kleider, die Schenkel und Dekolleté betonten. Im Labor waren Kittel Pflicht, aber Charlene bewirkte Wunder mit den formlosen grünen Säcken – an ihr sahen sie nicht formlos aus.

Es war fester Bestandteil ihrer Routine, derbe Sprüche (an den meisten Arbeitsplätzen verboten, bei Jobs, die mit Leichen zu tun hatten, aber durchaus üblich) und gespielt ernste Boss-zu-Untergebener-Anordnungen zu vermischen, unterstrichen von seiner Angewohnheit, Charlie »Frau Diener« zu nennen – eine altertümliche Bezeichnung für einen Laborassistenten, welcher die Aufgabe hatte, Leichen zu säubern und vorzubereiten, Werkzeuge bereitzuhalten und bei der korrekten Aktenführung zu helfen. Charlie hatte großen Spaß daran, dieses Wort mit einem französischen Akzent zu wiederholen: *dee-en-ay*. Trotz der netten Hänseleien wusste Luis, wo die Grenzen lagen. Er hatte es nie übers Herz gebracht, ihr zu verraten, dass das Wort aus dem Deutschen kam und eigentlich bloß Angestellter oder Handlanger bedeutete.

»Geh nicht so hart mit den Praktikanten ins Gericht«, sagte Charlie. »Wir waren auch mal welche.«

»Und haben im Praktikum gelernt, unseren jugendlichen Enthusiasmus zu unterdrücken. Und damit sind wir weit gekommen.«

»Sind wir das? Mal überlegen.« Charlene tippte sich mit dem behandschuhten Zeigefinger ans Kinn. »Im Vergleich zu damals bin ich weniger zufrieden, werde weniger respektvoll behandelt und verdiene weniger. Selbst das Kellnern war lukrativer. Meine Mom hat immer gesagt, wenn ich mit Typen bumse, die gute Jobs haben, kriege ich irgendwann auch 'nen guten Job. Meine Mom sagt solche Sachen! Frau Mae Rutkowski!«

»Hat nicht so gut geklappt, was?«

»Guck dich doch mal um. Ich hab mich ganz nach unten gebumst.«

»Das ist eine Beleidigung für mein Labor.«

»Ah, ja. Dein Labor. Freitagabends. Ich komme mir vor wie eine Prinzessin.«

»Dann schubs mir doch bitte mal eine Pulle Formaldehyd rüber, Hoheit. Und bereite die Scheren vor. Wir müssen uns auf die Jagd nach vier Projektilen begeben.«

»Siehste, sag ich doch. Gib mir dies, hol mir das. Männer wollen immer oben liegen.«

Selbst nach ihren Maßstäben war das arg obszön, weshalb Luis seine Reaktion auf ein unverbindliches »Mmmmm« beschränkte. Er wurde mit Charlies Schmollmund belohnt. Sie hatte ihm bereits direkt gesagt, dass er sich auf ein professorales *Mmmmm* zurückziehe, wann immer sie die besseren Argumente hatte. Seitdem gab er sich Mühe, das Geräusch so oft wie möglich unterzubringen. Er kicherte, zog das Handy aus der Tasche, um Uhrzeit und News-Feed nachzusehen. Es gelang ihm nicht, das Gerät mit dem Fingerabdrucksensor zu entsperren. Er fluchte. Verdammtes Latex.

»Acocella. Genug ist genug. Such dir endlich Hilfe, du bist ja süchtig.«

Der Akku war fast leer. Luis ging zu dem Tisch, wo er ein Ladegerät aufbewahrte, steckte das Telefon an und schaltete es auf lautlos.

»Süchtig«, wiederholte er bedächtig. »Da fällt mir etwas ein.« Er ging in die Hocke, zog eine Schublade voller Krempel auf und kramte darin herum. »Ich wollte ja nur sagen, dass du und ich, damals als nichtsnutzige Praktikanten, niemals die bowlingkugelgroßen Eier gehabt hätten, so eine Entscheidung zu treffen. Wir reden hier von einem Menschenleben.« Er wühlte immer energischer im Inhalt der Schublade herum. »Diese Schusswunden – du wirst es ja gleich sehen. Zugegeben, sie könnten durchaus tödlich gewesen sein. Halsschlagader, Achselschlagader, Oberschenkelschlagader, vielleicht sogar die Niere. Aber – wie war das Sprichwort? Zwischen Glas und Lippe …«

»… gibt es manche Klippe«, sagte Charlie. »Genau diese Klippen sind dein Problem.«

Als Luis das zerknitterte Marlboropäckchen fand, hatte er gerade wieder den Anblick von John Does blutgetränktem Anzug vor Augen. Sehr viel Blut, aber nicht *zu* viel, wenn man bedachte, dass der Mann gerade vier Kugeln abbekommen hatte. Die Zigaretten schienen plötzlich Tonnen zu wiegen. War das alles nicht vollkommen sinnlos, dieses ewige Aufbegehren des Arztes gegen den Tod? Wenn er feststellte, dass er Haarspalterei zwischen *sehr viel Blut* und *zu viel Blut* betrieb, kam es ihm auf jeden Fall sinnlos vor.

»Sosehr mir deine Handysucht auch auf den Keks geht, ist sie immer noch besser als das Gerauche«, sagte Charlie finster. »JT würde dich feuern, wenn er wüsste, dass du dir hier drin eine anzündest.«

»Es ist nur … Du hättest den Anzug dieses Mannes sehen müssen, Charlie. Wie aus JTs Kleiderschrank. Und seine Haare. Er hatte eine ordentliche Frisur. Und Manschettenknöpfe! Der war mal wer. Bis vor Kurzem war er noch wer.«

»Ach, und die haben eine bessere Behandlung verdient, oder wie? Wärst du genauso am Boden zerstört, wenn es irgendein drogensüchtiger Penner in einer Secondhand-Jogginghose gewesen wäre?«

»Das ist nicht fair.«

»Weißt du, was ein teurer maßgeschneiderter Anzug für mich, eine einfache Laborassistentin, bedeutet? Wirtschaftskriminalität. Das sagt mir: Hier liegt ein Typ, der Säcke voller Geld zu Hause hatte, wahrscheinlich im Aufsichtsrat irgendeiner großen Firma saß und dabei erwischt wurde, wie er die arbeitende Bevölkerung ausgebeutet hat. Ich bitte dich, Luis. Du erzählst doch gerne davon, wie du als Kind armer Eltern in Mexiko im Dreck gespielt hast. Meine Schwester und ich haben früher benutzte Spritzen im Park gesammelt und damit unsere Puppen akupunktiert. *Das* ist abgefuckt. *Das* ist nicht fair. Du hast mit den falschen Leuten Mitleid.«

»Wenn wir recht haben und der Kerl wirklich ein hohes Tier irgendwo war, warum weiß dann niemand, wie er heißt?«

Charlie hörte auf, durch leere Totenscheine zu blättern. »Im St. Mike's haben sie es nicht rausgekriegt?«

»Vorname John«, sagte Luis. »Nachname Doe.«

Charlie verschränkte die Arme vor der Brust. »Weißt du, wer noch einen feschen Anzug anhat?«

»Wer?«

»Ein Toter. Jeder Tote. Im Sarg.«

Luis nahm eine trockene Zigarette heraus, steckte sie sich zwischen die Lippen – oder *Klippen*, bitte schön, dachte er – und fing an nach Feuer zu kramen. Schließlich entdeckte er eine staubige Streichholzschachtel. Er strich eines an. Es brach entzwei. Er strich ein zweites an. Der Kopf fiel ab. Das dritte hinterließ rötliches Geschmier auf dem Zündstreifen, ging aber auch nicht an.

»Fuck«, murmelte er.

Ein Schatten verhüllte die grellen Oberlichter. Charlie hatte sich neben ihn gestellt. Sie hatte sich bereits die Handschuhe abgestreift und die Hände zu einem Schälchen geformt. Dies war die andere Charlene Rutkowski: vollkommen uneigennützig und sofort bereit, sich zu entschuldigen, sobald sie den Eindruck hatte, seine Gefühle verletzt zu haben. Luis überreichte ihr die Streichholzschachtel. Charlie zog eines hervor und drückte den Phosphorkopf mit größter Sorgfalt an den Zündstreifen. Eine Flamme flackerte auf. Sie schirmte sie mit der Hand ab und führte sie zu seiner Zigarettenspitze.

Er nahm ein paar gierige Züge. Das Nikotin machte ihn benommen, und für einen Moment verwandelte Charlie sich in zwei bis drei Assistentinnen. Das gefiel ihm nicht. Charlie, und nur Charlie, verdiente seine ganze Aufmerksamkeit. Er stand auf, grunzte und versenkte die Zigarette wehmütig im halb vollen gestrigen Kaffeebecher.

»Hätte ich nur nicht so einen dürftigen Verbandskasten dabeigehabt«, sagte er leise.

»Acocella«, sagte Charlie.

Luis seufzte. »Oder wäre ich noch Arzt. Ein richtiger Arzt.«

»Luis.«

Ihre liebevolle Stimme fuhr wie eine sanfte Berührung über seine Wange. Er betrachtete sie durch den Rauch, der wie eine geisterhafte Nachahmung des Brustkorbs, den sie bald aufschneiden würden, in der Luft hing. Aber nicht nur ihre Stimmlage hatte sich verändert, auch ihre Körperhaltung. Vorgebeugt und voller Verlangen, jeder Sarkasmus war vergessen. Aufgrund des Tuckerns der Lüftung und des Summens der Kühlschränke war es niemals still in der Leichenhalle. Aber das hier kam ziemlich nahe an Stille heran.

Beide zogen sich aus dem Augenblick zurück, Blicke und Hände plötzlich sehr beschäftigt.

»Also, wann kommt unsere Leiche denn jetzt?«, fragte sie hastig.

Luis schaute auf eine nicht vorhandene Armbanduhr – sein Handy hatte diese Aufgabe schon lange übernommen.

»Müsste jederzeit so weit sein.«

Charlie rieb sich vehement mit dem Handrücken unter der Nase, als wollte sie absichtlich unattraktiv wirken. Ihre Augen hatten sich gerötet, was der wie üblich reichlichen Mascara ein höllisches Glänzen verlieh.

»Ich muss mal«, murmelte sie.

Luis nickte und schaute seiner Assistentin hinterher, die mit jugendlicher Unbeholfenheit den Saal verließ. Luis schätzte sie dafür nur noch mehr. Sie hatte keine Ahnung, was für ein schönes Geschenk sie ihm gerade gemacht hatte. Objekt ihrer Begierde gewesen zu sein erfüllte ihn mit frischer Energie. Auf einmal fühlte er sich zu diesem *Leben* gehörig, von dem die Plakette über der Tür kündete. Gleichzeitig spürte er eine Welle der Zuneigung für Rosa. Er konnte es gar nicht erwarten, zu ihr ins Bett zu krabbeln und jedes Detail seines langen Arbeitstags mit ihr durchzuspielen.

Selbst die unsagbar komplexen Details der Systeme im menschlichen Körper konnten nicht mit der prickelnden Empfindlichkeit echter Emotionen mithalten, dachte er verzückt, mit diesen kleinen plötzlichen Klippen, die das Leben so unvorhersehbar machten. Er starrte die Zigarette im Kaffee an, die sich so schnell auflöste, wie es sein Leben tun würde, sollte er hier in diesem Labor die falschen Entscheidungen treffen. Es wäre gut, sich möglichst bald John Doe widmen zu können. Bei den Toten gab es keine Klippen. Tote wollten nichts, verlangten nichts, waren nicht hungrig. Ehrlich gesagt konnte Luis es kaum erwarten, ihn wiederzusehen.

WHO'S GOT THE LAST LAUGH NOW?

Um 21:42 Uhr klingelte die Lieferglocke. Es war das gleiche digitale *Ding-dong* wie bei ihrem Friseur, und Charlies Instinkt reagierte entsprechend: Sie kontrollierte ihr Aussehen im Spiegel. Sie hatte die Wimperntusche so gut wie möglich mit Toilettenpapier entfernt, aber ein Teil musste mit ihren Poren verschmolzen sein. Ihre Haut war grau, unter den Augen hatte sie dunkle Ringe. Ein Anblick, den sie fünf Tage die Woche zu sehen bekam: auf den Gesichtern derjenigen, die aus dem Kühlschrank gerollt und aus den Plastiksäcken geholt wurden.

Luis' Stimme dröhnte durch die geschlossene Klotür.

»Charlie? Sie sind da.«

Sie hatte schon in viel schwierigeren Situationen das Blickduell gegen ihr Spiegelbild gewonnen. Sie kniff sich in die Wangen, einer der vielen Tricks ihrer Mutter. Verheulte Augen wirkten weniger gerötet, wenn die Wangen darunter ebenfalls gerötet waren. Als positiver Nebeneffekt stärkte sie der Schmerz wie ein guter Schluck Whiskey. Sie schluckte die letzten heißen, selbstmitleidigen Tränen hinunter, setzte ein Lächeln aus der Kategorie »entschlossen« auf und rauschte zur Tür hinaus.

»Ich bin auch da«, verkündete sie laut.

Luis hörte auf, zwischen dem dritten und vierten Seziertisch auf und ab zu tigern. Er stellte eine ernste, zaghafte Miene zur Schau, die für ihre geplante nächtliche Obduktion ganz und gar unpassend war. Sie hasste sich dafür, das verursacht zu haben.

»Hey«, sagte er. »Ich krieg das auch alleine hin. Warum fährst du nicht nach Hause? Es war wirklich arschig von mir, dich so spät noch herzuzerren.«

»Nein, ich bin dabei.«

»Ich hab mich unnötig dramatisch verhalten. Das ist eine stinknormale Obduktion. Ich brauche deine Hilfe wirklich nicht.«

»Doch, brauchst du wohl, Acocella.« Sie zückte eine Zange und schnappte nach ihm. »Du weißt es bloß noch nicht.«

Er sah sie zweifelnd an, als überlegte er, welchen seiner Körperteile sie sich wohl im Griff der Zange vorstellte. Dann trottete er zur Frachtrampe. Charlie zog die Schublade mit den Blankoformularen auf und entnahm ihr einen Totenschein und einen Obduktionsbericht. Letzterer wies die Umrisse eines menschlichen Körpers auf, in den sie alle Identifikationsmerkmale einzeichnen würde – Beschneidung, Muttermale, Leberflecken, Tätowierungen, Narben, Abschürfungen und Wunden. Diese Skizze war genauso wichtig wie die tiefergehende Untersuchung. Einmal hatte sie vergessen, die fehlenden Fingerkuppen eines Verstorbenen einzuzeichnen – Erfrierungen, die er sich einst bei der Rettung eines Freundes aus einem zugefrorenen See zugezogen hatte. Es war ein derart charakteristisches Detail, dass die Hinterbliebenen in Zweifel zogen, ob Luis und Charlie auch wirklich die richtige Leiche obduziert hatten. Derlei Beschwerden erreichten auch JT und konnten sehr schnell sehr unangenehme Folgen nach sich ziehen.

Sie platzierte Messer, Meißel, Hammer, Knochensäge und Darmschere so lautstark auf dem Metalltablett, dass der Lärm die entfernte Unterhaltung der Sanitäter vom St. Mike's übertönte. Ihre Gefühle übertönte er ebenfalls. Sie zückte ihr mit Stickern verziertes PM40, das beste Skalpell auf dem Markt, und platzierte es neben Luis'. Sie legte den Rest ihrer PSA (Persönliche Schutzausrüstung) bereit – die Nylonschürze, die Kunststoffärmel, die vom Handgelenk bis zum Oberarm reichten, sowie das Plastikvisier, das zum Einsatz kam, wenn es wirklich ans Eingemachte ging. Alles sah danach aus, als würde sie es heute brauchen.

Gerade zähmte sie ihre dichte blonde Mähne mit einem Haarnetz, da rollte Luis ihre Glücksbahre in den Saal. Dem Orca-Fiepsen des linken Vorderrads konnte sie das ungefähre Gewicht des

Toten entnehmen – irgendwas zwischen 77 und 82 Kilo. Sie packte Luis' Haarnetz und flitschte es in seine Richtung. Er fing es aus der Luft.

»Keine Schuhüberzieher«, sagte er.

»Ts, ts, ts, Regularien.«

»Wenn ich um diese Uhrzeit hier in Überziehern rumrutschen muss, fang ich an zu heulen.«

»Wow, das ist ein ganz besonderer Anlass, wie?«, deklamierte Charlie. »Hätte ich das gewusst, hätte ich High Heels angezogen.«

Es war eine Freude, sich endlich der Arbeit hinzugeben. Zu dieser späten Stunde schwirrten hier keine Assistenzärzte oder Studentengruppen, vor denen sich Luis und Charlene »professionell verhalten« mussten, herum. Ihre Aufgaben konzertiert, locker und effizient durchzuführen hatte einen beruhigenden Effekt auf Charlie. Mit vierfachem metallischen Klicken die Wegfahrsperren der Bahrenräder einrasten zu lassen. Mit *Eins-zwei-drei-hopp* den Leichnam auf den Seziertisch zu wuchten. Mit leisem Knistern die schweren blauen Papiertücher auszupacken. Luis' penible Angewohnheit, alle Kunststoffriemen seiner Schutzausrüstung so gründlich zu kontrollieren, als wäre er Profisportler. Und zu guter Letzt natürlich das lang gezogene, sanfte Schnurren des Reißverschlusses, um den Inhalt des weißen Leichensacks zu enthüllen.

John Doe war nackt. Sein Anzug, den man im St. Mike's aufgeschnitten hatte, war separat verpackt. Luis und Charlie schälten den Mann aus seiner Tüte und drapierten ihn auf dem stählernen Tisch. Er war noch nicht lange genug tot, um bereits zu riechen. Das war gut. Schlecht hingegen war, dass Charlie die Restwärme des Körpers durch ihre Plastikhandschuhe spüren konnte. Sie hasste es, warme Körper aufzuschneiden. Jedem normalen Menschen konnte das ihrer Ansicht nach nur zuwider sein. Totes Fleisch hatte kalt und tonartig zu sein und musste sich eindeutig von lebendem unterscheiden.

Sie brachte den Gelenkarm, an dem eine Pentax hing, um den Körper aus allen Richtungen fotografieren zu können, über dem Tisch in Position. Luis stand dicht neben ihr und überprüfte John

Does Patientenarmbänder, aber die einmal begonnene Routine erlaubte es ihr, ihn trotzdem etwas distanzierter zu betrachten. Sie hatte wirklich noch nie jemanden wie ihn gekannt. Aber war das nicht eher ihre Schuld? Ein Nebeneffekt der Orte, die sie sich zum Arbeiten ausgesucht hatte, und der Leute, die an solchen Orten verkehrten?

Charlie konnte sich in ihrem ganzen Leben an keinen einzigen Mann außer Luis Acocella erinnern, bei dem sie sich nicht irgendwann einmal unwohl gefühlt hatte. Diese Erfahrung hatte sie stets begleitet, vom Kindergarten bis zum Kaffeeholen heute Morgen. Als Teenager hatte sie immer wieder Ärger bekommen, weil sie den Leuten, die ihr hinterherpfiffen, den Stinkefinger gezeigt oder die Freunde ihres Dads angeschrien hatte, sie sollten ihr nicht ständig auf die Brüste glotzen. Das waren wilde Zeiten gewesen, in denen sie mit einer Ladung kreischender Freundinnen im Auto um die Häuser gekurvt war, die Fenster heruntergekurbelt, halb begeistert und halb entsetzt, elektrisiert von der eigenen Verletzlichkeit, jeder Augenblick ein Gefühl, als würde man unbekümmert einen steilen Hügel hinunterrennen. All das war jedoch entschiedener Widerstand gegen übergriffige Männer gewesen.

Sie kam sich vor wie ein dummes Kind, weil sie sich in ihren Vorgesetzten verguckt hatte. Gleichzeitig brachte ihr diese Missachtung gesellschaftlicher Anstandsregeln die Erinnerung an diese stürmischen, anregenden Jugendtage, als es sich noch wie eine definitiv lebensrettende Maßnahme angefühlt hatte, Verbotenes zu tun, zurück. Nur wenige hatten damals ihre Annäherungsversuche verschmäht; auch heute noch taten es die wenigsten – nicht einmal die Verheirateten. Aber Luis war anders. Es tat weh, sich eine mögliche Zurückweisung seinerseits auch nur vorzustellen. Der Tote auf dem Tisch war also eine willkommene Ablenkung.

Sie mussten John Doe umdrehen, damit sie seinen Rücken mit der Kamera ablichten konnte. Charlie beobachtete, wie behutsam Luis den Mann an Schulter und Hüfte berührte. Es wirkte beinahe väterlich – obwohl Charlie sich im Klaren war, dass eine solche Interpretation ihre Gefühle schon wieder unnötig in Wallung brachte. Vorsicht war schlicht ein Bestandteil kluger ärztlicher Arbeit, denn man wusste nie, was man von der Rückseite eines Verstorbenen zu erwarten hatte – klaffende Stichverletzungen, wund gelegene Stellen, in denen schon die ersten Maden nisteten – sie hatte schon alles gesehen. John Does Rücken aber war glatt wie ein Babypopo.

Im Seziertisch war eine Waage integriert. Charlie hatte richtig geschätzt – der Kerl wog 79,8 Kilo. Sie schaltete auf Autopilot. Nahm Messungen vor. Fertigte Röntgenaufnahmen an. Zeichnete in das Schema auf dem Obduktionsbericht Wunden und sonstige Merkmale ein. Alles Tätigkeiten, die sie an die stumpfsinnigen Jobs ihrer Jugend erinnerten. Ausschank in einer Kneipe, Putzen in einem Country Club, die Bedienung einer Blasformmaschine in einer Fabrik. Bei diesen Arbeiten hatte sie sich so tot wie John Doe gefühlt. Sie erinnerte sich noch an eine besonders erschöpfende Nacht, in der sie hätte schwören können, dass alle Fabrikarbeiter um sie herum in Wahrheit Leichen waren, aufrecht neben surrenden Maschinen zu einem grotesken *Tableau vivant* drapiert.

Bei einer Autopsie hingegen hatte sie nie dieses Gefühl. Die Abläufe waren zwar Routine, aber wichtig – Luis wusste, welche Bedeutung seine Arbeit hatte. Und diese Bedeutung war es gewesen, nach der Charlie sich gesehnt hatte, als sie ihre Mutter mit dem Entschluss geschockt hatte, Medizin zu studieren. Und erst als sie Mae Rutkowskis mitleidigen Blick sah – den völligen Unglauben, ihre Tochter, die sie selbst einst als »Granate aus der Bronx« bezeichnet hatte, könnte genug Hirnschmalz oder Willenskraft für so etwas haben –, wusste Charlie, dass es ihr wirklich ernst war. Auch ihre Gefühle für Luis waren wohl der Tatsache geschuldet, dass ihre gemeinsame Arbeit tatsächlich etwas bedeutete. Diese Theorie klang zumindest einigermaßen plausibel.

Es gab nur ein Detail an ihrer Arbeit, das sie störte, und das war auch der Grund, weshalb Luis' Anwesenheit so wichtig war. Sie redete nicht darüber, denn es laut auszusprechen hätte das Risiko mit sich gebracht, es zu einer ausgewachsenen Neurose aufzublasen.

Charlene Rutkowski, hauptberufliche Laborassistentin, mit Tattoos und Lippenstift gerüstete Herrin ihres Schicksals, hatte immer noch Angst davor, mit einer Leiche allein zu sein.

Sie setzte alles daran, solche Situationen nach Möglichkeit zu vermeiden. Kleine Dinge, die anderen Leuten niemals aufgefallen wären. Sie hielt sich strikt an die Arbeitszeiten, damit sie immer andere Menschen um sich hatte. Sie ging nur in den Kühlraum, wenn bereits jemand dort war. War das unmöglich, zog sie zumindest die schwere Schiebetür ganz auf, damit es mehrere Sekunden dauerte, bis sie sich wieder schloss, und brabbelte dann wie eine Wahnsinnige belangloses Zeug vor sich hin – Details aus Fernsehsendungen, Erinnerungen an Haustiere –, während sie die Leiche aus dem Schrank zog und viel zu schnell auf den Ausgang zurollte, denn die Angst in ihrer Brust hatte sich da längst zur kalten Gewissheit gesteigert, dass sich die Tür des Kühlraums diesmal nicht wieder öffnen lassen würde.

Diese Angst hatte ihren Ursprung in einem wiederkehrenden Albtraum. Art und Weise des Traums waren ganz unterschiedlich. Es konnte ein Flugtraum sein, ein Schulangsttraum, ein Sextraum. Er konnte überall spielen – in einem Bürogebäude, im Supermarkt, im Freibad. All das war bloß Staffage. Der Albtraum lauerte wie ein Hai knapp unter der Oberfläche. An irgendeinem Punkt während des Traums ging Charlie durch eine Tür und stellte fest, dass er die ganze Zeit nur auf sie gewartet hatte.

Bis auf zwei Details war es immer das Gleiche.

Charlie betritt den Obduktionssaal. Es ist sehr dunkel, bis auf den mittleren Tisch, wo eine grelle OP-Lampe wie ein Zirkusscheinwerfer auf einen toten Mann gerichtet ist. Charlie kommt näher. Jedes Mal ist es derselbe Mann. Er trägt einen schicken Smoking. Sein Gesicht kommt ihr vage bekannt vor, aber sie kann es nicht einordnen.

Es dauert einen Moment, bis sie begreift, dass der Raum keine Ausgänge hat. Die Tür, durch die sie ihn betreten hat, ist nicht mehr da, auch sonst gibt es keine anderen Türen, keine Fenster, kein Entkommen. Die Leiche macht den Mund auf.

»Hallo, Charlene.« Der Tote hat eine melodische Stimme.

Er setzt sich auf.

Die träumende Charlene rennt durch den Saal, schlägt gegen die Wände, sucht nach einer versteckten Ritze. Sie schaut über die Schulter und sieht, wie die Leiche die frisch gewichsten Lederschuhe über die Kante der Bahre schwingt und auf den Boden stellt. Sie steht auf. Kommt mit unerwartet agilen Schritten auf sie zu. Charlie weicht in eine Ecke zurück, und sobald ihr Rücken die Wand berührt, fragt sie sich, warum sie so dumm war. Hätte sie ihre Furcht niedergerungen und wäre in der Mitte des Raums geblieben, hätte sie ihm vielleicht weiter ausweichen können. In der Ecke erwischt er sie natürlich jedes Mal.

Wenige Zentimeter vor ihr hebt die Leiche einen schlanken Arm, den Ellbogen abgewinkelt, die offene Handfläche nach oben gerichtet.

»Tanz mit mir«, sagt sie mit einem Lächeln.

Das Lächeln verwandelt sich in ein böse Fratze. Und wieder zurück zu einem Lächeln. Seine Gesichtszüge verschwimmen wie Wasser.

Das Schlimmste an diesem Albtraum aber war, dass sie nicht wusste, ob dieser tote Mann eine Gefahr darstellte oder nicht. Nur – galt das nicht für alle Männer? Bis auf Luis Acocella? Nachdem sie der Traum ein ganzes Jahr begleitet hatte, war Charlie zu Besuch bei ihrer Mutter in Parchester nahe der Whistestone Bridge. Irgendwann saß sie allein im Esszimmer und starrte den Kunststoffjesus am Kreuz an, der schon in ihrer Jugend über die Mahlzeiten der Familie gewacht hatte. Charlie bewegte den Kopf ein Stück nach links, dann ein Stück nach rechts. Der Gesichtsausdruck des Heilands schien sich zu verändern. Aus einem Blickwinkel lächelte er gütig, aus dem anderen wirkte seine Miene schmerzverzerrt.

War das bloß eine Illusion, geboren aus Lichteinfall und Blickwinkel? Charlie wusste es nicht, ahnte aber, dass das wandelbare Antlitz der Leiche aus ihrem Albtraum eine andere wandelnde, sprechende Leiche zum Vorbild hatte. Wie sollte sie sich den wiedererweckten Christus nach zwei Jahren Obduktionserfahrung auch anders vorstellen? In den Bibelgruppen ihrer Kindheit (an die sie sich nur noch erinnerte, weil Bücher von V. C. Andrews die Runde gemacht hatten) hatte sie gelernt, dass Jesus am dritten Tage auferstanden war. Ihre medizinische Expertise übersetzte »am dritten Tage« in »zweiundsiebzig Stunden später«. Seine Haut würde bereits erste Risse bekommen haben. Die Gliedmaßen, mit denen er Wunder vollbracht hatte, wären bereits von Leichenstarre befallen gewesen. Als Jesus vor seinem Grab Maria Magdalena erschien, erkannte sie ihn zunächst nicht, so hieß es in der Schrift. Natürlich hatte sie ihn nicht erkannt, dachte Charlie. Der Erlöser hätte bläuliche Haut gehabt, sein Leib wäre von Gasen aufgebläht gewesen, blutiger Schaum wäre ihm aus Mund und Nase gesickert.

Aber nicht nur Jesu Gesicht erkannte Charlie während jenes Besuchs bei ihrer Mutter. Mae Rutkowski, mittlerweile vierundfünfzig, hatte sich mit einem giftgrünen Glas Pfefferminzlikör auf dem Sofa niedergelassen. Es war der einzige Alkohol, den sie stets im Haus hatte. Als sie auf der Fernbedienung herumdrückte, zeichneten sich die Adern ihrer dürren Handgelenke unter der pergamentartigen Haut ab. Die Fernsehkanäle rangen lautstark um Aufmerksamkeit. Charlie rieb sich die Schläfen, um die Kopfschmerzen zu vertreiben, die sich bei jedem Besuch unweigerlich einstellten. Zu erschöpft, um rechtzeitig den Mund zu halten, erwähnte sie den wiederkehrenden Arbeitsplatz-Albtraum, der sie so oft um den Schlaf brachte.

»Warum hörst du dann nicht auf?«, fragte Mae. »Mit deiner Arbeit, meine ich. Wenn mir ein Job nicht gefallen hat, hab ich gekündigt – das hab ich mein ganzes Leben lang so gemacht!«

»Die Bezahlung stimmt«, sagte Charlie mechanisch. Natürlich stimmte die Bezahlung überhaupt nicht, reichte nicht einmal ansatzweise, um ihren Studienkredit nennenswert zu tilgen. Charlie kannte den wahren Grund, aus dem sie sich keinen besseren Job suchte, würde Mae Rutkowski aber auf gar keinen Fall von Luis Acocella erzählen – oder von den gleich drei Gründen, die gegen ihn sprachen: Er war ihr Boss. Er war verheiratet. Er war Mexikaner.

»Erinnerst du dich noch an Carol Springer?«, brüllte Mae über das Dröhnen des Fernsehers hinweg. »Die damals an der Grand Concourse gewohnt hat? Die ist Stewardess geworden. Ihre Mom hat mir erzählt, dass Carol jede Nacht den Albtraum hat, dass ihr Flugzeug abstürzt. Jede Nacht!«

Charlie wusste nur zu gut, welche Richtung diese Unterhaltung nehmen würde. Sie war bereits fünfunddreißig. Aus Sicht ihrer Mutter hätte sie die Jahre, in denen sie sich als Laborassistentin hatte ausbilden lassen, besser dazu nutzen sollen, sich einen Ehemann zu krallen und Babys zu produzieren. Aber Charlies Interesse an Nachwuchs war an dem Tag erloschen, als sie Luis bei der Obduktion eines schwangeren Verkehrsopfers assistiert hatte. Die Öffnung des Uterus hatte einen Fötus ans Licht gebracht, der – im Gegensatz zum völlig zerstörten Leib seiner Mutter – in makellosem Zustand war, bis ins letzte Detail so zart und vollkommen wie eine Porzellanpuppe. Diesen kleinen Menschen in einer Hand zu halten hatte einen Teil von Charlies Gehirn gefrieren lassen, der seitdem nicht wieder aufgetaut war; Luis hatte sie wiederholt dazu auffordern müssen, den Fötus zurück in seinen Uterus zu legen. So sollte er begraben werden, geborgen im Mutterleib. Den Rest der Autopsie waren Charlies Gedanken in unendlichen Schleifen gefangen. Der Fötus, der noch eine Weile in seiner toten Mutter weitergelebt haben musste; die tote Mutter, die in lebende Erde gegeben wurde; die Erde, die in der tödlichen Leere des Alls hing; das All, das angeblich von der lebensspendenden Umarmung Gottes umfangen war.

Luis bemerkte ihr Unbehagen und legte sanft dar, dass für manche Föten die Gebärmutter eben leider gleichzeitig als Sarkophag diente.

Nie vergaß Charlie diesen Vergleich. Gebärmutter. Sarg.

War Jesu Grabstätte am Ende auch beides gewesen?

»Aha! Na, guck mal«, rief Mae Rutkowski.

Sie war über einen Schwarz-Weiß-Film gestolpert. Ein schlanker Mann in einem schwarzen Anzug mit langen Rockschößen, weißer Fliege und weißer Ansteckblume rauschte im Stepptanz über eine glänzende Bühne, zuckte wie eine Marionette vor einer Gruppe schwarz gewandeter Damen, die alle identische Masken trugen. Charlies erste Reaktion war Abneigung – das konnte nur ein Horrorfilm sein –, aber ihre Mutter verschüttete vor Verzückung fast ihren Pfefferminzlikör.

»Das war ein toller Film«, sagte Ma. *»Tanz mit mir.«*

Charlie erkannte den Mann aus ihrem Albtraum wieder, den wandelnden Leichnam, der ihr lächelnd die Hand reichte.

Es war Fred Astaire.

Maes Kopf wippte im Takt und folgte dem Tänzer, der mit Ginger Rogers über die Bühne wirbelte. Charlie fühlte sich wie Ginger, gefangen in Freds knochigem Griff und so schnell herumgewirbelt, dass ihr speiübel wurde. Das Duo drehte sich zur Kamera, die Arme untergehakt, Ginger dieselbe hirnlos grinsende Kreatur wie Fred. Sie streckten die freien Arme in Richtung Publikum aus und riefen alle zum Tanz in dieser graustufigen Kulisse auf, die seit Jahrzehnten, ohne zu verrotten, dastand und möglicherweise ewig stehen würde. Im Gleichschritt klappten ihre Unterkiefer herunter und ließen die letzten, unangenehmen Worte des Liedes erklingen:

But oh-ho-ho, who's got the last laugh now?

»Ich habe Fred Astaire schon immer geliebt«, seufzte Mae.

»Ich nicht.« Charlie wandte den Blick ab. »Auf mich hat er immer gewirkt wie …«

»Wie was?« Maes Blick war auf die kursiven Buchstaben gerichtet, die den Bildschirm ausfüllten. *ENDE.*

Charlie fiel auf, dass der grüne Likör im Glas ihrer Mutter aussah wie etwas, das aus einer verflüssigten Leiche austrat. Trotzdem wünschte sie sich gerade, das offerierte Gläschen doch angenommen zu haben.

»Ich weiß nicht«, sagte sie. »Wie ein Typ, der schon eine Weile tot ist.«

UNSICHTBARE HÄNDE

Charlie nahm den ersten Einschnitt um 22:17 Uhr vor. Sie ignorierte vorerst sämtliche Schusswunden und begann mit einer Kerbe hinter dem linken Ohr, von wo aus sie ihr PM40 in einem Y-Schnitt zum Brustbein wandern ließ. John Does Fleisch teilte sich wie Teig. Sie wiederholte den Schnitt vom rechten Ohr aus und arbeitete sich in Richtung Bauch vor, wich dem Nabel mit einer Rechtskurve aus und verharrte schließlich vor dem Schambein. Der Schnitt blutete kaum. Tote Herzen schlagen nicht. Wie die Schwingtüren eines Saloons schlug sie Haut und Gewebe des Brustkorbs auseinander. Zum Vorschein kamen Rippenbögen, die ganz ähnlich aussahen wie jene, die Luis und Charlie sich oft mit extra viel Soße bei *Damon's #1 Rippchen* teilten.

John Doe war so alt, dass die Verknöcherung seines Rippenknorpels bereits eingesetzt hatte. Charlie setzte ein Messer mit Wellenschliff ein, um den verwachsenen Knorpel zu durchtrennen, dann zückte sie die stählerne Knochenschere. Sie genoss es, diese beidhändige verchromte Schere zu handhaben; das war so anmaßend und frech wie Motorrad fahren oder einen Ölwechsel vornehmen. Sie legte die Schere an den einzelnen Rippen an und drückte zu. Dies war der lauteste Teil einer Autopsie. Nasses Knacken hallte durch den Saal.

»Vielleicht sollten wir *alle* oben ohne sein«, meinte sie keck.

Luis lächelte und deutete mit dem Kinn auf die Leiche.

»Es reicht, wenn Mr. Doe sich entblößt. Vorsichtig jetzt.«

Charlie hob die Brustplatte des Mannes in einem Stück heraus und trug sie in einer Stahlpfanne zum nächsten Arbeitstresen. Als sie zum Tisch zurückkehrte, stand Luis über den geöffneten

Leichnam gebeugt da und atmete tief ein. Wenn man gut war, sagte er immer – und behauptete damit eindeutig, es zu sein –, konnte man den süßlichen Hauch von Diabetes oder den Kneipengestank des Alkoholismus identifizieren. Doch jetzt wirkte er unschlüssig.

»Was siehst du?«, fragte er, und sein Tonfall allein ließ Charlie frohlocken. Seine Fragen hatten den Unterrichtscharakter verloren und wirkten nun eher wie Bitten um eine fundierte Zweitmeinung.

»Eine kleine Menge grüne Flüssigkeit.« Der Pfefferminzlikör ihrer Mutter schwappte durch ihre Erinnerung. »Eine leichte Lungenentzündung wahrscheinlich.« Sie bedachte Luis mit einer tadelnd erhobenen Augenbraue. »Und er war eindeutig Raucher.«

»Ja, ja. Deine Einschätzung, ausgehend von der Eintrittswunde?«

»Rechter Lungenflügel.«

»Beweis es mir, *Querida*.«

Mit einer Präzision, auf die sie durchaus stolz war, durchtrennte Charlie die Pleuraverwachsungen, die die Lunge wie Gummi mit dem Brustkorbinneren verbanden, typisch für ältere Männer in schlechter körperlicher Verfassung. Sie kappte Luftröhre und Speiseröhre. Schließlich ließ sie ihre Hand am warmen Ball des Herzens vorbeigleiten und nahm zwei lange Einschnitte zu beiden Seiten der Wirbelsäule vor, um die Lunge zu lösen. Den rechten Lungenflügel holte sie zuerst heraus. Bei inneren Organen musste man auf der Hut sein. Die kleinen Scheißer machten sich gern mal davon. Vor allem Lebern, insbesondere die von Alkoholikern. Die Fettauswüchse ließen sie glitschig wie Wasserballons werden.

Sie trug erst den rechten Lungenflügel zu einer Pfanne, die am Fußende des Seziertischs stand, dann den linken. Luis' Aufforderung, es zu »beweisen«, konnte sie allerdings leider nicht nachkommen. Der rechte Lungenflügel war schwarz vor Nikotin und zeigte Anzeichen einer Rippenfellentzündung, wies aber keinerlei Quetschungen auf, die den Eintritt einer Kugel signalisiert hätten. Sie sah Luis an, der ihr zuzwinkerte. Er hatte gewusst, dass die Lungenflügel eine falsche Fährte waren. Charlie wollte diese Niederlage nicht auf sich sitzen lassen und widmete sich den Innereien mit frischem Elan. Sie klappte den unteren Teil des Y-Schnitts auseinander, löste den Enddarm und schnitt sich durch das Netz aus Fett, das die Gedärme an Ort und Stelle hielt. Sie zog das lange, seilförmige Organ heraus und legte es in eine große Schüssel.

Aber der Darm war nicht ihr eigentliches Ziel. Sie vermutete, dass sich das Projektil in der Bauchhöhle in der Leber versteckte. Hatte man den Darm einmal beiseitegeschafft, war kein inneres Organ einfacher zu entfernen. Drei Gefäße und ein paar Bänder später hielt sie das angeschwollene Organ in Händen. Sie legte die Leber neben die Lungenflügel in die Pfanne und fing an, sie zu massieren.

»Bingo«, sagte sie sofort, schnappte sich die Zange und fing an das Projektil zu extrahieren.

»Tödlich?«, fragte Luis gespannt.

»Njet. Von einer Rippe verlangsamt, würde ich sagen.«

»Ah-*hah*.« Luis schlug sich mit der Faust in die offene Hand. Die nassen Latexhandschuhe quietschten. »Und das war der wahrscheinlichste tödliche Treffer.«

Charlie wusste nur zu gut, worauf er hinauswollte. Luis wollte beweisen, dass es nicht die vier Schusswunden gewesen waren, die – mit seinen Worten – »diesen Kerl ausgeschaltet« hatten. Charlie hatte null Interesse an den Streitereien zwischen den verschiedenen Ressorts des öffentlichen Dienstes von San Diego, konnte aber das verbeulte Projektil nicht leugnen, das sie soeben in ein Probenglas klimpern ließ.

»Ich schließe mich hiermit deiner Paranoia an, Acocella. Ein paar Wochen im Bett, ein bisschen Krankenhausbrei, ordentlich Schmerzmittel, und der Kerl hätte überlebt.«

»Leck mich am Arsch. Damit krieg ich diesen Wichser von Walker dran.«

Charlie lächelte unsicher. Solche Kampfansagen gegen das Establishment in einer staatseigenen Einrichtung auszusprechen weckten in ihr die Frage, ob sich zwischen all der Hightech-Ausrüstung vielleicht auch das eine oder andere Mikrofon verbarg. Noch wahrscheinlicher aber wurden all ihre Worte von Luis' eigenem Mikro aufgezeichnet. Auf Knopfdruck zeichnete es seine Kommentare auf und wandelte sie in Text um. Der komplette Abschlussbericht wurde dann an eine bestimmte Empfängerliste innerhalb städtischer und bundesstaatlicher Agenturen geschickt. Mit einem Zusatzbefehl konnte der gleiche Text auch noch an das EWSD in Washington gemailt werden. Das war das Letzte, was Charlie brauchen konnte – dass irgendein Wichtigtuer im Volkszählungsamt ihre Leichenhalle als Rebellennest klassifizierte.

»Das Leben in der Großstadt ist dem Kerl zum Verhängnis geworden«, sagte Charlie. »Am falschen Ort zur falschen Zeit.«

»Mmmmmm«, gab Luis zurück und legte den Finger auf den Aufnahmeknopf.

Der Spracherkennungs-Prozessor war darauf ausgelegt, dem Pathologen die Arbeit zu erleichtern, die Technologie dahinter war allerdings, gelinde gesagt, verbesserungswürdig. Lange nachdem das blutige Tagewerk vollbracht war und die Leichen wieder im Kühlschrank steckten, saß Luis oft in seinem Büro und las die Transkripte Korrektur, die seiner Aussage nach eine Fehlerquote von gut zwanzig Prozent aufwiesen. Seine Autopsieberichte waren immer sehr gründlich, weshalb er oft Charlie die Drecksarbeit überließ und sich aufs Kommentieren konzentrierte, gleichzeitig verbal ins Mikrofon und händisch auf einem Notizblock.

»Männlich, weiß«, sagte er, nahm den Finger vom Knopf und grinste Charlie an. »Bin schon gespannt, was das Scheißding daraus wieder macht. *Kenntlich Greis? Sämtlich heiß?*«

»Du hast einen Akzent, Acocella. Kein Wunder.«

»Der Herr steh mir bei, dass jemand in diesem Land einen Akzent haben könnte.«

»Hey, ich habe angeblich auch einen, hab ich mir sagen lassen.«

»Mich würde ja brennend interessieren, wie dieses Teil deinen lieblichen Dialekt verunstaltet.«

»Maschinen, Mann.« Charlie schlurfte zu John Does Hals, wo sich die zweite von vier Schusswunden befand. »Dieses Mikro? Das Telefon in deiner Hand? Du weißt schon, dass die uns am Ende richtig ficken werden, oder? Hast du jemals irgendwelche Probleme gehabt, mich zu verstehen?«

Sie schaute von der Leiche auf und sah seinen Finger über dem Aufnahmeknopf verharren. Auch ihr Körper erstarrte, als sie begriff, was sie da gesagt hatte. Es mochte spät am Abend sein, sie mochten hier in einer Leichenhalle stehen und ihre Arbeit in Wolken von üblen Gerüchen verrichten, aber dieses gemeinsame Verharren war voller sandig weicher Texturen und blumiger Duftnoten, besser noch als der faszinierende Moment beim Zigarettenanzünden vorhin.

»Niemals«, sagte Luis.

Charlie klappte das Plastikvisier herunter, um ihre Miene zu verbergen.

»Mmmmmm«, sagte sie.

Er lachte, und sie war erleichtert, obwohl ihr Herz noch immer wild klopfte.

In den vierzig Minuten seit John Does Ankunft im Obduktionssaal hatte Charlie – während Luis sich gründliche Notizen machte und in sein Mikro sprach – dem Leichnam drei Projektile und eine Reihe innerer Organe entnommen, nur unterbrochen von kurzen Pausen, in denen sie kleine Gewebeproben abschabte und für spätere Untersuchungen in Konservierungsmittel versenkte. Luis' beharrliche Behauptung, John Doe müsse »jemand« gewesen sein, nagte an ihr, allerdings musste sie zugeben, dass er wohl recht hatte. Zähne stellten die kondensierte Lebensgeschichte eines Menschen dar, und John Does Backenzähne zeigten alle Anzeichen erstklassiger zahnärztlicher Fürsorge. Schließlich arbeitete Charlie sich in den rechten Oberschenkel vor und zog weit von der Schlagader entfernt einen blutigen Metallklumpen hervor.

»Na siehst du«, sagte Luis zufrieden.

»Was glaubst du?«, fragte Charlie. »Herzinfarkt?«

»Hol es raus, sehen wir es uns an.«

Charlie schob das Visier hoch und tupfte sich mit einem blauen Papiertuch den Schweiß von der Stirn.

»Ist eigentlich gar nicht nötig. Die lebenswichtigen Organe sind eindeutig verschont geblieben. Der Typ ist alt. Nicht in Form. Raucherlunge. Alkoholikerleber. Ein Kind in einem Halloween-Kostüm hätte ihn zu Tode erschrecken können. Vier Kugeln aus einer Uzi? Vergiss es. Herzinfarkt. Hundertprozentig.«

Luis überflog seine Notizen und drückte mit sichtlicher Genugtuung den Aufnahmeknopf.

»Todesursache nicht – wiederhole: nicht – ballistischer Insult. Fahren fort mit der Untersuchung des Herzens. Prüfen auf Verschlüsse. Sichtbare Kardiomyopathie, nicht auf die linke Kammer beschränkt. Könnte sich um eine arrhythmogene rechtsventrikuläre Kardiomyopathie handeln. Möglicherweise auch elektrische Störungen. Ein angeborener Defekt. Eventuell Brugada-Syndrom.«

Er klang richtig zufrieden. Charlie wusste, dass das nichts mit ihrer hervorragenden Arbeit zu tun hatte, sondern nur mit seinem aus ihrer Sicht kleinlichen Groll. Widerstrebend nahm sie ihr blutverschmiertes PM40 zur Hand. Sie wollte nicht, dass die Autopsie schon vorbei war, wollte nicht das Absaugrohr zücken und mit dem Saubermachen beginnen. War das nicht bescheuert? Sie wollte einfach nur mit Luis zusammen glücklich sein, ihm vorschlagen, die erfolgreiche Arbeit mit ein paar Drinks und vielleicht sogar einer zweiten Zigarette zu feiern.

Sie zerschnitt John Does Herzbeutel, schob die hohle Hand unter sein Herz und legte die Finger darum. Warm wie ein Wüstenstein. Sie setzte das PM40 an, entfernte die vaskulären Verbindungen, legte das Skalpell zur Seite und hob das Organ heraus. Sie wiegte den müden, rotbraunen Muskel in ihren Händen und trug ihn zum Untersuchungsbecken, nur um festzustellen, dass sie ihn nicht loslassen wollte.

Wie oft schon hatte sie ein Herz in ihren Händen gehalten? So ein kitschiger Gedanke hatte keinen Platz im zynischen Hirn einer Charlene Rutkowski. Während Luis monoton in sein Mikrofon redete und von ihrer Melancholie nichts mitbekam, ließ sie sich von der inneren Wärme des Herzens die Sinne benebeln, bis sie es nicht mehr nur als John Does, sondern auch als ihr eigenes empfand. Das Klopfen in ihrer Brust verlangsamte sich, Schlag um zitternden Schlag, bis es so reglos war wie das Stück Fleisch in ihren Händen. Charlie hatte ein seltsames Gefühl, als hätte ihr selbst eine unsichtbare Hand in die Brust gegriffen – Milliarden unsichtbarer Hände gar, die in jeden Brustkorb auf der Welt griffen. Hände, die unsagbar geschickten Laborassistenten gehörten, die prüften, drückten und schlitzten, um herauszufinden, ob die Menschheit noch am Leben oder die ganze Herde schon vor längerer Zeit gestorben war.

Viele Tage später, als sie einen kurzen Moment Gelegenheit fand, sich mit irgendetwas anderem als dem nackten Überleben zu befassen, sagte sie sich, dass vielleicht alles ganz anders gekommen wäre, hätte sie dieses Herz nur weiter in ihren Händen gehalten. Die unsichtbaren Hände hätten dann wiederum sie gehalten, alle Menschen gehalten, der Menschheit die Chance gegeben, einen anderen Weg einzuschlagen. Aber sie konnte es nicht ewig festhalten. Der ausgeweidete Leichnam neben ihr rührte sich, ganz aus eigener Kraft, und sie ließ das Herz fallen. Es klatschte nass auf den Boden. Sofort wurde die unsichtbare Hand sichtbar. Es war die schlanke weiße Hand Fred Astaires, und mit wachsendem Grauen erkannte Charlie, dass sie diese Hand ergriffen hatte und nicht mehr loslassen konnte.

Fred lächelte. Er hatte weder Zähne noch Zunge, nur ein schwarzes Loch.

»Tanz mit mir!«, sagte er keck.

DIE FEHLGEBURT

Der Hals drehte sich. Luis' schweißnasser Finger rutschte vom Aufnahmeknopf ab und landete auf einem Notizblock voller Aufzeichnungen, die jegliche Relevanz verloren hatten.

Der Hals des Leichnams war von Charlies Schnittführung blutgestreift. Der rechte Halsmuskel, im medizinischen Fachjargon als Sternocleidomastoideus bekannt, war gespannt wie die Kabel einer Seilbrücke. Drei dicke Blutstropfen krochen gleich Nacktschnecken daran hinab. Wie als Vorgeschmack auf die Dinge, die noch kommen sollten, schien der Rest der Welt in vollkommener Totenstille erstarrt. Luis und Charlie hielten den Atem an, als hinge das Schicksal der Welt an diesem einen gespannten Halsmuskel. Dann fiel John Does Schädel mit einem dumpfen Gongschlag auf den Seziertisch zurück.

»Jesus«, flüsterte Luis. Seine Hand huschte wie von selbst über seine Brust zu einer Bekreuzigung, was er seit Jahrzehnten nicht mehr getan hatte. »Madre de Dios.«

Er hörte ein nasses Klatschen und nahm aus dem Augenwinkel wahr, dass ein menschliches Herz, angestupst von Charlies in Plastik gehüllten Schuh, über den Boden rutschte. Er riss den Blick von John Doe los – es fühlte sich an, als schabte ihm jemand die Augäpfel mit einem Löffel heraus, ein Vorgang, der sich Enukleation nannte – und sah Charlie, die leeren, blutverschmierten Hände vor sich ausgestreckt.

Nichts entsetzte ihn mehr als die heiser gebrochene Stimme seiner Assistentin.

»Wie lange«, keuchte sie, »nach. Nach dem …«

»Kontraktionen. Die Muskel…«

»Nachdem der Tod eingetreten ist …«

»Es gibt solche Fälle. Ich meine, ich hab mal *gelesen* …«

Die Leiche schlug die Augen auf. Es klang wie ein Zungenschnalzen, ein hämischer Kommentar auf das dümmliche Gestammel einer überholten Spezies. Luis' letzte nichtssagende Worte prallten ringsum von den metallischen Oberflächen ab, als die Leiche anscheinend auf Luis' Stimme reagierte, abermals die Halsmuskulatur anspannte und den Kopf drehte. Da lag er, John Doe, und starrte Luis Acocella an. Die Augen unter den schlaffen Lidern waren trüb von Schleim. Die Iriden, einst schwarz wie frischer Kaffee, hatten sich mit einer inneren Milch zu Cappuccino verwandelt. Luis neigte sich ein Stück nach links, wie er es auch getan hätte, um die Absichten eines nicht angeleinten Hundes zu ergründen. Der Blick der Leiche folgte ihm. Die Bewegung war abgehackt, aber das war nur verständlich – die Augäpfel hüpften in vertrockneten Höhlen.

»Ist das …« Charlie starrte Luis an. »Acocella. Luis. Ist das …«

Er antwortete nicht, denn was immer ihre Frage sein mochte, die Antwort lautete definitiv sowohl *Aber so was von* als auch *Auf gar keinen Fall*. Dafür reagierte John Doe. Die Leiche drehte den Kopf in Charlies Richtung. Noch mehr Blut floss kalt und zäh wie Sirup aus der klaffenden Wunde in seinem Hals. Die weißen Augen richteten sich auf sie. Da war fast etwas Sanftes in ihnen, wie der graue Star eines alten Haushundes. Gleichzeitig wirkten sie unerbittlich wie Marmor.

Luis' Hand bewegte sich automatisch, diesmal aber nicht, um ein Kreuz zu schlagen, sondern zum Aufnahmeknopf an seinem Ohrhörer. Was immer hier gerade geschah, musste aufgezeichnet werden. Jefferson Talbot mochte die Wahl zum Obersten Gerichtsmediziner gewonnen haben, aber Luis Acocella würde derjenige sein, der richtig reagierte. Außerdem könnte es ihn davon abhalten, den Verstand zu verlieren. Er drückte den Knopf.

»John Doe bewegt sich.« Seine Stimme klang fern und dünn. »Derselbe John Doe, der am 23. Oktober vom Sankt-Michaels-Krankenhaus an die Gerichtsmedizin von San Diego überführt wurde. Der geschätzte Todeszeitpunkt war vor vier …« Er schaute in seine Notizen: beruhigend strukturierte Kästchen zum Ankreuzen und Zeilen zum Ausfüllen. »Fast viereinhalb Stunden, und er wurde …« Er schaute auf die Uhr. »Vor dreieinhalb Stunden offiziell für tot erklärt. Die lebenswichtigen Organe sind vollständig entnommen. Aber er bewegt sich. Wiederhole: John Doe bewegt sich auf eine Weise, die nur als zielgerichtet …«

Die Leiche hob den rechten Arm in Richtung Charlie.

Luis' erster Eindruck von dieser Geste, den er bis ans Ende seiner Tage mit sich tragen würde, war keiner der Bedrohung. John Doe war aufgewacht, und sein erster Instinkt bestand darin, Kontakt aufzunehmen. Wer konnte schon sagen, was er suchte? Nähe, Hilfe, Schutz? Aber sein rechter Deltamuskel, erst von einer Kugel und dann von Charlies Skalpell beschädigt, hatte nicht die Kraft, diese Geste zu Ende zu bringen. Der Arm sackte durch.

Die Handbeuger waren allerdings nicht beeinträchtigt. Seine Finger krümmten sich, entspannten sich, krümmten sich wieder. Diese Bewegung wirkte schon ganz anders. Da war kein sehnsüchtiges Öffnen der Hand. Dies waren Klauen, die etwas ergreifen wollten – ein Bild, das durch John Does gelbliche, gesplitterte Nägel weiter an Schärfe gewann. So unschuldig er sich in den ersten paar Sekunden nach Charlie gesehnt haben mochte, begehrte er sie jetzt auf andere Weise. Die halb geschlossenen Augen richteten sich auf sie. Charlie machte einen Schritt zurück und stieß mit der Hüfte lautstark gegen das Metalltablett mit dem Operationsbesteck.

Luis hörte das scharfe *Zing*, mit dem sie ihr PM40 vom Rollwagen fischte. Obwohl ihr bleiches Gesicht und die zitternden Hände eindeutig von Furcht zeugten, schien sie noch nicht in Panik geraten zu sein. Sie hielt das Skalpell einsatzbereit. Das war gut, auch wenn Luis der Blick nicht gefiel, mit dem sie John Does verkrampfte Finger bedachte. Es war der Gesichtsausdruck einer Dame am Rand der Tanzfläche, die von einem widerlichen Kerl aufgefordert wird.

Unbedingt weiterreden, sagte er sich. Und drückte den Knopf am Headset.

»Ich habe von ein paar Fällen von postmortalen Krämpfen und Zuckungen gelesen. Aber hier handelt es sich um viereinhalb Stunden nach dem Todeszeitpunkt. Der Arm, der Kopf – sie bewegen sich gezielt. Das ist ...«

»Ich *weiß*, was das ist«, fauchte Charlie. »Ein Mann, der mich anstarrt.«

»Das ... ist doch lächerlich.«

»Gib das mal zu Protokoll«, sagte Charlie.

Die Leiche versuchte sich aufzusetzen. Was ihr natürlich misslang; der Y-Schnitt hatte seinen Bauchmuskeln die Spannkraft genommen. Aber der Versuch war nicht zu leugnen. Die faltigen Schnittwunden zitterten unter der Kruste aus getrocknetem Blut. Der große Gesäßmuskel, der bislang schlaff auf dem Tisch gelegen hatte, spannte sich an. John Doe wippte sachte von einer Seite zur anderen, machte sich mit seinem Gleichgewichtssinn vertraut. Er wirkte wie ein Kleinkind, das unschuldig und voller Ehrgeiz versucht, sich zum ersten Mal ohne fremde Hilfe auf den Bauch zu drehen.

Dieser Vergleich traf Luis mit der Präzision eines Skalpellschnitts. Er dachte an Rosa, die jetzt sicher schon mit einem engelsgleichen Lächeln auf dem Gesicht im Bett lag. Sie war einmal schwanger gewesen, ein Umstand, den sie mit gedankenloser Begeisterung gefeiert hatten – bis zu ihrer Fehlgeburt. Rosa hatte ihn während der Arbeit angerufen und gesagt, sie fühle sich nicht gut. Statt sofort nach Hause zu kommen, hatte Luis ihr geraten, erst ihre Frauenärztin zu kontaktieren. Rosa hatte aufgelegt und kurz darauf im Badezimmer im ersten Stock eine Fehlgeburt erlitten. Danach schrubbte sie das ganze Zimmer gründlich aus, damit er keinen Tropfen Blut zu Gesicht bekam. Bei den darauffolgenden Untersuchungen wurden bei Rosa Abnormitäten im Uterus diagnostiziert, die eine erfolgreiche Schwangerschaft nicht nur unwahrscheinlich, sondern sogar gefährlich machten. Luis versicherte Rosa, dass ihm das nichts ausmachte, aber manchmal, wenn er sich im Mondschein durch das Badezimmer tastete, spielten seine schlaftrunkenen Sinne ihm vor, die Fehlgeburt verstecke sich scheu in der Badewanne, hinter dem Klo, im Handtuchschrank, wo sie sich irgendwie von Müll ernährte und darauf wartete, sich der Familie zu offenbaren.

Einen kurzen Moment lang war John Doe dieses neugeborene Kind, aber diesmal hatte es Luis direkt vor seiner Nase und konnte etwas dagegen tun. Wenn seine Assistentin aus dem Weg ginge, könnte er sich neben die Leiche stellen, sanft eine Hand auf den angespannten Leib legen, beruhigende Worte flüstern, Entschuldigungen, was auch immer nötig war.

»Charlie, zurück«, sagte er.

Ihr Blick wich nicht von dem Leichnam. Sie hatte die Hand fest um den Griff des Skalpells gelegt.

»Rutkowski«, zischte er. *»Zurück.«*

Es war genau wie bei der Fehlgeburt. Er hatte zu lange gezögert, bis er zu Hilfe gekommen war. John Doe wackelte hin und her und entwickelte schließlich genug Schwung, um mit dem Oberkörper durch seine eigenen Körperflüssigkeiten zu rutschen und über die Kante des Seziertischs zu kippen. Es war ein hässlicher, profaner Sturz. Die steifen Glieder ruderten, die Genitalien flatterten, der Fleischvorhang seiner zerteilten Brust kräuselte sich. John Doe landete mit lautem Klatschen auf dem Fußboden und besprenkelte Charlies Beine mit schleimiger Flüssigkeit. Sie taumelte nach hinten und riss mit der freien Hand den Rollwagen mit dem OP-Besteck mit sich. John Doe ruderte mit Armen und Beinen wie ein auf dem Rücken liegender Käfer mit seinen Fühlern.

»Nicht tot«, sagte Charlie. »Was hab ich getan?«

»Er *ist* tot«, sagte Luis.

»Ich habe ihm die Eingeweide rausgeschnitten!«, rief sie. *»Was hab ich getan?«*

»Du hast gerade sein verficktes Herz fallen lassen!«, schrie Luis. »Er ist tot! Er ist tot!«

Wollte er sich selbst davon überzeugen? Oder die Leute, die sich einmal seine Aufzeichnungen anhören mochten? Er schaute zu Boden. Das Herz lag keinen Meter entfernt, flach wie eine Handtasche. Von einem plötzlichen Impuls getrieben, versetzte er ihm einen Tritt, um Charlie zu beweisen, dass sie Schwachsinn erzählte. Das Herz weinte beim Aufprall rote Tränen und klatschte gegen John Doe – beim Billard hätte man von Bandenspiel gesprochen. Das erregte die Aufmerksamkeit der Leiche. John Doe suchte nach Charlie, die jetzt ärgerlich weit weg stand. Er nutzte die nahen Tischbeine, um sich auf den Bauch zu drehen. Fing an, sich auf dem zerschlitzten Bauch vorwärtszuziehen. *Mein Baby, dachte Luis wahnsinnig, es kann schon krabbeln.*

John Doe stützte erst einen Ellbogen auf, dann den anderen, der trotz der zerteilten Schulter noch funktionierte.

»Was will es denn?«, rief Charlie flehentlich.

Eine wirklich gute Frage, dachte Luis. Denn der Leichnam *wollte* eindeutig etwas, spürbar dringend und verzweifelt. Luis dachte an die Passanten am Schauplatz der Schießerei, wie wenig sie sich für Leben oder Tod interessiert hatten, wie schnell sie sich wieder dem betörenden Glanz ihrer technischen Spielzeuge gewidmet hatten, die auch er so liebte, wie wenig sie alle, er eingeschlossen, irgendetwas *Echtes* erleben wollten. Erst dieser Leichnam hatte das *Wollen* mit einem Schlag wieder greifbar gemacht; sein *Wollen*, sich ihnen unbedingt zu nähern, und ihr plötzlich wiedererwecktes *Wollen*, am Leben zu bleiben.

John Does Gliedmaßen, bedeckt von einem glitschigen Film aus Autopsierückständen, kämpften verbissen um Halt. Er rutschte weiter auf Charlie zu, die nicht mehr in der Lage schien, sich zu bewegen.

»Halt«, befahl sie.

Der Leichnam gehorchte nicht. Sein Unterkiefer klappte auf. Blutiger Geifer rann sein Kinn hinab. Er wuchtete sich voran. Die Wirbelsäule krümmte sich, und Luis fragte sich, ob der entleerte Torso und die entfernten Rippen zu einem kompletten Bruch des Skeletts führen würden. Noch war es offensichtlich nicht so weit – John Does linke Hand legte sich um Charlies Tennisschuh.

Charlie warf den Rollwagen um. Skalpelle, Proben, Zangen, Messer und Scheren fielen mit solchem Getöse auf die Kacheln, dass Luis glaubte, der Lärm würde ewig widerhallen. Er sah, wie John Does rechte Hand auf einem Skalpell zum Liegen kam. Und wieder war es wie bei einem Baby. Leg etwas in seine Hand, das Baby wird es ergreifen. Die Finger der Leiche schlossen sich um das PM40. Die rasiermesserscharfe Klinge schnitt so tief in alle vier Finger, dass sie gegen den Handrücken umklappten.

Luis zuckte zusammen, vom väterlichen Drang erfasst zu trösten, aber in John Does Miene lag kein Schmerz. Es schien ihm nichts auszumachen, die Hälfte seiner Finger zu verlieren. Immer weiter schleppte er sich auf Charlie zu, während Luis reglos dastand und tonlos die simplen Fakten des Geschehens wiedergab (»Er kriecht vorwärts. Ich kann die Kontraktionen der Muskeln durch die Austrittswunde im Oberschenkel erkennen«), ohne irgendetwas dagegen zu unternehmen.

Charlie hingegen reagierte; sie reagierte immer als Erste. Luis hatte schon oft das Gefühl gehabt, dass sie in der echten Welt zu Hause war, während er im Äther seiner Ideen umherschwappte. Charlie hatte immer neue Geschichten über Partys in ihrer Jugend zu erzählen, über Alkohol und Drogen, wie sie sich gegen Widerlinge und Grapscher – von Vorgesetzten bei irgendwelchen Scheißjobs bis hin zu Professoren im Medizinstudium – zur Wehr hatte setzen müssen. Dreimal war sie in der Bronx ausgeraubt worden. Zweimal hatte sie ihren besoffenen alten Vater Maury Rutkowski bei Kneipenschlägereien verteidigt. Einmal hatte sie einen Einbrecher außer Gefecht gesetzt, der gerade ein Spirituosengeschäft ausrauben wollte.

Jetzt bäumte Charlie Rutkowski sich auf und trat mit voller Wucht zu. Die Spitze ihres Turnschuhs traf den Leichnam satt am Kinn. John Does Kopf schnappte nach hinten. Das Gewicht des eigenen Schädels zerrte ihn scharf nach rechts. Sein Beckenknochen rotierte durch die eigenen zähflüssigen Körperflüssigkeiten, dann starrte er Luis an. Zwei Zähne fielen auf einer Kaskade pinkfarbenen Schleims zwischen seinen Lippen hervor. Als wäre nichts geschehen, kroch er weiter, jetzt auf Luis zu.

Die Bewegung riss Luis endlich aus seiner Erstarrung. Anders als Charlie verfügte er nur über wenig Heldenmut, aber wenn er die Nerven behielt, konnte er sich vielleicht trotzdem noch nützlich machen – sein Bericht dieses Ereignisses, worum es sich hierbei auch immer handelte, musste die Öffentlichkeit erreichen, bevor das nächste unmögliche Ereignis dies verhinderte. Er riss sich das Headset vom Kopf und rannte zum Computer, sprang so hastig auf den Schemel, dass er fast auf der anderen Seite heruntergefallen wäre. Seine behandschuhten Finger schmierten halluzinogenrotes Blut auf die weiße Kunststoffmaus. Er suchte nach der EWSD-App, klickte daneben, machte noch einen Anlauf, klickte abermals daneben.

»Succinyl«, rief Charlie. »Wir pumpen ihn mit Succinyl voll.«

»Hol es her«, sagte er sofort.

Luis hörte Schuhe in Plastiküberziehern davoneilen, gefolgt vom Quietschen eines sich öffnenden Autoklavs. Ein leises *Klirr* signalisierte die Entnahme einer Spritze. Luis' Aufmerksamkeit wurde auf ein nahes Schmatzen gelenkt, und er schaute nach links und sah, dass John Doe ihm gefolgt war. Der Leichnam zog eine breite Spur aus Blut und anderen Flüssigkeiten hinter sich her. Luis fluchte, klickte die EWSD-App an, einmal, dreimal, aber nichts passierte.

»Scheiße!«

Ein fließender Schatten: Charlie hechtete an ihm vorbei. Luis hörte ihren Schlüsselbund klimpern, als sie die Glastür des Medizinschränkchens öffnete. So, wie sich seine Hände gerade benahmen, hätte er zehn Versuche dafür gebraucht. Wieder schaute er nach John Doe. Das Ding hatte die Hälfte der Distanz zu ihm zurückgelegt und war nur noch etwas über drei Meter entfernt. Der Rücken des Toten rutschte immer tiefer in seine leere Bauchhöhle, die Wirbelsäule wurde zum gezackten Rückgrat eines Reptils. Die milchigen Augen der Leiche leuchteten auf, als sich auf dem Bildschirm endlich die EWSD-App öffnete.

Luis zischte triumphierend und verband sein Headset mit dem Kabel, das im Rechner steckte. Der Mauszeiger flog über die Benutzeroberfläche, klickte auf ein Menü, rutschte die Liste der Einstellungen hinab. Zu weit. Die falsche Einstellung.

»KACKE KACKE KACKE KACKE!«

Er klickte auf *Zurück*, woraufhin der in allen Farben pulsierende, als »Circle of Death« bekannte Ring erschien, der einen Ladevorgang anzeigte. Er wandte den Kopf. John Doe war noch zwei Meter entfernt und wurde von der Ecke eines Schränkchens aufgehalten, die sich in seiner Leiste verhakt hatte. Auch hatte sich der linke Flügel seiner geöffneten Brust an einer trockenen Bodenkachel festgesaugt. John Doe mühte sich weiter ab, bis das Fleisch straff gespannt war. Luis sah zu, wie die behaarte Epidermis abriss und die Beigetöne des darunterliegenden Fettgewebes zum Vorschein kamen.

Blick zurück auf den Bildschirm. Der Circle of Death rotierte noch immer.

Ein scharfes Splittern, ein Schrei. Er schaute auf und sah Charlie, in einer filmreifen Pose des Entsetzens erstarrt, beide Hände in die Luft neben ihren Ohren verkrallt. Die Spritze lag zerbrochen zu ihren Füßen.

»Ach, scheiße!«, heulte sie.

»Plastik!«, rief er. »Nimm eine aus Plastik!«

»Schrei mich nicht an!«

»Du hast das Herz fallen lassen. Du hast die Spritze fallen lassen. Hör auf, Sachen fallen zu lassen!«

Charlie rannte auf der Suche nach einer neuen Spritze los. Blick zurück auf den Monitor, auf dem erneut der Hauptbildschirm der App angezeigt wurde. Luis öffnete ganz behutsam das Menü und klickte auf den Reiter für einen neuen EWSD-Eintrag.

Neben dem Schränkchen lag ein langes Stück Fleisch wie eine tote Schlange. John Doe hatte sich glatt sein eigenes Hüftgold zerrissen. Der tote Körper war noch anderthalb Meter von Luis entfernt. Er zog sich auf dem unversehrten Arm ein paar Zentimeter weiter und streckte trotz der Entfernung die Hand nach ihm aus. Sobald sich die Finger um nichts schlossen, kroch er weiter. Das Ding war dumm, begriff Luis. Aus unerfindlichen Gründen versetzte ihm die Erkenntnis einen Stich, als hätte er damit auch sich selbst und allen Menschen, die er kannte, einen Vorwurf gemacht.

Charlie stand plötzlich dicht neben ihm, versenkte die Nadel einer neuen Spritze in einem Fläschchen und zog sie auf. Die durchsichtige Spritze füllte sich mit Flüssigkeit. Succinylcholin, ein depolarisierendes Muskelrelaxans, das binnen Sekunden wirkte und in der Anästhesie breite Anwendung fand, um zum Beispiel Intubationen zu erleichtern. Zu viel hingegen konnte tödlich sein. Aber Luis hatte längst jedes Konzept für *tödlich* verloren. Er sah zu, wie Charlie den gesamten Inhalt des Fläschchens in die Spritze aufzog.

Abermals der Blick zum Bildschirm. Das Icon der transkribierten Audiodatei wartete so unscheinbar wie die zahllosen anderen, die er im Lauf seiner Karriere hochgeladen hatte. Er machte einen Rechtsklick und drückte auf *Abschicken.* Er wartete verzweifelt auf die Bestätigung, bekam sie aber nie zu sehen.

Ein eisiger Schraubstock schloss sich um sein Fußgelenk.

John Doe hatte Luis mit der rechten Hand ergriffen, deren Finger vom Skalpell zerschnitten waren. Als Luis nach ihm trat, wackelten die vorderen Fingerglieder, nur noch durch dünne Gewebefäden mit der Hand verbunden, wie offene Schnürsenkel umher.

Der Leichnam konnte ihm nichts anhaben, dachte Luis, und ein schwacher Lichtstrahl wissenschaftlicher Neugier drang durch die Panik. Vielleicht hatte er die Datei voreilig ans EWSD geschickt. Vielleicht gab es noch mehr zu lernen. War das nicht die zentrale Aussage der Plakette über der Tür? *HIER IST DER ORT.*

John Does Kopf ruckte nach vorn. Seine klappernden Zähne schrappten wie Porzellan an Luis' Hosenbein entlang.

Luis entfernte sich ein paar Schritte von seinem Hocker.

»Was zur Hölle?«, rief er.

»Er hat versucht, dich zu beißen«, sagte Charlie verdattert.

»Fuck!«

»Geh zur Seite«, sagte sie mit fester Stimme. »Ich bin so weit.«

Sie hob die Spritze, den Daumen am Kolben, und ging in die Hocke. Luis legte den rechten Arm um ihre Hüfte.

»Charlie, warte.«

John Doe kam näher. Seine linke Hand berührte ein Bein des Hockers. Er zog probeweise daran. Der Hocker stellte sich auf das Bein, ehe er wieder zurückkippte. Die hellen Augen der Leiche studierten diese interessante Entwicklung. Wieder dieses Säuglingsverhalten, das Spiel mit Gegenständen, die Beobachtung, wie sie reagierten. Nein, dachte Luis, so durfte er nicht denken, schließlich wollten sie das Ding unschädlich machen.

»Geh nicht zu nah ran«, sagte er. »Du könntest dich infizieren.«

»Du meinst, das ist eine Art Krankheit?«

Mit einem lauten Knall fiel der Hocker um. John Doe zuckte nicht mal, obwohl die Sitzfläche kaum einen Zentimeter vor seinem Gesicht auf die Fliesen krachte. Ein paar Sekunden lang starrte er den Schemel an, als müsse er entscheiden, ob es sich dabei um Beute handelte. Dann drehte er den Kopf und sah Luis und Charlie an. Sein Mund klappte auf und zu, auf und zu, die Kiefer durch schleimige Fäden verbunden. Er stemmte die Hände gegen den Boden und robbte weiter auf sie zu.

»Ich greife ihn von hinten an«, sagte Charlie. »Intramuskulär.«

»Nein, lass das!«

»Warum denn, zum Teufel?«

Luis zog sich noch ein paar Schritte zurück, außer Reichweite der Leiche, und schleifte Charlie mit sich.

»Was, wenn es nicht funktioniert?«

»Acocella! Hier ist genug Curare drin, um einen T-Rex plattzumachen.«

»Denk doch mal nach! Er atmet nicht. Er hat keine Lunge mehr. Er hat nicht mal ein Herz! Was soll Succinyl denn da ausrichten?«

»Wie bewegt er sich denn überhaupt? Läuft der mit Batterien?«

Luis machte sich Vorwürfe für seinen scharfen Tonfall. Es muss eine Erklärung geben. Bleib ruhig. Bleib professionell. Er betrachtete das Ding – nein, den *Leichnam*. John Does Augäpfel richteten sich abwechselnd auf Charlie und ihn. Die Lippen schoben sich zurück, die Zähne kamen zum Vorschein. Ein Muskel in seiner Seite zuckte unkontrolliert. Batterien. Charlie hatte recht. Im Kleinhirn dieses Wesens musste sich irgendeine Energiequelle verbergen. Luis' Blick glitt die groteske Schleimspur der Leiche bis zu ihrem Ursprung entlang und fiel auf das Smartphone auf dem Arbeitstresen, das vor ungelesenen Nachrichten glühte.

»Vielleicht drahtlos?«, flüsterte er. »Wir haben alle kleine Computer bei uns und saugen wer weiß was für Strahlung auf. Vielleicht sendet irgendwas davon ein komisches Signal aus, das John Doe wie eine Stimmgabel trifft.«

»Die ganze Nummer ist schon verrückt genug«, sagte Charlie, »ohne dass du auch noch verrückt wirst.«

Sie hatte recht, sagte er sich. Dieses Ding konnte man nicht zur weiteren Beobachtung auf einen Tisch schnallen oder in einen Schrank schieben. Es war eine Fehlgeburt, wenn nicht gar *die* Fehlgeburt schlechthin – auferstanden auf einer Flutwelle verrotteten Fruchtwassers. Rosa hatte sich um die im Badezimmer gekümmert, um diese hier würde er sich kümmern, damit niemand sonst ihren Anblick ertragen musste.

»Du wirst nicht schlecht über mich denken«, fragte er leise, »wenn ich das Ding töte?«

Charlie drehte sich zu ihm um. Der Saum ihres Kittels rieb sich an seinem.

»Wie du eben sagtest – das Ding ist schon tot«, meinte sie schlicht.

Luis schaute in die nordwestliche Ecke des Saals, Charlies Blick folgte seinem. Obwohl sie nie danach gefragt hatte, war ihr das schwarz-gelb gestreifte Schränkchen mit der Aufschrift *SDPD* bestimmt nicht verborgen geblieben. Auf manche Fragen gab es allzu offensichtliche Antworten, zumal in einem Land, wo Amokläufe kaum noch eine Nachrichtenmeldung wert waren. Luis wusste noch, dass er gegen die Installation des Polizeimagazins gestimmt und stattdessen ein größeres Budget für Latexhandschuhe gefordert hatte. Jetzt aber brauchte er, was sich darin verbarg. Es fühlte sich wie eine Niederlage an, vor der barbarischen Denkweise zu kapitulieren, die er als Arzt eigentlich bekämpfen sollte.

Sanft legte er die Finger um den Schlüsselbund in Charlies Hand. Er zog daran, aber sie wollte nicht loslassen. Es war wie in den romantischen Komödien, die er manchmal mit Rosa schaute, wenn eine Frau einen Mann am Schlips zu sich zog.

»Lass mich das machen.« Sie rang sich ein Lächeln ab und zuckte mit den Schultern. »Ich bin deine Frau Diener.« Sie betonte es genau richtig. Luis begriff, dass sie es immer nur der Komik wegen falsch ausgesprochen hatte – oder um ihn zu erfreuen. Wenn er sie je auch nur ein Fünkchen weniger für voll genommen hatte, als sie es verdiente, dann hasste er sich jetzt dafür.

Sein Versuch, ihr Lächeln zu erwidern, wurde vom harten, nassen Klatschen von John Does Handfläche auf dem Boden unterbrochen.

Luis rannte in die Ecke. Wie erwartet waren seine Hände zittriger als Charlies, trotzdem versenkte er den Schlüssel beim dritten Versuch im Schloss. Nachdem er den Riegel geöffnet hatte, der vom langen Nichtgebrauch rostig kratzte, zog er die Tür auf. Er wusste, was in dem Kasten war, und hatte erwartet, genau das zu sehen, was er sah, stockte aber dennoch, ehe er sich die Latexhandschuhe abstreifte. Er traute sich nicht, sie anzubehalten, wenn er genau zielen musste.

Er nahm den geladenen .38er-Revolver aus dem Waffenschränkchen.

Abgehackte Schläge hallten durch den Saal – Charlies stolpernde Schritte. Luis beeilte sich. Die Waffe lag so schwer in seiner Hand, dass er sich ausmalte, wie der Boden unter der Last nachgab, die Betonfundamente des Gebäudes zerfielen, die ganze Erde mit dem Fall der Menschheit einstürzte. Er blinzelte die Vision zusammen mit ein paar Schweißtropfen fort und drehte sich um. Charlie starrte den Boden an und war noch weiter vor dem Leichnam zurückgewichen, der sich bei seiner Verfolgung in den

Kabeln des Computers verheddert hatte. John Doe biss nach den Fesseln, grub die Schneidezähne so tief ins Druckerkabel, dass sich die Kunststoffummantelung löste.

Luis stellte sich neben Charlie, entsicherte den Revolver und richtete ihn auf John Does Kopf. Obwohl es das einzig Richtige war, rechnete er damit, dass Charlie ihm Einhalt gebieten würde. Sie tat es nicht. Luis konzentrierte sich ganz auf die raue Oberfläche des Abzugs, um die flüsternden Stimmen in seinem Hinterkopf zum Schweigen zu bringen, die sagten, dies sei die falsche Reaktion auf eine Fehlgeburt, und wenn er diesen Weg einmal einschlug, würde er ihn nicht mehr verlassen können.

Er drückte ab. Zum zweiten Mal an diesem Tag starb John Doe.

VIERUNDSECHZIG STOCKWERKE

Der Schädel des Leichnams zerbrach in mehrere unterschiedlich große Stücke, die sich über Rücken und Beine ergossen. Graurosa Gewebe, einst das Gehirn eines fühlenden Menschen, spritzte über die Kacheln. Das schwache Leuchten in John Does Augen verlosch. Der Körper sackte zu Boden, schlaff wie ein Steak – bis auf den Kopf, der noch immer zwischen den Computerkabeln klemmte. Blutiger Speichel, sein letzter Beitrag zur Welt der Lebenden, floss ein Stromkabel hinab.

Luis sank gegen den Arbeitstresen. Charlie sank gegen ihn.

Sie keuchten, bis sich ihre hämmernden Herzen synchronisiert hatten.

»Was zum …?«, krächzte Charlie.

»Genau«, sagte Luis. »Was zum …«

Er sah sich im Saal um. Alles war mit Blut und anderen Flüssigkeiten rot und gelb verschmiert, das OP-Besteck durcheinandergeworfen wie nach einer Detonation. Der umgekippte Hocker. Ein regloser Körper, platt auf dem Boden, tot dank einer Kugel, die er selbst abgefeuert hatte – er, Luis Acocella, Stellvertretender Oberster Gerichtsmediziner von San Diego, hatte jemanden *erschossen.* Wie würden die Lokalnachrichten darüber berichten? Er spürte die Waffe in seiner Hand und zischte, als wäre sie kochend heiß. Er schaute sich weiter um, sehnte sich nach einem übernatürlichen Wirbelsturm, der das alles forttragen würde, begnügte sich dann aber damit, die Waffe wieder zu sichern und vorsichtig in der Tasche seines Arztkittels verschwinden zu lassen.

Charlie schluckte deutlich hörbar. »Drahtlose Signale. Batterien. Was auch immer. Irgendetwas hat dafür gesorgt, dass sein

Gehirn weiter Impulse an die Gliedmaßen sendet. An seinen … Mund.«

»Mit bereits einsetzender Leichenstarre? Und vollkommen zerstückelt?«

Charlie zitterte am ganzen Leib. Er fühlte, wie sie ihre Muskeln nacheinander wieder unter Kontrolle brachte, ehe ihre Hand die Ablagefläche entlang in Richtung Festnetztelefon wanderte. Sie lachte bellend. »Wen soll ich denn überhaupt anrufen?«

»Mein Vater hat gesagt, dass Gott die Leute zu sich holt, wann Er es für richtig hält.«

»Fang jetzt bloß nicht mit der Scheißreligion an.«

»Er hat gesagt, dass Gottes Plan Jahrhunderte braucht, um sich zu entfalten.«

»Acocella, sieh mich an. Du darfst jetzt keine spirituelle Krise bekommen.«

Obwohl er das Gefühl hatte, sich bei jeder Bewegung übergeben zu müssen, drehte er den Kopf. Charlie stand neben dem Telefon. Ihr vertrauter streitlustiger Gesichtsausdruck erfüllte ihn mit tiefer Dankbarkeit.

»Was hast du mir immer eingeschärft?«, fragte sie.

Luis zuckte mit den Schultern, auf denen ein Kettenhemd aus Erschöpfung zu lasten schien. »Rauchen. Du sollst mit dem Rauchen aufhören.«

»Du hast immer gesagt, bei dieser Arbeit geht es nicht um die Toten. Sondern um die Lebenden. Ich kann ja auch kaum klar denken nach dem, was gerade passiert ist. Aber wir müssen das irgendwem sagen. Und zwar sofort. Ich weiß, du warst mal Messdiener, Acocella, aber hier geht es um Wissenschaft. Gott hat mit dem Mist nichts zu tun.«

Er betrachtete die polierte Arbeitsoberfläche. Ein gorgonischer Doppelgänger starrte zurück. Luis nickte zustimmend. Sein Zwilling sah weniger überzeugt aus.

»Gut«, sagte Charlie behutsam. »So, dann sag mir, wen ich anrufen soll.«

Da es für so etwas kein Protokoll gab, war die Notfall-Kontaktliste genau einen Namen lang. Luis atmete scharf ein. Der Anruf musste von ihm kommen, also sollte er besser auf Charlie hören und sich schnell wieder zusammenreißen. Was sich anfühlte, als müsste er entnommene Organe zurück in den eigenen Körper puzzeln.

Er kämpfte gegen den Schwindel und nahm den längeren Weg um die Leiche herum, passierte den klebrigen Ring aus Biomasse, wo John Doe vom Tisch auf den Boden gefallen war, den umgekippten Rollwagen mit den verstreuten Werkzeugen, die glitschige Schleimspur, die der Leichnam beim Vorwärtskriechen hinterlassen hatte, machte sorgfältig einen Bogen um Schädelstücke und Hirnreste. Er zog das Handy vom Ladekabel.

Ungelesene Nachrichten. Eine Menge. Er scrollte mit dem Daumen, und ein Zug aus Mitteilungen rollte vorbei, allesamt Sprachnachrichten von Rosa, deren Nachhut eine einzige Textnachricht bildete: RUF MICH AN. Kurz flackerte Ärger in ihm auf. Sie hatte ihn schon zweimal derart mit Nachrichten bombardiert – einmal hatte ein Rohrbruch die Küche unter Wasser gesetzt, einmal hatte sich ein Eichhörnchen ins Haus verirrt. Worum es sich bei dem gegenwärtigen Notfall auch handelte, sie würde sich gedulden müssen.

Er klickte auf die Favoritenliste, auch wenn Jefferson »JT« Talbot dort eigentlich nichts zu suchen hatte. Während es klingelte, starrte Luis John Does Fußsohlen an. Ganz gleich, ob man Industriemagnat oder obdachloser Bettler war, Fußsohlen waren der große Gleichmacher, eine Reminiszenz ans Kindesalter – die Babyspeck-Pölsterchen, die knubbeligen kleinen Zehen.

Du hast nichts Wehrloses getötet, sagte er sich. *Das war keine Fehlgeburt.*

Beim vierten Klingeln ging JT dran.

»Acocella«, sagte er.

JT hatte eine lebhafte Art an sich, um die Luis ihn oft beneidete, gekoppelt mit der Fähigkeit, sich gekonnt an seine Umgebung anzupassen, je nach Bedarf Ausgelassenheit oder besorgte

Seriosität an den Tag zu legen. An diesem Abend aber hatte es Luis mit einem JT zu tun, den er so noch nie erlebt hatte, leer und wortkarg. Luis zögerte, fragte sich, ob sein vielleicht doch nicht so smartes Smartphone aus Versehen die falsche Nummer gewählt oder er JT aus dem Schlaf gerissen hatte. Unmöglich. Mitternacht in Las Vegas war wie sechs Uhr abends überall sonst auf der Welt, vor allem für eine Nachteule wie JT.

»Ich weiß, es ist spät«, sagte Luis. »Ich stell dich auf laut.«

Er legte sein Handy neben die Schüssel mit den Eingeweiden.

»Warum?« JTs plötzlicher Argwohn war ein willkommenes Lebenszeichen. »Wer ist noch da?«

»Charlene Rutkowski. Meine Assistentin.«

»Das … Acocella, das geht nicht. Kein Lautsprecher.«

Luis und Charlie starrten einander an. Beide wussten, dass Jefferson Talbot nur zu gern Publikum hatte, und wenn er jemanden aus einer Unterhaltung ausschloss, sagte er auch klipp und klar, warum. Insofern war auch das für ihren Boss vollkommen untypisch.

»Alles klar«, log Luis. »Du bist nicht mehr auf Lautsprecher. Was ist los?«

JT lachte – das Kichern eines Kobolds.

»Sag du's mir, Acocella. *Dein* Name steht auf *meinem* Display.«

»Du klingst nicht gut, JT. Ist was passiert?«

JT schwieg. Luis hörte mehrere Stimmen im Hintergrund, doch nicht das lärmende Durcheinander eines Casinos oder einer Privatparty, wo man JT normalerweise vermutet hätte. Die Stimmen klangen grob und angespannt, wie strenge Beamte auf zu engem Raum.

»Eine Leiche ist plötzlich aufgewacht«, sagte JT beinahe etwas traurig. »Kommt das ungefähr hin?«

Es schien kälter im Obduktionssaal geworden zu sein, obwohl dies eigentlich unmöglich war. Luis hatte das Gefühl, selbst einen Y-Schnitt auf der Brust zu tragen, durch den sich sein ganzes Inneres nach außen stülpte und ihn leicht wie einen leeren Leichensack werden ließ. Er trauerte den Gedanken hinterher, die ihn vor ein paar Minuten umgetrieben hatten – als er noch geglaubt hatte, das Grauen, das sie eben erlebt hatten, könnte auf diesen Raum eingegrenzt, desinfiziert und verbrannt werden, was auch immer nötig war. Aber JT wusste bereits davon. Was bedeutete, dass das Ganze viel größere Ausmaße hatte als angenommen. Luis glaubte zu spüren, wie sich seine Oberschenkelknochen und Schienbeine aus den verrottenden Extremitäten schälten. Er ging zugrunde. Sie alle gingen zugrunde.

»JT …?« Es klang flehentlich, Lakai an großen Oberboss.

»Wie lange seit dem geschätzten Todeszeitpunkt?« Die Frage schien inzwischen Routine für JT zu sein.

»Viereinhalb? Fünf? JT, er hat sich aufgesetzt. Er ist hinter uns hergekrochen.«

»Après la mort.« JT kicherte finster. »Korrekt?«

»Du musst uns alles sagen, was du weißt«, sagte Luis.

Die Diskussionen im Hintergrund wurden lauter. Dumpfe Schläge ertönten, dann das Geräusch des Telefons, das aufgehoben und vielleicht heimlich an einen privateren Ort gebracht wurde. Im Anschluss klang JTs Stimme lauter, als heiseres Krächzen, wohl von einer vorgehaltenen Hand verstärkt.

»Ich habe eine Menge Scheiße gehört«, zischte er. »Hier sind ein paar Leute, die arbeiten beim – ich kann nicht darüber reden.«

»Wer?«, fragte Luis barsch. »Wo bist du?«

»Auf einer Party?«, sagte JT und lachte seltsam irre. »Rede mit mir, Acocella. Ich werde beobachtet. Ich kann nicht sagen, was ich sagen will.«

Luis' Wunschtraum eines verzweifelten JT war wahr geworden, aber er konnte sich nicht daran erfreuen. Gerade hätte er alles für eine Wiederkehr des hochmütigen, egozentrischen Jefferson Talbot gegeben. Hilfe suchend sah er Charlie an, aber die schüttelte nur den Kopf. Sie hatte das Haarnetz abgenommen, und die dicken Locken ringelten sich wie Schlangen über ihre bebende Brust. Luis räusperte sich.

»Wir hatten einen … John Doe.«

»SDPD?«

»Ja.«

»Ich hab mir schon gedacht, dass du deswegen so spät noch bei der Arbeit bist. Habt ihr ihn obduziert?«

»Mhmm.«

»Kopfverletzung?«, fragte JT. »In welchem Zustand war sein Gehirn?«

Luis sah das Mündungsfeuer des .38ers vor sich. Er wollte nicht zugeben, dass er John Doe erschossen hatte. Nicht JT gegenüber, nicht einmal vor sich selbst.

»Es gab keinen Grund, sein Hirn zu untersuchen«, sagte er vorsichtig.

JTs Atem knisterte im Lautsprecher.

»Der gleiche. Verdammte. Mist.« Seine Stimme wurde schneidend. »Hast du schon was abgeschickt?«

Luis sah Charlie an. Ihre erhobenen Daumen wirkten wie eine frische Spritze Selbstvertrauen.

»Jawohl, Chef. Lokal und EWSD.«

»O Kacke, Mann!« Die lebhafte Stimme, die über so viele Staatsbedienstete gebot, wurde piepsig. »Die werden jeden einzelnen EWSD-Bericht durchkämmen. Ruf sie an. Und zwar sofort. Du musst den Bericht zurückziehen. Das wird einen riesigen Shitstorm geben, und im Moment braut der sich direkt über unseren Köpfen zusammen, das kann ich dir sagen.«

Verwirrung legte sich wie Eingeweideschlingen um seinen Verstand. Luis versuchte, sie abzuschütteln.

»Was hätte ich denn machen sollen? JT, was soll ich denn *jetzt* machen?«

Aus JTs Handy drang eine undeutliche Bassstimme. Wer immer da bei ihm im Raum war, hatte sich genähert. Luis hörte, wie sein Boss mit jemandem redete, und legte den Kopf schief, um besser verstehen zu können. Charlie näherte sich, schlich um John Does zertrümmerten Kopf herum. Die tiefe Stimme am anderen Ende war nicht mehr als ein dumpfes Grollen. Dann war JT wieder am Apparat und räusperte sich knirschend.

»Acocella. Bist du noch im Leichenschauhaus?«

»Ja. Aber …«

»Du musst unbedingt da bleiben. Bleib bei der Leiche. Wir werden … Hilfe schicken.«

Charlie gestikulierte wie wild, er solle das Gespräch beenden. Luis fühlte sich gefangen und benommen.

»Wer ist *wir*?«, brachte er schließlich heraus.

»Tu einfach, was ich sage, Luis«, wimmerte JT. »Das wird bald alles … weder du noch ich können da irgendwas …«

»Nenn mich nicht Luis. Du hast mich noch nie Luis genannt. Ich bin fassungslos, dass du meinen Vornamen überhaupt kennst.«

»Leg endlich auf!«, fauchte Charlie.

»Bitte«, sagte JT flehentlich. »Wie lange sind wir schon Freunde?«

»Seit noch nie!«

JTs Stimme überschlug sich. »Jetzt hör mal zu, du kleiner Scheißlatino! Du bleibst verfickt noch mal genau da, wo ich dir gesagt habe, dass du bleiben sollst! Du rührst dich keinen beschissenen Zentimeter von der Stelle.«

»Fick dich, du Schwuchtel!«, bellte Luis.

»Aufmüpfiger Chicano-Hurensohn!«

»Obrigkeitshöriger schwuler Hausneger!«

»Leg auf!«, schrie Charlie.

Ein seltsames Gurgeln blubberte durchs Telefon. Für Luis klang es fast wie das sprudelnde Blut aus einer Schlagader, wenn er einen noch frischen Leichnam anschnitt. Halb rechnete er damit, eine rote Fontäne aus dem Handy schwappen zu sehen. Aber schnell identifizierte er das grausige Geräusch als sanftes, verheultes Gelächter.

»Ja, Luis, ich kenne deinen Vornamen. Von Anfang an, schon als wir uns beide auf dieselbe Stelle beworben haben. Ich hab dich immer gemocht. Was du mir wahrscheinlich eh nicht glaubst. Du bist richtig gut in dem, was du tust. Was kann ich denn schon? Ich hab doch nur … was? Ein freundliches Lächeln? Luis, es tut mir leid. Ich hab die Kontrolle verloren. Verstehst du? Ich hab hier überhaupt nichts mehr … unter Kontrolle. Und es tut mir so leid. *Für uns alle*, Mann. Für uns alle.«

Das klang unmissverständlich nach Abschied. Charlie wedelte wie ein Semaphor mit den Armen, zog einen Finger über ihre Kehle, versuchte alles, um ihn zum Auflegen zu bewegen. Ihre Pantomime blieb wirkungslos. Ein guter Arzt legte nicht einfach auf, wenn er jemanden in der Leitung hatte, der dermaßen niedergeschlagen wirkte – selbst wenn es sich um Jefferson Talbot handelte.

»JT, beruhig dich.«

Die Antwort bestand aus einer Reihe harter Schläge, als das Telefon fallen gelassen wurde. In den meisten Fällen wurde besagtes Telefon dann wieder aufgehoben. Wer ließ schon freiwillig das Gerät zurück, das einen mit der großen weiten Welt verband? In diesem Fall hörte Luis allerdings Schritte, die sich entfernten. Nie hätte er sich die unvermittelte und dringende Sorge träumen lassen, die er plötzlich für seinen Boss empfand.

»JT!« Sein Schrei brachte eine Hängewaage zum Vibrieren. »Mach, dass du da rauskommst! Verschwinde!«

Luis klappte den Mund zu; er klang hysterisch. Eine geschlagene Minute – oder noch länger? – starrten er und Charlie einander an. Er wartete darauf, dass Charlie ihn anschrie, sie müssten sich genauso aus dem Staub machen wie JT. Er kannte seine Antwort bereits: Es gab Regeln für solche Situationen, es gab für alles Regeln.

Ein Knistern aus dem Handy, als doch noch jemand das Telefon aufhob.

Die Stimme war sehr tief, beinahe bodenlos.

»Wer ist da? Acocella, hat er eben gesagt, oder?«

Ja, Tatsache, wer war denn da? Luis' zog alle möglichen Antworten in Betracht. Las Vegas wurde von vielen Machthabern und Strippenziehern frequentiert, kein Ort eignete sich besser für verschwörerische Zusammenkünfte. Da konnte jeder am anderen Ende sein, Leute aus jeder erdenklichen Regierungsebene. Womöglich waren auf ihren Befehl hin bereits FBI-Agenten mit gellenden Sirenen – oder auch in raubtierhafter Stille – unterwegs zur Gerichtsmedizin im Balboa-Park.

»Wer spricht?«, fragte Luis zurück.

»Lindof«, sagte der Mann hörbar überrascht, als hätte Luis ihn an der Stimme erkennen müssen. Luis dachte nach. Gab es im Büro des Gouverneurs von Kalifornien einen Lindof? Oder beim Heimatschutz? Er glaubte nicht, aber sein Kopf war ohnehin von weißem Rauschen erfüllt.

»Schön für Sie«, sagte Luis. »Geben Sie mir wieder JT.«

»Sorry, Baby, das geht schlecht.«

»Jetzt hören Sie mal zu, Mr. Lindof. Sie holen auf der Stelle Jefferson Talbot und geben ihm das Telefon zurück, *sein* Telefon, oder ich rufe als Nächstes die *New York Times* an.«

»Ach ja? Und was wollen Sie denen erzählen? Wie wollen Sie das erklären?«

Der spöttische Tonfall war unerträglich. Leider hatte der Mann trotzdem nicht unrecht. Was hätte Luis einem Reporter mitteilen können, ohne sofort auf der für Bekloppte reservierten Mailbox zu landen?

»Ist das Ihre Schuld?«, fragte er. »Steckt die Regierung dahinter?«

Lindof kicherte. »Wie kommen Sie darauf, dass ich für die Regierung arbeite?«

»Dann eben nicht. Aber Sie wissen, wer verantwortlich dafür ist, oder?«

Teurer Zwirn raschelte beim Schulterzucken. »Eigentlich nicht.«

»Warum zur Hölle verschwenden Sie dann Ihre Zeit, um mit *mir* zu reden? Finden Sie es raus, verdammt!«

»Sie klingen ein bisschen panisch.«

»Ach nein! Natürlich bin ich panisch, scheiße. Was glauben Sie denn, wie hier gerade die Stimmung ist? Wir sitzen bestimmt nicht gemütlich zusammen und spielen UNO!«

»Wir?«, sagte Lindof zögernd. »Ist noch jemand bei Ihnen, Acocella?«

Luis warf Charlie einen Blick zu und legte sich eine Lüge zurecht, aber sie nickte.

»So ist es. Wir«, sagte er. Charlie strahlte. »Und wir brauchen keine halbe Minute, um hier rauszukommen. Sie reden von Panik?

Wir können gerne dem erstbesten Passanten auf der Straße erzählen, was hier passiert ist. Haben Sie eine Ahnung, wie schnell ein Foto heutzutage die Runde macht? Wissen Sie, wie viele wir schießen können, bevor wir hier verduften? Und das werden wir tun, Gringo, es sei denn, JT erklärt mir, warum wir das nicht tun sollten.«

»Hochinteressant«, sagte Lindof. »Aber ich fürchte, Mr. Talbot ist weg.«

»Dann holen Sie ihn zurück.«

»Geht nicht. Wir befinden uns im obersten Stock des Trump International Hotel in Vegas. Und wenn ich's richtig gesehen hab, ist Ihr Kumpel Mr. Talbot eben vom Balkon gehüpft. Heiliger Bimbam. Das sind vierundsechzig Stockwerke.«

Die Stille, die sich über den Autopsiesaal legte, erinnerte Luis an einen Urlaub in Colorado, als er und Rosa eines Morgens aus der Hütte getreten waren und die stumme Welt unter nahezu anderthalb Meter Neuschnee begraben gewesen war.

Jefferson Talbot, der Oberste Gerichtsmediziner, tot? Eine Figur mit solch rasantem Elan, vielleicht scheinheilig, womöglich promiskuitiv, aber so voll von strahlender Lebensfreude, sollte auf einer golden gestrichenen Terrasse zerschellt sein? Luis' Welt geriet zunehmend aus den Fugen. Wenn JT nicht mehr war, hatte er dann hier das Sagen? War das nicht immer sein Wunsch gewesen? In der erstickenden Stille des Saals verleugnete er nicht nur die Beförderung, sondern alle bisherigen beruflichen Ziele.

Aber die Stille war nicht vollständig. Das leise metallische Klopfen, das Luis bislang auf den Lüftungsschacht geschoben hatte, wurde lauter. Und die Klänge wiederholten sich nicht mit der Gleichmäßigkeit von Regen, der auf Fensterbretter prasselt, sondern unregelmäßig, als schlüge jemand mit den Handflächen gegen eine verschlossene Tür.

Kurz darauf hatte auch Charlie das Geräusch bemerkt. Beklommen starrten sie beide in Richtung John Doe, warteten angespannt auf die nächste Stufe seiner grotesken Evolution, aber die Klänge kamen von woanders. Gemeinsam – als könnten koordinierte Bewegungen der Situation etwas von ihrem Schrecken nehmen – wandten sie sich der Quelle zu.

Für das, was man schlicht als »Tiefkühler« oder »Kühlschrank« bezeichnete, bevorzugten die meisten Angestellten vor Ort die hippere, an Lagerfeuer erinnernde Bezeichnung »Kühlbox«. Durch automatische Schiebetüren wie im Supermarkt konnten die Arbeiter die Neuankömmlinge ungehindert auf Bahren in den klimatisierten Raum schieben, wo die Verstorbenen dann in einer Schrankwand aus Metallfächern bis zur anfänglichen Untersuchung, der Identifizierung durch Familienangehörige, der Autopsie oder der Ankunft ausstehender Rechtsdokumente aufbewahrt wurden. Zwei batteriebetriebene hydraulische Hebebühnen standen bereit, um die schweren Leichensäcke in die obersten Fächer zu bugsieren oder wieder herauszuholen. Gegenwärtig lagen mehr als hundert Körper in unterschiedlichen Verwesungsstadien in der Kühlbox.

Dem Klang nach regten *Die* sich jetzt auch.

Das Klopfen wurde zu einem Pochen, das Pochen zu einem Hämmern. Luis rief sich die Details der Konstruktion dieser Fächer vor Augen. Metallfedern verhinderten, dass die Auflagen im Innern verrutschen konnten. Aber nichts hielt die Körper auf den Auflagen fest. Es gab schlicht keinen Grund, Leichen zu fixieren. Ein leiser Gongschlag ertönte. Luis und Charlie zuckten gleichzeitig zusammen, denn es klang verdächtig nach einem Schädel, der an die Metalldecke seines Fachs schlug. Ein weiterer Gongschlag, dann noch einer, als immer mehr Leichen die Bewegung nachahmten. Schließlich ertönten weichere, umso abstoßendere Geräusche; schweres, lautes Klatschen, begleitet vom scharfen Knistern zerreißender Leichensäcke.

Die Körper rollten sich aus ihren Fächern auf den Boden.

Luis würde abermals den .38er benutzen müssen, nur diesmal gegen sich selbst, um der wilden Abwärtsspirale seiner Gedanken Einhalt zu gebieten. Er sah Dutzende unförmige Leichensäcke vor sich, die wie fette blinde Maden über den Boden auf die Tür zukrochen. Wenn Charlie und er keine Geräusche machten, würden diese Schrecken vielleicht noch eine Weile ziellos umherstreifen.

»Hallo? Acocella? Sind Sie noch dran?«

Lindofs Stimme erschreckte ihn. Genau wie JT ließ Luis sein Handy fallen. Anders als JT fing er es auf, ehe es den Boden erreichte.

»Mein Beileid bezüglich Mr. Talbot«, sagte Lindof. »Er scheint mir ein lustiger kleiner schwuler Kerl gewesen zu sein.«

Luis wurde schwarz vor Augen. Er musste sich dringend zusammenreißen. Wie so oft dachte er an jenen Augenblick, als ein herrischer Oberarzt ihm, zu dem Zeitpunkt noch idealistischer Assistenzarzt, ins Gesicht gesagt hatte, ihm fehle »der Biss«. Eine Beleidigung, die ihm dennoch eine wichtige Lebenslektion erteilt hatte.

Selbst der einsamste Leichnam – so hatte dieser Arzt ausgeführt –, der keine Angehörigen mehr hatte, die ihn identifizieren konnten, hatte trotzdem einen Einfluss auf die Lebenden. Sein Beispiel: Ein Bettlägeriger wird bei einem Einbruch erschossen. Man denke an die Ersthelfer, die mit der Erinnerung an die Sauerei leben müssen, die sie vorgefunden haben; an die Chirurgen, Schwestern, Krankenwärter und Praktikanten, deren geruhsame Nacht jäh gestört wird; an die Ermittler, die viele Wochen der Wahrheit hinterherjagen; an den Stab des Bezirksstaatsanwalts, der unter Druck steht, möglichst viele Verbrechen aufzuklären und sich persönlich einschaltet; an die Versicherungsvertreter, die ackern müssen, um jede Verantwortung von sich zu weisen; an den Vermieter, der auf den Mietschulden und auf dem wertlosen Krempel des Opfers sitzen bleibt. All diese Menschen bilden quasi die Zweitfamilie des Verstorbenen, und als Familie müssen sie zusammenhalten, wenn sie überleben wollten. Luis, Charlie, Lindof, wer auch immer – sie mussten zusammenhalten.

Charlie beschloss hingegen, auf Konfrontationskurs zu gehen.

»Ist JT wirklich gesprungen, Mr. Lindof? Oder hat da jemand nachgeholfen?«

»Charlie!«, zischte Luis.

Noch mehr knisterndes Raspeln aus der Kühlbox.

»Ah, eine Dame«, sagte Lindof. »Mit wem habe ich denn das Vergnügen, Baby?«

Charlie fletschte die Zähne.

»Nein!«, rief Luis. »Sag ihm nicht, wie du heißt!«

Das *Wusch* der automatischen Schiebetüren nahm er nur am Rande wahr. Dann aber starrte er zur Tür, wie er als Kind den geöffneten Kleiderschrank in seinem Zimmer angestarrt hatte. Neben ihm hatte Manolo geschnarcht und war ihm keine Hilfe gewesen. Er dagegen hatte immer gewusst, dass im Schrank etwas Unaussprechliches lauerte.

Ein unförmiger weißer Leichensack schob sich in den Saal, der durch Hände, Füße und Kopf, die darin gefangen waren, eine abstrakte Form angenommen hatte.

»Sofort«, krächzte Luis, »Charlie, wir verschwinden jetzt sofort!«

Er schnappte sich den Schlüsselbund vom Tresen, hielt inne, nahm auch das Handyladegerät mit. Charlie rannte los, um von einem anderen Tresen ihre Handtasche aufzulesen, wobei sie einen Bogen um John Does blutige Schleimspur machte. Ihr Weg führte sie an der Tür zur Kühlbox vorbei, und Luis unterdrückte nur mit Mühe ein entsetztes Kreischen. Zwei weitere Leichensäcke waren hinter dem ersten aufgetaucht. Die Köpfe darin bäumten sich wie Ungeborene gegen den Reißverschluss ihrer Fruchtblase auf. Sie standen kurz vor der Geburt, während schon das verfaulte Fruchtwasser aus den Säcken rann. Sie krabbelten weiter, streckten begierig die Arme aus.

Luis rannte los und streckte die Hand nach Charlie aus. Noch nie hatten sie sich an den Händen gehalten, aber als sich ihre Handfläche verschwitzt und kräftig mit seiner verband, schien es fast, als wäre er, ganz wie John Doe, plötzlich mit neuem Leben erfüllt. Er wurde ruhiger, entschlossener. Sie würden diesen kriechenden Abscheulichkeiten entrinnen. Sie würden allen, die man von Vegas aus losgeschickt hatte, um sie mundtot zu machen, entkommen.

Luis ließ das Telefon direkt neben den .38er in die Tasche seines Kittels gleiten und riss sich Haarnetz, Schürze und Armschützer vom Leib. Charlie tat es ihm gleich. Es war gar nicht so einfach, sich auszuziehen, wenn man jemandes Hand festhielt, aber keiner von ihnen hatte die Absicht, die schützende Verbindung zu unterbrechen.

»Wohin?«, fragte Charlie.

»Rosa – ich muss erst nach ihr sehen, okay?«

»Ich komme mit, okay? Jetzt aber los, verdammt!«

Als sie den Parkplatz erreichten, schlug ihnen wie üblich nach dem kalten Leichenhaus die warme kalifornische Nachtluft entgegen. Luis' Schweiß brutzelte wie gebratener Speck. Die Luft war zum Schneiden dick und roch rußig. Die vielen Sirenen von Polizei- und Krankenwagen in der Ferne mochten für diese Tageszeit normal sein. Vielleicht aber auch nicht.

Auf dem Parkplatz standen nur zwei Autos. Luis' silberner Prius war eindeutig das verlässlichere Fahrzeug, und Charlie hatte keine Einwände. Als sie einander losließen, um einzusteigen, schnappte Charlie sich seinen Schlüsselbund, wogegen er wiederum keinen Widerspruch einlegte. Sie brauchten jetzt jemanden mit aggressivem Fahrstil am Steuer.

In der plötzlichen Stille des Autos begriff Luis, dass Lindof immer noch redete. Niemand hatte den Anruf beendet. Er plapperte fröhlich vor sich hin und kümmerte sich eindeutig nicht darum, ob ihm überhaupt jemand zuhörte. Mit jedem Wort aus dem Lautsprecher wollte Luis den Anruf dringender beenden, aber seine Aufmerksamkeit galt dem Stau, den es um diese Uhrzeit nicht hätte geben dürfen, und dem Rauch eines Unfalls, um den sich niemand kümmerte, und der bestürzenden Anzahl von Passanten, die wild auf den Bürgersteigen hin und her rannten. Er half Charlie, sich einen Weg zu bahnen, während er leise vor sich hin murmelte: »Gott hat mit dem Mist nichts zu tun. Gott hat mit dem Mist nichts zu tun. Gott hat mit dem Mist nichts zu tun …«

Und doch hörte er unterschwellig immer noch Lindof zu. »Selbst wenn ihr wisst, wer ich bin, liegt ihr falsch. Ich bin nicht der, der ich noch vor einer Stunde war, das kann ich euch aber flüstern. Ich bin jetzt viel besser, Baby, und eine Sache weiß ich ganz sicher: Ihr seid schlechter dran. Solltet ihr in Panik verfallen? Die Antwort darauf lautet ja. Ja, das solltet ihr unbedingt. Ihr solltet euch in eure vollgekackten kleinen Windeln machen. Wisst ihr, was ich glaube? Ich glaube, eure Welt steht kurz davor, im Meer zu versinken, Acocella, und meine Welt wird gleich emporgehoben werden wie ein verfickter Berg. Heiliger Bimbam, das gibt ein Spektakel.«

REDSKINS VOR!

Als Etta Hoffmann am 25. Oktober den EWSD-Eintrag Nummer 129-46-9875 entdeckte, machte sie ihre Mitstatistiker John Campbell, Terry McAllister und Elizabeth O'Toole mit der ihr eigenen Emotionslosigkeit darauf aufmerksam. Sie drängten sich in Hoffmanns kleiner Arbeitsnische zusammen – näher, als ihr lieb war, auch wenn sie längst gelernt hatte, ihr diesbezügliches Unbehagen für sich zu behalten. Da sie dem Notstromaggregat nicht vollends vertraute, hatte sie den Bericht ausgedruckt und an Elizabeth O'Toole weitergereicht, die nun die zweite Hälfte des Berichts laut vorlas, eine automatische Verschriftlichung des mündlichen Berichts eines gewissen Dr. Luis Acocella aus San Diego. Terry McAllister, der seine Gefühle nicht länger verbergen wollte und Elizabeth O'Toole einen Arm um die Hüfte gelegt hatte, kannte die Fehler der zuständigen Software nur zu gut und übersetzte.

»Länglich, heiß.«

»Männlich, weiß.«

»Todes Uhr Bache.«

»… Ursache.«

»Nicht – wiederhole: Nicht papistische …«

»Ha! Klassiker. Ballistische.«

»… ballistische Einwirkung. Pfarrer Ort …«

»Fahre fort.«

»… mit der Untersuchung des Nerzes …«

»Herzens.«

»Suche nach vier Küssen.«

»Dafür ist es wohl ein bisschen spät. Verschlüssen.«

»… und Kardi Omi Empathie.«

»Das hat was Poetisches! Ich finde, wir sollten diesen Acocella stante pede zum Hofdichter ernennen.«

Hoffmann wusste, dass man sie beim EWSD als »Poetin« verspottete. Sie war ja nicht taub. Dieser Witz jetzt ging aber offenbar nicht auf ihre Kosten. Elizabeth O'Toole lachte leise. Runde Tränen hingen wie Vergrößerungsgläser in ihren Augenwinkeln. Hoffmann war erleichtert von ihrer Reaktion. Sie wusste, dass Lachen für die meisten Menschen ein wichtiges Mittel zum Spannungsabbau war. In den vergangenen achtundvierzig Stunden hatte sich nicht einmal der Anflug eines Lächelns in dieses Büro verirrt. Worüber sogar Hoffmann etwas besorgt gewesen war.

Mittlerweile war 129-46-9875 nichts Neues mehr. Der Bericht enthielt dieselben Details über *Sie* und *Die* wie die übrigen dreihunderttausendsechshundertzweiundvierzig Meldungen in den letzten zwei Tagen. Das einzig Bemerkenswerte an diesem Bericht (abgesehen von der bescheuerten Transkription) war die Sendezeit. Hoffmann steckte ihn in den »Ursprung«-Ordner und versah ihn mit einem Klebezettel, auf dem in akkurater roter Schrift *Null-00:00* stand. Der nächste Fall, der vier Stunden und einundzwanzig Minuten später beim EWSD eingegangen war, wurde mit *Null-04:21* markiert und so weiter, eine neue Organisation für ein neues Zeitalter. Dieser Vorgang sorgte bei Hoffmann für ähnliche Entspannung wie das Lachen bei Elizabeth O'Toole.

Auf Hoffmanns Mitarbeiter hatte *Null-00:00* allerdings eine andere Signalwirkung. Statt dies als Startpunkt zu begreifen, sahen sie den Anfang vom Ende.

»Ich habe um diese Zeit jedes Jahr richtig Party gemacht, so kurz vor den Feiertagen, wisst ihr? Um zu feiern, dass ich es ein weiteres Jahr geschafft hab«, sagte John Campbell mit einem wehmütigen Lächeln. »Und dann hab ich mir immer gesagt: Na schön, aber wie wird wohl das nächste Jahr? Das war doch der Sinn der Sache, oder? Die Sorge, ob man morgen noch da ist, hält einen am Laufen.«

Hoffmann wusste, dass es John Campbell nicht besonders gut ging. Er hatte sein Kind an Leukämie verloren, und keine einundzwanzig Monate später hatte seine Frau die Scheidung eingereicht. Keine solide Grundlage. Er aß kaum und nahm hauptsächlich Kaffee zu sich. Obwohl er es unter die letzten vier geschafft hatte, was Hoffmann durchaus Respekt abverlangte, wusste sie, dass er als Nächster die Segel streichen würde. Aber das machte ihr nichts aus. Sie freute sich sogar darauf. John Campbell stand immer zu dicht neben ihr.

»Wird *irgendwer* von uns morgen noch da sein?« Elizabeth O'Toole wischte sich die Tränen weg. Hoffmann war seltsam enttäuscht, dass alle bis jetzt durchgehalten hatten.

»Davon rede ich doch«, sagte John Campbell mit Nachdruck. »Wenn es kein Morgen mehr gibt, bleiben wir hier alle auf unseren Fehlern sitzen. Mit allem, was wir getan haben, bevor die Poetin unsere Uhr auf Null-null-null-null-null zurückgestellt hat. Jetzt werden wir mit unseren Fehlern konfrontiert. Ohne Hoffnung auf einen neuen Tag. Wisst ihr, was ich meine? Das wird verdammt noch mal die große Abrechnung für alles, was wir je falsch gemacht haben.«

»Klingt, als wären wir hier in der Kirche«, murmelte Terry McAllister.

»Wie meinst du das?«, fragte John Campbell sofort.

»Sagen die einem in der Kirche nicht genau das? Du sündigst, du kommst in die Hölle, und dann hält Satan dir fröhlich all deine Sünden vor, wie in dieser alten Fernsehsendung.«

Das ist Ihr Leben, dachte Hoffmann. Sie mochte alte Fernsehsendungen. Sie saß zu Hause und schaute Folge um Folge, mit Snacks und kurzen Pinkelpausen, bis es entweder exakt Mitternacht war – ihre Schlafenszeit – oder es keine weiteren Folgen mehr gab. Dann suchte sie sich die nächste Sendung.

»Nur sind wir eben noch nicht in der Hölle«, sagte John Campbell. »Wir sind immer noch hier.«

»*Die* aber auch«, sagte Terry McAllister.

»Und das heißt, *Die* haben uns das Versprechen genommen, dass wir nach dem Tod an einen besseren Ort kommen. *Die – Die* sagen uns: Nein, das war's. *Das war's.*«

»Hör auf«, sagte Elizabeth O'Toole. »Das ist doch Unsinn.«

»Das Leben war ein Geschenk.« John Campbell hatte Hoffmanns Rücklehne ergriffen. Sie spürte seinen heißen Atem und wünschte, er würde sich entfernen. »Und dieses Geschenk hat uns gehört. Wir sollten die Einzigen sein, die es uns nehmen können. Das ist unsere und nicht *Deren* Entscheidung.«

Zwei Tage später war John Campbell verschwunden. Hoffmann nahm an, dass er nach Hause gefahren war, um sich umzubringen. Sie empfand keine Trauer. Er hätte sowieso nicht mehr lange überlebt. Kurz darauf sagte Elizabeth O'Toole, dies sei das Ende der Welt, und Terry McAllister entgegnete, wenn dem so sei, warum zur Hölle hingen sie dann noch im Büro rum, wenn er zu Hause erstklassigen Tequila stehen hatte? Trotz der Umstände lächelte Elizabeth O'Toole. Sie würden zusammen sein können, wenn auch nur für kurze Zeit.

Elizabeth O'Toole fragte Hoffmann, ob sie mitkommen wolle, und fügte hinzu: »Wir sind nur noch uns selbst verpflichtet.«

Hoffmann wusste das Angebot zu schätzen. Sie schaute auf und sah Elizabeth O'Tooles gerötete Augen, die tiefen Schatten darunter, die strähnigen Haare. Sie würde diese Frau nicht vermissen, wünschte ihr aber dennoch das Beste. Elizabeth O'Toole hatte Hoffmann immer in Schutz genommen, wenn sie dem Spott der anderen ausgesetzt gewesen war. Auch das wusste Hoffmann. Sie war ja nicht taub.

Als Terry McAllister und Elizabeth O'Toole gingen, erhaschte Hoffmann einen kurzen Blick auf die Außenwelt. Tote Blätter wehten über die Straße und gesellten sich zu den wachsenden Müllhaufen, die sich in fünf Tagen ohne Straßenreinigung angesammelt hatten. Es waren viel zu wenig Autos zu sehen. Das bedrückendste Detail aber war ein totes Pferd, das um einen Hydranten gekrümmt dalag. Hoffmann spürte ein seltsames Verlangen, hinauszugehen und es sich anzusehen. Sie hatte noch nie ein Pferd aus der Nähe gesehen. Leider fehlte seine gesamte Körpermitte. Es bestand nur noch aus Kopf, Beinen und Rückgrat.

Das Statistische Bundesamt, zu dem das EWSD gehörte, hatte schon 2006 einen neuen Bürokomplex in Suitland, Maryland, bezogen, aber obwohl alle anderen Unterbehörden ins neue Hauptquartier umgesiedelt waren, war das EWSD in Washington geblieben. Zu Hoffmanns großer Erleichterung. Veränderungen in ihrem Arbeitsalltag brachten sie durcheinander. Allein beim Gedanken an die zwei Buslinien, mit denen sie jeden Tag nach Suitland hätte fahren müssen, wurde ihr ganz anders. Die anderen hatten auf einen Umzug gehofft und über ihr gegenwärtiges Bürogebäude gemeckert, einen kleinen, zweistöckigen, funktionalistischen, fensterlosen Betonkasten, verziert mit abstrakten Formationen aus Ziegeln und Eisen. Hoffmann hatte noch nie einen Gedanken an die architektonischen Qualitäten des Gebäudes verschwendet – bis sie hinter Terry McAllister und Elizabeth O'Toole die Tür abschloss und sie mit einer Möbelbarrikade verstärkte.

Das EWSD-Büro war ein uneinnehmbarer Bunker.

Hoffmann wanderte durchs Gebäude. Das hatte sie noch nie getan. Sie war nie neugierig gewesen. Im Untergeschoss entdeckte sie in begehbaren Speisekammern und Kühltruhen massive Vorräte unverderblicher Nahrung und gewaltige Reserven an Wasserflaschen. Obgleich ihr nicht wohl dabei war, ihren Posten am Computer so lange zu verlassen, widmete sie den gesamten Nachmittag der Katalogisierung der Bestände. Ihren Berechnungen zufolge konnte sie mit diesem Vorrat fast zweiundzwanzig Jahre lang überleben.

Erst nachdem sie schon seit Stunden wieder am Rechner saß, konnte sie das Gefühl einordnen, das sich ihrer bemächtigt hatte: Eine große Ruhe und die Klarheit zu wissen, dass sie genau da war, wo sie sein sollte. Gut möglich, dass sie für den Rest ihres Lebens keine direkte Konversation von Angesicht zu Angesicht mit einem anderen Menschen mehr würde führen müssen. Das erfüllte sie mit einer Leichtigkeit, die sie nie zuvor erlebt hatte. Vollkommen isoliert von all der unangenehmen Wärme, den Körpergerüchen, den lauten Stimmen, der alarmierend grellen Kleidung, dem plötzlichen Kommen und Gehen, den unvorhersehbaren Bewegungen im Raum und den verwirrenden sexuellen Energien der restlichen Menschheit, fühlte sich Etta Hoffmann zum ersten Mal in ihrem Leben wirklich glücklich.

Tage vergingen. Sie arbeitete weiter. Bereitete sich dreimal pro Tag eine Mahlzeit zu. Dosensuppe. Tiefkühlpizza. Brote mit Erdnussbutter, bis das Brot irgendwann schlecht wurde. Punkt Mitternacht legte sie sich zum Schlafen auf ein Sofa. Wochen vergingen.

Einen Monat nach 129-46-9875 waren etwa neun von zehn an das EWSD-Netzwerk angeschlossene Teilnehmer offline. Hoffmanns Berechnungen nach waren dies zweiundneunzig Prozent aller Krankenhäuser, fünfundneunzig Prozent aller Alten- und Pflegeheime und vierundsiebzig Prozent aller Polizeiwachen. Sie hatte immer weniger Daten zu verarbeiten, auszudrucken, abzulegen. Nie zuvor hatte es keine Warteschlange im System gegeben. Obwohl sie die einzig verbleibende Statistikerin war, vergingen jetzt manchmal halbe Tage ohne eine Meldung von der Außenwelt. Sie drückte auf *Aktualisieren*, bis ihre Fingerspitze schmerzte. Zum ersten Mal seit vielen Jahren war sie zur Untätigkeit verdammt.

Die Idee kam schleichend, so wie es Ideen bei Etta Hoffmann immer taten. Das EWSD bildete eine einzigartige Schnittstelle im System der Regierungsorgane, da es die internen Datenbanken der statistischen, medizinischen und polizeilichen Bundesbehörden miteinander verknüpfte. Die EWSD-Belegschaft mochte auf der Washingtoner Hackordnung nicht allzu weit oben stehen, hatte aber abgesehen von den Nachrichtendiensten den uneingeschränktesten Zugriff auf die digitalen Nebenstellen des Regierungsapparats. Diese virtuellen Zugänge waren zwar oberflächlich, dafür aber zahlreich. Im Lauf der Jahre hatte Hoffmann einen flüchtigen Blick darauf geworfen, so wie sie auf die Flure geblickt hatte, die sie nicht zu erforschen gedachte.

Sie erinnerte sich an einen Statistiker, der vor acht Jahren gefeuert worden war, weil er den Slogan REDSKINS VOR! heimlich auf die Homepages der NASA, der Forstbehörde, des Patentamts, der Behörde für Lebensmittelsicherheit und, am allerschlimmsten, des Bundesamts für indianische Angelegenheiten geschmuggelt hatte. Dem darauffolgenden aufgeregten Tratsch im Büro hatte Hoffmann sich nicht angeschlossen. Aber sie war ja nicht taub. *Sie war nicht taub.*

Die Seiten anderer Bundesbehörden zu manipulieren war streng verboten. Nur war niemand mehr da, der sie dafür bestrafen konnte. Eigentlich hätte es ihr unmöglich sein sollen, auf die Systemsteuerung anderer Behörden zuzugreifen, aber die meisten EWSD-Angestellten waren geflohen, ohne ihre Rechner herunterzufahren. Wie bei so vielen Bundesbehörden war auch hier die Technik veraltet, was bedeutete, dass sich Computer im Schlummerzustand nicht automatisch ausloggten. Seit Wochen hatte Hoffmann die Daten auf den ungesicherten Laufwerken geplündert.

Hoffmann vermutete den größten Schatz im Passwortmanager einer Leitenden Statistikerin namens Annie Teller. Sie erinnerte sich noch an Annie Teller. Schwarz, groß gewachsen, athletisch, britischer Akzent, farbenfrohe Kleidung, ein leichtes Hinken, die dunklen Augen scheinbar immer auf einen Punkt in weiter Ferne gerichtet. Sie schien niemanden zu bemerken, der ihr entgegenkam. Sagte so gut wie nie Hallo. Da Hoffmann es hasste, wenn jemand sie begrüßte, war Annie Teller ihre liebste Begegnung auf dem Flur gewesen.

Hoffmann machte sich daran, Annie Tellers persönliche E-Mails in einem neuen Browserfenster auszuwerten. Annie Teller hatte keine Schlagwörter gespeichert, und eine Suche nach »Passwort« blieb ergebnislos, also hatte Hoffmann keine andere Wahl, als sämtliche Mails durchzulesen. Das machte ihr nichts aus. Einmal hatte eine Frau ihre Handtasche auf der EWSD-Toilette vergessen, und Hoffmann hatte sich jeden Gegenstand darin genau angesehen, während sie auf dem Klo saß. Sie wusste, dass derartiges Verhalten allgemein als »Verletzung der Privatsphäre« bezeichnet wurde, hatte aber nie das Gefühl gehabt, jemanden zu verletzen.

Sie war, wie es auch in ihrer Jobbeschreibung stand, Statistikerin, die Informationen sammelte, Daten katalogisierte und objektive Schlüsse zog.

Annie Teller hatte eine Menge private Mails bekommen und versendet. War das so üblich? Allein ein bestimmter Austausch mit zwei Freundinnen bezüglich Musikempfehlungen erstreckte sich über mehr als dreihundert Nachrichten. Auf ihrer Jagd nach Passwort-Hinweisen notierte Hoffmann sich die Namen der Musiker, die Annie Teller am häufigsten erwähnte, ihres Lieblingsessens, ihrer Lieblingsfilme. Annie Teller schien eine große Zahl an Nichten und Neffen in Großbritannien und in den USA zu haben. Hoffmann notierte sich auch deren Namen. Annie Teller hatte vor ein paar Jahren eine Wirbelsäulenverletzung erlitten. Hoffmann notierte sich den Namen der Chiropraktikerin, mit der Annie Teller sich angefreundet hatte.

Abrechnungsbelege: Es waren Tausende. Digitale Musik, Kleidung, Schuhe, Körperpflege, eine überraschende Anzahl von Bilderrahmen – Hoffmann stellte sich vor, dass Annie Tellers Haus von oben bis unten mit Bildern von Freunden, Geschwistern, Großeltern, Nichten und Neffen aus zwei Ländern zugepflastert war. Annie Teller schien keine Haustiere zu haben, das war ungünstig. Selbst Hoffmann wusste, dass Haustiernamen als mögliche Passwortkandidaten Gold wert waren.

Annie Teller war Single. Es gab ein paar Besuche auf Dating-Webseiten sowie mehrere Mails von Bekanntschaften, die sich auf die physische Welt erstreckt hatten. Einige waren explizit sexuell, manche in einem verspielten, koketten Tonfall verfasst, der ganz und gar nicht nach Annie Teller klang, manche wütend und komplett in Großbuchstaben gehalten, manche tieftraurig und voller Rechtschreibfehler. Nichts davon schien von passwörtlicher Relevanz zu sein.

Eine Beziehung war eindeutig ernster gewesen als der Rest. Die Frau hieß Tawna Maydew. Annie Teller hatte Tawna Maydew im Disney World in Florida kennengelernt. Die Erwähnung dieses Vergnügungsparks reichte aus, damit sich Hoffmann der Magen umdrehte. So viele fremde Menschen, die sich Bauch an Rücken in unvermeidliche Schlangen zwängten und gemeinsam langsam vorwärtskrochen – sie konnte sich nichts Schlimmeres vorstellen. Annie Teller schien sich dort allerdings mit einer ihrer Nichten köstlich amüsiert zu haben – nicht zuletzt, da sie in einem Fahrgeschäft namens *Tower of Terror* neben Tawna Maydew gesessen hatte. Aus dem Kontext der Mails konnte sich Hoffmann erschließen, dass diese Attraktion offenbar einen abstürzenden Fahrstuhl simulierte, was entsetzlich klang, aber anscheinend eine Art Zusammengehörigkeitsgefühl unter den Fahrgästen auslöste.

Die ersten Mails zwischen Annie Teller und Tawna Maydew waren kurz und zaghaft. Annie Teller: *Hoffe, du bist wieder gut in L.A. angekommen – wollte mich nur bedanken, dass du bei Disney so eine gute Gesellschaft warst!* Tawna Maydew: *Aber gerne doch, Limey! Hat deine bezaubernde Nichte den Fleck rausbekommen?* Annie Teller: *Hahaha! Ich fürchte, das Hemd müssen wir verbrennen. Hab übrigens deinen Rat angenommen und mich bei dieser Seite angemeldet. Ist echt schwer, schöne Klamotten zu finden. Ich bin zu groß! Werde Bericht erstatten, wie's läuft!* Tawna Maydew: *Von wegen zu groß – perfekt. Außerdem hast du Schultern wie ein Laufsteg-Model (und den passenden Akzent). Steh dazu, Schätzchen.*

Was alte Fernsehsendungen anging, so mochte Hoffmann die Romanzen am wenigsten. Nicht nur lösten sie in ihr keinerlei wohlige Gefühle aus, sie fühlte sich obendrein vage bedroht von der schroffen Körperlichkeit, mit der größere Männer über kleinere Frauen hereinbrachen. Jetzt fragte sie sich, ob das der Grund dafür sein konnte, dass sie eine ungewöhnliche Anteilnahme an der aufkeimenden Beziehung zwischen Annie Teller und Tawna Maydew verspürte. Annie Teller war die Größere der beiden, obwohl Tawna Maydews Selfies, von denen es eine ganze Menge gab, ebenfalls eine stattliche Frau zeigten: eine blasse, blonde Dame nordischen Typs mit strammen Waden und ordentlich Bizeps. Selbst wenn Annie Teller auf Kraftausdrücke zurückgriff, um ihrem Frust über Karriere oder Leben Luft zu machen, war da eine Ehrlichkeit in ihrer Kommunikation, die in dem stets etwas gestelzten Austausch mit Männern von verschiedenen Dating-Seiten gefehlt hatte.

Sie liebten einander. Es dauerte ein ganzes Jahr, bis sie sich das eingestehen konnten. Tawna Maydew schickte Bilder von all den Orten, die sie in L.A. gemeinsam besuchen könnten – grüne Hügel, verschnörkelte Kinos, ihr Bett. Achtzehn Monate nach Beginn ihrer E-Mail-Beziehung schickte Tawna Maydew einen Schwall Fotos von den La Brea Tar Pits. Sie waren bei Nacht aufgenommen, und die Straßenlaternen von Los Angeles spiegelten sich im blubbernden Teer. So etwas hatte Hoffmann noch nie gesehen, phantasmagorisch und unwirklich, aber doch so greifbar wie der Tisch, an dem sie gerade saß. Tawna Maydew: *Nur eine Straße von meiner Wohnung entfernt. Wir können uns neben den klebrigen Ruinen der Frühzeit küssen!* Annie Teller: *Können wir das zu unserem Notfallplan erklären? Wenn die Welt in zäher Finsternis versinkt, treffen wir uns am Ufer von La Brea!* Und schnell wurde das zu ihrem Standardwitz, wenn die Pläne für ein Wiedersehen mal wieder durchkreuzt wurden. *Na ja,* schrieb eine der beiden dann immer, *aber La Brea kann uns keiner nehmen.*

Hoffmann war sich ziemlich sicher, dass dies der einzige Insiderwitz war, den sie je begriffen hatte. Plötzlich wünschte sie nichts sehnlicher, als dass sich diese beiden liebeskranken Frauen wirklich wie geplant bei La Brea trafen, jetzt, da die Welt tatsächlich in zäher Finsternis versunken war. Wäre ihre Geschichte eine alte Fernsehserie gewesen, und sei es eine Romanze, Hoffmann hätte alle Staffeln förmlich verschlungen.

Die Erfolgsaussichten dieses Unterfangens waren jedoch verschwindend gering, auch das war ihr klar. Washington und Los Angeles trennten zweitausendsechshundertvierundsiebzig Meilen. Annie Teller mit ihrem charakteristischen leichten Hinken hatte das EWSD-Gebäude zusammen mit den meisten anderen Angestellten am Nachmittag des 24. Oktober verlassen, als Flüge bereits zu Hunderten gestrichen wurden. Auf den Fernstraßen sah es noch schlimmer aus. Die Autos würden eher zu Rost zerfallen, als dass sich diese Staus wieder auflösten. Hoffmann ging davon aus, dass Annie Teller in ihrem Haus gestorben war, wahrscheinlich eines gewaltsamen Todes, wahrscheinlich schreiend, während ihre eingerahmten Liebsten lächelnd zugeschaut hatten.

Etta Hoffmann war nie wirklich traurig, aber dieser Gedanke brachte sie nahe dran. Auf ihrer Expedition in Annie Tellers alltägliche Kleinigkeiten hatte sie zum ersten Mal im Leben die ungefilterten Gefühle eines anderen Menschen begriffen, die nackten Unsicherheiten, ungeschönten Sehnsüchte und verzwickten Widersprüche. Es war wie bei *Das ist Ihr Leben*, nur dass es wirklich um etwas ging. Annie Teller hatte tief in Hoffmann etwas berührt, wovon sowohl ihre Eltern als auch ihre Kinderpsychiater überzeugt gewesen waren, dass es unerreichbar sei.

Hoffmann verspürte ein ungekanntes Gefühl von Verlust, als sie endlich Annie Tellers Hauptpasswort enträtselt hatte. Es lautete »LaBr3aTarP1t$«. Annie Teller hatte es vor Jahren zum ersten Mal bei den Kundenkonten für diverse Shoppingseiten benutzt. Später hatte sie es nicht mehr verwendet, vielleicht, weil es zu emotional aufgeladen war. Für Annie Teller waren die La Brea Tar Pits ein unerfülltes Ziel, Hoffmann hingegen öffnete *LaBr3aTarP1t$* alle Türen. Es entsperrte Annie Tellers Passwortmanager, den Schlüssel zu allen anderen Schlüsseln.

Die meisten Regierungsseiten waren noch immer online, wenn auch seit Wochen nicht mehr aktualisiert. Mit Annie Tellers Passwortfundus konnte Hoffmann auf die Seiten mehrerer Dutzend Behörden zugreifen. Tagelang brütete sie über der Frage, was sie schreiben sollte. *REDSKINS VOR!* schien eher unpassend. Ihr erster Gedanke war, ausführliche Angaben zu hinterlassen, wie und wo man auf das EWSD zugreifen und es aktivieren konnte, damit die Menschen ihr wieder Daten schicken konnten. Dies war wichtig, davon war sie überzeugt, um die neue Weltordnung auch nach Null-00:00 zu dokumentieren.

Annie Teller und Tawna Maydew schafften es, Hoffmann umzustimmen. Wer überhaupt irgendwo einen Online-Zugang fand, würde keine wertvolle Zeit darauf verwenden, dem statistischen Bundesamt zu helfen. Sie würden auf der Jagd nach Neuigkeiten sein oder versuchen, vermisste Angehörige aufzuspüren. Trotzdem konnten diese Leute Daten bereitstellen – oder, wie andere Menschen als Etta Hoffmann es genannt hätten: *Geschichten.* So wie Annie Teller und Tawna Maydew mochten auch sie weiterhin den Drang verspüren, sich mitzuteilen.

Hoffmann dachte den ganzen Tag darüber nach. Als sie um Mitternacht zu Bett ging, stellte sie fest, dass sie nicht einschlafen konnte, was höchst ungewöhnlich war. Sie stand auf und wanderte durch das dunkle, kalte Gebäude, bis sie schließlich am Empfangsschalter stand. Sie hatte die Eingangshalle länger nicht mehr betreten. Von hier aus war der verbarrikadierte Haupteingang zu sehen. Nachts waren oft selbst durch Beton und Stahl Geräusche zu hören. Schlurfen. Leises, gurgelndes Stöhnen. Ein gelegentliches Klopfen an der Tür, als ob die Dinger da draußen – *Die* – ahnten, dass sie hier drin war.

Vor nicht allzu langer Zeit waren in der Eingangshalle noch eingehende Anrufe entgegengenommen und weitergeleitet worden. Hoffmann hob den Hörer am Empfang ab. Das Freizeichen war geduldig wie immer. Die Festnetzleitungen, die im analogen Zeitalter gelegt worden waren, würden wohl noch lange Zeit funktionieren, wenn alle kabellosen Dienste längst wie Blütenstaub vom Winde verweht waren.

Am nächsten Morgen saß Etta Hoffmann an ihrem Arbeitsplatz und hob den Hörer des Festnetztelefons ab. Sie konnte sich nicht erinnern, je einen Anruf über diese Leitung erhalten zu haben, musste sogar eine Staubschicht wegwischen, um die Durchwahl ihres Apparates entziffern zu können. Die nächsten Stunden verbrachte sie damit, sich auf jeder nur erdenklichen Behördenseite einzuloggen und überall als Banner die Nachricht zu hinterlassen, die sie in der vergangenen Nacht nach langem Überlegen aufs Nötigste kondensiert hatte.

WIE GEHT ES IHNEN? RUFEN SIE MICH AN.

Darunter stand ihre Durchwahl.

Ihr Mauszeiger verharrte über der Schaltfläche namens »Abschicken« auf der ersten Webseite in ihrem ersten Browserfenster, der des überparteilichen Bundesrechnungshofs. Ihr Finger legte sich auf die Maustaste. Ein Klick, und der bisherige Inhalt der Webseite würde diesen acht Wörtern und elf Ziffern weichen. Sie zögerte. Zum ersten Mal in ihrem Leben gab es keine Möglichkeit zu eruieren, ob sie das Richtige tat oder nicht.

Das ist Ihr Leben, dachte Hoffmann.

Sie klickte auf die Schaltfläche. Die neue Homepage des Bundesrechnungshofs ging online. Sie wechselte ins nächste Fenster, zur Seite des direkt dem Weißen Haus unterstellten Gremiums für Umweltschutzkoordination, und wiederholte den Vorgang. Dann beim Außenministerium. Beim Nationalkomitee für Ländliche Entwicklung, bei den staatlichen Aufsichtsbehörden, bei der Nationalen Energiebibliothek, bei der Ministeriumsabteilung für Demografie, beim Nationalen Krebsforschungsinstitut. Wieder und wieder und wieder. Binnen Minuten waren Jahrzehnte gängiger Regierungspraktik – dem Rest der Welt Informationen zukommen zu lassen – umgeworfen worden, um Platz für die schlichte Bitte zu machen, sich zu melden. Was jetzt noch zählte, waren die Stimmen und Gedanken der Überlebenden.

Ehe Hoffmann alle Seiten aktualisiert hatte, klingelte ihr Telefon.

Sie starrte den Hörer an. Das Spiralkabel. Den gesprungenen Kunststoff des Apparats. Die verdreckten Tasten. Ein totes Gerät, zu neuem, schreiendem Leben erwacht. Auferstehung schien ja gerade voll im Trend zu liegen. Das war ein Witz – sie hatte gerade einen Witz gemacht, wenn auch nur in Gedanken. Sie arrangierte ihre Gesichtszüge zu einem Lächeln und fragte sich, ob das flatternde Gefühl in ihrem Magen wohl Humor war. Auf dem Telefon blinkte ein rotes Lämpchen. Ein zweiter Anruf. Wie lange würden es die Leute klingeln lassen? Sie legte die Hand auf den Hörer. Das Klingeln zitterte ihren Arm hinauf. Ihr Herz hämmerte.

Was würde sie wohl sagen, diese Person am anderen Ende der Leitung?

Konnte Etta Hoffmann, die Poetin, poetisch reagieren?

Sie erinnerte sich daran, dass das gar nicht nötig war, da ja schon der Rest der Menschheit gerne redete. Die John Campbells, Terry McAllisters und Elizabeth O'Tooles dieser Welt, vor allem aber Annie Teller und Tawna Maydew, die hoffentlich immer noch ihr La Brea hatten. Etta Hoffmann – nicht taub – hatte immer lieber zugehört, und ihre große Zeit dafür war vielleicht gerade erst angebrochen. Sie hob den Hörer auf und hörte ein Stocken im Atmen auf der anderen Seite, als hätte der Anrufer nicht damit gerechnet, dass tatsächlich jemand dranging. Hoffmann öffnete die spröden Lippen und beschwor ihre Stimme herauf, die sie seit Ewigkeiten nicht mehr benutzt hatte. Sie klang brüchig wie das erste Wort einer lebendig begrabenen Frau, die gerade einen Lichtstrahl in ihrem Mausoleum erblickt hat.

»Hallo?«

MI CORAZÓN

EIN BESSERER JAHRGANG

Ich träume immer noch, dachte Greer Morgan.

Gekeife im Morgengrauen war im Sunnybrook-Trailerpark an der Tagesordnung. Nicht umsonst nannten die Bewohner ihre Anlage gern »Letzte Zuflucht«. Greer knurrte, erbost über den Verlust ihres Traums, und tastete nach ihren Ohren. Beide Stöpsel waren herausgefallen, ein Beweis für ihren unruhigen Schlaf. Sie hörte leichten Regen, obwohl ihr das Tageslicht flammend hell vorkam; als sie spät in der Nacht nach Hause gekommen war, hatte sie vergessen, das Schlafzimmerfenster mit der alten Fußmatte abzuhängen. Umständlich rückte sie die Schlafmaske zurecht, aber eine Schlaufe hatte sich verheddert, sodass das Licht ihre Augen trotzdem erreichte. Greer wusste, dass sie einen ganzen Berg von beschissenen Problemen hatte – miese Noten, dürftige Motivation, kein Auto –, aber sie würde all das für immer ertragen, wenn sie nur einmal eine verdammte Nacht anständig schlafen konnte.

Jeder neue zänkische Ausruf von draußen jagte Stiche durch ihren Kopf. Eine Frau schiss einen Mann zusammen, dessen Antworten immer trotziger, beschämter, wütender wurden. Wahrscheinlich Miss Jemisha, dachte Greer. Oder Señorita Magdalena. Scharf bellen konnten sie beide. Und faule Männer, die den lieben langen Tag entweder besoffen und fröhlich oder nüchtern und mürrisch auf den Stufen der Mobilheime ihrer jeweiligen Gattin saßen, hatten auch beide. Wenn Greer aus der Schule nach Hause kam, rief ihr Miss Jemishas Mann, den Greer insgeheim wegen seiner Kangol-Mütze Samuel Hell Jackson (oder einfach kurz Sam Hell) getauft hatte, jedes Mal etwas hinterher. *Hey, Greer, du wirst ja langsam erwachsen, Baby!*

Señorita Magdalenas Mann war ein kleiner Honduraner in Cowboyklamotten, dem Greer aus zugegeben unschönen Vorurteilen heraus den Spitznamen José Frito verpasst hatte. José Frito schien nur einen einzigen englischen Ausdruck zu kennen: *Komm mal her.* Es jagte ihr jedes Mal einen Schauer über den Rücken. *Komm mal her.*

Sie sperrte die schlammfarbene Sonne mit einem verschwitzten Ellbogen aus. Ihr Traum war wirklich schön gewesen. Ein verschwommenes Bild war noch übrig, an das sie sich jetzt klammerte. O ja. Es war eher eine Erinnerung als ein Traum. Letzte Nacht. Remys Halloween-Party. Keller. Qasim. Sie ließ sich in die Erinnerung zurücksinken, die sich wie warme, geschmolzene Schokolade anfühlte. Die Schnalle ihres BHs, gelöst wie ein lange eingehaltener Atemzug. Qasims Bauch, mehrere Hundert Grad heiß, und das flaumige Haar, das von seinem Bauchnabel aus nach unten führte. Speichel wie heißes Schmierfett. Das dringende Verlangen, Beckenknochen aneinanderzureiben und das Pulsieren der Adern in den Schenkeln des Gegenübers zu spüren.

Wie weit waren sie gegangen? Sie befühlte sich, Stück für Stück, suchte nach Knutschflecken, empfindlichen Brüsten, anderen Schmerzen in tieferen Regionen – aber nein. Sie waren nicht weiter gegangen, als sich gegenseitig eine Hand in die Hose zu stecken. Sie hatten sich nicht aus Schüchternheit zurückgehalten, sondern wegen des Partyklimas als solchem; Mädchen, die die Treppe rauf und runter gejagt wurden, Joints, die alle paar Sekunden herumgereicht wurden, allgegenwärtige Handys mit Kamerafunktion. Sie und Qasim würden schon noch dazu kommen. Und sollte Qasim eines Tages so apathisch und unheimlich werden wie Sam Hell oder José Frito, machte das überhaupt nichts. Bis dahin wäre Greer längst verschwunden. Vorher aber wollte sie ihrem Wollen nachgeben, so oft und so heftig wie möglich.

Etwas zu wollen; das war ihr Antrieb. In der Schule gab es nichts zu wollen. War sie in der Mittelschule noch pflichtbewusst gewesen, spielte sie inzwischen endlich die Rolle, die sämtliche Lehrer von diesem schwarzen Mädchen aus der Letzten Zuflucht zu erwarten schienen. Widerspenstig, streitlustig, faul, verrucht – sie dachten sich die Schlagwörter aus, und Greer tat ihr Bestes, ihnen gerecht zu werden, während sie ihre Verachtung hinter Grimassen verbarg. *Mehr habt ihr nicht anzubieten?* Das Anfeuern und die High Fives ihrer Freunde boten immer wieder kurzzeitigen Ansporn. Aber irgendwann blieb sie allein zurück und starrte aus ihrer Schlucht die unbezwingbaren Klippen schlechter Noten hinauf.

Wäre Papa nicht gewesen, diese Schlucht hätte sie längst verschluckt. Viel zu oft musste Freddy Morgan vor seinen Vorgesetzten zu Kreuze kriechen, um sich freizunehmen und demütig das Büro des stellvertretenden Schulleiters aufzusuchen. Der für Teenager ausgelegte Stuhl vor dem Schreibtisch verlieh seinem stämmigen Körper die nötige Demut für schwermütige Entschuldigungen. Sie müssen das bitte verstehen, der Verlust ihrer Mutter und unseres Hauses hat die kleine Greer völlig traumatisiert. Freddy Morgan übte sich in Selbsterniedrigung, denn er sah es als *seinen* Fehler an. Er brauchte einen besseren Job, ergo ein besseres Zuhause, ergo ein besseres Leben. Er schuftete wie ein Ackergaul, um das in die Tat umzusetzen, auch wenn seine Chefs und der stellvertretende Schulleiter die Zügel in der Hand hielten.

Greer wollte Papa für seine Auftritte verachten, kam aber nicht umhin, ihn dafür zu respektieren, dass er tat, was er tun musste. Wen hätte sie auch sonst respektieren sollen? Ihre Mutter? Vienna Morgan hatte auch *verlangt*, o ja, vor allem nach materiellen Dingen. Als Angestellte bei einer Agentur für Haushaltshilfen hatte sie aus den zu putzenden Häusern dermaßen viel Zeug geklaut, dass sie in einem Kalenderjahr gleich dreimal in den Knast gewandert war. Auch jetzt saß sie im Knast, im Bluefeather-Gefängnis in Iowa, und Greer war kurz davor, dass es ihr scheißegal war.

Wollen, so legte ihr der Fall ihrer Mutter nahe, konnte arg selbstzerstörerische Ausmaße annehmen. Ein Gegenbeispiel war ihr ein Jahr jüngerer Bruder Conan. Dem war alles Wollen mental und körperlich ausgeprügelt worden. In der Schule war er stumm und emotionslos, zu Hause fast genauso schlimm. Die ganze Nacht hörte man ihn Videospiele auf seiner uralten Konsole zocken. Um seinen Peinigern aus dem Weg zu gehen, tauchte er immer zwei Stunden vor Unterrichtsbeginn in der Schule auf und sah dabei so tot aus wie Freddy Morgans Kollegen, wenn sie morgens in Richtung HortiPlastics schlurften, der Fabrik, die fast die Hälfte der Einwohner von Bulk, Missouri, beschäftigte. Conan sah sich wahrscheinlich selbst schon mit einem Bein bei HortiPlastics, wo er am Fließband stehen und zusehen würde, wie es die letzten Reste seiner Träume forttrug.

Für Greer war es unerträglich, mit anzusehen, dass das Feuer, das sie selbst antrieb, in ihm gänzlich erloschen war. Die anderen, dreisteren Jungs schubsten Conan die Treppe runter, spuckten ihm in die Haare und, wenn die Gerüchte stimmten, taten ihm noch viel schlimmere Dinge an. Sie konnte sich nicht erklären, wie Conan zum Prügelknaben der Schule geworden war. Ein Grund dafür musste sein argloses, rundes, pausbäckiges Gesicht gewesen sein. Bulk lag neunzig Meilen nördlich von Kansas City, in der Schule waren Schüler in allen Hautfarben, aber irgendwo musste der Giftmüll rassistischer Feindseligkeit ja ausgekippt werden, warum also nicht den Trichter hinab, der praktischerweise in Conan Morgans Hals steckte?

Greer klammerte sich an die Hoffnung, Conans scheinbare Teilnahmslosigkeit könnte daher rühren, dass er Tagträumen nachhing, die so angenehm waren wie ihr Traum der letzten Nacht. Qasims bebende Rippen waren das letzte Detail, das ihr noch im Gedächtnis blieb, ehe auch das wie ein Laken im Herbststurm von einer Wäscheleine davonflog.

Mittlerweile waren draußen mindestens vier Stimmen zu hören. War es möglich, dass Miss Jemisha und Señorita Magdalena Sam Hell und José Frito über Kreuz zusammenschissen? Nein, eher nicht. Eine der Stimmen, hochoktavig und beharrlich, gehörte eindeutig Mr. Villard, der treibenden Kraft hinter dem Sunnybrook-Club, einer offenen Gruppe für alle Bewohner des Parks, die sich einmal im Monat traf, um – den Flugblättern zufolge – »Herausforderungen zu diskutieren und Ideen auszutauschen«.

Aus Greers Sicht bedeutete *diskutieren* meckern und *austauschen* anschwärzen. Denn selbst wenn sich der Sunnybrook-Club einmal einig war, hatte die Versammlung den Besitzern des Parks gegenüber einen Scheißdreck zu sagen. Die Straßen hier hatten Schlaglöcher, die tief genug waren, dass Kinder darin spielten. Die Gärten wurden schon vom leichtesten Regen überschwemmt, was nicht nur Klärschlamm aus den Sickergruben, sondern auch benutzte Spritzen und Drogentütchen zum Vorschein brachte. Dessen ungeachtet waren die Mieten laut Freddy Morgan allein in den letzten drei Jahren um dreißig Prozent gestiegen. Greer kümmerte das nicht. Achtzehn Lebensjahre hatten ihr gezeigt, dass Reichtum niemals nach unten durchsickerte und sich die gesellschaftliche Ordnung niemals änderte.

Trotzdem gab es eine Kerngruppe von sechs Querulanten, die auf dem monatlichen Treffen auf der Müllhalde namens Kinderspielplatz beharrte. Greer war inzwischen so wach, dass sie auch die nörgelnden Stimmen ihren nervtötenden Besitzern zuordnen konnte. Sie dachte schlecht über sie alle, und so müde, wie sie gerade war, schämte sie sich auch nicht dafür.

Miss Jemisha: Greer hatte sich geschworen, niemals so wie dieses Unterschichten-Abschaum-Abziehbild zu werden. Sie schwang ihren Kopf hin und her wie eine Kobra, verbot einem mit dramatisch erhobenen Fingern den Mund, und argumentierte sehr schlecht, dafür aber umso lauter, während ihre Körperteile in den allzu engen graupinken Trainingsklamotten umherschwabbelten.

Señorita Magdalena: unerträglich sanftmütig, so interessant wie ein Stück Pappe. Sie hütete eine verwirrende Menge austauschbarer Kinder. Ihr Mona-Lisa-Lächeln legte nahe, dass sie total zufrieden damit war, den Rest ihres Lebens zusammen mit José Frito in diesem Drecksloch zuzubringen.

Mama Shaw: das jamaikanische Fossil. Ihr Gesicht war so zerfurcht, dass es aussah wie ein Football, dem die Luft ausgegangen war. Sie war immer krank, und ihre nassen, hallenden Hustenanfälle brachten Greer zu oft um den Schlaf. Ihr ganzer Wohnwagen stank nach Urin. Warum wollte sie weiterleben?

Drasko Zorić: der Serbe mit den toten Augen, unsäglich eingebildet. Seine Abneigung den restlichen Clubmitgliedern gegenüber war nur allzu deutlich an deren permanent geschürzten Lippen abzulesen. Seine dicken Muskeln waren das genaue Gegenteil von beeindruckend; der eindeutige Beweis für einen Versager, der nichts Besseres zu tun hatte, als den ganzen Tag im Hinterhof zu pumpen.

Mr. Villard: der großspurige ehemalige Volkshochschullehrer mit dem barettartigen Toupet. Der einzige Weiße, also selbstverständlich der Anführer. Die ewig zerknitterte Tagesordnung in seiner geballten Faust brachte Greer zur Weißglut. Er schaffte es nie, mehr als zwei Punkte abzuhaken, bevor alles in Gezeter unterging.

Und natürlich Freddy Morgan, alias Papa, dessen undurchführbare Aufgabe anscheinend darin bestand, diesen Haufen von Minderbemittelten halbwegs ruhig zu halten.

Während der Treffen des Sunnybrook-Clubs gab es für niemanden in der Nähe eine ruhige Minute, nicht einmal für jene, die sich mit Schlafmasken und Ohrstöpseln bewaffnet hatten. Allein aus diesem Grund wünschte Greer, der Club möge den ruhigsten Bewohner des Parks in seine Reihen aufnehmen: einen Syrer mit dem lustigen Namen Fadi Lolo. Er war einer von etwa fünfzig syrischen Flüchtlingen, die die Stadt in den letzten zwei Jahren aufgenommen hatte. Das war ein Rekord in Missouri, auf den niemand in Bulk stolz war. Die Umsiedlungsstelle bevorzugte Syrer mit Familie, Behinderung oder Krankheit – Sozialschmarotzer, wie jene Bewohner von Bulk grummelten, die bei Horti-Plastics schufteten.

Die Mehrheit dieser Syrer war in einem Wohnkomplex am Marktplatz untergebracht worden, denn die zentrale Lage sollte ihnen die Eingewöhnungsphase so weit wie möglich erleichtern. Entweder durch Eigeninitiative oder großes Pech war Fadi Lolo allerdings in der Letzten Zuflucht gelandet. Wenn irgendwer in

Mr. Villards Club gehörte, dann er. Greer sah ihn jeden Tag auf einem klapprigen alten Fahrrad durch die Siedlung fahren und Müll von anderer Leute Grundstücken aufheben, und jeden Tag wollte sie irgendwas sagen – Danke, vielleicht. Fadi Lolo versuchte eindeutig, das Beste aus diesem Drecksloch zu machen. Schon jetzt leistete er allein zehnmal mehr als der ganze Club.

Vor allem aber war Fadi Lolo (selbst mit seinem hartnäckigen schleimigen Husten) noch stiller als Drasko Zorić. Fadi redete leise, ging leise, fuhr leise Rad, lebte leise. Heute war der Sunnybrook-Club zu einer wirklich unanständigen Uhrzeit schon bei voller Lautstärke. Papa hatte seine Warnung am Vorabend, ja nicht nach zehn Uhr nach Hause zu kommen, mit genau diesem Gift versetzt: Das morgendliche Treffen würde ein besonders rauflustiges werden.

Heute ging es um Einbrüche. In Sunnybrook konnte man sie kaum als »Welle« oder »Häufung« bezeichnen, sie waren schlicht chronisch. Die jüngste Runde hatte alle auf der Nordostschleife getroffen. Manche Finger zeigten auf Fadi Lolo, den Neuzugang, der ja immerhin mit seinem klapprigen Rad ein erstklassiges Fluchtfahrzeug besaß. Papa hatte Greer angefleht, zum Treffen zu kommen – wenigstens dieses eine Mal. Alle in der Letzten Zuflucht wussten, dass Vienna Morgan eine Diebin war, woraus viele den Schluss zogen, ihre Tochter müsse auch lange Finger haben.

»Wenn Leute dich schlechtreden wollen, musst du ihnen tief in die Augen gucken«, hatte Freddy Morgan geraten. »Du schaust sie direkt an, dann wissen sie schon, was wirklich los ist – wer du wirklich bist. Merk dir das.«

Sorry, Papa, aber leck mich. Greers Kater trat um sich wie ein Kind im neunten Monat. Trotzdem, irgendwie musste sie ihren Arsch aus dem Bett kriegen. Sonst wäre das ihr neunter Fehltag, also noch zwei davon entfernt, die Abschlussklasse wiederholen zu müssen. Was Freddys Plan, das Leben der Familie wieder auf die Kette zu kriegen, empfindlich stören würde.

Das Gebrüll von draußen wurde so laut, dass sie ihr Gesicht im Kissen vergrub. Halb erstickt sah sie ihr Leben an sich vorbeiziehen: die zehnjährige Greer Morgan, die frühmorgens noch im Dunkeln aus dem Bett springt und sich vor dem Spiegel im Tarnfarben-Pullover, den Papa ihr geliehen hat, als Model übt. Conan, mit dem sie sich damals noch ein Zimmer teilt, hat auch einen Pullover, und sie kichern und ermahnen sich gegenseitig, leise zu sein – Mama schläft noch –, bevor sie auf Zehenspitzen nach draußen schleichen, wo Papa schon die Ausrüstung ins Auto lädt. Zu dritt wollten sie losfahren, die leeren Straßen wie graue Reißverschlüsse in der samtig schwarzen Dunkelheit, bis sie die eine Kreuzung erreichten, an der Papa abbiegen würde.

Im Herbst gab es Gans, Truthahn oder Rotwild. Im Winter Wachtel, Fasan oder Ente. Sobald Papa ein morgendliches Begrüßungsnicken mit den anderen Jägern – allesamt weiß – ausgetauscht und sich einen Platz in der Wildnis gesucht hatte, verstummte er. Die große Stille legte sich wie eine warme Bettdecke um Greer. Die vorsichtigen, kleine Zweige zerbrechenden Schritte der mutigeren Tiere, der Feentanz der Vögel und Schmetterlinge, all das erfüllte sie mit einer tiefen Genugtuung, so wie Fadi Lolo viele Jahre später offenbar Genugtuung verspürte, wenn er mit seinem Fahrrad leise Kreise durch die Anlage drehte.

Freddy Morgan hatte verschiedene Waffen dabei, und jedes Kind durfte auf einem Jagdausflug einmal schießen. Conan weinte, wenn er überfahrene Tiere am Straßenrand sah, mochte aber Gewehre. Der Rückstoß schlug ihm genau wie die Fäuste der Jungen in der Schule gegen die Schulter, aber hier war es cool. Greer bevorzugte den Bogen. Sie traf nie etwas damit, aber einen Pfeil abzuschießen, das war ein Kunststück feingliedriger Gymnastik. Die kräftige Unnachgiebigkeit der Sehne. Der knarrende Widerstand im Holz. Der schmerzhafte Schlag der Sehne gegen ihren Armschutz. Selbst Papa hielt den Atem an, wenn ihr Pfeil an den trocken zitternden Blättern vorbeisauste.

Nichts in ihrem jetzigen Leben war eine solch reine Freude. Es war der 24. Oktober, beste Jagdsaison, und Freddy Morgan war noch immer jedes Wochenende draußen. Wann hatte sie aufgehört, ihn zu begleiten? Sie ignorierte den Tumult draußen und dachte angestrengt nach. Mit dreizehn, als sie ihre erste Periode hatte. Vielleicht hatte sie irgendwelche zweifelhaften Geschichten gehört, dass Blut Raubtiere anzog. Oder hatte es daran gelegen, dass ihre Mutter ihr eine Plastiktüte voller *Tampax Pearl Lites* gegeben hatte? Greer wusste, dass sie die Tampons gestohlen hatte. Als sie sich einen eingeführt hatte, hatte sie sich furchtbar geekelt und sich vorgestellt, er wäre bereits von einem anderen Mädchen benutzt worden, dessen Blut ein besserer Jahrgang war.

Ein Schrei von draußen. Greer sprang auf und riss sich die Schlafmaske vom Gesicht. Schreie gehörten zur natürlichen Kulisse der Letzten Zuflucht, aber dieser hatte fast nach rauem Erbrechen geklungen. Sie zog ihr Telefon vom Ladekabel, entsperrte es mit einem Wisch, tippte die Notrufnummer ein und hielt inne, um noch einmal zu lauschen, ehe sie die Wähltaste drückte.

Ein Streit. Gut. Erst wenn die Leute *aufhörten* zu streiten, musste man sich wirklich Sorgen machen.

Greer schwang die nackten Beine aus dem Bett. Sie schnappte sich die Trainingshose vom Boden, zog sie über, fädelte Kopf und Arme in einen Kapuzenpullover. Sich vor Papa zu zeigen, obwohl sie die Schule schwänzte, war eigentlich nicht Teil des Plans, aber der Plan hatte sowieso schon gewaltige Löcher. Sie würde sich mit Papas lauwarmem Kaffee ein paar Aspirin einwerfen und es noch gerade zur zweiten Stunde in die Schule schaffen, und falls sie den zänkischen Sunnybrook-Club vorher mit genug Elan zusammenschiss, würden die entgeisterten Gesichter ihr Kraft für den ganzen Tag geben.

Sie zielte mit den Füßen auf ein Paar Flipflops und fing die Riemen zwischen ihren Zehen auf. Ihre klatschenden Schritte hallten in den Schläfen wider, während sie die offene Tür zum Bad passierte. Die beißend kalte Luft, die durch die notdürftige Sperrholzwand pfiff, trieb ihr Gänsehaut auf den Leib. Sie schlurfte am summenden Kühlschrank vorbei, an den verkohlten Herdplatten, an der rostigen Spüle, und schaute durch das kleine Fenster in der Eingangstür.

Durch den Nebel konnte sie die vordere Hälfte des Spielplatzes ausmachen. Ein paar zusammengeheftete Blätter rollten über die Wiese. Bestimmt Mr. Villards Tagesordnung. Greer drückte sich die Nase an der Scheibe platt, um besser sehen zu können. Lag da jemand in den Blättern neben dem schaukellosen Schaukelgestell? Sie verdrehte den Hals und sah genauer hin.

Eine Gestalt huschte von links nach rechts. Greer fuhr zusammen. Sie blinzelte, die Gestalt war weg. Irgendwo knallte eine Tür, gefolgt von undeutlichem Geschrei. Später würde sie sich an das mulmige Gefühl erinnern, wie sie in diesem Moment plötzlich so wachsam wurde wie sonst nur, wenn ihr ein Mann den Bürgersteig entlang folgte. Sie ließ sich vom Adrenalin die Kopfschmerzen aus dem Schädel spülen, dann beugte sie sich abermals zum Fenster vor.

Ihre Stirn berührte nicht einmal die Scheibe.

KRACKS!

Irgendetwas Großes, Fledermausartiges schlug gegen das kleine Fenster. Greer sprang zurück und fiel fast über ihre Flipflops. Auf dem Fenster war ein Handteller mit abgespreizten Fingern. Die Fingernägel kratzten mit grässlichem Quietschen über die Scheibe.

Mit einem nassen Knirschen rutschte die Hand nach unten weg und hinterließ einen blutigen Abdruck, eine derart entsetzliche Sigille, dass Greer nur dastehen und starren konnte, während sie hörte, wie die Person draußen gegen die Wohnwagenwand sackte. Das Geräusch verstummte, aber Greer hatte immer noch keine Ahnung, was los war. Stand die Person noch an der Ecke des Wagens? War sie wieder davongestolpert? War sie verletzt? Und wo war Papa? *Ich hätte zur Schule gehen sollen,* dachte sie, ehe sie die Hand um den Türknauf schloss.

Seit sie vor vier Jahren hier eingezogen waren, ermahnte sie sich, hatte sie in der Letzten Zuflucht eine Menge heikler Situationen erlebt, und das hier war nur die neueste dieser Nummern. Die Sonne funkelte hübsch auf Dachschindeln und metallischen Hausverkleidungen. Die Welt war erfüllt von Insekten und Vögeln, die ihre Instrumente stimmten, ganz wie bei einem Jagdausflug mit Freddy Morgan. Erst nachdem Greer die Treppe hinuntergestiegen war und bis zu den nackten Knöcheln in feuchtem Herbstlaub stand, wurde ihr klar, dass selbst solch harmlose Anblicke und Geräusche etwas Undenkbares verbergen konnten.

KEINE ZÄHNE

Der Spielplatz sah aus, als wäre er vor Kurzem verlassen worden, der wabernde Nebel wirkte beschmutzt, die platt getretenen Blätter schienen sich auszubreiten. Matschige Schuhabdrücke tüpfelten die Gehwege, ehe sie sich auf dem Asphalt verloren. Greer folgte mit dem Blick einer Fußspur die Treppe zu Señora Magdalenas breitem Mobilheim hinauf, aus dem Spanisch plätscherte – drängend von Magdalena, guttural von José Frito, eingerahmt vom Plärren ihrer Kinder. Greer blendete es aus und drehte sich um.

Zu dem blutigen Handabdruck am Fenster in der Tür ihres Wohnwagens gehörte ein zweiter an der Lüftung des Trockners. Auch er stammte der Größe nach von einem erwachsenen Mann. Von Drasko Zorić vielleicht? Hatte sich der Serbe verletzt? Ein knallroter Schmierer lief die Lackverkleidung bis zum Ende des Wohnwagens entlang, wo der Nebel das Blut rosa färbte. Greer atmete kontrolliert aus und hielt ihr Handy griffbereit. Sie wollte sich ungern selbst als Spitzel brandmarken, wenn sie die Bullen wegen ein paar Wehwehchen in die Letzte Zuflucht rief. Drasko Zorić oder wer auch immer sich verletzt hatte, war nirgendwo zu sehen, also gab es auch keinen Grund für Greer, in Aktion zu treten.

Durch den Nieselregen betrachtete sie den Spielplatz und spürte den Geist der vergangenen Fröhlichkeit. Das Schaukelgestell war ein Galgen mit schlaffen Ketten. Einzig das Fundament des kleinen Karussells hatte die Metallsammler überlebt; ein scharfkantiger Stahldiskus, übersät mit Puppeninnereien. Zwei Federwipptiere, ein Pelikan und ein Kakadu, hingen schräg und lustlos da, die Aluminiumkörper eingedellt von den Füßen der Kinder, die sich wütend über ihre mangelnde Elastizität an ihnen ausgelassen hatten. Funktionstüchtig war nur noch die rostige Kletterkuppel. Sie sah aus wie ein Walskelett, befreit von Haut und Speck.

Darunter lag eine Frau zwischen den Blättern.

»Papa?«, rief Greer ganz automatisch.

Und bekam auch eine Antwort, allerdings nicht von Freddy Morgan. »Mädchen! Mädchen!«

Es klang derart aggressiv, dass Greer sich instinktiv duckte. Die Rufe kamen aus einem alten, aber frisch gewachsten Sedan, der eindeutig schneller die Straße entlangkam als die überall angeschlagenen *5 MPH*. Der nasse Asphalt zischte unter den Reifen. Der Kühlergrill erfasste einen Mülleimer aus Plastik, verteilte den Müll quer über die Straße und besprenkelte Greer mit altem Kaffeesatz. Quietschend kam der Wagen zum Stehen.

Mr. Villard beugte sich über den Beifahrersitz zum Fenster vor, das nur einen Spalt geöffnet war. Mr. Villard war normalerweise in jeder Hinsicht penibel, jetzt aber hing sein Toupet schräg zur Seite wie eine verrutschte Augenklappe. Seine rechte Hand verschmierte Matsch auf dem Beifahrersitz.

»Mach, dass du hier wegkommst«, sagte er. »Die sind alle verrückt geworden.«

»Haben Sie meinen Dad gesehen?«

»Verlass am besten sofort den Park. Wenn das nicht geht, dann ab in den Wohnwagen und Tür verriegeln.«

»Sind das …« Greer suchte nach etwas, das irgendwie Sinn ergab. »Gangs?«

»Keine Zeit! Tu, was ich sage!«

»Freddy Morgan«, sagte sie hastig. »Er gehört doch zu Ihrem Club …«

»Es gibt keinen verdammten Club mehr! Nerv mich jetzt nicht mit so 'ner Scheiße! Ich muss hier raus!«

Es war der Geifer an Mr. Villards Kinn, der ihr vor Angst das Blut in den Adern gefrieren ließ. Sie fühlte sich plötzlich vollkommen schutzlos, als hätte der graue Regen längere Finger als Mr. Villard. Kein halbwegs intelligentes Mädchen wäre zu einem älteren Mann, den sie kaum kannte, in den Wagen gestiegen, aber sie hatte zunehmend den Eindruck, dass die normalen Regeln nicht länger galten. Sie zog am Griff der Beifahrertür. Er schnappte klappernd zurück. Abgeschlossen. Entgeistert starrte sie Mr. Villard an.

»Lassen Sie mich rein.«

Er zuckte zurück, als hätte sie eitrige Geschwüre im Gesicht.

Es war der schaurigste Augenblick ihres ganzen Lebens.

»Die Syrer.« Mr. Villards Stimme überschlug sich. »Erst tauchen diese Syrer hier auf, und jetzt das? Glaubst du, das ist Zufall?« Seine gefletschten Zähne wirkten animalisch. »Das war mal so ein *beschaulicher* Ort.«

Ein lautes Poltern. Greer und Mr. Villard drehten sich gleichzeitig um und starrten Señorita Magdalenas Wohnwagen an, der auf seinen Betonziegel-Füßen wankte, als lieferten sich Bären darin eine Rauferei. Dazu Schreie, fleischiges Klatschen, splitterndes Glas.

Greer stellte sich Mr. Villards Schneidezähnen und steckte ihre Finger durch den Spalt im Beifahrerfenster. »Lassen Sie mich nicht allein hier.«

»Lass mein Auto los«, kreischte er. »Ich reiß dir die Finger ab, du schwarze Schlampe!«

Greer zog die Finger schnell genug zurück, um sich nur die Knöchel blutig zu schrammen, spürte aber keinen Schmerz. Das war Mr. Villard, der Präsident des Sunnybrook Club. Der lautstark verkündet hatte, es sei eine absolute Schande, als jemand alle »Black Lives Matter«-Schilder zerstört hatte. Mit durchdrehenden Reifen machte der Wagen einen Satz nach vorn und nahm einen zweiten Mülleimer mit. Greer wich auf den Spielplatz zurück und sah zu, wie das Auto eine Reihe von Briefkästen entwurzelte. Hinter ihr wurden die Schreie aus Señorita Magdalenas Wohnwagen zu gequältem Stöhnen.

Greer wiederholte leise die einzigen sinnvollen Worte aus Mr. Villards Mund: »Mach, dass du hier wegkommst.«

Ein erbärmliches Ächzen lenkte ihren Blick in Richtung Kletterkuppel. Die Frau darunter regte sich. Ihre nackten braunen

Arme ragten aus einem Baumwoll-Nachthemd, das gegen die herbstliche Kälte absolut unzureichend war. Greer konnte die Frau nicht einfach da im Regen liegen lassen. Sie vergewisserte sich, dass *911* noch immer nur einen Daumendruck entfernt war, lief hinüber und wich vorsichtig dem Sockel der fehlenden Wippe aus. Dieser fünfzig Zentimeter hohe Klotz hatte schon Hunderte unachtsame Kinder zu Fall gebracht.

Es war Mama Shaw. Sie war Mitte siebzig, eins der festen Mitglieder des Sunnybrook-Clubs und die, die am wenigsten beizutragen hatte. Ihr wohlklingender jamaikanischer Akzent verlangte Aufmerksamkeit, ein unglücklicher Umstand angesichts ihrer belanglosen Aussagen. Ging es Mr. Villard um die Verschönerung der Nachbarschaft, lamentierte sie lautstark wegen der Satansmusik aus den anliegenden Häusern. Diskutierte der Club darüber, wie man der grassierenden Prostitution Einhalt gebieten könnte, lamentierte sie wegen der Hundehaufen überall. Und all diese Einwürfe kamen aus Mama Shaws Schlafzimmer, denn sie wohnte direkt neben dem Spielplatz, sodass sie sich nur mit der Zigarette in der Hand aus dem Fenster lehnen musste, um sich an der Diskussion zu beteiligen. Bis zu diesem Moment hatte Greer vergessen, warum Mama Shaw ihr Haus nie verließ.

Vor zwei Jahren hatte man ihr beide Beine amputiert.

Eine Infektion, ausgelöst durch Diabetes, hatte es geheißen. Greer hatte mehrfach gesehen, wie Sanitäter aus dem Krankenhaus die beinlose Frau auf einer Trage aus dem Wagen gebracht hatten. Einmal war sie gerade zum Briefkasten gegangen, als der Wagen ankam, und obwohl sie den Blick von Mama Shaw abgewandt hatte, die wie ein Stück Fleisch auf einem Teller dalag, hatte sie die Witze der Sanitäter gehört, die über die Frau in ihrer Obhut sprachen, als wäre sie längst tot und bekäme nichts mehr mit. Und sie erinnerte sich an die herablassende Art, wie die Sanitäter über *die* und *sie* gesprochen hatten.

»Wenn ich hier wohnen müsste«, hatte einer gesagt, »würde ich ja so lange wie möglich im Krankenhaus bleiben.«

»Na komm, wir sind doch die persönlichen Kammerdiener von denen«, hatte der andere erwidert. »Vielleicht sind die schlauer, als sie aussehen.«

Jetzt lag Mama Shaw mit dem Gesicht nach unten im Freien. Die Beinstümpfe ragten unter dem Nachthemd hervor. Das Gras unter der Kletterkuppel war längst abgewetzt, zwischen ihren geballten Fäusten quoll Matsch hervor. Greer sah sich um und registrierte verschiedene Hinweise: vom Regen verwischte Blutspuren auf der Treppe zu Mama Shaws Wohnwagen und eine Furche wie eine Rodelbahn durchs nasse Laub. Mama Shaw war nicht dort abgelegt worden. Sie war aus eigener Kraft bis hierher gekrochen.

Warum zur Hölle hatte ihr niemand geholfen?

Greer kniete sich hin. Ihre Trainingshose war längst durchnässt. Sie legte ihr Handy auf den feuchten Boden. Der Bildschirm wurde von drei ermutigenden Ziffern erhellt. Sie würde es nicht wieder aufheben.

»Mama Shaw«, sagte sie. »Ich bin's, Greer Morgan. Ich ziehe Sie da jetzt raus, okay?«

Mit einem Schmatzen zog Mama Shaw ihr Gesicht aus dem Schlamm. Ihre hauchdünnen grauen Haare klebten am Schädel. Ihre Iriden, lange schon getrübt, lagen schneeweiß um die ehemals schwarzen Pupillen, die unter einem schleimigen Film zuckten, ehe sie sich auf Greer richteten. Ihre Halsmuskulatur spannte sich an, dann öffnete sie den Mund so weit, dass Greer befürchtete, sie würde sich den Unterkiefer ausrenken. Ihr Gebiss fiel heraus und landete im Matsch. Aus der zahnlosen Höhle erklang ein drängendes Schnaufen.

Wieder erzitterte Señorita Magdalenas Wohnwagen. Die stabilisierenden Drahtseile summten vor Anspannung.

Greer rang ihren Fluchtreflex nieder. Mama Shaw hatte offenbar einen Schlaganfall oder so, und Greer war die Einzige, die etwas unternehmen konnte. Sie packte Mama Shaws Handgelenke. Die Haut war nasskalt wie abgepackte Wurst. Als sie den Griff verlagerte, blieben die Abdrücke ihrer Finger deutlich sichtbar.

Lag das an dem Diabetes? Ließ die Krankheit das Blut zähflüssig werden, machte sie die Haut so dick und träge?

Mama Shaw war eine üppige Frau, aber als Greer zog, rutschte ihr Körper so problemlos über die Blätter, als wöge er kaum die Hälfte. Was ja auch der Fall war, dachte Greer plötzlich – ihr fehlten schließlich beide Beine. Sie zerrte weiter, bis der Oberkörper der Frau den Kreis unter der Kuppel verlassen hatte. Matsch und Blätter drückten sich in Mama Shaws Mund und bedeckten ihre Nase. *Sie erstickt gleich,* dachte Greer und erinnerte sich, wie sie noch vor wenigen Minuten so getan hatte, als würde sie sich selbst im Kissen ersticken. Wie schnell ihr morgendliches Melodram allzu kindisch wirkte.

Sie streckte den Arm aus, um Mama Shaws Gesicht von Matsch zu befreien.

»Finger weg!«

Wie oft wollte man sie heute noch erschrecken? Sie unterdrückte einen Schrei. Sam Hell rannte über die Straße auf sie zu. Die Kangol-Mütze schützte seine weit aufgerissenen Augen vor dem Regen. Er hatte eine Waffe in den Händen. Kein Jagdgewehr wie Papa, sondern eine automatische Pistole von der Sorte, mit der Straßengangster gerne vor ihren Kumpels angaben. Zu allem Überfluss hielt er sie auch noch waagerecht, eine saublöde Haltung, die man sonst nur in dummen Actionfilmen sah. Was aber nicht hieß, dass die Waffe weniger beängstigend wirkte. Greer erstarrte und rührte keinen Finger mehr, auch nicht die, die auf Mama Shaws Gesicht lagen.

»Sie erstickt!«, sagte sie flehentlich.

»Halt die Klappe und beweg dich!«

Mama Shaws Finger legten sich um Greers Handgelenk. Das war doch ein gutes Zeichen – die Frau war also noch ausreichend bei Besinnung, um sich zu fürchten. Aber ihr Griff verstärkte sich immer weiter, bis Greers Knochen schmerzten. Trotz der Waffe, die auf sie gerichtet war, drehte sie den Kopf, um Mama Shaw anzusehen.

Und Mama Shaw biss zu.

Der Kopf der alten Frau schoss auf Greers Hand zu, ihr zahnloser, halb mit Matsch gefüllter Mund schloss sich um Zeige- und Mittelfinger. Sie zwängte die Kiefer zusammen und verstärkte den Druck auf Greers Knöchel. Greer hatte nur eine Sekunde Zeit, diesen grässlichen Anblick in sich aufzunehmen, ehe sie grob an der Schulter gepackt und zur Seite gerissen wurde. Mama Shaws Körper bäumte sich auf. Greers Bein schlug gegen ihr Handy, das mehrere Meter weit rutschte und unter nassem Laub verschwand.

Greer knallte mit dem Nacken auf den feuchten Boden. Hatte Sam Hell auf sie geschossen? Noch ein lauter Knall. Sie blinzelte sich den Regen aus den Augen und setzte sich auf. Sam Hell trat Mama Shaw ins Gesicht. Dem Anschein nach schon zum zweiten Mal – ihre Nase war aufgeplatzt, der perlmutterne Knorpel freigelegt. Das also hatte Greer getroffen: keine Kugel, sondern Sam Hells Schuh. Sie spürte einen verspäteten Schmerz in der Schulter, als seine Sohle in Mama Shaws Kinn krachte.

»Stopp!«, schrie sie. Und versuchte abermals, ihren Beschützer heraufzubeschwören. »Papa!«

Mama Shaws Hals wurde mit einem feuchten Knacken nach hinten gerissen. Ihr Kopf schlug dröhnend gegen eine Metallstrebe der Kletterkuppel. Diese alte Frau ohne Beine einem derartigen Angriff ausgesetzt zu sehen war jenseits von grotesk. Ein Wimmern löste sich aus Greers Brustkorb. Sam Hell hielt nicht inne. Mit einem Schritt hatte er Greer erreicht, legte ihr den Stiefel auf die Brust und drückte sie in den Schlamm. Alle Luft wich aus ihrem Leib. Seltsamerweise dachte sie in diesem Moment an Qasim, sein Gewicht auf ihr, ihr Atem, der in seinen Mund gesaugt wurde. Sam Hell hielt die Pistole nun nicht mehr waagerecht, sondern direkt auf sie gerichtet.

»Sie hat dich gebissen!«, brüllte er.

Sie rang nach Atem. »Was?«

»Die alte Nutte hat dich gebissen, also bist du am Arsch, verdammt!«

Hatte Mama Shaw Tollwut? Gut möglich. In der Letzten Zuflucht wimmelte es von Ratten. Eine davon war tollwütig geworden, hatte Mama Shaw gebissen, und die war dann hier rausgekrochen und hatte den Sunnybrook-Club zu Tode erschreckt. Greer hob die rechte Hand und untersuchte sich. Matsch und zwei klebrige Blätter. Kein Blut, nicht mal ein Kratzer. Sie hielt Sam Hell die Hand hin.

»Zahnfleisch«, krächzte sie dazu.

Die Mündung kam ruckartig näher. Ein Regentropfen verknüpfte den Lauf der Waffe mit ihrer Nase.

»*Was* sagst du, du Miststück?«

Der Druck des Stiefels auf ihrer Brust nahm zu. Sie spürte, wie sie langsam im Matsch versank. Sie würde hier im Sunnybrook-Wohnwagenpark begraben werden, an dem Ort, an dem sie um nichts in der Welt hatte bleiben wollen.

»Keine Zähne«, grunzte sie. »Keine Zähne.«

Sam Hell traten fast die Augen aus den Höhlen, als er ihre Hand anstarrte, aber Greer konnte nicht darauf vertrauen, dass er begriff, was er da sah. Wenn er nicht gerade besoffen war, war dieser Mann ein Wahnsinniger, der manisch um Miss Jemishas Wohnwagen herumstapfte, Zäune eintrat und Fenster einschlug. Wenn sie ihn mal wieder nicht reinließ, marschierte er außer sich die Straße entlang und spie Gift und Galle – *Hure Nutte Fotze Drecksau Schlampe Scheißkuh*. In einem ähnlichen, aber noch krasseren Zustand schien er auch jetzt gerade zu sein.

Außerdem hatte sie ihn noch nie so früh draußen herumlaufen sehen. Miss Jemisha musste von dem unterbrochenen Clubtreffen nach Hause geeilt sein und ihn wach gerüttelt haben. Aber all das erklärte immer noch nicht seine Reaktion. Wenn Mama Shaw krank war, konnte er entweder Hilfe rufen oder sich verfickt noch mal raushalten. Es gab keinen Grund, der alten Frau ins Gesicht zu treten, noch, eine Waffe auf eine Nachbarin zu richten.

»Wie weiß ich, dass du nicht woanders gebissen bist?«, fragte er barsch.

Greers Gedanken wanderten auf der Stelle zu sexualisierter Gewalt. Wie konnte es auch anders sein. Worauf immer er gerade war, er würde sie zwingen, sich auszuziehen, angeblich, um sie nach Bissspuren abzusuchen. Dann würde er sie vergewaltigen, ihr dabei den Pistolenlauf ans Kinn drücken, und sollte irgendein bekacktes Mitglied des ach so wohltätigen Sunnybrook-Clubs etwas davon mitbekommen, würden sie es wie Mr. Villard halten und sich schleunigst verpissen. Sie würden nicht mal den Notruf wählen, aus dem gleichen Grund, aus dem auch Greer ihn immer noch nicht gewählt hatte: dieser zerstörerische, sich selbst befeuernde Kreislauf des angeblichen Selbstschutzes.

Sam Hell ragte über ihr auf, der Regen tropfte zitternd von seinem Hut, von Kinn, Armen und Knarre, sein wilder Blick glitt über ihren durchnässten Körper. Nichts war zu hören außer ihrem Keuchen, dem Regen und einem Schlürfen von Mama Shaw.

Bis neue Geräusche die Anspannung zerrissen. Sie kamen aus Señorita Magdalenas Wohnwagen. Das katzenhafte Wimmern einer Fliegengittertür, die sich ein Stück weit öffnete, nur um wieder zugeschlagen zu werden, als wüsste jemand nicht, wie sie zu bedienen war, gefolgt vom harten, ungleichmäßigen Stolpern von Füßen die Treppe hinunter. Es waren viele Füße. Der Lauf der Waffe schwenkte zur Seite, weg von Greers Gesicht, als sich Sam Hell nach den Geräuschen umdrehte. Greer stützte sich auf die Ellbogen und sah sich um.

Sie würde sich nie wieder fragen müssen, wie viele Kinder Señorita Magdalena nun eigentlich hatte. Es waren fünf, etwa zwischen fünf und dreizehn Jahre alt. Offenbar war keines heute zur Schule gegangen. Das Quintett bildete am Fuß der Treppe einen sich rasch entwirrenden Haufen aus Gliedmaßen. Sie bemerkten den Regen nicht, der Ihnen ins Gesicht prasselte, den Matsch und die blutigen Rorschach-Bilder auf Ihren Schlafanzügen. Sie standen auf und schauten sich um, dumm und leer, bis eine von Ihnen, ein Mädchen von circa sieben Jahren, Sam Hell und Greer Morgan entdeckte und sich wortlos in ihre Richtung in Bewegung setzte.

ANDERE NAMEN

Die Karte des Sunnybrook-Wohnwagenparks, die am Eingang zum Gelände zwischen zwei Pfosten hing, hatte Greer immer an die ziegenköpfigen Pentagramme erinnert, die die Kinder, die auf Metal standen, so gern zeichneten. Achtundsiebzig Grundstücke mit Trailern, die von Mr. Villards extrabreitem Vier-Zimmer-zwei-Bäder-Mobilheim bis zu Fadi Lolos Schuhkarton-Wohnwagen reichten, waren kreuz und quer um die sternförmigen Straßen arrangiert. Jeder Abschnitt hatte seinen eigenen verwahrlosten Spielplatz. Der, den sich der Sunnybrook-Club unter den Nagel gerissen hatte, lag im unteren rechten Bereich des Pentagramms – drei Minuten vom Haupttor entfernt, wenn man wirklich die Beine in die Hand nahm.

Was Greer auch eigentlich tun wollte, aber der Anblick der dreckigen, verletzten Kinder ließ sie, genau wie vorhin bei Mama Shaw, innehalten. Obwohl die Kinder unterschiedlich groß waren, bewegten sie sich alle identisch, wankten vorwärts, als bebte die Erde unter ihren Füßen. Was Greer nun auch nicht mehr verwundert hätte.

Sam Hell erhob sich, ragte scheinbar hundert Stockwerke über ihr auf. Sein Arm beschrieb einen weiten Bogen, er richtete die Pistole auf das kleine Mädchen. Greer hatte in diesem Park so viele Dinge gesehen, die sie dringend vergessen wollte – das widerliche Verhalten der Junkies, Gewalttaten, gegen die sie nichts unternommen hatte –, aber nichts derart Entsetzliches.

Das kleine Mädchen erreichte die Straße. Eine Hand wirkte wie ein roher Hamburger, nur noch von grauen Sehnen zusammengehalten. Ihr engelsgleiches rechtes Pausbäckchen hatte kein

Gegenstück mehr; die linke Wange war ein Loch, durch das Greer eine Reihe Milchzähne sehen konnte, inklusive einer Lücke, wo sich die Zahnfee schon bedient hatte. Sam Hell stellte sich breitbeiniger hin, um besser schießen zu können, und Greer sah vor ihrem geistigen Auge, wie die verbliebenen Zähne des Mädchens in einer Knochenwolke detonierten.

Tu doch was, rief sie sich stumm zu, aber ihr Mund fühlte sich an wie der von Mama Shaw, verstopft mit Matsch und kalten Blättern.

Jemand Stärkeres reagierte zuerst. Die Fliegengittertür wurde krachend aufgestoßen, und die Mutter der Brut erschien. Señorita Magdalena, die nur stark gebrochen Englisch sprach, deren Beiträge bei Clubtreffen auf zwei ermüdende, flehende Worte beschränkt waren: »Die Kiiinder.« Deren Parkplatz eine matschige Kraterlandschaft war, weil den lieben langen Tag alle möglichen Verwandten anrückten und Säcke mit Wäsche ausluden, die Magdalena dann in den Waschsalon des Parks trug. Magdalena, die immer zu Greers Geburtstag eine Platte mit mexikanischem Milchkuchen vorbeibrachte und sie immer *mi corazón* – mein Herz – nannte, obwohl Greer nichts getan hatte, um sich diese Anrede zu verdienen, Magdalena, die sich scheiße noch mal einfach durchgebissen und es geschafft hatte, trotz der unberechenbaren Ausraster von José Frito und des dürftigen Nährwerts der ewigen Fertignahrung fünf überaus höfliche Kinder großzuziehen. Obwohl sie beide im Leben kaum mehr als Kuchen und ein paar ungelenke Worte ausgetauscht hatten, stellte Greer plötzlich fest, dass sie Señorita Magdalena furchtbar gernhatte und alles tun würde, um diese Frau zu retten.

»Magdalena, runter!«, brüllte sie.

Eine Sekunde lang fürchtete Greer, die Frau würde anfangen, wie ihre Kinder zu taumeln. Aber Magdalena, kaum eins vierzig groß und geformt wie eine Kugel, legte plötzlich eine raubkatzenhafte Beweglichkeit an den Tag, sprang zu Boden und landete in der Hocke wie ein Fänger beim Baseball. Sie ignorierte Greers Warnung. Kein Wunder; eine Löwin verteidigt ihren Wurf. Greers Herz, mi corazón, schlug noch schneller.

»Antonella!«, schrie Magdalena. »Ignacio! Máximo! Constanza! Silvana!«

So erfuhr Greer ihre Namen, nachdem ihre Namen jegliche Relevanz verloren hatten. Einzig Sam Hell wirkte von Magdalenas Schreien kurzzeitig verwirrt. Er ließ die Waffe sinken. Greer glaubte zwar, dass er sich eigentlich einen Dreck um Señorita Magdalena scherte, aber wahrscheinlich war er es nur nicht gewohnt, vor so vielen Zeugen auf jemanden zu schießen.

Dann packte er die Pistole mit beiden Händen.

»Billy, mein Junge, ist gestern Abend von den Bullen abgeknallt worden«, teilte er Greer über die Schulter hinweg mit. »Und dann ist er einfach aufgestanden. Ist über die Bullen hergefallen und hat die Wichser gebissen. Und dann sind *die* auch noch aufgestanden! Wir müssen die Kinder unbedingt aufhalten!«

»Silvana!«, schrie Magdalena. Silvana war das kleine Mädchen, das Greer und Sam Hell am nächsten war, keine zehn Meter mehr entfernt. Magdalena rannte ihr hinterher. Denn sie war Magdalenas ganzes Herz. Greer spürte Magdalenas schwerfällige Schritte und rief irgendetwas, sie wusste nicht, ob es Worte waren oder bloß ein Geräusch. Es war auch nicht wichtig. Sam Hell drückte ab.

Greer zuckte vor dem grellweißen Mündungsfeuer zurück. Sie hätte schwören können, dass sie einzelne Regentropfen sah, die von der Kugel zerteilt wurden und vergingen. Die knapp zwanzig Kilo schwere Silvana wurde von den Beinen gerissen und landete zwei Meter weiter mit so einem heftigen Aufprall, dass eine Wolke nassen Laubs aufwirbelte; in dieser neuen verkehrten Welt war das wohl die Richtung, in die abgestorbene Blätter fielen, dachte Greer manisch.

Magdalena heulte auf, griff nach dem einzigen Kind in Reichweite – Ignacio, zehn Jahre alt – und riss es zu Boden. Auch Greer ließ sich fallen, obwohl sie sich hinter dem Schützen befand. Die anderen Kinder setzten völlig unbeeindruckt den Marsch fort.

»Rodney, hör auf! *Hör auf!*«

Greer schaute nach links in Richtung der neu hinzugekommenen Stimme. Ihre Halsmuskulatur fühlte sich an wie Gummi.

Hinter Mama Shaws Wohnwagen und direkt nördlich von Señorita Magdalenas Grundstück stand der Trailer, den sich Miss Jemisha mit Sam Hell – der offenbar mit richtigem Namen Rodney hieß – teilte.

Miss Jemisha stand in Regenmantel und Gummistiefeln auf der Treppe und hatte mit beiden Händen die Ränder ihrer Kapuze ergriffen. In dem Moment war Greer sicher, dass Miss Jemisha diesen minderwertigen Gangster nur deshalb nicht schon längst vor die Tür gesetzt hatte, weil sie ihn noch nie eine Waffe hatte abfeuern sehen.

Bis jetzt.

»Geh sofort wieder rein!«, rief Sam Hell, und obwohl Greer diesen Mann verabscheute, konnte sie nur hoffen, dass Miss Jemisha ein letztes Mal auf ihn hörte.

Stattdessen rannte die Frau geradewegs auf sie zu. Miss Jemisha, deren rhetorische Taktik bei den Clubversammlungen darin bestand, einen Satz immer wieder und immer lauter zu wiederholen, bis alle anderen vor Erschöpfung kapitulierten; deren häufige, vulgäre Tiraden bei Telefongesprächen mit Geldeintreibern alle Anwohner in Rage brachten, weil sie sich dadurch selbst hassten; deren Freude aber, wenn erst einmal entfacht, den ganzen Park mit dem Dröhnen ihres ansteckenden Gelächters erfasste; Miss Jemisha, die Mama Shaw nach der ersten Beinamputation monatelang als Einzige jeden Tag besucht hatte und nach der zweiten ebenso, ohne eine Gegenleistung zu erwarten; die sich in jeden möglicherweise gewalttätigen Konflikt warf, so wie jetzt, weil sie eben nur ein Leben zu leben hatte – das waren zumindest bis heute die Regeln gewesen –, und verdammt sein wollte, wenn sie dieses eine Leben nicht so laut und rechtschaffen und waghalsig wie möglich lebte.

Sam Hell streckte den Arm aus und hielt sich Miss Jemisha vom Leib, indem er die Hand gegen ihre Stirn drückte. Ihre Regenmantelarme rotierten, konnten ihn aber nicht erreichen. Bis auf Ignacio, der noch mit seiner Mutter rang, hatten die restlichen Kinder die Straße überquert. Silvana hatte wieder die Führung übernommen. In der Brust ihres Schlafanzugs klaffte ein rundes finsteres Loch, aus dem Blut sickerte, das eigentlich hätte spritzen müssen. Dieses arme, an eine zerfetzte Stoffpuppe erinnernde Mädchen ging einfach weiter. Die Zähne schimmerten durch das Loch in ihrer Wange, und sie hatte die Arme erhoben, als bettle sie nach einer tröstenden Umarmung.

Es gelang Miss Jemisha, Sam Hell in die Eier zu treten. Die Waffe senkte sich gefährlich, und Greer spürte Kimme und Korn wie eine Spur aus Gänsehaut über sich hinwegziehen. Die Zeit für Ausflüchte – einer von Mr. Villards Lieblingsausdrücken – war endgültig vorbei. Greer warf sich auf Sam Hells Beine. Er ging sofort zu Boden, landete mit der Schulter auf der Wiese, trat aber wild um sich. Seine Kniescheiben schlugen ihr wie Billardkugeln ins Gesicht. Mit wehendem Regenmantel warf sich Miss Jemisha auf ihn und griff nach der Pistole.

Sam Hell rollte sich halb auf den Bauch, sodass beide Frauen gegen die Kletterkuppel krachten. Aber sie waren trotzdem in der Überzahl. Greer drückte Sam Hells Beine zusammen und ergriff seinen Waffenarm. Ihre Hände legten sich in einer gemeinsamen Anstrengung um Jemishas, der Braunton ihrer Haut war fast identisch. Das Ganze hatte etwas Heroisches, dachte Greer, und wenn sie schon sterben musste, war das doch wenigstens ein erhebender letzter Moment. Die Fäuste zweier schwarzer Frauen, die gemeinsam kämpften.

Jemisha entfuhr ein erschreckter, halb erstickter Ton, als ihr Schädel gewaltsam nach hinten gerissen wurde und gegen eine Metallstrebe schlug. Eine von Mama Shaws knochigen Händen hatte sich in ihren Box-Braids festgekrallt. Sie zog so hart, dass Greer sah, wie sich die Kopfhaut unter den Flechtzöpfen spannte. Jemisha ließ Sam Hell los und schlug blind mit den Fäusten hinter sich. Nicht ein Schlag traf Mama Shaw, dafür schrammten ihre Knöchel über das rostige Gestänge der Kuppel und hinterließen dünne Pinselstriche aus Blut.

Sam Hell, jetzt um eine Frau leichter, bäumte sich gegen Greer auf. Der lauteste Schrei des gesamten Morgens zerfetzte die Luft.

Greer und Sam Hell drehten sich gleichzeitig um und sahen Señorita Magdalena, die rückwärts durch den Matsch kroch, während sie Ignacio immer wieder ins Gesicht trat. Der Junge robbte wie ein Seehund hinter ihr her, ganz ähnlich wie die beinlose Mama Shaw. Sein sonst so sanftes und aufmerksames Gesicht sah aus wie von Säure zerfressen. Es schien nur noch aus Zähnen zu bestehen, die von blutigem Schlamm purpurn schimmerten.

Magdalenas spitzer Schrei hatte einen weiteren Darsteller auf die Bühne gerufen: José Frito in einem schief zugeknöpften Flanellhemd, Jeans mit offenem Hosenstall und ebenso offenen Turnschuhen – ein Ensemble, das einen grundlegenden Mangel an Weitsicht suggeriert hätte, wäre da nicht der Waffengürtel gewesen. Ein verdammt noch mal echter Revolverhelden-Gürtel mit zwei Holstern und handgemachten Lederverzierungen. Der Honduraner hielt in jeder Hand eine .45er und stieß ein Kriegsgeheul aus. Sein spätes Erscheinen war augenscheinlich einer Verletzung geschuldet – um den linken Unterarm hatte er einen engen weißen Verband gewickelt, in dessen Mitte ein roter Fleck prangte.

José Frito eröffnete mit beiden Waffen gleichzeitig das Feuer. Es klang wie eine plötzliche Böllersalve.

Greer drückte sich mit der wimmernden Miss Jemisha und dem fluchenden Sam Hell an die Kletterkuppel, verängstigt und erleichtert zugleich; endlich war Hilfe gekommen, und sie nahm jede Hilfe, die sie kriegen konnte. Sie erwartete, Ignacio zu Boden gehen zu sehen, rechnete mit neuen Austrittswunden in Silvanas kleinem Körper. Stattdessen stiegen zu ihren Füßen Schlammfontänen aus dem Boden auf, die Metallstreben der Kletterkuppel schlugen gelbe Funken. José Frito schoss auf *sie*.

Selbst inmitten all des Tumults begriff Greer – sie hatte noch nie gesehen, dass José sich irgendwie um Magdalenas Kinder kümmerte. Erst jetzt, wo ihm ein belebendes Feuergefecht geboten wurde, hatte er sich auf einmal dazu entschlossen, Vater des Jahres zu spielen, und richtete seine Waffen nicht auf das eigentliche Problem, sondern auf den Schwarzen mit der Pistole. Die zwei Männer hätten an einem Strang ziehen müssen, aber wenn schon zu beiden Seiten der Straße Feuerwaffen gezogen wurden, musste man ja auch aufeinander schießen.

Sam Hell rollte sich zur Seite, weg von Greer, und verlor dabei seine Kangol-Mütze. Er stemmte die Ellbogen in den Matsch und erwiderte das Feuer. Eins von Magdalenas Fenstern ging zu Bruch, einer ihrer Mülleimer bekam einen Schuss ab, sodass faulige Flüssigkeit herausspritzte. José Frito hastete die Treppe hinunter und schoss dabei wild um sich, was zwar filmreif aussah, aber wenig Effekt hatte. Eine seiner Kugeln traf die baumelnden Ketten der kaputten Schaukel. Eine andere zertrümmerte weiter die Straße hinunter das Holzgeländer einer Veranda. Eine dritte traf Silvana, wieder die unglückliche Silvana, in den Nacken. Ihr Kehlkopf explodierte in dunklem Blut, das fast aussah wie Schokoladensoße. Sie fiel mit dem Gesicht voran in den Matsch.

Zwei Schreie ertönten, lauter noch als die Schüsse. Einer kam von Magdalena, die, wahnsinnig vor Trauer und Verwirrung, um Ingacio herumkroch und sich die Knie auf dem Asphalt blutig schürfte. Den anderen stieß Jemisha direkt neben Greer aus. Mama Shaw hatte ihre Haare jetzt mit beiden Händen ergriffen und war drauf und dran, sie zu skalpieren. Jemishas Extensions waren bereits zerfetzt. Mama Shaw kaute wie ein Rind auf den Büscheln. Die Haut entlang Jemishas Haaransatz war wie entlang einer perforierten Linie aufgerissen und legte das tieforange Unterhautfett frei.

Jemisha stellte ihre wirkungslosen Schläge nach hinten ein, ergriff mit einer Hand eine Metallstrebe und streckte die andere nach Greer aus.

»Hilfe«, röchelte die Frau, die noch nie im Leben jemanden um Hilfe gebeten hatte.

Greer wollte nur noch Mr. Villards Rat befolgen und die Straße hinunterrennen, aber Jemishas Hand war so nahe und zitterte so schrecklich. Greer hörte ihre Kopfhaut wie Papier reißen. Blutige Schlieren zeichneten an den entsetzt aufgerissenen Augen vorbei vertikale Linien auf ihr Gesicht. Greer sprang vor und packte Jemishas Hand, als wollte sie mit ihr armdrücken. Die andere Hand legte sie um Jemishas Taille und stützte sich mit einem Flipflop am Metallgestänge ab. Sie zog. Jemisha zog. Aber Mama Shaw fraß sich immer weiter in Richtung ihres Kopfes vor. Die langen Zöpfe verschwanden wie Magensonden in Ihrem Rachen.

Trotz des Feuergefechts rutschte Greer mit den Füßen voran unter die Kuppel und fing an, Mama Shaw ins Gesicht zu treten. Die Nase der Frau, von Sam Hells Stiefel ohnehin schon aufgeplatzt, riss mit einem feuchten Schmatzen ab und hinterließ einen leeren, an einen Hodensack erinnernden Hautbeutel. Greer trat weiter zu. Sie hatte die Flipflops längst verloren. Ihre nackten Füße stampften wie Kolben, bis sich Mama Shaws Gesicht wie Brei anfühlte. Sie hörte erst auf, als Miss Jemisha neben ihr kauerte, endlich von Mama Shaw befreit.

Jemisha schien die Einschläge der Schüsse im Matsch ringsum gar nicht mitzubekommen. Sie fuhr mit der Hand durchs Herbstlaub, fand einen schweren, scharfkantigen Stein, der auf einem Spielplatz eigentlich nichts zu suchen hatte, und spreizte die Beine, sodass sie mit den Knien Mama Shaws Arme am Boden festnagelte. Das Gesicht der alten Frau war nicht mehr als solches zu erkennen, aber mitten in dieser roten Masse lag ein mundförmiges Loch, das noch immer auf einem Haarbüschel kaute. Jemisha hob den Stein mit beiden Händen und ließ ihn herabsausen.

Greer drehte sich auf den Knien im Matsch um, kam mühsam auf die Beine und rannte los. Aber sie hörte die mächtigen Schläge auf Mama Shaws Kopf und Hirn, begleitet von Miss Jemishas hektischem Geplapper.

»Sei gnädig mit mir, o Herr, in Deiner ewigen Liebe.« *Krack.* »Deine große Gnade wird all meine Sünden fortwischen.« *Krack.* »Wasche alles Böse von mir und reinige mich von meinen Sünden.« *Krack.* »Ich erkenne meine Fehler an. Ich stelle mich meinen Sünden.« *Krack.* »Ich habe mich an Dir versündigt – an Dir allein.« *Krack.*

Konnte Greer tatsächlich spüren, wie die Kugeln an ihrer Haut vorbeizischten? Oder war das bloß der Regen? Sie sprang über Sam Hell hinweg, trat mit nackten Füßen seine Kangol-Mütze in den Schlamm und rannte auf ihren Wohnwagen zu. Zwei Arme schlugen ihr ins Gesicht, Fingerspitzen tasteten sich über die Haut. Es war Silvana, immer noch irgendwie am Leben und direkt neben ihr. Aus dem Riss in ihrer Wange ragte eine lange, wacklige Zunge, das Loch im Hals war so groß, dass die Überbleibsel ihrer Halswirbelsäule langsam unter dem Gewicht des Kopfes in sich zusammensackten.

Greer schlug Silvanas Arme beiseite und rannte weiter. Zwischen ihr und dem Wohnwagen lag nichts als schräger, silbriger Regen. Und dann blieb sie natürlich mit dem Fuß an dem beschissenen Sockel der fehlenden Wippe hängen. Sie machte einen halben Purzelbaum, knallte aufs rechte Ohr und war kurzzeitig taub.

Die stumpfen Gesichter mehrerer Kinder drehten sich zu ihr um, sofort änderten Sie die Richtung und kamen näher. Greer fluchte und setzte sich auf, als Silvana oder das, was noch von dem Kind übrig war, über denselben beschissenen Sockel fiel und direkt auf ihr landete.

Das Mädchen zeigte weder Überraschung noch Orientierungslosigkeit nach dem Sturz. Sie sperrte den Mund auf und stieß mit dem Kopf nach Greer. Greer konnte gerade noch den Unterarm zwischen sich und den ausgehöhlten Hals klemmen, um sie auf Abstand zu halten. Silvanas Zunge, die nun aus dem Loch in der Wange baumelte, leckte trocken über Greers matschiges Kinn. Eine Hand versank in ihren Haaren.

Greer dachte an den Anblick von Jemishas abgepellter Kopfhaut und warf sich herum, als stünde sie in Flammen. Silvana hing an ihr wie eine Zecke und schnappte immer wieder mit den Kiefern. Irgendwie war das schrecklichste Detail an der ganzen Sache, dass das kleine Mädchen nicht mehr blinzelte. *Sie blinzelte nicht.* Ihre kalte Oberlippe berührte Greers Nasenspitze. Die blassen, taumelnden Gestalten der restlichen vier Kinder kamen hinter ihrem Kopf in Sicht. Jetzt war es aus. Es war nicht das erste Mal in ihrem Leben, dass Greer dies dachte, aber nie hatte sie es so stark bedauert wie jetzt. Sie kämpfte mit aller Kraft ums Überleben, und es reichte trotzdem nicht.

Ein altehrwürdiger Baseballschläger – ein mit kirschroten Flecken bedeckter Louisville Slugger – traf Silvana mit Homerun-Geschwindigkeit. Das breite Holz krachte gegen den Nacken des Mädchens und zerfetzte den Rest ihrer zerschossenen Muskeln. Silvana fiel zu Boden, ihr Kopf baumelte nur noch seitlich an der Wirbelsäule. Aber immer noch klapperten ihre Kiefer, auf und zu, sie biss sich auf die eigene Zunge.

Greer ließ sich wie ein nasser Sack in die Arme eines Mannes sinken. Sie waren leer. Er hatte den Baseballschläger fallen lassen, als hätte der Kontakt mit dem Mädchen das Holz sofort mit Krankheit und Verderbnis zerfressen. Hier war das fehlende Mitglied des Sunnybrook-Clubs, Drasko Zorić, der mit seinen sarkastischen Einwürfen so oft das Gezanke zwischen Mr. Villard, Mama Shaw und Miss Jemisha unterbrach; der nicht nur nächtliche Plagegeister wie Waschbären und Opossums fing, sondern ihnen angeblich auch die Kehle durchschnitt, um ihnen beim Verbluten zuzusehen; dessen Grundstück eine Müllhalde aus Auto-, Waschmaschinen-, Rasenmäher- und Toilettenteilen war, der aber auch stolz jedem seine Hilfe anbot, der eine Rechnung, einen Strafzettel oder ein Steuerformular zu entziffern hatte; der jeden vierzehnten Januar das orthodoxe Neujahrsfest feierte, indem er etwas Gutes tat – dieses Jahr hatte er Freddy Morgan geholfen, die vermoderte Wand im Badezimmer zu entkernen.

»Kannst du stehen?« Er sah sich auf dem Spielplatz um und bedachte dann Greer mit einem misstrauischen Blick. »Ja, steh auf. Jetzt, jetzt, sofort, sofort.«

Drasko zog die junge Frau auf die Beine. Er trug einen leuchtend blauen Jogginganzug. Sie fuhr mit ihren blutigen, matschigen Fingern über das samtig saubere Polyester. Er packte sie an den klammen Schultern und drehte sie gewaltsam um, sodass sie die Kinder sehen konnte, die keine zwei Meter mehr entfernt waren und mit den ausgestreckten Händen fuchtelten wie Babys, denen man buntes Plastikspielzeug hinhält. Antonella, Máximo und Constanza, falls diese Wesen nicht bereits andere Namen trugen.

Drasko zerrte Greer von ihrem Wohnwagen weg auf die Straße. Das Stöhnen der Kinder ließ ihre Ohren ploppen, und mit einem Schlag hörte sie wieder alles, die Schüsse, die wütenden Schreie, das schmerzerfüllte Wimmern. Drasko Zorić hatte sich in den Kugelhagel auf dem Spielplatz gewagt, um sie zu retten – und offenbar war er noch nicht fertig. Señorita Magdalena lag mitten auf der Straße auf dem Rücken und trat noch immer nach Ignacio, der einen ihrer in Pantoffeln steckenden Füße erwischt hatte und versuchte hineinzubeißen.

Greer fühlte sich, als hätte ein Sonnenstrahl wie ein Speer die Sturmwolken zerteilt. Der mürrische, zusammengewürfelte Kongress der Nörgler namens Sunnybrook-Club, die Greer mit nachgeäfftem Akzent und stereotypen Spitznamen verarscht hatte, war nie die Bande von Losern gewesen, für die Greer sie immer gehalten hatte. Selbst wenn sie alle ein auswegloses Dasein mit ausweglosen Jobs gefristet hatten, heute hatten sie sich geweigert, einfach kampflos aufzugeben. Bis auf Mr. Villard waren alle Clubmitglieder Helden.

Ein Pick-up wich Magdalena und ihrem Sohn aus und zischte so nahe an Greer vorbei, dass sie die entschlossene Grimasse des Fahrers sehen konnte. Sie taumelte durch die heiße Abgaswolke, hielt Schritt mit Drasko Zorić, sah aus dem Augenwinkel quietschend zwei weitere Autos nahen. Die gesamte Letzte Zuflucht war erwacht und wollte fliehen. Eine gute Idee, aber Magdalena und Ignacio lagen immer noch mitten auf der Straße, und Greer bezweifelte, dass alle Fluchtfahrzeuge so gekonnt ausweichen würden wie der Pick-up.

Sie ergriff Magdalenas rechten Arm, Drasko den linken. Gemeinsam zogen sie Magdalena rücklings zur Seite. Sie schrie auf, als der Asphalt ihren Morgenmantel zerfetzte. Diese Wunden würden heilen. Viel wichtiger war, dass sie ihren Fuß gerettet hatten. Ignacio starrte dümmlich seine plötzlich leeren Hände an.

Magdalena ergriff ihrerseits die Arme ihrer Retter.

»Dios te bendiga«, sagte sie zu Drasko. An Greer richtete sie die altbekannten zärtlichen Worte: »Mi corazón, mi corazón«.

Eine Limousine mit fehlender Stoßstange brauste vorbei und erwischte Drasko mit dem Seitenspiegel am Ellbogen. Der Auspuff des Wagens schabte über den Boden und zog eine Spur aus Funken und öligen Rauchschwaden hinter sich her. Greer und Drasko hatten Magdalena gerade auf die Beine gestellt, als Ignacio aus dem Rauch angeschossen kam. Der Junge klappte mit dem Gesicht voran auf dem Asphalt zusammen und verspritzte Blut in alle Richtungen. Sein Hinterkopf war aufgebrochen, und anders als Silvana rührte er sich nicht mehr. Magdalena kreischte, und trotz der Angriffe, die ihr Kind eben auf sie verübt hatte, rannte sie zu ihm und streckte die Arme aus, um ihn hochzuheben.

»Ignacio! Oh, mi pobre chico dulce!«

Der Abgasqualm lichtete sich, und zum Vorschein kam José Frito.

Er hatte nur noch eine Pistole und die andere wohl aus Munitionsmangel fallen lassen. Die verbleibende Waffe hing schlaff in seiner rechten Hand, aus der Mündung stieg ein dünner Rauchfaden auf. Als Vater des Jahres kam er nun wohl nicht mehr in Betracht; er hatte sowohl Silvana als auch Ignacio erschossen und sah aus, als wollte er auch noch alle anderen erschießen. Seine Anwesenheit legte nahe, dass er sich gegen Sam Hell durchgesetzt hatte. Sein Schnurrbart war blutverklebt. Er hatte überall Schrammen. Der Verband am linken Unterarm war abgefallen. Darunter war eine Bisswunde zum Vorschein gekommen, die genau dem Umfang eines Kinderkiefers entsprach.

José taumelte noch stärker als die Kinder. Sein Gesicht hatte die Farbe von Eierlikör angenommen. Einzelne Adern standen hervor wie blaue Würmer, die sich gerade durch seine Haut an die Oberfläche gruben. Aus den geschwollenen Lidern über den dunklen, tiefen Augenhöhlen sickerte eine zähe Flüssigkeit. Langsam hob er die Waffe, die unter den Zuckungen seiner Muskeln erzitterte.

Magdalena hielt den Kopf ihres Sohnes in einer Hand, um sein Gehirn am Auslaufen zu hindern, und streckte die andere nach Josés Waffe aus. Es war erschreckend, wie mühelos er ihr selbst in seiner Verfassung eine schallende Ohrfeige gab. Fast noch erschreckender war, mit welcher Routine sie den Schlag einsteckte. Sie fiel nach links um – glücklicherweise nicht zu weit, denn ein Auto kurvte so nah an ihrem Kopf vorbei, dass eine ihrer Locken unter die Räder kam.

José betrachtete verträumt den vorbeiziehenden Wagen, sah den toten Sohn an, dann die Waffe in seiner Hand. Greer hatte das Gefühl, seine Gedanken schneller verarbeiten zu können als sein eigenes benebeltes Gehirn. Überall standen Leute, die gesehen hatten, was er getan hatte. Sie würden ihn alle verpfeifen, wenn er sie nicht unschädlich machte. Mit verklebten Augen schielte er Greer und Drasko an, riss plötzlich die Waffe hoch und drückte ab.

Drasko Zorić wurde in die rechte Brust getroffen. Aus irgendeinem Grund brach er nicht auf der Straße zusammen, sondern kauerte sich spinnengleich hin und kroch auch wie eine Spinne auf allen vieren auf Greers Wohnwagen zu. Das älteste Kind, die vierzehnjährige Antonella, lief – vielleicht von Draskos Zucken angezogen – an José, Magdalena und Greer vorbei und ging neben dem Serben in die Hocke. Sein Blut floss über die Straße; Antonella senkte den Kopf, leckte den roten Strom auf und kroch dabei auf seinen Körper zu.

José bekam von alledem nichts mit. Er stieg über Magdalena hinweg, starrte aber Greer an und grinste dabei. Seine Zähne waren blutverschmiert. Noch mehr Blut, dunkel und zäh, quetschte sich zwischen ihnen hervor. Und mit dem Blut kam ein Grunzen, das Greer sofort erkannte.

»Komm mal her.«

Wie ein Schiff durch dichten Küstennebel tauchte ein matschverschmierter Van aus dem Regen auf. Der riesige stählerne Kühlergrill überschüttete Greer mit einem Schwall Regenwasser, ehe er José mit dem Geräusch nassen Fleischs erfasste. José segelte durch die Luft, das Rückgrat so weit abgeknickt, dass der Hinterkopf die Hacken berührte. Greer warf sich zur Seite und hörte, wie die schweren Reifen den toten Ignacio und die lebendige

Magdalena überfuhren. Zu spät riss der Fahrer das Steuer herum und schoss in einer Schlammfontäne quer über den Spielplatz.

Greer drehte sich um und rannte los. In wenigen Sekunden hatte sie ihren Wohnwagen erreicht und krachte mit der rechten Schulter, der Sam Hell einen Tritt verpasst hatte, gegen die Wand.

Der Schmerz durchfuhr sie wie ein Stromschlag. Sie hatte schwarzes Feuerwerk vor den Augen. Als sie wieder klar sehen konnte, betrachtete sie erschreckt ihre blutigen Hände. Was war passiert? Sie stellte fest, dass sie in die rote Spur gerannt war, die sich die Wand des Wohnwagens entlangzog. Das war eines der ersten Details gewesen, die ihr aufgefallen waren, als sie vorhin vor die Tür getreten war. Wäre sie nur direkt dieser Spur gefolgt und hätte sich in Richtung Ausgang bewegt, sie hätte nichts von diesem Grauen mit ansehen müssen. Jetzt gelang ihr nur ein Schritt, bevor eine große Gestalt um die Ecke schlurfte und ihr den Weg versperrte.

Seine Hand war mit trockenem, bräunlichen Blut verkrustet – er musste es gewesen sein, der den Abdruck auf der kleinen Fensterscheibe und wohl auch die Spur an der Wand hinterlassen hatte. Wie ein Wolf schien er Greer zu wittern und hob schwerfällig den Kopf. Seine braunen Augen waren von einem matten Film überzogen. Der Unterkiefer war ausgerenkt, Speichel tropfte auf die Brust seiner HortiPlastics-Uniform. Von seiner Brille war nur noch ein zerbrochener Bügel übrig, der hinterm Ohr feststeckte.

»Papa«, sagte Greer, und wie immer war Papa sofort für sie da.

NICHT LÄNGER AM NETZ

Es gibt nichts Einfacheres im Leben, als nachzugeben. Den niedrigen Erwartungen der Lehrer, den körperlichen Empfindungen, die Jungs wie Qasim auslösten. Dem Gruppenzwang der Freunde, dies zu trinken oder jenes einzuwerfen. Seit sie in den Morgennebel herausgetreten war, hatte Greer nach Papa gerufen, und jetzt, wo er sie endlich gehört hatte, wollte sie nichts sehnlicher tun, als ihr Gesicht in seiner breiten Brust zu vergraben.

Sein Arm hob sich so vorsichtig, als greife er nach einem Schmetterling. Sein Mittelfinger berührte ihren Pullover. Eine Fingerspitze, schwielig vom tausendfachen Spannen des Jagdbogens, bekam eine der Kapuzenkordeln zu fassen. Diese winzige, fast zärtliche Berührung, so anders als Freddy Morgans übliche Grobmotorik, brachte Greer dazu, ihm auszuweichen. Aber sie rannte nicht davon; sie hatte weniger Angst vor ihm als Sorge *um* ihn. Andere, deren Augen so milchig geworden waren, wurden erschlagen, erschossen, überfahren.

Was sie jetzt tun sollte, dachte sie, war, Papa zurück in den Wohnwagen zu locken. Ihm das blutige HortiPlastics-Hemd auszuziehen. Seine Hand zu säubern und zu verbinden. Seine Stirn mit einem kühlen Lappen abzutupfen, wie er es so oft für sie getan hatte. Ihm aus dem gelben Pulver die Hühnerbrühe zu kochen, die er so gerne mochte. Sie hatte ihm schwören müssen, nur unter wirklich katastrophalen Umständen einen Krankenwagen zu rufen, da die Kosten für einen einzigen Transport die Morgans viel härter treffen würden als die meisten Verletzungen.

»Komm raus aus dem Regen, Papa«, sagte sie. »Schaffst du es die Treppe hin…«

Drasko Zorić hatte eine kehlige Stimme, aber der letzte Ton, den er von sich gab, war ein markerschütterndes Truthahn-Kollern. Greer fuhr auf dem Absatz herum und sah durch den Regenschleier, wie sein blauer Jogginganzug von Antonella und Máximo in entgegengesetzte Richtungen zerrissen wurde. Sie hingen mit sichelförmig gekrümmten Rücken über ihm wie verwilderte Hunde.

Greer spürte, wie ihr Vater ihre Hand ergriff. Vom Betreten des Klassenraums am allerersten Schultag bis zum letzten Wutausbruch des stellvertretenden Schulleiters hatte sie diese Hand sicher durchs Leben geführt, und sie kannte das Gefühl dieser großen Finger so gut, das ermutigende Zwicken seines Eherings, das beruhigende Kratzen seiner rauen Haut. Auch jetzt fühlte es sich noch genauso an, sagte sie sich.

Aber das stimmte nicht – Draskos Todesschrei ließ keinen Zweifel daran.

Sie riss sich los. Freddy Morgan runzelte die Stirn. Greer konnte sich kein Zögern mehr leisten, nicht dass noch eine weitere unbeabsichtigte Geste ihr Herz abermals weich werden ließ. Sie sprang die Stufen hinauf, knallte die Tür hinter sich zu und legte die Kette vor. Dann wich sie zurück, spürte jeden Krümel unter den nackten Fußsohlen, bis sie mit den Kniekehlen gegen den Stuhl stieß, auf dem der alte Fernseher stand.

Sobald ihr Hintern das Linoleum berührte, gingen ihr endgültig die Nerven durch. Als der irrsinnige Horror der morgendlichen Ereignisse plötzlich von der Normalität der vertrauten Küche eingerahmt wurde, verwandelte sich das Adrenalin, das ihren Kreislauf aufgeputscht hatte, in tausend kleine Spinnen, die ihr über den Leib krochen. Sie riss sich die nassen Klamotten vom Leib, schälte sie ab wie faulige Haut, bis sie nackt dalag. Noch immer war ihr ekelerregend warm, als sickere kochendes Blut aus allen Poren.

Brechreiz arbeitete sich ihren Rachen empor. Auf allen vieren kroch sie ins Bad, ergriff mit beiden Händen die Kloschüssel und kotzte so heftig, dass sie blutige Rosen im Wasser sah. Dann rollte sie sich auf den Rücken und genoss die eisigen Kacheln. *Denk an irgendwas anderes,* befahl sie sich. *Denk an Qasim.*

Irgendwann fühlte sich der Wind durch die unfertige Sperrholzwand wie Rasierklingen an. Ein gutes Zeichen. Sie kroch in ihr Zimmer, richtete sich halb auf und suchte gebückt wie eine Erdbeerpflückerin Unterwäsche, T-Shirt, Pullover, Jeans, Socken und Turnschuhe zusammen. Sie setzte sich auf den Boden, zog und schnürte, zerrte und zippte. Sie schmiegte die Knie ans Fußende des Betts. Jetzt, wo sie wieder komplett angezogen war, fror sie erbärmlich.

Von draußen: Schreie, berstendes Glas, Hupen …

… und ein leises Klopfen an der Tür.

Von ihrem Zimmer konnte Greer bis in Papas Schlafzimmer hinter der Tür am anderen Ende des beengten Wohnwagens sehen. Es war ein bisschen, wie durchs Unterholz zu spähen. Der Mülleimer in der Küche war so voll, dass der Deckel schräg auf dem Beutel saß. Ein Stück weiter lagen hier eine undichte Tüte Katzenstreu für eine Katze, die schon vor einem Jahr abgekratzt war, und dort ein unordentlicher Haufen von Decken auf dem Sofa, das Conan als Bett diente. Die ganze Familie war hier vier Jahre lang gefangen gewesen.

Vorher hatten sie in der Innenstadt von Bulk gewohnt, nur drei Straßen von ihrer und Conans Highschool entfernt. Nachdem Vienna Morgan eingebuchtet und die beraubten Familien entschädigt worden waren, verlor Freddy seinen Job als Heizungstechniker, und das Haus wurde ihnen per Zwangsvollstreckung weggenommen. So waren sie in Sunnybrook gelandet. Als sie den engen Wohnwagen zum ersten Mal betraten, stieß Freddy sich am Deckenventilator den Kopf blutig. Nachdem er den Vertrag unterschrieben hatte, baute er draußen seine Jagdzielscheibe auf und übte stundenlang mit dem Bogen, als ob jeder Pfeil ins Schwarze einen seiner Fehler ausmerzen könnte.

Der Wagen war in einem miserablen Zustand. Ein Drittel der Innendecke war durch einen Wasserschaden zu Haferbrei geworden, durch den hindurch verbogenes Tragwerk und löchrige Metallplatten zu sehen waren. Wenn es wie heute Morgen regnete, liefen rostige Bächlein zäh wie der blutige Speichel aus Papas Mund (*nicht daran denken*) in dauerhaft aufgestellte Eimer, während verschimmelte Stellen im Teppichboden anzeigten, wo weitere Eimer gebraucht wurden. Beide Längsseiten neigten sich nach innen, als wollten sie irgendwann zuschnappen wie Ignacios Kiefer um den Fuß seiner Mutter (*nicht daran denken*) und die Morgans lebendig verschlingen.

Sowohl die Rigipswände als auch die Fensterrahmen waren krumm. Freddy Morgans Versuche, die Rahmen mit Kunststoff zu verstärken, waren fehlgeschlagen, weil sich die ganze Konstruktion immer wieder löste, so wie Mama Shaws Gebiss aus ihrem geifernden Mund gefallen war (*hör auf, hör auf, hör auf*). Irgendwann hatte Freddy sich geschlagen gegeben und verzinkten Maschendraht auf die Innenseiten der sechs Fenster genagelt. Greer war sich vorgekommen, als säßen sie bei Vienna Morgan in der Zelle, aber Freddy war stolz, und Conan war das alles sowieso egal.

Bis zu diesem Augenblick hatte Greer den Maschendraht verabscheut. Das leichte Klopfen an der Tür wurde zu einem Hämmern, gefolgt von einem lauten Splittern. Es war Freddy Morgan, der gegen seine eigene Verteidigungsanlage zu Felde zog. Wieder und wieder schlug er gegen den Maschendraht. Jedes Mal schlug die Barriere einen offenen Akkord an, und Greer ertappte sich dabei, dass sie mitsummte. Dieses Liedchen würde ihr das Leben retten, wenn es nur weiter erklang.

Von einem zweiten Fenster ertönte ein dumpfer Schlag mit der flachen Hand.

Ein drittes zersprang.

Greer summte immer lauter mit, um die anderen Geräusche auszusperren. Der Maschendraht würde halten.

Zuerst hielt sie die plätschernde Bassnote für einen vierten Angreifer, bis ihr aufging, dass es sich um Papas Wecker handelte, der ihn daran erinnern sollte, eine Kinderaspirin für seine schwache Lunge zu nehmen. Der Telefonwecker. Papas Handy war noch *im Wohnwagen*. Und Greer kannte seinen Code. Sie konnte ihn eingeben und die Bullen rufen. Die würden sich natürlich wie immer Zeit lassen und genau wie Mama Shaws Sanitäter – *Vielleicht sind die schlauer, als sie aussehen* – der Meinung sein, die hiesigen Bewohner hätten es eh nicht besser verdient. Aber ein letztes Mal wollte sie ihre Verachtung gerne über sich ergehen lassen.

Über dem Sofa beulte sich der Maschendraht vor dem zerbrochenen Fenster unter den Schlägen zweier Hände immer weiter aus. Greer schlich mit verkniffenem Gesicht daran vorbei. Sofort setzten die Schläge aus. Das Gesicht hinter dem Draht starrte sie an. Es war Sam Hell. Seine Haut war rötlich grau, seine Augen schneeweiß, Brust und Hals blutüberströmt. Er sah Greer mit dem gleichen schwachsinnigen Blick an, den sie mal bei ein paar Jungs gesehen hatte, die sich einen Porno reingezogen hatten, dann schnaufte er wie ein Schwein, steckte die Finger durch die Maschen und riss noch wilder daran als zuvor.

Sam Hells Aufregung löste am anderen Ende des Wohnwagens ein Winseln aus. Auch aus zehn Meter Entfernung und durch das Metallgeflecht erkannte Greer Máximo. Seine Lippen waren rot bemalt, zwischen den Zähnen baumelten Hautfetzen. Jeder Schlag gegen den Maschendraht schnitt blutige Sechsecke in seine pummeligen Handflächen.

Greer entdeckte das Handy auf der Anrichte in der Küche. Sie konnte Papa aber nicht die Bullen auf den Hals hetzen, ohne ihn vorher noch mal anzuschauen; vielleicht waren seine Augen und sein Verstand ja wieder klar. Sein Gesicht war noch immer durch das Türfenster zu sehen. Er rührte sich nicht, blinzelte, zuckte, atmete nicht. Greer betete, das möge eine positive Entwicklung sein. Sie machte einen Schritt auf die Tür zu. Unter der weißen Schleimschicht bewegten sich seine Augen, aber er starrte nicht sie an. Er starrte sein Handy an.

Freddy Morgan, der seine eigene Tochter nicht mehr erkannte, reagierte offenbar auf den vertrauten Handywecker. Was Greer auf einer unbewussten Ebene ärgerte, als hätte er sie einfach aus ihrem Gedächtnis gelöscht. Zugleich begriff sie: Wann immer sie ein digitales Piepsen hörte, das ihrem Wecker oder neuen Textnachrichten ähnelte, reagierte sie ja auch nicht anders. Sie alle waren längst darauf abgerichtet.

»Ich werde jetzt die Polizei rufen, Papa«, flüsterte sie.

Papa reagierte nicht.

»Ich weiß, du hast gesagt, ich darf das nur machen, wenn ich mir ganz sicher bin. Aber ich bin mir sicher, Papa, ich bin mir wirklich sicher. Kannst du das hören? Siehst du Sie? Die versuchen, hier reinzukommen. Die wollen mir wehtun, Papa, und dir haben Die auch schon wehgetan. Falls du weißt, wie man Die aufhalten kann, dann mach das jetzt, okay? Kannst du Ihnen sagen, Sie sollen aufhören?«

Nichts an ihrem Vater änderte sich, bis auf ein Rinnsal aus blutigem Speichel, das ihm vom Kinn tropfte. Er schien sich immer noch ganz auf den Mamborhythmus zu konzentrieren, der aus dem Telefon drang. Vielleicht verhinderte der Wecker eine gehaltvollere Kommunikation. Greer aktivierte das Handy mit dem Daumen, würgte den Weckton ab und betrachtete Papa, um zu sehen, ob dies Veränderungen in seinem Ausdruck hervorrief.

Eine ganze Menge sogar, und alle waren grässlich. So eine steile Kurve in seiner Braue hatte sie bisher nur beim Anlegen des Jagdgewehrs gesehen, und jetzt wölbten sich beide wie Drachenflügel und zogen seinen Haaransatz nach vorn. Seine Nasenflügel blähten sich dermaßen, dass Greer glaubte, sie würden gleich reißen. Am schlimmsten aber war sein Mund. Der Unterkiefer war ausgerenkt, als wollte er die ganze Tür, den ganzen Wohnwagen, die ganze Welt verschlingen.

Greer kannte das Geräusch, das aus seiner Kehle nach außen drang. *Wollen.* Aber Freddy Morgans Wollen hatte sich gewandelt. Es drehte sich nicht länger um einen besseren Job, ein schöneres Zuhause, ein glücklicheres Leben – all die unbedeutenden Dinge, die man der hypnotisierten Bevölkerung vor die Nase hielt. Nein, das jetzige Verlangen lag seit drei Millionen Jahren auf der Lauer, versteckt hinter Lächeln, Nicken, Frisuren, Uniformen, Stempelkarten, Fügsamkeit und Angst.

Mit den Fingerspitzen zuerst schlug Papa nach dem Maschendraht. Der Draht schnitt halbmondförmige Stücke aus seinem Fleisch, die wie abgeschnittene Fingernägel zu Boden fielen. Er bellte frustriert, zog die verstümmelten Finger zurück und rammte sein Gesicht in den Maschendraht. Nase, Lippen und Wangen wurden platt gedrückt. Ein säuberliches Raster aus Sechsecken bildete sich auf seinem Gesicht. Seine Zunge stach vor, traf auf Draht und drückte weiter. Die Zunge wurde in der Mitte durchgeschnitten.

»Nicht!«, rief Greer instinktiv, aber Freddy Morgan war nicht der Typ, der aufgab, was er einmal angefangen hatte. Mit straff gespannten Nackenmuskeln trieb er sein Gesicht immer weiter in den Draht. Aus jeder Kreuzung der Gitterlinien drang Blut. Und immer noch drückte er weiter, bis sich der Maschendraht ganz um sein Antlitz gelegt und den Schädelknochen erreicht hatte. Sein Gesicht war mittlerweile in Dutzende einzelne Segmente aufgeteilt. Eines davon, der rechte Teil seiner Oberlippe, fiel wie Teig aus einer Plätzchenform, legte lange gelbe Zähne und ein Stück grauen Kieferknochen frei. Mehrere andere Teile wackelten hin und her, nur noch lose verbunden. Beide Hälften seiner zerschnittenen Zunge zuckten unabhängig voneinander.

Greer rannte in ihr Zimmer. Als sie dort ein neues Paar Hände sah, das sich am Fenster über ihrem Bett zu schaffen machte, wich sie ins Badezimmer zurück, den einzigen fensterlosen Raum. Das Wasser im Klo schlug Wellen, und Greer dachte plötzlich an damals zurück, als sie einmal den Klodeckel geöffnet und eine Ratte gesehen hatte, die dort herumpaddelte, das Quietschen ihrer Klauen auf dem Porzellan Vorbote künftiger Albträume. Diese eine durchnässte Ratte kam ihr jetzt wie eine Warnung vor: Der Wohnwagen, der Park, die ganze Gesellschaft war voller Löcher, und durch sie würden die Beißer kommen.

Greer hob Papas Handy hoch und wählte endlich *911*. Es klingelte zweimal, brüchiges digitales Trällern. Sobald ein feuchtes Klicken am anderen Ende der Leitung anzeigte, dass jemand abhob, platzte sie sofort atemlos heraus:

»Greer Morgan, hier ist Greer Morgan, ich wohne im Sunnybrook-Wohnwagenpark in Bulk, Missouri, ich bin in meinem Haus gefangen, hier sind überall Leute. Sie sind alle verrückt geworden und greifen sich gegenseitig an, es gibt mehrere Tote und Verletzte, wir brauchen dringend Polizei und Krankenwagen, Sie müssen sich beeilen, also Sunnybrook-Wohnwagenpark in Bulk, Missouri. Mein Name ist Greer Morgan. Die haben schon alle Fenster eingeschlagen. Sie kommen bald hier rein, bitte, Sie müssen sich beeilen, bitte, bitte beeilen Sie sich.«

Sie schnappte nach Luft. Da erst hörte sie die Aufnahme.

»Die gegenwärtige Ortszeit ist acht Uhr und vier Minuten. Um einen Anruf zu tätigen, drücken Sie die Eins. Wenn Sie zusätzliche Hilfe benötigen, drücken Sie die Null, um direkt mit der Vermittlung verbunden zu werden, oder bleiben Sie in der Leitung. Falls es sich um einen Notruf handelt, legen Sie auf und wählen Sie die 911. Um Ihre Optionen noch einmal zu hören, drücken Sie die Sterntaste.«

»Was zur Hölle«, sagte sie.

Sie legte auf, wählte abermals 911. Aus ihrem Zimmer hörte sie Glas zerspringen. Sie duckte sich und lauschte, und als das Splittern verhallt war, hörte sie abermals die Stimme der Roboterfrau, die dieselben trostlosen Möglichkeiten aufzählte.

»Ich *hab* die verfickte 911 gewählt!« Greer hatte noch nie im Leben mit der Vermittlung telefoniert, aber Situationen wie diese mussten doch der Grund dafür sein, dass solche Reservesysteme existierten. Sie tat wie geheißen und drückte die Null; die Morgans hatten sich immer an die Regeln gehalten. Es klickte zweimal in der Leitung, das Signal wechselte zu einem statischen Surren. Eine andere Roboterfrau antwortete:

»Leider haben Sie eine Nummer gewählt, die entweder nicht vergeben oder nicht erreichbar ist. Wenn Sie der Meinung sind, fälschlicherweise bei dieser Ansage herausgekommen zu sein, überprüfen Sie bitte die Rufnummer und versuchen Sie es noch einmal.«

»Es war doch die Null! Ihr habt mir doch gesagt, ich soll Null drücken, verflucht!«

Der Anruf wurde beendet.

Ein Motorrad sägte am Wohnwagen vorbei und erinnerte Greer daran, dass es in der Nähe immer noch Menschen gab, die ihr vielleicht helfen konnten. Sie entschloss sich für die ursprüngliche Variante von 911, fing an zu schreien und war zugleich geschockt und seltsam begeistert von ihrer ohrenbetäubenden Lautstärke. Seit es wichtig geworden war, cool zu sein – mit Beginn der Highschool und dem Umzug in die Letzte Zuflucht –, hatte sie sich um eine betont apathische Stimme bemüht. Ihr wildes, weibliches Kreischen hatte etwas Atemberaubendes an sich.

Aber ihre Schreie lockten nur noch mehr Tollwütige an, weitere Hände schlugen gegen die Wände. Irgendwer riss eine Jalousie ab. Es klang, als ob jemand unters Badezimmer gekrochen war und auf den Abwassertank eindrosch. Noch besorgniserregender waren die schweren dumpfen Schläge, die die hintere Ecke des Wagens erschütterten. Höchstwahrscheinlich war es Drasko Zorićs Baseballschläger. Die gute Nachricht lautete, dass diese hintere Ecke ein völlig sinnloses Ziel darstellte. Die schlechte Nachricht war, dass bis zu diesem Moment keiner der Tollwütigen die Fähigkeit an den Tag gelegt hatte, einen Gebrauchsgegenstand zu benutzen.

Vielleicht sind die schlauer, als sie aussehen.

Sie musste verdammt noch mal endlich hier raus. Nichts hatte sie je sehnlicher gewollt.

Im Badezimmer war nichts Nützliches. Sie ging in den schwankenden Mittelgang. Sowie sie das Wohnzimmer erreichte, durchschlug Sam Hells Arm das Fenster über dem Sofa. Der Maschendraht wurde aus der Fassung gedrückt und Greer von mehreren ausgerissenen Fingernägeln getroffen, kalt wie Eiszapfen. Sie machte einen Satz nach rechts und wich Sam Hells Hand nur um Zentimeter aus. *Leider ist Greer Morgan nicht erreichbar,* sagte eine Roboterstimme in ihrem Kopf.

Durch das Ausweichmanöver näherte sie sich wieder der Eingangstür, wo sich Papas nackter Schädel, jetzt fast komplett geschält, immer noch in den Draht presste. Auch hier hatten bereits mehrere Nägel nachgegeben und sammelten sich zwischen den Hautsechsecken auf dem Boden. Greer ging weiter, vorbei an all dem Schrecken, in das Schlafzimmer ihres Vaters, wo Máximo, kleiner und schwächer als die anderen, noch keine großen Fortschritte gegen den Maschendraht erzielt hatte. Der unbekannte Angreifer traktierte die hintere Ecke weiter mit dem Baseballschläger.

Greer riss Freddy Morgans Schrank auf und ging in die Hocke. Da war er. Es war Jahre her, dass sie irgendetwas darin benutzt hatte, und hoffte, dass die alten Fähigkeiten irgendwie zurückkehrten, wenn sie nur die Hände darauf legte. Sie packte einen schweren Seesack, schüttete die Tarnklamotten darin aus und fing an, alles hineinzustopfen, was ihr wichtig erschien. Das Remington-Jagdgewehr, das Waidmesser, die Machete, das Fernglas, den Erste-Hilfe-Koffer, den Köcher mit Pfeilen, den Bogen.

AUSGETRÄUMT

Vielleicht war Freddy Morgan, da er all die Waffen in Griffweite gehabt hatte, weniger darauf bedacht gewesen, sein eigenes Zimmer zu sichern. Das war die einzige Erklärung, die Greer dafür einfiel, dass Máximo den Maschendraht auf einmal überwinden konnte. Anders als Sam Hell, der noch immer hörbar mit seinem halb offenen Fenster kämpfte, hatte Máximo den ganzen Rahmen ausgehebelt und war Sekunden später schon dabei, sich durch die zerbrochene Scheibe zu zwängen. Die verbleibenden Nägel schlugen fleischige Löcher in seine Hände. Draußen hämmerte der Baseballschläger weiter wie ein unerbittlicher Herzschlag.

Es war ein denkbar ungünstiger Moment. Greer war noch mit der Ausrüstung zugange. Da Máximo aber halb im Zimmer hing, musste sie eine Entscheidung fällen. Das Remington-Jagdgewehr, das sie eigentlich am dringendsten hatte mitnehmen wollen, musste hierbleiben, weil sie keine einzige verfickte Munitionspackung finden konnte. Was auch Sinn ergab – Papa würde kaum sowohl Gewehr als auch Munition offen herumliegen lassen. Hätte sie mehr Freizeit mit ihm verbracht, anstatt nur von ihm zu erwarten, dass er ihr in der Schule aus der Klemme half, wüsste sie jetzt, wo es darauf ankam, wo er die Munition lagerte.

Papa besaß noch ein älteres Gewehr, ein Browning, aber auch das war nirgendwo zu sehen. Greer verwarf den Gedanken und packte weiter. Die Schnur einer Teleskopangel verhedderte sich irgendwo, also stopfte sie die Rute mit in den Sack und eine Köderbox gleich hinterher. Der Bogen war zu lang, um den Sack noch schließen zu können, aber als sie den Reißverschluss fast zuhatte, konnte er wenigstens nicht mehr herausfallen. Sie bedachte das Remington mit einem letzten sehnsüchtigen Blick. Sie sollte es wirklich mitnehmen. Später irgendwo nach Munition suchen. Sie ignorierte Máximo noch eine weitere Sekunde und hob das Gewehr auf.

Aus der Wand dahinter starrten sie weiße Augen an.

Es war Constanza, Señorita Magdalenas Zweitälteste. Greer sah ein rotes Blitzen und begriff, dass sie es war, die den Wohnwagen mit Draskos Schläger bearbeitete. Sie hatte schon ein beachtliches Loch hineingeschlagen. Noch ein paar Minuten, und es würde wohl breit genug für sie sein.

Greer sprang auf und ließ das Gewehr los. Der schwere Seesack schwang hin und her und schlug ihr hart in die Kniekehle. Sie fiel und landete mit dem Hintern auf dem Teppich und mit dem Hinterkopf auf Papas Bett. Sie starrte direkt in das auf dem Kopf stehende Gesicht eines Jungen, zu einer hungrigen Grimasse verzogen. Máximo hockte wie ein Wasserspeier auf dem Fenstersims. Er sprang los.

Mit gefletschten Zähnen landete er direkt vor ihrem Schritt. Sie rammte ihm das Knie in Nase, Kinn und Zähne. Seine strampelnden Beine hingen vor ihrem Gesicht. Mit dem Arm, der sich nicht im Riemen des Seesacks verfangen hatte, schlug sie ihn beiseite. Er wütete wie eine Katze in der Badewanne. Ein Berserker, aber dabei doch nur ein kleiner Junge. Greer schubste sein Fliegengewicht problemlos beiseite. Seine Zähne schabten über den Jeansstoff auf ihrer Wade.

Er landete ungünstig und prallte mit dem Genick gegen Papas Nachttisch, aber Greer weigerte sich, ihre Tat zu bereuen. Sie sprang auf, packte die Riemen des Seesacks mit beiden Händen und rannte los. Sie jagte so schnell an den entsetzlichen Anblicken links und rechts vorbei, als würde sie durch das Netflix-Angebot blättern. Freddy Morgans geschälter Kopf, hier und da wie Pickel von Hautklümpchen bedeckt. Sam Hells gierige, entstellte Hände. Noch einmal lief sie ins Bad und schloss die Tür hinter sich. Máximo war schon im Wagen, Constanza würde bald folgen.

Greer drehte sich auf dem Absatz um, stellte den anderen Fuß auf den Boden, und da erwischte José Frito sie endlich.

Ihr rechtes Bein versank in einem Loch, das er in den Boden gerissen hatte, bis sie mit der Sohle die lockere Erde unter dem Wohnwagen erreichte. Sie schrie vor Schmerz und Entsetzen auf und ließ den Seesack los. Josés Arme wuchsen wie Tentakel aus dem Boden. Seine Hände, schiefe Bouquets aus gebrochenen Fingern, legten sich um ihren feststeckenden Oberschenkel. Greers Kreischen ließ die Armaturen im Bad klirren. Es war das Gegenteil ihres Kriegsgebrülls von eben, der Furchtschrei eines Kaninchens in der Falle.

Sie streckte sich und versuchte, Papas Machete aus dem Seesack zu holen. Aber der Sack lag hinter ihr, und mit derart gespreizten Beinen konnte sie sich kaum drehen. Sie fühlte, wie sich der Stoff ihrer Hose spannte, als sich Josés Zähne um eine Naht legten. Einer ihrer wild rudernden Arme schlug gegen den kleinen Beistelltisch mit der Halbkreisplatte und den Barockbeinchen, ein ungewöhnlich hübsches Deko-Stück, vielleicht gar der letzte schöne Gegenstand, den sie noch hatten.

Drauf geschissen – Mama hatte ihn wahrscheinlich sowieso geklaut. Greer riss an einem Beinchen. Der Tisch fiel um. Sie schlug ihn gegen den Boden, das Beinchen brach ab. Sie hob die Hand und ließ das Beinchen wie eine Harpune nach unten sausen. Das gesplitterte Ende fuhr José geradewegs in den Mund und verkeilte sich in seinem Rachen. Greer hörte, wie das Holz seinen Nacken durchbrach. Seine gebrochenen Hände kratzten weiter, hatten aber alle Kraft verloren. Greer riss das Bein heraus und sich selbst zusammen – sie war von einem apokalyptischen Rausch angetrieben und wacher, als sie sich je im Leben – in der Schule, auf Partys, mit Qasim – gefühlt hatte.

Sie öffnete den Seesack, zog die Machete hervor, machte den Reißverschluss wieder zu und ging neben der Sperrholzwand, die Freddy Morgan zusammen mit Drasko Zorić eingebaut hatte, auf die Knie. Sie schob die Klinge unter die Kante der dünnen Wand und legte ihr ganzes Gewicht auf diesen Hebel. Die Nägel knarrten wie der Rumpf eines alten Schiffs, und langsam neigte sich die Platte in ihre Richtung. Zu laut – draußen würden es alle hören –, aber jetzt gab es kein Zurück mehr. Sie legte die Machete zur Seite, steckte sämtliche Finger in die Lücke, stützte sich mit den Füßen an der anderen Wand ab und zog. Das Sperrholz ächzte. Nägel lösten sich und sprangen durch die Gegend. Eine Lücke von ein paar Zentimetern, einem halben Meter, einem ganzen öffnete sich. Greer fühlte sich, als wäre sie seit Jahrzehnten in einem Verlies gefangen gewesen. Das regnerische Tageslicht verschlug ihr die Sprache.

Auch hier starrten zwei Augen zurück, genau wie die von Constanza aus dem Wandschrank.

Greer griff hastig nach der Machete und fuhr zurück.

Aber diese Augen waren klar, nicht milchig.

»Bitte«, hustete er, »schlag mir nicht Kopf ab.«

Sein Akzent klang sprudelnd und nach Schleifpapier. Fadi Lolo, der syrische Flüchtling der Letzten Zuflucht. Regen rann ihm aus den kurzen schwarzen Haaren über die dichten Augenbrauen in den sauber gestutzten Bart. Er trug einen tropfnassen grauen Schal, ein gestreiftes Anzughemd und eine offenbar brandneue Jeans. Er ließ sein markantes emphysematisches Keuchen erklingen, schaute nach links, schaute nach rechts und machte eine kleine einladende Geste mit beiden Händen.

»Sie kommen«, sagte er. »Bitte schnell.«

Greer war ohnehin nicht mehr zu Langsamkeit in der Lage. Sie riss ein letztes Mal mit aller Kraft an der Sperrholzplatte. Fadi Lolo drückte von außen. Zuerst schob sie den Seesack durch die gähnende Öffnung. Fadi stellte ihn vorsichtig hinter sich ab, ehe er Greer die Hand reichte. Abermals griff sie ohne Zögern zu, und während José Frito auf seinem Tischbein kaute und die ersten Hände gegen die geschlossene Badezimmertür schlugen, half Fadi ihr durch die Wand, die ihr wie ein Portal vorkam.

Erst als ihre Sohlen im Matsch quietschten, bemerkte sie voller Respekt, wie gefasst Fadi wirkte. Von ihrer lärmenden Flucht aufgescheucht, schwärmten die Tollwütigen aus. Sie bewegten sich, als hätte Ihnen jemand unsichtbare Marionettenschnüre durch Ihre Glieder getrieben, um sie alle auf einmal zu steuern. Am nächsten war Constanza, die offenbar den Trailer umrundet hatte, statt sich weiter durch den Schrank zu kämpfen. Der Kopf des Louisville Slugger schleifte wie ein Rattenschwanz hinter ihr durch den Schlamm. Sie war noch zwei Meter entfernt und herzzerreißend unversehrt, selbst auf ihrem Schlafanzug war kein Fleck zu sehen.

Direkt hinter ihr kam Miss Jemisha. Greer wollte ihr schon zurufen, sich zu beeilen, als sie die weißen Augen sah, die in ihrem halb skalpierten Gesicht glühten. Greer wandte sich nach rechts und erblickte etwas nicht minder Entsetzliches: Señorita Magdalena, die noch lief, obwohl sie von einem Van überfahren worden war. Ihre Rippen drückten sich wie Rüschen durchs Nachthemd. Hinter Magdalena tapste ihr Töchterchen Antonella drein, deren Gesicht so gleichmäßig blutverschmiert war, dass es fast wie Theaterschminke aussah.

Die Hände, die Zähne, die Augen. Kein Ausweg.

Sanft und zaghaft ergriff Fadi ihren Ellbogen.

»Ist wie ein Traum«, sagte er leise.

Als Greer den Seesack aufhob, fühlte er sich ulkigerweise wirklich federleicht an, wie im Traum. Fadi lotste sie am Ellbogen nach rechts, außer Reichweite von Constanzas einarmig geführtem Baseballschläger.

»Ein Traum«, sagte Fadi abermals. Er hustete und führte sie nach links, weg von Antonellas Schlingerkurs, wirbelte sie wie eine Tänzerin herum, um Jemishas Händen zu entgehen. »Ein Traum.« Plötzlich blieb er stehen, täuschte an wie beim Football, sodass Magdalena in die falsche Richtung stolperte. »Immer noch ein Traum.« Fadi brachte sie durch die dampfende Wolke, die von Magdalenas geöffnetem Brustkorb aufstieg, und dann direkt geradeaus. »Ein sehr langer Traum.«

Vor ihnen ragte eine Gestalt auf. *Nicht Drasko,* flehte Greer innerlich. Aber wie alles an diesem Morgen trat auch hier das Worst-Case-Szenario ein. Es *war* Drasko. Er war kaum drei Meter entfernt und drehte sich in ihre Richtung, seine buschigen Brauen über einem dümmlichen Stieren erstarrt, die Fetzen seines Jogginganzugs hingen wie strähnige blaue Euter an ihm herab. Er hatte die Fäuste geballt, als könne er es kaum erwarten, Greer und Fadi wiederzusehen. Er bemerkte Fadis blaues Fahrrad nicht, das vor ihm auf dem Boden lag, verfing sich in der Kette und fiel hin. Ein Pedal surrte.

»Der Traum ist vorbei«, sagte Fadi. »Zeit aufzuwachen.«

Er zwickte Greer schmerzhaft in den Ellbogen und lief los. Sie folgte ihm, verblüfft vom plötzlich wiedergekehrten Gewicht des Seesacks. Drasko war auf den Knien und langte nach ihr, griff aber zu kurz. Fadi hob sein Fahrrad auf. Greer sehnte sich nach seiner festen Hand, fühlte sich aber gleichzeitig, als hätten seine Finger wie ein Ladegerät gewirkt. Mit frischer Energie fuhr sie herum, um die nahende Menge zu betrachten. Es waren fünf, alles Menschen, die sie gekannt hatte. Nein, sechs – auch Papa hatte sich umgedreht und wackelte mit der gespaltenen Zunge in seinem skelettierten Grinsen.

»Wir gehen«, sagte Fadi Lolo. »Bitte.«

Er hatte einen Fuß auf dem Boden, den anderen bereits auf dem Pedal. Den Sitz hatte er für sie reserviert. Sie schlang sich den Seesack über die Schulter, stieg auf und umschlang so gut wie möglich seine Taille, während sie in der anderen Hand die Machete hielt. Fadi wollte sich abstoßen, aber durch ihr Gewicht kam das Fahrrad im Matsch nicht voran. Jemisha, Constanza, Drasko, Antonella und Magdalena kreisten sie ein und kamen langsam näher, alle mit der gleichen Geschwindigkeit, eine Henkersschlinge aus perlweißen Augen, blanken Zähnen und zuckenden Fingern. Fadi stand auf den Pedalen. Seine dünnen Oberschenkel zitterten. Ganz langsam drehten sich die Räder. Eine Umdrehung, und sie waren dem Matsch entkommen. Eine zweite, und sie hatten den Asphalt erreicht.

Greer dachte an Mr. Villard, der sie *schwarze Schlampe* genannt, ihr aber verrückterweise gleichzeitig von Anfang an den einzig richtigen Rat gegeben hatte: *Verlass am besten sofort den Park.*

Mit schwindelerregendem Gewackel setzten sie sich in Bewegung. Den starken Blutgeruch vom Spielplatz nahm Greer erst wahr, als sie das feuchte Netz aus Nebel durchschlugen, das noch immer über allem hing. Dahinter war der Regen noch kälter. Sie rief sich in Erinnerung, dass sie eine Fremde für Fadi Lolo war. Wie sollte es auch anders sein? Sie hatte nie den Mumm gehabt, auch nur ein Wort zu ihm zu sagen. Er hatte sie eingesammelt, wie er sonst den Müll in der Letzten Zuflucht auflas. Ein arg optimistischer Akt, aber vielleicht war Optimismus alles, was einem Mann wie Fadi Lolo übrig blieb.

Vielleicht galt das für sie alle.

Greer hielt sich an ihm fest und spürte seine Bauchmuskeln, als er schneller strampelte. Sein regennasser Schal flatterte wie ein Wimpel neben ihrem Kopf. Sie duckte sich darunter weg und sah mitten auf der Straße das verwüstete Wesen, das einmal Silvana geheißen hatte. Sie sah kaum noch menschlich aus. Ihre Hand war Knorpel, ihr Torso von einem Gewehrschuss durchlöchert, ihr Kopf, der nur noch durch einen Wirbelstrang mit dem Rumpf verbunden war, baumelte vom Hals. Aber irgendwie klapperten ihre Kiefer noch immer, und die lidlosen weißen Augen starrten Greer an.

Fadi machte einen Bogen um sie, aber nur einen knappen, damit das Fahrrad nur nicht den matschigen Seitenstreifen berührte. Greer kam sich vor, als wäre ihr Arm plötzlich gewachsen. Sie schaute an sich herab und entdeckte die Machete, die sie fast vergessen hatte. Die Schneide war von dem Unkraut besprenkelt, das Papa damit gelichtet hatte. Dieses Werkzeug hatte immer einen ganz bestimmten Zweck erfüllt. Und so war es noch immer. Greer hob langsam die Waffe, um das Rad nicht aus dem Gleichgewicht zu bringen. Fadi schaute über die Schulter, begriff, was sie vorhatte, und bereitete sich darauf vor, ihren Schwung auszugleichen.

Silvana, deren umgedrehter Kopf ihrem Gehirn wohl umgekehrte Informationen schickte, griff nach dem Rad – und streckte die Arme in die falsche Richtung aus. Greer schlug nicht zu, sondern hielt die Klinge starr geradeaus und versetzte dem Mädchen damit beinahe sanft einen Stoß. Er reichte aus, sie umzuwerfen. Unter seinem Eigengewicht riss sich ihr Kopf endlich los und rollte in eine Kuhle, ein weiteres Stück Unrat, das niemand mehr aufsammeln würde.

Greer hielt die Waffe gegen Fadis Seite gepresst. Sie fuhren durch die letzte lange Kurve vor der Geraden in Richtung Ausgang. Überall Haufen von kaputten Autos und Menschen. Greer starrte Fadi Lolos Rücken an. Er wurde von einem neuen Hustenanfall durchgeschüttelt. Fadi hatte man nie in den Sunnybrook-Club eingeladen, Greer hingegen schon, nur war sie nie beigetreten. Trotzdem hatte sie das Gefühl, dass sie beide in der ersten Stunde des heutigen Tages bereits genug geleistet hatten, um den außergewöhnlichen Geist des Clubs weiterzutragen. Sie war Señorita Magdalenas mi corazón gewesen, und das ehrte sie, aber es reichte nicht. Wenn ihr Überleben wirklich etwas bedeuten sollte, musste sie sie *alle* im Herzen tragen, musste weiterkämpfen und niemals aufgeben, bis zum bitteren Ende.

BEI ALL
DEM
GERÈDE
GLAUBT
MAN AM
ENDE
SELBST
NOCH
DRAN

SCHLECHT GEGEN SCHLECHTER

Spätestens um zehn Uhr morgens am 24. Oktober waren sämtliche Kanäle voll von dieser Meldung. Sie schlug wie ein Tsunami ein und eroberte Fernsehsender, Klatschseiten und Radioprogramme, ehe sie sich über Millionen atemloser Social-Media-Accounts ergoss. Viele taten die Nachricht mit theatralischen Gesten als Erfindung ab. Die Skepsis war verständlich, denn solche Mitteilungen hatten das Zeug dazu, das Selbstverständnis vieler Amerikaner in seinen Grundfesten zu erschüttern.

Ben Hines, gefeierter Schauspieler, Oscar-Gewinner und »Amerikas Dad«, war beschuldigt worden, sich im Laufe des vergangenen Jahrzehnts nicht vor einer, nicht vor zweien, sondern vor *fünfundvierzig* verschiedenen Hotelangestellten entblößt zu haben. Diese hatten im Morgengrauen durch ihre Rechtsvertretung ein gemeinsames Statement abgegeben.

Wer gute Ohren hatte, konnte hören, wie in allen Nachrichtenstudios die Türen aufgerissen wurden und kurz darauf die Übertragungswagen wie Raubkatzen losjagten. Die skandalerprobte Polizei von Los Angeles schickte vorsichtshalber Beamte zu Hines' Viertel in Pacific Palisades, um korrektes Parken und den Schutz der Privatsphäre der Anwohner durchzusetzen. Schnell hatten sich auch Reporter aus anderen Städten auf die Sache gestürzt. Hines hatte in über hundert Filmen mitgespielt und Dreharbeiten in fast jeder größeren Stadt des Landes absolviert, es mochte also ganze Legionen von Einheimischen – allen voran Hotelpersonal – geben, die bereit sein könnten, über ihre Begegnungen mit dem plötzlich gefallenen Star zu plaudern.

Tief in jedem Amerikaner köchelte wie Giftmüll ein unstillbarer Zorn, die inbrünstige Überzeugung, dass kein Sterblicher ein Leben in Saus und Braus verdient hatte, wenn er dafür nicht wenigstens in regelmäßigen Abständen öffentlich ausgepeitscht wurde. Hines war überfällig. Er war mit einer so jämmerlich unbekannten Frau verheiratet, dass man nicht mal ihren Namen wusste. Er hatte keine Scheidungen zu bieten, keine öffentlichen Zankereien, keine geleakten Videos sexuellen oder primadonnenhaften Inhalts. Er hatte nicht einen einzigen niederträchtigen Hashtag verursacht. Das Verlangen, seine tadellos weiße Weste zu beschmutzen, war zu einem beinahe erotischen Fieber geworden.

»Das ist ein Riesending«, rief Pam Tripler, Nachrichtendirektorin bei WWN, sowie ihr Produktionsleiter Nathan Baseman in den Raum platzte. »Also die *Story* ist riesig. Über seinen Schwanz gibt es noch keine Details«, schob sie hinterher.

Baseman schauderte, statt zu antworten. Sah Tripler denn nicht, was sich da für eine Katastrophe anbahnte? Drei Stunden später hatte sich sein Schaudern zu soliden Magenschmerzen ausgewachsen. Er stand im vierundzwanzigsten Stock des Cable-Corp-Tower, der Zentrale des Mutterkonzerns, dem WWN und ein Haufen anderer Sender gehörten, und starrte aus der blendfreien Fensterfront des vom Boden bis zur Decke vollverglasten Konferenzraums. Er dachte an seinen alten Kumpel, die Flasche Magentropfen, die in seinem Schreibtisch wartete, und versuchte, sich mit der Skyline von Atlanta abzulenken. Die sonnenbeschienenen Wolkenkratzer, die buschig grünen Parks, die füllhornähnlichen Sportstadien, die grauen Kanäle der Straßen, wo die Autos wie Gondeln vorwärtsglitten – all das schien unveränderlich. Aber je genauer Baseman heute hinschaute, desto mehr Veränderungen fielen ihm auf. Zwei dicke schwarze Rauchsäulen an verschiedenen Orten. Eine Massenkarambolage. Überall Blaulicht. Vielleicht sah es jeden Morgen so aus. Möglich. Vielleicht hatten er und alle anderen in diesem Konferenzraum einfach nur verlernt, wirklich zu *sehen*.

Er war der Einzige, der sich der Außenwelt zugewandt hatte. Die anderen taten, was sie am besten konnten: Sie starrten den Fernsehbildschirm an. Während fünf kleinere Bildschirme, weiterhin auf stumm geschaltet, die Berichterstattung der Konkurrenz zeigten (allesamt ausschließlich mit Hines befasst), lief auf dem Hundert-Zoll-4K-Fernseher in der Ostwand zum dritten Mal hintereinander ein ungeschnittenes, mit Wasserzeichen versehenes sechsminütiges Video, eingeschickt von ihrem berüchtigten Chicagoer Korrespondenten Ross Quincey.

Quincey befehligte eine Truppe rasender Paparazzi, die regelmäßig allen Konkurrenten in der Windy City zuvorkamen; er verscherbelte ihre Exklusivaufnahmen meistbietend. Hin und wieder schnappte einer seiner Leute sogar etwas auf, das wichtig genug für einen der großen Nachrichtensender war. Und dieser dreiste Unruhestifter war auch als blinkender roter Knopf auf dem Haupttelefon, wo er in der Leitung auf das Gebot von WWN wartete, nicht weniger lästig. Quincey hatte behauptet, zeitgleich auch noch mit CNN, MSNBC, ABC, CBS und Fox zu verhandeln, was Baseman keineswegs für einen Bluff hielt.

Aber Quinceys Video war nicht der eigentliche Grund für dieses Meeting, der Korrespondent hatte nur gutes Timing bewiesen. Dass sich zweiundfünfzig Leute in diesen Raum quetschten, der eigentlich für dreißig vorgesehen war, lag an einer plötzlichen Ausbreitung kleiner Ungereimtheiten, die nicht einmal die Vorstandsetage des Senders ignorieren konnte. Baseman betrachtete es insgeheim als Verdammnisbarometer. Um im Bilde der *ersten* Sondermeldung des heutigen Tages zu bleiben: WWN hatte sich mit heruntergelassenen Hosen erwischen lassen.

Baseman sah Ben Hines vor seinem geistigen Auge, in Rüschen und fein frisiert in einem seiner letzten Historiendramen, und hätte ihm am liebsten seinen Oscar in den Arsch gerammt. Dieser Zimmermädchen drangsalierende Schleimbeutel hatte die Medien mit seinem Altherrenpimmel dermaßen abgelenkt, dass kein einziger größerer Sender noch Filmteams für die Geschichte in Reserve gehabt hatte, die wirklich wichtig war, über die es letzte Nacht erste Gerüchte gegeben hatte, die aber alle Verantwortlichen auf der Stelle vergessen hatten, sobald das Wort *Penis* in ihrem Postfach aufgetaucht war.

Jede Zelle in Nathan Basemans sechsundsechzigjährigem Körper sagte ihm, dass dies die Sorte Fernsehereignis war, die er in seiner ganzen Karriere bisher nur dreimal erlebt hatte. Nixons Sturz, O. J.s Verhandlung, 9/11. Sein Bauchgefühl lag nur selten daneben, und auch der Rest seiner Organe war als Orakel ganz brauchbar. Die hämmernde Lunge, die kribbelnden Extremitäten und das rauschende Blut sagten die Wahrheit; er konnte Hines nicht für die Sünden der Medien verantwortlich machen. Sollte das hier wirklich die Story sein, die sie alle den Job kostete, wäre es ein wohlverdientes Ende – weil sie sich über den missratenen Pimmel irgendeines Typen das Maul zerrissen, während ringsum die Welt in Flammen aufging.

Baseman warf einen Blick auf den Fernseher in der Hoffnung, Quinceys Video wäre durchgelaufen. Nicht einmal ansatzweise. Die Aufnahme schien die Zeit zu krümmen, drei Minuten auf drei Jahre zu strecken. Die Kamera war auf Teleobjektiv-Entfernung. Eine gängige Praxis, denn Paparazzi zoomten oft erst einmal von der anderen Straßenseite an eine Situation heran, um sich einen Überblick zu verschaffen. Sekunden später machte die Perspektive allerdings einen wankenden Satz nach vorn, als sich der Filmende dem Geschehen näherte. Dafür war Ross Quinceys Truppe berühmt. Wo sich normale Menschen versteckten oder gar Reißaus nahmen, warfen sich Qinceys Freelancer wie Navy SEALs ins Getümmel – allerdings ohne jegliche noble Absichten.

Beim Lauf über die Straße war das Bild stark verpixelt. Baseman hasste sich dafür, dass er sich bereits selbst den Cuttern den Befehl geben hörte, die Stelle ihrer ungeschönten Echtheit wegen drinzulassen. Das Bild stabilisierte sich und zeigte den heruntergekommenen Innenhof einer typischen Chicagoer Wohnsiedlung: kirschfarbene Wandschindeln, nunmehr rosé ausgebleicht, dreckig graue Plastikstühle, weißgelb vertrocknete Rasenflächen. Lebhaftere Farben stachen dazwischen hervor: ein glitzerndes Geburtstagsbanner, halb geöffnete Geschenke, spitze Partyhütchen. Die meisten Hütchen rollten verloren über den Bürgersteig, einige wenige aber saßen noch grotesk auf den Köpfen der schreienden Gäste.

Als der Raum voller Reporter zum ersten Mal die ganze Szenerie aus Leichen und Blut gesehen hatte, war hier und dort sogar Jubel ausgebrochen. Das Material war Gold wert, ein Freudentag für Ross Quinceys Konto. Normalerweise waren die Gangaktivitäten im Süden Chicagos keine Erwähnung in den Nachrichten wert. Sie waren das, was Nick Unitas, Nachrichtendirektor von WWN, als Schlecht gegen Schlechter bezeichnete – ein Konflikt, der keine Anteilnahme beim Publikum hervorrief. Diese Aufnahmen allerdings überschritten Schlecht gegen Schlechter bei Weitem, denn sie enthielten die heilige Einschaltquoten-Dreifaltigkeit aus Kindern in Gefahr, schluchzenden Frauen und verzweifelten Heldentaten.

Baseman kannte mittlerweile die genaue Abfolge, in der die Protagonisten auftauchten – lebendig und tot. Erstens: ein Mann mit dickem Bauch, der Länge nach ausgestreckt zwischen zwei Picknicktischen mit abgeblätterter Farbe. Zweitens: eine hyperventilierende junge Frau, die neben einem umgeworfenen Grill auf der Seite lag. Drittens: zwei Kinder mit Hütchen, vielleicht Zwillinge, die tränenüberströmt unter einem der Tische kauerten und heulten. Viertens: eine matronenhafte Frau, die mitten auf dem Hinterhof stand, die Hände erhoben, als hielte sie einen unsichtbaren Basketball, und dabei schrie wie am Spieß. Fünftens: ein Jugendlicher mit blutverschmiertem Gesicht, der durch den Zaun die Hände in Richtung Kamera ausstreckte. Sechstens: ein junger Mann in hellblauer Uniform, der von einer Person zur anderen rannte, nach Lebenszeichen suchte und ihnen zurief, ihm zu antworten. Alle waren schwarz.

Was auch für Nathan Baseman galt, der trotzdem nach Erstbegutachtung des Materials die gleichen Schlüsse gezogen hatte wie alle anderen im Raum – ohne Frage ein klassisches Drive-by-Shooting, wahrscheinlich eine Vergeltungstat. Eine große Blutlache auf dem Bürgersteig sah nicht einmal frisch aus; sie konnte auch ein Fleck sein, der noch von der letzten Schießerei übrig geblieben war. Zweifellos widerlich, aber manche der Bewohner in solchen Gegenden waren Gewalt gegenüber längst abgestumpft.

Bei der dritten Wiederholung war Baseman über die Vermutungen, die sie hier anstellten, entsetzt. Er hatte sich zu sehr daran gewöhnt, die Welt lediglich als Sammelbecken von Stereotypen – die Bösen, die Extravaganten und so weiter, was für ein Schwachsinn – zu betrachten, die er auf Nachrichtenlänge kondensierte und dabei die maximale emotionale Manipulation zu erreichen versuchte.

Schon vor der Wendung im zweiten Akt des Videos war klar, dass Ross Quincey hier einen echten Treffer gelandet hatte. Sein Paparazzo stand im Hinterhof und schwenkte die Kamera, statt irgendwem zu helfen, als der fette Mann, der ausgestreckt dalag, plötzlich aufstand. Dass er überraschenderweise noch lebte, schockierte die WWN-Bosse nicht so sehr, es war eher die Art, wie er aufstand – ganz entspannt, als hätte er sich bloß gebückt, um eine Münze aufzuheben.

Darüber hinaus waren auf seinem Körper keine Schussverletzungen zu erkennen. Stattdessen sah er aus, als sei er gebissen worden – ein halbmondförmiger Zahnabdruck prangte auf seinem Unterarm. Als der Mann direkt in die Kamera schaute, zuckten alle im Konferenzraum zusammen. Seine Augen waren vollkommen weiß, leuchteten unter den Natriumlampen im Hof wie flache orange Scheiben.

Schnell wurde der Mann auf die schreiende Frau aufmerksam. Wie ein Hund auf Nahrungssuche ging er auf sie zu und packte sie an Kleid und Haaren. Sie wehrte sich nicht, sondern schrie so lange weiter, bis er ihr in die Kehle biss. Der Schrei brach ab, was für die Ohren der Versammelten eine Erleichterung darstellte. Blut spritzte, und die Frau fiel auf die Knie. Der Mann stand neben ihr, schaute teilnahmslos in die Ferne, kaute und schluckte. In den folgenden zwei Minuten befreite sich der Jugendliche mit dem blutigen Gesicht aus dem Zaun und riss dem jungen Mann im Polohemd ein Stück Fleisch aus dem Arm, ehe er sich den Kindern unter dem Picknicktisch zuwandte.

Selbst bei der dritten Wiederholung keuchten noch Leute auf und wandten den Blick ab. Alles gestählte Nachrichtenprofis wie Baseman, die sonst ihren Cuttern im Nacken saßen und ihnen erklärten, wie sie die Al-Qaida-Enthauptungsvideos vor der Sendung am besten zu schneiden hatten. Sie wühlten sich durch das Rohmaterial der jüngsten Schauplätze von Selbstmordattentaten, suchten die fernsehtauglichen Bilder von Rauch und Bandagen aus und verwarfen die weniger genießbaren Bilder von abgetrennten Gliedmaßen, aufgeplatzten Köpfen und toten Babys. Sie sichteten unmittelbar nach Naturkatastrophen erfolgte Aufzeichnungen und arbeiteten sich durch Berge von geborgenen Leichen, bevor sie zum nächsten Geschäftsessen flitzten.

Quinceys Aufnahmen waren auf neuartige Weise verstörend. Es gab keine Dschihadisten, keine Naturkatastrophe, keinen Bösewicht, dem man die Sache in die Schuhe schieben konnte. Die Opfer aus Minute eins wurden in Minute drei zu Tätern. Es war schlicht und ergreifend *falsch*. Ein eisiges, schüttelfrostähnliches Schaudern erfasste einen nach dem anderen, und Baseman machte sich bereits Sorgen, die Kollegen könnten das Gefühl mit jenem Kribbeln verwechseln, wenn die gute alte Nachrichtenspürnase mal wieder Lunte gerochen hatte. Er selbst hatte das Gefühl, dieses kalte Fieber breite sich von einem Nervenknoten tief in ihren Gehirnen aus, den – je nach Gusto – Gott oder die Evolution dort eingebaut hatte, um der Menschheit ein Warnsignal zu senden, wenn ihre Auslöschung bevorstand.

Und Baseman hatte es verdammt noch mal schon letzte Nacht gespürt. Warum hatte er da nicht reagiert? Er hatte es sich gerade mit einer Flasche Whiskey vor dem Fernseher gemütlich gemacht, um sich mit den Albernheiten der Weißen auf Turner Classic Movies abzulenken, aber er hatte sich schon diverse Male viel später in der Nacht ausgenüchtert und seinen Hintern ins Büro geprügelt. Scheiße, die Arbeit war sein Ein und Alles, und die Cutter aus der Nachtschicht wussten das genau. Sich ans Telefon zu setzen und eine gute Geschichte auszuarbeiten war immer eine willkommene Abwechslung von den drohenden Schatten seiner gähnend leeren Wohnung.

Eine Textnachricht von Nachtschichtproduzentin Akira Broderick hatte alles ins Rollen gebracht. Mehrere Zweigstellen berichteten von erhöhtem Polizeifunkaufkommen, wahren Notruforchestern und Krankenwagenarmadas. Über einen Terroranschlag musste Baseman nicht lange nachdenken; es war das Erste, woran man als Nachrichtenmensch dachte, aber die charakteristischen Merkmale fehlten. Keiner der Orte hatte Symbolcharakter. Niemand wurde verdächtigt. Und Explosionen hatte es auch nicht gegeben.

Fiese neue Droge?, schrieb Baseman. *Weck unseren Toxikologen auf.* Akira schickte einen erhobenen Daumen zurück. Baseman klappte seinen Laptop auf, das letzte Anzeichen, dass er seine sogenannte »Freizeitentspannung« beendet hatte, und durchforstete Twitter nach neuen Trends. Er konnte so vielen Schauspielerinnen, Musikern und Sportlern folgen, wie er wollte, es änderte alles nichts daran, dass Twitter tatsächlich seinem geliebten klassischen Polizeifunkscanner den Rang abgelaufen hatte, den er stets die ganze Nacht leise hatte laufen lassen, bis seine Frau Sherry – seine Ex-Frau Sherry – das Ding mit einem Hammer zu Klump geschlagen hatte.

Er fand keine relevanten Hashtags, bis auf einen, der andeutete, es würde bald einen Skandal rund um den Schauspieler Ben Hines geben. Eine Stunde später schrieb Akira ihm abermals: *Fehlalarm? Todesmeldungen werden gerade zurückgenommen.* Baseman: Schulterzuck-Emoji. Akira: Also zurück zu *VHWF*. Baseman kicherte. Welcher Sender konnte schon auf den Einschaltquoten-Garanten namens »Vermisste hübsche weiße Frau« verzichten? Er klappte den Laptop zu und widmete sich wieder der Schwarz-Weiß-Moral alter Hollywoodschinken. Sein erster Instinkt hatte sich wohl als richtig erwiesen – verfrühte Todesmeldungen deuteten oft auf Überdosen von neuen Designerdrogen hin.

Als er zu Bett ging, war er sich seiner Sache sicher gewesen.

Quinceys Material endete mit einem Standbild der letzten Einstellung. Der Kameramann war herumgewirbelt; wahrscheinlich, um zu seinem Auto zu rennen. Das Bild war ein verwaschener Klecks aus Erdtönen, gelben Fenstern, grünen Picknicktischen, beigem Gras, dunkler Haut und rotem Blut. Wer darauf geschult war, in digitalem Brei Formen auszumachen, konnte mit Mühe ausgestreckte Arme und weiße Augen erkennen. Diesmal entdeckte Baseman allerdings eine neue Gestalt, die mit verschränkten Armen am Bildrand stand. Ihre Teilnahmslosigkeit machte sie zu dem Bösewicht, den dieses Video so dringend brauchte.

Erst als er das Spiegelbild des blinkenden roten Knopfs auf dem Telefon im Fernseher sah, begriff Nathan Baseman, dass der »Bösewicht« ebenfalls eine Spiegelung war: Er war es selbst.

DAS GESCHWÄTZ VON BEKLOPPTEN

»Warum ist Martin Scorsese Junior immer noch in der Warteschleife? Kaufen Sie ihm die Aufnahme endlich ab!«

Trotz verleumderischer Sprüche während ihrer Livesendungen, trotz der Onlinekampagnen, die die Werbepartner dazu bringen sollten, schamvoll auf eine weitere Zusammenarbeit zu verzichten, trotz der Schimpftiraden zulasten der Mitarbeiter und diverser Gerüchte über Schmiergeldzahlungen zur Vertuschung von Belästigungsvorwürfen war und blieb Rochelle Glass mit ihrer launenhaften Ich-spreche-doch-nur-aus-was-eh-alle-denken-Masche überaus erfolgreich. Der ganze Raum lachte, Freund wie Feind. Auf dem großen Bildschirm tranken die geisterhaften Zwillinge der Anwesenden von ihrem Kaffee oder bissen in ihre Plunderteilchen. Glass war immer noch das gleiche Miststück, also konnte sich auch im Rest der Welt nichts geändert haben.

»Schaut uns doch an«, fuhr sie fort. »Wir sind wie meine Töchter mit ihren Prinzessinnen-Filmen. Wir müssen dieses Ding immer wieder gucken.«

»Dieses Ding.« Nick Unitas seufzte und rückte sich die dicke Brille zurecht. Er war glatzköpfig, gebaut wie ein Wrestler und verzog ständig das Gesicht, als ob ihn seine Kleidung irgendwo kniff. »Und was *ist* dieses Ding? Frage in die Runde?«

Es war eine seltene Chance, den Nachrichtendirektor in so einer Situation zu beeindrucken, also stürzten sich natürlich alle darauf. Jetzt kam das Beste und Widerwärtigste in den Leuten zum Vorschein. Größere versperrten kleineren die Sicht. Jahrelanges Bewusstseinstraining löste sich in Rauch auf. Mit Schimpfworten wurden Brückenköpfe im Gebrüll errichtet.

»Bis vor ein paar Stunden hätte ich noch auf Turbanträger getippt«, sagte einer. »Auf Anweisung irgendeines Despoten. Was guckt ihr mich so an? Ich hab doch gesagt: bis vor ein paar Stunden.«

»Wer auch immer die Kult-Theorie weiterverbreitet, ist ein Vollidiot«, sagte jemand anderes. »Die Angreifer passen absolut nicht in so ein Profil, außerdem sind die Vorfälle viel zu breit gestreut.«

»Wir haben da einen Dr. Grimes, angeblich vom Seuchenschutz, der sofort jemandem den Finger in den Arsch stecken würde, so dringend will er in einer Livesendung auftreten«, sagte eine dritte Person. »Aber ich glaube, das ist ein Spinner. Das Zeug kann ja schlecht durch die Luft übertragen werden. Es befällt Typ A, aber nicht Typ B?«

»Dies ist es nicht, jenes ist es nicht«, knurrte Unitas. »Wie zur Hölle bauen wir es dann richtig auf?«

Selbst wenn es keine Schau gab, wusste Glass immer, wie man sie allen anderen stahl.

»Seit wann müssen wir Morde richtig aufbauen?«, fragte sie. »Das ist doch das Schöne daran. Es gibt keine alternative Sichtweise. Wir sind alle der Meinung, dass Mord schlecht ist, ja? Wir zeigen das Video, betonen, *wie* schlecht Mord ist, alle stimmen zu, alle sind zufrieden.«

»Nicht alle.« Baseman hörte die Worte durch seinen Brustkorb summen. Ein anregendes Gefühl, selbst wenn es ihn gleichzeitig schmerzlich daran erinnerte, dass er nicht schon letzte Nacht etwas unternommen hatte. Er hätte seinem Bauchgefühl vertrauen, zur WWN-Zentrale rasen und sich wie eine Zecke in dieser Story verbeißen müssen, damit gar nicht erst zur Debatte stand, wem sie gehörte. »Wir blättern ganz gut was hin für die Aufnahmen, also wollen wir auch, dass sie das Geld wert sind, oder? Also lassen wir das vierundzwanzig-sieben laufen. Und am Ende brechen wir damit einen Rassenkrieg vom Zaun.«

»Dieser apokryphe Rassenkrieg schon wieder«, sagte Glass mit theatralischem Seufzen. »Wir alle warten auf dieses vor langer Zeit von Mr. Baseman vorhergesagte Großereignis.«

Nichts brachte Baseman mehr in Rage als ein direkter Austausch mit Glass. Er wandte sich an Unitas.

»Legen wir die Karten auf den Tisch. Auf Twitter waren die Leute schon vor Stunden überzeugt davon, dass die Sache rassistisch motiviert ist. Verschwörungstheorien, derart absurder Mist, dass man sich das nicht mal ausdenken kann. Aber alle kommen zum gleichen Schluss. Ladet eure Waffen durch und treibt die Dunkelhäutigen zusammen.«

»Das ist doch bloß das Geschwätz von Bekloppten«, sagte Glass.

»Ja, *noch.*«

»Ich dachte, Liberale wie Sie verteidigen die Informationsfreiheit mit dem Leben?«

Alles im Raum starrte die beiden an, so wie die Dorfbewohner in einem der alten Western auf Turner Classic Movies das o-beinige Belauern zweier Duellanten begafften. Baseman hatte keine andere Wahl, als sich Glass zu stellen. In der Öffentlichkeit herrschte der weitverbreitete Irrglaube vor, dass die Bildschirmpersönlichkeiten eines Nachrichtensenders eine gemeinsame Linie vertraten. Dabei standen alle Moderatoren mit sämtlichen Kollegen um die besten Interviews und die feinsten Exklusivberichte in direkter Konkurrenz, angetrieben von ihren Produzenten, die wiederum in ihre eigenen Grabenkämpfe verstrickt waren. Für gewöhnlich gewann Rochelle Glass. Sie war WWNs Aushängeschild und Moderatorin – beziehungsweise *Star* – einer gesellschaftsverändernden Meinungssendung um acht Uhr. Jeden Abend kroch ihr eine Karawane willfähriger Gäste zu Kreuze, legte Rosen zu ihren Füßen ab; in ihrer Gegenwart wirkten alle anderen dumm, denn sie rang alle Fakten mit großer Geste und lautstarker Überzeugung nieder.

Wollte Glass etwas unmissverständlich klarmachen, so wie jetzt, kramte sie extra ihren Südstaaten-Akzent raus. Selbstverständlich hatte sie nie südlich der Mason-Dixon-Linie gelebt, aber sie wusste einfach, wie man echte Amerikaner am besten für sich einnahm. Sie war überzeugt davon, dass sich die Leute aus den Flyover-Staaten nach Anführern sehnten, die nur ein kleines bisschen intelligenter waren als sie selbst und die alle wichtigen Themen auf ein paar plakative Aussagen einkochten, die sich leicht nachplappern ließen. Dann fühlten sie sich klug. Dann fühlten sie sich gut. Und was bitte schön war denn falsch daran, fragte Glass oft, dafür zu sorgen, dass sich ihre Zuschauer gut fühlten?

Paradebeispiel: Vor fünf Jahren hatte Glass während einer hitzigen Tirade über Almosen im Gesundheitswesen aus Versehen statt ihrer eigentlichen Favoriten wie *Versager*, *Schmarotzer* oder *Penner* das Wort »Mendikanten« in den Mund genommen. Dieses Wort hatten die meisten ihrer Zuschauer noch nie gehört, und als sie am nächsten Tag auf das Feedback eingegangen war, hatte Glass die Leute dazu aufgerufen, bloß keine Mendikanten, sondern lieber MendiKÖNNER zu sein.

Damit war ein neuer Slogan geboren (»Ich bin ein MendiKÖNNER!«), der schon bald T-Shirts, Käppis, Krawatten, Buttons, Tassen, Mausunterlagen, Stifte, Fußmatten und Weihnachtsdeko zierte. Auf dem Höhepunkt des folgenden Geldsegens zirkulierte beim Sender ein Memorandum, dass sämtliche WWN-Mitarbeiter dieses Wort so oft wie möglich gebrauchen sollten, sowohl auf Sendung als auch im privaten Rahmen. Das Memo wurde weitgehend ignoriert, aber selbst Baseman musste zugeben, dass sich das Wort seitdem immer wieder in seine Unterhaltungen einschlich – wenn auch ironisch gebrochen.

Baseman war anderthalb Köpfe größer als Glass und hatte kein Problem damit, ihr gegenüber seine Größe auszuspielen und sie von oben herab anzustarren. Glass' kleine blaue Augen leuchteten wie Murmeln in ihrem gelifteten, von einem Helm aus blondem Haarspray gekrönten Gesicht. Ihrem irritierten Grinsen war deutlich zu entnehmen, wie sie, fünfzehn Jahre jünger als er, ihn sah: als einen altersschwachen Sorgenonkel, völlig außer Form und überhaupt nur durch ein Förderungsprogramm für Minderheiten (von allen staatlichen Maßnahmen die liebste der Mendikanten) in seiner jetzigen Position. Er sollte seinem Sender WWN, der landesweit nur auf Platz drei war, den Gefallen tun, endlich in Ruhestand zu gehen.

Unitas ruderte mit den Armen wie ein Entenküken.

»Es gibt mehr als genug *Nachrichten*, über die wir berichten müssen, Leute!«, brüllte er. »Raus! Raus! Raus! Glass, Baseman, Abteilungsleiter, hiergeblieben.«

Baseman wartete nicht erst, bis sich der Raum geleert hatte, um einen kleinen Schritt auf Glass zuzumachen, der unter Arbeitsplatzbedingungen eindeutig aggressiv wirkte.

»Informationsfreiheit, ganz recht. Das *ist* ein entscheidendes Anliegen aller Liberalen. Und genau deswegen sollten wir auch Mr. Quinceys Zündelware ablehnen und sofort anfangen, sämtliche Handyvideos zu den Vorkommnissen zusammenzutragen, ohne etwas dafür zu bezahlen wohlgemerkt, und sie in Dauerschleife zu bringen. Pam sagt, sie kommen jetzt von überall rein.« Er zeigte mit dem Finger auf Atlanta. »*Das da* ist ein Abbild dessen, was da draußen passiert.«

»Netter Gedanke«, sagte Glass. »An dem meine Leute längst arbeiten. Sie schreiben Abstracts zu jedem Video, das reinkommt – und wir kriegen mehr als jede andere Sendung von jedem anderen Sender, das kann ich euch versichern. Ich sage Ihnen das Folgende nur äußerst ungern, Baseman. Es geht um die, wie soll ich sagen, demografischen Details? Es ist bei fast jedem Video das Gleiche. Wohnblöcke, Gettos. Muss ich es wirklich aussprechen? Schwarze. *Schwarze*, Baseman. Das ist kein böses Wort, und ich scheue mich auch nicht, es in den Mund zu nehmen. Der einzige Unterschied zu diesem Video« – sie zeigte auf das Standbild – »ist, dass das hier nicht aussieht, als hätte es ein Epileptiker gefilmt.«

Baseman schoss sofort zurück. »Wo Sie Schwarz sehen, sehe ich Geringverdiener.«

Glass zuckte unschuldig die Schultern. »Da bin ich ja ganz bei Ihnen, mein Freund. Ökonomischer Druck! Nur deswegen schießen Gangs wie Pilze aus dem Boden und gedeihen so prächtig. Das ist meine Story. Und sie wird mit jeder Sekunde weniger heiß. Also kaufe irgendwer endlich diesen Film, vertreibe das Gesicht von seinem Tisch und setze stattdessen mich dahin.«

Chuck Corso, von allen nur das Gesicht genannt, weil er sonst über keinerlei nennenswerte Qualitäten verfügte, war ohne Zweifel der unfähigste Moderator auf der Gehaltsliste von WWN. Baseman musste zugeben, dass dessen aktuelles Verweilen im Studio Glass' Plädoyer eine gewisse Dringlichkeit verlieh. Trotzdem konnte er sich nichts Gefährlicheres vorstellen, als in so einer Situation an seiner statt eine Fanatikerin wie sie moderieren zu lassen.

Er appellierte an Unitas.

»Gangs, Nick? Wir haben den Bericht von Octavia Gloucester aus Tampa – den außer uns kein anderer Sender hat –, und in ihrem Bericht deutet nichts, verdammt noch mal *gar nichts*, auf Gangaktivitäten hin. Eine bessere Erklärung haben wir nicht?«

Unitas' Haltung veränderte sich ein wenig. Die verkniffene Stirn entspannte sich etwas, seine Schultern sackten ein Stück nach unten. Es war der Anblick eines Pioniers, der vom Weg abgekommen war und dringend einen scharfäugigen Begleiter benötigte, der ihm sagte, in welche Richtung es weiterging. Baseman beugte sich vor, aber selbst eine Sekunde Zögern war zu lange gewesen. Die jüngere und hungrigere Glass biss zuerst zu.

»Wenn Sie den Rat eines Mannes annehmen wollen, der die Jansky-Schalte ausgestrahlt hat.« Sie seufzte. »Das ist Ihre Sache.«

Das runde Dutzend Abteilungsleiter, das gerade noch geschnaubt und gewiehert hatte, um seine Zustimmung zu signalisieren, fand plötzlich ausnahmslos Gründe, dringend den Inhalt seiner Kaffeetassen zu betrachten. Zwischen Basemans Schulterblättern sickerte ein eisiges Rinnsal herunter. Das war ein brutaler Vergleich; wenn irgendetwas seine angeknackste Ehe mit Sherry endgültig in die Brüche hatte gehen lassen, dann die Nachwehen der Jansky-Schalte. Nicht so sehr das Bildmaterial selbst – tatsächlich hatte er in der darauffolgenden Woche mehrere Mails von Produzenten anderer Sender bekommen, die ihm versicherten, sie hätten wohl die gleiche Entscheidung getroffen. Baseman hatte sie alle gelöscht.

Die Sache war vor drei Jahren passiert. Da sich die Zentrale von WWN in Atlanta befand, waren sie der einzige Sender gewesen, der eine Live-Schalte gehabt hatte. Vorher war tagelang das Gerücht umgegangen, dass man die Computer aus dem Wiederwahl-Büro des Kongressabgeordneten Blaise Jansky in Savannah beschlagnahmt hatte. Gestohlene Informationen? Eine heimliche Affäre? Kinderpornos? Dann hatte ihr Korrespondent in Savannah gehört, Jansky habe sich angeblich mit geladener Waffe in seinem Büro verschanzt. Keine Stunde später sendete WWN eine packende Live-Reportage. Jansky drückte das Gesicht an die Scheibe und rief den eingetroffenen Polizisten irgendetwas zu. Beim Anblick von Janskys Waffe, die er auf Brusthöhe hielt, begann Baseman, über Einschaltquoten zu fantasieren, und als die Waffe langsam nach oben wanderte und ihm der Programmdirektor *Selbstmord, Selbstmord, Selbstmord* ins Ohr rief, hatte Baseman befohlen, nicht abzuschalten. Jansky würde es nicht tun.

Jansky tat es. Auf dem Weg nach oben schien sich die Waffe irgendwo zu verhaken, vielleicht an einem Sakkoknopf, kam dann plötzlich frei und schlug Jansky mit der Mündung gegen das Kinn. Vielleicht war es die Überraschung dieses kleinen Schlags, die Jansky den Finger krümmen ließ. Lee Sutton, zuständiger Programmleiter an jenem Tag, hatte sein Bestes gegeben und den Ausknopf gedrückt, ehe Knochensplitter und Hirnmasse Oberflächen zum Klebenbleiben finden konnten, aber niemand bei WWN, ganz zu schweigen von den über zweihunderttausend Zuschauern, würde so schnell vergessen, wie Janskys Gesicht in einer Fontäne aus violettem Gelee implodierte.

Baseman war eine Zeit lang zwecks »emotionaler Erholung« beurlaubt worden. Irgendwie hatte sich das Projektil, das Jansky tötete, auch in ihn, in Sherry und in das geteilte Fleisch ihrer Ehe gebohrt. Je mehr seine Frau einen sorgfältigen Bogen um seine Gefühle machte, desto mehr begann er, sie beide zu hassen. Vier Tage später – zu spät – war er wieder bei der Arbeit. Die wortreichen Entschuldigungen des Senders waren zur Kenntnis genommen, die Meinungsbeiträge im Netz schon wieder am Abflauen. Alle Beteiligten inklusive Sutton und Unitas taten so, als wäre nichts passiert. Zuerst war Baseman ihnen dankbar gewesen, obwohl er sich fragte, ob ein Fehler dieser Größenordnung, wenn man ihn nicht aufarbeitete, wohl eines Tages zu einem drohend über seinem Kopf hängenden Damoklesschwert werden würde.

Und soeben war es auf ihn hinabgesaust. Unitas verzog das Gesicht und bedachte Baseman mit dem Blick, den man einem altersschwachen Nachbarn zuwirft, der sich gerade aufs Kreuz gelegt hat, weil er darauf bestanden hat, das Schneeschippen auf seinem Gehweg persönlich zu übernehmen. Die Entscheidung war gefallen. Er hatte seine Auseinandersetzung mit Glass verloren. Schlimmer noch, er hatte sie bereits vor drei Jahren verloren, nur hatte niemand übers Herz gebracht, ihm das zu sagen. Unitas leckte sich über die Zähne, suchte nach Ausreden, und weil er ein Profi war, fand er auch welche. Er zählte sie sogar an den Fingern ab.

»Eine Serie von Angriffen, ausgeführt mit extremer Hartnäckigkeit. Keinerlei Gewissensbisse, wer dabei ins Kreuzfeuer gerät. Keine Anzeichen von Diebstahl. Und ja, so unglücklich das auch sein mag, die Angriffe scheinen sich ausschließlich in … bedrängten Gemeinden abzuspielen. Baseman, meiner Ansicht nach spricht hier *alles* für Bandenkriminalität.«

Bedrängte Gemeinden war der bescheuertste Euphemismus, den Baseman je gehört hatte, aber darauf hinzuweisen würde ihm auch nichts bringen. Bevor er antwortete, musste er sich räuspern. Himmel, wie schwächlich er klang. Kein Wunder, dass Sherry ihn verlassen hatte.

»Dann lassen Sie uns das wenigstens rational angehen.« Erbärmliches Gequietsche. »Richten wir eine Telefonkonferenz mit den anderen Sendern ein. Berichten wir alle gemeinsam darüber. Die öffentliche Sicherheit darf kein Wettlauf um die besten Einschaltquoten sein. Es gab mal Zeiten, da haben wir das gewusst, Nick.«

Unitas wandte sich an die Abteilungsleiter. »Pressburger, bieten Sie Quincey an, was wir besprochen haben. Keinen Pfennig mehr für diesen Widerling.«

Glass klatschte in die Hände. »Guter Junge!«

»Collinsworth. Schaffen Sie mir, wie heißt der noch, unseren Gang-Experten her, den mit dem Schnurrbart. Er soll seinen Arsch bewegen. Es ist mir scheißegal, ob er gerade besoffen ist, er soll das Material sichten. Gangsymbole, Handzeichen, was immer er finden kann. Machen wir Journalismus, um Himmels willen. Und schauen Sie, ob Sie ihn dazu kriegen, sich den Schnurrbart abzurasieren.«

Pressburger und Collinsworth zogen sich auf Stühle am anderen Ende des Konferenztischs zurück, hoben Telefonhörer ab, hackten Durchwahlen ein und redeten mit dem Tonfall von Leuten, die an enttäuschende Gespräche gewöhnt waren. Glass rückte demonstrativ ihren Blazer zurecht.

»Ich begebe mich dann in die Maske«, verkündete sie.

Unitas rief ihr über die Schulter hinterher: »Chuck macht erst noch seine Schicht zu Ende.«

Glass rümpfte die Nase; es war nicht das mütterliche Missfallen, das ihre Zuschauer so schätzten, sondern ein görenhaftes Schmollen, das nur ihre Kollegen erleben durften. »Die geht noch eine Stunde. Das Gesicht soll echt noch eine ganze Stunde auf Sendung bleiben? Ausgerechnet *heute*?«

Unitas drehte sich um und wirkte zu Basemans Überraschung keineswegs geschlagen. Er stemmte die Fäuste in die Hüften und ließ seine Kiefer mahlen. Baseman spürte einen kleinen verirrten Hoffnungsschimmer. Wenn Unitas Glass auch nur halbwegs die Stirn bieten konnte, dann konnte er das auch.

»Ich will Ihnen mal was über Chuck Corso erzählen«, sagte Unitas. »Während wir Möchtegern-Walter-Cronkites alle ausgerastet sind, weil sich irgendein Schauspieler unsittlich entkleidet hat, ist das Gesicht brav ins Studio gefahren, mit dem eigenen Wagen, im Morgengrauen, sechs Stunden vor Anfang seiner Schicht, und war von da an in Bereitschaft. Nicht für Ruhm und Ehre, nicht weil er sich ausgerechnet hat, er selbst als ›Marke‹ könnte davon profitieren, sondern weil er begriffen hat, dass man in so einer Situation alle Mann an Deck braucht, und einfach helfen wollte. Stellen Sie sich das mal vor.

Und er war heute Morgen als *Texter* eingeteilt. Er hat wahrscheinlich mehr Ahnung davon, was gerade abgeht, als wir drei zusammen. Aus Ihrer Sicht ist Chuck Corso vielleicht nicht der knusprigste Chip in der Tüte, aber ich will verdammt sein, wenn er nicht extrem loyal ist. Ich will verdammt sein, wenn er kein Teamplayer ist. Was eine Eigenschaft ist, die wir anderen, die hier oben im zwanzigsten Stock sitzen, etwas mehr wertschätzen sollten.«

Baseman und Glass wechselten einen Blick wie raufende Kinder auf dem Spielplatz, die gerade von der Pausenaufsicht zusammengeschissen wurden.

»Da haben wir doch heute im Unterricht etwas Wichtiges gelernt«, gab Glass klein bei. »Aber das Quincey-Video debütiert in *meiner* Sendung. *Ich* bringe das groß raus und zwar auf meine Weise. Mein Format, meine Grafiken, mein Kommentar.«

Unitas' Nicken war hinter seinen gefletschten Zähnen kaum zu erkennen. *Der beißt uns, wenn wir noch einen Piep sagen,* dachte Baseman.

Der Nachrichtendirektor wedelte mit der Hand Richtung Tür. »Baseman, los, helfen Sie Chuck durch die nächste Stunde. Glass, falls Sie irgendwas brauchen – fragen Sie Baseman. Teamarbeit, Leute. Reden Sie miteinander. Kommunikation. Wir arbeiten verdammt noch mal bei einem *Nachrichtensender*.«

CHUCKSUX69

Sobald das rote Licht an Kamera 2 zu blinken aufhörte, zog Chuck Corso seinen Laptop näher heran. Viele Moderatoren nutzten Laptops als Requisiten. Sah gut aus auf dem Bildschirm und trug zur Fassade bei, dass Moderatoren nicht bloß steife Sprechpuppen waren, die gut von Teleprompter ablesen konnten. Chuck hatte mal einen Nachrichtensprecher in New York gekannt, der seinen Laptop während der Sendung ausschließlich dazu hernahm, Porno-GIFs abzuspielen, um seinen Co-Moderator zum Lachen zu bringen.

Chuck benutzte seinen Computer, wofür er eigentlich gedacht war – zum »Computieren«, wie er es während eines Meetings einmal unglücklich ausgedrückt hatte. Tatsächlich computierte er so unablässig, dass er in den letzten fünf Jahren drei Laptops kurzgeschlossen hatte. Er tippte auf das Touchpad, und die offizielle WWN-Homepage flammte auf. Es war die einzige Seite, die er aufrief, solange er auf Sendung war, was ihm bei sämtlichen Produzenten, Assistenten und Make-up-Leuten den Ruf eines Langweilers eingebracht hatte, der sich ganz und gar seiner Arbeit verschrieben hatte. Er wusste, jedes Gerücht über das Gesicht drehte sich um sein Aussehen oder seinen dürftigen Verstand.

Er hingegen hielt es für alles andere als idiotisch, mit einem Finger am Touchpad und damit am Puls der Zuschauerschaft zu bleiben. WWN hatte Werkzeuge, warum sie also nicht benutzen? Mit einer geübten Handbewegung rief er das Menü auf, das die Seite in verschiedene Segmente wie *Technik*, *Geld* und *Mode* unterteilte. Er ging auf *Feedback* und wählte den Reiter *Forum* aus. Da erstrahlte es, das vertraute Sternenbanner im Hintergrund. Die

Verantwortlichen des Senders hatten das Forum im Vorfeld der letzten Präsidentschaftswahl eingerichtet, in der Hoffnung, hartgesottene Nachrichtenjunkies würden sich dort versammeln, um, angelockt von der unbegrenzten Zeichenmenge, über die Meldungen des Tages zu diskutieren und nebenbei vielleicht auch einen oder zwei Artikel anzuklicken.

Tatsächlich hatte sich, wie von den Bedenkenträgern befürchtet, stattdessen eine Armee von Trollen zusammengerottet. Wie Ratten hatten sie dieses neue Loch im Netz erschnüffelt, waren darüber hergefallen, hatten sich mit Obszönitäten aneinander gerieben und fleißig Nachwuchs produziert. Im sechsten Monat des achtzehnmonatigen Vorwahlkampfs war das nicht moderierte Forum zu einer Wüstenei aus extrem rechten Verschwörungsjüngern und extrem linken, theatralischen Selbstdarstellern verkommen. Das Forum jedoch zu schließen hätte einen schlechten Eindruck gemacht, und die Kosten für die nötigen Moderatoren wären so hoch gewesen, dass WWN sich dazu entschlossen hatte, es einfach aufzugeben. So verwilderte es immer weiter und trieb seltsame Blüten, und Chuck Corso hatte den Verdacht, dass er der letzte Mitarbeiter war, der sich noch mit virtueller Machete Pfade durch den digitalen Dschungel schlug.

Vier weitere Klicks, dann hatte er die letzten Suchergebnisse für den Benutzernamen ChuckSux69. Zehn neue Einträge, seit er das letzte Mal geschaut hatte. Es kribbelte in seiner Brust. Er klickte den ersten Beitrag an.

> Glaubt ihr das????????? BIS JETZT hat Chuckie seine Sondersendung tatsächlich noch nicht verkaggt. Ich trau meinen Augen kaum. Vielleicht bin ich auch nur von seinen VIEL ZU WEISSEN ZÄHNEN geblendet.

Chuck fuhr sich mit der Zunge über die Schneidezähne. Vielleicht war Dr. Freeling beim letzten Zahnaufhellungs-Termin wirklich etwas übers Ziel hinausgeschossen. Vor Jahren hatte Chuck auf Geheiß einer Kollegin angefangen, seine Zähne in Vaseline zu hüllen, vielleicht hatte er es damit übertrieben. So oder so war das hilfreiche Kritik. Er durfte nicht zulassen, dass glitzernde Zähne vom Inhalt seiner Worte ablenkten, nicht in der heutigen Sendung. Er klickte auf den zweiten Beitrag. Allzu schnell würde das rote Lämpchen an Kamera 2 wieder zu blinken beginnen.

Er wusste nichts über ChuckSux69, bis auf die fragwürdigen Angaben, die er oder sie bei der Anmeldung im Forum ins Formular eingetragen hatte. Links neben jedem Beitrag war ein kleines Kästchen mit Informationen über den Beitragenden. Unter dem Benutzernamen stand ein Attribut, das die Programmierer als Berufsbezeichnung vorgesehen hatten, bis die Nutzer Hackfleisch aus dem System gemacht hatten. ChuckSux69s Jobbeschreibung lautete *VERKÜNDER DER WAHRHEIT*. Darunter prangte das selbst gewählte Profilbild, ein Anime-Mädchen mit strandballgroßen Brüsten. Darunter wiederum folgten der Standort des Nutzers (*ÜBERALL*) sowie die Gesamtanzahl der Beiträge (14 272). Ganz unten konnte man als Nutzer ein Zitat einbauen, das theoretisch die Weltsicht der Person kurz und prägnant darstellen sollte. ChuckSux69 hatte dort stehen: *Halt mich fest, wie du es an dem See auf Naboo getan hast.*

Anfangs hatte Chuck Corso sich vor diesem Forum gefürchtet. Obwohl er in seinen Träumen ein selbstbewusster Draufgänger war, hatte er Google Alerts eingerichtet, um jede denkbare Variante seines Namens aufzuspüren, Schreibfehler inklusive. Mehrmals am Tag graste er die verschiedenen sozialen Medien ab, obwohl er wusste, dass das nie gut ausging. Die Menschen benutzten das Internet nicht, um öffentliche Personen für gekonnt erledigte Arbeit zu preisen. Beleidigungen waren gängige Münze: Chuck Corso ist der größte Vollidiot im ganzen Fernsehen. Chuck Corso kann *Kim Jong-un* nicht richtig aussprechen. Chuck Corso gibt wahrscheinlich mindestens fünfzigtausend im Jahr aus, um sich die Augenbrauen zu wachsen.

Und dann war da noch das Meme.

Chuck hielt es für entsetzlich unfair. Direkt nach dem College war er Berichterstatter für seichte Lokalnachrichten in Charlotte gewesen, dann hatte ihn ein Sender in New York für ein ähnliches Format abgeworben. Es war ein kleiner Sender gewesen, erst vor Kurzem gegründet. Aber New York war New York! Er wusste, sein Aussehen war ein entscheidender Faktor für dieses Jobangebot, das hatten die verblüfften Gesichter seiner Kollegen aus Charlotte mehr als deutlich gemacht. Was konnte er denn sagen oder tun, um daran etwas zu ändern? An sich arbeiten und der beste Nachrichtensprecher werden, der er eben sein konnte, nicht mehr und nicht weniger.

Für einen seiner ersten Beiträge (die Reaktionen der Passanten zu dem Gerücht einfangen, Michael Jordan könnte in die NBA zurückkehren) war er gerade im lebhaften Battery Park unterwegs gewesen, als sich American-Airlines-Flug 11 in den Nordturm des World Trade Centers gebohrt hatte. Chuck und sein Kameramann waren vom Sender als Erste vor Ort, und für zweiundzwanzig glorreiche Minuten war es Chuck Corso gewesen, bekannt durch solch knallharte Reportagen wie *Rufus, der Banjo spielende Cockapoo*, der vor den gewaltigen Rauchwolken stand, die aus den zwei mächtigen Wolkenkratzern aufstiegen, das Gesicht sorgenvoll verzogen, die Stimme betont tief, um zu signalisieren, dass ihm der Ernst der Lage bewusst war und er die Zuschauerschaft sicher durch diese schwere Zeit lenken würde.

Bald darauf rückten die erfahrenen Nachrichtenteams an und übernahmen die Kontrolle. Chuck fühlte sich nicht in seiner Ehre gekränkt, vor allem, da sich diese Veteranen sowieso kurz darauf zusammen mit allen anderen beim Zusammenbruch des ersten Turms zurückziehen mussten. Er hatte den New Yorkern geholfen, indem er vor der Kamera stark geblieben war, und zum Dank brachten sie ihn auf ihm unbekannte Straßen in Sicherheit, und der weiße Staub auf ihrer Kleidung war der gleiche wie der weiße Staub auf seiner. Ein Stolpern über die Bordsteinkante erlaubte es Chuck sogar, sich ihrem ungelenken Gang anzuschließen, und gemeinsam taumelten sie weiter, als wären unter ihnen auch Menschen, die sich von den Türmen in die Tiefe gestürzt hatten, mit Lazaruskräften gesegnet und wiederauferstanden.

Die Aufnahme dieser zweiundzwanzig Minuten langen 9/11-Berichterstattung tauchte erst wieder auf, als YouTube geboren wurde und nach Muttermilch verlangte. Irgendein selbst ernannter Redakteur hatte das Material brutal aus dem Kontext gerissen. Übrig blieb nur ein straffer Zusammenschnitt aller Tiefpunkte: Chuck Corso, der Grünschnabel, der, geblendet vom Rampenlicht dieses gleißenden Septembers, strauchelt und dumme Wortverdreher produziert, die schon fast an den aktuellen Präsidenten erinnerten.

»Da fallen Teilchen vom Turm, ganz viele gefährliche Teilchen.«

»Der Flugzeugrum steckt vielleicht noch im Gebäude, das ist Grund zur Sorge.«

»Für mich sieht es fast so aus, als wäre das Gebäude schon abgestürzt.«

Dieser letzte Satz wurde zum Meme: das Wort *ABGESTÜRZT* in dicken weißen Großbuchstaben der Schriftart Impact, über einem Standbild von Chuck, dessen Gesicht diesen Zustand versinnbildlichte. Als ihm dann Kollegen das Meme als Mailanhang schickten oder in Gesprächen beiläufig dieses Wort fallen ließen, lachte er stets. Er tat es zum Wohl seiner Kollegen, zum Wohl des ganzen Landes. Lachen tat jedem gut, vor allem, wenn man gerade von einer solchen Gräueltat überwältigt worden war. Andernfalls, so das Klischee, hätten die Terroristen gewonnen.

Trotzdem taten die Sticheleien weh. Er war stolz darauf, vom Ground Zero berichtet zu haben. Wenn er daran zurückdachte, traten ihm immer noch Tränen in die Augen. War das alles nur eine Lüge gewesen, ihr wundervolles, sicheres Amerika? In den darauffolgenden Monaten war für Chuck eine Reihe von Porträts über 9/11-Witwen das, was ernst zu nehmendem Journalismus am nächsten kam. Eilmeldung: Sie waren traurig! Und von da an wurde es nur noch schlimmer: Wissenschaftler sind ganz aus dem Häuschen von diesem neuen Eine-Minute-Work-out; jemand könnte Ihren Rechner ausspionieren; wir haben die Leute auf der Straße gefragt, wer dieses Jahr einen Golden Globe verdient. Zehn Jahre lang schuftete er zum Takt solcher Themen, und nicht ein einziges Mal waren sein Herz, sein Verstand oder seine Seele so von Leben erfüllt, wie es am 11. September der Fall gewesen war. Selbstverständlich sehnte er sich kein neues derartiges Ereignis herbei – aber die Vorstellung eines weiteren schrecklichen Unglücks beherrschte viele seiner Träume. Es konnte eine zweite Chance bedeuten.

Eine Reihe von Partnerinnen hatte ihn durch diese dunklen Jahre begleitet. Arianna, Ljubica, Nathalia und Gemma, allesamt Models. Was sie von Chuck bekamen, war etwas Renommee auf medialen Veranstaltungen. Chuck Corso mochte nicht sonderlich respektiert sein, aber auf seiner Visitenkarte stand trotzdem *Journalist*. Was Chuck von ihnen bekam, waren Tipps, wie er aus seinem guten Aussehen Kapital schlagen konnte.

Er war noch keine vierzig gewesen und hatte bereits schütteres Haar gehabt. Arianna kämmte es, schnalzte dabei missbilligend mit der Zunge und zupfte herum, die lackierten Nägel kalt wie Käfer. Sie hatte ihn dazu gebracht, Propecia, Rogaine-Schaum und einen »HairMax Ultima 12«-Laserkamm zu kaufen. Vor ihrer Trennung hatte sie ihn mit einem Schönheitschirurgen bekannt gemacht, der ihm den Unterschied zwischen Haartransplantation, Lappenchirurgie, selbstquellenden Gewebeexpandern und Kopfhautverkleinerung erklärt hatte. Am Ende wurde als Behandlungsplan eine aggressive Kombination aus allen vier Methoden beschlossen.

Ljubica hatte mit der scharfen Spitze des Nagels an ihrem kleinen Finger auf jedes schlaffe Hautstück, jede Verfärbung und jede trockene Stelle in Chucks Gesicht hingewiesen und ihm eingeschärft, dass hautärztliche Behandlungen im Zweiwochenrhythmus seine einzige Hoffnung im Kampf gegen die Verwüstungen des Alters seien. Peelings, Lichttherapie mit LED-Maske, Ganzkörper-Kryotherapie, Stammzellen-Therapie in Kombination mit Schlangengift – da Ljubica ihr diesbezügliches Wissen so eifrig zu teilen bereit gewesen war, hatte er allem zugestimmt. Unter der Dusche perlte das heiße Wasser so schnell von seiner neuen Haut ab, dass er sich nicht einmal mehr das Gesicht abtrocknen musste.

Nathalia hatte ihm Xander vorgestellt, einem ehemaligen Stuntman und jetzigen Personal Trainer, der sich darauf spezialisiert hatte, Schauspieler für oberkörperfreie Actionszenen fit zu machen. Xander quälte Chuck mit Burpees, Thrusters, Box-Jumps, Klimmzügen, Kettlebell-Swings und Rudern, während Nathalia fünf Mal am Tag makrobiotische, seetanglastige Entgiftungsdiätnahrung in Chucks hübsches Gesicht stopfte, damit er den PH-Wert seines Körpers auf eine Nachkommastelle genau hielt. Die Muskeln in Brust und Armen fühlten sich zwar an wie herabhängende Stahlplatten, aber er konnte seinem Gesicht das Training ansehen, und das allein zählte. Die heimtückischen Nackenfalten, die rundlicher werdenden Wangen, die schlaffere Kieferpartie – alles weg, wie mit einem scharfen Messer filetiert.

Gemma schließlich war an seinem vierzigsten Geburtstag auf den Plan getreten. Sie war dreizehn Jahre jünger als er, seine einzige in Amerika geborene Lebenspartnerin und die berechnendste von allen. *Das Messer*, nannte sie sich mit grausamer Genugtuung selbst. Sie schubste ihn aufs Bett, sprang rittlings auf ihn und stellte ihre operierten Brüste, die aufgespritzten Lippen und die korrigierte Nase zur Schau. In den folgenden drei Jahren hatte er sich einer Blepharoplastie (Entfernung der Tränensäcke), einer unteren Rhytidektomie (Nackenstraffung), einer Mentoplastie (Kinnaugmentation), einer Otoplastie (Umformen der Ohrmuscheln) und einem guten alten Facelifting unterzogen.

Als das ganze Werk vollbracht war, fiel Chuck umso deutlicher auf, was er alles *nicht* in Angriff genommen hatte: eine Vertiefung seines Geschichtswissens. Weiterbildung in den Bereichen Politikwissenschaft, Jura und Ethik. Endlich irgendwie zu begreifen, was eigentlich im Nahen Osten vor sich ging. Er hatte ein Jahrzehnt Zeit gehabt und nicht mehr getan, als sich ein besseres Gesicht zu bauen – *das* Gesicht.

Er wurde für seine Sünden belohnt. WWN warb ihn ab und setzte ihn als Nachrichtensprecher fürs Vormittagsprogramm an Wochentagen ein. Chuck konnte gar nicht schnell genug nach Atlanta umziehen. In Georgia gab es dramatisch weniger Models, und schnell zog er sich in ein ruhigeres Privatleben zurück. Er hatte nicht viele Freunde, begriff dann aber, dass das immer schon so gewesen war. In jedem Stadium seines Lebens hatten es die Leute lediglich mit ihm ausgehalten und zwischendurch angesichts seiner unfair beschleunigten Karriere mit den Zähnen geknirscht. New York lag hinter ihm, aber er dachte noch oft an die New Yorker, wie sie am 11. September *getaumelt* waren, wie *er* getaumelt war. Damals war er noch einer von ihnen gewesen. Und in Atlanta würde er verdammt noch mal wieder einer von ihnen werden.

Und nun bot sich die große Gelegenheit. Als er gerade gedacht hatte, er würde über eine dieser Geschichten berichten müssen, die er so verabscheute – die unsittlichen Entblößungen des Ben Hines –, brach diese neue Story, die potenziell 9/11-Ausmaße annehmen konnte, über sie herein. Eine Chance, sich zu profilieren, zweifellos, darüber hinaus aber auch eine Gelegenheit, endlich die *ABGESTÜRZT*-Scharte auszuwetzen. Und vor allem eine Chance, den Menschen in einer solchen Zeit wirklich nach Kräften zu helfen.

Um das zu tun, würde er tun müssen, was er am 11. September vermieden hatte. Improvisieren. Entstehende Pausen mit Zusammenfassungen und Spekulationen füllen. Da die Stimmen so vieler Reporter in seinen Ohrhörer gespeist wurden und so viele Leute aufgeregt im Studio hin und her flitzten, war es viel zu chaotisch, um seine eigene Leistung einzuschätzen. Und da kam ChuckSux69 ins Spiel. Mit angehaltenem Atem klickte er den nächsten Beitrag an.

Chuckys ernstes Gesicht heute GEFÄLLT mir richtig, und das ist nicht mal ein WITZ!!! als er eben so WIR SOLLTEN UNS DAVOR HÜTEN, VOREILIGE SCHLÜSSE ZU ZIEHEN, war ich so <3 <3 <3 wo war denn dieser neue Chucky mein Leben lang??? Kann aber seine Haarimplantate sehen (sorry)

Chuck stieß einen Schwall Luft aus, der die Stirnfransen über seinem problematischen Haaransatznach oben flattern ließ.

ChuckSux69 hatte recht. Sobald wieder Normalität eingekehrt war, musste er einen Termin für eine Follikelverstärkung machen. Blieben noch acht weitere neue Beiträge von ChuckSux69. Er klickte sich durch und machte sich im Kopf Notizen, während er aus dem Augenwinkel Kamera 2 im Blick behielt.

Er wusste, andere würden seine Abhängigkeit von ChuckSux69 mindestens für seltsam, wenn nicht gar für verrückt halten. Immerhin hatte sich diese Person mit dem expliziten Ziel im Forum angemeldet, ihn persönlich zu schikanieren. Und genau deshalb vertraute Chuck ihm. Seit dem ersten seiner 14 272 Beiträge hatte Chuck begriffen, dass er (es mochte auch eine Sie sein, auch wenn er das bezweifelte) genau das sein wollte, was in seinem Profil stand – *VERKÜNDER DER WAHRHEIT*. Seine Ansichten waren grob, vulgär und spontan – und damit wertvoller als eine Million respektvolle Rückmeldungen.

Wenn er diese Sache heute durchstehen wollte, brauchte er ChuckSux69.

Das Lämpchen an Kamera 2 begann vorsichtig zu blinken. Chuck verließ das Forum, positionierte den Laptop wieder in der Mitte der Halbtotalen und widmete sich seinem Ohrhörer. Lee Sutton, der Regisseur, verkündete die nächste schlechte Neuigkeit. Das Nachrichtenteam, zu dem Chuck jetzt hätte rüberschalten sollen, meldete sich nicht mehr. Kein Funksignal, keine Handyverbindung. Es war schon das zweite Team von WWN, das von der Bildfläche verschwand. Chuck redete sich ein, sich keine Sorgen machen zu müssen. Liveschalten wurden andauernd von der Polizei unterbrochen, Akkus liefen leer, plötzliche Entwicklungen brachten alles durcheinander.

»Fass alles noch mal zusammen«, wies Sutton ihn an. »Kau's noch mal durch. Sobald wir das Team wieder in der Leitung haben, sag ich Bescheid.«

Chuck nickte in Lees einstweiliges Auge, die tote Linse von Kamera 2. Als der Teleprompter entsetzlich schwarz wurde, machte sein Herz einen Satz. Er spürte den sich entfaltenden Schrecken aus tausend arbeitsplatzbedingten Horrorvisionen; seine Albträume, ohne fertiges Skript auf Sendung zu gehen, entsprachen den Albträumen anderer Leute, plötzlich nackt im Klassenzimmer zu sitzen. Das rote Lämpchen von Kamera 2 glühte jetzt durchgängig; das provokante Starren eines schnaubenden Bisons.

Chuck holte tief Luft, drückte den Rücken durch und hoffte, dass die mit Xanders Hilfe antrainierten Muskeln durchhielten. Bei einem seiner dürftigen Versuche, sich weiterzubilden, war er über ein Zitat von Charles Lindbergh gestolpert, dass es keine Kriege mehr geben würde, wenn nur jeder die Welt einmal aus dem Flugzeug sehen könnte, von dort oben, wo alle Grenzen unsichtbar waren und alle Menschen gleich aussahen. Chuck hatte sich gefragt, ob nicht die Nachrichtenleute, die so viel von der Welt unbearbeitet sahen, ebenfalls eine solche Vogelperspektive genossen und deshalb der Fels in der Brandung für die Menschen waren, wenn alle Hoffnung verloren schien.

Auch Reporter konnten *VERKÜNDER DER WAHRHEIT* sein.

Und die eine unveränderliche Wahrheit lautete: *NIEMALS IST ALLE HOFFNUNG VERLOREN.*

Chuck Corso spürte, dass seine Haare wieder absolut makellos über dem fehlerhaften Ansatz drapiert waren. Hoffentlich wusste ChuckSux69 das zu schätzen. Hoffentlich wussten es alle zu schätzen. Wird schon schiefgehen. Es geht ja bloß um alles.

DIE SPANNUNG BRINGT MICH NOCH UM

Es war die längste Aufzugfahrt in Nathan Basemans Leben. Sobald er die Kabine betrat und mit Rochelle Glass allein war, fühlte er sein Handy in der Hosentasche vibrieren. Eine Textnachricht. Sein erster Instinkt war, sofort nachzusehen, aber unter Glass' triumphierendem Blick hätte das wie die Tat eines Verlierers gewirkt, das Gerät nicht mehr als eine kümmerliche Eichel, an der er, das niedere Eichhörnchen, so begierig knabbern wollte. Zweimal ließ er die Nachricht unbesehen an seinem Oberschenkel summen. Ein impotentes Gefühl.

Das Studio lag im Erdgeschoss. Der Knopf war bereits gedrückt.

Die Tür ging zu. Der Aufzug bewegte sich abwärts. Und mit ihm die ganze Welt.

»Tut mir leid wegen der Jansky-Nummer«, sagte Glass. »Aber in der Liebe und im Krieg und so weiter.«

Im Schutz des Stahlkäfigs hatte Glass den gewollt volksnahen Akzent abgelegt. Ihre Stimme hatte wieder den unverbindlichen Manhattan-Einschlag angenommen. Der beengte Raum ließ Baseman an diverse Wohngemeinschaften zurückdenken, damals, als er noch gerade so über die Runden gekommen war, bevor ein schwarzer Mann auch nur von der Hälfte eines weißen Gehalts träumen konnte. Von solchen beengten Umständen hatte Glass keine Ahnung. Wenn die Gemüter höherkochten. Wenn ungewollter Körperkontakt unvermeidbar war.

»Basteln Sie nicht daran herum«, sagte er.

»Bitte?«

»Quinceys Aufnahme. Wenn Sie die schon zeigen, dann ungeschnitten.«

»Wir sind unter uns, Baseman. Seien Sie ehrlich. Ist das eine persönliche Bitte?«

»Tun Sie es, weil es das Richtige ist. Je davon gehört?«

Glass atmete aus. Zu seiner Überraschung klang sie erschöpft.

»Ich will Ihnen mal was erklären«, sagte sie. »Selbst Sie sollten das begreifen. Wenn ich in meiner Sendung ein Video von einem brutalen Gangüberfall zeige, legt die Einschaltquote in der Zielgruppe zwischen fünfundzwanzig und fünfzig um dreitausend Prozent zu. Männer rufen ihre Frauen und Kinder herbei, um sich vor der Glotze zu versammeln, und jeder bei WWN bekommt für eine solche Einschaltquote ein Präsentkörbchen von der Nielsen-Marktforschungsagentur. Wenn ich das Video ungeschnitten zeige, und es enthält, nur mal so als Beispiel, einen Mann, der einer Frau mit den Zähnen die Kehle aufreißt – und das Ganze auch noch zwischen zwei Werbeblöcken –, haben Sie eine Ahnung, was dann mit unseren Zuschauerzahlen passiert?«

»Wir haben vor einer Stunde die letzte Werbung geschaltet. Wie es momentan aussieht, wird es nie wieder welche geben.«

»Natürlich wird es das. Alles normalisiert sich. Das ist das Einmaleins der Nachrichten.«

»Nachrichten. So nennen Sie das jetzt?«

»Wen wollen Sie hier beeindrucken? Sie und ich zeigen den Menschen das, was sie wissen sollen, aber nichts, womit sie nicht klarkommen würden.«

Baseman versuchte sich auf die absteigenden Geschossziffern zu konzentrieren. *13. 12. 11.* Waren die Nummern immer schon rot gewesen, oder hatte sich seine Wahrnehmung verändert? Er glich seine Worte dem Tempo der Zahlen an.

»Emmett Till. Schon mal gehört, Glass? Da hat man auch nicht einfach den Sargdeckel zugemacht. Man schneidet auch keine zehn oder zwölf Knüppelschläge aus dem Video über Rodney King, bloß weil Ihre Mendikanten das angenehmer finden.«

»Rodney King. Emmett Till. Die Azteken. Tutanchamun. Wie weit wollen Sie zurückgehen? Hören Sie, Sie haben während 9/11 als Produzent gearbeitet. Sie sind stolz darauf und sollten es verdammt noch mal auch sein. Aber haben Sie Ihren Leuten da gesagt, sie sollen detailliert zeigen, wie die Körper der Springenden unten auf dem Pflaster aufschlagen? Das hätte niemand sehen wollen. Himmel, natürlich haben wir unsere Differenzen, aber grundsätzlich? Wir sind beides anständige Leute, Baseman. Sind wir keine anständigen Leute?«

Baseman trat zu. Es passierte einfach. Fünfundvierzig Jahre in einem herzlosen Geschäft, hundert rassistische sogenannte Kollegen, zweihundert unschöne Anrufe, die er hatte tätigen müssen – als die nächste Textnachricht an seinem Bein summte, wirkte sie wie eine Elektrode im Biologieunterricht, die den Schenkelmuskel eines toten Froschs aktiviert. Basemans Bein schoss vorwärts, die Sohle seines Schuhs krachte gegen das Display und ließ die untersten acht Knöpfe aufleuchten. Baseman keuchte, völlig außer Form, ein alter Sack, weit von Glass' Zielgruppe zwischen fünfundzwanzig und fünfzig entfernt.

Glass zitterte und fletschte die Zähne, sichtlich erbost darüber, sich erschreckt zu haben.

Achter Stock. Die Tür surrte auf. Draußen war niemand zu sehen.

»Na bravo«, sagte sie. »Jetzt komme ich zu spät in die Maske.«

Sind wir keine anständigen Leute? Seine Scheidung von Sherry lag drei Jahre zurück, das war nicht ansatzweise lange genug, um wieder Anstand für sich reklamieren zu können. Bei seinem ersten Auftrag als Reporter in Chicago hatte sich Sherry über jedes Detail seiner Arbeit gefreut, das er zu Hause mit ihr teilte, von den Abenteuern in der Redaktion, dem Donnerhall der Schreibmaschinen, dem Gestank von Tinte und Zigaretten, den aufregenden Fahrten durch die ganze Stadt mit Kameramann, Tontechniker und Lichttechniker, von dem Gefühl, als Held gegen eine große, böse Stadt zu kämpfen und dabei Freundschaften zu schließen und die Mauern der Vorurteile einzureißen. Noch immer hörte er das knisternde Gelächter seiner Mannschaft aus den Walkie-Talkies. Noch immer roch er den frischen 16-mm-Film. Noch immer schmeckte er die Burger und Pommes von Billy Goat.

In Kansas City war er als Aufnahmeleiter in den Außendienst gewechselt. Videobänder ersetzten den Film. Dadurch wurden die Bilder zwar hässlicher, waren aber deutlich schneller verfügbar, und das allein interessierte den nimmersatten Fernsehmagen. Er hatte sich diesem neuen Arbeitsalltag angepasst. Wie auch nicht? Bald erwartete die Zuschauerschaft, Geschehnisse sofort live zu verfolgen, und wenn Basemans Sender nicht der erste vor Ort war, würden andere ihnen den Rang ablaufen. Es ging nur noch ums *Gewinnen.* Den Exklusivbericht gewinnen. Die Einschaltquoten gewinnen. Die Loyalität der städtischen Zielgruppe gewinnen.

Um weiterhin zu gewinnen, nahm er seine Arbeit immer häufiger mit nach Hause. Was dazu führte, dass er sich selbst als Privatperson nicht mehr mit nach Hause brachte. Eilmeldungen kannten weder Nachtruhe noch Wochenenden noch Ferien. Er stattete sein Büro mit Zahnbürste, Schlafmaske und Feldbett aus. Vielleicht hätten diese Veränderungen leuchtend rote Warnsignale sein sollen, aber Nathan Baseman machte sich einen Namen, wurde befördert, wurde eingeladen, bei Treffen von schwarzen Wirtschaftsverbänden zu sprechen. Das war nicht nur eine Bereicherung für ihn, sondern auch für die Gesellschaft. Sherry war unterdessen von einer einfachen Schreibkraft zur Sekretärin einer Marketing-Firma befördert worden und riss ebenfalls Barrieren ein.

Der Umzug nach Atlanta entzweite sie völlig. Baseman wusste bis heute nicht, warum genau. Lag es an der feuchten Hitze? Der Jansky-Übertragung? Sie stritten sich bis aufs Messer. Sherry warf mit Gegenständen, mit schweren Gegenständen. Mit Büchern, einem Radiowecker, einem Toaster. Aber hätte er deswegen die Polizei gerufen und häusliche Gewalt gemeldet, hätten konkurrierende Sender dies in den Polizeiberichten erschnüffelt.

Außerdem hatte er sie gebissen. Eines Nachts, als sie mit ihren Fäusten auf ihn einschlug, packte er ihre Handgelenke und versenkte seine Zähne in ihrer Schulter. In dem Moment verschaffte es ihm Erleichterung. Es fühlte sich gut an. Das Salz auf ihrer

Haut, der leicht blutige Nachgeschmack – es schmeckte ein bisschen nach Sex. Aber damit hatte sie gewonnen. Sie hatte eine Narbe auf der Schulter, die sie zur Not jederzeit vorzeigen konnte.

Der Biss in der Aufnahme von Ross Quincey, das dicke Stück Fleisch, das der schreienden Frau aus der Kehle gerissen wurde, ging ihm nicht mehr aus dem Kopf. Was immer da draußen los war, es verwandelte anständige Leute in wilde Tiere, und das ängstigte ihn zu Tode. Weil er wusste, dass auch er Böses in sich hatte. Er wusste, er war selbst eine Person, die *zubeißen* konnte.

Er starrte Glass an und verscheuchte die Vorstellung, ihre Schulter der gleichen Behandlung zu unterziehen.

Siebter Stock. Die Tür ging auf. Die Tür ging zu.

»Die Spannung«, sagte Glass, »bringt mich noch um.«

Baseman wandte sich einem verhassten Anblick zu: seinem verwaschenen Spiegelbild auf der Kabinenwand.

»Wir waren gefühlt eine Million Jahre im Konferenzraum«, sagte er mit fester Stimme. »Wer weiß, was es in der Zeit Neues gab. Lassen Sie uns zusammenarbeiten. Versuchen wir es wenigstens.«

»Ich habe ein durchaus fähiges Team.«

»Aber ich kenne Chicago. Da hab ich angefangen. Ich habe da noch Kontakte. Ich kann die Geschichte ausgraben, die hinter den schrecklichen Bildern steckt. Die *wahre* Geschichte.«

Sechster Stock. Auf, zu.

»Was andeuten soll, dass meine Leute nur Lügen produzieren würden.«

»Ich bitte Sie, Sie wissen genau, was für Leute Sie daransetzen würden. Paparazzi und Sensationsreporter. Typen, denen einer abgeht, wenn sie auf Blutflecken draufhalten dürfen. Meine Leute kennen jedes Gebäude in dieser Gegend. Sie kennen die Namen der Gangs, die diesen Hinterhof für sich beanspruchen.«

»Sie geben also zu, dass es um Gangs geht?«

Fünfter Stock.

»Nein, tue ich nicht. Sollte dem aber doch so sein, können die uns das sagen. Was wir jetzt wirklich brauchen, sind Einzelheiten. Wenn wir die Geschichte richtig erzählen, können wir vielleicht verhindern, dass jeder Möchtegern-Milizionär im Land mit dem Gewehr am Fenster steht und darauf wartet, dass der nächste Schwarze vorbeispaziert. Meine Leute können uns sagen: ›Die Typen waren es, jene aber nicht.‹ Verstehen Sie?«

»Ich strahle das nicht ungeschnitten aus.«

»Ich weiß. Ich hab ja schon aufgegeben, darum zu bitten.«

Vierter Stock.

Glass verschränkte die Arme vor der Brust und trommelte mit einem knallpinken Fingernagel gegen das goldene Kreuz, das sie um den Hals trug. Baseman wusste, dass es sich bloß um ein Requisit handelte. An jedem beliebigen Sonntagmorgen würde man Rochelle Glass statt im Gottesdienst im exklusiven *Cherokee Town and Country Club* finden. Er schluckte die Bemerkung herunter. Ihm gingen sowohl Zeit als auch Stockwerke aus.

»Ich höre«, sagte sie. »Was genau wollen Sie?«

Dritter Stock.

»Dass Sie an der Story dranbleiben. Ich spüre es ganz deutlich, das ist die ganz große Nummer, glauben Sie mir. Also ziehen Sie die Sache als Journalistin durch, nicht als Entertainerin. Das Gesicht hat noch fünfundvierzig Minuten Sendezeit. Geben Sie mir diese Zeit, um Ihnen die Sache aufzubereiten. Anwohner, Gemeindemitarbeiter. Denken Sie zurück an die Zeit, als Sie angefangen haben, Glass. Bevor es nur noch darum ging, wer das größere Büro hat. So hat es sich für mich auch mal angefühlt. Wir können dieses Gefühl zurückbekommen. Wir können es *heute* zurückbekommen.«

Zweiter Stock.

»Das würde bedeuten, Ben Hines komplett fallen zu lassen?«, bemerkte Glass.

»Sein größter Glückstag seit dem Oscargewinn«, sagte Baseman. »Wir *müssen* die Nachrichtenhelikopter zurückrufen.«

Er wusste nicht, ob die Aufzugpause im Erdgeschoss absichtlich länger dauerte als woanders, aber es würde durchaus Sinn ergeben, schließlich herrschte hier der meiste Verkehr. Die Tür öffnete sich gähnend und gab den Blick auf einen rubinroten Teppich frei, der sich quer durch die marmorne Lobby bis zu einem bronzenen Torbogen im Art-déco-Stil erstreckte. Ohne das übliche Gedränge wirkte die Lobby unheimlich, wie die Ehrfurcht gebietenden, aber längst verlassenen Ruinen eines vergoldeten, verantwortungslosen Zeitalters.

Glass lächelte. Das rote Licht schimmerte auf ihren Zahnkronen.

»Was die Gangs angeht, können Sie machen, was Sie wollen. Aber Hines fallen lassen? Nur über meine Leiche. Dieser liberale Gutmensch hält in einem Atemzug Dankesreden und wanzt sich notgeil an hilflose Putzfrauen ran? Das ist eine ganze eigene Form von Gewalt gegen Frauen. Wir berichten weiter darüber.«

Die Aufzugtür klickte und schnaubte, als sie sich endlich zur Studioetage öffnete. Überall klickten Schuhsohlen, knallten Türen, keuchten Kopierer und knatterten Tastaturen. Hier unten herrschte immer ein Sturm der Betriebsamkeit, heute aber in einer jener künstlich überhöhten Varianten, wie sie die Wetterabteilung so gern ersann: Gewitterschnee, arktische Druckwelle, Bombenzyklon. Baseman roch Kaffee, Schweiß und Haarspray. Alles brannte vor Hektik; sie waren in die Hölle hinabgefahren.

Glass trat in den Flur hinaus, der ins Rotlicht der *LIVESENDUNG*-Lampen getaucht war. Sowie andere Menschen sie erblickten, verwandelte sie sich, wurde größer und schlanker, ihr Haar teuflisch entflammt. Sie wirkte wie die Heldin, die zur Rettung in die Stadt marschiert kam. In eine Welt voller Schlecht gegen Schlechter war Glass diejenige, die einem sagte, auf welcher Seite man zu stehen hatte.

Sie bedachte Baseman mit einem letzten Blick.

»Mein Publikum ist leider ein bisschen älter. Die mögen ihre Nahrung etwas weicher, das ist alles. Sie sollten das doch wissen, Baseman. Sie sind ja selbst nicht mehr der Jüngste.«

Sie zwinkerte ihm zu und stolzierte in Richtung Maske davon. Baseman zog sich der Magen zusammen. *Weicher* ließ ihn schon wieder an Sherry und die Frau in Qinceys Aufnahme denken, an Schulter und Kehle, die wie Gelatine zerrissen. Weichheit: vielleicht am Ende die charakteristischste Eigenschaft der menschlichen Spezies.

Aus der Ferne erklang Glass' Stimme: »Und gehen Sie endlich ans Telefon.«

Sein Handy wurde von einer neuen Nachricht erschüttert. Das gleiche Bein, mit dem er gegen das Bedienfeld im Aufzug getreten hatte, fuhr abermals ruckartig nach vorn, um zu verhindern, dass sich die Tür wieder schloss. Er betrat den Flur und zog sein Handy hervor. Alle vier Nachrichten stammten von Zoë Shillace, seiner aktuellen Praktikantin, die ihm bis heute Morgen exakt ein einziges Mal geschrieben hatte, um ihn ruhig, sachlich, professionell und mit fehlerloser Grammatik darauf hinzuweisen, dass ihre U-Bahn gerade evakuiert werde und sie etwas später zur Arbeit komme. Sie war, mit anderen Worten, eine junge Frau, die nicht zur Übertreibung neigte.

911 baseman 911
will nicht schreiben muss persönlich reden zoe hier
wo sind sie sehr ernst müssen sofort reden
wollen sie mich verarschen wo sind sie es geht verflucht noch mal ums WEISSE HAUS

DICKERE EIER

Fuck, da nahte Baseman. Der ausführende Produzent war ein kaffeesüchtiger, Antazidum kauender Journalist der ganz alten Schule, der solche auf ihr Aussehen bedachten Emporkömmlinge wie Chuck Corso beäugte, als wäre der Armani-Anzug eine SS-Uniform. Baseman und Corso hielten instinktiv Abstand zueinander, als gehörten sie zwei verschiedenen Spezies an, und noch nie hatte Letzterer eine persönliche Einladung von Ersterem auf seinem Schreibtisch vorgefunden, was einem Einzelgespräch mit dem Trainer in der Kabine gleichgekommen wäre. Basemans Anblick ließ Corsos Kampfgeist schwinden, wodurch er aber immerhin bemerkte, dass er überhaupt noch welchen übrig hatte.

Chuck hatte gerade fünf lähmende Minuten damit zugebracht, die aktuelle Situation zusammenzufassen. Die Aggressoren wurden als unbewaffnet und wie in Trance beschrieben. Einheiten des Heimatschutzes waren in mittlerweile vierzig Städten ausgerückt. Überall wurden Außenposten der Nationalgarde aktiviert. Octavia Gloucester, die noch immer in Tampa im Einsatz war, berichtete von Verstorbenen in Pflegeheimen, die plötzlich wieder aufstanden und zunehmend »streitlustig« wurden. Die Bevölkerung wurde dazu aufgerufen, achtsam zu bleiben, bis die Bedrohung neutralisiert wäre.

Dann hatte Lee sich Gott sei Dank endlich gemeldet und verkündet, sie hätten gerade neues Material von Joanie Abbott aus Philadelphia reinbekommen, und Chuck solle sofort dazu überleiten, auf der Stelle, und vorher sicherheitshalber eine Packung Beruhigungsmittel mit einem Liter Wasser hinunterspülen, so er beides zur Hand habe. Chuck stammelte ein Mindestmaß an Worten, die zur Überleitung vonnöten waren – »Joanie Abbott aus Philadelphia« –, und Kamera 2 erlöste ihn von der Laserfolter des roten Lämpchens, nur damit in der darauffolgenden Dunkelheit der im Sturmschritt nahende Nathan Baseman auftauchte. Chuck musste die rechte Hand auf die linke legen, um sich zurückzuhalten – er wollte an den Laptop, er brauchte ChuckSux69.

Wie alle Profis auf das Erkennen von Sichtachsen trainiert, merkte er sofort, dass sich Baseman so postierte, damit er den Leuten im Kontrollraum den Blick versperrte. Er riss Chuck das zweiteilige Ansteckmikro von der Krawatte, warf es hinter dem Stuhl auf den Boden und knallte beide Handflächen dicht vor Chucks Skript auf den Moderationstisch. Sein leises Raunen war zu schwach, um von dem weggeworfenen Mikrofon aufgenommen zu werden.

»Sie haben die Titten rausnehmen lassen.«

Es ging hier um Leben und Tod, und dieser mürrische alte Knacker faselte von … ja, wovon denn genau?

»Die Schnittbilder von der Spring-Break-Party«, stellte Baseman klar. »Sie haben Lee befohlen, die auszublenden.«

Das war vor zehn Minuten gewesen, oder? Und schon musste Chuck ernsthaft nachdenken, um sich daran zu erinnern, als würde er eine schriftliche Matheaufgabe lösen. Während er live auf Sendung mit Olivia in Tampa telefoniert hatte, hatte Lee auf dem Bildschirm hinter ihm Stimmungsbilder aus Florida laufen lassen. Die Eindrücke sprangen von Ansichten aus den Everglades zu ausgelassenen Ausschnitten verschiedener Spring-Break-Partys, mit Mädchen in grellen Badeklamotten, die sich mit Plastik-Weingläsern zuprosteten, und College-Studenten mit verquollenen Augen, die in kniehohem Schaum tanzten. Chuck fand Olivias Worte und Lees Bilder auf groteske Weise zueinanderpassend; die hirnlose Jagd der feiernden Jugendlichen nach Sinneseindrücken, die körperliche Lust auf nacktes Fleisch, die Nahtod-Besäufnisse erschreckenden Ausmaßes, wie alle immer lauter wurden, immer heftiger tanzten, immer weiter nach mehr schrien.

Trotzdem hatte er Lee dazu gebracht, die Bilder abzuschalten. Er hatte live im Fernsehen einen Befehl in sein Mikro gebellt – in Lee Suttons Anwesenheit! –, und tatsächlich hatte das Video mit den College-Mädels, die in einer Eruption aus Schaumwein mit ihren Bikini-Brüsten wackelten, angehalten, als gerade das Gesicht einer jungen Frau zu sehen gewesen war, deren besoffenes Gebrüll wie ein verzweifelter Hilfeschrei wirkte.

»Ich … Entschuldigung?«, stammelte Chuck. »Ich dachte nur … es schien mir nicht …«

»Sie haben dickere Eier, als ich von Ihnen erwartet hatte«, fauchte Baseman. »Ich habe im Lauf der Zeit mehrfach Lee direkt in sein Rattengesicht befohlen, die anzüglichen Bilder wegzulassen, und jedes Mal hat er geradeheraus behauptet, er könne mich nicht hören. Als ob er meine schwarze Stimme nicht verstehen könnte. Bei wem hätte ich mich darüber beschweren sollen? Bei Unitas? Der Typ nimmt jeden Vorwand, um noch mehr nackte Haut zu zeigen, dankbar entgegen. Gut gemacht, Gesicht.«

»Ich habe *komplementär* gesagt statt *kompliziert*.«

»Ich weiß.«

»Und *beschäftigt* statt *bekräftigt*.«

»Ja, hab ich gehört. Klappe jetzt. Mir geht es um Folgendes: Sie haben mir einen kleinen Hoffnungsschimmer gegeben. Und Hoffnung ist gerade verdammt noch mal Mangelware.«

Chuck erinnerte sich vage daran, genau dieses Wort im Kopf gehabt zu haben, vor seiner fahrigen Zusammenfassung der Ereignisse. *NIEMALS IST ALLE HOFFNUNG VERLOREN,* hatte er sich gesagt. Er war ein *VERKÜNDER DER WAHRHEIT*, hatte er sich gesagt. Und Baseman dachte wirklich, dass er Eier in der Hose hatte? Er musste sich geirrt haben. Chuck beugte sich über den Tisch und ergriff den Arm seines Produzenten. Dessen kühle Haut verdeutlichte ihm erst recht, wie heiß es im grellen Schein der ewigen Scheinwerfer geworden war.

»Brechen Sie die Sendung ab«, flehte er.

Basemans finsterer Blick fuhr ihm bis ins Mark.

»Nun hören Sie mir mal gut zu, Gesicht. Hören Sie zu?«

Chuck nickte. Sein Kopf wippte vor und zurück, als wäre er mit Helium gefüllt. Ein Kerl aus der Maske näherte sich vorsichtig mit einer Palette verschiedener Foundations und einer Puderquaste von der Seite.

»Verschwinden Sie!«, befahl Baseman.

Der Mann nahm Reißaus. Baseman drehte Chucks Unterarm um, bis er ihn am Handgelenk gepackt hielt. Es tat weh. Chucks Augen weiteten sich, wurden feucht, wurden wieder klar. Basemans Gesicht hing in messerscharfer Deutlichkeit vor ihm. Die Faltentäler und die Patina aus Schweiß verliehen der Haut des runzligen älteren Mannes ein Eichenfinish. Baseman leckte sich die Lippen. Sein Atem war von jener Säuerlichkeit, die mit chronischen Magenproblemen einherging.

»So, zuhören«, zischte Baseman. »In einer halben Stunde sind Sie fertig. Zur vollen Stunde übernimmt Glass. Sie wird an diesem Tisch hier sitzen, verstehen Sie? Sobald sie dieses Territorium einmal für sich beansprucht hat, wird sie es ohne Revolte nicht wieder hergeben, das wissen Sie genauso gut wie ich. Die legt sich gerade Erwachsenenwindeln an, damit sie pissen kann, ohne ihren Posten zu verlassen.«

»Gut so.« Chuck hasste sich dafür, dass er so weinerlich klang, aber er konnte es nicht ändern. »Ich hab's versucht, aber mir fehlt … mir fehlt einfach der nötige *Biss* …«

Baseman drückte sein Handgelenk so fest, dass Chuck keuchte.

»So ein Schwachsinn. Der war den ganzen Morgen vorhanden, das hab ich doch gesehen. Alle haben es gesehen. Und in Wahrheit haben wir leider gar keine Wahl. Meinen Sie, die Lage ist jetzt schon miserabel? Sobald Rochelle Glass auf Sendung geht, stehen wir auf einem Berg TNT und ballern mit selbst gebauten Raketen um uns. Alle verbarrikadieren sich in ihren Häusern, lassen sich mit ihrem bösen Gift vollpumpen und geben es an Freunde und Familie weiter. Wenn es wirklich stimmt, was da draußen los ist, dann …«

»Das ist doch nicht echt«, sagte Chuck drängend. »Das sind … Lee sagt immer noch, Die sind Gangmitglieder, oder?«

Baseman schnaubte. »Jetzt sagen Sie auch schon *Die* und *Sie*. Die sind *wir*, Chuck.«

»Was soll das heißen?«

Baseman schüttelte energisch den Kopf. »Das sind keine Gangs. Kann nicht sein. Es passiert auf der ganzen Welt.«

Diese Neuigkeit blieb Chuck wie unzerkaute Nahrung im Hals stecken. »Was?«

»Ich war eben noch im Regieraum. Die Einzelheiten sind in Ihrem nächsten Nachrichtenupdate. Sydney, Teheran, Kinshasa, Athen. Klingt das nach Straßengangs?«

»Haben die gesagt ... wissen wir schon ...?«

»Alle behaupten, sie werden die Situation in den nächsten vierundzwanzig Stunden in den Griff kriegen.«

Am Weg, den seine Schweißtropfen nahmen, wusste Chuck, dass er grinste.

»Oh, das – das ist doch *wunderbar*, das ist ...«

»Das ist Blödsinn, Gesicht. Das ist Reagan, der Aids weglachen will. Bush, der etwas von ›Auftrag ausgeführt‹ faselt. Mein Kontaktmann bei der Polizei sagt, dass das Intranet dort ausgefallen ist. Unsere Westküsten-Helis sind alle noch bei Ben Hines. Und wir haben immer noch Teams hier und da, die über andere Nachrichten berichten – *es gibt keine anderen Nachrichten mehr.*

Oder sollen wir jetzt zum Sport schalten? Na schön, rüber zum Sport, verflucht. In Madrid läuft gerade ein Fußballspiel, das sich angeblich schon in ein Blutbad verwandelt hat, in eine waschechte Gladiatoren-Arena. Wir müssen uns endlich zusammenreißen – und zwar, bevor Glass das Ruder übernimmt.«

Chuck wandte den Blick von Basemans finsterem Starren ab, suchte den Boden nach seinem Ohrhörer ab und hob ihn auf. Er setzte ihn wieder ein und gab sich Mühe, entspannt zu klingen.

»Was soll ich also tun?«

Nun ertönte auch Lee wieder in seinem Ohr. »Dreißig Sekunden, Chuck. Schaffen Sie Baseman da raus.«

Chuck blinzelte, mehr war nicht nötig, um Baseman Lees Anweisung zu übermitteln.

»Sagen Sie Lee, er soll Joanie noch mal laufen lassen«, sagte Baseman.

»Das kann ich nicht tun«, flüsterte Chuck.

Baseman stieß heißen Atem aus. »Sie haben ihm eben befohlen, die Titten runterzunehmen, oder etwa nicht?«

»Ja, aber ich kann doch nicht …«

»Sie müssen endlich mal für sich einstehen, Mann. Und für die gesamte verdammte Menschheit. Entweder jetzt oder vielleicht nie wieder.«

Chuck starrte ihn an. Der ältere Mann wirkte gleichzeitig zu Tode erschöpft und wie aufgeputscht, als hätte er eine lange, harte, schlaflose Autofahrt hinter sich.

»Lassen Sie Joanie noch mal laufen«, sagte Chuck zu Lee.

Er zog sich den Ohrhörer ab und ließ ihn am Hals baumeln. Wieder schaute er in Basemans wilde Augen. Sein Kiefer knackte, seine Zunge raspelte am ausgetrockneten Gaumen entlang.

»Sagen Sie mir, was ich tun soll«, krächzte er.

Baseman grinste triumphierend. Ein Zeigt's-dem-Establishment-Grinsen. Er beugte sich vor und verdeckte den Monitor, auf dem das Startbild von Joanie Abbotts Beitrag zu sehen war. Jetzt fand Chuck, dass der Atem des Produzenten eher nach hart erkämpftem Soldatenschweiß roch.

»Zoë Shillace«, sagte Baseman. »Meine Praktikantin. Alle, die hier sechsstellig verdienen, rennen rum wie kopflose Hühner, und dieses Mädel von einundzwanzig Jahren mit ihrem miserablen Mindestlohn arbeitet sich durch Rohmaterial. Sie hat die Nadel im Heuhaufen gefunden. Eine Kamera, die live aus dem Besprechungsraum im Weißen Haus sendet. Das kommt weder von Reuters noch von AP, das sind ungefilterte Rohdaten. Könnte ein Handy sein oder ein Dejero-Transmitter, keine Ahnung. Aber das Video zeigt eine Besprechung hinter verschlossenen Türen. Irgendein Erbe von Woodward und Bernstein versucht verzweifelt, es an die Öffentlichkeit zu bringen. Und Zoë Shillace hat es gefunden.«

»Sie wollen, dass wir … ist das überhaupt legal?«

Baseman schlug so hart mit der Faust auf den Tisch, dass Chucks Laptop einen Satz machte.

»Scheiß auf legal. Wenn die Leute nicht bald die Wahrheit hören, haben wir demnächst *überhaupt* keine Gesetze mehr. Es ist unsere Schuld, dass die Medien so scheiße sind. Wenn sich irgendwer noch dagegen auflehnen kann, dann sind wir das. Vielleicht müssen wir unlauteres Vorgehen mit unlauteren Mitteln bekämpfen, meinen Sie nicht?«

Chuck versank in Traurigkeit.

»Müssen wir … wirklich kämpfen?«

Baseman nickte ernst. »Das ist unser Job.«

Chuck wusste, wenn er jetzt aufstand und versuchte wegzulaufen, würde er ins Taumeln geraten. Aber Taumeln an sich war nichts Schlimmes – solange man in die richtige Richtung taumelte.

»Na gut«, sagte er. »Also schön.«

Baseman kicherte triumphierend und deutete in Richtung Regieraum.

»Ich gehe jetzt da rein und versuche Lee davon abzuhalten, den Stecker zu ziehen. Geben Sie mir zwei Minuten. Nein, geben Sie mir eine. Sobald wir live auf Sendung sind, fange ich Glass ab. Wenn die sieht, dass wir ihr die Schau stehlen, begibt sie sich sofort auf den Kriegspfad. Und nicht vergessen: Lee wird die Schaltung nur vornehmen, wenn Sie danach verlangen. Sie müssen explizit danach verlangen, geradeheraus sagen: Das ist eine Pressekonferenz aus dem Weißen Haus, Kanal acht. Kapiert? Und verkünden Sie es mit Selbstbewusstsein, mein Freund. Kanal acht.«

Der Ohrstöpsel zitterte an seinem Hals. Wahrscheinlich, weil Lee so laut brüllte, dachte Chuck.

»Meine Karriere«, flüsterte er. Er hatte seine neue Emotion identifiziert. Es war Trauer.

Baseman legte die Stirn in Falten. »Ich weiß. Meine auch.« Sein Grinsen pirschte sich zurück an die Oberfläche. »Aber für jemanden wie mich – vielleicht habe ich Sie falsch eingeschätzt, Gesicht. Für Leute wie *uns* ist es am besten, mit wehenden Fahnen unterzugehen.«

BESONDERHEITEN

Baseman hatte Hunderte, wenn nicht Tausende Stunden seines Lebens in Regieräumen verbracht, und nie waren sie ihm so kaleidoskopisch vorgekommen wie heute. Ganze hundertfünfzig Bildschirme kotzten schlechte Neuigkeiten in den Raum. Auf den größeren sah er die bekannten Gesichter, Studios und Einblendungen der namhaften Konkurrenz, Nachrichtensprecher mit starren Mienen, wenig überzeugender als Chuck »das Gesicht« selbst. Auf den Bienenwaben der kleineren Monitore flimmerte Rohmaterial von nervösen Reportern, die gerade nicht auf Sendung waren, und Luftbilder aus Helikoptern, die hoffentlich endlich von Ben Hines' Anwesen abgezogen wurden. Am verstörendsten waren aber die Farbbalken, Dutzende, wie grell gestreifte Grabsteine.

Immerhin tauchten sie die Kellercrew, die hier hinter einem Tisch in Form eines halben Oktagons ihre Arbeit verrichtete, in vorteilhaftes Licht: Carly DeSario, Produktionsassistenz; Grace Canez, Teleprompter; Rebecca Pearlman, Tontechnik; Tim Fessler, Einstellungswechsel. Und Lee Sutton, Programmleiter. Nur fünf Leute, die er überzeugen musste. Hätte schlimmer sein können. Trotzdem zu viele für einen sechsundsechzig Jahre alten Kerl, dessen Büromülleimer mit Fast-Food-Verpackungen vollgestopft war.

Er hatte das Gesicht angelogen. Wenn Chuck eine Pressekonferenz aus dem Weißen Haus ankündigte, würde Lee das *eventuell* zeigen. Das viel größere Problem bestand darin, dass Kanal acht auf Sendung blieb, sobald klar war, worum es sich handelte. Jede Person in diesem Raum hatte die Möglichkeit, die Wiedergabe abzuwürgen. Baseman atmete tief ein.

»Ich werd jetzt eine rauchen«, verkündete er. »Wenn das irgendwem nicht passt, bitte kurz draußen warten.«

Die Anwesenden waren zu angespannt, um sich von ihren jeweiligen Bildschirmen abzuwenden.

Baseman räusperte sich. »Vielleicht haben Sie mich nicht richtig verstanden. Ich mache mir überaus große Sorgen über die Folgen des Passivrauchens.«

Immer noch keine Reaktion. Monitor A zeigte Joanie Abbotts Reportage, in der es gerade um irgendeine Vorschule ging. Auf Monitor B war Chuck Corso in der Halbtotalen zu sehen. Ausnahmsweise betrachtete das Gesicht selbiges gerade nicht im Taschenspiegel. Mit einer Hand rückte er das Ansteckmikrofon zurecht, die andere war aus unerfindlichen Gründen am Touchpad seines Laptops zugange. Er sah nervös aus. Kein Wunder. Wenn er nach guten Nachrichten suchte, würde er wohl kaum welche finden.

Baseman räusperte sich abermals. »Ich müsste mir viel weniger Sorgen machen«, knurrte er, »wenn sich alle verdammt noch mal kurz verpissen könnten!«

DeSario, Canez, Pearlman und Fessler standen so hastig auf, dass ihre Stühle bis zum Geländer hinter ihnen rollten. Während die vier auf die Tür zustrebten, überlegte Baseman, dass sie wahrscheinlich alle den kürzesten Weg zu ihren Schreibtischen berechneten, um sich ihre Sachen zu schnappen und schleunigst das Weite zu suchen.

»Fessler, Sie bleiben«, sagte er.

Der Herr der Schalttafel sah ihn bestürzt an. Wahrscheinlich die richtige Reaktion. Fessler ließ sich auf seinen Platz sinken, als handele es sich um einen elektrischen Stuhl. Lee Sutton, der sich als Einziger noch nicht gerührt hatte, drückte einen Knopf auf seinem Headset. »Sechzig Sekunden, Chuck.« Er ließ den Knopf los, schob die Kopfhörer nach hinten, drehte sich zu Baseman um und breitete die Arme aus.

»Jetzt gerade brauchen wir solches Machtgehabe ungefähr so dringend wie ein Loch im Kopf!«, rief er.

Baseman hatte ihm den Rücken zugekehrt. Er schlang die Arme um einen hüfthohen Aktenschrank, prüfte dessen Gewicht und zerrte ihn dann mit winzigen Schritten in Richtung Tür. An derart harter körperlicher Arbeit hatte er sich seit Jahren nicht versucht. Er spannte den Rücken an und spürte, wie sich die Muskeln entlang der Wirbelsäule verkrampften. Er schluckte ein verletztes Winseln herunter und schob weiter. Sobald der Schrank die Tür blockierte, drehte er sich schwankend um. Fessler und Lee starrten ihn an.

»Fessler«, keuchte Baseman, »Sie werden alles vergessen, was Sie gleich hören, verstanden? Wenn Sie irgendwas davon Ihrer Frau, Ihren Kindern, Ihrem Hund oder von mir aus dem Weihnachtsmann erzählen, jage ich Sie, ramme Ihnen Zahnstocher in die Augäpfel und serviere sie als Köttbullar, ist das klar?«

Fessler sah aus, als hätte er begriffen, was hier vor sich ging, und man musste ihm zugutehalten, dass er sofort mitspielte. »Ich habe ein furchtbar schlechtes Gedächtnis, Mr. Baseman. Kaum höre ich etwas, wutsch, ist es schon wieder weg.«

Lee wirkte unentschlossen angesichts des Überangebots möglicher Beschwerden, die er mit Verachtung zum Ausdruck bringen konnte. Er wedelte mit dem Finger in Richtung Tür, bis er in der Lage war, einen einzigen, fruchtlosen Tadel anzubringen: »Brandgefahr!«

Baseman zeigte auf Monitor A. »Die ganze Welt steht in Flammen, Lee.«

Joanie Abbotts Beitrag hatte einmal mehr seinen trostlosen Höhepunkt erreicht – sie stand sichtlich erschöpft vor dem von Absperrband umflatterten Spielplatz einer Vorschule. Fessler hatte keine andere Wahl, als zurück auf Chuck zu schalten. Zu dritt sahen sie zu, wie Chuck das rote Licht an Kamera 2 erblickte und das Kinn hob. Ein beängstigender Anblick; der schlechteste Improvisator der Branche, live auf Sendung ohne das übliche Sicherheitsnetz aus Teleprompter, Skript und Regie. Lee streifte sich den Kopfhörer über und drückte den Knopf am Mikro.

»Bereithalten«, sagte Fessler. »Ich lege gleich auf Kanal fünf.«

Chuck Corsos gebrochene Stimme drang aus den Lautsprechern des Regieraums.

»Wir haben … wir haben …«

Lee zögerte. Baseman sah die Verzweiflung in Chuck Corsos Augen und fragte sich, ob er gerade den nächsten Jansky-Zwischenfall verursacht hatte. Chuck hatte zwar keine Waffe unter seinem Tisch, aber vielleicht ein Trinkglas, das er zertrümmern konnte, um sich damit die Kehle durchzuschneiden. Lee und Fessler dachten wohl Ähnliches, ebenso der, wer auch immer hinter dem Schränkchen an der Tür rüttelte. Das würde gleich eine absolute …

Chucks Blick klärte sich. Er setzte sich gerade hin.

»Wir schalten live zu einer Pressekonferenz aus dem Weißen Haus«, sagte er. »Kanal acht.«

Baseman sah zu, wie Fessler den Monitor von Kanal acht überprüfte und den Besprechungsraum im Weißen Haus erkannte.

»Scheiße«, krächzte Fessler.

»Was ist das?«, fragte Lee heftig. »Was zum Teufel *ist* das, Baseman?«

»Durchschalten, Fessler«, sagte Baseman.

»Auf gar keinen Fall!«, brüllte Lee. »Das ist ein Befehl!«

»Kanal acht, bitte«, wiederholte Chuck.

Fessler warf Baseman einen gehetzten Blick zu.

»Machen Sie einen Fehler«, empfahl Baseman. »Legen Sie aus Versehen den falschen Schalter um.«

»Nicht«, rief Lee und sprang auf, um Fessler davon abzuhalten, nur hatte er seinen Kopfhörer vergessen, dessen Kabel sich straffte und ihn wie einen Hund an der Kette hielt. In den zwei Sekunden, die er brauchte, um sich von dem Kopfhörer zu befreien, hatte Baseman drei Schritte gemacht und zugeschlagen, wie er seit seiner Zeit in Chicago, als er sich noch alle paar Monate gegen irgendeinen besoffenen Rassisten hatte verteidigen müssen, nicht mehr zugeschlagen hatte.

Sein Treffer landete genau auf Lees Mund. Das feuchte Knirschen eines entwurzelten Zahns, begleitet vom satten Klang, mit dem Blutspritzer auf dem Boden landeten. Lees Kopf wurde zur Seite gerissen, seine Knie fielen wie Anker auf den Boden.

Der Schmerz kam augenblicklich. Baseman hob seine Faust – er war Linkshänder – und sah eine pyramidenförmige Kerbe zwischen dem ersten und zweiten Knöchel. Einer von Lees Zähnen hatte sich für den Schlag revanchiert. Kurz klammerte sich das Blut an die Wunde, fast ein wenig schüchtern, dann sprudelte es hervor und zauberte einen kurzen roten Halbkreis auf den Boden – noch mehr Farbbalken. Er steckte die linke Hand unter die rechte Achsel und drehte sich zu Fessler um.

»Sie haben ihn doch gehört«, knurrte er. »Kanal acht.«

Die Anspannung, die plötzliche Verletzung, mit einem Mal war alles sehr verworren. Baseman fand sich auf Lees Stuhl wieder, hatte aber eine ganze Minute verloren. Er versuchte sie zu rekonstruieren. Ja, er hatte sich mit einer Hand den Krawattenknoten gelöst und die Krawatte ungelenk um die ungünstig platzierte Wunde geschlungen. Er blinzelte gegen die schwarzen Sternchen an und sah das Video aus dem Weißen Haus, das live auf Monitor A lief. Aber das war nicht das Seltsamste an der Situation. Im Nebel seiner Benommenheit sah er sich selbst das Video betrachten. Sah Fessler das Video betrachten. Und Chuck. Und überhaupt alle bei WWN. Er sah das gesamte Publikum zuschauen und spürte tief unter seinem leichten Schwindel ein Gefühl, das langsam stärker wurde, obwohl er es längst verloren geglaubt hatte: Stolz.

Wir schalten uns in eine chaotische Konferenz ein. Da ist die Pressesprecherin Tammy Shellenbarger. Sie trägt ihren üblichen lavendelfarbenen Hosenanzug und steht am Rednerpult. Alles wie immer, bis uns auffällt, wie tief sich ihre Fingernägel in das Holz gegraben haben. Selbst in diesem verwackelten Video mit geringer Auflösung können wir erkennen, dass ihre Knöchel schneeweiß sind. Wir wissen alle, dass sie einen sehr stressigen Job hat. Obama hat drei Pressesprecher verschlissen, George W. vier, Clinton fünf. Man könnte glatt meinen, alles sei normal, wäre da nicht diese Schmiere quer über dem Siegel des Weißen Hauses.

Sieht aus wie Joghurt, vielleicht auch ein Smoothie. Irgendwer muss etwas geworfen haben. Das ist allerdings überhaupt nicht normal.

Die Kamera dreht sich. Wer auch immer sie in der Hand hält, bewegt sich. Wir sehen einen flatternden Mantelzipfel. Wird diese Kamera unter einer Jacke versteckt? Wird diese wichtigste aller Pressekonferenzen unserer Zeit von einem albernen Nachwuchsdetektiv an die Öffentlichkeit gebracht? Kurz werden wir von einer Reihe Scheinwerfer geblendet. Im Hintergrund sehen wir Dreibeine, alle geköpft. Wir wissen nicht, wie das Signal der Kamera nach außen dringt, aber der Besprechungsraum ist vollgestopft mit Übertragungsgeräten, und wenn das Weiße Haus heute etwas laxer bei der Kontrolle war, kann man ihnen da irgendwie keinen Vorwurf machen. Was für ein Tag. Möchte man es hochtrabend formulieren, sollte man fast annehmen, dass er als Tag der Schande in die Geschichte eingehen wird.

Die Kamera wird auf die Mitte des James S. Brady gewidmeten Presseraums gerichtet. Sieben Sitzreihen zu je sieben Stühlen. Normalerweise sind alle besetzt, angeordnet grob nach persönlicher Präferenz des Weißen Hauses, mit einem Dutzend weiterer Reporter an den Seitenwänden und im Hintergrund. Heute gleicht die Sitzverteilung einem unordentlichen Flickenteppich. Mehrere Journalisten sind aufgesprungen und ereifern sich lautstark, die Bäuche in Richtung Shellenbargers Podest gereckt, ein paar andere kauern in der Nähe der Tür, als sei ihnen nichts wichtiger als eine schnelle Fluchtroute, wieder andere tigern mit zerknüllten Zetteln in den geballten Fäusten auf und ab. Ein Reporter von Bloomberg ist der erste, den man im Tumult verstehen kann.

Bloomberg: »Geben Sie mir mein Telefon zurück! Ich will mein Handy wiederhaben!«

Shellenbarger, die fleischgewordene roboterhafte Blockadehaltung, von allen nur »Eiskönigin« genannt, ist heute gar nicht so kühl wie sonst. Mit einem Tüchlein tupft sie sich Schweiß aus dem Gesicht. Sie sieht schrecklich aus. Alle sehen schrecklich aus. Die Journalisten haben Sportklamotten an, die an jedem anderen

Tag wohl für diverse Arbeitskleidungs-Scherze in den Late-Night-Shows gesorgt hätten. Die Washington Post im T-Shirt, Politico mit Turnschuhen. Al Jazeera mit Crocs.

Shellenbarger: »Sie bekommen Ihre Geräte zurück, sobald …«

ABC: »Wissen wir, wo das angefangen hat? Gibt es einen Ground Zero?«

Shellenbarger: »Wie schon gesagt, die Leute vom EWSD sind dabei, das zurückzuverfolgen.«

NPR: »Wie viele Fälle wurden bislang gemeldet? Haben wir auch nur eine grobe Vorstellung?«

Shellenbarger legt die Stirn in Falten. Mit Verblüffung bemerken wir, dass wir es ihr gleichtun. Eine Sympathiebekundung für die Eiskönigin. Auch wir haben es heute nicht geschafft, die einfachste aller Fragen zu beantworten, und glauben so langsam, dass wir keine Antworten mehr finden werden. Shellenbarger blättert demonstrativ in ihren Notizen, die sie in ihrem Zustand unmöglich lesen kann. »Ich habe hier … die letzten Statistiken sind noch nicht …«

NPR: »Tonnenweise, oder? Es hat tonnenweise Fälle gegeben. Und das werden wir auch berichten.«

Bloomberg: »Einer Ihrer Gorillas hat mir mein Handy abgenommen! Ist für die amerikanische Presse bereits das Kriegsrecht verhängt worden?«

USA Today: »Wie kann der Präsident diese Angriffe auch nur im Traum als *normal* bezeichnet haben?«

Shellenbarger: »Moment mal. *Normal* hat er nicht gesagt. Das habe ich auch nie behauptet. Ich habe gesagt, dass wir die normalen *Verfahrensweisen* befolgen.«

BBC: »Gibt es für so etwas normale Verfahren? Für Tote, die wieder zum Leben erwachen? Soll das heißen, das Weiße Haus hat so etwas bereits in Betracht gezogen?«

USA Today: »Wollen Sie hier etwas unter den Teppich kehren? Ist es das?«

Bloomberg: »Deshalb haben die mir mein Handy geklaut! Uns allen!«

Shellenbarger: »Wir sind noch nicht in einem Stadium, dass wir Berichte wie … was Sie gesagt haben, bestätigen können.«

Reuters: »Sie wissen schon, dass wir Zweigstellen auf der ganzen Welt haben, oder?«

NPR: »Sie müssen außerdem überhaupt nichts bestätigen! *Wir* haben es längst bestätigt! Wir alle haben es verflucht noch mal bestätigt!«

Wall Street Journal: »Sehen Sie das hier? Das ist eine Liste. Eine Liste aller Kranken- und Leichenhäuser, die bereits zu Katastropheneinrichtungen umgewandelt wurden. Eine Liste der medizinischen Notfallstationen, die überall am Straßenrand aufgebaut werden. So was gab es seit dem 11. September nicht mehr.«

Shellenbarger: »Ich weiß, dass Sie alle über … merkwürdige Ereignisse berichten …«

NPR: »Tote, die aufstehen und rumlaufen? Fuck, das ist wirklich ziemlich merkwürdig!«

Shellenbarger: »Ich glaube, wir befinden uns noch immer ganz am Anfang der Ermittlungsperiode hinsichtlich der Frage, wer Die sind oder was Die wollen, und wenn wir nun anfangen, Die voreilig mit Bezeichnungen wie …«

Univision: »Das ist eine überaus gefährliche Bezeichnung, ist Ihnen das klar? *Die?* Für jeden in diesem Land, der anders aussieht, anders redet, sich anders benimmt? Begreifen Sie nicht, dass so eine Sprache – gerade jetzt – zu noch mehr zivilen Opfern führen könnte?«

FOX News: »Könnte es sich nicht doch ganz einfach um einen islamistischen Terroranschlag handeln?«

Univison: »Wollen Sie mich verarschen?«

FOX News: »Weisen Die, diese Angreifer, nicht alle Merkmale dschihadistischer Selbstmordattentäter auf?«

Univision: »Abgesehen davon, dass Leute, die sich als Selbstmordattentäter betätigen wollen, nicht bereits tot sein können!«

Shellenbarger wirkt von dieser hitzigen Debatte erleichtert. Sie schaut nach rechts, eindeutig auf der Suche nach Erlösung aus ihrer Lage, aber der eine Geheimdienstmann steht immer noch allein da. Und wenn wir ehrlich sind, macht auch er keinen guten Eindruck. Die athletisch federnde Körperhaltung, die alle Agenten normalerweise einnehmen, ist hängenden Schultern und schlaff herunterhängenden Armen gewichen. Es braucht nicht viel Vorstellungskraft, um sich auszumalen, wie er seine gut sichtbare Dienstwaffe als schnellen Ausweg aus dem Weißen Haus wählt.

Bloomberg: »Ich verschwinde hier! Und wenn mir draußen auf dem Gang nicht binnen einer Sekunde mein Handy zurückgegeben wird, haben Sie noch heute Abend eine Anzeige wegen Verstoß gegen die Bürgerrechte auf dem Schreibtisch!«

New York Times: »Frau Shellenbarger. Sie haben dieses Treffen einberufen. Aber bis jetzt haben Sie uns nicht eine Information zukommen lassen, die wir an die Öffentlichkeit weitergeben dürfen. Die Menschen müssen wissen, was zu tun ist. Sollten sie sich zu Hause verbarrikadieren? Oder sich irgendwo versammeln?«

Shellenbarger: »All Ihren Organisationen ist ein Dokument zugeschickt worden, in dem sämtliche Notfallstationen aufgelistet sind. Es wird regelmäßig aktualisiert. Ich glaube, die Menschen in ländlichen Gebieten sollten sich zur nächstgelegenen Station begeben, ja.«

USA Today: »Sie *glauben*? Warum *wissen* Sie es nicht?«

Bloomberg: »Die Tür ist abgeschlossen. Warum zum Teufel ist die Tür abgeschlossen?«

Wir hören ein Knacken. Die ganze Nation hört es. Shellenbarger reißt mit beinahe kindlicher Verwunderung die Augen auf und hebt die rechte Hand. Eine dunkle Blutspur läuft ihr Handgelenk entlang. Der Nagel ihres Mittelfingers ist nach hinten gebogen, steht im 45-Grad-Winkel ab. Sie hat das Rednerpult fest genug umklammert, um sich diese Verletzung selbst zuzufügen. Irgendwie ist das schlimmer, als wenn dieser Saftsack von Fox sie angegriffen hätte. Denn das hier ist Selbstverletzung, und tief im Innern haben wir davor alle am meisten Angst. Wie schlimm muss die Lage werden, dass wir uns selbst so etwas antun, um uns von der Hoffnungslosigkeit abzulenken?

Shellenbarger: »Entschuldigen Sie mich … Ich …«

Sie steckt den blutigen Finger in das schweißnasse Taschentuch und hält ihn fest. Während sie ins grelle Scheinwerferlicht blinzelt, drängelt sich die Kamera zur Seite, um einen besseren Blickwinkel zu bekommen. Was wir jetzt fühlen, ist jenseits dessen, was wir je glaubten, für die Eiskönigin empfinden zu können. Wir wollen sie aus diesem Treibhaus befreien, ihre Wunde verarzten, die eigenen Wunden zeigen. Vielleicht können wir dann alle noch gerettet werden.

Die Pressesprecherin kneift die Augen zusammen, schaut von ihrem Podium in die Runde und lächelt vage, als würde sie die versammelten Pressevertreter zum ersten Mal wirklich sehen, wie auch diese sie gerade zum ersten Mal zu erblicken scheinen. Shellenbargers Lächeln ist traurig, und wir wissen auch, warum. Sie hat sich zu spät eingestellt, ihre klare Sicht auf die Dinge, und unsere dazu.

Shellenbarger: »Ich ... Ich kann Ihnen nicht sagen, was da draußen los ist. Weil ich es nicht weiß. Ich weiß nicht, ob es sich um eine Art Kult handelt ... oder vielleicht um eine biologische Waffe ... Ich bin nur ... Im Endeffekt bin ich bloß das Sprachrohr. Verstehen Sie? Was immer da los ist, das waren weder die Republikaner noch die Demokraten. Es ist keine Frage von Weiß oder Schwarz, Christ oder Moslem ... Ich weiß, es gibt da draußen eine Menge böse Menschen. Glauben Sie, das ist mir nicht bewusst? Aber Die ... beißen sich nicht gegenseitig. Die fressen sich nicht gegenseitig. Das ist widernatürlich. Wir sind alle gleich. Vielleicht habe ich dieses Treffen deshalb einberufen. Nur um Sie daran zu erinnern, bevor Sie weglaufen und es vergessen.«

Die folgende Stille ist ohrenbetäubend. Die Kamera, automatisch eingestellt, um Geräusche auszupegeln, schraubt den Toneingang hoch, bis wir einen Journalisten leise weinen und einen anderen auf Arabisch beten hören. Und wir hören Shellenbarger atmen, jedes Einatmen wie ein trockenes Schilfrohr, jedes Ausatmen wie dasselbe Schilfrohr, das zerbricht. Wir wissen, dass alle in dem Raum so atmen, weil auch wir so atmen. Shellenbarger hat recht. Schaut uns doch an. Wir gehören alle zur gleichen Gattung Säugetier, keuchen mit den gleichen Lungen und können uns noch immer einander zuwenden, um Sicherheit, Geborgenheit und Kraft zu schöpfen.

Beim Brechen des letzten Schilfrohrs sind wir wieder auf uns allein gestellt, verloren.

FOX News: »Haben Sie gerade gesagt, Die *fressen* sich gegenseitig?«

Newsmax: »Wollen Sie damit sagen, Die sind *Kannibalen*?«

Washington Post, BuzzFeed, Politico, Al Jazeera, Bloomberg, ABC, NPR, USA Today, BBC, Reuters, Wall Street Journal, Univision, FOX News, New York Times, Newsmax, AP, CNN, CBS, McClatchy, MSNBC, The Hill, National Journal, TIME, Daily Mail, Boston Globe, WWN – sie drücken und schieben und kratzen und raufen, das Fundament ihrer Existenz erschüttert von der Vorstellung, *konsumiert* zu werden, statt *Konsument* zu sein, abgesetzt zugunsten einer plötzlich befreiten Unterschicht, die immer schon hungriger und stärker gewesen ist und gewartet hat.

Bloomberg: »MACHT ENDLICH DIE VERFICKTE TÜR AUF, IHR WICHSER!«

Zeitgleich mit seinem ohnmächtigen letzten Schrei sehen all jene von uns, die noch nicht von angsterfüllten Tränen geblendet sind, den Stabschef des Weißen Hauses, der den Raum betritt, sich an dem Geheimdienstmitarbeiter vorbeidrückt und sich neben Shellenbarger stellt. Er flüstert ihr etwas ins Ohr, drei Worte oder wahrscheinlich eher drei Buchstaben – *WWN* –, und gemeinsam schauen beide direkt in die Kamera. Der Stabschef streckt den Finger aus und kläfft den Geheimdienstmann an, der dankbar wirkt, endlich eine Aufgabe zu bekommen. Er nähert sich der Kamera. Das Bild wirbelt herum und zeigt die Tür, noch hektischer als in den Aufnahmen von Ross Quinceys Paparazzo, aber Bloombergs Kreischen bestätigt uns, dass die Tür noch immer verschlossen ist, und als Letztes sehen wir das verwaschene Gesicht des Geheimdienstmannes, der den Mund weit genug aufgerissen hat, um durch die Kamera zu beißen und uns alle zu verschlingen.

Als die Übertragung von Kanal acht abriss, sendete WWN erstaunliche vierundachtzig Sekunden lang überhaupt nichts. Der Bildschirm war schwarz wie Graberde, ein Vorgeschmack auf die Richtung, die die Welt eingeschlagen hatte. Begleitet wurden diese verstörenden Emotionen von einem Tim Fessler, der vollkommen verloren vor sich hin starrte, und einem Lee Sutton, der gerade erst wieder zu sich kam.

Bald würden sie sich wieder gefangen haben, dachte Baseman. Sie mussten sich zusammenreißen. Er rief seine blutige Hand, seine schmerzenden Arme und seinen pochenden Rücken aus dem Bereitschaftsdienst, schob mühevoll den Aktenschrank von der Tür und trat zwischen die versammelten Studiomitarbeiter hinaus, panische Profis, jetzt wie erstarrt und verstummt. Er bahnte sich eine Weg ins dunkle Studio, schob die Kollegen mit der in eine blutverschmierte Krawatte gehüllten Hand beiseite.

Der Boden schien von einem stillen Erdbeben durchgeschüttelt zu werden und nach vorn zu kippen, sodass Basemans müde Beine noch schneller gehen mussten. Er taumelte am Moderatorentisch vorbei, wo Chuck allein saß und im Scheinwerferlicht beinahe phosphoreszierend glänzte. Baseman hatte Hunger; sein Magen grummelte hörbar. Die feuchte Krawatte mochte den Blutfluss aus dem Schnitt zwischen seinen Knöcheln aufgehalten haben, dafür schrie jetzt jede Ader in seinem Körper nach Druckausgleich. Er hatte den Kampf aufgenommen, und jetzt wollte er nur noch weiterkämpfen. Es war die eine Chance, Sherry wiedergutzumachen, Jansky wiedergutzumachen, einfach alles wiedergutzumachen.

Er hörte sie nahen, das ungeduldige Klacken ihrer Hacken. Rochelle Glass marschierte aus Richtung der Maske auf ihn zu, knöpfte sich im Gehen den perlmuttfarbenen Blazer zu, balancierte auf acht Zentimeter hohen Pumps, deren Fesselriemen gelöst waren. Das Fehlen ondulierter Haare oder dramatischen Lidschattens verriet, wie hastig sie die Maske verlassen hatte. Dennoch glichen ihre Augen zwei lasergesteuerten Marschflugkörpern, die direkt auf Chuck Corso zielten. Baseman ging schneller.

Glass war ohne Entourage angerückt, ohne Produzenten, ohne Assistenten. Ebenso gut hätten sie wieder gemeinsam im Aufzug stehen können, ganz allein.

Glass nahm ihn erst wahr, als er sich ihr in den Weg stellte. Sie blieb wie angewurzelt stehen und schaffte es gerade noch, nicht mit dem Gesicht in seinen Brustkorb zu laufen.

»Baseman! Ich reiße den Kerl eigenhändig von der Bühne, wenn sie seinen Arsch nicht …«

Mit der rechten Hand drückte Baseman die wenig beachtete Tür neben ihm auf. Mit der verletzten Linken packte er Glass am Oberarm und zerrte sie ins Treppenhaus.

PIKANTE, GRAUSIGE, ERREGENDE AUFHÄNGER

Drei Meter von der Tür bis zur gegenüberliegenden Wand. Keine anderthalb Meter Absatz bis zu den Stufen nach oben und unten. Alles weiß – Boden, Stufen, Decke, Tür –, aber ein schmuddeliges Eierschalen-Weiß, denn selbst in Monolithen des einundzwanzigsten Jahrhunderts wie dem CableCorp-Tower wurden die Treppenhäuser von allen Menschen gemieden, die nicht Kettenraucher oder Leibesertüchtigungsfanatiker waren, und viele Jahre abgewetzter Sohlen, Zigarettenasche, zertretener Kakerlaken und Staub waren wie Schatten in die Farbe eingesunken. Jeder Treppenabsatz sah identisch aus, ganz ohne Fenster, dafür aber mit dicken purpurnen Leuchtstoffröhren, die wie betrunkene Bienen summten und der Umgebung die grimmige Atmosphäre eines Schlachthauses verpassten.

Mit einem Klicken fiel die Tür hinter ihnen ins Schloss. Der kalte Beton ließ ihn frösteln. Dicht vor den Stufen nach oben hielt Baseman an und zog Glass hinter sich her. Einer ihrer offenen Pumps knickte weg, sie fing sich an der Wand ab, legte schützend die Hand auf den Oberarm, wo er sie gepackt hatte, und starrte ihn entgeistert an.

»Wissen Sie, was Ihnen bei so einer Berührung am Arbeitsplatz heutzutage blüht, Baseman?«

»Glauben Sie, das kümmert mich? Heute?«

»Natürlich kümmert Sie das nicht. Weil Sie wissen, dass ich Sie nicht verklagen werde.« Sie klopfte sich Staub vom Ärmel. »Ich finde solche Direktheit zufällig durchaus erfrischend.« Sie wackelte mit dem Zeigefinger. »Aber ich warne Sie. Wenn Sie auch jüngere Frauen so behandeln, au Backe, dann ist Ihre Uhr aber abgelaufen, Freundchen. Ich habe wirklich mehr von Ihnen erwartet. Sie kommen doch auch aus einer unterprivilegierten Schicht. Aber Schwanz schlägt wohl alles. Ihr Männer. Ihr werdet untergehen, da können Sie Gift drauf nehmen.«

»Wir gehen alle unter.«

Glass verschränkte die Arme vor der Brust und starrte ihn an. »Die Sache mit der Pressekonferenz, das waren Sie, oder?«

»Ja.«

»Da ziehen Sie bei einer Meinungsverschiedenheit in Gegenwart von Unitas den Kürzeren und reagieren gleich so? Sie *Kleinkind*. Sie *Baby*.« Glass schüttelte ihre Faust in sein Gesicht, eine Geste, die ihre Mendikanten liebten. »Haben Sie eine Ahnung, wie ich geackert habe, um mir das Vertrauen des Präsidenten zu sichern? Um so nahe an ihn ranzukommen wie ich und sonst *niemand*? Natürlich haben Sie keine Ahnung! Sie leben noch in den Sechzigern! In irgendeinem ollen Hollywood-Bürgerrechtsstreifen, wo Sie glauben, es ›denen da oben‹ zeigen zu müssen! Ich will Ihnen mal was sagen, Baseman. Sie *gehören* zu denen da oben. Sie haben dieses ganze System hier aufgebaut, während ich noch mit Puppen gespielt habe.«

Das Treppenhaus bestand ausschließlich aus harten Oberflächen. Ihre Stimme, wieder das lang gezogene Fernseh-Näseln, drang auf ihn, als stünden ein Dutzend Rochelle Glass um ihn herum – Klone, einzig geschaffen, um ihm das Leben zur Hölle zu machen. Neben ihrem Geschrei profitierten auch leisere Töne vom Klangkörper des Treppenhauses. Summen, Piepen, Pfeifen, Hupen: Ihre Handys plärrten wie ignorierte Kinder.

Baseman aber hatte für sich beschlossen, dass Glass nichts konnte außer reden. Er hörte sowieso nur noch das Rauschen des eigenen Herzschlags im Ohr, verstärkt von der Wunde an der Hand. Es hatte sich gut angefühlt, Lee zu schlagen. Es hatte sich großartig angefühlt, Sherry zu beißen. Als Glass sich der Tür näherte, wurde er von diesen Empfindungen geleitet.

»Hallo, Kwame, hier ist Rochelle Glass«, sprach sie in ihr Telefon. »Ich fürchte, ich benötige Unterstützung. Ich bin mit Nathan Baseman im …«

Nicht der Produktionsleiter Nathan Baseman schlug sie, sondern ein simpleres Wesen mit schlichten Instinkten. Sein Schlag war nicht auf das Handy gerichtet – simple Wesen hatten kein Interesse an technischen Geräten –, sondern hämmerte gegen ihre rechte Wange. Das Telefon war schneller als sie und fiel die Treppe hinunter, prallte gegen die Wand und schlitterte über den Boden wie ein Hockey-Puck. Kurz darauf folgte Glass selbst. Rollte so grazil die Treppe herab wie ein Kleidersack.

Diese drei Sekunden stellten das Ende seiner beruflichen Laufbahn dar. Das wusste er. Na ja, so war es eben, sie würden hier alle nicht mehr lange arbeiten – das war ihm sofort klar gewesen, als er Quinceys Video zum ersten Mal gesehen hatte. Er verfolgte sie, nahm die Treppe, als wäre er keine dreißig Jahre alt, drei Stufen auf einmal. Er traf Glass im gleichen Moment, wo sie unten auf dem Absatz aufschlug, landete mit seinem ganzen Gewicht auf ihrem Rücken. Sie brachen vor der Wand zusammen. Einer ihrer Pumps flog davon und klapperte dabei wie ihr Handy. Ihre Knie gaben nach. Seine Stirn traf auf Beton. Sie lagen in einem verworrenen Haufen auf dem kalten Boden, ein Arbeitsplatz-Albtraum jenseits der schlimmsten Vorstellungen der Personalabteilung.

Er hatte ihre Haare im Mund; das Haarspray schmeckte bitter. Obwohl sie keine Kraft in die Schläge legen konnte, hämmerte Glass ihm einen Ellbogen in die Rippen. Baseman legte die Arme um ihren aufgebäumten Leib, versuchte die Hand unter ihren Brustkorb zu schieben, um an das Telefon zu kommen, das dort festgeklemmt war. Seine Hand, ein brutaler Eindringling, schob sich an Armen und Brüsten und Bauch vorbei, ehe sie auf Kunststoff stieß. Er zog das Handy heraus, aber auch Glass legte ihre Hand darauf, und sie kämpften darum wie Aztekenpriester um die freigesetzten Energien eines frisch herausgeschnittenen Menschenherzens.

»Kwame – Treppenhaus – Hilfe …«

Baseman quetschte ihre Hand, so fest er konnte, zusammen, in der Hoffnung, ihr das Telefon aus der Hand zu drücken. Ihre andere Hand konnte sich befreien und zerrte an seinem linken Daumen. Der Spalt zwischen seinen Knöcheln klaffte weiter auf, die Haut riss wie Brot. Heißes Blut sprudelte heraus. Die durchnässte Krawatte hatte sich längst gelöst, das Symbol seiner Professionalität baumelte herum wie schlappe Eingeweide.

Der Schmerz war unbeschreiblich. Baseman schrie. Sein Mund direkt neben ihrem Ohr brachte fertig, was seine Muskeln nicht vermocht hatten: Er erschreckte sie so sehr, das sich ihr Griff lockerte. Er riss ihr das Telefon aus der Hand und schaute es an, ein fröhlich pinker Apparat, umklammert von einer blutig verkrampften Hand. Er warf das Gerät die nächste Treppe hinunter und wurde mit einem befriedigend splitternden Knirschen belohnt.

Glass ließ seinen Moment der Unachtsamkeit nicht ungenutzt verstreichen. Sie rollte sich auf den Rücken und strampelte wild mit den Beinen, bis ihr Rückgrat die Ecke erreichte, schirmte ihr Gesicht ab und wappnete sich für die nächste Attacke. Baseman sah sie nach Luft schnappen und bemerkte, dass er selbst gewaltig keuchte. Es fühlte sich an, als würden die Muskeln unter seiner Haut gegrillt. Sein Herz raste und schlug unregelmäßig. Hatte er einen Herzinfarkt?

Glass wedelte vor seinem Gesicht herum.

»Aufhören! Bitte! Baseman!«

Er fühlte sich über ihr schwanken wie eine Kobra. Mit dem Blut verlor er auch den Rest seines Verstandes. Er fragte sich, ob solche Zwischenfälle gerade überall auf der Welt passierten, Tausende verletzt, während der gesunde Menschenverstand mit dem Blut aus ihnen auslief. Er drückte sich die aufgerissene Hand an die Brust und versuchte, sich durch den Schleier seiner Schmerzenstränen auf Glass zu fokussieren.

»Sie wollen mich nicht im Studio«, schnaufte sie. »Schön. Von mir aus. Aber hier kann ich nicht bleiben. Und Sie auch nicht. Irgendwann müssen wir aufstehen und wie Erwachsene zurück nach oben gehen. Richtig?«

Basemans Zunge fühlte sich zu dick an, um damit zu sprechen. Das war auch besser so. Worte konnte man gegen ihn verwenden.

Glass lachte, viel zu laut, ein durchsichtiger Versuch, diesen Psychopathen zu besänftigen. Aber Nathan Baseman war kein Psychopath. Nein, er war der Verteidiger des Volkes, der freien Presse.

»Na gut, wir können auch noch ein bisschen hier sitzen bleiben«, sagte Glass beschwichtigend. »Wieder zu Atem kommen. Wissen Sie, Baseman, ich erinnere mich noch an unseren ersten Streit. Ist das nicht goldig? Ich war ganz neu hier und sehr vorlaut und hab gesagt, der 11. September sei das Beste, was den Nachrichten je passiert ist. Sie waren anderer Meinung. Wir haben uns richtig gezofft, vor allen anderen. Wissen Sie das noch, Baseman?«

Seine Augen trockneten, sein Blick wurde immer schärfer. Sie lächelte mit aufgeplatzter Lippe. Ihre Zahnkronen waren von Blut verdunkelt. Lange pinke Kratzer liefen über Hals und Handgelenke. Haare und Make-up waren völlig im Eimer. Ihr Zustand erinnerte Baseman an Sherry, morgens nach dem Aufwachen. Direkt nach dem Aufwachen sind wir alle gleich, verletzlich, zerzaust, noch für Träume empfänglich.

»Ich hab mich dann über Liveticker und Grafiken ausgelassen und darüber, wie die Angriffe – na ja, sie haben einen einfach alles klarer sehen lassen, nicht wahr? Wir mussten uns nicht mehr mit schwammigen Nuancen abgeben. Das war nicht parteiisch, sondern patriotisch gemeint!« Sie kicherte. »Beeindruckend, wie klar man seine Fehler vor Augen hat, wenn man die Treppe runtergeschubst wird.«

Sie will dich einlullen, ermahnte sich Baseman. *Wie sie schon Millionen Amerikaner eingelullt hat.*

»Ich betrachte Menschen als Datenhaufen«, sagte sie. »Was ein Fehler ist – das weiß ich, weil *Sie* es mir gesagt haben, Baseman. Sie haben gesagt, dass jede dieser Zahlen eine Mutter und einen Vater hat, und daran denke ich heute noch oft. Das tue ich wirklich. Ich werde nie vergessen, wie Sie durchgedreht sind, als Unitas gesagt hat, WWN sei ein ›Content-Produzent‹. Was haben Sie da gesagt? Während alle anderen gegähnt haben? Wissen Sie das noch?«

Seine Lider waren wieder feucht, diesmal aber vor Emotionen. Vielleicht war sein Blut versiegt und nur noch Tränen übrig.

»Nachrichten …« Seine Stimme brach und zitterte.

»Nachrichten *werden* …«, ermunterte Glass ihn.

»Nachrichten werden ausgewertet«, sagte Baseman. »*Content* wird …«

Glass nickte ihm zu. Baseman räusperte die Tränen fort.

»Content«, sagte er, »wird gelenkt.«

Glass zog sich an der Wand in eine angenehmere Sitzposition hoch.

»Und seitdem haben Sie mich bestimmt fünfzig Mal gefragt: ›Wie wählen wir aus, worüber wir berichten?‹ Für mich lautete die Antwort immer, dass wir über das berichten, was uns die meisten Zuschauer bringt, und was uns Zuschauer bringt, sind Aufhänger. Pikante, grausige, erregende Aufhänger – das Zeug, das einen direkt an der Amygdala packt. Sie aber sagen, wenn wir über Ben Hines berichten, berichten wir dafür nicht über das nächste schwarze Kind, das in einer Sozialbausiedlung abgeknallt wird. Was bedeutet, dass auch sonst niemand Notiz davon nimmt. Was bedeutet, dass das Leben in diesen Gegenden immer so miserabel bleibt. Was bedeutet, dass das die Gegenden sind, in denen als Erstes Chaos ausbricht, wenn so etwas wie heute passiert. Was auch immer da gerade los ist, wir sind mit dran schuld. Und diese Aufhänger?« Glass lächelte. »Könnten genauso gut Fleischerhaken sein, richtig? Mit dicken, blutigen Fleischklumpen dran.«

Glass legte die Hand sanft auf einen ihrer verlorenen Schuhe. Der gleiche Perlmuttton wie ihr Sakko. Der Fesselriemen war gerissen. Der Absatz lief spitz zu wie eine Eiswaffel. Mindestens tausend Dollar wert. Glass streichelte ihren Schuh, als wäre er ein Symbol für jede schlechte Entscheidung, die sie je getroffen hatte.

»Ich will Ihren Vorschlag aus dem Aufzug annehmen«, sagte sie leise. »Lassen Sie uns zusammenarbeiten. Chuck unterstützen. Die Sache ist wirklich wichtiger als Einschaltquoten. Wichtiger als wir alle.«

Baseman fühlte Teile seines Körpers zittern, als weinten einzelne Muskelpartien. Wenn Rochelle Glass überzeugt werden konnte, wer wollte da behaupten, dem Rest der Welt sei nicht mehr zu helfen?

Gerade begann er zu lächeln, als die Schuhsohle seitlich in sein Gesicht krachte. Sein Schädel prallte knirschend gegen das Geländer. Als Glass den Acht-Zentimeter-Absatz zurückzog, spürte er schockiert die kalte Treppenhausluft durch das Loch in seiner Wange an den Backenzähnen. Sein Mund füllte sich mit Blut, das ihm in die Nebenhöhlen und die Kehle hinunterrann.

Er spuckte es Glass in einer nicht enden wollenden Fontäne entgegen. Die Schuhsohle traf seine Stirn, hart genug, um seinen Kopf auf den Boden schlagen zu lassen. Er blinzelte in die purpurnen Leuchtstoffröhren, hörte sich stöhnen, fühlte die Hitze des Blutes auf seinem Gesicht.

»Mieser *Wichser.*« Alle Versöhnung war aus Glass' Stimme gewichen. »Eine Frau, die halb so groß ist wie du, hier in die Enge treiben, und du hältst dich immer noch für den *Guten*? Du dreckiges kleines Stück Scheiße! Du bist am Ende. Du bist tot, verdammt. Du besserwisserischer, herablassender, aufgeblasener Affe.«

Hätte sie nur dieses Wort nicht benutzt. Er hatte ein Loch in der Wange. Ein Loch in der Hand. Wer wusste schon, was für andere Löcher noch ihrer Entdeckung harrten. Aber Affe war wie ein Stromschlag, eine Erinnerung an die Worte, die man ihm in Chicago hinterhergerufen hatte. *Gorilla, Primat, Pavian.*

Seine rechte Hand, die unverletzte, legte sich um einen von Glass' Knöcheln und zog. Sie fiel. Elle, Schlüsselbein, Becken und Kniescheibe spielten Xylofon auf den Kanten der Stufen. Baseman hustete Blut, rang nach Luft. Klar, sicher mochte er hier der Böse sein. Aber Unitas hatte es doch so treffend formuliert. Baseman gegen Glass. Schlecht gegen Schlechter. Er wusste es, sie wusste es: Sie schrie auf, in echter Panik jetzt, und warum auch nicht? Er war praktisch von den Toten auferstanden.

Glass lag schräg auf den Stufen, die nach oben führten. Sie trat aus, aber ihr schuhloser Fuß erzeugte bloß diffuse, dumpfe Schmerzen. Baseman erklomm ihr Bein wie eine Leiter. Ihr Gesicht war zu einer Rottweiler-Grimasse verzogen, die Zähne bis zum blutigen Zahnfleisch gefletscht, ihr Gesicht hochrot und verschwitzt. Sie hatte die Kontrolle verloren, ihre wahre, boshafte Fratze war zum Vorschein gekommen. Von all den demagogischen Hetzreden blieb nur noch ein Ton, der sich durch einen Mundvoll Geifer summte. *HNNNNN.*

Baseman verspürte einen absurden Anfall purer Freude. Glass' Gesichtsausdruck war ihr so fremd, dass er einen Moment brauchte, um ihn einzuordnen. Rochelle Glass hatte Angst, und er war froh. Auf gewisse Weise hatten sich Baseman und Glass, der Linke und die Rechte, schon immer gegenseitig verschlungen.

Er wehrte ihre tretenden Beine mit den seinen ab, zerrte ihre Arme zur Seite und versenkte die Zähne in ihrer Kehle. Sein Mund füllte sich erschreckend schnell mit Haut; das kochende Blut musste sich erst einen Weg durch diesen Schwamm aus Fleisch bahnen, ehe er es schmeckte. Jetzt war er der Rottweiler. Er warf den Kopf herum, bis ihr Muskelgewebe riss, spuckte und spuckte und spuckte, schwarzes Blut flog umher und besprenkelte alles, während Glass keuchte und keuchte und keuchte. Das Keuchen wurde zu einem Gurgeln, und sie erschlaffte, ihre Finger behutsam um die geöffnete Kehle gelegt, als wollte sie den Blutfluss nicht unterbinden, sondern ihn liebkosen, um zu erfahren, wie sich Tod und Geburt gleichzeitig anfühlten, das Gehen und das Kommen, ein Durcheinander am Scheideweg, dann der blinde Pfad, den alle bald einschlagen würden.

GHULE

Chucks Gesicht juckte. Es hatte in dem Moment angefangen, als das rote Auge von Kamera 2 nach der Übertragungspause aufs Neue erglüht war. Wie die Sonne über einem Bergkamm sah er seinen Monitor mit einem Livebild seiner selbst erstrahlen, und in diesen ersten Augenblicken, in denen er der Versuchung widerstand, sich zu kratzen, nahm er in diesem Kellermorgengrauen seltsame Veränderungen wahr.

Die Panik, die das Treffen im Weißen Haus vergiftet hatte, hatte auch WWN wie ein toxisches Niesen eingenebelt. Er hörte gezischte Auseinandersetzungen. Er sah einen Schubser, beantwortet mit einem Faustschlag. Die Hälfte der Belegschaft war nicht mehr auf ihrem Posten, manche wohl endgültig – vor dem Aufzug war Gedränge zu erkennen. Einer der Fehlenden war der Kameramann von Kamera 1, die auf das Scheinwerfergestänge unter der Decke gerichtet war und fast nachdenklich wirkte.

Als Moderator war man geschult darin, Jucken zu ignorieren. Chuck nahm einen tiefen, stabilisierenden Atemzug. Er war es gewesen, der nach Kanal acht verlangt hatte. Jetzt musste er mit den Konsequenzen leben. Konnte er das? Die Erinnerung an seine miserable Zusammenfassung von heute Vormittag war noch sehr lebhaft. Er würde es wieder vermasseln, und da man ihn wegen Kanal acht sowieso feuern würde, mochte dies die letzte Sendung sein, die er je vermasseln konnte. Er zuckte mit der juckenden Nase und berührte seinen Ohrhörer.

»Lee?«

Er rechnete nicht mit einer Antwort. Fast hätte er laut gelacht. Sie würden die Bauchbinde »*TEAMBERICHTERSTATTUNG*«

dringend austauschen müssen, weil allmählich kein Team mehr übrig war.

Ein Luftstoß im Ohrhörer.

»Chuck«, sagte Lee, auch wenn es mehr wie *Dschag* klang, ein Gurgeln, gefolgt von nassem Husten. War Lee verletzt? War Baseman handgreiflich geworden? Schon möglich, der Produzent hatte etwas irre gewirkt. Noch mehr Husten – unschöner, aber entschlossener. Ein Knistern, als Speichel oder etwas Dickflüssigeres Lees Mikrofon benetzte.

»Wir laden gerade die Aufzeichnung der Besprechung hoch«, murmelte er. »Schicken sie an jeden verfügbaren Sender. Baseman hat recht. Scheiß aufs Konkurrenzdenken. Wir müssen da alle gemeinsam durch.« Er spuckte, und etwas Hartes – ein Zahn? – klackerte gegen das Mikro. »Wir brauchen hier noch ein paar Minuten. Wenn Sie was sagen wollen, Gesicht, irgendetwas, dann ist das jetzt Ihr großer Moment. Nur zu. Sie haben es sich verdient.«

Ein absurdes Angebot. Chuck wollte überhaupt nichts sagen, sondern sich der Flutwelle der Flüchtenden anschließen und schleunigst verduften. Aber das Letzte, was er zu Baseman gesagt hatte, dieses traurige kleine Flehen, steckte ihm noch wie ein Stachel im Hirn. *Meine Karriere.* Was für eine Karriere? Wie es aussah, war der ganze Berufsstand am Ende.

Die schalldicht isolierte Stille eines Fernsehstudios, das auf die Worte des Moderators wartet, war Chuck immer wie das unhörbare Ticken einer Bombe vorgekommen – letzten Endes konnte man nicht kontrollieren, was ein Mensch sagen würde, nicht wirklich. Sein Ohrhörer war stumm. Sein Teleprompter war blind. Nirgendwo ein Praktikant, der ihm ein Skript reichte, auf Seiten, denen noch die Wärme des Druckers anhaftete; kein Baseman, der ihn antrieb. Er war allein. Chuck zog den Laptop näher zu sich heran und justierte den Winkel des Bildschirms. ChuckSux69 war immer für ihn da gewesen, stets zur Hand mit seiner Meinung darüber, was Chuck eigentlich sagen sollte.

Ehe sein Daumen den Computer zum Leben erweckte, erhaschte Chuck einen kurzen Blick auf sein Gesicht im schwarzen

Bildschirm. Pechschwarze Haut, kohlschwarze Augen – das Gesicht einer Leiche, die im Sarg schon halb zu Schlamm geworden ist. Ein kleines Fenster in seine Zukunft, oder schlimmer noch, ein Eindruck dessen, was er *jetzt gerade* war – eine schlaffe Schaufensterpuppe mit toten Augen, die anderer Leute Worte sprach, um anderer Leute Botschaften zu verbreiten. Dieses pechschwarze Gesicht konnte hübsch gemasertes Walnussholz sein und er selbst ein Pinocchio; nun bot sich endlich die Gelegenheit, ein echter Junge zu werden, mehr als transplantiertes Haar und gestraffte Haut.

Über den Lärm im Studio glaubte er, ChuckSux69s empörten Aufschrei zu hören, halb erstickt zwischen dem Geheul der niederen Dämonen des Forums, die sich gegenseitig auffraßen.

Grundgütiger, wie sein Gesicht juckte! Aber seine Hände hatten Wichtigeres zu tun. Chuck öffnete ein neues Fenster, versuchte, seiner zitternden Finger Herr zu werden, und klickte in eine Suchmaschine. Das ist echtes Fernsehen, Leute. Millionen Amerikaner sahen zu, wie er tippte, auf die Eingabetaste schlug, auf das Suchergebnis wartete. Abermals klickte. Las. Die Stille war schwer wie ein toter Wal, blähte sich unter den sengenden Scheinwerfern langsam zu einer Explosion auf. Chuck öffnete den Taschenrechner seines Laptops, las das Ergebnis noch einmal, räusperte sich und blickte in Kamera 2.

»Jede Sekunde sterben zwei Menschen«, sagte er.

Nie hatte es ihn mehr Mut gekostet, den Mund aufzumachen, nicht einmal in der Gegenwart der Schönheits-Zahnklempner mit ihrem knirschenden Arsenal von Retraktoren, Exkavatoren, Meißeln und Glättern.

»Das sind hundertzwanzig Tote pro Minute«, fuhr er fort. »Siebentausendzweihundert pro Stunde. Hundertzweiundsiebzigtausendachthundert Tote pro Tag. Dreiundsechzig Millionen zweiundsiebzigtausend Tote pro Jahr. Unter normalen Umständen. Unter *normalen* Umständen.«

Waren die Scheinwerfer heller als vorher, sodass er den Exodus der Mitarbeiter nicht mehr sah? Oder war der Rest der Belegschaft wie angewurzelt stehen geblieben und lauschte gebannt seinen Worten? Er hatte das Gefühl, in der Düsternis jenseits des Lichts Dutzende Augen zu sehen, funkelnd vor Tränen, die ihn anstarrten. *Ihn*, mit Angst, aber auch mit Hoffnung, wie ihn seit dem 11. September 2001 niemand mehr angesehen hatte. Jetzt wie damals wusste Chuck, dass falsche Beschwichtigungen nicht die Lösung waren. Er musste wieder werden, was ChuckSux69 am Ende nicht hatte sein können. *VERKÜNDER DER WAHRHEIT.*

»Worum es hier geht«, sagte er, »ist die Tatsache, dass die meisten dieser hundertzwanzig Toten pro Minute jetzt weitere Tote verursachen. Insofern sind die Zahlen, die ich Ihnen gerade verlesen habe …« In seiner Kehle kämpften mehrere ähnlich klingende Worte um die Vorherrschaft (*ungezogen, untüchtig*), bis das richtige mit Gewalt hervorbrach. »… ungenügend. Wenn tote Menschen Menschen töten, wird der Anteil toter Menschen …« (*extrasolar, expansiv, extemporal*) »… exponentiell ansteigen.«

Kein Zweifel. Alle, die noch im Studio ausharrten, schauten ihn jetzt an, darunter sogar ein paar Leute aus den umliegenden Büros. Wenn schon die abgebrühte WWN-Belegschaft an seinen Lippen hing, dann doch die Öffentlichkeit erst recht. Chuck holte eine Riesenportion Luft und legte die Hände auf den kalten, skriptlosen Tisch. Er wartete darauf, dass sein Herz hämmerte und sich alles drehte. Keins von beidem geschah. Zum ersten Mal im Leben sprach er aus tiefstem Herzen, etwas, das er nie getan hatte, selbst nicht in intimen Momenten mit Arianna, Ljubica, Nathalia oder Gemma. Es war aufregend, wenn auch auf eine Weise, die dem Ausbluten in einer heißen Badewanne glich – keine Schmerzen, nur ein leichter Schwindel, und keine Zeit zu verlieren.

»Meine Damen und Herren«, sagte er, »ich bin dazu ausgebildet, Sie an den Bildschirm zu fesseln. Wir *alle* sind dazu ausgebildet. Was bedeutet, dass ich soeben die erste Regel von Kovach und Rosenstiel verletzt habe. Ich will es Ihnen erklären. In der Ausbildung haben wir ein Buch namens *Elemente des Journalismus* von Kovach und Rosenstiel gelesen. Kovach und Rosenstiel präsentieren darin eine Reihe von Grundlagen, die Sie, die Zuschauer vor den Bildschirmen, von professionellen Journalisten erwarten können. Wir mussten sie auswendig lernen. Ich werde sie jetzt mit Ihnen teilen. Ich bin der Ansicht, es ist wichtig, dass wir uns auf diese Grundlagen einigen, bevor passiert, was passieren wird.«

Das hätte noch etwas glatter sein können, aber dieses eine Mal war er in der Lage, die aufkeimende Selbstkritik wie eine lästige Fliege zu verscheuchen. Er hatte sich noch nie so elend gefühlt – oh, dieses Jucken –, gleichzeitig aber auch nie stärker. Fast glaubte er zu schweben, nur durch das Kabel seines Ansteckmikrofons mit dem Tisch verbunden.

»Die erste Verpflichtung eines Journalisten gilt der Wahrheit. Weshalb ich Ihnen dieses Treffen in Washington gezeigt habe. Weshalb ich, solange ich hier sitze, nichts beschönigen werde.«

Chuck wartete darauf, dass Lee ihn anwies, diesen Endzeit-Mist sofort zu unterlassen. Aber Lee hatte entweder eine ähnliche Wandlung durchlebt oder sich bereits aus dem Staub gemacht. Chuck hatte nicht vor, die Segel zu streichen. Der Pfeil der Wahrheit hatte ihn durchbohrt, und bis ihn nicht jemand von diesem Tisch wegzerrte, würde er diese Wahrheit weiterverbreiten.

»Kovach und Rosenstiel schreiben, dass die Loyalität der Nachrichtenbranche zuallererst den Bürgern gelten muss. Dieses Ziel haben wir lange Zeit verfehlt. *Ich* habe es verfehlt. Schauen Sie, wo diese Angriffe ihren Ursprung hatten. In sozialen Brennpunkten. In Pflegeheimen. Glauben Sie, *denen* gegenüber waren wir loyal? Wenn wir wieder über die nächste ›VHWF‹ berichten, eine Vermisste Hübsche Weiße Frau, kennen wir jedes Detail zu ihrer Person. Was für Kleidung sie trug. Welche Musik sie gerne hörte. Monatelang reden wir darüber.

Und wenn Menschen aus sozialen Brennpunkten sterben? Sind die Details völlig egal. Die Namen sind egal. Ein Tag Berichterstattung, höchstens zwei vielleicht. Wir haben sogar Codewörter erdacht, um Ihnen zu signalisieren, warum das so ist. Wir sagen *Grove Park*, um nicht *Schwarz* sagen zu müssen. Loyalität den Bürgern gegenüber? Nein. Unsere Loyalität gilt dem Geld. Und falls unsere Unachtsamkeit einer der Gründe dafür ist, dass die Sache angefangen hat, wo sie angefangen hat, und warum sie niemand aufhalten kann, dann weiß ich auch nicht. Vielleicht ist es eine Säuberung. Vielleicht musste es so kommen.«

Statisches Rauschen in seinem Ohrhörer. Vielleicht war es Lees Wiederauferstehung oder auch das erste Anzeichen des Einknickens der Infrastruktur des Senders unter der Last des systemischen Versagens der Außenwelt. Chuck beschloss, es nicht wissen zu wollen: Er zog den Ohrhörer heraus, und diesmal glich die Tat dem Durchtrennen seiner Nabelschnur.

»Woran ich mich bei Kovach und Rosenstiel noch am besten erinnern kann, ist, dass Berichterstatter auf ihr Gewissen hören sollen. Das tue ich hiermit. Aber es geht hier nicht um mich. Es geht nicht darum, für die Dinge geradezustehen, die ich in der Vergangenheit verbockt habe.« Er lachte knapp und war verblüfft, dass es ihm Tränen in die Augen trieb. »Wie konnte ich das jemals glauben? Ich schäme mich entsetzlich.«

Von der Rückseite des Studios her kam eine kleine helle Explosion, als sich eine Tür, die wohl zum Treppenhaus führte, in der Dunkelheit öffnete. In dem kurzen violetten Glühen tauchte taumelnd eine Gestalt auf, die er als Nathan Baseman erkannte. Freude wärmte Chuck das Herz. Sollte das hier seine letzte Sendung sein, war es nur die zweite in seinem Leben, die etwas bedeutet hatte, und das verdankte er Baseman. Chuck fuhr mit der besten Zusammenfassung seiner Karriere fort, und sei es nur, um Baseman zu beweisen, dass er sein Vertrauen nicht in den falschen Sprecher gelegt hatte.

»Ich sollte Kovach und Rosenstiel gar nicht brauchen«, sagte Chuck. »Warum sollte irgendeiner von uns ein Buch brauchen, um zu begreifen, dass wir füreinander verantwortlich sind? Es fühlt sich an, als wären wir durch eine Traumwelt geschlurft und hätten uns eingeredet, dass sie doch gut genug für uns alle funktioniert. Vielleicht ist es schon zu spät, aber wenigstens wachen wir gerade auf.«

Baseman näherte sich gegen den Strom der Fliehenden. Chuck konnte kaum erwarten, ihn besser zu sehen. Baseman würde ihm ein zufriedenes Grinsen schenken, das wusste er. Die gleiche Sorte stolzes, verschwörerisches Schmunzeln, die er damals von seiner italienischen Oma bekommen hatte. Er hatte seit sehr langer Zeit nicht mehr an die alte Dame gedacht. Chuck lächelte, und es war nicht das präzise Ein-Zentimeter-Zahnlänge-Lächeln, das er mit den Imageberatern von WWN eingeübt hatte. Dieses Lächeln war breit genug, dass er die Wärme der Scheinwerfer auf seinen Keramikkronen spürte.

»Ich lächle. Ich weiß, das ist seltsam. Aber Pressesprecherin Shellenbarger hat eben verkündet, dass die Toten die Lebenden fressen, und das erinnerte mich an etwas, was meine Großmama immer gesagt hat. Sie war sehr abergläubisch, hat sich jedes Mal bekreuzigt, wenn sie an einem Friedhof vorbeikam. Sie war sich sicher, dass dort finstere Dinge vor sich gehen.« Wieder die Wärme auf seinen Zähnen, ein wundersames Gefühl inmitten all des Schreckens. »Großmama hat immer von *Ghulen* gesprochen. ›Geh nicht zu nah am Friedhof vorbei, Chuckie, da hausen Ghule. Die kriegen dich sonst.‹ Tja, wie sich herausstellt, hatte sie offenbar recht. Da waren wirklich Ghule, und jetzt sind Sie ausgebrochen.«

Wieder Bewegung aus dem Augenwinkel; mehrere Menschen waren aus ihrer Starre erwacht und setzten die Flucht fort. Chuck hielt dies für einen Beweis, dass er gute Arbeit leistete. Alle, die keine tiefe Verpflichtung fühlten hierzubleiben, sollten gehen. Zoë Shillace, es gibt keinen Grund mehr, deinen Boss noch beeindrucken zu wollen. Mach, dass du rauskommst, versuch zu überleben, solange es geht.

Baseman hatte Kamera 2 fast erreicht, war aber noch in Dunkelheit gehüllt. Seine schmerzhaft verkrümmten Schultern wurden von einem Blitz aus dem Hintergrund eingerahmt, als sich die Tür zum Treppenhaus abermals öffnete und eine zweite Silhouette erschien, die Chuck ebenfalls erkannte. Rochelle Glass.

Sofort setzte auch sie sich in seine Richtung in Bewegung. Kein Wunder – Baseman hatte ihm ja gesagt, sie wolle die Sendung übernehmen.

Ein fernes Klicken. Lee, auferstanden von den Toten.

»Gesicht? Gesicht?«

Chuck nahm den Ohrhörer und setzte ihn wieder ein.

»Wir haben Octavia am Telefon«, schluchzte Lee. »Können Sie das fassen? Es geht ihr gut. Es geht ihr gut! Sprechen Sie mit ihr? Sie hat unglaubliche Neuigkeiten.«

Chuck wurde von kühler Erleichterung umspült. Octavia Gloucester, ihre dienstälteste Korrespondentin, war zwar nur eine einzelne Person, aber sie lebte noch und kämpfte weiter, und das war doch ein Anfang. Wieder grinste er.

»Meine Damen und Herren, wir haben gute Neuigkeiten. Großartige Neuigkeiten, genau in dem Moment, wo wir sie wirklich gebrauchen können. Wir sind jetzt live verbunden mit – na, sie soll sich selbst vorstellen. Sie wird uns etwas über die Ghule erzählen. Ich glaube, Sie werden sich genauso sehr über ihre Stimme freuen wie ich. Hallo, sind Sie da?«

Um sich vor den Verführungen des Internets zu schützen – vielleicht für alle Zeit –, schob Chuck seinen Laptop beiseite. Die Scheinwerfer trafen auf das Metallgehäuse und wurden direkt in Nathan Basemans Gesicht zurückgeworfen. Seine Lippen waren von einem mächtigen Schnäuzer aus Blut verdeckt, das aus einem Loch in seiner Wange zu rinnen schien. Mit einer nicht weniger entstellten Hand versuchte er, das Loch zu bedecken. Seine Stirn glich einer klumpigen glänzenden Pflaume. Er sah aus, als wäre er tot, aber er war kein Ghul. Er nickte Chuck zu, blutiger Speichel spritzte auf den Boden.

»Hallo?«, rief Chuck. »Octavia? Sind Sie da?«

Rochelle Glass betrat das Studio und lief direkt vor Kamera 2. Ihr Fuß stieß gegen das Podium und verhinderte ihr Vorankommen, bis sie sich der Logistik des Treppensteigens zu entsinnen schien. Sie hatte die Arme erhoben, die Finger krallten sich ins Leere. Über all diese Ungereimtheiten hätte man noch hinwegsehen können, nicht aber über ihren gesenkten Kopf. Rochelle Glass mochte eine Menge Fehler haben, aber sie ging mit hocherhobenem Haupt durchs Leben, um allzeit die minderwertigen Exemplare der Gattung Mensch erschnüffeln zu können.

Ganz langsam hob sie den Kopf und gab den Blick auf ihre Kehle frei; eine Schlucht, die Haut in ledrigen Fetzen, schlaffe lila Muskeln, die Luftröhre pink und ausgehöhlt, die Nervenenden aufgefächert wie Rosmarin. Ihr nächster Schritt tauchte Chuck in kühlen Schatten. Er starrte zu ihr auf. Ihre Augen waren weiß wie frische Milch. Blutige Speichelfäden schwangen hin und her wie dekorative Perlenketten. Ein Faden berührte seinen Laptop und zischte.

»Hey, Chuck.«

Einen Augenblick lang dachte er, Glass hätte da gesprochen, ein Tropfen Verstand, der sich aus dem entsetzlichen Wahnsinn löste, aber dann erkannte er Octavias Stimme in seinem Ohr, eine rettende Hand von einem sichereren Ort. Er konnte ihr nicht antworten; er schob sich vom Tisch weg, obwohl er durch Ansteckmikro und Ohrhörer wie ein Gefangener daran gekettet war.

Baseman stürzte auf Glass zu, und blutiger Geifer löste sich zitternd von seinem Kinn, aber er geriet ins Stolpern und verschwand von der Bildfläche. Glass krabbelte auf den Tisch, den sie so dringend hatte besetzen wollen, wobei sie die zerrissene Rückseite ihres Rocks der ganzen Welt zuwandte, und stöhnte hungrig. Sie stieß dabei blubbernde maulbeerfarbene Spuckebläschen aus. Die schartigen Fingernägel ihrer ausgestreckten Hand kratzten über seine Wange und setzten den brutalen Juckreiz frei, der sich tief in seinem Fleisch eingenistet hatte. Er sollte ihr die Drecksarbeit überlassen, dachte er in einem Anflug von Irrsinn, und sie mit ihren Nägeln den ersten Schnitt machen lassen. Dann konnte er sich das Gesicht ganz abziehen und endlich herausfinden, was sich die ganze Zeit unter seiner Haut verborgen hatte.

»Chuck, sind Sie da?«, fragte Octavia. »Ist überhaupt noch irgendwer da?«

Glass fiel Chuck der Länge nach in den Schoß. Mit einem Zischen riss auch ihr perlmuttfarbenes Sakko im Rücken entzwei. Ihre zerklüfteten Nägel machten kurzen Prozess mit den unnatürlich geraden Linien seines künstlichen Haaransatzes. Er riss sich los und spannte die Halsmuskulatur an, redete aber weiter, denn das hier war sein Tisch, *seine Sendung*. Er packte ihren zerstörten Hals und schob sie von sich.

»Meine Damen … und Herren … bitte bleiben Sie dran«, grunzte er. »Zum ersten Mal in meiner beruflichen Laufbahn … weiß ich nicht, wie … die Sache ausgehen wird. Ich bin«, fügte er ohne Mühe und ohne Nachdenken hinzu, »überaus perplex.«

DAS KRACH UND DAS BUMM

SO SOLL DENN ALLES STERBLICH FLEISCH STILLSCHWEIGEN

Als Kapitänleutnant William Koppenborg, katholischer Seelsorger an Bord des Flugzeugträgers USS *Olympia*, sechs Stöße aus der Schiffspfeife hörte, gefolgt von einem »Mann über Bord, Mann über Bord« aus dem Lautsprecher, war sein erster Gedanke beschämend eitel. *Der 1O (Erster Offizier) redet von mir. Von meiner Seele. Sie ist über Bord gegangen und sinkt gerade auf den Meeresgrund.*

Er saß in der kleinen Schiffskapelle. In dem Raum mit zweieinhalb Meter Deckenhöhe, Metallklappstühlen und fahlen Leuchtstoffröhren wirkte selbst der spritzigste Seemann halb tot, und insgesamt verströmte der Raum eher den Charme eines Kellerraums für die Treffen der Anonymen Alkoholiker als den eines Ortes, an dem etwas Heiliges passieren konnte. Nachdem sie drei Dutzend Seeleute in Pearl Harbor abgesetzt hatte, dem letzten Zwischenstopp der *Olympia* vor dem Ende ihres sechsmonatigen Einsatzes, war die Besatzung auf stramme fünftausendeinhundertundzwei Leute zusammengeschrumpft, immer noch eine so große Gruppe, dass religiöse Führung unabdingbar blieb. Die Wände der Kapelle waren absichtlich nackt, um möglichst allen Konfessionen gerecht zu werden. Unter der Besatzung der *Olympia* fanden sich Juden, Muslime, Protestanten und Katholiken, um nur einige zu nennen.

Als Schiffskaplan war er für die regelmäßigen Messebesucher einfach nur »Pater Bill«, »Padre« für die Veteranen, »Chaps« oder »Chappy« für jene, die kumpelhafte Spitznamen bevorzugten, oder schlicht »Sir« für die Grünschnäbel, die von ihrer ersten Trägerfahrt so überwältigt waren, dass sie sich der Feinheiten der

Flottenetikette nicht mehr entsannen. Jetzt gerade war Pater Bill allerdings gar nichts für irgendwen, bloß ein namenloser Wicht, der in der Nebenkammer der Kapelle saß und litt. Seine Hose lag gefaltet auf einem Stapel Bibeln, unter seinen Füßen lag eine Mülltüte, um die Blutstropfen aufzufangen, als er sich mit einem Teppichmesser über den blassen, nackten Oberschenkel fuhr.

KRACH! BUMM!

Der ohrenbetäubende Lärm stammte von den Katapulten, die Hornets, Hawkeyes, Growlers, Seahawks und Greyhounds in den Himmel schossen. Die Kapelle lag auf Deck 02 direkt unter dem Flugdeck, und bei jedem Start, was manchmal alle dreißig Sekunden bedeutete, wurde der Raum wie eine Rumbarassel durchgeschüttelt. Ohne Körper, die sie an Ort und Stelle hielten, wanderten die Klappstühle hin und her. Gesangsbücher rutschten aus dem Fach hinter der Kanzel. Farbe rieselte von den Wänden. Pater Bill glaubte, die Hostien in ihrer Kiste bröckeln zu hören.

Vor langer Zeit hatten ihm das Krach und das Bumm einmal Trost gespendet. Es klang anderweltlich, eine Erinnerung an größere Dinge, höhere Mächte. Hier in der Kammer war das Krach wie eine schallende Ohrfeige, das Bumm ein unsichtbarer Stiefel, der ihm die Luft aus dem Leib trat.

Wenn er nicht gerade von kochend heißen Tränen geblendet war, nutzte er den Lärm zu seinem Vorteil, versenkte das Teppichmesser beim Krach in seinem Schenkel und zog es beim Bumm einmal quer hindurch. Pater Bill kostete die Empfindungen aus, genoss den eigenen Schmerz, statt die Qualen des enttäuschten Jesus Christus zu durchleiden, der dräuend an seinem Kruzifix hinter ihm hing, die Dornen seiner Krone wie Nadeln auf Pater Bills Kopfhaut.

Wieder der 1O. *»Mann über Bord. Zeit: Plus eins. Alle Mann an Deck, alle Mann an Deck.«*

Sie hatten eben erst mit den Flugmanövern begonnen, es würden also noch einige Starts folgen, ehe die Deckbesatzung die Katapulte sicher anhalten konnte. Pater Bill hob das Messer und leckte sein Blut von der Klinge, eine letzte salzige Bestrafung, bevor er die Mullbinde nahm und anfing, sie um sein Bein zu wickeln. Der Verband saugte sich sofort voll, rote Schmetterlinge erschienen darauf, und kurz verspürte er einen Anflug von Sorge. Vielleicht hatte er zu oft das eigene Narbengewebe durchtrennt und würde beim Antreten in wenigen Minuten einen Fleck auf der Uniformhose tragen, als hätte er sich eingenässt, ein Beweis für die Abscheulichkeit, die von ihm Besitz ergriffen hatte.

Das Leben an Bord eines Flugzeugträgers war laut, dreckig und beengt; entweder zu heiß oder zu kalt. Bis vor ein paar Monaten hatte Pater Bill aber nie bereut, vor einundzwanzig Jahren den Dienst als Marineoffizier und Schiffskaplan angetreten zu haben. Es war inspirierende Arbeit. Er taufte Seeleute im Morgengrauen in einer Badewanne auf dem Flugdeck. Manche Bitten um das gemeinsame Gebet verwunderten und bewegten ihn. Er hatte eine tiefe Freude an den täglichen Predigten, wie überschaubar seine Schar auch sein mochte. Er half Seeleuten jeden Ranges, wenn sie ihm bislang unausgesprochene persönliche Probleme anvertrauten.

Und genau an der Stelle war die Sache aus dem Ruder gelaufen. Drei Wochen nachdem die *Olympia* zu ihrem gegenwärtigen Einsatz in See gestochen war, hatte ein einfacher Matrose mit Heimweh, der sein Leben ganz dem Herrn hingeben wollte, Pater Bill eine zerknitterte Ausgabe eines pornografischen Heftchens mit dem Titel *Frischfleisch* ausgehändigt. Diese Konfiszierung war reine Routine. Die meisten der über fünftausend Seeleute, die zusammengepfercht auf dem Träger lebten, waren zwischen achtzehn und fünfundzwanzig Jahre alt. Dennoch waren romantische Beziehungen verboten, und Geschlechtsverkehr stand unter Strafe. Vor Jahrzehnten hatten sich sogenannte »Übungsfilme« breiter Beliebtheit erfreut – eigentlich altertümliche Schmuddelfilmchen. Diese Filmchen und die darauffolgenden Videokassetten waren längst von Webseiten abgelöst worden, von denen allerdings viele durch die Filter der Marine geblockt wurden.

Wodurch sich eine Nische für klassische Magazine auftat. Pater Bill ging davon aus, dass mindestens die Hälfte der Männer an

Bord einige der billig gedruckten Obszönitäten in ihren Spinden hütete. Kein Einsatz, auf dem ihm nicht einige schuldbewusste Seeleute ihre sündigen Sammlungen aushändigten.

Pater Bill hatte ein Schließfach in der Nebenkammer der Kapelle, eine geräumige Kiste aus Balsaholz mit einem kümmerlichen Vorhängeschloss. Dort verstaute er pornografisches Material, das ihm auf See übergeben wurde. Regelmäßig nutzte er seinen Freigang an Land, um den Inhalt der Kiste den Flammen zu überantworten. *Hustler*, *Barely Legal*, *Cheri*, *Gallery*, *Swank* – nicht ein einziges Mal in den einundzwanzig Jahren hatte er etwas anderes getan, als sie unbesehen zu vernichten. Nachdem jener reumütige Matrose, der ihm die Ausgabe von *Frischfleisch* anvertraut hatte, wieder gegangen war, tat Pater Bill etwas anderes, aus Gründen, die sich ihm nach wie vor nicht erschlossen.

Das Deckblatt eines Magazins klingt wie eine Feuerzunge, wenn man es aufschlägt.

William Koppenborg hatte so wenig Zeit als Erwachsener verbracht, ehe er sich Gott verschrieben hatte, dass er sich dieser Tage kaum noch entsinnen konnte. Er war nie mit einer Frau intim gewesen, hatte nicht einmal eine entblößt gesehen. Männer, die in ihrem Priesteramt aufgingen, mussten Mittel und Wege finden, ihre Lust zu entschärfen. Seine Methode war, sich vorzustellen, wie ein tiefes Loch zugeschüttet und seine Lust unter vielen Tonnen frischen Erdreichs begraben wurde. Als er das erste Bild in *Frischfleisch* erblickte – eine Frau, die nichts als hochhackige Schuhe am schlanken, glänzenden Leib trug und über einem körperlosen Penis hockte, geädert wie der Stamm einer kahlen Zypresse –, stieg seine Lust aus dem Grab an die Oberfläche.

Er blätterte weiter und weiter, zuckte zusammen, als hätte er sich an den scharfen Kanten der Seiten die Haut eingeritzt, doch es floss kein Blut. Seine Hoden schmerzten. Sein Puls beschleunigte sich. Sein Penis, ein Leben lang nur eine schlaffe Röhre, einzig seinen Körperausscheidungen vorbehalten, wuchs und drückte gegen seinen Schenkel.

Dies bereitete ihm während der nächsten Messen Probleme. Er war stets stolz darauf gewesen, an das zu glauben, was er predigte – es half ihm dabei, die nötige Lautstärke aufzubringen, um gegen Krach und Bumm anzukommen –, aber seine Ausführungen über Heilige und Apostel kamen nicht gegen die Lippen, Nippel und Schamlippen an, die sein Hirn wie ein Pilz überwucherten. Dreimal unterbrachen Mitglieder seiner Gemeinde eine Predigt, um sich zu erkundigen, ob sein gerötetes Gesicht etwa ein Anzeichen für Herzprobleme sei. Das aber war nicht das Problem. Es war das Grauen, einer von ihnen könnte die Erektion bemerken, die in seiner Hose zeltete.

In der Kammer befand sich auch ein Erste-Hilfe-Kasten, den er vor dieser Fahrt noch nie hatte öffnen müssen, mit dessen Inhalt er mittlerweile jedoch vertraut war. Neben Mullbinden enthielt der Kasten auch medizinische Pflaster, die Pater Bill immer öfter nutzte, um seinen Penis an einem Schenkel zu befestigen. Sobald dieses Körperteil während der Messe steif wurde, was unweigerlich geschah, spürte er das Stechen des Klebstoffs auf straff gespannter Haut und erinnerte sich an die schmerzverzerrten Gesichter in *Frischfleisch*. Aber es war kein Schmerz, den sie fühlten. Das war ihm jetzt klar.

Da er kaum etwas über Sex wusste, begann er, sich verderbte Techniken auszumalen. Das Foto einer Frau, die ihre Faust in der Vagina einer anderen Frau versenkt hatte. Pater Bill stellte sich die beiden Frauen in der ersten Reihe seiner Gemeinde vor, die Hand der einen so tief in den Leib der anderen geschoben, dass sie Eierstöcke, Eingeweide und Nieren herausziehen konnte, während die so Behandelte orgastisch erschauderte. Das Foto einer Frau, die ihre Lippen um einen Penis geschlossen hatte, der zur Hälfte in ihrem Mund steckte. Pater Bill stellte sich einen Mann und eine Frau im großen Haupthangar vor, die genau das taten, nur dass der Mann immer weiter drückte, bis sein Penis den Nacken der Frau durchstieß und ihre Wirbelsäule zertrümmerte, während die Kiefer der Frau weiter mahlten, ihm den Penis abbissen, sie die Zähne in seine dampfenden Eingeweide schlug.

Weiter und immer weiter eskalierten die Momentaufnahmen aus *Frischfleisch* zu bestialischen Höhepunkten gegenseitiger Verstümmelung. Es waren Visionen von Bosch oder Dalí oder Goya, eine Galerie fleischlicher Ungeheuerlichkeiten, die Kapitänleutnant William Koppenborg verdeutlichten, dass auch er langsam zu einem Ungeheuer wurde.

Er ließ nichts unversucht, um diese Gedanken zu verscheuchen. Er schmetterte seine Kirchenlieder. Es half nichts. Er hatte schon in zahllosen Gottesdiensten »So soll denn alles sterblich Fleisch stillschweigen« mit der Gemeinde gesungen, nun aber schien jede Strophe von finsterer Doppeldeutigkeit erfüllt, allen voran die erste. *So soll denn alles sterblich Fleisch stillschweigen* war Pater Bills Flehen, seine verschwitzten Visionen mögen sich verflüchtigen.

In den letzten Monaten des Einsatzes hatte sich seine Besessenheit immer mehr auf eine bestimmte Frau aus der Besatzung gerichtet. Er nannte sie *Meine Süße*, und sie schien nichts gegen dieses Kosewort einzuwenden zu haben, sondern lächelte ob seiner großväterlichen Herzlichkeit. Meine Süße war noch jung, aber waren sie das nicht alle? Sie hatte angefangen, ihren Platz sowohl an Bord der *Olympia* als auch im Leben zu hinterfragen, und hatte sich daher Beratung unter vier Augen mit Pater Bill erbeten. Meine Süße hatte weiche und goldene Haut, die in seiner Vorstellung nach Pfannkuchen schmeckte. Meine Süße hatte Lippen, so prall wie Würstchen; er stellte sich ihr genüssliches Keuchen vor, als er sie abbiss, pitsch, patsch.

Wenn er mit ihr sprach, rutschte er langsam näher an sie heran, begierig, mit ihr eine jener vielgliedrigen Fleischbestien zu erschaffen, die er in *Frischfleisch* erblickt hatte. Jedes Mal, wenn er glaubte, diesmal würde er sie vielleicht berühren, fiel ein Schatten auf ihn. Jesus Christus am Kreuz, der wachte, ob sein heiliger Soldat der Versuchung widerstehen konnte. Pater Bills Glaube als solcher befand sich auf dem Prüfstand. Jesus hatte seine vierzig Tage in der Wüste Juda verbracht. Pater Bill hatte seine sechs Monate auf See.

Historisch betrachtet erhielten nur die Frommsten solche Prüfungen, und darauf war er stolz. Schmerz konnte schließlich gemeistert werden, wenn man nur ein scharfes Teppichmesser und jede Menge Mullbinden zur Hand hatte.

»Mann über Bord. Alle Mann an Deck. Zeit: Plus zwei«, brüllte der 1O.

Er musste sich in Bewegung setzen. Zum Antreten zu spät zu kommen hatte Konsequenzen, selbst für einen alten Seebären wie ihn. Er zog sich die Hose an, die sich eng über seinen bandagierten Schenkel legte, dann faltete er die Mülltüte so, dass kein Tropfen Blut verschüttet wurde, ehe er sie in eine zweite Tüte steckte. Er verließ die Kammer, stopfte die Tüten tief in den Mülleimer und begab sich zu seiner Station, wo er neben Männern stehen würde, deren Götter sie nicht für prüfungswürdig hielten: dem Seelsorger, dem Pastor, dem Rabbi, dem Imam und, am schlimmsten von allen, dem Bordpsychiater – der »Psychodoc«, wie sie ihn nannten –, ein stattlicher, muskulöser, schnauzbärtiger Kerl, der wahrscheinlich in jedem Hafen mit anderen Frauen Fleischbestien baute.

Pater Bill betrat den engen stählernen Korridor und verfiel trotz der pochenden Wunden am Schenkel in die lässige, ausladende Gangart, die von ihm erwartet wurde. Überall rannten Seeleute zu ihren Stationen. Seine Blicke suchten die wenigen Frauen und verharrten auf ihren schaukelnden Hüften und wogenden Brüsten – Frischfleisch, das nicht einmal eine Marineuniform zu verbergen mochte. Keine von ihnen war Meine Süße, trotzdem ergötzte er sich an ihrem Anblick. So soll denn alles sterblich Fleisch stillschweigen, stillschweigen.

IRGEND SO 'NE ART VOGELGRIPPE

Als die Durchsage zum Mann über Bord kam, war es 0640 Uhr nach hawaiianisch-aleutischer Zeit. Karl Nishimura, einer der drei Steuermänner der *Olympia*, hatte sich erst in dreißig Minuten wieder auf der Brücke zu melden. Er saß entspannt – oder so entspannt, wie es ihm möglich war – zusammen mit drei anderen in Kaki gekleideten Offizieren in der Unteroffiziersmesse auf Deck 03.

Der Lautsprecher erwachte knackend zum Leben. Seeleute, die mit dem Ersten Offizier Bryce Peet noch nicht so vertraut waren, würden die Nuancen in seiner Stimme kaum bemerken, Nishimura allerdings sehr wohl. Der 1O war stinksauer. Kein Wunder: Es war schon der dritte Mann-über-Bord-Alarm in den letzten zwei Wochen und wahrscheinlich wieder blinder Alarm, was auf einem Ungetüm wie der *Olympia* irgendwann tatsächlich jemanden das Leben kosten würde.

Bis vor ein paar Minuten war es ein ganz gewöhnliches Frühstück gewesen. Mit anderen Worten: Nishimura hatte sich unwohl gefühlt. In der Unteroffiziersmesse gab es das beste Essen an Bord, serviert an mit echten Stoffdecken gedeckten Vierertischen. Verstärkt wurde das heimelige USA-Gefühl noch durch die Gewürzträger im Diner-Stil und einen breiten Fernseher, der rund um die Uhr lief. Außerdem war die Unteroffiziersmesse ein Ort, an dem man einander fröhlich verarschte – ein Zeitvertreib, der Nishimura nicht geheuer war.

Er brauchte auch keine Hilfe vom Psychodoc, um den Grund dahinter zu verstehen. Um in diesem Raum essen zu dürfen, musste man ein Mindestmaß an Ahnung von Marinegeschichte haben, und dazu gehörte auch, dass man schon einmal von Shōji Nishimura gehört hatte, dem Admiral der Kaiserlich Japanischen Marine, der sich bei der Schlacht im Golf von Leyte einen Namen gemacht hatte. Natürlich war Karl Nishimura nicht mit ihm verwandt, aber die oberflächlichen Gemeinsamkeiten hatten ihm schon als Kadett das Leben schwer gemacht. Wenn er die Mienen vieler Leute richtig deutete – ein Grinsen zum Beispiel, das erlosch, sobald er den Raum betrat –, lebte die Verachtung auch in den jungen, rassistischen Seeleuten von heute weiter, von denen es noch immer viel zu viele gab.

Er versuchte, so wenig wie möglich darüber nachzudenken. Es war fast ein Jahrzehnt her, dass sich jemand die Augen zu Schlitzen verzogen oder ihn als »Japsen« bezeichnet hatte. Meist fiel ihm seine Andersartigkeit nur in Gruppen wie dieser auf, wenn Männer unter dem Einfluss fettigen Essens redselig wurden und ein bisschen Testosteron abließen, indem sie sich gegenseitig aufzogen.

An diesem Morgen drehte sich die Unterhaltung um das, was der für Absturz und Bergung zuständige Ronaldo Ribeiro als den »verrückten Zustand« der Trägerkampfgruppe um die *Olympia* bezeichnete. Da die Gewässer zwischen Hawaii und San Diego als sicher galten, waren das U-Boot und die Fregatte der Trägergruppe zu Umbauten und Reparaturen in Pearl Harbor geblieben, womit die Trägereskorte auf drei Zerstörer, einen Versorger und den Lenkwaffenkreuzer *Vindicator* geschrumpft war.

»Die *Hickenlooper* dreht da draußen Kreise«, sagte Ribeiro. »Sie hat die Formation endgültig verlassen.«

»Wahrscheinlich ein Navigationsmanöver«, warf der Kryptologietechniker Darrell Millichamp ein.

Ribeiro wischte Eigelb mit Toast auf. »So eines habe ich aber noch nie gesehen. Das sind ja horizontale Loopings.«

Der Sicherheitsoffizier Waylon Leneghan kicherte. »Die Budgetkürzungen sind doch vom Tisch. Die können aufhören, so anzugeben.«

»Und die *Pollard*? Ist einfach weg.« Ribeiro trällerte die Titelmelodie von *Twilight Zone*.

»Weg?«, fragte Millichamp. »Was soll das heißen, *weg*?«

Ribeiro spülte seinen Toast mit Kaffee runter. »Genauso weg wie dieser Toast. Ich bin ganz hoch auf die Insel gestiegen, um nachzusehen. Die ist mit dreiunddreißig Knoten zurück Richtung Pearl Harbor abgedampft.«

Leneghan verschränkte die Finger hinter dem Kopf und rülpste. »Ich hätte auch nichts gegen einen U-Turn zurück nach O'ahu. Achtundzwanzig Grad, Strand, Wahines mit rauschenden Baströcken.«

Ribeiro kicherte. »Steck's doch in Veevers' Vorschlagsbox.«

Unteroffiziersvorsteher Bertrand Veevers, ein Mann, der so verspannt war, dass sich Nishimura neben ihm wie ein Hipster ausnahm, war schon seit einem halben Jahr der Running Gag an Bord, nachdem er Werbung für eine anonyme Vorschlagsbox gemacht hatte, die an seiner Kabinentür hing. Die Vorschlagsbox hatte in der Tat viele Vorschläge einstecken müssen, und die daraus resultierenden Tiraden von Veevers über Respektlosigkeit waren zu einem stetigen Quell der Freude für Unteroffiziere und einfache Matrosen geworden. Bis auf Karl Nishimura natürlich. Alles, was nicht nach Vorschrift ablief, brachte ihn ins Schwitzen.

Millichamp nickte bedächtig in seine Richtung. »Was sagst du dazu, Heiliger Karl? Du hast schon mehr Einsätze hinter dir als wir. Jemals eine Blechbüchse gesehen, die sich wie die *Pollard* benommen hat?«

Nishimura zögerte, und wie auf Kommando unternahmen die anderen drei einen symbolischen Versuch, ihr Grinsen zu unterdrücken. Genauso, wie sich der strenge Steuermann längst den Spitznamen Heiliger Karl verdient hatte, wurde auch sein betontes Zögern von vielen als Nishimura-Pause betitelt. Nishimura kannte seinen Ruf. Jede Frage wog er sorgsam ab, ob es nun um feindliche Angriffe im Persischen Golf ging oder darum, welche Sorte Zahnpasta man im Bordladen erwerben sollte. Die Nishimura-Pause war eine Angewohnheit aus der Grundschule, wo sich die Klassenkameraden ständig über die Aussprachefehler lustig gemacht hatten, die ihm sein japanischer Vater vererbt hatte.

Machten die Kameraden sich über die Nishimura-Pause lustig, setzte er eine fröhliche Fassade auf, in Wahrheit aber schmerzte es jedes Mal, was ihn wiederum beschämte, weil solch kindische Empfindlichkeit in der Marine nichts verloren hatte. Er beruhigte sich mit der Gewissheit, dass die Pause bald endgültig sein würde. Er war dreiundvierzig, und obwohl es die Männer an seinem Tisch zweifellos überraschen würde, hatte er beschlossen, zum zwanzigjährigen Dienstjubiläum seinen Hut zu nehmen.

Sein umfangreiches Wissen über den Alltag in der Marine beunruhigte ihn schon seit Längerem. Man konnte ihm jede denkbare Frage über die *Olympia* stellen, und er war sofort mit der Antwort zur Stelle, als wäre dieser Kahn sein Erstgeborenes und keine zwanzig Milliarden Dollar teure, atomgetriebene Riesenimmobilie mit Meerblick. CVN 68X, besser bekannt als USS *Olympia* oder »Big Mama«, 1968 in Auftrag gegeben, 1975 vom Stapel gelaufen und 1976 in Dienst gestellt, war der zweitälteste Träger der *Nimitz*-Klasse der US-Marine und hatte mittlerweile dreizehn Einsätze auf dem Buckel. Dieser auf dem Bauch liegende Wolkenkratzer, der siebenhundert Seemeilen pro Tag zurücklegen konnte und auf dessen Oberdeck das Verkehrsaufkommen eines mittelgroßen Flughafens herrschte, war ein Titan mit bewegter Geschichte, der nun kurz vor Ende seiner Laufbahn stand. Dies mochte vielleicht sogar ihre letzte große Reise sein. Nur passend, dachte Nishimura, dass es auch seine letzte Reise sein würde.

Big Mama hatte sich in Einsätzen wie *Desert Shield*, *Enduring Freedom* und *Iraqi Freedom* hervorgetan. Wie konnte man als Seefahrer die Rechtschaffenheit von Missionen mit solch schwungvollen Namen anzweifeln? Nishimura gelang dies durchaus. Im Lauf der letzten zwei Jahrzehnte war sein Argwohn gegenüber dem militärisch-industriellen Komplex stetig gewachsen, sicher unter anderem aufgrund seiner japanisch-amerikanischen Abstammung, die das Hiroshima-Nagasaki-Dilemma von beiden Seiten kannte. Und aufgrund seines Jobs, der in der Steuerung dieses Trägers bestand, der wesentlicher Bestandteil jeder »Machtdemonstration« der Streitkräfte war. Er gab nur ungern zu, dass dieser Träger eine Waffe war, zumal die größte im Arsenal der Marine der Vereinigten Staaten, und jede der über fünftausend Seelen an Bord nicht mehr als ein Rädchen im Getriebe der gewaltigen Maschine.

Nishimura kannte den Lebenszyklus eines Flugzeugträgers besser als seinen eigenen, und es war höchste Zeit, daran etwas zu ändern. Die Frage, die Kollegen wie Ribeiro, Millichamp und Leneghan ins Schwitzen brachte – was zur Hölle sollten sie in der Privatwirtschaft anfangen? –, bereitete Nishimura keine Sorgen. Es war ihm schlicht egal. Er würde vor Baustellen Warnschilder hochhalten. Die Einkäufe anderer Leute im Supermarkt einpacken. Was immer nötig war, um mehr Zeit mit seiner Familie zu verbringen.

Nur wenige Leute an Bord der *Olympia* wussten, dass der Heilige Karl verheiratet war. Er hatte viele unschöne Geschichten über Seeleute gehört, deren Finger von Maschinenteilen abgerissen worden waren, und trug deshalb keinen Ehering. Er sprach auch nur selten über seinen Ehemann Larry, einen Schwarzen aus Trinidad, der in Buffalo, New York, saß und alle Hände voll damit zu tun hatte, ihre fünf Kinder großzuziehen. Sie hatten die Kinder adoptiert, nachdem deren Eltern, Nishimuras ältere Schwester und ihr Mann, bei einem Raubüberfall erschossen worden waren. Warum sprach Nishimura nicht öfter über Larry? Es lag jedenfalls nicht daran, dass sie schwul waren.

Drei Nächte zuvor hatte er umgeben von besoffenen Matrosen in Honolulu auf der Veranda von Benny's Hula House gesessen. Nachdem sie ausgiebig die surfenden Mädchen begafft hatten, waren sie dazu übergegangen, stolz und lallend von ihren Familien zu erzählen, die sie bald wiedersehen würden. Es wäre auch für den Heiligen Karl die passende Gelegenheit gewesen, seinen Gatten und die lieben Kinder zu preisen: Atsuko, Chiyo, Daiki, Neola und Bea. Wäre er nicht stocknüchtern gewesen, hätte er es vielleicht sogar getan. Es war ihm immer schon unpassend vorgekommen, die Liebsten – so zart und verletzlich – Menschen gegenüber zu erwähnen, die auf die eine oder andere Weise zum Töten ausgebildet waren. Vielleicht hatte er das sogar von seinem gefühlskalten Vater gelernt.

Bei jedem Einsatz war es das Gleiche. Beim Betreten von Big Mama stand ein Karl Nishimura, die Dienstuniform scharf wie ein Spaten im Seesack gefaltet, mit feuchten Augen an der Reling und winkte Larry und den Kindern zum Abschied; sechs Monate später betrat ein völlig anderer Karl Nishimura die Hafenmole. Wenn er seine Familie umarmte, hatte er das Gefühl, ein Fremder geworden zu sein. Zitterten seine Beine wegen der unvermeidlichen Landkrankheit oder aus Furcht, er könnte vergessen haben, wie man ein Kind richtig hielt, ihm einen Kuss gab oder Mahlzeiten aß, die nicht mit einem Hauch Kerosin gewürzt waren? Jahr für Jahr, Monat für Monat, Tag für Tag spürte er, wie er ein schlechterer Karl Nishimura wurde.

Das war doch eine Frage für Veevers' Ideenbox: *Wie stelle ich es an, hier draußen meine Persönlichkeit nicht zu verlieren?*

Es fühlte sich schrecklich an, dem eigenen Herzen beim Versteinern zuzusehen. Also sparte er sich alle sanften Gefühle für seine Familie auf und wies sogar die Seeleute zurück, die mit freundlichen Absichten an ihn herantraten. Beim aktuellen Einsatz hatten ihm die wichtigsten Flugkontrolleure, Luftboss Clay Szulczewski und Miniboss Willis Clyde-Martell, mehrere Freundschaftsangebote gemacht. Lust auf ein Kartenspiel? Lust, diese wahnsinnig tollen Zigarren zu probieren? Lust, uns oben auf der Galerie um die Brücke Gesellschaft zu leisten, einfach dazusitzen und zuzusehen, wie die untergehende Sonne die Schaumkronen bemalt?

Lust, uns etwas von dir zu erzählen?

Er wischte sich den Mund mit einer Serviette ab, bevor er Milichamp antwortete. »Ich habe während der Parade zum fünfzigsten D-Day-Jahrestag auf dem Flaggschiff gedient«, sagte er jetzt. »Strikte Flottillenformation. Wir hatten keine plötzliche Aktivierung wie bei der *Pollard*, aber da war eine Fregatte dabei, die ihre Befehle missachtet und angefangen hat, Schleifen zu fahren. Sie hätte ernste Schäden anrichten können.«

»Was war da los?«, fragte Ribeiro. »Signalstörungen?«

»Menschliches Versagen.« Nishimura schauderte. Keine zwei Worte machten ihm mehr Angst. »Am Ende lag es an nur einem Techniker im Maschinenraum, der der Meinung war, die Regierung habe sich die Invasion in der Normandie bloß ausgedacht.«

»Und so hat er seinen Protest zum Ausdruck gebracht?«, rief Leneghan. »Himmelarsch.«

Millichamp seufzte. »Der Heilige Karl hat wahrscheinlich völlig recht. Ich glaub, auf der *Pollard* ist auch jemand durchgedreht. Vor allem im letzten Abschnitt von so einem Halbjahres-Einsatz raffen viele von den Jüngeren plötzlich, dass sie bald wieder eigene Entscheidungen treffen sollen, und kommen nicht damit klar.«

»Damit kommen eine *ganze Menge* Leute nicht klar«, grunzte Leneghan.

Die folgende Stille wurde beherzt vom plappernden Fernseher ausgefüllt. Leneghan hatte beinahe ausgesprochen, was viele Seeleute auf der Big Mama ganz gewiss dachten. Seit mittlerweile zehn Tagen lag Kapitän David Page auf der Krankenstation, ein seltsamer Abschluss eines ansonsten routinierten Einsatzes.

Nishimura fand, dass die von Natur aus bis zum Rand vollgestopften Flugzeugträger Platz für genau ein Geheimnis boten: ob das eigene Schiff nun tatsächlich mit Nuklearsprengköpfen bestückt war oder nicht. Jedes zusätzliche Geheimnis wirkte wie ätzende Säure. Auf einem Schiff machten Gerüchte noch schneller die Runde als Erkältungen: Kapitän Page war des Nachts dabei erwischt worden, wie er Türen mit seiner Unterhose polierte. Kapitän Page hatte einfach nicht aufhören wollen, »If I Could Turn Back Time« von Cher zu singen. Kapitän Page lag im Sterben.

Lustig, aber trotzdem gefährlich. Vertrauensverlust bedeutete automatisch Moralverlust, was Konzentrationsverlust mit sich brachte, was alle gefährdete. Die Hierarchie innerhalb der Trägerkampfgruppe war weniger kompliziert, als die vielen Titel, Dienstgrade und Besoldungsklassen vermuten ließen. Jedes Schiff der Gruppe hatte einen Kapitän, und diese Skipper waren zusammen mit der Geschwaderkommandantin direkt dem Admiral der

Kampfgruppe unterstellt, in diesem Fall Admiral Jamison Vo, zurzeit an Bord der *Vindicator.* Hätte der Kapitän der *Olympia* mit einem Bein im Grab gestanden, wäre er längst mit einem der an Bord befindlichen MH-60R-Seahawks an Land geflogen worden. Allem Anschein nach war Kapitän Page jedoch wach und ansprechbar. Er war nur eben nicht *auf den Beinen.*

Es war, mit anderen Worten, alles ziemlich seltsam. Genauso seltsam wie die erratischen Bewegungen der *Hickenlooper* und der *Pollard.* Vielleicht dachten sie hier in der Messe alle das Gleiche. Die Stille an ihrem Tisch senkte sich auch über die Nachbartische, bis sich das Hintergrund-Gebrabbel aus dem Fernseher in identifizierbare Worte verwandelte.

»Ich habe hier in meinem Postfach eine Mail mit dem Dokument, das Pressesprecherin Shellenbarger vorhin erwähnt hat. Es enthält eine Liste der Notfallstationen. Lee? Blenden Sie die Liste ein. Sofort.«

Auf allen Schiffen der Navy wurden rund um die Uhr die normalen Nachrichtensender empfangen. Die meisten Matrosen hatten Lieblingssprecher, und dank der Lautstärke an Bord solcher Schiffe war das Hauptkriterium dafür in erster Linie die äußerliche Attraktivität. Ein Großteil der Männer verfolgte besonders lüstern eine bestimmte Auslandskorrespondentin von NBC, die zurzeit aus Afghanistan berichtete, und obwohl Nishimura nicht wusste, wen die heterosexuellen Frauen an Bord präferierten, konnte er sich nicht vorstellen, dass es dieser fein frisierte Depp war, dessen eitles Gehabe wie die Antithese von allem wirkte, wofür ein Marinesoldat stand. Er hieß, falls Nishimura sich nicht täuschte, Chuck Corso.

Corso sah nicht so gut aus wie sonst. Seine Krawatte hing ein wenig zur Seite, als hätte jemand daran gezerrt. Auf seiner Stirn prangten unter einer Stelle, wo ihm offenbar jemand ein Haarbüschel ausgerissen hatte, mehrere dunkle Flecken, die fast nach Blut aussahen. Unförmige Schatten huschten über sein gehetztes Gesicht, außerdem wackelte immer wieder die Kamera. Nishimura sah mit einer neuen Art von Seekrankheit zu und fragte sich, ob in der Nähe des Moderatorentischs gerade eine körperliche Auseinandersetzung stattfand.

Corsos gerötete Augen hingen an seinem Laptop.

»Ich möchte, dass Sie alle, die von zu Hause oder wo auch immer zuschauen, diese Liste mit der gebotenen Vorsicht behandeln. Was diese Ghule angeht, wissen wir einfach nicht, wem wir trauen können.«

Sicherheitsoffizier Waylon Leneghan: »Hat der gerade *Ghule* gesagt?«

»Diesem Dokument zufolge«, fuhr Corso fort, »handelt es sich um ein sich ›rasch fortschreitendes Ereignis‹, bei dem ›staatliche, bundesstaatliche und lokale Stellen‹ mit der WHO zusammenarbeiten, um, ich zitiere, ›einen geregelten Informationsfluss aufrechtzuerhalten‹.« Corso blickte auf. »Das ist absolut inhaltsleer.« Er schaute wieder auf den Laptop. »Angeblich befindet sich der Präsident an einem ›sicheren Ort‹, wird regelmäßig über den Fortgang der Ereignisse unterrichtet und ›prüft zurzeit unsere nationalen Ressourcen‹. Meine Güte, ein ganz schön ominöser Satz, meine Damen und Herren.«

Kryptologietechniker Darrell Millichamp: »Ist das irgend so 'ne Art Vogelgrippe?«

Corso schüttelte den Kopf im Takt mit seinem scrollenden Finger. »Heimatschutz ... Ressortübergreifendes Gremium ... Rasche und effektive Reaktion ... Alles nichts, was wir nicht schon hundertmal gehört hätten. Sie füttern uns mit purem Bockmist. Woher ich das weiß?« Corso bohrte den Finger knapp unterhalb der Kameralinse in die Luft, wo sich wohl die Quelle der flackernden Schatten befinden musste. »Ich weiß das, *weil es direkt vor meiner Nase passiert.*«

Absturz- und Bergungsoffizier Ronaldo Ribeiro: »Was zum Teufel ist denn da los?«

In dem Moment ertönte das Mann-über-Bord-Signal. Wenige Dinge wurden an Bord der Big Mama strenger geübt als das Antreten in Notfällen, und obwohl dies ungewöhnlicherweise schon der dritte Fall binnen zwei Wochen war und sie gerade fasziniert dabei zusahen, wie irgendein armer Tropf bei WWN live im Fernsehen einen Nervenzusammenbruch hatte, reagierten ihre Gehirne mit pawlowscher Geschwindigkeit. Nishimura sprang auf die Beine. Während er schon nach achtern rannte, hörte er das Klappern fallenden Bestecks und stehen gelassener Kaffeetassen.

Die Vorstellung, dass ein Seemann in die Tiefe gerissen wurde, war furchtbar, und fast ebenso furchtbar war die Aussicht, jemand könnte ein solches Schicksal nur vortäuschen. Trotzdem spürte Karl Nishimura eine Woge der Erleichterung, als er die Leiter erreichte und mit dem Geschick von sechs Monaten im Einsatz die Sprossen hinauftanzte. Hätte er in diesem Moment Zugang zu Veevers' Ideenbox gehabt, er hätte einen Zettel mit der Bitte hinterlassen, diese Alarmübungen aufrechtzuerhalten, eine nach der anderen, bis sie zu Hause waren. Für solche Unglücksfälle waren die Seeleute ausgebildet, und er würde sie jederzeit dem erschütterten, aufgewühlten Schrecken vorziehen, den er in Chuck Corsos Gesicht gesehen hatte.

EINFACH NUR JENNY

Jedes Mitglied des Geschwaders hatte ein eigenes Rufzeichen. Eigentlich nur ein Spitzname, trotzdem eine ernste Sache. Die Rufzeichen waren Ritus und Pflichtübung, verliehen in geheimen Zeremonien, während derer die NKS (Neue Kleine Scheißer) ältere Kampfpiloten mit Bestechungsgeschenken versorgten, sich in lächerlichen oder abstoßenden Ritualen maßen und sich der Gnade ihrer Kameraden unterwarfen. Rufzeichen waren selten schmeichelhaft, bezogen sich meist auf eine negative Charaktereigenschaft oder eine auf spektakuläre Weise vermasselte Aktion. Aber ein Rufzeichen bedeutete auch, dass man, mit allem negativen und berüchtigten Ballast, in die Gruppe aufgenommen worden war. Alle nannten einen nur noch beim Rufzeichen. Es wurde auf die Hülle des Fliegers gepinselt.

Jenny träumte von ihrem Namen auf einem Flieger.

Rex: klingt beinahe wie »Wracks«, wovon er schon zu viele produziert hatte. Titte: netter Typ mit übermäßig ausgebildeten Brustmuskeln. McDonald's: hatte auf Landgang in Australien in einem McDonald's auf den Boden geschissen. Fackel: hatte bei einem Anflug mal das Flugdeck mit Kerosin aus einem offenen Ablassventil vollgesaut und einen Brand verursacht.

Jennifer Angelys Pagán trug das Rufzeichen »Jenny«. Mit anderen Worten: Sie hatte keins. Sie musste oft an den Lieblingsfilm ihrer Abuela denken, *Der Zauberer von Oz*, wo sich Dorothys Begleiter, obwohl sie alle absolut auf eigenen Beinen stehen können, trotzdem nach der Anerkennung des Zauberers sehnen. Im Geschwader »Rote Schlangen« war Jenny die einzige NKS, die noch kein Rufzeichen bekommen hatte. Sie war zwar nicht die Einzige im Geschwader, die aus Puerto Rico stammte, aber neben der Kommandantin die einzige Frau. Sie wollte gerne glauben, dass ihr Geschlecht nichts mit der Verzögerung zu tun hatte, aber konnte sie sich da wirklich sicher sein? Es war doch immer schon so gewesen. Jede Frau an Bord konnte ein Lied davon singen.

Jenny – einfach nur Jenny – war einer der ersten Menschen an Bord der *Olympia*, die von dem dritten Mann-über-Bord-Alarm wussten. Sie war gerade auf dem »Geierhorst«, der schmalen Galerie direkt über dem Flugkontrollzentrum, von wo aus man durch einen schillernden Kerosinschleier aus über zwanzig Meter Höhe einen erstklassigen Blick auf das Flugdeck hatte. Trotz der stählernen Regenschleier herrschte Hochbetrieb. Die Gasstrahlabweiser waren hochgeklappt, die Katapulte im Dauereinsatz. Alle vier Aufzüge hoben unentwegt Flugzeuge aus dem Hangar auf das Flugdeck.

Zufällig befanden sich direkt unterhalb von Jenny die Röhren für die Flaggen, die bei Bedarf vom Mast der Insel gehisst werden konnten. Sie sah zu, wie jemand eine rot-gelbe Flagge aus der Halterung entrollte. Mit einem Prickeln im Brustbein wurde ihr vor allen anderen klar, dass schlechte Neuigkeiten bevorstanden. Sie legte beide Hände um die Reling. Es war immer heikel und potenziell gefährlich, Flugoperationen plötzlich abzubrechen.

Vom Flugdeck her dröhnte es so laut wie bei einem Autorennen. Kommuniziert wurde nur per Handzeichen, denn gegen die dicken Ohrenschützer, die von fast der gesamten Deckbesatzung getragen wurden, hatte auch die Schiffspfeife keine Chance. Jets, die gerade zur Landung oder zum Start ansetzten, bedurften der ungeteilten Aufmerksamkeit der Crew, und wenn auf dem Flugdeck etwas schiefging, konnte das durchaus tödlich enden.

Die Pfeife erscholl. Jenny beugte sich über die Reling. Der Regen durchnässte sofort ihre Haare. Sie suchte die unmittelbare Umgebung des Schiffs nach einem Leuchtstab oder eine auf dem Wasser treibende Person ab. Am Rand des Decks waren Sicherheitsnetze aufgespannt. Man musste sich schon anstrengen, um über Bord zu gehen, aber möglich war alles. Flugzeugträger galten nicht umsonst als einer der gefährlichsten Arbeitsplätze der

Welt. Der kochend heiße Düsenschwall eines Kampfjets konnte ein Besatzungsmitglied rund zwanzig Meter tief in das haiverseuchte Meer schleudern. Deutlich unspektakulärer, aber nicht weniger gefährlich: Man putzte gerade die Außenseite der Brückenfenster, hatte sich nicht angeleint und rutschte auf dem nassen Stahl aus.

Alles war nass. Das Wetter war in den letzten Tagen äußerst unschön gewesen, was kaum jemand besser wusste als Jenny. Das Wetter war genau der Grund, warum sie erschöpft und mit müden Augen den Geierhorst erklommen hatte, statt sich in ihre Koje zu begeben und endlich zu schlafen. Letzte Nacht, vor ein paar Stunden erst, hatte sie während eines Regengusses, der wie Pech vom Himmel gefallen war, den schlimmsten Ausreißer ihres Lebens gehabt – tatsächlich sogar den schlimmsten, von dem sie je gehört hatte.

Die Erinnerung war noch zu frisch und zu schmerzhaft, um sich ihr zu stellen, also war sie die Leitern der Insel hochgeklettert, um den Anbruch des Tages hoch über dem Flugdeck mitzuerleben. Die durchnässte Fliegermontur klebte wie Zement an ihrem Körper, das Geschwaderabzeichen der Roten Schlangen war schwer wie ein Gullydeckel. Als Erstes hatte sie die Belegschaft bei einem SFO-Gang beobachtet. Das Absuchen des Flugdecks nach Schädlichen Fremdobjekten fand mehrmals am Tag statt. Alle an Deck ließen die Arbeit liegen, stellten sich nebeneinander in einer Reihe auf und tippelten in ihren Sicherheitsschuhen mit Stahlkappen vorwärts, die getönten Helmvisiere hochgeklappt, um das Deck nach jedem kleinsten Teil abzusuchen, denn selbst ein winziges Schräubchen konnte – angesaugt vom Lufteinlass eines Düsenjägers – ein siebzig Millionen teures Flugzeug in Sekunden zerstören; ganz zu schweigen vom vergleichsweise kostengünstigen Säugetier am Steuer.

Jenny liebte den SFO-Gang. Er war abseits vom Fliegen selbst so ziemlich das Einzige bei der Marine, was ihr wirklich Freude bereitete. Es waren diese kostbaren Momente, in denen sich die dunklen Wolken von Besoldungsklassen und Dienstgraden für kurze Zeit lichteten. Die Farbe des Overalls zeigte eindeutig, welche Aufgabe der Träger an Bord hatte, aber während des SFO-Gangs wurden diese Unterscheidungen – genau wie Rang, Geschlecht und Rasse – für einen Moment wie von Zauberhand aufgehoben.

Wenn der SFO-Gang nur ewig dauern würde. Sie hatte das ungute Gefühl, dass die Geschwaderkommandantin, sowie Jenny sich unter Deck begab, wegen ihres Ausreißers ein Flugverbot aussprechen und ihren Namen vom Flugplan streichen würde. So ein temporäres Flugverbot konnte für einen Junioroffizier durchaus den Todesstoß bedeuten – JOs bekamen ohnehin schon zu wenig Flugstunden. Sie fühlte sich wie ein Garnknäuel, das sich langsam abwickelte. Noch ein paar Fehltritte mehr, und sie würde überhaupt keine Arbeiten mehr verrichten dürfen, sondern in der Brig sitzen.

Jenny hatte keine Ahnung, wie sich solche Schandflecken auf ihre Karriere beim Militär auswirken würden. Ihr war richtig schlecht, und die Aussicht, vor ihren Geschwaderkameraden gedemütigt zu werden, machte alles noch schlimmer. Frauen befanden sich an Bord ohnehin sieben zu eins in der Unterzahl, und viele Männer waren noch immer der Meinung, man hatte hier nichts zu suchen, wenn man nicht im wahrsten Sinne des Wortes Eier in der Hose hatte. Die Vorstellung, solche Vorurteile auch noch zu bestätigen, war niederschmetternd. Sie spürte Tränen in den vom Kerosindampf brennenden Augen aufwallen und war immerhin froh, dass der Regen sie verbarg. Weinen – nur ein weiteres Zeichen von Schwäche.

Sie hatte so lange versucht, das Spiel der Männer zu spielen – erst als NAFA (Neuling = Arsch für Alles), dann in der Flugausbildung, wo sie derart explizite Sexgespräche über sich ergehen lassen musste, dass sie bis in die Zehenspitzen errötete. Im Prinzip hatte vieles davon den Tatbestand der sexuellen Belästigung erfüllt. Hätte sie jedoch irgendwas davon gemeldet, wäre dies der schnellste Weg gewesen, sich hundert Feinde auf einmal zu machen.

Und es waren natürlich mehr als bloße Worte gewesen. Männer stellten sich hinter ihr auf, damit sie mit ihnen zusammenstieß und ihnen einen Grund gab, sie mit den Händen in die richtige Richtung zu drehen. Man zwängte ihr Küsse auf und begrapschte sie, es kam zu Handgemengen, in denen sie versuchte, Männer mit den Handgelenken von sich zu stoßen, damit es nicht zu einem echten Nahkampf kam. Wo sie jetzt darüber nachdachte, war es gerade dieser Handgelenks-Kampf, für den sie sich mehr als für alles andere verachtete. Kein Mann wäre auf die Idee gekommen, sich mit den Handgelenken zu verteidigen.

Als Jenny die *Olympia* betreten hatte – als Grünschnabel, als Rekrutin in ihrem ersten Einsatz –, hatte sie Besserung erwartet, aber keine gesehen. Die größte Enttäuschung war der Bereitschaftsraum des Geschwaders. Sie hatte sich sehr darauf gefreut, ihn zu betreten: Bereitschaftsräume waren berüchtigt dafür, dass dort viele der üblichen Bordregeln nicht galten, und der Raum der Roten Schlangen verfügte über Kickertische, eine Popcornmaschine und andere Annehmlichkeiten.

Außerdem gab es dort eine sogenannte Liebchen-Wand, eine Collage aus Fotos der Frauen und Freundinnen, die zu Hause warteten. Bis auf die eine oder andere seltsame Ausnahme waren es allesamt anzügliche Bilder. Piloten, die gerade Single waren, steuerten Ausschnitte aus Magazinen bei, Bilder von Models in Reizwäsche, Bikinis oder Seifenblasen. Jenny gab sich Mühe, cool zu sein. Sie hatte ihr Leben lang versucht, cool zu sein. Aber wenn die Blicke der Kameraden von der Liebchen-Wand zu ihr schweiften, selbst wenn sie sich nichts dabei dachten, fühlte sie sich ihrer Fliegermontur unwürdig und stellte fest, dass sie unmerklich die Arme hob, um sich für den nächsten Handgelenks-Kampf zu wappnen.

Jetzt, nach ihrem Ausreißer, konnte sie gleich ein sexy Selfie an die Wand pinnen. Sie war ganz offiziell das geworden, was sie vorher nur vermutet hatte zu sein: unwürdig. Bald würden es alle wissen. Sie hatte die Deckbesatzung in Gefahr gebracht, genauso wie dieses unbekannte Arschloch, das für den neuerlichen falschen Mann-über-Bord-Alarm verantwortlich war. Sie stellte sich vor, wie sie sich über die Reling stürzte, ihr Körper unten auf dem Flugdeck aufschlug und beim nächsten SFO-Gang aus dem Weg geräumt wurde.

Der sechste und letzte Ton der Schiffspfeife verwandelte ihr Rückgrat in eine Stimmgabel. Zeit zum Antreten. Das war wenigstens etwas, das sie nicht verpfuschen würde. Sie hatte kein eigenes Rufzeichen verdient. Sie war Jenny, einfach nur Jenny aus Detroit, und würde ihren Namen wohl nie auf der Hülle eines Kampfflugzeugs prangen sehen.

ES WIRD UNSERE SCHULD SEIN

Zeit: Plus drei. Zeit: Plus vier. Zeit: Plus fünf. Die Vorschriften besagten, dass man sich backbords hielt, wenn man sich nach unten oder nach achtern bewegte, und steuerbords, wenn man nach oben und in Richtung Bug ging. Die meisten Seeleute hielten sich sogar beim Sprinten daran. Nach sechs Monaten an Bord von Big Mama sah man überall das instinktive Hinwegducken unter Rohrleitungen, die kleinen Sprünge über die Lukenränder. Bei Zeit: Plus sechs riefen die meisten Matrosen ihre Namen und wurden von Offizieren auf Klemmbrettern abgehakt. Zwei oder drei Leute wurden vermisst, und ihre Abwesenheit löste greifbare Panik aus, wie Bryce Peets Stimme zu entnehmen war, wann immer der 1O eine neue Durchsage machte.

Nishimuras Musterungsstation befand sich auf der Navigationsbrücke, wo er auch den Großteil seiner Arbeitszeit verbrachte, im vierten Stock der Insel, wie der siebenstöckige Kommandoturm genannt wurde, der auf dem Flugdeck aufragte. Nishimuras Kaki-Uniform war vom Regen doppelt so dunkel wie gewöhnlich. Er ließ sich nichts anmerken, als die Vermisstenliste auf zwei Seeleute reduziert wurde. *»Folgende Personen haben sich auf dem Achterdeck zu melden und auszuweisen: Aus der Versorgungsabteilung: Elektrotechniker Zweiten Grades Zarr; aus der Luftabteilung: Flugzeugmechaniker Altebrado.«*

Es war unschicklich für einen Flottenoffizier, geradezu schändlich, aber Nishimura konnte nicht anders, als immer wieder auf den Bildschirm des Fernsehers im direkt hinter der Navigationsbrücke befindlichen Kartenraum zu linsen. Den Gesichtern der

Navigationsbesatzung war anzusehen, dass auch sie den Blick nicht abwenden konnten.

»Zeit: Plus sieben«, drang es knisternd aus den Lautsprechern, und Nishimura wurde von der finsteren Gewissheit erfasst, dass der Timer nie wieder aufhören würde, dass die Ära der Menschheit für immer in die Zeit vor und nach dem 24. Oktober unterteilt werden musste. Zeit: Plus hundert. Zeit: Plus tausend. Zeit: Plus eine Million.

Der Elektrotechniker Zweiten Grades Zarr wurde ausfindig gemacht; irgendwer hatte falsch durchgezählt. Flugzeugmechaniker Altebrado machte es noch einmal spannend und meldete sich erst bei Zeit: Plus zehn, was Peet dazu veranlasste, über Lautsprecher den Matrosen zur Hölle zu wünschen, der schon wieder einen Fehlalarm verursacht hatte. Da Kapitän Page noch immer in der Krankenstation war und der Deckoffizier anderswo gebraucht wurde, war Nishimura plötzlich der ranghöchste anwesende Offizier. Die Besatzung der Navigationsbrücke beäugte ihn wachsam. Mittlerweile war offenbar allen klar, dass ein angeblicher Mann über Bord nicht das größte Problem des heutigen Tages darstellte.

Nishimura widmete sich seinen Karten und begann, Koordinaten einzutragen. Einen WWN-Sprecher, der anscheinend den Verstand verloren hatte, im Fernsehen anzustarren war völlig unangemessen. Er spürte, wie er sein Gesicht zu dem Ausdruck verzog, den die Matrosen »das Glühen« nannten – eine Phrase, die er so gut kannte wie »Heiliger Karl« oder »Nishimura-Pause«. In Australien hatte es ihm ein angetrunkener Seemann einmal so beschrieben: Alle siebenundvierzig Jahre an Falten in Nishimuras Gesicht, so der Matrose, verschwanden mit einem Schlag, sein Gesicht war so glatt wie eine Kobra, und der Heilige verwandelte sich in einen Dämon.

»Sir, wenn ich mir eine Bemerkung erlauben dürfte?«

Beim Klang dieser Stimme wurde das Glühen so angespannt, dass Nishimura seine Wangen gegen seine Zahnreihen drücken fühlte. Er hielt es für unprofessionell, Groll zu hegen, also hatte er seine Abneigung das letzte halbe Jahr immer wieder niedergerungen.

Bootsmann Tommy Henstrom. Nishimura akzeptierte keinen Rivalen, und wenn überhaupt, dann vielleicht jemanden, der eine Gehaltsklasse über ihm stand, und nicht so einen wehleidigen Unteroffizier dritten Grades. Und doch lag er immer wieder abends in der Koje und brütete wütend über Henstrom nach, diesen Meister passiver Aggressivität.

Ganz gleich, wie simpel eine Aufgabe war, Henstrom fand einen Weg, sie infrage zu stellen. Nishimura hätte ihn nur zu gern offiziell verwarnt, auch eine Degradierung hätte ihm nicht geschadet, aber Henstrom hatte bisher jeden derartigen Versuch vereitelt. Er war verzogen, arrogant und widerspenstig, schlitterte aber immer haarscharf an eindeutigen Verstößen vorbei. Außerdem hätte der Bootsmann jede Bestrafung bis ganz nach oben angefochten, und Nishimura brauchte so kurz vor Erreichen der Zwanzig-Jahres-Grenze keinen Stress, der sein Ausscheiden eventuell überschattet hätte.

»Erlaubnis erteilt«, sagte er.

Henstrom machte ein großes Getue daraus, verkniffen auf seinen Bildschirm zu starren.

»Sollte die letzte Ziffer hier nicht eine Neun sein, Sir?«

»Da steht neun. Für neunzehn.«

»Die kommt hier als Acht raus, Sir. Achtzehn.«

Nishimura blickte auf seinen eigenen Bildschirm, als leise sieben Glockenschläge ertönten – es war erst 0700 Uhr. Der TP, ihr Tagesplan, war noch nie zu einem so frühen Zeitpunkt für die Füße gewesen, wie Waylon Leneghan so gern sagte. Tatsächlich – Nishimura hatte die falsche Zahl eingegeben. Es war der erste solche Fehler seiner Karriere, und natürlich musste er vor Henstrom passieren. Das Glühen setzte ein, sein Gesicht schien schmelzen zu wollen. Er hob gerade rechtzeitig den Blick, um zu sehen, wie Henstrom Diane Lang, die heute auf Ausguck war, eine spöttisch gehobene Augenbraue zuwarf.

Henstrom zog eine Grimasse und tat, als wollte er Nishimura helfen, das Gesicht zu wahren. »Sie haben sicher recht, Sir. Das muss eine Macke im System sein. Glauben Sie, es könnte das gleiche Problem sein, das die *Hickenlooper* befallen hat?«

Nishimura maß ihn mit einem langen Blick, war aber darauf bedacht, kein wütendes Starren daraus zu machen. Eine klassische Nishimura-Pause, kein Zweifel, aber diesmal nutzte er sie, um in sich hineinzuhören. Er hatte einen Fehler gemacht. Warum? Weil er sich von den Fernsehnachrichten hatte ablenken lassen. Nicht, dass das in irgendeinem Flottenhandbuch so stand, aber das Bauchgefühl war eines Matrosen wichtigstes Barometer.

Er wischte sich mit dem Ärmel Regen und Schweiß aus dem Gesicht und nickte in Richtung Fernseher.

»Lauter drehen.«

Obermaat Wilbert Legg drehte das Gerät sofort auf Anschlag.

»Ausnahmezustand«, sagte Chuck Corso soeben.

Nishimura schauderte und sah, dass es den anderen Matrosen auf der Brücke ähnlich erging.

»Den beobachten unsere Berichterstatter jedenfalls zurzeit«, fuhr Corso fort. »Die Nationalgarde, die örtlichen Polizeibehörden, sogar Freiwilligenmilizen reagieren auf eine Situation, die mittlerweile nur noch als Staatskrise bezeichnet werden kann. Wann immer wir mit unseren Reportern reden – mit den wenigen, die noch übrig sind –, zitieren sie den gleichen Wortlaut der zuständigen Behörden. Er geht mir nicht mehr aus dem Kopf. Ich fürchte, ich werde ihn nie wieder los. *Aggressiv. Irrational. Stupide. Unkommunikativ.* Mit diesen Worten werden die Ghule überall beschrieben.«

»Ghule«, hörte Nishimura sich selbst wiederholen.

»Das Wort benutzt er schon die ganze Zeit«, verkündete Henstrom stolz. »Er sagt, dass die Ghule Menschen …«

»Henstrom, Schluss.« Lang klang, als sei ihr übel.

»Menschen was?«, hakte Nishimura nach.

»Das ist am Ende genau so 'ne Luftnummer wie sonst immer«, sagte Lang – nein, *flehte* sie.

Nishimura wusste, was sie meinte. Die Medien bauschten irgendwelche Geschichten auf, dann wurde der Bildschirm in kleine Kästchen aufgeteilt, damit sich die unterschiedlichsten Parteigänger eine heftige Diskussion liefern konnten. Je schlüpfriger der

Inhalt, desto mehr Zuschauer fielen ihren niedersten Trieben zum Opfer. Jahrzehnte geprägt von dauernder Panikmache, hatten die Zuschauer möglichen echten Gefahren gegenüber gänzlich abstumpfen lassen, wie auch der Blödsinn mit dem andauernden Mann über Bord die *Olympia* lähmte. Chuck Corsos Stimme aber hatte den dumpfen, verstimmten Beigeschmack einer echten Krise.

»Die Regierung reagiert überaus unorganisiert. Unseren Reportern zufolge liegt das größtenteils daran, dass niemand genau sagen kann, wer ein Ghul ist und wer ein, in Anführungsstrichen, normaler Mensch. Um es kurz zu machen, meine Damen und Herren: Dies bedeutet, dass Bürger von ihren Mitbürgern ermordet werden.«

»Die machen da jetzt noch ein paar Stunden eine Riesensache draus«, sagte Lang beharrlich. »Und das war's.«

Nishimura musste Corso nur angucken, und er wusste, dass das Gegenteil der Fall war. Er hatte den gleichen Blick, den Nishimura bei Piloten gesehen hatte, die einen sogenannten »Kaltschuss« erlitten hatten – einen Start vom Flugdeck, der direkt im Ozean endete, unmittelbar vor dem Bug eines fünfundneunzigtausend Tonnen schweren Trägerschiffs. Es war der verratene Blick eines kleinen Kindes, das begriffen hatte, wie schnell sich die Naturgesetze gegen einen wenden konnten.

»So. Et. Was. Tun. Wir. Nicht.« Corso hämmerte bei jeder Silbe die Faust auf den Tisch. »Ich flehe all jene von Ihnen an, die jetzt vorhaben, sich bewaffnet auf die Straße zu begeben. Bitte, betrachten Sie diese Lage nicht als Gelegenheit – ich weiß gar nicht, wie ich das formulieren soll, ohne uns noch weiter zu entzweien. Ziehen Sie nicht los und *erschießen* einfach irgendwelche Leute, okay? Wenn sich diese Sache zu einem landesweiten Lynchmob auswächst, wird alles, was von jetzt an passiert, nicht mehr die Schuld der Ghule sein, verstanden? Es wird unsere Schuld sein. Ganz allein unsere.«

»Wie kann es sein, dass die Flotte davon noch nichts weiß?«, rief Henstrom. »Falls das stimmt, warum hat uns noch keiner was gesagt?«

»Kapitän Page ist krank«, sagte Nishimura.

»Dann eben Admiral Vo!«

»Ist auf der *Vindicator.*«

Henstrom fuhr herum, um einem größeren Publikum seine Ungläubigkeit zu präsentieren.

»Warum gibt er denn nicht Meldung? Warum werden wir nicht informiert?«

»Sir«, mahnte Nishimura, aber seine Stimme war leiser als das Wellenrauschen im Hintergrund. Wenige Sekunden bevor Henstrom die *Vindicator* erwähnt hatte, hatte er einen Blick in Richtung des Lenkwaffenkreuzers geworfen. Aus der Gegend um ihren Radarturm herum stieg eine Rauchsäule auf.

»Aggressiv. Irrational. Stupide. Unkommunikativ«, wiederholte Corso. »Ich sage ja nur, dass diese Worte, die die Ghule beschreiben sollen, irgendwie vertraut klingen, nicht wahr? So wurden die Menschen in unserem Land von den Mächtigen schon oft genannt. Von den Leuten mit den Richterhämmern und den Waffen. Und was für Tipps haben dieselben Leute unseren Reportern gegeben? Ruhigstellen. Zersplittern. Und dann Feuer frei. Angeblich sind uns die Ghule besonders in größeren Gruppen überlegen. Aber wo liegt denn *unsere* Stärke? Nicht auch in unserer Zahl?«

Corso wischte sich den Schweiß ab und starrte seine Hand an, als sehe er Blut darauf.

»Wir dürfen nicht zulassen, dass wir …« Er verbarg ein Schluchzen hinter einem Schluckauf. »… ich weiß auch nicht. Zu etwas noch Schlimmerem werden.«

»Das muss doch ein biologischer Kampfstoff sein!«, verkündete Henstrom. »Sollten wir nicht Schutzmaßnahmen ergreifen?«

»Wie sollte ein biologischer Kampfstoff überall gleichzeitig verbreitet werden?«, fragte Nishimura leise. »Da hätte der Heimatschutz längst Bescheid gegeben. Die würden …«

»Nein, würden sie nicht! Niemand sagt uns hier irgendwas!«

»Bootsmann Henstrom, Sie werden mich mit Sir anreden!«

Nishimuras Brüllen klang, als hätte das Glühen sein ganzes Gesicht gespalten. Zum ersten Mal *fühlte* sich das Glühen auch für ihn wie ein solches an, wie ein Funke, der sich entzündet hatte und ihn in Flammen hüllte. Seine Lippen, vor Hitze geschrumpft, schälten sich und legten die gefletschten Zähne frei. Das folgende Zischen war das entsetzte Einatmen der restlichen anwesenden Besatzung.

»Und wenn Sie mich noch einmal unterbrechen, werde ich den diensthabenden Militärpolizisten rufen, und Sie verbringen die Zeit bis zum Einlaufen in San Diego in einer Zelle. Ist das klar, Bootsmann?«

Henstroms Gesicht, bislang so bleich wie das seiner Kameraden, wurde erst rosa, dann rot, passierte Magenta und verharrte bei einem tiefen, verschwitzten Lila. Er hatte die geballten Fäuste eng an den Leib gepresst, und sein ganzer Körper krümmte sich, als wollte er hier auf der Brücke niederkommen. Das Ergebnis war eine Totgeburt; stummer Zorn ohne Ventil.

»Jawohl, Sir«, fauchte er schließlich.

Nishimura wandte sich ab, um die gefürchtete eigene Gesichtsverfärbung zu verstecken. Erst unterläuft ihm ein seltener Flüchtigkeitsfehler, dann, noch seltener, erhebt er die Stimme. Was war denn los mit ihm? Die vergangene Nacht war stürmisch und vom Ausreißer irgendeiner bemitleidenswerten Anfängerpilotin unterbrochen gewesen, trotzdem hatte er eigentlich gut geschlafen. Er schlief immer gut. Ausgeschlossen, diesen Albtraum als Resultat von Übermüdung abzustempeln. Er packte des Steuerrad und schaute aufs Flugdeck hinaus. Der Flugverkehr war wieder aufgenommen worden, die Piloten furchtlos im Angesicht des Sturms.

Am 11. September 2001 hatte er auf der *Stennis*, CVN-74, gedient. Er würde nie vergessen, wie sie plötzlich mit Höchstgeschwindigkeit in Richtung Arabisches Meer aufgebrochen waren. Ähnliche Instruktionen würden jetzt sehr bald folgen. Falls Chuck Corso recht hatte, wurde Amerika angegriffen, und Nishimura rechnete fest damit, dass Kapitän Page in dieser Stunde der Not jeden Augenblick die Krankenstation verließ, in der Tür zur Navigationsbrücke auftauchte und brüllte: »Dreißig Knoten!«

Doch das geschah weder jetzt noch später. Ohne weitere Anweisungen vom Heimatschutz, vom CINCPAC – dem Hauptquartier der Pazifikflotte –, von Page oder von Vo blieb Nishimura nichts anderes übrig, als sich an die Regeln zu halten, die Vorschriften zu befolgen und weitere Nishimura-Pausen zu produzieren. Er räusperte sich. Er konnte das Knistern in seiner Stimme nicht leiden, aber zum zweiten Mal in seiner Laufbahn erhob er die Stimme. Er musste es tun, für seine Besatzung, für seine Heimat.

»Lang, Augen auf – ich will da draußen makellose Starts sehen. Einwandfreie Manöver, verstanden? Irgendjemand soll sofort zum Luftkontrollzentrum durchrufen! Henstrom – Leestellung und Kurs halten. Obermaat – Einschätzung: Kriegen Sie den Wachoffizier dran? Vielleicht haben wir Glück, und er ist noch im Leitstand.«

Gar nicht schlecht, dachte Nishimura. *Ich klinge ganz überzeugend.*

Er packte das Fernglas, um den Horizont abzusuchen, sah aber vor seinem geistigen Auge nur seinen Ehemann Larry und die Trauer, die er nicht länger verbarg, wenn Nishimura zum nächsten Einsatz aufbrach. Es folgten die Gesichter ihrer Kinder, vom Kummer der Jüngsten, Bea, bis hin zur Geringschätzung des Ältesten, Atsuko, dessen Herz so schnell verhärtete wie Nishimuras eigenes. Um ein besserer Karl Nishimura sein zu können, musste er diese Krise durchstehen. Er musste nach Hause, nach Buffalo. Und das würde er auch schaffen, keine Frage, wenn nicht die Ghule bereits an Bord waren, was natürlich unmöglich der Fall sein konnte.

SO WAR DIE LIEBE DER OZEAN

Um 1115 Uhr hawaiianisch-aleutischer Zeit waren Stabsunteroffizierin in Ausbildung Jean Cobb und Stahlarbeiter Edmund »Scud« Blakey auf einem defekten Männerklo an der Backbordseite der vorderen Trommelwinde mit wilder Kopulation befasst. Erstere vernachlässigte somit gerade ihre Büroarbeit in der Elektronikabteilung, Letzterer den ihm zugeteilten Putzdienst an Deck. Jean war von der Taille abwärts nackt, Schuhe, Socken, Hose und Unterhose lagen auf einem Haufen unter dem Handtuchspender. Scud hatte die Schuhe anbehalten, Hose und Unterhose hingen ihm um die Knöchel, die Gürtelschnalle klimperte mit jedem Stoß seiner Hüfte über den Boden.

Ihre Tätigkeit war eine krasse Verletzung der strengen Bordregeln – keine romantischen oder sexuellen Beziehungen an Bord. Im beengten Umfeld des Trägers konnte schon eine unglücklich verlaufende Affäre Zündstoff bieten und somit gefährliche Auswirkungen haben. Wer bei so etwas erwischt wurde, musste mit Gehaltskürzung oder sogar Degradierung rechnen. Die Offiziere wurden nicht müde, dies zu betonen, und sollte man es trotzdem vergessen, hingen überall laminierte Schilder, auch direkt neben der Tür dieser Toilette: JEDWEDES ZURSCHAUSTELLEN VON ZUNEIGUNG ZWISCHEN BESATZUNGSMITGLIEDERN AN BORD DIESES SCHIFFES IST STRENGSTENS UNTERSAGT.

Natürlich kam es trotzdem ständig zu geheimen Rendezvous in Wäscheschränken und Vorratslagern, zu Schäferstündchen, die unter dem Namen »Rotlicht-Spezial« bekannt waren, da die Korridore nachts nur von rötlich schimmernder Notbeleuchtung erhellt waren. Die Marine konnte alles reglementieren – bis auf die Liebe; zumindest beteuerte Scud dies jedes Mal, wenn er mit Jean Sex hatte, und jedes Mal stimmte sie keuchend zu. Wenn die Marine die *Olympia* war, so war die Liebe der Ozean, unendlich mächtiger und mühelos in der Lage, ganze Flotten oder gar Zivilisationen zu verschlingen.

Scud und Jean kannten sich erst seit Beginn dieses Einsatzes, aber wenn man plötzlich seinen Seelenverwandten fand, dann merkte man das sofort. Sie hatten sich Hals über Kopf in ein Romeo-und-Julia-Szenario gestürzt, stemmten sich mit ihrer verbotenen Liebe sowohl gegen die Richtlinien der Flotte als auch gegen ihre Familien, die dieser Vereinigung niemals zustimmen würden. Eine verbotene Affäre an Bord eines Schiffs der Marine? Man würde sie beide enterben.

Auf dem Gang steckten die StUffz und der Stahlarbeiter einander sehnsüchtige, tragische Nachrichten zu. Wann immer sie konnten, stahlen sie sich für schnellen, atemlosen Sex davon. Durch verschwitzte Haarsträhnen hindurch flüsterten sie sich zu, dass sie lieber unehrenhaft entlassen, sich einem Kriegsgericht stellen oder über die Planke gehen würden, als ihre Liebe zu leugnen. Mit einem Taschenmesser, das Scud mit seinem Feuerzeug sterilisierte, schnitzten sie sich gegenseitig ihre Namen in den Oberarm, leckten das Blut ab und küssten sich, auf dass sich ihr Blut zu einem salzigen Eid vermengte.

Scud wollte Jean eine Hand unter das Hemd schieben, aber der Stoff spannte sich zu straff auf ihrer Haut. Vor vier Monaten hatte eines ihrer Rotlicht-Spezials in einer Schwangerschaft resultiert; die beiden schwelgten im Gedanken an den Zorn, den dies bei ihren Familien heraufbeschwören würde. Jean riss sich das Hemd auf und scherte sich nicht um abgeplatzte Knöpfe, denn was spielten Verstöße gegen die Kleidungsordnung jetzt noch für eine Rolle? Während Scuds raue Stahlarbeiterhände über ihren weichen Bauch glitten, stellte sie sich seinen Schwanz in ihrem Innern vor, so nah bei ihrem Baby, und fühlte sich erfüllt, gefüllt in mehrfacher Hinsicht. Und sollten sie zu dritt sterben, so hätte sie sich keinen besseren Tod vorstellen können.

Jean und Scud hatten zu den ersten Mitgliedern der Besatzung der Big Mama gehört, die Chuck Corsos Berichterstattung sahen. Sie hatte den Ausschlag für eine Entscheidung gegeben, die sie beide für unausweichlich hielten. Zeitgleich trafen sie den Entschluss, ihre Posten zu verlassen, um sich in ihrem Versteck zu treffen, wo sie sich ihre Pläne gegenseitig in den Mund ächzten. Es war eine Qual, sich auch nur für die eine Stunde wieder zu trennen, die sie brauchten, um die nötigen Sachen zu besorgen.

Scud hatte die heiklere Aufgabe vor sich. Bei einem der altgedienten Unteroffiziere an Bord war vor Kurzem Parkinson diagnostiziert worden, und er sollte in San Diego von Bord gehen, um sich seinem Schicksal zu stellen. Die Krankenstation des Schiffs war mit Norflex ausgestattet, einem Beruhigungsmittel, das Krämpfe reduzierte und zuckende Nerven entspannte. Scuds Recherchen zufolge führte eine Überdosis unweigerlich zum Tod. Hier spielte ihm sein momentaner Status als vorübergehend zugeteilte Dienstkraft in die Hände; auch die Krankenstation musste geputzt werden, und heute achtete niemand darauf, welche einfache Bordkraft hier ein und aus ging. Es war ein Leichtes, das Norflex mitgehen zu lassen.

Auf dem Weg zurück zur Toilette ließ Scud all sein Geld für den exotischsten Gegenstand springen, den der Bordladen im Angebot hatte: einen Verlobungsring.

Nachdem sie ihre abgesprungenen Knöpfe versteckt hatte, holte Jean die Flasche Ananas-Whiskey, die sie in Waipahu erstanden hatte. Mit Alkohol an Bord erwischt zu werden bedeutete zwei Monate bei halbem Sold, aber viele Seeleute (und so gut wie alle Piloten) hatten einen geheimen Vorrat.

Sie trafen sich wieder. Scud steckte Jean den Ring an den Finger. Sie weinte. Sie tranken, legten sich die Norflex-Ampullen bereit und tranken und fickten und füllten die Ampullen und bumsten und tranken, jetzt nur noch kleine Schlückchen für den Mut, Lippen und Hals prickelnd vom Whiskey. Jean lutschte ihn von Scuds Brust, Scud schlürfte ihn vom billigen Metall ihres Rings.

Jean injizierte eine volle Ampulle Norflex in Scuds wunderschöne runde Schulter. Scud injizierte die gleiche Menge in Jeans langen, wohlgeformten Oberschenkel.

Beide kamen nicht mehr zum Orgasmus. Beiden machte es nichts aus. Ihnen stand ein ganz anderer Höhepunkt bevor. Das Norflex in ihrem Blut fühlte sich ganz ähnlich an wie der Ananas-Whiskey in ihren Kehlen. Ihre Muskeln entspannten sich. Scuds Erektion verging wie ein erleichtertes Seufzen. Jeans Beine sackten unter ihr zu einem gemütlichen Haufen zusammen. Sie endeten weniger umschlungen als vielmehr miteinander verschmolzen, ein Körper mit drei schlagenden Herzen, die alle schwächer wurden.

»Hast du das gespürt?«, lallte Jean.

»War das …?« Scud verstummte.

Der erste Tritt ihres Babys. Die Geburt des Todes.

Scud, Jean und ihr Kind wuchsen zusammen, die Liebenden flüsterten einander ehrfürchtig zu, wie einzigartig ihre Liebe in der gesamten Menschheitsgeschichte sei, der gleiche Trugschluss, dem Milliarden innig Liebender vor ihnen erlegen waren, die allesamt geglaubt hatten, ihre Kopulation sei von größerer Bedeutung als die der Schimpansen, Hunde oder Ratten. Scud und Jean starben in der Überzeugung, ihr rebellischer Tod würde der Welt eine Lehre sein. Nur war es die Welt, die ihnen zeigen sollte, wo es langging. Ihr Tod würde nicht schön sein, sondern hässlich, nicht kurz, sondern langwierig – und ganz und gar nicht, wie sie sich das vorgestellt hatten.

DIE GOLEMS

Jenny starrte ihre Schuhe an. Sie waren braun. Die Tradition wollte es so. Oft wurden die Flieger sogar »Braunschuhe« genannt, um sie von den »Schwarzschuhen« der restlichen Marine zu unterscheiden. Sie hatte mehrfach erlebt, dass Seeleute, die sie noch nicht kannten, auf ihre Schuhe schauten und sofort ein wenig mehr Respekt zeigten. Eine kleine Sache nur, aber es hatte sich immer gut angefühlt. Jetzt schienen ihre braunen Schuhe sie verhöhnen zu wollen. Als NAFA hatte sie diese Schuhe nicht verdient. Als NAFA sollte sie jeden SFO-Gang barfuß absolvieren müssen, mit blanken Sohlen über den asphaltbedeckten Stahl gehen, bis ihre Füße weder braun noch schwarz waren, sondern rot vor Büßerblut.

KRACH! BUMM!

Trotz der ständigen Starts über ihrem Kopf hörte Jenny das Klicken, als sich die Tür der Kammer in der Kapelle öffnete. Sie schaute von ihren braunen Schuhen auf und sah Pater Bill Koppenborg herauskommen. Er entdeckte sie in ihrer üblichen Ecke und näherte sich mit dem üblichen gelassenen Lächeln. Sofort fühlte sie sich etwas besser. Pater Bill war ein anständiger Kerl, dachte sie, einer der wenigen an Bord. Wie glücklich sie sich schätzte, ihn gefunden zu haben.

»Bitte entschuldige die Verspätung«, sagte er. »Meine Süße.«

Jenny war sicher, viele Frauen hätten Anstoß an diesem Kosenamen genommen, aber ihr Großvater hatte sie ja auch immer *la bomboncita* genannt. Pater Bills Gang wirkte weniger spritzig heute, fand sie, außerdem zog er sein linkes Bein etwas nach. Wie immer hatte er eine Tarnfarbenhose mit einem beigen Rollkragenpullover kombiniert, auf dem in Großbuchstaben *CVN 68X SCHIFFSKAPLAN* stand. Das Ensemble wies ihn auf eine Weise als alten Mann aus, die Jenny reizend fand.

Er nahm sich den Metallklappstuhl ihr gegenüber, drehte ihn in ihre Richtung und verzog kurz das Gesicht, als er sich darauf niederließ. Er saß so nahe, dass sich ihre Knie berührten. Das war normal. Jenny nahm an, dass er wohl etwas schwerhörig war. Sie faltete die Hände und senkte den Kopf. Pater Bill leitete ihre Treffen immer mit den gleichen Worten ein.

»Wir wollen ein kleines Gebet sprechen«, sagte er.

KRACH! BUMM!

»O Herr, im Namen Deines einzigen Sohnes Jesus, segne den Krieg in Afghanistan. Herr, den Krieg im Irak. Herr, den Krieg in Syrien. Herr, den Krieg im Jemen. Herr, den Krieg in Somalia. Herr, den Krieg in Libyen. Herr, den Krieg im Niger. Herr, den Krieg gegen den Terror. O Herr, behüte unsere Soldaten und hilf ihnen, ihr Ziel zu treffen, wo immer auf Deiner großen Erde sie sich befinden mögen. Nimm unsere Lobpreisung und unsere Ehrerbietung an, o Herr. Amen.«

»Amen«, stimmte Jenny zu, obwohl ihre Worte in einem weiteren *KRACH! BUMM!* untergingen.

Pater Bill faltete die Hände auf einem Knie.

»Ist es dir seit unserem letzten Gespräch gelungen, deine Eltern und Schwestern zu erreichen?«

»Nein, Pater«, sagte sie. »Ich bin zwei Mal durchgekommen, aber beide Male ist die Verbindung sofort abgerissen.«

»Unsere Telefone sind nicht gesegnet«, gab er zu. »Dann fühlst du dich wohl immer noch einsam. Wie kommst du damit zurecht?«

KRACH! BUMM!

Dieses Treffen unter vier Augen war, wie alle anderen zuvor, vor mehreren Tagen vereinbart worden. Dass es nur wenige Stunden nach ihrem Ausreißer stattfand, musste doch ein Zeichen sein, oder nicht? Daher bot sich die Gelegenheit, den Vorfall zu besprechen, solange er ihr frisch im Gedächtnis war und noch kein dämonisches Eigenleben entwickelt hatte. Sie wusste, Pater

Bill würde ihr raten, alles zu beichten. Sein ehrliches Interesse an jedem Detail aus ihrem Leben schmeichelte ihr immer aufs Neue.

Umgeben vom gewaltigen Ozean und im Angesicht der eigenen kosmischen Bedeutungslosigkeit war es kein Wunder, wenn man sich zur Religion hingezogen fühlte. Dennoch saß sie hier, bei ihrem fünfundzwanzigsten Termin, und war noch immer außerstande, an Pater Bills Gott zu glauben, sosehr sie sich auch danach sehnte. Es war die einzige Wahrheit, die sie dem Priester nicht anvertrauen wollte. War *das* nicht auch ein Zeichen?

»Wie ich damit zurechtkomme?«, überlegte sie. »Hmm. Wick MediNait, würde ich sagen.«

»Aber nicht doch, Meine Süße«, sagte Pater Bill tröstend. »Wir sind nur noch wenige Tage vom Heimathafen entfernt. Konzentriere dich darauf. Es gibt doch zu Hause sicher Dinge, die dich aufmuntern? Den Gesang der Vögel? Das Lachen der Kinder? Zu früh geweckt zu werden von Nachbarn, die den Bürgersteig fegen? Gott ist überall. Oder deine Familie, wenigstens?«

Jenny versuchte sich vorzustellen, wie Jorge und Lorena Pagán aussehen mochten, wenn sie fröhlich waren, sah aber nur die mürrische Enttäuschung ihres Vaters und die mascaraverschmierten Wangen ihrer Mutter vor sich, wenn sie ihnen von dem Flugverbot erzählte. Nach dieser spirituellen Beratung würde sie sich wieder im Bereitschaftsraum der Roten Schlangen einfinden müssen, wo eine Erniedrigung auf sie wartete, gegen die die Liebchen-Wand ein Scheißdreck war. Vielleicht sollte sie die Kapelle einfach nie wieder verlassen. Vielleicht würde sie hier bei Pater Bill bleiben, wo sie in Sicherheit war.

Pater Bill betrachtete ihr Mienenspiel. »Warten die nicht schon darauf, dich …«

KRACH! BUMM!

»… in San Diego abzuholen?«

Das Wiedersehen auf dem Werftgelände war eine große Nummer bei der Marine. Jetzt gerade waren Hunderte Seeleute überall auf dem Schiff damit befasst, wie man sich wieder erfolgreich in die Zivilgesellschaft integrierte. Manche hatten kleine Kinder, die sie noch nie gesehen hatten. Manche mussten sich darauf vorbereiten, die Freundin nicht für ihre Gewichtszunahme oder die neue Frisur zu kritisieren. Wie beim Abschlussball oder der Abschlusszeugnisvergabe war es unmöglich, sich keinen Kopf über dieses Ereignis zu machen, das in viel zu vielen Filmen eine Rolle spielte. Das Pferdegeklapper unzähliger Stöckelschuhe auf Betonplatten, das Klirren eines fallen gelassenen Seesacks, das Aneinanderpressen von Gesichtsfleisch, das gegenseitige Verschlingen.

»Nein, die werden nicht kommen«, sagte sie. »Zu teuer. Ich sehe sie erst in Detroit.«

Falls ich es nach Detroit schaffe, fügte sie im Geiste hinzu, was sie gleichsam erschreckte und erregte. Sie war am Ende eines Lebensabschnitts angelangt, so viel stand fest. Nur nicht an dem Ende, das sie sich erhofft hatte: ihrem Rufzeichen auf der Hülle eines Kampfjägers.

»Gehe noch einmal bei einem Gebet in dich«, sagte Pater Bill mit Nachdruck.

»Ich will es versuchen«, sagte sie.

»Ich weiß, dass dir das Beten schwerfällt. Hast du dein Matrosenbekenntnis noch? Deine Idee von neulich, es aufzusagen, um dich ans Beten zu gewöhnen, hat mir gefallen. Sprich es Gott vor. Er wird dich verstehen und dir auf Seine Weise antworten.«

Jenny hatte das Matrosenbekenntnis im Bordladen gekauft, ein kleines Hochglanzposter, das nun an der Wand neben ihrem Bett klebte. Wenn sie nach Ruhe im Schiff nicht schlafen konnte, richtete sie die Taschenlampe auf das Poster und rezitierte die Passagen, die ihr gefielen, sodass sich ihr Flüstern mit Schnarchen, Bettdeckengewühl und pfeifenden Luftröhren vermischte.

Ich verkörpere den Kampfgeist der Marine.

Aber wohin war dieser Geist nur entflohen?

Ich werde den Befehlen derer gehorchen, die zum Dienst über mir berufen sind.

Aber war es am Ende Gott, der die letztgültigen Befehle erteilte?

Ich bin ein Matrose der Vereinigten Staaten.

Diese sieben Wörter immerhin waren eindeutig wahr, und sie wiederholte sie oft, bis sie sich zum Schlafen zusammenrollte.

Einmal hatte Pater Bill alle möglichen seltsamen Fragen zu ihren Schlafgewohnheiten gestellt. War es heiß in ihrer Koje? Natürlich, hatte sie gesagt, auf den unteren Decks ist es immer heiß. Was trug sie zum Schlafen? T-Shirt und Unterwäsche, hatte sie gelacht, so wie alle. Während dieses Gesprächs hatte er *hungrig* gewirkt. Wahrscheinlich *war* er einfach hungrig, hatte Jenny sich gesagt. Hungrig danach, die Herzen und Köpfe der Seeleute in Not zu verstehen.

Pater Bills Eifer, ihr zu helfen, beeindruckte sie stets aufs Neue. Sie war ihm Vertrauen schuldig.

KRACH! BUMM!

»Ich hatte … Letzte Nacht … Ich bin geflogen und hatte ein …«

Pater Bill nickte. »Ich weiß.«

Hätte sie die Beherrschung eines echten Matrosen gehabt, hätte sie sich davon abhalten können, die Hände vors Gesicht zu schlagen – noch eine schwächliche, feminine Geste. Natürlich wusste Pater Bill es bereits. Mittlerweile wussten es alle an Bord der *Olympia*.

»Sei ganz offen«, ermunterte er sie. »Gott ist hier bei uns, in diesem Raum, auf diesem Schiff, auf diesem Ozean. Er will dich kennenlernen, mit Leib und Seele.«

Zögernd redete Jennifer Angelys Pagán. Ihre Erinnerung an die vergangene Nacht hatte bereits die explosive Klarheit eines bleibenden Traumas angenommen.

Um 1654 Uhr hatte sich Jenny in eine F-18 gesetzt, die natürlich das Rufzeichen eines anderen auf der Außenwand trug. Um 1705 Uhr war sie zu Katapult #3 geschleppt worden. Regentropfen waren mit dem Gewicht von Nagetieren auf ihre Kanzel geprasselt, aber den Checks vor dem Flug zufolge war alles in bester Ordnung. Sie reckte ihren Daumen in Richtung der kaum sichtbaren Deckbesatzung. Ihre Sichtweite betrug unter zwanzig Meter, und der Sturm in ihrem Innern passte sich dem Röhren und Pfeifen draußen an. *Ich bin ein Matrose der Vereinigten Staaten,* sagte sie sich. Die Gasstrahlabweiser klappten hoch, das Katapult löste aus. In zwei Sekunden beschleunigte sie von null auf über 200 km/h. Ihre Organe wollten sich durch den Rücken in den Sitz drücken. Die Lichter des Flugdecks sausten vorbei. Der Ozean schien mit schwarz schäumenden Tentakeln nach ihr zu greifen. Die F-18 zog ruckartig nach oben, durch Regen, der wie Münzen auf dem Cockpit klimperte.

Nach fünfundneunzig Minuten im rauen Wetter setzte sie zur Landung an; Fahrwerk, Fanghaken und Landeklappen ausfahren, auf den Kanal des Landesignal-Offiziers schalten, auf 250 Meter Flughöhe gehen. Nichts im Matrosenalltag war gefährlicher, als einen Düsenjäger so zielsicher auf dem schwankenden Deck eines Trägers aufsetzen zu lassen, dass der Fanghaken am Heck der Maschine eins der vier Fangseile erwischte.

Alle vier Kabel zu verfehlen nannte man einen Ausreißer – und genau das passierte bei Jennys erstem Landeanflug. Sobald ihre Reifen auf dem Flugdeck aufsetzten, wusste sie, dass sie übersteuert hatte, also drückte sie aufs Gas und schoss wieder in den Himmel hinauf. In so einem Sturm war ein Ausreißer entschuldbar, aber es waren nicht die G-Kräfte, die ihr den Atem nahmen. Es war die Erkenntnis, dass sie, sowie das Gummi der Reifen ihrer F-18 übers Deck geschlittert war, die Nerven verloren hatte. Die Lämpchen an ihrem Armaturenbrett wirkten wie Karnevalsbeleuchtung, rauschten wie ein Karussell an ihr vorbei.

Sie reihte sich wieder in die Warteschleife ein. Um 1842 Uhr setzte sie erneut zur Landung an und produzierte abermals einen Ausreißer. Um 1920 Uhr den dritten, um 1948 Uhr einen vierten. Außer ihr waren zu dem Zeitpunkt nur noch zwei andere Maschinen in der Luft, und ihr Treibstoff war derart zur Neige gegangen, dass die Geschwaderkommandantin Ellen Truswell eine Super Hornet aufsteigen lassen musste, um eine heikle Luftbetankung inmitten des wütenden Sturms durchzuführen. Danach musste auch die Super Hornet wieder landen – ein weiteres Leben, das Jenny in Gefahr gebracht hatte. Sie dachte an ihren Schleudersitz und stellte sich vor, wie ihr das kalte dunkle Salzwasser eine Ohrfeige verpasste.

Ich bin ein Matrose der Vereinigten Staaten, sagte sie sich.

Jenny würde noch vier weitere Ausreißer fabrizieren – acht insgesamt –, ehe sie um 2207 Uhr den Steuerknüppel gerade hoch genug zog, um über das Heck des Schiffs zu gleiten und das erste der vier Kabel zu erwischen. Die F-18 kam schlitternd zum Stehen, die Sicherheitsgurte quetschten ihren Brustkorb. Sofort war ihr Helm vor Schweiß und Tränen beschlagen und warf das Echo ihres hyperventilierenden Atems zurück. Bevor sie sich sammeln konnte, war die Deckbesatzung herbeigeeilt, befreite sie aus den Sicherheitsgurten und half ihr aus dem Cockpit und die Leiter hinunter. Ihre Beine fühlten sich knochenlos an und sackten auf dem nassen Flugdeck unter ihr zusammen. Männer schlangen sich ihre schlaffen Arme um die Schultern und zerrten sie zur Insel. Es waren keine anderen Jäger mehr in der Luft, die noch Lärm gemacht hätten, also dankte sie nur dem Sturm, dass er ihr Schluchzen übertönte.

Selbst jetzt steckten ihr die Schluchzer noch im Hals, und nur das Gewicht ihrer Flugmontur verhinderte ihren Ausbruch. Aber Pater Bill ahnte etwas, seine von Fältchen umgebenen Augen waren schärfer als die der jungen Seeleute an Bord.

»Du fürchtest, andere Matrosen in Gefahr gebracht zu haben«, schloss er.

Direkt und auf den Punkt. Jenny nickte, betrachtete ihre Schuhe und fragte sich, ob die herabfallenden Tränen das stolze braune Leder zum Schwarz des Fußvolks umfärben würden.

»Wer auch immer da ständig Leuchtstäbe ins Wasser schmeißt.« Jenny schniefte und putzte sich die Nase. »Ich bin auch nicht besser.«

Sie hielt es für ausgeschlossen, je wieder einem anderen Menschen in die Augen schauen zu können. Dann aber fühlte sie ein Zwicken und stellte fest, dass Pater Bill eine Hand auf ihr Knie gelegt hatte. Sein knochiger Griff tat weh, aber sie wusste ja, dass es nur tröstend gemeint war.

»Du *bist* besser als der«, flüsterte er. »Weil du *hier* bist. Schau dich um. Du sitzt in Gottes Haus. Mehr möchte Er gar nicht. Wir können Seine Vergebung systematisieren, falls du das willst. Ein paar Ave-Marias und dergleichen. Indem du aber hier das Wort erhebst, in dieser bescheidenen Stätte der Andacht, bittest du Ihn bereits um Vergebung.«

»Aber wird Er ... einer Frau vergeben, die nicht mal ... die sich nicht sicher ist, ob ...«

»Ob sie an Ihn glaubt?« Pater Bills Hand rutschte von ihrem Knie ein Stück nach oben und drückte abermals zu. »Der Glaube ist eine wundersame Sache, Meine Süße. Manche tragen ihn in rauen Mengen in sich, benutzen ihn aber trotzdem nur für selbstsüchtige Zwecke. Andere glauben vielleicht nur ein Mal in ihrem Leben wirklich, aber dieses eine Mal zählt dafür umso mehr. Das erinnert mich an die jüdische Legende vom Golem. Kennst du die?«

Sie konnte seinen sanften Blick nicht länger als einen Augenblick ertragen. Jetzt starrte sie auf seine Füße – schwarze Stiefel mit Gummisohlen, dicke graue Socken.

»Ein Golem ist eine Art Monster, normalerweise aus Lehm geformt. Es wird von einem Schöpfer zum Leben erweckt, der nur selten begreift, was für eine Art Ungetüm er erschaffen hat. Ein Kollege von mir, ein Rabbi, hat mir mal erzählt, dass er einen alten Juden kannte, der schwor, einen Golem aus dem Blut und dem Schlamm eines Schlachtfelds im Zweiten Weltkrieg geformt zu haben. Dieser Golem habe seine ganze Einheit gerettet. Der Rabbi glaubte daran. Er war sich sicher, dass Golems im Lauf der Geschichte immer wieder erschaffen wurden, angeblich, um Ihre Schöpfer zu schützen, tatsächlich aber, um die Erde selbst zu beschützen. Warum sollten Sie sonst so einfach zu erschaffen sein? Der Rabbi war der festen Überzeugung, eines Tages würden sich die Golems gegen Ihre Schöpfer auflehnen, lernen, wie Sie mehr von Ihrer Art herstellen können, und Ihre Überzahl schließlich nutzen, um alles Übel vom Angesicht der Erde zu tilgen.«

Ein dunkler roter Fleck wuchs auf Pater Bills linker Socke. Blut? Jennys Blick wanderte das Bein hinauf, das er etwas nachgezogen hatte.

»Das ist natürlich Unsinn«, fuhr er fort. »Aber trotzdem erhellend. Wenn es um den Glauben geht, zählt Qualität, nicht Quantität.«

»Pater.« Jenny räusperte sich. »Sie bluten.«

Pater Bill schaute nicht hin. Stattdessen grinste er, ein breiter Mund voll gelber Zähne, und packte ihren Oberschenkel so fest, dass sie glaubte, seine Fingerspitzen müssten sich wie Speere durch ihre Fliegermontur bohren. Er beugte sich vor. Sie roch Blut in seinem Atem.

»So soll denn alles sterblich Fleisch stillschweigen«, raunte er.

Jenny mochte diesen Mann und vertraute ihm. Jetzt aber hörte sie, so klar wie die Schiffspfeife der *Olympia*, das Alarmsignal, das alle Frauen in sich tragen. Sie hatte die Situation falsch eingeschätzt. Sie war nicht in Sicherheit. Sie spürte, wie sie die Ellbogen anzog und die blassen Unterarme drehte: die Mobilmachung für den Handgelenks-Kampf.

Bevor sie den Kampf aufnehmen konnte, wurden sie und Pater Bill gleichzeitig vom lautesten aller Alarmsignale an Bord eines Trägers ergriffen – der Stille. Auf einem Flugzeugträger kam das Verstummen von Krach und Bumm während der Einsatzzeit dem Verstummen des eigenen Herzschlags und Atems gleich. Es war früher Nachmittag an einem Tag mit einem vollgepackten Flugplan, und die Pause auf dem Flugdeck dauerte bereits eine entscheidende Sekunde zu lange. Jenny keuchte und fühlte sich kraftlos, als wären ihr Herzschlag und Atem wirklich zum Erliegen gekommen; als wäre sie gestorben, ohne es bemerkt zu haben.

DU BIST HUNGRIG

Du bist hungrig. Du wachst auf. In dieser Reihenfolge.

Dieser Hunger ist anders als jeder Hunger, den Du je gespürt hast. Dieser Hunger ist ein Nichtvorhandensein. Etwas ist Dir genommen worden. Du weißt nicht, was. Der Hunger ist überall. Die Faust, Hunger. Die Knochen, Hunger. Das Fleisch, Hunger. Das Hirn, Hunger. Überall dazwischen, Hunger. Er ist der Grund für Dein Erwachen. Der Grund dafür, dass Du Dich in Bewegung setzt. Der Grund.

Du schaust Dich um. Du siehst schlecht. Neben Dir liegt ein Körper. Du riechst daran. Er riecht intensiv. Du erinnerst Dich dunkel an Alkohol. Du erkennst den Körper. Er wurde einmal Jean Cobb genannt. War Jean Cobb wichtig? Du weißt es nicht. Jean Cobb hat Dich Scud genannt. Daran erinnerst Du Dich jetzt. Das Seltsame ist nur: Jean Cobb ist nicht mehr Jean Cobb. Sie ist Du. Du bist auch Du. Du spürst den Hunger in euch beiden. Du spürst den Hunger für euch beide. Der Hunger ist ein Ding, das sich nach außen streckt. Das nach mehr Dus sucht. Aber keine findet. Noch nicht. Nur das Scud-Du und das Jean-Du. Nur

DU DU

Du experimentierst. Dein Hals funktioniert. Deine Finger funktionieren. Deine Glieder funktionieren. Du entwirrst Dich von Jean-Du. Du stehst auf. Du wankst. Aber Dein Fuß weiß, was zu tun ist. Er schnellt vor, bewahrt Dich davor hinzufallen. Denn Dein Fuß ist auch hungrig. Wohin gehst Du? Das musst Du nicht wissen, nicht alles von Dir. Dein Körper ist eine Spürnase, hat

Witterung aufgenommen, muss auf die Jagd gehen. Du wirst wissen, dass Du Dein Ziel erreicht hast, sobald Du Dein Ziel erreicht hast. Du kannst es schon ahnen. Nahrung, um die Leere auszufüllen. Um zu ersetzen, was genommen wurde.

Du läufst auf wackligen Beinen. Deine Muskeln verkrampfen sich. Du läufst gegen eine Wand. Der dumpfe Aufschlag scheint von weit her zu kommen. Du hörst so schlecht, wie Du siehst. Du drehst Dich um. Du gehst in eine andere Richtung. Du läufst gegen eine andere Wand. Drehst Dich um. Deine Augen sehen eine Tür. Mit der Tür kommt eine Erinnerung. Türen sind Durchgänge. Du denkst an das Jean-Du auf dem Boden und spürst das Verlangen, bei ihm zu bleiben. Das Verlangen ist fast so stark wie der Hunger. Aber der Hunger gewinnt. Du bewegst Deine Beine und läufst mit dem Bauch voran gegen die Tür.

Die Tür öffnet sich nicht. Das missfällt Dir. Ein Geräusch kommt aus Dir heraus. Es klingt löwenartig, wie ein Brüllen. Es überrascht Dich. Du hast nicht gewusst, dass Du Geräusche machen kannst. Du versuchst, noch ein Geräusch zu machen. Es gefällt Dir nicht. Du willst noch mal das erste Geräusch machen, das stärkere. Es ist eine Vorliebe. Vorliebe ist wichtiger, als Du gedacht hast. Du bist nicht mehr Scud, aber Du bist eher Scud als eine Maus oder ein Insekt. Du versuchst Dich noch einmal am Brüllen. Näher dran diesmal, ein Knurren.

Du lernst.

Die Tür weicht vor der Berührung Deiner Hände zurück. Du schlurfst vorwärts, Deine Masse zieht die Tür weiter auf. Plötzlich bist Du frei von ihrem Widerstand, an einen neuen Ort gelangt. Es ist ein schmaler, grauer, fensterloser Gang. Nichts als Wände. Du entwickelst eine neue Vorliebe. Wände, die gefallen Dir nicht. Du richtest Dich auf einen fernen Punkt aus, an dem die Wände zu enden scheinen.

Ehe Du Dich in Bewegung setzen kannst, kommt ein Geräusch aus dem Raum, den Du verlassen hast. Es ist das Jean-Du. Jean-Du ist erwacht, wie Scud-Du erwacht ist. Das Scud-Du würde das Jean-Du gern wiedersehen. Du drehst Dich zur Tür um und drückst sie abermals mit Deinen Händen auf. Von dieser Seite zu drücken hat aber keinen Erfolg. Da ist ein Ding, ein Griff. Du erinnerst Dich nicht, wie es funktioniert. Du machst ein Geräusch. Diesmal ist es das Brüllen, das Du haben wolltest.

Du kannst nichts tun. Du kannst Jean-Du nicht erreichen. Diese Idee ist nicht länger gültig und verblasst auf der Stelle. Hunger. Hunger. Du drehst Dich wieder in Richtung Gang und gehst los. Deine ersten Schritte sind ungelenk. Dein Körper wankt und kippt. Langsam wirst Du besser. Du entwickelst einen funktionierenden Bewegungsablauf. Du stellst fest, dass Du kein Zeitgefühl hast. Als Du das Ende des Gangs erreichst, weißt Du nicht, ob der Weg einen Augenblick oder eine Ewigkeit gedauert hat. Es kümmert Dich nicht.

Du stellst fest, das der Gang eine Biegung hat. Du drehst Dich zur Seite. Du kannst nicht gut hören, trotzdem bist Du von Geräuschen umgeben. Zischen, Scheppern, Rasseln, Tuckern, Trällern, Knallen, Knarren, Klopfen, Hupen, Klingeln, Piepen, Krachen, Summen, Dröhnen, Gluckern, Brechen, Rauschen, Schnurren, Klimpern, Pfeifen. Und hallendes Klappern. Und gurgelndes Murmeln. Du weißt, was das für Geräusche sind. Gehen, Reden. Der Hunger erreicht einen neuen Höhepunkt. Diese Geräusche stammen nicht von Dir. Aber sie könnten ein Teil von Dir werden. Du gehst auf sie zu.

Du weißt nicht, dass Flüssigkeit aus Deinem Mund rinnt. Du weißt nicht, dass es sich um einen Cocktail aus bleichem Blutplasma, abgestorbenen Zellen und schwarzen verklumpten Arterienablagerungen handelt. Du weißt nicht, dass die Flüssigkeit zunehmend zähflüssiger wird, angereichert mit Abfallprodukten, die Du nicht länger ausscheiden kannst. Du kannst diese Flüssigkeit nicht schmecken, weil sie wie Du schmeckt. Was Du schmecken willst, ist etwas anderes.

Du siehst sie. Drei Schnelle treten in Dein Blickfeld. Hunger, Hunger. Sie durchqueren Lichtkegel. Jede Sekunde, die sie im Dunkeln verbringen, betrauerst Du ihre Abwesenheit. Jede Sekunde im Licht spürst Du jetzt, wie Speichel Dein Brusthaar beschwert.

Die Schnellen sind in wenigen Sekunden bei Dir. Hunger, Hunger, Hunger. Ein paar Schritte entfernt halten sie an. Du kannst sie nicht auseinanderhalten. Ihre Gesichter haben den gleichen Ausdruck. Ihre Uniformen sehen gleich aus. Nur die Abzeichen auf ihren Schultern sind unterschiedlich.

Du blickst auf Deine eigene Schulter hinab. Du hast auch Abzeichen. Diese Abzeichen bedeuten, dass Du auch einmal ein Schneller warst, aber das verstehst Du nicht. Trotzdem löst der Anblick etwas Seltsames in Dir aus. Würdest Du das Wort *Wehmut* kennen, wäre es in diesem Fall angebracht. Diese Abzeichen standen für ein Leben. Du hast das Gefühl, dass Teile dieses Lebens gut waren. Du siehst braune Speichelfäden über Deine Abzeichen kriechen. Dieses Leben ist nicht mehr. Leben ist nicht mehr. Das macht nichts. Damals war da nur ein Du. Wie bedauernswert. Jetzt können es so viele Dus mehr sein.

Der erste Schnelle hat Haken auf dem Ärmel. Er öffnet den Mund. Du riechst das Salz auf seinen Lippen, die Lauge auf seiner Zunge. Er macht köstliche feuchte Geräusche, die Dein Fleisch zum Singen bringen. Einige der Worte kannst Du sogar noch entziffern.

matsch matsch matsch KRANK matsch matsch matsch BESOFFEN matsch matsch matsch SALUTIEREN matsch matsch SALUTIEREN matsch SALUTIEREN matsch VERDAMMT NOCH MAL matsch UNGEHORSAM matsch

Das Gesicht des Schnellen färbt sich rot. All das heiße, salzige Blut direkt unter der Oberfläche. Dein Hunger entflammt. Du greifst mit beiden Händen nach ihm. Eine schlägt er zur Seite, aber die andere packt sein Hemd. Du weißt, wie man zupackt. Der Schnelle umklammert Dein Handgelenk. Er schreit erschrocken auf. Du beugst Deinen Oberkörper vor. Du fällst über Deine Füße. Dein Kopf saust auf seinen Kopf zu. Du öffnest den Mund. Dein Mund ist alles, was zählt. Du fällst auf ihn. Deine Zähne versinken in der weichen Wölbung seines Kinns und treffen auf Knochen.

Der Schnelle schreit.

Dein Unterkiefer schließt sich um seinen Unterkiefer. Du hast das Gleichgewicht verloren. Du hängst mit den Zähnen an seinem Gesicht. Du hörst das Fleisch von seinem Kinn reißen. Heißes Blut ergießt sich in Deinen kalten Mund. Hunger, Hunger, Hunger. Deine Kiefer knirschen. Deine Zunge will mehr. Deine Zunge streckt sich, um an dem entblößten Knochen zu lecken. Deine Zunge streckt sich so sehr, dass Du spürst, wie sie von Deinem Gaumen reißt. Der Schnelle schubst Dich von sich. Die Haut an seinem Kinn spannt sich an. Du erinnerst Dich an geschmolzenen Käse. Sie ist genauso, genauso salzig.

Die anderen beiden Schnellen packen Dich und ziehen an Dir. Du willst auch sie beißen. Du verrenkst Dir den Nacken. Die Haut am Kinn des Ersten reißt ab. Im Fallen ergreifst Du den Arm des zweiten Schnellen und ziehst ihn mit Dir zu Boden. Der Boden ist kalt, das Blut so heiß, dass es auf ihm zischt. Du kannst die Infektion riechen, die Infektion namens Leben. Du willst sie vom Boden lecken, aber der, der hingefallen ist, liegt unter Dir, und das ist noch besser. Er will sich mit dem Unterarm schützen. Du beißt ihm ins Handgelenk und reißt einen heißen Mundvoll heraus. Du spürst die durchtrennten Adern in Deinem Mund zucken und spritzen.

Die Schnellen, die jetzt dazustoßen, sind mehr, als Du zählen kannst. Sie versuchen Dich aufzuhalten. Es macht Dir nichts aus. Sie bestehen aus Fleisch. Aus Fingern zum Reinbeißen. Aus Händen zum Kauen. Aus Beinen zum Kratzen. Vor lauter Appetit bist Du wie im Wahn. Die Schnellen fallen und stürzen und machen lustige Geräusche. Du kannst Dich selbst in ihrem frisch veränderten Blut riechen. Sie sind

DU DU DU DU DU DU
DU DU DU DU DU
DU DU DU DU DU DU

Die Schnellen sind jetzt überall. Sie könnten Dich zerstören. Du machst Dir keine Sorgen. Du wirst in diesen anderen Dus weiterleben. Ein kleiner Teil von Dir, der einmal Scud hieß, vermisst das andere Du, das einmal Jean Cobb hieß, aber Du hast das Gefühl, dass sich Scud-Du und Jean-Du wiedervereinen werden, je mehr Dus es gibt. Dies ist das Ende. Und der Anfang.

MUTTERSÖHNCHEN

Zwei Stunden bevor die erschrockene Jennifer Angelys Pagán von Kapitänleutnant William Koppenborgs groben Fingern gepackt wurde und kurz bevor Stille auf dem Flugdeck herrschte, war der Rekrut und Smutje Matthew Sears zu Beginn seiner Schicht unerlaubt abwesend. Matt war ab 1400 Uhr in der größten der sechs Bordküchen auf Deck 02 für Chili und Suppe eingeteilt; der Küchendienst an Bord begann jeden Tag mit dem Weckruf um 0600 Uhr und endete erst mit den Mitternachtsrationen. Jetzt war es bereits 1425 Uhr. Matt würde ordentlich was zu hören kriegen. Sein Vorgesetzter Lance Fiederling war ein Schreihals, dem selbst der herrischste Fernsehkoch nicht das Wasser reichen konnte.

Außerdem war es bereits das dritte Mal, dass Matt in letzter Zeit zu spät kam. Vor fünf Wochen hatten ihn zwei Artilleristen in die Mangel genommen. Er hatte gerade ein weinerliches Telefonat mit seiner Mutter beendet, die er »Mami« nannte, was die beiden Arschlöcher durch Zufall gehört hatten. Sie setzten sich auf seinen Brustkorb, bis er fünf Minuten zu spät war, verhöhnten ihn als Muttersöhnchen und forderten ihn auf, sich doch zu wehren, was er jedoch verweigerte. Heute Morgen waren sie wiedergekommen und hatten sich eine Viertelstunde auf seinen Brustkorb gesetzt. Matt konnte nichts dagegen tun, außer von dannen zu hinken, nachdem ihnen die Sache langweilig geworden war, und zu akzeptieren, dass sein Gesicht gleich Zielscheibe für Lance Fiederlings feuchte Aussprache sein würde.

Matt Sears rannte – marschierte, wenn ihm Offiziere begegneten – und rannte weiter. Sein Blickfeld schwankte, als hätte er zu viel gesoffen. Sein Gleichgewichtssinn war aus dem Takt; er taumelte nach backbord. Prallte mit der Schulter gegen eine Luke. In seinem Bauch spürte er Übelkeit wie einen Wurm aufsteigen. Das hatte ihm gerade noch gefehlt. Er wusste, was Mami dazu sagen würde: *Bleib doch im Bett, Kindchen.* Er wusste aber auch, was Vater, ein Vizeadmiral im Ruhestand, sagen würde: *Solange du nicht im Sterben liegst, trittst du deine Schicht an, Matrose, und selbst fürs Sterben bittest du vorher um Erlaubnis.*

Hatte er sich eine Grippe eingefangen? Er erinnerte sich an den Grippeausbruch im dritten Monat ihres Einsatzes; binnen drei Tagen hatten die Schiffsärzte alle fünftausend Matrosen durchgeimpft. Es fühlte sich trotzdem wie eine Grippe an. Kopf und Brust waren bleischwer, ein muffiger Schleim hing ihm im Rachen, und trotz der Hitze im Unterdeck fröstelte er. Mami würde es psychosomatisch nennen. Er war ein nervöses Kind, und nach dem Sturm letzte Nacht, dem Zwischenfall mit den Ausreißern und dem falschen Mann-über-Bord-Alarm war die Anspannung noch im ganzen Schiff zu spüren. Und all das, wo es sich bereits dem Heimathafen näherte.

Vielleicht reagierte sein Körper auch auf das, was er eben vor dem Windenraum gesehen hatte; ein Haufen Männer hatte dort mit einem nackten Irren gerungen. Solche Ausraster kamen häufiger vor, als man es bei der Marine zugeben wollte – manche Leute wurden auf See tatsächlich verrückt. Matt hatte allerlei Geschichten gehört. Von Typen, die ihre Kojen mit Scheiße beschmierten. Mit Schraubenschlüsseln auf die Bomben im Lager eindroschen. Vielleicht auch Leuchtstäbe ins Wasser warfen.

Er wartete auf die passende Gelegenheit, sich am Handgemenge vorbeizuschleichen, drückte sich an die Wand und kroch weiter. Der nackte Mann unter dem Männerhaufen brach zusammen und verursachte eine Matrosenlawine. Matt spürte Finger, entsetzlich kalt, die blind nach seiner Hand griffen. Während er sich weiterschob, strichen die Fingernägel wie Krallen über seinen Handrücken. Er stolperte außer Reichweite, die Stiefel glitschig auf dem blutverschmierten Boden.

Er ging weiter, er musste weiter, und untersuchte seine Hand erst, als er die hellere Beleuchtung bei der nächsten Leiter erreichte. Drei blutige Kratzer. Er wurde von Selbstmitleid übermannt. Die Kratzer taten weh, ihm wurde übel, er wollte nach Hause – er war ein Muttersöhnchen, genau wie die Artilleristen gesagt hatten. Er legte die andere Hand auf die Wunden, um den Blutfluss zu stoppen, und kletterte mühsam die Leiter hoch. Flugzeugträger produzierten Verletzungen am Fließband; es war nicht mal die schlimmste Wunde, die er sich allein in diesem Monat zugezogen hatte.

Fiederlings Geschrei erreichte legendäre Ausmaße. Als er so richtig in Fahrt gekommen war, konnte Matt ihm kaum noch folgen. Er fühlte sich immer schlechter. Hundsmiserabel, um genau zu sein. Ölige Schweißperlen liefen an Fiederlings Speichel vorbei im Slalom das Gesicht hinab. Sein Rachen fühlte sich so fiebrig an, dass er flammend rot sein musste. Seine Eingeweide zogen sich zusammen, obwohl er keine rektale Dringlichkeit verspürte. Was immer da in ihm gärte, wollte an Ort und Stelle bleiben.

Matt taumelte in die Vorratskammer. Die grellen Neonröhren funkelten über Konserven voller Bohneneintopf mit Schweinefleisch von Victory Garden und dicker Wurstsoße. Konzentrier dich auf die Arbeit, ermahnte er sich. Die ganze *Olympia* zu ernähren war eine Mammutaufgabe. Fiederlings Armee bestand aus einhundert Köchen und zweihundert Gehilfen. Sie servierten jeden Tag fünfzehntausend Mahlzeiten. Matt allein würde wohl mehrere Hundert Portionen Chili-Eintopf servieren, noch bevor die Mittagszeit wirklich begonnen hatte.

Er kam am Latexhandschuhspender vorbei. Ja, lieber auf Nummer sicher gehen. Die beiden Gummipeitschenhiebe auf seinen Handgelenken belebten ihn wie Ohrfeigen. Er brauchte seine Mami nicht. Er würde das allein durchstehen. Mehrmals klappte er die Augen auf und zu, um die körnige Kruste loszuwerden, die sich an seinen Lidern bildete.

Da war sie. Die Suppenausgabe. Ein langer Sarg aus geschwungenem Stahl. Der Spuckschutz war frisch geputzt. Da Matt zu spät kam, warteten die Töpfe bereits auf ihn, große Bottiche, versenkt in exakt sechzig Grad heißen Wasserbecken. Er schlurfte hinter den Tresen. Der Kollege, der die Arbeit für ihn übernommen hatte, starrte ihn finster an.

Als der finstere Blick rasch einer besorgten Miene wich, dachte Matt, er müsse wohl wirklich ziemlich elend aussehen. Er wandte sich ab und betrachtete die Suppen. Der Bottich voller Tomatensuppe verschwamm mit dem Bottich voller Hühnchen mit Reis. Langsam dämmerte ihm, dass vor dem Tresen ein Matrose wartete. Matt griff nach der Kelle, die klappernd Reißaus nahm. Das schrieb er den Latexhandschuhen zu; er hatte kein Gefühl in den Fingern. Ein zweites Mal griff er nach der Kelle und war ganz ehrfürchtig, als es ihm gelang, sie anzuheben.

Es gelang ihm jedoch nicht, damit auch Suppe zu servieren. Die Kelle krachte gegen die Schale des Matrosen und verspritzte Suppe überall. Der Seemann brüllte und fluchte und sagte allerhand unfreundliche Dinge über Matt, aber Matt hörte nicht zu. Er hörte schlecht, als hätte er sich die dicken Ohrenschützer der Flugdeck-Besatzung ausgeliehen. Auch seine übrigen Sinne ließen nach. Selbst den »Bug Juice« konnte er kaum noch riechen, diese leuchtend rote Zuckerbombe, die Marine-Variante von Kool-Aid-Limonade. Seine Sichtweite war auf unter einen Meter geschrumpft. Aber trotz allem fühlte er sich nicht mehr krank, zumindest nicht so richtig; er war inzwischen bei einer prickelnden Taubheit angelangt. Auf Mamis Geheiß die Kombüse zu verlassen war keine Option mehr.

Er würde es Fiederling zeigen. Er würde es Vater zeigen. Mit gelähmten Fingern griff er nach der Kelle. Diesmal erkannte er das Problem. Die drei Kratzer auf seinem Handrücken bluteten immer noch. Um genau zu sein, hatte das Blut seinen Handschuh wie ein pralles Kondom anschwellen lassen.

Ganz langsam fasste er den Griff der Schöpfkelle. Während er jeden Finger einzeln in Position brachte, schwoll der Blutballon noch weiter an. Matt war fasziniert. Er fragte sich, wie lange der Handschuh noch halten würde. Er krümmte den vierten Finger.

Der Latex-Tumor schwabbelte. Er sah Mami vor sich, die weinend klagte, er hätte sich nie verpflichten dürfen. Er sah Vater vor sich, der über seinen Schnauzbart hinweg schnaubte und erklärte, jede Arbeit, die es wert war, angefangen zu werden, sei es auch wert, abgeschlossen zu werden.

Matt krümmte den Daumen um den Stiel. Die Latexblase platzte. Dunkles Blut schoss in die Tomatensuppe und versank wie ein Fleischklößchen. Matt blinzelte und spürte, wie seine Wimpern zusammenklebten. Vielleicht sollte er die Kelle benutzen, um das Blut wieder herauszufischen. Aber das war furchtbar anstrengend, und er war sehr erschöpft.

»Muttersöhnchen, aufwachen!«

Matt schaute auf. Alles war in geisterhaftes Weiß getaucht, als hätte sich der Rahmpfropfen aus einer Frischmilchflasche über seine Pupillen gelegt. Trotzdem erkannte er die Artilleristen wieder, die ihn auf den Boden gedrückt hatten.

»Gibst du uns jetzt Suppe oder nicht, Muttersöhnchen?«

Matt fühlte nichts als das erleichternde Kribbeln, mit dem sein Blut in die Suppe rann. Der erste Artillerist schnaubte, riss Matt die Kelle aus der Hand und goss sich eine große Portion ein. Die dunklen Schlieren in der Tomatensuppe schien er nicht zu bemerken. Matt blinzelte. Das Letzte, was er sah, war die Schlange hinter dem Artilleristen, die auf dreißig bis vierzig Mann angeschwollen war. Er wusste aus Erfahrung, dass viele von ihnen ebenfalls die köstliche Tomatensuppe haben wollen würden, genau das Richtige an diesem nassen, anstrengenden Tag.

Matt Sears war ein Überträger an Bord eines Trägers. Er starb im Stehen, die Knie gegen den Tresen verkeilt, die Nase gegen den Spuckschutz gedrückt. Sein letzter Gedanke galt den großen Gläsern mit dem roten Bug Juice, die auf jedem Tablett standen. Für Matts milchige Augen sah die Flüssigkeit zäh und salzig aus, und er wollte sie trinken, mehr davon, woher auch immer. Vorhin hatte er noch gedacht, was das Schiff für einen ordentlichen Vorrat an Nahrung mit sich führte, aber er hatte ja keine Ahnung gehabt, wie viel.

MUSTER

Karl Nishimura bemerkte die plötzliche Stille auf dem Flugdeck im gleichen Moment wie Jennifer Angelys Pagán. Sie wäre ihm sogar als Erstem aufgefallen, hätte er sich nicht zu diesem ungünstigen Zeitpunkt zu einem ausgedehnten Stuhlgang zurückgezogen. Es war ein aufreibender Tag gewesen, und der Kaffee verlangte seinen Tribut. Gerade streckte er die Hand nach dem patentierten Marine-Klopapier aus, einer Mixtur aus Schleifpapier und Stahlwolle, als das Federlager des chromfarbenen Papierhalters zu klappern aufhörte und das Wasser in der Schüssel unter ihm nicht mehr schwappte.

Er hörte nur noch die Bordlüftung und das Hintergrundsummen der Elektrik. Solche Geräusche waren eigentlich nur zwischen 2130 Uhr und 0600 Uhr wahrzunehmen. Von allen schlechten Dingen, die in den letzten sechzehn Stunden passiert waren – die Unregelmäßigkeiten in der Trägerkampfgruppe, Chuck Corsos Ghule, die Funkstille vom Flottenkommando –, war das hier das Schlimmste. Es war der Klang der Kapitulation.

Er wischte wie ein Wilder (den periodisch auftretenden Hämorrhoiden, einer Nebenwirkung seines Glühens, gefiel das gar nicht), zog sich hastig die Uniformhose hoch und rannte am Kartenraum vorbei, wo Chuck Corsos finstere Enthüllungen noch immer eifrig diskutiert wurden. Der Zustand der Navigationsbrücke entsetzte ihn. Henstrom, Lang, Legg und die anderen standen an die umlaufende Fensterscheibe gedrückt und starrten hinab aufs Flugdeck, als hätten sie diesen Anblick nicht jeden Tag von morgens bis abends vor sich.

Nishimura gesellte sich zu ihnen und sah seine Befürchtung bestätigt: Niemand hatte je so ein Flugdeck gesehen.

Es war ein altes Marine-Klischee, dass der Betrieb auf einem Flugdeck eines Trägers in Aktion an einen komplizierten Gesellschaftstanz erinnerte. Im kristallklaren Morgenlicht, wenn die Sonne von achtern die Wellen des Ozeans in rote Knitterfolie verwandelte und beide Startbahnen in lange, gleißende Goldbarren, wurde das Deck zur Bühne. Von links und rechts und aus der Mitte tauchten Tänzergruppen auf, gekleidet in bunte Gewänder, die auch von den billigen Plätzen gut zu erkennen waren: Königsblau für die Flugzeugabfertigung und die Fahrer; Blutrot für Bewaffnung und Wrackbergung; Kanariengelb für die Flugeinweiser und so weiter. Ihre Bewegungen waren präzise wie bei einer Bourrée oder einem Fouetté – das grazile Spannen der Katapulte, das geschickte Befestigen der Zugseile. Die flinken Handsignale des Landezeichenoffiziers waren so elegant wie beim Port de bras. Auch hier war eine Profitruppe am Werke, nur dass ein Fehltritt auf dieser Bühne keine Tänzerkarriere, sondern ein Menschenleben beendete.

Nishimura sah nicht nur ein Element, das nicht zur Choreografie passte, auch nicht zwei. Da unten waren mindestens *zwei Dutzend* Matrosen, die dort nichts verloren hatten, sich ohne Rücksicht auf Sicherheitsvorkehrungen über das vor Regen aalglatte Flugdeck verteilt hatten. Dieser Vorgang war so undenkbar wie Theaterbesucher, die eine Bühne stürmten.

Auf jedem Trägerschiff gab es ein Übergabeprotokoll, einen informellen Tagesplan, in dem alle für den jeweiligen Tag erwarteten Besucher verzeichnet waren – hochrangige Militärs, fremdländische Würdenträger, Politiker. Nishimura dachte darüber nach, es einzusehen, um festzustellen, um was für idiotische Touristen es sich da unten handelte. Dabei konnten es keine Besucher sein: Sie trugen Marineuniformen. Selbst aus dieser Höhe sah Nishimura überall Verstöße gegen die Kleidungsordnung, lose Hemdzipfel und besudelte Hosen. Es spielte keine Rolle, ob es Rumpftechniker oder Nuklearmaschinisten waren, die sonst nie die Sonne erblickten. Sie alle mussten wissen, dass man sich niemals einfach so auf das Flugdeck stellte.

Ein Mann war nur wenige Meter von einer EA-18G Growler entfernt, die mitten in den Startvorbereitungen steckte. Nishimura hielt den Atem an, als die Growler von Katapult eins abgeschossen wurde. Sie zerfetzte die Regenschleier und schlug dem Mann mit dem Ende ihrer dreizehn Meter langen Flügel lautlos den Kopf ab.

Nie hatte Nishimura etwas derart Entsetzliches mit angesehen. Eine Enthauptung. An Bord der USS *Olympia*. In wenigen Stunden würde die ganze Welt davon erfahren. Vielleicht dauerte es noch etwas länger, bis eine der einschlägigen Seiten im Netz auf wundersame Weise das Material einer Überwachungskamera an Bord in die Finger bekam. Die sechs Monate der letzten Reise der *Olympia*, wenn nicht gar ihre gesamte ehrenvolle Laufbahn, würden zu einer bloßen Fußnote dieses Unfalls verkommen. Nishimura sah die schwarze Blutfontäne, die aus dem Hals schoss, sah den Kopf wie einen vergessenen Volleyball übers Deck kullern.

Flottensoldaten waren nicht unbedingt Leute, die man so schnell aus der Fassung brachte, aber die gesamte Brückenbesatzung atmete zischend ein.

»Halloween«, sprudelte Lang heraus. »Ist das vielleicht nur ein Halloweenscherz?«

Nishimura war, als hätte man ihm eine Spritze Hoffnung verabreicht. Er wusste, worauf Lang hinauswollte. In sieben Tagen war Halloween, also war die Zeit für Streiche angebrochen. Unteroffiziere, die zur Inspektion im Power-Rangers-Kostüm auftauchten, der Erste Offizier, der mit ernster Stimme die Meldung vom Angriff eines Seeungeheuers durchgab – alle Mann an Deck. Aber solche Streiche wurden, wenn, dann von Kapitän Page abgesegnet. Solche Streiche waren ungefährlich. Matrosen auf ein Flugdeck zu schicken, das gerade in Betrieb war, bedeutete den sicheren Tod.

Katapult zwei schoss eine C-2A Greyhound in den Himmel. Die Kraft ihrer Düsen wirbelte einen der Eindringlinge dreißig

Meter in die Luft und schleuderte ihn auf Aufzugsplattform #2. Der Mann trug weder Schwimmweste noch Helm und hätte den Aufprall eigentlich nicht überleben dürfen. Trotzdem richtete er sich auf und humpelte los, ein Bein am Knie zur Seite verdreht. Die weiße Uniform wurde von einer Asphaltspur durchzogen, die nicht nur sein Hemd, sondern auch das Fleisch darunter aufgerissen hatte.

Er lief wieder aufs Flugfeld.

»Es ist genau so, wie ich gesagt habe!«, schrie Henstrom und fügte hastig ein »Sir!« hinzu. »Es kann sich doch nur um einen biologischen Kampfstoff handeln! Deswegen müssen wir sofort alles dichtmachen! Was, wenn das Zeug auf die Brücke gelangt, Sir?«

Nishimura hatte keine Ahnung. Er spürte eine weitere Nishimura-Pause nahen, womöglich die längste aller Zeiten. Vielleicht stand er in zehn Jahren noch hier und wartete darauf, die Sprache wiederzufinden, ein Skelett, mit Spinnweben an ein Geisterschiff gekettet.

Die Flugaktivitäten gerieten knirschend und qualmend ins Stocken. Es war erschreckend, wie schnell alle Disziplin vor die Hunde ging. Signalgeber vergaßen ihre Flaggenzeichen und wedelten wild mit den Armen, um die wartenden Piloten zu warnen. Andere rannten auf die Eindringlinge zu und versuchten, sie in Richtung Insel zu scheuchen. Eine Super Hornet stand unbeaufsichtigt und unvertäut an Deck. Sie rollte langsam nach steuerbord weg, dreiunddreißigtausend Kilo drohenden Unheils.

»Wen sollen wir anrufen, Sir?«, fragte Lang.

»Soll ich noch mal versuchen, den diensthabenden Militärpolizisten zu erreichen?«, fragte Legg.

Wer oben in der Insel Dienst tat, gewöhnte sich mit der Zeit daran, Muster zu beobachten, die vom Boden aus nicht zu sehen waren. Die Reihen der geparkten Flugzeuge an Steuerbord und Backbord sahen aus wie die Rangstreifen eines Offiziers erster Klasse. Das Abspritzen der Windschutzzäune, oft von zwei Matrosen parallel durchgeführt, erzeugte Schmetterlingsflügel in der

Luft, wenn die Sonne auf den öligen Sprühnebel traf. Anfangs wirkten die Eindringlinge, als wären sie zu keiner Ordnung und keinem Ablauf fähig. Dann aber schälten sich doch Muster heraus.

Kam einer einem Flugzeug, einer Betankungsmaschine oder einem Hilfsfahrzeug zu nahe, änderte er die Richtung und näherte sich dem nächsten Matrosen, wen auch immer er bis dahin verfolgt hatte. Nishimura sah, dass die Gruppe ein nahezu perfektes Oval auf dem Deck bildete, als stünden Die alle untereinander in übersinnlicher Verbindung.

Eine Frau in Kaki-Uniform biss einem Seemann die Finger ab. Nishimura sah, wie ihr das Blut ins Gesicht spritzte und sie daran leckte, wie ein Kind, das hinterm Haus vom Gartenschlauch trinkt. Sie waren keine *Eindringlinge*, das begriff Nishimura jetzt. Sie waren Die, vor denen Chuck Corso gewarnt hatte. *Ghule.* Und irgendwie war diesen Ghulen gegen jede Wahrscheinlichkeit gelungen, was keinem Feind in der Geschichte gelungen war – Sie hatten einen Flugzeugträger der Vereinigten Staaten, den bestgehüteten Aktivposten der Streitkräfte, infiltriert.

Henstrom, Lang und Legg brauchten ihre panischen Fragen nicht zu wiederholen. Nishimura ließ sich mit der Antwort zwei Minuten Zeit, aber er antwortete.

»Runter auf fünf Knoten. Volles Ruder links.«

»Der Militärpolizist«, sagte Legg schüchtern.

»Momentan bin ich zuständig«, sagte Nishimura. »Ist das ein Problem?«

»Warum werden wir langsamer, Sir?«, jammerte Henstrom. »San Diego ist nur noch …«

»*Ich habe hier das Sagen*, Henstrom. Ich kann die Situation noch nicht eindeutig einschätzen, aber im Moment halten wir dieses Schiff vom Festland fern, ist das klar? Fünf Knoten, volles Ruder links. Auf Kreisbahn einschwenken. Den Rest der Kampfgruppe warnen.«

Aus finsterem Unterbewusstsein kroch die Erinnerung hervor, dass die *Hickenlooper* schon den ganzen Morgen Kreise gefahren war.

»Eine Kreisbahn?«, rief Henstrom. »Nein – Sir – wir müssen nach Hause! Sie können das nicht einfach für uns alle beschließen! Sie müssen den Kapitän fragen!«

Natürlich hatte er insofern recht, als dass Kapitän Page das letzte Wort hatte, was alle Vorgänge an Bord betraf. Aber die Krankheit des Kapitäns kam Nishimura mittlerweile immer verdächtiger vor. Was, wenn sein Siechtum auf die anderen übergesprungen war wie die Verkündigungen eines Sektenführers auf die Gehirne seiner Anhängerschaft? Der Gedanke grenzte an Meuterei, aber Nishimura wurde ihn nicht mehr los.

»Geben Sie meinen Befehl an den Maschinenraum weiter, oder muss ich Sie Ihres Postens entheben, Bootsmann?«

Nishimura richtete seinen starren Blick auf Henstrom. Der wich wie ein unterlegener Hund zurück, die zuckenden Lippen von den Eckzähnen abgespreizt. Nishimura mochte diesen Anblick überhaupt nicht, aber er hatte gerade andere Sorgen. Er drehte sich auf dem Absatz um und richtete denselben herausfordernden Blick reihum auch auf die übrigen Anwesenden.

»Haben alle ihre Befehle begriffen? Ziehen wir hier an einem Strang?«

Nishimura atmete ein und hielt die Luft an. *Jawohl, Sir*, *Aye-Aye* und *Verstanden* hallte durch die Brücke und signalisierte die Synchronisierung einer Einheit, die keine Bedrohung mehr auseinanderbringen würde. Alle begaben sich an ihre Posten, an denen sie so umfassend ausgebildet waren. Das geschäftige Klackern ihrer Sohlen und das straffe Bellen ihrer Meldungen übertönten sowohl Tommy Henstroms Gemurmel als auch Chuck Corsos inständiges Bitten um Achtsamkeit. Nishimura stieß den angehaltenen Atem aus, der die große Frontscheibe wie ein Spritzer aus silbernem Blut bedeckte. Weniger dunkel als die Flüssigkeit, die unten auf dem Flugdeck vergossen wurde, aber nicht weniger erschreckend.

DIE WAFFENRÜSTUNG GOTTES

Pater Bill kannte die beiden Seeleute nicht, einer schwarz, einer weiß, die in die Kapelle gestürzt kamen, empfand Denen gegenüber aber sofort unchristlichen Zorn. Zweifellos stand Deren unangekündigtes Auftauchen mit dem Ersterben der Aktivitäten auf dem Flugdeck in Zusammenhang, aber dies war seine Zeit mit Meiner Süßen, die er jeden verschwitzten Tag und jede rastlose Nacht herbeigesehnt hatte. Als Meine Süße sich umdrehte, um nach Ihnen zu schauen, und ihr Oberschenkel dabei unter seinen Fingern wegrutschte, fühlte Pater Bill sich beraubt.

Er sprang auf. Eine Nacktschnecke aus Blut kroch sein Bein hinunter, und das Klebeband, mit dem er seinen geschwollenen Penis am Oberschenkel befestigt hatte, spannte sich schmerzhaft. Er war so wütend, fast hätte er geschrien. Aber er war Pater Bill, Padre, Kaplan, Chappy, Vater; Wut stand ihm nicht gut zu Gesicht.

»Ich bin mit unverhofften Gästen gesegnet«, sagte er so ruhig wie möglich. »Ihr seid mir überaus willkommen. Wäret ihr nur so gut, in, sagen wir, dreißig Minuten wiederzukommen, wenn ich dieses Beratungsgespräch beendet habe?«

Wenige Leute an Bord dieses Trägerschiffs wurden derart zuvorkommend behandelt; es war aber Sitte der Geistlichen an Bord, den Rang dessen anzunehmen, der ihnen gegenüberstand, sei das nun ein einfacher Rekrut oder der Admiral des Flottenverbands – und selbst bei Letzterem stand der Geistliche immer noch ein kleines Stück über dem weltlichen Führer, oder nicht? Diese beiden Seeleute sahen nicht so aus, als wäre Ihnen das bewusst. Statt darauf zu warten, angesprochen und hereingebeten zu werden, taumelten Sie vorwärts. Der Schwarze stieß den Weißen mit der Schulter in die hinterste Sitzreihe. Die Stühle stoben unter dem Ansturm auseinander. Pater Bill sah, dass die Knie des Weißen blutdurchtränkt waren.

Meine Süße hatte sich an die Steuerbordwand gedrückt. Sie war Kampfpilotin und trug als solche auch eine Feuerwaffe für den Fall, dass sie abgeschossen und gefangen genommen wurde. Ihre Hand griff ungelenk nach dem Holster, was nur verständlich war. Sicherlich hatte sie noch nie einen Grund gehabt, die Waffe zu ziehen.

Von Stühlen unbehindert, marschierte der schwarze Seemann den Mittelgang hinauf. Kinn und Nacken glänzten nass von frischem Blut. Seine Augen funkelten wie Alabaster. Für gewöhnlich umarmten die Gemeindemitglieder Pater Bill voll Trauer oder Freude, nie aber streckten sie so ihre Hände nach ihm aus und fuchtelten dabei mit zu Klauen gekrümmten Fingern in der Luft herum.

Hier mussten nicht unbedingt Drogen im Spiel sein. Ein Flugzeugträger war eine gewaltige Flasche voller Emotionen, die unaufhörlich durchgeschüttelt wurde, und lief ein Einsatz zu lange ereignislos dahin, war schnell das halbe Schiff mit Forderungen bei der Hand, unbedingt irgendwas in die Luft jagen zu müssen.

Und dann kam es zu Morden. Und aus dem Grund gab es an Bord auch eine Leichenhalle.

»Weg hier.«

Meine Süße hatte gesprochen, und Pater Bill fühlte sein Gesicht so heiß werden wie bei der Lektüre von *Frischfleisch*. Er hatte frischen Argwohn in ihrer Stimme vernommen. War es denn so schrecklich gewesen, von einem Mann Gottes berührt zu werden? Sie sollte dankbar sein, unterwürfig, ihm auf Knien das Blut von den Füßen küssen! Ach, er würde sie hier und jetzt nehmen, wenn er nur könnte, mit beiden Händen und beiden Beinen und allen Zähnen, damit sie zu einer jener Bestien verschmolzen, geboren aus Mutter Verstand und Vater Lende, zu einem Engel-Teufel, einer Gottheit aus Schwanz und Titte, Tentakel und Flügel.

Meine Süße rutschte an der Wand entlang Richtung Ausgang, aber die Seeleute waren inzwischen zu nahe, als dass Pater Bill ihr auf seinen alten und zerschnittenen Beinen noch folgen konnte. Er spürte einen Knoten der Enttäuschung im Bauch, dass Meine Süße nicht von ihrer Waffe Gebrauch gemacht hatte, aber das Gefühl legte sich schnell wieder. Sollten diese Seeleute einfach nur berauscht sein, wäre es eine Sünde, Sie zu ermorden. Er schlüpfte in die unsichtbaren Gewänder der Heiligkeit, setzte ein Lächeln auf, das selbst die verzweifeltsten Gemeindemitglieder stets beruhigte, und hob beschwichtigend eine Hand.

»Kommt her zu mir, alle, die ihr mühselig und beladen seid.«

Er deutete im gleichen Augenblick auf die vorderste Sitzreihe, in dem der weiße Seemann sie mit zuckenden Tritten und rudernden Armen zertrümmerte. Der Tumult schien den schwarzen Seemann zu erregen; als er grinste, quoll pinker Schaum mit dunklen Hautfetzen zwischen seinen Zähnen hervor. Die beiden stießen zusammen, und wie auf ein musikalisches Zeichen vom Keyboard der Kapelle hoben Sie Ihre vier Arme und griffen nach dem priesterlichen Hals.

Ein dunkler Schatten sauste an Pater Bill vorbei und stieß mit den Seeleuten zusammen. Es war ein Mann, stämmig und stark. Die Sehnen an Rücken und Armen waren deutlich unter dem kurzärmligen schwarzen Sporthemd zu erkennen. Es war, wie konnte es anders sein, der Erzfeind des Priesters, der Psychodoc. Pater Bill war schon vor längerer Zeit zu dem Schluss gekommen, dass dieser selbstgerechte Ungläubige zwar brav nickte, wann immer die Schiffsgeistlichen etwas sagten, sie aber insgeheim allesamt für Trottel hielt. Er hatte seine Heilige Schrift, der Psychodoc seinen Verschreibungsblock. Man rate einmal, welches Papier die meisten Seeleute bevorzugten?

Die Footballer-Schultern des Psychodoc trafen je einen Seemann in die Magengrube. Alle drei verhedderten sich im Fallen zwischen den Klappstühlen. Pater Bill suchte nach Meine Süße, wollte beenden, was sie angefangen hatten, aber sie war fort.

»Pater … Bill …«

Das doppelte Tackling des Psychodoc hatte zwar beeindruckend ausgesehen, den Seemännern aber keineswegs den Wind aus den Segeln genommen. Sie sahen nicht einmal verblüfft aus. Mit offenkundig großem Interesse zerrten sie an dem Psychodoc, was die Vermutung nahelegte, dass sie es nicht ausschließlich auf den Priester abgesehen hatten. Pater Bill dachte darüber nach, während der Psychodoc den Schwarzen am Hals festhielt und den Weißen mit dem Unterarm abwehrte.

»Helfen Sie mir … Pater Bill … retten Sie mich vor Denen …«

Der Psychodoc schrie; ein wildes, weibliches Geräusch, das Pater Bill mit Rechtschaffenheit erfüllte. Es war das perfekte Geräusch für den Psychodoc, das sterbende Jaulen eines Quacksalbers, dessen Scharlatanerie nicht gegen die alten Bräuche ankam. Die Kiefer des weißen Seemanns versanken im Unterarm des Psychodocs, die Zähne quietschten über die Elle. Der Matrose warf den Kopf herum und riss dem Psychodoc ein Stück Fleisch aus dem Arm, weiß wie Walspeck und von roten Hautfetzen umsäumt. Der Psychodoc starrte fassungslos auf das Loch, bis das Blut daraus hervorsprudelte.

»Pataaaa…« Er verschluckte sich am eigenen Blut. »Hechg… helfe…«

Als der schwarze Seemann die Oberlippe des Psychodoc wie ein Toffee abbiss, schrie der Mann nicht. Sein Gesicht war in lila Schaum gehüllt, er atmete etwas davon ein, stieß noch mehr aus. Obwohl der Anblick äußerst unschön war, hörte Pater Bill irgendwo in seinem Kopf die Glocken der Gerechtigkeit läuten, als die Oberlippe des Psychodoc inklusive Schnurrbart wie eine Nudel im Rachen des Schwarzen verschwand. Für einen Moment kauten beide Seemänner leise und fast ein wenig nachdenklich.

So soll denn alles sterblich Fleisch stillschweigen, betete Pater Bill.

Die beiden Seemänner starrten zu ihm hinauf, als hätte er am Fressnapf gerüttelt. Sie standen auf. Ihre Münder öffneten sich, halb zerkaute Stücke des Psychodocs purzelten heraus.

Sie rissen die Arme in die Höhe und schlurften vorwärts. Ihre Fingerspitzen packten Pater Bills beigen Pullover. Er machte einen

Schritt zurück und trat mit dem rechten Fuß ungeschickt auf, sodass frisches Blut aus den Schnitten im Oberschenkel quoll. Er zuckte vor Schmerz zusammen, und so bekam einer der Seemänner eine ganze Handvoll Pullover zu fassen. Der andere griff nach seinem Ohr.

Er konnte nicht einfach untergehen wie der Psychodoc. Er war etwas Besseres – er war ein Soldat Jesu! Pater Bill duckte sich weg, machte einen sportlich vollendeten Ausfallschritt. Seine Hüfte knackte, und der Schmerz schoss ihm bis in die Fußsohlen, aber er war frei, zumindest für einen Moment, und sah nur wenige Meter entfernt den Ort, an dem er sich am sichersten fühlte, die kleine Nebenkammer. Er schob sich mit den Zehen voran, packte den Türrahmen mit schmerzenden Fingern und zog sich hinein.

Die Seemänner setzten ihm mit weißen Augen und roten Mündern nach, wollten sabbernd das Abendmahl mit seinem Leib und seinem Blut feiern.

Pater Bill knallte die Kammertür zu und schlug dabei die ausgestreckten Finger des Schwarzen zur Seite. Natürlich hatte diese Tür kein Schloss, um aber Platz in der Kapelle zu sparen, ging sie nach innen auf, und das war immerhin etwas. Pater Bill stemmte sich mit dem Rücken gegen die Kiste mit den Gesangsbüchern und stellte die Füße gegen die Tür, die bereits unter den Schlägen der Seemänner erzitterte.

Kapitänleutnant William Koppenborg hatte den Krieg erlebt, vom Persischen Golf, dem Arabischen Meer und dem Sueskanal bis hin zu den kriegsähnlichen Einsätzen, die auf den 11. September und Hurrikan Katrina gefolgt waren. Alles von der Sicherheit verschiedener Kapellen heraus, schon klar, aber er wusste, wie Krieg aussah. Seeleute, die mit Arm in der Schlinge und bandagiertem Kopf zur Messe erschienen, andere, die kreischend ihr Leben aushauchten, während er ihnen die letzte Ölung gab. So wusste er auch, wie Krieg klang, wenn jenseits des Krach und des Bumm das Heulen und das Donnern folgten.

Er hatte die Männer auf der anderen Seite der Tür als Krieg erkannt. Sie mochten gar eine Überarbeitung des Konzepts Krieg darstellen, wie auch die unabhängig operierenden Terroristen eine Überarbeitung der Präzisionsschläge des ersten Golfkriegs erfordert hatten, die eine Überarbeitung der großen Schlachttaktiken des Zweiten Weltkriegs gewesen waren, die eine Überarbeitung der frontalen Zusammenstöße im großindustriellen Fleischwolf des Ersten Weltkriegs gewesen waren, die eine Überarbeitung der Truppenverschiebungen und Täuschungen der napoleonischen Ära gewesen waren. Die Kunst des Todes war einem steten Wandel unterworfen.

Pater Bills Beine zitterten. Die Tür öffnete sich einen Spalt. Er stemmte die Knie dagegen und drückte die Tür wieder zu. Wie die nahende Kavallerie schoss ihm plötzlich Epheser 6,11 durch den Kopf: *Zieht an die Waffenrüstung Gottes, damit ihr bestehen könnt gegen die listigen Anschläge des Teufels.* Keinen Vers gab er angsterfüllten Soldaten häufiger mit auf den Weg, und nie hatte er an der Wirksamkeit dieser Worte gezweifelt. Gott hatte ihm eine Rüstung verliehen, das wusste er, und doch mochte dieser Schutz nicht ausreichen, nun, da er getan hatte, was niemals zu tun man ihm schon in der Grundausbildung eingebläut hatte: sich ohne Fluchtweg in eine Ecke treiben lassen.

KONTROLLIERTER ABSTURZ

Hast gehörte an Bord eines Trägers zum Alltag, wurde sogar vorausgesetzt, aber noch nie hatte Jenny sich so schnell bewegt wie jetzt; sie tanzte über die abgerundeten Ränder der wasserdichten Luken, packte Querrohre, um sich um Biegungen herumzuschwingen. Beiläufig bemerkte sie, wie meisterhaft sie sich inzwischen durch das Schiff bewegte, empfand aber keinen Stolz dabei. Sie hatte Pater Bill im Stich gelassen, der, obwohl er ihr Knie so unerhört begrapscht hatte, ein unbewaffneter und gebrechlicher alter Mann war, sie hingegen eine durchtrainierte Kampfpilotin mit einer geladenen Pistole. Aber dann war der Psychodoc aufgetaucht, und der war jung und stark. Und im Hintergrund die drohende Stille vom Flugdeck? Da oben kannte sie sich aus und konnte vielleicht effektiver helfen.

Trotzdem machte sie sich nichts vor. Die Schuldgefühle, die die Nacht über immer weiter gewachsen waren, ohne dass ihr der Schlaf Linderung verschafft hätte, waren wie ein Kropf angeschwollen. Ihr Versagen bei der Landung trieb sie aus der Kapelle, vorbei an den Kammern mit dem zentralen Gebläse, die Treppe hinauf, an den Flugzeugwerkstätten entlang.

Hier würde sich vielleicht eine Gelegenheit bieten, ihre Fehler wiedergutzumachen und ihren Kameraden zu helfen, statt noch mehr Leute in Gefahr zu bringen.

In der Kammer neben der Flugzeugabfertigung wimmelte es von Seeleuten; manche rannten in Richtung Flugdeck, andere entfernten sich mit starren Mienen von dort. Jenny stieß sich wie eine Flipperkugel von ihren Leibern ab, wobei ihre Fliegermontur als Puffer diente, dann war sie draußen. Der Regen fiel wie ein

Netz auf sie, umhüllte und schüttelte sie, und als sie das Gleichgewicht wiedererlangt hatte, war sie bereits völlig durchnässt, ihre Locken waren so platt wie unter dem Fliegerhelm, den sie in der Kapelle hatte liegen lassen und nie wiedersehen würde.

Dass sie etwas mit dem Stiefel aus dem Weg schob und sofort wusste, es hatte hier nichts zu suchen, war ein weiteres Zeichen dafür, wie gut sie ihren eine Viertelmeile langen Arbeitsplatz kannte. Sie sah dem Gegenstand hinterher, der sich ein paar Mal drehte und dann zum Liegen kam.

Der Kopf eines Mannes, am Hals abgetrennt wie ein Stück Schinken.

Jenny rannte weiter. Stehen zu bleiben hätte bedeutet, sich vielleicht nie wieder zu bewegen, also konzentrierte sie sich nicht auf das Regenwasser, das sich im offenen Mund und in den Augenhöhlen des Kopfes sammelte, sondern auf ihre braunen Stiefel, die Schuhe, die sie sich verdient hatte – davon musste sie sich schleunigst überzeugen. Sie blickte auf und besah das Chaos, das selbst in den apokalyptischsten Ausbildungsfilmen nie solche Ausmaße angenommen hatte. Lag es am Regen? Waren die Wolken von russischen oder nordkoreanischen Giftstoffen geschwängert? Die bonbonfarbenen Overalls und Schwimmwesten waren weit verteilt, niemand war auf seinem Posten. Dafür gab es nur eine Erklärung: ein SFO-Gang.

Ein paar Sekunden lang schaffte sie es, sich davon zu überzeugen, dass sie gerade lediglich ihrem liebsten Bordritual zuschaute. Die Trümmerteile sprachen jedoch eine andere Sprache: Der Nutverschluss eines Katapults, abgerissen wie ein Stück Darm. Ein loses Tankrohr wie eine Aorta, die aus ihrem Ventrikel gerutscht war. Bunte Glasscherben von den Landesignallampen, eine schlechte Nachricht für alle Piloten, die sich noch in der Luft befinden mochten. Ein Bombenwagen mit drei AMRAAM-Lenkraketen, der einfach unvertäut mitten auf dem Deck stand, eine Regelverletzung undenkbaren Ausmaßes.

Und dann noch die übrigen Trümmerteile. Der abgetrennte Kopf. Ein Stiefel, aus dem noch ein halber Unterschenkel ragte. Ein

Schutzhelm, in dem eine Suppe aus Blut, Schädelstückchen und Hirnmasse schwappte. Das Flugdeck war nass, wie so oft, aber nicht nur von Wasser, Öl und Kerosin. Überall waren rote Lachen zu sehen und Seeleute mit weißen Augen, die mitten hindurchstapften.

Der Asphalt erzitterte unter dem Getöse der Schiffspfeife: Mann über Bord. Jenny schaute sich um, die nassen Haare peitschten gegen ihre Wangen. Sie sah zwei Mitglieder der Deckbesatzung, die nach unten ins Meer deuteten. Noch sechs Mal tönte die Pfeife: Mann über Bord. Jenny fuhr herum und sah einen Seemann, der einem vom Schiff gefallenen Kameraden einen Leuchtstab hinterherwarf. Und wieder und wieder, sechs Pfiffe, sechs Pfiffe: Mann über Bord, Mann über Bord – großer Gott, *sie stürzten sich absichtlich vom Schiff!*

Jenny hatte in Detroit solche Kämpfe gesehen, Handgemenge, Faust gegen Fleisch. Das hier war Marine gegen Marine, die schwelende Feindschaft zwischen allen militärischen Abteilungen, wenn nicht gar allen erdenklichen Gruppierungen in den USA trat nun offen zutage. Keine Maschine des US-Militärs war besser geschützt als ein Flugzeugträger, das wusste Jenny, sie wusste aber auch, dass sich sämtliche Schutzmaßnahmen gegen Attacken von außen richteten. Dies hier war die Achillesferse des Trägers – ein Angriff von innen.

Pater Bills Beschreibung des Golems hallte in ihren Knochen wider.

»Eines Tages würden sich die Golems gegen Ihre Schöpfer auflehnen, lernen, wie Sie mehr von Ihrer Art herstellen können, und Ihre Überzahl schließlich nutzen, um alles Übel vom Angesicht der Erde zu tilgen.«

Jenny knurrte ihre Angst nieder und rannte in den Regen hinaus. Wieder streifte ihre Hand über den Griff der Pistole, ohne sie zu ziehen. Hier waren überall Raketen, Treibstofftanks, verstreute Seeleute – viel zu gefährlich. Deshalb hatte sie wohl auch noch keine Schüsse gehört. Bis auf die Piloten waren die einzigen anderen bewaffneten Besatzungsmitglieder eine kleine Einheit von Marines, aber wer wusste schon, wo die gerade steckte. Natürlich befanden sich im Magazin des Schiffs jede Menge Waffen hinter Schloss und Riegel, aber Jenny hatte keine Ahnung, wie lange es dauern würde, sie zum Einsatz zu bringen – vor allem, falls die Augen derjenigen, die das Magazin bewachten, auch weiß geworden waren.

Sie hob einen Treibriegel auf, der seiner Schulbus-Farbe nach von einem Waffenschlitten abgefallen sein musste.

Nicht weit entfernt drückte ein Specialist der Aufklärungsabteilung ein in Rot gekleidetes Mitglied des Bergungsteams gegen das Rad eines Krans. Im Nacken des Specialist klaffte ein Loch; wie weiße Larven schoben sich die Rückenwirbel aus dem roten Fleisch. Der Mann in Rot hing halb über dem aufgebrochenen Leichnam eines gefallenen Kameraden, versuchte noch, mit den Füßen auf dem glitschigen Boden Halt zu finden, rutschte ab und schlug der Länge nach hin.

»Zurück, Sir!«, schrie Jenny. *»Zurück, Sir!«*

Der Specialist schien sie nicht zu hören. Er packte den Roten am rechten Ohr und am Kinn, als wollte er ihn küssen. Jennys Brustkorb schien von glühenden Kohlen erfüllt. Sie war schon so oft ignoriert worden: übersehen von männlichen Kadetten im Marinefliegerstützpunkt Pensacola, in der Schlange abgedrängt von Matrosen, die so taten, als wäre sie unsichtbar, niedergebrüllt im Bereitschaftsraum der Roten Schlangen, als wäre sie so sprachlos wie die Damen in Unterwäsche an der Liebchen-Wand. Die *Olympia* mochte zwar Big Mama heißen, war aber männlich bis ins Mark, und Jenny hatte es endlich satt. Keine Handgelenks-Kämpfe mehr.

Sie holte aus, als wäre sie noch immer Mitglied des Softball-Teams der Cristo-Rey-Highschool in Detroit, und schwang den Treibriegel mit aller Kraft.

Die Erschütterung durch den direkten Treffer auf die rechte Schläfe des Specialist rüttelte ihre Schulter durch und pflanzte sich an ihrem Rückgrat entlang fort. Der Kopf des Seemanns schlug mit einem abstoßenden Knacken gegen seine linke Schulter. Einer der sichtbaren Nackenwirbel knackte wie ein Knöchel, sein Hals war gebrochen. Er brach im Schoß des Rotgekleideten zusammen.

Jenny wurde von der Wucht des Schlags in die andere Richtung gerissen und sah einen Mann, der versuchte, vor drei anderen Männern davonzukriechen, die auf seinem Bein, seiner Schulter und seiner Kopfhaut herumkauten. Wo sie auch hinschaute, überall wurde es schlimmer: Ein Pilot leerte das Magazin seiner Pistole aus weniger als einem Meter Entfernung in die Brust eines Seemanns – sechs Schüsse konnten das weiße Verlangen in seinen Augen nicht auslöschen.

Sie hörte einen Schrei. Sie hörte Dutzende Schreie, aber dieser kam aus nächster Nähe. Jenny wandte sich um und sah den gefallenen Rotgekleideten noch immer auf dem Boden liegen. Obwohl sein restlicher Körper durch das gebrochene Genick gelähmt war, schnappte der Kopf des Specialist auf seinem Schoß weiter mit den Kiefern. Darüber hinaus war auch der andere verstümmelte Körper erwacht und fraß sich von unten durch sein Perineum. Der Rotgekleidete heulte auf. Dunkles Blut sprudelte aus seinem Schritt und benetzte die fröhlich klappernden Zähne des Kopfes in seinem Schoß.

Jenny wich vor dem Blut zurück, als wäre es das Wasser eines Rasensprengers in einer Vorstadt. Im gleichen Moment touchierte ein unvertäuter Düsenjäger mit lautem metallischen Reißen einen vertäuten; eine der eingefalteten Tragflächen schlug Funken und riss einen Spalt in die Hülle des anderen Jägers. Zusammenstöße zweier Flugzeuge wurden als »Crunch« bezeichnet und waren geradezu abergläubisch gefürchtet, weshalb kein Mitglied der Deckbesatzung dieses Wort je in den Mund nahm. Selbst der Bordladen führte keine Müsliriegel dieser Marke.

Hinter einem der beiden Flugzeuge zog sich Bertrand Veevers, der Unteroffiziersvorsteher mit der Ideenbox, auf einem Ellbogen über das Deck. Mit dem anderen Arm bemühte er sich, die Eingeweide im Innern seines gespaltenen Torsos zu halten. Veevers hatte vier Kriege und acht Beförderungszyklen überlebt, nur um hier, auf einer blutverschmierten Rollbahn, durch die Hand seiner Kameraden zu sterben. Die Frage war nur, wie lange es dauern würde.

Jenny wich weiter zurück.

Ihr Steißbein stieß gegen etwas Hartes. Das konnte nur die Außenreling des Flugdecks sein, die oberhalb des Sicherheitsnetzes entlanglief – ein Netz, das stürzende Seeleute aufhielt, falls sie nicht – wie jetzt – absichtlich darüber hinwegsprangen. Sie fasste hinter sich, um die Reling zu ergreifen, da packte eine fremde Hand ihren Rücken.

Als leidgeprüfte NAFA warf Jenny sofort einen Blick auf die Rangabzeichen: drei Streifen, erster Klasse, Anker und Dreizack – ein Navy SEAL. Weitere Details lieferten allerdings widersprüchliche Informationen: perlmutterfarbene Augen, ausdruckslose Miene. Die Hand, die nach ihr griff, hatte weder Zeige- noch Mittelfinger. Mehr musste Jenny nicht wissen, um sich seinem Griff schleunigst zu entziehen. Bei ihrer Bewegung riss auch der Ringfinger, bereits perforiert von dem Biss, der seine Nachbarn abgetrennt hatte, wie eine Möhre ab. Jenny rutschte an der Reling entlang nach achtern. Der SEAL folgte ihr, griff mit Daumen und kleinem Finger wie eine Krabbe nach ihr.

»Nein, Sir!«, brüllte sie. »Stopp, Sir!«

Er hörte nicht und hielt auch nicht inne. Das taten Die nie.

Sie hob den Treibriegel und holte zu einem Schlag aus, aber Regen und Schmieröl hatten das Ding schlüpfrig werden lassen. Der Riegel flog ihr aus der Hand und landete unhörbar im Sturmgebrüll irgendwo hinter ihr auf dem Deck. Der Verlust lähmte sie auf der Stelle; sie fühlte sich um die Hälfte geschrumpft. Der SEAL hatte sie eingeholt. Seine Krabbenhand war nutzlos, die andere allerdings noch voll funktionstüchtig. Er riss den Mund so weit auf, dass sie seine Füllungen begutachten konnte, und beugte sich zu ihr vor.

Da erlebte sie ihren eigenen Crunch: Ihr Hinterkopf stieß gegen heißes, bebendes Metall. Sie brauchte sich nicht umzudrehen, um zu wissen, dass es einer *ihrer* Jäger war, eine F-18, wenn auch mit dem Rufzeichen eines anderen Piloten verziert. Der SEAL, der mindestens anderthalb Mal so viel wog wie sie, kam näher. Sein Unterkiefer war an einer Seite ausgerenkt und zitterte leicht. Sein Atem war Minze und Kupfer – Zahnpasta und Blut.

Jenny spürte, wie sich Flugzeugteile, die sie besser kannte als den eigenen Körper, in ihren Rücken bohrten. Ein Positionslicht, der Temperatursensor, die Bodenklappe des Bugfahrwerks. Alles vibrierte. Was hieß, dass sich das Flugzeug bereits in der Startschleife befand. Was hieß, dass die Triebwerke bereits liefen. Plötzlich hatte sie das Schild im Kopf, das ihr an ihrem ersten Tag auf dem Flugdeck der Big Mama aufgefallen war: *VORSICHT – TRIEBWERKSSTRAHLEN – PROPELLER – ROTORBLÄTTER.* Alles lausige Todesursachen, aber beileibe nicht die einzigen, keineswegs.

Das Matrosenbekenntnis war mehr als nur ein billiges Poster an ihrer Wand.

Ich verkörpere den Kampfgeist der Marine.

Ich bin ein Matrose der Vereinigten Staaten.

Statt gegen seinen Brustkorb zu drücken, drehte sie die Handgelenke nach außen – aber nicht zum Handgelenks-Kampf, o nein –, nutzte ihren eigenen Körper als Gegengewicht und schleuderte den SEAL nach links über sich hinweg. Er krachte mit dem Rücken gegen die Triebwerksverkleidung; seine Augen wurden noch größer und weißer, und er brüllte, als wollte er noch kurz vor dem Ende einer Frau gegenüber das letzte Wort haben.

Der Lufteinlass des Triebwerks packte den SEAL mit Überschall-Saugkraft. Wie ein trockenes Stöckchen flutschte er in den Ansaugrotor, wurde auf Hüfthöhe in zwei Teile zersägt und verschwand im Verdichter. Das Triebwerk klapperte und hustete. Sein Körper erreichte die Brennkammer und rutschte weiter in die Turbine. Jenny hörte, wie Fleischpampe aus der Schubdüse geschleudert wurde und auf das Flugdeck spritzte.

Sie duckte sich weg, um nicht ebenfalls eingesaugt zu werden, beugte sich zu weit in die Gegenrichtung und landete mit dem Gesicht voran in einer nach Kerosin stinkenden Pfütze. Sie rollte sich zur Seite und sah aus dieser Position zweihundert tapfere

Seeleute, die sich diesem Putsch entgegenwarfen. Sie hatte schon viel von den ungeahnten Höhenflügen gehört, die wahrer Patriotismus auszulösen vermochte. Die älteren Seebären erzählten ständig von dem großen Jubel, der an Bord der *Enterprise* ausgebrochen war, als sie am 11. September auf dem Weg nach Afrika in Richtung Pakistan abdrehte. Die Mauern der Militärgeschichte wurden aus solchen Ziegeln des Heldenmuts errichtet, vom Wald von Belleau über Omaha Beach bis Mogadischu. Heute würde ein weiterer Ziegelstein hinzukommen – einer, auf dem *Olympia* eingestanzt war.

Was nicht bedeutete, dass sie bereits gewonnen hatten. Jenny roch den fiebrigen Schweiß des Versagens, sah es in hängenden Schultern und trauernden Mienen, spürte es im Zittern ihrer vor Erschöpfung weichen Knie. Ein Flugzeug auf einem Träger zu landen, was sie erst gestern kaum zustande gebracht hatte, wurde oft als »Kontrollierter Absturz« bezeichnet, eine Phrase, die mittlerweile für alles an Bord zu gelten schien. Die Männer und Frauen ringsum, die nie zuvor gezögert hatten, zögerten jetzt bei jeder Gelegenheit. Kein Wunder. Die Invasoren waren ihre Vorgesetzten, ihre Hilfskräfte, ihre Vertrauten, ihre Freunde, und es lief nicht nur jedem Training, sondern auch ihren Herzen strikt zuwider, Denen wehzutun.

Vier weißäugige Seeleute, zwei von Ihnen in Schwimmwesten, erblickten Jenny und kamen näher, schleiften Ihre versehrten Gliedmaßen durch den Platzregen. Jenny kam auf die Beine und machte sich kühl ein Bild von der Lage. Die Insel war in unerreichbarer Ferne. Es gab allerdings ganz in der Nähe eine kleine Luke, die direkt in einen »Stamm« hinabführte – einen der vielen schmalen, mit Sprossen versehenen Schächte, die das Schiff wie Strohhalme vertikal durchlöcherten und im Fall von Bränden oder anderen Notfällen zusätzliche Fluchtwege boten. Sie ging hinüber, behielt das nahende Quartett dabei aber stets im Blick. Sie würde es in den Schacht schaffen und den Riegel rechtzeitig vorlegen, ehe Die hier waren. Trotzdem zog sich dieser Ring aus Männern um sie zusammen.

EIN MEER VON BLUT

Was Zivilisten an Bord eines Trägers als Türen bezeichnen mochten, waren eigentlich Luken – massive Platten aus geschwungenem Stahl, die, einmal verriegelt, so gut wie undurchdringlich waren. Die Tür zur Nebenkammer der Kapelle bestand hingegen aus Holz. Obwohl Pater Bill nichts vom Zimmermannshandwerk, jener Profession, die schon Jesus von Nazareth ausgeübt hatte, verstand, war ihm klar, dass diese Tür wenig stabiler war als das Balsakistchen, in dem er die Pornografie aufbewahrte. So war er auch nicht allzu überrascht, als die Hand des weißen Seemanns mitten hindurchschlug.

Der Mann hatte sie nicht mal zur Faust ballen müssen; er drückte einfach die Handfläche hindurch wie ein Kind bei einem Klatschspiel. Dabei bogen sich zwei Fingerkuppen nach hinten und platzten an den oberen Knöcheln auf. Der Seemann, der keine Schmerzen zu spüren schien, schlängelte seinen Arm durch das Loch, bis er mit dem Bizeps stecken blieb. Der Schwarze drückte derweil weiter die Tür auf. Jedes Mal schob Pater Bill ihn zurück, aber er wusste, seine geschwächten Beine würden diesen Kampf bald verlieren. Die Hand des Weißen tastete blind herum, bis sie Pater Bills Stiefel zu fassen kriegte und über das Leder kratzte, ein Unterfangen, das durch die gebrochenen, herunterbaumelnden Fingerspitzen arg erschwert wurde.

Pater Bill spürte, wie sich das kalte Gewand des Verderbens über ihn legte. Hatte er dieses Ende verdient? Jedes Mal, wenn er sein sündiges Fleisch mit dem Teppichmesser gezüchtigt hatte, war der Blutfluss dank der Verbände binnen einer halben Stunde versiegt. In der gegenwärtigen Lage sah es nicht danach aus, als würden sich die Wunden je wieder schließen. Der Oberschenkel seiner Tarnhose war vollkommen durchnässt, der Boden darunter mit abstrakten Sprenkeln bedeckt, die fast nach Schokolade aussahen.

In dieser Körperhaltung, mit vor Angst elektrisierten Nerven, vor Erschöpfung bebenden Muskeln und vor Blutverlust wankendem Geist, traf ihn plötzlich mit solcher Kraft und Klarheit eine Erkenntnis, dass sie nur vom Allmächtigen persönlich gesandt worden sein konnte. Pater Bill zweifelte keine Sekunde an seiner Eingebung. Es ergab Sinn, dass Gott bis zu diesem Moment warten würde, um zu ihm zu sprechen. Märtyrer erhielten oft erst dann die Erleuchtung, wenn sie bereits auf dem Scheiterhaufen standen.

Schau dir das Blut an, das von den gebrochenen Fingern des weißen Seemanns rinnt, Bill. Siehst du, wie weit es bereits geronnen ist? Von seinen Fingern tropft Blut, aber er blutet nicht. Wie ist das möglich? Und Pater Bill wusste, wie das möglich war, denn er war mit Erkenntnis gesegnet! Am dritten Tag, als Gott die Meere schuf, hatte Er ein Meer von Blut erschaffen, aus dem sich alle Menschen und Tiere nahmen, so viel sie brauchten. Dieser Brunnen sollte die Erde auf ewig nähren, aber die Jahrtausende voller Mord, Gemetzel und Krieg hatten das Meer schneller geleert, als es sich füllen konnte. Das Resultat daraus war in den gekappten Fingern des weißen Seemanns zu erkennen: Kein Blut war mehr übrig, das noch hätte fließen können, und ohne die abschreckende rote Flüssigkeit waren die Menschen noch erpichter darauf, einander in Stücke zu reißen.

Kapitänleutnant William Koppenborg, katholischer Kaplan der USS *Olympia*, war anders gestrickt. Er war auserwählt. Es gab einen Grund dafür, dass sein Bein nicht nur blutete, sondern dass das Blut aus ihm herausströmte. Das Meer aus Blut – es war *in ihm*. Dass er sich erst das eigene Fleisch hatte zerschneiden müssen, um dies zu begreifen! Die Konsequenz dieser Erkenntnis traf ihn wie ein Hagelschauer und erzeugte die gleiche Ekstase, die er verspürte, wann immer er die wahre Bedeutung einer Bibelstelle erfasste, die er jahrzehntelang falsch interpretiert hatte. Falls dieser verheerte Oberschenkel wirklich ein Zeichen war, dass der Herr ihn erwählt hatte, durfte er das Verlangen, das ihn in letzter Zeit geplagt hatte, nicht länger als Verfehlung ansehen.

Also war doch nichts Böses an den Fleischmonstern, die *Frischfleisch* ausgebrütet hatte.

All die Dinge, die er Meiner Süßen antun wollte, könnten das Meer von Blut durchaus neu füllen, wie schon in der Offenbarung des Johannes, Kapitel 16, Vers 4 zu lesen stand – eine weitere Passage, die er viel zu lange missverstanden hatte.

Ein Riss zog sich von oben bis unten durch die Tür. Zwei weißäugige Gesichter tauchten im Spalt auf. Pater Bill aber fürchtete sich nicht mehr. Mit einer Gelassenheit, die er noch vor wenigen Sekunden für unmöglich gehalten hätte, sah er sich im Raum um. Bescheidene Werkzeuge, aber hatte etwa Jesus die juwelenbesetzten Becher oder Buntglas-Panoramen der Kirche zur Verfügung gehabt? Natürlich nicht. Jesus hatte Kraft aus Rohmaterialien gezogen, ob diese nun Gegenstände oder Apostel gewesen waren.

Pater Bill zog seine Schuhe von der Tür zurück und stand auf. Die Tür brach endgültig in der Mitte durch, die beiden Seemänner krachten in die Splitter des Zwischenraums, ineinander verhakt wie ringende Kinder. Pater Bill nahm von den Regalbrettern, was er brauchte: den vergoldeten Kelch für das Abendmahl und die über einen Meter hohe Blumenvase aus Bronze, die er für hohe Feiertage bereithielt. Die gefallenen Seemänner glotzten zu ihm herauf, so hungrig, dass Sie hilflos die Arme nach ihm ausstreckten, statt sich aufzurichten. Dieser Vorteil reichte Pater Bill.

Er hob die Vase an ihrer Öffnung empor, so hoch, dass sie die Decke berührte, und ließ den Boden auf den Kopf des Schwarzen herabsausen. Dessen Schädel ließ sich überraschend leicht spalten, öffnete sich wie Lippen, um die Vase zu verschlingen. Pater Bill ließ los, und die Vase blieb aufrecht im Kopf stehen, bereit, frische Blumen zu empfangen. Der weiße Seemann war inzwischen auf den Knien und starrte mit seinen dumpfen Augen Pater Bills Schenkel an. Der Priester machte einen Schritt zurück.

»Lebenssaft«, sagte er beschwichtigend. »Du willst ihn kosten, mein Sohn. Das verstehe ich. Aber auf Geheiß Gottes, unseres Herrn, obliegt die Zuteilung meines Lebenssafts mir allein, und ich muss sorgsam mit diesem Geschenk umgehen. Der Herr segne und behüte dich, mein Sohn. Amen.«

Der Kelch lag wie eine Glocke in seiner Hand. Er ließ ihn auf den Kopf des Weißen niederfahren. Der Effekt war nicht ganz so befriedigend wie bei der großen Vase – der Seemann zuckte zurück, holte aus. Pater Bill hatte die unangenehme Tätigkeit zehn Mal zu wiederholen, knackte erst mit dem fünften Schlag die Schädeldecke und trieb ihm mit jedem weiteren mehr und mehr Knochensplitter ins Hirn. Als der Kopf des Seemanns endlich auf den Boden sackte, hatte er den Hintern noch hocherhoben wie ein schlafendes Kleinkind.

Pater Bill fragte sich, ob er das Sakrament der Krankensalbung erteilen sollte, entschied sich aber dagegen, schließlich waren die beiden Männer bereits tot gewesen. Man würde wohl neue Sakramente einführen müssen. Aber alles zu seiner Zeit.

Ein Geräusch aus dem Innern der Kapelle unterbrach diese freudigen Überlegungen. Da kamen noch mehr. Natürlich, Dämonen tauchten nie paarweise, sondern immer gleich in Scharen auf. Pater Bill ließ den Kelch fallen, dessen Schale nun flach und nutzlos war, und wandte sich im Gebet den Regalbrettern zu, entschlossen, bei der Wahl seiner nächsten Waffe eine überlegtere und heiligere Entscheidung zu treffen. Die Liedertafel war zwar robust, aber auch arg unhandlich. Der kupferne Opferteller lag gut in der Hand, und das rote Samtfutter würde viele Blutspritzer verbergen, dafür war der Rand zu glatt. Die Taufschale war da schon besser, denn sie hatte einen Glasrand, der ihr ein sattes Gewicht verlieh.

Aber konnte es wirklich Zweifel daran geben, welches Werkzeug er wählen würde?

Aus einem großen Karton zog er einen anderthalb Meter langen Holzstab, dessen Kopfstück ein handgeschmiedetes, vierzig Zentimeter breites Kruzifix bildete – schwer, scharfkantig und an den Enden mit den Symbolen der vier Evangelisten geschmückt. Pater Bills Hände kannten dieses Vortragekreuz besser als jeden anderen Gegenstand an Bord. Liebevoll lächelte er die daran befestigte Figur an. Jesu Gesichtsausdruck war züchtig, die Fußgelenke schüchtern übereinandergelegt, die an den Nägeln hängenden Arme schamhaft ausgebreitet. Pater Bill würde nicht züchtig walten, nicht schüchtern und nicht schamhaft. Wenn dieses Kruzifix ihn beschützte, war damit der Beweis erbracht, dass er allein die *Olympia* vor dem Untergang retten konnte.

Zieht an die Waffenrüstung Gottes, damit ihr bestehen könnt gegen die listigen Anschläge des Teufels.

Er schritt hinaus in die Halle. Zur Rechten hörte er Geräusche. Aus der Luke, durch die Meine Süße verschwunden war, stolperte ein Dämonenseemann in abstoßender Verfassung. Unterhalb des linken Ellbogens fehlte der Arm, was davon übrig war, sah aus wie ein zerkauter Hühnerflügel auf einem verwaisten Teller in der Messe. Als er Pater Bill sah, klappte der Mund des Seemanns auf wie bei einem Kind, das gefüttert werden will.

Pater Bill stieg über den Körper des Psychodoc hinweg, flüsterte im Gehen Philipper 4,13 vor sich hin und zeigte dann dem Dämonenseemann, was es bedeutete, Christus in sein Herz zu lassen – wortwörtlich. Als er das Bronzekreuz herauszog, kamen ein paar Brocken Herzfleisch mit zum Vorschein. Dies brachte den Seemann noch nicht zu Fall, verlangsamte ihn aber erheblich, und der Priester schritt an ihm vorbei. Das Ende des Vortragekreuzes klapperte wie ein Gehstock über den stählernen Boden des Korridors.

Lebendige Seeleute rannten durch die Gänge auf Deck 02, allesamt offenkundig in einer körperlichen, geistigen oder spirituellen Krise. Viele von ihnen, Gott segne sie, riefen ihm *Nicht da lang, Pater!* oder *Vorsicht, Kaplan!* oder *Bringen Sie sich in Sicherheit, Padre!* zu. Er schenkte jedem von ihnen ein abgeklärtes, frommes Lächeln und ging weiter, gefestigt in seinem Glauben, dass ihn der Kurs nach achtern wieder mit Meine Süße zusammenbringen würde.

Wie würde ihre unheilige Verschmelzung wohl aussehen? Er bekam eine Vorahnung davon, als er an einem heulenden dunkelhäutigen Jungen vorbeikam, dessen Gesicht gerade von einer Dämonenfrau aufgefressen wurde. Endlich wurden seine *Frischfleisch*-Visionen Wirklichkeit! Zwei Leiber, verkeilt in erotischem Heißhunger, die klebrige, schmutzige Vereinigung von Weiblichem und Männlichem, von dem, der aß, und dem, der gegessen wurde. Dies fügte sich geradezu prächtig in die jüdische Tradition ein, der zufolge Gott den Menschen als Verbindung zweier Wesen geschaffen hatte, aus unsterblichen Engeln und erdgebundenen Tieren, auf dass dieser gesegnete Zusammenschluss einen Weg in den Himmel schaffen möge. Wie Jesus von den Toten auferstanden war, so hatte auch diese neue Fusion von Leben und Tod eine einzigartige heilige Dimension begründet, die Pater Bill ebenfalls erreichen wollte, sowie er Meine Süße gefunden hatte.

Seine Schritte waren so ausladend und stolz, dass das medizinische Klebeband, mit dem sein Penis am Oberschenkel befestigt war, abriss und seine Erektion freigab, lang wie der Prozessionsstab, hart wie das bronzene Kruzifix.

Pater Bills rechtschaffener Marsch endete im großen Hangar. Die gewaltige Halle war durch vier enorme Aufzugsschächte mit dem Flugdeck verbunden, erstreckte sich über zwei Drittel der Schiffslänge und beherbergte über fünfzig Flugzeuge in verschiedensten Wartungsstadien. Dem üblichen Bouquet aus Menschenschweiß, kaltem Kerosin, penetrant riechender Hydraulikflüssigkeit und salziger Seeluft waren heute Duftnoten beigemengt, die man sonst nur selten außerhalb eines Schlachthauses wahrnehmen konnte: Der Schwefel frisch aufgebrochenen Fleisches, der Wildgestank vereinzelter Blutlachen. Viele Flugzeuge waren halb repariert verlassen worden, und ihre Eingeweide aus Kabeln und Drähten waren mit echten Eingeweiden vermischt, die wie Girlanden über Tragflächen und Fahrwerke drapiert waren.

Feuerlöschgerät erfreute sich breiter Anwendung: Äxte, Sprühschaum, Löschdecken, zur Dämonenabwehr zur Hand genommen und von Seeleuten bedient, die nicht nur durch ihre Ausrüstung behindert wurden – glitschige Schuhüberzieher, entworfen für die Arbeit auf Tragflächen –, sondern auch vom grundlegenden menschlichen Anstand, der sie zögern ließ, auf ihre einstigen Freunde loszugehen. *Mit meiner Hilfe wird die Menschheit den Anstand neu erfinden,* dachte Pater Bill. Sekunden später sah er sich umzingelt.

Er hatte so lange salbungsvoll gelächelt, dass das plötzliche Stirnrunzeln im Gesicht schmerzte. Dies war so nicht vorgesehen. Er hatte Meine Süße noch nicht gefunden. Er reckte das Kruzifix in die Höhe, um die Dämonen zu vertreiben. Als stattdessen ihre Zahl zu allen Seiten weiter wuchs, verwandelte sich seine Verwirrung in Furcht. In der Nebenkammer der Kapelle hatte er zwei Dämonen auf einmal besiegt, aber das hier waren einfach zu viele. Warum ließ der Herr so etwas zu? Die Waffenrüstung Gottes sollte ihn doch beschützen!

Harte Finger drückten sich in seinen Rücken.

Nein, keine Finger. Das waren die Sicherheitsklemmen vor der Luke eines Zugangsstamms. So ein Schacht war kein Ort, an dem jemand mit gesundem Verstand mehr Zeit als nötig verbringen würde. Priester hingegen verbrachten einen Großteil ihres Lebens in solch beengten Räumen: in Pfarrhäusern, Beichtstühlen oder Schützenlöchern beispielsweise.

Er nestelte an der Verriegelung und brauchte einiges an Kraft dafür, Muskeln, die er seit Jahren nicht mehr benutzt hatte, und dann klemmte auch noch der letzte Riegel, Metall schabte über Metall. Hinter ihm näherte sich das Rascheln der Dämonenfüße, der säuerliche Geruch des Dämonenatems. Er sah sich schon von Dutzenden Händen ergriffen, so kalt und hart wie die Riegel der Lukentür. Das gab den Ausschlag: Der letzte Riegel quietschte, die Luke ging auf. Er zwängte sich durch das Loch, kaum größer als eine Waschmaschinentür, und hinein in den vertikalen Schacht. Seine Füße fanden sicheren Halt auf den schmalen Sprossen, und er schaute hinab in den dreißig Meter tiefen Schlund.

Pater Bill ergriff die Lukenklappe und zog, aber ein harter Stoß fuhr ihm durch den Arm. Der hölzerne Stab des Kruzifixes war zu lang, um hindurchzupassen. Die Dämonen drängten sich vor der Öffnung und griffen bereits am Stab vorbei. *Lass los,* mahnte der Teil seines Hirns, den man noch als vernünftig bezeichnen mochte. Vernunft aber trieb einen Mann Gottes nicht an – allein der Glaube. Das war sein Stab, seine Stütze auf dem Weg durch dies finstre Tal.

Im Vertrauen, Gott würde seine Beine so standhaft wie die Josuas und seine Arme so unnachgiebig wie die von Moses machen, ließ er die Sprossen los, beugte sich vor in den Wald aus fünfzig oder sechzig klauenartigen Fingern und ergriff das Kruzifix mit beiden Händen. Dämonenhände kalt wie Eis zerrten an seinem *CVN 68X SCHIFFSKAPLAN*-Rollkragenpullover und griffen nach Haaren, die ihm vor langer Zeit ausgefallen waren. Er schloss die Augen vor dem kalten wabernden Reptilienfleisch, sah sich als gepeinigter Heiliger in den Kampf mit der Schlange aus der Offenbarung verstrickt und zog mit seinen schwabbeligen alten Muskeln an dem Stab.

Der hölzerne Stab brach entzwei und riss ihn von den Beinen. Einen Moment lang war er verloren, bis sich das bronzene Kreuz zusammen mit den verbleibenden achtzig Zentimetern Stab wie eine Reckstange über dem Abgrund verkeilte. Pater Bill keuchte, schwang hin und her, ertastete mit den Füßen eine weitere Sprosse.

»Gelobt sei Gott!«, schnaufte er. »Gelobt sei Gott!«

Die Dämonen kämpften um Einlass in den Schacht, kamen einander aber ständig in die Quere. Pater Bill ruckte an dem Kruzifix und ergriff mit einer Hand eine feste Eisensprosse. Welche Richtung nur? Er spähte nach unten, er spähte nach oben. Himmelwärts, dachte er und begann seinen Aufstieg – langsam, denn eine Hand hielt das Kruzifix mit dem halben Stab. Dreißig Sekunden später waren die ersten Dämonen im Schacht, aber Die wussten nicht, wie man kletterte. Sie wurden auch nicht vom Glauben getragen. Pater Bill hörte Körper fallen, einen nach dem anderen, den tiefen Abgrund hinab, gefolgt von fernen dumpfen Schlägen, als sich die Leiber unten auftürmten.

DER MILLENIALIST

Die *Vindicator* explodierte.

Hundertachtzig Meter lang, zehntausend Tonnen schwer, mit zwanzig Knoten und einem Kontingent aus dreihundertfünfzig Matrosen, fünfundfünfzig Offizieren und, aller Wahrscheinlichkeit nach, Admiral Vo an Bord – von einer Sekunde zur anderen wurde sie zu einer gigantischen, wogenden Magnolie mit blendend weißen Blüten. Die unsichtbare Hand der Hitzewelle drückte Karl Nishimura und seine Besatzung auf der Navigationsbrücke von den Fenstern weg. Wabernde Bälle aus roten und orangen Flammen stießen gen Himmel und bildeten Pilze aus Qualm. Als Karl sich gerade wieder gefangen hatte, krachte Meerwasser vom Volumen eines ganzen Sees zurück in den Ozean und wirbelte riesige verbogene Wrackteile in die Luft; einen Teil des Steuerruders, ein Rotorblatt, die obere Hälfte des Radarturms.

»Wir müssen die Schotten dicht machen!«, brüllte Henstrom und fügte hysterisch hinzu: »Sir, Sir, Sir!«

»Kurs halten, Bootsmann«, bellte Nishimura. »Lang, nach Schiffbrüchigen Ausschau halten.«

»Wir kommen nicht an die Rettungsboote, Sir«, sagte Lang. »Sehen Sie nicht, was auf dem Flugdeck los ist, Sir!«

Nishimura sah es sehr wohl. Er hatte das Flugdeck während der letzten Stunde, die sich wie ein halbes Jahr angefühlt hatte, ein ganzer weiterer Einsatz, nicht aus den Augen gelassen. Aus dem Schiffsmagazin waren keine Waffen geholt worden. Es schien überhaupt keine Hilfe zu kommen.

Aber noch war nicht alles verloren. Man wehrte sich dort unten mit neuem Eifer. Auf dem Deck der Big Mama, im Schein des

Feuerballs der größten Schiffsexplosion seit Pearl Harbor – und dies war zweifellos ein neues Pearl Harbor, wenn auch die *Tora! Tora! Tora!*-Kriegsschreie der Kaiserlich Japanischen Armee durch hungriges, ruheloses Stöhnen ersetzt worden waren –, wurde Nishimura Zeuge von Heldentaten, die es wert waren, in den Kanon der Heldengeschichten der Marine aufgenommen zu werden.

Ein Haufen Seeleute feuerte zweimal Katapult #2 ab, obwohl kein Kampfflugzeug daran arretiert war. Der dampfgetriebene Schlitten riss mehrere Ghule in Stücke und verspritzte ihre Reste im Pazifik. Ein mutiger junger Geräteführer hatte einen Bergungskran bestiegen und benutzte den Arm, um Ghule beiseitezufegen, während er weitere mit den sechs gewaltigen Rädern platt walzte. Eine bunte Gruppe in allen Regenbogenfarben der Deckmannschaft hatte sich zusammengetan und bediente einen 10-bar-Feuerwehrschlauch, der Ghule im hohen Bogen ins Meer schleuderte. Niemand konnte das Krängen eines Schiffs so gut spüren wie sein Steuermann, und die Kreisbahn, die Nishimura befohlen hatte, half dabei, manche Ghule über Bord zu befördern.

Was Nishimura am meisten erschreckte, waren die Ghule, die sich aus eigenem Antrieb von Bord stürzten, entweder hinter Seeleuten her oder auf der Suche nach noch etwas anderem. Er fragte sich, ob diese Ghule, deren Körper dem Tod widerstanden hatten, ihn vielleicht trotz allem herbeisehnten und den schwarzen Ozean, in dem zahllose Leuchtstäbe funkelten, mit dem von Sternen erfüllten Himmel verwechselten.

Dann waren da noch die Marines. Die *Olympia* hatte ein Kontingent von zwanzig Mann an Bord, die bei Kurzeinsätzen amphibische Angriffe üben sollten. Die Spannungen zwischen den Marines – bei den Matrosen als »Semper-Fi-Idioten« verschrien – und den Seeleuten ließen nie wirklich nach. Anders als die Seeleute waren die Marines allerdings bewaffnet, *bis an die Zähne* bewaffnet, und obendrein gründlich im Zweikampf ausgebildet. Nishimura beobachtete ehrfürchtig, wie eine footballmannschaftstarke Truppe aus Marines an Deck ein Spiel abzog, das den New England Patriots zur Ehre gereicht hätte. Sie umringten die Ghule und drängten sie zur Vernichtung in Engpässe, und all das mit einem durchaus als überbordend zu beschreibenden Enthusiasmus.

Hinter Nishimura wurde das Raunen auf der Brücke immer lauter. Manche Stimmen kannte er so gut wie seine eigene. Andere gehörten ihm unbekannten Personen, die sich erfolgreich in die Insel gerettet hatten.

»Bericht zu Überlebenden von der *Vindicator.*«

»Nichts, Sir! Das ganze Meer steht in Flammen!«

»Eins von unseren Schiffen hat die *Vindicator* bombardiert, Sir!«

»Klappe, Henstrom. Die haben sich selbst in die Luft gejagt.«

»Mit dem Admiral an Bord?«

»Wahrscheinlich hat er es sogar befohlen. Wahrscheinlich hat er *es schon gewusst.*«

»Funken Sie die Marines an. Sobald sich eine Gelegenheit bietet, will ich die ersten Leute in den Rettungsbooten haben, ganz egal, wie die das anstellen.«

»Keine Reaktion, Sir. Da antwortet niemand.«

»Dann versuchen Sie es so lange, *bis* jemand antwortet! Sie sehen doch, wie viele von diesen ... *Leuten* aus den Unterdecks nachrücken. Da unten muss es von Denen wimmeln.«

»Sie meinen, Die klettern? Die *Leitern* hoch? Ich hab vorhin einen gesehen, der noch nicht mal mit einer *Tür* klargekommen ist.«

»Was weiß denn ich? Irgendwie kriegen Die es offenbar hin!«

»Wir brauchen Leute an den Fangseilen. Wie viele Vögel haben wir noch in die Luft bekommen?«

»Soll ich eine Anfrage an die Flugkontrolle stellen, Sir? Manche unserer Piloten könnten es bis nach Kalifornien schaffen.«

»In Kalifornien nützt uns unser Geschwader nichts! Wir brauchen die hier, um den Träger zu beschützen! Die sollten das Flugdeck beharken und diese Bastarde ausradieren!«

»Solange da überall noch unsere Leute rumlaufen? Haben Sie sie nicht mehr alle?«

»Ein Angriff auf einen Flugzeugträger ist ein kriegerischer Akt, Sir. Aber bei allem Respekt, Sir, Die da unten sind jetzt unsere Feinde.«

»Warum hat nicht schon längst jemand die Geschützstellungen besetzen lassen? Steuermann, Sir, sollten wir das Schiff nicht gefechtsbereit machen?«

Steuermann, das klang irgendwie vertraut. Ach ja, das war ja er. Irgendwer musste ihm eine Frage gestellt haben. Nishimura schluckte. Es brannte in seiner Kehle, als wäre ihm das rußgeschwärzte Feuer aus dem Himmel mit einer gespaltenen Zunge in den Rachen gefahren. Er war anscheinend noch immer der ranghöchste Offizier auf der Brücke. Dann sollte er sich wohl umdrehen und eine Antwort geben. Sein Blick aber klebte immer noch an den tapferen Männern und Frauen, die dort unten umhereilten. Mit ihren weichen, zerbrechlichen, wehrlosen Körpern erinnerten sie ihn an seine Kinder.

Seine Gedanken sprangen von den nächsten Angehörigen zum erweiterten Familienkreis. So untot, wie diese Ghule aussahen, wäre es ganz natürlich gewesen, hätte er zuerst an Larrys Familie in Trinidad gedacht und an die Voodoo-Rituale, von deren Wirksamkeit man dort felsenfest überzeugt war. Doch stattdessen dachte er an seine eigenen Vorfahren väterlicherseits, vor allem an Großmutter Ayumi, der es diebisches Vergnügen bereitet hatte, ihre Enkelkinder zu erschrecken.

Von Soba Ayumi hatte der kleine Karl zum ersten Mal vom Millenialisten gehört. Der Legende nach war der Millenialist aus der Pilzwolke von Hiroshima getaumelt, einstmals ein Mann, nun aber kohlschwarzes Monster ohne Augen, ohne Finger, ohne Kiefer, überzogen von einer Kruste aus Glassplittern; ein Phantom, das Japan des Nachts heimsuchte. Aus seinem durchlöcherten Brustkorb drang ein vogelartiges, pfeifendes Gelächter. Er ging einfach immer weiter, trug seinen geschundenen Leib wie eine Standarte durch die Lande, damit niemand vergaß, wie er gestorben war – wie sie alle einmal sterben könnten. An angeblich revolutionären Fortschritten. An den Auswüchsen entmenschlichender Technik. An Todesmaschinen, ersonnen in Zimmern voller nicht zu unterscheidender alter Männer.

Der kleine Karl hatte lange nicht einschlafen können, war nicht in der Lage gewesen, den Millenialisten irgendwie verständlich einzuordnen, anders als zum Beispiel Optimus Prime oder Megatron. Der Millenialist war nicht Angreifer, sondern Opfer. Der Millenialist war nicht Kriegstreiber, sondern ein Produkt des Krieges. Trotz seines erschreckenden Aussehens wollte er niemandem etwas Böses. Als Kind hatte Nishimura diese Ambivalenz als zutiefst verstörend erlebt.

Jetzt, mit dreiundvierzig, fragte er sich, ob der gleiche Zweifel wie in seiner Kindheit ihn auch in Zukunft um den Schlaf bringen würde. Der Millenialist, die Ghule – wer war da wirklich der Feind? Die Monster? Oder die Menschen, die in der Lage waren, Sie überhaupt erst zu erschaffen?

Endlich riss sich Nishimura von dem Chaos vier Stockwerke weiter unten los und sah Diane Lang an, die mustergültig Ausguck hielt, aber dennoch Teil der großen Vernichtungsmaschinerie war. Sie wartete auf seine nächsten Worte mit der herzzerreißenden Überzeugung, dass er schon wissen würde, was zu sagen war. Da sollte er sich wenigstens Mühe geben. Er war immerhin der Heilige Karl. Er öffnete die spröden Lippen. Er überlegte, sie alle daran zu erinnern, dass das Verhältnis von abgeschossenen feindlichen Maschinen zu eigenen Verlusten von Vietnam bis Desert Storm 17 zu 1 betrug und dass die Statistiken diesmal sicher ähnlich lauten würden.

Da er sich zu Lang umgedreht hatte, verpasste er den Ausgangspunkt der Katastrophe, auch wenn er sich den Hergang anhand des folgenden Unglücks problemlos zusammenreimen konnte. Ein Kampfpilot-Cowboy, der noch in der Luft war, machte entweder gemeinsame Sache mit einem verzweifelten Controller im Luftkontrollzentrum des Trägers oder verstieß, noch wahrscheinlicher, von sich aus gegen die Anweisungen der Luftkontrolle und setzte zur Landung an.

Ziel der Aktion war offenkundig: Er wollte die Ghule in einem einzigen Rutsch vom Flugdeck fegen. Leider war die Rollbahn zu einem Gestrüpp aus Asphalt und Stahl geworden. Sobald das Fahrwerk der F/A-18C aufsetzte, rutschte der Jäger auf einem Teppich aus Maschinenöl, Kerosin, Löschschaum und Menschenblut aus und krachte in die quer stehende Super Hornet. Der Zusammenstoß mit über 160 km/h war wie ein Donnerschlag, der Knall aller Knalle, und jeder Mensch auf der *Olympia* kauerte sich Schutz suchend zusammen.

Die folgende Kettenreaktion war derart verheerend, dass es schon ans Absurde grenzte. Die explodierende Super Hornet feuerte noch zwei AIM-9 Sidewinder-Raketen ab, die eine C-2A Greyhound und eine MH-60R/S Seahawk trafen. Beide Flugzeuge explodierten ebenfalls in einem gewaltigen Inferno. Zusätzlich gingen einige Reservetanks mit Flüssigstickstoff in der Nähe in die Luft, heiße Sensenblätter aus geschmolzenem Metall fegten über das Deck. Entflammtes Kerosin aus der Greyhound spritzte über einen weiteren danebenstehenden Jäger, der wie eine Papierserviette in Flammen aufging und seine Raketen geradewegs ins Flugdeck jagte, wo sie nicht nur den Raketenwerfer der Mark 29 Sea Sparrow, sondern auch die Kontrollplattform des Landesignaloffiziers zertrümmerten – ein kritischer Verlust für jedes Flugzeug, das erfolgreich auf Big Mama landen wollte. Momentan hielt es Nishimura für ausgeschlossen, dass ein normaler Flugbetrieb überhaupt wieder möglich sein würde.

Wie jeder Flugzeugträger wirkte auch die *Olympia* von außen schier uneinnehmbar. Tatsächlich aber war sie ein schwimmender Brennofen voller explosiver und hochgiftiger Chemikalien, die direkt neben elf Millionen Litern Kerosin und dreitausend Tonnen Munition lagerten. Das meiste davon befand sich unter Deck, wo es Nishimura bis jetzt für sicher gehalten hatte. Nun, da das gesamte Flugdeck in Flammen stand, war dieser nette Trugschluss hinfällig. Alles war möglich; alles konnte passieren. Aus dem Feuersturm taumelten brennende Matrosen. Der einzige Unterschied zwischen den Lebenden und den Toten war, dass die

Lebenden irgendwann aufgaben, zu Boden gingen und sterben wollten, während die Ghule brennend weiterstapften – eine ganze Kompanie von Millenialisten.

Durch großes Glück überlebten einige wenige Seeleute das Desaster. Viele weitere hatten so schwere Verbrennungen, dass ihre Haut an Gesicht und Händen an verkohltes Backpapier erinnerte. Kurzum, sie sahen ebenfalls wie Ghule aus, und Nishimura musste betäubt mit ansehen, wie unversehrte Überlebende ihre hilflosen Kameraden mit Schusswaffen und stumpfen Gegenständen massakrierten. Das war »blue on blue« – Eigenbeschuss. Ein unnötiges Gemetzel, das das Blutbad nur noch verschlimmerte.

Die Schiffssirenen riefen alle Mann auf Gefechtsstation, mussten jedoch gegen weitere Eruptionen und spitze Schreie ankämpfen, sodass der Befehl die verstreute Mannschaft kaum erreichte, zumal viele bereits über Bord gegangen waren. Und all das, obwohl Big Mama mit einer Menge kleiner Funkantennen, WSC-6-Anlagen zur Satellitenkommunikation, störungssicheren USC-38-Funkgeräten, dem SSR-1 FM-Flottenkommunikationssystem, SRN-9 und SRN-19 NAVSAT-Empfängern und einem brandneuen Hochgeschwindigkeits-C-Band-SATCOM-System der Marke Challenge Athena III ausgerüstet war.

Überall hochmoderne Kommunikationsmittel, alle völlig nutzlos.

So also geht die Welt unter, dachte Nishimura.

LEIB ZU BROT

Wer an Bord eines Flugzeugträgers Dienst tat, wurde auch bezüglich der Anordnung und Lage der Zugangsschächte unterwiesen. Für die meisten Piloten hatte es sich damit, und war man zusätzlich noch ein Grünschnabel, ein NAFA, hatte man vielleicht noch nie einen von innen gesehen, auch wenn man jeden Tag an Dutzenden vorbeiging. Die Lücken in Jennys Ausbildung schlossen sich rapide; sie balancierte knapp unterhalb der belagerten Luke auf den Sprossen und hoffte inständig, die vier milchäugigen Seeleute würden endlich aufhören, mit den Handflächen dagegenzuklatschen.

Sie *mussten* aufhören; ein Blick die bodenlose Stahlröhre hinab, die kaum breiter war als ihre Schultern, reichte aus, um Jenny mit ebenso bodenloser Furcht zu erfüllen. Was völlig unsinnig war; im Cockpit einer F-18 war zwischen Knien und Armaturen nur wenige Zentimeter Platz. Im Flug hatte sie allerdings den ganzen weiten Himmel um sich herum – der Schacht hingegen war nichts als ein langer stählerner Rachen.

»Bitte geht weg«, flüsterte sie.

Stattdessen wurden es immer mehr, die immer härter auf die Luke einschlugen – wie um Ihren Unmut darüber auszudrücken, was Leute wie Jennifer Angelys Pagán aus Ihrer schönen Marine gemacht hatten. Sie kannten ihre befleckte Flugbilanz, rochen ihren weiblichen Körper, konnten ihr puerto-ricanisches Blut fast schon schmecken. Man durfte ihr nicht über den Weg trauen.

Da explodierte plötzlich die Welt vor der Luke, zumindest klang es so. Ein unbeschreibliches Knirschen erfüllte den Schacht, gefolgt vom Löwenrudel-Gebrüll unzähliger Feuerbälle. Sekunden später folgte eine ebenso verheerende Explosion und dann noch eine, noch schlimmer. Es war ohrenbetäubend; das ganze Schiff wankte. Die Sprossen vibrierten in ihren verschwitzten Händen.

Wurde die *Olympia* angegriffen? Höchstwahrscheinlich. Welcher Feind auch immer es geschafft hatte, die Seeleute einer derartigen Gehirnwäsche zu unterziehen, dass Sie die eigenen Kameraden angriffen – jetzt ließ er Luftschläge folgen. Die Schläge auf die Luke brachen ab; Jenny stellte sich vor, dass die weißäugigen Matrosen wie Papierflieger von einer Feuerwalze fortgeschleudert worden waren. Der Schacht füllte sich mit dem beißenden Gestank von Kerosin, schlagartig wurde es kochend heiß. Sie konnte hier drin entweder lebendig geröstet werden oder an den giftigen Dämpfen zugrunde gehen, da hatte sie die freie Auswahl.

Wie ein Offizier bei einer Inspektion kontrollierte Jenny den Zustand ihrer Hände und Füße (braune Schuhe, nie vergessen), ehe sie sich in einem Muster in Bewegung setzte, das ihr zuerst völlig wahllos vorkam. Rechter Fuß, linke Hand, linker Fuß, rechte Hand: Ihr Körper war zu weit ausgestreckt und zitterte. Während sich die Explosionen auf dem Flugdeck fortsetzten, erinnerte sie sich endlich an ihre Ausbildung. Ihr Körper fand in einen Rhythmus, ihre Glieder bewegten sich konzertiert.

Sie erreichte die erste Ausstiegsluke. Mit pochenden Schläfen ließ sie den Plan des Flugzeugträgers vor ihrem geistigen Auge rotieren. Das musste die Betankungsanlage sein. Sie legte den Handrücken auf die Luke und zog ihn sofort zurück. Das Metall glühte. Die Detonationen klingelten noch immer in Jennys Ohren, aber sie beugte sich trotzdem vor, bis sie nicht nur die schwärende Hitze spürte, sondern auch das Kreischen sich verbiegenden Metalls hörte. Eine Bombe musste das Deck durchschlagen haben, dachte sie, bis sie begriff, dass es sich um menschliche Schreie handelte. Die Leute in der Betankungsanlage starben, und Jenny ertappte sich dabei, dass sie ihnen wünschte, es möge durch Feuer geschehen, damit die armen Schweine nicht mit ansehen mussten, wie ihre Kameraden sie auffraßen.

Abermals konsultierte sie die Karten in ihrem Kopf. Was lag hier auf Deck 01? Die Flugzeugwerkstätten. Und darunter? Gebläse und Lüftung. Das sollte ein sicherer Ort sein, um diesem klaustrophobischen Schornstein zu entkommen, und dann konnte sie andere Überlebende suchen, vielleicht sogar ihre Kameraden von den Roten Schlangen, und dann würden sie sich einen Plan überlegen und das Schiff zurückerobern. Noch fünf Sprossen hinunter; auf halber Strecke zwischen den Decks hörte sie eine bekannte Stimme.

»Meine Süße.«

Um sich zu vergewissern, dass sie tatsächlich den Verstand verloren hatte, schaute Jenny nach unten.

Drei Sprossen unter ihren Füßen klammerte sich Pater William Koppenborg mit einer Hand an der Wand fest. In der anderen hielt er ein großes bronzenes Kruzifix, aus dem ein zerbrochener Holzstab ragte. Jenny hatte vergeblich versucht, in einem Kruzifix einen geheiligten Gegenstand zu sehen, aber dieses hier wirkte wirklich besonders – sein Christus schien lebendig geworden zu sein. Echtes Blut tropfte aus seinen kleinen Wunden, Klumpen aus echtem Haar und echtem Fleisch klebten an den Armen des Kreuzes. Der Anblick rief die Erinnerung an Pater Bills Finger wach, die sich in ihren Oberschenkel bohrten.

»Pater.« Ihr Keuchen hallte in der Metallröhre wider. »Sind Sie verletzt?«

Er grinste zu ihr empor. Im Schein der Notbeleuchtung schimmerten seine Zähne wie Perlen.

»Ich wusste, wir würden einander wiederfinden«, säuselte er.

Er erklomm eine Sprosse, das Kruzifix schlug hell gegen die Metallwand.

»Nicht, Pater«, sagte Jenny. »Wir sollten nach unten gehen, Deck 02 ist …«

Sein freier Arm umklammerte ihre Wade.

Jenny geriet aus dem Gleichgewicht. Hastig griff sie nach einer Sprosse.

»Pater, ich falle gleich …«

»Pssst, Meine Süße«, sagte er. »So soll denn alles sterblich Fleisch stillschweigen.«

Er biss zu.

Das Schlimmste daran war, dass sich der Biss für Jenny wie der lange angekündigte Höhepunkt einer geschmacklosen Geschichte anfühlte. Aus purer Selbstsucht hatte sie auf der Suche nach spiritueller Erhellung über das gierige Starren in Pater Bills wässrigen Augen hinweggesehen, obwohl sie ganz genau gewusst hatte, dass da etwas faul war. Jetzt starrte sie mit lähmender Bestürzung an sich herab, während dieser dürre, sanftmütige Geistliche im Rollkragenpullover seine Kiefer in ihr Bein grub.

Die Standardausrüstung der Marineflieger war der CWU 27/P Nomex-Fliegeranzug; feuerfest, chemikalienbeständig, strahlungsresistent und dabei trotzdem dünn und leicht. Jenny spürte jeden seiner Zähne, die sich um ihre Wade schlossen. Aber der Nomex hielt. Sie trat instinktiv aus, aber der Priester hatte ihr Bein so fest umklammert, dass aus dem Tritt nur ein Aufbäumen wurde. Ihr anderer Fuß rutschte von der Sprosse ab; sie fiel mit schweißglitschiger Plötzlichkeit.

Pater Bills Zähne glitten ihre Wade, ihren Oberschenkel und ihre Hüfte hinauf.

Mit einer Hand bekam sie eine Sprosse zu fassen. Ruckartig war ihr Fall beendet. Sie baumelte an einem Arm, suchte mit den Füßen hektisch nach Halt, aber alle Sprossen waren von Pater Bill belegt. Sie überlegte, ob sie sich noch fallen lassen sollte – für solche Eventualitäten war in den Schächten auf jedem Deck ein Sicherheitsnetz angebracht –, sah dann aber mit Entsetzen, dass das nächste Netz, und wohl auch das übernächste, durchtrennt worden war, möglicherweise von dem großen Kruzifix. Wenn sie jetzt losließ, konnte sie zwanzig Stockwerke abstürzen.

An Ort und Stelle zu bleiben wäre jedoch genauso tödlich. Der Sturz von einem Meter hatte Pater Bills Kopf auf Höhe ihrer Brüste gebracht, und er ging sofort mit aufgerissenem Mund auf sie los. Dort war ihr Fliegeranzug übersät mit Taschen und Beuteln und saß lockerer. Jenny verdrehte ihren Oberkörper und rammte Pater

Bill das Knie in die Arme, in die Brust, in die Leiste. Was sie dort spürte, hielt sie zuerst für eine Waffe, die in seinem Gürtel steckte, bis sie begriff, dass es sein unpassenderweise steifer Penis war, was sie noch verbissener kämpfen ließ – sie zog sich an einem Arm hoch, um diesen katholischen Priester so hart wie möglich in den verletzten Oberschenkel zu treten.

Blut schoss aus seinem Bein wie aus einer reifen Tomate. Pater Bill stöhnte durch die Zähne, die sich im Revers ihrer Fliegermontur verkeilt hatten. Jenny nutzte den kurzen Augenblick des lähmenden Schmerzes seinerseits, um auch mit der anderen Hand eine Sprosse zu fassen zu bekommen. Sie würde sich freitreten. Sie würde verdammt noch mal zurück nach oben klettern und ihr Glück im brennenden Chaos der Betankungsanlage suchen.

Im nächsten Moment fühlte sie etwas, das zugleich neu und sofort identifizierbar war.

Er hatte zugestochen. Es fühlte sich an wie ein Schlag mit der flachen Hand auf die Rückseite, der ein hartnäckiges eisiges Prickeln zurückließ. Sie wusste, dass er ihr eine der scharfen Kanten des Kruzifixes in den Leib geschlagen hatte, traute sich aber nicht, eine Hand von der Sprosse zu nehmen, um sich zu befreien. So hing sie einfach da wie ein Stück Rind am Haken. Das Kruzifix mit dem gebrochenen Stab war eine schwere Last in ihrem Rücken.

Pater Bill zog sich eine Sprosse hoch. Er streichelte ihre Wange und hinterließ eine warme Blutspur.

»Ich weiß, es tut weh«, gurrte er.

Jenny winselte, hasste dieses Geräusch, winselte abermals.

»Jesus hat wie ein gewöhnlicher Verbrecher gelitten, ehe er der auferstandene Christus wurde. Transsubstantiation ist schmerzhaft, Meine Süße. Aber sie geschieht gerade überall an Bord.« Pater Bill kicherte leise. »Ich gebe zu, es ist nicht die Entrückung, die ich erwartet hatte. Trotzdem ergibt das alles auf freudige Weise Sinn, nicht wahr? Dämonen und Menschen, die sich verbinden, in gemeinsamer Kommunion eins werden.«

Pater Bills Stimme zitterte wie ein Metallblech.

Das Kruzifix glitt in ihrem Rücken abwärts, durchtrennte einen Muskel nach dem anderen.

»Hilfe«, keuchte sie.

»Oh, die ist nicht fern.« Pater Bill nickte sanft. »Ich will dir helfen, dich von Körper zu Brot, von Fleisch zu Blut zu wandeln. Um das zu erreichen, werde ich von deinem Leib kosten. Verstehst du das? Durch den körperlichen Akt wird der spirituelle Akt erst Wirklichkeit.«

»Bitte …«, flehte sie und verstand ihn nicht. »Sie wollen …?«

»Ich will dich essen.« Pater Bills Augenwinkel kräuselten sich zu einem entschuldigenden Lächeln. »Ich weiß, du hast mit deinem Glauben gerungen, aber das ist schon in Ordnung. Mein Glaube reicht für uns beide. Du wirst durch mich werden, wie schon Eva aus Adams Rippe wurde, und gemeinsam werden wir uns neu erheben, als König und Königin über ein Paradies, das wir uns kaum ausmalen können. Ich bin so glücklich, diesen Moment mit dir zu teilen, Meine Süße.«

Sein Lächeln wuchs, als sich sein Mund wie eine Bärenfalle öffnete. Seine Zähne glitten über ihr Gesicht, seine Unterlippe rutschte über ihre Nase und blieb an ihrem Kinn hängen, sein Atem stank nach Blut. Jenny ließ eine Hand los und zwängte den Arm zwischen ihre Körper, aber Pater Bill schob ihn so sanft beiseite wie die zappelnden Gliedmaßen eines Babys bei der Taufe.

»Fürchte dich nicht«, raunte er, als sich sein Mund auf eine schmerzende Stelle auf ihrer linken Wange legte. »1. Petrus 4«, sagte er. Seine Lippen und Zungenspitze krümmten sich an ihrer Haut. *»Denn wer im Fleisch gelitten hat, der hat Ruhe vor der Sünde.«*

Ihre baumelnde Hand ertastete durch puren Zufall den härtesten Gegenstand in ihrem Gürtel.

Pater Bills Zähne waren gerade erst in ihre Haut eingedrungen, als Jennifer Angelys Pagán, Rufzeichen einfach nur »Jenny«, mit dem Daumen den Riemen des Holsters öffnete und ihre Beretta M9 zog. Sie kannte ihre M9 nur aus vergangenen Grundausbildungseinheiten, aber sie war stets eine eifrige Schülerin gewesen (*Ich bin ein Matrose der Vereinigten Staaten!*), die niemals einen

Schuss vergeudete (*Ich verkörpere den Kampfgeist der Marine!*), und hatte die Stimme des Waffenprüfers noch im Ohr, wie er lautstark ihr Geschick mit dem Dreipunktvisier der M9 lobte. Jenny riss den Arm hoch und drückte Pater Bill die Mündung aufs Ohr.

Der Schuss im Innern der Metallröhre war so laut, dass er alle anderen Sinneseindrücke übertönte.

Als sie wieder zur Besinnung kam, stürzte Jenny Hals über Kopf in die Tiefe. Irgendwo war ein Querschläger zu hören. Die Waffe musste beim Abdrücken von Pater Bills Schädel abgerutscht sein, eine Theorie, die durch das qualvolle Stöhnen des Priesters bestätigt wurde, dem mit Sicherheit das Trommelfell geplatzt war. Für einen Sekundenbruchteil sah sie sein blutiges, hilflos entrüstetes Gesicht. Wie ein Kleinkind, dessen Mama gerade etwas ganz Gemeines gemacht hatte.

Jennys Kopf stieß gegen eine harte Oberfläche, Knie, Kinn und Schulter schlugen wie ein verirrtes Projektil umher, bis sie mit der Präzision einer Turmspringerin durch das zerstörte Sicherheitsnetz tauchte. Pater Bill war verschwunden, und von Jenny würde wohl ebenfalls demnächst nicht mehr viel übrig sein, und diese Geräusche, die aus dem Bauch des Schiffs zu ihr emporopdrangen, mussten das Rauschen der Luft um ihre Ohren sein.

Sauerstoff platzte aus ihrem gesprengten Brustkorb, und jeder Knochen in ihrem Leib zersplitterte.

Nur entsprach beides nicht den Tatsachen. Sie brauchte eine halbe Minute, bis sie das begriffen hatte. Sie blinzelte über die schmerzenden Augäpfel, die beinahe aus den Höhlen gehüpft wären, und versuchte sich zu orientieren. Sie bewegte die Gliedmaßen. Alle vier funktionierten noch, berührten aber nichts. Schwebte sie? Unter ihr breitete sich ein unergründlich dunkler Kanal aus.

Nein – über ihr. Irgendwie lag sie auf dem zerstochenen, blutenden Rücken und starrte die neun Stockwerke hinauf, die sie abgestürzt war. Sie musste tief im Bauch des Schiffs liegen, in der Nähe der Reaktoren. Die Seeleute, die den Nuklearantrieb des

Schiffs bedienten, waren eine geheimnisvolle Truppe, die nur selten ans Tageslicht kam, und Jenny dachte plötzlich daran, dass sie alle noch immer hier unten sein mochten, zu beschäftigt mit ihren Knöpfen und Zählern, um vom Chaos oben etwas mitzukriegen. Sie holte tief Luft, was ihr einen Splitter aus Schmerz durch den Leib jagte.

»Hilfe!«

Die Kraft ihres Schreis erschütterte ihren Körper. Da sah sie es: Ein Gurt ihrer Fliegermontur hatte sich an der untersten Luke des Schachts verfangen. Sie baumelte wie ein Jo-Jo am Ende seiner Schnur an der Hüfte in der Luft. Keine Bewegung der Arme oder Beine brachte sie nahe genug an die Leiter, um nach einer Sprosse greifen zu können. Erschöpft gab sie auf; drehte sich langsam um die eigene Achse, zwang sich zu ruhigen Atemzügen, zum Nachdenken, kehrte zu der verinnerlichten Karte des Schiffs zurück. Bis zum Boden mussten es etwa drei oder vier Meter sein. Sie konnte den Gurt durchtrennen und den Sturz problemlos überleben.

Aber unter ihr war noch etwas. Geräusche.

Schieben, Schlittern, Schmatzen, Sabbern.

Die Reaktoringenieure, dachte Jenny und versuchte sich so zu drehen, dass sie etwas erkennen konnte. Dabei rutschte ihr linker Stiefel, der sich im Fallen gelockert hatte, von ihrem Fuß – ihr brauner Stiefel; ihr Recht als Marineflieger, offiziell verloren.

Der Stiefel landete in einem Mund. Mit dem Instinkt einer Venusfliegenfalle begann dieser zu kauen.

Unter ihr lagen mindestens ein Dutzend Seeleute auf einem Haufen, die Körper vom Sturz so gebrochen, dass es wie eine einzige riesige Monstrosität aussah – dieser zersplitterte Arm war mit jenem gebrochenen Bein verbunden, das in einem geplatzten Brustkorb steckte, der noch an einem kieferlosen Kopf hing. Ein Leichenberg wäre schlimm genug gewesen, aber dieser Haufen zuckte und wand sich. Gebrochene Arme reckten sich in ihre Richtung. Gebrochene Beine krümmten sich. Köpfe auf gebrochenen Halswirbelsäulen klapperten mit den Zähnen.

Die Geräusche, die sie im Fallen vernommen hatte, waren das hungrige Stöhnen der Seeleute gewesen.

Und immer noch hörte Jenny das Blut aus ihrem Rücken tropfen wie kleine Kieselsteine, *pock, pock, pock* auf die Stirn eines zerschmetterten Seemanns, der versuchte, es mit der Zunge zu erreichen. Die anderen hörten, sahen und rochen Jennys Blut ebenfalls und kämpften immer verbissener darum, die gebrochenen Knochen übereinanderzuschieben. Sie wurden zu einem rollenden Fleischberg, der immer höher wuchs und näher kam.

Und noch etwas hörte Jenny, etwas seltsam Musikalisches: das lebhafte Klaviersaitenklimpern ihres Hüftgurtes, der langsam zerriss, Faden um Faden.

DAS KOMMANDO ÜBERNEHMEN

Am 27. Oktober 1966, fast auf den Tag genau fünfzig Jahre bevor die USS *Olympia* von Ghulen heimgesucht wurde, fielen auf der USS *Oriskany*, einem Flugzeugträger der Essex-Klasse, der in Korea und Vietnam Dienst getan hatte, fünf Decks einem Großbrand zum Opfer, als im Hangar eine Magnesiumpatrone einer Signalpistole explodierte. Vierundvierzig Mann kamen dabei ums Leben. Bereits neun Monate später, am 29. Juli 1967, stellte die USS *Forrestal* einen neuen Rekord für das schlimmste Trägerunglück ohne Feindeinwirkung auf. Eine F-4 Phantom, die auf dem Flugdeck geparkt war, feuerte durch eine Verkettung diverser Sicherheitsmängel eine Zuni-Rakete in den 1,5-Tonnen-Treibstofftank einer A-4D Skyhawk ab. Die Explosion verursachte einen zwölf Stunden andauernden Großbrand, bei dem hundertvierunddreißig Todesopfer und weitere hunderteinundsechzig Verletzte zu beklagen waren.

Da kommen wir locker drüber, dachte Nishimura. *Wahrscheinlich sind wir schon längst drüber.*

Die unteren Stockwerke der Insel versanken in einer wachsenden Feuersbrunst, nur eine Leiter und ein Laufsteg boten noch einen sicheren Weg nach oben, und selbst der war ein Spießrutenlauf aus giftigen Rauchschwaden und züngelnden Flammen.

Jeder Matrose, der nicht mehr unter Deck gelangen konnte, nahm diesen Weg in Angriff und trug so zum abscheulichen Klang des Rückzugs bei. Stiefel schepperten eilig über Leiter und Laufsteg, verfolgt von den langsamen, schwer zitternden Tritten der Verfolger. Nishimura musste nur aus der Brücke nach draußen treten, und seine Befürchtungen bestätigten sich. Die Ghule lernten dazu. Die Ghule konnten klettern.

Viele brannten, mobile Scheiterhaufen aus schmelzendem Fleisch und gebackenen Knochen. Seeleute versuchten sich daran vorbeizuzwängen und gerieten selbst in Brand, andere Seeleute wollten unbedingt helfen und schubsten die brennenden Kameraden vom regennassen Laufsteg zurück aufs Deck, vielleicht in der Hoffnung, sie würden sich ins rettende Meer rollen. Die Ghule, die aus den Unterdecks nachrückten, waren oft nicht von lebenden Seeleuten zu unterscheiden, und reichte man Denen eine Hand, um Ihnen die Leiter hinaufzuhelfen, resultierte dies in abgebissenen Fingern. Nishimura sah eine Frau mit aufgerissener Kehle abstürzen, nur um sie Minuten später vor der Tür der Navigationsbrücke wiederzusehen. Aus ihrer aufklaffenden Luftröhre quollen blutige Bläschen.

Kurz bevor sie endgültig eingekesselt wurden, gaben sie die Brücke auf.

»Pri-Fly!«, brüllte Nishimura. *»Los, los, los!«*

Für einen Flottenoffizier gab es nichts Schlimmeres, als seinen Posten zu verlassen, aber was blieb ihnen anderes übrig? Eine Leiter höher befand sich im zehnten Stock der Insel die Primäre Flugkontrolle, auch Pri-Fly genannt, wo Luftboss Clay Szulczewski und Miniboss Willis Clyde-Martell alle Phasen der Flugbewegungen vom Deck bis zum Luftraum überwachten. Die beiden Männer hatten mehrfach freundlich und vergebens versucht, sich mit Nishimura anzufreunden. In ihren Herrschaftsbereich würde sich die Inselbesatzung der *Olympia* nun zum letzten Gefecht zurückziehen.

Noch immer strömten angsterfüllte Seeleute die Leitern hinauf, während andere dem Ruf des 1O nach dem »Zebra-Protokoll« folgten und sich hinab in Feuer, Fingernägel und Zähne stürzten, um das Schiff dicht zu machen. Nishimura gestand sich nur widerwillig ein, dass Henstrom vielleicht von Anfang an recht gehabt hatte. Alle Luken zu versiegeln und die Schotten dicht zu machen schien ihm nicht länger eine übertriebene Maßnahme zu sein. Big Mama hatte sich ein Virus eingefangen, ihre Organe versagten eins nach dem anderen.

Als Nishimura das Ende der Leiter erreichte, drängte sich schon eine wild schubsende Horde aus über dreißig Seeleuten auf dem Pri-Fly-Laufsteg. Irgendetwas ging in der Kommandozentrale vor sich, aber der Mob versperrte ihm die Sicht. Er versuchte, sich vorbeizudrängen, aber plötzlich stand Henstrom vor ihm, ohne zu salutieren und mit störrisch vorgestrecktem Kinn. Die Regentropfen auf seinem Gesicht schimmerten wie hundert anklagende Augen.

»Wir müssen die Leiter abmontieren«, verkündete er.

Es klang einem Befehl verdammt ähnlich, und das von einem Matrosen, der in der Rangordnung sechs Stufen unter ihm stand. Nishimura spürte, wie sein Glühen den Regen in Dampf verwandelte. Gern hätte er den Mann zusammengeschrien, aber ein Blick in die Runde der aufgebrachten Matrosen ringsum belehrte ihn eines Besseren. Sie würden wahrscheinlich unangenehm auf herrisches Offiziersgehabe reagieren.

»Die Leiter bleibt«, sagte er.

»Dann wird gleich die ganze Insel überrannt«, rief Henstrom, »und das ist allein Ihre Schuld!«

»Da unten sind noch Kameraden, Bootsmann. Wollen Sie die verrecken lassen?« Nishimura wandte den Blick von dieser Arschgeige ab und hob die Stimme. »Haben wir einen Sanitäter hier? Wir werden gleich Matrosen mit Verbrennungen, Verätzungen und Rauchgasvergiftungen in Empfang nehmen! Wir müssen etwas Platz schaffen!«

»Diese Dinger kommen schon die Leiter hoch!«, heulte Henstrom.

Sein Blick ließ keinen Zweifel an dieser Tatsache. Aber der Bootsmann würde sich verdammt noch mal selbst darum kümmern müssen. Nishimura zwängte sich durch das Dickicht aus durchnässten Matrosen, die nur widerstrebend Platz machten.

Er schubste den letzten Gaffer zur Seite und betrat die Flugkontrollbrücke. Zwei blaue Polstersessel mit Plaketten, auf denen

LUFTBOSS und *MINIBOSS* eingraviert war; Plasmabildschirme, um jedes Flugzeug an Deck und im Hangar im digitalen Auge behalten zu können; das Arbeitsablaufdiagramm, auf dem alle für den jeweiligen Tag vorgesehenen Flüge und Luftoperationen detailliert vermerkt waren. All das funktionierte noch, ein Signalfeuer der Hoffnung hoch über dem Deck der CVN 68X. Nur zwei Details stimmten nicht, und die fielen Nishimura erst auf, als er seine Begrüßung bereits angestimmt hatte.

»Haben Sie schon Kontakt …«, sagte er. Zu *mit Kapitän Page aufgenommen?* kam er nicht mehr.

Das erste Detail, das nicht stimmte, war Clay Szulczewski, oder besser gesagt, seine Überreste. Sein Körper war in grob rechteckige Stücke zerlegt worden – mit einer Brandaxt, wie Nishimura wusste, weil sich der Täter die Waffe, mit Blut und Hautfetzen beschmiert, schluchzend an die Brust drückte. Szulczewskis Gesicht war eingeschlagen, sein geselliges Grinsen bestand nur noch aus verstreuten Zähnen und klebrigen Schädelfragmenten. Er war lediglich anhand seiner roten Uniform zu identifizieren, die einen Aufnäher mit seiner Tätigkeitsbezeichnung trug. Eine obszöne Menge Blut bedeckte den Boden. Es sah aus, als hätte jemand die ganze Flugzentrale mehrere Zentimeter tief mit in lila Gelee schwappenden Fleischhäppchen geflutet.

Das zweite Detail, das nicht stimmte, war – mittlerweile wenig verwunderlich – Willis Clyde-Martell. Er saß entspannt in seinem Sessel, trug seine gelbe Uniform und ein Headset. Seine Körperhaltung wirkte nachdenklich. Die Mitte seines Gesichts war ein rauchendes schwarzes Loch, offenbar ein Schuss aus nächster Nähe. Nishimura war schockiert und traurig, aber auch ein wenig beschämt. Er hatte sich sehr nach jemandem gesehnt, der in der Rangordnung über ihm stand.

Er schaute den Mann mit der Axt an. Dem Rangabzeichen nach war es ein Baufachmann, den Farbflecken auf der Hose nach zu urteilen ein Maler/Lackierer. Nishimura drehte sich zu ihm; Blut umspülte seine Füße wie Badewasser.

»Matrose«, krächzte Nishimura. »Was ist passiert?«

Der Baufachmann klemmte sich das Blatt der Axt unter das Kinn.

»Ich wollte das nicht, Sir«, weinte er.

Nishimura ergriff den Sessel des Luftbosses und dachte über diese Antwort nach. Vielleicht stand der Baufachmann einfach unter Schock, weil er zwei Ghule hatte töten müssen. Aber es gab auch noch eine finsterere Auslegung der Situation. Nishimura hatte bis jetzt noch keinen Ghul in dieser Höhe gesehen. Waren Szulczewski und Clyde-Martell einfach fliehenden Seeleuten im Weg gewesen?

Es war, als würde ihm eine Armee kleiner Spinnen über den Rücken laufen. Wieder fühlte er sich wie ein Kind, umgeben von Klassenkameraden, die herausfinden wollten, ob einer ihrer Großväter die Wahrheit sagte und Japsen tatsächlich blaues Blut hatten. Er wandte sich von dem Baufachmann ab und sah sich mehreren Dutzend starrender, geröteter Augenpaare gegenüber. Sie wollten sich retten. Sie wollten die Scheiß-Leiter abschrauben und hochziehen. Wenn er nicht bald den Befehl dazu gab, würden sie sich jemanden suchen, der es befahl.

»Gott. Oh, Grundgütiger. O Himmel. O Gott.«

Vielleicht von der Verheißung himmlischen Schutzes angelockt, wandten sich die Seeleute von Nishimura ab und richteten ihre Aufmerksamkeit auf einen mit Ruß und Ölflecken besudelten Flugdeckflüchtling, dem violetten Overall nach ein Betanker. Er drückte sich die Nase am Steuerbordfenster platt.

»O Gott. Jesus. Himmel.«

Nishimura stützte sich auf der Steuerkonsole ab und beugte sich vor, um mehr vom Flugdeck sehen zu können. Es war und blieb ein Labyrinth aus Höllenfeuer, das säulenartig aus brennenden Flugzeugen schlug und hohe Flammenwände aus verspritztem Treibstoff bildete.

»Da ist er. Gott im Himmel. O mein Gott. Da ist er.«

Es war nicht nur willkürliches Gebrabbel. Der Violette meinte einen bestimmten Mann, aber Nishimura brauchte eine weitere halbe Minute, um ihn in dem Inferno auszumachen. Obwohl die linke Kopfseite von Blut bedeckt und seine Kleider völlig zerfetzt waren, marschierte er mit großen, entschlossenen Schritten durch Feuer und Rauch, während ringsum Ghule vergeblich nach ihm schnappten.

»Das ist der Kaplan«, keuchte jemand. »He, guckt mal! Da ist Pater Bill!«

Es war tatsächlich der katholische Priester, ein dürrer Kerl, einer dieser alten Veteranen, die Nishimura kaum kannte, gegen die er aber dennoch einen schwachen berufsbedingten Groll hegte. Wenige Männer in diesem Alter konnten zum modernen Militär noch etwas von Wert beitragen, viel zu oft wurden sie schlicht als großväterliche Schiffsmaskottchen mitgeschleppt. Auf dem Schiff einer professionellen Marine hatte er eigentlich nichts zu suchen.

Aber hier war noch etwas anderes im Gange. Woher auch immer er aufgetaucht war, Pater Bill hielt mit beiden Händen ein bronzenes Kruzifix in die Höhe, das vom Feuer in hellem Rot erstrahlte. Sie würden ihn umbringen. Kein Zweifel. Nishimura und die umstehenden Matrosen holten keuchend Luft, als ein weiterer Treibstofftank detonierte und scharfkantige Metallsplitter verschoss, die sich in den Asphalt bohrten, in Wände und Ghule – in alles außer Pater Bill. Die dunklen Flammenwalzen breiteten sich aus und zogen sich mit bemerkenswertem Timing gerade rechtzeitig zurück, dass er ungehindert voranschreiten konnte.

»Weiter, Pater Bill«, rief jemand.

»Sie schaffen das, Pater Bill«, ein anderer.

Ein Ghul kam direkt auf Pater Bill zu, stolperte aber über einen Munitionswagen; Pater Bill schritt über ihn hinweg. Zwei Ghule mit klaffenden Wunden in der Brust griffen von links an und wurden von einem Fangseil zerteilt, das sich in einem Bergungskran verheddert hatte; Pater Bill schenkte ihnen keine Beachtung. Ein anderer Ghul mit gebrochenem Bein hatte Pater Bill fast erreicht, als ihn die Kante des Lastenaufzugs unter ihm, der offenbar gerade von den Leuten geschlossen wurde, die noch immer versuchten, das Schiff abzuriegeln, von Leiste bis Kopf zerquetschte.

Auf diese Weise, ob nun durch absurdes Glück oder ein echtes Wunder, überquerte der Priester entschlossen das Flugdeck.

»Gelobt sei der Herr!«, rief jemand.

»Gelobt sei Pater Bill!«, ein anderer.

Erst als er die Insel erreichte, musste der Pater innehalten. Er schloss die Augen, reckte das Kruzifix in die Höhe und stellte sich vor eine Barrikade aus Flammen. Es war eine Pose, die Nishimura aus Fantasy-Illustrationen kannte, wenn der Ritter sein Schwert gegen den scheinbar unbesiegbaren Drachen erhebt. Selbst Nishimura staunte, während reihum die Bekundungen über Pater Bills Göttlichkeit verstörende Ausmaße annahmen.

»Wir müssen ihm helfen«, sagte jemand.

»Golding, Merryweather, Tressle – kommt, los!«, ein anderer.

In den nächsten paar Minuten lauschten Nishimura und die Matrosen, die sich vor der Flugzentrale drängten, den Anstrengungen der Rettungsmannschaft; sie hörten schwere Stürze die Leitern hinab, Schläge mit stumpfen Gegenständen, hin und wieder Schüsse von den wenigen Glücklichen, die Feuerwaffen bei sich trugen. Pater Bill rührte sich keinen Zentimeter von der Stelle. Endlich konnten sie Löschschaum einsetzen, um das Feuer zu Füßen der untersten Leiter zu bekämpfen, was seinen Rettern Gelegenheit verschaffte, Pater Bill in Sicherheit zu ziehen.

Es dauerte fast genauso lange, bis die Rettungsmannschaft in den zehnten Stock der Insel zurückkehrte. Immer wieder kündete lautes metallisches Dröhnen davon, dass sie auf ihrem Weg nach oben die Leitern lösten. Nishimura versuchte sich einzureden, dass das schon in Ordnung ging, dass Befehle in solchem Chaos durchaus missverstanden werden konnten, dass die Rettungsmannschaft vielleicht einem anderen, ranghöheren Offizier begegnet war.

Als die Seeleute aber eine Gasse direkt zu Nishimura bildeten, sah er nur die gleichen Mannschaftsdienstgrade wie vorher, mit einer Ausnahme: Pater Bill, der das rußgeschwärzte, mit verkochtem Blut besudelte, auf einem abgebrochenen Holzstab steckende Kruzifix wie eine Trophäe vor sich hertrug. Seine Augen waren vom Rauch tiefrot angelaufen, aber der Priester schritt durch die Gasse, die man für ihn gebildet hatte. Seine Stiefel schmatzten durch die Tümpel und Pfützen aus Szulczewskis Blut.

Direkt vor Nishimura hielt Pater Bill an. Sein Gesicht war grau vom Ruß, die linke Hand mit getrocknetem Blut verkrustet. Sein linkes Ohrläppchen hing in Fetzen, und der halbe Hals war schwarz vom Blut, das aus der Wunde sickerte. Das schüttere Haar auf seinem Kopf und das dichte Haar seiner buschigen Augenbrauen war verkohlt. Er blinzelte und blickte in die Runde. Alles starrte ihn stumm an. Nishimura war sich sicher, dass Pater Bill eine derart verzückte Gemeinde selbst in seiner Kapelle noch nie gesehen hatte.

»Gott«, verkündete Pater Bill entschlossen, »hat das Kommando übernommen.«

Nishimura spürte das Nicken der Seeleute, von denen die meisten sicher halb wahnsinnig geworden waren, als ihre toten Kameraden nicht tot bleiben wollten. Diese Männer – und es waren ausschließlich Männer, nicht einmal Diane Lang hatte es nach oben geschafft – waren vor der Gefahr davongelaufen. Es waren diejenigen Matrosen, die unter Druck am ehesten einknickten, und jetzt standen sie hier versammelt und hofften verzweifelt auf schnelle Erlösung. Das dreckige Geheimnis des Militärs lautete, dass es nicht nur Sammelbecken für die besten Amerikaner war, sondern auch für die schlechtesten – die Rassisten, die Sexisten, die Blutdürstigen, die unentwegt Zornigen –, und auf einem Flugzeugträger waren beide Parteien in einem über dreihundert Meter langen, fast hunderttausend Tonnen schweren, atomgetriebenen Kolosseum zusammengepfercht.

Nishimuras schlimmste Befürchtungen bewahrheiteten sich, als Tommy Henstrom direkt neben dem Priester auftauchte.

»Was sollen wir tun, Pater?«, fragte er. »Aufhören, im Kreis zu fahren? Wieder Kurs auf San Diego nehmen?«

»Anker werfen«, sagte Pater Bill. »Wir fahren nirgendwo hin, mein Sohn.«

Frage: *Wie lange konnte Big Mama ohne einen Brennelementwechsel auskommen?*

Nishimura kannte diesen wohl dramatischsten Fakt über ihr Schiff so gut wie jeder andere an Bord.

Antwort: *Fünfzehn Jahre.*

Vielleicht waren unter Deck noch gute Leute übrig. Nishimura wusste es nicht. Er wusste nur, dass es auf dem Flugdeck, das oben von unten trennte, kein Krach und kein Bumm mehr gab, dafür unzählige Millenialisten, die sicher heimlich über diese Wendung des Schicksals kicherten. Sie wussten, dass die Schlechtigkeit, die hier in der Flugzentrale versammelt stand, immer nur darauf gewartet hatte, sich zu zeigen. Nishimura stand in mehr als einer Hinsicht Pater Bill und Tommy Henstrom gegenüber; wollte er die nächsten paar Minuten überleben, würde er sein berüchtigtes Glühen unterdrücken müssen, von den nächsten Tagen, Wochen oder Jahren ganz zu schweigen. Er *musste* überleben, selbst wenn das bedeutete, sein Herz zu Stein werden zu lassen, ehe er den alten ledrigen Muskel wieder für Larry, Atsuko, Chiyo, Daiki, Neola und Bea öffnen konnte.

Tut mir leid, dass ich nicht bei euch sein kann, um euch zu beschützen, dachte er. *Aber eines Tages werde ich bei euch sein. Haltet euch tapfer, solange ihr könnt.*

DU BIST NICHT ALLEIN

Mit einer solchen Welt hast Du nicht gerechnet.

Überall brennt Feuer. Das magst Du nicht. Feuer behindert Deine Jagd nach dem, was den Hunger besänftigen könnte. Auch wenn Dir immer klarer wird, dass sich der Hunger nicht besänftigen lässt. Du hast viele von den Schnellen gebissen. Der Großteil ihres Fleischs ist Dir wieder aus dem Mund gefallen. Ein bisschen ist auch in Deinem Magen gelandet, wo es in Blut umherschwimmt. Der Hunger hat nichts mit Nahrungsaufnahme zu tun, das weißt Du mittlerweile. Das hast Du von Anfang an gespürt. Beim Hunger geht es um die Jagd. Aber selbst das Wort ist unzureichend. Es geht um Verständigung.

Es hat eine Menge Verständigung gegeben.

Die ersten Schnellen, denen Du begegnet bist, sind irgendwann weggerannt und haben die zurückgelassen, die nicht mehr schnell waren. Du hast gewartet, neugierig und hoffnungsvoll. Einer nach dem anderen sind sie aufgewacht. Sie waren Du, Du, Du. Du hast Dich nicht darüber gefreut. Warst bloß zufrieden. Du hast eine graue Erinnerung daran, dass Du die gleiche Zufriedenheit gespürt hast, wenn Du eine Aufgabe erledigt hattest, als Du noch einer von den Schnellen warst. Der Unterschied ist, dass Du jetzt auch die Zufriedenheit der anderen Dus spürst, während Du Dich im Schiff ausbreitest. Das fühlt sich an, als hätte man sehr lange Finger. Du kannst nicht jede Einzelheit spüren, aber genug, um zu wissen, dass Du vereint bist.

Du kommunizierst viel effektiver als die Schnellen. Vielleicht effektiver, als die Schnellen je kommunizieren konnten.

Du hast in sehr kurzer Zeit sehr viel über Dich gelernt. Du weißt jetzt, dass Du Dinge fühlen kannst, die sehr kalt oder sehr heiß sind, hast aber noch Schwierigkeiten, zwischen beidem zu unterscheiden. Das hast Du herausgefunden, als Du die Mündung einer gerade abgefeuerten Waffe gepackt hast und die Haut in Deiner Handfläche angefangen hat zu qualmen. Dein vermindertes Hörvermögen ist kein so großes Manko mehr wie am Anfang. Die Schnellen, das ist Dir aufgefallen, sind sehr laut. Sie schreien und brüllen. Sie knallen Türen zu. Sie feuern Waffen ab. Sie scheinen nicht zu begreifen, wie einfach sie dadurch zu finden sind. Auch Dein schlechtes Sehvermögen hat Dir bisher kaum Nachteile gebracht. Sobald sie sich bedroht fühlen, schalten die Schnellen Lampen ein, jede Menge Lichter. Sogar ihre Waffen machen Licht, wenn sie schießen, wodurch die Gefährlichsten von ihnen am einfachsten zu verfolgen sind. Die meisten tragen helle bunte Kleidung. Manche haben Symbole auf der Brust, die selbst im Dunkeln noch funkeln.

Du begreifst erst, dass Du ohne Sprache geboren wurdest, als einzelne Worte zu Dir zurückkommen. Um Dich an Worte zu erinnern, musst Du sie erst hören. Das geht nur langsam voran, Wiederholungen helfen aber. Manche Worte und Redewendungen werden Dir häufiger ins Gesicht geschrien als andere. *Stirb. Wichser. Arschloch. Stück Scheiße. Haufen Scheiße. Wandelnder Haufen Scheiße.* Aus diesen Worten fängst Du langsam an zu verstehen, wer Du bist und wie man Dich wahrnimmt.

Du – Wichser, Arschloch, Stück Scheiße, Haufen Scheiße, Wandelnder Haufen Scheiße – hast so lange zugeschaut, wie die Schnellen die Leitern hochklettern, bis Deinem Körper wieder eingefallen ist, wie man das macht. Du bist aus tiefen dunklen Kammern an einen Ort emporgestiegen, wo die Luft frischer ist und alles im Licht erstrahlt. Hier oben gibt es jede Menge von den Schnellen, aber Du willst sie nicht verfolgen. Das liegt an dem Feuer. Das Feuer kommt von den Schnellen. Es sind ihre wütenden Worte, die sich in Hitze, Licht, Klang, Geruch, Geschmack verwandelt haben. Seit Du das Feuer anstarrst, hast Du Dich nicht mehr bewegt. Du glaubst nicht, dass Du noch weitergehen wirst. Du hast Angst. Das ist ein neues Gefühl für Dich.

Mit der Zeit ändert sich Deine Wahrnehmung.

DU DU DU DU DU DU DU DU
DU DU DU DU DU DU DU DU
DU DU DU DU DU DU DU DU
DU DU DU DU DU DU DU DU
DU DU DU DU DU DU DU
DU DU DU DU DU
DU DU DU DU DU DU DU DU
DU DU DU DU DU DU DU DU
DU DU DU DU DU DU DU
DU DU DU DU DU DU DU DU DU
DU DU DU DU DU DU DU DU DU
DU DU DU DU DU DU DU DU DU
DU DU DU DU DU DU DU DU DU DU
DU DU DU DU DU DU DU DU DU
DU DU DU DU DU DU DU DU DU
DU DU DU DU DU DU DU DU DU
DU DU DU DU DU DU DU DU DU
DU DU DU DU DU DU DU DU DU
DU DU DU DU DU DU DU DU DU
DU DU DU DU DU DU DU DU DU

DU DU DU DU DU DU DU DU DU

DU DU DU DU DU DU DU DU

DU DU DU DU DU DU DU DU DU DU DU DU DU DU

DU DU DU DU DU DU DU DU

DU BIST NICHT ALLEIN.
DU BIST GRÖßER.
DU BIST STÄRKER.

Du hast das Wissen, wie man Leitern hochklettert, an andere Dus weitergegeben und hast Dich nicht enttäuscht. Du wirst Dich niemals enttäuschen. Wichser. Arschloch. Stück Scheiße. Haufen Scheiße. Wandelnder Haufen Scheiße. Keins dieser Feuerwörter ist von Belang. Das Feuer kann nicht alle Dus erwischen. Neue Dus werden die Dus ersetzen, die fallen.

Auch der Rauch kann die Schnellen nicht verbergen. Sie bewegen sich zu schnell, um unbemerkt zu bleiben. Sie haben sich immer zu schnell bewegt, um zu überleben.

Du siehst ein Du, das Du kennst. Dieses Du dreht sich um und schaut Dich an. Du weißt nicht genau, wie lange Du brauchst, um Dich zu erreichen. Aber sobald Du direkt vor Dir stehst, spürst Du etwas tief in Dir. In beiden Dus. Bestätigung. Zuneigung.

Du hast einmal den Namen Scud getragen. Das andere Du hat einmal den Namen Jean getragen. Im toten Mutterleib von Jean-Du ist ein Ball aus Blut und Fleisch, schwerer als das Blut und das Fleisch in Deinem Magen. Es ist noch ein weiteres Du. Wäre dieses kleine Scud-Jean-Du stärker, würde es sich durch Jean-Dus Muskeln und Haut an die Oberfläche kämpfen. Du spürst so etwas wie Sehnsucht.

Beide Dus taumeln. Deine Hände berühren einander. Das passiert nur durch Zufall, es sei denn, es passierte nicht durch Zufall. Scud-Du hat gebrochene Finger, von denen einer in ein Loch in Jean-Dus Handfläche gerät. Deine Hände sind jetzt ineinander verhakt. Du versuchst nicht, sie zu lösen. Scud-Du bemerkt einen harten, heißen Ring an einem von Jean-Dus Fingern, und Scud-Du verspürt eine schöne Leichtigkeit. Du gehst gemeinsam weiter, Seite an Seite, ganz ohne Grund. Du glaubst, das hast Du früher auch so gemacht. Es ist kein einfacher Weg. Riesige Maschinenteile bilden immer wieder Barrieren. Dazu überall Feuer, und Feuer ist auch eine schnelle Sache. Aber Zeit hat keine Bedeutung. Du hast es nicht eilig.

Scud-Du und Jean-Du erreichen das Ende der Welt. Da sind Metallpfosten, die Dich daran hindern weiterzugehen. Dahinter ein Himmel aus Rauch und ein Wasser, funkelnd von den brennenden Ruinen weiterer schwimmender Maschinen. Du spürst noch mehr Dus irgendwo da draußen. Du bekommst eine leise Ahnung von der wahren Dimension des Ganzen. Wenn Du Dich übers Wasser ausbreiten kannst, dann vielleicht auch über Land. Kaum auszudenken, wie weit Du kommen könntest.

Das Licht des Feuers in Deinem Rücken ringt mit der Aurora eines sterbenden Tages.

Du hältst Dich noch immer bei der Hand und stellst Dir eine überreife Welt vor.

Du drehst Dich wieder zu den Schnellen um. Du gehst los. Beide Dus gehen los. Alle Dus gehen los. Du jagst. Du beißt. Manche Dus verbrennen. Noch mehr Dus werden geboren. Alles passiert so, wie es passieren soll.

Mit jedem Tod wird die Welt immer weniger Ich und immer mehr Du.

TÖTET
UNS

JAGT ALLES
IN DIE
LUFT

MACHT DER
SACHE EIN
ENDE

WENN DIE WELT INS SCHWÄRMEN GERÄT

Leitende Statistikerin beim EWSD des Statistischen Bundesamtes war bereits Annie Tellers zweite berufliche Karriere. Zwanzig Jahre bevor sie am Tag, an dem die Toten auferstanden, aus dem EWSD-Hauptquartier in Washington floh, war Annie gerade zweiundzwanzig und erholte sich von einer Wirbelsäulenverletzung, die ihrer ersten Karriere als Profifußballerin ein jähes Ende gesetzt hatte.

Sie war gerade im heimischen London unterwegs gewesen und hatte am Piccadilly Circus die Straße überquert, als sie ein Motorrad, das fast doppelt so schnell fuhr wie zulässig, erfasste und sie gegen eine Straßenlaterne quetschte. Der Unfall selbst hatte keine bleibenden psychischen Schäden hinterlassen, denn sie konnte sich an nichts davon erinnern. Was ihr im Gedächtnis blieb, war jedoch die Prognose, dass sie wahrscheinlich nie wieder würde laufen können – das Urteil eines Chirurgen, verkündet mit der Verstocktheit eines Mannes, der lautstarken Widerspruch bereits erwartete.

Annie hatte mit dem Fußball gutes Geld verdient und konnte sich die beste Behandlung leisten. Achtundzwanzig Monate lang arbeitete sie mit Therapeuten der Rehaklinik von Mansfield in Nottinghamshire, mitten in jenem Wald, in dem einst Robin Hood und seine tollkühnen Gesellen gehaust hatten. Trotz der Umstände brachte ihr diese Tatsache große Freude. Als Kind war sie eine noch bessere Bogenschützin als Fußballerin gewesen, nur hatte Letzteres auf lange Sicht die bessere Zukunftsperspektive geboten. Beim Üben im Garten hinter ihrem Elternhaus hatte sie immer einen alten Pfeil in die Mitte der Scheibe gesteckt und dann versucht, ihn wie Robin von Loxley aus dreißig Meter Entfernung der Länge nach zu spalten. Sechzehn Mal hatte sie genau getroffen, aber nicht ein Mal war es ihr trotz Kunststoffpfeilen mit Stahlspitzen gelungen, den Holzpfeil tatsächlich zu spalten.

In den ersten Wochen in Mansfield konnte Annie nur ihren Kopf bewegen, aber der Anblick der grünen Wipfel des Sherwood Forest, die jenseits ihres Fensters auffordernd im Wind rauschten, inspirierte sie zu einem Genesungsprozess, der die Prognosen der zuständigen Fachleute bei Weitem überstieg.

Nach vier Monaten reichte sie Mildred, ihrer liebsten Chiropraktikerin, eine Kreditkarte und bat sie darum, per Zug und rotem Doppeldecker zu Hetherington's zu fahren, einem Fachgeschäft für Sportartikel, und dort einen altmodischen Bogen aus Kiefernholz mit der verbrieften Bespannungshärte historischer Bögen, die Annie ihr aufgeschrieben hatte, sowie einen einzigen Holzpfeil mit Naturbefiederung zu kaufen.

»Ich werde diesen Pfeil in den Wald von Sherwood schießen«, verkündete Annie. »Und dann bitte ich dich, die Stelle zu markieren, wo er landet.«

»Die Klinikleitung wird es wohl kaum gern sehen, wenn hier Pfeile aus dem Fenster fliegen, Liebes«, sagte Mildred.

Annie redete schnell, denn den nächsten Teil kannte sie praktisch auswendig. »Sobald ich kann, werde ich zu dieser Stelle gehen, ganz allein, und den Pfeil finden, und dann weiß ich, dass ich geheilt bin. Du denkst wahrscheinlich, ich hab nicht mehr alle Tassen im Schrank. Aber der einzige Grund, warum sich überhaupt jemand mit diesem Sumpf voll Scheiße abgibt, der sich Leben schimpft, ist doch die Hoffnung, dass sich der Sumpf am anderen Ufer in Milch und Honig verwandelt. Ich weiß, dass ich im Leben keinen Profisport mehr machen werde, aber ich will wieder laufen können. Und da drüben in den Wald werde ich als Erstes gehen. Also musst du mir die Stelle markieren, an der der Pfeil landet, und zwar so, dass es möglichst lange zu sehen ist, okay?«

Mildred schaute Annie an, als hätte sie ebenfalls eine Reihe vernünftiger Antworten auswendig gelernt. Annie sollte sich lieber kleinere Ziele stecken, es ruhig angehen lassen, die ganzen

Klischees. Aber Annie vertraute der Chiropraktikerin nicht ohne Grund. Ihre Stirn mochte sich beim Lächeln kräuseln, aber das Lächeln war genug.

»Ich glaube, du bist am Ende wirklich hartnäckig genug, um das zu schaffen, Liebes, todsicher«, sagte Mildred. »Und wenn ich einen Geländewagen auf dem Pfeil parken und den Motor ausbauen muss, ich mach's. Gott hat dich ganz besonders lieb. Davon bin ich überzeugt.«

Annie glaubte nicht an Gott, aber das Keuchen aus ihrer Kehle war ein Geräusch, das sie seit ihrem Unfall nicht mehr gemacht hatte. Es war das Geräusch, das man machte, wenn man köstliches Essen probierte, erotisch berührt wurde, einen unglaublichen Spielzug auf dem Fußballplatz bewunderte, wieder lebte, wieder etwas wollte.

»Zwei Jahre«, versprach sie mit bebender Stimme. »Wenn ich in zwei Jahren nicht dorthin laufen kann, dann ist das die Stelle, an der du mich begraben sollst.«

Annie Teller war allein nach Mansfield gekommen. In den ersten paar Monaten bekam sie hin und wieder Besuch von Mannschaftskameradinnen, aber die waren schwer beschäftigt, ständig unterwegs, und Annie wusste, dass der Anblick einer bettlägerigen Athletin bei anderen Athleten eine tief sitzende Panik auslöste. Ihre Schwestern kamen öfter vorbei, aber ihre Eltern riefen nicht einmal an. Ihre Mutter, die für Annie nur »Juditha Teller« war, hatte sie als Kind sexuell missbraucht. Ihr Vater, ein Lkw-Fahrer, der für Annie nur »Wilfred Teller« war, hatte es geschehen lassen. Beide waren sie gläubige sogenannte Christen gewesen; sowie Annie diesem Haus der Sünde entkommen war, hatte sie nie wieder einen Fuß in eine Kirche gesetzt.

Wilfred Teller hatte Annie mit ihrem Sportsgeist ausgestattet – eine Tatsache, die ihr erst aufgegangen war, als sie einmal einer Teamkollegin gesagt hatte: »Ich glaube, ich will den besoffenen Bastard wenigstens in *irgendwas* schlagen können.«

Und das tat sie. Achtzehn Wochen später schoss Annie ihren Holzpfeil in den Wald von Sherwood. Einige ihrer Muskeln waren stark verkümmert, aber körperliche Instinkte bildeten sich nur langsam zurück. Der Pfeil flog weit und gerade, bis er zwischen grünen Blättern und schwarzen Schatten verschwand. Mildred wartete auf das Nahen empörter Schritte, die aber ausblieben, zog sich schließlich Stiefel, Mantel und Hut an und zwinkerte Annie über die Schulter zu, ehe sie sich in den Wald aufmachte, um den Pfeil zu finden und seinen Landeplatz zu markieren.

Einen Monat vor Ende ihrer selbst auferlegten Zwei-Jahres-Deadline schlich Annie nach mehreren Wochen kurzer Ausflüge innerhalb des Gebäudes ganz vorsichtig die Treppe hinab und trat zum ersten Mal seit ihrem Motorradunfall ins Freie. Hier gab es weder Wände noch Geländer, aber das Verlangen, ihr Ziel zu erreichen, trieb sie härter an als jeder Trainer. Sie brauchte drei Stunden, um die Stelle zu finden, wo ihr Pfeil gelandet war. Mildred hatte sie mit einem großen eisernen Kruzifix gekennzeichnet und zu Annies Entsetzen offenbar sogar den Hausmeister dazu überredet, es einzubetonieren.

Eine Welle der Dankbarkeit übermannte sie. Ihre schwachen Beine gaben nach, und sie sank ins weiche Moos. So saß sie da, hatte das Kruzifix halb umschlungen und erboste sich darüber, dass diese Frau ihre Leistung der falschen Quelle zugeschrieben hatte. Annie rang mit dem Kreuz, bis sie den Betonsockel aus dem Boden gerissen hatte, und schaute in den Himmel, drehte ihr keuchendes, verschwitztes Gesicht in den leichten Landregen.

»Gott hatte damit nichts zu tun!«, schrie sie. *»Das war Robin Hood!«*

Die amerikanische Staatsbürgerschaft zu besitzen war das einzig Nützliche, was Juditha Teller je für Annie getan hatte. Zwei Jahre später erhielt Annie ihren Abschluss in Angewandter Statistik von der Robert-Emmett-McDonough-Fachschule für Betriebswirtschaft an der Universität von Georgetown, obwohl sie nie vergessen hatte, dass sie nach Ansicht der Fachkräfte in Mansfield eine gute Krankenpflegerin abgegeben hätte. Mit einem Arbeitsvisum in der Tasche und einer laufenden Greencard-Bewerbung nahm sie die Stelle beim AMDB an, wo sie unter anderem die Daten des Netzwerks zur »Erfassung wichtiger statistischer Daten«, kurz EWSD, verarbeitete, eines Systems, das alle Geburten und Todesfälle des Landes speicherte. Diese Arbeit kam ihr überaus passend vor; ihr war selbst ein zweites Leben geschenkt worden, und nur ein leichtes Hinken zeugte noch davon, dass sie ein erstes gehabt hatte.

Tawna Maydew: Sie hatten sich am amerikanischsten aller Orte kennengelernt – in Disney World. Aber Tawna war kein Trick der Animatoren gewesen; nach vielen Wochen des E-Mail-Verkehrs wusste Annie, dass sie sich in die üppige blonde Kalifornierin verliebt hatte, die genauso groß war wie sie, sonst aber in jeder Beziehung weicher. Tawna war das genaue Gegenteil der schlaflosen Workaholics in Washington; sie blieb morgens gerne länger liegen, faulenzte in der Sonne von L.A. in einem der vielen Straßencafés, verschlang mit Wonne einen alten Film noir nach dem anderen und verglich Annies Hinken mit dem Hüftschwung von Lauren Bacall und Gloria Grahame.

Monat für Monat verhinderten verschiedenste Termine ein neuerliches persönliches Treffen, bis Annie sich fragte, ob es ein Zeichen von Robin Hood war (sicher nicht von Gott), dass ihre Romanze nicht sein sollte. Dann fing Tawna an, ihr Fotos von den La Brea Tar Pits zu schicken, die ganz in der Nähe ihrer Wohnung lagen. *Wir können uns neben den klebrigen Ruinen der Frühzeit küssen!,* mailte Tawna, was Annies Herz ganz weich werden ließ. Sie mailte zurück: *Wenn die Welt in zäher Finsternis versinkt, treffen wir uns am Ufer von La Brea!* Und das war ihr Ernst. Sie dachte jeden Tag daran, beim AMDB zu kündigen.

Ein paar Wochen später, am 24. Oktober, wünschte sie sich nichts sehnlicher, als dass sie es rechtzeitig getan hätte. Das war der Tag, an dem tote Menschen nicht länger tot bleiben wollten und so das ganze EWSD, alle Statistikmodelle des AMDB und überhaupt alles auf der verdammten Welt versauten.

Sie konnte Tawna nicht erreichen. Den ganzen Vormittag über schickte sie eine Textnachricht nach der anderen, aber ihr Telefon weigerte sich, auch nur eine davon mit dem Status *GESENDET* zu versehen. Um die Mittagszeit versuchte Annie, sie anzurufen – selbst Tawna, die nicht nur faul war, sondern auch in der pazifischen Zeitzone lebte, müsste mittlerweile wach sein. Statt von Tawnas Anrufbeantworter wurde Annie von einem Freizeichen empfangen. Mehrere Kollegen hatten bereits erzählt, dass überall die Mobilfunknetze zusammenbrachen. Annie starrte finster das Plastikgerät an, das einmal so viel bedeutet hatte.

Den ganzen Tag über hatte immer wieder jemand das Gebäude verlassen, aber aus irgendeinem Grund war um Punkt 15:15 Uhr die kritische Masse erreicht. Das Tröpfeln schwoll zu einem Sturzbach an, und als die Statistiker zu beiden Seiten ihres Schreibtischs das Feld geräumt hatten, begriff Annie, dass der Zeitpunkt gekommen war, dem zu folgen, was ihr wirklich etwas bedeutete, so wie sie damals einem Holzpfeil gefolgt war, der aus einem hohen Fenster geflogen war. Ganz kurz fing sie den leeren Blick der in sich gekehrten Etta Hoffmann auf, die mit der ihr eigenen Unbekümmertheit Studentenfutter mampfte.

Annie nahm ihre Jacke und ihre Handtasche, wie sie es immer tat, und ging. Draußen herrschte pures Chaos, überall wild herumkurvende, hupende Autos, dazwischen rannten Leute umher. Sie musste vierzig Minuten laufen, ehe sie durch pures Glück ein Taxi erwischte, in dem bereits eine Frau saß, die ebenfalls zum Flughafen wollte. Annie erkundigte sich, ob sie bereits ein Ticket gekauft habe. Die Frau verneinte. Annie fragte, wohin sie denn fliegen wolle. Ganz egal, sagte die Frau, Hauptsache, weg von hier.

Nach mehreren nervenaufreibenden Stunden des Schlangestehens, Drängelns und Schreiens – und mittlerweile längst barfuß, weil sie natürlich mit völlig lebensuntauglichen High Heels zur Arbeit gekommen war – nahm sie, was sie kriegen konnte: einen Nachtflug nach L.A. mit einem fünfstündigen Zwischenstopp in Vegas. *La Brea,* wiederholte sie immer wieder im Kopf, um die brüllenden Männer und weinenden Kinder auszublenden. Was als Scherz begonnen hatte, war zu einem Schwur geworden, von dem alles andere abhing.

Stunden später verkündete der Pilot mitten in der Luft kurz und knapp, dass ihr Flug umgeleitet werde, entweder nach Chicago oder nach Atlanta, er wisse es verdammt noch mal auch nicht genau. Sowie Annie ihn fluchen hörte, wusste sie, sie würde L.A. niemals auf normalem Weg erreichen. Zu den Teergruben zu kommen würde die gleiche Beharrlichkeit erfordern, die sie aus dem Bett in Mansfield in den Wald von Sherwood gebracht hatte.

Der internationale Flughafen von Atlanta war wie ein vielstöckiges Einkaufszentrum gebaut. An diesem Tag waren die Kaufwütigen noch wahnsinniger als am berüchtigten Black Friday, ein Moshpit, mit dem das übliche Aufgebot an Sicherheitsleuten völlig überfordert war. Die Angestellten der einzelnen Fluglinien versuchten, halbwegs den Überblick über ihre Passagiere zu behalten. Alle bekamen Namensschilder auf die Brust geklebt, um sie in dem Chaos wiederzufinden. Eine Kindergarten-Idee, die niemals funktionieren würde, aber Annie schrieb ihren Namen auf und fügte zur Sicherheit noch das gewünschte Ziel hinzu.

ANNIE TELLER
LA BREA TAR PITS

Die meisten Schildchen überdauerten keine Stunde. Annie sah, wie an manchen Gates Sicherheitsleute niedergetrampelt wurden und sich die Leute in vollgepackte Flugzeuge drängten; sie sah Menschen über die Röntgenförderbänder der Sicherheitskontrollen klettern, die Laptoptaschen skandalöserweise in der Hand, die Schuhe ungehörigerweise noch an den Füßen.

Annie hinkte ins Freie. Ende Oktober war es in Atlanta immer noch heiß, sie war übermüdet und hatte einen Bärenhunger. Sie wanderte die drückenden Zubringer entlang, Schotterpisten hinauf, folgte Einheimischen, die sich sicher besser auskannten als sie. Einen halben Tag später stieß sie auf einen Bus, der vor einer der Zufahrtsstraßen zum Flughafen stand; der Fahrer wollte Leute gratis nach Westen bringen, und das war alles, was sie hören wollte: *nach Westen.* Sie stieg ein, erblickte einige andere Fahrgäste mit

Namensschildchen und hing schließlich derart eingekeilt auf dem Mittelgang, dass sie im Stehen ein Nickerchen machen konnte.

Sie erwachte, als ihr jemand einen Ellbogen in die Rippen rammte; es gab einen Tumult, die Leute schrien und kämpften sich aus dem Bus. Annie spähte an den hastenden Körpern vorbei – es war immer noch Tag. Sie war nass von Schweiß, der hauptsächlich nicht von ihr stammte. Sie roch einen Hauch von süßlichen Dieselabgasen, folgte wie schon am Flughafen der Menge nach draußen und fand sich auf einer Straße mitten in einer Stadt wieder. Zu ihrer Rechten stand der Bus, dessen Nase platt gedrückt in der Schütte eines Betonmischers steckte. Unter dem Heck des Busses war ein Feuer ausgebrochen, die rechte Hälfte seiner sechs Reifen war mit einer zähen roten Pampe beschmiert. Zu ihrer Linken strömten Dutzende Menschen wie Ameisen aus einem McDonald's, die Arme voller Fast-Food-Tüten. Ah, da gab es einen Zusammenhang – ihr Bus hatte einen der Restaurantplünderer platt gewalzt, sein Körper war zu beiden Seiten aufgeplatzt wie eine in der Mitte eingedrückte Zahnpastatube.

Zwischen dem Bus und dem McDonald's, direkt vor ihr, stand ein Krankenhaus.

Auf dem akkurat gepflegten Rasen lagen mehrere Menschen, dazwischen eilten zwei Frauen in weißen Kitteln voller Grasflecken umher. Jemand warf Möbel aus einem kaputten Fenster hoch oben in einem Turm. Annie konnte sich nicht vorstellen, warum. Sie dachte an das EWSD-Netzwerk, das bei ihrer Flucht aus Washington noch funktioniert hatte, und wie unerlässlich es war, dass die Krankenhausmitarbeiter von überallher weiter ihre Daten sendeten, damit man diese Katastrophe eines Tages nachvollziehen konnte. Und sie dachte an Mildred und daran, wie sie und der Rest der Belegschaft in Mansfield Annie dafür gelobt hatten, dass sie die Grundlagen der Krankenpflege so schnell verinnerlicht hatte.

Die Teergruben von La Brea hatten schon mehrere Zehntausend Jahre gewartet. Sie würden noch ein paar Stunden länger warten können. Erst musste Annie hier ihre Pflicht tun.

Die Fiaskos im AMDB und am Flughafen von Atlanta waren nichts im Vergleich zu der sich entfaltenden Katastrophe im Westside-Zentralkrankenhaus. Die in Beige und Pink gehaltene Eingangshalle war mit zuckenden Leibern übersät. Mehrere überforderte Triage-Gruppen mussten entscheiden, welche Fälle hoffnungslos waren und welche nicht. Annie floh tiefer ins Gebäude hinein. Auf ihrem Weg durch die Flure sah sie den zitternden Unterleib einer Frau, die von einem Mann angegriffen wurde, der zu ihr in die MRT-Röhre gekrabbelt war. Sie sah ein eingeschaltetes Laufband in einem Raum für Physiotherapie, nur von einem abgerissenen Bein benutzt, das sich mit einer langen Sehne im Gerät verfangen hatte. Sie sah umgestürzte Brutkästen und den Körper einer Krankenschwester, an dem drei winzige Kinder mit blauer Haut laut schmatzend saugten. Annie schluchzte vor Erleichterung, als sie einen überfüllten Operationssaal betrat. Endlich ein Ort, an dem Professionalität herrschte, wo sie entweder helfen konnte oder nicht, um danach ihre Reise gen Westen fortzusetzen.

Drei Sekunden stand sie da, bis eine tote Frau namens Katrina Goteborg erwachte, Annies Arm ergriff, ihn zu sich zog und hineinbiss.

Auch die Erinnerungen bissen zu. Dorchester, vor sechs Jahren, eine Auseinandersetzung mit einer Mittelfeldspielerin auf Steroiden, die ihr in den Unterarm biss. Georgetown, vor zwei Jahren, im Bett mit einem Kerl namens Barney, der so wild an ihrem Ohr knabberte, dass es blutete. Die urtümliche Panik, angegriffen zu werden, plötzlich *Nahrung* zu sein, die ihren Hirnstamm erfasste, kam ihr seltsam vertraut vor. Annie wollte sich losreißen, während mehrere Ärzte, oder vielleicht einfach nur übereifrige Menschen, die gerade in der Nähe waren, helfen wollten. Sie sah, wie sich die Haut ihres Unterarms gute drei Zentimeter spannte, sah rote Zwillingslinien, wo sich Katrinas Eckzähne in ihre Haut bohrten und sich daran festbeißen wollten.

Annie riss sich los, stolperte zwei Meter nach hinten, verlor das Gleichgewicht und landete hart auf dem Rücken. Für einen kurzen Moment sah sie nur noch die OP-Lampen, mehrere weiße Sonnen, die über einer radikal verwandelten Welt aufgegangen waren. Als ihr ihre Augen wieder gehorchten, schaute sie nach der Wunde. Katrinas Eckzähne hatten wie Rasiermesser zwei saubere Schlitze gezogen. Sie fühlten sich gleichzeitig kochend heiß und eiskalt an. Ihr Magen machte einen Satz, als müsste sie sich übergeben. Jeder pochende Herzschlag pumpte verdicktes Blut in ihr Hirn. Ihre Glieder erkalteten, noch während ihre Knochen so heiß wurden, dass sie das Mark beinahe riechen konnte. Sie konnte nichts mehr hören, nicht die Ärzte, nicht Katrina Goteborg, nicht den Untergang von Atlanta.

Sie klammerte sich an einen fahrbaren Infusionsständer, drückte das heiße Gesicht an den kalten Stahl. Ihr war klar, dass dies ihre letzte bewusste Handlung darstellte. Die Wut verwandelte sich in Bitterkeit. Das Märchen von Annie und Tawna hatte mit einer innigen Umarmung enden sollen. Wo blieb die Szene, in der Robin Hoods Geist Annie dazu antrieb, nicht aufzugeben? Wo blieb die Szene, in der Annie als einstige Profifußballerin mit geschickter Beinarbeit allen Gefahren auswich?

Annie Teller starb. Das war nicht fair.

Sie hatte schon einmal eine dramatische Veränderung durchgemacht, aber das war nichts im Vergleich zu dem, was sie vierzehn Minuten nach ihrem Tod erlebte. Sie war noch immer Annie Teller – ihr Namensschildchen bestand darauf –, aber nicht mehr *nur* Annie Teller. Sie war auch Katrina Goteborg. Und noch mehrere andere. Sie war Alle. Sie ist ganz Du.

Du kennst Deinen Verlust. Du weißt, dass Du ihn mit Deinem Hunger lindern kannst. Du lernst wieder zu gehen. Dann nimmst Du die Jagd auf.

Nur anhand der Anzahl der Schnellen, die Du kostest, kannst Du Deinen Fortschritt erkennen. Während Du Dich am Gesäß eines Schnellen labst, taucht eine Erinnerung an die Oberfläche, so greifbar wie das kochende Blut auf Deiner Zunge. Es ist ein Ort. Du siehst ihn vor Dir, kannst ihn aber weder riechen noch hören noch schmecken.

Du siehst grüne Bäume mit langen, blattlosen Stämmen. Du siehst hohe Zäune um schwarze Tümpel. Das Schwarze ist Teer. Er blubbert. Ein Mammut wird in den Teer hinabgezogen. Du weißt nicht, dass es sich um eine Statue handelt. Du spürst die Angst dieses Tiers, empfindest selbst aber keine.

Die Fotos, an die Du Dich erinnerst, sind mit Buchstaben geschmückt. Dreizehn Buchstaben, immer in der gleichen Reihenfolge. Seltsamerweise stehen die genauso auch auf dem Stück Papier an Deiner Brust: *LA BREA TAR PITS*. Du weißt nicht, wie außergewöhnlich es ist, dass Du in der Lage bist, einen Gedanken mit geschriebenen Wörtern zu verknüpfen. Was Du weißt, sind drei Dinge: *LA BREA TAR PITS* ist ein Ort. *LA BREA TAR PITS* ist weit weg. *LA BREA TAR PITS* ist dein Ziel.

Dein Hinken wird Dich verlangsamen. Es wird Dich nicht aufhalten. Du wirst Monate oder Tage oder Wochen gehen, oder auch nur ein paar Minuten, bis Du das Krankenhaus verlässt. Aus allen Richtungen hörst Du die Schnellen. Das ist gut. Auf dem Weg nach *LA BREA TAR PITS* kannst Du aus den Schnellen mehr Dus machen. Du hast jede Menge Zeit, denn Zeit gibt es nicht.

Du schaust hinauf in die Sonne. Sie ist rot-orange und steht tief über dem Horizont. Du spürst, dass Du sie verfolgen sollst. Wieder gehst Du weiter, für Sekunden oder Minuten oder Tage oder Wochen oder Monate, bis Dich der Drang nach einem weiteren der Schnellen überwältigt. Du bleibst stehen und siehst ein hohes, verspiegeltes Gebäude. Du beschließt, es zu betreten. Auf dem Gebäude stehen Buchstaben, aber nur drei, also viel weniger als die, aus denen *LA BREA TAR PITS* besteht. Du kannst sie nicht lesen, aber ihre spitzen Striche hoch und runter erinnern Dich an die piependen Monitore, die Du im Krankenhaus neben den Betten gesehen hast. Das muss bedeuten, dass da drin Leben ist. Die Schnellen. Du magst diese drei Buchstaben sehr gern.

WWN.

SARCOPHAGIDAE

»Leck mich, du willst mich doch verarschen, du Scheißding!«

Luis Acocella schrie sein Telefon an – seinen besten Freund, seinen schlimmsten Feind. Während er Charlie zu unkonventionellem Fahrstil animierte, zum Beispiel mitten durch den roten Kunststoff einer Wendy's-Werbetafel zu brechen, um nicht mit einem geparkten Wagen zusammenzustoßen, oder einen Vorgarten voller liebevoll angelegter Rosen zu vernichten, um nicht in einem Stau stecken zu bleiben, tanzten sich seine zitternden Finger durch diverse mehrsilbige Passwörter, um eine Miniaturversion der EWSD-Homepage aufzurufen. Er wollte händisch hochladen, was er als die bahnbrechende Enthüllung der Causa John Doe erachtete: dass ein Todesstoß ins Gehirn und nichts anderes ihn aufgehalten hatte.

Nur stellte sich jetzt heraus, dass sein beschissener Zugangscode mit der beschissenen gesicherten IP-Adresse der beschissenen Gerichtsmedizin verknüpft war. Da saß er mit verdammt noch mal wirklich relevanten Informationen, die verflucht viele Menschenleben retten konnten, und hatte keine Möglichkeit, sie zu verbreiten. Zum Henker! Oder lag es an der schlechten Verbindung, dass er immer wieder rausgeworfen wurde?

Diese Befürchtung immerhin war für Luis plausibel genug, um beinahe beruhigend zu wirken. Er hielt das Telefon aus dem offenen Beifahrerfenster, als hätte so was jemals etwas gebracht, und schloss sämtliche Apps, die im Hintergrund liefen, als hätte auch das jemals etwas gebracht. Der Prius hüpfte über ein Hindernis. Der Verkehr wälzte sich stockend mit kaum zehn km/h dahin, trotzdem wurden die Stoßdämpfer durchgeschüttelt. Das war mehr als nur eine Bremsschwelle gewesen. Luis schaute in den Seitenspiegel.

»Nicht nach hinten gucken, Acocella.«

Guter Tipp. Nach allem, was sie in der Leichenhalle und seit Verlassen selbiger gesehen hatten, war Unwissenheit wohl besser, selbst wenn dies seinen Instinkten als Arzt zuwiderlief. Er schenkte Charlie ein übertriebenes Schulterzucken in der Hoffnung, diese alberne Geste würde sie weitere fünf Minuten bei der Stange halten. Es war wie damals, als er mit seinem Bruder Manolo die Fahrradschläuche immer mit Gummi und Kleber geflickt hatte. Das hatte auch nur jeweils für ein paar Meilen gehalten. Luis gab sich damit zufrieden, Hauptsache, eine Ablenkung von der Hölle, die aus der Kühlbox der Leichenhalle gekrochen war und langsam die Straßen San Diegos überflutete.

Er dachte daran, wie er aus Fabi's Spanish Palace auf die Straße gerannt war, wie er John Doe erblickt hatte, ein schlaffer Haufen unter einer Straßenbrücke. Wie drollig seine Diskussion mit Detective Walker mittlerweile wirkte. In den vergangenen Stunden hatte Luis viele ähnliche Haufen auf Bürgersteigen, in Vorgärten, auf Veranden und Spielplätzen gesehen, und nicht wenige von ihnen waren gerade dabei gewesen, sich zu erheben. Trotzdem schien es ihm etwas verfrüht, das hier schon als Armageddon zu bezeichnen. Rund um die Uhr geöffnete Fast-Food-Läden servierten noch immer Herzinfarkte in Papiertüten, Wechselstuben zahlten weiterhin Geld aus.

Nur eine Sache war tatsächlich komplett zusammengebrochen: der Verkehr. Irgendwo musste ein Kraftwerk ausgefallen sein, denn alle Ampeln und Straßenlaternen waren tot. Nicht mal als Passagier mit einer vollständigen Karte im Kopf und den Fähigkeiten eines Rennfahrers wäre man noch irgendwo hingekommen. Autobahnen, Bundesstraßen, Nebenstraßen, Gassen – welche Route er und Charlie auch versuchten, überall wurden sie von Unfällen, Wracks, verlassenen Fahrzeugen oder notdürftigen Barrikaden aufgehalten.

Charlies Hand fand sein Handgelenk und drückte ermutigend zu.

Vielleicht lag es nur an der Angst oder an der allgemeinen Orientierungslosigkeit, auf jeden Fall fühlte sich ihre Hand gut an.

Er musste seine Hand wegziehen, um im Telefonbuch auf *Rosa* zu tippen. Sein Handy sagte, dass er dies gerade zum dreiunddreißigsten Mal tat. Einmal mehr ertönte nur das tote Freizeichen, das er bis heute noch nie gehört hatte. Charlie trat auf die Bremse, der Wagen machte einen Ruck. Luis sah direkt vor seinem Fenster eine Tierklinik. Staubwölkchen quollen unter den Türen heraus, Fell und Schnurrhaare drückten sich gegen die Fenstergitter. Die Tiere versuchten zu fliehen. Luis wischte zu seiner Kamera, um ein Bild zu machen, aber der Speicher war voll. Er fluchte, schloss die Foto-App und betrachtete mit zusammengekniffenen Augen die Galerie, um ein Bild zum Löschen zu finden.

»Hat nicht irgendein Ureinwohner-Stamm mal gesagt, dass Fotos einem die Seele rauben?«, fragte Charlie.

»Wenn das stimmt«, sagte Luis, »sind wir alle leere Hüllen.«

»Um mal wieder die alte Platte aufzulegen: Du musst endlich aufhören, nur aufs Handy zu starren.«

»Mmmmm.«

»Da *passiert* aller möglicher Scheiß, Acocella. Direkt vor unserer Nase.«

»Fuck! Natürlich!«

»Okay, das ist mehr Enthusiasmus, als ich erwartet habe.«

»Nein! Social Media! So kann ich das an die Öffentlichkeit bringen!«

»Jetzt mach mal einen Punkt.«

Er drückte das Telefonbuch weg und wischte zu Twitter. »Taylor Swift, Justin Bieber – ich verlass mich auf euch, Kinder.«

Charlie schnaubte, was Luis ein Grinsen entlockte; noch ein Flicken für ihren Fahrradschlauch. Seine Assistentin ließ sich nicht unterkriegen, wie Luis anerkennend feststellte. Er warf ihr einen Blick zu und musste zugeben, dass sie nie besser ausgesehen hatte – längst war der Kittel ihrer Straßenkleidung gewichen, bestehend aus ausgefranster kurzer Jeans und tief ausgeschnittener Flanellbluse. Ihr üppiges blondes Haar wogte wie Seifenschaum in einer leichten Brise. Luis hatte schon mehrfach erlebt, wie sie in Krisensituationen eine messerscharfe Konzentration an den Tag legte, die Flexibilität und Energie ihrer bewegten Jugend in Parkchester zurückgewann. Das war attraktiv, ganz ohne Zweifel. Und nie war er dafür dankbarer gewesen als heute Nacht. Die Acocellas wohnten knapp zehn Meilen von der Leichenhalle entfernt, normalerweise eine Fahrt von einer Viertelstunde, aber sie waren schon Stunden unterwegs, und noch immer besaß Charlie die entspannte und wachsame Selbstsicherheit einer Athletin. Er konnte von Glück reden, sie bei sich zu haben. Das hatte sich nicht geändert.

Galgenhumor war immer die Voraussetzung gewesen, um in der Autopsie gute Arbeit zu leisten. Jetzt war er umso entscheidender, wenn sie die drei riesigen, drohenden Fragen ignorieren wollten, bis sie La Mesa erreichten.

Erstens: War Rosa noch am Leben? Die Frage war so weit jenseits von allem, was Luis sich hätte ausmalen können, als er gestern das Haus verlassen hatte, dass es ihm leichtfiel, sie außer Acht zu lassen; sie war nicht weniger absurd als eine Bigfoot-Invasion.

Die zweite Frage sah er in Charlies wiederholten Blicken in den Rückspiegel, und die war schon schwieriger zu ignorieren. War Lindof, der Mann, der sich so über JTs Sprung aus dem Trump International Hotel gefreut hatte, irgendwie hinter ihnen her? Oder andere, die mit ihm zu tun hatten? Er hatte Luis eindeutig in Panik versetzen wollen, und das war ihm auch gelungen – sosehr Luis sich auch bemühte, nicht an dieses Arschloch zu denken. Luis kannte Männer wie Lindof, mächtige Männer, und für viele von ihnen war nachtragender Groll eine Lieblingsbeschäftigung. Luis hatte das Gefühl, er würde noch sehr lange immer wieder in den Rückspiegel gucken.

Die dritte Frage war natürlich die wichtigste: Was war hier scheiße noch mal überhaupt *los*? Als sie über den Seitenstreifen düsten, um dem völlig verstopften Martin Luther King Jr. Freeway zu entrinnen, stellte Luis sich die Plakette aus seinem Büro über der Tür eines Pizza Hut vor, der gerade mit Brettern vernagelt wurde. Er sah die Plakette auf einem Home Depot an der Imperial Avenue, aus dem einige Leute mit offenbar gestohlenen Gerätschaften wie Hacken, Zaunpfählen und anderen improvisierten Waffen rannten, verfolgt von Mitarbeitern in orangefarbenen Westen. Er stellte sich die Plakette auf dem Dach von St. Stephen's vor, wo gerade anscheinend ein spontaner Gottesdienst stattfand, inklusive schwer bewaffneter Gemeindemitglieder vor jeder Tür.

HIER IST DER ORT, AN DEM DER TOD DEM LEBEN MIT FREUDE HILFT, nur erstreckte sich »der Ort« weit über Luis' Büro hinaus, und wie die Toten den Lebenden nun wirklich »halfen«, war noch völlig unklar. Dennoch ahnte Luis, dass diesem Satz ein tieferer Sinn innewohnte, wie er auch bei John Doe geahnt hatte, dass keins der vier Projektile ein tödlicher Treffer gewesen war.

Er öffnete Twitter. Das extrem bearbeitete Profilbild von seinem breiten Grinsen auf der letzten Pride-Parade, die arg bemühte Biografie, über der *Stellvertretender Gerichtsmediziner San Diego / Ceviche-Künstler / trotzdem noch Chargers-Fan* stand, das Archiv seiner Tweets, gesendet an und ignoriert von seinen achthundertfünfunddreißig desinteressierten Followern. Dieser Post könnte daran etwas ändern. Er fing an zu tippen, entschied, dass die Situation nach Großbuchstaben verlangte, fing noch mal neu an.

DRINGEND: ICH BIN ARZT, UND DER EINZIGE WEG, DIE FEHLGEBURT AUFZUHALTEN

Er hielt inne. In seinem Kopf hatte er das Ereignis die Fehlgeburt genannt, aber niemand sonst würde damit etwas anfangen können.

»Wie nenne ich Die?«, fragte er.

»Hä? Wen?«

»Die, du weißt schon, die Leute. Die John Does, verdammt!«

»Woher soll ich das wissen? Im Radio sagen sie immer nur *Die* und *Sie*. Du bist doch gerade auf Twitter, Sherlock.«

Touché. Luis ging in die Suche und klickte auf Trends. Die Fehlgeburt wurde durchaus erwähnt, allerdings noch nicht unter einem gemeinsamen Hashtag. Außerdem wurde sie gerade von *#BenHines* erdrückt – der allseits verehrte Schauspieler musste mal wieder ein inspirierendes Statement abgegeben haben. Luis kehrte zu seinem angefangenen Tweet zurück.

»Wie wär's mit Sarkophagen?«, murmelte er.

»Hilf mir mal auf die Sprünge«, sagte Charlie.

»Aus dem Griechischen, Fleischfresser – *sárx* heißt Fleisch und *phagein* heißt essen. Sarcophagidae sind eigentlich Fleischfliegen, um genau zu sein. Die, die ihre Larven in einem Körper während der aktiven Verwesungsphase ablegen.«

Charlie musste einer Horde hupender Fahrzeuge ausweichen, Luis knallte mit der Schulter gegen die Beifahrertür.

»Mal sehen, ob ich dir folgen kann, Boss. Wenn ich mich noch richtig an die Filmchen erinnere, die man uns in der Schule gezeigt hat, sind Sarcophagidae-Larven sehr schnell nach dem Tod nachzuweisen.«

»Innerhalb von vierundzwanzig Stunden.«

»Sie haben kleine Haken am Kopf, damit sie verwesendes Fleisch fressen können, ohne abzurutschen.«

»Die sind ziemlich hartnäckig.«

»Und schnell sind so viele zugange, dass die Körpertemperatur des Kadavers auf fast fünfzig Grad steigt.«

»Ziemlich heiß in der Küche bei so vielen Köchen, ja.«

»Nach einer Woche sind sechzig Prozent der Körpermasse verschwunden.«

»Genau deshalb mache ich mir Sorgen. Der Körper ist in unserem Fall nämlich …«

Luis deutete auf die Skyline von San Diego. Charlie stöhnte so, wie sie es immer tat, wenn sie von seiner Theatralik genug hatte. Auch sie flickte Fahrradschläuche, versuchte einen Rest Normalität zu bewahren, bis sie Rosa wohlbehalten gefunden hatten. Er war sehr dankbar für ihre Mühe. Er vollendete seinen Tweet, allerdings ohne *Sarcophagidae.* Daraus konnte er später noch einen Trend machen.

DRINGEND: ICH BIN ARZT & DER EINZIGE WEG, DIE TOTEN AUFZUHALTEN, DIE ZUM LEBEN ERWACHEN, IST EIN DIREKTES SCHÄDELTRAUMA. BITTE RT!!!

Er hatte noch mehr als die Hälfte seiner 280 Zeichen übrig, aber was gab es noch zu sagen? Die offiziellen Stellen verbreiteten keinerlei Informationen, auf die man hätte verlinken können, und er selbst hatte auch nichts hinzuzufügen. Er hoffte dennoch auf Millionen von Retweets. Trotz ihrer vollmundigen Drohungen Lindof gegenüber hatten weder er noch Charlie auch nur ein Foto von John Doe gemacht. Er hatte nicht mal eines dieser blauen Häkchen, um seinem Account ein Fünkchen Legitimität zu verleihen. Er hatte nichts als die Wahrheit. Die Wahrheit musste reichen. Das hier war immerhin Amerika, oder nicht?

Er drückte auf *Twittern* und aktualisierte sofort seinen Feed, um den Tweet wie eine Bombe einschlagen zu sehen.

Normalerweise brachten ihm Interaktionen auf Social Media ein ähnlich prickelndes Hochgefühl, wie er es früher bei Patienten erlebt hatte, wenn sie am Krankenbett die Knöpfe für Morphin oder Fentanyl drückten. Nicht so jetzt. San Diegos Netz schien inzwischen so schwach, wie man es sonst nur in den Badlands von South Dakota oder dem Texas Panhandle erwartete. Immerhin kroch der Upload-Balken noch voran, also vertraute Luis auf die App – er glaubte eher an das beschissene Twitter als an einen beschissenen Gott – und scrollte weiter, um zu sehen, ob es neue Eilmeldungen gab.

Und die gab es, auch wenn er eine Weile brauchte, um sie zu erkennen.

Oberflächlich waren die Texte recht unscheinbar. *weiß jemand, was an der Lower Wacker los ist, die leute lassen ihre autos einfach stehen. da umstellen polizisten ein beerdigungsinstitut in der innen-*

stadt von lawrence, kansas, wtf. Die wahre, finstere Bedeutung dieser Nachrichten war nicht auf den ersten Blick zu erkennen. Dazu musste er die einzelnen Threads schon ausklappen. Bezüglich Lower Wacker: *das sind schwarze gangmitglieder von der southside, die kommen durch tunnel gekrochen.* Bezüglich des Beerdigungsinstituts: *Ein befreundeter polizist hat mir erzählt, da haben sich juden eingenistet, weil deren sinagogen so scheiße sind.*

Die meisten Accounts, denen Luis folgte, gehörten Leuten aus San Diego – Menschen, die er kannte, oder Freunde von Freunden, auf jeden Fall weltoffenere und gebildetere Leute als irgendwelche dahergelaufenen Spinner, die immer überall ihren Senf dazugaben. Daher las er mit wachsender Übelkeit die Updates, die auch Detective Walker verfasst haben konnte.

Sieht nach Montezumas Rache aus ha ha – ein befreundeter Anwalt, den er schon das eine oder andere Mal zum Essen nach Hause eingeladen hatte.

»Acocella, leg das Handy weg.«

Verbrechenswelle in SD diese Nacht, Freunde. So langsam klingt das mit der Schönen Dicken Mauer gar nicht mehr so schlecht – der Immobilienmakler, der ihm das Haus verkauft hatte.

»Acocella. Bitte.«

Wir brauchen eine Bürgerwehr, um diese Mexkremente in die Müllpresse zu stopfen!!!! – ein Stadtrat, für den Luis gestimmt hatte und der sich hier offenbar auf San Diegos in erster Linie von Latinos gehandhabte Müllabfuhr bezog.

»Acocella! Aufpassen! Jetzt sofort!«

Charlie trat auf die Bremse, und Luis wurde so stark in den Sicherheitsgurt gepresst, dass es sich anfühlte, als würde sich sein Brustkorb in zwei Hälften teilen. Das Telefon flog ihm aus der Hand, und die Kunststoffschale klackerte wie ausgeschlagene Zähne, ein Geräusch, das er sich plötzlich nur zu gut vorstellen konnte. *Er* war Latino. *Er* war in Mexiko zur Welt gekommen. War er mit ein paar schnellen Daumenwischern auf dem Touchscreen so einfach vom möglichen Retter vor den Sarcophagidae zum Sündenbock geworden?

Die Antwort auf diese Frage wartete im Scheinwerferlicht des Wagens. Direkt vor dem Prius schob sich ein Quartett von Männern in sein Blickfeld. Sie waren so nah, dass er hörte, wie die mitgeschleppten Gegenstände gegen die Stoßstange klopften. Vier John Does nach ihrer Fehlgeburt, dachte Luis, bis er das Blitzen ihrer acht Augen sah, von denen keines milchiges Weiß zeigte. Die Männer hoben ihre Handys mit eingeschalteter Taschenlampenfunktion wie ein mittelalterlicher Mob seine Fackeln. Sie spähten in den Wagen, betrachteten Charlie abschätzig – Frau am Steuer, Ungeheuer –, dann blieben ihre Blicke an Luis hängen.

Die Gegenstände, die eben noch gegen den Stoßdämpfer geklopft hatten, waren jetzt deutlich zu sehen: Brechstange, Baseballschläger, Schraubenschlüssel, Beil.

Kein Grund zur Sorge, redete sich Luis ein. Sein Auto stand direkt neben einem Dunkin' Donuts. Gegenüber war ein Denny's. An einer Kreuzung mit solch erhabenen nationalen Wahrzeichen konnte doch nichts Schlimmes passieren. Als aber einer der Männer etwas murmelte und sich die anderen daraufhin um die Kühlerhaube verteilten, verlor Luis den Glauben an die Sicherheit, die seine Wahlheimat versprach, und fragte sich, wie er überhaupt je dazu gekommen war, diese als gegeben vorauszusetzen. Der .38er in seiner Tasche kam ihm mit einem Mal doppelt so schwer vor.

»Alles klar bei dir, Mädchen?«, rief Baseballschläger.

»Ja«, fauchte Charlie, »sobald ihr meinen Wagen in Ruhe lasst!«

»Wir müssen weiter«, sagte Luis.

»Wir sammeln heute Nacht Müll«, johlte Schraubenschlüssel, die nächste Anspielung auf die Latinos bei der Müllabfuhr.

Diese Drohgebärden machten Luis' Assistentin nur noch wütender. »Dann guck mal in den Spiegel, Saftsack!«

»Gib Gas, Charlie.«

Brechstange deutete mit seiner Waffe auf ihn. »Der Mexikaner soll aussteigen, Ma'am.«

»Holt ihn euch doch, ihr rassistischen versoffenen Arschgeigen!«

Schraubenschlüssel und Beil näherten sich von beiden Seiten den Türen.

»Trittst du jetzt endlich das verdammte Gaspedal durch?«, schrie Luis.

Charlie tat nicht nur das, sondern behielt gleichzeitig einen Fuß auf der Bremse, ein Fortgeschrittenen-Manöver, das einem in der Bronx wahrscheinlich schon in der Grundschule beigebracht wurde. Quietschende Reifen und Rauchwolken ließen alle vier Männer zurückweichen, und da erst ließ Charlie die Bremse los, und der Prius setzte sich schlitternd in Bewegung. Luis' Tür streifte Funken sprühend eine Parkuhr. Charlie stimmte ein Triumphgeheul an und kämpfte einarmig mit dem Lenkrad. Den anderen Arm reckte sie aus dem Fenster und zeigte den Stinkefinger.

»Du!« Mehr bekam Luis nicht heraus. »Du!«

»Ruhe.« Charlie lachte. »Das hat dir doch gefallen, oder nicht?«

»Das gefällt mir überhaupt nicht!«, rief Luis, aber im gleichen Augenblick wurde seine Furcht vom wilden Wind in seinen Haaren fortgetragen, vom Wummern des Motors unter seinen Füßen, vom bösartigen Kichern der heißen Braut am Steuer. Er vermutete schon seit Längerem, dass sich Charlie in ihn verguckt hatte. Nun musste er sich fragen, ob sich nicht hinter der Fassade der Professionalität auch bei ihm ein ähnliches Gefühl breitmachte.

»Wenigstens hängst du jetzt nicht mehr mit der Nase im Telefon«, sagte Charlie.

Da hatte sie recht, und als sie fünf Minuten später am Rand von Heywood Park, wo er mit Rosa wohnte, ein paar Passanten auswichen, war Luis sehr dankbar dafür. So war er jetzt wachsam und konzentriert, als sie sich der örtlichen Niederlassung von Lincoln Military Housing näherten, einer Siedlung für Militärpersonal. Vor der Einfahrt wogte eine wimmelnde Menschentraube und versperrte die Straße.

Erst befürchtete er, es wären noch mehr Guerillas, die auf der Jagd nach »Mexkrementen« waren. Dann hoffte er, es wären Soldaten außer Dienst, die kurz entschlossen eine Sicherheitszone einrichteten. Als Charlie den Wagen immer weiter verlangsamte, begriff er aber – was immer da los war, es war furchtbar schiefgegangen. Was Luis für ein Lagerfeuer gehalten hatte, war ein brennendes Haus, das vor ihnen die Straße erhellte. Auch von militärischer Ordnung keine Spur; hier herrschte überhaupt keine Ordnung. Eine Gruppe von Menschen war über eine andere hergefallen und zuckte und schlürfte so laut, dass sie den madenartigen Larven der Sarcophagidae wirklich erschreckend ähnlich waren.

Außerdem schwankten manche von ihnen noch ein bisschen. Sie lernten laufen. Wie Babys.

Vielleicht war *Fehlgeburt* am Ende doch der passendste Name.

»Der Graben ist zu tief, da kommen wir nicht durch«, sagte Charlie.

»Mmmmm«, sagte er, ohne nachzudenken.

»Wo steht dein Haus? Zeig es mir.«

Er streckte wie ein braves Kind den Finger aus. »Da.«

»Raus aus dem Wagen, Acocella. Raus aus dem verdammten Wagen!«

Er las sein Telefon auf und stieg aus. Charlie packte ihn am Handgelenk und rannte los. Nicht schnell genug. Luis sah bereits zu viel.

Da wurden Menschen gefressen. Es war die schrecklich logische Konsequenz von John Does gierigen Fingern und schmatzenden Lippen. Im Schein der Flammen sah er ganze Gesichter in aufgerissenen Mündern verschwinden, sah Finger, die Knochen aus ausgehöhlten Lenden gruben, sah Zungen an freigelegten Innereien lecken. Als Charlie einmal ganz kurz stehen blieb, keine sechs Meter vom Gedränge entfernt, sah er gleich drei Leute den Sarkophagen zum Opfer fallen. Er konnte nicht sagen, ob darunter Nachbarn waren, die er kannte, weil die meisten hinter ihren Handys verborgen waren. Was für eine Ironie, dass die Toten Gesichter hatten, während sich die Lebenden nur durch die Designerhüllen ihrer Handys unterschieden.

Eine Person versuchte verzweifelt, mit beiden Daumen zu texten; Sekunden später waren beide Daumen zwischen mahlenden

Kiefern verschwunden. Einer rief noch eine Benachrichtigung auf, als er bereits mit dem Gesicht nach unten im Gras lag. Obwohl sich Zähne in sein Rückgrat bohrten, las er weiter, als könnte der Dopaminrausch den Blutverlust ausgleichen. Eine machte Fotos von einem Sarkophag, der sie schon an den Beinen festhielt. Offenbar wollte sie die Realität lieber durch ihre Kameralinse wahrnehmen, was Luis sogar verstehen konnte. Durch die kleine Kiste wirkten viele Dinge eingrenzbar, beherrschbar und ließen sich mit einer einzigen Berührung zum Verschwinden bringen.

Charlie zerrte ihn einen Hügel hinunter, durch einen feuchten Abwasserkanal und um einen Swimmingpool herum, bahnte sich eine Abkürzung Richtung Rosa. Luis hätte sich dafür bei ihr bedanken müssen – dass sie ihn zielstrebig zur Türschwelle der Gattin jenes Mannes brachte, den sie begehrte –, aber sie bewegten sich zu schnell, die Welt huschte vorbei wie zu rasch durchgewischte Bildschirmseiten. Wenn man zu schnell an zu vielen schrecklichen Dingen vorbeiwischt, sieht man sie irgendwann nicht mehr, spürt sie nicht mehr, und das, so ging ihm in diesem Moment auf, war der Moment, in dem man zu sterben anfing.

URSCHLEIM

Normalerweise brauchte man vom Sunnybrook-Wohnwagenpark in die Innenstadt von Bulk, Missouri, mit dem Fahrrad zwanzig Minuten. Aber das galt, wenn man allein fuhr, den Hintern in die Höhe gereckt, die Beine voll durchgestreckt, der Fahrtwind so wild, dass man glaubte, mit hundert Sachen in einem frisierten Cabrio unterwegs zu sein. Dann war man so schnell, dass sich im Frühling der leichte Regen wie ein biblisches Meer vor einem teilte und im Herbst die toten Blätter wie Tänzer zur Seite wichen, um ihre Primadonna zu präsentieren – dich.

Auf dem Sitz von Fadi Lolos blauem Drahtesel musste Greer Morgan die Reise in quälend halber Geschwindigkeit erdulden. Ihr gemeinsames Gewicht drückte die Reifen platt und ließ sie immer wieder bis zu den Speichen im Matsch versinken. Selbst an einem normalen Tag war die Umgebung trostlos; heute sah Greer genug schlechte Zeichen, um mehrfach einfach abspringen und davonlaufen zu wollen. Einen Hund, der eine blutige Leine hinter sich herzog, einen Kombi voller Einschusslöcher, die Anzeigetafel des Baseballplatzes beim Messegelände, auf der ein einziges Wort blinkte: *LAUFT.*

Aber trotz allem waren sie mit dem Rad schneller als zu Fuß, also blieb sie sitzen.

»Geradeaus«, fauchte sie. »Geradeaus, geradeaus.«

»Da ist schneller«, keuchte Fadi und nickte zu den verfallenen Lagerhäusern hinüber.

»Da kommt man aber nicht durch!«

»Da ist schneller.«

Die Situation gefiel Greer aus mehreren Gründen überhaupt nicht. Tatenlos dazusitzen, während sich dieser zurückhaltende Syrer alleine abrackerte. Seine Taille umfasst zu halten wie ein Burgfräulein. Dass er nicht auf ihre Wegbeschreibung hörte, obwohl sie diejenige war, die ihr ganzes verkacktes Leben, falls man das überhaupt so nennen wollte, in Bulk verbracht hatte. Doch sie sagte nichts, was an Fadis sanfter Selbstsicherheit und der Tatsache lag, dass er immer wieder recht behielt. Und warum auch nicht? Er mochte Missouris sanfte Hügel, die Bleistiftsträucher und die fahlen Sonnenuntergänge vielleicht wirklich für schön und erkundenswert halten. Vielleicht hatte er Abkürzungen entdeckt, wozu sie nie genug Energie oder Interesse aufgebracht hätte.

Fadi fuhr treffsicher durch die kaum einen Meter breite Öffnung zwischen zwei verrosteten Schuppen, genau wie er sich zwischen verkeilten Autos hindurchgequetscht hatte, um aus Sunnybrook rauszukommen. Greer klammerte sich fest und erspähte vor ihnen ein Loch im Zaun, das ihnen in der Tat mehrere Minuten Fahrzeit ersparte. Das war ein gutes Zeichen, dennoch fröstelte sie. Fadi Lolo mochte Müll auflesen und schwarze Mädchen aus belagerten Wohnwagen retten, aber er war trotzdem ein Mann, also konnte man ihm nicht uneingeschränkt trauen. Er konnte jederzeit in eins dieser verlassenen Gebäude abbiegen und versuchen, sie zu überwältigen.

»Du brauchst das große Messer nicht«, sagte er. »Wir gehen in die Stadt zu unserem Bruder.«

Erst als Greer an sich herabschaute, begriff sie, dass sie noch immer die Machete an seinen Rücken drückte. Sie ermahnte sich, etwas zu entspannen. Sie hatte einen Seesack voller Jagdwaffen dabei. Dieser komische Kauz musste schon echt am Rad drehen, um ihr blöd zu kommen. Als sie ihm gesagt hatte, sie wolle in die Stadt fahren, um ihren Bruder Conan zu finden, hatte er geantwortet: *Unseren Bruder. Wir haben jetzt alle den gleichen Bruder, ja?* Greer atmete ein paar Mal tief ein, auch wenn die Luft heiß und feucht und wenig erfrischend war. Sie würde diesem Kerl vertrauen. Vienna Morgan saß im Knast, Freddy Morgan war tollwütig und hatte kein Gesicht mehr, sie konnte sich nur noch auf ihre Instinkte verlassen.

Papa. Sie wollte schluchzen. Sie wollte kotzen. Was sollte sie Conan sagen? Wenn sie sich nicht bald selbst ablenkte, würde ihr sogar die Kraft fehlen, sich weiter an Fadi festzukrallen.

»Mister«, sagte sie. »Was machen Sie so?«

»Was mache ich?«

»In Ihrer Freizeit. Was haben Sie für Hobbys?«

»Man muss den Reifendruck messen und die Kette immer ölen.«

»Ihr Fahrrad? Sie kümmern sich um Ihr Fahrrad. Was noch?«

»Sehr viel fernsehen.«

»Und was gucken Sie so?«

»*Damages.*«

»*Damages?* Was ist das?«

»*Damages* ist eine Gerichtsserie, die mehrere Emmys gewonnen hat, mit Glenn Close als Patty Hewes.«

Greer lachte. Sie hielt kurz inne und lachte weiter. So viele Worte auf einmal hatte Fadi Lolo noch nie von sich gegeben, und irgendwie war es das Lustigste, was sie je im Leben gehört hatte. Lachen war eine Art selbstverstärkende Magie; sie spürte weiteres Lachen aufsteigen und gierte geradezu danach.

»Was noch, was noch?«

»*New Girl*, eine Sitcom mit Zooey Deschanel als Jessica Day, wurde für mehrere Emmys nominiert.«

»Sie stehen aber auf die Emmys, Mister.«

»*Akte X* ist eine Mystery-Serie, die mehrere Emmys gewonnen hat, mit David Duchovny als Fox Mulder und Gillian Anderson als Dana Scully.«

»Oh, die hab ich gesehen. Der Flukeman. Das war abgefahren.«

»Aus ›Der Parasit‹. Zweite Folge, zweite Staffel.«

»Was ist Ihre Lieblingsfolge?«

»›Kill Switch‹«, sagte Fadi sofort. »Das ist die Folge, wo sie über Urschleim reden.«

»Ist das der Typ, der die ganze Zeit raucht?«

»Urschleim ist ein urzeitlicher Schleim«, sagte Fadi. »Die Lebensform zwischen Pflanzen und Tieren. Das Missing Life.«

»Der Missing Link, meinen Sie?« Sie kicherte. »Papa hat Conan oft so genannt.«

»Es gibt nicht nur Leben und Tod. So einfach ist das nicht. Es gibt viele Stufen.«

Greer blieb das Lachen im Hals stecken. »Ja, das lässt sich wohl nicht mehr leugnen.«

»Ich habe es gesehen.« Er stockte. »Aber das Wort habe ich von Dana Scully gelernt.«

Missouris berühmte Felsklippen ragten zwar hauptsächlich entlang des Mississippi auf, aber auch der Westen des Landes war nicht ohne Unebenheiten. Vor ihnen erhob sich ein Hügel, der mit seiner Krone aus blattlosen Bäumen wie ein umgekehrter, stoppeliger Kinnbart aussah. Von seiner Kuppe aus konnte man alles sehen, was dieses Viertausend-Seelen-Städtchen zu bieten hatte, wenn man bei dem Anblick nicht vor Aufregung umfiel. Jimmy's Tränke, AutoValue, ShopKo, Kunkles Reifen & Reparatur, die örtliche Filiale der Farmers-Mutual-Versicherung, Casey's und die Raskey-Apartments standen alle um den trostlosen kleinen Marktplatz herum, als würden sie gemeinschaftlich auf ihn pissen.

Fadi war völlig am Ende, als sie oben ankamen. Er stieg vom Rad und taumelte ein paar Schritte zur Seite, um zu Atem zu kommen. Greer stieg in Gegenrichtung ab, Machete in der einen und Seesack in der anderen Hand. So standen sie eine Fahrradlänge auseinander und konnten einander keinen Trost spenden, als sie sahen, was in der Stadtmitte vor sich ging.

Bei Casey's stand eine der Zapfsäulen in Flammen, ein weiß glühender Ofen, der ein Loch in das Vordach der Tankstelle fraß. Noch schockierender war aber, dass sich niemand um dieses Feuer kümmerte – keine Leute mit Feuerlöschern, keine heulenden Feuerwehrwagen, keine Polizisten, die den Verkehr umleiteten, da die Gefahr weiterer Explosionen drohte. Greer hatte immer gewusst, dass Bulk von miesen, engstirnigen Leuten bewohnt wurde, aber so schlimm hatte selbst sie es sich nicht ausgemalt.

Doch die Leute *waren* so schlimm. Wie es aussah, hatte sich die ganze Einwohnerschaft auf dem Platz zusammengedrängt. Da standen mindestens dreihundert Bulker, allerdings durch eine klare Linie in zwei ungleiche Gruppen aufgeteilt.

Die größere Gruppe bestand hauptsächlich aus Weißen in Firmenoveralls, -käppis, -haarnetzen, -schürzen und, am weitesten verbreitet, genau der grauen HortiPlastics-Uniform, die auch Papa getragen hatte. Team HortiPlastics reckte Gewehre, Besen und andere Waffen in die Höhe und sah tatsächlich aus wie ein wütender Mob aus einem Film. Obwohl sie während der Filme im Geschichtsunterricht lieber chattete, passte sie doch auf, sobald Schwarze darin vorkamen – meistens, wenn sie in Alabama oder Arkansas oder Mississippi vermöbelt wurden, dabei aber trotzdem unglaublich stolz und unbeugsam aussahen.

In der zweiten, kleineren Gruppe erwartete sie den Feind zu sehen, den sie schon in Sunnybrook bekämpft hatten.

Was diese vierzig oder fünfzig Leute aber von der HortiPlastics-Truppe unterschied, waren dunklere Bärte, hier und da ein Hidschab und viele Klamotten, die selbst aus dieser Entfernung so schlecht saßen, dass sie wohl aus Heilsarmeebeständen stammten. Das waren die syrischen Flüchtlinge, mit denen sich die Gesetzgeber in Jefferson City so gerne schmückten, die von den Einwohnern Bulks aber größtenteils mit Verachtung aufgenommen worden waren.

Greer hatte das Gefühl, dass es den Syrern nicht aufgrund ihrer pazifistischeren Grundhaltung an Waffen mangelte, sondern weil sie kaum Zeit gehabt hatten, sich zu versammeln. Sie waren herausgekommen, um sich zu verteidigen, und ein Echo schien durch Greers Knochen zu hallen. Niemandem in der Letzten Zuflucht hatte der Wohnwagenpark irgendetwas bedeutet, und trotzdem hatten sie für das gekämpft, was ihnen gehörte, nicht wahr? *Flüchtling* – Greer war sich ziemlich sicher, dass das eine Person bezeichnete, die zur Flucht gezwungen gewesen war. Die Raskey-Apartments mochten ein von Insekten und Nagern befallener Schandfleck sein, aber für die Landsleute Fadis waren sie alles, was sie hatten.

Team HortiPlastics stieß hasserfüllte Bemerkungen aus – ein verbales Muskelanspannen. Greer kannte viele dieser Leute. Ladenbesitzer, Lehrer, Eltern von Klassenkameraden. Leute, die Aufkleber wie *HÄRTERE STRAFEN STATT WENIGER WAFFEN* und *DIE BESTE VERBRECHENSBEKÄMPFUNG? ZURÜCKSCHIESSEN* an ihren Autos hatten. Papa, der selbst zwei Gewehre besessen hatte, hatte immer in einem Tonfall über diese Leute geredet, der zu besorgt klang, um noch viel Platz für Geringschätzung zu lassen. *Die halten sich für Helden,* hatte er gesagt, *aber das Einzige, was sie hinkriegen werden, ist, dass Leute umkommen.* Als er das gesagt hatte, hatte er Conan angeschaut, einen jungen schwarzen Mann, aber Conan war wie immer in seiner eigenen Welt versunken gewesen.

Selbst ernannte Helden konnte es nur geben, wenn es auch Bösewichte gab. Warum also den plötzlichen Anstieg an Gewalttaten nicht den Flüchtlingen in die Schuhe schieben? Viele dieser Syrer sprachen kaum ein Wort Englisch. Sie aßen intensiv riechendes Essen. Sie belegten zu viele Sitzplätze auf den Bänken in der Stadtmitte, zu viel Picknickplatz auf der Wiese im Park. Das waren samt und sonders Schmarotzer, die keinen Finger krumm machten, und außerdem mussten sie endlich aufhören, den echten Amerikanern die Arbeitsplätze wegzunehmen.

Qasim hatte letzte Nacht einige dieser Argumente vorgebracht, aber sie hatte das bloß ermüdend gefunden. Da war sie noch ein anderer Mensch gewesen, und mittlerweile könnte auch Qasim ein anderer Mensch geworden sein. Wo war er überhaupt? In der Menge waren kaum junge Leute zu sehen. Vielleicht war er in der Schule, vielleicht hatten die Lehrer beschlossen, zum Schutz vor der aufkeimenden Krise die Klassenzimmer zu verbarrikadieren. Sehr gut – sie würde Conan die Machete geben und Qasim das Messer, und dann würden sie zu dritt tun, was getan werden musste.

Greer und Fadi erreichten die Hügelkuppe in dem Moment, als der Funke das Pulverfass erreichte. Drei Männer in der ersten Reihe, alle in HortiPlastics-Uniform, schubsten die Flüchtlinge, bis ein Syrer mit der Hand ausholen musste, um sein Gesicht zu schützen – eine Geste, die eindeutig seine mordlüsternen Absichten bewies. Die Aufwiegler stürzten sich auf ihn, dann ging alles in dem schmutzig schmatzenden Fleischklatschen unter, das Greer schon oft gehört hatte, bei Parkplatzschlägereien zum Beispiel – das plötzliche Umfallen, das spritzende Blut, die roten Gesichter, der angehaltene Atem, Ellbogen gegen die Lippe, Finger ins Auge. Wenn man für HortiPlastics arbeitete, musste man jeden Tag seinen Stolz runterschlucken, und hier bot sich eine Chance, diesen Stolz zurückzugewinnen – zusammen mit den Kollegen und Kumpels gegen diese verfickten Araber.

Greer schauderte. Auf welche Seite hätte sich Papa geschlagen?

Wieder spürte sie Fadi Lolos nassen Schal an ihrer Wange und begriff verblüfft, dass sie zu ihm gegangen war, nicht er zu ihr. Obwohl sie einen Seesack voller Waffen dabeihatte, wollte sie diesem Kampf unbedingt aus dem Weg gehen.

»Mister«, sagte sie. »Wir können andersrum zur Schule fahren, am Schrottplatz vorbei.«

»Nein«, sagte Fadi.

Sie schaute ihm ins schlammbesprenkelte Gesicht unter den vom Regen zerzausten Haaren. Die gelassene Freundlichkeit dieses Emmy-besessenen Radlers war verschwunden. Fadis Miene war immer noch entspannt, aber nicht ruhig. Seine Stirn legte sich entlang alter Trauergräben in Falten, die Wangen sackten zu alten Grambeuteln zusammen. Das Gesicht des einzigen fröhlichen Menschen, den sie in der Letzten Zuflucht jemals gesehen hatte, wurde zum Gesicht eines Mannes, der noch viel schlimmere Anblicke als diesen hier hatte ertragen müssen.

Er nickte zu den Menschen hinab, die dort jaulten und umherrollten wie balgende Hunde.

»Alkasālā.«

»Ich weiß nicht, was das heißt.«

»Siehst du? Du kannst sie nicht auseinanderhalten.«

Greer wollte keinen weiteren Zentimeter näher heran. Die Leute würden sie entdecken, ein schwarzes Mädchen neben einem Syrer, und eine Fraktion oder die andere – oder beide – würden sie für diese Fraternisierung bestrafen. Aber Fadi hatte sie gerettet, ohne eine Gegenleistung zu erwarten, also trat sie näher. Vielleicht war sie genauso voreingenommen gewesen wie diese Arschlöcher mit ihren Autoaufklebern – sie hatte nie daran geglaubt, dass sich die Syrer in Bulk einfügen würden. Und nun hatten sie das getan, wenn auch auf schlimmstmögliche Weise. Wieder einmal bewahrheitete sich das alte Klischee, dass alle Menschen in der gleichen Farbe bluteten.

Das war die eine Sache, die sie den weißäugigen Tollwütigen zugutehalten musste. Die hatten sich ihren Gewalttaten nicht mit so viel Wonne hingegeben.

Fadi marschierte entschlossen los.

»Mister«, rief Greer. »Mister – Fadi – bleiben Sie hier!«

Er drehte sich im Staub des Gefechts um und sah sie durchdringend an.

»Der Kampf wartet auf mich«, sagte er. »Er wartet immer.«

»Das muss doch nicht sein. Kommen Sie mit mir. Wir können selbst entscheiden, was wir tun wollen.«

Aus Fadis Grimasse war deutlich abzulesen, dass sie etwas Beschämendes verraten hatte.

»Ich hätte nicht auf den Sunnybrook-Wohnwagenpark bestehen sollen. Ich hätte bei meinen Leuten bleiben sollen. Was glaubst du, Greer Morgan? Warum machen die Toten andere Leute auch zu Toten? Weil *Die* auch gerne bei Ihren Leuten sein wollen?«

Dass er ihren Namen kannte, war eigentlich nicht überraschend. Vielleicht hatte er ihn nur nicht benutzt, wie sie auch seinen nicht benutzt hatte. Warum eine Verbundenheit aufbauen, mit der es morgen sowieso wieder vorbei sein würde?

»Das Fahrrad?« Nie hatte sich ihre Stimme so schwach angehört.

»Fahr schnell.«

»Die Machete«, bot sie an.

»Schwing sie schnell.«

Sie nickte. »Pass auf dich auf, Fadi Lolo.«

Sein unerwartetes Grinsen erstrahlte wie das Feuer der Zapfsäule und brannte ein Loch in ihr Herz.

»Mir kann nichts passieren, Dana Scully«, verkündete er. »Ich bin Urschleim.«

Da rannte Fadi los, und Greer wandte sich ab, wollte nicht sehen, wie er den ersten Schlag abbekam – oder, schlimmer noch, den ersten austeilte. Sie steckte die Machete in den Seesack, warf ihn sich wie einen Rucksack über und packte das Rad am Lenker. Die Metallrillen der Pedale bohrten sich wie Sporen in ihre nackten Fußsohlen. Jetzt hatte sie das Rad, alles, was von Fadi noch übrig war. Ohne sich noch einmal umzudrehen, fuhr sie schräg den Hügel hinunter in Richtung Schrottplatz und der dahinterliegenden Bulk Highschool. Dort angekommen würde sie die Rolle spielen, die Fadi ihr zugedacht hatte: Conan retten, Qasim retten, vielleicht noch Dutzende andere. Und dann würden sie alle in einer riesigen Cheerleader-Pyramide auf dem blauen Fahrrad balancieren, während sie sie in Sicherheit radelte.

ANSTAND HABEN

Keine Maxime des Nachrichtengeschäfts war so berüchtigt, widerwärtig und wahr wie *Blut verkauft sich immer gut.* Doch was sollte man denn als armer Produktionsleiter anderes tun, wenn *jede* mögliche Story vor Blut troff, und zwar so sehr, dass die Stimme des Nachrichtensprechers schon ganz geronnen klang, als gurgle auch er mit Blut, und seine Haut so klebrig aussah, als hätte er sich gerade eine Schicht davon abgewischt? Mittlerweile, dachte Nathan Baseman, mussten an den Fernsehgeräten der Leute zu Hause bereits Blutstropfen wie Kondenswasser kleben. Eins aber war ganz gewiss, und das brachte ihm noch immer die gleiche Genugtuung, die es ihm in Chicago, Kansas City, Nashville und Houston gebracht hatte: Ihrer Aufmerksamkeit war er sich verdammt noch mal sicher.

Er nahm einen weiteren Schluck von dem Bourbon, den er seit der Jansky-Affäre vor drei Jahren stets im Schreibtisch bereithielt. Er hatte immer gewusst, dass er ihn eines Tages brauchen würde, und sei es nur, um sich den nötigen Mut für den Verkehr auf der Interstate 85 anzutrinken. Bis heute hatte er ihn nicht angerührt, und jetzt, wenige Stunden nach Beginn dieser ganzen Ghul-Geschichte, war die Flasche bereits halb leer. Gut, einen Teil des Inhalts hatte er als Desinfektionsmittel benutzt, um sich den Riss zwischen den Knöcheln auszuwaschen und das Loch, das Rochelle Glass ihm in die Wange gestochen hatte. Himmel, tat das weh.

Bluten konnte Baseman auf jeden Fall. Aber konnte er auch noch gut Nachrichten verkaufen?

Er versuchte sich auf seine hingekritzelten Notizen zu konzentrieren. Auf rein mechanischer Ebene bestand sein Job als Produzent hauptsächlich daraus, Beiträge für die Nachrichtensendung anzunehmen oder abzulehnen und außerdem die einzelnen Segmente, Live-Einspieler und Textschnipsel für den größtmöglichen Effekt zu kombinieren. Wie die meisten Produzenten bevorzugte Baseman normalerweise das hochemotionale Prinzip der Abfolge von »Scheitelpunkten und Talsohle«, von Angstmache und Erleichterung, aber das war mit allem anderen zum Teufel gegangen. Die neue Methode hieß »Scheitel und Scheitel und Scheitel«, jeder neue Beitrag übertraf den vorherigen noch an Grässlichkeit.

Baseman tippte mit seinem Kugelschreiber aufs Papier. Was verdiente den ersten Platz im Hauptsegment? Wie wäre es mit der Filiale von LA-Fitness in Knoxville, die zu einem Ghul-Schlachthof geworden war, mit Augenzeugenberichten, die eindringlich beschrieben, wie haufenweise zerstückelter Ghule im Aerobic-Raum lagen, während lebende Ghule, eingeklemmt in Krafttrainingsgeräten, von vergnügten Fitnesstrainern gefoltert wurden? Oder sollten sie besser mit dem eher bedrohlicheren Bericht über einen Scharfschützen einsteigen, der in der Gegend von Cleveland oben auf einer Achterbahn hockte und den Stau auf der nahen Autobahn nutzte, um sowohl Ghule als auch Menschen auszuknipsen?

Drauf geschissen. Sie würden sowieso alles senden, die bisher vorgesehenen Beiträge flogen samt und sonders raus, inklusive der von Unitas als Lückenfüller verordneten Verabschiedung niedlicher Schulkinder – es sei denn, die lieben Kindlein hätten den Mund voll Mami. Seit dem Ross-Quincey-Treffen war Unitas wie vom Erdboden verschluckt, also war auch auf ihn geschissen, oder? Baseman versah die Beiträge mit willkürlichen Nummern und stand auf. Sein Jackett rutschte ihm fast von den Schultern, so schwer lasteten Gegenstand eins und Gegenstand zwei in den Taschen. Er hielt sie fest und stolperte wie ein neugeborenes Fohlen in den Regieraum. Jede Sehne schmerzte vom Kampf im Treppenhaus.

»Bumm«, sagte er und reichte Lee Sutton den Überblick. »Unsere nächste Stunde.«

Lee nahm die Kopfhörer ab. »Du siehst halb tot aus.«

»Das musst du gerade sagen.«

Lee grinste und entblößte dabei seine neue Zahnlücke. Er schaute auf die getrockneten Blutspritzer an seinem Hemd herab, eine Erinnerung an Basemans Faustschlag, riss Baseman den Zettel aus der Hand, überflog ihn und ratterte mit solchem Eifer Anweisungen herunter, dass das Papier einen Schwall roten Speichels abbekam.

»Fessler, wir brauchen gleich Kanal zwei und zehn. Wir warten auf Octavia auf Kanal eins. Und auf Zoë mit ihrem Bericht über die Seuchenschutzbehörde. Falls sie es rechtzeitig schafft, stecken wir den zwischen A2 und A3 oder tauschen ihn mit B1 aus, wenn es gar nicht anders geht. Was ist mit dem Telemundo-Beitrag?«

»Fast fertig geladen. Aber du weißt, dass der nur auf Spanisch ist?«

»Egal. Wir bringen den Mist todo el tiempo.«

»Du bist der Boss.«

Baseman konnte die Prahlerei in Lees und die Entschlossenheit in Fesslers Stimme hören. Er stützte sich an dem Aktenschränkchen ab, mit dem er noch vor Kurzem die Tür verbarrikadiert hatte, um dem heimlich gefilmten Video aus dem Weißen Haus noch einmal seine ganze Aufmerksamkeit schenken zu können. Wäre ihm lediglich im Kopf schwindlig gewesen, hätte er den Bourbon dafür verantwortlich gemacht. Aber der Schwindel, den er empfand, rührte von seinem Herzen her. Diese Leute, mit denen er zusammenarbeitete: Eines Tages hatte er ihre Unterstützung vielleicht verdient gehabt, aber jetzt nicht mehr.

Lee Sutton, der arschkriecherische Ja-Sager. Baseman hätte ein ganzes Jahresgehalt darauf verwettet, dass Lee als Erster aus dem Gebäude getürmt wäre. Vielleicht hätte er dem Regisseur schon vor Jahren ins Gesicht schlagen sollen? Lee hatte nicht nur Blut und Rotz, sondern offenbar auch alle Feigheit ausgespuckt und bewies seitdem, wie wenig Leute man im Ernstfall brauchte, um in einem Nachrichtensender den Betrieb aufrechtzuerhalten.

Auch Tim Fessler hätte sich längst verpissen sollen – er hatte eine junge Frau und kleine Kinder –, aber zwei Leute waren die absolute Mindestbesatzung für den Regieraum, und er hatte seine Berufung offenbar akzeptiert. Bateman hatte seine Assistentin Zoë Shillace sogar angeschrien, sie solle sich endlich aus dem Staub machen, während er sich eine Tüte mit gefrorenem Mais auf die Wange gedrückt hatte, aber auch sie war noch da. Baseman konnte es nicht begreifen. Sie hatte ihr ganzes Leben vor sich und sollte da draußen darum kämpfen. Andererseits – vielleicht tat sie genau das, indem sie blieb?

Und dann war da noch das Gesicht. Baseman hatte in seinem Leben schon eine Menge motivierender Lückenfüller-Beiträge gesehen, aber nichts hatte jemals so sehr geholfen, seinen Glauben an die Menschheit wiederherzustellen, wie Chuck Corsos unerwartete Verwandlung.

Während Lee Sutton sich von seiner Angst befreit hatte, wie man Ballast von einem sinkenden Schiff wirft, hatte das Gesicht sich von gar nichts befreit. Seine Furcht war noch immer da. Sein Grauen. Seine Wortverdreher. Sein Mangel an Verständnis für globale Zusammenhänge. Aber er hatte diesem lausigen Repertoire etwas hinzugefügt, das sich vor ihm noch kein Nachrichtensprecher getraut hatte: schonungslose Ehrlichkeit. Jedes Mal, wenn Baseman an einem Monitor vorbeikam, war er erneut vollkommen baff. Das Gesicht eröffnete einen Beitrag mit: »Das war wirklich verdammt noch mal die schlimmste Scheiße, die ich je gesehen habe.« Das Gesicht gab zu: »Ich habe keine Ahnung, wie man dieses Wort richtig ausspricht.« Das Gesicht bohrte in der Nase. Das Gesicht verkündete, er müsse mal eben kacken gehen und sei gleich wieder da. Er stand direkt am Abgrund, nahm Schrecken und Schmerz und Schönheit ungefiltert in sich auf, reagierte auf alles mit einer Art kindlicher Unverstelltheit.

Dieser verdammte Schönling *rettete Menschenleben.* Wie bei Naturkatastrophen üblich, schaltete WWN Zuschauer ins Studio zu, deren Handyverbindung noch funktionierte. Das Gesicht hatte live auf Sendung einen hysterischen Großvater dazu überredet, zurück in sein Zwölfparteienhaus voller Ghule zu gehen, um seinen Sohn zu retten, der im Rollstuhl saß. Und zwar nicht mit Fakten, sondern mit Einfühlungsvermögen; das Gesicht hatte nacktes Entsetzen bei der Schilderung des Mannes gezeigt. Eine Frau im Ruhestand hatte er wiederum davon überzeugt, *nicht* in die Fabrik zurückzukehren, in der ihre Tochter arbeitete, und beides mit der gleichen Methode: indem er mitfühlte und diese Empfindungen laut aussprach.

Wie sich herausstellte, kamen bei manchen Leuten ganz erstaunliche Instinkte zum Vorschein, wenn das Ego erst einmal ausgeschaltet war. Irgendwann zwischendurch hatte Zoë die Aufmerksamkeit der Belegschaft auf einen Tweet gerichtet, der gerade völlig durch die Decke ging, eine Nachricht von nur 132 Zeichen, gepostet von einem Gerichtsmediziner aus San Diego namens Luis Acocella. Wie sich hinterher herausstellte, war er tatsächlich, was er behauptete zu sein, aber das war dem Gesicht ganz egal; er rannte persönlich in den Regieraum und bat Tim Fessler darum, den Tweet als Grafik auf den Bildschirm zu legen. Dort tauchte er auch fast sofort auf:

> DRINGEND: ICH BIN ARZT & DER EINZIGE WEG, DIE TOTEN AUFZUHALTEN, DIE ZUM LEBEN ERWACHEN, IST EIN DIREKTES SCHÄDELTRAUMA. BITTE RT!!!

Sehr bald berichteten die Leute in Scharen auf den diversen Social-Media-Seiten von WWN von ihren Erfolgen: Töte das Gehirn, und du tötest den Ghul. Auch fand diese Bezeichnung zunehmend Verbreitung. Zoë berichtete, dass Chuck Corsos kleine Anekdote über seine Nonna *#ghule* ins Leben gerufen hatte, weltweit Trendthema Nummer eins. Unitas hätte sicher *#WWN* bevorzugt, und noch gestern hätte auch Baseman diese verpasste Gelegenheit sehr zu schaffen gemacht. Jetzt aber ging es nur noch um die Botschaft. Das hatten ihm seine Mitarbeiter beigebracht. Obwohl, *Mitarbeiter* war zu kühl. *Kollegen* war besser. Oder traute er sich gar, noch warmherziger über sie zu denken? Er begriff langsam, dass er seit seinen wilden Tagen in Chicago keine Truppe mehr so gemocht hatte wie diese aktuelle Viererbesetzung.

Es war, dachte er, die gleiche Sorte Liebe, die eine Einheit Soldaten füreinander empfinden musste, wenn es so aussah, als würde keiner von ihnen lebend aus der Schlacht herauskommen.

Baseman schaute in der Küche vorbei. Gegenstand eins klimperte in seiner linken Sakkotasche. Gegenstand zwei, weitaus schwerer, stieß gegen den Herd. Ein paar Tage ohne Küchenetikette, und das war das Ergebnis: Krümel überall auf der Anrichte, der Boden klebrig von verschütteten Flüssigkeiten. Er öffnete den Kühlschrank, schnappte sich eine Flasche Wasser, zog mehrere Vorhängeschränke auf. Viel war nicht mehr übrig. Er nahm sich eine Packung Cracker.

Lee hatte das Licht im Studio voll aufgedreht, um keine weiteren bösen Überraschungen aus dem Dunkeln zu erleben. Kamera 2 war mit Wegfahrsperren am Standfuß und einem Berg Sandsäcken fixiert worden. Der Moderatorentisch erstrahlte wie der Thronsaal eines Königs. Das Gesicht saß da und redete, mehr nicht. Daran würde sich Baseman wohl nie gewöhnen: Geplänkel, Improvisation, Scherze, Überleitungen – nichts davon hatte Chuck Corso je ordentlich hingekriegt. Natürlich war auch das, was er jetzt tat, nicht »ordentlich«, nicht nach den Definitionen, die bis gestern gegolten hatten.

Baseman stand neben Kamera 2 und hielt die Cracker hoch. Eine der zehn Milliarden neuen Aufgaben, die inzwischen zu seiner Tätigkeit als Produzent gehörten, war, dafür zu sorgen, dass sein Hauptdarsteller bei Kräften blieb. Das Gesicht schenkte ihm einen knappen Blick und erzählte eine weitere persönliche Anekdote zu Ende, wie er einmal als Kind auf einem Feld einen toten Hund gefunden hatte. Und was das mit dem Teepreis in China zu tun hatte. Baseman konnte ihm nicht folgen, vertraute aber darauf, dass alles seine Richtigkeit hatte. Außerdem war es sowieso egal. Das Gesicht stellte eine *Bindung* zu den Zuschauern her. Baseman spürte den Drang, sich wie ein Kindergartenkind bei der Vorlesestunde im Schneidersitz niederzulassen.

Der Beitrag von Telemundo war endlich da. Das Gesicht tippte an seinen Ohrhörer, hörte Lee zu, verkündete den Zuschauern freimütig, dass er keine Ahnung habe, was sie jetzt zu sehen kriegen würden, obwohl man natürlich davon ausgehen müsse, dass es nichts Nettes sei. Er hatte nur die technischen Daten vorliegen – sieben Minuten zweiunddreißig. Er würde sie gleich danach wiedersehen, und gemeinsam würden sie den Beitrag aufarbeiten.

Das Live-Lämpchen an der Kamera erlosch. Baseman stieg auf die Bühne, umrundete den Tisch und ging dahinter auf dem Teppich in die Hocke. Sollte die Kamera früher als erwartet wieder aufzeichnen, war er hier immerhin nicht im Bild. Er hielt den mageren Snack hoch. Chuck Corso lehnte sich zurück und nahm ihn entgegen. Er stopfte sich fünf Cracker auf einmal in den Mund und kaute krachend.

»Auff wefe?« *Willst du auch welche?*

Baseman hielt die Flasche Bourbon hoch, die einzige Nahrung, nach der es ihm derzeit verlangte. Eine stumme Minute lang aßen und tranken sie, untermalt von der leisen Telemundo-Tonspur aus Corsos Ohrhörer. Schreie bedurften keiner Übersetzung.

»Ist NBC immer noch nicht auf Sendung?«, fragte Corso.

Baseman ließ den Whiskey durch die Mundhöhle spülen, um seine Wange zu betäuben. Ein Tropfen sickerte bizarrerweise durch das Loch. Er schluckte und fühlte, wie ein Klumpen aus geronnenem Blut seine Kehle hinabrutschte.

»Nein. CBS hat sich auch verabschiedet. Fox kommt nur noch abgehackt durch. Liegt wohl an den Stromausfällen. New York ist zappenduster. Am Times Square brennt kein Licht mehr. Hätte nie gedacht, dass ich mal froh sein würde, in Georgia gestrandet zu sein, aber so kann man sich täuschen.«

»Was glaubst du, wie lange unser Stromnetz noch hält?«

»Kommt drauf an, wie lange die zuständigen Leute noch auf ihren Plätzen bleiben.« Baseman bedachte das leere Studio mit einer ausladenden Geste. »Sieht nicht sehr vielversprechend aus, oder?«

»Unsere Funkverbindung scheint ja noch zu funktionieren.«
»Aber mit dem Handy kannst du nicht mehr telefonieren, oder?«
»Wie kommen denn dann die ganzen Anrufer durch?«
»Ist dir vielleicht was aufgefallen an unseren Anrufern? Ihr Alter zum Beispiel?«
»Festnetz.«
»Wer hätte das gedacht, hmm? Die letzte Zielgruppe, die noch kommunizieren kann. Alte Leute. Leute wie ich.«
Corso trank hastig einen Schluck Wasser und verschluckte sich. »Ich muss immer noch an das Interview von vor einer Stunde denken. Der Typ, der wegen der Mumien ausgerastet ist.«
»Hab ich verpasst. Ich weiß auch nicht, ob Mumien gerade die höchste Priorität haben.«
»Im Met ist offenbar auch der Strom ausgefallen. Die stellen ihre Mumiensammlung hinter Plexiglas aus. Unter denselben klimatischen Bedingungen wie in ihren Gräbern in Ägypten. Der Mann hat gesagt, dass sie jetzt alle verrotten werden – wegen Feuchtigkeit und Schimmel. Er hat geweint, richtig geschluchzt. Fünftausend Jahre alt, hat er gesagt, Zeugnisse der wichtigsten Erkenntnis überhaupt, nämlich wie die Menschen gestorben sind.«
»Wie sie *früher* gestorben sind.« Im grellen Scheinwerferlicht kam Baseman sich selbst wie eine Mumie vor, völlig ausgetrocknet. Wie das alte Relikt, als das Glass ihn bezeichnet hatte. »Ich kann nicht mehr einschätzen, was wichtig ist und was nicht. Ich weiß nicht, was wir hier tun. Ich weiß nur, dass du unglaubliche Arbeit leistest.«
Baseman schaute auf. Das Gesicht, bislang für Perfektion bezüglich Kleidung, Gesicht und Haar bekannt, hatte in allen drei Kategorien an Boden verloren. Krawatte gelockert, Hemd zerknittert und feucht, Ärmel hochgekrempelt und Bartstoppeln, die an einem normalen Tag längst von einer Armada aus Make-up-Leuten entfernt oder zugekleistert worden wären. Er hatte pinke Flecken an Gesicht und Hals – er kratzte sich immer wieder –, und die Stelle, an der das Glass-Ding eins seiner falschen

Haarbüschel geerntet hatte, war blutunterlaufen. Der Schönling sah aus wie ein Boxer.

Corso zuckte mit den Schultern. »Du hast mir Vertrauen geschenkt.«

»Dabei hab ich selber deines nicht verdient«, murmelte Baseman. »Und dein Lob genauso wenig. *Du* hast das geschafft. *Du* tust es immer noch. Du bewirkst etwas – einfach, indem du ehrlich bist.« Er lachte knapp, ein Stich fuhr durch seinen Brustkorb. »Nie im Leben hätte ich gedacht, so was mal in den Nachrichten zu sehen.«

»Ich frage mich, ob Glass das nicht auch war. Ehrlich, auf ihre eigene Art. Vielleicht war sie deswegen so beliebt.«

Der Drang, alles zu beichten, brannte wie der billige Bourbon in seinen Adern. *Ich habe Rochelle Glass ermordet,* wollte er sagen. *Ich habe ihr im Treppenhaus die Kehle durchgebissen, und zwar nicht, weil ich es tun musste, sondern, weil ich es wollte.*

Seine Erinnerung daran war schwammig. Eine ganze Weile lang hatte er danach auf Knien auf dem Treppenabsatz gekauert und versucht, das klebrige Blut aus Glass' Luftröhre auszukotzen, Schluck für Schluck. Er konnte ihr Blut im Magen und im Darm spüren wie einen langen, warmen, zappelnden Bandwurm. Er musste diesen Wurm auskotzen, andernfalls würde er sich ins Freie graben und ihn als das bloßstellen, was er war: ein Wesen mit niederen Instinkten. Irgendwann gab er auf. Er hatte Wichtigeres zu tun, zum Beispiel das Gesicht live im Fernsehen vor Glass' Leichnam zu retten.

Niemand wusste, wie Nathan Baseman aussah. Er war nur irgendein blutverschmierter Schwarzer, der die Quotenkönigin des amerikanischen Kabelfernsehens von Chuck Corso herunterzerrte. Das Internet war förmlich explodiert, alle, die noch nicht WWN laufen hatten, schalteten um und blieben dabei. Wie die Sintflut aus hochgeladenen Videos, GIFs und Schnappschüssen deutlich machte, war jene weißäugige Rochelle Glass nicht mehr die Rochelle Glass gewesen, die sie alle gekannt hatten. Sie war Amerikas erster Celebrity-Ghul, an ihr hatte die ganze Nation die fundamentale Verwandlung erkennen können. Zusammen mit Tammy Shellenbargers apokalyptischer Pressekonferenz hatte sie die letzten Zweifel beseitigt, dass dieser Ghul-Aufstand oder wie immer man es nennen wollte, echt war.

Mithilfe eines Kameramanns und einer Aufnahmeleiterin, die beide kurz darauf gebissen wurden und aus dem Gebäude flohen, war es Baseman gelungen, die fauchende, um sich schlagende Glass vor den Rundhorizont zu schleifen, der die Rückwand des Studios bildete. Das war, bevor Luis Acocellas Tweet zum Schädeltrauma viral gegangen war, daher hatte Baseman erfolglos mit einem Stuhl auf Glass eingedroschen, bis die gewölbte weiße Wand mit roten Spritzern geschmückt war. Als er das Gefühl hatte, kurz vor dem Herzinfarkt zu stehen, zerrte er sie an den Haaren ins Büro der Nachrichtenregisseurin Pam Tripler, schloss die Tür ab und schrieb mit dickem Filzstift *NICHT ÖFFNEN!!!* darauf.

Er versuchte seine Scham mit der Rechtfertigung zu mildern, dass ihn Glass einen Affen geschimpft hatte. Man bezeichnet einen Schwarzen nicht als Affen. Dann versuchte er, sich mit Logik zu behelfen. Konnte man es wirklich einen Mord nennen, wenn das Opfer hinterher aufstand und weiterlief? Vielleicht war es Chuck Corsos Ehrlichkeit, die seinen Ausreden Zähne verlieh, die an ihm nagten, wie er an Glass genagt hatte.

Niemand wusste, was er getan hatte – bis auf Kwame vom Sicherheitsdienst, den Glass aus dem Treppenhaus angerufen hatte. Aber Kwame war keine Gefahr, zumindest nicht in dieser Hinsicht. Er war selbst ein Ghul, war dem Schrecken anheimgefallen, der die Lobby des CableCorp-Tower überrannt hatte. Baseman hatte keinen Schimmer, was in Ghul-Gehirnen vor sich ging, aber Sie schienen sich noch an alltägliche Abläufe zu erinnern. Wie das Glass-Ding, das zum Moderatorentisch zurückgekehrt war, war das Kwame-Ding mit dem Aufzug hinab zur Studio-Ebene gefahren und hatte großes Unheil angerichtet.

Kwame war eingetroffen, als das fluchtartige Gedränge vor den Aufzügen seinen Höhepunkt erreichte. Baseman sah aus der

Ferne, wie Kwame zehn oder zwölf Leute biss, ehe man ihn in eine Abstellkammer sperrte, die die Aufnahmeleiterin daraufhin verrammelte. Bevor sie verschwand, händigte sie Baseman ihren Schlüsselbund aus, und er hatte kurz darauf die Aufzüge zum Untergeschoss damit abgeschaltet. Danach hatte er das Treppenhaus – in dem sich Glass' verräterische Blutlache befand – verbarrikadiert und so das Studio erfolgreich abgeriegelt. Der Schlüsselbund war in seine linke Jackentasche gewandert: Gegenstand eins. Gegenstand zwei war in seine rechte Jackentasche gewandert: Kwames Pistole.

Als Baseman im Treppenhaus Menschen, lebende Menschen hörte, die darum flehten, ins Studio gelassen zu werden, blieb er hart, denn er konnte gleichzeitig das Stöhnen der Treppenhaus-Ghule hören. Er hätte versuchen können, Denen in den Kopf zu schießen, aber er traute sich nicht zu, Kwames Pistole richtig einzusetzen. Und wenn man es aufs Wesentliche reduzierte, wie man das als Wesen mit niederen Instinkten so gern tat, waren dann nicht eine Handvoll angsterfüllter Tode vor der versperrten Tür ein kleiner Preis, um die vielen Tausend zu retten, die WWNs fortgesetzte Berichterstattung erreichte?

Er setzte die Flasche mit dem letzten Rest Bourbon an die Lippen, trank aber nicht. Er wollte sich unbedingt betrinken, ein eindeutiges Zeichen dafür, dass er es eben doch nicht in Ordnung fand, unschuldige Menschen sterben zu lassen. Wenn er andererseits den Schmerzen in Wange, Hand und Herzen freien Lauf ließ, konnten sie ihm vielleicht den rechten Weg weisen. Er ließ die Flasche sinken.

»Vergiss das Stromnetz, Chuck. Wie lange hältst *du* noch durch?«

Corso leckte sich ein paar Crackerkrümel von der Hand. »Ich fühle mich irgendwie anders. Als ob ich nie wieder erschöpft sein kann.«

»Wie bist du so stark geworden? Ich glaube, das werde ich nie begreifen.«

Chuck Corso zuckte mit den Schultern. »Xander.«

»Xander? Wer zum Teufel ist Xander?«

»Mein Fitnesstrainer. Hat mir eine Menge nützlicher Angewohnheiten beigebracht.«

Baseman lachte geifernd, ohne auf die Schmerzen in seiner zerrissenen Wange zu achten, und Corso lachte auch, obwohl er verwirrt dreinschaute, fassungslos gar. Als ihm Baseman die Flasche hinhielt, nahm Corso den letzten Schluck. Vielleicht tat er das nur als Zeichen der Freundschaft, aber selbst wenn – umso besser.

ALLES MEINS

Charlene Rutkowski hatte sich schon hundert Mal vorgestellt, wie Luis und Rosa wohl wohnen mochten. Ein süßes kleines Schweizerhaus mit hohen Giebeln, Luis mit Strohhut und einer Schubkarre voll Gemüse, Rosa, die hinterm Gartentor stand und winkte. Oder ein hohes französisches Reihenhaus, Rosa, die auf einem Balkon mit gusseisernem Geländer Limonade schlürft, während Luis unten zum säulenverzierten Eingangstor hinausschreitet. Oder ein modernistischer Albtraum aus spitzen Winkeln und willkürlich angeordneten Fenstern, Luis und Rosa in eleganter schwarzer Garderobe, einander über einen langen Esstisch hinweg kühl ignorierend. Alles Heimstätten, die sie, Charlie aus Parkchester, zu betreten unwürdig war.

Was sie nun in der Sackgasse vorfand, war ein cremefarbenes Terrassenhaus mit kastanienbraunen Akzenten und etwas mitgenommenen Büschen in der staubig roten Vorgartenerde. Vom Haus aus hatte man, besonders im Morgengrauen, einen schönen weiten Blick nach Norden hin über das Tal und die fernen Hügel. Sie hätte schwören können, dass die Luft hier oben dünner war. Sie lehnte sich gegen die überfüllten Mülltonnen am Fuß der Acocella-Straße und atmete tief die übel riechende Luft. Kein Wunder, dass die Latinos von der Müllabfuhr die Arbeit einstellten, wenn sie für das Ganze verantwortlich gemacht wurden.

Acocella nahte sich aus einem halben Block Entfernung. Sie hätte bei ihm bleiben sollen. Die Sarkophagen hielten ihre Bacchanalien nicht nur vor brennenden Nachbarhäusern ab. Auf der anderen Seite bot der Abstand die Gelegenheit, ihn loszuwerden. *Ich kann diesen Deppen links liegen lassen, sobald die Kacke rich-*

tig am Dampfen ist, dachte sie. *Ich bin ja nur so lange bei ihm geblieben, weil, na ja, was soll denn aus dem Typen werden, wenn er niemanden mehr hat, der für ihn Arschtritte verteilt?* Natürlich war das alles Quatsch. Sie liebte diesen Kerl. Sie hatte sich von ihm mitschleppen lassen, weil sie wusste, dass sie in Wahrheit überhaupt nicht mitgeschleppt wurde.

Er tauchte neben ihr auf und rang nach Atem.

»Da … brennt kein … Licht.«

Kein gutes Zeichen, wohl wahr, und Charlie musste sich zusammenreißen, um nicht zu sagen: Jap, so isses, niemand zu Hause, lass uns gemeinsam abhauen. Aber Luis' schweißnasses Gesicht schillerte korallenrosa im Licht der aufgehenden Sonne und war von einer Furcht gezeichnet, die ungleich stärker war als die Angst, die er während der ganzen John-Doe-Episode gehabt hatte.

»Könnte doch eine Vorsichtsmaßnahme sein«, flüsterte sie. »Vielleicht versteckt sie sich. Sitzt ganz leise in einer Ecke.«

»Rosa bestimmt nicht. Sie kann nicht leise sein.«

»Die Sonne geht gerade erst auf. Vielleicht schläft sie sogar noch.«

»Sie hat mir eine Million Nachrichten geschrieben. Sie würde nicht schlafen können, solange sie von mir noch nichts gehört hat.«

»Meine Fresse, Acocella, wollen wir jetzt noch stundenlang darüber tratschen, oder gehen wir rein und gucken nach?«

Er warf ihr den gleichen hilflosen Blick zu, den sie schon bei anderen Männern gesehen hatte, die am Rande des Abgrunds standen. Sie hatten den Laden an der Ecke überfallen und waren erkannt worden. Sie schuldeten einem Typen Geld, der eine Menge Kumpels mit Baseballschlägern hatte. So einer war Luis nicht, trotzdem spürte sie wieder das ätzende Gefühl, einmal mehr zur Nebenfigur degradiert zu werden. Ihre Ausbildung, ihr Job – all das war einen Scheißdreck wert: Charlene Rutkowski kauerte hinter einer Mülltonne und half ihrer großen Liebe, seine Ehefrau zu retten.

Luis zog den .38er-Revolver des SDPD aus seiner Tasche, als wäre er ein schlafender Skorpion. Charlies Herz machte einen Satz, als sie sich daran erinnerte, wie John Does Schädel über den Boden der Leichenhalle gespritzt war. Luis schien mit dem Schlimmsten zu rechnen. Charlie sah sich um. Die Garage der Nachbarn stand offen, darin war eine Golftasche zu sehen. Sie rannte die fünf Meter hinüber und fischte einen Schläger heraus. Sie hatte keine Ahnung vom Golfspielen, aber der Schläger war mit einem soliden, schweren Kopf ausgestattet. Sie umklammerte den Griff mit beiden Händen und kehrte zu Luis zurück.

»Lass mich vorgehen, okay?«, flüsterte sie.

Er reichte ihr seinen Schlüsselbund. Den Schlüssel zur Eingangstür hatte er bereits herausgesucht und hielt ihn zwischen zwei Fingern. Sie nahm ihn entgegen, ging das letzte Stück Straße entlang und hielt vor dem Fußweg inne.

»Schieß mir bitte nicht in den Rücken, ja?«

»Was?«

»Du siehst nur nicht sehr selbstsicher aus mit der Knarre, das ist alles.«

»Machst du jetzt mal?«

Charlie holte tief Luft und spähte durch das kleine Fenster in der Tür. Ein Wohnzimmer, ein Beistelltisch mit Ladegeräten. Weibliche Akzente in Form eines flamingofarbenen Sofas und einiger Seidenlampen mit Fransen. Eine Reihe kleiner gerahmter Bilder, eins davon hing um mehrere Zentimeter schief. War aus diesem Detail zu folgern, dass Rosa von untoten Eindringlingen in Stücke gerissen worden war? Oder hieß es bloß, dass der Haken nicht ganz mittig saß? Die Grenze zwischen vollkommenem gesellschaftlichem Kollaps und trivialem Ärgernis war dünn wie ein Spinnenfaden.

Der Schlüssel im Schloss klang wie zermahlene Knochen. Charlie musste den Mund aufmachen, um sich nicht auf die Lippe zu beißen. Mit leisem Schlürfen schnappte die Tür von selbst auf, eine Einladung in die Casa Acocella, die sie unter anderen Umständen wohl kaum erhalten hätte. Sie stopfte den Schlüsselbund in die Hosentasche und trat ein. Ein entenhaftes Quietschen – scheiße, Parkettboden. Sie verzog das Gesicht, guckte über die Schulter und wurde mit dem Anblick von Luis belohnt, der den

Revolver mit zwei zitternden Händen ungefähr auf ihren Hinterkopf gerichtet hielt. Super. Einfach klasse.

Das schiefe Bild war kein Ausrutscher, sondern ein Vorbote. In der Küche war *alles* schief. Kochbücher lagen lose über Anrichte und Herd verteilt. Die Kaffeedose lag zersplittert da, Bohnen überall. Die Wanduhr war jetzt eine Bodenuhr, die ihre Batterien erbrochen hatte, um die genaue Uhrzeit des Kampfes festzuhalten, der hier stattgefunden hatte.

Eine Frau hing mit einem Arm im Spülbecken, rutschte mit den Füßen durch mehrere Blutlachen und schmatzte mit den Lippen auf der Suche nach Nahrung, die nicht aus Kaffeebohnen bestand.

Es war nicht Rosa; das wusste Charlie sofort. Diese Dame war alt, ihre Augen halb unter faltigen Hautlappen verborgen. Unter ihrem schwarzen Haarband waren graue Strähnen zu sehen. Als sie sich nach Charlie umschaute, sahen ihre Augen aus wie Holzleim, was wohl daran liegen musste, dass sie vorher schon grauen Star gehabt hatte. Die Frau zog die Lippen zurück, um einige wenige Zähne und eine klebrig rote Zunge zu entblößen.

Charlie streckte den Golfschläger aus, um Luis den Weg zu versperren.

»Luis, nein, du …«

Aber das hier war sein Zuhause, hier lebte er mit seiner Frau. Charlies Worte waren bedeutungslos. Er schlug den Schläger weg und hastete in den Raum, direkt in die erste Blutlache. Der Revolver verschwand hinter seinem Rücken, als hätte man ihn mit verbotenen Keksen erwischt.

»Mamá«, rief er, »Mamá, *was machst du denn hier?*«

In Charlies Kopf schrillten alle Alarmglocken. Die einzige Person, die sie seit Verlassen der Leichenhalle angerufen hatte, war ihre Mutter gewesen, auch da hatte sie nicht mehr als das allgegenwärtige Freizeichen gehört. Mae Rutkowski verfügte nicht mal über ein Quäntchen des Selbsterhaltungstriebs ihrer Tochter; auf der anderen Seite hatte sie nach drei Jahrzehnten in ein und derselben Wohnung so viel Zeug angesammelt, dass man diese gut zu einem Bunker hätte umfunktionieren können. Charlie wünschte, sie wäre jetzt dort. Sie würde jedem Ghul den Schädel einschlagen, der es wagte, sich zu nähern, und vielleicht würde Mae sie dann endlich respektieren.

Luis ging in Richtung Spüle, seine Stimme zu einem Heulen verzogen.

»Du solltest doch in La Paz sein! Ich wollte heute Morgen runterfahren! Was hast du dir nur gedacht?«

Was Mamá Acocella dachte, falls sie überhaupt noch etwas dachte, spielte keine Rolle mehr. Was eine Rolle spielte, war hingegen, dass Luis Acocella – klug genug, um im entscheidenden Moment an Succinylcholin und Revolver zu denken – offenbar auch nicht mehr dachte, sondern ganz zum Kind seiner Mutter geworden war und nur noch sie im Sinn hatte.

Er beugte sich über die Spüle, um festzustellen, wie sie ihre Hand eingeklemmt hatte. Mamás Mund mit den paar Zähnen öffnete sich weit, und als sie auf das Bein ihres Sohnes zustürzte, tropfte grüner Gallensaft von ihrer Zungenspitze. Charlies Hirn beschwor eine entsetzliche Vision herauf, und sie musste würgen.

Mae Rutkowskis Pfefferminzlikör.

Süße alkoholische Plörre, zähes haariges Fleisch – beides abstoßende Annehmlichkeiten alter Leute, denen diese Welt nicht mehr gehörte. Sie gehörte jetzt Charlie. Das hatte sie sich verdient, durch die vielen Scheißjobs, durchs pure Überleben, die Blessuren, die sie davongetragen, die Bücher, die sie durchgearbeitet hatte, all die guten Dinge, Luis inklusive, die sie sich versagt hatte. Ein Windstoß verriet ihr, dass sie den Schläger geschwungen hatte.

Der hölzerne Kopf traf Mamás Handgelenk mit einem Murmelbeutel-Knirschen und riss ihre Hand von Luis' Bein. Luis fuhr herum, sein Gesicht zur Fratze eines verratenen Kindes erstarrt.

»Charlie!«

»Sie will dich beißen, Acocella! Sie ist auch ein John Doe!«

»Sie hat sich die Hand im Müllschlucker eingeklemmt!«

»Das war wahrscheinlich Rosa, um sie aufzuhalten!«

»Nein, sie haben sich immer gut verstanden, sie waren Freundinnen …«

»Luis, aufwachen! Das ist nicht mehr deine …«

Besser noch als das Geräusch eines pulverisierten Handgelenks kannten der Arzt und seine Assistentin das Karotten-Knacken eines brechenden Knochens, normalerweise vorgeführt von Charlie mit ihrer Zweihand-Rippenschere. Aller Wahrscheinlichkeit nach hätte es sich um Mamá Acocellas Elle im Spülbecken handeln sollen, aber so war es nicht. Luis und Charlie senkten beide den Blick und stellten fest, dass Mamá sich während ihrer Auseinandersetzung aufgerichtet und ihrem Sohn in den rechten Daumen gebissen hatte.

»Mamá?«, hauchte Luis.

Alten Instinkten folgend, drehte sie die weißen Augen in Richtung seiner Stimme.

Da schien die Realität über Luis hereinzubrechen. Charlie sah, wie sich die Verwandlung vollzog. In einer einzigen Bewegung sprang er zurück und trat gleichzeitig aus. Mamás Mund mit den paar Zähnen ließ von seiner Hand ab. Luis krachte rücklings gegen einen Schrank, zog eine Schublade auf, zückte ein großes, glänzendes Fleischermesser und setzte sich auf den Boden.

Keiner der Schrecken, die sie bis jetzt gesehen hatte, reichte an den Anblick von Luis heran, der ihr das Messer hinhielt.

»Schneid mir den Daumen ab«, sagte er.

Charlie starrte ihn an.

»Jetzt! Schneid ihn ab!«

»Luis?« Sie klang wie ein kleiner Vogel.

»Wenn das auf dem Blutweg übertragen wird, bin ich am Arsch! Nimm das Messer! Das ist ein Befehl!«

»Wir sind nicht bei der Arbeit. Du kannst mich nicht … Mach das doch selbst, wenn du so …«

»Mit links geht das nicht! Charlie, bitte! Jetzt, bitte, *jetzt sofort, verdammt.*«

Es war eine Handlung, die sie schon hundert Mal ausgeführt hatte, aber immer nur an Toten. Trotzdem war sie dazu ausgebildet, ihren medizinischen Vorgesetzten zu gehorchen, allen voran Luis. Sie hörte den Golfschläger zu Boden gehen, sah ihre Knöchel weiß um den Griff des Messers, fühlte die harten Fliesen unter ihren Knien. Luis' Hand lag ausgestreckt auf einer grauen Kachel, das distale Interphalangealgelenk seines Daumens war von Blut umgeben. Er würde niemals wieder eine Autopsie durchführen, einen Bericht schreiben, wollte er das denn wirklich, sie wussten doch gar nicht, ob …

»Mach schon mach schon mach schon mach schon!«

Charlie hackte drauflos. Die stählerne Klinge schlug auf Stein, ein denkbar ungeeignetes Schneidbrett, und das Messer sprang ihr aus der Hand. Wie bei einem kurzen Filmriss war Luis' Daumen in einem Augenblick noch an seiner Hand, im nächsten Augenblick abgetrennt. Kein ganz sauberer Schnitt, aber das Küchenmesser war auch kein PM40. Eine Strähne des kurzen Daumenbeugers, so groß wie ein Stück Sushi, war ebenfalls abgetrennt worden, und durch Charlies Hirn rauschten anatomische Lehrbuchtexte: Da der Muskelverlust in einer Kettenreaktion auch das Daumensattelgelenk, den Musculus lumbricalis, die Palmaraponeurose und die intertendinösen Verbindungen in Mitleidenschaft zog, hatte dieser zusätzliche Zentimeter Fleisch einen hohen Preis. Von chirurgischem Besteck mal völlig abgesehen: Wäre Luis überhaupt noch in der Lage, eine Müslischüssel zu halten? Es würde bloß ein *Huf* zurückbleiben.

Ihr Erste-Hilfe-Wissen befahl ihr, den Daumen in eine Tüte zu stecken und die Tüte ins Eisfach, um ihn möglicherweise wieder annähen zu können, aber Luis versetzte seinem Finger einen Tritt. Charlie sah zu, wie er Mamá Acocella vor die Füße rollte, wandte dann aber den Blick ab, als Mamá ihn aufhob und zum Mund führte. Luis kam wieder auf die Beine. Sein Gesicht war gelblich und schweißnass, aber er war geistesgegenwärtig genug, um die triefende Hand über Herzhöhe zu heben.

»Handtuch«, quietschte er und nickte in Richtung einer Schublade.

Charlie kroch hinüber, riss sie auf und fand einen Stapel weicher, sauberer Geschirrtücher, mit Liebe für viele Generationen handbestickt. Die gelben, pinken und blauen Blüten färbten sich allesamt rot, als sie das Tuch um seine Hand wickelte. Danach riss sie den linken Türflügel des Kühlschranks auf.

»Rosa«, stöhnte Luis.

»Wir müssen deine Hand kühlen.«

»Rosa«, sagte er nachdrücklich und taumelte davon.

Charlie knallte den Kühlschrank zu und lief ihm hinterher wie eine Mutter ihrem Kleinkind. Sobald sie die Zeichen sah, musste sie Luis allerdings zugestehen, dass die Sache keinen Aufschub duldete. Die Blutflecken auf dem Küchenboden setzten sich als Tropfenspur fort, die durch das kleine sonnige Esszimmer und einen Gang entlangführte, der breit genug für einen Tisch mit Kakteen war und schließlich vor einer geschlossenen Tür endete.

»Mach auf«, keuchte er.

»Lass mich erst den Golfschläger holen.«

»Mach auf.«

Sie fluchte, setzte zähneknirschend eine tapfere Miene auf und griff nach dem Türknauf. Lauerte dahinter ein sprungbereiter Ghul? Oder eine angsterfüllte Frau, die dieser Einbrechertussi ins Gesicht schreien würde, sich aus ihrem Haus zu scheren? Schlecht oder schlechter: Sie drückte die Tür auf.

Da war es, das Acocella-Schlafzimmer. Sex spielte hier nur eine Nebenrolle. Das Schlafzimmer war das Herz eines jeden Hauses, ein Herz, das Nacht für Nacht immer dann am stärksten schlug, wenn zwei Menschen gleichzeitig die maximale Verwundbarkeit erreichten und einander vertrauten, sich nicht wie wilde Tiere aufzuführen. Charlie roch das verschachtelte Parfüm aus Haut, Haar und Atem eines Paars. Näher konnten sich zwei Menschen nicht kommen, es sei denn, sie verspeisten einander. Charlies Magen knurrte. Diese Nähe; sie verzehrte sich danach.

Hier würde es keinen Showdown mit Rosa geben. Die roten Spritzer tüpfelten den lavendelfarbenen Teppich und die gischtfarbene Daunendecke, wo sie von blutigen Fingerabdrücken abgelöst wurden, die bis zur Fensterbank vor dem weit geöffneten Doppelfenster reichten.

»Nicht arteriell«, keuchte Luis. »Und noch nicht mal getrocknet.«

Charlie beugte sich vor. Blutspurenmusteranalyse war nicht ihrer beider Fachgebiet, und Stoffoberflächen waren einer Untersuchung nicht gerade förderlich, aber selbst in benebeltem Zustand war Luis' Verstand noch immer scharf. Das hier waren weder die Wachssiegel-Muster passiver Blutungen noch blutiger Husten, der wie Regentropfen auf Spinnennetzen wirkte. Diese Flecken sahen aus wie kleine Sonnensysteme – Blut, das von sich bewegenden Gliedmaßen verteilt worden war, verschmierte Abdrücke lebender Hände. Charlie trat ans Fenster.

»Hab ich recht?«, forderte Luis.

Die Abfolge der Ereignisse schien auf der Hand zu liegen. Rosa del Gado Acocella, eindeutig erfindungsreicher, als die Schilderungen ihres Mannes nahegelegt hatten, hatte ihre Schwiegermutter mit dem Müllschlucker außer Gefecht gesetzt und sich danach, wahrscheinlich aus gutem Grund, durchs Schlafzimmerfenster davongemacht. Es gab keine Beweise, dass Rosa selbst eine Verletzung davongetragen hatte – zumindest nicht im Haus. Ein paar Meter weiter unten klaffte in der graslosen, ziegelsteinorangen Erde eine schmale Rinne, als wäre es dort ebenfalls zu einer Auseinandersetzung gekommen. Die Erde war tiefrot durchnässt. Dann verlor sich die Spur.

»Hab ich recht?«, wiederholte Luis. »Ist sie in Sicherheit?«

»Ich glaube ja«, sagte Charlie. »Auf jeden Fall ist sie entkommen.«

Bei diesen Worten brach Luis endlich zusammen. Erst zwanzig Minuten später, nachdem Charlie alle Fenster abgeschlossen, alle Türen mit Möbeln verbarrikadiert und ein zweites besticktes Handtuch mit seinem Blut besudelt hatte, um die Wunde neu zu verbinden, hob er den Kopf, um schwach zu protestieren, als Charlie den Golfschläger vom Küchenboden aufhob. Er saß zusammengesunken am Esstisch, von wo aus er direkt in die Küche blicken konnte, und obwohl Gesicht und Lippen bleich waren, zeigten seine Augen noch das gleiche dunkle, schöne Braun wie immer.

»Das brauchst du nicht zu tun«, flehte er.

»Doch, und das weißt du genau«, gab sie zurück.

»Was haben wir auf der Arbeit besprochen? Funksignale? Handystrahlung? Wir könnten unsere Telefone und alle Ladegeräte rauswerfen. Vielleicht verändert sie sich wieder. Wir können es wenigstens versuchen.«

»Wir sind diejenigen, die sich ändern müssen.«

»Wäre es nicht wenigstens ...« Er würgte ein Schluchzen hinunter. »Ginge es mit dem Revolver nicht schneller?«

»Zu laut«, sagte sie und hob den Schläger über den Kopf. »Guck weg.«

Sie brauchte eine Menge Schläge, fast ein Dutzend, um seine Mamá zu töten. Der Schädel der alten Dame machte erst harte, dann zunehmend nasse Geräusche; noch lauter schienen Charlies angestrengtes Keuchen und Luis' nasses Weinen. Charlie gab sich ganz dem Brennen ihrer Muskeln hin, drehen, ausholen, Aufprall, zurückziehen, und als ihr furchtsamer, erschöpfter Verstand in selbstsüchtig dunkle Gefilde abglitt, ließ sie auch das zu. *Das ist nicht länger dein Sohn,* dachte sie, Schlag auf Schlag. *Jetzt gehört er mir, mir allein.*

SCHULABSCHLUSS

Der Weg zum Haupteingang der Bulk Highschool war der gleiche wie an jedem anderen Tag, abgesehen von den Schüssen. Der lauteste Knall kam vom Schülerparkplatz, aber das konnte auch die Fehlzündung eines Pick-up gewesen sein. Der Parkplatz hatte sich schon zu zwei Dritteln geleert, und alle machten, dass sie wegkamen, pflügten sich ihre eigenen Ausfahrten durch den Rasen. Das Knattern vom Football-Trainingsplatz stammte aber definitiv von Schusswaffen – weiße Funken über grünem Rasen. Auch aus dem Schulgebäude hallten weitere Schüsse wie Feuerwerkskörper herüber.

Sie versteckte den blauen Drahtesel zwischen Treppe und Büschen, schlang sich den Seesack über die Schulter und huschte in die kalte dunkle Eingangshalle. Die Bulk Highschool war ein zweistöckiges, klammerförmiges Gebäude, wahrscheinlich schon während der Regentschaft von Julius Cäsar erbaut. Wie Rathaus und Postamt bestand es aus riesigen, imposanten, eiskalten Steinblöcken, die die zerfallenden Häuschen, die geschmacklosen Wohnwagenparks und die ausgeschlachteten Fabrikhallen im Rest der Stadt geradezu winzig erscheinen ließen. In den Pausen brach auf den Gängen ein regelrechter Höllensturm los, den nur die spitzesten Mädchenschreie durchdringen konnten.

An diesem Morgen wirkte die BHS wie ein Grab. Auf Zehenspitzen schlich Greer am verlassenen Empfangsbüro vorbei. Sie kam sich wie ein Angsthase vor, so vorsichtig durch den Gang zu hoppeln, den sie normalerweise entschlossen entlangmarschierte, aber ihr Rücken wollte sich einfach nicht aufrichten. Aus der Ferne hörte sie mit eiligem Mäusegetrippel eine Gruppe Leute

Reißaus nehmen, sah aber niemanden und traute sich nicht, nach ihnen zu rufen. Außerdem – wie sie Conan kannte, würde er sich irgendwo allein verstecken.

PENG! – Ein Schuss, der im hallenden Gang fast feucht klang. Greer drückte sich an die eiskalte Wand. Der Knall war aus dem ersten Stock gekommen. Wenn jemand schoss, gab es auch etwas, auf das man schießen konnte, und das genügte ihr als Hinweis. Sie jagte die Treppe hinauf. Gerade als sie den Messingrahmen des Trophäenschranks erblickte, explodierte der Trinkbrunnen neben ihr. *PENG! PENG!,* die Kugeln durchschlugen die Metallverkleidung wie Alufolie, das kalte Wasser ergoss sich mit einem Schwall auf sie, der wie Feuer auf der Haut brannte.

Greer ließ sich vom Wasser zu Boden drücken. Sie rollte sich über den Seesack und seinen scharfkantigen Inhalt hinweg ab und ging hinter einem Türpfosten in Deckung. Wirre Erinnerungen an die Notübungen im Fall eines Amoklaufs jagten durch ihren Kopf. Vor den Türen aufgetürmte Schränke, Schüler, die auf dem Bauch hinter umgekippten Tischen lagen und lauschten, bis der Sportlehrer, der die Rolle des Amokläufers spielte, am Türknauf rüttelte, und alle kicherten, obwohl die ganze Situation so abgefuckt war, denn wenn man nicht darüber lachen konnte, was für ein absolutes Scheißpech man theoretisch hatte, an dem Ort ermordet zu werden, der einem auf der ganzen Welt am meisten auf den Sack ging, würde man es im Leben generell eher schwer haben.

PENG! – Über ihr zerplatzte das Glasfenster in der Tür zum ersten Stock.

»Stopp!«, schrie sie.

PENG! – Ein Loch erschien in der Tür selbst.

»STOPP!«, brüllte sie.

Die Schüsse schienen noch achtzehn Jahre nachzuhallen, und so konnte sie nicht sagen, wie oft man ihren Namen schon gerufen hatte, ehe sie ihn hörte.

»Greer? Greer?«

Sie spähte zwischen nassen Haarsträhnen hindurch, unter Augenlidern, in denen Holzspäne hingen, und über Wangen voller

Kristallsplitter hinweg. Conan war noch etwa zwanzig Meter entfernt und kam näher. Ihr Instinkt bezweifelte diesen Anblick; so selbstbewusst hatte Conan sich in diesen Hallen noch nie bewegt. Trotzdem hätte sie die kleine pummelige Gestalt überall erkannt. Auch wenn sie entschlossener auftrat als sonst. Obwohl ein Browning-Gewehr wie ein dritter Arm aus seiner Seite ragte.

Er kniete sich über sie. Sie spürte seine weichen Finger, heiß vom Schießen, wie sie ihr Holz- und Glassplitter aus Gesicht und Haaren wischten.

»Ist das Papas Bogen? Du hast echt den blöden *Bogen* mitgenommen?«

Er lachte leise. *Er lachte leise.* Conan Morgan, der Junge, der seit mindestens einem halben Jahrzehnt in dieser Schule nicht einmal gelächelt hatte; der an manchen Spinden nicht vorbeilaufen konnte, ohne eine Gänsehaut zu bekommen; der sich nach einem Faustschlag mit der stumpfen Resignation eines Menschen aufrichtete, der einem Leben am Förderband bei HortiPlastics entgegensah. Er wirkte munter, aufgekratzt. Greer traute dem Grinsen im Gesicht ihres Bruders nicht. Es sah aus wie eine Aids-Schleife.

Conan half ihr auf, zog sie am Arm hinter sich her zur nächsten Biegung im Gang. Das war mehr Körperkontakt als in den vergangenen zehn Jahren zusammengenommen. Er ließ den Gewehrgurt von seiner Schulter rutschen, legte an und spähte wie ein Bulle in einem Actionfilm um die Ecke.

»Du hättest die Remington mitbringen sollen«, sagte er.

»Ich konnte ... die hat nicht reingepasst ... und keine Munition ...«

»Die hat Papa hinter dem *Mensch ärgere Dich nicht* versteckt.«

»Wir müssen ... ich hab ein Fahrrad ...«

Conan drehte sich zu ihr um, das Gewehr schussbereit.

»Bist du Mama Shaw über den Weg gelaufen?«

Gegen ihren Willen sah Greer wieder die beinlose Jamaikanerin vor sich, wie Jemishas Flechtzöpfe in ihrem zahnlosen Rachen verschwanden. Sie nickte.

»Ich hab sie gesehen und es sofort gewusst«, sagte Conan. »Ich hab es *gewusst.* Ich hab Papa die Remington dagelassen, weil das seine Lieblingswaffe ist.«

Ihrem Bruder klarzumachen, dass Papa gestorben war, wäre schlimm genug gewesen. Ihm aber zu erklären, was wirklich aus Freddy Morgan geworden war? Sie konnte es sich ja nicht mal selbst erklären. Conan legte den Kopf schief, als hätte er etwas gehört, das ihr entgangen war. Er hob das Gewehr. Er war immer ein ganz brauchbarer Schütze gewesen.

Sie beugte sich hinter ihrem Bruder um die Ecke und sah am anderen Ende des Gangs eine Person aus einem Klassenzimmer treten. Bevor sie ganz auf dem Flur stand, hatte Conan schon geschossen, *PENG!*, und aus dem Kopf der Person spritzte ein Blutfächer, ehe sie nach hinten umkippte und wieder verschwand.

»Wuuhu!«, rief Conan. »Hast du das gesehen, Greer?«

Er klemmte sich das Gewehr in die Armbeuge und riss den Kammerstängel zurück. Die leeren Patronenhülsen fielen heraus und klimperten zu Boden. Conan steckte die Hand in eine Tasche voller loser Patronen, schob drei neue in die Waffe und lud mit einer Fingerfertigkeit nach, die niemand aus dem Morgan-Clan je zuvor erreicht hatte. Greer vermutete, dass ihr Bruder seit dem Morgengrauen nichts anderes getan hatte.

»In dem Raum sind noch ein paar, die ich erwischen muss.«

»Spinnst du? Wir müssen hier *weg.*«

Sein pausbäckiger Enthusiasmus erhielt einen Dämpfer.

»Weg? Nein, Greer, du raffst das nicht. Als ich angekommen bin – ich meine, ich bin ja immer früh hier, aber normalerweise, du weißt schon, verstecke ich mich immer irgendwo. Ich hatte ja keine Ahnung, wie viele andere Leute auch schon so früh kommen. Chorgruppen, Theaterproben, irgendwas mit Sport, Jahrbuchtreffen. Die sind so was von *engagiert*, Mensch. Ich war echt von den Socken. Hat es sich in der Letzten Zuflucht schnell ausgebreitet?«

Greer nickte und flatterte mit den Händen. *Los jetzt, los jetzt.*

»Hier auch, Mann, wie Pfeiffersches Drüsenfieber. Wie Herpes.« Da war wieder der altbekannte einsame Junge, der sogar verbittert war, wenn er die unangenehmen Dinge verpasste, die andere erlebten. »Die meisten Kinder sind vor den Dingern nicht mal weggerannt. Die sind *auf Die* zugerannt. Das ist vielleicht auch Engagement, was weiß ich. Alles für die Schule.« Er schüttelte die Browning. »Ich zeige mein Engagement lieber *so*. Das ist die Chance, die ich immer haben wollte. Ich werde weiter schießen, und Die werden sich immer höher da drinnen auftürmen. Bis ich fertig bin.«

Er zeigte mit dem Kinn den Gang hinunter.

Hinter den Trophäenschränken lag der Unterrichtsraum für Französisch und Spanisch. Die idyllischen europäischen Poster am Schwarzen Brett wirkten jetzt wie Fallen; die Tür war *geschlossen*. Greer ging auf, dass sie noch nie in ihrer Schulzeit eine geschlossene Klassenzimmertür gesehen hatte. Das Grauen stieg wie Wasser in ihr auf, kälter noch als die eisigen Wände.

»Jetzt geht's los«, flüsterte Conan und richtete seine Waffe wieder auf die Tür in der entgegengesetzten Richtung.

Aber Greer blieb nicht mehr bei ihm. Wie an einer schweren Kette wurde sie nach links gezogen. Flüchtige Sonnenstrahlen strichen über die staubigen Pokale. Die Tür zum Französisch/Spanisch-Raum wurde größer, die Stille heimtückischer. Conan murmelte vor sich hin, fieberte ungeduldig dem nächsten Volltreffer entgegen und bemerkte nicht, wie Greer den Türknauf ergriff. *¡Bienvenido!* stand auf einem Zettel an der Tür, *Entrez!* auf einem anderen. Beide Blätter raschelten, als sie die Tür aufschob. Eine schwere Tür, weshalb sie von dahinter auch keine Geräusche gehört hatte.

Im Raum lagen über ein Dutzend Schüler und Lehrer. Hingeworfen wie alte Klamotten. Manche waren tot, die Körper verdreht und erschlafft. Manche lebten noch, zuckten und winselten. Manche waren in *diesem anderen* Zustand, weißäugig und schlangenhaft, die Kiefer auf der Suche nach Frischfleisch aufgerissen. Es war ein entsetzliches Gewirr, die Tollwütigen aßen die Lebenden, die Lebenden wurden zu Toten, die Toten wachten wieder auf. Als sich die Toten und die Lebenden nach ihr umschauten, erkannte Greer etwas, das sie alle gemeinsam hatten:

eine Schusswunde.

PENG!

»Wuhuu! Jawoll! Ich bin *so* gut!«

Wie in Zeitlupe drehte Greer sich nach rechts um. Conan nahm das Gewehr in eine Hand, um die andere als Faust in die Luft recken zu können. Dann entdeckte er sie.

»Hey«, sein Tonfall war spürbar frostiger. »Mach die Tür besser wieder zu.«

»Du hast sie erschossen«, keuchte Greer.

»Mach die Tür zu. Die kommen sonst noch raus.«

»Ich dachte, du würdest … Das sind Kinder. Conan, du schießt auf lebendige Kinder.«

Sein ganzer Körper schien sich zu verdunkeln, halb mit den Schatten vor der Wand zu verschmelzen.

»Was hast *du* denn gedacht, was ich tue?«

Also hatte sie sich nicht ohne Grund an die Amoklauf-Notübungen erinnert. Ihr Bruder war nicht hier, um den Sheriff zu spielen, der herbeigeritten kam, um der undankbaren Schülerschaft seinen Mut zu beweisen. Er spielte Henker, nutzte den Zusammenbruch der Zivilisation aus, um endlich Rache zu nehmen. Und wieder lächelte er, so ein wundervoller Anblick, und schüttelte den Kopf, als wäre das alles bloß ein albernes Missverständnis.

»Ist schon in Ordnung«, sagte er beruhigend. »Das interessiert eh niemanden mehr. Das kommt nicht mal in die Nachrichten.«

»Du bringst die falschen Leute um.«

»Erzähl doch nicht so einen Quatsch. Sobald Die tot sind, erkennen Die keine Gesichter mehr.«

»Na und?«

»Also ist das so, als hätten *wir* auch keine Gesichter. Ich muss nicht mehr das kleine Opfer sein, das von allen nur rumgeschubst wird. Du musst nicht mehr die nutzlose dunkelhäutige Tussi sein, die immer blaumacht. Wir müssen uns nicht bei HortiPlastics kaputtschuften und uns rumkommandieren lassen. Wir können sein, wer wir wollen. Tun, was wir wollen. Uns nehmen, was wir wollen.«

»Was gibt es in dieser bekackten Schule denn, das du unbedingt haben willst?«

Er deutete den Gang hinunter, in den er geschossen hatte. »Das …« Seine Hand erstarrte; er streckte die Brust raus. »Da ist doch …« Auch dieser Anlauf scheiterte; er schien die Browning erwürgen zu wollen. »Es muss doch *irgendwas* geben!«

Greer deutete in Richtung Stadtmitte. »Da draußen bringen sich alle gegenseitig um.«

»Ich weiß. Das weiß ich.«

»Und du bist nicht besser! Du machst genau das Gleiche!«

Conan schüttelte vehement den Kopf. »Nein. Auf keinen Fall. Weißt du, wie viele Schulmassaker von Schwarzen verübt worden sind?«

»Conan!«

»Gar keins! Nicht eines, Greer!« Er fuchtelte mit dem Gewehr. »So bringen sich die Weißen gegenseitig um, und kriegen die jemals was aufs Dach dafür? Verabschieden die je irgendwelche Gesetze, die dafür sorgen, dass *sie* nicht mehr töten, dass *sie* nicht wählen dürfen, dass man *deren* Anführer unschädlich macht? Fuck! Nein! Warum sollen wir uns dann anders benehmen?«

Greer wedelte mit beiden Armen in Richtung der Tür zum Französisch/Spanisch-Klassenzimmer.

»Da sind nicht nur weiße Kinder drin!«

Conans Gelächter klang wie brechende Zweige.

»Tja, scheiße gelaufen, Schwesterherz. Wenn man schon mal nach der Macht greift, kann man auch gleich richtig aufräumen, oder?« Sein Lächeln fiel in sich zusammen. »Hör zu. Hör mir einfach zu, okay? Du hast Papas Bogen. Und bestimmt noch mehr tolle Sachen in deiner Tasche. Wir können das zusammen machen. Die Familie richtig wiederbeleben. Uns jedes beliebige fette Angeberhaus in der Stadt aussuchen und da einziehen. Du und ich. Na?«

Das feuchte Klatschen zu ihrer Linken war stetig lauter geworden, aber erst jetzt, wo sie aus dem Augenwinkel eine Bewegung registrierte, schaute Greer sich um. Eine einzelne Person hatte sich aus dem fleischigen, blutverschmierten Haufen gelöst, ein junger Mann, der sich mit den Armen vorwärtszog, die Beine offenbar durch das Einschussloch in seinen Rücken gelähmt. Da seine scharfen, leuchtend braunen Augen zu mattem Weiß verblasst waren, erkannte Greer ihn nicht sofort.

Als sie Qasim das letzte Mal gesehen hatte, war seine breite Nase in ihrem Hemd vergraben gewesen, das sie über dem Bauchnabel verknotet hatte, eine Hand um ihre nackte Brust gelegt, die andere vorne in ihrer aufgeknöpften Jeans versenkt. Sein T-Shirt hatte er ausgezogen, aber das war bei Remys Partys okay. Sie erinnerte sich an ihre aneinandergedrückten Bäuche, heiß wie Bratpfannen. Die halbe Nacht hatte sie damit verbracht, mit einem Fingernagel die Linien seiner Bauchmuskeln nachzuzeichnen.

Hier war der Bauch wieder, kam zum Vorschein, als Qasim nach ihrer Hüfte griff – diesmal, um Fleisch aufzuknöpfen. Seine Bauchmuskeln waren noch immer bemerkenswert, nur traten sie jetzt als lose rote Stränge in Erscheinung, zerfetzt von Conans Schuss.

Greer stolperte rückwärts, bis sie gegen den Trophäenschrank stieß. Alles war verloren. Ihr Papa, ihr Bruder, ihr Beinahe-Geliebter, ihr Zuhause, ihre Nachbarschaft, ihre Schule, ihre Stadt, ihre Zukunft. Sie spürte eine Welle wahnsinniger Ausgelassenheit in sich aufsteigen. Was denn für eine Zukunft? Sie hatte sowieso nie eine gehabt – da hatte Conan völlig recht. Dieser Tollwut-Ausbruch hatte ihre Hoffnungslosigkeit bloß an die Oberfläche gebracht, die Kante der Klippen des Suizids bis vor ihre Zehenspitzen gespült. Sie musste nur noch den letzten Schritt machen.

Sie packte den Seesack mit der linken Hand und streckte die rechte nach ihrem Bruder aus.

»Komm mit«, sagte sie flehend.

»Was? Greer, nein. *Du kommst* mit *mir* mit.«

Obwohl Qasim weiter krabbelte, die Lebenden weiter starben, die Welt weiter unter ihren Füßen zerbrach, schloss sie die Augen wie ein Mädchen, das noch immer daran glaubte, irgendwer würde sie schon in den Arm nehmen, streckte die Hand noch entschlossener aus, wie man es als große Schwester tun sollte, und flüsterte ihren Wunsch wie ein Gebet, wie *jedes nur erdenkliche* Gebet, tauschte Rationalität gegen Magie ein, die einzige Hoffnung, die ihr noch blieb.

»Komm mit?«

Finstere Stille für viele Sekunden, bis auf Qasims leise klatschendes Kriechen. Greer hörte einen schnellen, rasselnden Atemzug und den knöchernen Knall des Kammerstängels der Browning. Sie schlug die Augen auf, hoffte auf das Wunder, aber Conan stand noch immer meilenweit von ihrer ausgestreckten Hand entfernt. Ihre Wimpern waren so voller Tränen, dass sie zuerst nicht bemerkte, dass ihr Bruder ebenfalls weinte. Er hatte seine Tränen nie vor anderen Menschen fließen lassen, egal, was sie getan hatten. Er zog geräuschvoll die Nase hoch und wischte sie sich am Ärmel ab.

»Das geht nicht, Greer. Es ist zu spät. Ich muss das hier zu Ende bringen. Für mich gibt es schon seit langer, langer Zeit keine Hoffnung mehr. Es musste unweigerlich so enden. Ich gegen Die, bis ich nicht mehr bin. Das ist nicht deine Schuld. Pass auf dich auf da draußen, okay? Die wollen dich auch kriegen.«

Sie ging. Einfach so. Ohne einen letzten Blick auf das Ding, das Qasim gewesen war, auf den Jungen, der ihr Bruder gewesen war, rannte sie den Weg zurück, den sie gekommen war, mit nackten Sohlen über die Glasscherben, die Treppe hinab. Sie zwang sich, nur noch an Fadi Lolos Fahrrad zu denken, und wie schnell sie damit würde fliehen können. Als sie das verzerrte *POMP! POMP!* neuer Schüsse von oben hörte, dachte ihr heimtückisches Gehirn an »Pomp and Circumstance«, den Marsch, den sie immer beim Schulabschluss spielten – nicht, dass sie ihren eigenen je erleben würde. Es sei denn, *das* gerade war ihr Schulabschluss; das Ende eines Lebensabschnitts, der Anfang eines neuen.

DIE LAUNEN DER GÖTTER

Als Karl Nishimura zum dritten Mal in Folge eine Mahlzeit aus staubigen Erdnüssen zu sich nahm, fiel ihm ein blöder alter Spruch in Marinekreisen ein. »Ein Flugzeugträger ist eine Diktatur, die eine Demokratie verteidigt.« Diktator war in diesem Fall der Kapitän, obwohl der natürlich in Wahrheit einer ganzen Hierarchie noch höherrangigerer Offiziere bis hinauf zum Oberbefehlshaber Rechenschaft schuldig war. An Bord der USS *Olympia* war diese Plattitüde allerdings Wirklichkeit geworden. Hier regierte ein echter Diktator. Jeder seiner Erlasse wurde brav befolgt, und er war niemandem Rechenschaft schuldig – nur der höheren Macht, die er Gott nannte.

Kapitänleutnant William Koppenborg, der sich nur noch mit seinem unbefleckten Spitznamen Pater Bill anreden ließ, herrschte unangefochten auf dem Oberdeck. Nishimuras Anfälle von Ungläubigkeit wurden langsam seltener, was ihm ernste Sorgen machte. Nur zwei Tage nach dem seltsamsten Putsch der Geschichte normalisierte sich das Unmögliche bereits. Hier saßen die wenigen Auserwählten in ihrem stählernen Kloster, das über dem Flugdeck aufragte, vollkommen isoliert von jenen, die unter Deck verblieben waren, und beschossen ihre Kameraden, wann immer sie irgendwo zum Vorschein kamen, ob sie nun Hilfe, Rettung oder Beute suchten. Hier oben sind leider alle Betten belegt. Leute wie euch wollen wir hier nicht.

Je höher man die Insel erklomm, desto höher der Status der Bewohner; Meteorologie, Radar, Flaggbrücke, Navigationsbrücke, Pri-Fly. Ganz oben würde es wohl was Besseres zu essen geben als Erdnüsse, dachte Nishimura. Hier unten aß man, was man eben kriegte, und hatte weniger Platz als in einem gewöhnlichen Spind. Bootsmann Tommy Henstrom, Pater Bills rechte Hand, hatte die Quartiergrenzen mit Kreide auf den Boden gezeichnet. Das Ganze hatte mehrere Stunden gedauert. Am Ende belief sich die Bevölkerung der Insel auf zweiundvierzig Seelen.

Beziehungsweise einundvierzig. Wie schnell Nishimura doch verdrängen wollte, was mit Jacobo Leatherdale passiert war. Er würgte eine weitere Erdnuss herunter. Er war durstig und müde, und obwohl das ihm zugeteilte Stückchen Stahlfußboden arg ungemütlich war, befand es sich unter einem Tisch, war also dunkel und bot vielleicht wirklich die Möglichkeit einzuschlafen. Natürlich hätte niemand gewagt, vor dem Nachtgebet die Augen zu schließen. Jacobo Leatherdale hatte die Abendandacht gestört, und das war ihm zum Verhängnis geworden. Nein, nicht daran denken, nicht, wenn du doch noch irgendwann schlafen willst.

Nishimuras Bereich war Henstroms gehässigster Kreidestrich, ein Oval nicht größer als der Körper des Steuermanns. Natürlich ganz unten in der Meteorologie. Die Geräte hier nahmen jede Menge Platz ein und waren mit groben Schrauben am Boden befestigt, man fühlte sich wie in einem Hurrikan-Flüchtlingscamp oder noch schlimmer. Sehr bald würde Dreck von draußen ihr geringstes Problem sein, dachte er. Der Raum würde zu riechen anfangen. Krankheiten würden sich ausbreiten. Er sah es deutlich vor sich.

In der Insel hatten sich gerade genug Feuerwaffen für fünf Wachen gefunden, von denen je eine auf einem Stockwerk postiert war, um besonders ehrgeiziges Gesindel in Schach zu halten. Die Leitern waren wieder angeschraubt worden – bis auf die unterste, die Nishimuras Ebene mit dem Flugdeck verband. Das Konzept war klar: Sollte die Meteorologie überrannt werden, würde man sie durch schnelles Entfernen der Leiter von den oberen Stockwerken abtrennen. Das war kein großer Verlust. Seit Leatherdales Abgang hausten hier unten in den Slums nur noch Nishimura und sieben andere Aussätzige.

Dem Drang zu widerstehen, Widerstand leisten zu wollen, war auch eine Art Stärke, versuchte er sich einzureden. Nachdem Jacobo Leatherdale sein Schicksal ereilt hatte, hatte Nishimura versucht, seine Mitverstoßenen heimlich um sich zu scharen.

»Das wird uns allen blühen«, hatte er gezischt.

Die anderen Männer hatten ihm wütende Blicke zugeworfen und sich abgewandt. Leatherdale mochte verloren sein, aber ein anderer aus diesem traurigen Haufen, ein Turbinenmechaniker namens Lavar Pomeroy, war hinauf in die Radarkontrolle befördert worden. Dazu hatte er lediglich Henstrom tief genug in den Arsch kriechen müssen. Die anderen Männer in der Meteorologie wollten auch nicht mehr, als sich von der qualmenden Hölle des Flugdecks zu entfernen und dem heiligen Heim von Pater Bill in der Primären Flugkontrolle eine Stufe näher zu kommen.

Nishimura würgte die letzte Erdnuss hinunter. Seine Kehle brannte. Es schien Stunden her zu sein, dass jemand mit Wassereimer und Kelle vorbeigekommen war. Da das Nachtgebet schon überfällig war, mussten sie womöglich bis morgen früh auf den Eimer warten. Der Eimer. Der gottverdammte Eimer war alles, was noch zählte. Wie schnell der Heilige Karl mit seinem geraden Rücken und der makellosen Uniform zu einem Hund verkommen war, mit wachsam gebeugtem Buckel, die Ohren angelegt, immer auf das Scheppern des Eimers lauernd. Noch ein paar Tage unter diesen Umständen, und was für ein Tier würde dann aus ihm werden?

Nishimura wusste, dass er sein Überleben nur zwei Faktoren verdankte. Erstens genoss es Henstrom, ihn leiden zu sehen. Zweitens kannte er Big Mama besser als alle anderen hier oben, und das wussten sie alle. Pater Bill hatte sich seit seinem Langen Marsch nicht mehr in die niederen Gefilde herabgelassen, aber Henstrom unternahm als fleißiges Bienchen regelmäßige Ausflüge zum Proletariat, stets in Begleitung einer bewaffneten Wache, um die neue Weltordnung zu zementieren. Es war vielleicht ironisch, ganz sicher aber tragisch, dass niemand dabei mehr geholfen hatte als Nishimura selbst. Nur sah er keine Alternative, wollte er eines fernen Tages doch noch nach Buffalo zurückkehren und Larry und die Kinder wiedersehen.

Pater Bill hatte sein Vorhaben, vor Anker zu gehen und so eine eigene Nation auszurufen, erfüllt. Seine Bürger hatten ihm zugejubelt in dem festen Glauben, dass nur in der Abspaltung von der Gesellschaft draußen der Schlüssel zur eigenen Größe verborgen lag. Den Anker zu werfen war für einen Flugzeugträger keine aufwendige Operation, aber dank der archaischen Sprechröhren – ein Notfallsystem, von dem Nishimura nie erwartet hatte, es je in Aktion zu erleben – waren Pater Bills Jünger in der Lage gewesen, eine Rumpfbesatzung im Vorschiff zu kontaktieren, die sich noch immer gegen den Ghulaufstand stemmte. Mit alarmierender Geschwindigkeit waren diese fernen Seeleute der Lehre des Langen Marschs anheimgefallen, und kurz darauf fühlte Nishimura, wie sich die Bewegungen des Schiffs von einer Seitwärtsdrift zu lotrechtem Wellenreiten verlagerten.

Er fragte sich, ob sie je wieder Fahrt aufnehmen würden.

In den folgenden Stunden hatte er gehört und gespürt, wie Big Mamas Systeme eins nach dem anderen abgeschaltet wurden, wie bei einer geliebten Matriarchin, die von den lebenserhaltenden Apparaten abgekoppelt wird. Das leise klimpernde Konzert des Suchradars, genauer der Geräte SPS-48E, SPS-49(V)5, SPS-65(V)9 und SPS-67 verstummte. Das Ticken des rotierenden Mk.23-Zielerfassungssystems verklang. Das weiße Rauschen des WRL-1H-Funkabwehrempfängers verging. Das Schlimmste aber war das fehlende Summen der Mk.91-Brandschutzanlage, obwohl inzwischen ja deutlich geworden war, wie empfänglich das Schiff für Großbrände war. Zwischendurch hörte Nishimura immer wieder fernes Rumpeln, was ihn vermuten ließ, dass größere Mengen Munition im Meer verklappt wurden. Die *Olympia* wurde ihrer Identität beraubt – eine Leere, die Pater Bill zweifellos auszufüllen gedachte.

Das Knacken aus dem Lautsprecher ertönte so spät, dass Nishimura es glatt mit dem Scheppern der Kelle im Wassereimer verwechselte. Er sah die anderen sieben Männer im Raum aufhorchen, sah das Mondlicht in ihren eifrigen Augen schimmern.

»O Herr, im Namen Deines einzigen Sohnes Jesus, segne den Krieg in Afghanistan. Herr, den Krieg im Irak. Herr, den Krieg in Syrien.« Pater Bill lachte fröhlich. »Erinnert ihr euch noch an all das? An die Zeit, in der ich abwechselnd mit meinen angeblichen Kollegen Gebete gesprochen habe, mit diesen Ungläubigen, die jetzt gefallen sind? Da habe ich immer Gott gebeten, uns zu helfen, unsere Kriege zu gewinnen.

Heute Nacht schätze ich mich glücklich, diesen Teil der Andacht weglassen zu können. Die Kriege haben ein Ende gefunden. Das schließt auch den Krieg mit ein, den wir hier an Bord dieses Schiffes ausgefochten haben, denn der hat seinen Namen nie verdient. Die Dämonen, wir wollen Sie willkommen heißen. Mit offenen Armen wollen wir Sie willkommen heißen.

Indem wir uns mit unseren dämonischen Hälften vereinigen, werden wir das Böse vom Angesicht der Erde tilgen. Noch suche ich Rat bei Gott, wie wir dies am besten erreichen können, fürs Erste aber dürsten die Dämonen nach frischem Lebenssaft, und wir sind gesegnet, weil wir in der Lage sind, ihn Ihnen zu geben. Von nun an werde ich Gott nicht länger bitten, unsere Kugeln ins Ziel zu lenken, denn es gibt keinen Grund mehr, Kugeln zu verschießen.« Im Lautsprecher krachte es. »Es sei denn, um unseren Tempel gegen die Unwissenden zu verteidigen.«

Die *Unwissenden* waren alle, die unter Deck herumschlichen und es gewagt hatten, sich der Kirche des Pater Bill noch nicht als Laienpriester anzubieten. Sie konnten sich überall an Bord verstecken, das hatte Jacobo Leatherdale bewiesen. Nishimura war zu müde und zu durstig, um die Erinnerung länger zu unterdrücken.

Wie schnell hatte die Teilung des Roten Meers die Nörgler unter den Israeliten davon überzeugt, dass Moses ein echter Prophet war? Der Lange Marsch, Pater Bills wundersame Wanderung über das brennende, von Ghulen bevölkerte Flugdeck, hatte seine Wirkung ebenfalls unmittelbar entfaltet. Eine seiner ersten Amtshandlungen war gewesen, den Tag in fünf Abschnitte zu unterteilen, die jeweils von einem Gebet eingeläutet wurden, das per Lautsprecher im ganzen Schiff zu hören war. Morgen, Vormittag, Mittag, Abend, Nacht. Während dieser Monologe hatte Nishimura mit angesehen, wie Leatherdale langsam zerbrach. Während der Abendandacht hatte Leatherdale dann seine dritte Handvoll Erdnüsse des Tages angestarrt und war ausgerastet.

»Alle Vorräte sind unter Deck! Wenn wir uns hier oben einschließen, verhungern wir alle! Was machen wir hier? Was machen wir hier bloß?«

Er hat recht, hatte Nishimura gesagt. Nein, er hatte es nicht gesagt. Er hatte es nur gedacht. Denn anders als bei Leatherdale hatte er die Nishimura-Pause – ob aus Umsicht oder Feigheit, wer wollte das beurteilen? Leatherdale hatte seine trägen, halb verhungerten Kameraden fünfzehn oder zwanzig Sekunden lang angeschrien, ehe er aufgesprungen und auf den Laufsteg gestürmt war.

Jacobo Leatherdale war ein erfahrener Matrose gewesen, athletisch und im Kraftraum gestählt, und Nishimura hätte ihm locker eine Fifty-fifty-Chance gegeben, das Flugdeck unverletzt zu erreichen – hätte er sich auf den Sprung vorbereiten können. Aber Leatherdale waren die Nerven durchgegangen, während Henstrom samt Leibwächter anwesend war und Erdnüsse und Wasser verteilte. Henstrom hatte nur drei Worte gesagt: »Haltet ihn auf.« Sofort waren mehrere von den kriecherischen Bewohnern der Meteorologie aufgesprungen und hatten die Verfolgung aufgenommen. Nishimura hörte das Klatschen von Fleisch auf Metall und Leatherdales protestierendes Kollern.

Vor dem Leatherdale-Zwischenfall war der Heilige Karl überzeugt davon gewesen, dass Pater Bills Weigerung, die Außenwelt zu kontaktieren, nicht schwindende Essens- und Wasservorräte mit zur Folge hatte, sondern auch die Gefahr von Explosionen in den unbemannten Maschinenräumen und das völlige Fehlen einer geordneten Arbeitsstruktur, um solche Probleme überhaupt angehen zu können.

Nach Leatherdale musste Nishimura seine Liste abändern. Pater Bills Reaktion auf den Verräter half tatsächlich, eine Arbeitsstruktur zu etablieren. Wie sich herausstellte, funktionierte die Arbeitsteilung erstaunlich gut, wenn die Leute unten in ständiger Angst vor den Leuten oben lebten.

Jacobo Leatherdale wurde gefangen genommen, nach oben zur Flugkontrolle geschleppt, rücklings über den Laufsteg gehängt und mit Klebeband um die Kniebeugen an der Reling festgemacht. Längst darauf konditioniert, Pri-Fly als einen heiligen Ort zu betrachten, hatten sich alle einundvierzig Bewohner der Insel nach draußen begeben und hinaufgestarrt. Flankiert von Henstrom und drei bewaffneten Wachen hatte Pater Bill das vergoldete Kruzifix mit dem gebrochenen Stab in die Höhe gereckt und mit zitternder Stimme etwas gesagt, das Nishimura nicht hatte verstehen können. Die priesterliche Ekstase, wie er da mit geschlossenen Augen vor sich hin murmelte, sprach ohnehin Bände.

Pater Bill bekreuzigte sich und zückte ein Messer. Er beugte sich weit über die Reling und brachte Leatherdale einen langen, kurvigen Schlitz quer über die Brust bei. Das Blut trat in fünf oder sechs Rinnsalen aus, ehe es Leatherdales Gesicht rot färbte und fünf Stockwerke tiefer auf das Flugdeck klatschte.

Das flammende Inferno an Deck war erloschen. Es blieb ein apokalyptischer Anblick. Die hellen schlanken Kampfflugzeuge hatten sich von Falken in struppige Dornbüsche aus verkohltem Metall verwandelt, zu toten, auf dem Rücken liegenden Taranteln. Noch schlimmer waren die versengten Skelette der Seeleute, Gebilde aus geschwärzten Knochen, die von der ersten anständigen Brise zu Staub zermahlen werden würden. Leatherdales rotes Blut fiel wie Samen auf die schwarze Asche und zeugte eine Nachgeburt wie Himbeermarmelade.

Trotz alledem herrschte hier und da noch Aktivität auf der asphaltierten Viertelmeile unter ihnen. Einige Dutzend tote Seeleute schlurften ziellos zwischen den Ruinen umher. *Dämonen*, wie Pater Bill festgelegt hatte, auch wenn Nishimura im Kopf noch immer bei *Ghulen* blieb – er hielt Chuck Corso für ein fähigeres Orakel als Pater Bill. Und tief im Herzen blieb die treffendste Bezeichnung für ihn Millenialisten. Die Ghule schienen einander kaum wahrzunehmen, stießen aber dennoch nie zusammen, sondern umkreisten einander wie Himmelskörper auf der Suche nach absorbierbarer Materie.

Mit dem Einsetzen von Jacobo Leatherdales rotem Regen änderte sich Ihr Verhalten. Nishimura sah, wie mindestens zwanzig von Ihnen die Köpfe drehten, sah vierzig weiße Augen, die wie erschreckte Tauben aufleuchteten. Als Sie sich unten versammelten und die Arme nach Leatherdale ausstreckten, wirkten Sie wie Säuglinge, die nach einer Rassel griffen. Als Sie das Blut auffingen, wirkten Sie wie Kleinkinder, die mit Seifenblasen Fangen spielten. Als Sie sich hinknieten, um das Blut vom rußgeschwärzen Deck zu lecken, wirkten Sie wie Kinder, die nach Süßigkeiten suchten. Alles ein Ebenbild unschuldigen Verlangens.

Leatherdale hing kopfüber da und hatte nicht die Absicht, sich leise zu verabschieden. Er schrie und wand sich, verspritzte wie ein Geysir Blut in weitem Bogen, ein schönes Geschenk für die versammelten Ghule. Pater Bill legte das Messer ans Klebeband. Nishimura konnte ihn immer noch nicht verstehen, an seinen Lippenbewegungen aber erkennen, dass es sich um ein Gebet handelte. *O Herr* dies, *O Herr* das.

»Amen!«, brüllte Henstrom – das hörte Nishimura wiederum deutlich – und erhielt Antwort von unten. *Amen!* Und *Ja!* Und sogar das eine oder andere *Halleluja!* Nishimura wusste nicht, wie lange er das noch ertragen konnte, bis er seine Kameraden am Kragen packte und sie fragte, was zur Hölle sie da eigentlich taten. Dann durchtrennte Pater Bill das Klebeband, und Leatherdale fiel, eine ganz neue Art von Mann über Bord, und landete mit dem Kieselknirschen eines pulverisierten Rückgrats.

Aber er schrie immer noch. Dreizehn Ghule packten ihn auf einmal, und Nishimura war sicher, Ihr zielstrebiges Zugreifen nie wieder vergessen zu können. Rechter Fuß. Linker Fuß. Linkes Knie. Rechter Oberschenkel. Schritt. Rechte Hand. Linker Arm. Linke Hüfte. Rechte Achsel. Hals. Linkes Ohr. Mundhöhle. Rechtes Auge.

Wieder schrie Leatherdale, flehte jene an, mit denen er Seite an Seite gedient hatte. »Erschießt mich! Erschießt mich!«

Wie auf einen lautlosen Befehl hin zogen die Ghule gemeinsam, und Jacobo Leatherdale riss auseinander. Die Unterarme barsten an den Ellbogen, die Beine drehten sich und drehten sich und lösten sich wie Garnelenschwänze. Ghulhände griffen in seine Bauchhöhle, packten die Hüftknochen von innen und zogen die untere Körperhälfte davon. Haut und Eingeweide zogen sich wie Mozzarella in die Länge. Plötzlich lag Leatherdale, zu Lebzeiten vielleicht eins siebzig groß, auf fast zehn Meter ausgestreckt auf dem Flugdeck, seine Einzelteile verbunden durch ein Geflecht aus Adern, Nerven, Eingeweiden und Fleisch.

Nishimura wartete darauf, dass die entstehende Stille das Signal zum Aufbruch sein würde. Dass sie nun den wahnsinnigen Priester ebenfalls den Ghulen vorwerfen würden. Stattdessen war es jene Stille, die er auch in Kirchen oft gespürt hatte, dieser gemeinsame selbstgefällige Glaube, dass der eigene Gott der einzig wahre Gott war. Und weil man sich den Hintern auf der richtigen Bank platt saß, hatte man auch nichts zu befürchten.

»Ruhe im Schiff, Ruhe im Schiff, Lichter aus.«

Die knappe und roboterhafte, aber professionelle Zehn-Uhr-Durchsage des Ersten Offiziers Bryce Peet war durch Henstroms aufdringliche Großspurigkeit ersetzt worden. Nishimura schluckte, seine Kehle war eng und schmerzte. Die Erleichterung, den Großteil von Pater Bills Gebet verdrängt zu haben, wich der Erkenntnis, dass es heute kein Wasser mehr geben würde. Er legte den Kopf auf den stählernen Boden und versuchte nachzudenken. Vor Urzeiten hatte er an einem Überlebenstraining teilgenommen und gelernt, wie man Wasser sparte: nachts arbeiten, Wind und Sonnenbrand vermeiden, maßvoll essen.

Beim letzten Punkt musste er kichern und glaubte, durch die Dunkelheit das Glimmen argwöhnischer Augen auszumachen. Karl Nishimura würde sich ganz hervorragend als zweite Opfergabe an die Dämonen eignen, sagten diese Augen, ein Opfer, durch das vielleicht wieder einer von ihnen eine Stufe erhöht würde. Momentan konnte Nishimura nichts dagegen unternehmen. Er schloss die Augen und sammelte Speichel, um seine Kehle zu befeuchten. Wasser sparen, Kraft sparen, dankbar sein, dass er durch einen Fensterspalt ein paar Sterne sehen konnte. Er dachte an diese arme Anfängerin von den Roten Schlangen mit ihrem wiederholten Ausreißer und dass alle das für eine Riesensache gehalten hatten. Wäre nur irgendwer in der Lage gewesen, hinter den nächsten Wellenkamm zu schauen.

FÜR IMMER

»Wie sieht's aus?«

Die Frage kehrte verlässlich mit dem Voranschreiten des Uhrzeigers wieder.

Luis zeigte Charlie auf seiner Kartenapp, wo Rosa am ehesten hingegangen sein könnte. Er wusste, in welcher Gegend ihre Freundinnen wohnten, war sich aber nicht sicher, in jedem Fall das genaue Haus benennen zu können – was bedeutete, eventuell an gefährliche Türen klopfen zu müssen. Er überlegte verzweifelt, wo sie sich noch regelmäßig aufhielt, und stellte beschämt fest, dass ihm fast nur Orte einfielen, die sie ihrem Ehemann zuliebe aufsuchte: Lebensmittelläden, Restaurants, wo man Essen abholen konnte, Waschsalons. Ganz offensichtlich hatte er keine Ahnung, was seine Frau den Tag über so trieb, wie konnte er da hoffen, sie zu finden?

Die App wurde immer wieder von Benachrichtigungen blockiert, da sein Tweet unablässig geteilt wurde.

»Mach doch den Scheiß endlich mal aus«, motzte Charlie.

»Das fühlt sich aber gut an«, gestand er. »Unsere Erkenntnis macht die Runde.«

»Was sich gut anfühlt, ist nur die Bestätigung für dein Ego. Willst du den Akku unbedingt leer kriegen?«

Das war ein gutes Argument; noch funktionierte die Stromversorgung fast überall, aber sie hatten schon hin und wieder flackernde Straßenlaternen gesehen. Er schaltete sämtliche Benachrichtigungen aus, eine Wischdiät, die höllisch wehtat. Aus purer Gewohnheit nahm er dazu die rechte Hand, in der alle existierenden Nerven wie Stromkabel in seinem fehlenden Daumen zusammenliefen. »Wie sieht's aus?«, fragte Charlie immer wieder. Falls es ihr um seine Hand ging, konnte er ihr genau sagen, wie es aussah: *Nicht gut.*

Falls sie den Daumen selbst meinte – das war eine andere Geschichte. Der war endgültig futsch. Luis hatte die Reste aus Mamás Mund in den Müllschlucker geworfen, nachdem Charlie die Hand seiner Mutter daraus befreit hatte. Als er den Schalter gedrückt hatte, waren die Fetzen aus weißen Knochen und roten Muskeln wie Radieschenreste darin herumgetanzt.

Ihm war schwindlig und schlecht. Das mochte am Blutverlust liegen, am Trauma, ein Körperteil zu verlieren. Aber was, wenn das nicht die ganze Erklärung war? Er konnte nur hoffen, dass der Großteil von John Does Seuche im Abfluss verschwunden war, trotzdem war ihm klar, dass Mamás Erreger womöglich in diesem Augenblick durch seine Adern schwappten, um gesunde Blutkörperchen für die Sache der Sarkophagen zu rekrutieren.

Wie sieht's aus?

Die Gesamtsituation? Scheiße, verdammt aussichtslos. Er hatte versucht, Charlie mit Mamás Leichnam zu helfen; seit seiner Kindheit hatte er sich die tapfere Miene vorgestellt, mit der er eines Tages ihren Sarg tragen würde. Charlie hatte ihm gesagt, er solle sich hinsetzen, aber Mamás baumelndes Gewicht hatte es seiner Assistentin fast unmöglich gemacht, die Hand aus dem Müllschlucker zu befreien. Luis hatte die Arme um den Torso seiner Mutter geschlungen, den roten Brei ihres Gesichts fast in Kussentfernung, aber eine große Hilfe war er trotzdem nicht gewesen. Ein blöder Daumen weniger, und die ganze Scheißhand war zu nichts mehr zu gebrauchen. Am Ende zog er sich zurück und hörte, wie Mamá mit einem feuchten Knirschen befreit wurde, hörte, wie ihr Körper in die Garage geschleift wurde, um dort so würdevoll wie ein Sack Hundefutter abgelegt zu werden.

Luis steckte sein Handy ans Ladekabel, zu seinem Entsetzen abermals durch den fehlenden Daumen vor große Probleme gestellt. Charlie saß ihm gegenüber am Tisch. Was die Situation von ihren üblichen Mittagessenspausen unterschied, war ihr gnadenloser Blick. Er hatte nicht die Kraft gehabt, sich zu verteidigen. Er merkte sogar, wie sich seine Unterlippe schmollend verzog. *Sei lieb zu mir,* dachte er, *ich fühle mich so schlecht.*

Irgendwann sagte sie es endlich: »Wir können hier nicht weg.«

»Rosa«, protestierte er.

»Ich sage das jetzt so einfühlsam wie möglich: Vergiss Rosa. Sollte das Telefonnetz irgendwann wieder funktionieren, ruft sie sowieso an. Die Situation auf den Straßen wird sich normalisieren, sie kommt nach Hause. Aber wir können in deinem Zustand keine groß angelegte Rettungsaktion starten.«

Er hielt seine bandagierte Hand hoch. »Wir können das kauterisieren. Und dann nähen. Wir wissen doch, wie das geht.«

»Okay, dann sage ich es mal *nicht* einfühlsam: Du bist im Moment zu nichts zu gebrauchen. Glaubst du, du kannst über einen Zaun klettern? Wir sind hier in den Vororten. Jedes Haus ist abgeriegelt wie San Quentin. Du schaffst es gerade mal mit Mühe und Not zum Spülbecken.«

»Ich brauche nur ein bisschen Zeit. Das ist der Schock.«

»Wir werden sehen. Bis dahin müssen wir uns hier verbarrikadieren. Ich hab eben hinter der Garage drüben schon einen gehört. Was glaubst du, wie lange es dauert, bis einer von Denen hier das erste Fenster einschlägt? Eine Stunde? Eine Minute?«

»Wenn wir uns hier einsperren … Mamá …«

»Was? Was ist mit ihr? Raus mit der Sprache, Acocella.«

»Sie … wenn sie einfach da draußen liegt, wird sie …«

»Ich hab auch mal in einer Leichenhalle gearbeitet, weißt du? Wir begraben sie später, versprochen. Wir kriegen das irgendwie hin. Aber damit können wir uns jetzt nicht befassen. Was du jetzt tun musst, ist mir zu verraten, wo ich hier Hammer und Nägel finde.«

»Garage. Bei ihr.«

»Habt ihr Bretter oder so?«

»Nein.«

»Schon in Ordnung. Ihr habt Bücherregale. Und Tische. Es wird hier gleich ein bisschen laut.«

»Wird der Lärm …?«

»… Sie nicht anlocken? Wahrscheinlich. Deswegen müssen wir uns beeilen, bevor es zu viele mitkriegen. Ich brauche also gleich deine Hilfe, okay? Acocella, schau mich an. Du musst mir den Krempel festhalten, damit ich ihn festhämmern kann, ja? Jetzt bitte nicken. Wir sind nicht mehr bei der Autopsie, es gibt keinen festgeschriebenen Ablauf. Wir müssen die Fenster so schnell wie möglich mit Holzlatten vernageln, verstanden?«

Er verstand sehr wohl, fragte sich im Nebel seiner wirren Gedanken jedoch, ob solche Barrikaden eher die Sarkophagen draußen oder ihn und Charlie drinnen festhalten würden. Und er fragte sich, ob das nicht genau das war, was seine listige Assistentin eigentlich wollte. Er erinnerte sich noch sehr gut an ihren verlangenden Blick letzte Nacht und auch an seine geschmeichelte Reaktion. Jetzt spürte er einen leichten Druck in der Hose von seinem erstarkenden Penis. Was zur Hölle war da denn los? Er war vollkommen durcheinander.

Charlene Rutkowski nahm das Acocella-Haus auseinander – mit etwas zu viel Arbeitseifer, wie er fand. Möbel wurden umgestoßen, die Beine standen zur Seite weg wie die toter Tiere. Mit der Effizienz einer Schlachterin zerteilte sie die Holzkörper. Das Krachen und der Geruch nach Sägemehl brachten ihn wieder so weit zur Besinnung, dass er Charlie helfen konnte, das Kleinholz aufzusammeln, das sie aus Tischen, Regalen, der Fernsehkommode, Schränkchen, der Anrichte, dem Kopfende des Betts, Stühlen und allen Küchenschranktüren gemacht hatte. Er stapelte alles bei den vorderen Fenstern auf. Durch Rosas dünne Vorhänge sah er dunkle Gestalten näher kommen.

Das Hämmern war der eigentlich angsteinflößende Teil. Sowie die Wände wackelten und die Fenster klapperten, wurden die Sarkophagen endgültig munter. Arme krachten durch die Wohnzimmerfenster. Pulloverarme, Blusenarme, Schnellimbissuniformarme, Militäruniformarme. Die Nachbarn drangen in Luis' Haus ein, ohne vorher zu fragen. Das gehörte sich in La Mesa nun wirklich nicht. Charlie hämmerte zu hart und zu schnell, um sich erwischen zu lassen, und Luis zog den Sarkophagen mit dem Brett, das er auch immer gerade für Charlie bereithielt, eins über den Schädel. Die Hände der Besucher griffen weiter zu. Sie schienen keine Schmerzen zu empfinden.

Vielleicht war es doch ein gutes Zeichen, dachte Luis, das seine eigene Hand so höllisch wehtat.

Nicht einer schaffte es ins Haus. Natürlich nicht. Sarcophagidae legten ihre Larven in totem Fleisch ab, und im Haus der Acocellas war verdammt noch mal niemand tot. Luis massierte sich den dröhnenden Schädel mit beiden Händen, aber nur ein Daumen meldete sich zum Dienst. War hier nicht *doch* eine tote Person? In der Garage? Luis ohrfeigte sich mit der heilen Hand und half Charlie, die größten Trümmer festzuhämmern: den Esstisch, das Kopfende des Ehebetts. Sollte Rosa je nach Hause kommen, würde ihr garantiert die Kinnlade runterfallen.

Binnen einer Stunde hatten sie neunzig Prozent des Sonnenlichts aus dem Erdgeschoss ausgesperrt. Mit Schweiß und Sägemehl und rosa Schürfwunden übersät, brachen sie am Fuß der Treppe zusammen, angezogen von der warmen Sonne, die aus dem ersten Stock noch ungehindert ins Haus fiel. Luis schloss die Augen. Vielleicht würde sich jetzt, mit einer Verschnaufpause, sein Schwindel endlich legen. Außerdem war all die Arbeit Gift für seine Hand gewesen. Als er das letzte Mal hingesehen hatte, war das Handtuch lose gewesen, dunkel und triefend. Typisch für einen arroganten Arzt, im eigenen Haus keinen Erste-Hilfe-Kasten zu haben.

»Wie sieht's aus?«, fragte Charlie.

Luis klappte ein verkrustetes, stechendes Auge auf. Als Charlie grinste, spannten sich einige Strähnen ihres verschwitzten blonden Haars über ihr Gesicht. Luis schaute auf den blutigen Knoten seiner rechten Hand, dann ins Wohnzimmer, das aussah, als wäre eine Abrissbirne zu Besuch gewesen. Mindestens vier Sarkophagen klopften noch immer gegen die verrammelten Fenster, aber Deren Eifer und Ihre Zahl schienen nachgelassen zu haben. Vielleicht waren die Fenster anderer Häuser zugänglicher.

»Gar nicht übel«, sagte Luis, »für einen Tornado.«

»Wir müssen uns um die Hand kümmern.«

»Erst will ich duschen. Bitte. Wir können abwechselnd Wache halten.«

»Was, wenn irgendwann die Wasserversorgung eingestellt wird? Wir sollten Wasser sparen.«

»Was, wenn wir für immer so riechen? So würde ich nicht leben wollen.«

Charlie lachte sanft. »Na gut. Aber beeil dich. Soll ich dich stützen?«

»Das hättest du wohl gerne, was?«

»Hmm, ja, nichts macht mich so heiß wie alte Männer, die in der Dusche ausrutschen.«

Luis lachte. Die Witze waren lebenswichtig. Alles verschwamm vor seinen Augen. Seine Kehle brannte. Die Wunde auszuwaschen war nicht nur eine kluge, sondern auch längst überfällige Maßnahme, und er hoffte, dass er sich mit zwei Tagen Schmutzkruste weniger am Leib vielleicht besser fühlen würde. Mühevoll kam er auf die Beine und nahm Charlies Hilfe an. Am Kopf der Treppe war ein Buntglasfenster, das Rosas Mutter ihnen geschenkt hatte. Es hüllte das Nachmittagslicht in Rotweinschwaden. Luis redete sich ein, er sei bloß besoffen. Abgesehen davon war alles in Ordnung.

Er zitterte. Lag es an der leichten Brise, die unten durch die geborstenen Fenster zog?

Er duschte in dem Badezimmer, in dem Rosa ihre Fehlgeburt erlitten hatte. Als er fertig war, zog er sich im Schlafzimmer an und schaute hinunter auf die Straße, die mit den Blutflecken der späteren Fehlgeburten übersät war. Dann setzte er sich aufs Sofa im Wohnzimmer und biss auf ein Spültuch, während Charlie seine Wunde nähte. Er versprach ihr, Wache zu halten, während sie duschte, war aber keine Minute, nachdem er sich aufs Sofa gelegt hatte, schon eingeschlafen. Er erwachte in dünnen Streifen der orangen Morgensonne, die zwischen den Holzbrettern hindurchblinzelte, und sah Charlie. Sie war in seinen Armen eingeschlafen.

Ihr Haar lag wie aufgeplustert auf seinem Gesicht, weich wie Angorawolle. Sie roch unbeschreiblich süß und in einem Maße sauber, wie er es nie wieder zu riechen erwartet hatte. Rosas

Seife, Rosas Shampoo, aber nicht Rosas fruchtig blumige Haut. Charlie roch wie Ahornsirup. Luis fragte sich, ob das von all dem Holz kam, mit dem sie hantiert hatte und dessen Geruch tief in ihre Poren eingedrungen war.

Rosas Kleider umflossen Charlie wie ein Arztkittel. Er fühlte den Verlust seiner Frau wie einen kurzen, schmerzhaften Stich. Rosa hatte Zeit und Sorgfalt in die Auswahl ihrer Garderobe investiert. Ihre Kleider *kannten* sie, wussten ihre Kurven zu umschmeicheln, das Gewebe hatte sich ausgedehnt, die Nähte sich entspannt. Diese Kleider, getränkt von ihren Vorlieben und Unsicherheiten, hatten ihr etwas bedeutet. Sobald Charlie sie aus dem Schrank geworfen hatte, um Holz zu gewinnen, waren sie zu Lumpen geworden, nicht weniger bedeutungslos als das Tuch, das Charlie ihm um die Hand gewickelt hatte.

Im leisen morgendlichen Vogelzwitschern fand sich Luis damit ab, dass er Rosa del Gado Acocella wohl nie wiedersehen würde.

Er betrachtete Charlies schlafendes Gesicht durch ihr dichtes Haar. Ohne ihr übliches starkes Make-up sah sie verletzlich aus. Ihre Lippen, dünn und unbemalt, waren leicht geschürzt, ein leises Schnarchen säuselte durch ihre Nebenhöhlen. Die Erde war aufgebrochen, ganze Kontinente waren auf den Grund der Ozeane gesunken, die Beschaffenheit von Leben und Tod hatte sich gewandelt. Fast unmerklich inmitten all dieser Wunder war seine Frau durch Charlene Rutkowski ersetzt worden, ohne Wenn und Aber, unwiderruflich. Charlie trug Rosas Klamotten, schlief auf Rosas Sofa, hatte bereits Rosas Haus umgestaltet.

Charlie war bereit für diese Rolle, kein Zweifel. Und er? Jede weitere Sekunde weckte neue ungute Empfindungen: das dumpfe Pochen in seiner Hand, das Schaudern eines immer noch angeschlagenen Magens, das zähe Stechen eines immer noch fiebrigen Kopfes. So schnell würde er nirgendwohin gehen. Möglicherweise würde er sogar nie wieder irgendwohin gehen.

Vielleicht lag er für immer hier.

Charlie erwachte mit Gähnen und Rekeln, so sexy verschlafen, wie er es erwartet hatte, schenkte ihm ein müdes Lächeln und kuschelte ihre warme Stirn an seinen Hals. Lange Zeit atmeten sie einfach gemeinsam, mehr nicht. Luis, der noch nie einen One-Night-Stand gehabt hatte, fragte sich, ob sich das so ähnlich anfühlte, wenn der heiße Dampf der Nacht im anbrechenden Tageslicht langsam verdunstete.

»Frühstück?«, murmelte sie.

Die Küche, der Abfluss, seine Mamá – er würgte.

»Ach, ja, sorry; ich mach lieber erst mal Kaffee. Bleib einfach liegen.«

Rosas übergroßes T-Shirt flatterte um den unteren Rand von Charlies Pobacken, als sie den Raum verließ. Luis setzte sich auf. Er mochte Arzt sein, trotzdem hegte er tief im Innern stur den Glauben, er könne einfach beschließen, wieder gesund zu werden. Er schob das Sofa in Richtung Fernseher, trat Holzreste beiseite, bis er die Fernbedienung fand, und schaltete das Gerät ein. Der Bildschirm blieb schwarz. Kein Empfang. Er zappte durch die Sender. Nichts, nichts. Endlich, als er sich schon den dreistelligen Zahlen näherte, tauchte doch noch ein Bild auf – hell und scharf. Ein gut aussehender Mann saß gebeugt an einem großen Tisch. Obwohl er sehr erschöpft wirkte mit seinen hängenden Gesichtszügen, leuchteten auch seine Augen noch hell und scharf.

Charlie kam mit zwei Bechern ins Zimmer getänzelt. Irgendwie hatte sie es fertiggebracht, seinen Lieblingsbecher auszuwählen, den sie ihm reichte, und Rosas Lieblingsbecher, den sie selbst behielt.

Sie gesellte sich zu ihm aufs Sofa und deutete mit dem Kaffeebecher auf den Fernseher. »Was ist das?«

Luis deutete auf das WWN-Logo.

»Oh, das ist doch ein gutes Zeichen.« Geheuchelter Optimismus zum Wohle des armen Kranken.

Charlie hielt den Becher am Henkel. Rosa hatte ihn immer mit beiden Händen umfasst. Ein kleiner Unterschied, aber genug kleine Unterschiede vereinten sich zu einer großen Veränderung. Luis sank auf dem Sofa zurück, gab vor, WWN zu schauen, und fühlte sich immer schlechter.

Es gab viele gute Gründe, leise zu sein, aber Charlie blieb ihrem Wesen treu und kommentierte eifrig alles, was Nachrichtensprecher Chuck Corso berichtete. Durch die ausgedehnten Kopfschmerzen hörte Luis nur Charlies Teil des Gesprächs.

»Warum zur Hölle schickt der Katastrophenschutz überhaupt noch Einsatzgruppen zur Opferidentifikation raus? Da gibt's keine Leichen zu sortieren! Die stehen alle wieder auf, ihr Idioten!«

»Das ist doch keine ›virusbedingte Massenpsychose‹. Der Seuchenschutz kann mich mal, echt.«

»Hör mal, du Arschgesicht, wenn du bei den Tragödien, die rund um die Uhr im Laufband unten im Bild beschrieben werden, richtig aufgepasst hättest, hätten wir das Problem vielleicht früher erkannt, oder?«

»Entrückung. Die Leute werden entrückt. Na klar. Labert nur weiter, ihr Schwachköpfe. Kommen die jetzt auch noch mit Gott um die Ecke.«

»Eine schmutzige Bombe? Eine *schmutzige Bombe*? Der Kerl würde nicht mal sehen, was wirklich los ist, wenn Sie ihm die Finger abbeißen! Oh, tut mir leid, Acocella.«

Luis lächelte, konnte sich aber nicht zu dem *Mmmmm* durchringen, das sie sicher gern gehört hätte. Er konnte kaum noch klar denken. Seine »Sarkophagen« waren von den »Ghulen« des WWN-Sprechers abgelöst worden – viel mehr konnte er gerade nicht verarbeiten. Er hatte begonnen zu halluzinieren. Er sah Singvögel, die in Zeitlupe unter der Decke ihre Kreise zogen. Üppiges weiches Gras, das aus dem Teppich spross. Aber das war schon in Ordnung. Er würde seine heißen, schmerzenden Augen schließen und seinen frierenden Körper in eine Decke hüllen. All das konnte er tun, weil er begriffen hatte, dass er Charlene Rutkowski tatsächlich lieben konnte. Ein wenig tat er das sowieso bereits, weil sie sich mit einer Hingabe gegen die schädliche Welt auflehnte, die er nie hatte aufbieten können.

Wie sieht's aus?

Die Frage hing weiter im Raum. Mit Charlie zu leben war eine Sache. Mit ihr zu sterben eine ganz andere.

DER ZWEITE BÜRGERKRIEG

In den ersten paar Stunden, nachdem sie Conan (und Qasim) zurückgelassen hatte, war sie ein gutes, zivilisiertes Mädchen gewesen und zur Stadt hinausgeradelt, wo die vielen Schlaglöcher auf den notdürftig geflickten Landstraßen immer wieder den Seesack auf ihrem Rücken hüpfen ließen. Aber der zivilisierte Weg war scheiße. Kleine Kreuzungen waren von Auffahrunfällen blockiert, sodass sie Fadi Lolos Fahrrad immer wieder durch Gräben lenken musste. Woanders war ein Telefonmast quer über die Straße gefallen. Da hatte sie das Fahrrad drüberheben müssen.

Sie war zwei Stunden nach Süden geradelt, als ihr drei Jugendliche entgegenkamen. Drillinge. Selbst aus zwanzig Meter Entfernung hatten Ihre Augen weiß geleuchtet. Sie sahen hungrig aus, die Arme in unnatürlichem Verlangen vorgestreckt, und statt das Risiko einzugehen, von ihnen gepackt zu werden, hatte Greer die Straße verlassen und war über das spröde Feld gefahren. Fahrrad auf Gras war aber richtig kacke und hatte ihre Geschwindigkeit derart verlangsamt, dass einer der Drillinge einen Finger in den Speichen ihres Hinterrads eingebüßt hatte.

So wollte die gottverdammte Welt ihr wohl beibringen, ihren dummen Hintern von der Hauptstraße fernzuhalten, wo alle Weißäugigen dieser Welt sie von weit her sehen konnten. Von da an hielt sie sich an Nebenstraßen, schmale Asphalt- oder Schotterwege, und obwohl sie etwas langsamer vorankam, machte ihr das nichts aus – bis ein Typ, der auf dem Dach seiner Scheune stand, anfing, auf sie zu ballern. Sie schlitterte mit dem Rad zur Seite und schrie los, dass sie noch am Leben sei. Der Typ ballerte weiter. Sie wendete und trat in die Pedale wie noch nie im Leben, schrie, wie um sich selbst zu erinnern, dass sie nicht nur am Leben, sondern auch noch anderes war: schwarz, ein Mädchen, eine Gefahr für was auch immer der Kerl da bewachte.

Nach der Nummer also: Scheiß auf die Wege. Sie schob das Rad. Das war noch viel langsamer, zwang sie aber auch dazu, sehr viel genauer auf ihre Umgebung zu achten. Sie musste etwas essen und pirschte sich schließlich an ein Farmhaus heran, das, wie sie nach gründlichem Ausspähen erkannte, verlassen war. Sie schob das Rad bis in die Küche und lud es mit so vielen Tüten Trockennahrung und Wasserkanistern voll, wie überhaupt ging. Der Drahtesel war zu ihrem Lasttier geworden.

Während sie auflud, machte sie den Fernseher an und blieb eine geschlagene Stunde bei WWN hängen, dem einzigen noch aktiven Sender. Nach den eingesendeten Amateurvideos zu urteilen, war das Land überall gleichermaßen im Eimer. In Shamrock, Oklahoma, kletterten wie durch ein Wunder Überlebende aus den Ruinen eines Wirbelsturms und schauten sich erleichtert um, als die Ghule angriffen. YouTube-Videos mit dem Hashtag *#DroneTheDead* machten die Runde, in denen Hobbypiloten ihre Drohnen in Ansammlungen der Weißäugigen steuerten und spektakuläre Aufnahmen produzierten, wie Ihre Gesichter von Rotorblättern aufgeschlitzt wurden – voll witzig, oder? Dann tragikomische Absurditäten aus Disney World, wo ein Rudel aus Arielle, Belle, Jasmin und Mulan über einige Kinder herfiel, jeder Biss eine kleine rote Ansteckblume.

Greer schnappte sich einen Schlafsack, verließ das Farmhaus, ging noch ein paar Stunden weiter und schlief in einem Waldstück. Auch die nächste und die übernächste Nacht verbrachte sie im Wald. Unschöne Nächte, in denen jeder knackende Zweig Qasim heraufbeschwor, wie er sie mit baumelnden Innereien noch mehr begehrte als je zuvor. Als sie heute Morgen aufgewacht war, war ihr Gesicht von Tränen halb gefroren und schwer vom Morgentau. Sie roch nach Rinde und traute ihren Ohren nicht. *Pling-pling-pling.*

Es klang wie Regen, der von einem Dach auf die Blechverkleidung der Außenwand fällt. Nur war sie meilenweit vom nächsten

Hausdach entfernt, und die letzten drei Tage und Nächte waren klar und kalt gewesen.

Greer schob ihr Fahrrad über den unbestellten Acker aus Unkraut, Socken und Jeans bald völlig durchnässt, und wog verschiedene Theorien gegeneinander ab. Es war das *Pling* eines Stacheldrahtzauns, der ausgerollt wurde, um Leute wie sie von einem gesicherten Bereich fernzuhalten. Es war das *Pling*, mit dem jemand eine Armbrust spannte, mit der er sie aus einer Meile Entfernung abmurksen konnte. Es war das *Pling* der Weißäugigen, wie Sie Splitter von Knochen nagten. Kurz bevor sie die Quelle des Geräusches ausmachte, wurde das *Pling* plötzlich von einem langen, tiefen Jammern begleitet, das sie für das Quietschen eines rostigen Zauns hielt. Wie sich herausstellte, war es eine Stimme.

Vor ihr lag die winzigste Kreuzung, die sie je gesehen hatte, zwei sich schlängelnde Feldwege, die höchstens für die Traktoren der Besitzer dieses Landstücks geeignet waren. Tiefe Schlammpfützen und hohe Gräser legten nahe, dass diese Wege schon lange nicht mehr benutzt worden waren, außer von dem Mann, der an der Kreuzung saß und einer schneeweißen Gitarre ein einsames Klagelied entlockte. Er trug eine schwarze Lederjacke über einem schwarzen T-Shirt und einen zerschlissenen Schal mit dem Motiv der amerikanischen Flagge um den Hals. Am Ende seiner schwarzen Jeans klopfte ein staubiger Stiefel einen Rhythmus auf die Erde. Seine langen Finger zupften die Saiten mit wonniger Verspätung; jedes *Pling* erreichte gerade noch das Ende des jeweiligen Takts. Ein schwarzer Filzhut, der sich im Rhythmus sanft von links nach rechts wiegte, verbarg das Gesicht des Musikanten.

»Late last night
You crawled o'er my windowpane
Late last night, ooo-ee
You crawled o'er my windowpane
I answered ›Devil, you son of a gun
You done caused me too much pain.‹«

Hier in diesem leeren Land gab es nichts, was ein Echo erzeugt hätte, auch stahl der feuchte Boden jeden Hall, sodass die schmachtende Stimme des Mannes fast wie dünnes Vogelpiepsen klang. Die Musik war bewegend; der Mann musste ein Hirngespinst sein. Greer hatte keine Angst. Der Mann hatte nichts dabei, womit er sie hätte angreifen können, nur den zerbeulten Gitarrenkoffer, der ihm als Sitz diente, und die Gitarre selbst, die er eindeutig zu sehr schätzte, um sie beschädigen zu wollen.

»Take my burned old bones
Cool them in the river, y'all
Take my burned old bones, ooo-ee
Cool them in the river, y'all
So all the pitch black things I done
Slide right down the waterfall.«

Greer blieb in zwei Meter Entfernung stehen. Der sachte schwankende Filzhut erhob sich so weit, dass der Mann unter der Krempe hervorspähen konnte. Sie begriff, das er sie schon eine Weile hatte kommen hören, sich aber nur langsam zu erkennen gab – vielleicht, um sie nicht zu erschrecken. Da gehörten ganz schön Eier dazu, dachte Greer. *Er* hätte sich vor *ihr* fürchten sollen.

Sie hatte bereits bemerkt, dass er schwarz war – hatte seine flinken dunklen Finger gesehen –, aber nicht damit gerechnet, dass er unter fünfundzwanzig und außerdem der heißeste Typ sein würde, den sie je gesehen hatte. Er wölbte seine Brauen über kleinen, geröteten Augen und verzog die Lippen in dem kurzen, struppigen Bart zu einem koketten Grinsen. Obwohl er zu singen aufgehört hatte, nickte er weiter vor sich hin und zupfte entschlossen die Saiten, die wie Gummibänder gegen die Bundstäbchen schnalzten. Sein Adamsapfel hüpfte durch den schlanken Hals, während er ein *Hmm-mmm-mmm-mmm* improvisierte.

Drei Tage allein in der Wildnis hatten Greer an jagenden Puls und einschießendes Adrenalin gewöhnt; sie hatte bereits vergessen, dass dieselben Phänomene auch mit dem Erröten einhergingen. Ihr fiel wieder ein, dass sie ein zweirädriges, mit Tüten voller Essen und Wasser beladenes Fortbewegungsmittel dabeihatte.

»Durst?« Ihre Stimme klang arg unmelodisch.

Er hörte auf zu summen, spielte aber weiter. »Ich muss pinkeln.«

Wie süß, dachte sie spöttisch.

»Was ist mit Essen?«, fragte sie. »Hunger?«

Der Typ zwinkerte ihr zu. »Hast du vielleicht ein Truthahnsandwich irgendwo da drin?«

Greer spähte in die oberste Tüte. »Erdnüsse von Planters.«

Er ließ die Finger über den Hals der Gitarre gleiten und ächzte einen Text: *»Ich hab Erdnüsse … Ich hab nur Erdnüsse im Kopf … Mm-mm, Mama, bitte enttäusch mich nicht … gib mir gleich den ganzen Topf.«*

Sie hatte seit so langer Zeit nicht mehr gelacht, dass die Bewegung Risse durch die Kruste auf ihrer Wange zog. Wer auch immer dieser Typ war, er hatte eine charmante Art an sich, die man im Nordwesten von Missouri einfach nicht fand. Sie zog das Erdnussglas aus dem Sack und warf es ihm zu. Ihr Wurf war »ein bisschen angedreht«, wie Papa gesagt hätte, aber der Typ nahm die linke Hand von der Gitarre, schnappte das Glas und drückte es gegen seine Jacke, während er mit der rechten ungerührt weiter die Saiten zupfte, *Pling-pling-pling.* Er grinste sie über den Plastikdeckel hinweg an, zupfte immer noch weiter und schraubte ihn mit dem Kinn auf.

Er schüttete sich zehntausend Erdnüsse in den Rachen.

»Du frisst wie ein Hund«, sagte Greer.

»Wuff«, nuschelte er mit vollem Mund und kaute kräftig.

»Ist das hier …«, Greer schaute sich um, »… deine Ecke?«

Er schluckte, verzog das Gesicht, hob eine Suppendose auf, die hinter seinem Gitarrenkoffer stand, und trank. Flüssigkeit, dem Aussehen nach Regenwasser, floss seinen Hals hinab und verdunkelte sein T-Shirt. Er keuchte, hustete und wischte sich die Lippen. Seine rechte Hand zupfte die ganze Zeit über weiter, als wäre sie von einem Geist besessen. Er warf ihr ein schiefes Grinsen zu.

»Ob das hier meine Hundehütte ist, meinst du?«

Greer packte den Lenker des Fahrrads. »Bitte, ich muss meinen Scheiß auch nicht teilen.«

Seine Linke glitt den Gitarrenhals hinab, während die Rechte einen absinkenden, bedauernden Ton zupfte. *Pliiiuuuung.*

»Nee. Das ist nicht meine Ecke. Bin nur hier vorbeigekommen und, tja, hab mich irgendwie faustisch gefühlt. Hätte nichts gegen einen Robert-Johnson-Deal einzuwenden.«

»Ich weiß nicht, wer das ist.«

Er lupfte eine Braue und ließ die Hand den Gitarrenhals hochkriechen, ein leichter Galopp von Noten, die ihr offenbar bekannt sein sollten. Sie zuckte mit den Schultern. Er leckte sich die Lippen, was Greer mit sinnlicher Begierde erschütterte. »Was machst du hier draußen?«, fragte er.

Abermals Achselzucken. »Ich bin weggelaufen.«

»Aus Kansas City?«

Sie schüttelte den Kopf. »Andere Richtung.«

»Wovor rennst du weg?«

Freddy Morgans abgeschälter Schädel, Conan Morgans einsamer Schmerz.

»Ein Städtchen namens Bulk. Circa vierzig Meilen nördlich von hier.«

»Und da treffen wir uns ausgerechnet an der Kreuzung des Teufels? Das ist, als würden die einzigen beiden Autos in einer Wüste ineinanderkrachen.« Er pfiff. »Hast du auch einen Namen?«

»Hast du einen?«

Er schnipste seine Hutkrempe mit einem Finger zurück. »Mr. Erdnuss.«

Greer verzog das Gesicht. Er lachte und hielt ihr das Erdnussglas hin. Sie führte die Berechnungen durch, die jede Frau anstellte, bevor sie sich in Reichweite eines Mannes begab, und beschloss, es zu wagen. Sie machte einen Schritt nach vorn, schnappte sich das Erdnussglas und gleichzeitig einen Hauch seines Atems. Unwillkürlich rümpfte sie die Nase. Der Kerl stank nach Bier. Die Flüssigkeit in der Konservendose war kein Wasser. Und überhaupt verhielt sich auch der Gitarrenkoffer nicht, als ob er leer wäre.

»Du bist betrunken«, stellte sie fest.

»Ah, gut. Da habe ich drauf hingearbeitet.«

»Weißt du, wie dumm das ist? Wenn überall diese Dinger rumlaufen? Und dann auch noch Lieder grölen?«

»Grölen. Autsch. Ist schon 'ne Weile her, dass ich so schlechte Kritiken bekommen hab.«

»Ja, ja, schon verstanden. Du spielst Gitarre. Das bedeutet wohl, du darfst besoffen und fröhlich sein, während alle anderen mit Müh und Not am Leben bleiben.«

»Deshalb hab ich mich ja hier niedergelassen.« Er breitete die Arme in Richtung der Felder zu allen Seiten aus, und die plötzlich abbrechende Musik wirkte wie das scharfe Einatmen der einsamen Welt ringsum. »Ich dachte mir, das beste Versteck ist ein völlig offensichtliches. Hattest du jetzt gesagt, wie du heißt?«

»Greer. Und wer bist du?«

»Guten Morgen, Greer. Ich bin KK.«

»KK? So wie der KKK?«

»Genau. Ich bin zwei Drittel des KKK. Und jetzt, wo du die finstere Wahrheit kennst, kann ich dir auch verraten, dass ich einen sehr, sehr guten Grund habe, mich volllaufen zu lassen. Wenn ich dir das erzählt habe, wirst du dir sagen: ›Miss Greer, KK hat sein Bierchen verdient, und von jetzt an werde ich viel netter zu ihm sein.‹«

»Das bezweifle ich.«

Er drückte auf einen Bund am Hals und stimmte einen verschnörkelten Flamenco an.

»Das muss einen Tag oder anderthalb gewesen sein, nachdem dieser ganze Mist losgegangen ist, und wo finde ich mich da wieder? In der Waterfall-Brauerei in West Bottoms. Jetzt magst du vermuten, dass ich da mit dem erklärten Ziel hingegangen bin, mir einen zu genehmigen. Ich vergebe dir, dass du so etwas denkst, Miss Greer, aber das stimmt so einfach nicht. Ich hatte gerade Tull verloren, Mann.« Er zupfte energisch an den Saiten, entlockte ihnen einen klagenden Blues; Greer hätte gelacht, wären seine Augen dabei nicht trüb vor Kummer geworden. »Ich wusste nicht mal, dass es eine Brauerei ist, ehrlich. Da war ein Tor in einer Seitenstraße, wo sie wohl die Fässer eingeladen haben, und plötzlich ist Mr. Muse King von all diesen riesigen Bierbottichen umgeben.«

»Muse King? Ist das dein echter Name?«

Muse war ganz woanders, erzählte seine Geschichte durch die Hügel und Täler seiner Melodie.

»Nun musst du wissen, Bier war eigentlich nie mein Ding. Bourbon, und mir ist sogar die Sorte egal. Wenn man jeden Abend damit zubringt, sich sein Abendessen zu ersingen, und die Stimmbänder ganz ausgefranst sind, ist jeder Schluck Whiskey eine große Hilfe. Also hab ich das Tor mit ein paar Kisten verrammelt und mich auf die Suche nach einer Flasche begeben, das kannst du mir nicht zum Vorwurf machen, und nach und nach höre ich einen Ton, einen schlechten Ton. Töne sind King Kongs Bestimmung.«

»King Kong? Wie viele Namen hast du denn?«

»Hast du jemals gegen ein Auto getreten? Eine Delle reingemacht? Kennst du dieses metallische Knallen? Das war der Ton, erst ein kleines *Bong*, dann zwei kleine *Bongs*, dann drei kleine *Bongs*. So. Der gute Tull, das war ein Bier-Liebhaber. Zehn Millionen Meilen sind wir gemeinsam gefahren, und ich schwöre, die Hälfte der Strecke hieß es nur *Malzextrakt* dies und *Mundgefühl* jenes. Und ich immer so: ›Mann, wir brauchen eine dieser Limousinen mit Trennscheibe, damit ich mal Ruhe vor deinem Mundgefühl habe.‹ Wie auch immer, eine Sache, über die ich viel von ihm gelernt hab, ist Gärung. Kennst du dich mit Gärung aus, Miss Greer?«

»Nein. Aber dafür hab ich wenigstens nur einen Namen.«

»Tull hat übers Bierbrauen geredet, als wollte er TNT herstellen. Wenn man Bier gären lässt, muss man genau auf die Temperatur aufpassen. Steigt die Temperatur, steigt der Druck. In der Brauerei standen ein paar Hundert Bottiche, um die sich seit Tagen niemand mehr gekümmert hatte. Ich hatte gerade eine Flasche Bourbon gefunden, womit ich übrigens gerechnet hatte, und plötzlich …« Er schlug auf den Korpus seiner Gitarre. »BUMM!«

Greer holte einen Zwei-Liter-Plastikkanister, den sie in der Farm mit Leitungswasser gefüllt hatte, und nahm einen tiefen Zug. Ein eindeutig entspanntes Verhalten, und sie musste sich eingestehen, dass ihr behaglich zumute war. Sie konnte sich diesen Mann auf der Bühne vorstellen, wie er seine Lieder mit kleinen Anekdoten verwob und sie von all dem Mist ablenkte, der ihr sonst durch den Kopf ging. Ein trauriger Gedanke, dass sie so eine Situation vielleicht nie wieder erleben würde – Clubs, Drinks, all die Erwachsenen-Dinge, die im Fernsehen immer so lässig wirkten. Umso mehr freute es sie, dass sie hier jetzt wenigstens ein Schlückchen von diesem Gefühl bekam. Viel besser als Wasser.

»Das Zeug hat das Dach weggepustet. Verstehst du? Das *Bier* hat ein *Loch* ins *Dach* geblasen.« Muse kicherte. »Jetzt klingt das richtig witzig, aber lass dir gesagt sein, in der Situation war das überhaupt nicht komisch. Hat sich angefühlt wie eine Bombe. Bevor ich mich auch nur ducken konnte, ist schon der zweite Bottich hochgegangen, genauso heftig, zack, mitten durch die Decke, und langsam kommt das Dach runter, verstehst du? Holz, Dachziegel, Metall, Glas, und dann geben auch noch die Backsteinwände nach. Du weißt doch, dass man Kansas City auch die Stadt der Springbrunnen nennt? Ist echt so. Nur waren das jetzt Springbrunnen aus Bier, Mann, Feuerwehrschläuche, die alles vollgespritzt haben. Das war echt die Bierpokalypse. Ich bin immer noch nass bis auf die Knochen. Und genau deswegen rieche ich auch so gut.«

»Du bist trotzdem betrunken.«

»Joa, aber das liegt daran, dass ich mir noch ein paar Flaschen Bourbon in den Gitarrenkoffer gepackt hab, bevor ich weggerannt bin. Der Vorrat wird wohl auch 'ne Weile halten müssen.«

»In dem Tempo bestimmt nicht.«

Muse lachte. »Wohl wahr. Vielleicht schieb ich das Rad, und du trägst den Koffer.«

»Scheiße, dann fange ich ja selber an, das Zeug zu saufen«, sagte Greer.

Sie lächelte, erst etwas schüchtern, dann immer breiter, und er grinste zurück wie ein begeistertes Krokodil. Wieder durchlief sie ein Schaudern, nicht nur von deplatziertem Verlangen, sondern auch von dem Gefühl, über einen großen Schatz gestolpert zu sein. Wenn sie seinen Koffer trug, wie er sagte, und er ihr Fahrrad schob, wie er sagte, wären sie ein Team. Lange vor Vienna Morgans Haftantritt hatte Freddy Morgan oft gesagt, dass zwei Menschen zusammen nicht doppelt so stark waren wie einer allein, sondern *hundert Mal* so stark. Muse King, oder King Kong oder KK oder wie auch immer er jetzt hieß, mochte betrunken sein, aber die Härchen in ihrem Nacken und auf ihren Armen stellten sich nicht vor Angst auf.

Dankbarkeit brachte natürlich eine gewisse Verletzlichkeit mit sich. Sie wandte den Blick ab, schaute ihr Fahrrad an. Nach reiflicher Überlegung nahm sie den Seesack von den Schultern, setzte sich hin und zog den Reißverschluss auf.

Muse schüttelte die Gitarre, um den letzten Ton beben zu lassen. »Bist du alt genug für einen Drink, Miss Greer?«

Sie zog die Machete hervor.

Muse hob die Hände. »Nichts für ungut. Trink, so viel du willst.«

Sie verdrehte die Augen und legte die Machete neben sich ins Gras. »Entspann dich. Nur für alle Fälle.«

Er sah sie ganz nüchtern an, dann legte er mit einer ganz ähnlichen Bewegung die Gitarre auf die Erde, streckte die Waffen. Er rieb sich die kalten Hände und blies hinein.

»Ganz ehrlich, eigentlich sollte keiner von uns einen Tropfen trinken«, sagte er. »Wenn die Zeiten richtig finster werden, ist das richtige Getränk irgendwann wertvoller als Gold.«

»Hat Tull dir das beigebracht?«

Sein Grinsen wirkte eher höflich als aufrichtig. »Tull war ausschließlich an Bierchen interessiert. Mein Interesse gilt der amerikanischen Geschichte. Hab vielleicht sogar ein oder zwei Lieder darüber geschrieben. Kaffee und Alkohol, Mann. Dafür verkaufen die Leute ihre Seele. Manche Leute sagen, der Bürgerkrieg sei mit Kaffee gewonnen worden. Die Konföderierten haben kalte braune Plörre aus Eicheln und Rinde getrunken, der Norden große heiße Tassen voll ›Aufwachen, Amerika‹. Wenn wir den Bourbon richtig einsetzen, könnten wir beide glatt zu Lord und Lady Obama werden.«

»Und wer von uns sitzt dann an dem dicken Schreibtisch?«

Sie flirtete tatsächlich. Greer konnte es nicht fassen. Ihre Familie war selbstzerstörerischer Rache, einer Untoten-Pandemie und dem Knast zum Opfer gefallen, und sie hatte keine Ahnung, wie sie den kommenden Winter überstehen sollte. Und trotzdem entschlüpfte ihrer Kehle der gleiche stramme, neckende Tonfall, den sie in der Schule und auf Partys bei Qasim angeschlagen hatte. Es kam ihr wie ein Wunder vor, dass eine derartige Motivation tief in ihrem Innern überlebt hatte.

»Das Oval Office sei dein.« Muse rieb sich das Gesicht, schaute sich um und seufzte. »Missouri. Natürlich muss die Welt ausgerechnet dann enden, wenn ich gerade 'nen Gig in Missouri hab. Apropos Bürgerkrieg.«

»Könnte schlimmer sein. Missouri hat doch zu den Nordstaaten gehört, oder?«

»Haben die euch das so in der Schule beigebracht?«

»Ich kann nichts dafür, dass die so scheiße war.«

»Dein feiner Heimatstaat Missouri hatte schon seine Unionisten, keine Frage, aber auch eine ganze Menge konföderierte Guerilla. Das hier war immerhin ein Sklavenstaat, nicht? Missouri war der Mikrokosmos des gesamtamerikanischen Albtraums. Ist es immer noch. Mann, in Kansas City hab ich Schwarze gesehen, die Schwarze massakriert haben, und Weiße, die Weiße abgeschlachtet haben. Bruder gegen Bruder, Schwester gegen Schwester. Wenn das nicht der Zweite Bürgerkrieg ist, dann weiß ich auch nicht. Was hast du in Hulk erlebt?«

»Hulk?«

»Deine Stadt, Hulk.«

»Bulk.« Sie schnaubte. »Die gleiche Scheiße. Niemand hat sich überhaupt um die Weißäugigen gekümmert. Die waren alle viel zu sehr damit beschäftigt, sich gegenseitig die Schuld in die Schuhe zu schieben.«

»Die Weißäugigen. Haben sie Die so genannt in Bulk?«

»Gibt es einen besseren Namen?«

»Ghule, heißt es in den Nachrichten.«

Das war das Beruhigendste, was sie seit Langem gehört hatte. Es gab noch jemanden, der Nachrichten sendete. Irgendwo waren immer noch kluge Leute, die der Katastrophe einen Namen gaben. Greer reckte die Arme über den Kopf und genoss das Gefühl in den vom Schlaf auf dem Waldboden verspannten Muskeln. Als der Kapuzenpullover über ihren Bauch nach oben rutschte, wusste sie, dass das Muse sicher nicht entging, und freute sich auch darüber. Sie nahm die Arme runter und ließ sich nach hinten ins Gras sinken. Ihre rechte Hand kam auf einer der Vorratstaschen am Fahrrad zu liegen, und plötzlich stellte sie fest, dass sie Hunger hatte.

Er kam zu ihr, wie sie erwartet hatte. Das fahlgelbe Tageslicht wurde grau in seinem Schatten. Er schien genauso lässig zu sein, wenn er sich neben Mädchen auf dem Boden niederließ, wie beim Spielen seiner schneeweißen Gitarre. Er legte sich neben sie und bettete den Hals in die Armbeuge. Dann runzelte er die Stirn.

»Ich werde ziemlich schnell wieder nüchtern. Aber um ehrlich zu sein, bin ich wahrscheinlich immer noch betrunken.«

»Ich will auch betrunken sein«, sagte Greer, packte ihn am Reißverschluss seiner Lederjacke und zog, schwarzes Leder, schwarze Stiefel, schwarze Jeans, schwarzes T-Shirt, schwarzer Bart, zog ihn ganz auf sich und sperrte den Rest der Welt aus.

O FREUDE

Fünf Tage nachdem die Toten ihr Festmahl begonnen hatten, schienen die Bewohner der Insel Deren Appetit übernommen zu haben. Was noch an Essen übrig war, war widerwärtig. Es gab weiterhin Erdnüsse, nur bei jeder sogenannten Mahlzeit weniger als zuvor, kaum mehr als ein Häuflein salzigen Staubs, den er sich von der Handfläche leckte, nur um ihn wieder von der Zunge fallen zu sehen, weil er längst keinen Speichel mehr produzierte. Die Wasserrationen waren auf seltene kleine Schlucke aus der salzverkrusteten Kelle reduziert worden. Er und die anderen aus der Meteorologie würden die Ersten sein, die starben, aber auch die Männer weiter oben würden bald folgen.

So verwunderte es Nishimura nicht, als Tommy Henstrom und einer der Wächter ihn aus seinem mit Kreide umrandeten Bett hievten und zum Laufsteg und zur Leiter zerrten. Die Sonne stach wie die Spitze eines galaxisgroßen Messers, aber sein Körper sehnte sich nach Vitamin D fast ebenso stark wie nach Wasser, und er öffnete die Handflächen und die Augen in ihre Richtung. So gewannen diese Handflächen genug neue Kraft, um die Sprossen der Leiter zu ergreifen, und zwischen Henstrom, der von oben gestikulierte, und dem Pistolenlauf, der ihn immer wieder von unten anstupste, schaffte es Nishimura irgendwie die nächsten vier Stockwerke hoch. Er hatte das Gefühl, mitten hinein in die watteweißen Wolken zu steigen.

Die Flugkontrolle war gründlich geputzt worden, keine Spur mehr vom Blut von Clay Szulczewski, Willis Clyde-Martell und Jacobo Leatherdale. Nishimura wurde hineingeführt und gestützt. Pater Bill saß in Szulczewskis Polstersessel. Er hatte zwar merklich abgenommen, zeigte aber die fließenden Bewegungen eines Menschen, der noch genug zu trinken bekam. Sein verletztes Ohr war sorgfältig verbunden und der Rollkragenpullover mit dem Aufdruck *CVN 68X SCHIFFSKAPLAN* einem frisch gewaschenen Hawaiihemd mit Papageien und Palmblättern darauf gewichen. Auch Henstrom trug eines, rosa Flamingos an einem Strand. Die Hemden mussten Szulczewski und Clyde-Martell gehört haben. Billige Andenken aus O'ahu waren zu den Insignien der Herrscherkaste geworden.

Pater Bill bedeutete Nishimura zwar, auf Clyde-Martells Sessel Platz zu nehmen, wirkte aber gleichzeitig verwirrt, als könnte er sich nicht erklären, was dieser speckige Japano-Amerikaner hier zu suchen hatte.

»Das ist Steuermann Nishimura«, sagte Henstrom, als spräche er mit einem schwerhörigen Senioren. »Er wird uns bei den Missionen helfen.«

Pater Bill lächelte.

»Wie wunderbar. Missionarsarbeit in bester Tradition der katholischen Kirche.«

»Ich kann nicht …« Nishimuras Kehle war nur noch ein Nadelöhr. »Wasser. Bitte.«

»Wasser ist eines unserer Probleme«, stimmte Pater Bill zu. »Ich bin ja der Meinung, wir lassen den Herrn entscheiden. Wenn wir trinken sollen, sage ich, wird sich der Himmel für uns öffnen. Aber der gute Tommy ist ein Streiter für Männer wie dich, ein wahrer Apostel. Womöglich wirst du dich eines Tages danach sehnen, seine Füße zu waschen.«

Einer nach dem anderen tauchten Henstroms Zähne auf, als ein Grinsen seine Visage aufschlitzte. Nishimura wollte ihm die Lippen abreißen und seinen Durst mit dem sprudelnden Blut stillen.

»Tommy hat mich daran erinnert, dass eine Kirche untergehen muss, wenn sie nur auf dem Glauben allein errichtet ist«, sagte der Priester. »Wie hattest du das formuliert, Tommy? Irgendwas mit Rost?«

»Korrosion, Vater«, sagte Henstrom. »Vom Salzwasser.«

»Und auch die Korrosion der Seele wollen wir nicht vergessen«, fügte der Priester hinzu. »Auch sie kann natürlicher Abnutzung anheimfallen, wenn sie zu untätig bleibt. Deshalb sind die Missionen so wichtig. Es ist die Pflicht jener, die von Gott auserwählt wurden, wie wir in diesem Turm von Gott auserwählt wurden, unsere sicheren Rückzugsorte zu verlassen und die frohe Botschaft zu verbreiten, ungeachtet aller Grenzen und Gefahren. Und unsere Missionen werden ganz besonders gefährlich sein. Weißt du auch, warum, Steuermann?«

»Wasser«, sagte Nishimura. »Bitte.«

Henstrom runzelte die Stirn, als stellten hier ein tatteriger Opa und ein zickiges Kind seine Geduld arg auf die Probe. Er packte eine metallene Thermoskanne von einem Tresen. Sie gab ein *Glunk* von sich – sie war so gut gefüllt, dass die Flüssigkeit darin schwappte. In kleinen Tropfen wand sich Kondenswasser am Metall herunter: Wie Jesus, der Fisch und Brot vermehrt hatte, schuf dieses Wasser neues Wasser. Nishimura keuchte. Vielleicht war die Flugkontrolle *wirklich* der Himmel, denn das hier war ganz eindeutig ein himmlisches Objekt. Er hätte es sofort abgeleckt, wäre seine Zunge so lang gewesen.

»In der gesamten Menschheitsgeschichte waren es immer wir Christen, die die Botschaft von Auferstehung und ewigem Leben verkündet haben«, sagte Pater Bill. »Aber die Dämonen dort unten erzählen uns die gleiche Geschichte, bloß von der anderen Seite! Auch Sie sind zu uns gekommen, um zu missionieren, mit den einzigen Mitteln, die Ihnen zur Verfügung stehen. Mit Ihren Händen und Ihren Zähnen.«

Nishimura sah zu, wie sich einzelne Wassertropfen, dick wie süßer Sirup, von der unteren Kante der Thermoskanne lösten und auf den Boden fielen. Er schluchzte einmal kurz und stellte sich vor, wie sich feine weiße Risse in seiner roten Kehle ausbreiteten. Er wandte sich mit flehendem Gesicht Pater Bill zu, der wie entrückt dasaß.

»Die Schwierigkeit der Aufgabe spielt keine Rolle. Missionare sterben. Das war schon immer so. Dafür gebührt ihnen ein ganz eigener Ruhm. Tommy hat mir erzählt, dass du, Steuermann, der Richtige bist, um meine Missionare zu führen. Du wirst die Sicherheit unseres Turms verlassen und die Kunde von unserer Bruderschaft und Liebe gegen die Nahrung und das Wasser eintauschen, die wir benötigen. Du bist, wie mir gesagt wurde, ein williger Bote Christi?«

Nishimura zerrte seine ausgedörrten Augäpfel wieder zur Thermoskanne zurück. Henstroms Blick war so scharf wie Pater Bills verklärt. Nishimura versuchte, einen klaren Gedanken zu fassen. Henstrom glaubte kein Wort vom Gewäsch des Priesters. Woran er glaubte, war Macht, und die hielt er, hier und jetzt, kühl und feucht in seiner Hand. Die Belohnung für die Zustimmung zu Pater Bills wahnwitzigem Plan war nicht etwa der Segen des Priesters, sondern ganz einfach Wasser.

»Ja«, sagte Nishimura. »Ja.«

Henstrom hielt ihm die Thermoskanne hin. Nishimura streckte seine Finger aus, die jede Geschicklichkeit verloren hatten. Seine schwerfällige linke Hand schlug gegen die Kanne, riss sie aus Henstroms Griff, und einen Augenblick lang flog sie durch die Luft, ein Wasserschwall schoss wie ein Palmwedel aus der Öffnung und drohte verloren zu gehen. Dann aber fing er die Kanne mit der Rechten und trank, nicht eine kleine lauwarme Pfütze aus der Kelle, sondern einen ganzen Mundvoll und noch einen, benetzte seine Zunge, wusch seine Kehle. Es schmeckte so süß und spritzig wie eisgekühlte Cola, und mit jedem Schluck fühlte er, wie die schlimmsten Symptome schwächer wurden. Die Kopfschmerzen, bis jetzt beharrlich wie die Wellen des Ozeans. Die purpurnen Fingernägel. Die Unfähigkeit zu pinkeln. Die Erschöpfung, die Verwirrung. Das Leben kehrte zurück.

Pater Bill klatschte in die Hände. In seinem Papageienhemd sah er aus, als applaudierte er seinen herumtollenden Enkelkindern.

»O Freude! Eine persönliche Bitte, mit Verlaub. Wie du weißt, gibt es in unserem Turm keine Frauen. Das ist höchst betrüblich, denn sie sollten an unserer Aszendenz teilhaben. Solltest du dort unten Frauen finden, teilst du mir das mit, ja? Und bringst sie mit zu uns, selbst wenn es ein bisschen Zwang erfordert? Vor allem eine ganz bestimmte Frau würde ich gern wiedersehen.«

Nishimura nickte knapp. Pater Bill strahlte.

»Freude, Freude. Nun, Tommy, hast du mein Bett gemacht? Ich fürchte, mein Ohr begehrt schon wieder auf.«

Henstrom biss die Zähne zusammen und half Pater Bill aus dem Luftboss-Sessel in die hintere Kammer, wo offenbar ein Feldbett eingerichtet war. Der Wächter blieb, aber das kümmerte Nishimura nicht. Er hatte die Thermoskanne umgedreht über seinen Mund erhoben und nicht vor, mit dem Schütteln aufzuhören, solange auch nur ein Tropfen darin verblieb. Henstrom kam zurück, bedeutete dem Wächter, sie allein zu lassen, lehnte sich ans Fenster und verschränkte die Arme vor dem leuchtenden Rosa und Lila seines Hemdes. Nishimura rang nach Atem und starrte ihn mit aufgeblähtem Magen an.

»Er ist verrückt«, sagte Nishimura schließlich.

»Sag das nicht«, sagte Henstrom. »Sag das nie wieder.«

»Ein verrückter Priester ist nicht das Problem. Das Problem seid ihr anderen alle, die ihn gewähren lasst. Koppenborg geht aus purem Glück unversehrt übers Flugdeck. *Aus purem Glück.* Mehr braucht es nicht, damit ihr alle den Kopf verliert? Ihr seid Marinesoldaten.«

»Der Lange Marsch war ein heiliges Ereignis. Es betrübt mich, dass du das nicht sehen kannst.«

»Du stellst dich nur hinter ihn, weil dir sonst keiner zuhören würde. Niemand hat dir je zugehört.«

»*Du* hast mir nie zugehört.«

»Ich höre allen Seeleuten zu, die es verdienen.«

»Tja, und wer verdient es jetzt, hmm? Wer hat diesmal die richtigen Entscheidungen getroffen? Darum geht es hier. Wir müssen die Frischwasserproduktion wieder zum Laufen kriegen. Das ist mir bewusst. Und wir müssen sicherstellen, dass die Reaktoren weiter gekühlt werden.«

»Also gibst du es zu. Diese Missionen haben nichts mit Gott oder Dämonen zu tun. Es geht um Reparaturen. Und Vorräte.«

»Was ich über Korrosion gesagt habe, stimmt, weißt du? Du hast mir nie etwas zugetraut.«

»Henstrom. Du redest über Rost. Die Männer sterben.«

»Und dagegen unternehmen wir etwas. Deswegen schicken wir dich auf diese Mission.«

»Wir brauchen keine Mission. Dieser dämliche Padre muss nicht mehr tun, als mit voller Kraft Kurs Richtung Kalifornien zu setzen!«

»Du warst es doch, der nicht nach San Diego fahren wollte.«

»Weil ich da noch dachte, dass es auf unserem Schiff eine ansteckende Krankheit gibt! Ich dachte, wir wären ein Infektionsherd!«

»Hier draußen sind wir besser dran«, sagte Henstrom.

»*Du* bist hier draußen besser dran. Oder redest dir das zumindest ein.«

Henstrom stopfte die Hände in die Hosentaschen. »Du kennst dieses Schiff besser als jeder andere. Du kriegst Extramahlzeiten. Und mehr Wasser. Du und ein paar andere, zwei Tage lang, bis ihr wieder bei Kräften seid. Dann geht ihr da runter. Pater Bill hat seine Gläubigen in vielen betriebsnotwendigen Bereichen unter Deck. Wir müssen dafür sorgen, dass auch die genug zu essen haben. Wir müssen ein paar Leute zur Bewachung der Reaktoren abstellen. Der zuständige Offizier meldet sich nicht mehr. Ich weiß nicht, was passiert, wenn die Reaktoren von den Dämonen überrannt werden.«

»Das wird nicht passieren«, sagte Nishimura. »Weil es keine Dämonen gibt.«

»*Sag das* nicht.«

»Zufällig weiß ich, was passiert, wenn die Reaktoren überrannt werden. Wir hören auf, Uran abzureichern. Als Erstes verlieren wir die Generatoren für die Turbinen. Danach wird sich dieses Schiff nicht mehr von der Stelle bewegen, selbst wenn wir das wollen. Das Zweite, was flöten geht, ist die Elektrik. Wir verlieren das Stromnetz, alle Stromnetze. Als Drittes folgt das gute alte Warmwasser. Da wird die Sache langsam spannend. Jetzt sind wir auf der Zielgeraden in Richtung Skorbut und Hungertod. Natürlich kommen wir erst gar nicht so weit, wenn die Reaktoren nicht gekühlt werden. Wir haben da unten zwei Westinghouse-A4W-Atommeiler. Was glaubst du wohl, was damit passiert?«

Aus dem Nebenraum war Pater Bill zu hören, der sich mit einem Murmeln wie Wasser, das gegen die Bordwand schlägt, in den Schlaf sang.

»Sinners my gracious Lord receives, / Harlots, and publicans, and thieves …«

»Du kennst dich echt aus, Heiliger Karl«, sagte Henstrom. »Genau deswegen führst du ja auch die Mission an.«

»Ja, ich und ›ein paar andere‹. Ich bräuchte *fünfzig* andere. Wenn wir noch Marines an Bord hätten, hätten wir vielleicht eine Chance – wenn du nicht …«

»Die Marines sind mit den amphibischen Landungsbooten abgehauen. Ich bin nicht der Einzige, der das gesehen hat!«

»Drunkards, and all the hellish crew, I have a message now to you …«

»Erst nachdem deine Männer auf sie geschossen haben, Bootsmann!«

»Ich finde, du solltest mich besser mit *Sir* anreden.«

»Come, and partake the gospel-feast. / Be sav'd from sin, in Jesus rest …«

»Ich hab dir schon mal gesagt, Bootsmann, du bekommst meinen Respekt, sobald …«

Henstrom stürmte mit hochrotem Gesicht los, die Hände zu Fäusten geballt.

»Ich bin jetzt der *Sir!* Ich bin der *Sir!*«

»O taste the goodness of our God, / And eat his flesh, and drink his blood.«

»… du ihn dir verdient hast, und keine Sekunde …«

Nishimura versagte die Stimme, die er nach tagelanger Stille und Trockenheit überanstrengt hatte. Seine Kehle schäumte vor Galle und Blut. Er würgte und hustete, spritzte Pater Bills sauber geschrubbten Pri-Fly-Boden mit rotem Auswurf voll, und da holten ihn die Erinnerungen ein, Szulczewskis Leiche, in kleine Stückchen gehackt, Clyde-Martells Gesicht, ersetzt durch ein schmauchendes Loch. So würden alle an Bord der *Olympia* enden, wie sehr er sich auch dagegen wehrte. Das Blut der Guten, das Blut der Schlechten, das Blut aller Unentschlossenen; eine wahre Flut, bis das Schiff nur noch ein scharlachrotes Fahrzeug auf einem tiefroten Meer war.

BLITZEHE

Luis erholte sich nicht. Er wurde die Kopfschmerzen nicht los. Das Halsweh. Das schwankende Fieber. Kalt, ihm war ständig kalt. Solange Charlie Luis kannte, hatte er pausenlos genörgelt. Jetzt beklagte er sich nicht mehr, sondern litt einfach. Solange er sich gut genug fühlte, kuschelte er mit ihr auf dem Sofa und kommentierte Chuck Corsos regelmäßige Updates mit finsteren Witzen. Aber jeden Tag blieb er länger oben im Schlafzimmer, schwitzte unter mehreren Decken und beschwerte sich gar nicht mehr.

Wenn der Kerl, den man liebte, mit Erkältung darniederlag, war das nicht gerade das Schlimmste auf der Welt, wie jede Frau wusste. Man konnte ihn mit Essen und Trinken aufpäppeln, schon die kleinste Geste löste große Freude aus. Krankenpflege war ein Liebesdienst, selbst wenn es sich ein bisschen billig anfühlte, und sie sah ihre Liebe in Luis' Blicken erwidert. Schwächer zwar, aber seine Liebe zu ihr war immer schon schwächer gewesen als ihre zu ihm. Manche Wahrheiten musste man einfach akzeptieren.

Natürlich war es mehr als eine Erkältung. Sarkophage, Ghule, wie immer man Sie nennen wollte, etwas von Ihnen war in sein Blut gelangt, und jeden Tag – nein, alle paar Minuten – dachte sie an die paar entscheidenden Sekunden, die sie gezögert hatte, seinen Finger abzuschneiden. Manchmal machte sie sich solche Vorwürfe, dass sie in die Speisekammer flüchten musste, damit Luis sie nicht hörte: *Du dumme verdammte abgefuckte lahme ängstliche Nutte.* Sie hatte Hunderte Stunden lang den Anweisungen ihres Chefs, wo und wann ein Schnitt auszuführen war, blind vertraut – und in der einen Situation, in der es wirklich darauf angekommen war, hatte sie gezögert.

Sie hätte alles für den alten Luis Acocella gegeben, scharfzüngig, flink wie ein Grashüpfer und völlig ahnungslos, wie sexy er aussah, wenn er eine Leiche betrachtete und ihr in Sekundenschnelle alle Geheimnisse entlockte. Aber auch ein Luis Acocella auf Sparflamme war immer noch nicht schlecht, und ihr Begehren wuchs langsam ins Unerträgliche. Sie hatte ihn schon so lange begehrt und nicht nur bei Spätschichten in der Autopsie. Sie hatte ihn in einem trauten Heim wie diesem begehrt.

An Halloween, acht Tage nach John Doe, fiel der Strom aus.

Chuck Corso, einziger Chefkellner der Nation bei diesem ausgedehnten Festmahl, hatte in den letzten Stunden richtig vom Leder gezogen. Der Chicago River hatte die unbemannten Schleusentore überwunden und die Innenstadt überflutet. Meereslebewesen verendeten in den Ölteppichen führungsloser Tanker. Vieh verreckte zu Millionen, da die Farmer entweder getötet wurden oder flüchteten. Corso las gerade einen Bericht über verlassene Häuser, die durch Erdgaslecks explodierten, als sich WWN, der summende Kühlschrank und die eine Lampe, die sie und Luis nachtsüber anließen, alle gemeinsam verabschiedeten. In den schockierenden ersten Sekunden vollkommen stiller Finsternis kam Charlies alter Albtraum zurück an die Oberfläche gekrochen: Fred Astaires Leichnam, der ihr seine verwelkte Hand reichte.

Tanz mit mir, Charlie! Tanz mit mir.

Luis' Stimme war um ein Dutzend neuer Facetten reicher: gesplitterte Oktaven des entzündeten Rachens, der schnurrende Bass der verschleimten Lunge. »Chet Musgrave. Der hat 'nen Dieselgenerator.«

Charlie sammelte sich, bevor sie antwortete. Sie wollte ihre Angst nicht auch noch hören müssen.

»Wie weit weg wohnt Mr. Musgrave?«

»Schräg gegenüber.«

»Wird er den Generator nicht verteidigen?«

»Er ist nicht da. Besucht seine Tochter in Oakland.«

Bisher hatten sie nur einmal die Bretter abgenommen und das Haus verlassen, um Mamá Acocella in einem flachen Grab zu beerdigen, obwohl sie beide mit ihrer Erfahrung befürchten mussten, dass sie wieder von Aasfressern ausgebuddelt werden würde. Sie hatten sich mitten in der Nacht durch die Hintertür hinausgewagt, und Charlie hatte die ganze Zeit über unglaubliche Angst gehabt. Jetzt versuchte sie, sich ein bisschen Mut zu machen, aber der verflog schon mit dem nächsten Ausatmen.

»Scheiße, Acocella! Ich würde einen Generator nicht mal erkennen, wenn er mich beißt! Da rausgehen, im Dunkeln, und nach irgendeinem mysteriösen Gegenstand rumkramen? Ich weiß nicht, ob ich das kann.«

»Dann gehe ich.«

»Ja, super. Jetzt fühle ich mich moralisch dazu verpflichtet. Du schaffst es ja kaum ins Badezimmer.«

Luis sprang auf, um Charlie Lügen zu strafen, geriet aber auf der Stelle ins Taumeln. Die feste Hand, mit der er sich an der Wand abstützte, bezeugte jedoch seine Entschlossenheit. Er blinzelte, bis er sich wieder ganz im Griff hatte.

»Wir gehen zusammen«, sagte er. »Wenn hier der Strom ausgefallen ist, dann auch in den anderen Häusern. Sollen wir warten, bis sich Felix McKirdy ein paar Häuser weiter auch an Chets Generator erinnert? Wir haben zwar noch den .38er, aber Felix hat mehrere Gewehre. Mit Schnellfeuerkolben. Wir brauchen den Generator, sofort.«

»Was für ein Held.« Sie versuchte es mit einer ordentlichen Portion Sarkasmus. Dabei war sie längst aufgestanden, oder nicht?

Es war tiefe Nacht, und sie beeilten sich. Luis fand Musgraves Generator und verfrachtete ihn zusammen mit allen verfügbaren Dieselkanistern auf einen roten Spielzeug-Bollerwagen, während Charlie einige Tüten mit Essen und Wasserkanistern füllte. Das alles taten sie so leise wie möglich, trotzdem hatten sich binnen fünfzehn Minuten fünf Ghule eingefunden. Charlie zerdepperte Geschirr in der Spüle von Musgraves Haus, um Sie von der Anbaugarage wegzulocken, durch die sie und Luis dann flüchteten.

Die genauen Details dieses Abenteuers waren nicht von Belang. Wichtig waren die kleinen Momente hier und da. Wie es ihnen gelang, noch in den gruseligsten Situationen Witze zu machen. Wie sie zusammenarbeiteten, ohne ein Wort sagen zu müssen. Wie sie gegenseitig über ihre Fehler meckerten. Wie sie sich tatsächlich in die Haare kriegten bei der Frage, wie man die Ghule nun am besten ablenken sollte – ihr erster Streit, der, sowie sie in Sicherheit waren, sofort vergessen war, und wenn das nicht bedeutete, dass sie quasi verheiratet waren, was denn dann?

Mae Rutkowski hätte sicher Bauklötze gestaunt; ihr Wildfang wurde endlich sesshaft.

Charlie und Luis nagelten die Eingangstür wieder zu und umklammerten einander auf dem Sofa, starrten die Fensterbretter an, die unter den Angriffen von sicher sechs oder sieben Ghulen erzitterten. Bei jedem Schlag fuhren sie zusammen und lachten schelmisch, als ob sie einen Horrorfilm schauten. Charlie wusste, was die Teenies gern taten, während sie Horrorfilme schauten. Sie führte Luis' Hand unter ihre Bluse, und er schälte ihr, erregt von den durchstandenen Gefahren, die verschwitzten Klamotten vom Leib.

Die Ghule draußen bumsten und stöhnten. Charlie und Luis bumsten und stöhnten. Es war wie Sex in einem Gewitter oder am Strand direkt neben berstenden Wellenbergen, eine erotische Nahtoderfahrung. Als Charlie kam, dachte sie an diesen französischen Ausdruck für Orgasmus, la petite mort, »der kleine Tod«, denn genau so fühlte sie sich, als wäre sie gestorben und als Ghulin zurückgekehrt, die sich nach Luis' Fleisch verzehrte. Das Einzige, was sie bereute, war die Hündchenstellung beim Höhepunkt. Sie hätte gern sein Gesicht gesehen bei diesem Meilenstein: ihrer Hochzeitsnacht, ihrem ersten Sex als Mann und Frau.

Am nächsten Tag waren die Flitterwochen vorbei.

Das zischende Pfeifen aus seiner Brust weckte sie auf. Solange sie die Augen geschlossen hielt, konnte sie sich einreden, dass es nur an der Verausgabung durch die gelungene Bergungsaktion lag, die sie anschließend mit Sex gefeiert hatten. Aber irgendwann musste sie die Augen öffnen. Luis' Haut war grau wie Spachtelmasse,und die Linien seiner Wangenknochen waren noch dunkler und schärfer als vorher. Vielleicht lag es nur am Kontrast, aber seine Lippen wirkten blutrot. Als sie ihm eine Hand an die Stirn legte, zog sie sie mit leisem Keuchen zurück – die Haut war eisig, der Schweiß glühend heiß.

»Fühl mich richtig beschissen«, murmelte er.

»Ich hol dir einen Schluck Wasser«, sagte sie und stand auf. Im Badezimmer, mit geschlossener Tür, schlang sie die Arme ums Gesicht und weinte und weinte und weinte, bis ihre Augen fast zugeschwollen waren und ihre Bluse durchsichtig von Tränen. Endlich war sie mit dem Mann zusammen, den sie liebte, und dann lag er im Sterben. Sie konnte sich nicht länger etwas vormachen. Er war über Nacht fünf Jahre gealtert. In der nächsten Nacht würden es zehn sein. In einer Woche fünfunddreißig. Dann wäre er siebzig und würde sich kaum noch auf den Beinen halten. Dabei hatten sie gerade erst angefangen.

Währenddessen saßen Lindof und all die anderen machtgeilen Hurensöhne irgendwo fett und glücklich an einem sicheren Ort, das wusste sie genau.

Es war nicht fair, es war verdammt noch mal einfach nicht fair.

Charlie kehrte mit einem Glas Wasser zum Bett zurück. Sie hielt ihm das Glas hin, sodass er daraus trinken konnte, trotzdem rann viel davon in seine Drosselgrube. Mit gelblichen, rot geäderten Augen schaute er zu ihr auf.

»Tut mir leid«, krächzte er.

»Ist doch nicht deine Schuld, Dumpfbacke.« Sie wischte energisch mit dem Handrücken frische Tränen weg.

»Du machst das schon.«

»Schluss mit dem Positiv-denken-Schwachsinn! Dafür haben wir keine Zeit! Sprich aus, was du meinst, Arschloch.«

»Ich meine es wirklich so.« Er lächelte matt. »Du bist das härteste Weib, das ich kenne.«

Sie schlüpfte unter die Decke, hakte seine zitternden Beine zwischen ihren fest und schmiegte seinen kalten Kopf an ihren warmen, feuchten Hals.

»Lass mich nicht allein, Acocella. Ich bin noch nicht fertig mit dir. Nicht mal ansatzweise.«

»Wir sind bloß Körper«, sagte er. »Weißt du doch.«

»Wir haben uns zu spät kennengelernt.«

»Es steht eine Milliarde zu eins, dass man sich überhaupt kennenlernt. Wir haben das schon ganz gut gemacht.«

Charlie richtete sich auf, um ihm in die verfärbten Augen zu schauen.

»Wir müssen einfach schneller machen. Vierzig Jahre aus der Zeit rausquetschen, die uns noch bleibt.«

»Mmmmm.«

»Statt einer Blitzhochzeit machen wir eine Blitzehe draus. Wir ziehen das alles durch, aber im Zeitraffer.«

»Okay, klingt nett. Anstrengend, aber nett.«

Was machte eine Ehe aus? Mae und Maury Rutkowski waren Charlies einzige Referenz, verheiratet bis zu Maurys Tod, da war Charlie zweiundzwanzig gewesen. Charlie erinnerte sich hauptsächlich an das häufige mürrische Anschweigen, die kleinen Ellbogenhiebe hier und da, die resignierte Übereinkunft, über all den Mist des anderen hinwegzusehen.

Es hatte auch kurze Augenblicke der Zärtlichkeit gegeben. Charlie schnappte sich ihren Notizblock und schrieb auf, woran sie sich noch erinnern konnte. Ferienausflüge; mit ihren Schwestern durch Gettysburg zu fegen und sich umzudrehen, um ihre Alten im spektakulären Sonnenuntergang Arm in Arm zu sehen. Hochzeitstage mit kitschigen Pralinenschachteln mit pinken Schleifchen oder Rosenbouquets. Mae, die für solche Pflichterfüllung trotzdem dankbar war.

Schön, das war doch schon mal ein Anfang. Operation Blitzehe war offiziell angelaufen. Charlie fand einen Weihnachtsbaum im Keller, baute ihn im Wohnzimmer auf und durchsuchte das Haus nach den unmöglichsten Gegenständen, die sie in Geschenkpapier wickeln konnte. Luis' Körper verkrampfte sich immer wieder, wenn sie ihm unten half, aber als er die funkelnden Lichtlein sah und die DVD von *Ist das Leben nicht schön?* im Fernsehen lief und Bing Crosby aus dem alten CD-Spieler den Dieselgenerator übertönte, spürte sie, wie er sich entspannte. Bäm, ein gemeinsames Weihnachten, bitte schön, und am nächsten Tag war Valentinstag und am übernächsten Silvester.

Feiertage fanden morgens statt. Die Abendessen waren für Hochzeitstage reserviert, die sie jeden Tag feierten. Charlie hatte beschlossen, dass man bei einer Blitzehe den Blödsinn der ersten Jahre wie Papier, Baumwolle und Leder zu überspringen hatte und direkt zur Sache kommen sollte. Fünf Jahre: Hölzerne Hochzeit. Zwölf Jahre: Nickelhochzeit. Fünfundzwanzig Jahre: Silberne Hochzeit. Und immer kramte sie etwas nettes Passendes hervor: einen hölzernen *Dia de Muertos*-Schädel, eine Hippie-Nickelbrille, ein silbernes Transformers-Spielzeug, wahrscheinlich aus Luis' Kindertagen. Die Abendessen selbst waren weniger nett. Luis hatte keinen Appetit und konnte nur mit Mühe schlucken. Es schien ihm aber Freude zu bereiten, sie essen zu sehen, also gab sie vor, die abgestandenen Oreos mit den fünf Kerzen darauf zu genießen, oder den Pudding aus dem Becher, auf den sie mit Splittern aus weißer Schokolade eine *12* gemalt hatte.

Es war ein echter Liebesbeweis, sagte sie sich immer wieder, dass Luis jede Feier so tapfer durchstand. Erst nachdem sie ihm wieder zurück ins Bett geholfen hatte, zerknüllte er die Decken zu verschwitzten Knoten und wand sich in Qualen, für die ihm die Worte fehlten. »Mein Blut wird immer dicker« war noch seine beste Erklärung. Charlie hatte Larven vor Augen, die seine Adern verstopften. Sie musste sich beeilen. Es ging jetzt nur noch um sie, nicht mehr um ihn.

Kinder waren ein Fundament der Welt vieler verheirateter Paare, aber in der Hinsicht konnte sie nicht allzu viel unternehmen. Sie hatten auch keine Haustiere; alle Hunde, die sie hin und wieder von Weitem sah, wirkten zu aggressiv, die Katzen zu gestört. Da ereilte sie ein weiterer Geistesblitz. Musik und Filme! Sie und Luis waren jetzt schon zwanzig oder dreißig Jahre lang verheiratet und hatten immer noch nicht »ihr Lied« oder »ihren Film« gefunden! Sie sammelte sämtliche CDs, LPs, MP3-Player, Blu-Rays und DVDs des Hauses in einem Wäschekorb und trug ihn an Luis' Bett, um jedes Stück in einer Audienz um diesen Ehrenplatz antreten zu lassen.

»*Garden State?*«, fragte sie und präsentierte ihm die entsprechende DVD.

»Da lass ich mich lieber von hundert Ghulen beißen«, stöhnte er. »Nee, tausend.«

»*Wedding Planner*, mit Jennifer Lopez und Matthew McConaughey? Hey, Luis, wir hatten ja keine richtige Hochzeit, das könnte sehr lehrreich sein.«

»Trostlos ist das«, sagte er. »Mehr nicht.«

»Hey, ist ja deine Sammlung. Was ist mit *Hitch*?«

Luis blinzelte. »Will Ferrell?«

»Will Smith. ›Treffen Sie Hitch, den besten Kuppler von New York City. Die Liebe ist sein Geschäft, und mit nur drei einfachen Dates organisiert er auch Ihnen die Frau Ihrer Träume, garantiert!‹«

»Jetzt fühl ich mich krank *und* erniedrigt.«

»Okay, hier haben wir das Richtige. Da steht doch ›unser Film‹ in Großbuchstaben drauf. ›Adam Sandler ist ein liebevoller Familienvater mit einer atemberaubenden neuen Haushälterin in … *Spanglish!*‹«

»Töte mich. Sofort.«

»Inklusive zwölf geschnittener Szenen, Acocella! Zwölf!«

»Bring mir den Revolver. Bring mir die verdammte Knarre.«

Es war superwitzig und schrecklich traurig. Luis lachte, was zu einem Husten wurde, das er mit einem tapferen Schulterzucken abtat – *Was soll man machen?* –, obwohl sein Kinn blutbesprenkelt war und seine Beine unter der Bettdecke unter Anfällen sarkophagider Schmerzen zuckten. Er wollte nicht, dass sie es sah, also tat sie so, als würde sie es nicht sehen, und lachte, bis sie weinte, und versteckte ihr Gesicht in einem Taschentuch und weinte richtig, wobei sie feststellte, dass sie mit ein wenig Übung auch das als Gelächter ausgeben konnte.

LASST AB

Wollte man die Kombination aus harter Arbeit und purem Glück, die WWN in den erlauchten Kreis der großen Kabelsender gehievt hatte, an einzelnen Ereignissen festmachen, so gehörte der Abend des 15. Juli 2015 in Jo-Jo's Hog, einem schummrig beleuchteten Keller-Nachtclub in New Orleans, mit Sicherheit zu den Top Fünf. In jener Nacht war einer der großen Stars des Senders – Octavia Gloucester, Reporterin mit feiner Spürnase, abgeworben von einer NBC-Tochtergesellschaft aus Charlotte – im French Quarter unterwegs und drehte gerade einen Bericht über die Rückkehr der Musikclubs fünfzehn Jahre nach Hurrikan Katrina fertig.

Muse King, alias King Kong, für seine Freunde auch KK, absolvierte gerade das, was im Jo-Jo's Hog als Soundcheck durchging, als Gloucester, in jenen spartanischen Tagen noch ohne Produzenten an ihrer Seite, zu dem unglaublich jungen Bandleader geschlendert kam, um ihn wissen zu lassen, dass sie gleich während des Auftritts eine kleine Textpassage einsprechen wollte. Die Band solle also etwas Selbstgeschriebenes zum Besten geben.

»Man weiß ja nie«, sagte Octavia Gloucester. »Das wird landesweit ausgestrahlt. Am Ende gefällt es jemandem.«

Muse hatte große Ehrfurcht vor dieser wunderschönen, sachlichen Journalistin gehabt. Er war gerade siebzehn Jahre alt, jung genug, um zu glauben, dass ein bisschen Hintergrundlärm in einem Dreißig-Sekunden-Beitrag bei einem zweitklassigen Fernsehsender am Ende wirklich ein Sprungbrett zum Erfolg sein könnte. Seit drei Jahren spielte er jetzt schon in schäbigen Blues-Clubs, immer als Jüngster im Bunde. Er hatte also einen nicht unerheblichen Teil seines Lebens damit zugebracht. Er konnte seinen Durchbruch also kaum erwarten.

Er war cool geblieben und hatte etwas gesagt wie »Jo, mal gucken, wir finden sicher was Passendes«.

Als es so weit war, ließ er der Band den Vortritt, ehe er auf die Bühne spazierte. Das Rauchverbot in der Stadt war noch ganz neu und wurde in Löchern wie diesem sowieso ignoriert. Er drehte den Kopf in den verrauchten Lichtkegel des kleinen rot getönten Scheinwerfers, führte die Lippen zum Mikrofon und bot a cappella die raukehlige, achttaktige Eröffnung von »If the Blues Wuz a Woman« dar – nicht sein originellstes Lied, aber wenn die Reporter-Lady Blues wollte, kriegte sie hier in A-Dur auf dem fünften Bund einen Zwölftakter mit so was von einem Riff, dass es völlig egal war, was sie dazu laberte.

Er war eben mit dem Refrain fertig und wollte vom Mikro zurücktreten, um die Gitarre sprechen zu lassen, als sich ein Mann, der später als Preston Gourlay, 29 Jahre, identifiziert werden sollte, durch den verqualmten Raum nach vorn kämpfte, wo die Bühnenbeleuchtung in seinem verschwitzten Gesicht schillerte, und einen langem Arm mit einem .357er-Revolver hob. Sein Ziel war Juniper Coulbeck, eine Frau, von der er behauptete, sie habe ihn verschmäht, die aber darauf bestand, ihn nur vom Sehen her zu kennen, irgendein Typ halt, der auch in ihrem Gebäude wohnte.

Coulbeck konnte diese Angaben machen, weil sie nicht erschossen wurde. Coulbeck wurde nicht erschossen, weil King Kong seinem Spitznamen alle Ehre machte – obwohl der dem schmächtigen Jungen einst ironischerweise verliehen worden war – und seine Gitarre wie einen Baseballschläger schwang, sich über die Bühne beugte und seinen besten Freund – die königsblau lackierte Gretsch Electromatic mit Hohlkörper, die ihm Onkel Marlon zum fünften Geburtstag vermacht hatte – auf Preston Gourlays Schädel krachen ließ.

Es wäre wohl eine weitere der zahllosen Legenden von New Orleans geworden, hätte die Kamera das Geschehen nicht über

Octavia Gloucesters linke Schulter hinweg aufgezeichnet. Muse schaute sich das Video bestimmt hundert Mal auf YouTube an. Wie der Rest der Welt war er selbst nicht nur begeistert von diesem viralen Hit (244 323 881 Views nach nur zwei Wochen), sondern vor allem fassungslos über sein eigenes Reaktionsvermögen. Es sah aus, als hätte er seine Arme für so einen Angriff ebenso umfassend geschult, wie er seine Finger im Umgang mit der Gitarre ausgebildet hatte.

Das ungeschnittene Video war fast drei Minuten lang. Was bedeutete, dass »If the Blues Wuz a Woman« binnen zwei Wochen über zweihundertvierzig Millionen Mal abgespielt worden war. Fünf Tage später hatte Muse sein Lied bereits in *The Daily Show with Jon Stewart* und bei *Jimmy Kimmel Live* zum Besten gegeben. Er war von den Moderatoren von *The View* und *Live with Kelly and Michael* umschwärmt worden. Er hatte Angebote von drei namhaften Musiklabels erhalten, alle inklusive gesalzener, nicht rückforderbarer Vorschüsse.

Anfang der darauffolgenden Woche, als das *Time Magazine* die blutverschmierten Überreste seiner zersplitterten Gretsch zusammen mit dem Schriftzug *MUSIK IST IMMER NOCH WICHTIG* auf die Titelseite packte, hatte sein neuer Agent bereits eine ganze Japan-Tournee festgezurrt, und Muse war ein wohlhabender junger Held. Und er sicherte sich sogar noch mehr gute Rezensionen, als er dreiundsiebzig Gitarren an großstädtische Gemeindezentren spendete.

Warum ausgerechnet dreiundsiebzig? Weil ihm innerhalb eines Monats nach der noblen Vernichtung seiner Gretsch die verschiedensten Leute insgesamt vierundsiebzig Gitarren als Ersatz zugeschickt hatten – vierzehn davon gebraucht, der Rest unbenutzt. Er hatte jede einzelne andächtig ausgepackt und sich nach einigen Tagen Bedenkzeit für eine Gibson Les Paul von 1978 mit Ahornhals und Mahagoni-Korpus in einem speziellen Schneeweiß entschieden, von dem gerade genug abgeblättert war, dass die Gitarre glaubwürdig aussah. Erst nach dieser Wahl ließ er sich auf dem hohen Barhocker nieder, einem der wenigen Möbelstücke in seinem brandneuen Haus im Garden District, und traute sich, die Saiten ganz vorsichtig anzuschlagen, erst mal nur zum Stimmen. Ein paar Minuten später hatte er sie richtig eingestellt. Ein vielversprechender Klang, aber, wie Onkel Phil in *Der Prinz von Bel Air* immer gesagt hatte: »Man weiß nie, was eine Dame wirklich in sich hat, bis sie anfängt, einen anzuschreien.«

Also brachte Muse King am frühen Sonntagmorgen, als er zum ersten Mal seit Wochen allein war, die alte Gibson in seiner leeren, hallenden, von Sägemehl bedeckten Küche zum Schreien. Nach zwanzig rücksichtslosen Minuten hatte sich die Axt als so redlich erwiesen, dass Muse mit ein paar Tränen der Ergriffenheit dunkle Kreise in die Sägemehlschicht auf dem Boden malte. Ob die Clique aus Betreuern und Experten, die um ihn herum wie Pilze aus dem Boden geschossen waren, nun wirklich das Beste für ihn wollte oder nicht, es war ihm egal. Er hatte einen neuen besten Freund gefunden.

Im abgewetzten, mit rotem Samt ausgekleideten Koffer der Gibson hatte er einen Brief von den Spendern gefunden. Trotz der katastrophalen Rechtschreibung war er in einer schönen, gleichmäßigen Schrift verfasst.

> Weil du Bluß Musik libst und wier dich im TV gesehn haben wie du eine Man gestoppt hast der wen erschisen wollte, wollen wir, das du diese Gittarre krigst die unserm Sohn Hewitt gehöat hat der auch Bluß Musik gelibt hat. Hewitt hat die Gittarre neun Jahre benuzt. Er war achzehn Jahre alt. Er ist erschosen worden. Wir beten das Hewitt jedes Mahl wen du spilst oben im Himel lächelt, wo er jetzt ist.
>
> – diene Freunde Will und Darlene Lucas

Sein Vater war schon vor seiner Geburt abgehauen, seine Mutter dann, kaum dass er hatte laufen können. Keine der Tanten, Onkels und Großmütter, in deren Wohnzimmern und Kellern er aufgewachsen war, hatten in einer Partnerschaft gelebt. Diese

Nachricht von einem verheirateten Paar zu lesen, die mit ihrem gemeinsamen Namen unterschrieben, rührte ihn tief. Also schrieb er den ersten Brief seines Lebens, um Familie Lucas aus Cranston, Rhode Island, mitzuteilen, dass er die Gitarre ihres Sohnes nicht nur spielen würde, sondern sie bereits »Hewitt« getauft hatte. Zehn Tage später erhielt er ihre Antwort.

> Wir sind fro das du di Gittarre bekomen hast.
> Wir sind froh das du sie benuzen willst.
>
> – diene Freunde Will und Darlene Lucas

Im Lauf der nächsten fünf Jahre, bis zu dem Tag, an dem die ganze Welt vor die Hunde ging, schrieb Muse Dutzende Briefe an Will und Darlene Lucas und bekam Dutzende Antworten, jede einzelne eine kleine Auszeit von einem Leben, das immer beschissener wurde. Sein plötzlicher Ruhm hatte die entfernte Verwandtschaft wie einen Kuchen aufgeteilt, und jedes Stück war fest davon überzeugt, in seiner Gunst am höchsten zu stehen. Nicht, dass sich vorher irgendwer für sein Wohlergehen interessiert hätte. Die Lucases, die nichts anderes wollten, als dass ihr Sohn in seiner Musik weiterlebte, waren die Einzigen, auf die er sich verlassen konnte. Muse ließ den Kontakt nicht abreißen.

Muse kannte eine Menge ungebildete Leute, aber die Lucases waren noch eine Stufe drunter, in einem Maße unbedarft, wie er es abseits von Hinterwäldler-Stereotypen nicht für möglich gehalten hätte. Anders als die Inzucht-Banjo-Klampfer aus den Kinofilmen waren Will und Darlene Leute von geradezu atemberaubender Gelassenheit, als hätte ihnen ein Leben abseits des technischen Fortschritts der Welt irgendwie die reinen Seelen bewahrt. Den wenigen Einzelheiten, die sie mit ihm teilten, war zu entnehmen, dass sie ein entbehrungsreiches Leben geführt hatten. Der Großteil der Familie Lucas lag auf dem Friedhof, und Will und Darlene waren vor ein paar Jahren mit ihrem eigenhändig restaurierten 1962er-Plymouth von Mississippi aus zu einer kleinen Hütte aufgebrochen, die sie auf dem fernen Planeten Rhode Island geerbt hatten.

Man kan die Dinge nicht endern, schrieb Will oft. Muse hatte immer das Gefühl, diese Einstellung sei weniger Ausdruck einer Niederlage als vielmehr der Akzeptanz menschlicher Unbedeutendheit. Er rief sich genau das in Erinnerung, wann immer er ins Mikrofon heulte und die Gibson vor ausverkauften Sälen malträtierte: Auch er war klein und unbedeutend.

Das Potenzial, als Bluesmusiker im modernen Amerika zum Superstar zu werden, hatte gewisse Grenzen. Muse Kings Massentauglichkeitspotenzial war nach einigen Jahren ausgeschöpft, aber dank des stabilisierenden Einflusses von Familie Lucas war er darüber nicht allzu enttäuscht. Er hatte sich einen Namen gemacht, und die Tantiemen für »If the Blues Wuz a Woman« flossen stetig. Höchste Zeit, endlich zu dem zu werden, der er immer hatte sein wollen. Kein Fotomodell für Titelseiten, sondern ein ehrlicher, hart arbeitender Blues-Musiker, wie auch Hewitt Lucas es gewollt hätte.

Außerdem war es höchste Zeit, Will und Darlene kennenzulernen. Muse ließ sie einfliegen, damit sie ihn nach längerer Tournee bei seinem ersten neuen Auftritt in New Orleans sehen konnten, besorgte ihnen ein schickes Hotelzimmer und gab ihnen ein paar Tage Zeit, die Stadt auf eigene Faust zu erkunden. Schließlich traf er sie auf neutralem Boden, im Audubon-Park, zwei überforderte, stark schwitzende Weiße in viel zu warmer Sonntagskleidung. Beide schüttelten ihm freundlich die Hand, aber Will zitterte, und Darlene hielt ihre Tränen nur mit Mühe zurück.

»Es ist, als ob …«, brachte Darlene heraus. »Als ob Hewitt … Ich weiß ja, du bist ein …«

»Was Darlene meint, ist …«, sagte Will. »Ist, du bist ein … Hewitt war ein Weißer, wie wir.«

»Na klar.« Muse kicherte und versuchte, sich nichts anmerken zu lassen. »Ja, das klingt plausibel.«

»Aber es ist, als ob …« Will wischte sich ein paar Tropfen ab, die Schweiß sein konnten, aber auch Tränen.

»Es ist, als ob Hewitt aus dem Himmel herabgestiegen ist«, sagte Darlene. »So wahr ich hier stehe.«

Muse spendierte ihnen ein Abendessen in einem feinen Restaurant, was ihnen sichtlich unangenehm war, folgte also seinem Instinkt und ging mit ihnen anschließend zu einem Imbissstand, wo sie frittierte Hähnchenfilets und Waffeln wie Schweine am Trog verschlangen. Mit klebrig vollen Mündern verrieten sie, dass dieser Flug der erste ihres Lebens gewesen war und das Hotelzimmer auch erst das zweite überhaupt. Im ersten hatten sie übernachtet, als sie damals nach Tupelo gefahren waren, um Hewitt im bereits bezahlten Familiengrab zur Ruhe zu betten. In der ersten Nacht in New Orleans hatten sie kein Auge zugetan, in der zweiten Nacht aber gut geschlafen, nachdem sie beschlossen hatten, in ihrem Mietwagen zu pennen.

Muse bestand darauf, dass sie die dritte und letzte Nacht bei ihm verbrachten. Die Stunden vor dem Konzert lieferten den endgültigen Beweis, dass die Lucases authentisch waren. Sie bevorzugten tatsächlich Schweigen statt Small Talk. In Muse' Leben drehte sich alles um Klänge, Stille war ihm nicht geheuer. Aber was soll's, der Tag war eh schon seltsam genug, also ließ er sich auf das akustische Experiment ein, das ihm wie eine Art Meditation vorkam. Nachdem er die Stille der Lucases ein paar Stunden geteilt hatte, dachte er an tote Verwandte und entfremdete Freunde. Er war in der Lage, Trauer zu empfinden für die Dinge, die er verloren oder nie gehabt hatte, und sich selbst zu vergeben für sein, wie er wusste, Fehlverhalten in den letzten Jahren – zu viel Alkohol, zu viele Frauen. In solch einer Stimmung mussten Will und Darlene gewesen sein, als sie ihm die Gibson geschickt hatten.

Wie die Lucases ihr Leben lebten, war so viel heldenhafter als ein Schlag mit einer Gitarre zum richtigen Zeitpunkt. Sollte sich eine solche Situation je wiederholen, wusste Muse, er würde nicht zuschlagen, komme, was wolle. Er wollte mehr wie Will und Darlene sein. Er wollte für Frieden einstehen. Der einzige Weg, das zu tun – und der radikalste, vor allem für einen Amerikaner –, war zu lernen, wie man von einer Auseinandersetzung abließ.

Lass ab, sang er sich selbst zu.

Jau, er würde darüber einen Song schreiben, seinen besten Song überhaupt, der den Leuten vielleicht nicht sofort gefiel, an den sie sich aber auch nach einem Auftritt noch erinnern würden.

Lasst ab, meine Schwestern und Brüder, sang er. *Lasst ab.*

Zum letzten Mal sah Muse King Will und Darlene Lucas, acht Tage bevor die Ghule kamen, am Flughafen von Phoenix nach dem Auftaktkonzert einer kleinen Tournee, die ihn noch nach Austin, Little Rock, Memphis, St. Louis und Kansas City führen sollte. Muse war abgelenkt. Er hatte *Lasst ab* halb fertig im Kopf, traute sich aber nicht, es zu Papier zu bringen aus Angst, es könnte sich dadurch als wertloser entpuppen als gedacht. So war er überrascht, als Will – Darlene war gerade auf der Toilette verschwunden – ihn plötzlich fest bei der Schulter nahm. Das Quietschen seiner schwarzen Lederjacke verlieh der Überraschung Ausdruck. Will schüttelte anderen Leuten ausschließlich und reichlich die Hand – Muse, dem Portier, der Kellnerin.

»Darlene.« Die Fältchen um seine Augen vertieften sich. »Sie macht sich Sorgen. Nein, das ist nicht die ganze Wahrheit. *Ich* mache mir auch Sorgen. Wenn wir daran denken, dass du bald wieder alleine unterwegs bist da draußen … mit schnellen Flugzeugen … schnellen Autos … und wer weiß was mit leichten Mädchen anstellst.«

Muse wurde rot.

»Wer sagt denn noch *leichte Mädchen*?« Es sollte ein Scherz sein, fühlte sich aber deplatziert an. Sein blödes Grinsen verwandelte sich in eine ernste Miene. »Ich bin darüber weg, Paps. Bin ich wirklich. Ich fühle das. Ich verändere mich. Und ich arbeite an einem neuen Lied, das …«

Muse verstummte. Wills Lippen waren geschürzt und zitterten. Auch seine Stimme bebte.

»Es … ist wirklich schön zu hören, dass … mich wieder jemand Paps nennt …«

»Ach, weißt du.« Muse zuckte mit den Schultern, als wäre es keine große Sache, aber das war es durchaus; der neue Muse King ließ all den Mist hinter sich, der nichts bedeutete – die Eltern, die ihn im Stich gelassen hatten, die Familie, die wie Geier nach seiner Knete lechzte –, und stand zu dem, was er tat. »Das meine … das meine ich auch so, so kommst du mir vor, Mann.«

»Ich glaube, der Herr hat uns zu seinem Instrument gemacht, damit wir dir dieses Instrument schicken.« Wills Augen leuchteten. »Und jetzt belohnt er uns.«

»Das ist doch nichts Besonderes«, sagte Muse. »Hotels und Essen und Konzertkarten.«

»Das meine ich nicht. Dass wir dich kennenlernen und uns um dich sorgen dürfen, das ist die Belohnung.«

Die Leute, die ringsum durch die Empfangshalle krochen, wurden zu Geistern, ihre Ärmel und die Ecken ihrer Koffer schienen wie Rauch durch Muse zu wischen. Er sah nur noch Wills bebendes Gesicht. Spürte nur noch die Finger des alten Mannes, die sich in seine Schulter bohrten. Er wollte Will auch so beherzt ergreifen. Warum tat er es dann nicht? Worauf wartete er?

»Mir passiert schon nichts, Paps«, sagte er. »Wenn überhaupt sollte ich mir Sorgen um euch machen. Falls ihr noch mal ein Konzert sehen wollt, sagt einfach Bescheid. Nicht, dass ich euch erst suchen muss, okay?«

Darlene kam zurück. Vielleicht wusste sie, dass sich zwischen den beiden Männern ein emotionaler Moment ereignet hatte, vielleicht auch nicht. Sie umarmte Muse. Dann folgte Wills formeller Handschlag, und schon waren sie auf und davon in Richtung Sicherheitsbereich, und Muse stand allein da. Wenn er sich nicht bewegte, würden die Tränen vielleicht nicht auf den Boden klatschen, und im Netz würde kein Video mit dem Titel *HEULSUSE MUSE KING AM FLUGHAFEN!!!* auftauchen. Als er sich dann doch irgendwann bewegte, tat er es mit gesenktem Haupt, mit einem Sturm aus Freude und Traurigkeit im Kopf und mit errötetem Gesicht, gekühlt von zwei nassen Streifen.

Nicht, dass ich euch erst suchen muss, okay?

Am Morgen des 24. Oktober hallten diese Worte in seinen Träumen wider. Der Gig in Kansas City war ganz in Ordnung gelaufen, aber er wollte trotzdem schnell wieder nach Hause. Er würde ein paar Änderungen vornehmen. Sich für eine Weile von seiner Band trennen. An ein paar Solo-Nummern arbeiten – nur er und Hewitt. *Lasst ab* fertigstellen. Ein paar Shows klarmachen, die ihm wirklich etwas bedeuteten. In Schulen. Gemeindezentren. Pflegeheimen. Öffentlichen Parks in Problemvierteln. Er hatte schlecht geschlafen, aber sein Hirn quoll über vor Möglichkeiten. Mit dem Daumen weckte er sein Telefon und öffnete Instagram, bereit, seine Gedanken zu posten, um sich auch wirklich daran halten zu müssen.

Ein lautes Klopfen an der Hotelzimmertür.

Er schaute auf die Uhr. Halb neun.

»Noch im Bett«, rief er.

Noch ein Klopfen. Und noch eins. Und noch eins. Er schwang die Beine aus dem Bett und trottete träge durchs Zimmer. Normalerweise hätte er jemandem, der ihn so früh störte, gehörig die Meinung gesagt, aber erstens war er schon wach gewesen, und zweitens wollte er ja ein neues Kapitel in seinem Leben aufschlagen. Er löste den Riegel, zog die Tür auf und sah sich Leticia Luz gegenüber, deren Unterschrift er am Vorabend auf einem Kärtchen gesehen hatte; *Ich habe Ihr Zimmer geputzt und würde mich sehr über ein kleines Trinkgeld freuen.* Muse hatte sie ein paar Mal gesehen, und ihr unterwürfiges Verhalten war ihm unbehaglich, so wie fast immer beim Servicepersonal.

Leticias schüchternes Lächeln war zu einem klaffenden Abszess geworden. Ihre sonst stets auf den Boden gerichteten Augen leuchteten ihn wie leere weiße Frontscheinwerfer direkt an. Von der Taille abwärts war sie nackt. Ihre Zähne waren mit rotem Speichel verschmiert, Blut benetzte die Brust ihrer altertümlichen Dienstmädchenuniform. Das Erste, was Muse einfiel, war irgendetwas über Ben Hines, das er auf Instagram überflogen hatte. Offenbar hatte sich Hines Hotelpersonal gegenüber unsittlich entblößt, und Muse fragte sich, wie diese Nummer wohl aussehen musste, sollte jemand vorbeikommen – das Dienstmädchen halb nackt und blutverschmiert, er selbst nur in Unterhose.

Die Lucases, dachte er später, hätten ihr, ohne zu zögern, geholfen.

Leticia lief mit gefletschten Zähnen direkt auf ihn zu. Muse hätte versuchen können, sie festzuhalten, war aber in den Bayous von genug streunenden Hunden angefallen worden, um zu wissen, dass gefletschte Zähne großen Schmerz zur Folge hatten. Er zuckte zurück und wich ihren wedelnden Armen aus. Sie stolperte und fiel über einen Zimmerservice-Wagen, wischte Steakknochen, Salz, Pfeffer, Ketchup, Brötchen und Butterpäckchen zur Seite. In Sekundenschnelle war sie wieder auf den Beinen, aber Muse rammte ihr den Servierwagen in die Magengrube und klemmte sie vor der Wand ein. Es tat weh. Nicht ihr – sie fuchtelte immer noch ungerührt mit den Armen. *Ihm* tat es weh. Er wollte nicht mehr kämpfen. *Lass ab. Lass ab.*

»Geht es Ihnen gut?«, fragte er laut. »Brauchen Sie Hilfe?«

Leticia knurrte und spuckte blutigen Schaum.

Muse erinnerte sich auch an den Rest, wünschte aber, er könnte es verdrängen. Entschlossen, dem Dienstmädchen nicht wehzutun, ließ er den Wagen los. Sie stellte ihm mit doppelter Wut nach, die Strafe für seine Gewaltlosigkeit. Zehn furchtbare Minuten lang hielt er sie sich mit Sofakissen vom Leib, bis es ihm schließlich gelang, sie in einen Wandschrank zu manövrieren, den er mit einem Stuhl versperrte. Er schrie um Hilfe, die nicht kam, und dachte darüber nach, wie viel einfacher es gewesen wäre, Leticia mit dem Telefon, dem Nachttisch, dem Sektkübel, mit was auch immer zu erschlagen. Gewalt war immer einfacher.

Mit dem Rücken zum Schrank mühte er sich in seine Klamotten, inklusive Hut und Schal, seine übliche schwarze Garderobe. Rasch griff er nach dem Koffer, in dem Hewitt wohnte – der von Blut unbefleckte, gewaltlose Hewitt –, und begab sich ins Treppenhaus, das war in einer Krisensituation immer sicherer als der Aufzug. Fünf Stockwerke tiefer traf er auf einen zweiten Hotelangestellten. Dieser war kopflos oder so gut wie. Er schien aus nächster Nähe von einer Schrotladung getroffen worden zu sein. Der halbe Hals fehlte, und der Kopf baumelte nach vorn, schlug beim Gehen immer wieder gegen die Brust. Ein Schlag mit dem Gitarrenkoffer hätte ihm den Kopf abgerissen, aber Muse widerstand; *Lass ab, lass ab.*

Als er die Lobby betrat, hatte er fest vor, das Richtige zu tun. Am Empfangsschalter zu melden, was er gesehen hatte, und hoch und heilig zu versprechen, der Polizei alles zu erklären. Aber die Lobby war das reinste Chaos, überall umgeworfene Möbel, der Boden mit Tourismusbroschüren bedeckt – und einer dicken Blutspur, die sich vom Aufzug bis zur Eingangstür erstreckte.

Tull Bledsoe, sein Chauffeur und Freund, packte ihn an den Schultern und lotste ihn mitten durch das Blut zur Tür hinaus in den verhangenen Morgen. Muse wollte anhalten, aber Tull schob ihn weiter und bestand darauf, dass der Rest der Band »unerreichbar« sei – mehr Details ließ er sich nicht entlocken. Sie purzelten auf die Vordersitze des Cadillac Escalade. Während Tull vom Hotelparkplatz fuhr, tat Muse zwei Dinge: Er schaltete das Radio ein und zerrte eine Flasche Jim Beam aus dem Handschuhfach.

»Wohin jetzt, Boss?« Eine Frage, die fast alltäglich genug klang, um Tulls Entsetzen zu verbergen.

Muse trank einen tiefen Schluck Bourbon und keuchte. »Rhode Island.«

»Rhode *Island*?« Tulls ruhige Fassade bröckelte. »Ich meinte, wohin *jetzt*, du blöder Spinner!«

»Erst mal raus aus der Stadt, Tull. So schnell wie möglich.«

Sie hatten es nicht geschafft. Er kannte wenige Leute mit einem derart aggressiven Fahrstil wie Tull, trotzdem waren sie kurz vor dem Autobahnkreuz 35/670 in einen Stau geraten und gezwungen gewesen, zu Fuß weiterzugehen. Den ganzen Tag waren sie gerannt – weg vor den Ghulen, hin zu anderen Hilfsbedürftigen. Hewitt war eine arge Last, und mehr als einmal verfluchte Tull ihn dafür, dass er sich weigerte, die Gibson als Waffe zu benutzen. Sie verbrachten die Nacht in einem unverschlossenen Friseursalon.

Unverschlossen, aber nicht leer. Tull hatte sich gerade auf einem der Sessel ausgestreckt, als ein Ghul mit Schürze aus einer Tür trat und sein Gesicht auf Tulls legte. Das Mondlicht fiel von draußen auf genug Spiegel, sodass Muse sehen konnte, wie die Zähne des Ghuls Tulls Lippen perforierten und er ihm die Zunge in den Rachen schob. Der Ghul biss zu, rutschte ein Stück nach oben und lutschte Tulls linken Augapfel aus. Wahrscheinlich war das Letzte, was sein Freund auf dieser Welt sah, dass sein eigener Augapfel wie eine Kirschtomate im Mund des Ghuls zerplatzte.

Hätte Muse das verhindern können, hätte er die Gibson eingesetzt wie damals die Gretsch? Nein, redete er sich ein und verbrachte den Rest der Nacht auf der Flucht mit dem Versuch, sich davon zu überzeugen. Er hatte sich einen richtig beschissenen Zeitpunkt ausgesucht, um zum Pazifisten zu werden. Oder, dachte er, es war der beste Zeitpunkt überhaupt. Das einzige Gefühl, dem er jetzt noch vertraute, war Traurigkeit. Es gab viel, was man mit einem Blues besingen konnte, aber dann gab es noch *den Blues*, also das, was man ganz tief im Innern vergraben hielt.

Irgendwann landete er bei der Waterfall-Brauerei, wo ihm das gärende Bier nach dem Leben trachtete. Er stahl eine Vespa, falls es überhaupt noch möglich war, irgendetwas zu stehlen. Er fuhr nach Norden, bis der Tank piepte und der Motor stotterte. Dann ging er zu Fuß weiter. Er dachte an Rhode Island. Er ließ sich an einer dreckigen Kreuzung im Niemandsland nieder. Er spielte. Er trank. Er traf ein Mädchen namens Greer Morgan. Er bettete seinen matten Körper auf dem ihren. Es fühlte sich ganz anders an als die vielen One-Night-Stands des letzten halben Jahrzehnts. Nichts war ihm je so friedvoll erschienen. Er küsste sie, bis er überzeugt davon war, dass nicht alle Auswege aus dieser Situation versperrt waren.

LEGION

Es wurden jede Menge Ghule getötet, nur hielt man es vor Pater Bill verborgen, weil er nicht wollte, dass man Ihnen etwas antat. Aber er war ja nicht hier unten, oder? Sowohl »weiche« als auch »harte« Tötungen wurden durchgeführt. Beides waren militärische Begriffe. Weich: die Angriffsfähigkeiten eines Ghuls zunichtemachen. Als Beispiel konnte die Situation dienen, in der Nishimura die Axt, mit der Clay Szulczewski zerteilt worden war, dazu benutzte, einem Ghul beide Hände abzuhacken. Hart: Tod, dauerhafter Tod. Hier war die Situation zu nennen, in der Nishimura einem Ghul mit einer Nagelpistole aus nächster Nähe fünf lange Nägel in die Stirn jagte. Der Kopf war der Schlüssel. Kopfverletzungen machten Sie unschädlich. Er und die anderen Missionare seines Teams hatten das ziemlich schnell begriffen. »Team« – lustiges Wort in diesem Kontext. Er war sowohl Anführer als auch Geisel. Sie verließen die Insel durch den Flaggraum, umrundeten die Operationszentrale und kletterten hinunter ins Büro für Öffentlichkeitsarbeit. Er beschwor das Glühen herauf, legte eine Route fest und ging voraus, wusste aber stets mehrere geladene Waffen hinter sich. Jedes Mal, wenn sie nach unten gingen, hatten sie neue Einsatzbefehle: Plündert den Lagerraum mit Trockennahrung und den Bordladen. Geht ins Krankenhaus und sammelt alles Nötige. Seht nach, ob noch Waffen im Magazin sind. Fahrt die Frischwasser-Produktion wenigstens wieder auf ein Hundertstel ihrer eigentlichen Kapazität von 750 000 Litern pro Tag hoch. Hebt die Moral der Gläubigen in den Außenposten beim Maschinenraum, indem ihr ihnen Essen, Wasser und frohe Kunde von Pater Bill bringt. Es war grauenhafte Arbeit, jedes

Um-die-Ecke-Spähen aufs Neue unerträglich. Nächste Ecke: nichts. Nächste Ecke: nichts. Nächste Ecke: acht Ghule mit herunterbaumelndem Fleisch, ausgerollten Eingeweiden und klickenden Kiefern. Sechs Einsätze in vier Tagen, sechs Mann verloren. Einer von ihnen hatte bloß einen Kratzer abbekommen, aber die Missionare wussten es besser und traten ihm das Gesicht ein. Stiefel waren nicht so laut wie Kugeln. Wut staute sich an und brauchte hin und wieder ein Ventil. Nishimura versuchte sich damit abzufinden. Krieg war eben Krieg. Wenn einige Missionare irgendwo stehen bleiben wollten, um einen Ghul zu foltern, versuchte er sie mit pragmatischen Worten zur Eile zu drängen. Sie hatten wirklich keine Zeit für so was. Die Männer starrten ihn finster an. Wie einfach wäre es gewesen, Henstrom zu berichten, dass Nishimura von einem Ghul erwischt worden war. Larry, Atsuko, Chiyo, Daiki, Neola und Bea: Er musste ein nützlicher Anführer bleiben. Als sie an Bertrand Veevers' Ideenbox vorbeikamen, stockte er. Darin fand sich ein einziger zerknüllter Zettel. Er behielt den Vorschlag für sich, auch wenn es ein guter war. *TÖTET UNS JAGT ALLES IN DIE LUFT MACHT DER SACHE EIN ENDE.* Tief im Schiff gab es einen Raum, in dem Müll entsorgt wurde. Holz, Metall, Plastik, Staumaterial. Und jetzt auch Ghule. Vollständig tote oder solche, die noch zappelten. Man warf sie die Schächte hinab ins Meer. Moment mal. Konnten Ghule schwimmen? Was, wenn sie durch die Kühlwasseransaugrohre der Reaktoren wieder hineinpaddelten? Der Seahawk-Helikopter hätte eine Echolotsonde zu Wasser lassen können, um dies nachzuprüfen, aber der Seahawk war Geschichte, war über Bord geworfen worden. Auch diese Anordnung war direkt von Pater Bill gekommen. Binnen eines Monats hatten sie sämtliche Fluggeräte an Deck loszuwerden. Auch das war schwere, gefährliche Arbeit. Auch hier starben Männer, weil sich niemand traute, in Sichtweite von Pater Bill Ghule anzugreifen. Für Nishimura waren die Flugzeuge, die über Bord gingen, das Ticken einer Bombe.

Dann wurde alles noch schlimmer.

Niemand hatte es vorausgesehen. Wie auch? Als irgendwer das letzte Mal etwas von ihm gehört hatte, hatte die Gerüchteküche gebrodelt, weil er seit zehn Tagen auf der Krankenstation gelegen hatte. Neun Tage nach dem Putsch der Ghule an Bord der USS *Olympia*, mitten während Pater Bills Morgenandacht, ertönte ein Schrei vom Laufsteg der Meteorologie, der sich schnell vielstimmig ausbreitete. Die Bevölkerung der Insel war auf fünfunddreißig geschrumpft, aber nicht jeder war befördert worden. Nishimura zum Beispiel nicht. Er setzte sich so schnell auf, dass er sich den Kopf an der Tischplatte stieß.

»Kapitän Page!«, brüllte jemand. *»Da ist Kapitän Page!«*

Selbst die Schwächsten fanden irgendwie genug Kraft, sich nach draußen zu schleppen. Nishimura war ganz benebelt vor Hoffnung. Wenn es eines gab, was die Männer noch aus dem Bann dieses gefährlichen Irren befreien konnte, dann die Rückkehr jenes Mannes, der für Zivilisation und Recht und Ordnung stand.

Nishimura war als Letzter auf dem Laufsteg, obwohl er jetzt besser genährt war, seine Muskeln vom täglichen Überlebenskampf unter Deck gestählt. Er schob sich an ein paar anderen vorbei, um über die Reling zu schauen. Wenn Page da unten bei den Ghulen war, befand er sich in Lebensgefahr. Nishimura war bereit, geradewegs ins Verderben zu springen, um seinen Kapitän zu retten.

Das Problem dabei war nur – Kapitän Page war bereits tot. Er war immer schon ein knochiger Typ gewesen, mit schmalem Gesicht, spitzem Kinn und vom energischen Rasieren geröteter Haut. Seine Paradeuniform hatte nie richtig gesessen, ein Zeichen dafür, dass er im Herzen ein Arbeiter war, kein Bürokrat. An alldem hatte sich nichts geändert. Er war immer noch Kapitän Page, nur ein bisschen grüner. Nishimura konnte keine Wunden erkennen. Vielleicht war der Kapitän tatsächlich an einer Krankheit gestorben.

Sein Körper kratzte mit genug Kraft an der Stahlwand entlang, um graue Farbe abzuschaben. Oben auf der Navigationsbrücke wartete der Kapitänssessel, und Nishimura war sicher, dass Page sich an den noch erinnerte.

Aus dem Lautsprecher drang Henstroms Stimme.

»Pater Bill im Anmarsch! Pater Bill im Anmarsch!«

Jeder Ausflug ihres Führers in die unteren Gefilde wurde von gewaltigem Trara begleitet, und bald teilten sich die verbliebenen Seeleute, um Henstrom, der als Vorhut das bronzene Kruzifix trug, Pater Bill und hinter ihm zwei bewaffnete Wachen durchzulassen. Auf dem untersten Laufsteg blieb der Priester im Hawaiihemd stehen. Henstrom reichte dem alten Mann das Symbol seiner Macht.

Pater Bill wirkte etwas ratlos und näherte sich der Reling nur zögernd. Er schaute nach unten und keuchte hörbar.

»Der Kapitän ist zurückgekehrt«, flüsterte er.

Den einzigen Hinweis, wie er sich in dieser Lage fühlen sollte, erhielt Nishimura von Henstroms Augen, die diesem fast aus dem Kopf traten. Sobald Pater Bill auch nur ein wenig Autorität aus der Hand gab, war der Pisser geliefert. Nishimura wollte schreien: *Packt den Priester! Ergreift ihn!* Aber die Nishimura-Pause leistete ihm gute Dienste. Kapitänleutnant William Koppenborg wandte sich seiner Gemeinde zu und hob die Arme.

»Der Kapitän ist zurückgekehrt!«, krähte er laut, um die zischenden Wellen des Ozeans zu übertönen.

Er griff sich effekthascherisch mit einer Hand an die Brust und verzog den Mund zu einem klaffenden Grinsen. Das Sonnenlicht ließ seine Augen wie Kristalle funkeln.

»Flugdeck, Galerie, Deck 02, Deck 01, Haupthangar, Zweites Unterdeck, Drittes Unterdeck, Viertes Unterdeck, Fünftes Unterdeck. Wie viele Decks sind das, frage ich euch? Und wie viele Kreise der Hölle beschreibt Dante in seiner berüchtigten *Göttlichen Komödie*? Freude – Freude und Offenbarung! Kapitän Page hat es durch alle neun zu uns geschafft! Er hat seinen eigenen Langen Marsch absolviert! Seit Tagen erzähle ich euch von der Vereinigung zwischen Mensch und Dämon zu einem Wesen, das größer ist als beide zusammen! Nun seht, was sich ereignet hat! Der Anführer der Dämonen steigt empor, um den Anführer der Menschen zu treffen! Dank sei Dir, o Herr! Die Stunde der Vereinigung ist nahe.«

»Was sollen wir tun, Vater?«, fragte jemand.

Pater Bill sah sich wie betäubt um, schien von seiner spirituellen Eingebung ganz und gar überwältigt zu sein. Er taumelte zur Reling hoch über dem Pazifik, direkt neben Nishimura. Nishimura folgte seinem Blick hinunter zur Steuerbordseite des Schiffs. Silbrige Wellen barsten am Heckübergang, die Sonne ließ die Bordwand wie geschmolzen wirken. Geborsten, geschmolzen; so in etwa stellte Nishimura sich den Verstand des Kaplans vor.

»Flasche«, murmelte Pater Bill.

»Vater?«, fragte Henstrom. »Was für eine Flasche?«

»Eine Flasche, eine Flasche!«

Henstrom leitete den Befehl an eine der Wachen weiter, die sofort davoneilte und Pater Bill mit nur einem bewaffneten Wächter zurückließ – äußerst verwundbar, wäre nur irgendwer außer Nishimura noch willens gewesen zu kämpfen. Vier angespannte Minuten später kehrte die Wache mit einer Langhalsflasche San-Pellegrino-Mineralwasser zurück. Pater Bill ergriff sie mit der freien Hand wie ein zweites Kruzifix. Als er sich über die Reling lehnte, sah Nishimura unter seinen Jüngern viele erschrockene Gesichter. Wasser war wertvoll.

Salzige Gischt peitschte Pater Bills grinsendes Gesicht.

»Es war in der Gegend der Gerasener, wo Jesus aus seinem Boot stieg und auf einen Mann mit einem unreinen Geist traf, einen Mann, den niemand bändigen konnte, der Tag und Nacht in den Grabhöhlen schrie. Jesus fragte ihn: ›Wie heißt du?‹ Und er sprach zu ihm: ›Legion heiße ich; denn wir sind viele!‹« Pater Bill deutete mit dem Kruzifix auf Kapitän Page. »Seht her! Dort steht Legion! Und das Boot, auf dem wir segeln, ist das Boot, das Jesus zu den Gerasenern brachte! So soll denn dieses heilige Boot nicht länger einen falschen Namen tragen! An diesem heutigen Tag will ich unser Boot zu Ehren des Dämons Legion auf den Namen *Kapitän Page* taufen!«

Der Arm des Kaplans sauste nach unten. Die Flasche zerschellte, funkelndes Wasser auf funkelndem Salz, durchzogen vom Blut aus der Handfläche, die er sich an einer funkelnden Scherbe geschnitten hatte. Pater Bill taumelte nach hinten, die blutende Hand hocherhoben, und wurde von seinen Leuten zurück nach oben gebracht.

Ohne weitere Anleitung taten die Männer gar nichts. In den folgenden Stunden wurde das *Kratz-kratz* von Pages Knochen auf Stahl zum Soundtrack der allgemeinen Erwartung. Jeder starrte jeden an, vor allem die Missionare Nishimura. Er wusste, warum. Die heutige Mission würde wohl oder übel mitten durch die aufgebrachten Ghule führen – direkt zu Kapitän Page. In jeder Hinsicht eine schlechte Idee, und es war an Nishimura, ihrem Anführer diese Tatsache vorzutragen.

Zur vorgesehenen Zeit kletterte er nach oben zu seiner täglichen Einsatzbesprechung. Statt der üblichen abfälligen Blicke warf ihm selbst der dortige Wächter den gleichen flehentlichen Blick zu wie die Missionare. Pater Bill saß zusammengesunken im Sessel des Luftbosses und beäugte scheinbar ungläubig seine blutende Hand. Henstrom saß auf dem Sessel des Minibosses und wippte mit den Knien. Eine Verbandsrolle, die der Priester offenbar abgelehnt hatte, war vor Henstrom auf den Boden gefallen und hatte sich wie Klopapier bis auf den Laufsteg hinaus abgewickelt. Nishimura folgte der Spur ins Innere.

»Ihr habt getan, was Ihr tun musstet«, sagte Henstrom entschlossen. »Was Ihr tun musstet, um uns zu *führen.*«

»Jesus hat nicht dadurch angeführt, indem er tötete. Er hat angeführt, indem er starb.«

Der Verbandspfad endete an einer überraschenden Stelle: dem bronzenen Kruzifix, das auf seinem gebrochenen Stab neben der Tür zur hinteren Kammer lehnte. Nishimura versuchte sich einen Reim darauf zu machen. Er hatte noch nie gesehen, dass es nicht wie der heiligste Gegenstand der Welt behandelt wurde, geschweige denn, dass es unbeachtet in der Ecke stand. Es war sogar weiter von Pater Bill entfernt als von Nishimura. Er hätte es glatt aufheben können.

»Ihr könnt doch nicht …« Henstrom verstummte und setzte dann noch weinerlicher neu an: »Vater, alle hier sind auf Euch angewiesen!«

»Das ist nichts, was ich in Ordnung bringen kann, indem ich ein Schiff umbenenne«, murmelte der Kaplan.

Nishimuras Nacken knackte, als er den Blick vom Kruzifix zu Henstrom verlagerte. Diese Miene hatte er bei dem Bootsmann schon öfter gesehen. Diese vorgeschobene Unterlippe – er fürchtete, dass man ihm wegnehmen könnte, was er sich zusammengehamstert hatte.

»Ihr fühlt Euch, als würdet Ihr, was?«, fragte Henstrom inständig. »Jemandem etwas schuldig sein? Den Dämonen?«

»Zwei«, stöhnte Pater Bill. »Im Nebenraum der Kapelle. Zwei Dämonen, die mich zu Sich nehmen wollten. Ich habe Sie zerstört. Gedankenlos. Herzlos.«

»Dann werden wir Denen …« Henstrom hob den Kopf. »Wir geben Denen zwei zurück. Wie viele Männer haben wir noch? Dreiunddreißig? Vierunddreißig? Zwei weniger bedeuten *gar nichts.*«

Wie mumifizierte Körper aus verrottenden Sümpfen stieg in Nishimuras finsteren Gedanken das Bild seiner Familie auf, die noch immer am Leben war, noch immer wartete. Jetzt nicht den Kopf verlieren, Heiliger Karl. Reiß dich zusammen.

»So etwas könnte ich niemals tun ohne …« Pater Bill keuchte. »Eine Taufe. Ja, das ist es. Eine Taufe heißt ein Kind in seinem neuen Glauben willkommen. Und dies *ist* ein neuer Glaube, nicht wahr? Ich denke schon.« Seine Stimme gewann an Kraft. »Eine solche Zeremonie bedürfte natürlich ganz neuer Sakramente. Die ein wenig Vorbereitungszeit erfordern würden. Kann ich es wagen, so forsch zu sein? Ist das schon Anmaßung? Aber wer außer mir sollte es tun? Wer sonst? Dann muss ich mich an die Arbeit machen. Wir haben nur so wenig Zeit. Kapitän Page wartet auf uns, und er war noch nie besonders geduldig.«

»Wunderbar. Gott sei gepriesen.« Henstrom klang erleichtert. »Wie kann ich helfen?«

Pater Bill drehte andächtig seine Hand und betrachtete jeden knochigen, blutigen Finger.

»Eine Opfergabe«, sagte er. »Ich glaube, unsere Männer würden mit Freude ein paar Stückchen opfern, meinst du nicht auch?«

Nishimuras Vision seiner Familie wandelte sich. Jetzt schreckten sie vor ihm zurück, einem Ehemann und Vater, dem Finger fehlten, ganze Gliedmaßen, ein Auge, die Nase, die Ohren, die Lippen, die Zunge.

Nein, das konnte er ihnen nicht antun. Er bewegte sich. Ein einziger weiter Satz, und seine Hände schlossen sich um den Schaft des Kruzifixes. Das heilige Ding war viel leichter als erwartet. Er drehte sich um und erreichte mit klirrenden Schritten den Laufsteg. Er rannte vorbei an der Wache, nahm die Leiter in zwei langen Sprüngen und hatte die Navigationsbrücke erreicht, ehe er Henstroms Schrei hörte.

»Nishimura? *Nishimura, komm sofort zurück!*«

Dank der beengten Verhältnisse im Innern der Insel und der gebotenen Heimlichkeit unter Deck gab es nur wenig Gelegenheit zum Rennen auf Big Mama – oder *Olympia* oder *Kapitän Page* oder wie auch immer man dieses schwimmende Grab jetzt nennen wollte. Nishimura streckte sich, so weit er konnte, jagte die Laufstege entlang und rutschte Leitern nur mit den Händen am Geländer herunter. Seine Muskeln schienen sich abzuwickeln und seine Sehnen zu reißen, aber er fühlte sich auch frei, unbeschreiblich frei.

Auf der Meteorologie prallte er direkt in eine Gruppe wartender Missionare. Gleich vier packten ihn an Hemd und Hose, um nicht nach unten in die Ghule geworfen zu werden, und genau in dem Moment, als all die Männer an ihm hingen, schrillte Henstroms Stimme durch den Lautsprecher.

»Missionare! Bringt Karl Nishimura zu Pater Bill!«

Der Befehl war denkbar einfach, trotzdem erschlafften ihre Hände sofort. Nishimura wartete die eine Sekunde ab, die es normalerweise dauerte, bis ihre Augen diesen Ausdruck animalischer Brutalität bekamen, den er unter Deck so oft gesehen hatte. Aber dann verstrich eine weitere Sekunde, und stattdessen sah er in ihren Augen die gemeinsam durchlebten Schrecken, wie sie alle einander dort unten mehr als einmal das Leben gerettet hatten, wenn auch unwillig. Hier standen sie nun, beim Auftakt zu einem Ereignis, von dem selbst die Gläubigen spüren konnten, dass es unschön werden würde. Sie alle waren sich der Tatsache bewusst, dass sie Dutzende der Dämonen getötet hatten, die Pater Bill so verehrte. Wenn sie Nishimura vor den Priester schleiften, bestand die Möglichkeit, dass all das ans Licht kam.

Ließen wirklich alle acht Hände gleichzeitig von ihm ab?

Andere Seeleute griffen nach ihm, aber Nishimura schwang das Kruzifix, und dessen Symbolkraft reichte aus, um sie zurückschrecken zu lassen. Er rannte zur Reling, knapp vier Meter über dem Flugdeck, passte die richtige Gelegenheit ab, stieß sich mit dem rechten Fuß ab und sprang. Direkt unter ihm reckte Kapitän Page die grünen Hände in die Höhe und folgte Nishimuras Flugbahn mit weißen Glotzaugen.

Wann immer sich die Missionare unter Deck begaben, sorgten sie zuerst dafür, die Ghule abzulenken, damit sie freie Bahn hatten. Heute warteten dort unten abgesehen von Kapitän Page noch zehn weitere auf ihn. Als Nishimura auf einem von Denen landete, knickten die Beine des Ghuls unterhalb der Knie zur falschen Richtung hin weg und federten so seinen Sturz ab. Er kam Rücken an Rücken auf dem Ghul zum Liegen. Dieser griff hinter sich und kugelte sich dabei die Schultergelenke aus. Auch die Halswirbel knackten, als er den Kopf viel zu weit nach hinten drehte. Plötzlich verdunkelte sich der Himmel: Neun weitere Ghule erschienen. Ihre Gesichter waren durch Geiferfäden mit dem Deck verbunden.

Nishimura kam eilig auf die Beine, schwang das Kruzifix, traf weiches Gewebe. Eine stehende Ghulin wurde auf einen kriechenden Ghul geworfen, trat noch im Fallen aus und traf Nishimura mit den Füßen ins Gesicht. Er schubste sie blind von sich und hielt plötzlich ihren linken Stiefel in der Hand. Das Kruzifix, der Stiefel; eine himmlische und eine irdische Waffe. Nishimura schwang alle beide, trieb die Horde zurück, rannte quer über das Flugdeck, wich unterwegs noch zwei Dutzend weiteren Ghulen aus und erreichte die Tür zur Kammer des leitenden Deckoffiziers, die von den Missionaren mit einem Schließmechanismus versehen worden war, den die Ghule nicht enträtseln konnten.

Wie jedes Mal, wenn eine Mission sie unter Deck geführt hatte, schwand das Tageslicht, sobald er den Raum betrat, nur wirkte die jetzige Finsternis wie das endgültige Schließen eines Sargdeckels. Ohne darauf zu warten, dass sich seine Augen an die schummrig rote Notbeleuchtung gewöhnten, rannte er weiter, Kruzifix und Stiefel erhoben. Er wusste nicht, wohin er unterwegs war, nur immer weiter hinunter, tief hinab in Pater Bills neun Kreise der Hölle. Für Nishimura war die Welt schon lange gekentert und die Hölle nicht mehr unten, sondern oben.

Luftraumkontrolle, Operationszentrale, Flaggraum, Betankungsanlage, Werkstätten, Luftfiltersäuberung, Ventilation, Windenraum, und in jedem Raum kreischte Henstroms *BRINGT MIR KARL NISHIMURA!* aus den Lautsprechern. Hier und da tauchten Grüppchen von Ghulen aus dunklen Ecken auf. Die Korridore waren so eng, dass es Nishimura nie mit mehr als zwei Ghulen gleichzeitig zu tun bekam, und Kruzifix und Stiefel reichten aus, um Sie zu Boden gehen zu lassen. Wären das wirklich die Dämonen gewesen, als die Pater Bill Sie bezeichnete, hätte er vielleicht eine Art Genugtuung dabei verspürt. Aber er wusste es besser. Sie waren die hungernden Massen – wortwörtlich ausgehungert und oft in Massen anzutreffen –, die nicht mehr wollten als die Almosen, die Ihnen die Kirche zu lange vorenthalten hatte.

Sollte Pater Bill tatsächlich einige Missionare dazu bringen, ihn zu verfolgen, würden sie mit den Ghulen, die durch Henstroms Gekreisch gereizt wurden, alle Hände voll zu tun haben. Nishimura hörte und sah keine Spur von lebenden Seeleuten, obwohl sie noch immer zu Hunderten unter Deck leben mussten, nicht wenige von ihnen bewaffnet. In den letzten Tagen waren die Missionare durch das Schiff gezogen wie Polizeitrupps durch einkommensschwache Wohngegenden. Obwohl sie regelmäßig auf Spuren gestoßen waren – Essensreste, erschlagene Ghule, verlassene Barrikaden –, hatten sich die Lebenden immer rechtzeitig aus dem Staub gemacht, wohl aus Angst, für Ghule gehalten zu werden.

Die Bordküche, die Unterkünfte der Marines, die Zentralsteuerung, die Abtaukammer: Tiefer, tiefer, immer tiefer stieg er hinab, kam allein sehr viel besser voran als vorher in der Gruppe. Bald war er so tief im Schiff wie seit seiner Zeit als neugieriger einfacher Seemann nicht mehr. Es war bitterkalt und so finster, als habe man ihn tatsächlich verfrüht beerdigt; die Luft schmeckte nach Metall, die mächtigen Atomreaktoren brachten die Wände zum Vibrieren. Selbst auf fremden Planeten musste es Toiletten geben, und irgendwann entdeckte er eine, begab sich trotz der Gefahr, die ein Raum mit einem einzigen Ausgang darstellte, hinein, ging in eine Toilettenkabine, schloss sie ab, legte Kruzifix und Stiefel auf den Boden und rollte sich in der eisigen Finsternis zu einer Kugel zusammen.

Das Elend fühlte sich vertraut an. Er erinnerte sich daran, wie er sich als drangsaliertes Kind auf dem Jungenklo versteckt hatte. So einsam, wie er sich damals gefühlt hatte, fühlte er sich auch jetzt. Der kleine Karl hatte keinen anderen Ausweg gesehen, als sich leise in den Schlaf zu weinen, und auch Steuermann Nishimura sah keinen besseren Weg. Der angeblich kaltblütigste Offizier der ganzen Marine lehnte den Kopf an die Schüssel und weinte die mächtigen, zitternden, aber wohlweislich lautlosen Schluchzer, die er als Kind perfektioniert hatte. Seine Lunge fühlte sich so sumpfig an, dass er fast zu ersticken glaubte. Ätzende Tränen brannten auf seinen Wangen. In seinen Nebenhöhlen sammelte sich immer mehr Druck an – na los, explodiert schon, bitte.

Endlich gelang es ihm, sich wie der kleine Karl in den Schlaf zu heulen.

Er erwachte mit einer Klinge an der Kehle.

Er zuckte zusammen. Der Druck auf die Klinge verstärkte sich. Er spürte seine Haut reißen, Blut hervorsickern. Er wehrte sich verzweifelt, aber ehe er Kruzifix oder Stiefel ergreifen konnte, wurde er auf den Boden gedrückt und spürte ein Knie in den Schultern und die Messerspitze an der Hauptschlagader. Er sah zu einer schwarzen Gestalt auf, den Kopf von einem Kranz wilder Haare umspielt wie ein Scherenschnitt vor dem schwachen Rot der Notbeleuchtung, und eine Sekunde lang wollte er, dass die Person einfach zustach. Aber er war nicht mehr der kleine Karl, oder? Nun hatte er selbst kleine Kinder, die ihre persönlichen Qualen durchlitten.

»Leben Sie noch?« Die Stimme der Gestalt war ein heiseres Rasseln.

»Wer sind Sie?«, fragte Nishimura.

Die Antwort war ein kleiner Stich mit dem Messer. »Wer bist *du*?«

»Karl Nishimura. Ich war oben in der Insel. Ich bin weggelaufen.« Er schmeckte Blut. »Bitte. Wer sind Sie?«

Das Messer wurde weggezogen. Die harten Knie wurden von seinen Schultern genommen, und eine Hand näherte sich, um ihm aufzuhelfen. Es war ein Zeichen der Freundschaft, die er diesmal – nach so vielen Jahren, in denen er solche Offerten ignoriert hatte – annahm. Er packte die Hand, lebendiges Fleisch berührte lebendiges Fleisch, und wurde hochgezogen. Als er sich aufrichtete, wurde ihm kurzzeitig schwindlig. Er musste blinzeln und die Augen zusammenkneifen, um sich zu vergewissern, dass die Person, die ihm aufgeholfen hatte, einen guten Kopf kleiner war als er.

»Jennifer Angelys Pagán«, sagte sie.

SIE SIND DER SHERIFF

J. J. Jalopy war ein kleines Bierfass, das glaubte, ein Auto zu sein. Eines Nachts erwachte er zum Leben, als Foxy Fiona Fry auf einer Studentenparty an seinem Zapfhahn lutschte. »Heiliger Studebaker!« rief sie, nachdem sie einen Mundvoll probiert hatte. Von diesem Augenblick an glaubte J. J., ein zweifarbiger 1957er Studebaker Silver Hawk mit schnittigen Haifischflossen zu sein. Er schlug der jungen Frau vor, in eine Parkgarage ganz in der Nähe zu düsen, um sich fern der Augen neidischer anderer Partygäste näher kennenzulernen. Foxy Fiona fand den kleinen Kerl irgendwie niedlich und willigte ein.

Sie gab J. J. einen Schubs. Da er aber ein Bierfass war und kein Silver Hawk, konnte er sich nur mithilfe der Gravitation fortbewegen. Den ersten Hügel hinab hielt sich Foxy Fiona sogar auf den Beinen und balancierte auf dem silbernen Zylinder wie bei einem Wettbewerb im Logrolling. Nur war sie ordentlich beschwipst, fiel also bald herunter. J. J. hatte keine Ahnung, dass Fiona den Großteil des Weges hilflos hinter ihm herrollte, bis sie nach Jalopy Hollow kamen, wo ein Dutzend entsorgte alte Autowracks lagen.

Fiona kam sehr abrupt zum Stehen, als sie sich den Schädel an der Stoßstange eines alten Cadillac aufschlug. Als sie wieder zu sich kam, hatte sie einen Hirnschaden. Natürlich wusste sie nicht, dass sie einen Hirnschaden hatte, weil sie ja einen Hirnschaden hatte. Sie wusste nur, dass sie sich in ein kleines Bierfass verliebt hatte, das glaubte, ein Auto zu sein.

Das war Folge eins.

Spätestens nach der Ausstrahlung der dritten Folge von *J. J.s große Sause* war die Sendung ein waschechter Hit. Die handgemachte Zeichentrickserie lief um ein Uhr nachts im öffentlich-rechtlichen Fernsehen von New York City an, ging aber innerhalb weniger Tage viral, nachdem Millionen freudig erstaunter Zuschauer die fröhlichen, hektischen, liebevollen und zugleich anstößigen Videos an Familie und Freunde oder Feinde weitergeschickt hatten. Ehe die erste Staffel komplett ausgestrahlt war, gab es bereits eine Menge Spielzeug zu kaufen, nicht nur von J. J. und Foxy Fiona, sondern auch von den übrigen Bewohnern von Jalopy Hollow: Num-Num Nova, die sich für eine fremde Sonne hält, Eddie Edsel, der glaubt, er sei ein wohlschmeckendes Hummergericht, und Vickie, ein Crown Victoria, die sich für ein Nonnenkloster des ausgehenden sechzehnten Jahrhunderts hält.

Wahrscheinlich waren es die Spielzeugfiguren, mit denen der ganze Ärger angefangen hatte. Obwohl sie sich wie die Serie selbst eher an Erwachsene richteten, waren die Figuren auch bei den Kindern beliebt. Und diese Kinder schauten dann die Zeichentrickserie, die sie ebenfalls liebten. Viele Erwachsene hielten davon gar nichts. »Aber J. J. sagt das auch dauernd!« wurde für viele Kinder zu einer überaus beliebten Ausrede, ständig »Scheiße« zu sagen. *J. J.s große Sause* mutierte zum Sündenbock, wurde immer öfter von konservativen Medien kritisiert und sogar im Senat lautstark dafür gescholten, »Schimpfwörter, Konsum illegaler Drogen und gedankenlosen Sex unreflektiert zu befürworten«. Die Sendung wurde daraufhin noch beliebter, ihr Schöpfer Scotty Rolph zum Star.

Rolph war, rational betrachtet, alles andere als bereit fürs Rampenlicht. Selbst für jemanden, der nicht kiffte, war offensichtlich, dass der Kerl dauerhigh war. Vierzig Jahre alt, gebaut wie eine Couch-Potato und immer noch angezogen wie ein Collegestudent. Er trug T-Shirts mit farblich abgesetztem Ringbund und dazu Basketballshorts, die bis über die Knie hingen. Er bediente alle liberalen Klischees, schien aber trotzdem aus jedem Interview mit einem rechten Sender als Sieger hervorzugehen. Er wirkte für seine Gesprächspartner schier unangreifbar. Er kicherte und verdrehte die Augen; er hielt zusammenhanglose Monologe über

»Kunst«; er erklärte mit ernster Miene, dass Num-Num die Kriegsgefangenen des Koreakriegs symbolisieren sollte, nur um dann plötzlich zu schreien: »Ich mach doch nur Spaß, du Idiot!«

Ramsey Dylan, Senior VP Programmleitung bei CableCorp, kaufte *J. J.s große Sause* für eine angeblich siebenstellige Summe, und so feierte die zweite Staffel Premiere bei Hoopla, dem nach WWN zweitwichtigsten Sender im Portfolio von CableCorp. Dylan war im Fernsehgeschäft berüchtigt für seinen Hang, mit Konventionen zu brechen. Diversen Biografien zufolge war er früh vom Vorsitzenden der Anonyme-Alkoholiker-Gruppe seines Vaters missbraucht worden und hatte sich daraufhin zum Ziel gesetzt, die Welt zu ändern, was er nun bei CableCorp versuchte, wo er schon eine ganze Reihe von Sendungen durchgeboxt hatte, die gegen das ankämpfen sollten, was er als die Defizite des heutigen Fernsehens erachtete.

Getreu dem Slogan »Wir wollen nur, dass ihr Fragen stellt« war es seine erklärte Mission, die Leute dazu zu bringen, zu hinterfragen, was ihnen täglich als Wahrheit aufgetischt wurde. In der Retro-Soap *Ärzte und Betrüger* stellten die Ärzte pro Folge genau eine Fehldiagnose. Das Publikum riet jede Woche begeistert, welche Diagnose diesmal die falsche war. Und auch der Meteorologe Flip Voss baute einmal pro Woche eine falsche Vorhersage in seinen Wetterbericht ein, um die Leute dazu zu animieren, eine zweite Quelle zurate zu ziehen.

Viele, die für ihren Lebensunterhalt auf die manchmal falschen Angaben angewiesen waren, hassten Dylan aus tiefstem Herzen. Eines Tages schoss jemand beim Sundance-Filmfestival vor einem Kino auf ihn und zerfetzte das Gewebe zwischen den Rückenwirbeln C-4 und C-5. Dylan landete in einem elektrischen Rollstuhl mit Mundsteuerung. Kaum ein Jahr später war Dylan wieder auf seinem Posten, steuerte den Rollstuhl mit beeindruckender Geschicklichkeit und war noch passionierter als zuvor.

Ramsey Dylan und Scotty Rolph waren ein merkwürdiges Gespann, aber der mutige Produzent war eindeutig der Auffassung, dass unter der Oberfläche von *J. J.s große Sause* Tiefsinniges vor sich ging. Nachdem er der Serie seinen Segen gegeben hatte, fügte sich auch der Rest des Senders. Die jüngeren Mitarbeiter hatten sowieso schon die Büroregale voller Spielzeug, und die Älteren nickten alles enthusiastisch ab – aus Angst, sonst als altbacken abgestempelt zu werden.

Nathan Baseman gehörte ganz und gar in letztere Kategorie. Er hatte exakt fünfundvierzig Sekunden der Sendung geschaut und war zu dem Schluss gekommen, noch nie im Leben so einen Schwachsinn gesehen zu haben. Wenn CableCorp unbedingt für sexbesessene sprechende Autos Geld aus dem Fenster werfen wollte, nur zu, solange das Nachrichten-Budget unangetastet blieb. Dylan respektierte er durchaus, aber er hoffte, Rolph niemals kennenlernen zu müssen. Was mittlerweile auch arg unwahrscheinlich schien – bis zu dem Moment, als er sich gerade mit Zoë Shillace eine Tüte abgestandener Chips teilte und einen seltsamen Satz von Chuck Corso hörte, der noch immer auf Sendung war.

»Es gibt offenbar einen Zwischenfall beim Fahrstuhl.«

Baseman und Zoë gingen nachgucken. Da gab es in der Tat einen Zwischenfall. Das übliche leise Klopfen der Ghule aus der Etage darüber war zum wilden Durcheinander einer Sporthalle mutiert, Schuhe rannten und schlitterten, Körper fielen, Gegenstände rollten und klapperten. Irgendwer dort oben kämpfte sich zum Aufzug, den Baseman abgeschaltet hatte. Der Schlüssel steckte in seiner Hosentasche, er spürte seine scharfe Kante auf dem Oberschenkel. Sie hörten etwas Schweres auf Rädern mühsam über den Boden rollen, dann das Klicken von Kunststoff. Versuchte da jemand, die Tür zur Aufzugkabine zu öffnen?

»Was meinst du?«, flüsterte Baseman.

»Klingt nach erfahrenen Kämpfern«, sagte Zoë.

»Sollen wir sie runterholen?«

»Ja.« Zoë klang entsetzt. »Wir brauchen mehr Leute.«

»Was, wenn sie nicht zu uns passen?«

»Willst du sie da oben sterben lassen?«

»Ich meine nur, wir machen hier unser eigenes Ding. Wir sind vielleicht nur zu fünft, aber wir ziehen es durch.«

»Mach den Fahrstuhl wieder an! Sollen wir hier unten versauern?«

Ja – hätte er am liebsten gesagt. Er mochte die berüchtigten Jansky-Bilder verantwortet haben, er mochte seine Frau während ihrer verkorksten Ehe gebissen haben, er mochte Rochelle Glass getötet haben, als es streng genommen noch nicht nötig gewesen war, aber er versuchte sich zu rehabilitieren, Stunde um Stunde. Noch mehr Figuren mit ins Spiel zu bringen konnte seine Arbeit womöglich gefährden.

Zoë Shillace hingegen war niemandem irgendwas schuldig. Sie hatte alles verloren – Freunde, Familie, einen Lebenspartner? Baseman wusste es nicht, da sie ihre Seelenqualen für sich behielt. Er würde seine Buße nicht auf Kosten der besten Praktikantin in der Geschichte der Vereinigten Staaten ausleben.

Er fluchte, öffnete die Aufzugtür, fischte den Schlüssel problemlos aus der Hosentasche – er hatte abgenommen – und schaltete die unteren Stockwerke ein. Hastig verließ er die Kabine und sah zu, wie sich die Tür schloss. Das Summen, mit dem der Aufzug nach oben fuhr, war so vertraut, dass es mittlerweile beängstigend wirkte. Auf dem Boden ganz in der Nähe lag der Arm eines großen Stativs, mit dem man Filter vor Scheinwerfern befestigte. Er hob ihn auf und reichte ihn Zoë, dann zückte er Kwames Pistole und richtete sie auf die Aufzugtür.

»Wenn das hier schiefgeht«, sagte er, »schnappst du dir Corso und läufst mit ihm in den Regieraum.«

»Wenn das hier schiefgeht«, wiederholte Zoë leise. »Falls du es noch nicht bemerkt hast – es ist längst alles schiefgegangen.«

Das Licht neben der Tür leuchtete auf, hell und sorgenfrei, die Tür glitt zur Seite. Menschen, große Gegenstände und scharfe Waffen purzelten in einem großen Knäuel heraus. Baseman stolperte zurück, schrie etwas Zusammenhangloses und schlug mit Kwames Revolver um sich, als sei er Teil seiner Faust. In diesen paar Sekunden hätte alles passieren können. Er hätte glatt alle drei Leute erschießen können, die da zum Vorschein kamen. Anders als damals bei Jansky hielt sich Baseman aber zurück, und später, als alles so richtig den Bach runterging, versuchte er sich einzureden, das Richtige getan zu haben.

»Nicht schießen, Sheriff!«

Der Mann, der das geschrien hatte und seinen eigenen Witz mit wildem Gelächter quittierte, trug einen Baustellenhelm, eine übergroße Kunststoffsonnenbrille, einen Wanderrucksack, der fast aus den Nähten platzte, und – wie es aussah – vier Flanellhemden übereinander. Er schob einen motorisierten Rollstuhl mit sechs Rädern vor sich her, in dem ein dürrer, gebrechlicher Mann saß, entweder bewusstlos oder tot. Hinter diesem Duo stand ein mindestens eins neunzig großer Kerl mit gewaltigem Bauch, der einen Poncho mit Kapuze und einen orangefarbenen Rasentrimmer von Black & Decker trug. Statt mit Gras und Erde waren die Klingen der Motorsense mit Ghulfleisch verklebt. Alle drei waren mit Blut und Gewebe besudelt, worüber die beiden Stehenden ganz aus dem Häuschen zu sein schienen.

Der Typ in den Flanellhemden schob den Rollstuhl auf den Flur.

»Machen Sie den Aufzug besser direkt wieder dicht, Sheriff«, sagte er. »Da sind noch dreißig oder vierzig von den Dingern oben. Wir sind nicht mehr dazugekommen, die auch noch in kleine Häppchen zu schnetzeln.«

Baseman sah Zoë an, erntete aber bloß ein Achselzucken. Er steckte die Pistole weg, ging um die drei Gestalten herum und schaltete den Aufzug ab. Als er wieder auf den Gang trat, stieß er mit dem Mann im Poncho zusammen. Baseman war zwar überdurchschnittlich groß, aber dieser Kerl spielte in einer anderen Liga. Er sah nicht so aus, als hätte er auch nur einen Tag in seinem Leben Sport gemacht, aber seine Knochenstruktur wirkte irgendwie urzeitlich. Baseman eilte wieder auf seinen Platz; wie jeder Vorgesetzte wurde ihm erst bewusst, wie sehr er seine Praktikantin brauchte, als sie nicht mehr neben ihm stand.

Der Flanellhemd-Typ mit der Sonnenbrille sah sich um. »Wie viele seid ihr hier?«

Baseman sah keinen Grund zu lügen. »Ich bin Nathan Baseman. Das hier ist Zoë Shillace. Hier unten sind noch drei weitere.«

»Ihr habt die ganze Nummer mit fünf Leuten durchgezogen? Mein lieber Mann! Was hab ich dir gesagt, Paddy?«

Der Riese kicherte. Blut sickerte über seine Pausbacken.

»Paddy dachte, ihr habt fünfzig Mann hier unten. Keine Chance, hab ich gesagt, alles geht den Bach runter, da sind die feinen Nachrichtenleute auch nicht tapferer als das Komiker-Pack. Wir wollen alle nur unser Ding machen, richtig? Hmm, Sheriff? Hilfssheriff Zoë? Hab ich recht?«

»Stimmt schon, wir könnten ein paar zusätzliche Hände gebrauchen«, sagte Baseman. »Wir freuen uns, dass ihr hier seid.«

Irgendwas stimmte mit diesem Trio nicht, ganz und gar nicht. Einen ersten Hinweis darauf erhielt Baseman, als sich der Flanellhemd-Typ die Sonnenbrille in die Stirn schob. Seine Iriden waren kaum noch zu sehen, so erweitert waren seine Pupillen, und die Augen selbst waren nicht nur rosa, sondern geradezu rot vor dicken Äderchen. Das Ghulblut im Gesicht konnte nicht ganz verbergen, dass ihm auch sein eigenes aus der Nase lief. Eine Kampfverletzung? Eher hat er sich irgendwas geschnupft, dachte Baseman. Und der Riese Paddy ebenfalls. Was auch erklären würde, woher sie die Energie – ganz zu schweigen von den Eiern – gehabt hatten, mit einem Rasenschneider eine Lobby voller Ghule zu stürmen.

Der Typ mit den roten Augen war natürlich Scotty Rolph. Als das herauskam, wurde Zoë ganz hibbelig vor Ehrfurcht, wobei Baseman vor Rührung beinahe das Herz brach. Sie hatte eine Welt verdient, in der es noch Dinge gab, über die sie sich freuen konnte. Dass es sich bei dem Mann im Rollstuhl tatsächlich um Ramsey Dylan handelte, schockierte ihn geradezu. Warum einer aus der Führungsetage von CableCorp mit dem Gesindel aus der Kreativabteilung gemeinsame Sache machte, leuchtete ihm nicht ein, und Dylan war nicht in der Lage, es zu erklären. Er hatte die Augen fest geschlossen, seine Schultern bebten. Scotty sagte, Dylan sei nicht gebissen worden. Schön und gut, trotzdem sah er furchtbar aus.

Lee Sutton überließ Fessler und Corso den Sendebetrieb und gesellte sich zu der Gruppe um den Küchentisch, wo sie mit wachsendem Unbehagen sahen, dass Scotty und Paddy Dylan wie einen taubstummen Hund behandelten. Paddy, der noch immer kein Wort gesagt hatte, wedelte mit Essen vor seinem Gesicht hin und her, während Scotty das blutige Gesicht des Produzenten mit einem Handtuch abwischte. Er betupfte dessen Nase, was Dylan sichtlich erregte, dann wischte er ihm mit großer Geste die Ohren aus und machte dazu *Quietsch-quietsch*-Geräusche. Scotty kicherte ununterbrochen, Paddy zog mit tränenden Augen komische Grimassen dazu.

Wie Paddy sagte auch Dylan kein Wort. Scotty schob es auf erlittenes Trauma, und Baseman gab vor, diese Erklärung zu akzeptieren, war aber trotzdem sicher, dass hier etwas nicht stimmte. Dylan wirkte, als wollte er ihnen dringend – verzweifelt sogar – etwas mitteilen, war aber aus irgendeinem Grund nicht dazu in der Lage.

»So!« Scotty klatschte in die Hände. »Also, was geht in eurem Puff hier?«

»Was hier *geht*«, antwortete Baseman verstimmt, »ist, dass wir ein Treppenhaus voller Ghule haben, die wir bewachen müssen. Die Tür ist aus Stahl, lässt sich also nicht vernageln. Also haben wir sie mit den schwersten Dingen verbarrikadiert, die wir finden konnten. Wie viele Ghule sind oben in der Lobby?«

»Genug, um *Les Miz* aufzuführen, falls wir sie dazu kriegen können, im Chor zu stöhnen.«

Paddy kicherte feucht.

»Vergessen wir Glass nicht«, fügte Lee hinzu.

Baseman warf ihm einen finsteren Blick zu, den er sofort bereute. Er bereute alles. Das sanfte, beständige Klopfen von Glass' Ghulfäusten an Pam Triplers verriegelter Bürotür hätte ebenso gut Poes verräterisches Herz sein können. Er hätte Rochelle Glass beim ersten Mal nicht töten dürfen. Und beim zweiten Mal hätte er sie töten *müssen*.

»Halt, stopp, Auszeit.« Scotty war halb aufgestanden. »Der Rochelle-Glass-Ghul ist noch am Start? Wo ist sie? Ich will sie sehen!«

»Moment mal«, sagte Baseman.

»Oh, Alter, Sie sind der Typ, der sie von Corso runtergezerrt hat! So was Geiles hab ich noch nie im Fernsehen gesehen!« Scotty schnippte mit den Fingern beider Hände. »Okay – brainstormen: Wir machen Folgendes. Wir schnappen uns Glass, fesseln sie an einen Stuhl und stellen sie vor die Kamera. Nur um zu gucken, was sie dann *tut*, Mann.«

»Ich hoffe, das war nur ein Scherz«, sagte Lee.

Scotty machte eine ausladende Geste. »Wir geben ihr einen Schokoriegel und gucken, ob sie ihn isst. Geben ihr ein iPad und gucken, welche Apps sie öffnet. Experimente, Alter, zum Wohle der Menschheit! Und dann auch noch Rochelle Glass, die krasseste Bitch von allen? Ernsthaft jetzt? Viele Leute da draußen richten ihr ganzes Leben danach aus, bloß keine ihrer Shows zu verpassen. Wie hat sie ihre Zuschauer gleich genannt? Die hatte doch so ein verfickt geiles Wort.«

»Mendikönner«, sagte Zoë.

Scotty johlte. »Jawoll! Alle Mendikönner da draußen werden sich wie in den guten alten Tagen vorm Fernseher zusammenrotten, um ihren Guru mit der fetten Hochsteckfrise noch mal zu sehen. Wenn nicht schon so viele Geräte ausgefallen wären, hätten wir hier 'nen Scheiß-Superbowl am Start. Ach was, die verfickte *Mondlandung!* Scheiße, Ramsey, genau für so was krieg ich doch so viel Kohle von dir, hä?«

Er schlug Dylan auf den Rücken. Dylans geschlossene Augenlider zuckten, und Baseman fühlte seinen Schmerz. Er und Dylan waren fast gleich alt, und er konnte sich gut selbst in diesem Stuhl sehen, den Misshandlungen einer Generation ausgeliefert, die wild entschlossen war, das ganze Leben in einen Reality-Show-Zirkus zu verwandeln. Am meisten ärgerte ihn allerdings, dass Scotty Rolph völlig recht hatte. Rochelle Glass wieder vor die Kamera zu zerren würde ihnen traumhafte Quoten bescheren.

Die Quoten waren der Grund für die Jansky-Schalte gewesen. Die Quoten hatten seine Ehe zerstört.

Scheiß auf die Quoten.

»Jetzt hören Sie mir mal zu«, sagte er. » Wir freuen uns, dass Sie hier sind. Ehrlich. Wir brauchen neue Leute. Wir brauchen neue Ideen. Aber bloß, weil die Welt in Flammen aufgeht, heißt das nicht, dass ich nicht mehr Produzent dieser Sendung bin.« Er deutete an die Decke in Richtung Lobby. »Wenn Sie da draußen den großen Boss spielen wollen, nur zu. Aber hier unten bin ich der Boss. Und wir veranstalten hier keine Zirkusnummern. Solange noch ein einziger Fernsehapparat läuft, bleiben wir die Nachrichtensendung, der die Leute vertrauen, verstanden?«

Paddy warf Scotty ein O-nein-jetzt-kriegst-du-aber-Ärger-Grinsen zu. Einen Sekundenbruchteil war offene Feindschaft in Scottys Miene zu sehen, dann hatte er sich wieder im Griff, aber Baseman wusste, dass eine solche Wut nicht so schnell wieder vergessen war. Nur versteckt. Scotty ließ sich wieder auf seinen Stuhl sinken und zog den Baustellenhelm vom Kopf. Ein Dickicht aus weiß gefärbten Haaren kam zum Vorschein. Er umfasste die Tasse Tee, die Baseman ihm eingeschenkt hatte, vorsichtig mit beiden Händen – eine Geste, die viel zu fügsam wirkte.

»Sie sind der Sheriff«, sagte er. »Sagen Sie uns, wie wir helfen können, dann helfen wir.«

Er lächelte. Baseman traute ihm nicht, zwang sich aber ebenfalls zu einem Lächeln. Seit acht Tagen hatte er keine Gefühle mehr geheuchelt, ein persönlicher Rekord.

»Wie ich sehe, habt ihr prallvolle Rucksäcke dabei«, meinte er. »Habt ihr da ungesunde Fertignahrung drin? Dosenravioli oder so?«

»Bitte«, fügte Zoë hinzu. »O ja, bitte, bitte.«

Scotty sah Paddy an, der mit den Fingerspitzen einen Reißverschluss vor dem Mund mimte, um nicht lachen zu müssen. Scotty wuchtete seinen Rucksack auf den Tisch, öffnete ihn und verteilte einen Haufen Plastiktüten auf der Tischplatte. Die schweren Pakete brachten die Teetassen zum Klappern. Baseman musste sich vorbeugen, um sich zu vergewissern, dass ihm seine Augen keinen Streich spielten. Jahrzehntelang hatte er solche Haufen immer wieder in den Nachrichten über erfolgreiche

Drogenrazzien gesehen, aber niemals ohne einen Trupp Polizisten ringsum.

Sechzehn prall gefüllte Tüten mit Marihuana, drei riesige Pakete Kokain und Dutzende Tütchen mit den unterschiedlichsten Pillen. Waren Drogen der Grund für Dylan Ramseys Unpässlichkeit?

»Dosenravioli«, sagte Scotty andächtig. »So ähnlich.«

DIE FALSCHE PILOTIN

»Hier hausen Sie. In der Ventilation.«

»Jawohl, Sir.«

»Und das Loch unten in der Klimaanlage, das mit der Gummidichtung, da kriegen Sie Ihr Trinkwasser her?«

»Jawohl, Sir.«

»Alles klar. Sehr gut. Einfallsreich. Und ich sehe da hinten Ihren Essensvorrat. Der stammt wahrscheinlich aus der Bordküche auf diesem Deck? Was ich nicht verstehe: Warum Sie nicht dort geblieben sind, wenn Sie schon da waren. Das muss doch der sicherste Ort an Bord sein. Haben die Ghule die Küche überrannt?«

»Ghule, Sir?«

»Pater Bill nennt sie Dämonen.«

»Nein, Sir. Es waren …«

»Andere Leute. Sie haben ums Essen gekämpft?«

»Es war da nicht sicher, Sir.«

»Bestimmt nicht.«

»Für eine …«

»Ah. Für eine Frau. Tut mir leid, Pilotin. Ich bin mehrfach hier unten gewesen, mit einer Gruppe aus der Insel. Wir haben immer mal wieder Leute weglaufen hören, aber nie jemanden getroffen, der gefunden werden wollte.«

»Wir haben Angst, Sir.«

»Sagen Sie das nicht. Ich kenne die Frauen der *Olympia.* Die würden sich nicht einfach verstecken.«

»Niemand kämpft verbissener, Sir. Teenager. Transfrauen. Hier unten gibt es Helden, von denen nie jemand etwas erfahren wird, Sir.«

»Hören Sie jetzt mal auf, mich dauernd Sir zu nennen? Das klingt etwas unpassend, wenn Sie mir gleichzeitig immer noch mit dem Messer drohen.«

»Verzeihung, Sir. Aber das Messer werde ich nicht ablegen.«

»Schön. Dann – entspannen Sie sich wenigstens ein bisschen? Geben Sie mir ein bisschen Platz zum Atmen? Ah. Danke sehr. Also, damit ich das richtig verstehe: Die Leute, die hier unten noch leben, haben sich in mehrere Gruppen aufgeteilt, sagten Sie. Wie viele?«

»Ich weiß nicht. Vier? Fünf?«

»Nach Rängen? Nach Tätigkeitsbereich? Oder wie halten Sie die auseinander?«

»Farben, Sir. Sie haben angefangen, unterschiedliche Farben zu tragen.«

»Da hatte ich ganz kurz gehofft, hier unten wäre es besser gelaufen. Ihr seid zehn Mal so viele wie wir oben, ist euch das nicht klar? Mehr Leute, mehr Waffen. Wenn die 54ste damals im Bürgerkrieg Fort Wagner einnehmen konnte, können Sie auch gemeinsam die Insel einnehmen, Pilotin! Warum tut ihr euch nicht zusammen und leistet Widerstand?«

»Mit Verlaub, Sir. Sie haben ja keine Ahnung.«

»Glauben Sie, es ist nur hier unten hart, Pilotin? Glauben Sie das wirklich?«

»Ihre Leute kontrollieren die Lautsprecher, Sir.«

»Die Lautsprecher …? Gut, Pater Bill schwadroniert fünfmal am Tag ein paar Minuten lang. Na und?«

»Es sind trotzdem *Worte*, Sir. Das ist wie … Fernsehen. Oder Radio. Oder Internet. Worte sind immer noch wichtig. Sie … sie sagen uns, wie wir uns fühlen sollen. Wovor wir uns fürchten sollen. Es ist schwer, nicht zuzuhören. Wir sind schwach. Wir sind am Verhungern. Wir sind in wenigen sicheren Bereichen zusammengepfercht. Alle kämpfen um genug Platz, die ganze Zeit. Niemand kann schlafen. Eine Menge Essen ist schlecht geworden. Viele von uns sind krank. Und wir haben Ratten. Wegen dem vielen Müll.«

»Essen die Leute ...?«

»Ratten? Jawohl, Sir. Sie werden sich kaum etwas ausdenken können, was wir noch nicht gegessen haben.«

»Okay. Tut mir leid. Für manches davon sind wir da oben verantwortlich. Wir haben die Vorratskammern mit der Trockennahrung besetzt. Und den Maschinenraum. Als Nächstes sollte der Reaktorraum folgen. Wir werden nach und nach alle Immobilien hier unten aufkaufen. Und ihr werdet in immer noch kleinere Ecken zurückgedrängt.«

»Ja, klar, *jetzt* interessiert Sie das. Wo Sie einer von uns sind.«

»Da will ich Ihnen nicht widersprechen. Vor allem, weil Sie das Messer nicht weglegen wollen. Aber jeder wird doch von seinen eigenen Problemen geblendet. Doch jetzt bin ich hier und will helfen, und das ist alles, was zählt. Aber das kann ich nicht tun, solange ich Ihr Gefangener bin. Ich werde Ihnen nichts tun. Meine furchterregenden Waffen haben Sie mir ja sowieso abgenommen. Von denen die brauchbarste ein verbeultes Kruzifix ist.«

»Ich kenne dieses Kruzifix, Sir.«

»Waren Sie auch eine Jüngerin? Der Lange Marsch und all das? Na, wir machen alle Fehler, nicht wahr?«

»Sehen Sie das hier?«

»Was ist das? Ein Verband? Der hätte längst gewechselt werden müssen, Pilotin.«

»Pater Bill war das. Er hat mir das Kruzifix in den Rücken gerammt.«

»Wann?«

»Als das alles anfing. Kurz nachdem ... in einem der Zugangsschächte.«

»Ich wünschte, Sie hätten ihm da direkt den Garaus gemacht. Wie sind Sie da rausgekommen?«

»Ich bin gefallen. Bis ganz nach unten. Neun Stockwerke.«

»Was war mit den Sicherheitsnetzen?«

»Er hatte sie zerrissen. Meine Fliegermontur hat sich am Hebel eines Schotts verfangen und den Sturz abgebremst.«

»Ein Wunder, dass Sie sich nicht sämtliche Knochen im Leib gebrochen haben.«

»Da waren Dämonen.«

»Bitte, nicht dieses Wort.«

»Da waren Ghule. Jede Menge. Die waren auch alle runtergefallen und total zerschmettert. Aber ein paar haben trotzdem nach mir gegriffen. Sie haben an mir gerissen. Sie haben mich festgehalten und an meinen Klamotten gezerrt. Einer der Dämonen, einer der Ghule, hat mich an den Schultern gepackt und ich … Ich hab ihn wiedererkannt. Das war mein Staffelführer. Er hatte wahrscheinlich eh nach mir gesucht, wegen meiner Ausreißer vorher. Ich hatte eine Einsatzbeschränkung verdient. Die hatte ich wirklich verdient. Ich wollte meine Bestrafung über mich ergehen lassen. Also hab ich ihn meine Arme berühren lassen. Ich wollte es einfach geschehen lassen. Dann hab ich an die Grundausbildung zurückgedacht. Bevor ich Pilotin geworden bin, bevor ich überhaupt auch nur Grünschnabel war. Da war ich nur eine von vielen BKNs, ein Beschissener Kleiner Nichtsnutz, und die Männer hatten alle Macht. Selbst wenn sie im Rang unter mir waren. Sie haben mich gedemütigt. Angefasst. Und ich hab nicht getraut mich zu wehren, nur im äußersten Notfall ein bisschen Handgelenks-Kampf.«

»Handgelenks…?«

»Irgendwas ist da einfach in mir durchgebrannt. Bei allen Frauen hier unten brennt irgendwann eine Sicherung durch, und sie verändern sich. In mancher Hinsicht zum Schlimmeren, manchmal aber auch zum Besseren. Auf jeden Fall hatte ich irgendwann die Nase voll. Ich hab meinem direkten Vorgesetzten die Daumen in die Augäpfel gedrückt. Wir hatten da eine sogenannte Liebchen-Wand. Er hat die abgesegnet. Ich hab meine Daumen tiefer reingeschoben. Die Liebchen-Wand. Daran musste ich denken, bis ich mit den Daumenspitzen sein Hirn fühlen konnte. Die anderen Ghule wurden ganz aufgeregt. Sie haben mir meinen befehlshabenden Offizier vom Leib gerissen. Aber meine Daumen hatten sich verhakt, also hatte ich irgendwann nur noch seinen Kopf in der Hand, und er hat trotzdem weiter versucht, mich zu beißen. Also hab ich ihn weggeworfen. Ich hab mir ausgemalt, wie ich ihn direkt gegen die Liebchen-Wand schmeiße. Oder gegen ein Flugzeug. Haben Sie gewusst, dass ich die einzige Rote Schlange bin, deren Name nicht auf ihrem Jäger steht? Ich hab nicht mal ein Rufzeichen. *Ich habe nicht mal ein Rufzeichen.*«

»Hat Sie da jemand gerettet?«

»Wenn man das so nennen will. Irgendwann ist der Riemen gerissen. Ich bin auf die Ghule gefallen. Da hätte ich eigentlich sterben müssen. Aber dann kamen Männer mit Stirnlampen. Und Werkzeug. Sie haben die Ghule von mir runtergeprügelt. Das waren die Atomtypen. Die Jungs, die im Reaktor arbeiten. Sie haben mich rausgezogen. Sie haben mich verarztet. Sie haben mir zu trinken gegeben. Sie haben mich gefüttert. Sie waren so nett zu mir.«

»O nein.«

»Ich weiß nicht, ob Sie das wissen. Ich weiß ja nicht, wer Sie sind. Aber der letzte Kurs, den man als Pilot belegen muss, bevor man seine Flottenzuteilung bekommt, heißt ÜAWF. Überleben, Ausweichen, Widerstand, Flucht. Es geht darum, was man zu tun hat, wenn man als Kriegsgefangener endet. Das ist geheim, ich kann Ihnen aber Folgendes sagen: Ich weiß, wie ich mich selbst töten kann. Ich brauche dafür nur meine Hände.«

»Seit dem Tailhook-Skandal hat sich einiges getan bei der Marine. Es gibt mehr weibliche Rekruten, mehr Sensibilisierungskurse …«

»Verzeihung, Sir …«

»Es herrscht leider immer noch eine gewisse Stammeskultur, die …«

»Sir, *bitte* nehmen Sie sie nicht in Schutz. Ich habe mich nicht getötet. Ich habe andere Techniken zur Anwendung gebracht, die man uns im ÜAWF-Training beigebracht hat. Ich habe *die* getötet. Ich habe sie getötet, als wäre ich ein Ghul. Ich bin mir nicht sicher, ob ich nicht auf Deren Seite bin, Sir. Wenn das wirklich Golems sind, die die Welt säubern, warum sollten wir uns

Denen dann in den Weg stellen? Ich habe diese Männer umgebracht, Sir. Ich weiß nicht mal, wer Sie sind, und trotzdem erzähle ich Ihnen das alles. Wahrscheinlich, weil Sie gefragt haben. Weil Sie sich die Mühe gemacht haben, überhaupt danach zu fragen, Sir.«

»Rechnen Sie mir das nicht zu hoch an. Ohne das Messer hätten wir wahrscheinlich eine vollkommen andere Unterhaltung geführt.«

»Ich werde mich nicht auf Deren Niveau herablassen.«

»Sie haben recht, Sie kennen mich nicht, Sie sollten das Messer auf keinen Fall aus der Hand legen …«

»Ich *weigere* mich, so zu werden wie Die. Aber vergessen Sie nicht, Sir: Ich habe auch noch meine Hände. Ich weiß, wie ich sie einsetzen muss.«

»Das bezweifle ich nicht. Also waren Sie seitdem ständig auf der Flucht vor diesen verschiedenen Gruppen? «

»Mir bleibt nichts anderes übrig. Hier kommt niemand mehr raus.«

»Tja, das ist die Frage.«

»Was soll das heißen?«

»Sie sind doch Pilotin, richtig?«

»Aber die Flugzeuge. Ich hab sie ins Meer fallen hören. Es klang wie einstürzende Wolkenkratzer.«

»Jawohl. Pater Bill hat uns den Befehl gegeben, die Flugzeuge ins Meer zu werfen. Aber mit all den Ghulen da draußen braucht das seine Zeit. Was fliegen Sie?«

»F-18, Sir.«

»Wir haben kurz hinter Aufzug Nummer vier noch eine Super Hornet auf der Piste stehen. Ausführung D, Zweisitzer.«

»Aber Sir, ohne die Katapulte … Wenn wir eine Harrier II hätten, ginge es vielleicht …«

»Ich habe viel Zeit in der meteorologischen Abteilung zugebracht. *Sehr viel* Zeit. Und weil der Bildschirm, auf dem diese Informationen eingeblendet sind, direkt über meinem Schlafplatz hängt, weiß ich zufällig ganz genau, dass wir in vierundzwanzig Stunden mit fast fünfzig Knoten Passat rechnen können.«

»Sir. Sie haben sich die falsche Pilotin ausgesucht.«

»Das glaube ich kaum.«

»Ich weiß nicht, ob ich noch mal in einen Flieger steigen kann.«

»Das können Sie. Das müssen Sie.«

»Sir, für Sie bin ich nur Mittel zum Zweck, um von Bord zu kommen. Wobei völlig ausgeschlossen ist, dass das auch klappen wird.«

»Na und? Zu Hause warten Menschen auf mich, die mir sehr wichtig sind. Es gibt auf dieser Welt nur noch sehr, sehr wenig, woran ich glaube, und dieses wenige befindet sich in Buffalo. Wo ist Ihr Zuhause?«

»Detroit, Sir.«

»Buffalo, Detroit. Die Bills, die Lions. Wir sind doch praktisch Nachbarn. Vielleicht schaffen wir es gemeinsam nach Hause. Operation Bills-Lions. Warum nicht einfach daran glauben? Oder wollen Sie lieber in alle Ewigkeit wie eine Ratte hier unten herumhuschen?«

»Nein, aber ... Ich hab die ganze letzte Woche nur damit verbracht, irgendwie am Leben zu bleiben. Mich an jede Leiche anzuschleichen, die ich irgendwo sehe. Sie nach Essen abzutasten. Nach einem Stiefel zu suchen. Ich habe meinen linken Stiefel beim Absturz im Schacht verloren. Das war ein wichtiger Stiefel, Sir. Kampfpiloten haben braune Stiefel. Das bedeutet etwas. Ich hatte vielleicht keinen Namen am Rumpf eines Fliegers und kein eigenes Rufzeichen. Aber ich hatte meine braunen Stiefel. Sir? Warum lachen Sie, Sir?«

»Pilotin?«

»Ja?«

»Drehen Sie sich mal um. Neben dem Kruzifix.«

»Warum?«

»Weil die andere Waffe, die Sie mir abgenommen haben, ein Stiefel ist. Ein brauner Kampfpiloten-Stiefel in Frauengröße. Frau Unteroffizier Pagán, ich glaube, es war Schicksal, dass wir uns treffen.«

»Ich … danke, Sir. Ich kann Ihnen gar nicht sagen, wie viel … Ich glaube, der passt wirklich, ich … Danke, Sir.«

»Hören Sie endlich auf, mich dauernd Sir zu nennen.«

»Ich bin Jennifer. Sie können Jenny zu mir sagen. Einfach nur Jenny.«

HEIM

»Das Große G hat mich im Griff«, krächzte Luis in sein Telefon und zwinkerte Charlie mit einem lila geschwollenen Augenlid zu.

Sie grinste zurück, auch wenn es wehtat. Luis' Entschlossenheit, seinen Sinn für Humor nicht zu verlieren, war sein Geschenk an sie, das sie nicht ablehnen konnte, eine Gegenleistung für all die Feierlichkeiten ihrer Blitzehe. Auch sein neuester Versuch war lustig. War er wirklich. Da sie den Diesel für den Generator inzwischen rationierten, konnte Luis sein geliebtes, nutzloses Telefon nur noch selten aufladen. Momentan hatte er ein bisschen Akku übrig und scrollte durch seine Kontaktliste und tat so, als würde er Abschiedstelefonate führen. Er verhielt sich wie ein Mann, der an Krebs starb, dem Großen K. Das hatte sie schon mehrfach in Filmen gesehen.

»Das weiß ich zu schätzen, JT«, sagte er. »Stimmt. Das Große G tritt bei uns in der Familie häufiger auf.«

Charlie verzog das Gesicht bei dieser morbiden Erwähnung von Mamá Acocella, und Luis raffte sogar genug Kraft zusammen, um entrüstet dreinzuschauen. Diese Miene gefiel ihr nicht; sein Gesicht war grau und wächsern, und eine derartige Grimasse ließ ihn wie eine der Leichen mit dem verzerrten Glotzen der Totenstarre aussehen, die sie hin und wieder in die Autopsie bekamen. Trotzdem verdrehte sie die Augen und spielte Luis die Fröhlichkeit vor, die er bei ihr bewirken wollte.

»Aber genug über mich, JT, irgendwann müssen wir alle mal abtreten«, sagte Luis. »Wie geht es dir denn, alter Junge? Du klingst ein bisschen – geplättet.«

Wieder bedachte er Charlie mit einer hochgezogenen fleckigen Augenbraue. Sie brauchte eine Sekunde, um den Witz zu kapieren: Ihr ehemaliger Boss Jefferson Talbot war ja laut Lindof aus dem vierundsechzigsten Stock des Trump International Hotel gesprungen. Das war vielleicht etwas zu finsterer Humor, aber in dieser finsteren Zeit kam er ihr gerade recht. Sie schnaubte wie ein Schweinchen, was urkomisch klang und sie ernsthaft zum Lachen brachte. Falls es irgendwo da draußen tatsächlich einen Gott gab und Er etwas mehr Macht hatte als der Plastikjesus an Mae Rutkowskis Wand, sollte Er besser Himmel und Hölle in Bewegung setzen, um Luis Acocella Seinen Segen zu spenden.

»JT, Kumpel, ich muss los – ja, ich weiß, ich komm zu spät zur Arbeit – ja, stimmt, ich bin schon zehn Tage überfällig, aber ich musste – ja, lass mich doch mal ausreden – der Verkehr war echt furchtbar, und dann musste ich zu Hause noch ein bisschen umräumen – okay, Mensch, ich muss wirklich weg. Wir sehen uns bald, JT. Tschüss.«

Luis beendete den Anruf mit einem demonstrativen Druck des ausgestreckten Zeigefingers. Charlie lächelte, aber seine Worte hallten weiter durch ihren Kopf.

Ich muss wirklich weg.

Das musste er. Sie wussten es beide. Das Große G hatte ihn in seinen welken Klauen. Die verschwommene Sicht war fast vollständiger Erblindung gewichen, er nannte sie inzwischen »den hübschesten blonden Fleck, den ich je gesehen habe«. Wann immer er von Schmerzen und Fieber durchgeschüttelt wurde, glitt sein Stöhnen in reinen Unsinn ab. Er schien sich nur noch um sie zu sorgen. Er war traurig darüber, dass sie sich dieser Welt allein würde stellen müssen. Hatte sie auch nicht vergessen, wie man den Revolver lud? Er ging die Orte durch, an denen seiner Meinung nach am wahrscheinlichsten Munitionsvorräte zu finden waren. Nur für den Fall, dass die Zivilisation doch noch eine überraschende Rückkehr hinlegte, kritzelte er ein unlesbares Testament, in dem er ihr alles vermachte, es sei denn, Rosa käme zurück, dann sollten sie es sich teilen. Wusste sie denn noch, wie man den Revolver lud? Oder hatte er sie das schon gefragt?

Luis drückte mit dem Daumen auf den Touchscreen.

Was Charlie seit der Dieselrationierung am meisten vermisste, war die beruhigende Anwesenheit von Chuck Corso. Sie und Luis hatten Corso veralbert, bis sie den Moderator, wie wahrscheinlich der klägliche Rest der Nation auch, schließlich doch als Helden betrachteten. Er war der Mann, der Amerika mit Seemannsknoten und Bastelkleber zusammenhielt. Ohne WWN kroch zunehmend Bitterkeit in Charlies Gedanken. Seit Luis gebissen worden war, hatten sie eine Ehe im Zeitraffer geführt, und unausweichlich war der Zeitpunkt gekommen, wo sich ihre Rolle von Ehefrau zu Krankenschwester wandelte.

Ständig fragte sie ihn, ob sie etwas für ihn tun könne, nur um verwirrende, widersprüchliche Antworten zu bekommen. Sie war mit der undankbaren Aufgabe geschlagen, ihn zum Essen zu animieren, nur um hinterher seine Kotze aufzuwischen, weil er kaum etwas bei sich behielt. Sie fühlte sich wie der letzte Dreck, wenn sie ihn auf dem Weg zur Badewanne, weil er sich wieder mal eingeschissen hatte, fallen ließ. Sie waren wieder am Ausgangspunkt angelangt: Sie war seine Assistentin, nur eben nicht, um ihm bei den Autopsien anderer zu helfen, sondern bei seinem eigenen Tod.

»Hallo«, sagte Luis. »Ist Manolo da? Ach, du bist schon dran? Manu, alte Socke, tu hermano hier. Wie läuft's bei euch im Kiefern-Staat? Auch schon alles von den Toten überrannt? Was du nicht sagst. Ach, ja, danke der Nachfrage, aber ich fürchte, ich hab keine guten Neuigkeiten. Ich hab mir das Große G eingefangen. Krankenhaus? Ach Quatsch, ich muss nicht ins Krankenhaus. Eine Portion von Mamás Hühnchen-Pozole sollte reichen, meinst du nicht?«

Luis lächelte Charlie an. Sie lächelte nicht zurück. Sie konnte sehen, dass ihn gerade eine neue Schmerzwelle durchfuhr. Schweiß wälzte sich sein Gesicht hinunter wie Zuckerguss, und der Schein des Bildschirms ließ ihn nur noch bleicher aussehen. Aber sie sah auch seine Entschlossenheit. Mehrere Scheinanrufe erfolgreich zu Ende zu führen, nur um den jetzigen mittendrin abzubrechen, hätte die ganze Nummer als die Groteske entlarvt, die sie selbstverständlich war. Luis zwang seine Lippen zu einem verzerrten Grinsen. Der Touchscreen beleuchtete Zähne, die sich bereits braun verfärbten.

»Ist echt schon viel zu lange her, Manu. Ja, auf jeden Fall sollten wir uns mal wieder treffen. Ich würd' ja vorschlagen, du springst ins Auto und machst einen schönen langen Roadtrip hier rüber, die Verkehrslage ist wohl gerade etwas ungünstig. Ich? Nee, ich kann nicht mehr verreisen. Ich fürchte, das Große G ist ziemlich weit fortgeschritten. Die ollen Beine wollen nicht mehr rennen. Es fällt mir sogar schwer, länger wach zu bleiben als …«

Seine Stimme brach. Charlie hielt den Atem an. Ob Luis' Keuchen nun von Emotionen oder den Schmerzen herrührte, seine rotgelben Augen füllten sich mit Tränen. Er führte eine zitternde Hand zur Stirn, um sein Gesicht zu verbergen.

»Manu? Du erinnerst dich doch bestimmt noch daran, wie wir zusammen Gruselfilme geguckt haben, die Raubkopien von Rafis großem Bruder? Und ich hab dann immer die ganze Nacht nicht schlafen können vor lauter Angst, das Monster würde mich kriegen. Genau so geht's mir auch jetzt, Bruder. Jedes Mal, wenn ich einnicke, frag ich mich … ist das jetzt das letzte Mal? Ist es das letzte Mal, dass ich an Mamá und Papá und dich denke und … und ich hab Angst, Manu.« Luis lachte. »Ich bin immer zu dir ins Bett gekrabbelt, recuerda? Du hast gesagt ›Es gibt keine Monster, bobo, aber komm rein, damit ich weiterschlafen kann‹, und dann war alles wieder gut. Das wünsche ich mir auch jetzt. Mehr will ich gar nicht. Mach, dass die Monster verschwinden, Manu. Du warst immer der Einzige, der das gekonnt hat.«

Luis schluchzte laut durch den verkrusteten Rotz, und Charlie sah, wie sein Handy ausging, der Akku war leer, diesmal vielleicht endgültig. Zurück blieb ein schwarzer Bildschirm, den man, wie jeder weiß, der zwischendurch Lippenstift trägt, auch als Spiegel benutzen kann. Und in dem schwarzen Bildschirm sah

Luis die letzte Information, die sein Telefon ihm je übermitteln würde: sein eigenes Gesicht, so gut wie tot. Er schluchzte abermals. Charlie saß da und konnte nichts tun. Er schlief ein, und nach einer Weile ging sie nach unten und schlief auf dem Sofa, denn was, wenn er in der Nacht starb, sich auf die Seite rollte und sie biss?

Und da wusste sie, dass es vorbei war.

In den meisten Nächten reichte ein leises Quietschen der Bettfedern oder ein geisterhaftes Stöhnen, um sie aus dem Schlaf zu reißen. Diese Nacht schlief sie ungestört und erwachte erst am stillen Morgen. Sie ließ das Gefühl auf sich wirken. 4. November. Heute war also der Tag, den sie nie vergessen würde. Sie machte ihren morgendlichen Rundgang, um die vernagelten Türen und Fenster zu überprüfen, machte Kaffee, schnappte sich den .38er und ging nach oben.

Luis war noch am Leben. Aber er hatte sich einmal mehr verändert. Sein Körper war ins Bett eingesunken, als wäre es mit frischer Graberde gefüllt. Er war kreideweiß. Vor allem aber lag er ruhig da. Darüber hatte sie während des Medizinstudiums etwas gelesen; es kam der Punkt, an dem die Schmerzen eines Patienten nicht mehr als Schmerzen identifiziert werden konnten. Sie waren Luft, Licht, Schwerkraft, alles. Als Charlie sich auf der Bettkante niederließ, bewegten sich nur seine Augen langsam in ihre Richtung.

»Char-lie.« Sein Krächzen zog das Wort in die Länge. »Zeig mir die Pistole.«

Eigentlich hätte sie am Boden zerstört sein sollen, aber auch darüber hatte sie etwas gelesen: über die erschöpfte, beschämte Dankbarkeit, die Angehörige oft fühlten, wenn das Ende nahte. Sie hielt den Revolver hoch, damit Luis ihn sehen konnte. Er blinzelte. Nicken konnte er nicht mehr.

»Sobald du mit mir fertig bist«, sagte er, »heb dir eine Kugel für dich selbst auf. Nur zur Sicherheit.«

»Soll ich … Ich meine, wenn es dazu kommt … ziele ich auf mein … mein Herz, oder …«

»Frau Diener. Das weißt du genau.«

Charlie lachte. »Ja. Da hast du wohl recht.«

»Sag's mir trotzdem.« Luis seufzte. »Um der alten Zeiten willen.«

Sie schniefte; ihre Augen, noch immer vom Schlaf aufgequollen, schwollen noch weiter an.

»Wenn man auf die Brust zielt«, sagte sie, »kann es passieren, dass die Rippen den Schuss ablenken.«

»Und?«

»Man fängt sich eventuell einen Pneumothorax ein. Oder einen Hämothorax. Oder eine Querschnittlähmung.«

»Worauf sollte man also stattdessen zielen?«

»Auf den Kopf«, sagte sie leise. »Aber nicht auf die Schläfe. Sonst verfehlt man vielleicht das Gehirn, trennt sich nur die Augäpfel ab und erblindet. Und man sollte sich die Waffe auch nicht unters Kinn halten. Man könnte wegzucken und sich nur das Gesicht wegblasen. Das Beste ist, sich die Waffe in den Mund zu stecken und sie schräg nach unten zu richten, wo sich Schädel und Wirbelsäule treffen.«

»Aber nicht bei den Ghulen, richtig?«

»Ach du Scheiße. Richtig. Stimmt. Also direkt in den Kopf. Mitten durch die Stirn. Direkt ins Gehirn. Oh, Luis. Ach scheiße. Fuck, ich will das nicht tun.«

»Vielleicht musst du das gar nicht. Ich hoffe, dass es nicht dazu kommt.«

»Ich meine *das hier*. Ich meine *dich*. Wir hatten nicht genug Zeit. Ich hab versucht, so schnell wie möglich zu machen, aber es war nicht schnell genug, oder?«

»Es war ziemlich gut. Und jetzt geh zum Schrank. Das Klebeband. Bind mir Fuß- und Handgelenke zusammen.«

»Nein, Acocella. Nein.«

»Du kannst dir für dich keine Kugel aufheben, wenn du alles an mich verschwendest.«

Er hatte recht. Natürlich hatte er recht. Selbst bei John Does Wiedergeburt war Luis Acocella ganz Profi geblieben und hatte seine Beobachtungen noch ans EWSD geschickt, als andere schon längst die Beine in die Hand genommen hätten. Er hätte es wirklich verdient gehabt, statt JT zum Obersten Gerichtsmediziner ernannt zu werden. Er hätte eine Menge Dinge verdient, die er nie bekommen würde. Ehe sie zu lange darüber nachdachte, holte sie das Klebeband und befreite seine Beine von der Bettdecke. Sie hatte seinen Körper seit Tagen nicht mehr gesehen. Er war fast skelettiert, die Schlafanzughose schlabberte wie Elefantenhaut um seine Glieder. *Das ist nicht mehr wirklich er selbst,* sagte sie sich immer wieder, während sie seine Fußknöchel fesselte. *Er ist mehr als bloß diese Knochen,* sagte sie sich, während sie ihm die Hände hinter dem Rücken fesselte.

»Gut«, sagte er. »So, hör zu. Ich will keine Sauerei veranstalten.«

»Das hast du doch längst, Dummerchen.«

Ein winziges Zucken seiner Mundwinkel.

»Geh nach unten. Hol ein paar Mülltüten. Steck sie ineinander, damit sie schön dick sind. Und dann will ich, dass du …«

»Nein, Acocella, Jesus …«

»… sie mir über den Kopf ziehst und sie am Hals festklebst.«

»Ich werde dich nicht ersticken!«

»Musst du ja gar nicht. Mach ein Loch rein, damit ich noch atmen kann. Aber wenn ich zurückkomme, wirst du mir diese Tüten nicht mehr überziehen können. Und ich will nicht, dass du das sehen musst. So. Ich will nicht, dass du mich so in Erinnerung behältst.«

»Du wirst niemals so sein wie Die. Niemals.«

»Weißt du, ich hab nachgedacht. Und meine Gedanken ergeben keinen Sinn. Über die Ghule. Das sind keine unvollkommenen Menschen. Sie sind vollkommene Menschen. Verstehst du, was ich meine? Alles, was die Menschen je fertiggebracht haben, ist, ihre Feinde zu töten. Wie die Typen, die unser Auto umzingelt haben, weil sie Latinos fertigmachen wollten. Die Ghule sind auch so. Aber Die wollen alle in die Finger kriegen, Denen ist die Hautfarbe und die Herkunft egal. Endlich wahre Gleichberechtigung. Das ist doch nicht so schlecht, oder?«

Als Charlie nach unten ging, konnte sie sich wie durch eine schwebende Kamera selbst dabei zuschauen. Das nannte sich schockbedingte Dissoziation, noch eine Sache, die sie in der Uni gelernt hatte. Es hatte aber auch etwas Theatralisches. Man verbrachte sein ganzes Leben damit, Geschichten zu sehen, zu hören und zu lesen, in denen es um die großen Rituale des Menschseins ging. Um den Weg zum Traualtar, die Entbindung, das Weinen auf der Beerdigung. Dies hier war die Szene am Totenbett, und sie bemerkte, wie sie unwillkürlich die Schultern durchdrückte und die korrekte Miene trauriger Tapferkeit aufsetzte. Ihr Auftritt stand bevor.

Sie schmiss den Generator an. Der Treibstoff ging zur Neige, aber mittlerweile ging sowieso alles zur Neige. Sie holte die reißfesten schwarzen Müllsäcke aus der Küche, statt aber sofort wieder in den ersten Stock zu gehen, stieg sie hinab in den Keller. Vor ein paar Tagen (oder ein paar Jahrzehnten, je nachdem, an welcher Zeitrechnung man sich orientierte) war sie auf der Suche nach Feiertagsdeko über ein paar Kartons gestolpert. Dem Datum zufolge, das mit verblasstem Kugelschreiber darauf geschrieben war, stammten sie aus Luis' frühen Zwanzigern. Den jungen Luis kennenzulernen war vielleicht eine Möglichkeit, ihn ewig leben zu lassen, also riss sie das Klebeband herunter, nur um weder auf Fotos noch andere Erinnerungsstücke zu stoßen, wie sie gehofft hatte, sondern Bücher.

Die muffigen Bände kündeten von einem Jungen, dessen intellektuelle Neugier sich auch von Zehn-Stunden-Schichten nicht hatte dämpfen lassen. Schwere lateinamerikanische Literatur, altenglische Lyrik, europäische Filmkritik, deutsche Philosophen. Jede Umschlaginnenseite war mit dem Namen des Besitzers versehen, alle mit dem verschnörkelten Schwung von Menschen unter dreißig, wenn man noch dachte, dass sein Autogramm eines Tages vielleicht etwas wert sein könnte: *Luis Jorge Acocella.*

Sie schichtete die Bücher mit den deutlichsten Gebrauchsspuren zu einem Stapel auf, legte die Müllsäcke obendrauf und trug alles nach oben ins Schlafzimmer. Luis war bewusstlos. Sofort machte sie sich an die Arbeit und stülpte die Müllsäcke ineinander. Als er erwachte, schnitt sie gerade das Atemloch hinein.

»Du hast noch fünf Schuss«, sagte er. »Also schieß auf keinen Fall öfter als vier Mal. Das wird sowieso laut genug. Sie werden kommen. Und schieß durch ein Kissen. Vielleicht dämpft das den Schall etwas. Keine Ahnung.«

Seine Augen waren geschlossen, die Lider ölig und schwarz im käsigen Gesicht. Sie beugte sich so beiläufig wie möglich vor, wollte nicht, dass dieser Gutenachtkuss anders war als die wenigen anderen, die sie ihm hatte geben dürfen. Seine Lippen waren eisig. Die Haut drum herum glühte. Sie zog sich zurück, leckte sich seinen heißen Schweiß von den Lippen und betrachtete ein letztes Mal sein schönes, liebes Gesicht, bevor sie es unter schwarzem Plastik verschwinden ließ.

Sie klebte die Müllsäcke an seinem Schlafanzughemd fest. Sah zu, wie sich das Plastik rings um das Mundloch im Takt seiner schwachen Atemzüge langsam hob und senkte.

»Willst du Musik?«, fragte sie.

Er machte ein zustimmendes Geräusch. Die Säcke knisterten. Sie ging zum DVD-Player und legte die Filmmusik von *Die Katze mit dem roten Haar* ein. Sobald die lebhafte, aber traurige Titelmelodie von Victor Young verklungen war, setzte sie sich auf die Bettkante. Ihr Knie berührte einen Mann, der gefesselt und vermummt war, als warte er auf seine Hinrichtung, was er auch tat, nur liebte sie, anders als die meisten Henker, ihr Opfer mehr, als sie es hätte in Worte fassen können. Sie legte vier Bücher und einen Revolver neben seine Beine.

»Ich werde dir noch was vorlesen«, sagte sie. »Aus deiner Jugend. Möchtest du das?«

Der Kopf brummte. Das Loch in den Müllsäcken wurde nach innen gesaugt, nach außen gepustet. Charlie wählte einen dicken Gedichtband aus und blätterte durchs Inhaltsverzeichnis. Sie kam nicht mal bis zu »B«, da entdeckte sie zu ihrer Verblüffung ein Gedicht über ihren gemeinsamen Beruf: Autopsien.

Das Gedicht hieß »Autopsie in Form einer Elegie« und stammte aus dem Jahr 1972, geschrieben von einem Kardiologen namens John Stone. Charlie las es leise und begriff, dass es um das Große K oder das Große G oder etwas in der Art ging. Als sie es vorlas, tat sie das ganz leise, denn ihr Geliebter, ihr Patient, ihr liebster Mensch auf Erden, schwand langsam dahin.

In der Brust
im Herzen
war das Gefäß

war der Puls
war die Kunst
war die Liebe

war der Pfropf
klein und mit Kruste
und die Narbe
die nicht wusste

dass der Rest von dir
so gut wie vollkommen war.

Charlie, die auch diesen Teil der Szene kannte, vergrub das Gesicht in den Händen und schluchzte.

»Assistentin.« Seine Stimme kratzte, das Plastik zischte leise.

Charlie nickte und vertraute darauf, dass er es spürte.

»Du weißt es«, sagte er. »Versuch, dich daran zu erinnern. Die Kindheit ist kein Moment. Das Alter ist kein Moment. Vielleicht ist der Tod auch keiner. Alles ist ein Prozess. Manche Knochenzellen machen einfach weiter. Manche Zellhaufen genauso. Wie Sternbilder am Himmel. Ich rede Unsinn. Ich will nach Hause. Die Abfallprodukte des Stoffwechsels. Der Zusammenbruch der Enzyme. Die Sarkophagen. Tiere, die fressen. Die Verwesung. Die Erde. Das neue Leben. Ich will nach Hause, Charlie. Ich will nach Hause.«

Sie wusste nicht mal, was er wirklich meinte. Zu Hause konnte Mexiko sein. Oder Rosa. Sie blätterte weiter und las weiter, stolperte sich durch Sätze, übersprang ganze Strophen, aber das machte nichts. Sie konnte sich nur noch auf die Müllsäcke konzentrieren, die sich blähten und wieder erschlafften, auf das Heben und Senken seiner Brust, und daran denken, wie sie vor gerade einmal zwölf Tagen John Does Herz in ihren Händen gehalten und sich gefragt hatte, ob irgendwer oder irgendwas da draußen auch ihres hielt. Wenn Luis mit seinem Unsinn recht hatte, gehörten die Hände, die sie hielten, nicht zu einem, sondern zu *vielen*, Die allesamt bereit waren, sie mit neuem Leben zu füllen, sobald sie so weit war. Es war der traurigste Gedanke von allen: die Ghule als Korrektiv, als eine Million Pilzwolken, gekommen, um alles wieder ins Lot zu bringen, was falsch gelaufen war.

»Du kommst schon nach Hause«, versprach sie ihm.

»Ich will …«

»Du kommst schon nach Hause, hab ich gesagt.«

»Ich will …«

»Hör auf, irgendwas zu wollen, Acocella. Du kommst schon nach Hause, und wenn ich dich persönlich dahin schleppen muss.«

Es folgte eine lange, lange Pause, in der Luis Acocella gestorben sein mochte. Sie würde es nie genau wissen. Um etwa ein Uhr mittags, als gerade »I'll Take You Home Again, Kathleen« von Victor Young durchs Zimmer schmachtete, erklang endlich noch etwas aus den Müllsäcken. »Mmmmm«, dieses unverbindliche Geräusch, mit dem Luis sie so oft in den Wahnsinn getrieben hatte.

Charlie kicherte, stand auf, lachte ein bisschen, und das Heben der Waffe war wie das Heben eines Armes – *Tanz mit mir!* –, schüttelte ihr die Tränen aus den Augen, Hunderte davon, heiß auf ihren Wangen, kalt auf ihrer Bluse. Sie beschloss, es wäre doch eigentlich so etwas wie zu Hause, Luis den nicht böse gemeinten, altbekannten Mittelfinger zu zeigen, über den er sich immer so gefreut hatte. Sie richtete die Mündung des .38ers auf seine Stirn und klemmte wie befohlen ein Kissen dazwischen. Die Müllsäcke zogen Falten wie ein überraschtes Stirnrunzeln. Sie würde nur einen Versuch brauchen, um zu tun, was er ihr aufgetragen hatte. Sie mochte eine mittelmäßige Ehefrau gewesen sein, aber sie war die verdammt noch mal beste Assistentin, die Luis Acocella je gehabt hatte.

DAS IST EIN TEST

Jemand stirbt. Jemand anders lernt zu leben. Ein fairer Tausch. Und die beste Umschreibung, die Greer für ihr neues Leben finden konnte. Es war die schlechteste aller Zeiten, wie es am Anfang dieses berühmten Buchs hieß, dessen Titel ihr nicht mehr einfiel. Was ihr aber sehr wohl noch einfiel, war die andere Hälfte dieses ersten Satzes.

Allen Widrigkeiten zum Trotz fand sie sich in einer Romanze wieder. Hier draußen am kalten, matschigen Arsch von Missouri. Sie war früher zwar gern auf die Jagd gegangen, Camping hatte ihr aber noch nie gefallen. Der Wohnwagen war schon unbequem genug gewesen. Trotzdem hatte sie in den neun Tagen, die sie jetzt mit Muse unterwegs war, in einer Scheune im Stroh geschlafen, auf Betten aus trockenen Piniennadeln, in einem kaputten Ruderboot und sogar direkt auf dem Boden, geweckt vom feuchten Morgentau und dem Geruch von Gras, Rinde und einander. Sie mochte es. Sie liebte es.

Ich dachte mir, das beste Versteck ist ein völlig offensichtliches – als Muse das gesagt hatte, war er noch leicht betrunken gewesen, aber er hatte einen untrüglichen Überlebensinstinkt. All jene, die sich in der Letzten Zuflucht in ihren Wohnwagen eingebunkert hatten oder in den Räumen der Highschool oder, wie Muse erzählt hatte, in fast jedem Laden in Kansas City, waren wohl samt und sonders geliefert. Die Ghule würden sie durch die schiere Überzahl wie eine Planierraupe plattmachen. Schlimmer noch, Die waren geduldig. Konnten Die deine Festung nicht direkt knacken, warteten Die einfach ab, bis dir die Nahrungsvorräte ausgingen und du rausmusstest, um selbst zu Nahrung zu werden.

Tief im Land der langen, flachen Stoppelfelder und der leeren Weiden konnten Greer und Muse jeden Ärger schon von Weitem kommen sehen. Die größte Ghul-Herde, die ihnen bislang untergekommen war, hatte aus fünf Exemplaren bestanden. Deutlich öfter sahen sie einen oder zwei auf einmal aus mindestens einer halben Meile Entfernung, unterbrachen schnell, was immer sie gerade taten – plündern, essen, zusammenpacken, knutschen –, und sorgten schnell für ein paar Meilen zwischen sich und der Gefahr.

Manchmal kicherten sie beim Weglaufen sogar. Es war ein bisschen so, als wären sie beim Fummeln im Park von einem Polizisten erwischt worden. Und es ließ in Greer die Frage aufkommen, ob sie sich vielleicht verliebt hatte. Als sie das das erste Mal gedacht hatte, hatte sie es albern gefunden, immerhin waren sie gerade einen lachhaften Tag zusammen gewesen. Die alten Ehepaare im Sunnybrook-Park glaubten vielleicht, dass sie ihre Partner zum Überleben brauchten, denn welcher andere Mensch konnte schon die Rechnungen rechtzeitig bezahlen oder ordentlichen Kaffee machen? Wenn man diese Abhängigkeit auf eine Situation überträgt, in der es tatsächlich um Leben und Tod geht – ja, klar kann einem das dann wie Liebe vorkommen.

All das wusste Greer natürlich. Trotzdem. Sie war noch nie verliebt gewesen, nicht mal ansatzweise, und das war ihr auch ganz recht so. Da hatte es Verlangen gegeben; nach dem armen Qasim und anderen Kerlen vor ihm. Und das, was Papa Jovialität genannt hatte – Jungs, die so interessant gewesen waren, dass sie sich ein bisschen berauscht gefühlt hatte und selbst ebenfalls interessant wirken wollte. Muse war nicht nur ein gutes Gesamtpaket, er war das ganze verdammte Amazon-Warenlager. Ein Kerl mit unendlich vielen Geschichten, der trotzdem lieber ihr zuhörte. Sie hatte nicht gewusst, dass sie *überhaupt* Geschichten zu erzählen hatte, aber Muse war richtig begierig, sie zu hören, als ob ihn die rührseligen Geschichten ihrer Mutter im Gefängnis oder der harten Zeiten im versifften Sunnybrook an jemanden erinnerten.

Was sie auch taten, wie Greer herausfand: An Will und Darlene Lucas, ein ärmliches Ehepaar, die Muse in höchsten Ehren zu halten schien; so sehr, dass er jedes Mal das Gesicht verzog, wenn er sie erwähnte, eindeutig voller Sorge, was ihnen passiert sein mochte. Soweit sie das beurteilen konnte, waren die Lucases offenbar die einzigen Leute gewesen, die Muse einfach um seiner selbst willen gemocht hatten, und nicht, weil er große Konzertsäle füllen konnte. Solche Fähigkeiten waren jetzt eh nur noch einen Scheißdreck wert. Bauern, Schreiner – das waren nun die wahren Helden, obwohl Greer damit rechnete, dass Muse mit seinem Charme noch immer etwas bewirken konnte.

Er ging auch entwaffnend offen mit diesem Charme um. Er hatte eine Menge Mädels geliebt, wie er es formulierte, und betrauerte sie als Teil der Welt, die er hinter sich gelassen hatte. Greer stellte fest, dass es ihr nichts ausmachte, die letzte in einer Reihe von Frauen zu sein statt ein verehrtes Einzelstück. In der neuen Welt herauszustechen hieß, den Tod herauszufordern. Alles, was sie brauchte, war das Gefühl, mit dem sie am Morgen des 24. Oktober erwacht war: *Wollen.* Jetzt wollte sie plötzlich wieder eine ganze Menge. Und Muse ebenfalls.

Ihr Beruf, wenn man es so nennen wollte, war das Plündern verlassener Häuser. Im ersten Haus, das sie gemeinsam durchsuchten, einem einstöckigen Bungalow neben einer halb verfallenen Scheune, fand sie ein Fernglas, begriff sofort, wie nützlich es sein würde, und rannte zu Muse, um es ihm zu zeigen. Sie fand ihn im Schlafzimmer, wo er die Schubladen durchwühlte. Sie wusste sofort, was er tat. Er suchte nach Kondomen. Im Vergleich zu anderen Kerlen, mit denen sie gebumst hatte und die beim Klang der reißenden Plastikverpackung sofort geschmollt hatten, war das erstaunlich erwachsen von ihm. Sie hatte genug Die-Welt-geht-unter-Science-Fiction gesehen, um zu wissen, dass es kaum eine blödere Scheißidee gab, als sich während der Apokalypse schwängern zu lassen.

Sie brauchten drei Tage, um Kondome aufzustöbern. Eine gefühlte Ewigkeit, aber natürlich hätten sie auch drei Jahre suchen können. Sie hatte gehofft, die Entdeckung würde ihnen pausenloses Vögeln ermöglichen, aber Fehlanzeige. Vierzehn Kondome. Das war's. Und wer wusste schon, wann oder wo sie wieder welche finden würden. Muse genoss den Sex wie eine kostbare Spirituose: nur alle drei oder vier Tage oder zu besonderen Anlässen. Ein weiteres Zeichen von Verantwortung, auch wenn Greer dieses nicht sehr schätzte und damit auch nicht hinterm Berg hielt.

»Hey, auf welcher Seite dieses Bürgerkriegs stehst du eigentlich?«, fragte Muse verspielt, aber auch mit einer unterschwelligen Wachsamkeit, als sei Greer Morgan eine Frau, die er besser im Auge behalten sollte. Ganz ehrlich, auch das gefiel ihr. Sie hatte nie groß darüber nachgedacht, warum sie so vielen Lehrern und Lehrerinnen gegenüber aufsässig gewesen und warum sie nie einer Auseinandersetzung aus dem Weg gegangen war. Jetzt fiel es ihr wie Schuppen von den Augen: Sie lebte gerne gefährlich. Im langweiligen Bulk war ihr das nie möglich gewesen, aber hier draußen konnte sie dieses Gefühl voll ausleben.

Was nicht hieß, dass es ihr gefiel, Ghule zu töten. Es unterbrach die traute Zweisamkeit. Sie schliefen nie ohne Warnsystem ein, üblicherweise in Form eines Stolperdrahts, mit dem sie jeden Abend ihr Lager umzäunten und den sie jeden Morgen wieder aufwickelten. Drei Mal war der Alarm ausgelöst worden. Jedes Mal war es echt gruselig gewesen. Beim ersten Mal hatten sie in einer Scheune mit dem Rücken zur Wand übernachtet, ein schlimmer Anfängerfehler, und es zum Glück nur mit einem einzigen verdammten Ghul zu tun gekriegt. Greer schlief immer neben ihrer Machete und hatte den Schädel des Ghuls wie eine Kokosnuss zerteilt. Knochenstückchen waren wie kleine Fruchtfleischfetzen herausgehüpft.

In jenen ersten Tagen konzentrierten sie sich in erster Linie aufs Überleben, und dafür war der Bogen unerlässlich.

Beim Jagen mit Papa hatte sie meistens doch das Gewehr benutzt, aber Freddy Morgan hatte auch seinen Bogen immer dabeigehabt. Es war kein Kompositbogen, keines dieser überdimensionierten Hightech-Geräte mit mehreren Sehnen und lauter Achsen,

Rollen und Stabilisatoren. Nein, er hatte einen schlichten englischen Langbogen, der aussah wie aus einem Märchenbuch, mit dem man ohne sehr viel Übung aber rein gar nichts traf. Greer hatte hin und wieder ohne großen Erfolg damit geschossen.

Jetzt allerdings hatte sie jede Menge Freizeit. Also trainierte sie. Stundenlang. Jeden Tag. Sie wartete, bis sie an irgendeinem Gebäude mit einer stabilen Wand vorbeikamen oder, je besser sie wurde, an Bäumen oder Telefonmasten. Dann kratzte sie mit einem Stein einen Kreis auf ihr Ziel und verschoss aus fünf Schritt Entfernung ihre sechs Pfeile, sammelte sie ein, schoss abermals. Die Stille der Natur, die sie beim Jagen mit Papa immer so genossen hatte, war noch immer zu spüren, jetzt aber hatte sie die Zusatzmotivation, besser zu werden. Als alle sechs Pfeile ins Ziel trafen, versuchte sie es aus zehn Schritt Entfernung. Dann auf fünfzehn.

Die Sehne schlug ihr den Unterarm blutig, bis sie einen Ledergürtel fand, mit dem Messer ein weiteres Loch hineinbohrte und ihn um die empfindliche Stelle band. Ihre Rückenmuskeln fühlten sich derart geschwollen an, als wollten sie durch die Haut brechen.

»Trapezmuskel«, sagte Muse und arbeitete sich mit den Daumen durch ihr schmerzendes Fleisch. »Großer Rückenmuskel«, sagte er und arbeitete sich weiter nach unten. »Äußerer schräger Bauchmuskel«, fuhr er noch weiter unten fort, als er mit den Daumen die Haut oberhalb ihrer Jeans liebkoste. Nicht jeder Geschlechtsakt erforderte ein Kondom. Sie lehnte sich zurück, bis der schmerzende Rücken auf dem kalten Boden pulsierte, und legte ihre Hände sanft auf Muse' ungekämmten Haarschopf – selbst ihre Handflächen waren wund.

Einer von sechs Pfeilen im Ziel war nicht gut. Drei von sechs war immer noch nichts, womit sie sich im Zweifelsfall sicher fühlen konnten. Fünf von sechs – so langsam ging die Sache voran. Eine Woche nach Beginn ihres neuen Nomadenlebens traf Greer aus fünfzehn Schritt Entfernung mit achtzigprozentiger Genauigkeit. War das ein ungewöhnlich schneller Fortschritt? Sie wusste es nicht, aber es fühlte sich gut an. Ein Pfeil aus fünfzehn Schritt

Entfernung war einem Schlag mit der Machete jederzeit vorzuziehen.

Muse wusste die zusätzliche Sicherheit zu schätzen. Sagte er zumindest. Aber tat er das wirklich? Sein übertrieben höfliches Beklatschen ihrer sportlichen Leistungen war lustig, sein pflichtbewusstes Schärfen ihrer Pfeilspitzen hilfreich, seine Therapie für wunde Muskeln geradezu himmlisch. Aber die Dunkelheit, die ihm in die Augen kroch, wann immer sie übte, war die gleiche, die sie gesehen hatte, nachdem sie dem Ghul den Schädel gespalten hatte. Er mochte es nicht, wenn sie Die tötete.

Da gab sie sich so viel Mühe, um ihnen den Arsch retten zu können, und er besaß die Frechheit, deswegen heimlich zu schmollen? Er hatte mit ihrem Jagdmesser einen Kreis aus einem Traktorreifen geschnitten, den er über das Schallloch seiner Gitarre legen konnte, um mit einem Bruchteil der üblichen Lautstärke weiter sein Instrument spielen zu können. Und das tat er auch, in jeder freien Sekunde. Alles alte Lieder, bis auf eines, einen geheimen neuen »Protestsong« mit dem Titel *Lasst ab*. Tag für Tag klimperte er auf dem Weg zu unergründlicher Perfektion vor sich hin. War das sein großer Beitrag zu ihrem gemeinsamen Leben?

Dann machte sie sich Vorwürfe. Er hatte so viel Manneskraft und Temperament zu bieten. Vielleicht war sie einfach nur etwas zu enthusiastisch bei der Sache, wenn es darum ging, etwas zu töten, das einmal menschlich gewesen war.

Ansonsten waren sie glücklich, aber dieser leichte Unmut war wie ein Stein im Schuh. Wenn man vorwärtskommen wollte, musste er irgendwann einfach raus, so klein er auch sein mochte. Für Greer war dieser Punkt am zehnten Tag ihrer gemeinsamen Reise erreicht. Sie hielten sich zu weit von allen Straßen fern, um genau zu wissen, wo sie sich aktuell befanden, aber sie schätzte etwa dreißig Meilen nördlich von Kansas City; der braungelbe Teppich der Novemberäcker war der beste Ort, den sie bis jetzt gefunden hatten. Sie entdeckten einen Pick-up, halb voll beladen mit Vorräten, die der Fahrer nicht hatte mitschleppen können, als ihm das Benzin ausgegangen war, und so saßen sie zufrieden da und pickten sich genüsslich die Schätze aus diesem Füllhorn: Dosenfleisch, Baked Beans, eingelegte Pfirsiche, Müsli und sogar Pastasoße, die sie mit gekochten Spaghetti genossen.

Dieses Fleckchen Paradies hatte nur einen Nachteil – eine lange, sanfte Anhöhe Richtung Westen, die ihre übliche Reaktionszeit um ein Drittel reduzierte, sollten auf der Kuppe Ghule auftauchen. Und das war durchaus möglich; am Nordrand des Hügels lag eine Farm, und mehrere Ghule, die sich wohl aus Instinkt dort versammelt hatten, schlurften herum, stießen mit Zäunen, Kornspeichern und Silos zusammen. Ein paar Tage lang saßen Greer und Muse auf altersschwachen Campingstühlen unter einer Baumgruppe am Fuß des Hügels. Er behielt die Ghule im Auge, während sie ihm hin und wieder etwas zu essen reichte – sie waren wie ein Vogelkundler mit seiner braven Ehefrau. Nur selten nahm er das Angebot einer Wachablösung an. Er hielt das Fernglas so wie seine Gitarre, so wie er Greer hielt.

»Oh, das wird ja immer spannender«, sagte Muse. Er fokussierte über das Einstellrad nach.

»Wenn wir ein zweites Fernglas finden würden«, sagte sie, »könnten wir uns die Aufgabe teilen.«

»Mir macht das nichts aus«, sagte er.

»Ja, na ja, weißt du.« Sie zuckte mit den Schultern. Sie hasste es, so schmalzig zu klingen. »Ich vermisse dich ein bisschen. Du hast da diese Plastikprothese im Gesicht.«

»Wir haben ein paar Ausbrecher. Ungefähr sechzig, siebzig Meter von hier. Vor dem Farmhaus, siehst du Sie? Könnte sein, dass Sie einem Pferd gefolgt sind. Sieht aus, als ob Die … ich weiß nicht, ob ich das richtig sehe …«

Greer seufzte. Offenbar war es Zeit zum Aufbruch. Sie streckte die Beine aus und berührte die Schubkarre, mit der sie Nahrung, Ausrüstung und, natürlich, die platzfressende Gitarre namens Hewitt transportierten. Vor drei Tagen hatten sie Fadi Lolos Rad gegen die Schubkarre eingetauscht. Greers Herz war ein bisschen gebrochen. Sie vermisste das schlummernde Geschwindigkeitspotenzial des Fahrrads. Sie hätten sich ein zweites organisieren sollen, dann hätten sie überallhin gekonnt. Kalifornien, Mexiko, Kanada.

»Wo würdest du hin?«, fragte sie. »Wenn du überallhin könntest?«

»Ein paar Meilen nach Süden mit dir«, gab er zurück. »Hey, da habe ich ja das große Los gezogen.«

»Ernsthaft jetzt.«

»Die fressen nicht mehr. Ich glaube, Sie gucken zu uns rüber.« Er ließ das Fernglas weit genug sinken, um sie anzuschauen. »Wohin auch immer, ganz egal?«

»Klar.«

Sein Grinsen faszinierte sie immer nach wie vor. Das weiche Anspannen seiner Lippen, die leicht schiefen Eckzähne, die borstigen Korkenzieherlocken seines Barts.

»Keine Frage. Capitol Records.«

»Ist das ein Plattenladen oder so was?«

»Ein Tonstudio in Hollywood. Das hast du auch schon mal in Filmen gesehen. Großes rundes Gebäude, sieht aus wie ein Stapel Schallplatten auf einem Teller? Große Nadel obendrauf, die rot blinkt?« Er fing an, das Fernglas zu heben, ließ es dann aber doch sein. »Ja, da kommen sie. Wir müssen zusammenpacken.«

»Du willst ein paar neue Lieder aufnehmen? Das ist dann doch ein bisschen zu fantasievoll.«

Muse kicherte. »Eine Version von *Lasst ab* mit einem kompletten Orchester? Ha, das könnte ich mir schon vorstellen. Nein, ich dachte an Folgendes: Capitol Records hat diese Echokammern. Acht Stück, trapezförmig, keine parallelen Wände, verstehst du? In jedem Raum hat der Hall eine ganz eigene Klangfarbe. Da unten waren die besten Sänger. Sinatra, Nat King Cole, die Beach Boys. Himmel, sogar die *Beastie* Boys. Man kriegt zum Beispiel eine fünfsekündige Verzögerung und ein Ausklingen so zähflüssig wie Schokoladensirup, also wie wenn man in einer Kathedrale singt. Jetzt würden sicher einige Leute anmerken, dass man so was heutzutage auch mit Filtern hinkriegt, aber das ist nicht das Gleiche, nicht, wenn man Ohren hat.«

Er stand auf und streckte sich. Auch Greer konnte die ein halbes Footballfeld entfernten Ghule jetzt besser erkennen. Sie hätten in den 1940ern Karriere als Komikerduo machen können. Einer war klein und dick, der andere groß und dürr. Beide trugen Overalls. Beide waren vom Kinn abwärts blutverschmiert. Ihre letzte Mahlzeit hatte eine Menge Haare gehabt: Dicke, lange schwarze Strähnen klebten noch hier und da an Ihren Leibern.

»Alles klar, Capitol Records«, sagte Greer. »Dann haben wir unsere Todesschreie wenigstens in Hi-Fi.«

»Die Echokammern liegen zehn Meter unter der Erde. Fünfundzwanzig Zentimeter dicke Betonwände. Die Decke ist einen halben Meter dick. Da unten kommt kein Ghul rein. Ich meine ja nur – wenn man sich schon einbunkern muss, dann doch wenigstens an so einem geschichtsträchtigen Ort, oder?«

»Und du glaubst, du bist der Erste, dem das einfällt? Die Studios sind alle längst voll, KK.«

Er klappte seinen Stuhl zusammen und reichte ihr eine Hand, um ihr aufzuhelfen.

»Kannst du dir vorstellen, wer da gerade sein könnte? Die weltbesten Musiker, alle zusammengepfercht? Die werden da auf jeden Fall jeden Tag jammen. Wie schon die Righteous Brothers sagten: ›Sollte es einen Rock 'n' Roll-Himmel geben, haben die da auf jeden Fall eine höllisch gute Band.‹ Die Musik der letzten Tage. Eine ganz neue Art von Gospel.«

Er klappte auch ihren Stuhl zusammen und klemmte beide in der Schubkarre fest. Die Ghule waren keine vierzig Meter mehr entfernt. Ihre abgeschälten Hautpartien wackelten bei jedem wankenden Schritt den Hügel hinunter. Greer konnte sie jetzt auch hören, ein tiefes Grummeln wie von einer fernen Autobahn.

»Wir werden das wohl nur in unseren Träumen hören«, sagte Muse und seufzte.

»Bis dahin brauchen wir noch ein Fernglas«, murrte Greer. »Wir haben nur eins.«

»Wenn wir ein anderes finden, kannst du das gerne haben. Kein Problem.«

»Du benimmst dich aber, als wäre es doch ein Problem.«

»Ist es *nicht*, okay? Irgendwer muss eben Ausschau halten, während du deine Zielübungen machst, ich hab mich einfach dran gewöhnt.«

Da war sie, diese unterschwellige Missbilligung.

»Ist das so eine Männer-Sache?«

»Was? Komm schon.«

»Weil ich uns beschütze. Fühlt sich das irgendwie entmannend an?«

Er bedachte sie mit einem intensiven Blick. Sie hatte immer mal wieder einen Funken davon gesehen, beim Sex oder auf der Flucht. Seine Wangenknochen wurden dann schärfer, und sein Adamsapfel stach hervor.

»Ist das so eine *Frauen*-Sache? Unbedingt einen Streit vom Zaun brechen zu wollen?«

Die Ghule waren noch dreißig Meter entfernt, was ungefähr der Breite eines ausgedehnten Parkplatzes und damit einer Entfernung entsprach, bei der man als Frau so langsam anfangen sollte achtzugeben. Greer wollte aber, dass Muse auch endlich mal achtgab. Auf die Ghule, auf sie, auf alles, was sie so tat, und auf den überaus realen Mist, der hier überall abging, während er *Lasst ab, lasst ab* sang.

»Von einem Künstler hab ich wohl nichts anderes zu erwarten«, sagte sie. »›If the Blues Wuz a Woman.‹ Hat dir irgendwer mal gesagt, das das ganz schön beleidigend ist? Ich mein ja nur – jedes Mal, wenn ich einen Pfeil abschieße, hast du diesen Blick.«

»Ich hab diesen Blick.«

»Als wäre es dir lieber, wenn ich das lasse! Ich kann es sogar an deiner Gitarre hören. Die wird ganz traurig und so.«

Seine Stimme wurde etwas sanfter. »Ich hab nicht das Recht, dir vorzuschreiben, was du tun sollst.«

»Du hast aber das Recht auf eine eigene Meinung! Wir sind doch zusammen, oder nicht?«

Wie konnte ihr die Antwort auf diese Frage in einer Welt ohne Schulbälle, nette Abendessen oder Liebeserklärungen via Social

Media noch Angst machen? Aber Muse' langsames Blinzeln war so Furcht einflößend wie die Zahnreihen der beiden Ghule. Die jetzt kaum noch eine Klassenraumlänge entfernt waren, nah genug, um Leberflecken, Lachfältchen und die Länge der Gesichtsbehaarung zum Todeszeitpunkt zu erkennen.

»Wir sind zusammen, Lady«, sagte Muse. »Aber die Welt nicht. Manches, von dem ich mal gedacht habe, es wäre in Ordnung, ist es vielleicht nicht mehr. Du sagst, ich hab das Recht auf eine eigene Meinung. Schön und gut. Aber ich hab mir noch keine gebildet. Manches fühlt sich einfach falsch an.«

»Wie kann es falsch sein, Ghule zu töten? Die sind tot, King Kong.«

»Was ist denn der Tod? Haben sich die Leute den irgendwann, keine Ahnung, einfach ausgedacht? Vielleicht gibt es den Tod nur, weil wir so tun, als ob. Mit Begräbnissen und Gebeten und so weiter. Das ist … ich hab einfach das Gefühl, dass wir vielleicht das Falsche tun. Als wäre das hier alles eine Prüfung vom Alten Herrn, und wir vermasseln sie.«

Sie gestikulierte in Richtung der offensichtlichen Antwort: zwei Ghule, eine Autolänge entfernt, die Schuhe schmatzend vor frischem Blut. Die Schnallen der Overalls klimperten, als Die Ihre Arme hoben, um sich zu holen, was Die wollten. Während sie und Muse noch immer da standen und sich stritten. Wer würde zuerst nachgeben? Oder wollten sie einfach zulassen, dass die Ghule die eiskalten blutigen Hände um ihre keifenden Kehlen legten? Sie packte die Griffe der Schubkarre.

»Du weißt aber schon noch, dass deine Karriere überhaupt erst angefangen hat, als du einem Typen mit einer Knarre die Fresse eingeschlagen hast, ja?«, rief sie.

Die Schubkarre blieb stecken, ein grausiger Moment, das Gewicht der Vorräte drückte sie in den Schlamm. Mit lautem Schmatzen kamen die Räder frei, und sofort drehte Greer die Schubkarre um, brachte sie zwischen sich und die Ghule.

»Das stimmt«, sagte Muse und trat hinter sie. »Aber Will und Darlene haben mich eines Besseren belehrt.«

Er behielt das letzte Wort, natürlich – er musste sich ja auch nicht um die Schubkarre kümmern. Der fette Ghul stieß gegen die Kante und warf einen wertvollen Wasserkanister auf den Boden. Es blieb keine Zeit, ihn aufzuheben; der dürre Ghul kam um die Karre herum, war mit seinen langen Beinen auf ebenem Boden jetzt deutlich schneller als vorher. Die Ghule überraschten einen immer wieder. Greer lief rückwärts und zerrte die Schubkarre hinter sich her. Muse nahm den Seesack, der so aussah, als würde er gleich runterfallen, und schlang ihn sich über die Schulter.

Sie rannten, wie sie lange nicht mehr gerannt waren. Zwei Minuten später übernahm Muse die Karre, dann ging es weiter. Der Sturm in Greers Kopf hatte sich noch nicht gelegt. Es stimmte schon, dass sie den Streit vom Zaun gebrochen hatte. Was sie jedoch ärgerte – Ärger, der Scham überdecken sollte, wenn sie ehrlich war –, war die Möglichkeit, Muse könnte sie weniger wertschätzen, weil sie Ghule tötete, selbst wenn sie immer versuchte, ihn vor den schlimmsten Anblicken zu bewahren.

»Was willst du jetzt tun?«, fragte Muse.

Greer drehte sich abrupt zu ihm, um die schwirrenden Motten ihrer finsteren Gedanken zu verscheuchen. Es sah aber so aggressiv aus, dass er etwas gekränkt wirkte. Ihre Wut verflog. Sie bremste ihre stampfenden Beine bis auf Schrittgeschwindigkeit ab. Neben ihr verlangsamte sich auch das Quietschen der Schubkarre. Sie gingen durch hohes Gras, Seite an Seite, ihr Keuchen verschmolz mit dem Säuseln des Windes zwischen den Halmen.

»Ich will« – sie seufzte – »ich will das, was du willst.«

»Das klingt nicht nach Greer Morgan.«

Er schenkte ihr ein kleines Grinsen. Sie erwiderte es ganz selbstverständlich mit einem ehrlichen Lächeln.

»Hier draußen gefällt's mir«, sagte sie. »wirklich. Aber …«

Er nickte. »Ich weiß. Wie lange können wir das durchziehen, wie sieht unser Langzeitplan aus? Du hast noch Familie. Ich kann dich schlecht darum bitten, das zu vergessen.«

»Die sind alle weg.«

»Nein, sind sie nicht.« Er sah sie ernst an. »Bluefeather, richtig?«

»Hä?«

»Das Bluefeather-Gefängnis in Iowa. Da sitzt deine Mom, hattest du gesagt.«

Vienna Morgan, der Schandfleck der Familie, die Aussätzige von Bulk. Seit vier Jahren hatte Greer nicht mehr mit ihr geredet. Ihre Mutter war schön und kurvig gewesen, mit vollen Lippen und blitzenden Augen; deswegen hatte sie auch als Putzfrau in den besten Häusern arbeiten dürfen. Wie sie nach vier Jahren mit Gefängnisessen und Gefängnis-Hygieneartikeln aussehen mochte? Natürlich war das die falsche Frage.

»Sie ist auf keinen Fall noch am Leben«, sagte Greer.

»Warum nicht? Am Ende ist sie im Gefängnis so sicher wie sonst nirgendwo. Hohe Mauern, um die Ghule draußen zu halten. Zellen, um Sie notfalls einzusperren.« Muse zuckte mit den Schultern. »Es ist immerhin ein Ziel, oder nicht? So was wie ein Leuchtfeuer. Besser als nichts.«

Greer stellte fest, dass sie nickte. Als hätte sich in ihrem Kinn ein Magnet eingeschaltet. Sie spürte einen unerwarteten, kindlichen Drang, ihre kleinen Arme um die Knie ihrer Mutter zu schlingen. Muse hatte den Nagel auf den Kopf getroffen: Vienna Morgan mochte menschlicher Abfall sein, aber sich um sie zu sorgen oder zu hoffen, dass sie sich um Greer sorgen würde, war eine andere Form des *Wollens*, das sie und Muse überleben ließ.

»Und danach«, sagte er, »bin ich dran. Ich hab auch noch Familie, selbst wenn dir das nicht gefällt.«

»Will und Darlene.«

»Ich habe genug getourt, um zu wissen, dass es eine ganz schöne Strecke ist bis nach Rhode Island.«

Greer nickte immer noch. »Das schaffen wir schon.«

»Gut möglich, dass wir keine fahrbaren Autos mehr finden. Vielleicht gibt es nicht mal mehr befahrbare Straßen.«

»Wir schaffen das, hab ich gesagt.«

Sie blieb stehen, drehte sich um, packte ihn am Revers seiner Lederjacke und zog ihn ein paar Zentimeter nach unten und sich selbst ein paar Zentimeter in die Höhe. Er roch so, wie er immer roch, nach trockenem Schweiß, frischer Erde und feuchten Klamotten. Sie küssten sich nicht; sie waren sich eine Minute lang nur ganze nahe, die Hitze ihrer Lippen, der trockene Flaum in seinem Gesicht, das Spinnennetz aus vier Wimpernpaaren.

Als wäre das hier alles eine Prüfung vom Alten Herrn, hatte er gesagt, *und wir vermasseln sie.*

Sie erinnerte sich an Teile einer Gardinenpredigt, die Freddy Morgan einmal Conan gehalten hatte, nachdem der eine Hirschkuh, die vom Schuss seines Vaters nur verwundet worden war, mit einem Stock malträtiert hatte. *Gott hat die Tiere geschaffen, um uns danach beurteilen zu können, wie wir sie behandeln.* Greer hatte nie vergessen, wie dieser Spruch eigentlich die ganze Welt verdammte. Ihr schauderte; ihr Gesicht stieß gegen Muse' Hals. Sie schmiegte sich an ihn.

»Was hast du eigentlich gesehen?« Ihre Stimme drang undeutlich aus dem Leder.

»Hmm?«

»Durchs Fernglas. Als du die beiden Ghule entdeckt hast vorhin, hast du gesagt, da wäre irgendwas komisch.«

Er drückte sie, ließ sie los und drehte sich so, dass ihn die Sonne von rechts beschien. Nach Norden, in Richtung Iowa.

»Ach ja, stimmt. Ghule essen doch eigentlich nur Menschen, oder?«

»Ja. Sie jagen zumindest nicht hinter Hunden oder Vögeln oder sonst was her.«

»Eben«, sagte er. »Dann muss ich mich verguckt haben. Ich dachte, die beiden fressen ein *Pferd.*«

SCHEISS AUF JANSKY

Das Ende deutete sich durch eine harmlose Kleinigkeit an: Paddy schob Ramsey Dylan durch das dunkle Studio und parkte den Rollstuhl direkt neben Kamera 2.

Das hatte wahrscheinlich nichts zu bedeuten. Wie Opa an Thanksgiving vor den Fernseher zu schieben, damit er sich das Footballspiel ansehen kann. Dylan war seit seiner Ankunft nicht ansprechbar gewesen. Baseman hatte Chuck gegenüber die Vermutung geäußert, dass Scotty Rolph den tatkräftigen Programmleiter unter Drogen hielt, vielleicht während der Toilettenbesuche, wenn er sich mit Dylans unkontrollierbarer Blase und Gedärm herumschlug. Chuck fragte sich besorgt, ob das womöglich der Wahrheit entsprach. Trotzdem hielt er es nicht für unmöglich, dass Dylan nun darum gebeten hatte, ans Set gefahren zu werden, ein schmeichelhafter Gedanke und eventuell ein Zeichen für langsame Besserung.

Vor zwei Tagen hatte Zoë kurz seinen Platz vor der Kamera übernommen, damit Chuck die Neuankömmlinge hatte kennenlernen können. Das Treffen hatte den einstmaligen Geschäftsessen geähnelt, nur war das hochklassige Restaurant durch die Studioküche und das Spezialmenü durch Erdnussbutter auf Crackern ersetzt worden. Chuck spürte ein Aufwallen seines alten Geltungsbedürfnisses, als er Scotty Rolphs abgewetzte Chucks auf dem Tisch sah. Ein Schnürsenkel klebte am Deckel der Erdnussbutter. Die vier Lagen seiner Flanellhemden klafften auf wie eine sezierte Leiche in der medizinischen Fakultät, seine Haare standen ab wie eine gruselige Halloween-Perücke. Das passte zum Gesamteindruck – sein Gesicht war weiß wie Silikon, was die vertrocknete Blutkruste unter seinen Nasenlöchern noch stärker hervorhob.

Was von Ramsey Dylan noch übrig war, saß zusammengesunken zu seiner Linken im Rollstuhl. Gegenüber von Scotty saß Paddy, groß und weich wie ein überdimensioniertes Plüschtier von der Kirmes. Abgesehen von der Erkenntnis, dass Paddy die Kurzform von »Paddington« war – Scotty fand völlig zu Recht, Paddy sehe aus wie ein Teddybär –, wurden kaum relevante Informationen ausgetauscht. Kein Wunder; auf Scottys Teller waren keine Cracker, sondern Koks-Linien. Chuck war zu brav, um Interesse an Partydrogen zu haben, konnte aber niemandem verdenken, sich unter diesen Umständen zudröhnen zu wollen.

Ihm machte eher das Jucken zu schaffen. Dieses Kitzeln in den Sehnen, das Brennen der Knochen direkt unter der Haut. Es loderte auf, wann immer er seinen Moderatorentisch verließ, war aber noch nie so schlimm gewesen wie jetzt. Hundert heiße Drähte schienen sich durch seine Stirn, durch Wangen und Kinn zu schneiden. Es fühlte sich an, als hätte sein Körper ein Frühwarnsystem entwickelt. Irgendetwas an diesen Fremden machte ihm Angst.

Ein seltsames Gefühl gegenüber einem verkümmerten, bewegungsunfähigen alten Mann und zwei abgeschlafften Junkies. Oder? Im Lauf der letzten Woche hatte er, während er seine Gedanken zwischen den Nachrichtenmeldungen schweifen ließ, allmählich die Auffassung entwickelt, dass die Welt nicht aufgrund von Bosheit, sondern aufgrund von Apathie vor die Hunde gegangen war. Wenn man aufhört hinzuschauen, sieht man auch nichts mehr. Wenn man nichts mehr sieht, fühlt man auch nichts mehr. Wenn man nichts mehr fühlt, ist man am Ende. Dann ist es längst zu spät.

Paddy fütterte Dylan absichtlich zu schnell. Das Gesicht des Produzenten war völlig mit Erdnussbutter verschmiert, und Paddy, aus dessen Blicken unterdrückte Fröhlichkeit quoll, formte sie zu einem klebrig beigen Kinnbart. Das inspirierte Scotty dazu, endlich die Füße vom Tisch zu nehmen und Dylans neuen Gesichtsschmuck mit vielen M&Ms zu dekorieren, die aussahen wie bunte Pocken. Aus Dylans geschlossenen Augen sickerten Tränen.

»Er sieht nicht so aus, als würde ihm das gefallen«, sagte Chuck. »Mr. Dylan? Können Sie mich hören?«

»Das sind Freudentränen!«, rief Scotty. »Er liebt uns doch, nicht wahr, Paddy?«

Paddy wuschelte Dylan durch die Haare. Das Jucken auf Chucks Gesicht wurde stärker.

»Der Alte Ramsey ist uns sehr dankbar, weil die Batterien in seinem Stuhl nämlich leer sind, nicht wahr, Alter Ramsey?«

Dylan hustete ein paar Erdnussbutterklumpen hervor. Chucks Jucken schien sich mit schlangenhaften Fortsätzen bis ins Hirn zu bohren.

»Wisst ihr noch, wie man diesen kleinen Strohhalm nennt, mit dem er seinen Stuhl steuert? Schluck-und-Pust? Oder Lutsch-und-Blas?« Scotty strich sich nachdenklich durch den Bart. »Ich kann es mir einfach nicht merken.«

Dylan schluchzte lautlos. Chuck ballte die Fäuste, um sich daran zu hindern, die Fingernägel ins Gesicht zu graben.

»Paddy, warum bringst du Dylan nicht ins Badezimmer?«, fragte Scotty. »Sieht aus, als ob er wieder Kacka gemacht hat.«

Paddy grinste mit halb zerkauten Crackern im Mund und drehte den Rollstuhl um. Dylan riss die Augen auf und schaute Chuck direkt an, aber so kurz nur, dass er sich nicht sicher war, ob er wirklich angsterfülltes Flehen in ihnen gesehen hatte. Scottys Lachen war dem Geräusch der Rollstuhlräder nicht unähnlich.

Hätte Chuck eingreifen sollen? Baseman ersparte ihm weiteres Kopfzerbrechen, indem er ihn abholte, um die nächsten Nachrichten zu planen. Chuck war froh, dass es Baseman war und nicht Zoë. Es hatte ihm gar nicht gefallen, wie Scotty die Praktikantin musterte, als wäre sie Foxy Fiona und er selbst J. J. Jalopy. Chuck hatte keine Angst vor Scotty (der Trickfilmzeichner war etwas beeinträchtigt, gelinde gesagt), aber dafür schien er ja Paddy dabeizuhaben.

Ramsey Dylan wurde direkt neben Kamera 2 abgestellt, mitten in Chucks Blickfeld. Es hätte ihm nichts ausmachen sollen, tat es aber trotzdem; das Jucken meldete sich brüllend zurück wie ein

Eimer Benzin, den man auf ein sterbendes Streichholz schüttet. Paddys bedrohliche Gestalt, die hinter Dylan aufragte, machte die Sache nur noch schlimmer. Chuck ermahnte sich, ruhig zu bleiben, und kniff die Augen zusammen, bis er Dylan und Paddy nur noch als verwaschene Flecken wahrnahm. Er schaute in die Kamera und räusperte sich.

»Etwas ist faul im Staate Belgien«, verkündete er.

Ein blöder Fehler, direkt im ersten Satz. Wie das Gesicht von früher hatte er dem Drang nachgegeben, zu clever wirken zu wollen, und so das Zitat versaut. Es war wie damals bei dem *Abgestürzt*-Meme. Sein Herz pumpte ihm Panik durch die Adern, ein Brennen, das bis vor Kurzem nur ChuckSux69 hatte lindern können.

Paddy schnaubte belustigt. Er legte seine schweren Pranken auf Dylans Rücken und fing an, dem alten Programmleiter die Schultern zu massieren. Chuck konnte sich durchaus vorstellen, wie man so eine Geste freundlich und nett wirken ließ. Baseman hatte spekuliert, Paddy müsse Scottys Dealer sein, aber was, wenn Paddy eigentlich Ramsey Dylans Physiotherapeut war, der am 24. Oktober zufällig erschienen war, um ihn zu massieren? Eine nette Vorstellung, die allzu schnell erstarb. Paddy beugte sich zu Dylan vor und nuschelte ihm leise die ersten und letzten drei Worte ins Ohr, die man bei WWN je aus seinem Mund hören würde.

»Lutsch und blas.«

Elf Tage nachdem Chuck die Moderation übernommen hatte, versiegte die Magie seiner unermüdlichen Zunge. Ihm versagte die Stimme. Ganz einfach. Die plötzliche Stille wurde vom leisen Trommeln der Ghulfäuste draußen im Treppenhaus unterbrochen, gefolgt von einem Klang wie dem Quietschen einer Ratte, als Paddy die Bremse des Rollstuhls löste. Dylan schüttelte den Kopf, so weit es ihm möglich war, ein hektisches Zittern des Halses. Mit jeder Umdrehung machten die Räder des Rollstuhls ein plattes Geräusch, das Chucks Kopf mit *Lutsch, blas, lutsch, blas* erfüllte.

»Stopp«, sagte Chuck. Sein Gesicht kochte vor Juckreiz.

Paddys Augen schimmerten fröhlich im Dunkeln.

»Chuck.« Lees Stimme in seinem Ohrstöpsel. »Was ist los?«

Chuck zeigte an Kamera 2 vorbei. »Ihr habt Mr. Dylan vielleicht hergebracht, aber er ist nicht euer Eigentum. Er ist ein Mensch. Was immer ihr ihm antut, ich will, dass ihr damit aufhört. Ich bitte euch freundlich darum. Bitte.«

Paddy starrte ihn an. Lee fragte weiter. Die Stille hallte wie eine Alarmsirene durchs Studio. Chuck hörte, wie eine Tür aufgerissen wurde, raunende Stimmen, eilige Schritte. Eine von rotem Licht eingerahmte Gestalt schälte sich aus der Dunkelheit, und Chuck betete, es möge sich um Nathan Baseman handeln, seinen Produzenten, seinen Freund, seinen Beschützer. Aber das Bühnenlicht enthüllte zerzauste Haarbüschel und flaumige Wellen aus Flanell.

Scotty Rolph stellte sich auf die Zehenspitzen und flüsterte Paddy etwas ins Ohr. Paddy überlegte, nickte und zog sich in die Finsternis jenseits der Kameras zurück – irgendwer hatte die Beleuchtung im Studio wieder auf Betriebszustand abgedunkelt. Scotty betrat das Podest und ließ sich auf dem Stuhl des Co-Moderators nieder. Chuck starrte ihn an. Wie die Ghule wirkte auch Scotty menschlich, war es aber nicht. Blaue Adern schillerten unter schleimig weißer Haut. Seine riesigen benebelten Augen zuckten hin und her, als folge sein Blick dem Flug einer Hummel. Die Oberlippe war knallrot von seiner ewig tropfenden Nase.

Chuck war vor Schreck wie erstarrt und unternahm nichts, als sich Scotty ein Ansteckmikrofon griff und es am äußersten Flanellhemd befestigte. Er strich die Seiten eines staubigen Skripts glatt, kämmte sich mit der Hand die weiß gefärbten Haare zurück, spitzte die Lippen und entblößte die fauligen Zähne zu einem breiten Atlanta-Hallöchen.

»Guten Tag, Scotty Rolph hier.« Seine Stimme klang wie Schmelzkäse, eine Parodie all dessen, wofür Chuck Corso einmal gestanden hatte. »Willkommen zu *Guten Abend, Amerika*, eurer Lieblingssendung mit allen Details zum Ende der Welt, wie wir sie kennen. Bei mir ist Chuck Corso, eine Schaufensterpuppe, zum

Leben erweckt durch ein satanistisches Ritual, durchgeführt im Kaufhaus um die Ecke. Sag Hallo zu den Zuschauern, Chuck.«

Chuck sah den Schweiß in Strömen Scottys strahlendes Gesicht herunterlaufen. Er fühlte sich entrückt, hundert Meilen von seinem Moderatorentisch entfernt. In seinem Bauch machte sich trockenes Prickeln bemerkbar, als wäre aus einem verschluckten Samenkorn ein Dornbusch erblüht.

»Na gut«, sagte Scotty, »er mag nicht viel zu sagen haben, aber trotzdem, gar nicht so schlecht für einen Mann aus Plastik, oder? Bevor wir uns den neuesten Todeszuckungen unseres Landes widmen, möchte ich mir einen Moment Zeit nehmen, um zu sagen, was für eine Ehre es ist, hier im Nachrichtenstudio von WWN zu sitzen. Wow. Ich bin ein großer Fan, ganz ehrlich. Deine Sendung ist echt der Knaller, Chuck. Zum Totlachen, wirklich. Da komme ich mit *J. J.s große Sause* nicht gegen an. Das hier ist doch eine Comedy-Sendung, oder? Moment mal – ja, schon, oder etwa nicht?«

Unruhe im Studio, ernsthafte Unruhe, vom Tisch aus jedoch unsichtbar. Rennen, Fluchen, Schlittern, Knallen, Kreischen, Splittern. Chuck konnte nichts erkennen und war sowieso wie gebannt von Scottys spitzer, stechender Stimme, die viel zu große Ähnlichkeiten hatte mit dem stacheligen Sträuben, das in seinem Bauch vor sich ging, das wiederum viel zu sehr an den Juckreiz erinnerte, der in seinem Gesicht prickelte.

Mit leichter Verwunderung identifizierte Chuck diese unbekannte Emotion. Ehrgeiz kannte er. Freude, Überraschung, Selbstekel, Traurigkeit kannte er ebenfalls. Eitelkeit kannte er besser als alles andere zusammen. Aber das hier war Wut, und mit der Wut kam die Erkenntnis, dass er unermüdlich gearbeitet hatte, um das Vertrauen der Nation in ihn selbst und seinen Sender zu stärken. Mehr als Vertrauen – den Glauben daran, dass es noch Hilfe und Courage gab. Er würde nicht zulassen, dass dieser Rotzlöffel alles kaputt machte.

»Verschwinden Sie von meinem Tisch«, sagte er.

Scotty ignorierte ihn.

»Eilmeldung: Wir sind verloren! Aber andererseits waren wir schon verloren, seit wir angefangen haben, nicht biologisch abbaubare McDonald's-Verpackungen aus unseren Chevys zu werfen. Oder seit wir unsere Kinder in diesen Häcksler namens Vietnam gesteckt haben. Oder seit wir Afrikaner versklavt haben, die sich nur um ihren eigenen Dreck kümmern wollten. So oder so war klar, dass das alles irgendwann auf uns zurückfällt, oder nicht?«

Von weiter hinten aus dem Studio ertönte das Quietschen eines schweren Gegenstands, der über den Betonboden geschleift wurde. Vierzigfaches Stöhnen erklang urplötzlich mit messerscharfer Klarheit, vielstimmig wie eine große Orgel.

Basemans Ruf aus der Finsternis. »Vorsicht, Chuck! Paddy hat den Krempel von der Tür ...«

Zoës Schrei. »Drücken! *Drücken!*«

Fesslers Kreischen. »Oh, fuck! Scheiße, scheiße!«

Die Wut brach sich Bahn, erfüllte Chuck wie eine Kerze einen ausgehöhlten Kürbiskopf. Scotty Rolph stand für das Versiegen der Nächstenliebe, für die Erosion der Hoffnung, und ihn in die Bedeutungslosigkeit zurückzustoßen wäre ebenso befriedigend, wie sich endlich das brennende Gesicht kratzen zu können.

»Sie sagen so etwas, weil Sie sich unbedingt klug anhören wollen. Aber Sie sind nur ein ... Angeber. Und Angeberei wird uns alle umbringen.«

Scotty berührte seinen nicht existenten Ohrstöpsel. »Wie bitte? Eine Sekunde. Eilmeldung: Die Leute gucken schon seit, keine Ahnung, zwanzig Jahren kein Fernsehen mehr, um die neuesten Nachrichten zu erfahren, Chuck! Du willst mir was über Angeberei erzählen? Die Leute schalten ein, um *Streitereien* zu sehen, Alter! So ist das. Du bist eine Reality-Show-Hausfrau – gratuliere!«

Chuck war noch nicht fertig. »Sie, und alle anderen wie Sie. *Sie kommentieren.* Das ist alles: Sie *kommentieren.* Sie bringen andere wie Sie dazu, ebenfalls zu kommentieren. Sie sagen Leuten, die anders denken, dass sie dumm sind. Sie haben *nichts* zu sagen, was in irgendeiner Form originell wäre. Nichts, was von Herzen kommt. Nichts, was irgendwem weiterhilft. Sie versuchen nicht, etwas zu *bewegen*. Haben Sie noch nie. Wir brauchen Sie nicht.«

»Ach was, aber sicher doch, Mr. Mannequin!« Scotty breitete die Arme aus. »Wenn die Welt verrückt geworden ist, ist Wahnsinn die beste Medizin! Die ganze weite Welt lebt jetzt *J. J.s große Sause*! Wir sind alles kaputte alte Rostlauben, die sich für Hummergerichte halten! Also gönnt euch einfach alles, was ihr schon immer gewollt habt! Trinkt! Raucht! Zieht euch was rein! Lebt, ihr lausigen Mendikönner. Lebt!«

»Halt die …« Baseman, hörbar außer Atem. »Hol die – scheiße, nein, halt die …«

»Ich kann nicht!« Zoës Angst war deutlich hörbar. »Das fällt um. Die kommen rein!«

»Fuck, fuck, fuck.« Fessler rannte. »Fuck, fuck, fuck …«

Arme und Beine, Schlagen und Treten, plötzlich dicht neben Chuck, Zettel und Laptop flogen durch die Luft, und Scotty war von seinem Stuhl aufgesprungen, lachte und applaudierte, als Paddy in Sicht kam, seine monströsen Arme um die Brust eines Ghuls geschlungen, und nicht etwa eines beliebigen Ghuls, der gerade zufällig ins Studio gewackelt war.

Paddy knallte Rochelle Glass auf den Sitz des Co-Moderators.

Als Chuck sie das letzte Mal gesehen hatte, hatte sie mit der zerfetzten Kehle, aus der blubberndes Blut gespritzt war, und dem perlweißen Glitzern der Augen schon nicht gut ausgesehen. Jetzt sah sie noch schlimmer aus. Zwei Wochen nach ihrem Tod schälte sich ihre Haut langsam ab. Ganze Haarbüschel hatten sich aus der Kopfhaut gelöst, klebten aber irgendwie noch immer an ihrem Kopf. Ihre fleischigsten Partien waren grünstichig und wie feiner Marmor durchzogen von lila Adern. Ihre Karawane von Make-up-Künstlern hätte all das vielleicht noch vertuschen können, wäre aber spätestens an Ihrer größten Sünde gescheitert: Gewichtszunahme. Die Hohlräume Ihres Körpers hatten sich mit fauligen Gasen aufgebläht und Ihren Designer-Hosenanzug in Stücke gerissen.

Chuck verkrampfte sich. Er konnte von Glück reden, bei ihrer letzten Begegnung mit ein paar ausgerissenen Haarpfropfen davongekommen zu sein. Doch diesmal war es anders. Sobald Rochelle Glass' Hintern den Stuhl berührte, hörte Sie auf zu zucken. Ihre milchigen Augen weiteten sich. Sie setzte sich gerader hin. Sie hob eine Hand, alle fünf Fingernägel waren gesplittert, und befühlte tollpatschig das kaum noch vorhandene Haupthaar. Scotty Rolph stand zu Ihrer Rechten, die Kinnlade heruntergeklappt im gleichen Erstaunen, das auch Chuck verspürte. Diese Scheinwerfer. Diese Kameras. Ihr letzter Wunsch war gewesen, den Moderatorentisch zurückzuerobern, und endlich hatte Sie es geschafft.

»Fluuggh«, sagte Sie und klang sogar recht freundlich dabei. »Maahhhrrggh.« Um das zu unterstreichen, legte Sie den Kopf schief. Schwarze Brühe rann aus Ihrem Ohr. »Slummph.«

Chuck wurde von einer entsetzlich schönen Vision heimgesucht. Er und Glass – *diese* Glass – arbeiteten zusammen. Chuck trat Ihr einen Teil seiner Redezeit ab, Sie verschmierte Ihre schwarze Brühe mit ungelenken Fingern auf dem Skript und stöhnte dabei unverständlich. Und draußen in der Welt blieben die Ghule, die gerade an einem Fernsehgerät vorbeiliefen, plötzlich stehen, angezogen von Ihrer Stimme. Immer wieder hatte sich das Kabelfernsehen als progressive Kraft erwiesen: Barbara Walters, die erste weibliche Co-Moderatorin bei NBCs *The Today Show*, Max Robinson, der erste schwarze Co-Moderator bei *ABC World News Tonight*. Im Tod könnte Rochelle Glass die letzte Barriere durchbrechen, beide Seiten dieses zerrissenen Landes zusammenbringen, und Chuck wäre stolz darauf, dabei an ihrer Seite zu sitzen.

Die Vision hielt nur ein Keuchen lang. Drei Ghule mit gischtweißen Augen rollten aus dem nächtlichen Ozean des dunklen Studios heran. Ihnen folgte noch ein Dutzend weitere, Wellen aus Armen, grau wie die See. Noch weiter hinten zu viele Treppenhaus-Ghule, um Sie noch zu zählen, wie Sprühnebel verstreut. Wahrscheinlich hatte Paddy nicht vorgehabt, die Ghule wirklich ins Studio zu lassen, aber so war das nun mal bei Livesendungen.

Selbst im dämmrigen Gewühl konnte Chuck die Lebenden ausmachen; sie bewegten sich erratischer als die Toten, wussten nicht, wohin. Tim Fessler rannte in Richtung Küche, eine Sackgasse, in der sein Leib dazu bestimmt war, selbst als Erdnussbuttercracker zu enden. Zoë Shillace humpelte und hatte sich offenbar am Fuß verletzt, aber Chuck sah den Hauptschlüsselbund in ihrer Hand aufblitzen, was wohl bedeutete, dass sie auf dem Weg zum Aufzug war und auch die Möglichkeit hatte, ihn zu aktivieren.

Scotty Rolph schubste Paddy von der Bühne. Der teigige Gigant landete direkt vor Kamera 3 und riss mit seinem Robbenleib mehrere Ghule von den Beinen, die freudig auf ihn fielen. Scotty kletterte mit manischem Blick auf den Moderatorentisch, um besser sehen zu können. Seine kokaingeschwängerten Sinne richteten sich auf Zoë und den Aufzug. Er erfasste das Ziel und ging in die Hocke, um an den versammelten Ghulen vorbeizuspringen. Mit all dem Treibstoff in der Nase würde es ihm am Ende sogar gelingen.

Scottys Brust detonierte, Knochen und Fleisch und Blut. Der Knall erfolgte einen Sekundenbruchteil später. Dann humpelte Nathan Baseman mit Kwames schmauchender Pistole in der Hand aus einer Traube von Ghulen. Scotty fiel auf die Knie, aus seiner Brust sprudelte Blut wie Bier aus einem gewissen Metallfass. Als Scotty vom Tisch rutschte, warf Baseman sich in die entgegengesetzte Richtung und krachte hart genug gegen den Tisch, um das ganze Set ins Wanken zu bringen. Sein Kopf hing direkt unterhalb von Chuck im Vordergrund der heftigsten Einstellung, die je von Kamera 2 aufgenommen worden war. Er feuerte, feuerte, feuerte in die Ghule jenseits des Bildausschnitts.

»Mach weiter, Chuck! Nicht aufhören!«

»Sie sind im Studio«, berichtete Chuck, der sich auf der Stelle wieder seiner Arbeit widmete und direkt in die Kamera sprach. Trotz Scottys zitterndem Leichnam und Glass' nervenaufreibender Anwesenheit war und blieb er das loyale Sprachrohr seines engagierten Produzenten. »Dies ist unsere letzte Sendung, meine Damen und Herren – ich wiederhole, unsere letzte Sendung!«

Baseman schoss weiter. *Krach-krach-krach-krach-krach!*

»Die letzte Nachricht lautet«, sagte Chuck gefasst, »wir werden alle sterben.«

Das Glass-Ding beäugte ihn, versuchte ihn nachzuahmen, klappte den Mund auf und zu. Sie legte den Kopf zur Seite, um seine eindringliche Körperhaltung zu imitieren, lupfte eine zerzauste Augenbraue in die schuppige Stirn hinauf. Chuck holte rasselnd Luft und beschloss, ihre ungeteilte Aufmerksamkeit als Zeichen zu werten, dass er das Richtige tat. Wenn er seine letzte Meldung rasch und fehlerfrei vortrug, konnte er vielleicht mehr Gutes damit bewirken als je zuvor, ganz gleich, ob seine Zuschauer Lebende oder Tote waren. Er hob die Stimme, um sich über den peitschenden Schüssen, den berstenden Möbeln und dem hungrigen Stöhnen Gehör zu verschaffen.

»Wir können Ihnen nun nicht mehr helfen. Sie sind von jetzt an auf sich allein gestellt, Sie alle. Vergessen Sie nicht, was Sie auf diesem Sender gesehen haben. Die Ghule haben sich alles genommen. Die Museen, die Fabriken, die Kraftwerke, die Seen und Flüsse, die Straßen, die Häuser. Aber geben Sie die Hoffnung nicht auf. Bitte geben Sie nicht auf. Vielleicht *musste* uns all das genommen werden. Und die Regierung, das Militär, die Medien – das alles war schon seit Langem verrottet. Und wenn all das verrottet war, hat es dann nicht sowieso Denen gehört, den Verrottenden?«

Das letzte Möbelstück, das schließlich zu Bruch ging, war der Moderatorentisch selbst, als sich die Ghule von links und rechts auf die Bühne warfen. Der Lack splitterte in gezackten Blitzen. Schrauben und Nägel jaulten. Ghule stapelten sich an beiden Enden, bis der Tisch zusammenbrach, genau wie die Welt. Unter der Decke sprühten Funken, und die Hintergrundbeleuchtung verlosch, nur der Hauptscheinwerfer blieb noch auf den Hauptgang des heutigen Abends gerichtet – Chuck Corso. Die Ghule kamen immer näher, eine Sturmfront aus grapschenden Händen; alle bis auf Rochelle Glass, deren leere Augen noch immer den leeren Teleprompter anstarrten. Unter der baumelnden schwarzen Zunge klappte ihr nekrotisches Kinn auf und zu.

Baseman sprang auf die Überreste des Tischs, genau an die Stelle, an der bis vor Kurzem noch Chucks Laptop gestanden hatte. Er stellte das Feuer ein, hielt die Pistole mit der rechten Hand und ergriff mit der linken Chucks, ihre Fäuste waren vereinigt doppelt so groß. Obwohl der ältere Mann schweißgebadet und arg verschrammt war, grinste er. Endlich war er der Märtyrer, der er immer hatte sein wollen.

»Wir haben es geschafft, Chuck«, sagte er.

Chucks Tränen linderten den Juckreiz, der seinen ganzen Kopf befallen hatte. Er nickte, obwohl es aus seiner Sicht Baseman gewesen war, der ihn mit seinem magischen Eifer angesteckt hatte. Man brauchte sich bloß anzusehen, wie das Glass-Ding hier entspannt vor ihren Mendikönnern saß und den Mund auf und zu klappte, um zu begreifen, dass Chuck Corsos Verwandlung noch radikaler gewesen war als die eines Lebenden in einen Ghul. Er wollte Baseman danken, konnte aber nur noch nicken, während sich die beiden Wälle aus verwesendem Fleisch auf sie zuschoben.

Baseman zwinkerte ihm zu, setzte sich die Pistole an die Stirn und starrte in Kamera 2.

»Scheiß auf Jansky«, sagte er. »Erinnert euch an Baseman.«

Der Kopf des Produzenten explodierte. Im grellen Scheinwerferlicht wurde sein Schädel zu einem roten Ballon, der einmal kurz wippte und dann platzte. Sein kopfloser Leib drehte sich um die eigene Achse und fiel hinter dem Glass-Ding zu Boden. Die Ghule stöhnten und beugten sich vor, um den ersten frischen Bissen zu ergattern. Die Milchglas-Rückwand der Bühne zersprang, die Buchstaben *WWN* lösten sich in zahllose Splitter auf.

Und auch das *Konzept* WWN löste sich auf, dachte Chuck, als man ihm seinen Stuhl klaute und er mit dem Rücken auf dem glasbedeckten Boden landete. Mit einer Sache hatte Scotty Rolph recht gehabt: Eine einzige Quelle der Wahrheit hatte in diesem Amerika keinen Platz mehr; jeder Einzelne dort draußen würde bald seine eigene winzige Scherbe Wahrheit in Händen halten, und jeder dieser Glasdolche würde das Gesicht des Trägers widerspiegeln – eine Million Wahrheiten, aber keine *Wahrheit*. Interessante Gedanken, die von den geifernden Ghulköpfen verdrängt wurden.

Chuck Corso kämpfte. Natürlich kämpfte er. Die Ghule stürmten auf ihn ein. Zu viele auf einmal. Sie verknoteten sich und hampelten herum, bis sich schließlich ein Einziger von Ihnen aus dem Knäuel befreien konnte und auf Chuck landete, eine große schwarze Frau, Deren graulila Haut einen angenehmen Kontrast zu Ihren schneeweißen Augen bildete. Sie trug ein Namensschild aus Pappe an Ihrer Bluse, das Chuck völlig unerwartet mit seiner Mörderin bekannt machte.

ANNIE TELLER
LA BREA TAR PITS

Annie Teller griff mit beiden Händen nach Chucks Kopf. Hier folgte die nächste Überraschung: Die Frau hatte Ihren Sturz mit den Handflächen abgefangen, aus denen jetzt Glassplitter wie Stilette ragten.

Chuck konnte nichts mehr tun. Er spürte ein kaltes Kribbeln, als seine Unterlippe abgeschnitten wurde. Sah zu, wie seine Nasenspitze abgehackt wurde. Beide Augenbrauen wurden abgerissen; er sah sie wie Raupen durch sein Blickfeld wackeln. Den Rest konnte er nicht mehr sehen, fühlte aber alles mit makelloser Klarheit. Seine Stirn wurde aufgeschlitzt. Sein linkes Ohr abgetrennt. Sein Gesicht mit einem klebrigen Ruck wie eine Orange geschält. Er lachte, ein befreites Geräusch, nicht länger durch Lippen oder Haut eingeschränkt. Er hatte sich schon so oft *unters Messer* begeben – Korrektur der Augenlider, Gesichtsstraffung, all die feinen kleinen Prozeduren –, aber dies hier war das größte Facelifting von allen, das sein wahres Ich ans Licht bringen und ihn endlich, nach all der Zeit, mit dem Spitznamen versöhnen würde, den er nie gemocht hatte: das Gesicht.

GEGEN DEN WIND SEGELN

Sie waren schwer beladen. Nomex-Fliegermonturen aus dem Bereitschaftsraum, Kampfhelme. Jenny riss die große Collage leicht bekleideter Frauen von der Wand, ehe sie Nishimura ein Paar Stiefel mit dicken Sohlen organisierte. Werkzeuge, die auch als Waffen dienten – eine Brandaxt in der Hand, ein Paradegewehr auf dem Rücken. Das Gewehr hatte rein zeremoniellen Wert, und es war auch keine Munition dafür aufzutreiben. Aber es verfügte über ein Bajonett, nicht wahr? Jenny wirkte wie ein zartes Geschöpf, war aber mindestens doppelt so stark wie er. Sie trug ein Schwert, das sonst bei der Vereidigung von Offizieren eingesetzt wurde. Ebenfalls für zeremonielle Zwecke gedacht, also stumpf. Aber es war trotzdem eine Waffe aus Stahl, nicht wahr? In der linken Tasche ihre Beretta M9. In der rechten eine Truthahngabel fürs Handgemenge. Insgesamt ziemlich miserable Ausrüstung, aber sie rannten wie Gazellen und träumten wie Kinder. Sie konnten das Unmögliche schaffen. Sie mussten einfach daran glauben, dass Operation Bills-Lions durchführbar war.

Sie kauerten neben der Tür zum Büro des Deckoffiziers, gebadet in roter Notbeleuchtung. Nishimura legte die Hand ans Schloss.

»Ich bin noch nicht bereit«, sagte Jenny flehentlich.

»Bist du wohl.«

»Was, wenn ich mich nicht mehr an die ganze Checkliste erinnern kann, an den Code für die Freund-Feind-Erkennung …«

»Das wird schon.«

»Was, wenn ein Triebwerk überhitzt? Ich weiß nicht, wie man …«

»Ganz egal. Wir können nicht mehr tun, als es zu versuchen. Bist du bereit?«

»Lass mich dir von den Golems erzählen.«

»Was? Jenny.«

»Das ist das Einzige, was Pater Bill gesagt hat, das irgendwie Sinn ergeben hat. Wenn ich da draußen sterbe, will ich wenigstens, dass es noch jemand anderes weiß.«

Nishimura hörte die Missionare ein Deck tiefer dieselben Geräusche machen, die er bis vor Kurzem als ihr Anführer gemacht hatte. Aber heute war das Ziel ihrer Jagd weder Nahrung noch Ausrüstung.

»Schnell«, sagte er. »Ganz, ganz schnell.«

»Die Golems sind hier, um die Erde zu beschützen. Sie scheren sich nicht die Bohne um uns.«

»Die Golems sind die Ghule? Alles klar. Verstanden. Jetzt lass uns …«

»Querido Dios, kann mir mal ein pinche Mann auf diesem Schiff zuhören? *Wir* beschwören Sie herauf. Das ist das Entscheidende, okay? Pater Bill hat gesagt, das steht in irgendeinem alten Buch. Ich weiß den Titel nicht mehr. Aber wir beschwören die Golems, damit Sie uns *helfen*, und um uns zu *helfen*, vernichten Sie uns. Es ist muy importante, dass du das verstehst. Du musst es weitersagen.«

»Wir werden es beide weitersagen. Ich mache jetzt die Tür auf. Du schaffst das, Pilotin, du schaffst das!«

Sonnenlicht drang wie ein Wirbelsturm auf sie ein. Nishimura musste eigentlich die Tür hinter ihnen verrammeln, damit die Ghule unter Deck blieben und die Missionare eine Weile aufgehalten wurden, aber er war geblendet von der diamantweißen Welt, in der die Flugdeck-Ghule, die Pater Bill nicht hatte töten lassen, störende schwarze Punkte bildeten. Es waren viele, so viele, das ihnen nichts anderes übrig blieb, als sofort loszurennen.

Sie liefen backbord nach achtern. Jenny schoss mit ihrer M9. Selbst im Sprint war sie eine ausgezeichnete Schützin. Zwei Ghule blieben auf der Stelle mit kritischen Kopftreffern liegen. Von steuerbord nahte ein ganzer Schwarm Ghule wie der Schatten einer vorüberziehenden Wolke. Ihr plötzliches Auftauchen störten Jennys

Konzentration, ihre Kugeln schlugen nutzlose Fontänen kalten Blutes aus Brustkörben und Bäuchen. Nishimura schrie sie an weiterzulaufen, und sie steckte die Waffe weg, nahm das Schwert in beide Hände und rannte los.

Der Feuersturm am 24. Oktober hatte die Asphaltdecke des Flugfelds aufquellen lassen. Jenny war athletisch genug, um sich auf den Beinen zu halten, Nishimura nicht. Drei Mal stolperte er und fiel hin. Beim ersten Mal sprang er sofort wieder auf. Beim zweiten Mal verlor er seine Brandaxt an einen Ghul. Beim dritten Mal schubste er ein Ghul-Trio mit seinen neuen braunen Stiefeln von sich, bis er das Gewehr herumdrehen und dem Mittleren das Bajonett durch die Kehle rammen konnte. Trotz dieser Verzögerungen war Jenny, als er endlich die F-18 Super Hornet neben dem Lastenaufzug erreichte, noch immer unterm Flugzeugrumpf.

»Rein ins Flugzeug!«, rief er.

Er versuchte sie in Richtung der Leiter zu schieben, die sie ans Cockpit gerollt hatte, aber sie stieß ihn zurück. Sie hatte wie besprochen ein Nylonseil um den Fanghaken gebunden, machte sich jetzt aber mit dem Messer daran zu schaffen. Warum diese Sabotage? Er wollte das Glühen einsetzen, als er sich an ihre Worte erinnerte: *Kann mir mal ein pinche Mann auf diesem Schiff zuhören?* Ein Flugzeug ohne die Hilfe eines Katapults von einem eine Viertelmeile langen Flugdeck starten zu lassen lag jenseits seiner Vorstellungskraft. Er hatte sein ganzes Berufsleben damit verbracht, den Jägern beim Start von einem Flugzeugträger zuzusehen, und nie hatte jemand so etwas auch nur versucht.

Jennifer Angelys Pagán aber hatte einen Plan. Sie hatte ihn erklärt und trotz Nishimuras Zustimmung direkt wieder kleingeredet. Bei einem normalen Start wurde das Flugzeug mit Druckluft aus einem Ventil angeschoben und in zwei Sekunden über eine etwa einhundert Meter lange Startbahn in den Himmel katapultiert. Selbst wenn sie das gesamte Flugdeck benutzten, standen ihnen nur dreihundertdreißig Meter zur Verfügung, kaum halb so viel, wie sie zum Abheben ohne Katapult brauchten – und da war die aufgeplatzte Asphaltdecke noch gar nicht mit eingerechnet.

Jennys Plan sah vor, die Bremse eingeschaltet zu lassen, das Triebwerk hochzufahren, die Flaggenmasten zu beobachten und auf günstigen Rückenwind zu warten. Im richtigen Moment wollte sie die Bremse lösen, den Nachbrenner anschmeißen und beten. Indem sie die F-18 an einem Poller festmachte, hoffte sie, den Schub beider Triebwerksdüsen maximieren zu können. Das Gelingen des Plans hing davon ab, dass das Seil genau in dem Moment riss, in dem sie die Bremse löste, sonst würde das Flugzeug seitwärts über Bord schießen.

Und Jenny wollte nichts dem Zufall überlassen. Sie hatte spontan entschieden, das Seil mit dem Messer anzuritzen, damit es auch wirklich rechtzeitig riss. Ihm kam das sehr weit hergeholt vor – woher wollte sie wissen, wie tief die Kerbe sein musste? Vor ein paar Minuten hatte sie sich noch Sorgen über grundlegende Cockpitfunktionen gemacht. Jenny schaute zu ihm auf. Er grinste schief zurück. Sie biss die Zähne zusammen und warf ihr Messer nach ihm.

Das hatte er auch verdient, dachte er. Es waren Männer gewesen, die die Welt ruiniert hatten. Je schneller man sie alle erstach, desto besser. Aber Jenny hatte nicht auf ihn gezielt. Die Klinge sauste links an ihm vorbei. Er wirbelte herum und sah, wie der Griff des Messers, das nicht von geübter Hand geworfen worden war, von der Stirn eines Ghuls abprallte, der keine Armlänge von ihm entfernt war.

Dies schien das Ding nur kurz zu verwirren, jagte Nishimura aber einen Schauer durch den ganzen Körper. Ein Dutzend weitere Ghule hatten sich bis auf drei Meter genähert. Er schwang das Gewehr in der Hand herum. Das Bajonett war fünfzehn Zentimeter lang, gefährlich kurz. Bis er es aus einem Ghul wieder hervorgezogen hätte, würde ihn schon der nächste erreicht haben. Er brauchte Jennys M9.

Kaum hatte er das gedacht, spritzten aus dem Hals eines Ghuls graue Haut und braunes Fleisch übers Deck. Neben ihm explodierte die Kniescheibe eines weiteren Ghuls in rotem Nebel. Zuerst dachte er, Jenny hätte das Feuer eröffnet, bis ihm die Richtung der Spritzer auffiel. Er spähte hinauf zur Insel und sah das Funkeln mehrerer Waffen. Pater Bills Wachen hatten ihn und Jenny entdeckt und sofort unter Beschuss genommen. Die Flut der Ghule bot ihnen ungewollt Schutz, wenn auch nur kurzfristig. Henstroms Stimme quäkte aus den Lautsprechern, kam von überall gleichzeitig, die Kugeln fielen wie Regentropfen. Und noch mehr Ghule kamen. Von Furcht und Entsetzen gepackt, schrie Nishimura auf –

– eine kalte Hand packte ihn an der Schulter –

– er fuhr herum, schrie noch immer, schob das Bajonett vor, spürte die Klinge in viel zu weiches Fleisch sinken, er wusste sofort, er hatte einen schrecklichen Fehler gemacht.

Die fünfzehn Zentimeter Stahl waren komplett in Jennys Brust verschwunden.

»Oh«, hauchte er. »O nein.«

Jenny schaute an sich herunter. Die Klinge steckte links unten zwischen ihren Rippen. Nishimura versuchte sich zu erinnern, welche lebenswichtigen Organe sich unter diesem Bereich der Fliegermontur verbargen. Lunge, Milz, Magen? Er wusste es nicht. Bauchspeicheldrüse, Dickdarm, Niere? Er hatte keine Ahnung, keine Ahnung. Jennys Hand, die eben noch das Messer geworfen hatte, ruhte auf dem Gewehrlauf.

»Zieh es raus«, keuchte sie.

»Es tut mir so leid«, sagte er.

»Zieh es *raus*«, brüllte sie, »und steig in das *verfickte Flugzeug*!«

Nishimura zog, und das sprudelnde Blut war heiß und grell auf seiner Hand, denn Pilotin Pagán war am Leben, zumindest vorerst, und bevor sie sich mehr Gedanken über die Konsequenzen dessen machen konnten, was gerade passiert war, ließ Jenny das Schwert fallen, duckte sich unter dem Flugzeug hindurch und sprang auf die Leiter wie ein Kind mithilfe des Geländers auf eine Treppe. Nishimura ließ mit großem Ekel das Gewehr fallen und folgte ihr. Hinter ihm stöhnten die Ghule und schlugen mit den Schädeln gegen den Bauch der F-18. Die Leiter war weiß, um sich vom Untergrund der Rollbahn abzuheben, nur kam auch Jennys

Blut so noch deutlicher zum Vorschein, kleine rote Amöben auf jeder Sprosse. Die Leiter war ungünstig positioniert; Nishimura musste springen, um den Rücksitz zu erreichen, mit der schweren Last seiner Schuldgefühle eine schwierige Aufgabe.

»Es tut mir leid, es tut mir so leid.«

»Hydraulik, normal. Sauerstoff, aus. Flugsteuersystem, läuft. Treibstoffzufuhr, aus.«

»Hörst du mich? Ich wollte das nicht!«

Jenny hustete; ein gurgelndes, suppiges Geräusch. »Externe Treibstofftanks, normal. Messsonde, eingefahren. Abtaster, eingeschaltet. Parkbremse, eingeschaltet. Landeklappen, voll abgesenkt. Antiblockiersystem, aus.«

»Hier muss doch irgendwo ein Erste-Hilfe-Kasten sein.«

»Klappe, Sir. Fahrwerkhebel, unten. Hauptwaffensystem, gesichert.«

»Du wirst verbluten.«

»Dein Gelaber versaut mir die Checkliste, Sir.«

»Verstanden. Tut mir leid. Ich schnalle mich an.«

Nishimura war schon mehrfach per Katapult von einem Träger gestartet, bevorzugte aber generell den sanfteren Abflug mittels Helikopter. Die schiere Geschwindigkeit solcher Starts sorgte dafür, dass man sich hinterher nur schwer an sie erinnern konnte. Was er noch am deutlichsten vor Augen hatte, war die absurde Anzahl an Personen, die vonnöten waren, um den Erfolg eines solchen Starts zu gewährleisten. Es war fast eine Hundertschaft, die Gesichter fleckig von Hitzeausschlag, die Lippen blasig verschmort von den mächtigen Triebwerken. Grünhemden, die sich hinter Schutzblechen drängten, Gelbhemden, die mit Signalflaggen wedelten, Rothemden, die sich für den Katastrophenfall bereithielten. Diesmal – niemand. Nur eine Pilotin, die über Warnlichter, Kippschalter, Treibstoffindikatoren und elektromagnetische Interferenzen vor sich hin murmelte, und ein Steuermann, der außer Panik nichts beizusteuern hatte.

»Pagán, ich weiß, wie pflichtbewusst du bist, niemand weiß das mehr zu schätzen als ich.«

Jenny hustete. Blut benetzte die Frontscheibe.

»Aber da draußen sind *sehr* viele Ghule«, fügte er hinzu.

Pater Bills Legion: Mindestens fünfzig von ihnen wankten jetzt über das Flugdeck, obwohl schon mehrere durch Schüsse von der Insel zu Boden gegangen waren. Weitere fünfzig drängten sich vor der Tür, die Nishimura nicht gesichert hatte, Bewohner der abgründigen Dunkelheit, von irgendeinem Instinkt ans Licht gelockt. Was bedeutete, dass ihre Zahl auch noch weiter steigen konnte, vielleicht in die Hunderte. Er musste Jenny nicht erklären, dass sie jedes kleinste bisschen Geschwindigkeit brauchen würden, um abheben zu können, und hundert Ghule als Bremshügel würden ihnen die Sache nicht gerade erleichtern.

»Oh«, krächzte Jenny. »Das ist schlecht.«

Bei jedem Einsatz kam es zu Krisensituationen, aber Karl Nishimura hatte seine ganze Laufbahn hindurch immer Ruhe bewahrt, selbst wenn es ihm ein Leben ohne Freunde beschert hatte. Er schaute über das Flugdeck und ließ sein Glühen ein letztes Mal die Kontrolle übernehmen. Da, das sechs Meter hohe Fangnetz. Was, wenn sie es aufrichten, die Ghule einfangen und in einem Rutsch von Bord fegen konnten? Unmöglich, bei Jennys Verletzung.

Vielleicht konnte er irgendwie das Löschschaum-Sprinklersystem in Betrieb setzen und damit die Ghule über Bord glitschen lassen? Aber warum überhaupt so kompliziert? Die F-18 verfügte über eine sechsläufige 20-mm-Vulcan-Maschinenkanone, die schon bei niedriger Einstellung viertausend Schuss pro Minute abgab.

»Nein«, sagte Jenny, die offenbar seine Gedanken erraten hatte. »Wir dürfen Denen nicht wehtun.«

»Wem?«

»Den Golems.«

»Ghule, Pilotin. Wir können uns die Ghule vom Hals schaffen!«

»Die sind hier, um uns zu retten.«

»Sie sind verwirrt vom Blutverlust!«

Die F-18 brüllte auf. Die Welt vor Nishimura vervierfachte sich und vibrierte derart, dass alle Platten, alle Schrauben und Nieten einen kreischenden Chor anstimmten. Jenny fuhr den Antrieb hoch wie beim Start eines Rennwagens. Nishimura hörte ein Brutzeln. Offenbar schmolzen gerade Ghule in der Glut der Triebwerke. Jenny musste schreien, um sich verständlich zu machen. Noch mehr Blut landete auf der Frontscheibe.

»Wir haben sowieso keine Munition! Mussten so leicht wie möglich bleiben! Maske auf! Sofort!«

Nishimura wollte Widerspruch einlegen, brauchte aber allen verfügbaren Sauerstoff, um keine Mangelerscheinungen zu erleiden, falls sie es tatsächlich in die Luft schafften. Erst, als er die Maske umschnallte, stellte er fest, dass der Drang zum Widerspruch plötzlich verflogen war – und warum? Weil er seiner Pilotin vertraute. Es mochte bis in die letzten Sekunden seines Marinelebens gedauert haben, aber er glaubte wirklich, eine Person gefunden zu haben, die er als Freundin bezeichnen durfte, für die er sein Leben gegeben hätte – nicht aus Pflichtgefühl, sondern aus persönlicher Zuneigung. Das zählte mehr als jeder Stern oder Streifen.

Wie durch einen Hitzeschleier sah er, wie Jenny sich seitlich aus dem Cockpit lehnte und die Leiter wegschob. Mehrere Kugeln pfiffen vorbei oder bohrten sich in den Rumpf des Flugzeugs. Jenny hielt inne, obwohl sie noch zur Hälfte aus dem Cockpit hing. Sie legte die Finger an ihre blutige Brust und strich damit über die Bordwand. Nishimura beugte sich so weit vor, wie es die Gurte erlaubten, um herauszufinden, was sie da tat. Direkt unterhalb des Cockpits hatte sie mit ihrem eigenen Blut einen Namen geschrieben.

JENNY

»Da!«, kreischte sie. »Mein Name auf einem verdammten Flugzeug!«

Krachend fiel die Cockpithaube zu. Die Triebwerke donnerten bei Volllast. Nishimura war nur noch ein rappelnder Teil der Maschine, während Jenny wild mit Fachjargon um sich schrie; Haube,

Geschirr, DEEC, CAS, Sitz, Klappen, ADI, Radar, TACAN, Trimmung, IFF, Sicherungsautomatik, Landelichter – alles wurde in Sekundenschnelle abgearbeitet. Mit einem Ruck war die Bremse gelöst, die Super Hornet jaulte, aber die Nylonschnur hielt eine Sekunde zu lange. Die F-18 schlitterte nach backbord, dann riss die Leine, der Knall übertönte sogar das höllische Brüllen der Triebwerke, und wie ein Stein von der Schleuder wurden sie nach vorn geworfen. Nicht ein Einziger von Jennys Golems kam ihnen in die Quere. Sie wurden vom brennenden Wind hinweggefegt, und Nishimura war froh, denn Golems oder Ghule oder Millenialisten – Ihr Ziel war das Gleiche.

Jeder Nagel auf dem Deck war eine Klippe, jeder Riss eine Schlucht; der Düsenjäger rumpelte und zitterte, sauste die viel zu kurze Startbahn entlang, war aber vom späten Reißen des Seils zum Glück nicht weit genug abgelenkt worden, um die Abflugschneise zu verfehlen. Nacken verrenkt, Rücken angeknackst, Zähne angeschlagen, dickflüssiges Blut im Mund, Augen platt ans Gehirn gedrückt. Metall kreischte, gerade Oberflächen wölbten sich – und sie hoben ab, die Räder drehten sich still und frei. Das Wippen, das Durchsacken, der Himmel verschwunden, der Ozean endlos, graue Säbel aus Gischt, Salzwasser spuckte quer über die Frontscheibe – die Nase der F-18 berührte den Pazifik zu einem Abschiedskuss.

Zweiundzwanzig Tonnen rasten über die schäumenden Wellen wie über eine zweite Startbahn, dann hinauf, die Rache des Himmels, die Rückkehr der Sonne, weiche Wolkenbällchen, Blut rann die Kehle hinunter und landete zischend im Magensaft, eine lange Kurve, eine scharfe Vertikale, volle vier G, er fliegt, sie fliegen, geborgen in der Hand eines wilden Gottes, ein letztes Krach, ein letztes Bumm.

»*JAA!*«, wieherte Nishimura.

Jenny hob die blutüberströmte Hand und reckte einen Daumen in die Höhe.

Die Super Hornet ging in Schräglage, die ganze Welt stellte sich schief. Sie drehten eine Kurve über der *Olympia*, um den Westwind zu erwischen, noch immer sehr tief, kaum hundertfünfzig Meter über dem Kiel. Jenny wollte angeben, wie Nishimura wusste; sie hatte gerade noch genug Elan dafür übrig. Er war begeistert von ihr, freute sich mit ihr, und für sich selbst, über das große Glück, sie kennengelernt zu haben. Sie war eben doch eine geborene Kampfpilotin.

Der tiefe Überflug gewährte ihnen einen letzten Blick auf die Big Mama, mit dem Nishimura ringen würde, solange er lebte. Auf den oberen Laufstegen blitzten noch immer die Waffen der Inselwächter, aber niemand aus Pater Bills Herde hatte sich aufs Flugdeck begeben, um den Start der F-18 wirklich zu verhindern. Etwas anderes ging da unten vor sich. Die glänzende Stahlwand vor der Pri-Fly-Etage war rot gefärbt. Die Männer warteten in einer Schlange, um einzeln die Leiter nach oben zu klettern, wo sie ihren Beitrag zu den Opfergaben leisten würden. Pater Bills letzte Worte hallten in Nishimuras Kopf wider.

Eine Opfergabe. Ich glaube, unsere Männer würden mit Freude ein paar Stückchen opfern, meinst du nicht auch?

Dies mussten also die »neuen Riten« sein, die Erfüllung der Vision des Kaplans, Mensch und Dämon zu vereinen, um Legion zu gebären. Mehrere Seeleute lehnten bereits über der Reling und legten sich Gürtel um die Arme, um den Blutfluss aus den Stümpfen ihrer amputierten Hände zu stoppen. Andere, die sich entschlossen hatten, lieber einen Fuß zu spenden, lagen in dunklen Pfützen auf dem Boden. Pater Bill selbst stand mit seinem blutverschmierten Hawaiihemd mitten in der Sauerei und starrte zum Flugzeug hinauf.

Jenny enttäuschte ihn nicht; sie reckte ihren blutigen Mittelfinger in seine Richtung.

Als die andere Seite der Insel in Sicht kam, wurde das ganze Ausmaß des Grauens ersichtlich. Männer trugen Eimer mit abgetrennten Gliedmaßen zum Rand des Laufstegs und fütterten Kapitän Page und seine Dämonen, Stück für Stück. Nishimura schauderte. *VFAD,* dachte er grimmig. Es war das freche Akronym, das Seeleute für den unermüdlichen Feind der Deckbesatzung benutzten. *V*on einem *F*lugzeug *A*bfallende *D*inge. Nur fielen die Dinge diesmal nicht von einem Flugzeug.

Der letzte Blick auf die *Olympia* brach ihm schier das Herz. Hunderte Frauen, die Ghule und ghulartige Männer überlebt hatten, sprudelten aus der Tür zu den unteren Decks und aus mehreren Wartungsschächten hervor. Vielleicht funktionierten die Kameras auf dem Flugdeck ja noch, und der Anblick der startenden F-18 hatte sie dazu veranlasst, in der Hoffnung auf Rettung ins Freie zu rennen.

Wäre der Jäger bewaffnet gewesen, er hätte Jenny gebeten, Gnade walten zu lassen.

Nishimura schloss die stechenden Augen und lehnte sich zurück. Bislang war Operation Bills-Lions tatsächlich ein Erfolg. Sein Ehemann, seine Söhne, seine Töchter, er würde sie vielleicht doch noch wiedersehen, und das allein wäre ihm – ganz gleich, in welchem Zustand sich der Rest der Welt befinden mochte – eine so traumhafte Zuflucht wie dieser stille Himmel hier oben.

Langsam glich sich der Druck in der Kabine aus. Nishimuras Schmerzen ließen nach. Ausgehend von der letzten bekannten Position der *Olympia* nahm er an, dass der Flug zum Festland etwa drei Stunden dauern würde. Das war ein Klacks, den sie ohne Schwierigkeiten hinbekommen sollten. Er beschloss, sich an einem Lächeln zu versuchen. Wie Operation Bills-Lions war auch diese Bemühung ein Erfolg.

Er wusste nicht, dass er eingenickt war, bis er langsam Jennys tiefe Stimme bemerkte.

»… wach auf … wach auf … wach auf …«

Er schob das Visier seines Helms nach oben. Der Tag war noch immer wie ein kristallklares, helles Geschenk. Er gähnte. Seine Ohren knackten. Er kicherte, eine kindliche Reaktion.

»Guten Morgen, Pilotin«, grüßte er sie. »Was kann ich für dich tun?«

»Ah. Gut. Hallo. Da sind zwei Hebel.«

»Was ist los? Sind wir schon zu Hause?«

»Zwei Hebel. Seitlich an deinem Sitz. Du musst nur an einem von beiden ziehen.«

»Hebel. Warum soll ich an Hebeln ziehen?«

»Um den Schleudersitz zu aktivieren.«

Ihre kleine Welt des ohnehin beengten Cockpits schien noch weiter zusammenzuschrumpfen.

»Pilotin. Pagán. Jenny. Ich werde mich nicht aus dem Flugzeug katapultieren.«

»Die Sitze sind synchron geschaltet. Wir katapultieren uns beide hinaus. Aber ich werde tot sein.«

Das Bajonett in ihrer Brust. Die sprudelnde Wunde. Die amöbenhaften Spritzer auf der Leiter. All das Blut an der Frontscheibe, jetzt zu einem Teppich aus Rubinen gefroren. Das war sein Werk; er hatte sie getötet und damit sich selbst. Seine Brust schmerzte, als hätte er sich gleich mit erstochen.

»Nein, Jenny, du wirst es schaffen.«

»Das ist ganz unkompliziert, Sir. Das Kabinendach wird abgesprengt. Ein kleiner Raketenantrieb bringt dich außer Reichweite des Fliegers. Dann löst der Fallschirm aus. Ich habe uns bis auf elftausend Fuß gebracht. Nur leider nicht bis nach Kalifornien, tut mir leid. Mach dir keine Sorgen. Falls der Fallschirm nicht automatisch auslöst, einfach die Reißleine ziehen.«

»Jenny, rede mit mir. Lass uns das durchsprechen.«

»Dein Sitz fällt irgendwann unter dir weg. Du kannst mit den beiden Steuerleinen manövrieren. Dreh dich in den Wind.«

»Jennifer Pagán, jetzt hör mir mal zu. Ich habe dir dieses Loch verpasst. Ich lasse nicht zu, dass du daran stirbst. Du schaffst es bis nach Detroit, verstanden? Ich *bringe* dich bis nach Detroit. Du hast doch Familie da. Freunde. Wie lange haben die dich nicht mehr gesehen? Wann hattest du das letzte Mal Freigang?«

Ihr federleichtes Lachen knisterte aus einem Lautsprecher, den er nirgendwo entdecken konnte. Sonst hätte er sich das zugehörige Mikrofon direkt an den Mund gehalten und hineingebrüllt.

»Freigang …«, murmelte sie gedehnt. »Komisches Wort, oder? … ›Der Freigang ist abgelaufen‹, haben sie gesagt … ›umarmen Sie

Ihre Familie und kommen Sie an Bord‹ … aber was ist denn Freigang? … Freiheit … das hier ist Freiheit … Ich kann sie fühlen … du nicht?«

»Nein, Jenny, bleib bei mir.«

»… hab's versucht … aber alles verschwindet jetzt … nur noch Freiheit …«

»Nein, Jenny, bitte!«

»… Ich verkörpere … den Kampfgeist der Marine …«

»Genau! Das tust du! Also komm!«

»… Ich werde den Befehlen … derer gehorchen, die zum Dienst über…«

»Das bin ich, Jenny! Ich gebe dir hiermit einen Befehl!«

»… ich bin … ein …«

»*Matrose*, Jenny! Sag es! Sag es! Du bist ein Matrose!«

Als ihr der Helm auf die Brust sank, konnte er ihren Nacken sehen. Die braunen Locken waren vom langen Leben in Dunkelheit verfilzt. Obwohl die F-18 bebte, breitete sich eine große Stille in Jenny Angelys Pagán aus. Und das war's. Manches Elend zog sich mit quälender Langsamkeit hin; das Rätsel der falschen Mann-über-Bord-Alarme – wie seltsam, dass es niemals gelöst werden würde. Andere Katastrophen ereigneten sich so blitzschnell wie ein Hammerschlag ins Gesicht. Er würde Jenny nicht mehr nach Detroit bringen. Er würde nichts mehr über sie erfahren bis auf die Tatsache, dass sie die tapferste Pilotin gewesen war, die er je gekannt hatte.

Er starrte an seiner gefallenen Kameradin vorbei. Der weite Ozean verschwamm von Königsblau zu Himmelblau. Es war nicht mehr weit bis zum Land. Bei Jennys letztem Raunen war auch ein mea culpa enthalten gewesen: *Nur leider nicht bis nach Kalifornien.* Wohin war er unterwegs? Er sah den braunen Streifen eines Strandes aus den Wolken auftauchen. Land in Sicht. Nishimura suchte nach den Hebeln, von denen Jenny gesprochen hatte. Sie waren ganz einfach zu finden, ihre grelle Farbe eine eindeutige Warnung.

Jennys Helm richtete sich langsam auf. Große Freude durchfuhr ihn.

»Ja! Pilotin! Gut! Jenny! Ja! Hör zu! Bleib wach! Jenny, du schaffst das! Du kannst diesen Vogel landen! Du kriegst das hin! Du kannst …«

Ihre Fliegermontur war klobig, die Kopfstütze ließ kaum Bewegungsfreiheit. Trotzdem drehte sie den Kopf mehrere Zentimeter weiter, als es möglich sein durfte. Die Haut an der straff gespannten Seite ihres Halses riss mit dem Geräusch eines zerfetzten Lappens auf. Ihre blutverschmierte Sauerstoffmaske baumelte vor dem offenen Mund, aus dem schwarzer Schleim und pinkfarbener Speichel rannen. Selbst durch das dunkle Visier konnte Nishimura ihre weißen Augen erkennen.

Jenny sperrte den Kiefer auf und zischte.

Nishimura zog beide Hebel, obwohl sie gesagt hatte, er solle bloß einen ziehen, aber er konnte nicht vorsichtig genug sein, jetzt nicht mehr. Dann war er fort, wirbelte durch den luftleeren, blendenden Himmel, jagte dahin über die endlos funkelnde See, ein Staubkorn im Wind, so vielen heißen, kalten, harten, schnellen, schlagenden, zermürbenden Empfindungen ausgesetzt, dass er nur noch ein Gefühl verspürte: Einsamkeit.

SEHR VIEL TALENT

Das Druckluftzischen, das Rückwärtsgangpiepen, die feuchten Quetschgeräusche: Es waren derart vertraute Frühmorgen-Geräusche, dass Charlie sich fast eine halbe Stunde im Halbschlaf herumwälzte, bis ihr endlich einfiel, dass sie völlig fehl am Platz waren. Das waren Müllwagen-Geräusche. Sie stand auf, schaltete den Generator aber nicht ein. Sie wusste nicht, ob sie ihn überhaupt je wieder einschalten würde. Letzte Nacht hatte sie die letzte Sendung auf WWN verfolgt. Ganz am Ende war die Kamera umgefallen, hatte nur noch die Discobeleuchtung an der Studiodecke gezeigt, während der Ton weiterhin gut verständlich geblieben war; Schreie, rastloses Stöhnen, schlurfende Schritte, schmatzende Lippen.

Charlie entfernte ein Schneidbrett aus einem Schlitz in einem der vernagelten Frontfenster: ihr geheimes Guckloch. Sie knabberte schale Mandeln aus einem Tütchen und verschaffte sich derweil einen Überblick über die Aktivitäten am anderen Ende der Seitenstraße. Das war nicht nur ein Müllwagen. Es waren gleich drei. In der Nacht, als sie aus der Gerichtsmedizin geflohen waren, hatte Luis aus den sozialen Medien erfahren, dass aufgebrachte Horden die Gewalt auf lateinamerikanische Einwanderer schoben, die zufällig die Hauptbeschäftigten der örtlichen Müllabfuhr waren.

Wahrscheinlich hatten einige Latinos begriffen, dass sie über die mächtigsten Fahrzeuge verfügten, und sich daraufhin zusammengetan. Die Müllwagen waren zu weit entfernt, um ihre Insassen genau erkennen zu können, sie sah aber mehrere Leute mit langen Gegenständen. Vielleicht waren es Gewehre. Vielleicht auch

Brecheisen und Baseballschläger und Schraubenschlüssel und Beile, die Bewaffnung der Wichser, die Luis' Prius umstellt hatten.

»Männer mit Stöcken«, murmelte Charlie. »Die werden uns noch allen zum Verhängnis.«

Sie gingen methodisch vor. Fünfzehn bis zwanzig Leute umstellten jeweils ein Haus und betraten es von allen Seiten gleichzeitig, während sich ihre Kollegen draußen um die Ghule in der Nähe kümmerten. Knapp eine Viertelstunde später kamen die Plünderer wieder zum Vorschein, mit Beute beladen. Kurz darauf rollte die Müllwagen-Karawane zum nächsten Haus weiter. Charlie zerkaute Mandeln und schmeckte nichts. Ihr blieb vielleicht noch eine Stunde, ehe sich diese Truppe das Heim der Acocellas vornehmen würde. Und wer konnte sagen, ob sie Gnade walten oder sofort abdrücken würden?

Sie hatte nicht die Kraft, rechtzeitig abzuhauen. Sie würde ihr Glück mit der Müllwagen-Gang versuchen. Es gab nur eine Sache, die sie vorher noch erledigen wollte, die sie jetzt seit achtundvierzig Stunden vor sich herschob. Über den Lärm musste sie sich keine Gedanken mehr machen. Die Müllwagen waren so laut, dass alle Ghule sich nur für die Kolonne interessierten.

Sie hatte Luis in eine hübsche Steppdecke gewickelt. Sorgsam hatte sie beide Enden mit Gürteln aus einer Schublade im Schlafzimmer fixiert. Gegen ihren Willen musste sie grinsen. Er sah aus wie ein Burrito. Luis Acocella, Nörgler von Weltrang, hatte sich liebend gern über die vollgestopften Monstrositäten echauffiert, die man in den USA als Burritos bezeichnete – meist dann, während er gerade selbst einen verschlang. Die Steppdecke war handgemacht, der Name der Künstlerin in einer Ecke eingestickt. Sie wusste nicht, ob sie seine oder Rosas Familie beigesteuert hatte. Egal – auf jeden Fall hatte die Steppdecke Erinnerungswert, und obwohl Charlie normalerweise nicht zu Sentimentalitäten neigte, hatte sie kein Problem damit, in diesem Fall ein bisschen rührselig zu werden.

Sie öffnete die Hintertür, hielt Ausschau sowohl nach Ghulen als auch nach den streunenden Hunden, die sie letzte Nacht auf der Straße gehört hatte, und zerrte Luis in den Garten. Sie beide waren Gerichtsmediziner gewesen, keine Totengräber, und Mamá Acocellas Grab ein dementsprechend dilettantisches Desaster, eiförmig und notdürftig aufgefüllt – immerhin war es den Nasen dieser Hunde bis jetzt offenbar trotzdem entgangen. Diesmal wollte sie es besser machen. Sie huschte zurück ins Haus, schnappte sich die Schaufel und machte sich an die Arbeit.

Ohne regelmäßiges Gießen war die kalifornische Erde im Garten mittlerweile völlig ausgedörrt. Die Schaufel fuhr hinein wie in Asche. Direkt neben Mamá hob Charlie binnen dreißig Minuten ein metertiefes Loch aus. Zehn Minuten später war es mit Luis in Fötusstellung und Erde gefüllt. Sie kauerte sich daneben. Ihr Schatten bildete eine Nabelschnur zwischen Mutter und Sohn. Vierzig Minuten hatte das Ganze gedauert; für den Abschied brauchte sie nur Sekunden.

Sie hob eine Handvoll Erde auf. In den Krümeln fühlte sie die Textur seiner Haare, der Haut seines Handrückens, seiner Zigarettenwolken, seines Aktenordners mit Autopsieberichten, seines Arztkittels, der Plastikhülle seines blöden Telefons, der stoppeligen Wölbung seines Unterkiefers, seines kratzigen Kicherns.

»Du bist zu Hause«, sagte sie ihm.

Charlie wollte nicht, dass die Müllwagen-Gang die Tür zum Heim der Acocellas eintrat. Als der Trupp beim Nachbarhaus angekommen war, kam sie ins Freie, in der einen Hand eine Tasche mit Kleidung und Vorräten, in der anderen ein geschwenktes weißes Hemd von Luis, das globale Friedenszeichen. Aber der Globus drehte sich nicht mehr wie einst. Zwei Männer kamen mit vor Wut verzerrten, hochroten Gesichtern angerannt. Ihre Stöcke waren Schrotflinten, die direkt auf ihren Kopf gerichtet waren.

»Wie heißt du?«, schrie der Erste. »Como te llamas?«

Sah sie wirklich so beschissen aus, dass man sie für einen Ghul halten konnte?

»Charlie Rutkowski.«

»Zieh dich aus«, sagte er. »Desnúdate.«

»Was?«

Der zweite Mann verzog das Gesicht, ließ die Schrotflinte aber nicht sinken.

»Wir müssen uns vergewissern, dass sie dich nicht gebissen haben«, sagte er.

Also zog sie sich aus, ein entwürdigendes Schauspiel – bis sie auf halbem Weg plötzlich kichern musste. Hier stand sie im Vorgarten ihres Chefs und legte einen Striptease hin. Die gute alte Charlie, immer musste die große Show machen.

Die Männer waren in der Tat Latinos. In dem Wagenzug aus vier Autos, die den drei Mülllastern folgten, sah sie einen bunten Haufen verschiedenster Leute, wahrscheinlich aus anderen verbarrikadierten Häusern gerettet, ob nun freiwillig oder nicht. Diese Menschen – allesamt Passagiere – waren steif und stumm. Nach zwei Wochen als verfolgte Opfer hatten nun die Müllmänner das Sagen.

Charlie erwartete kein Pardon und erhielt auch keines. Sie musste ihre Brüste anheben, ihre Pobacken spreizen, ihre bissfreien Achselhöhlen und Oberschenkel herzeigen. Sie hatte Angst und war auch ein bisschen wütend. Vielleicht sollte sie Luis wieder ausgraben und diesen Rüpeln zeigen, dass er ebenfalls Latino gewesen war. Vielleicht würden sie sie dann stellvertretend etwas besser behandeln. Natürlich würde seine Haut mittlerweile grau oder grün sein. Man hatte als Frau einfach keine Chance.

Die Müllwagen kamen zischend vor dem Heim der Acocellas zum Stehen. Sie zogen breite Blutspuren hinter sich her. Offenbar verarbeiteten sie die Ghule gleich, um Munition zu sparen. Männer sprangen herunter und umstellten das Haus. Charlie hätte ihnen bereitwillig erzählt, wo was zu finden war, aber sie wurde nicht gefragt. Der etwas nettere der beiden Männer bedeutete ihr, sich wieder anzuziehen, dann trieb er sie mit dem Lauf der Flinte im Kreuz zum hintersten Wagen der Kolonne, einem fetten silbernen SUV. Er rollte die seitliche Schiebetür auf.

Der Innenraum war voller Frauen und Kinder.

Zahllose ängstlich glitzernde Augen starrten zu ihr auf. Charlie zitterte, als wäre sie noch immer nackt. Die Männer und auch einige kleinere Jungs liefen draußen herum und fuchtelten mit ihren Stöcken, Frauen und Kinder waren wie Gepäck verstaut. Charlie war nicht dumm. Sie wusste, was unweigerlich passieren musste, wenn Männer sich erst einmal daran gewöhnten, Frauen hinter geschlossenen Türen und getönten Scheiben zu halten.

»Alles voll.« Der Mann seufzte. »Du wirst dich in den Kofferraum zwängen müssen.«

Der Mann machte hinten auf und zeigte in den schmalen Gepäckraum hinter der dritten Sitzreihe. Eine andere Frau war bereits dort untergebracht, saß mit dem Rücken an die Fahrerseite gelehnt. Charlie krabbelte hinein und setzte sich an die Wand gegenüber. Nachdem die Heckklappe zugefallen war, kam ihr der Raum noch schmaler vor.

Die Frau war eine mollige, ernst dreinblickende Latina mit schwarzem Haar und großen, wunderschönen dunklen Augen. Charlie rang sich ein Lächeln ab, aber es fühlte sich sofort falsch an, als wollte sie so tun, als wäre all das hier in Ordnung. Sie räusperte sich, wollte etwas sagen, irgendwas, aber die Frau kam ihr zuvor.

»Du erinnerst dich nicht an mich.«

Charlie schloss den Mund zu und betrachtete sie genauer.

»Tut mir leid«, sagte sie dann, »aber ich bin nicht aus der Gegend.«

»Wir haben uns auf einer Weihnachtsfeier getroffen«, sagte die Frau.

»Ach ja? Ich kann mich nicht …«

»Das ist mein Haus.« Sie hob die Augenbrauen. »Rosa del Gado Acocella.«

Charlie nickte. Eine andere Antwort fiel ihr nicht ein. Das Nicken wurde immer schwächer, bis es nur noch ein leichtes Zittern war. Rosa war am Leben. Sie hatte die Hand ihrer Schwiegermutter in den Müllschlucker gestopft. Sie war aus dem Fenster geklettert und geflohen. Offenbar war sie gewitzter als Luis, vielleicht auch gewitzter als Charlene Rutkowski.

Es hatte keinen Sinn, die Wahrheit zu verschweigen. Wahrscheinlich war Rosa schon auf dieser Weihnachtsfeier, an die Charlie sich nicht mehr erinnern konnte, aufgefallen, dass Luis' Assistentin auf ihn stand, und hatte seitdem mit dem grimmigen Blick in die Zukunft und der großen Geduld einer Ehefrau auf diesen Moment gewartet. Charlie wusste, sie sollte sich entschuldigen, aber sie war erschöpft – nicht nur, weil sie Luis während seiner letzten Tage gepflegt hatte, sondern auch, weil sie sich an die Regeln einer untergehenden Zivilisation klammerte. Vielleicht würde es in dieser neuen Welt einen Platz für Graustufen und derart komplizierte Umstände geben. Vielleicht durften sowohl Rosa als auch Charlie Luis geliebt haben, vielleicht sogar mehr denn je, da sie beide wussten, dass er allen, die ihm nahe gewesen waren, so viel Freude gebracht hatte.

»Willst du reingehen?«, fragte Charlie.

»Luis ist tot?«, fragte Rosa.

Charlie nickte.

Rosa atmete zischend ein und schob sich eine baumelnde Strähne hinters Ohr.

»Dann nicht. Da ist nichts mehr, was ich noch will.«

Die Plünderer waren fertig mit Rosas Haus. Die Müllwagen kauten mit lautem Knochenkrachen ihren Blut spritzenden Müll. Das SUV ruckte und schüttelte sich, machte eine scharfe Kurve am Ende der Sackgasse, um die andere Straßenseite in Angriff zu nehmen.

»Tienes mucho talento, hat Luis gesagt«, meinte Rosa nur. »Sehr viel Talent.«

»Danke.«

»Musstest du, eh, matar… ah, wie sagt man. Musstest du … töten?«

Aus Rosas Sicht war das durchaus eine logische Folgerung. Wenn sie mit Luis zusammen Tote in einem Labor aufschnitt, konnte sie auch mit Luis zusammen Tote in der Vorstadt aufschneiden. Während Charlie sich lange in einem verrammelten Haus verkrochen und vor der grausamen Wirklichkeit versteckt hatte, um lieber sentimentalen Blödsinn zu veranstalten, war der Rest der Welt, Rosa eingeschlossen, wesentlich direkter geworden.

»Ja«, sagte Charlie. »Musste ich.«

Rosa nickte sanft.

»Es ist schwierig, ja? Was passiert mit Herz, wenn man töten muss, was man liebt?«

Charlie starrte aus dem Fenster. Hinter einem Müllwagen, dessen Müllpresse randvoll mit zerstückelten Leichen war, stritten sich mehrere Männer, bis sie irgendwann vier zuckende Körper unter einer Schaukel im nahen Vorgarten deponierten und alles mit Benzin übergossen. Bald stand der Körperhaufen in Flammen, und das Feuer verschlang die alte Schaukel, die rostige Rutsche, die verlorene Kindheit. Charlie versuchte, etwas von der Wärme des Feuers zu spüren. Auch Rosa, dachte sie, musste bereits so gebrannt haben, nur um verkohlt und gehärtet daraus hervorzugehen. Charlie war bereit für dieses Ritual. Ein weiterer Tod, eine weitere Erneuerung, noch jemand fürs Feuer.

ZWEITER AKT

DAS LEBEN DES TODES

II Jahre

Zombie war ein Wort, das Etta Hoffmann zum ersten Mal um 189-07:33 hörte – einhundertneunundachtzig Tage nach dem 23. Oktober um sieben Uhr dreiunddreißig morgens. Die Frau, die es benutzte, sagte, sie rufe aus der Cathedral of Learning, einem Hochhaus auf dem Campus der Universität von Pittsburgh, an. Studenten der Pitt und der Privatuni Carnegie Mellon hatten nach einem halben Jahr aufopferungsvoller Arbeit und einer Menge gefährlicher Beschaffungsexpeditionen ein WLAN zusammengeschustert. Hoffmann war überrascht. Sie besaß immer noch die Fähigkeit, sich überraschen zu lassen. Die Menschheit, eine Spezies, für die sie bislang höchstes mildes Interesse gezeigt hatte, beeindruckte sie mittlerweile fast täglich aufs Neue.

Die Frau von der Pitt stellte sich als Andrea West vor. Sie sagte, ihre Gruppe habe sich Zugang zu einer unbeständigen, rudimentären, nur mittels einer Befehlszeile zu bedienenden Version des Internets verschafft, durch die erstklassige Programmierer – von denen sie über gleich mehrere verfügten – navigieren konnten, genug Geduld und Zeit vorausgesetzt. Irgendwann hatten sie die Telefonnummer aufgestöbert, die Hoffmann zusammen mit der Nachricht *WIE GEHT ES IHNEN? RUFEN SIE MICH AN* auf diversen Regierungsseiten hinterlassen hatte.

Hoffmann schrieb alles nieder, was Andrea West zu sagen hatte, auch wenn kaum etwas Neues dabei war. Zwei andere Leute, mit denen Hoffmann in dem halben Jahr seit dem 23. Oktober telefonierte, hatten das notdürftig wiedererweckte Restinternet als »Leichennetz« bezeichnet, und so führte sie es daher in ihren Unterlagen. Als Konzept hatte das Internet Etta Hoffmann schon immer verwirrt. Obwohl es aus Kabeln und Schaltkreisen bestand, flossen in seinen Adern die Hoffnungen und Ängste, die Liebenswürdigkeiten und Grausamkeiten der ganzen Menschheit. Es hatte *gelebt*, also erschien es ihr durchaus sinnvoll, dass es ganz wie die menschlichen Körper nach seinem Ableben von den Toten zurückgekehrt war.

Wie alle anderen behauptete auch Andrea West anzurufen, um neue Informationen zu sammeln, aber mittlerweile kannte Hoffmann den wahren Grund. Auch Andrea West wollte ihre Geschichte erzählen in der Hoffnung, ihr Leben und ihr Tod könnten von Bedeutung sein. Alles, was sie sagte, wanderte in eines von Hoffmanns schriftlichen Protokollen, und das einzige Detail, das Hoffmann wirklich in Erinnerung blieb, war das Wort *Zombies*. Nicht *Dinge*, nicht *Ghule*, nicht *Weißäugige*, nicht *Dämonen*, nicht *Gangs*. Zombies: fühlte sich irgendwie richtig an. Vielleicht lag es an der Endgültigkeit des letzten Buchstabens im Alphabet, Z war einfach Das Ende.

Erst um 286-13:21, nachdem der Begriff ein Dutzend Mal gefallen war, beschloss Hoffmann, der Sache auf den Grund zu gehen. Weniger aus Neugier, eher unter ökonomischen Gesichtspunkten. Sie hatte die Leihbibliothek des AMDB zur Verfügung, warum sie also nicht benutzen? Die Bibliothek bestand aus all den Büchern und Filmen, die sie in Büros und Schreibtischschubladen aufgestöbert hatte. Sie hatte mit einem Büro im zweiten Stock in der nordwestlichen Ecke des Gebäudes angefangen und sich dann von West nach Ost, von oben nach unten vorgearbeitet. In den Regalen im EWSD-Büro hatte sie schließlich alles nach Themengebieten sortiert.

Die DVD- und BluRay-Kollektion der Leihbibliothek sah vielversprechend aus. Ihre Abendbeschäftigung vor dem 23.10. waren Fernsehserien gewesen, eine Folge nach der anderen, wie eine Tüte M&Ms. Hoffmann hatte aber im ganzen Gebäude keine vollständige Serie finden können. Es würde ihr den Schlaf rauben, wenn sie Folgen auslassen musste oder, noch schlimmer, nie herausfinden würde, wie die Geschichte endete. Sie widmete sich also den Filmen, spielte sie auf einem der wenigen Rechner ab, die noch über entsprechende Laufwerke verfügten.

Die Bücher füllten fünf komplette Regale. Unerwartet viele Kollegen hatten offenbar schreckliche Vorlieben gehabt. Lag das am Leben in Washington? Sie schlug »Zombie« in der *Encyclopedia Macabre* nach. Es stammte vom kongolesischen Wort *nzambi* ab und war eine bizarre wiewohl als authentisch bezeugte Praxis der haitianischen Voodoo-Religion. Ein Bizango-Rat beauftragte einen als Bocor-Priester bezeichneten Chemiker, einen Missetäter mit Tetrodotoxin zu vergiften, einem Gift aus bestimmten Kugelfischarten. Nachdem das Opfer in eine todesähnliche Starre fiel, wurde es lebendig begraben, wieder ausgegraben und als willenloser Sklave wiederbelebt, der niemals die letzte Ruhestätte des lan guinée erreichen würde, den bewaldeten Himmel von Afrika. Die Vodoun glaubten, der Bocor stehle dem Opfer *ti bon ange*, den individuellen Teil seiner Seele.

Hoffmann dachte so lange darüber nach, dass es sogar ihre tägliche Routine störte, deren wichtigster Aspekt das Katalogisieren und Indexieren der wachsenden Sammlung der Erzählungen Überlebender war, ein Werk, das sie »Persönliche Geschichten« nannte. Andrea Wests Eintrag stellte ein Dilemma dar. Waren sich die meisten Leute des haitianischen nzambi bewusst? Sie hatte keine Ahnung und konnte daher auch nicht sagen, ob jene, die das Wort Zombie benutzten, dies im Wissen um seine Etymologie taten oder nicht.

Um 372-06:00, über ein Jahr nach dem 23.10., waren Etta Hoffmanns Schlussfolgerungen solide genug, um sie einzutippen, auszudrucken und dem Ordner beizufügen, der als fortlaufendes Vorwort für ihre Sammlung diente, die sie (nicht aus Egoismus, sondern rein deskriptiv) *Hoffmanns Archiv der Erzählungen aus der Neuen Welt* betitelt hatte.

Ihrem abschließenden Urteil nach gab es kein Wort, welches das Phänomen des 23.10. besser zusammengefasst hätte. Dies war der eine verhängnisvoll hervorstechende Ausgangspunkt; ein Vodoun-Zombie war von einem Bizango-Rat verurteilt worden, dieses Schicksal zu erleiden. Und diese neue Welt, in der *jeder* dazu verdammt war, zum Zombie zu werden, legte den Verdacht nahe, dass die gesamte Weltbevölkerung ein ähnliches Urteil ereilt hatte.

Für welche Sünden? Die klassischen, vermutete Hoffmann – Hochmut, Neid, Zorn, Trägheit, Habgier, Völlerei, Wollust. Die meisten Leute auf dieser Erde hätten für oberflächlichen Schnickschnack nur zu gern ihr *ti bon ange* hergegeben. Hoffmann fragte sich, ob sie sich betrogen fühlen sollte; sie hatte sich keiner dieser Sünden hingegeben und war doch mit allen anderen verurteilt worden. Nein, beschloss sie. Sie lebte seit zehn Jahren – es war gerade 3.856-00:00 – im Gebäude des Amerikanischen Modells für Datenherkunft und Bemaßungen und war so zufrieden wie nie zuvor.

Ihre friedliche Existenz hatte eine einzige, dafür aber sehr empfindliche Störung erfahren. Vor sechs Monaten, präzise um 4.095-4:55, hatte eine Frau sie über das EWSD-Festnetz kontaktiert. Seit dem allerersten Klingen eine Dekade zuvor hatte sie kein Anruf mehr derart erschreckt, denn sie hatte bereits seit zehn Monaten keine Persönliche Geschichte mehr niederschreiben können. Hoffmann musste sich die verschwitzten Hände abwischen, ehe sie den Hörer ergriff, und sich gründlich räuspern, bevor sie Hallo sagte.

Sie wusste sofort, dass diese Anruferin anders war. Spätestens seit dem Jahre acht dämpften die Überlebenden aus Gewohnheit argwöhnisch die Stimme. Viele verschwiegen ihre Namen und waren überzeugt, die Nummer, die sie im Leichennetz aufgestöbert hatten, müsse eine Falle sein. Die Stimme dieser Frau aber war offen und klar, auch stellte sie sich mit Namen vor. Hoffmann aber traute diesem Namen nicht und bezeichnete sie lieber als »die Schnüfflerin«.

Die Schnüfflerin wollte nicht reden. Die Schnüfflerin wollte schnüffeln. Es war zehn Jahre her, dass jemand Hoffmann derart hartnäckig ausgefragt hatte. Eigentlich sogar eher dreißig Jahre;

sie war noch ein Teenager gewesen, als die Ärzte ihre endgültige Diagnose abgegeben und ihre Eltern es aufgegeben hatten, zu ihr durchdringen zu wollen. Die Schnüfflerin erinnerte Hoffmann an ihre Kinderpsychologen, freundlich und gelassen. Dabei war niemand noch freundlich und gelassen. Hoffmann war verwirrt. Sie war über die Jahre richtig gut darin geworden, anderen Informationen zu entlocken – eine richtige Rochelle Glass, bis auf die fehlende Gefolgschaft. Bei der Schnüfflerin musste sie jedoch den gesamten »Konversationsleitfaden für Persönliche Geschichten« zum Einsatz bringen, den sie schon in Jahr eins zusammengetragen, ausgedruckt und laminiert hatte: »Sagen Sie mir, wo Sie sind.« »Erzählen Sie mir, wie Sie dorthin gekommen sind.« »Sagen Sie mir, was als Letztes passiert ist.«

Die Schnüfflerin, diese teuflische Frau, drehte den Spieß einfach um.

»Ich habe viel von Ihnen gehört«, sagte die Schnüfflerin. »Wie heißen Sie eigentlich?«

Hoffmann konsultierte ihren Leitfaden. »Befinden Sie sich in unmittelbarer Gefahr?«

»Man munkelt, Sie würden Geschichten sammeln. Wie lange machen Sie das schon?«

»Wer ist sonst noch bei Ihnen?«

»Ein Geschichtenschatz von zehn Jahren könnte unglaublich wichtig sein. Sie könnten einer Menge Leuten helfen zu verstehen, wie wir in diese Lage geraten sind. Wo sind Sie denn überhaupt?«

»Welche Ereignisse sind Ihnen am deutlichsten in Erinnerung?«

»Sie sind nervös und wollen mir das nicht sagen. Verstehe ich gut. Eine sichere Basis geheim zu halten ist sehr vernünftig. Und Ihre muss unglaublich sicher sein, wenn Sie sich da so lange gehalten haben! Sie haben eine Washingtoner Nummer. Daraus schließe ich, dass Sie in einem Regierungsgebäude sitzen.«

»Erzählen Sie mir von den Menschen, die Sie verloren haben.«

So lief es jedes Mal. Irgendwann musste die Schnüfflerin auflegen. Entweder war ihr Akku fast leer, oder sie hatte noch andere

Anrufe zu tätigen. Beide Ausreden faszinierten Hoffmann. Falls die Schnüfflerin wirklich eine verlässliche fernmündliche Kommunikationsmethode gefunden hatte, gehörte diese Information in Hoffmanns Archiv. Und falls die Schnüfflerin außerdem tatsächlich noch mit vielen anderen Leuten in Kontakt war, würden deren Berichte eine ganz neue Ära der Persönlichen Geschichten einläuten. Trotzdem vermied Hoffmann, sie danach zu fragen. Nicht aus Stolz. Sie machte sich Sorgen, ein derartiges Ersuchen ihrerseits könnte an eine Gegenleistung geknüpft werden. Die Schnüfflerin hatte recht; Hoffmann hatte in zehn Jahren niemandem gegenüber ihren Namen oder ihren Standort preisgegeben.

An diesem Tag aber hatte sie Hinweise durchsickern lassen. Ungewollt. Die Schnüfflerin rief alle paar Wochen an, und Hoffmann, die weder willens noch in der Lage war, Anrufe zu ignorieren, spürte allmählich, wie sie sich für die unablässig gut gelaunte Frau erwärmte. Wenn Hoffmann großen Fragen auswich, stellte die Schnüfflerin kleine. Welches Essen vermisste sie am meisten? Hasste sie es ebenso sehr wie die Schnüfflerin selbst, Kerzenruß von der Decke zu kratzen? Und dann knackte die Schnüfflerin irgendwann zufällig den Jackpot.

»Was für Fernsehsendungen mögen Sie?«

»Alte«, antwortete Hoffmann auf der Stelle.

»Ja? Als ich noch klein war, hab ich mit meiner Mom eine Menge alte Serien geschaut. Was sind denn Ihre Lieblingsserien?«

»Die *Andy Griffith Show*, *Star Trek*. Die *Dick Van Dyke Show. Lassie. I Love Lucy. Perry Mason. Meine drei Söhne. The Honeymooners. Mr. Ed. Petticoat Junction. Tausend Meilen Staub. Vater ist der Beste. Das ist Ihr Leben.*«

»Oha!« Die Schnüfflerin lachte. »Das waren für Sie aber eine Menge Worte. Müssen Sie sich erst mal setzen?«

»Ich sitze schon«, sagte Hoffmann, aber ihr Herz schlug wie wild.

»Ich weiß nicht, ob ich die noch mal gucken könnte.« Die Schnüfflerin seufzte. »Ich hätte die ganze Zeit Angst, dass vor Lucy und

Desis Fenster Zombies lauern. Oder dass die *Star Trek*-Crew nur im All ist, weil die Zombies die Erde übernommen haben. Oder dass Mister Ed zu Wilbur bis auf die Feststellung, wie gründlich er gearscht ist, kein Wort sagt. Wissen Sie, was ich meine, Lady? Hey, ich muss Sie immer noch Lady nennen. Kommen Sie schon. Verraten Sie mir wenigstens Ihren Namen.«

»Etta Hoffmann.« Sie versuchte zu atmen.

»Etta. Alles klar, Etta, ist mir eine Freude, noch jemanden kennenzulernen, der ein Fan der klassischen Hollywood-Ära ist.«

Hoffmann glaubte eine kurze Pause zu hören, vielleicht, weil sich die Schnüfflerin parallel die Worte *Etta Hoffmann* notierte. Hoffmanns Kehle schnürte sich zu, ihr wurde schwarz vor Augen, ihr war furchtbar heiß. Sie reagierte auf keine weitere Frage mehr, die ihr die Schnüfflerin bei diesem Telefonat noch stellte. Nachdem die Schnüfflerin mit einem etwas gekränkten Tonfall aufgelegt hatte, saß Hoffmann noch eine geschlagene Stunde reglos da und schalt sich immer wieder, wie dumm sie doch war. Die Schnüfflerin hatte sie reingelegt. Falls im Leichennetz noch genug Synapsen des alten Internet feuerten, war ein vollständiger Name der Schlüssel zu tausend Schlössern.

Und dennoch – als die Schnüfflerin das nächste Mal anrief, machte Hoffmanns Herz einen Satz, und sie war froh, ihre Stimme zu hören.

Als sie nachts auf ihrem Sofa lag, musste sie sich gründlich die Leviten lesen.

Gefiel es ihr am Ende, beschnüffelt zu werden?

Was, wenn die Schnüfflerin nach ihrem Namen gefragt hatte, weil die Schnüfflerin sie tatsächlich mochte?

Hatte irgendwer sie je wirklich gemocht?

War es in Ordnung, gemocht werden zu wollen?

In den Jahren vor dem 23.10. hatte Hoffmann das Konzept Freundschaft nie verstanden, aber es war auch vollkommen belanglos gewesen – niemand wollte ihr Freund sein. Vor den Anrufen der Schnüfflerin hatten sich Hoffmanns Freundschaftsfantasien stets um Annie Teller gedreht. Hoffmann erklärte sich ihr Interesse für Annie Teller mit dem Zugang zum *LaBr3aTarP1t$*-Passwort, ohne das Hoffmanns Archiv nie entstanden wäre, aber sie mochte es nicht, sich selbst zu belügen. Dahinter steckte noch mehr.

Wie schon damals, als Annie Teller trotz ihres charakteristischen Humpelns die Gänge mit großen, selbstbewussten Schritten durchmessen hatte, war Hoffmann durchaus nicht daran interessiert, mit ihr zu reden; das hätte die perfekte Fassade ankratzen können, die Hoffmann der Leitenden Statistikerin beimaß. Sehr wohl aber hatte Hoffmann sich ausgemalt, Tawna Maydew zu sein, diese kräftige kalifornische Blondine mit den roten Bäckchen, die bei Annie Tellers Eintreffen an den La Brea Tar Pits so sinnlich lächeln würde, wie Hoffmann es nie zustande bringen würde, eine Liebe im Herzen spüren würde, zu der Hoffmann nicht fähig war, und Annie Teller auf eine Weise umarmen würde, die Hoffmann niemals wagen konnte.

Hatte das Wiedersehen in La Brea je stattgefunden? Abermals belog Hoffmann sich nur ungern: wahrscheinlich nicht. Die Reiseinfrastruktur war nach dem 23.10. mit als Erstes in die Binsen gegangen, und Los Angeles war sehr, sehr weit weg von Washington. Trotzdem machte Hoffmanns Herz einen kleinen wilden Satz, wann immer sie einen Anruf von einer Frau mit englischem Akzent erhielt, und für einen Augenblick redete sie sich ein, dass es Annie Teller sei, die berichtete, sie und Tawna Maydew wären zusammen und glücklich und hätten sich ein Liebesnest im Museum der La Brea Tar Pits gebaut, wo sie sich jede Nacht unter den mächtigen Stoßzähnen eines Mammutskeletts in den Armen lagen.

Hoffmann fragte sich, ob man es erbärmlich finden musste, dass der Arbeitsplatz, den sie tagtäglich benutzte, ausgerechnet der von Annie Teller war. In der ersten Woche nach dem 23.10., als sie dort Annie Tellers Passwort entdeckt und damit auf all die Regierungsseiten zugegriffen hatte, war es durchaus sinnvoll gewesen, diesen Rechner zu wählen. Aber jetzt war sie schon seit zehn Jahren hier. Sie besaß kaum persönliche Gegenstände, die sie an ihren alten Platz gebunden hätten. Eigentlich nur zwei: eine Bauchtasche in Tarnfarben, in der sie ihre Tagesration an Snacks mit sich herumtrug, und eine pinke Schnabeltasse, die sie anderen Trinkgefäßen aus Sicherheitsgründen vorzog. Sollte sie die einmal umwerfen, würde kein Wasser über Annie Tellers Computer auslaufen.

Die Trennwände ihrer Arbeitsnische waren immer schon leer gewesen. Annie Tellers Arbeitsnische ebenso. Hoffmann scrollte durch alte Mitteilungen aus der Personalabteilung (sie hatte mit Verwunderung festgestellt, dass tatsächlich niemand außer ihr diese Mitteilungen abgespeichert hatte) und las noch einmal das Schreiben mit dem Titel »Wie personalisiert man seinen Arbeitsplatz in einem akzeptablen Rahmen«. Sie ging zum Farbdrucker, druckte sich die besten Fotos von Annie Teller und Tawna Maydew aus, die sie in den E-Mail-Anhängen finden konnte (natürlich nicht ein einziges von den beiden zusammen), und pinnte sie an die Trennwand.

Die anderen Rechner gaben nach und nach den Geist auf, wahrscheinlich durch den Staub. Jeder Monitor, der schwarz wurde, wirkte wie ein Zeichen, ein weiteres Stückchen der alten Welt, das von der Bildfläche verschwand. Um 1.900-00:00 lief schließlich – dank täglicher Wartung und diverser Reparaturen, deren Ablauf sie den Benutzerhandbüchern entnahm, die Hoffmann in der IT-Abteilung ausgrub – nur noch Annie Tellers Monitor, das letzte Feuer in einer prähistorischen Höhle. Die restliche Infrastruktur des Gebäudes funktionierte weiterhin, ein Beweis dafür, dass die US-Regierung zumindest in dieser einen Hinsicht für die Apokalypse gerüstet gewesen war. Strom und Festnetz liefen weiter, Jahr für Jahr.

Und irgendwo da draußen lief vielleicht auch Annie Teller weiter.

Hoffmanns Archiv der Erzählungen aus der Neuen Welt umfasste gegenwärtig zweihundertvierzehn Dreiringordner, die gigantische mündlich überlieferte Chronik der Dekade ab dem 23.10. Das war eine Menge Papier, und um 1.650-00:00 herum machten die

Bürodrucker langsam schlapp, woraufhin Hoffmann sie nur noch in strenger Rotation benutzte. Im Büro eines Abteilungsleiters entdeckte sie eine alte Schreibmaschine, die wohl aus rein sentimentalen oder kitschigen Gründen dort stand, und arbeitete daran, sie wieder zum Laufen zu kriegen. Sollte das fehlschlagen, würde sie zur Not auf Handschrift ausweichen. Sie hatte immer eine hübsche Schrift gehabt.

So hatte sie auch angefangen; ihre Hände, ein Bleistift, ein Spitzer, ein Radiergummi, ein Blatt Papier. Die ersten Anrufer damals hatten um Anweisungen gebeten, wie mit den Zombies zu verfahren sei. Hoffmann, die selbst nie einem begegnet war, hatte ihnen wenig zu bieten gehabt, bekam im Lauf der Zeit aber genug Informationen, um ein brauchbares Profil der Seuche zu erarbeiten. Die Infektion setzte ein, sobald das Blut eines lebenden Menschen mit Blut oder Speichel eines Zombies in Berührung kam. Eine durchschnittliche Zeitspanne von der Infektion bis zur Verwandlung war nicht zu ermitteln. Die Zombies hatten keinerlei Probleme, andere Zombies und die Lebenden auseinanderzuhalten. Typischerweise verspeisten Zombies nicht mehr als fünf Prozent eines menschlichen Körpers. Zombies schliefen nicht. Zombies schienen nachtragend zu sein. Zombies tauschten offenbar mittels Grunzlauten Informationen aus, vielleicht aber auch noch auf anderen, bisher unbekannten Wegen. Zombies konnten durch Hirntraumata oder Verbrennen getötet werden. Sie tippte die Liste in den Computer und las sie vor, wann immer sie darum gebeten wurde.

Im Jahre zwei brachte sie sich bei, wie man die Nutzungsbeschränkungen bei Smartphones umging. Sie hatte über ein Dutzend im Gebäude gefunden und nutzte die Diktierapps, um weitere Persönliche Geschichten aufzuzeichnen. Dies erlaubte ihr wesentlich präzisere Transkripte, was ihr große Genugtuung verschaffte. Nur gefiel ihr die eigene Stimme nicht. Es missfiel ihr zu hören, wie sie wieder und wieder die gleichen Fragen stellte. »Sagen Sie mir, wo Sie sind.« »Erzählen Sie mir, wie Sie dorthin gekommen sind.« Der Gedanke daran, dass ihre dummen Fragen von kommenden Generationen gelesen werden könnten, knackste ihr Selbstbewusstsein an.

Und das konnte sie sich nicht leisten. Also ging sie dazu über, ihre Fragen aus den Transkripten zu entfernen. Sie waren ohnehin nicht wirklich notwendig. Die Antworten sagten alles. Was künftige Leser von ihr, der Archivarin, lesen würden, beschränkte sich nun auf den Buchstaben *F*. Das brachte ihr große Erleichterung. *F* war ein eleganter Buchstabe. Er sah sehr hübsch aus. Wann immer sie nun daran dachte, dass sie die Archivbenutzer der Zukunft nur als *F*, *F*, *F* kennen würden, musste sie beinahe lächeln.

Wann würde das Archiv so weit sein, dass Nutzer wie die Schnüfflerin es lesen konnten? Hoffmann wusste es nicht, sie wusste nur: *noch nicht.* Sie wartete nicht darauf, dass die Zombie-Plage ein Ende fand. Hoffmann hatte keinen Grund zu der Annahme, dass sie jemals ein Ende finden würde. Wahrscheinlich wartete sie auf einen entscheidenden Augenblick, höchstwahrscheinlich den eigenen baldigen Tod. Sollte sie von einer tödlichen Krankheit ergriffen werden, hatte sie eigentlich nur zwei Optionen: die Türen des AMDB zu öffnen oder es für kommende Archäologen zur neuen Grabkammer des Tutenchamun werden zu lassen.

Hoffmann hatte sich nie etwas aus Gegenständen gemacht. Ihre Wohnung hatte ausgesehen wie ihr Arbeitsplatz; leere Wände, aufgeräumte Flächen. Hoffmanns Archiv war das einzige greifbare Ding, das sie je verehrt hatte. Sie ließ die Finger über die Rücken der Ordner streifen und ermunterte sich dazu, die Schnüfflerin zu vergessen. Ihre Gedanken purzelten, wie so oft, durch eine Dekade Persönlicher Geschichten, noch unvorhersehbarer als jede Fernsehserie, die sie je geschaut hatte, *Lost* mit eingerechnet.

In den ersten Jahren hatte es sie noch verwundert, wie viele Persönliche Geschichten wichtige Lebenslektionen im Stil von »Die Affenpfote« enthielten: Überlege dir gut, was du dir wirklich wünschst. Mittlerweile hatte sie sich daran gewöhnt. Anders als Hoffmann lebten die meisten Menschen in einem Zustand immerwährender Unzufriedenheit und gefährdeten auf der Suche nach etwas Besserem regelmäßig eigentlich sichere Verhältnisse. Ein dickeres Auto, um erfolgreich durch zombieverseuchtes Gelände zu fahren. Kleidung und Haarpflegeprodukte, um gewisse Schönheitsstandards aufrechtzuerhalten, die längst völlig bedeutungslos geworden waren. Geld – die Gehirne der Menschen liefen genauso auf Autopilot wie die der Zombies, immer noch mussten sie Tresorräume plündern und sich dabei in die Enge treiben lassen.

Sie erzählten ihr ausführlich davon und suchten so eine Art Absolution, die sie, einfache Transkriptorin, ihnen nicht erteilen konnte. Es war ein unglücklicher Umstand, dass die EWSD-Nummer so oft als Selbstmordhotline missbraucht wurde, da Hoffmann gänzlich ungeeignet war, irgendwem Trost zu spenden. Ihrer Ansicht nach war Selbstmord keine unzulässige Reaktion. Einmal mehr musste sie an die haitianischen Sklaven denken, gebrochen durch das Schuften auf den Plantagen, voller Angst, ihr *ti bon ange* zu verlieren und niemals lan guinée zu erreichen – Selbstmord war das einzige Mittel gewesen, mit dem sie ihr Schicksal selbst hatten bestimmen können. Ein Mann, der Hoffmann aus Minnesota anrief, erzählte, er und ein paar andere lebten in einem derart befestigten Gebäude, dass sie den Rest ihres Lebens in Sicherheit verbringen konnten, er aber wolle sich trotzdem erschießen – aber nicht in den Kopf, denn die Zombies *täten* wenigstens irgendetwas, die Zombies hätten wenigstens *Wünsche* und *Antrieb* und wollten *weitermachen*. Hoffmann war fasziniert genug, um einen neuen Eintrag im Index einzubauen, den sie in monatelanger Arbeit rückwirkend mit dem Rest des Archivs verknüpfte.

Selbstmord
-methoden
-gründe
mit dem Ziel, selbst zum Zombie zu werden

Sooft Etta Hoffmann den Index bearbeitete, dachte sie über diesen Eintrag nach. Sie konnte nicht aufhören, ihren Hunger auf

Geschichten mit dem Hunger der Zombies auf Fleisch zu vergleichen. Die Geschichten waren so lebenswichtig wie die Konservendosen und Wasserkanister. Durchs Archiv zu blättern war, wie alle Fernsehsendungen auf einmal zu schauen: Slapstick-Komödien, Naturdokus, Seifenopern, Krimiserien, Krankenhausdramen, Klatschmagazine. Die eine entscheidende Wahrheit des Lebens hatte sie schon damals gekannt, als ihre einzige Aufgabe noch darin bestand, EWSD-Daten zu verarbeiten: Nirgendwo gab es mehr Leben als im Tod. Über die gesamten zehn Jahre seit dem 23.10. war es diese Erkenntnis, die sie weitermachen ließ. Die verhinderte, dass sie auch nur daran dachte, selber eine Seitenzahl neben dem Eintrag *Selbstmord* zu werden.

Zwanzig Monate nach John Doe, um 662-08:51, bekam Etta Hoffmann den ersten und letzten Anruf von jemandem, den sie persönlich gekannt hatte. Es war Elizabeth O'Toole, eine der vier Angestellten des AMDB, die bis zuletzt durchgehalten hatten, bevor sie mit Terry McAllister durchgebrannt war. Annie Tellers Status als Hoffmanns Lieblingsmitarbeiterin lag hauptsächlich in der Tatsache begründet, dass sie nie ein Wort miteinander gewechselt hatten. Von allen aber, mit denen sie hatte kommunizieren müssen, mochte sie niemanden lieber als Elizabeth O'Toole. Ehe sie den Bunker mit Terry McAllister verlassen hatte, war Elizabeth O'Tooles letzte Handlung gewesen, Hoffmann aufzufordern, sie zu begleiten.

»Du bist es wirklich«, sagte Elizabeth O'Toole zur Begrüßung. »Die Poetin.«

Hoffmann brauchte mehrere Sekunden, um ihre Stimme einzuordnen. Die Verbindung war schlecht, und Elizabeth O'Toole klang, als wäre ihre Kehle verwundet.

»Ja«, sagte Hoffmann. Sie wusste, dass sie Gefühle nicht so erlebte wie andere Menschen, bemerkte aber eine Empfindung vergleichbar mit Händen auf dem Rücken, die sie dazu drängten, das dramatische Narrativ des Augenblicks anzuerkennen. Sie blätterte durch ihren Konversationsleitfaden, damals noch brandneu, und drückte mit schweißnassen Fingern auf ihrem Stift herum. »Sag mir, wo du bist.«

»Ich hätte nie gedacht, dass du noch da bist. Hoffmann, wie kannst du denn da drin *überleben*?«

Hoffmann starrte die Spitze des Stiftes an, dann das Papier. Wichtig war doch, dass sich beides traf. Die Frau, die den Stift hielt, das Papier hielt, war nicht wichtig.

»Ich …«, setzte sie an. »Sag mir, wo du bist.«

Elizabeth O'Toole lachte. Das schlechte Signal löste sich in digitalen Nebel auf.

»Du hast dich gar nicht verändert. Das freut mich. Sonst ist alles anders. Ich hätte wirklich nicht gedacht, dass du noch da bist. Aber wir haben jetzt ein Telefon hier, so ein riesiges *Ding* vom Militär, groß wie ein Rasenmäher und mit einer elend langen Gummiantenne. Ist nicht mal ein amerikanisches Modell. Da stehen Schriftzeichen drauf, in, wie heißt das? Kyrillisch? Ich glaube, das ist ein russisches Modell. Weißt du noch, diese Politikerin aus Alaska, die erzählt hat, sie kann Russland von ihrem Haus aus sehen? Die sind dann wohl zu uns rübergekommen. Und mittlerweile wieder weg. Haben aber wirklich prima Ausrüstung gebaut. Dieses Telefon funktioniert einwandfrei. Natürlich hab ich erst gefragt, wen wir denn damit überhaupt anrufen sollen? Die Poetin, hat Terry gesagt. Ruf die Poetin an.«

Hoffmann notierte: *Militärisches Telefon. Möglicherweise russischen Ursprungs.* Sie zögerte. »Terry McAllister?«

»Wir haben es wirklich geschafft, Hoffmann. Terry und ich sind aus Georgetown rausgekommen. Haben uns bis nach Harrisburg durchgeschlagen. Und einen Platz im Zug ergattert. In einem Zug, ist das zu fassen? Wir sind damit bis nach Kanada gekommen. Und seitdem immer weiter nach Norden. Ontario, Manitoba. Keine Ahnung, wo wir jetzt sind, vielleicht in den Nordwest-Territorien. Er hat es ja gesagt, sogar als wir noch im Büro waren. Im Norden sind weniger Menschen. Und die Toten, die können sich in der Kälte nicht richtig bewegen. Er hat fast recht behalten. Wir haben nicht viele gesehen hier. Sie sind auf jeden Fall langsamer. Hier und da findet man ihre Spuren im Schnee. Und Blut fällt sofort auf. Man hört sie normalerweise auch von Weitem kommen – das Eis in ihren Gelenken knackt so laut. Was hast du eben gefragt? Wo wir sind? Das war wohl die Antwort. Wie geht es dir denn, Hoffmann?«

Hoffmann sah sich um. Die Leuchtstoffröhren brannten, alles war an seinem Platz.

»Ich bin …« Sie schaute auf den Zettel. »Erzähl mir, was als Letztes passiert ist.«

Elizabeth O'Tooles Kichern war nicht mehr so freundlich wie damals. »Redselig wie eh und je, also. Was als Letztes passiert ist? Hmm, lass mich nachdenken. Da waren die Wölfe. Die sind uns eine ganze Weile gefolgt. Haben tatsächlich den Großteil unserer Gruppe nach und nach erlegt. Dann waren da die Inuit. Sie hatten Bögen und Harpunen. Und diese Scheiß-Messer namens Ulus, mit denen sie Leuten die Köpfe abschneiden. Ich weiß nicht, was die sich gedacht haben. Wir haben geredet, wir waren lebendig, aber sie sind trotzdem auf uns losgegangen. Sie wollen uns da oben nicht haben. Irgendwie machen wir alles kaputt. Ach, und die Eisbären. Ich wusste nicht, dass die so aggressiv sind. Die haben sich bestimmt auch verändert! Warum auch nicht. Die Menschen sind nicht mehr die dominante Spezies. Warum also nicht Zähne und Klauen auspacken und sich ein Stück vom Kuchen zurückerobern? Aber dir wollte noch keiner was streitig machen, oder?«

Nächste F, nächste F. »Bist du …?«

Ein Brausen in der Leitung, wie eine Sturmböe über eisigen Felsen. »Hast du was von John gehört? John Campbell? Ich hoffe, er hat es geschafft. Glaub ich aber nicht.«

»Nichts.«

»Was ist mit Georgia Wilmot? An die muss ich oft denken. Die war doch immer so viel wandern und campen, oder? Die kann da draußen doch bestimmt überleben.«

»Nichts.«

»Und Athena Sherman? Mann, hat die uns manchmal *zusammengeschissen*. Die könnte doch jetzt irgendwo Anführerin sein.«

»Nichts.«

»Ah, was ist mit Buffy Carter?« Elizabeth O'Toole lachte. »Ich weiß noch, wie ich den ollen Buffy mal im Stillzimmer erwischt hab, wie er mit Jimmy Freestone rumgemacht hat. Der alte Held.«

Jack Mangold, Ginny Ullmann, Jamil Chalk, Rolando Grose, Bridgette Hannums, Erica Jessop, Trey Fernandez, Betty Lamb-Cursley. Alles Namen, so trocken wie das Papier, auf dem Hoffmann sie niederschrieb, für Elizabeth O'Toole hingegen stellten sie ein Feuerwerk aus Erinnerungen dar. Selbst wenn die fauchende Verbindung mit dem russischen Telefon manche Worte unverständlich machte, hörte Hoffmann Lachen oder Weinen. Sich an diese Menschen und ihre langweiligen, blöden, irritierenden, listigen Eskapaden zu erinnern bedeutete für Elizabeth O'Toole, sie Molekül für Molekül wiederzubeleben. Das verstand Hoffmann, also geduldete sie sich.

Irgendwann dehnte sich ein Lacher von Elizabeth O'Toole zu einem Seufzer aus. Dieses Signal kannte Hoffmann aus romantischen Filmen. Schlafenszeit, auch wenn Liebende manchmal offenbar die ganze Nacht durchquatschen konnten. Viele Anrufe bei der EWSD-Nummer endeten mit solch einem Seufzer. Hoffmann fragte sich, ob dies vielleicht auch das letzte Geräusch sein würde, das je auf Erden gemacht wurde. Kein Knall, kein Winseln, nur dieses triste kleine Seufzen der Akzeptanz, dass das Ende gekommen war.

»Na gut, Hoffmann«, sagte Elizabeth O'Toole. »War mir …«

»Warte.«

Hoffmanns Finger umklammerten den Bleistift. Die Mine knackte. Der Boden unter ihren Füßen knackte ebenfalls, und die einzige Hoffnung, dem Abgrund zu entrinnen, bestand darin, irgendetwas zu sagen, das den Anflug von Sorge und Anteilnahme ausdrückte, den sie gerade empfand. Das hier war so viel schwieriger, als jahrelang in Einsamkeit zu leben oder zu wissen, dass fast alle Leute, die sie je gekannt hatte, mittlerweile tot waren.

»Geht … Terry McAllister …« Sie rief sich ins Gedächtnis, dass alle Fragen ihrerseits, wie blöd sie auch sein mochten, im

Archiv nur als *F* auftauchen würden. »Wie … wie geht es Terry McAllister?«

Elizabeth O'Toole machte die bisher längste Pause des Telefonats. Der Polarwind kreischte wie ein sterbendes Tier. Elektrizität knisterte, als würde man über hundert kleine Knochen laufen. Als sie sprach, war ihre Stimme nur eine weitere Facette des peitschenden Sturms.

»Ich will dir mal was sagen, Hoffmann. Ich weiß nicht, ob das schon mal jemand gesagt hat. Ganz sicher nicht, solange wir zusammengearbeitet haben, aber da kannte ja sowieso keiner den anderen so richtig, selbst wenn man dreißig Jahre lang in drei Meter Entfernung geackert hat. Du bist tapfer, Hoffmann, alles klar? Und du bist klug. Wenn wir anderen alle längst tot und begraben sind oder tot und auf Wanderschaft, wirst du immer noch weitermachen. Du wirst diesen ganzen Mist überleben, Poetin. Alles.« Der zitternde Ton am Ende könnte ein Ausatmen gewesen sein.

»Terry ist tot. Zombies. Auf einem Hundeschlitten. Klingt wie ein schlechter Witz. Irgendwie lustig. War es aber nicht. Die armen Hunde, weißt du, wir bringen ihnen viele Sachen bei, und vielleicht verlieren sie dadurch ihre Seelen. Sie wollen aber nur gute Jungs und Mädels sein. Sie haben diese Zombies direkt zu unserem Iglu gefahren und – na ja. Wie auch immer. Ich hab ihn geliebt. Ich hab ihn sehr geliebt. Also danke, dass du fragst, Hoffmann. Danke dir, Poetin.«

Neun Jahre lagen zwischen Elizabeth O'Tooles einzigem Anruf und dem ersten Anruf der Schnüfflerin. Das war eine lange Zeit, ohne dass einem Fragen gestellt wurden, deren Antworten Selbstbeobachtung erforderten. Hoffmann verabscheute Selbstbeobachtung. Ihr Schlaf, ein Jahrzehnt lang ruhig und ungestört, wurde immer öfter von Gedanken an die Schnüfflerin unterbrochen, an diese neugierige, verschlagene Frau, bei deren Anrufen Hoffmanns Herz einen Schlag aussetzte. Während dieser schlaflosen Stunden lag sie da und begriff mit wachsender Bestürzung, dass es die *Fragen* waren und nicht deren Beantwortung, die einen zerschnitten wie einen Kuchen und alle Schichten ans Licht brachten.

Die Fröhlichkeit der Schnüfflerin deutete für Hoffmann darauf hin, dass eine neue Ära anbrach. Eine gute Sache, wahrscheinlich, obwohl sie persönlich das Zweite Mittelalter wohl weiterhin vorgezogen hätte. Diesen Begriff konnte Hoffmann sich ebenso wenig selbst zuschreiben wie »Zombie«. Er war mit der Zeit in immer mehr Telefongesprächen gefallen. Im Lauf der Jahre waren die Stromnetze zusammengebrochen, die Städte und Dörfer in Dunkelheit versunken, die Nahrungsmittelproduktion und Abfallwirtschaft ins Stocken geraten, und alle Methoden des Informationsaustauschs – des Mörtels, der die Ziegel der Zivilisation zusammenhielt – hatten versagt.

In jedem Jahr des Zweiten Mittelalters fanden sich eigene Leitmotive, wenn man nur über gute Aufzeichnungen verfügte, und Hoffmanns Aufzeichnungen waren die besten. Das Jahr eins zum Beispiel hatte sich wie eine endlose Nacht angefühlt, in der die Sichtweite kaum einen Meter über die eigenen Fußspitzen hinausreichte. Hinz und Kurz (ging so die Redewendung?) riefen Hoffmann aus mit Brettern vernagelten Häusern an, in denen jeder frustrierte Streit die Insassen noch weiter zermürbte, sie allmählich aufrieb, in mundgerechte Häppchen für die Zombies sozusagen.

Das Jahr zwei brachte Krieg. Selbst der an Politik völlig uninteressierten Hoffmann kam diese Entwicklung unausweichlich vor. Manche Länder hatten dem Ansturm der Zombies weniger entgegenzusetzen als andere, und schnell entwickelte sich das allgemeine Chaos zu einer unwiderstehlichen Gelegenheit für benachbarte Staaten, die sich gemeinsame Grenzen und alte Zwistigkeiten teilten. Es kam zu Invasionen. Drohnen, Panzer, Kampfflugzeuge, Bodentruppen. Historische Städte wurden dem Erdboden gleichgemacht. Genozide fanden ungehindert statt. Aus jeder Zwei-Fronten-Schlacht erwuchs bald eine dritte Fraktion, die beide Seiten vernichtete. Die ersten Gerüchte über Zombies, die Schusswaffen benutzen konnten, machten die Runde – nur ein paar wenige und sehr ungeschickt, und keiner der Berichte wurde je verifiziert.

Trotzdem auf mehreren Ebenen ein arg beunruhigender Gedanke. Alles, was *Sie* wussten, hatten wir Ihnen beigebracht.

In manchen Fällen kam es gar nicht erst zu Kämpfen. Mit dem Argument, dass man Zombie-Brutstätten nur eindämmen konnte, indem man sie gänzlich ausradierte, wurden Atomwaffen eingesetzt. Ob faule Ausrede oder nicht, es stellten sich keine Erfolge ein. Die Bomben verwandelten die Skylines berühmter Städte in eine Tundra aus radioaktivem Schrott und vernichteten nach Hoffmanns Hochrechnungen Dutzende Millionen, von denen die meisten als Zombies zurückkamen – Millionen, alle auf einmal. Neue Gerüchte tauchten auf, die atomaren Zombies seien die schlimmsten von allen, denn sie konnten ohne Berührung töten. Ihr Fleisch strahlte den Tod aus.

Das Jahr drei war vom großen Exodus aus den Städten und aufs Land geprägt. Hoffmann bekam Anrufe von obskuren Ortsvorwahlen mit noch obskureren Landesvorwahlen. Oft von Inseln vor den Küsten der Nachbarstaaten, besetzt in der Erwartung, das umgebende Wasser böte bestmöglichen Schutz. Ein Trugschluss. Inseln waren gleichbedeutend mit erhöhten Stellungen auf einem Schlachtfeld. Jeder wollte sie kontrollieren, was zu einer Mordrate führte, die sogar manche Großstädte in den Schatten stellte. Hoffmann hörte die Geschichte einer Insel, die komplett entvölkert worden war, ohne dass auch nur eine Person von einem Zombie getötet worden wäre. Das Jahr drei lehrte die Überlebenden, dass sichere Orte manchmal gefährlicher waren als alle anderen.

Hoffmann bekam in ihrem Bunker vom Zweiten Mittelalter erst im Jahre vier wirklich etwas zu spüren. Als die Zahl der Anrufe immer weiter abnahm, rief Hoffmann, die eine Aufgabe brauchte, ihr großes Katalogisierungsprojekt ins Leben. Den unregelmäßigen Updates von draußen entnahm sie, dass sich die erfolgreichsten Überlebenden in Gebäuden eingerichtet hatten, die ähnliche Vorteile boten wie das AMDB – Fitnessstudios, Lagerhäuser für Lebensmittel, Einkaufszentren. In einer einzigen Woche, beginnend um 1.471-00:00, erhielt Hoffmann nicht weniger als siebzig Anrufe von derselben Nummer aus Pennsylvania. Die Leute dort wechselten sich mit dem einzig funktionierenden Telefon ab, um von einem Hochhaus für Superreiche zu berichten, das von Zombies überrannt worden war, die ihnen, den Neureichen, nach dem Leben trachteten, also wollten sie schleunigst das Weite suchen, mussten aber vorher unbedingt alle noch ihre Geschichten erzählen, und wenn es das Letzte war, das sie taten.

Um 1.909-02:35, also weit nach Anbruch des Jahres fünf, sprach Hoffmann mit einem Demografen, der darauf bestand, dass die Zombies den Menschen mittlerweile zahlenmäßig vierhunderttausend zu eins überlegen sein mussten. Hoffmann musste einen Taschenrechner konsultieren, um diese Zahl zu bestätigen. Einem Buch aus der Leihbibliothek im AMDB zufolge hatte die Erdbevölkerung am 23.10. um die acht Milliarden betragen. Das absolut bestmögliche Szenario legte nahe, dass der Planet mittlerweile sieben Milliarden, neunhundertneunundneunzig Millionen, neunhundertachtzigtausend Zombies und gerade einmal zwanzigtausend lebende Menschen beherbergte.

Hoffmann analysierte ihre Gefühle. Und kam nicht umhin, einen eindeutigen Hoffnungsschimmer auszumachen – sollten die Berechnungen dieses Demografen stimmen, waren die Überlebenden wirklich ganz hervorragend darin, Wege zu finden, sie zu kontaktieren. Das Archiv beinhaltete also die Persönlichen Geschichten einer viel größeren Prozentzahl sämtlicher Überlebender, als sie geglaubt hatte. Sie widmete sich ihrem noch im Entstehen begriffenen Index und blätterte die ersten fünf Jahre voller unmöglicher Erzählungen durch.

Hausfrauen, die zum Überleben Hexenzirkel bildeten. Selbst ernannte Polizeitruppen, die Menschen verbrannten, um einzudämmen, was sie hartnäckig als biologischen Kampfstoff fehlinterpretierten. Ein junger Mann, von dem allgemeinen Chaos dazu ermutigt, sich der Wahnvorstellung hinzugeben, ein Vampir zu sein. Eine Mittelaltermarkt-Motorradgang, die fest davon überzeugt war, als fahrende Ritterschar gegen alle Unbilden bestehen zu können. Ein Querschnittsgelähmter, der zu Hause von seinem Hilfsaffen misshandelt wurde und Hoffmann anflehte, ihm irgendwie zu helfen. Wieder und wieder las Hoffmann ihre seltsamen Erzählungen. Eines Tages mochten sie uns alle daran erinnern, wer wir einmal gewesen waren, wer wir hatten sein wollen, und diese Erinnerung konnte vielleicht die Welt retten.

Das Beschissene Sechste Jahr. Mehrere Anrufer bezeichneten es mit zitternder Stimme so. Im Beschissenen Sechsten Jahr änderte sich alles. Etta Hoffmann hatte geglaubt, die Menschheit käme langsam wieder auf die Beine. Die Anrufe aus dem Jahre fünf hatten sie in dieser Annahme bestärkt. Niemand klang wirklich optimistisch, aber sie waren auch nicht mehr am Boden zerstört. Immer öfter hatte sie jene grimmige Standhaftigkeit herausgehört, die sie von Arbeitskollegen im Rentenalter kannte, die alles erlebt hatten. Shit happens. Man macht weiter. Ende der Geschichte.

Aber die Geschichte hatte gerade erst angefangen.

Natürlich fiel es ihr schon beim ersten Hören auf. Sie markierte sich sogar die entsprechende Seite im Ordner mit einem knatschpinken Klebezettel. Um 2.297-18:05 rief ein Mann namens Mike an – ein prosaischer Name für einen Kerl, dessen Worte einen prominenten Platz in den Geschichtsbüchern einnehmen würden – und erzählte immer weiter, selbst als Hoffmanns eigentlich fest eingehaltene Feierabendzeit von sechs Uhr längst vorbei war. Sie war so verärgert und ungeduldig, dass sie beinahe ein Detail überhörte; es war bestürzend genug, um sogar von ihrem Drehbuch abzuweichen und eine *F* außer der Reihe zu stellen.

»Sie haben gerade … was haben Sie gesagt? … Der Zombie war … ein Ofen?«

»Ein *Ofen*?« Mike schnaubte. »Das hab ich nicht gesagt.«

»Ein … Koffer?«

»Der Zombie war weder ein Ofen noch ein Koffer. Auch keine Karaffe, wo wir schon dabei sind.« Mike seufzte verärgert. »Der Zombie war ein *Affe*.«

Durch dieses dämliche Geplänkel erfuhr Hoffmann zum ersten Mal von einer Entwicklung, die in ihren Augen jede Hoffnung endgültig zunichtemachte, dass die Menschen die Welt je wieder zurückerobern würden. Mike meldete sich aus dem Büro eines Sheriffs ein Stück nordwestlich von Memphis, wo er und zwei andere beim Abklappern der Nebenstraßen vor einem Schnellrestaurant auf zwei Schimpansen gestoßen waren.

Einem Schimpansen zu begegnen war grundsätzlich nicht unglaubwürdig. Schon in den ersten Tagen nach dem 23.10. waren massenhaft hungernde Tiere aus ihren Zoos ausgebrochen, und viele exotische Tiere vermehrten sich in den örtlichen Parks, in Straßen und Einkaufszentren, die inzwischen keinem anderen Zweck als ihrem Vergnügen dienten. Hoffmann lagen drei unabhängige Berichte vor, dass besonders Elefanten, diese begabten Nachfahren der wolligen Mammuts von La Brea, bestens mit den neuen Bedingungen zurechtkamen.

Kamele in Chicago, Löwen in Indianapolis, Zebras in Seattle, alle gediehen prächtig. Schimpansen in Memphis? Nicht weiter verwunderlich, dachte auch Mike, bis seine Gruppe die Affen näher kommen sah. Das war bedenklich. Seit dem 23.10. war die Tollwut außer Kontrolle geraten. Im neuen Impfvakuum stellte jedes Säugetier eine potenzielle Gefahr dar, von Katzen und Hunden bis zu Kaninchen und Füchsen. Die Schimpansen waren wohl tollwütige Flüchtlinge aus dem Zoo von Memphis, dachte Mike.

Erst als die Schimpansen ganz in der Nähe waren, begriff Mike, dass Sie nicht mehr lebten. Ihr schwarzer Pelz hatte lila Flecken und glänzte vor verkrustetem Blut. Ihre Eingeweide hingen heraus, und es fehlten Stücke aus der Leiste, den Ellbogen oder dem Hals. Als Mike und seine Freunde mit ihren Waffen fuchtelten, zuckten die Schimpansen nicht einmal. Sie rollten mit den weißen Augen, liefen auf blanken Knöcheln weiter und bewegten sich erschreckend synchron. Wenn einer die schiefen gelben Zähne bleckte, tat es Ihm der andere gleich.

»Wir mussten den Zombie-Affen genau wie den Zombie-Menschen den Schädel einschlagen«, sagte Mike. »Erst dann war bei Ihnen der Ofen aus, wenn Sie so wollen.«

Hoffmann konsultierte ihre Leihbibliothek. Im Beschissenen Sechsten Jahr tat sie das recht häufig. Aus einem medizinischen

Nachschlagewerk mit deutlichen Gebrauchsspuren vom Tisch eines Hypochonders erfuhr sie von der Theorie des simianen Immundefiziens-Virus, das Menschen befallen hatte, die Schimpansenfleisch verzehrten, und erst dann zu HIV mutierte. Es gab demnach einen Präzedenzfall für ein speziesübergreifendes Virus. Insofern war Mikes Bericht zwar alarmierend, aber nicht wirklich katastrophal. Im Kongo und überall sonst, wo es sie noch in freier Wildbahn gegeben hatte, mochten Zombie-Schimpansen Ärger machen, die weltweite, sich in Zoos befindliche Population aber konnte nur begrenztes Unheil anrichten.

Zwei Monate später hatte Hoffmann morgens eine Nachricht auf dem Anrufbeantworter, in der von Zombie-Ratten die Rede war. Eine junge Frau hatte von irgendwo aus angerufen, wo ein ohrenbetäubendes metallisches Echo hallte, und um Hilfe gefleht. Zwischen Kreischen und Schluchzen presste sie heraus, dass ihr Bruder genau wie jeden Tag ein paar Ratten getötet hatte. Bevor er sie aber einsacken konnte, hätten sie sich wieder zuckend auf ihre kleinen, scharfkralligen Pfoten gestellt, hätten ihn angefallen, wären Beine hochgeklettert, auf Brustkörbe gesprungen und hätten sich in Haaren verknotet. Ihre ganze Familie befinde sich jetzt mit blasser Haut und tiefen Augenhöhlen in unterschiedlichen Stadien des Fast-Totgebissenseins, und das sei einfach nicht fair, sie hätten es schließlich verdammt noch mal bis ins Beschissene Sechste Jahr geschafft.

Hoffmann war sich sicher, dass die Vorstellung, es könne untote Ratten geben, auch die hartgesottensten Überlebenskünstler dazu veranlassen würde, sich in Embryonalstellung einzurollen. Obwohl sie selbst eigentlich keine Angst vor Nagetieren hatte, wirkte diese Nachricht, als hätte man die Mauern einer Burg durchbrochen. Zombie-Schimpansen ergaben irgendwo noch Sinn. Zombie-Ratten? Man musste keinen Laborkittel tragen, um zu begreifen, dass damit eine ganz andere Barriere gefallen war. Auch buchstäbliche Barrieren würden ganz neu gedacht werden müssen; entschlossene Überlebende konnten problemlos Barrikaden errichten, die zweibeinige Zombies erfolgreich fernhielten. Aber konnten sie auch fein genug arbeiten, um die eiligen kleinen Tiere draußen zu halten?

Zurück in die Leihbibliothek. Ein Buch über große Katastrophen, ein Kapitel über Seuchen. Allein in New York City leben über zwei Millionen Ratten. Paris – sechs Millionen. London – sieben Millionen. Hoffmann erinnerte sich an ein Teeküchengespräch, das vor langer Zeit zwischen zwei Kollegen stattgefunden hatte; der eine stöhnte über Ungeziefer, die andere zitierte eine angebliche Binsenweisheit: Man war nie mehr als zwei Meter von der nächsten Ratte entfernt. Wir vergaßen es nur gerne, mehr nicht.

Niemand würde es je wieder vergessen. Auch Hoffmann nicht. Dafür kamen die nächsten Anrufe, die Zombie-Ratten betreffend, aus zu vielen verschiedenen Gebieten. Utah, Wisconsin, South Carolina. Anscheinend war überall gleichzeitig ein Hebel umgelegt worden, sie hatte also keinen Grund zur Annahme, dass die nächste Ratte, die im AMDB-Gebäude starb, zivilisiert und still vor sich hin verwesen würde. Sie würde sich einmal umdrehen, Hoffmann wittern und Jagd auf sie machen, die ehemals kleinen roten Äuglein glühend weiß.

Also keine Slipper mehr. Fortan trug Hoffmann nur noch die höchsten Stiefel, die sie in ihrer Größe finden konnte – und die rein zufällig auch das modischste Kleidungsstück waren, das sie jemals am Körper getragen hatte: rotes Leder, klobige Absätze und Schnürung bis zum Knie. Hoffmann schnitzte das Ende eines Besenstiels zu einer Spitze und nahm ihren Speer überall hin mit, sogar ins Bett. Sie schlief nicht länger auf dem Sofa im Pausenraum, sondern verfrachtete die Kissen auf den langen Tisch und schmierte die Tischbeine mit Bratfett ein, unerklimmbar glitschig für Nagerpfoten. Als letzte Vorkehrung streute sie jeden Abend eine dünne Spur aus Mehl um den Raum, damit sie morgens sofort wusste, ob irgendwelche kleinen Zehen – lebendig oder tot – vorbeigehuscht waren.

Schlaf war nicht länger garantiert. Eines Nachts schaute sie sich im Mondlicht im Pausenraum um und wurde sich ganz der absurden Ausmaße ihrer Routine bewusst. Sie versuchte sich auszumalen, was für Verteidigungsanlagen andere da draußen wohl ersonnen hatten. Sie dachte an Metallgitter in Kunststoffrahmen, an tägliches Abdichten, an dünnes Drahtgeflecht. Als sie fast wieder eingenickt war, schreckte sie plötzlich hoch. Was sie sich vorstellte, waren *Käfige*, wie man sie für Hamster, Rennmäuse, Chinchillas, Meerschweinchen und, ja, auch Ratten baute. Nur schlossen sich nun die Menschen *selbst* darin ein.

Der nächste Ausflug in die Leihbibliothek. Diesmal mitten in der Nacht, getrieben von ihrer Intuition. Sie setzte sich im Schneidersitz auf einen Hocker, was sie mittlerweile fast immer tat, um ihre Stiefel von überraschend auftauchenden Zombie-Ratten fernzuhalten, und fing an zu blättern. Irgendein ehemaliger Kollege hatte einen ganzen Haufen Selbsthilfe- und Motivationsbücher gehortet, darunter auch eines zum Thema »Liebenswürdigkeit«. Hoffmann, die vorgespielte Höflichkeit verachtete, wollte es beinahe wegwerfen. Aber in dem Buch war auch ein Kapitel über Empathie, und als ihr Blick auf eine Liste der einfühlsamsten Tiere fiel, spürte sie doch eine einsam nachhallende Trauer angesichts dessen, was aus der Welt geworden war.

Erster Platz: Menschen.

Zweiter Platz: Schimpansen und Orang-Utans.

Dritter Platz: Ratten.

Das Kapitel bot eine Menge komplizierter Einzelheiten – welche Rolle der Neocortex, der rechte Gyrus supramarginalis und der temporoparietale Übergang im Gehirn spielten. Aber die allgemeineren Dinge verstand sie durchaus. Sperrte man eine Ratte ein, versuchten die anderen Ratten aus ihrer Gruppe, sie zu befreien. Sie legten Nahrung für die Gefangene beiseite. Nach erfolgreicher Befreiung wurde das Tier hinwendungsvoll beschnuppert. Weibchen waren durch die Bank weg empathischer als Männchen, kein Wunder, aber alle Ratten zeigten ein Maß an Sozialverhalten, wie man es früher ausschließlich Primaten zugeschrieben hatte.

Hoffmann stellte das Buch ins Regal zurück. Der Verdacht, den es über die Zombie-Krankheit nährte, war einfach zu grausam, und sie wollte sich nicht die genaue Reihenfolge der weiteren Tiere auf dieser Liste merken. Sie bezweifelte, dass sie sich jeden Morgen von ihrem Tisch mit den glitschigen Beinen und dem umgebenden Mehlring erheben konnte, wenn sie im Voraus wusste, welche Formen das Grauen noch annehmen würde – nicht ohne dann doch zum *Selbstmord*-Eintrag im Index zu blättern und sich zu fragen, wie die Seite mit einem weiteren Eintrag aussähe.

Es kam nur selten vor, dass sie den Kopf in den Sand steckte, aber sie wusste, warum ihr diese Sache so naheging. Sie hatte sich Tieren immer in gewisser Weise verbunden gefühlt. Das war etwas anderes, als Tiere zu *lieben*: Ein Haustier hatte sie nie gewollt. Aber sie erinnerte sich daran, oft die Schulpausen allein am Rand des Spielplatzes verbracht und in den Wald jenseits des Maschendrahtzauns gestarrt zu haben, in der Überzeugung, mehr mit den leisen, wachsamen Eichhörnchen, Kaninchen und Vögeln gemeinsam zu haben als mit den kreischenden, hektischen, unberechenbaren Grundschulmonstern hinter ihr.

Lehrer, Schulpsychologen und sogar Klassenkameraden – sobald sie über das nötige Vokabular verfügten –, alle hatten ihr nur zu gerne erzählt, dass es ihr an Empathie fehle. Etta Hoffmann hatte ihnen das nie geglaubt. Sie hatte sehr wohl Empathie, genauso wie die Tiere Empathie hatten: gut versteckt vor der lauten, grapschenden, fordernden Welt, nur im Privaten und ganz für sich allein erlebt. Tiere an den Untod zu verlieren, machte ihr mehr zu schaffen als menschliche Opfer, denn das Einzige, was man wirklich über die Zombie-Plage wissen konnte, war die Tatsache, dass die Tiere keine Schuld traf.

Niemand kam je wirklich darüber hinweg, einen Hund zu verlieren. Die Hunde zu verlieren war, wie den Krieg zu verlieren. Der endgültige Verrat, nicht von den Hunden, sondern von Gott oder der Wissenschaft oder welcher Kraft auch immer man es unterschieben wollte. Hoffmann wusste, dass Hunde etwas Besonderes waren. Sie hatte *Lassie* gesehen und *Rin-Tin-Tin* und *Benji* und *Marley & ich* und *Zurück nach Hause*. Hunde waren unsere

Beschützer, unsere Partner, unsere Freunde, unsere Kinder, unsere Altvorderen. Die Liebe zwischen Menschen und Hunden war das beste Beispiel dafür, dass alle Lebewesen dieses Planeten miteinander in Harmonie leben könnten.

Der endgültige Beweis dafür folgte um 2.502-00:00. Treue Hunde, deren hervorragende Spürnasen und Radarohren zum Überleben wertvoller waren als alles, was Menschen von sich aus bieten konnten, waren zu Tausenden in Zufluchten und Verstecken willkommen geheißen worden. Über Nacht verwandelten sie sich in tödliche Gefahren. Die frühesten Geschichten handelten von Hunden, die entweder an Unfällen oder an Altersschwäche gestorben waren und sich plötzlich aus ihren flachen Gräbern buddelten. Selbst tote Hunde konnten ausgezeichnet graben.

Es mussten sehr viele Menschen sterben, viel mehr als nötig, bis die Leute die neue Realität akzeptierten und ihre geliebten Hunde an den Halsbändern aus ihren Heimen zerrten. Hoffmann konnte nicht aufhören, sich diese Szenen vorzustellen. Die verwirrten Blicke. Die angelegten Ohren. Das niedrige Schwanzwedeln, so sehr darauf bedacht, alles wiedergutzumachen. Die Leute schlugen ihre Hunde mit Schaufeln und Baseballschlägern tot, achteten sorgsam darauf, bis zur Unkenntlichkeit dieselben Köpfe zu zerstören, die sie in den finsteren Tagen gekrault hatten, dieselben Schnauzen, die sich in kalten Nächten an sie geschmiegt hatten.

Was würde passieren, sollte das Zombie-Virus auf Moskitos übergreifen? Auf dem leblosen Planeten würden Zombie-Menschen sitzen, Denen kein anderer Zeitvertreib mehr blieb, als sich von Ihren Zombie-Hunden das Gesicht lecken zu lassen, bis ihre Zungen Hautschicht um Hautschicht, dann Muskeln und Sehnen abgetragen hatten, bis die Gesichter der Zombies gänzlich verschwunden waren und nur noch Ihre gelben Zähne lächelten, bis Menschen und Hunde schließlich vom Wind verweht waren.

Hoffmann schrieb die Inspiration zu ihrer großen Erkenntnis im Jahr sieben der Ungeduld zu, das Beschissene Sechste Jahr endlich hinter sich zu lassen. Die Idee kam ihr, während sie einmal mehr das Archiv aktualisierte.

In jeder Zombie-Geschichte, die Hoffmann gelesen oder gehört hatte, war Kannibalismus entweder impliziert oder eindeutig erwähnt. Zombies waren Leute, die Leute aßen, also Kannibalen. Kannibalismus hatte keinen eigenen Index-Eintrag. *Jeder* Eintrag drehte sich darum. Das Erscheinen der Zombie-Tiere enthüllte den Fehler in dieser Annahme. Um als kannibalisch zu gelten, musste ein Wesen ein anderes Wesen der eigenen Gattung konsumieren. Aber: Fraßen Zombie-Schimpansen lebende Schimpansen? Fraßen Zombie-Ratten lebende Ratten und Zombie-Hunde lebende Hunde? Taten Sie nicht. Alle Zombies, egal welcher Spezies, stellten ausschließlich Menschen nach. Aus dieser einfachen Tatsache zog Hoffmann zwei erschreckende Schlüsse.

Das Zombie-Virus war nicht kannibalistisch.

Das Zombie-Virus war *menschenfeindlich.*

Nach dieser Erkenntnis wurde die Welt noch stiller, als läge das AMDB-Gebäude unter einer Schneedecke begraben. Das Gefühl der Angst, das sieben Jahre tief in Hoffmanns Eingeweiden geschlummert hatte, erwachte und fuhr seine Krallen aus. Die Menschen waren keineswegs die zufälligen Opfer einer Naturkatastrophe. Das Virus war darauf ausgelegt, sie zielgerichtet zu vernichten. Die schleichende Zombifizierung der Tierwelt war vergleichbar mit der biblischen Sintflut, die Menschheit wurde auf eine Handvoll Noahs reduziert.

Die Menschen draußen mussten davon erfahren. Aus Hoffmanns Sicht sprach es für ihre Empathie, den Leuten davon zu berichten. Im Jahre acht fügte Hoffmann der letzten ihrer Fragen einen Nachsatz bei. *Bitte seien Sie sich der Tatsache bewusst, dass Zombie-Tiere nur Menschen angreifen, was bedeutet, dass die Menschheit zielgerichtet ausgelöscht wird. Auf Wiederhören.* Das kam nicht besonders gut an. Oft war wütendes Stottern die Antwort. Auseinandersetzungen hatten Hoffmann immer schon krank gemacht. Oft rannte sie vom Telefon ins Bad und erbrach sich; jeder Spritzer Erbrochenes klang wie *F, F, F.*

Ihre menschenfeindliche Warnung mochte großen Einfluss auf die Bereitschaft der Überlebenden haben, sich in die eigene Bedeutungslosigkeit zu fügen. Oder sie bewirkte überhaupt nichts. So oder so rief man sie immer seltener an. Bei der letzten bedeutenden Welle an Neuigkeiten ging es um Vegetarismus. Fleisch war überall vom Teller verschwunden. Niemand vertraute mehr darauf, dass ein Tier nach Begegnung mit dem Schlachtermesser nicht sofort schreiend zu neuem Leben erwachte. Hoffmann hielt diese kulinarische Kehrtwende für überfällig. Acht Jahre lang hatte sie Beschreibungen von Tierknochen aufgezeichnet, die zu kleinen Bergen aufgetürmt worden waren, von ausgetrockneten Bachläufen, in denen rot das Blut zahlloser Tiere floss. Es war ein unhaltbares Gemetzel gewesen, eine Neuauflage der Bison-Massaker im Wilden Westen.

Hoffmann hatte alles darüber gelesen, was Menschen Tieren antun konnten. Schweine, die in winzige Käfige gesperrt wurden und fast in ihren eigenen Ausscheidungen ertranken, Truthähne, die im Gewimmel viel zu enger Ställe übereinander herfielen. Hühner, die bei lebendigem Leib geschreddert wurden. Dieser Logik folgend, fragte Hoffmann sich: Falls die Natur auf einem Rachefeldzug war, weil wir die Tiere so misshandelt hatten, was hatten wir dann erst *unseren Mitmenschen* angetan? Immerhin waren *wir* die Opfer der ersten Zombiewelle gewesen. Immer öfter schlug sie diesen gewissen Eintrag im Index unter *S* auf. Das Papier wurde schon dünn.

Ohne es in irgendeiner Form dramatisch zu verkünden, begann Hoffmann, ihre Angelegenheiten zu ordnen. Sie feilte am Vorwort des Archivs. Erstellte ein umfangreiches Inhaltsverzeichnis. Testete verschiedene Materialien, um herauszufinden, wie sie das Archiv am besten vor Feuchtigkeit und Fäulnis schützen konnte. Dies waren viele einzelne Prozesse, die mindestens ein Jahr dauern würden, wenn sie alles perfekt haben wollte, und das wollte sie. So hätte sie auch genug Zeit, um sich nicht nur mit *dem* Ende, sondern auch mit *ihrem* Ende abzufinden.

Von Januar bis April des Jahres neun erhielt sie ganze vier Anrufe. Keiner brachte neue Informationen. Alle hatten den Beigeschmack von Lebewohl. Nachdem die Leute die Hoffnung aufgegeben hatten, die alten Zustände wiederherstellen zu können, kehrten immer mehr ihren alten sicheren Verstecken den Rücken, selbst jenen, die noch Zugang zum Festnetz oder dem Leichennetz boten. Viele wollten wieder zum nomadischen Leben zurückkehren, wie die Tierherden von einst umherziehen und grasen, immer auf der Suche nach einem Plätzchen für die nächste Nacht.

Da die wenigen Überlebenden dazu gezwungen waren, umherzuhuschen und sich zu verbergen, würde der Planet zum ersten Mal seit zweihunderttausend Jahren frei von menschlicher Kolonialisierung sein. Hoffmann fragte sich, was das in globalen Maßstäben bedeuten mochte. Dies ging weit über alles hinaus, was sie in der Leihbibliothek nachschlagen konnte. Erst wenn sie schon im Halbschlaf auf ihrem Tischbett lag, entgleiste ihr Geist aus den üblichen festen Logikschienen und streifte frei umher. Sie träumte, die Zombies seien die neuen indigenen Völker, so verwurzelt mit ihrem Land wie nur wenige vor ihnen. Der große Unterschied bestand darin, dass sie überall zugleich erschaffen worden waren. Ihnen war tatsächlich die ganze Erde untertan. Hoffmann sah darin eine gewisse Eleganz, trotz der unschönen Kehrseite – die Lebenden saßen in trostlosen Reservaten fest und fristeten ihr Dasein unter ähnlich schlechten Bedingungen, die sie einst ihrem Vieh zugemutet hatten.

Hoffmann war in den zehn Jahren nicht völlig unbemerkt geblieben. Hin und wieder hatten sich draußen Zombies zusammengerottet, angelockt von unbekannten Faktoren. Wann immer sie Stöhnen und klatschende Handflächen gehört hatte, war sie in den oberen Stock gegangen und hatte auf das kleine Stück Washington hinausgeblickt, das ihr nun so vertraut war. Wo einst leuchtend pinke Kirschblüten und eine helle grüne Wiese gewesen waren, sah sie jetzt nur noch ein Schlachtfeld aus Betonfetzen und vom Wind angewehtem Müll. Von hier oben konnte sie sich ein Bild der Zombie-Bedrohung machen. Normalerweise waren es nur ein paar. Manchmal auch ein Dutzend. Einmal, im Jahr fünf, waren neunundsiebzig Zombies vorbeigezogen, träge wie Harz, das die Rinde eines Baumes hinabfließt, ein langsamer, atemberaubender Strom.

Nur im Jahr eins und im Jahr zwei hatten Menschen versucht, ins Gebäude zu gelangen. Hoffmann dachte ungern daran zurück. Sie bedauerte ihre Reaktion nicht, war sich aber auch bewusst, dass sie sich nach den alten Regeln hätte Vorwürfe machen *sollen.* Der große, bärtige Mann mit einer leeren Babytrage vor der Brust hatte verzweifelt an der Eingangstür gerüttelt, um sich vor den nahenden Zombies zu retten: Hoffmann sah zu, wie sie ihn fraßen. Der Teenager, der sich im Morgengrauen mit einer komischen Hula-Hoop-Konstruktion genähert hatte, die die Zombies auf Abstand hielt: Hätte es irgendwer verdient gehabt, Hoffmanns sichere Bastion zu teilen, dann dieser Junge, aber sie hatte ihn trotzdem ignoriert. Die vierköpfige Familie, die irgendwie darauf gekommen war, das AMDB müsse bewohnt sein, und geschlagene vierzig Minuten vor der Tür um Einlass gebrüllt hatte: Da Hoffmann nicht jedem Zombie und Plünderer in ganz Washington ihren Standort hatte verraten wollen, war sie drauf und dran gewesen, ein Fenster im oberen Stock einzuschlagen und die arme Familie mit schweren Gegenständen zu bewerfen. Und sie hätte es auch wirklich getan, wären nicht zehn Zombies in Football-Monturen aufgetaucht und hätten die Familie vertrieben.

Etta Hoffmann war keine Heldin.

Dessen war sie sich vollkommen bewusst um 4.095-04:55, dem genauen Zeitpunkt des ersten Anrufs der Schnüfflerin. Der Schnüfflerin, die so viel über sie erfahren wollte. Der Schnüfflerin, die Hoffmann davon überzeugte, ihr zu vertrauen, weil es einfach das Richtige war. *Ein Geschichtenschatz von zehn Jahren könnte unglaublich wichtig sein,* hatte sie gesagt. *Sie könnten einer Menge Leuten helfen zu verstehen, wie wir in diese Lage geraten sind.*

Hätte die Schnüfflerin wirklich gewusst, wie sehr Hoffmann den Menschen »geholfen« hatte, sie hätte bestimmt nicht noch mal angerufen. Nachdem die Schnüfflerin durch eine List ihren Namen in Erfahrung gebracht hatte, war sich Hoffmann sicher, dass ihre Tage gezählt waren. Zum ersten Mal in zehn Jahren änderte sie ihren Zeitplan und arbeitete zwei Stunden länger als üblich. Sie stellte die endgültige Version ihres Vorworts fertig und war endlich zufrieden mit ihren Anweisungen zur korrekten Benutzung des Archivs. Sie legte letzte Hand an das riesige, weitverzweigte Inhaltsverzeichnis an, das für künftige Benutzer sicher überaus hilfreich sein würde. Und sie entschied sich endlich für wasserdichte, selbstklebende, industrielle Plastikfolie, von der im Wartungsraum genug vorrätig war, um das Archiv so gut wie möglich einzuschweißen.

Schließlich widmete sie sich dem Gedanken an Selbstmord – nicht abstrakt, sondern mit der zielstrebigen Klarheit, die sie auch allen anderen Sachverhalten angedeihen ließ. Es war eine verfahrene Situation. Sie hatte keine Schusswaffe. Sie wusste nicht, welche giftigen Substanzen bei Einnahme verlässlich zum Tod führten. Das Gebäude war nicht hoch genug, um sich in den Tod zu stürzen. Sie traute weder sich selbst noch der altersschwachen Decke ein erfolgreiches Erhängen zu. Sich anzuzünden würde das Archiv gefährden. Sich die Pulsadern aufzuschneiden war höchst unzuverlässig, wie sie gelesen hatte. Die einzig sichere Methode, kam sie mit sich überein, war wohl, hinauszugehen und sich den Zombies zur Verfügung zu stellen.

Jeden Tag dachte sie daran. Sich ihrer Kleidung zu entledigen, um mehr Bissfläche zu bieten, ihre Barrikade abzubauen, nach den Zombies zu rufen. Tag für Tag entschied sie sich dagegen. Nicht einmal, nachdem sie die ersten Zombie-Ratten im Gebäude entdeckte, zwei Stück, die Seite an Seite mitten über den Hauptflur watschelten. Sie machte sich herbe Vorwürfe. Typisch Etta Hoffmann – das Mädchen, das alle Ärzte, Angehörigen und Möchtegern-Freunde so lange frustriert hatte, bis man sie schließlich aufgab, gelähmt von der bloßen Vorstellung, ihre tägliche Routine zu ändern.

So hatte sie es allein sich selbst vorzuwerfen, dass die Schnüfflerin eines Tages plötzlich vor der Tür stand.

Hoffmann stand immer früh auf, um Punkt halb sechs, aber heute war es sogar noch früher. Ein *Klonk-klonk-klonk* riss sie aus dem Schlaf, viel gleichmäßiger als jedes Geräusch, das ein Zombie hätte verursachen können. Ihr umnachtetes Gehirn beschloss, bei dem *Klonk-klonk-klonk* müsse es sich um ferne Trommeln handeln, wie man sie in alten Abenteuerfilmen aus einem Dschungel voller Kopfjäger kommen hörte.

»Etta? Lässt du uns rein, bitte?«

Hoffmanns verschlafene Gedanken, die sich ohnehin schon zwischen Lianen verfangen hatten, wandten sich gen Haiti, wo die Bocors die Seelen der Übeltäter stahlen. Ihren eigenen Namen nach zehn Jahren zum ersten Mal laut ausgesprochen zu hören klang für sie wie der Beweis, dass man auch ihre Seele gestohlen hatte, und die Bocor stand draußen vor der Tür, neckte sie damit und versprach, ihr die Seele wiederzugeben, aber nur, wenn sie ein braver Nzambi war und gehorchte.

»Etta, hier draußen ist es nicht sicher. Wenn du nicht aufmachst, müssen wir einbrechen.«

Es war die Schnüfflerin. Ihre Stimme klang genau wie am Telefon, nur weniger geduldig. Hoffmann suchte das Bratenfett an den Tischbeinen und den Mehlzirkel auf dem Boden nach Pfotenspuren oder Fellresten ab, stand auf und konnte sich kein besseres Gegenmittel für ihr kaltes Grauen ausdenken, als bei ihrer Routine zu bleiben. Sie ging zum Fenster und suchte nach Anzeichen für eine Bedrohung. Sie zog sich an. Sie schnürte ihre roten Lederstiefel. Als sie ihren Arbeitsplatz erreichte, hatte sich der Lärm aus der Lobby vom Splittern von Glas zu quietschenden Möbeln gewandelt. Dahinter das fleischige Hämmern, als Zombies mit stumpfen Gegenständen außer Gefecht gesetzt wurden.

Hoffmann wusste nicht, ob man sie fortschleppen würde, ohne ihr Zeit zu geben, alles vorzubereiten. Sie zog ihre Tarnfarben-Bauchtasche enger. Sie befestigte die pinke Schnabeltasse mit einem

Karabiner am Gürtel. Sie holte tief Luft und stieß sie langsam aus. Ihr Magen brannte, ihr Brustkorb bebte. Sie stand mitten im Großraumbüro, ohne eine Vorstellung, was als Nächstes passieren könnte, als die Schnüfflerin hereinmarschierte.

Sie trug zweckmäßige enge Lederklamotten. Sie hatte selbst gefertigte Scheiden für ein langes Messer und ein angespitztes Stahlrohr mit Spanngurten an ihren Oberschenkeln befestigt. Über dem Kragen ihrer Bomberjacke ragte ein schwarzer Hockey-Helm auf.

»Etta.« Die Schnüfflerin seufzte. »Es tut mir leid.«

Hoffmann sagte nichts. Lieber zuschauen und abwarten, wie immer.

Im Hintergrund das Kratzen und Schaben, als ihr zehn Jahre altes Bollwerk wieder vor die Tür geschoben wurde.

Die Schnüfflerin nahm den Helm ab. Ihrem Gesicht nach zu urteilen, war sie Mitte vierzig. Ihr dichtes blondes Haar war oberhalb der Schultern abgeschnitten, eine vernünftige Frisur. Sie hatte Brandwunden an den Armen und eine leuchtend rote Narbe, die sich über ihre linke Wange bis zum Hals zog. Sie behielt Hoffmann sorgsam im Auge und bewegte sich langsam an den Arbeitsnischen vorbei, bis sie nur noch zwei Meter entfernt war. Etta Hoffmann stellte fest, dass sie die Schuhe der Schnüfflerin anstarrte. Unter den Sohlen ihrer Stiefel waren mehrere Zentimeter hohe Metallgitter montiert. Als Hoffmann begriff, warum, spürte sie ehrliche Bewunderung. Die Ecken waren mit den getrockneten Resten einiger Zombie-Ratten verklebt.

»Ich weiß, wie das auf dich wirken muss«, sagte die Schnüfflerin. »Es sieht so aus, als hätte ich dich reingelegt. Ist auch nicht ganz von der Hand zu weisen. Aber ich habe festgestellt, dass Leute wie du – Leute, die lange allein waren? – in bestimmte Denkmuster verfallen. Sie können nur noch schwer über den Tellerrand schauen. Sie vergessen, dass es jenseits des Tellerrands *überhaupt* etwas gibt. Aber das gibt es. Da wartet die ganze Welt.«

Aus der Lobby drang eine Männerstimme. »Weniger Gequatsche da drinnen! Die sammeln sich.«

Der Blick der Schnüfflerin fiel auf die zweihundertvierzehn prall gefüllten Ordner. Neben dem Regal sah Hoffmann frustriert die Plastikfolie, die sie nicht mehr hatte applizieren können.

»Ist das …?« Ihre Stimme wurde zu einem Flüstern. »Ist es das?«

Hoffmann nickte.

Die Schnüfflerin schaute über die Schulter und brüllte.

»Hart, Lowenstein, macht den Laden dicht. Das wird eine ganze Weile dauern.«

Noch mehr Geräusche aus der Lobby, aber keine Widerrede; sie schienen alles knapp und effizient abzuriegeln. Die Schnüfflerin drehte sich wieder um und kaute auf der Unterlippe.

»Ja«, sagte sie schließlich, »das nehmen wir mit.«

Hoffmann hatte mit Trauer gerechnet, verspürte stattdessen aber einzig Erleichterung. Zehn Jahre lang hatte sie diese Sammlung allein geschultert.

»Ich versichere dir«, sagte die Schnüfflerin, »dass wir uns sehr gut darum kümmern werden. Was du hier gesammelt hast, ist wertvoller als alles Gold der Welt, Etta. Wenn man neu anfangen will – und wo ich wohne, *haben wir* neu angefangen –, braucht man eine Vorstellung von der eigenen Geschichte. Man muss wissen, wo was wann schiefgelaufen ist. Ich weiß, du glaubst, dein Archiv wäre hier am sichersten aufgehoben. Ich weiß, du hast Angst, dass wir es in Gefahr bringen, wenn wir es bewegen. Aber wir haben so was schon mehrfach gemacht, wir …«

»Nimm es«, sagte Hoffmann.

Die Schnüfflerin zögerte. »Dir ist bewusst, dass das keine wie auch immer geartete Drohung war.«

»Es ruft niemand mehr an«, sagte Hoffmann. »Außer dir. Also kannst du es auch mitnehmen.«

Die Schnüfflerin nickte behutsam. »Okay. Danke. Wir haben einen gepanzerten Wagen, wart mal ab, bis du den siehst. Wir können das problemlos alles transportieren. Aber ich hoffe, wir nehmen nicht nur die Ordner mit. Jede Bibliothek braucht eine Bibliothekarin, Etta.«

An keinem der sorgenvollen Abende, an denen Hoffmann sich diese Begegnung ausgemalt hatte, war ihr dieses erschreckende Angebot in den Sinn gekommen. Sie reagierte wie immer, der Vorschlag war wie ein Kiesel, der von einer Statue abprallt. Nur war die Statue hohl, und die Wucht des Vorschlags schwoll an, bis ihr ganz schwindelig war. Ihre Knie zitterten, kein zusammenhängender Gedanke wollte sich mehr formen.

Die Momente vergingen. Wie viele? Sie stand an Annie Tellers Schreibtisch gelehnt, ihre verschwitzten Hände zerknitterten ein Foto von Tawna Maydew. Sie schaute auf und sah die Schnüfflerin eine Wasserflasche hochhalten. Sie wurde jetzt von zwei Männern flankiert, beide ebenfalls mit Hockey-Helmen bewehrt, beide ebenfalls in Leder und Werkzeugtaschen und Riemen gehüllt. Ihre Mienen aber waren anders. Sie wirkten angewidert. Hoffmann verstand nicht, warum. Bei allem, was sie dort draußen erlebt haben mussten, fanden sie das AMDB-Gebäude abstoßend?

Hoffmann folgte ihren Blicken.

Die Blicke galten ihr selbst. Langsam dämmerte ihr, dass ihre Kleidung ganz und gar nicht in Ordnung war. Ihre Jogginghose war an fünfzig Stellen gerissen. Aus den Löchern hingen Fäden wie Wimpern. Kritische Stellen waren mit Heftklammern geflickt. Heftklammern – hatte sie den Verstand verloren? Durch ein Loch im Schritt musste ihre Unterhose deutlich zu sehen sein. Ihr Pullover – der beste, den sie noch hatte – hatte mindestens ein Viertel seiner Substanz an Nagetiere verloren und war mit Klebstreifen überzogen. Das T-Shirt darunter war von verkleckerten Essensresten aus einem Jahrzehnt bedeckt.

Die Männer schauten ihr ins Gesicht. Sie versuchte sich zu erinnern, wann sie das letzte Mal vor einem Spiegel gestanden hatte. Vielleicht vor achtzehn Monaten, als sie sich den dritten Zahn mit einer Zange hatte ausreißen müssen. Eine Sache, von der es im AMDB keine Vorräte gab, war Zahnpasta. Ihre Zähne hatten widerwärtige Grau-, Gelb- und Brauntöne angenommen. Auch der Rest ihres Gesichts war in keinem guten Zustand. Die Haut war spröde von der trockenen Luft, mit Ausschlägen von

Schimmel und Staub bedeckt, hier und da mit fleckigem Pilz bewachsen. Sie war blasser als blass; dieses Gebäude war für die Ewigkeit errichtet worden, kein Fenster ließ sich öffnen. Ihre Haare sahen aus wie etwas, das man aus einem verstopften Abfluss gezogen hatte, zu schleimigen Schwänzen verklebt.

Die Reste des gestrigen Abendessens standen noch auf Annie Tellers Schreibtisch. War ein Becher voller toter Insekten wirklich so ein schockierender Anblick? Proteinreiche Nahrung war schon im Jahr sieben knapp geworden, also hatte sie sich der Entomophagie gewidmet, die in einem Camping-Überlebens-Handbuch aus der Leihbibliothek beschrieben war, und angefangen, Insekten zu essen. Neben dem Becher stand ein Teller: ein Knuspermüsli aus Motten, Ameisen, Grillen und Stubenfliegen.

Sie war selbst zu einem Insekt geworden, und kein Wesen stand auf der Empathie-Skala noch niedriger. Sie spürte etwas, das sie seit Ewigkeiten nicht mehr gekannt hatte: Scham. Schon vor dem 23.10. hatte Etta Hoffmann viel von dem zivilisatorischen Schnickschnack abgelehnt, aber jetzt war sie zu tief gesunken. Es hatte des Anblicks dreier lebender Menschen bedurft, um das zu begreifen.

Bibliothekarin. Hoffmann ließ dieses Wort sacken. Ohne eine sinnvolle Aufgabe fühlte sie sich mehr als elend, lebensmüde. Es gab wohl niemanden auf der Welt, der bei einem Vorstellungsgespräch schlechter abgeschnitten hätte als sie, und hier bot man ihr einen Job an, auf den sie sich nicht einmal bewerben musste. Ja, Bibliothekarin. Obwohl sie nur eine vage Vorstellung davon hatte, was diese Anstellung konkret beinhaltete, musste sie einfach zusagen. Diesen Ort zu verlassen, neue Verhaltensmuster zu erlernen würde wohl das schwierigste Unterfangen ihres ganzen Lebens werden, aber vielleicht war es der Schlüssel dazu, sich wieder von einem Insekt in einen Menschen zurückzuverwandeln.

So ließ sie die Worte wie Motten aus ihrem Mund entweichen, bevor sie sie wieder einfangen und essen konnte.

»Ja. Ja. Ja.«

Zusätzlich nickte sie, falls sie zu leise gesprochen haben sollte. Ihr Blick war starr auf den Fußboden gerichtet, als die Schnüfflerin ihre Schulter ergriff. Hoffmann hatte es immer verabscheut, berührt zu werden, und nach so vielen Jahren ohne auch nur ein leichtes morgendliches U-Bahn-Gedränge fühlte es sich wie ein Angriff an. Sie wich zurück. Die Schnüfflerin zuckte zusammen. Die Scham war jetzt ein Ungeheuer, das Hoffmann ganz zu verschlingen drohte. Sie bildete sich ein, ihren verkommenen, besudelten, verschwitzten Pullover wie Magensäure schwappen zu hören.

»Wir machen dich erst mal sauber.« Die Schnüfflerin flüsterte jetzt. Es klang wie eine Entschuldigung. »Wir werden was von deinem Wasser hier benutzen. Keine Sorge. Wo wir hingehen, gibt es jede Menge Wasser.«

Um 4.187-05:18 verließ Etta Hoffmann das AMDB-Gebäude. Sie trat als Zweite durch die Tür, hinter der Schnüfflerin, die Messer und Stahlrohr gezückt hatte. Hoffmann hielt für Lenny Hart und Seth Lowenstein die Tür auf, die zwei Büro-Rollwagen voller Archivordner auf einen modifizierten Bollerwagen verluden – er war groß und mit dicken Gummireifen ausgestattet, dazu mit einer vorstehenden Motorhaube aus gehämmertem Stahl und sogar einem eigenen Namen: *Giulietta.* Sie verzogen beim Arbeiten das Gesicht, als ginge es so geräuschloser vonstatten.

Auch Hoffmann ächzte, erstarrte, bekam keine Luft mehr. Über viertausend Tage waren vergangen, seit sie das letzte Mal Luft geatmet hatte, die nicht durch ölige Ansaugsysteme, rostige Schächte und staubige Schlitze kanalisiert worden war. Es war eine harte Wiedergeburt, plötzlich in der offenen Welt zu stehen. Die Farben stachen ihr in die geweiteten Augen wie bunte Wimpel in einem Hippodrom, das pfeffrige Aroma der Blätter im Wind schnürte ihr die Kehle zu, der zuckrige Nektar der Blumen lag pelzig auf ihrer Zunge. Schwaden vom heißen Asphalt schmolzen ihre Nebenhöhlen. Staubkörner im Wind stachen wie Bienen in ihre Haut. Die Welt war laut, spielte mit Surren, Schnurren, Klicken und

Rasseln einen Tusch für Hoffmanns ersten Vorstoß in diese unglaubliche Weite.

Die Schnüfflerin wagte nicht, sie noch einmal anzufassen, sondern hielt nur die drahtigen Hände empor, in jeder eine Waffe.

»Siehst du? Ich passe auf dich auf.«

Niemand hatte je so etwas zu Etta Hoffmann gesagt, und bis zu diesem Augenblick hätte Hoffmann auch geglaubt, sich nichts daraus zu machen. Aber die Worte glitten zusammen mit dem Anblick des starken und gerüsteten Körpers der Schnüfflerin in Hoffmanns Blutkreislauf und weckten dort eine Kraft, die sie lange schon verloren geglaubt hatte. Sie reckte die Wangen in den peitschenden Wind, öffnete die stechenden Augen gegen die gleißende Sonne. Die Straße hinunter, zwischen zwei Gebäuden, deren Existenz sie völlig verdrängt hatte, schob sich ein Zombie unter ein paar Bäumen durchs wuchernde Unterholz. Hoffmann fürchtete sich nicht. Die Schnüfflerin war bei ihr; Lenny Hart und Seth Lowenstein arbeiteten schnell und waren so gut wie fertig, die Welt floss dermaßen über vor Möglichkeiten, dass sie sich weigerte, ein baldiges Ende auch nur in Betracht zu ziehen. Es musste unendlich viele Enden geben. Ein poetischer Gedanke. Vielleicht war sie am Ende doch die Poetin.

Sie hatte vor ihrem Aufbruch nur wenig erledigen müssen. Sagte das nicht schon einiges? Das Leichennetz hatte mit dem alten Internet nur noch wenig gemeinsam, aber mit Seth Lowensteins Hilfe bestätigte sie noch einmal alle Datenänderungen, die sie auf ihrem Endgerät vorgenommen hatte. Die Knochen der Regierungs-Homepages neu anzuordnen war kein Problem. Schwierig war allein die Frage, welche Form das Skelett haben sollte. Hoffmann starrte die Nachricht an, die sie vor zehn Jahren geschrieben hatte.

WIE GEHT ES IHNEN? RUFEN SIE MICH AN

Diese acht Wörter – die allererste *F* – hatten Wunder bewirkt, hatten viele hoffnungslose Menschen davon überzeugt, dass es noch jemanden gab, der von ihnen hören wollte – und wenn es eine Person gab, der nicht alles egal war, musste es auch noch andere geben. Was konnte sie nur stattdessen dort hinterlassen, nun, da ihr langer Einsatz vorbei war? Die ganze Nacht dachte sie darüber nach, am Schlafen gehindert durch ihren warmen, blitzsauberen Körper, nachdem sie sich in das von der Schnüfflerin veranlasste ausgiebige Bad gefügt hatte. Als sie noch vor Morgengrauen zeitgleich mit den anderen aufstand, ließ sie sich ein letztes Mal an Annie Tellers Schreibtisch nieder. Ihre Finger schwebten über der Tastatur. Sie war immer noch unschlüssig.

»Etta«, hatte die Schnüfflerin gesagt. »Wir müssen los.«

Hoffmann löschte die acht Wörter. Sie verschwanden, als hätte es sie nie gegeben. Ohne einen Fehler tippte sie eine neue Nachricht ein, kaum anders als die alte, die aber hoffentlich dennoch irgendwem Stärke und Trost vermitteln mochte.

KEINE SORGE, ALLES IST OKAY.

Die Schnüfflerin zeigte sich überrascht, dass Hoffmann abgesehen von der Schnabeltasse und einer Bauchtasche voller Smartphones für zukünftige Aufzeichnungen keine persönlichen Habseligkeiten besaß. Ihr Blick fiel auf die Bilder, die sie an die Wände in Annie Tellers Arbeitsnische gepinnt hatte. Hoffmann nahm ihre beiden Lieblingsfotos ab. Annie Teller, selbstgefälliger Blick in schnittiger Fußballmontur. Tawna Maydew, schlaftrunken im Bett mit einer dreifarbigen Perserkatze, die ihr übers Gesicht leckte. Hoffmann nahm die Schere aus der Schublade, schnitt bei beiden Bildern den Rand ab und brachte die Frauen nach all der Zeit endlich mit Tesafilm zusammen.

Das Ergebnis ließ sie in ihre Bauchtasche gleiten.

»Ich bin bereit«, sagte sie. Das war eine Lüge, aber sie war immer schon eine gute Lügnerin gewesen.

Der Zombie, der sich jetzt zwischen den Bäumen näherte, war alt und träge. Lenny Hart zeigte mit seinem Aluminium-Baseballschläger auf zwei weitere Zombies, die gerade aus dem Schatten auftauchten. Seth Lowenstein packte *Giuliettas* Handgriff. Die Schnüfflerin sah Hoffmann mit erhobenen Brauen an.

Hoffmann atmete tief durch. Die Luft hier draußen musste mehr Sauerstoff enthalten. Sie stach ihr in der Lunge und ließ ihre Sicht verschwimmen. So musste es sich anfühlen, mit einer Achterbahn zu fahren. Sie bedauerte, nie mit einer gefahren zu sein, damals, als künstliche Gefahren dem menschlichen Gehirn noch einen Dienst erwiesen hatten. Hoffmann nickte.

Sie schlugen eine Seitenstraße ein, auf der gerade kein Zombie zu sehen war. Hoffmanns erste Schritte waren ungelenk und schwankend. Nicht nur war die Straße von geborstenen Wasserleitungen aufgeplatzt, zusätzlich trug nun auch sie Rattenquetscherschuhuntersetzer. Lenny hatte welche aus Ablaufgittern improvisiert und ihr unter die Sohlen genagelt. Mit ihnen musste man breitbeiniger laufen und längere Schritte machen, aber Hoffmann gefiel, dass man sich genauer auf jeden Schritt konzentrieren musste, um erfolgreich voranzukommen. Keinesfalls wollte sie stürzen und für Unruhe sorgen. Zehn Jahre lang hatten die Menschen ihr vertraut, aber nie in diesem Maße. Sie sollte dieses Vertrauen erwidern. Das bedeutete wohl auch, mit ihnen zu sprechen, dachte sie, so wie sie mit den Anrufern gesprochen hatte.

»Sind es nur Ratten und Hunde und Schimpansen?«, fragte sie.

»Wir haben auch von Delfinen gehört, aber natürlich noch keine Beweise dafür gesehen«, sagte die Schnüfflerin. »Momentan sind es die Hühner. Wenn du irgendwo ein Huhn siehst, sag auf jeden Fall Bescheid. Die sind überraschend schwer zu treffen. Ich hätte auch wirklich nichts gegen eine Welt ohne Zombie-Hühnchen gehabt.«

Die Schnüfflerin lächelte allerdings dabei, und Hoffmann schaute wieder auf ihre Füße, auch um nicht über ihre Rattenquetscher zu stolpern, vor allem aber, um das wilde Herzklopfen zu bändigen.

»Ein Tipp«, sagte die Schnüfflerin. »Sobald wir auf Matsch stoßen, musst du die Dinger ständig in Bewegung halten, sonst sinkst du ein. Es gibt in Washington eine Menge Matsch. Angeblich haben die Pumpen schon im ersten Monat den Geist aufgegeben.

Die Grundwasserspeicher wurden überflutet. Wir sind hier ja etwas höher, aber du wirst es bald sehen. Der Autobahnring ist voller Biberburgen. Du weißt ja bestimmt, dass Washington in einem Sumpfgebiet gebaut worden ist. Tja, der Sumpf ist wieder da.«

Lenny Hart stieß einen tiefen Pfiff aus. Die Schnüfflerin schaute auf, Hoffmann ebenfalls. Einen Block weiter trieben sich drei Zombies herum. Er deutete mit dem Baseballschläger auf die nächste Kreuzung, diesmal deutlich energischer. Die ganze Gruppe erhöhte das Tempo.

»Vielleicht spinne ich ja«, sagte die Schnüfflerin, »aber die Zombies – ich habe echt das Gefühl, die werden allmählich langsamer.«

Ihr Trupp bog nach Norden ab. Hoffmann bemerkte, dass ihnen das Zombie-Trio folgte. Sie wirkten tatsächlich langsam. Was Hoffmann aber wirklich an der Bemerkung der Schnüfflerin erregte, brauchte ganze fünfzehn Minuten, um sich zu enthüllen, so langsam und schön wie die Morgensonne, die den Horizont erklimmt.

Die Schnüfflerin hatte das *Die* nicht betont wie sonst. Sie hatte die Zombies *die* genannt.

Ein kleiner Unterschied, der die Welt verändern konnte.

Zur großen Betroffenheit ihrer Eltern hatte Etta Hoffmann noch nie geweint und würde es auch niemals tun. Aber bis ans Ende ihrer Tage erkannte sie dies als den Moment, in dem sie den Tränen am nächsten gekommen war.

»Etta.« Die Schnüfflerin betrachtete sie. »Keine Sorge, alles ist okay.«

KEINE SORGE, ALLES IST OKAY; hätte Hoffmann an Zeichen geglaubt, wäre ihr dies als gutes Omen erschienen. Sie schaute nicht auf, um den Blick zu erwidern – sie wollte sich um sichere Schritte bemühen, bis sich die Finsternis des Zweiten Mittelalters weit genug gelichtet hatte, damit sie mit Bestimmtheit neue Wege einschlagen konnte. In der geduldigen Stille hörte sie eine Einladung, mehr *F*s zu stellen. Und tatsächlich gab es besonders eine, die sie beantwortet haben wollte.

»Der Name, den du mir genannt hast … war das dein richtiger?«

Die Schnüfflerin lachte. »Natürlich. Deiner nicht?«

»Etta Hoffmann«, bestätigte Hoffmann, probierte ihn an, um zu sehen, ob er noch immer passte.

»Freut mich, dich richtig kennenzulernen«, sagte die Schnüfflerin. »Charlene Rutkowski.«

Die lebenden Toten; ein widersprüchlicher Ausdruck, der eine Menge Fs, Fs, Fs mit sich brachte, von denen die größte lautete: Wer war wer? Wenn Leben und Tod gleich schlimm waren und man die Mitglieder beider Gruppen kaum noch auseinanderhalten konnte, war es dann nur noch das Überschreiten der Grenze, das man wirklich zu fürchten hatte? Vielleicht konnte Hoffmann sich zum Ziel setzen, den Unterschied herauszufinden. Vielleicht könnten sie es dort, wohin sie unterwegs waren, an einem Ort, den die Schnüfflerin – Charlene Rutkowski – »Old Muddy« nannte, alle gemeinsam herausfinden, und das mit Tesafilm vereinte Foto von Annie Teller und Tawna Maydew würde sich als prophetisches Objekt erweisen. Einen Versuch war es wert. Dies waren die Nächte, die Dämmerungen, die Tage der Toten, wie auch immer man sie nun genau nennen wollte, und landauf, landab könnten sie – nicht *Die* – sie alle gemeinsam am Ende vielleicht doch noch Tagebücher mit neuen Hoffnungen füllen und neue Definitionen von Überleben erarbeiten.

DRITTER AKT

DER TOD DES TODES

Eines Tages

SUCHE SIE HEIM, ALS WÄRST DU BEREITS TOT

BALD WIRST DU NICHT MEHR SEIN

Die Schnellen sind nicht mehr so schnell.

Du weißt auch, warum. Lange Zeit waren die Schnellen in Gefahr, obwohl Du Zeit nur ungenau bemessen kannst. Du warst die Gefahr. Alle Dus. Du warst überall. Du wolltest, was die Schnellen hatten. Das Salz, das Blut, das Fleisch. Sie wussten das und waren schnell. Ihre Münder bewegten sich schnell. Ihre Beine bewegten sich schnell. Ihre Arme bewegten sich schnell. Die harten, scharfen Dinge, die sie in den Händen trugen, bewegten sich schnell. So ist es nicht mehr. Die Schnellen sind jetzt leise und langsam. Es liegt nicht nur daran, dass sie dahinschwinden. Auch Du schwindest dahin. Du alle.

Lange Zeit, obwohl Du Zeit nur ungenau bemessen kannst, kanntest Du keine Einsamkeit. Das hat sich geändert. Einsamkeit ist die Unfähigkeit, Jagd zu machen. Die Unfähigkeit, sich unter die Schnellen zu mischen. Du spürst sie unentwegt.

Deine Beine funktionieren nicht mehr gut. Deine Hände bewegen sich nicht dorthin, wo Du sie haben willst. Du sitzt den ganzen Tag am gleichen Fleck, die ganze Nacht. Vorher hast Du überhaupt nicht gesessen. Du bist gelaufen. Jetzt fällt das Laufen schwer. Wenn Du läufst, fallen Stücke von Dir ab. Wenn Du fällst, kommst Du nur sehr schwer wieder hoch. Manche Dus stehen gar nicht mehr auf. Überall siehst Du Dus herumliegen. Manche Dus haben eine Schelle ums Fußgelenk, an der eine gebrochene Kette hängt. Das müssen Relikte einer anderen Zeit sein, auch wenn Du Dich nicht mehr erinnern kannst.

Auch Du hast so eine Schelle. Du magst sie nicht. Du guckst sie dauernd an. Sie war mal funkelnd. Jetzt funkeln nur noch die

Rostflocken. Normalerweise magst Du funkelnde Sachen. Deine Brust ist behangen mit funkelnden Sachen. Manchmal kommen Schnelle vorbei und hängen Dir neue funkelnde Sachen um den Hals. Dann fühlst Du Dich gut. Fast gut genug, um aufzustehen.

Du sitzt auf etwas, das früher einmal Zeitungsstand hieß. Du erinnerst Dich an das letzte Mal, dass Du aufgestanden bist. Da bist Du zu einem Du gegangen, das in einer Seitenstraße hingefallen war. Du hast den Kopf des anderen Dus mit Deinem Fuß zertreten. Die Schelle um Dein Fußgelenk hat Geräusche gemacht. An dem Tag hast Du den Großteil Deiner Zehen verloren. Das war Dir egal. Du musstest es tun. Das gefallene Du hatte schon sehr lange dort gelegen. Da warst Du Dir ganz sicher, obwohl Du Zeit so schlecht einschätzen kannst.

Dies ist ein weiterer Aspekt der Einsamkeit. Zuerst waren die Dus stark, also konntest Du grausam und wild sein. Dann waren die Dus noch stärker, also konntest Du sanft sein. Du hattest ein gemeinsames Ziel. Du hast die Welt verändert. Du warst eine ganze Generation, und es war eine große Generation. Aber Deine Zeit neigt sich dem Ende zu. Du merkst es daran, wie wenig Dus noch übrig sind. Vorher waren die Dus wie Sterne am Nachthimmel. Jetzt sind die Dus wie Planeten, die ihre Bahnen in immer weiterer Ferne ziehen. Du weißt, es wird eine Zeit kommen, in der die Dus nur noch aus Dir bestehen. Auch den kleineren Dus geht es so. Den Ratten-Dus, den Hunde-Dus, den Hühner-Dus. Es ist einsam.

Von Deinem Zeitungsstand aus hörst Du die Schnellen. Sie kommen. Dieser Tage kommen sie zu Dir, wie Du früher zu ihnen gekommen bist. Manchmal schauen sie Dir in die Augen. Manchmal reden sie mit Dir. Wann immer das passiert, spürst Du, dass die Dus überall funkeln, einmal mehr wie Sterne am Himmel. Es ist anders als der Geschmack von Salz, Blut und Fleisch der Schnellen. Aber es ist nahe dran.

Früher hast Du einige Worte der Schnellen verstanden. Dein Geist war schwach, dafür aber mit allen anderen Dus verbunden. Gemeinsam war Dein Geist behände und kreativ. Jetzt kannst Du nicht mal mehr den Namen identifizieren, den Dir die Schnellen gegeben haben. Haupt. Ling. Frau. Du weißt nicht mehr, was sie sagen. Du weißt nur, dass Dir der Klang gefällt. Du hörst sie gerne reden, und Du magst die funkelnden Sachen, die sie Dir bringen. Wann immer sie sich an Dich erinnern, erinnerst Du Dich auch selbst an Dich. Du hast das Gefühl, dass die Dinge, die Du getan hast, wichtig waren.

Die Schnellen sind jedes Mal anders. Manche sind klein, andere groß. Manche sind weich, manche laut. Manche sind alt, manche jung. Die jungen magst Du am liebsten. Irgendwie gelingt es ihnen, die Teile von Dir zu ersetzen, die längst weggefault sind. Du kannst es fühlen. Es kitzelt. Du begreifst das alles nicht. Aber Du bist dankbar.

Schnelle haben eine bestimmte Form, ein bestimmtes Bewegungsmuster. Du siehst nur noch schlecht, aber jetzt kannst Du sie sehen, ein paar Straßen weiter. Sie werden bald hier sein. Sie werden tun, was sie immer tun. Sie werden alles durchsuchen. Sie werden Dinge hochheben und mitnehmen. Eines der Dinge, die sie vielleicht aufheben, ist ein Du. Du weißt nicht, warum sie das tun. Sie finden alte Dus, ganz alte Dus, und nehmen sie mit. Du hast nichts dagegen. Du hoffst nur, dass sie heute mal wieder mit Dir reden. Du hoffst, sie nennen Dich wieder Frau oder Haupt oder Ling. Für einen kurzen Moment wirst Du, wenn die Schnellen alle bei Dir stehen, nicht in der Lage sein, sie von Dir zu unterscheiden, und dann fühlt es sich weniger schlimm an, dass Du, Du alle, bald nicht mehr sein wirst.

MEHR SCHEISS ZU ERLEDIGEN

Knick-knack.

Die Erde wurde mit neuer Musik unterlegt. Greer Morgan, die in etwa eine Hälfte ihres Lebens in der alten und eine Hälfte in der neuen Welt verbracht hatte, war manchmal immer noch verwirrt. Sie schüttelte den Kopf angesichts laut schreiender Kinder, die dem Wandel nicht genug Ehrfurcht entgegenbrachten. Vergaß den reißenden Strom elektronischer Mitteilungen und das Getöse von Musik, Fernsehen, gestreamten Videos. Wann immer Greer aus Träumen des alten Bulk, Missouri, erwachte, war es das gänzliche Fehlen von weißem Rauschen in Old Muddy, das ihr Schwindelgefühle bereitete. Klimaanlagen, Computerlüfter, hupende Autos auf fernen Highways: All das war ewiges Hintergrundgeschwätz gewesen, und all das war fort.

Die Geräuschkulisse, die Kinder dieser Tage für selbstverständlich hielten, löste in Greer noch immer Ehrfurcht aus. Nicht einmal bei den Jagdausflügen mit Papa und Conan hatte Greer die Natur so kraftstrotzend erlebt. Breite Teppiche aus Vogelgesang wurden aus vielen unterscheidbaren Fäden gewebt, zischende Insektensymphonien, auf einer Milliarde Beinchen und Fühlern angestimmt. Und die Bäume! Ein gewaltig aufragendes fremdes Volk, die hohen knarzenden Äste wie ein Gurren kindlicher Neugier, die raschelnden Blätter wie erleichtertes Aufatmen, das Knistern der Zweige wie die sanfte Rüge, die die Menschen verdienten.

Fünfzehn Jahre nach dem 23.10. gab es aber auch neue Geräusche, selbst wenn nur wenige von ihnen einer genauen Terminologie bedurften. Greer erinnerte sich vage daran, wie ein Lehrer einmal davon geschwärmt hatte, dass die Eskimos fünfzig verschiedene Worte für Schnee ersonnen hatten. Tja, mittlerweile gab es bei den Bewohnern von Old Muddy – alias Fort York – ein halbes Dutzend Wörter für den Klang einstürzender Gebäude. Ein *Hölzi* war das ferne Knöchelknacken, wenn ein hölzernes Gebäude splitternd in sich zusammenfiel: Häuser, Scheunen, Pavillons. Ein *Abstauber* war der Einsturz eines Ziegelbaus, der immer eine weiche Note hatte, selbst wenn mehrere Stockwerke zusammenkrachten. *Krächzer* waren besonders unschön; metallisches Tragwerk, das mit einem markerschütternden Kreischen dem Rost erlag. Solche *Krächzer* konnten dafür sorgen, dass einem ein Lachen im Hals stecken blieb und man sich vor Angst ganz klein machte. Einmal hatte Greer in Ohio den Zusammenbruch einer Achterbahn in einem Freizeitpark mit angehört, und noch immer suchte sie der Höllenritt des Fahrgeschäfts in ihren Träumen heim.

Dann gab es noch *Kawummis* (Methanexplosionen in unterirdischen Tunnels) und *Marimbas* (der Xylofonklang von Regentropfen, die durch mehrere Etagen ausgeschlachteter Wolkenkratzer fielen). Greer erschien es absolut sinnvoll, all diese Dinge mit derart kindischen Begriffen zu belegen. Man musste die Klänge einer toten Welt irgendwie neu definieren, wollte man jeden Morgen aus dem Bett kommen.

Knick-knack.

Anders als die Klänge des Verfalls war *das* ein Geräusch, das man jederzeit hören konnte. Man brauchte sich von Fort York aus nur ein paar Straßen weiter nach Norden zu begeben. Auf einem etwa fünfzehn Blocks langen Abschnitt dessen, was einmal die Queen Street gewesen war, im Zentrum dessen, was einmal Toronto in Ontario in Kanada gewesen war, hörte man es ringsum aus ehemaligen Bürotürmen und Wohneinheiten, aus schattigen Nebenstraßen, aus verwilderten Stadtparks. *Knick-knack, knick-knack, knick-knack.*

Kurz nach ihrer Ankunft in Old Muddy im Jahr zwölf hatte Greer sich den Fuß verstaucht. Während ein Doktor – eigentlich Tierarzt – sie im Krankenhaus des Forts behandelte, erklärte er ihr den vermutlichen Ursprung des Geräuschs. Alles deutete darauf hin, dass Zombies in gemäßigten Zonen zwischen zehn und zwölf Jahre überdauern konnten, dann war das Gehirn vollständig verwest, und der Zombie starb zum zweiten und letzten Mal. Davor aber verrotteten bereits eine Menge anderer Dinge im Körper, darunter auch der Flechtzopf aus Bändern und Sehnen zwischen Bein- und Fußknochen; Greer erinnerte sich an Begriffe wie *plantar*, *dorsal* und *metatarsal*. Im Lauf der Jahre vertrocknete dieses elastische Gewebe zu einem körnigen Gummi, das bei jeder Bewegung *knick* machte wie ein trockener Zweig. Darüber hinaus rieben sich die sechsundzwanzig Fußknochen aneinander und erzeugten ein steinig mahlendes *Knack*. Fügte man beides zusammen, erhielt man den charakteristischen Klang eines altersschwachen Zombies, der sich mühsam zu nähern versuchte: *Knick-knack*.

Greer glaubte, es heute als Erste gehört zu haben. Mit zweiunddreißig Jahren war sie das jüngste Mitglied ihres Bergungstrupps und hielt ihre Sinne für die schärfsten. Außerdem bildete sie die Vorhut, zehn Meter voraus, eine alte Angewohnheit. Da: ein zweites *Knick-knack*. Und da: ein drittes. Bis heute hatte niemand herausgefunden, wie es den Zombies – selbst wenn sie kurz vor dem Zerfall standen – möglich war, Menschen derart zielsicher zu wittern. Und entlang der Queen Street gab es eine Menge, die am Zerfallen waren. So viele sogar, dass schon lange niemand mehr Queen Street sagte. Aus Gewohnheit warf Greer einen Blick auf das verbeulte alte Schild, das einst den Weg zur nächsten Schnellstraße gewiesen hatte, bis es überpinselt worden war.

WILLKOMMEN IN SLOWTOWN

Im Rest von Toronto gab es wie fast überall im Jahr fünfzehn kaum noch Zombies. Erspähte man doch mal einen, war der mit *Knick-knack* unterwegs nach Slowtown. Ein weiteres Zombie-Mysterium, und Neuankömmlinge in Old Muddy berichteten, dieses Phänomen auch überall sonst gesehen zu haben – vereinzelte Untote schleppten ihre alten Leiber Hunderte von Meilen durchs

Land, um sich größeren Ansammlungen ihrer Art anzuschließen. Die Queen Street, zwanzig Minuten Fußweg von Fort York entfernt, war ein Künstlerviertel gewesen, voll mit Galerien, kleinen Läden, Imbissen und Boutique-Hotels, eine Gegend, in der jeder Flecken Fassade von Wandgemälden bedeckt und jeder Baumstamm in einen bunten Kasten gehüllt war. Mit anderen Worten: eine Gegend, die Greer, bevor sie angefangen hatte, sich mit Muse in den Städten umzusehen, völlig fremd gewesen war. Jetzt war alles ruiniert und verwahrlost, es sah so schlimm aus wie in einem Slum vor dem 23.10. – die Bürgersteige waren knöcheltief von bräunlichen Glasscherben bedeckt, die Fassaden der Häuser abgeblättert, hier und da noch hingemalte Nachrichten auszumachen: *VORSICHT ZOMBIES* oder *PAUL WIR SIND NACH WESTEN*. Die Maschendrahtzäune waren welk und weich wie Gras. Grünes Moos hatte sich scheinbar wahllos einzelne Gebäude zum Verschlingen ausgesucht. Knäuel aus Draht oder Kabeln wurden wie Steppenroller durch die Straßen geweht. Autos, die noch säuberlich innerhalb der Parkplatzmarkierungen standen, waren in sich zusammengefallen, zertreten von geisterhaften Riesen.

Fürs menschliche Auge war hier also alles recht unschön, aber Slowtown war auch nicht mehr für die Menschen da. Die Lebenden, die hierherkamen, waren bloß Besucher und verhielten sich respektvoll, um die Toten nicht in Aufregung zu versetzen. Normalerweise kein Problem, an diesem Nachmittag aber würde es nicht so einfach sein, denn Greer war selbst aufgeregt. Das hier war nicht einfach nur eine weitere Slowtown-Patrouille. Sie war in privater Mission unterwegs, auch wenn der Rest des Bergungstrupps nichts davon wusste.

Sie hielt eine Faust hoch, um die vier Leute hinter sich zum Stehen zu bringen.

»Pssst.«

Zwischen den *Knicks* und den *Knacks* war noch etwas anderes zu hören: ein dumpfes *Klapper*. Greers Magen, den ganzen Tag schon heiß und übersäuert, beruhigte sich ein wenig. Selbst der Tanz ihrer Atemwölkchen in der kalten Novemberluft verlangsamte sich. Viele andere Fort Yorker hatten die Quelle dieses schweren Stapfens vor Kurzem bereits erblickt, Greer allerdings noch nicht. Die oberen Äste des höchsten Baumes an der nächsten Kreuzung zitterten. Instinktiv kniete Greer sich hin, um weniger bedrohlich zu wirken, und hörte hinter sich das Scheppern mehrerer Eimer, als das Team ihrem Beispiel folgte.

Über einer toten Straßenlaterne tauchte ein rehäugiger Kopf auf.

Es war eine Giraffe. Sie schlenderte vorwärts, bis ihr hell gefleckter Körper ganz in Sicht war. Das gottgleiche Wesen, über fünf Meter hoch, bewegte sich mit einer Anmut, die man in dieser Welt nur noch selten sah. Die spindeldürren Beine endeten in schmalen Hufen, eine Ballerina auf Zehenspitzen. Sie schnappte mit den weichen Lippen nach einem Zweig, duckte den unmöglichen Hals unter einer Stromleitung hinweg und stolzierte vorsichtig auf die Mitte der Kreuzung, als glaubte sie an jene seltenste aller Erkenntnisse: dass die Welt behutsam behandelt werden sollte. Mit der Grazie eines schwebenden Lenkdrachens drehte sie den Kopf in Richtung der Menschen.

Deshalb haben wir immer noch Hoffnung, dachte Greer.

Der Atem der Giraffe bildete wirbelnde Planeten. Greer war ziemlich sicher, dass sich eine im Zoo geborene Giraffe im Winter nicht so wohlfühlen dürfte, aber wie Zombies und Menschen hatten sich auch viele Tiere im Lauf der letzten anderthalb Jahrzehnte zügig angepasst. Die prächtige Giraffe, eine Erinnerung an größere Dinge, blinzelte mit den schwarzen Kugelaugen und schritt in wundersamer Stille weiter, duckte sich unter dem durchhängenden Netz alter Straßenbahnkabel hinweg und war so schnell verschwunden, als wäre sie bloß einem Fiebertraum entsprungen.

Das einzige Geräusch waren die weichen, verwunderten Atemzüge von fünf Menschen.

Dann: *Knick-knack.* Zurück an die Arbeit.

Wie vorher vereinbart teilte sich die Gruppe im Reißverschlussverfahren auf, die beiden Männer auf der rechten Straßenseite, die drei Frauen auf der linken. Waffen waren in Old Muddy absichtlich schwer zugänglich, ruhten im Arsenal hinter Schloss und Riegel, aber Bergungstrupps bekamen eine einzige Notfeuerwaffe ausgeteilt, die bis jetzt ausschließlich benutzt worden war, um die seltenen Angriffe wilder Tiere abzuwehren. Viele Tiere hatten sich im urbanen Raum Reviere gesucht, und nicht alle waren so liebenswürdig wie Giraffen. Die aus den Zoos entsprungenen Tiger, Bären, Leoparden und Krokodile folgten ihren uralten Instinkten und jagten, was sie zum Überleben brauchten.

Heute trug einer der Männer die Waffe, dank Greer waren die Frauen allerdings nicht völlig wehrlos. Sie hatte einen Pfeil aufgelegt, hielt den Bogen allerdings auf den Boden gerichtet. Meistens konnten Zombies Waffen als solche identifizieren, und sie zu verschrecken würde Greers Suche kaum dienlich sein. Wahrscheinlich brauchte sie den Bogen sowieso nicht – es war zwei Jahre her, dass ein Mitglied eines Bergungstrupps eine Waffe hatte abfeuern müssen –, aber sie schleppte auf jeden Fall lieber ihren Bogen mit als einen der stinkenden Eimer.

Normalerweise blieben die Zombies sowieso in den Häusern. Meist hingen sie vor den Fenstern herum, in Türrahmen, auf Veranden. Sie beäugten die Lebenden mit etwas, das Greer nur als Misstrauen bezeichnen konnte, eine lästige Reaktion, an die sie sich längst gewöhnt hatte. Es war eine Ewigkeit her, dass die Lebenden einem Bewohner von Slowtown etwas getan hatten, in der Vergangenheit dafür aber umso öfter. Die Zombies schienen über eine Art Kollektivgedächtnis zu verfügen, das von ihrem körperlichen Verfall offenbar unbeeinflusst blieb.

Aus ihrer geduckten Position am Westrand der Straße erspähte Greer fünf Zombies. Vier kauerten vor einem leeren Schaufenster, ein fünfter tauchte mit *Knick-knack* in einem Fenster im ersten Stock auf, seine Augen wie Silbermünzen im grauen Tageslicht. Das war nichts Ungewöhnliches. Oft schleppten sich Zombies unter ungeheurem Aufwand Treppen hinauf. Greer machte alte Gewohnheiten dafür verantwortlich – lebendig oder tot, man hielt eben an eingespielten Mustern fest, wie sinnlos sie auch sein mochten. Genauso gewöhnlich war demnach der Anblick gestürzter Zombies vor Treppenabsätzen, die porösen Körper zerschellt, obwohl die Kiefer noch immer klapperten und die weißen Augen hin und her rollten.

Greer hörte ein Kratzen und fuhr so schnell herum, dass es ihr sofort peinlich war. Der letzte der beiden Männer auf der anderen Seite hatte seinen Eimer abgestellt, um in ein ehemaliges Brillengeschäft zu flitzen und etwas aufzusammeln, das wie eine Packung Batterien aussah. Ein guter Fang, aber wo waren sie hergekommen? Wahrscheinlich von dem Zombie, der zwei Meter weiter hinten im Laden stand; die Bewohner von Slowtown sammelten immer wieder hier und da Gegenstände ein und legten sie an Orten ab, wo die Lebenden sie finden würden. Waren die Batterien ein Geschenk? Eine Opfergabe? Die Zombie-Frau machte keinen Schritt, hob nur die Arme zu einer halbherzig territorialen Geste. Morsches, vertrocknetes Fleisch rutschte von ihren Knochen wie Borke von einem sterbenden Baum.

Greer ärgerte sich unwillkürlich. Alleine vorpreschen und sich die Batterien schnappen? In diesem dunklen Geschäft? Ein unnötiges Risiko, trotzdem mahnte sie sich, die Sache zu vergessen. Sie selbst hatte viel leichtsinnigere Dinge getan. Außerdem – plötzliche Mutanfälle wie diesen erwartete man von Karl Nishimura einfach.

Greer schrieb ihre Bauchschmerzen der Anwesenheit dieses Mannes zu. Wie sollte sie Slowtown durchsuchen, wenn der Boss dabei war? Nishimura, dieser ermüdende Gutmensch, würde sie natürlich sofort mit sanftem Tadel ermahnen, ihn nicht »Boss« zu nennen. Old Muddy hatte keinen Anführer, bla, bla, bla. Jeder wusste, dass er es gewesen war, der Fort York in einen besonderen Ort verwandelt hatte. Er war die treibende Kraft hinter all den seltsamen, aber dennoch unbestritten erfolgreichen Unternehmungen, was auch Bergungsmissionen wie die heutige einschloss. Trotz der wichtigen Abstimmung, die morgen bevorstand, hatte sich Nishimura turnusmäßig für die heutige Mission gemeldet – wahrscheinlich, um zu bekräftigen, dass er ein ganz normaler Bürger wie jeder andere war.

Die Abstimmung; Greer hatte sie fast vergessen. Wahrscheinlich als einzige Bewohnerin von Fort York. Während sich in ihrem Kopf alles um ihre ganz private Suche drehte, war die Aufmerksamkeit aller anderen auf das Drama um die Blockhaus-Vier gerichtet, bei dem wiederum es im Endeffekt um Karl gegen Richard ging, wie das ganze Fort wusste. Selbst ein harter Hund wie Nishimura musste bei so was nervös sein.

Ein Fingerschnipsen. Wieder fuhr Greer sofort herum. Sie war viel zu angespannt.

Der erste Mann auf der anderen Seite deutete mit der freien Hand auf ein flaches Gestrüpp zwischen zwei Gebäuden. Obwohl Greer ganze vier Fahrbahnen entfernt kauerte, sah sie, dass er offenbar gefunden hatte, weshalb sie gekommen waren. Gut für ihn, schlecht für sie. Sie war noch längst nicht fertig. Sie musste sich schleunigst von der Gruppe absetzen.

Er hatte einen »Softie« gefunden, eine weitere nette Wortschöpfung, um einem beunruhigenden Konzept die Zähne zu ziehen. Normalerweise gab der Körper eines Zombies etwa ein Jahr vor seinem Gehirn den Geist auf, natürlich abhängig von der ursprünglichen Konstitution, von dem, was er durchgemacht hatte, und vom Klima – in Louisiana verfaulte ein Zombie viel schneller als in Ontario. So oder so war irgendwann der Augenblick erreicht, in dem der Zombie hinfiel und nicht wieder aufstand. Manche wippten noch im Sitzen vor und zurück. Manche konnten noch mit den Zähnen klappern. Alle starrten einen noch mit ihren weißen Augen an, eher flehend als unheimlich. Die meisten Softies hatten die Konsistenz einer fauligen Melone; sie waren matschig, überreif, *weich.*

Und sie waren den Lebenden hilflos ausgeliefert. Eine Schuhsohle reichte aus, um sie zu töten. Das war auch der Grund dafür, so hatte Nishimura vor vier Jahren argumentiert, dass die Bewohner von Old Muddy genau das nicht tun sollten. Wollten sie die Welt zu einem besseren Ort machen, mussten sie mit gutem Beispiel vorangehen. Greer hielt zwar generell nichts von Ideologien, aber es klang trotzdem ganz vernünftig. Wie die meisten Dinge aus Karl Nishimuras Mund, so öde sie auch sein mochten.

Der erste Mann in der Reihe steckte die Pistole des Teams ins Holster, beugte sich zu einer genaueren Begutachtung vor, richtete sich wieder auf und winkte den Rest der Gruppe herbei.

Greer verzog das Gesicht. Sie kannte den Mann jetzt seit drei Jahren, trotzdem schockierte sein Gesicht sie dann und wann noch immer. Deshalb hatte man ihn wohl auch »das Gesicht« genannt. Er weigerte sich, seinen richtigen Namen oder Einzelheiten aus seinem Leben vor dem 23.10. preiszugeben. Sein Gesicht sagte genug. Es war vom Scheitel bis zum Hals ein Korbgeflecht aus Narbengewebe. Er hatte schönes, grau meliertes Haar, aber nur in den streifenförmigen Teilen seiner Kopfhaut, die nicht abgerissen worden waren. Schimmernde Narben umgaben seine Augenhöhlen wie Schließmuskeln, aus denen dunkel funkelnde Raubtieraugen blickten. Seine Nase war ein Knoten von Knöchelgröße, die Spitze und ein Flügel abgerissen. In der unteren Gesichtsmitte bildeten tiefe Narben einen Strudel – es war weniger ein Mund als eine klaffende Spalte. Er hatte keine Lippen, und die Haut war zu blassen Bläschen vernarbt, die sich beim Einatmen über seine Zähne wölbten. Nur die gelegentlich huschende Zunge erhellte das gähnend schwarze Loch.

»Das Gesicht« hätte ein bösartiger Spitzname sein sollen, aber in der neuen Welt war nichts berechenbar. Indem er sich selbst das Gesicht nannte, hatte sich der Mann zu eigen gemacht, was ohnehin nicht zu übersehen war, und zwang so all jene, die in den letzten fünfzehn Jahren so viele Schrecken erduldet hatten, erfolgreich dazu, bloß einen weiteren zu akzeptieren.

Ihm ins Gesicht zu sehen war für Greer nie leicht. Mit ihm zu arbeiten hingegen hätte unkomplizierter nicht sein können. Er hatte eine beeindruckende Stimme, so ausdrucksstark, dass sie ihn einmal fragte, ob er vielleicht Hörbücher eingesprochen habe; wie immer hatte er keine Antwort gegeben. Er war ein Mann von überwältigender Empathie, Ehrlichkeit und Aufrichtigkeit. Fast so bekannt wie sein Antlitz war seine völlige Unfähigkeit zu lügen; die Kinder hatten damit einen Heidenspaß. Zusammen mit der Gesichtshaut schien ihm auch alle Schlechtigkeit abhandengekommen zu sein. Alle liebten das Gesicht, auch Greer. Ihn anzuschauen war, wie in die Sonne zu gucken – es tat weh, spendete aber auch viel Wärme.

Der Rest des Teams bewegte sich in seine Richtung. Wie vorher abgemacht blieb Greer auf ihrer Seite, um nach unliebsamen Überraschungen Ausschau zu halten – einem neugierigen Zombie, einem Rudel hinterlistiger Zombie-Ratten, dem schrecklichen Trotten eines einzelnen Zombie-Hundes. Nishimura, fleißigstes aller Bienchen, hatte bereits losgelegt. Er stand vor der Türschwelle östlich des Softies, und aus dem Gebäude vor ihm war das Schlurfen von drei oder vier Zombies zu hören; *Knick-knack, knick-knack, knick-knack.* Nishimura kippte seinen Eimer, bis Blut auf den Boden spritzte, gefolgt von laut klatschendem Pferdefleisch.

Diesen Teil hasste Greer. Es erinnerte sie an eine Campingnacht mit Papa und Conan, in der plötzlich ein verwahrloster Typ mit einem Gewehr und einem Eimer aufgetaucht war. Freddy Morgan war sofort nervös und unterwürfig geworden; bewaffneter weißer Mann am Arsch der Welt, keine Zeugen. Aber der Kerl war bloß unterwegs gewesen, um Futter für die örtlichen Schwarzbären auszulegen, damit sie den Campern nicht zu nahe kamen. Zombies verzehrten sich weniger nach Pferdefleisch als nach Menschenfleisch, bot man es ihnen jedoch an, hoben sie es aus unerfindlichen Gründen auf, probierten, schluckten ein bisschen davon herunter und wurden dann ganz still, als enthielte es das THC, das Greer damals auf Remys Partys immer so entspannt hatte. Für den unwahrscheinlichen Fall, dass in Slowtown noch schnelle Zombies unterwegs waren, konnten sie sie mit dem Pferdefleisch so lange ablenken, bis die Bergung der Softie beendet war.

Pferde wuchsen zwar nicht gerade auf Bäumen, aber erfolgreiche Zucht hatte die Herde von Old Muddy auf gut dreihundert Tiere anschwellen lassen. Als wären sie keine friedlichen Farmer, sondern plündernde Comanchen. Mit großem Aufwand wurden geräumte Parks umzäunt, Heu angebaut und geerntet, die wachsende Herde vor Raubtieren geschützt. Trotzdem waren sie keine Experten. Ihre Pferde starben deutlich öfter, als es auf einer richtigen Farm der Fall gewesen wäre. Und wenn sie starben, wurden ihr Blut und ihr Fleisch gekühlt für Ausflüge wie diesen gelagert. Nur so konnten sie derart viele Bergungsmissionen durchführen. Zombies kannten den Geruch von verwestem Fleisch und rümpften verlässlich die Überreste ihrer Nasen.

Eine der Frauen joggte zum Türrahmen westlich des Softies und schüttete ebenfalls Pferdefleisch aus. Das war Charlie Rutkowski, und abgesehen von Karl Nishimura gab es in Fort York wohl niemanden, der größeres Ansehen genoss. Sie war nur wenige Monate nach ihm eingetroffen und hatte mehrere gefährliche Expeditionen angeführt, um seltene und wichtige Dinge zu ergattern, die das Fort zum Fortbestehen benötigte. Greer, die selbst an einer Reihe von Expeditionen teilgenommen hatte, respektierte die Frau sehr. Sie verfügte über Mumm, Besonnenheit und messerscharfe Instinkte.

Man hätte meinen sollen, dass sich Greer Morgan und Charlie Rutkowski bestens verstanden, aber irgendwie war das nicht der Fall. Ihre Gespräche waren unangenehm, wenn nicht sogar feindselig. Greer machte dafür teilweise ihre eigenen beschissenen Minderwertigkeitsgefühle verantwortlich. Charlie war schön und wurde von vielen vergöttert, und die gefährlichen Expeditionen hatten ihren Ruhm nur noch vermehrt. Und schließlich hatte sie das Hospiz gegründet – das Fundament, auf dem Old Muddy errichtet worden war.

Greer sah zu, wie Nishimura Platz zwischen den Büschen machte, damit Charlie sich um den Softie kümmern konnte. Sie gestattete sich ein Grinsen. Genau wie Nishimura Druck auf Greer ausübte, immer auf der Hut zu sein, übte Charlie Druck auf Nishimura aus. Greer wusste, dass nur so effektive Teamarbeit möglich war, auch wenn sie allzu oft eine instinktive Abwehrreaktion gegen jegliche Autorität verspürte, egal von welcher Seite, egal in welcher Form.

Nishimura war heute eindeutig nicht ganz bei der Sache. Er ließ sich ohne Widerworte beiseiteschieben, während die anderen Riemen und Schnallen auspackten. Greer zählte die Zombies einmal rasch durch, um sicherzugehen, dass sich keiner genähert hatte, dann beobachtete sie weiter Nishimura. Was tut ein Arbeitstier, wenn es ein paar wertvolle Minuten lang zur Untätigkeit verdammt ist? Sein Blick fiel auf Greer. O Kacke. Genau das – sich in ihre Angelegenheiten einmischen. Er schlenderte zu ihr herüber.

»Morgan.« Ein Nicken.

Er war beim Militär gewesen, auch wenn Greer sich nicht erinnern konnte, bei welcher Waffengattung. Es war ihr aber auch egal. Nishimuras einstiger Status verstärkte ihre rebellische Attitüde bloß. Sie deutete mit dem Kinn auf die staubige Duracell-Packung in seiner Hand.

»Sind das Doppel-As? Originalverpackt?«

»Jawohl.«

»Und wo wollen Sie die reinstecken?«

»Ich habe vor einiger Zeit so eine Art Stabfeuerzeug gefunden. Wie ein Zigarettenanzünder. Ich dachte, es wäre doch praktisch, das Ding zum Laufen zu kriegen.«

»Wie aufregend.«

Er schenkte ihr einen seiner geduldigen, unergründlichen Blicke. »Ich bin offen für andere Vorschläge.«

»Ich hab einen Vibrator, der nicht vibriert.«

Er wurde rot, und Greer schämte sich sofort. Nishimura war einfach zu leicht in Verlegenheit zu bringen.

»Ich weiß nicht.« Sie seufzte. »Ein paar Kinder haben diese Spielzeugpistolen, mit Batterien könnten die Licht und Lärm machen. Die wären völlig von den Socken.«

»Wir sollten besser keine Begeisterung für den Feuerwaffengebrauch wecken.«

So viel zu sich schämen. Sie stöhnte. »Die funktionieren doch sowieso nicht. Nichts, was wir hier draußen finden, funktioniert noch. Die da inklusive.« Sie zeigte auf die Zombies, die ihre altersschwachen Körper umständlich über die Pferdefleischpfützen beugten. Mehrere von ihnen sahen aus, als würden sie nicht wieder hochkommen. »Bald gibt es hier auch nichts mehr zu holen, das ist Ihnen doch klar?«

»Das wird noch Jahre dauern.«

»Ein paar Jahre, von mir aus. Aber was dann? Wenn wir Ihre Bergungen nicht mehr durchführen können, was soll dann die ganze Nummer?«

»Das sind nicht *meine* Bergungen. Sie dienen uns allen.«

Für einen Klotz wie Nishimura war das geradezu rührend. Richard und die drohende Abstimmung sorgten dafür, dass er sich fast wie ein Mensch benahm.

»Ich meine ja nur«, sagte Greer, »na ja, Sie wissen schon, die Softies aufsammeln und so – das hat jetzt gerade Hochkonjunktur, aber ich frag mich einfach, was danach kommt.«

Sie wartete auf seine gerunzelte Stirn – er hatte da ein ganzes Repertoire voller Variationen auf Lager. Stattdessen lächelte er. Nishimura musste auf die sechzig zugehen, war also alt genug, um ihr Vater zu sein. Wenn sie gerade mal keine Scheiße gebaut hatte, was selten genug vorgekommen war, hatte Freddy Morgan sie manchmal so angelächelt. Greer schnaubte geringschätzig. Nishimuras Lächeln wurde nur noch breiter.

»Sie erinnern mich an jemanden«, sagte er. »Eine Kampfpilotin. Ich habe sie nur kurz gekannt, aber sie war die furchtloseste Person, der ich je begegnet bin.«

»Jetzt bleiben Sie mal auf dem Teppich.«

»Das ist kein Versuch, Ihnen zu schmeicheln. Kurz vor ihrem Tod hat diese Pilotin gesagt, die Zombies seien Golems. Wissen Sie, was das ist?«

»Tolkien, oder? Dürrer Typ, immer hinter 'nem Ring her?«

»Dieser Pilotin zufolge waren die Golems Monster, die entstanden sind, weil wir sie brauchten. Wir brauchten sie, damit sie uns auslöschen. Das sollte ich den Leuten erzählen, so lauteten Jennys letzte Worte. Damit wir aufhören, sie zu bekämpfen, schätze ich.«

»Und Sie haben ihr geglaubt?«

»Damals? Nein. Mittlerweile schon. Wie können wir angesichts all dessen, was wir erlebt haben, nicht daran glauben, dass es in gewisser Weise besser so war? Ein brutaler Neustart. Womöglich haben wir Jenny Fort York zu verdanken, das Hospiz, das alles hier.«

»Und warum wird mir diese besondere Erkenntnis zuteil?«

»Weil Sie die Speerspitze sind, wie wir bei der Marine gesagt haben.«

»Klingt ziemlich martialisch für jemanden, der was gegen Plastikpistolen hat.«

»Ich will damit nur sagen, dass Sie an vorderster Front sind. Sie denken an die Zukunft. Das ist wichtig. Wir alten Relikte werden nicht mehr ewig dabei sein. Am Ende fangen die Menschen wieder an, Mist zu bauen, und dann ist es an Leuten wie Ihnen, alle daran zu erinnern, wie wir überhaupt in diese Lage gekommen sind.«

»Geben Sie sich noch nicht auf, Opa. Angeblich steigt doch die Lebenserwartung sogar.«

Gelächter drückte sich in Slowtown höchstens als freundliches Murmeln aus. Als Nishimura in Richtung des Softies schaute, starrte Greer ihn kritisch an. Sie wollte sich über ihn ärgern, schaffte es aber nicht. Verdammt, sie hasste es, wenn reine, unverfälschte Gehässigkeit durch Bewunderung verwässert wurde.

Charlie und das Gesicht hatten den gefallenen Zombie fertig vertäut. Wie die Feuerwaffe und die Eimer mit Pferdefleisch war auch dies eine übertriebene Vorsichtsmaßnahme. Beide traten beiseite, um der Frau, die die Nachhut bildete, Platz zu machen. Sie breitete eine Trage aus Segeltuch aus, die sie ihrem Rucksack entnommen hatte. Keine Frage: Etta Hoffmann war das schwächste Glied der heutigen Kette. Wie bei jeder Expedition, an der sie teilnahm – Hoffmann weigerte sich, mit anderen Leuten zu reden. Normalerweise wäre Greer so was egal gewesen, aber hier draußen konnte ein wenig Geplauder dabei helfen, dass alles glattlief. Es führte sogar dazu, dass einem die Leute, mit denen man unterwegs war, nicht völlig egal waren.

Am meisten nervte Greer an Hoffmann, dass sie eine verdammt noch mal erwachsene Frau war, die von allen wie ein Kindergartenkind behandelt wurde. Hoffmanns einzige Aufgabe in Old Muddy war die Verwaltung der sogenannten Neuen Bibliothek, eingerichtet in der ehemaligen Filiale der öffentlichen Bücherei von Toronto in der Bathurst Street gleich gegenüber des Forts. Dort standen Regale voller wie die verfickte Bundeslade verehrter Ordner, eine Geschichte des Landes nach dem 23. 10., die Hoffmann in grauenvoller Anmaßung *Hoffmanns Archiv der Erzählungen aus der Neuen Welt* genannt hatte. Und die Leute lasen offenbar gern darin; in der Bibliothek war immer was los.

Greer selbst hatte sie exakt einmal betreten. Jeder Neuankömmling musste Hoffmanns Sammlung seine »Persönliche Geschichte« hinzufügen. Das war Gepflogenheit und symbolische Geste zugleich; man teilte seine Geschichte, um Teil der Gruppe zu werden. Wenn Greer an ihr Interview zurückdachte, erinnerte sie sich hauptsächlich daran, Hoffmann dabei beobachtet zu haben, wie sie Papierstapel und Bücher durchwühlte, und sich dabei gedacht zu haben, dass »Bibliothekarin« ein verdächtig bequemer Job war an einem Ort, der allen anderen permanente körperliche Arbeit abverlangte. In einer gerechten Welt müsste Hoffmann doppelte Schichten in Slowtown schieben.

Stattdessen achtete der Rat der Hüter – was wohl eigentlich hieß: Karl Nishimura – darauf, Hoffmann nur zusammen mit Charlie Rutkowski auf Bergungsmissionen zu schicken. Was war da los? Viele Leute hatten beste Freunde, Familienangehörige oder Bumsbekanntschaften, mit denen sie gern zusammengearbeitet hätten, aber solche Wünsche wurden nicht berücksichtigt. Man wurde mit irgendwelchen Leuten zusammengesteckt und machte halt das Beste draus. Doch für Etta Hoffmann galt das nicht, während Greer schuftete wie eine Minenarbeiterin. Insofern hatte sich die Welt eben doch nicht geändert. Irgendeine Scheißaufgabe gut zu erledigen hieß nur, dass einem als Belohnung noch mehr Scheiß aufgehalst wurde.

Charlie und das Gesicht machten sich daran, den Zombie auf die Trage zu hieven. Ein heikles Manöver; Innereien konnten rausfallen, der Brustkorb einbrechen, Gliedmaßen abreißen.

»Ich helfe lieber mal mit«, sagte Nishimura.

»Aye, aye.«

Während er sich entfernte, suchte Greers Blick die Queen Street ab. Die sinkende Sonne blinzelte zwischen grauen Wolken hervor. Einen halben Block weiter saß Frau Häuptling, eindeutig der bekannteste Zombie in Slowtown. Sie war alt, fast schon ein Softie, und tat manchmal, was Etta Hoffmann niemals tat: Informationen preisgeben.

Warum dachte Greer jetzt erst an sie? Keine Zeit für lange Überlegungen. Sie sah sich um und entdeckte keinerlei Bedrohungen. Mit dem leisen Jägergang, den Papa ihr beigebracht hatte, entfernte sie sich von der Gruppe. Einfach so. Natürlich hatte sie Gewissensbisse dabei. Die anderen würden sich Sorgen machen. Und zweifellos angepisst sein. Nishimura mit seinen Batterien war eine Kleinigkeit gewesen; dieses Verhalten würde niemand so schnell vergessen. Sie war ein selbstsüchtiges Arschloch. Aber manchmal musste man sich eben um sich selbst kümmern oder noch wichtiger: um seine Liebsten.

Als sie in Fort York angekommen waren, hatte man dort schon von ihr gehört. Bis heute war sie sicher, dass man sie nur aufgenommen hatte, weil Muse King so verdammt charmant gewesen war. Es war kaum möglich, ihn reden zu hören und nicht zu wünschen, er würde ewig weitererzählen. Old Muddy war kalt und still geworden, seit er nicht mehr da war. Seit drei Monaten war er jetzt weg.

Sie huschte von Schatten zu Schatten und spähte in die umliegenden Gebäude.

»Komm schon, Baby«, flüsterte sie. »Wo steckst du?«

Sie hatte das untrügliche Gefühl, sie würde es sehr bald herausfinden. Frau Häuptling war direkt voraus, saß wie immer auf ihrem eingefallenen, verrosteten Zeitungskiosk vor einem dreistöckigen Gebäude, in dessen Erdgeschoss sich einmal ein Donut-

Laden befunden hatte. Greer warf einen letzten verstohlenen Blick zurück zu ihrer Gruppe. Alle standen noch immer um den Softie herum.

Bis auf das Gesicht. Er war ein paar Schritte zurückgetreten. Und zu Greers Verwunderung hatte er sein entstelltes Antlitz geradewegs auf sie gerichtet. Er rief nicht, schlug auch sonst keinen Alarm. Vielleicht ahnte er, was sie vorhatte. Vielleicht verstand er sie. Warum auch immer er schwieg, sie war ihm dankbar dafür. Ehe sie sich unter dem Rahmen der Markise des Donut-Ladens hinwegduckte, nickte sie ihm dankbar zu. Er war einen halben Block entfernt, würde es aber trotzdem gesehen haben. Irgendwie bekam er trotz seiner knorrigen Fleischmaske immer alles mit.

SUPER BOWL

Persönliche Geschichten – Transkript #811
Standort: Neue Bibliothek, Fort York
Befragter: »Das Gesicht«
Interviewer: Etta Hoffmann
Zeit: 4.330-11:43

Anmerkungen: Gesicht der Person ist entstellt. Person hat sich geweigert, ihren richtigen Namen preiszugeben.

F.

Furchtbar, nicht wahr? Ich weiß die Frage zu schätzen. Das klingt vielleicht seltsam, aber ich weiß wirklich zu schätzen, dass Sie mich einfach geradeheraus danach fragen. Das kommt nur selten vor. Lassen Sie mich nachdenken. Hmmm. Wissen Sie, ich bin mir nicht sicher, ob es überhaupt schon mal vorgekommen ist, dass jemand es einfach unverblümt anspricht. Ich mache auch niemandem einen Vorwurf, wenn die Leute den Blick abwenden und weggucken. Wenn sie ein Gesicht wie meines sehen und darauf nicht reagieren, müsste ich ja denken, sie sind nicht ganz richtig im Kopf. Dass ihnen irgendwie die Menschlichkeit fehlt.

F.

Es hat sich angefühlt, als wäre ich der letzte Mensch auf Erden, der von einer Armee der Toten verfolgt wird. Wie gefällt Ihnen diese Antwort? Natürlich war ich nicht der einzige. Das wurde mir schnell klar bei allem, was ich unterwegs gesehen habe. Und ich hab eine Menge gesehen. Jede Menge schreckliche Dinge. Sie ja sicher auch.

F.

Auch diese Frage weiß ich zu schätzen. Wirklich. Aber ich frage mich, was das bewirken soll. Einfach all die Grausamkeiten aufzuzählen, damit Sie sie niederschreiben können.

F.

Ich habe für, sagen wir einfach, eine Nachrichtenorganisation gearbeitet. Ich bin mir nicht sicher, ob wir wirklich viel bewegt haben. Wir haben versucht, die Menschen zu informieren, aber irgendwann kam der Punkt, da gab es nur noch schlechte Nachrichten, wissen Sie? Ach so – verstehe. Ja, jetzt weiß ich, was Sie meinen. Was macht es für einen Unterschied, all diese schrecklichen Dinge zu senden oder sie Ihnen aufzuzählen? Sie sind ganz schön pfiffig! Na gut, vielleicht kann ich Ihnen doch ein paar Fälle beschreiben. Ist es Ihnen recht, wenn ich da so schnell wie möglich durchrausche? Ich glaube, manchmal sehen Leute mein Gesicht und glauben, mein Herz müsse ähnlich aussehen, voller Schwielen und Narben. Aber das stimmt nicht.

F.

Ich habe gesehen, wie einem Mann der Enddarm durch den Anus rausgerissen wurde. Ich habe gesehen, wie einer Frau die Innereien durch die Vagina rausgerissen wurden. Ich habe einen Zombie gesehen, der in eine Rolltreppe geriet, genau das, wovor kleine Kinder immer solche Angst hatten. Wilde Schweine – ich hab so viele verwilderte Schweine gesehen. Ich glaube, Schweine sind ziemlich clever. Sie sind ganz schnell aus ihren Pferchen ausgebrochen, um so richtig die Sau rauszulassen. Ha! Das war gar keine Absicht. Gefällt mir aber. Die Schweine sind schlank und zäh geworden. Die haben Leute gefressen, die noch nicht ganz tot waren. Sie haben auch Zombies gefressen. Die Schweine haben sich sozusagen ihre Neutralität bewahrt. Einmal hab ich mich in einem Kosmetiksalon versteckt und da eine Zombie-Frau gefunden, die man mit einem Kabel gefesselt und mit Lockenstäben durchbohrt hatte. Das war ganz am Anfang, als es an manchen

Orten noch Strom gab. Die Lockenstäbe hatten baseballgroße Löcher in ihr Fleisch gebrannt. Und der Geruch war nicht mal das Schlimmste. Die Frau war nackt. Warum hätte sie nackt sein sollen? Ich hatte sofort das ungute Gefühl, dass man sie ausgiebig gefoltert hatte. Einfach aus Spaß, verstehen Sie? Und eine Sache, an die ich mich noch gut erinnern kann, warum, weiß ich auch nicht, ist ein Tennisplatz, wo jemand in riesigen Buchstaben mit Blut ICH LEBE auf den grünen Sand geschrieben hat. Und Köpfe auf Pfählen. Massen und Massen und Massen aufgespießter Köpfe. Sie haben sie ja auch gesehen. Reicht das jetzt? Es war eine lange Reise.

F.

Sechshundertfünfzig Meilen Luftlinie. Leider kann ich nicht fliegen. Klar gab es hier und da Straßenschilder, aber die Straßen waren unbrauchbar. Der wertvollste Gegenstand auf Erden waren Karten aus Papier, aber wer hatte die schon? Haben ja alle nur noch GPS benutzt. Sie wissen ja sicher selbst, wie das war. In der einen Richtung – Zombies. In der anderen Richtung – Menschen, noch schlimmer als Zombies. Dauernd muss man umkehren, sich einen anderen Weg suchen, und dann weiß man schon wieder nicht mehr, wo man genau ist. Für mich war das aber oft anders. Selbst die Leute, die ich gerne getroffen hätte, habe ich mit meinem Gesicht meist in die Flucht geschlagen. Am Ende war es vielleicht besser so. Alleine reisen, nur für eine Person Nahrung suchen, ist möglicherweise einfacher. Alle größeren Vorräte haben die Leute mit ihrem Leben verteidigt. Da musste ich immer an die Werbeclips denken, die wir zwischen den Sendungen eingespielt haben. Die ganzen blödsinnigen Jingles. Damals waren wir alle bloß Konsumenten. Konsum, so weit das Auge reichte.

F.

Korrekt. Kein bleibender Schaden an den Augen, aber die Haut drum rum ... na, Sie sehen es ja selbst. Die ganze Partie war so zerrissen, dass sie komplett zugeschwollen ist. Ich hab Zoë gebeten, mit einem Messer etwas Blut abzulassen, damit ich wieder was sehen konnte. Die Idee hatte ich aus Rocky. Haben Sie die Rocky-Filme mal gesehen? Ja? Alle? Ich auch. Ich hab sie geliebt. Ich hab oft die Lieder vor mich hin gesungen, wenn ich zu Fuß unterwegs war. Ganz leise natürlich. »Eye of the Tiger«, »Burning Heart« – leider haben diese Filme eine fragwürdige Botschaft vermittelt. Ich hatte eine Menge Zeit, darüber nachzudenken. Bis auf den ersten Teil waren das samt und sonders Kämpfe, zu denen Rocky sich nicht hätte hinreißen lassen dürfen. Genau das war das Problem mit Amerika. Ach ja, das ist auch noch ein guter Song – »Living in America« von James Brown, aus Rocky IV.

F.

Zoë war eine Praktikantin. Zoë Shillace. Sie hat mich da rausgeholt. Da war eine Zombie-Frau mit Handflächen voller Glassplitter und, tja, das erklärt mein Gesicht. Irgendwie hab ich Basemans Pistole zu fassen gekriegt. Nathan Baseman hieß der Mann. Eigentlich müssen Sie über den nichts wissen, aber ich wollte trotzdem seinen Namen erwähnt haben. Ich habe den ersten Zombie von mir runtergewälzt und wie wild mit Basemans Pistole um mich geschossen, weil ich nichts erkennen konnte, und irgendwie bin ich auf Dylan Ramseys elektrischem Rollstuhl gelandet, der wie ein Schneepflug durch die Zombies gerollt ist. Da hat Zoë mich gepackt. Ich wusste, dass sie es war, weil ich den Schlüsselbund in ihrer Hand gespürt habe. Sie hatte den Schlüssel zum Aufzug. Also sind wir hochgefahren.

F.

Das hab ich mich auch gefragt. Hat mein Aussehen die Zombies irgendwie ferngehalten? Haben sie geglaubt, ich sei schon tot? Sobald wir aus dem CableCorp-Tower raus waren und einen Platz zum Verschnaufen gefunden hatten, hat Zoë mein Gesicht abgewischt und ist ausgeflippt. Und das meine ich ernst, sie ist völlig ausgeflippt. Ich glaube, sie hatte keine Ahnung, wie schlimm es unter dem ganzen Blut wirklich war. Sie ist schreiend weggerannt. Ich dachte mir, tja, das ist wohl verständlich. Sie muss sich selbst retten. Als sie später wiedergekommen ist, hat sie gesagt, sie sei bloß weggelaufen, weil sie nicht aufhören konnte zu schreien und die Zombies nicht zu mir locken wollte. Sie hatte auch ein paar saubere Handtücher und Jod dabei. Wer weiß, wo sie das Jod aufgetrieben hat. Zoë war ... sie war einer jener Menschen, die wahrscheinlich nicht in Ihrem Archiv auftauchen, die aber der Grund dafür sind, dass wir es alle überhaupt hergeschafft haben. Also sollte man sich auch an sie erinnern. Zoë mit einem Trema. S-H-I-L-L-A-C-E.

F.

Ja, sie ist tot. Höchstwahrscheinlich. Eines Tages ist sie nicht zurückgekommen. Sie musste die ganze Zeit losziehen, um Essen und Trinken für uns zu finden, oder T-Shirts oder Kochschürzen, alles, was sie zu Bandagen zerreißen konnte. Für mein grässliches, unrettbar verlorenes Gesicht.

F.

Wenn es eine Sache gibt, die ich in jenen letzten Wochen beim Sender gelernt habe, dann, dass Menschen sich nicht einfach hinlegen und sterben. Sie weigern sich schlicht. Sie machen sich selbst das Leben zur Hölle, sie treiben einander zur Weißglut, aber sie geben nicht einfach auf. Gibt es dafür einen besseren Beweis als die Zombies? Selbst wenn man uns tötet, bleiben wir nicht liegen. Das ist völlig wahnsinnig. Genau wie Rocky. Bleib doch einfach liegen, Junge – wissen Sie, was ich meine? Aber so stark bin ich nicht. Also bin ich aufgestanden.

F.

Da hatte ich einen kleinen Vorteil. Ich hatte bereits Gesichtsoperationen hinter mir. Schönheits-OPs, meine ich.

Ich hatte also durchaus Ahnung davon, wie man empfindliche Stellen keimfrei hält. Ich bin durchgekommen. Gerade so. Eine Zeit lang hab ich getan, was wahrscheinlich jeder getan hat. Hab jedes Handy aufgehoben, das ich finden konnte. Jeden Computer eingeschaltet. An jedem Radio rumgefummelt. Bis ich mich selbst gesehen habe. Das war eine der vielen klugen Sachen, die Zoë getan hatte. Klug und nett. Sie hat konsequent behauptet, keinen Spiegel oder so etwas Ähnliches finden zu können. Und ich hab ihr das geglaubt!

Sobald ich einmal draußen unterwegs war, hab ich natürlich alle möglichen Spiegel gefunden und eines Tages beschlossen, die Verbände abzunehmen und nachzugucken. Und ich – das ist wirklich komisch, Etta. Das war irgendwie, keine Ahnung. Irgendwie erhebend. Auf der einen Seite war es der schlimmste Anblick meines ganzen Lebens. Aber gleichzeitig hat es sich so angefühlt, als ob all der Müll in mir mit einem Schlag abfällt. Einfach so. Wusch. Verschwunden. Sauber. Etwas, das so aussah wie ich, konnte ja nicht mehr menschlich sein, oder? Deshalb kam ich mir vor, als hätte ich mich in ein ganz neues Wesen verwandelt. Nicht Mensch, nicht Zombie, sondern etwas anderes.

Ich will hier nicht zu aufgeblasen rüberkommen, aber ich hatte immer so ein Jucken, so ein unangenehmes Gefühl, dass ich im falschen Körper stecke. Und das war plötzlich weg. Keine Eitelkeit mehr, kein Hochmut. Und keine Lügen, nie wieder. So viel von dem, worüber wir berichtet haben, so viel vom angeblichen Fortschritt der Menschheit, das war alles ein einziges Lügengebilde. Und plötzlich wusste ich, dass ich nie wieder lügen würde, egal was passiert.

F.

Ja, das stimmt wahrscheinlich. Wenn Sie meinen Namen erraten und mich direkt danach fragen würden, müsste ich Ihnen wohl die Wahrheit sagen.

F.

Absolut, ganz genau. Telefone, Radios, Computer – ich habe irgendwann aufgehört zu versuchen, sie zum Laufen zu bringen. Ich habe aufgehört zu wollen, dass sie funktionieren. Sobald man das alles loslässt, fühlt man sich großartig. Erst dann begreift man wirklich, wie abhängig wir alle waren. Das ganze Zeug, das uns eigentlich miteinander verbinden sollte, das wurde viel zu schnell entwickelt, bevor wir gewusst haben, was wir da eigentlich tun, und es hat uns ruiniert. Nur eine andere Sache hat sich so rasant ausgebreitet. Und zwar welche? Das frage ich Sie.

F.

Zombies. Exakt. Die waren wie 6G, das 5G ersetzt, verstehen Sie? Wir waren selbst dafür verantwortlich. Wir haben eine Technologie erschaffen, ohne die wir nicht mehr leben konnten. Wie dumm war das bitte? Wir haben uns absichtlich in hirntote Körper verwandelt. Unsere Apparate waren die Beatmungsgeräte, die uns am Leben gehalten haben. Dann tauchen die Zombies auf, ziehen den Stecker und – schwupps – vegetieren wir alle nur noch vor uns hin.

F.

Selbstverständlich sind wir jetzt besser dran. Viel besser. Was ich damit sagen will, ist, wir mussten uns erst mal zurückentwickeln, wieder in Höhlen und Hütten hausen und einfach miteinander reden, wie Sie und ich jetzt. Wir mussten uns zurückentwickeln, um zu begreifen, dass wir uns nie wirklich weiterentwickelt hatten.

F.

Das ist einfach. Wenn ich eine Sache erlebt habe, die definitiv in Ihr Archiv gehört, dann die Schlacht zwischen General Spalding und General Coppola. Das war im Jahr vier, glaube ich. Ich war sehr lange in der Gegend um Atlanta, hab mich erholt und gewartet, bis meine Wunden langsam verheilt sind. Ich erinnerte mich noch an einen Beitrag über Vietnam-Veteranen, den ich mal gemacht habe. Einige von denen haben ihre Wunden damals mit Sekundenkleber verschlossen. Das klingt sehr unangenehm, ist es auch, aber ich habe welchen gefunden, und der hat sehr geholfen.

Danach habe ich etwas Zeit im Staatsforst von Talladega verbracht, dann ein Stück außerhalb von Tuscaloosa, dann bin ich östlich von Knoxville dem Tennessee River gefolgt. Eines Nachts hab ich plötzlich viele Geräusche gehört, wie Schüsse, nur leiser, und weil ich wohl ein dummer Kerl bin, hab ich mich genähert und ein Feuerwerk gesehen. Einfach wunderschön. Sie können sich wohl vorstellen, woran ich da alles gedacht habe. Nicht nur an Familie und so. Neujahr und 4. Juli, sondern an unser Land an sich – was ich beim Gedanken an unsere Nation mal empfunden habe. Ich hab mich dem Feuerwerk genähert und festgestellt, dass sich auch die Zombies davon angezogen fühlten. Die haben mich alle nicht gesehen, weil sie in den Himmel gestarrt haben. Auch das war irgendwie sehr schön.

F.

Ich glaube, man würde es wohl immer noch als Farm bezeichnen. Irgendwer hatte da einen beeindruckenden Zaun drum herumgezogen, drei Meter hoch und lückenlos, und die Zombies hatten sich alle an einer Stelle versammelt. Ich hab mich eine Weile zwischen Bäumen versteckt, weil – Etta, ich bin sicher, Sie haben schon eine Menge verrücktes Zeug gehört, aber halten Sie sich fest. Auf dieser Farm gab es keine aufgespießten Köpfe. Es sah eher aus wie eine Miniaturausgabe von Las Vegas. Da gab es nicht nur Feuerwerk, sondern auch überall grelle Leuchtreklame: BIER und GIRLS und CHICKEN WINGS und FOOTBALL. Oben auf dem Zaun waren Leinwände montiert, und da haben sie mit so altertümlichen Projektoren uralte Schmuddelfilme und Autounfälle und sportliche

Highlights gezeigt. Und die Zombies waren völlig fassungslos. Ohne Witz, die standen mit offenem Mund da. Ich hab mich direkt neben sie gestellt, um besser sehen zu können. Nackte Damen, schnelle Autos, Spiele. Das hat mich genauso gefesselt wie die Zombies.

F.

Der Zaun hat sich plötzlich geöffnet! Die Zombies sind reingerannt, ich mittendrin, und plötzlich kamen von überall Netze, wie beim Krabbenfischen. Ich kann Ihnen wirklich nicht sagen, wieso ich da drinnen nicht gebissen worden bin. Sie haben uns alle zusammengepfercht, und ich hab angefangen, um Hilfe zu schreien. Eine Frau hat zurückgeschrien und gefragt, wer ich bin, und ich hab nicht mal nachgedacht, hab ihr einfach meinen Namen genannt, meinen richtigen Namen.

F.

Etta, ich werde es Ihnen nicht sagen.

F.

Weil seitdem fünfzehn Jahre vergangen sind. Diese Person gibt es nicht mehr.

F.

Ja, sie kannte mich. Besser gesagt hat sie meine Stimme wiedererkannt. Gott sei Dank hat sie zuerst meine Stimme gehört, was? Sie hat einen Mann und eine Frau reingeschickt, um mich rauszuzerren, aber sobald die mich gesehen haben, sind sie erstarrt vor Schreck. Ich musste mich selbst rauskämpfen. Ich erspare Ihnen die Geschichte, wie lange es gedauert hat, bis sich alle an mein Gesicht gewöhnt hatten. Und mir erspare ich sie auch. Egal – die Frau, die da das Sagen hatte, nannte sich General Spalding und hielt meine Ankunft für ein göttliches Omen. Sie sagte, der größte

Nachrichtenmoderator aller Zeiten – ihre Worte, nicht meine – sei ihr geschickt worden, und das ausgerechnet am Vorabend der größten Veranstaltung der neuen Epoche. Des Super Bowl.

F.

Wem sagen Sie das? Ich hatte nicht die leiseste Ahnung. Ich hab mir von ihr einen Kapuzenpullover geben lassen, um die Landarbeiter nicht zu erschrecken. So hat sie sie genannt, auch wenn ich nicht glaube, dass die da viel Feldarbeit betrieben haben. Sie hat mich auf ein Pferd gesetzt und ist mit mir aufs Schlachtfeld geritten, wie sie es nannte. Das war eine große, offene, hügelige Fläche etwa eine Meile vor der Farm. Am vorderen Ende war ein Loch so groß wie ein Swimmingpool. Daneben überall Netze wie das, mit dem sie mich auch gefangen hatten, randvoll mit Zombies, fünfzig oder sechzig bestimmt. Die konnten sich noch bewegen, waren aber übel zugerichtet. Sie sollten eindeutig in das Loch wandern, aber gerade waren die Landarbeiter noch dabei, ihnen die roten Halstücher abzunehmen. Spalding war so stolz, ich dachte, die fängt gleich an zu heulen. Sie sagte, Zombies ließen sich überall fangen, das wäre kein Problem, aber rote Halstücher?

F.

Nein, das war nicht alles. Die haben denen auch Arme und Beine ausgerissen. Sie ließen sich ganz leicht ablösen. Das war ziemlich schockierend, bis ich hörte, dass die Landarbeiter Bemerkungen machten wie »UK« und »OE«, und da hab ich mich von meinen Operationen her an die Abkürzungen erinnert – UK für Unterhalb des Knies, OE für Oberhalb des Ellbogens. Das waren Prothesen. Die Zombies haben künstliche Gliedmaßen getragen. Das war also schon mal, na ja, abgefahren. So was hatte ich bis dahin noch nicht gesehen. Spalding hat mich zurück zur Farm gebracht, wo ich noch etwas anderes zum ersten Mal gesehen hab. Die Landarbeiter haben die Zombies trainiert. Ich weiß, das klingt verrückt. Aber vielleicht auch vielversprechend, oder? Als hätte Spalding etwas rausgefunden, was uns allen helfen könnte.

F.

Was glauben Sie denn? Zum Kämpfen. Ein paar ramponierte alte Zombies, wie sie sie auch in das Massengrab geworfen haben, standen an Zaunpfähle genagelt da. Dann brachten die Landarbeiter frischere Zombies dazu, sich durch die älteren zu schlagen, um an einen Eimer mit rohem Fleisch zu kommen. Der reinste Albtraum. Man sollte meinen, das wäre leichter zu ertragen als Zombies, die lebende Menschen zerfleischen, aber nein. Weil wir sie dazu gezwungen haben, das zu tun. Wir haben sie dazu gezwungen, einer sinnlosen Belohnung hinterherzujagen, genauso wie wir vorher alle unsere Leben verschwendet haben, um sinnlosen Belohnungen hinterherzujagen. Alles bloß Eimer voller Fleisch.

F.

Ich habe die Frau General gefragt. Ich habe auf den Eimer gezeigt und gefragt. Sie wollte es mir nicht sagen.

F.

Was hätte ich denn tun können? Das ist jetzt kaum noch vorstellbar, aber damals, im Jahr vier? Da haben die meisten von uns immer noch daran geglaubt, dass irgendwer kommt und uns rettet. Man hatte kaum was zu essen, hat kaum geschlafen, die Hälfte der Leute, die man getroffen hat, ist an irgendwelchen Kleinigkeiten verreckt – ein kleiner Schnitt, und der Zeh entzündet sich, keine Antibiotika, drei Wochen später: Ende. Ich konnte nicht beurteilen, ob General Spalding da etwas Gutes oder etwas Schlechtes tut. Sie hatte Essen, sie hat mir was abgegeben, Thema erledigt.

F.

Die hatten nicht nur einfache Prothesen, die Prothesen waren sogar modifiziert. Statt einer normalen Griffzange aus Metall hatten sie zum Beispiel ein langes scharfes Sensenblatt. Einer hatte Waden mit Spikes. Rüstung, Waffen. Sie wurden ausgestattet wie Panzer. Die, die ins Massengrab wanderten, waren nichts mehr wert, weil sie nicht mehr kämpfen konnten. So einfach.

F.

Da musste ich gar nicht nachfragen. Sie hat damit angegeben. General Spalding hatte eine Schwester, General Coppola. Unterschiedliche Nachnamen, unterschiedliche Mütter. Ich glaube, da hat es schon angefangen mit ihrer Konkurrenz, als sie noch klein waren, nur sind sie nie rausgewachsen. Sie haben ihr Leben lang miteinander gekämpft. Um Spielzeug, beim Sport, um die besseren Noten, um Jungs, um die Zuneigung ihres Vaters. Ihm gehörte einer der größten Prothesenhersteller des Landes. Als er starb, hinterließ er das Unternehmen beiden Töchtern, damit sie zusammenarbeiten mussten. Stattdessen haben sie die Firma aufgeteilt und weiter gekämpft, um Geld, Arbeitskräfte, Patente. Der 23.10. hätte all solchen Fehden ein Ende bereiten sollen. Aber selbst nachdem die Welt uns die größte aller Ausreden bietet, uns endlich zusammenzureißen, tragen wir weiter die alten Kämpfe aus. Vor allem die Reichen. Denn die hatten oft weiterhin die Mittel, andere für sich kämpfen zu lassen. Ich nehme mich da nicht aus. Am nächsten Tag geht die Sonne auf, und ich bin immer noch da, bereit zu tun, was immer General Spalding befiehlt.

F.

Wer weiß, ob es wirklich Sonntag war ... Na ja, Sie vielleicht. Sie haben doch genau Buch geführt? Jedenfalls haben wir uns im Morgengrauen auf dem Schlachtfeld versammelt, aber

General Coppola war bereits da. Da hatte ich schon so ein ungutes Gefühl. Coppolas Soldaten waren in einfacher Reihe aufgestellt, und schon auf die Entfernung war zu sehen, dass deren Prothesen ausgefallener waren als unsere. Große runde Klingen an den Schultern. Messerhände. Brustpanzer, die wie Käsereiben aussahen – man konnte sich richtig gut vorstellen, wie sie Spaldings Soldaten die Finger abschaben würden. Natürlich hatten die drüben alle blaue Halstücher an, und das war auch wichtig. Es gab nämlich Publikum. Das war im Jahr vier. Da ging man nicht vor die Tür, wenn man nicht unbedingt musste. Trotzdem hatten sich da die Leute aus der Nachbarschaft versammelt.

F.

Ich war als Journalist dort. Als Kriegsberichterstatter. Na gut, eher Schulsport-Reporter. Ich hatte eine Videokamera, um die ganze Veranstaltung aufzuzeichnen, eine Tasche mit Reservebatterien und Ersatzbändern, einen Notizblock. Alles für die Katz – es hat geschüttet an dem Morgen. Aber so ist das im Krieg und beim Football, richtig? Das Spiel geht trotzdem weiter. Spalding hatte mir einen Assistenten zugewiesen. Vollkommen lächerlich. Einen Landarbeiter mit gebrochenem Bein. Der konnte wahrscheinlich von Glück sagen, dass er nicht selbst verbuddelt worden war. Und ich glaube, das war ihm auch bewusst. Er hat die ganze Zeit über Kanada geredet. Er hätte gehört, in Kanada sei alles viel besser. Aber er hat es nur ganz leise gesagt, als würde man das dort nicht gerne hören. Trotzdem hab ich es nie vergessen. Ich hab zwar noch sieben Jahre gebraucht, aber jetzt bin ich hier.

F.

Mit viel Trara und Glanz und Gloria natürlich. Spalding hat das Schlachtfeld per Lautsprecher mit den typischen aufputschenden Songs beschallt, »Gettin' Jiggy wit It« und »Whoomp! There It Is« und so. Und es gab Flaggen, rote und blaue. Irgendwer hat sogar eine Taube fliegen lassen, ist das zu glauben? Das war das Startsignal. Und dann – hab ich nicht eine Sekunde Material aufgezeichnet. So schockiert war ich. Da müssen fast hundert Zombies aufeinander losgerannt sein. Es war unwirklich. Die sind da in der Mitte wie bei einer Massenkarambolage ineinandergekracht. Und Zombies zucken ja nicht zurück. Die haben keine Angst davor, sich wehzutun. Das war, als ob man Knetfiguren dabei zuschaut, wie sie sich gegenseitig zerlegen. Und die Generalinnen Spalding und Coppola saßen jeweils in ihrer Sicherheitszone auf einem Stuhl, mit Bierchen und Snacks.

F.

Fünfundvierzig Minuten? Sportreporter würden das wohl als schmachvolle Niederlage bezeichnen. Das rote Team wurde weit zurückgedrängt. Spalding musste sich sogar von ihrem Stuhl erheben. Sie war wie eine Trainerin, die an der Seitenlinie zunehmend ausrastet, mit hochrotem Kopf wie ein wütendes Kind. Hat Befehle gebrüllt und Landarbeiter in den Matsch geschubst. Das Spiel war längst entschieden, aber wenn man Zombies einmal zum Kämpfen gebracht hat, ist es nicht so leicht, sie wieder zum Aufhören zu bewegen. Man hatte ihnen schließlich Fleisch versprochen, oder nicht? Bald waren die Landarbeiter auf beiden Seiten dabei, die Zombies auseinanderzuziehen, und da fiel mir auf, dass sich der Boden unter unseren Füßen bewegt.

F.

Gut geraten. Meine alten Kollegen aus der Meteorologie würden Ihnen bestätigen, dass es in Tennessee tatsächlich eine Verwerfungslinie gibt. Trotzdem war das kein Erdbeben. Der Regen, ich sag Ihnen, es hat unglaublich geschüttet. Das Schlachtfeld war ein Sumpf. Und all die alten Zombies, die angeblich nicht mehr kämpfen konnten, waren nicht tief genug begraben worden.

F.

Wie auf einem Acker. Aber statt Mais kamen da Hände aus dem Boden geschossen und haben nach Fußgelenken geschnappt. Dann kamen Gesichter aus der Erde, die Münder voll Matsch. Der Boden ist eingebrochen, und alle sind reingefallen – die Landarbeiter, Spalding und Coppola auch. Wieder flogen überall Blut und Gedärme durch die Luft, nur diesmal heller, weil da jetzt lebende Menschen zerstückelt wurden. Ich dachte zuerst, dass es Spalding rausschafft, aber ihre eigenen Soldaten haben sie gepackt. Irgendwie hat der Anblick der alten Zombies die neueren daran erinnert, was sie eigentlich sind. Das ganze Training war umsonst. Es hat ausgesehen, als würden sie Rache nehmen. Man kann Menschen nicht so gewissenlos in den Tod schicken. Selbst dann nicht, wenn sie schon tot sind.

F.

Nein, wir standen ein Stück abseits, sollten die ganze Sache ja aufzeichnen. Das tue ich wohl jetzt erst, sieben Jahre später. Wie gesagt, mein Assistent hatte ein gebrochenes Bein. Er hat es nicht geschafft. Nur einem Zombie ist es fast gelungen, mich zu erwischen. Ich werde sie nie vergessen. Die war was Besonderes. Eine von General Coppolas Supersoldaten. Sie kennen doch diese sichelförmigen Prothesen für beinamputierte Sprinter? Solche hatte sie am Knie. Brandneu, aus extrem leichter Kohlefaser, sahen aus, als würden sie noch hundert Jahre halten. Mit denen war sie schneller als alle anderen. Und an ihren Handgelenken waren so kleine Axtblätter befestigt, sie musste einen also nicht mal berühren, um einen trotzdem zu erwischen. Und sie hatte mich fast erwischt, dann aber plötzlich gezögert. Das kann doch nur an meinem Gesicht gelegen haben, oder? Und das Absurdeste ist: Ich kannte diesen Zombie sogar. Sie war diejenige, die vier Jahre zuvor mein Gesicht aufgeschlitzt hatte! Wie zur Hölle war sie dahin gekommen? Ich weiß, dass sie es war, denn sie hatte immer noch ihr altes zerknittertes Namensschildchen an der Brust kleben. Annie Teller stand da drauf, und darunter La Brea Tar Pits. Wirklich seltsam. Egal, ich bin ihr entkommen und – geht es Ihnen gut? Etta? Alles in Ordnung? Sind wir durch? Sollen wir eine Pause machen?

EINE SCHAUFEL ERDE

Fragte man die Bewohner von Old Muddy, wer ihrer Meinung nach die zwei gegensätzlichsten Personen vor Ort waren, würden sie, da war sich das Gesicht ziemlich sicher, wahrscheinlich die feurige Rächerin Greer Morgan und den gefassten, besonnenen Organisator Karl Nishimura nennen. Seiner Meinung nach stellten die beiden allerdings zwei Seiten derselben Medaille dar. Beide waren Anführer, beide wussten die Menschen zu inspirieren, beide waren willens, Risiken einzugehen und die Konsequenzen zu tragen. Das Gesicht hielt *sich selbst* für Greers absoluten Gegenpol. Wo sie aus den Sturmböen eines Hurrikans bestand, war er der Ontariosee an einem klaren Morgen – still und reglos.

Selbst in seinen dunkelsten Stunden, wie etwa der Zeit, die er bei General Spalding außerhalb von Knoxville gewesen war, hatte er in seinem Körper eine tiefe, fast zähflüssige Ruhe gespürt. Früher war er gewesen wie alle anderen. Verzweiflung, Wut, Scham, Sehnsucht, Selbstzweifel, all das war wie Regen in seinem Kopf gewesen und hatte ihm die Sinne vernebelt. Aus seinem zerstörten Gesicht drang nur noch die Wahrheit, und die tiefste Wahrheit war, dass ihm persönlich das Schlimmste schon *vor* dem 23.10. passiert war. Er war ein nutzloser Mensch gewesen.

Seine innere Ruhe verlieh ihm eine hervorragende Beobachtungsgabe – die Eitelkeit, das festzustellen, erlaubte er sich dann doch. Auch auf dieser Bergungsmission war er es gewesen, der den weiblichen Softie entdeckt hatte. Normalerweise fiel ihm so etwas als Erstem auf. Ihre schwachen Zuckungen hatten das hohe Gras bewegt, das wiederum eine rostige Suppendose anstupste – mehr als genug.

Außerdem war er sicher, dass er als Einziger bemerkt hatte, wie Greer sich die Queen Street hinunter davongemacht hatte. Auch die Reaktionen der anderen, sobald sie es bemerkten, konnte er voraussehen: Niedergeschlagenheit, Verärgerung, Kummer, Wut. Er spürte all diese Emotionen ebenfalls. Vor allem aber spürte er *durch* sie hindurch, was Greer empfinden musste. Weil Greer sein absoluter Gegenpol war, genoss sie seinen allerhöchsten Respekt. In einer Welt der Toten war sie lebendiger als alle anderen. Wollte die Menschheit überleben, brauchte es mehr Leute wie sie.

Warum sie sich abgesetzt hatte, war unschwer zu erraten. Sie suchte nach Muse King. Er war verschwunden, kurz nachdem Richard angekommen war, und Richard hatte alles derart auf den Kopf gestellt, dass außer Greer niemand Zeit dafür erübrigen konnte, einen Typen zu finden, der mittlerweile garantiert Zombiefutter oder gar selbst einer geworden war. Nur ganz am Anfang hatte jemand Greer geholfen, die Gegend bis nach Cabbagetown abzusuchen. Natürlich hatten sie Slowtown dabei ausgelassen. Nach Slowtown wagte man sich nur für Bergungsmissionen. Nie würde das Gesicht Nishimuras Ansprache vergessen, gehalten am majestätischsten Ort des Forts – der alten Gouverneurs-Batterie, meist einfach nur Rotunde genannt –, in der er das Resultat der jüngsten Abstimmung gefeiert hatte.

All die Straßen draußen gehören euch, hatte er gesagt, *mit Ausnahme von Slowtown.*

Jubel, Tränen, Umarmungen, Küsse. Für einen Mann wie das Gesicht, ganz der Ehrlichkeit verschrieben, fühlte es sich gut an, solch ehrliche Gefühle auch in anderen zu sehen. Ein Problem war aufgetreten, und nun wurden Maßnahmen ergriffen, um es zu beheben. Slowtown war ein umstrittener Ort. Warum die Zombies nicht einfach nach Summerhill oder Wychwood treiben? Weil es, so hatte Nishimura erklärt, nicht nur wichtig war, die Zombies ihre letzten paar Lebensjahre in Frieden verbringen zu lassen, sondern genauso wichtig, ihnen die Wahl ihrer letzten Ruhestätte zu überlassen. Wie könnten wir sonst von ihnen erwarten, dass sie auch dort bleiben?

Das war vor drei Jahren gewesen. Jetzt war Muse King fort, und Greer Morgan tat, was sie tun musste. Das Gesicht war deshalb weder niedergeschlagen noch verärgert noch bekümmert noch wütend. Er wünschte ihr alles Gute. Er wünschte allen alles Gute, von Karl Nishimura über Etta Hoffmann bis hin zu jedem einzelnen schlurfenden Bewohner von Slowtown.

Wahrscheinlich war Greer zu Frau Häuptling unterwegs; schmeichelte man ihr genug, ließ die Matriarchin von Slowtown immer mal wieder interessante Informationsfetzen fallen. In nicht allzu ferner Zukunft, wenn ein entscheidender Teil von Frau Häuptling endgültig verrottete, würde sie auf den Bürgersteig purzeln, ein weiterer Softie, der geborgen werden musste. Nishimura und viele andere klangen stets bedrückt, wenn sie darüber sprachen, aber das Gesicht war überzeugt, es würde sich bald eine neue Frau Häuptling finden, vielleicht sogar zwei. Und zu diesen beiden würden sich weitere gesellen, vier, sechs – langsam, aber sicher würden alle Zombies von Slowtown mutig genug werden, um aus ihren Häusern zu kommen, endlich überzeugt davon, dass diese Gegend für alle Zeit ihre Heimat sein durfte. In seinen schönsten Träumen sah die Queen Street wieder aus wie das freundliche, belebte Viertel aus der Zeit vor dem 23.10. Solange man sich nicht zu sehr näherte, würde einem nichts Ungewöhnliches auffallen.

Natürlich zogen sie ihn mit seinem Optimismus auf; immerhin lenkte er sie vom grässlichen Anblick seines Gesichts ab. Dabei fand er sich nicht optimistisch, bloß realistisch. Ein bezeichnendes Beispiel: Slowtown wurde sauberer. Die heutige Softie hatte er dank einer rostigen Dose in einer Seitenstraße gefunden. Erinnerte sich denn niemand mehr daran, wie zugemüllt die Rinnsteine der Queen Street gewesen waren? Mit Dosen? Und Besteck? Und Kochplatten und Pümpel und Gardinenröllchen und Tastaturen? Es gab in Old Muddy niemand, der freiwillig die Straßen kehrte.

Die Zombies selbst hatten hier aufgeräumt.

Slowtown würde nie wieder hübsch sein. Die Gebäude verrotteten zusammen mit ihren Bewohnern, hier gab es eine Menge

Hölzis, Abstauber und Krächzer. Aber genau deshalb deponierten die Zombies seiner Meinung nach immer wieder Dinge an offensichtlichen Stellen, ungeöffnete Batteriepackungen zum Beispiel. Sie räumten auf. Das Gesicht hörte ein leises Klimpern und sah die verrostete Kette einer Fußfessel, als sie die Softie auf die Bahre hoben. Außer ihm schien es nur Etta Hoffmann zu bemerken. Ja, die Toten hatten jeden Grund, die Lebenden zu fürchten.

Niemand im heutigen Bergungstrupp schien froh über Hoffmanns Anwesenheit zu sein. Selbst Charlie Rutkowski wirkte etwas überfordert damit, gleichzeitig ihre Pflichten zu erfüllen und auf die Bibliothekarin aufzupassen. Das Gesicht sah das anders. Er mochte Hoffmann. Wie sie offen sein Gesicht betrachtete, ohne sich Sorgen zu machen, es könnte aufdringlich wirken. Sie war beinahe so ehrlich wie er.

Er verbrachte den Großteil seiner Freizeit in ihrer Nähe. Er hielt große Stücke auf die Neue Bibliothek. Eine seiner ungeheuerlichsten Schwächen als Reporter war sein Desinteresse für Geschichte gewesen. Jetzt, im Alter von fünfzig Jahren, schien sich in ihm ein Schalter umgelegt zu haben, genau wie bei seinem Vater und seinem Großvater. Plötzlich wollte er nichts lieber tun, als Bücher über Frederick Douglass, Margaret Thatcher und JFK zu lesen. In der Neuen Bibliothek wurde er zu allen Themen fündig.

So große Freude es dem Gesicht auch bereitete zu erfahren, wer Nat Turner gewesen war, worum zum Teufel es bei Watergate gegangen war und wann genau der Koreakrieg stattgefunden hatte, war es am Ende Hoffmanns Archiv, das ihn am meisten anzog. Es war beeindruckend. Das Zweite Mittelalter war eine Periode gewaltiger Entfremdung gewesen. Alle Menschen, die man kannte – weg. Die Möglichkeit, neue Leute kennenzulernen – weg. Die Stimmen im Kopf wurden zum einzigen Begleiter, Schizophrenie zum Rettungsboot.

Hoffmanns Archiv der Erzählungen aus der Neuen Welt konnte einem die verlorenen Jahre zurückgeben. Hoffmanns seltsame Angewohnheit, ihre eigenen Fragen auszusparen, stellte sich als genialer Schachzug heraus, da die Aufzeichnung so allein aus der Stimme des jeweiligen Überlebenden bestand. Wann immer das Gesicht im Archiv las, wuchsen die Stimmen rings um ihn aus dem Boden wie Geister, befreit aus ihren geschändeten Gräbern. Er spürte ihre Hände in seinen, als sie ihn mit sich emporhoben, all ihre großen Wünsche und kleinen Erfolge mit ihm teilten.

Spätestens ab dem sogenannten Beschissenen Sechsten Jahr war jeder Eintrag wie eine Schaufel Erde, die ein weiteres Loch in der Menschheitsgeschichte auffüllte. Als Etta Hoffmann in Fort York eingetroffen war, hatten dessen Bewohner ihre Persönlichen Geschichten beigesteuert und Löcher so groß wie General Spaldings Zombie-Massengrab gefüllt. Das Gesicht erfuhr, dass sich auch Elefanten und Delfine dem Club derjenigen Kreaturen, denen man besser nicht vertraute, angeschlossen hatten, obwohl es am Ende vor allem Ratten und Hunde waren, die die Menschheit zwangen, ihre Welt endgültig und unwiederbringlich an die Zombies abzutreten.

Beginnend mit dem Jahr sieben fingen selbst die armseligen Behausungen, die mit heißem stinkenden Teer nagetiersicher gemacht worden waren, in ganz Amerika wie Pestbeulen zu eitern an, während sich das Land ansonsten mit atemberaubender Geschwindigkeit verschönerte. Gemeinsam mit den Menschen verschwanden auch industrieller Raubbau, ungehemmte Erschließung neuer Wohngebiete, kaltherzige Landnahme, die unersättliche Fleischproduktion und gleichgültige Verschmutzung. Nichts wurde mehr gebaut, was einen Baum überragt hätte. Nichts mehr erschaffen, was schneller als ein Pferd gewesen wäre. Nichts mehr hochgezogen, um ein Stück Land von einem anderen zu trennen, keine Bordsteine, keine Straßen, keine Tore, keine Zäune, keine Mauern. Die Wildnis, die man ein halbes Jahrtausend lang gefoltert hatte, sah ihre Chance und nutzte sie.

Wie allen anderen waren auch dem Gesicht nur flüchtige Ausschnitte dieser Entwicklung vergönnt gewesen, aber Junge, Junge, was für welche.

Die Pflanzen brachen aus wie Vulkane, überzogen die Landschaft mit vielfarbiger Lava, verfolgten das Gesicht durch alte Kohlereviere, in denen die Kohle jetzt wieder an dem Ort ihrer Geburt liegen bleiben durfte. Dutzende unterschiedliche Grüntöne – Farn, Kriechwacholder, Salbei, Gurke, Pinie, Hanf – überzogen das Land, verschlangen die Rasenflächen zwischen Gewerbegebieten und auf Golfplätzen, bohrten sich durch die Lücken in Bürgersteigen und Straßen, erblühten zu dichten, raschelnden Pelzen auf.

Beerensträucher explodierten förmlich. Sonnenblumen bildeten fröhliche Armeen. Ranken und Efeu rissen nieder, was sie niederreißen konnten, und verbargen alles andere: Verkehrszeichen, Ampeln, ganze Straßenzüge. Lilien und Tulpen und Narzissen in ungeahnten Farben verwandelten das Land in die Palette eines Malers und erinnerten das Gesicht daran, dass er schon als Kind gedacht hatte, die tatsächlichen Blüten seien viel schöner als das, was am Ende auf der Leinwand zu sehen war. Moos breitete sich aus wie Waldbrand, was im Übrigen auch für echte Waldbrände galt, die nicht länger eingedämmt werden konnten. Er war an ganzen Städten vorbeigekommen – Roanoke, Cincinnati –, die von Feuern vollständig vernichtet worden waren. Was brennen musste, brannte, und was nachwuchs, wimmelte von Fruchtbarkeit.

Tiere wurden nicht länger überjagt oder in Pferche gesperrt oder zu hilflosen, unförmigen Kunstwesen überzüchtet – sie huschten und flitzten und glitten durch das wiedergewonnene Paradies, das ihre urwüchsigen Gehirne auch als solches zu erkennen schienen. Immer wieder sah das Gesicht sie voller Elan über Highways und andere Freiflächen hinwegziehen; große Wolfsrudel, ausgedehnt über eine halbe Meile, Ansammlungen von Spinnen wie Teppiche aus Stahlwolle, Schlangen in solcher Zahl, dass sich der Boden wie ein Meer zu kräuseln schien. Im Archiv kündeten Geschichten von epischen Schlachten um die Vorherrschaft – in den Everglades beispielsweise kämpften sechs Meter lange Krokodile gegen zehn Meter lange Pythons – und vom raschen Wiedererstarken anderer Tiere wie der Rocky-Mountain-Heuschrecke, die jetzt die Ackerflächen ganzer Bundesstaaten verschlang, obwohl sie noch vor anderthalb Jahrzehnten beinahe ausgestorben war. Spätestens ab dem Jahr zehn wurden immer öfter neue Varianten, wenn nicht gar vollkommen neue Spezies gemeldet. Blonde Bären, Adler mit blauem Gefieder, scharlachrote Frösche, Präriehunde mit Stirnwölbungen, die fast wie kleine Hörner aussahen.

Wie oft hatte das jemand während eines Interviews fürs Archiv gesagt? Wie oft hatte das Gesicht selbst diesen Gedanken gehegt? *Eden ist zurückgekehrt.* Und genau zur rechten Zeit, da Mann und Frau soeben verstoßen worden waren. Während Nordamerika zu einem wundersamen Garten erblühte, konnten die Lebenden nicht mehr tun, als hin und wieder von den schmuddeligen Donnerbalken vor ihren armseligen kleinen Hütten aus einen Blick auf die unerreichbare Fülle zu erhaschen. So groß ihre Sehnsucht danach auch sein mochte, noch beschützten die Zombie-Wächter die Natur, indem sie die Menschen geduldig belagerten, sich an all den Orten versammelten, wo sie lebende Bewohner spürten, mit den Kiefern mahlten und ihre verrottenden Innereien nach und nach wie Speichelfäden absonderten.

Die Einsamkeit wurde scharf wie eine Messerklinge. Das Gesicht verbrachte ganze achtzehn Monate, ohne einen anderen lebenden Menschen zu sehen. Manche im Fort behaupteten, sie hätten drei oder vier Jahre ohne jeden Kontakt zugebracht. Es war die schlimmste Zeit überhaupt. Das Gesicht fühlte sich wie Ungeziefer. Kroch auf dem Boden umher und suchte nach essbaren Pflanzen, von denen er die Hälfte wieder auswürgte. Er hauste in einer Reihe erbärmlicher Unterstände, zu schwach, um die Fliegen zu verscheuchen, die von seinen Exkrementen angelockt wurden. Gemartert vom Anblick des ausufernden, unberührbaren Paradieses, immer nah genug, um das Salz von den Schnauzen der Wildtiere und den Blütenstaub in der Luft zu schmecken. Es war kein menschliches Dasein mehr, aber vielleicht war genau das der Sinn dahinter. Vielleicht mussten die Menschen eine Zeit lang wie Maden leben, um sich daran zu erinnern, wie sich die Vertreibung angefühlt hatte.

Das Archiv bestätigte seinen Eindruck, dass sich die Menschheit ab dem Jahr elf ganz langsam und vorsichtig wieder aus der Deckung gewagt hatte. Es passierte überall und überall gleichzeitig, als hätten sie kollektiv das Ende eines großen Regens gerochen. Damals, in den letzten Tagen von WWN, waren die Zombies unendlich in der Überzahl gewesen. Nun hatten sich die Verhältnisse geändert. Da die Weltbevölkerung derart dezimiert war und mittlerweile alle Verstorbenen sorgsam eingeäschert wurden, erhielt die untote Bevölkerung kaum noch Nachschub. Die Zombies alterten. *Knick-knack* wurde zu einem vertrauten Geräusch. Wer noch nach einem schnappte, tat es ohne große Kraft. Sie erinnerten jetzt eher an Obdachlose, die um Hilfe baten. Immer öfter sah man sie zusammengebrochen daliegen. Wie alles andere hatten auch Leichen eine gewisse Lebensdauer, die sich nun ihrem Ende zuneigte.

Und alles nur, weil die Menschen endlich taten, was sie seit zwei Millionen Jahren nicht getan hatten – still sitzen und nichts kaputt machen.

Selbst vor dem 23.10. war Kanada ein Sehnsuchtsort für viele US-Amerikaner gewesen, die sich ein Land wünschten, in dem Waffen nicht wie Süßigkeiten verteilt wurden und eine Krankheit nicht sofort die Privatinsolvenz bedeutete. Chuck Corso war ein Patriot mit Flagge als Anstecknadel gewesen, hatte die Nationalhymne lauter gebrüllt als der Nebenmann und war bei WWN immer der Erste gewesen, der sich für Veranstaltungen am Veterans Day angemeldet hatte. Dem Gesicht hingegen fiel auf, dass alle US-Flaggen jetzt dreckig und zerschlissen waren. Das Jahr elf war das Jahr, um endlich dem Gerücht auf den Grund zu gehen, das er auf General Spaldings Farm aufgeschnappt hatte.

Er durchquerte Pennsylvania und das östliche New York und erreichte die Grenze nahe der Niagarafälle. Die Wasserkraftwerke waren verschwunden, die Stromschnellen brausten wie befreite Götter. Sie ließen ihn großmütig passieren. Willkommen in Kanada.

Er hörte Ächzen von den Kollegen, die die Bahre anhoben, aber nur leise – Softies wogen nicht mehr allzu viel. Diese hier schien ostasiatischer Abkunft zu sein. Die drei Zombies zu seiner Linken, noch immer mit Pferdefleisch beschäftigt, waren einmal ein Schwarzer, ein weißes Mädchen und eine Pazifikinsulanerin gewesen.

In Old Muddy herrschte eine ähnliche Diversität. Zuerst hatte ihn das erschreckt; nun wäre ihm alles andere wie ein Fehlen lebenswichtiger Nährstoffe vorgekommen. Es gab Greise, Leute mittleren Alters, Kinder. Es gab Frauen, Männer, Nichtbinäre, Genderfluide, Intersexuelle, Transsexuelle. Es gab Lesben, Schwule, Heteros, Bisexuelle, Pansexuelle, Asexuelle, Allosexuelle, Aromantische, Polyamore. Es gab Neurotypische und Neurodiverse. Es gab Muslime, Christen, Hindus, Buddhisten, Juden, Sikhs, Daoisten, Wicca, Neuheiden, außerdem eine Menge Agnostiker, noch mehr Atheisten und eine einzige Dragqueen, die unter dem Namen »Madame Nida Gang« firmierte. Es gab Leute, die physisch, intellektuell, psychisch und/oder neurologisch behindert oder beeinträchtigt waren. War all das reiner Zufall? War es Notwendigkeit? Nishimura hatte dem Gesicht einmal verraten, er frage sich, ob es sie nicht genau deswegen alle hierhergezogen hatte. Immerhin hatte Toronto als multikulturellste Stadt des Planeten gegolten. Eine neue Welt konnte nicht aussehen wie die alte Welt.

Und deshalb würde das unpolitische Gesicht morgen auch für Nishimura stimmen, nicht für Richard. Sie konnten sich keine Rückschritte erlauben, und seien sie noch so winzig.

Nishimura hatte das eine Ende der Bahre ergriffen, Charlie das andere. Das Gesicht reckte die schartigen Überreste seines Kinns vor, um seine Hilfe anzubieten, aber Charlie schüttelte den Kopf. Er schlenderte trotzdem zu ihnen hinüber. Sie wussten es noch nicht, aber in ein paar Sekunden würden sie die Bahre wieder absetzen. Ihnen würde aufgehen, dass Greer verschwunden war. Sie würden den Drang verspüren, sie suchen zu gehen, aber es gab kein heiligeres Gebot, als sich nur so kurz wie irgend möglich in Slowtown aufzuhalten. Der neue Garten Eden eröffnete sich ihnen langsam, und das war schön, aber in der Sonntagsschule hatte er gelernt, dass es da diese Äpfel gab, die man nicht pflücken sollte.

All die Straßen draußen gehören euch, mit Ausnahme von Slowtown.

Er sah zu, wie der Bergungstrupp über das Geröll und die Scherben in der Seitenstraße stieg. Nishimura ging rückwärts, Hoffmann hielt ihren unergründlichen Blick auf die Teilnehmer des Pferdefleisch-Gelages zu beiden Seiten gerichtet. Es gab einen Schreckmoment, als Nishimura mit der rechten Sohle am Bordstein abrutschte. Die Bahre wurde durchgeschüttelt. Fessel und Kette zerrten am Fußgelenk der Softie und rissen ihr zwei Zehen ab, die im Rinnstein landeten. Anstatt die Bahre kippen zu sehen, hatte das Gesicht das Gefühl, die Achsneigung der Welt selbst verlagere sich, während sich eine zweite Welt als Gegengewicht anschickte, die Bewegung auszugleichen. So viel Hoffnung und Gefahr in der Spanne einer einzigen Sekunde. Er konnte es kaum ertragen.

JUHUU, TOAST!

Auch Frau Häuptling trug eine Fußfessel. Die Kette baumelte übers Kioskdach, Rost blätterte ab.

Ihr Gesicht war hartes, gelbbraunes Leder, durchzogen von schwarzen Bruchlinien der Verwesung. Sie war schon vor dem Tod alt gewesen, erkennbar am krausen grauen Haar, das zu langen ausgefransten Zöpfen geflochten war; an ihren mürrisch eingefallenen Wangen; am faltigen Hals; am durchsackenden Baldachin ihrer Oberlippe über einem halben Gebiss. Jene, die noch länger im Fort lebten als Nishimura, schätzten, dass sie seit dreizehn Jahren tot sein musste, was sie zu einem Wunder machte – sie war der älteste bekannte Zombie. Die Leute erfanden Geschichten über sie, die sich anhörten wie die Gründungsmythen einer neuen Kultur. Kinder malten Bilder, auf denen sie von gleißendem Licht umgeben war oder flog oder sogar lächelte sowie eine ganze Reihe anderer Dinge tat, zu denen sie nicht fähig war.

Greer hielt die Wahrheit für weitaus einfacher: Frau Häuptling war eine der ersten Verfechterinnen des *Sitzens* gewesen und hatte so vermieden, zu einer Softie zu werden, während ringsum jene Zombies zusammenbrachen, die ständig in Bewegung gewesen waren. Der umgekippte Zeitungskiosk, den sie zu ihrem Sitz erwählt hatte, war nach all den Jahren von ihren verflüssigten Innereien schwarz gefärbt. Ähnliche Flecken hatten sich auch unter ihren Ohren, ihrer Nase und ihrem Mund gebildet, fast wie Kriegsbemalung. Greer brachte nur wenigen Wesen, egal ob lebendig oder tot, Respekt entgegen – Frau Häuptling war eine dieser Ausnahmen.

»Dann wollen wir mal«, sagte Greer leise. »Schritt eins.«

Obwohl sie nicht geplant hatte, mit Frau Häuptling zu reden, hatte sie genau für solche Anlässe immer ein paar dekorative Knöpfe oder Anstecknadeln in ihrem Rucksack. Sie verstaute den Bogen auf dem Rücken und zückte einen schwarzen Button mit weißer Schrift: *WIDERSTAND*. Er war nicht bunt, das war ein Minuspunkt, also drehte sie ihn so, dass er das Licht der Abendsonne einfing. Die Augen von Frau Häuptling, mattsilber durch fortgeschrittene Verwesung, waren so ausdruckslos wie die aller Zombies, aber sie hob die teigigen Lider und öffnete den Mund weit genug, um einen Faden grauen Speichels abzuseilen.

Greer drehte den Button um und zeigte ihr die rostige Sicherheitsnadel. Frau Häuptling schaute interessiert zu. Jetzt folgte der gefährliche Teil; selbst altersschwache Zombies konnten einem wehtun, wenn man sich blöd anstellte. Manche Leute rammten Frau Häuptling ihre Anstecker einfach in die Haut, was sie nicht zu stören schien, aber Greer wollte jede Aufregung vermeiden. Sie achtete darauf, keine der flüssig verklebten Stellen zu berühren, griff vorsichtig nach Frau Häuptlings braunem Wollmantel, brachte den Button an, zog die Hand zurück und atmete hörbar aus. Das war geschafft.

Niemand wusste noch, wer es herausgefunden hatte, aber Frau Häuptling liebte helle Plastikknöpfe und schicke lackierte Anstecknadeln. Wie eine unsterbliche Korsage erfüllten sie fast jeden Zentimeter ihres Mantels. Die transportierten eine bestimmte Botschaft – sie waren hier immerhin auf der Queen Street in Toronto. *GLEICHE RECHTE FÜR TRANS-PERSONEN*, golden glitzernd. *FÜR IMMER FEMINISTISCH*, mattpink. *GRÜN BLEIBEN*, über einem Recycling-Symbol. *LIEBE IST GLEICHHEIT*, zwei lachende Wölkchen, verbunden durch einen Regenbogen. *SEAWORLD IST IMMER NOCH KACKE*, blau und fischglasförmig. Greer wusste nicht recht, was sie mit *JUHUU, TOAST!* anfangen sollte, dafür war der Button goldgelb wie zerlassene Butter. All die schillernden Farben, die Frau Häuptling so gernhatte.

»Alles klar.« Greer holte tief Luft. »Schritt zwei.«

Aus der Gesäßtasche zog sie eine verwelkte Seite aus einem Magazin und faltete sie auf. Vor vielen Jahren waren Muse und sie auf dem Weg durch Cleveland auf die *Rock and Roll Hall of Fame* gestoßen, Opfer eines eigenwilligen Feuers, das die Glaspyramide des Gebäudes in zwei Hälften geteilt hatte. Die Exponate im Ausstellungsraum auf der Vorderseite waren alle zu Asche verbrannt, die Büros und das Archiv jedoch intakt geblieben. Längst waren sämtliche nützlichen Dinge geplündert worden, dafür hatten Hunderte graue Pappschachteln überlebt, und während Greer mit dem Bogen die nahenden Zombies im Auge behielt, nahm Muse die Deckel ab und krallte sich alte Zeitschriften. Ein Magazin nahm er nur mit, um Greer zu amüsieren: eine Ausgabe von *Living Blues* mit einem Profil von »King Kong«, dem neuen Helden aus New Orleans. Allzu lange überlebte dieses Magazin nicht – in Ohio war es bitterkalt, und nichts war zu wertvoll, wenn man dringend ein Feuer entfachen musste. Das ganzseitige Foto von Muse aber hatte sie gerettet, und nichts als eine dünne Stoffschicht trennte sie je davon.

Sie hielt es hoch und zeigte es Frau Häuptling. Die alte Zombie-Dame war noch immer fasziniert von ihrem neuen *WIDERSTAND*-Button, bemerkte aber schließlich die Seite und schloss ihre knorrigen Finger darum. Greer biss sich auf die Lippe, als die vorstehenden Fingerknochen Löcher in Muse rissen. Sie spürte jeden Stich, als wäre es Muse selbst, der sie ein letztes Mal berührte: Lippen, Hals, Brüste, Muschi.

»Das ist Muse«, sagte sie und kam sich reichlich doof vor.

Frau Häuptling hob die Brauen.

»Schöner Mann, oder?«

Die Seite knisterte im zunehmend stärkeren Griff. Greer erspähte einen kleinen Riss am unteren Rand der Seite und flehte lautlos, sie möge intakt bleiben.

»Ich hab ihn gefragt, was ein Rock-and-Roll-Museum mit so viel Blues-Mist will, und er war ganz eingeschnappt und hat mir erklärt, dass es da eine Menge Blues-Leute reingeschafft haben. Buddy Guy, Muddy Waters, Lead Belly – und noch ein paar andere Typen mit blöden Namen, die fallen mir aber nicht mehr ein.«

Frau Häuptling zog die Seite näher an sich heran, hielt sie wenige Zentimeter vor ihre schleimigen Augen und die Geschwüre der Lippen, die pflaumenfarbene Schlacke absonderten. Der Riss in der Seite fuhr durch Muse' Körper wie Papas Waidmesser durch die Bauchdecke eines Rehs. Greer hörte sich leise wimmern und legte rasch eine Hand vor den Mund.

»Ich hab da so Gerüchte gehört, okay? Irgendwer hat gesagt, er hätte hier draußen Apfelschalen gesehen. Und Erdbeerstiele. Ein Typ hat gewitzelt, er hätte einen Scheißhaufen gesehen, der auf jeden Fall menschlichen Ursprungs war. Und Reste von Feuerstellen. Kleine verbrannte Kreise. Muse hat immer Feuer mit Stahlwolle und einer 9-Volt-Batterie gemacht. Die haben genau solche Kreise hinterlassen.«

Frau Häuptling drückte ihr Gesicht gegen das Foto. Ihre eingesunkene Wirbelsäule wölbte sich kurzzeitig, als sie an dem Papier roch. Ihr Kettenhemd aus Buttons klimperte, ihre Fußfessel kratzte über den Kiosk. Ihre verrottete Nase verfing sich im Papier und erweiterte den Riss schnell bis hinauf zu Muse' Kinn. Greer hielt den Atem an. Frau Häuptling hatte ihm das Messer an die Kehle gesetzt. Ihr *WIDERSTAND*-Button war eine unzureichende Opfergabe gewesen, verdammt noch mal, sie hatte es ja gleich gewusst, aber fuck, wenn sie betteln müsste, würde sie auch das tun.

»Bitte, Frau Häuptling, bitte. Er heißt Muse. Er sieht genau so aus wie auf dem Papier hier. Hast du ihn gesehen?«

Greer zeigte mit dem Finger: auf die Seite, die Queen Street hinunter, auf ihr Herz.

»Muse. Ich brauche ihn. Kannst du mir helfen? Bitte?«

Die Seite, die Straße, ihr Herz.

»Bitte!«

Frau Häuptling hob die Nase und zerteilte das Foto mit einem nassen Schnurren. Greer keuchte. Eine gehobene Nase bedeutete einen gehobenen Kopf, und die Perlenaugen der Zombie-Dame, eine herausfordernde Leere, starrten jetzt in ihre. Frau Häuptling ballte die Fäuste, und Muse verschwand darin, beide Hälften zermalmt, genau wie Greer befürchtet hatte – Muse war fünfzehn Jahre lang zwei Personen gewesen, Pazifist und Kämpfer, keiner von beiden mit der anderen Hälfte zufrieden, beide in einen ewigen Kampf um die Herrschaft über King Kong verstrickt. Jetzt waren beide erledigt.

Eine Veränderung durchlief das Gesicht von Frau Häuptling. Normalerweise zeigten Zombies höchstens Überraschung oder Verärgerung. Andere Emotionen wurden meist auf die Impulse abtrünniger Nerven geschoben, die sich in den verwesenden Gehirnen verselbstständigten. Auch jetzt war es nur ein einziges Zucken, dessen Position Greer allerdings staunen ließ; ein kurzes Wackeln der Furchen um ihre Mundwinkel. Es sah aus, als müsse Frau Häuptling ein Grinsen unterdrücken. *Du dummes Ding.*

Träge verdrehte Frau Häuptling die Augen. Hätte Greer ernsthaft Hilfe erwartet, was wahrlich nicht der Fall war, hätte sie mit einer Geste nach Osten oder Westen die Queen Street hinunter gerechnet, vielleicht auch nach Norden zur nächsten Durchgangsstraße. Frau Häuptling aber schaute hinter sich auf den Donut-Shop. Greer betrachtete die beiden Wohnetagen darüber, dann spähte sie ins Dämmerlicht des ausgeschlachteten Ladens.

Das verdrehte Metallgeflecht der abgehängten Decke ragte wie winterliche Zweige in den Verkaufsraum. Die Deckenplatten aus Mineralwolle waren längst herabgefallen, durch hereingewehtes Regenwasser zu schmutzigen Haufen aufgedunsen und dann zu künstlichen Wespennestern verkrustet. An den Wänden waren noch Reste der pastellfarbenen Tapete zu sehen, die wie Zombiefleisch in Fetzen hing. Die amputierten Gliedmaßen mehrerer Tische und Stühle waren vor einer Vitrine aufgestapelt, deren Glasscheibe fehlte, und über einem zerstörten Getränkekühlschrank hing eine Kreidetafel mit dem Tagesmenü, das zu einem kosmischen Nebel verwischt war.

Greer duckte sich, um besser hineinsehen zu können. Hinter dem ausgeschlachteten Wasserspender, hinter der Toilette, aus deren Tür zertrümmerte Fliesen quollen, gab es eine weitere, geschlossene Tür mit der Aufschrift *NUR FÜR PERSONAL*.

Sie sah Frau Häuptling an.

Wieder dieses Zucken. Vielleicht doch nicht *Du dummes Ding*, sondern eher *Du schlaues Ding*.

Es wäre nicht das erste Mal gewesen, dass Muse sich in den Schutz fremder älterer Leute begab. Man denke nur an Will und Darlene Lucas. Greer wollte Frau Häuptling noch mehr Fragen stellen, nicht nur über Muse, sondern über alles, die Geheimnisse von Leben und Tod; plötzlich schien diese alte Zombie-Dame über grenzenlose Fähigkeiten zu verfügen. Aber sie durfte nicht noch länger warten. Nishimura und die anderen mussten längst die Verfolgung aufgenommen haben. Und außerdem war Frau Häuptling offenbar fertig. Ihre knochigen Fäuste entspannten sich, Muse' zerknüllte Hälften fielen auf den Bürgersteig; nur ein bisschen mehr Müll. Wieder senkte die alte Dame den mageren Kopf, um ihren neuen Button zu betrachten.

Greer betrat den Donut-Laden. Die Novemberkälte wurde beißend und hart wie ein frischer Februar.

WIDERSTAND, sagte sie sich. Widerstehe der Versuchung, dich umzudrehen, wegzulaufen, alle Hoffnung fahren zu lassen. Ihre Stiefel knirschten auf pulverisierten Bodenplatten, zischten über Gipsreste, scharrten durch Keramikbrocken. Sie hielt inne, senkte den Kopf, schloss die Augen – und hörte etwas. Vielleicht war sie auch einfach verrückt. Das hatten ihr die Leute von Geburt an vorgeworfen. Aber sie musste ihren Ohren trauen. *Juhuu, Toast!*, dachte sie und lachte und spürte im gleichen Augenblick Angst bis in ihre Fingerspitzen rieseln. Denn sie glaubte, hinter der geschlossenen *NUR FÜR PERSONAL*-Tür und dann eine Treppe hinauf das leise, langsame Zupfen der ersten paar Akkorde eines unvollendeten Protestsongs namens *Lasst ab* auszumachen.

DER LÖWE UND DIE TAUBE

Persönliche Geschichten – Transkript #1284
Standort: Neue Bibliothek, Fort York
Befragte: Greer Morgan
Interviewer: Etta Hoffmann
Zeit: 4.549–16:10

Anmerkungen: Vor Beginn des Interviews war die Person streitlustig und machte mehrere abschätzige Bemerkungen über den Vorgang an sich.

F.
Lieber nicht.

F.
Ich weiß nicht, warum das irgendwas zur Sache tun sollte. Wir haben alle irgendwo angefangen. All diese Irgendwos gibt's nicht mehr.

F.
Ach, wirklich? Klar, man hört alles Mögliche. Ich hab gehört, dass es einen Ort gibt, an dem Zombies Rennautos fahren. Ich hab gehört, dass der ganze Kontinent Australien ein einziges Flammenmeer ist. Ich hab gehört, dass die ISS abgestürzt und in Brasilien eingeschlagen ist.

F.
Ernsthaft? Kein Witz? Auf eine Stadt oder wie? Fuck. Alles klar. Ja, na schön. Dann haben Sie wohl richtig gehört. Stimmt zumindest teilweise. Aber das war nicht so geplant. Muse und ich wollten nicht berühmt werden, okay? Man kümmert sich halt einfach um seinen eigenen Scheiß, und zufälligerweise ist das dann der Scheiß, der auch anderen Leuten hilft.

F.

Zuerst nach Iowa. Da war ich vorher noch nie, obwohl die Grenze nur ungefähr eine Stunde nördlich von Bulk liegt. Hätten wir nur Maisfelder anstarren wollen, hätten wir Missouri nicht verlassen müssen. Aber Muse hat gesagt, wir sollen nach meiner Mom schauen. Ich weiß nicht genau, warum. Das müssen Sie ihn fragen. Mir war sie echt scheißegal. Sie war in einem Knast namens Bluefeather, also hatten wir wohl ein Ziel. Außerdem ... Ach, Kacke. Ich weiß auch nicht, verdammt. Vielleicht ist das Ende der Welt der richtige Zeitpunkt, um zu sagen, Schwamm drüber, oder? Obwohl die gute Vienna Morgan und ich eine Menge Hühnchen miteinander zu rupfen hatten. Also haben Muse und ich unsere Ärsche da hochgeschleppt. Wir haben ein ganzes verficktes Jahr gebraucht, und nein, das ist keine Übertreibung. Wir waren zu Fuß. Es war im Jahr eins.

F.

Was wollen Sie von mir hören? Wir haben uns gegenseitig in den Arm genommen und Tee getrunken oder so 'ne Schmonzette? Schon aus einer halben Meile Entfernung war offensichtlich, dass es in dem Knast von Weißäugigen wimmelt. Ich musste erst mal lernen, wie man Pfeile macht, bis wir uns da rantrauen konnten. Denken Sie da mal drüber nach. Wenn ich jetzt sage: Los, machen Sie mir mal einen Pfeil, wo würden Sie dann anfangen? Das kann ich Ihnen verraten. Man sucht sich einen pfeilförmigen Stock, so nämlich! Sobald man einmal die Augen danach offen hält, sieht man sie überall. Babykrippen, Babylaufställe, Babysitze. Wieso haben wir unsere Babys eigentlich mit Pfeilen umgeben? Man misst ab, raspelt die Rückstände ab, schnitzt Schlitze rein, schleift mit Sandpapier nach, bis einem die Handflächen bluten. Dann macht man Federn aus Tupperdosendeckeln, schiebt sie in einen Schlitz, befestigt sie mit Isolierband, macht noch eine Kerbe für die Sehne rein. Und dann braucht man nur noch eine

Metallsäge, um sich Pfeilspitzen zurechtzuschneiden. Das dauert Tage. Das war mein Lebensinhalt. Das war mein ganzer verfickter Lebensinhalt.

F.

Ja, ich hab sie gefunden. War auch gar nicht schwer. Die Bluefeather-Zombies, die waren alle völlig im Eimer. Alle genau gleich kaputt, nämlich Brustkorb und Nase eingedrückt. Muse und ich haben den Grund rausgefunden. Offenbar hatten die Wärter, bevor sie sich verpisst haben, sämtliche Insassen durch die Gitterstäbe erschossen. Warum auch nicht – eh alles Abschaum, oder? Peng, peng, peng. Natürlich sind die Insassen samt und sonders zu Zombies geworden und haben sich im Lauf des folgenden Jahres langsam durch die Gitterstäbe gezwängt, um aus ihren Zellen zu kommen. Ja, das haben Sie richtig verstanden. Sobald die verrottet genug waren, haben sie sich wie Schleim durch die Gitterstäbe gequetscht. Da hingen also eine Menge von denen rum, aber alle platt wie die Flundern, die konnten nur noch über den Boden robben. Ich konnte sie also aus nächster Nähe abschießen, Pfeil rausziehen, den Nächsten abschießen. Die große Mutter-Tochter-Wiedervereinigung, auf die Sie so sehnsüchtig warten, sah also so aus, dass ich meine Mom gefunden hab, die wie ein verfluchter Aal auf dem Boden rumgeglitscht ist.

F.

In den Hinterkopf.

F.

War mir scheißegal. Warum kümmert Sie das?

F.

(Lacht.) Sobald Sie Muse kennenlernen, verstehen Sie das. Der war mir absolut keine Hilfe. Das war erst im zweiten Jahr, und trotzdem war der schon auf seinem Pazifisten-Trip.

Er hat da so eine eigene Theorie, dass es für uns alle eine große Prüfung ist, wie wir auf die Zombies reagieren.

F.

Geben Sie sich keine Mühe. Er ist völlig bescheuert. Hätte ich einen Funken Verstand, hätte ich ihn schon in Iowa sitzen lassen. Ich immer so: Wenn du glaubst, die Zombies sind nicht gefährlich, dann liegt das daran, dass ich den ganzen Tag damit beschäftigt bin, sie abzuknallen, während du an deinem verdammten Protestsong rumbastelst. Dagegen protestiere ich jetzt, du Wichser! Klar ist es einfach, Pazifist zu sein, wenn man sich nie die Hände schmutzig macht. Aber irgendwann hab ich's aufgegeben. Und er hat nie versucht, mir seine Sichtweise aufzudrängen, das muss ich ihm lassen. In jeder anderen Hinsicht hat er so viel geschuftet wie ich, vielleicht sogar mehr. Und Lasst ab, der Song, den er nie fertig gekriegt hat? Der war echt gut. Die Passagen, die er mir vorgespielt hat, waren perfekt. Auch das werden Sie bald merken, wenn Sie Muse kennenlernen – es ist wirklich verflucht schwierig, den Kerl zu hassen, und glauben Sie mir, ich hab's versucht.

F.

Kann sein, aber Sie benutzen da Worte, die ich nicht benutzen würde. Wir sind nicht losgezogen, um »etwas zu bewirken«. Für solchen Mist war es echt zu spät. Wir haben bloß versucht, nach Rhode Island zu kommen, wo Muse noch Leute kannte. Nur hat sich rausgestellt, dass Rhode Island wirklich richtig, richtig weit weg ist. Man kommt nicht nach Rhode Island, ohne vorher durch hundert andere Orte zu müssen, und so hat das angefangen.

F.

Irgendwo entlang des Mississippi, glaub ich. Alles ist so schnell den Bach runtergegangen, ha. Das war im Jahr Drei, wo die Leute längst angefangen hatten, die Situation als Ausrede zu nutzen, endlich all die schlimme Scheiße abzuziehen, die sie schon immer mal machen wollten.

Das Widerwärtigste erleben wir auf einem Baseballplatz, so einem Zweitliga-Stadion. Ich hatte sofort ein mieses Gefühl. Da waren aufgespießte Köpfe. Die hab ich da zum ersten Mal gesehen. Aber wir konnten Essen riechen, also haben wir gebettelt, und die haben uns reingelassen, und als wir die Treppe hoch sind, wirkte das alles noch ganz in Ordnung, aber sobald wir uns auf den obersten Rängen hingesetzt hatten, wurde uns klar, dass es bei den Sitzplätzen verschiedene Kategorien gab, genau wie früher. Die guten Plätze waren unten am Spielfeldrand. Da kam auch der unglaublich leckere Grillgeruch her. Aber oben bei uns? Da lagen Leute ohnmächtig vor Hunger rum, andere haben sich gegenseitig wegen einer Tüte Brezeln massakriert. Manche sind da oben direkt zum Zombie geworden und dann runter in so einen Käfig am Ende des Spielfelds geschleift worden. Das war mal der Bullpen, hat Muse gesagt, der Bereich, wo sich die Pitcher aufgewärmt haben.

F.

Jo, und das hat auch nicht lange gedauert. Man hat im (schnipst mit den Fingern) gelernt, wer da unten das Sagen hatte. Von oben hat man gesehen, wie Männer sich anpissen lassen mussten, bevor sie was zu essen gekriegt haben. Oder Frauen wem einen blasen mussten. Also ja, natürlich hab ich meinen Scheiß-Bogen ausgepackt. Die Bastarde waren zu blöd, ihn mir abzunehmen, selber schuld. Ich hab sie von ganz oben einen nach dem anderen abgeschossen. Und damit hatte Muse natürlich kein Problem. Wann immer ich irgendwelche Arschlöcher erschossen hab, lebendige Arschlöcher, war er total entspannt. Ich hab all meine Pfeile verschossen, und das Stadion – Junge, die sind ausgerastet, als hätte ich gerade ’nen Grand Slam gewonnen … Alle waren auf den Beinen, vor allem oben um uns rum, und als wir uns nach unten durchgekämpft haben, das hat sich schon fein angefühlt, da will ich nicht lügen. Plötzlich eine Armee hinter uns zu wissen? Das war richtig gut.

F.

Natürlich hat er es verkackt! Sachen zu verkacken ist seine Spezialität. Während wir deren letzte Zuflucht erstürmt haben, hat er die Zombies aus dem Bullpen gelassen. Er würde sagen, er hat sie »befreit«. Danach mussten alle Reißaus nehmen. Auf dem Weg raus hab ich immerhin noch ein paar aufgespießte Köpfe umgeworfen, da können Sie einen drauf lassen. Sobald wir ein paar Meilen weg waren, hab ich ihn richtig zusammengefaltet. Du kannst doch nicht Weißaugen freilassen, während ich mit meiner Armee angreife, Mann! Aber es hat nichts gebracht. Das hat nie was gebracht. »Du hast deine Kämpfe, ich hab meine«. Deswegen haben uns die anderen auch verlassen. Ach ja, manche Leute waren uns echt vom Stadion bis dahin gefolgt. Die haben wohl nach einer Anführerin gesucht, aber Muse hat sie verscheucht. Macht aber im Endeffekt nichts. Ich hab noch nie eine Gruppe von mehr als zwei Leuten gesehen, die sich nicht irgendwann selbst kaputt gemacht hat.

F.

Hier? Wir werden sehen. Ich hab da so meine Zweifel.

F.

Ich glaube, dafür hat die Nummer im Baseball-Stadion echt schon gereicht. Schon am nächsten Ort, wo wir hingekommen sind, hatten die Leute von uns gehört. Da hab ich das Gleiche gemacht, geregelt, was geregelt werden musste, die erschossen, die erschossen werden mussten, und dann am nächsten Ort und am übernächsten und so weiter. Ziemlich schnell hatten die Leute, die uns unterwegs begegnet sind, schon einen Namen für uns: Löwe und Taube. Natürlich haben alle immer geglaubt, ich wäre das Täubchen. Ich hab sie aber immer schnell eines Besseren belehrt. Außerdem – das meiste, was sie über uns gehört hatten, was sich bestimmt auch bis hierher rumgesprochen hat, stimmt gar nicht. Wahrscheinlich war es bei Jesse James und Billy the Kid genauso. Die Leute erzählen eine Menge unglaublicher Geschichten über einen, und dann muss man irgendwie versuchen, dem gerecht zu werden.

F.
Nein, das stimmt zufälligerweise.

F.
Na ja, wir haben die meisten gerettet. Aber okay. Das stimmt auch, größtenteils.

F.
Ja fuck, ich hab doch auch nicht behauptet, die wären alle gelogen! Da gab's halt immer mal wieder Mist, der einfach geregelt werden musste. Ich bin mir sicher, da draußen sind noch andere Helden rumgerannt, aber die hatten wahrscheinlich eher Feuerwaffen, und bei Feuerwaffen geht einem irgendwann die Munition aus. Wahrscheinlich hab ich mir also einfach die richtige Waffe ausgesucht. Und mit dem Selbstvertrauen kam auch die Kreativität. Ich hab nicht nur mit Pfeilen um mich geschossen, ja? Ich hab Hunde auf die Arschlöcher losgelassen – das war, bevor die Hunde auch zu Zombies wurden. Ich hab Wagenladungen voll TNT gegen Mauern gesteuert, hinter denen Essen für hungrige Leute war. In Springfield, Illinois, hatte ich ein Bataillon von Teenie-Mädels auf Skateboards. Wir können alle zehntausend Geschichten auf ihren Wahrheitsgehalt abklopfen, wenn Sie wollen, aber eigentlich geht es bloß darum, dass ich eben versucht hab, das Richtige zu tun. Fadi Lolo hat gesagt, er hätte von Anfang an bei seinen Leuten bleiben sollen, also hab ich es eben versucht – für meine Leute zu kämpfen. Und

damit meine ich nicht nur Schwarze. Ich meine alle Leute, die jemanden gebraucht haben, der für sie kämpft.

F.

Ach, nur ein Typ, den ich mal gekannt habe. Hat wahrscheinlich keinen Tag durchgehalten. Er wollte weder das Rad behalten noch meine Machete annehmen. Das muss man wohl mangelnden Überlebensinstinkt nennen. Und wenn ich eine Sache hatte, dann gute Instinkte. Wenn man in den angeblich guten alten Zeiten damals schwarz war oder eine Frau? Da hat man jeden verfickten Tag Gewalt gespürt, wie eine Aura um locker die Hälfte der Leute, die einem auf der Straße begegnet sind. Da ist es fast eine Erleichterung, wenn die Gewalt einfach rausgelassen wird. Problem war nur, die neue Gewalt war derart wild, dass sich alle eingeredet haben, es hätte die alte nie gegeben. So viele Weiße waren total froh, mich kennenzulernen, nachdem ich ihnen den Arsch gerettet hab. Wo waren denn diese Weißen vor dem 23. 10.?

F.

Das ist die erste Frage aus Ihrem Mund, die tatsächlich was bedeutet. Ja, klar gab es das auch andersrum. Niemand ist ungeschoren aus dieser Sache rausgekommen. Hier und da sind wir tatsächlich auf rein schwarze Gruppen gestoßen, und Sie glauben vielleicht, dass Muse und ich da total harmonisch reingepasst hätten, aber so läuft das nicht. Nicht, dass ich mir das nicht erhofft hätte! Selbst ich war so, okay, wir wissen ja alle, wie schwierig es vorher war. Wir haben weniger Verbindungen zu den alten Machtzentren. Vielleicht kann das wirklich was werden. Aber irgendwann kommt jeder an den gleichen Punkt. Jeder fängt früher oder später an, Köpfe abzuschlagen und aufzuspießen.

Als ich Conan, meinen kleinen Bruder, das letzte Mal gesehen habe, war er so Wir können jetzt sein, wer wir wollen, tun, was wir wollen. Nein, Conan, können wir nicht. Und auch ihr hier in eurem teuren Fort nicht, lassen Sie sich das gesagt sein. Letztendlich sind wir alle nichts weiter als dumme Menschen. Hmpf, ich hör mich schon an wie Muse.

F.

Na ja, er war halt schon vorher berühmt. Kann man ihm also schlecht vorwerfen, dass er das nicht so furchtbar aufregend fand. Die Leute wollten immer Fotos mit uns machen – mit mir, meistens. Die Handys hatten zwar längst keinen Empfang mehr, aber die Kameras haben noch funktioniert, also waren die Dinger wie kleine Fotoalben, die die Leute mit sich herumtragen konnten. Oft mussten sie natürlich warten, bis sie jemanden mit einem Generator gefunden haben, wo sie ihr Gerät wieder aufladen konnten. Und um ein Foto mit mir zu machen, mussten viele erst mal eins löschen. Scheiß drauf, was Muse davon gehalten hat. Ich finde, das bedeutet schon was, wenn Leute einen ins Herz schließen. Ich habe früher in so 'nem Drecksloch namens Sunnybrook gewohnt, und da war eine Nachbarin, Señorita Magdalena, die mich immer mi corazón genannt hat. Vielleicht wollte ich einfach was von diesem Gefühl wiederhaben, und wenn schon?

F.

Ich bin so aggressiv, weil ich genau weiß, worüber Sie eigentlich reden wollen! Fuck! Alle Leute hier warten darauf, dass ich mich für St. Croix entschuldige, aber ihr Fort-Ficker könnt mir mal die Eier lutschen. Ihr seid auch nicht besser als alle anderen draußen, die die ganzen Legenden von Löwe und Taube geglaubt haben. Mann, ich hätte mich gar nicht erst auf das hier einlassen sollen. Ich muss euch überhaupt nichts beweisen.

F.

Nein, jetzt sind wir eh schon dabei. St. Croix. Also reden wir über den Mist. Das war einer der schlimmsten Orte, die ich je erlebt hab, damit fängt's schon mal an. Wie aus einem schlechten Comic. Natürlich eine Runde aufgespießte Köpfe außenrum, ist ja klar. Und blonde weiße Typen, die sich richtig geil wichtigmachen mussten, während sie die Frauen im Stall gehalten haben, wortwörtlich in einem Stall, echt wie die Tiere. All die Fortschritte, die Frauen sich in der Vergangenheit erstritten haben; wir waren echt blöd genug zu glauben, dass uns die Männer dabei unterstützen würden? Ab in den Stall, ihr Gebärmaschinen. St. Croix war reif für die Löwin, und leck mich am Arsch, hab ich laut gebrüllt.

F.

Ihre Karten stimmen auf jeden Fall. Mitten im Hossier-Staatsforst in Indiana. Diesmal hatte ich keine Truppen. Ich musste die Nummer also in Jason-Bourne-Manier durchziehen. Zu dem Zeitpunkt hatte ich bereits einen zweiten Bogen, einen Elite Pure, den ich irgendwo in einem Laden für Sportbedarf gefunden hatte – spannt sich butterweich und ist flüsterleise, besser als alles, was mein Papa sich je hätte leisten können. Muse hat zwar selbst keine Waffen benutzt, sie aber brav getragen. Also hab ich das Ganze richtig oldschool abgezogen. Es war Oktober, ich konnte also direkt durch die Bäume schießen. Schießen und rennen, schießen und rennen. Ich hab nicht auf sie geschossen, sondern auf ihren Krempel. Wenn man Männer wirklich auf die Palme bringen will, ist das der beste Weg. Wassertanks. Autoreifen. Fenster. Überall in dem Dorf sind Sachen in die Brüche gegangen. Die konnten die Gefahr nicht orten, also haben sie sich verpisst. Eine halbe Stunde später war das Dorf verlassen, und ich war davon wohl ein bisschen berauscht. Ein bisschen zu selbstsicher. Was soll ich sagen? Ich bin die Löwin. Ich bin Diana, Göttin der Jagd. Scheiße, ich hab mich eben verkalkuliert, okay?

F.

Weil ich dachte, dass ich recht habe! Bis zu dem Zeitpunkt hab ich immer recht gehabt. Mitten im Wald hatten die einen Zombie-

Käfig, wahrscheinlich den besten, den ich je gesehen hab, mit dreißig oder vierzig Weißaugen drin. Neue Köpfe für die Spieße. Keine Ahnung, ob St. Croix mal das weltweit größte Produktionszentrum für Stacheldraht war oder was, aber die hatten den Käfig mit so viel von dem Zeug umwickelt, dass die Zombies da nur in klitzekleinen Häppchen rausgekommen wären. Und ich wusste, ich wusste einfach, wenn ich Muse auch nur fünf Minuten allein lasse, befreit er sie alle, und mit dem Mist wollte ich mich wirklich nicht schon wieder rumschlagen. Ich wollte auch nicht, dass sich die Frauen von St. Croix damit rumschlagen müssen. Also hab ich Muse losgeschickt, um den Stall zu öffnen, während ich mir irgendeine blöde Lüge ausgedacht und dann den Wald in Brand gesteckt hab. Da, ich geb's zu. Sind Sie jetzt zufrieden? Greer Morgan hat das Feuer von St. Croix gelegt.

F.

Wie schon gesagt. Es war Anfang Oktober. Es war knochentrocken. Die Zombies sind wie Papier in Flammen aufgegangen, dann hat der bekackte Wald Feuer gefangen. Riesige Feuersäulen. Der ganze Himmel voller Rauch. Plötzliche Nacht mitten am Tag. Dann kamen Frauen angelaufen, alle furchtbar dreckig, ein paar von ihnen schwanger, aber als die mich gesehen haben, haben sie sich nicht gefreut, wie das sonst der Fall war. Die sind geradewegs ins Feuer gelaufen. Wie hätte ich das ahnen können? Sagen Sie mir das.

F.

Erst, als Muse mich gefunden hat. Er sah aus wie tot. Ich musste nur seinen Gesichtsausdruck sehen. Und dann hab ich es auch begriffen. Wir hatten die Männer auf der einen Seite gesehen und die Frauen auf der anderen. Wer hat gefehlt?

F.

Als das Feuer ausbrach, waren die Kinder in der Schule. Wir haben versucht zu helfen. Natürlich haben wir es versucht.

Aber die einzigen Kinder, die wir gefunden haben – muss ich Ihnen das noch genauer erklären? Wie viele Details brauchen Sie für Ihr kleines Buch? Soll ich Ihnen erzählen, wie Vierjährige schreien, deren Haare in Flammen stehen? Wie Zehnjährige aussehen, denen das Gesicht wegschmilzt? Was genau wollen Sie denn wissen, Miss Hoffmann? Was genau?

F.

Glasklar. Absolut. Die hätten lieber den Rest ihres Lebens im Stall zugebracht, als dass ich da ankomme und ihre Kinder bei lebendigem Leib verbrenne. Aber ich konnte noch nicht weg. Ich hatte eine neue Aufgabe. Ich musste diese Kinder töten. Was hätte ich in der Situation noch anderes tun sollen? Sie langsam verbrennen lassen? Sie als knusprige Zombies zurückkommen lassen? Muse hat mir Pfeil um Pfeil gegeben, und ich habe geschossen. Ich hab in meinem ganzen Leben noch nie so schlecht geschossen. Die Federn waren klitschnass, weil Muse auf die Pfeile geweint hat. Kann ich ihm nicht verübeln. Die Ziele waren klein. So klein.

F.

Wir haben die Rauchfahnen noch Tage später gesehen. Als hätte ich den ganzen Planeten in Brand gesteckt. In diesem Rauch steckte mehr Wahrheit über die Löwin als in allen Geschichten, die je irgendwer verbreitet hat. So etwas passiert, wenn man anfängt zu glauben, was die Leute über einen erzählen. Man ist mehr als nur gearscht. Man ist verdammt.

F.

Mehr hab ich dazu nicht zu sagen. Doch, eine Sache noch. Da war eine Zombie-Frau, die plötzlich aufgetaucht ist, als wir das Dorf verlassen haben. Ist direkt aus dem Qualm gesprungen und hat mich gepackt. Zombie-Fleisch sollte ja eigentlich kalt sein, richtig? Aber ihres hat vom Feuer gebrutzelt. Und ihre Haut war völlig zerfetzt von ihrem Ausbruch durch den Stacheldraht. Die sah echt merkwürdig aus. Hatte so metallische Sprinter-Beinprothesen, wissen Sie, was ich meine? Ich glaube, deswegen war sie so schnell. Und sie hatte so komische Axtblätter an den Handgelenken. Sie hat mir Papas Bogen aus der Hand gerissen und ihn ganz komisch angeguckt, als ob sie ihn wiedererkennen würde. Und sie kannte sich tatsächlich aus. Sie hat einen Pfeil aufgelegt. Wie eine Expertin. Ich hab mir den Elite vom Rücken gerissen, und wir haben aufeinander geschossen. Und soll ich Ihnen verraten, was dann passiert ist? Die Pfeile haben sich in der Luft getroffen. Wir haben uns umgedreht und sind in entgegengesetzte Richtungen davon. Ich weiß, das klingt vollkommen verrückt. Ist das überhaupt passiert? In meinem Kopf war nur Platz für die Kinder, ich kann mich nicht mehr richtig erinnern.

F.

Ein Namensschild? Keine Ahnung, es war dunkel.

F.

Danach war es zwischen Muse und mir nicht mehr wie vorher. Nein, mit mir war nichts mehr wie vorher. Muse war immer noch Muse. Er war lieb. Scheiße, er war so schrecklich nett. Er war scheißlieb und scheißnachsichtig, und ich hab ihn wie den letzten Dreck behandelt. Weil ich mich geschämt habe. Ich hab gesagt, er soll aufhören, mich wie ein Baby zu behandeln, sich endlich mal wie ein Mann benehmen. Hab ihm gesagt, er soll aufhören, an Lasst ab zu arbeiten, weil er das nervige Kacklied eh nie fertigkriegen würde. Ich war unglaublich gemein. Aber er hat nicht aufgehört, sich um mich zu kümmern. Fuck, warum kann ich das nicht einfach aussprechen? Er hat nie aufgehört, mich zu lieben. Also scheiß drauf, ich bin tatsächlich froh, dass wir hier sind. Fort York. Old Muddy. Wie auch immer. Ich bin einfach froh, dass ihr hier keine aufgespießten Köpfe rumstehen habt, klar? Und dass es mal nicht ausschließlich weiße Kerle sind, die den Ton angeben, ist auch sehr erfrischend. Sobald wir hier durch sind, können Sie mich gerne rausschmeißen, das hab ich mir redlich verdient. Aber Muse hat es verdient, an einem Ort wie diesem zu leben. Und am Ende habt ihr ihn vielleicht auch verdient.

F.

Ach stimmt ja, Rhode Island. Will und Darlene waren gestorben. Eines natürlichen Todes. Will hatte tatsächlich ein Grab, mit einem hübschen kleinen Holzkreuz, und Darlene lag im Bett, tot-tot. Da hatte Muse bereits irgendwo was über Kanada gehört. Während ich nach dem nächsten Ort gesucht hab, wo ich mich als Heldin aufspielen kann, hat er nach dem Gegenteil Ausschau gehalten. Hab ich ihm auch nicht übel genommen. Zu dem Zeitpunkt waren die meisten Menschen sowieso von der Bildfläche verschwunden. Also sind wir hier raufgekommen. Hier bin ich. Und bitte Sie, Muse aufzunehmen. Ich sage Ihnen die ganze Wahrheit, damit Sie das tun. Ich hab mich Ihnen ausgeliefert, Lady.

ES WAR MONTAG?

Große Emotionen in geringer Lautstärke, an so etwas gewöhnte man sich nach dem 23.10. Hochrote Gesichter, speichelbefleckte Lippen und Drohgebärden wurden zum Ausdruck von Wut und Furcht. Charlie sah, wie sich Nishimuras Gesicht zu jenem Blick anspannte, den seine Kameraden bei der Marine – wie er ihr einmal erzählt hatte – »das Glühen« genannt hatten. Er nickte; das Zeichen, die Bahre abzusetzen. Charlie tat wie geheißen und drehte sich zur Abendsonne um. Das Gesicht starrte die Queen Street hinunter. Hoffmann ebenfalls. Nishimura trat in Charlies Blickfeld und stellte sich zwischen die anderen zwei.

Zwei, nicht drei.

»Wir hätten früher anfangen sollen«, zischte Nishimura.

Im November ging die Sonne in Toronto bereits gegen fünf Uhr unter. Wollten sie bis dahin wieder im Fort sein, blieben ihnen noch maximal vierzig Minuten, um herauszufinden, was passiert war.

»Rutkowski. Hat sie zu Ihnen was gesagt?«

Charlie schüttelte den Kopf. Sie fühlte sich elend. Sie hatte ein ungutes Gefühl gehabt, seit sie Greer Morgans Namen auf der Liste für diesen Einsatz gesehen hatte. Die arme Frau trauerte, das war nicht zu übersehen. Bei Greer hieß das allerdings nicht, sich heulend im Bett zu verkriechen. Es bedeutete suchen, planen und vorbereiten. Charlie glaubte durchaus daran, dass Old Muddy selbst jemandem wie Greer eine Art von Seelenfrieden schenkte, den sie vorher wahrscheinlich noch nie erlebt hatte. Aber sie war nicht umsonst als die Löwin berüchtigt gewesen, und Löwen konnte man zwar abrichten, aber niemals zähmen.

Nishimura wandte sich an die Bibliothekarin. »Zu Ihnen?«

Hoffmann schüttelte den Kopf.

»Gesicht«, knurrte Nishimura, »sagen Sie mir, dass Sie wissen, wo sie hin ist.«

Charlie hatte über ein Jahr gebraucht, um den fleischigen Trümmern seines Gesichts zumindest die gröbsten Emotionen ablesen zu können. Was, wie sich herausgestellt hatte, besonders deshalb so schwer war, weil sich sein Gemütszustand nur selten änderte. Er war stets ruhig und zuversichtlich; hätte er nicht so einen unangenehmen Anblick geboten, hätte sie ihn direkt nach Luis Acocella auf Platz zwei der Liste aller Menschen gesetzt, deren Gesellschaft ihr am liebsten war. Auch Greers Fahnenflucht konnte seiner Miene nichts anhaben. Er deutete die Straße hinunter.

»Sie ist zu Frau Häuptling gegangen.«

»Scharfe Augen«, sagte Nishimura. »Wie ist die Lage an der Pferdefront?«

»Alles weg«, sagte das Gesicht, und Charlie wiederholte von ihrer Seite. »Alles weg.«

Nishimuras Augen blitzten. Er stellte Berechnungen auf.

»Alles klar. Okay. Wir rücken zu Frau Häuptling vor. Sie ist nicht weit von hier. Wir nehmen die Softie mit. Charlie und ich tragen die Bahre. Gesicht, Sie haben die Waffe, falls irgendwas schiefgeht.«

Charlie konnte nicht anders, als sich belebt zu fühlen. Es war eine von Nishimuras großen Stärken. Er redete stets geradeheraus, was seinen Kommandos in scharfem Befehlston umso mehr Wirkung verlieh. Wieder musste sie an Luis denken, wie er sie dazu aufforderte, eine Schüssel mit Innereien abzuwiegen oder eine Todesursache zu postulieren. Der anarchistische Teenager, der sie einst gewesen war, hätte wohl mit Entsetzen erfahren, dass sie eigentlich ganz gern Befehle entgegennahm, aber das tat sie wirklich, denn sie genoss es, bestmögliche Ergebnisse zu erzielen. Sie legte die Hände an die Griffe der Bahre und wartete auf Nishimura. Gemeinsam zählten sie schnell bis drei und hoben an.

Die Augen der Softie schwabbelten wie die dünne Schicht Eiweiß über einem unversehrten Dotter. Seit Gründung des Hospizes hatte Charlie sich um Hunderte Softies gekümmert, sowohl als Leiterin als auch, wann immer sie an der Reihe war, als Betreuerin. Tatsächlich war sie gerade Betreuerin eines besonders ergreifenden Softies namens Klein-Hedrick. Softies aus nächster Nähe zu erleben brach ihr noch immer das Herz. Sie fragte sich, ob ihr Teenie-Selbst auch davon schockiert gewesen wäre? War Charlene Rutkowski am Ende selbst eine Softie geworden?

Schon in San Diego war es Teil ihrer Arbeit gewesen, post mortem den Verwesungsgrad zu bestimmen. Bei Zombies war das weitaus schwieriger als bei normalen Leichen, eine Herausforderung, die Luis sicher gefallen hätte. Ihre Verwesung schritt viel langsamer voran. Manche vermuteten, es könnte etwas mit der Verdauung von Nervengewebe aus den Gehirnen ihrer Opfer zu tun haben. Charlie hielt das für etwas abwegig; die Berichte über Zombies, denen es besonders nach Gehirn gelüstete, waren genauso falsch wie die Behauptungen, Zombies besäßen noch genug intakte Bänder und Sehnen, um zu rennen. Die einzelnen Stadien der Verwesung ließen sich jedoch mit jenen bei normalen Menschen vergleichen.

Ihr aktuelles Exemplar war das beste Beispiel. Dem Augenschein nach musste sie zum Zeitpunkt ihres Todes etwa achtzehn Jahre alt gewesen sein. Die Stadien Leichenstarre, Anschwellen, Aufbrechen, Verflüssigung der Innereien und Verseifung waren bereits abgeschlossen. Charlie hatte sich die Reihenfolge der Organzersetzung mit einem vulgären Merksatz eingeprägt, den sie damals zusammen mit ein paar Kommilitoninnen ausgeheckt hatte. *Kleine Gierige Kerle Müssen Dauernd Muschiabdrücke Mustern Oder Lüstern Geilen Ärschen Hinterherglotzen, Leider Nicht Bei Schlauen Bräuten – Ziemlich Blöder Unsinn* stand für Kehlkopf, Gehirn (kindlich), Magen, Darm, Milz, Mesenterium, Omentum, Leber, Gehirn (ausgewachsen), Herz, Lunge, Niere, Blase, Speiseröhre, Bauchspeicheldrüse, Zwerchfell, Blutgefäße und Uterus. In dieser Softie hier war all das schon hinüber. Da sie bereits eine ganze

Zeit reglos dagelegen hatte, waren Gräser durch ihren Rücken gesprossen und aus Becken, Rippen, Hals und Mund gewachsen. Mittlerweile war es kalt geworden und die Pflanzen vertrocknet, aber der Anblick war jedes Mal aufs Neue atemberaubend, so als würden die Körper der Zombies das neu erstarkte Grün der Erde widerspiegeln.

So zurückgezogen die Bewohner von Slowtown auch lebten, wagten sich nun immer mehr mit *Knick-knack* aus ihren dunklen Behausungen hervor, um nachzusehen, wer da draußen solchen Lärm machte. Charlie und Nishimura passierten die nächste Häuserzeile im Laufschritt, das Gesicht und Hoffmann liefen voraus und behielten die welken Gesichter im Auge, die in den Läden und in den Fenstern darüber auftauchten. Charlie war, als richteten sich alle weißen Augen, die in der Dämmerung wie Marmelade schimmerten, auf die bebenden Überreste der aufgebahrten Kameradin.

Frau Häuptling saß unter der zerfetzten Markise des Donut-Ladens. Sie schien keine Notiz von den Neuankömmlingen zu nehmen, aber das war nicht weiter verwunderlich. Charlie und Nishimura setzten die Bahre in der Straßenmitte ab und kundschafteten mit den anderen die unmittelbare Umgebung aus. Wie so oft dachte Charlie daran, wie schnell der Bergungstrupp rettungslos umzingelt wäre, sollten die Zombies beschließen, sich alle auf einmal zu nähern. Verrottet oder nicht, auf dieser Straße waren sie weiter in der Überzahl.

»Was machen wir jetzt?«, fragte Charlie.

»Was wir nicht machen«, sagte Nishimura, »ist, unnötige Risiken einzugehen. Haben das alle gehört? Fort York steht für Willensfreiheit. Wenn Greer, oder sonst irgendwer, sich leichtsinnig verhalten und ihrem Freund hinterherjagen will, ist das ihre Sache.«

Er presste diese Worte glaubhaft genug hervor, und es war die passende Ansage an dieser Stelle, trotzdem blieb Charlie der harte Unterton in seiner Stimme nicht verborgen. Denn Greer Morgan war keine beliebige Bürgerin. Sie war die legendäre Löwin und ihre Anwesenheit im Fort ein Symbol für die Tatsache, dass selbst jene, die für ihre Gewalttätigkeit bekannt waren, an einem Ort des Friedens besser aufgehoben waren. So kurz nach der Taube auch noch die Löwin zu verlieren machte einen ziemlich schlechten Eindruck. Am Vortag der Abstimmung über die Blockhaus-Vier würde es Nishimura umso schwächer erscheinen lassen.

»Greer«, zischte Charlie. »Verdammt noch mal.«

Und verdammte sich selbst gleich mit. Die letzten drei Monate hatte sie ein Detail aus Richards Vergangenheit für sich behalten, vom dem außer ihr niemand wusste. Nishimura bestand darauf, dass man das Recht hatte, seine Vergangenheit hinter sich zu lassen und neu anzufangen, sobald man Fort York betrat. Greer Morgan zum Beispiel hatte genau das getan. Als diese unschöne Sache mit den Blockhaus-Vier passierte, war es für Charlie längst zu spät, um zu verraten, was sie über Richard wusste. Sie hätte es trotzdem tun sollen, das wurde ihr zunehmend bewusst.

»Eingeschränkte Suchaktion, nur drei Blocks in jede Richtung«, sagte Nishimura. »Und keine laute Verständigung, klar? Straße nicht verlassen, Bürgersteige nicht betreten. Vorsichtig laufen und die Ohren spitzen. Wer was hört, klatscht einmal kurz. Gleiche Aufteilung wie vorher: Charlie und Hoffmann linke Seite, Gesicht und ich rechte Seite. Maximal zehn Minuten. Einmal nicken bitte.«

Alle nickten. Nishimura machte einen zackig militärischen Schritt nach rechts, das Gesicht folgte ihm leise wie eine Katze. Charlie beschloss, bei der Rückkehr ins Fort ihr Schweigen über Richard zu brechen. Bis dahin aber hatte sie einen Auftrag auszuführen. Sie näherte sich dem Bürgersteig und ging langsam die Straße hinunter. Hoffmann war dicht hinter ihr.

Ein Plattenladen, der Boden vom schwarzen Geröll zersplitterten Vinyls bedeckt. Eine Teestube, das würzige Bouquet mit süßlichem Zombiegestank vermengt. Eine Unterwäsche-Boutique, leer bis auf ein bisschen bauschige Spitze und ein paar Gummibänder. Charlie machte ein paar Schritte, blieb stehen, lauschte, beäugte Zombies, die sie beäugten, ging weiter. Hoffmann war so nah, dass sich ihre Atemwölkchen um Charlie legten.

Drei Blocks weiter – nichts. Nishimura deutete hinter sich in Richtung der Bahre, die sie mitten auf der Straße liegen gelassen hatten, und sie spulten die gleiche Routine noch einmal rückwärts ab; na ja, nicht wirklich. Nishimura auf seiner Seite mochte alles nach Vorschrift erledigen, Charlie hingegen gab sich kaum noch Mühe. Sie hatte nichts außer *Knick-knack* gehört und rechnete nicht damit, dass sich daran etwas änderte.

Etta Hoffmann hielt nichts von großer Vorrede. »Sie ist weg.«

»Oder sie will nicht gefunden werden«, antwortete Charlie im typischen Slowtown-Flüsterton.

Als sie nach Osten zurückkehrten, wurde es bereits dunkel. Bäume, Verkehrsschilder und Einkaufswagenhäuschen versanken im Schatten. Ein paar alte Beschilderungen an erhöhten Gerüsten lagen noch im Sonnenlicht, und der goldene Schimmer schien die Werbetafeln zu schmelzen, die einmal Frozen Yogurt, Mobiltelefone oder Nachtisch angepriesen hatten. Allgemein ging man davon aus, dass es hier in Slowtown bei Nacht so still war wie in Fort York, aber konnte man sich da wirklich sicher sein? Das vielstimmige *Knick-knack* mochte zum Knistern eines mächtigen Lagerfeuers anschwellen, wenn sich die verfaulten Perkussionisten in einem rituellen Kreis sammelten.

Jetzt machte sie sich selbst Angst. Zeit für ein bisschen Geplauder. Eine normale Freundschaft war mit Hoffmann nicht möglich, trotzdem hatte sie die seltsame – und seltsam tapfere – Frau in ihr Herz geschlossen, deren erste Reise über die Stadtgrenzen von Washington hinaus jene lange, gefährliche Safari nach Fort York gewesen war – mit dem ganzen Archiv im Schlepptau. Auf dieser Reise hatte sich Hoffmann mit einem Eifer an Charlie gehängt, der so seltsam wie rührend war. Die Tatsache, dass sie ungefähr gleich alt waren, hinderte Charlie nicht daran, Hoffmann als eine Art kleine Schwester oder gar Tochter zu betrachten, als das Kind, das sie und Luis nicht hatten großziehen dürfen.

»Etta. Wann wird es wieder länger hell?«

»Wintersonnenwende. Sechs Wochen.«

»Sechs Wochen. Meine Güte. Und der längste Tag ist wann noch mal? Im Juli?«

»Einundzwanzigster Juni.«

»Fabelhaft. Wird Luvvie dann ein Erinnerungsschreiben rumschicken?«

»Ich weiß nicht, was Luvvie tun wird.«

Da Hoffmann ihr Gesicht nicht sehen konnte, gestattete sich Charlie ein Grinsen. Die Bibliothekarin von Old Muddy arbeitete zu hart, und ehrlich gesagt befand sich zu viel Wissen über den Aufbau der Neuen Bibliothek einzig und allein in ihrem Kopf. Deswegen hatte Charlie ihr eine Assistentin zugeteilt, Luvvie Lafayette. Das Mädchen war alles, was Hoffmann nicht war. Die schwungvolle zwanzigjährige Lesbe war forsch und beharrlich, redete wie ein Wasserfall und legte einen schonungslosen Pragmatismus an den Tag, der alle Leute verwunderte, die bereits vor dem 23.10. erwachsen gewesen waren. Hoffmann reagierte auf sie wie auf eine Wespe, die ihr im Gesicht herumflog, aber Charlie war sicher, dass sich die Gute daran gewöhnen würde.

»Na gut, egal, wer es macht, lasst es uns wissen, ja?«

»Natürlich. Es steht in meinem Kalender.«

»Dieser Tage brauchen wir alle etwas, worauf wir uns freuen können.«

Vor ihrer Ankunft beim EWSD hatte Charlie niemanden gekannt, dem es gelungen wäre, während des Zweiten Mittelalters exakt die Tage zu zählen. Ein unerwarteter Bonus der Annexion von *Hoffmanns Archiv der Erzählungen aus der Neuen Welt* war ein korrekter Kalender gewesen. Irgendwer im Fort hatte, nachdem er Hoffmann kennenlernte und von ihrem Archiv erfuhr, sich eher nebenbei erkundigt, ob sie wisse, welcher Tag heute sei. Hoffmann hatte präzise und mit Überzeugung geantwortet. Dem Mann waren Tränen in die Augen getreten, und er hatte sofort lautstark allen Bescheid gegeben.

Immer wieder stellte man ihr die gleiche Frage. Die Menschen waren begeistert von der Erfahrung, nach einem Jahrzehnt wilden Ratens die korrekte Antwort zu bekommen. Manche brachen in Gelächter aus. Es war Montag? Konnte es wirklich Montag sein?! Manche schluchzten hemmungslos. Wie hatten sie ganze zwei Jahre verlieren können? Man umarmte einander, tanzte und feierte. Es war ein neuer Feiertag, mit dem niemand gerechnet hatte, ein Geburtstag – ein Wiedergeburtstag – für alle auf einmal.

Zeit, die wie Pusteblumenschirmchen verweht war, rückte mit einem Mal wieder in feste Blöcke aus Tagen, Wochen, Monaten und Jahren zusammen. Nishimura hatte achtzehn Monate lang versucht, die Menschen davon zu überzeugen, Kalender und Uhren wieder so gut wie möglich in Betrieb zu nehmen. Hoffmann gelang dies auf der Stelle. War es denn möglich, eine Uhr zu bauen?, fragten sie sich. Hoffmann wühlte sich durch die unordentlichen Haufen in der bis dato weitgehend ignorierten Zweigstelle der öffentlichen Bücherei von Toronto auf der anderen Straßenseite des Forts, fand den richtigen Text und berichtete: Ja, das würden sie hinbekommen. Sehet, das zeitlose Design der Sonnenuhr. Pläne für Sonnenuhren verbreiteten sich wie ein Lauffeuer, und bald standen überall simple Stäbe umringt von Halbkreisen mit Stundenstrichen. Innerhalb einer Woche wurde eine neue Hauptuhr, deren Halbkreis aus einem Pflaster aus wertlosen Münzen bestand, im Zentrum des Forts errichtet, ein neuer Ehrenplatz auf dem Ehrenplatz.

Ein Team wurde zusammengestellt, das eine richtige Uhr aus Messingzahnrädern und einem Quarzoszillator bauen sollte. Noch waren die Arbeiten nicht abgeschlossen, aber als Charlie das erste *Klick-klick* aus ihrem Innern hörte – dem altbekannten *Knick-knack* so ähnlich, aber doch so anders –, klang es ihr wie das Herz der Welt, am Abgrund reanimiert. Die kommende Zeit messen zu können gab auch der verstrichenen Zeit wieder feste Dimensionen. Luis' Tod durch ihre Kugel war nicht länger über ihre gesamte Vergangenheit verschmiert. Stattdessen lag sein Tod eine spezifische, berechenbare Zeitspanne zurück. So konnte sie das Ereignis endlich ans Licht halten und betrachten, es betrauern und es zum ersten Mal *hinter sich lassen*, eingespannt in ein System von Stunden, Tagen, Monaten und Jahren, verankert an der Stelle, an die es gehörte.

Eine Seite ihres Interviews, das ebenfalls im Archiv lag, enthielt auch das Ereignis, welches sie in all der Zeit seit dem 23.10. am meisten bereute – und das wollte schon was heißen. Tatsächlich handelte es sich um die erste Seite ihres Eintrags, um die Nacht des 23. Oktobers in der Autopsie. Laut Etta Hoffmann war John Doe einer der ersten, wenn nicht sogar *der allererste* Zombie gewesen, der in den USA zu neuem Leben erwacht war, und Charlie wünschte sich weiß Gott, das nie erfahren zu haben.

Was, wenn John Doe der Botschafter dieser neuen Spezies gewesen war? Wie astronomisch gering war die Chance, dass sich der erste Zombie ausgerechnet unter den sanften Händen zweier Experten manifestieren würde, deren Anteilnahme den Toten gegenüber eigentlich dazu hätte führen sollen, dass sie am ehesten die Fassung bewahrten? John Doe hatte nicht mehr getan, als sie anzusehen und die Hand nach ihr auszustrecken, und wie hatte sie reagiert? Sie hatte sein Herz fallen lassen und es mit ihrem in einen Überzieher gehüllten Schuh weggetreten. Sie hatte den Ton angegeben für alles, was folgen sollte.

Hatte sie so die neue Erbsünde begangen?

Musste die ganze Welt ihretwegen bezahlen?

Eine absurde und hochgradig egozentrische Sorge, die sie dennoch viele Monate um den Schlaf brachte. In den seltenen Momenten, in denen sich ihre Ehrlichkeit mit der des Gesichts messen konnte, gab sie zu, dass ihre Reue bezüglich John Doe der Grund gewesen war, sich selbst zur treibenden Kraft hinter dem Hospiz zu machen, und nur dieser Einrichtung wegen fanden Bergungsmissionen wie die heutige überhaupt statt. Nichts gegen Hoffmann, aber jetzt gerade wollte sie niemanden sehnlicher sehen als Klein-Hedrick. Die Krise um die Blockhaus-Vier mochte ein unausweichlicher Bestandteil des gesellschaftlichen Experiments namens Old Muddy sein, sie selbst aber linderte die Narben der Vergangenheit lieber an der Seite der Softies.

»Was glaubst du?«, fragte sie. »Kriegen wir das alles hin?«

»Ich weiß nicht«, sagte Hoffmann.

»Wenn man sich die Geschichte anguckt, meine ich. Die Neue Geschichte. Du kennst dich da am besten aus.«

»Dann nein. Wir kriegen es nicht hin.«

Charlie seufzte. »Wir müssen dir wirklich mal die Kunst der Notlüge beibringen.«

»Ja. Wir kriegen das hin.«

»Es kommt nur, ich weiß auch nicht, alles auf einmal gerade. Richard, die Blockhaus-Vier, Muse ist verschwunden und jetzt auch noch Greer. Die Leute werden sich verletzlich fühlen. Das alles spielt Richard direkt in die Karten. Als wären wir verflucht.«

»So was gibt es nicht.«

»Trotzdem glaubst du, wir kriegen das nicht hin. Du spürst es genau wie ich. Alles steht auf der Kippe.«

»Wenn Richard nicht hier wäre, gäbe es diese ›Blockhaus-Vier‹-Angelegenheit in der Form überhaupt nicht.«

Aus Hoffmanns Mund war das glatt eine weitschweifige Rede und verdiente somit Charlies Aufmerksamkeit. Als sie die Bahre mit der Softie wieder erreichten, hatte sie begriffen. Wäre Richard nicht gekommen und hätte die Flammen der Gerechtigkeit geschürt, wären die Blockhaus-Vier weiterhin Federico, Reed, Stuart und Mandy geblieben. Die Kluft zwischen diesen vier Leuten – die jedermann kannte und mochte – und dem unheilvollen Beinamen, den Richard ihnen verliehen hatte, war tief und wimmelte von Monstern.

Nishimura und das Gesicht schlossen auf, die vier versammelten sich um die Bahre. Nishimura blickte in den schmalen gelben Sonnenstreifen und seufzte.

»Hat irgendwer was dabei? Einen Button? Ein Stück Alufolie?«

Alle durchsuchten ihre Taschen, aber niemand fand etwas. Nishimura nickte grimmig, holte tief Luft und näherte sich Frau Häuptling. Charlie war durchaus wie Nishimura der Meinung, man sollte Frau Häuptling so selten wie möglich stören. Das Verhältnis der alten Zombie-Dame zu den Lebenden war noch fragiler als ihr Körper. Ein kleines Wunder wie dieses zu sehr ausnutzen zu wollen war, als wollte man einen Schmetterling streicheln, fand Charlie. Ein verständlicher Wunsch, trotzdem würde man ihm wahrscheinlich die Flügel abreißen.

Charlie beobachtete Nishimura dabei, wie er die kaputten Straßenbahnschienen entlang langsam auf den Kiosk zuging und sich respektvoll verbeugte. Dann ging er zu ihrer Verblüffung sogar in die Hocke und berührte mit dem vorderen Knie beinahe ihre Fußfessel, sodass er zu ihr aufschaute statt auf sie herab. Charlie war gerührt. Nicht nur wegen der Ehrerbietung, die er Frau Häuptling erwies, sondern auch, weil es deutlich machte, dass Nishimura Greer unbedingt wiederfinden wollte. Sein kühles rationales Auftreten ließ einen oft vergessen, dass es vor allem seine grenzenlose Liebe für alle Mitmenschen war, die sein Verhalten bestimmte.

»Sie guckt ihn nicht an«, bemerkte Charlie.

»Das ist auch nicht immer so«, sagte das Gesicht.

»Sie gestikuliert auch nicht.«

»Oft ist es ganz subtil. Nur ein kleines Augenrollen.«

»Nein«, sagte Charlie entschlossen. »Es funktioniert nicht.«

»Dann *will* sie nicht, dass es funktioniert«, sagte das Gesicht, und Charlie musste ihm zustimmen.

Wäre Nishimura nicht in die Hocke gegangen, hätte er wohl auch die beiden kleinen Papierkugeln zu Füßen von Frau Häuptling nicht bemerkt. Noch sehr viel später dachte Charlie daran, dass dieser Augenblick mehr als jeder andere den Weg in die Zukunft aufgezeigt hatte: Nur, wenn man willens war, anderen gegenüber Demut zu zeigen, wurden einem selbst im Straßendreck gewisse Geheimnisse enthüllt. Nishimura behielt Frau Häuptling im Auge, hob die beiden Papiere auf und strich sie zwischen den Handflächen glatt.

Zum ersten Mal, seit sie ihn kannte, erhob Nishimura in Slowtown die Stimme.

»Das ist ein Foto von Muse. Und Frau Häuptling hat einen neuen Button. Greer, und vielleicht auch Muse, die müssen ganz in der …«

Aus dem dritten Stock über dem Donut-Laden ertönte nicht etwa ein Hölzi, ein Abstauber oder ein Krächzer, auch nicht einer der zahllosen anderen Töne, die den langsamen Wandel der Welt noch immer begleiteten, sondern jene Sorte Lärm, die man heutzutage nur noch selten hörte: den absichtlichen, heftigen Krach, den nur ein lebendiger Mensch verursachen konnte, gefolgt von einem scharfen, durchdringenden Schrei.

DIESE KLEINEN US-FLAGGEN

Persönliche Geschichten – Transkript #1
Standort: Neue Bibliothek, Fort York
Befragte: Charlene Rutkowski
Interviewer: Etta Hoffmann
Zeit: 4.217-10:05

Anmerkungen: Dies ist das erste Transkript einer Persönliche Geschichte, das in Fort York in Toronto, Ontario (Kanada) aufgezeichnet wird.

F.

Genau in der Sekunde, als sie mich dazu gezwungen haben, mir den Schädel kahl zu rasieren. Da war mir klar, dass das keine gute Zeit für Frauen werden würde. Dabei hätte es nicht so kommen müssen. Die Zombies haben Frauen nicht mehr nachgestellt als Männern, Schwarzen nicht mehr als Weißen, Republikanern nicht mehr als Demokraten. Wären ein paar Dinge anders gelaufen, hätten wir die Sache vielleicht gar nicht als Zweites Mittelalter bezeichnen müssen. Wir würden jetzt vom Großen Gleichmacher sprechen.

F.

Das war wirklich eine gute Frage. Du machst das ausgezeichnet. Ich glaube, das Ganze hier wird richtig klasse.

F.

Schon früh. Lange, bevor du Anrufe entgegengenommen hast. Niemand hatte irgendeine Ahnung. Wurde es durch die Luft übertragen? Durch Nahrung? Einer der Typen war der Ansicht, es könnte an Milben oder Zecken oder Läusen liegen. Damit war die Sache klar. Runter mit den Haaren. Und zwar nicht mit einem Elektrorasierer. Wir waren ständig unterwegs. In mehreren Autos und ein paar Müllwagen. Wir bekamen nur

Scheren und Rasierklingen, und zwar stumpfe, weil wir nur eine Packung hatten und zwischendrin mal achtundvierzig Leute waren. Den Männern war das scheißegal. Es war wirklich beängstigend, wie egal denen das war. Rasiert man einer Gruppe von Kerlen die Haare ab, egal was für Kerle das sind, kommt sofort so ein Skinhead-Gefühl auf. Muss wohl daran liegen, dass alle gleich aussehen – die fangen dann an, sich auch gleich zu benehmen. Bei den Frauen war es ... angespannter. Das soll jetzt bitte nicht so rüberkommen, als wären Frauen generell schwächer. Aber ich hab geweint, als sie mir den Kopf rasiert haben. Was soll ich sagen? Die Frisur ist ja oft mit vielen Emotionen verbunden, weißt du? Das kann man kaum kontrollieren. Wäre es wirklich der Große Gleichmacher gewesen, hätte es vielleicht gar keine Rolle gespielt.

F.

Die Klamotten auch. Natürlich auch die Klamotten. Sie mussten ja schließlich diese nicht existenten Milben ausrotten. Schon lustig, wie viel schneller Jungs und Männer ihre Klamotten danach wiederbekommen als Frauen und Mädchen. Weil nicht so viel Waschmittel da war, haben sie gesagt, und dass sie diejenigen bevorzugt behandeln müssten, die Außeneinsätze für die Karawane unternahmen, und das waren natürlich alles Männer, wie auch sonst. Wir sind doch in Kalifornien, haben sie gesagt, da geht das schon. Und es ging auch irgendwie. Hat sich aber trotzdem nicht so besonders angefühlt. Ein Haufen nackter Frauen, zusammengepfercht in einem Auto? Findest du das in Ordnung?

F.

Auf jeden Fall war das das Schlimmste an der ganzen Sache. Die völlige Hilflosigkeit. Ich war ja nur ein paar Wochen mit Luis zusammen, aber in der Zeit hatte ich alles selbst erledigt, alles. Bei der Müllwagen-Truppe haben die dauernd draußen gegen Zombies gekämpft, Leute sind direkt vor unserem Autofenster verreckt, und wir waren vollkommen wehrlos. Wir saßen da wie ein beschissenes Happy Meal und haben nur darauf gewartet, gefressen zu werden. Die hatten immer die Kindersicherung drin und auf beiden Seiten des Autos je eine Wache. Man hätte zwar versuchen können, sich irgendwie rauszuquetschen, aber – siehst du das hier?

F.

Ein Gewehrkolben gegen das Kinn. Ich hab versucht rauszukommen, hab die Schrotflinte abgekriegt, und danach war der ganze Geländewagen innen voller Blut. Was sollen sich da die anderen Frauen denken? Vielleicht verblutet uns diese Rutkowski-Tussi hier drin, und in ein paar Minuten sind wir mit einem frischen Zombie neben uns hier eingesperrt. Verstehst du, was ich damit sagen will? Die Angst wird einfach immer immer mehr, bis man wirklich vollkommen von den Männern abhängig ist. Man umschwärmt sie, damit sie einem gnädig Kleidung und Nahrung geben. Man verführt sie. Man hat keine andere Wahl. Ruckzuck alles wieder wie in der alten Welt.

F.

Relativ gesehen? Ja, das war recht schnell wieder vorbei. Aber die psychologische Belastung hat auf jeden Fall Jahre nachgewirkt. Das Ende der Müllwagen-Karawane war eigentlich ziemlich unspektakulär. Eines Tages hat eins der Autos auf dem Parkplatz eines Einkaufszentrums den Geist aufgegeben. Best Buy, OfficeMax und so weiter. Die Zombies haben sich wie eine Nebelwand aus dem Gebäude geschoben. Das war schon nach ein paar Monaten. Die Leute waren immer noch voller Tatendurst, wie der alte Maury Rutkowski zu sagen pflegte, hatten aber noch keinen Plan. Ich bin mir sicher, dein Archiv ist voll davon: Methodik rettet Leben. Bis wir Frauen aus dem SUV rausgekommen sind, hatten uns die Zombies komplett umzingelt, und ungefähr die Hälfte von uns sind gestorben. Rosa hat es mit ein paar Männern zu einem anderen Auto geschafft und ist weggekommen. Wer sie war, ist nicht weiter wichtig, aber ich war froh, dass sie es geschafft hat. Glaub ich. Da ist doch echt einiges kaputt, oder, wenn man nicht weiß, ob man es jetzt gut oder schlecht finden soll, dass jemand überlebt hat?

F.

Von einem anderen Wagen! Das hat doch was sehr Amerikanisches, oder? Du hast doch eine Menge Serien geschaut. *Happy Days, Ein Duke kommt selten allein* – was schreit denn noch mehr »U.S.A.!« als ein Auto? Henry Ford hat ja auch mitten in den USA gelebt, nicht? Und er war ein Rassist. Viel amerikanischer geht's ja wohl nicht?

F.

Ein Van, um genau zu sein. Solche hießen bei uns früher Kinderschänder-Wagen. Ein großer weißer Kasten, keine Fenster. Die haben mich auf einer Nebenspur der Interstate 52 aufgegabelt. Was bringt man den kleinen Mädchen bei? Niemals allein an die Straße stellen. Aber da war ich schon seit einer Woche allein unterwegs, ich war halb verhungert, hatte Durst und kaum geschlafen, wäre also ohnehin bald gestorben, und da war dieses Auto, das noch *fahren konnte*, verstehst du? Allein an der Straße, fremdes Auto, scheißegal. Ich hab mit den Armen rumgefuchtelt, und die fanden den Anblick meines Schädels mit dem Pfirsichflaum wohl nicht allzu seltsam. Und so bin ich an die Patrioten geraten.

F.

Ganz anders, von Anfang an. Die Müllwagen-Bande war ziemlich unorganisiert, da hatten generell die Männer das Sagen, es gab aber keinen richtigen Anführer. Die Patrioten hatten sehr wohl einen, einen Typen namens Kristoffer Skipp.

Der war aber nicht mit im Van, sondern saß in Salina, Kansas. Der Typ, der den Wagen gefahren hat, arbeitete für ihn – hatte am 23.10. gerade was für Skipp in San Diego erledigt –, und obwohl Kristoffer Skipp als der Gründer der Patrioten galt, glaube ich, dass es dieser Fahrer war, Byrd Entwistle, der die Sache eigentlich angestoßen hat. Irgendwas war bei dem nicht mehr ganz in Ordnung. Der hatte in den ersten paar Wochen schon den Verstand verloren, aber auf wirklich einnehmende Art und Weise. Für ihn war sein Boss wie eine Gottheit, und er hat fünfzehnhundert Meilen über nichts anderes geredet als über den großen Kristoffer Skipp, wie niemand diesen Sturm besser überstehen würde als der geniale Kristoffer Skipp. Wenn man so was einem Van voll von Leuten, die alle Willenskraft verloren haben, nur lange genug einredet, fangen die am Ende an, es zu glauben.

F.

Ich war die sechste Person im Wagen: drei Männer, zwei Frauen und paarundzwanzig Treibstoffkanister. Auf der Höhe von San Bernardino sind wir auf einen anderen Van voller Leute gestoßen, denen irgendwie gefiel, was Byrd so erzählt hat, und dann hat die Gruppe später an der Grenze nach Utah noch einen dritten Van voller Leute aufgegabelt. Und einen vierten und fünften in Colorado Springs. Wir sind mit dreißig Leuten in Kansas angekommen. Am Stadtrand von Salina stand eine riesige Werbetafel: »Kristoffer Skipp, König der Generatoren«. Ich glaube, bei dem Anblick hab ich langsam begriffen.

F.

Ich weiß nicht, kann man das wirklich einen Kult nennen? Das klingt jetzt so, als wollte ich ihn verteidigen. Er hatte auf jeden Fall das richtige Gelände für so was, eine große Freifläche draußen, wo er früher seine Generatoren demonstriert hat. Mit einer dicken Mauer drum rum, weil er schon vorher paranoid war, dass ihm die Leute was klauen wollen. Vor dem 23.10. war das wahrscheinlich Quatsch, danach aber definitiv berechtigt. Man muss das mal so sehen – Luis und ich hatten einen einzigen Generator, den wir aus einem Nachbarhaus geklaut hatten. Wir haben ihn zwei Wochen lang wie einen kleinen Metalltempel angebetet. Er hat es uns ermöglicht, DVDs zu gucken, Musik zu hören, die Weihnachtsbeleuchtung anzumachen, uns wie Menschen zu fühlen. Stell dir vor, du hättest mehrere große Lagerhallen voller Generatoren und eine bis oben hin voll mit Treibstoff. Man hätte nicht nur selber verlässlich Strom, sondern auch eine unglaubliche Verhandlungsmasse. Wir hatten Essen, wir hatten Nachtisch, wir hatten Unterhaltung.

F.

Schätzchen, aber sicher hatte der aufgespießte Köpfe! Hundert? Zweihundert? Kristoffer Skipp musste auf jeden Fall immer der Sieger beim Schwanzvergleich sein. Er war einer dieser Typen, die nur darauf gewartet haben, dass so was wie der 23.10. passiert. Er ist richtig in seiner Rolle aufgegangen, verstehst du? Sein Haus stand direkt auf dem Firmengelände. Ein großer, elektrifizierter Palast. Da habe ich Dinge gesehen, von denen ich nie gedacht hatte, sie noch mal wiederzusehen. Funktionierende Toaster. Bügeleisen. Diese Lufterfrischer, die man in die Steckdose steckt. Alles war hell erleuchtet, Tag und Nacht. Man konnte den »König der Generatoren« meilenweit sehen, wie eine zweite Sonne. Und wir waren die Motten. Wir hätten uns auf jeden Fall die Flügel verbrannt, um in der Nähe bleiben zu dürfen.

F.

Ich will ihn doch gar nicht verteidigen. Aber damals ging es nur darum, irgendwie die Zombies loszuwerden. Wir haben alle noch geglaubt, das wäre die einzige Möglichkeit. Kristoffer war anders, weil er tatsächlich die nötigen Mittel dafür hatte. »Dschihad« trifft es wohl am ehesten. Keine Ahnung. Vielleicht will ich ihn doch verteidigen.

F.

Am Anfang meistens längere Fahrten über Nacht. Nach Great Bend, nach Dodge City, später auch nach Wichita. Dann Topeka und Lawrence. Irgendwann Richtung Norden bis nach Lincoln und Omaha und Richtung Süden bis nach Tulsa und Amarillo. Der Dschihad hat viele Formen angenommen. Selbst gebaute Sprengsätze in erster Linie. Wie schon gesagt, wir hatten Benzin bis zum Abwinken und das nötige Know-how, um noch mehr aus den Tanks unter den Tankstellen abzupumpen. Hunderttausende Liter, ganze unterirdische Seen von dem Zeug, völlig unangetastet. Auch die Zünder waren kein Problem, alte Telefone lagen wie Eicheln überall verstreut. Kristoffer hat sich für die Hälfte dessen, was er eingetauscht hat, C-4 und Semtex von geplünderten Baustellen geben lassen, für Sprengstoff war also gesorgt. Und natürlich gab es nur eine Sache, die Zombies verlässlich angelockt hat, also haben wir die Sprengsätze in frischen Leichen platziert.

F.

Leichen. Ganz frische Leichen.

F.

Nicht dass ich wüsste. Aber ausschließen kann ich es wohl auch nicht.

F.

Ein Auto mit Benzin füllen, in Brand stecken, mitten in eine Horde Zombies lenken. Ein paar Mal haben wir es auch mit Selbstmordattentätern probiert – also einem Zombie eine Bombe umgeschnallt und darauf gewartet, dass er sich einer größeren Herde anschließt. Druckwelle, Schrapnelle, Feuer.

Das hat sie richtig auseinandergerissen. Und jedes Mal, nachdem eine Gruppe Zombies in winzig kleine Stückchen gerissen wurde, haben wir diese kleinen US-Flaggen genommen – Kristoffer hatte ganze Kisten voll davon, blöde Werbegeschenke für Kunden – und sie mitten in die Sauerei gepflanzt. Nach ein paar Jahren gab es im südlichen Mittleren Westen Tausende davon; ganze Felder kleiner US-Flaggen, wie Blumenwiesen. Überall, wo Leichen in kleinen Fetzen rumlagen, da war das Land der Patrioten.

F.

Stolz, ja. Respektlos, nein – ich finde nicht, dass ich respektlos bin. Wir haben Wesen getötet, die in unser Land eingefallen sind und versucht haben, unsere Kultur durch ihre zu ersetzen.

F.

Doch, weiß ich. Ich weiß, wie sich das anhört, Etta. Nicht, dass ich dir vorschreiben wollte, wie du deine Arbeit zu erledigen hast, denn du leistest hervorragende Arbeit, aber vielleicht wäre die bessere Frage, warum ich so lange gebraucht habe? Ich bin auf die Antwort nicht besonders stolz. Bei der Müllwagen-Bande war alles ganz offensichtlich furchtbar. Beim König der Generatoren wirkte alles idyllisch. Aber eine Sache hatten beide gemeinsam – die Frauen wurden ausgenutzt. Sie haben immer ein paar von uns mit auf den Dschihad genommen, aber warum? Um jeden, der Zombie-Innereien abgekriegt hat, an Ort und Stelle wieder sauber zu machen. Dafür zu sorgen, dass alle genug zu essen hatten. Was haben wir in der Basis also die ganze Zeit gemacht? Alle Frauen und Mädchen? Wir haben den Haushalt geschmissen. Die Mahlzeiten gekocht. Sex mit den Männern gehabt. Und die Leute, die dieses Transkript hier eines Tages lesen, werden uns bestimmt dafür verurteilen, aber ich frage dich: Was hätten wir sonst tun sollen? Was hätte irgendeine Frau im Lauf der

Menschheitsgeschichte sonst tun sollen? Das Schlimmste daran war, dass man beim Herumstolzieren in der Küche, mit hochhackigen Schuhen und Kleidchen und hübsch nachgewachsenen Haaren, quasi spüren konnte, wie man langsam seine Überlebensfertigkeiten verloren hat. Ich will dir eines sagen: Man kann von einer Idee genauso infiziert werden wie von einem Zombie.

F.

Ich kann es sogar auf einen ganz bestimmten Moment eingrenzen. Die Männer saßen alle um den großen Tisch, Kristoffer am Kopfende, während ein paar von uns Frauen hin und her geeilt sind, Kaffee nachgeschenkt und Geschirr abgeräumt haben. Und dabei haben sie diskutiert, was sie mit uns anstellen sollen. Sollten Mädchen lieber schon mit zehn Jahren Erste Hilfe lernen statt wie jetzt mit fünfzehn? Sollten die Schwangeren lieber in den ersten Stock verlegt werden, wo die Generatoren nicht so laut waren? Sollten die älteren Frauen nicht für alle Pullover stricken und Socken stopfen? Keine Ahnung warum, aber genau da ist es mir plötzlich aufgegangen – die reden über mich, über mein Leben, über meine Zukunft, und ich werde nicht mal gefragt.

F.

Gewartet, erst mal. Eine Sache, auf die man sich bei jedem Patrioten verlassen kann, ist, dass er der Versuchung nicht widerstehen kann, Patriotismus weiterzuverbreiten. Das war im Beschissenen Sechsten Jahr, vielleicht auch schon im Jahr sieben? Irgendwann zwischen den Zombie-Ratten und den Zombie-Hunden jedenfalls. Die Patrioten waren mittlerweile dazu übergegangen, ganze Dörfer zu sprengen. So gut waren unsere Lager immer noch gefüllt. Haben Bombenteppiche gelegt und vorher eine Polizeisirene ertönen lassen, damit sich alle Lebenden, die sich vielleicht noch irgendwo verstecken, aus dem Staub machen konnten. Dann haben wir sämtliche Gebäude und Straßen mit Sprengstoff versehen und verkabelt, und bumm, bumm, bumm, bumm. Der große Bonus war, dass es kaum andere Methoden gibt, um derart effektiv Ratten loszuwerden. Manche von uns Frauen haben da bereits große US-Flaggen genäht, und hinten im Wagen lagen immer ein paar eingerollt bereit, um sie nach der Bombardierung auf Masten zu hissen. Rußgeschwärzte, blutverschmierte Ruinen – das war das Land, das wir haben wollten.

F.

Ich bin losgegangen. Was könnte einfacher sein? Und was wäre gleichzeitig jemals mächtiger gewesen als Menschen, die einfach aufstehen und losgehen? Die Verkabelung der Patrioten wurde immer ausgefeilter, was die eigentlichen Sprengungen sehr erleichterte, aber trotzdem ließen sich die Explosionen nicht mehr aufhalten, wenn sie einmal angefangen hatten. Wir waren in einem Ort namens Guyman im Oklahoma Panhandle, und sobald die erste Bombe hochging, hab ich meinen Krug mit Limonade in den Dreck fallen lassen und bin geradewegs ins Dorf marschiert.

F.

Haben sie bestimmt versucht. Aber wie hätten sie mir folgen sollen? Guyman war vielleicht zehn Sekunden vom absoluten Inferno entfernt. Ein Fast-Food-Laden: Bäm! Eine Polizeiwache: Zack! Geysire aus Feuer, und ich kannte nur von ein paar Bomben die Positionen, aber längst nicht von allen. Ziegelstücke fielen mir auf die Schultern, Splitter gruben sich in meine Schenkel, und ich musste Flammen in meinen Haaren ausklopfen, in meinen blonden Haaren, die so schön und dicht nachgewachsen waren. Dann kam so eine große Metallfeder aus dem Feuer auf mich zugeflogen, glühend heiß, und hat mir Wange und Hals aufgerissen – daher die Narben. Trotzdem bin ich weitergegangen. Ich bin durch die Hölle gegangen, und irgendwie, keine Ahnung wie, bin ich nicht bei lebendigem Leib verbrannt.

F.
Perfekte Frage, Etta. Haben sie tatsächlich. Ein paar Männer sind einmal um den Ort gefahren, um mich zu schnappen, sobald ich auf der anderen Seite rauskomme. Ich hab sie gerade rechtzeitig gesehen, als ich an einem schönen Haus aus Ziegelsteinen vorbeigekommen bin und eine Menge Gesichter aus den Fenstern hab starren sehen. Zombie-Gesichter. Eigentlich egal, oder? Aber das waren alles weibliche Gesichter. Ausschließlich Frauen. Ich bin näher rangegangen und hab gesehen, dass die Fenster aus bruchsicherem Kunststoff waren. Deshalb sind die da nicht rausgekommen. Und obwohl ringsum die ganze Welt explodiert ist, bin ich noch näher ran und hab sie mir ganz genau angeschaut. Ich konnte problemlos erkennen, in welchem Zustand sie gestorben waren. Die hatten allesamt blaue Augen und dicke Lippen und Blutergüsse, die niemals mehr verheilt sind. Das war ein Frauenhaus gewesen. Eine Zuflucht. Und da ist mir plötzlich dieser Spruch eingefallen. Keine Ahnung, wo der herkommt. Hat den irgendwer Berühmtes mal gesagt? Suche sie heim, als wärst du bereits tot.

F.
Suche sie heim, als wärst du bereits tot.

F.
Suche sie heim, als wärst du bereits tot.

F.
Weil ich will, dass du dir das merkst. Weil du es vielleicht eines Tages brauchst. Als ich diese Frauen freigelassen habe, hat sich das angefühlt, als hätte ich gerade auch all die Frauen in der Müllwagen-Karawane mit befreit. Frag mich

nicht, woher, aber ich wusste: Sobald diese Zombie-Frauen auf diese Patrioten-Männer trafen, die mich wieder einfangen wollten, würde es einen Kampf geben, einen richtigen Kampf, und ein einziges wertloses Weibsstück wie mich wiederzufinden hätte da sicher keine Priorität mehr.

F.

Irgendwann ja. Nachdem ich es aus dem Ort geschafft hatte. Irgendwann hab ich mich noch mal umgedreht und gesehen, dass es auch eine ganze Menge Zombies rausgeschafft hatten, und erklär mich von mir aus für bescheuert, ich weiß ja auch, dass ich eine Menge Rauch eingeatmet und ordentlich Blut verloren hatte und vielleicht nicht mehr wirklich zurechnungsfähig war, aber ich schwöre, das waren samt und sonders Frauen. Als hätten die sich plötzlich daran erinnert, dass sie ja gehen und jagen können, und ich war froh darüber, auch wenn sie in dem Moment gerade hinter mir her waren. Die Vorderste sah so seltsam aus, dass mich das am ehesten an der ganzen Erinnerung zweifeln lässt. Sie hatte so Klingen an den Handgelenken und ausgerechnet einen Bogen – einen richtigen Jagdbogen. Und sie hatte Metallbeine, diese Sprinterprothesen, und war deshalb extrem schnell. Verdammt, hab ich gedacht, dieser Robo-Zombie erwischt mich am Ende noch. Hat sie aber nicht. Sie hat in die Sonne geschaut, als wäre sie erleichtert, dass die nicht vom Qualm verdeckt war, und ist dann entschlossen Richtung Westen abgedreht.

F.

Ja, die anderen waren weiter hinter mir her. Hör mal, das hier ist das erste Interview der Reihe. Lass uns mit gutem Beispiel vorangehen und nicht ewig weiterlabern. Außerdem bin ich ziemlich erschöpft. Du nicht? So viel zu reden ist anstrengend. Hatte ich ganz vergessen. Wer hat denn die ganzen letzten Jahre viel Zeit zum Reden gehabt? Um es kurz zu machen – die Patrioten hatten zwar nicht vorgehabt, mir, einer Frau, beizubringen, wie man Benzin aus Tankstellen abpumpt oder Autos kurzschließt und so weiter, haben sie aber unabsichtlich trotzdem, und das hat mir dabei geholfen, mich schleunigst zu verkrümeln. Ich wollte das Land der kleinen US-Flaggen einfach so weit wie möglich hinter mir lassen. Also auf nach Kanada, war ja nur logisch.

WIR WERDEN UNS SELBST ÜBERRASCHEN

Vor zwanzig Jahren war Greer einmal vom Hämmern an der Tür des Wohnwagens aus dem Schlaf gerissen worden. Es war noch früh, nur Papa war schon wach, zog sich wahrscheinlich gerade seine HortiPlastics-Uniform an, während er die schwarzen Spritzer aus der Kaffeemaschine im Auge behielt, aber bei diesem Lärm war er munter geworden und hatte seine sonore Stimme eingesetzt, um diesen offenbar Drogenabhängigen zu vertreiben, der sie um die Uhrzeit belästigte. Dann aber fingen sie an zu reden, und als Greer ins Wohnzimmer kroch, sah sie zusammen mit Conan, der auf dem Sofa lag und unter seiner Bettdecke hervorguckte, einen der Besitzer von Sunnybrook eintreten, begleitet von einem anderen Weißen, dessen fette Wampe halb über einen Pistolenholster hing.

Der Fremde fing an, ihre Sachen zu durchstöbern, während Papa empört stotterte. Das ist illegal! Sie brauchen einen Durchsuchungsbescheid! Der Besitzer verdrehte die Augen und sagte: Mr. Morgan, wollen Sie nicht auch herausfinden, wer hier Drogen verkauft und das schöne Sunnybrook zu einem Sündenpfuhl macht? Die Erniedrigung, die Papa in die Wangen stieg, war so heißt wie der frische Kaffee. Der Mann mit der Wampe fand keine Drogen, dafür aber jede Menge Anzeichen eines lausigen Lebens: einen Eimer mitten in der Küche, um Regenwasser aufzufangen; kaputte Fenster, nur mit Klebeband repariert; ein System aus verdrehten Kleiderbügeln, um die Kühlschranktür geschlossen zu halten. Alles Innovationen, auf die die Morgans stolz gewesen waren, bis diese Männer verächtlich ihre Mienen darüber verzogen, wie diese Tiere hier hausten.

Jetzt war Greer die bedrohliche Fremde, wie es damals der dicke Mann gewesen war, mit einem Bogen statt einer Pistole, und schnüffelte in Ecken herum, wo sie nichts zu suchen hatte: hinter den verschlossenen Türen von Slowtown. Sie hatte gute Gründe dafür, aber hatte der Besitzer von Sunnybrook nicht ähnlich gedacht? Greer öffnete die Tür der ersten Wohnung im Erdgeschoss. Aus einem Schaukelstuhl schaute ein Zombie zu ihr auf. Er war so kaputt, dass sich die frei liegenden Sprungfedern der Sitzfläche wie Korkenzieher durch die verrotteten Oberschenkel bohrten. Der Teppich aus flockigem Polyester war zugemüllt – ein Ofenhandschuh, ein halber Aktenkoffer, Tasten von einem E-Piano, ein Eichhörnchenskelett. Und ihr erster Gedanke?

Tiere. Die hausen hier wie die Tiere.

Sofort spürte sie brennende Scham, sowohl für sich als auch für den Zombie, spitz an beiden Enden wie die vielen Pfähle da draußen, auf denen abgeschlagene Köpfe steckten. Die Zombies als Tiere zu betrachten war kein Stück besser als das, was Mama Shaws Krankenpfleger damals vor einer Million Jahren gesagt hatten. *Vielleicht sind Die schlauer, als Die aussehen.* Sie betrat das Zimmer so schnell, dass der Zombie nicht mehr tun konnte, als sie verdutzt anzustarren, und vergewisserte sich, dass die restlichen Zimmer der Wohnung leer waren. Waren sie nicht. Zwei Zombies in einem Raum, drei im anderen, und im Badezimmer ein Dutzend Zombie-Ratten, die mit zitternden Schnurrhaaren ihre gelben Zähnchen fletschten. Aber kein Muse, also huschte sie wieder nach draußen, machte die Tür zu, schloss die Augen und lauschte. Dieses leise, melodische Vibrieren war immer noch zu hören. Sie beugte sich zur Seite und schaute die Treppe hinauf. Zwei Obergeschosse, sechs weitere Wohnungen. Also los.

Schätzungen zufolge wohnten in jedem Gebäude entlang der Queen Street ein bis zwei Schlurfer, aber nachdem Greer mit dem ersten Stock durch war, hatte sie vierzehn Zombies gezählt. In einem Gebäude. Entweder wollten viele von ihnen möglichst nahe bei Frau Häuptling wohnen, oder Slowtown hatte erheblich viel mehr Einwohner als gedacht. Greers Haut brannte noch heißer, versengte ihre Knochen. Sie musste das Tempo aufrechterhalten, immer wachsam bleiben. Sie spähte die Treppe hinunter und sah, dass der erste Zombie aus dem Erdgeschoss seine Beine aus dem Schaukelstuhl befreit, die Tür geöffnet und die Treppe in den ersten Stock zur Hälfte erklommen hatte. Auch hinter jeder anderen Tür war das *Knick-knack* zu hören. Sie war ein Eindringling und wurde daran erinnert – zurückhaltend bis jetzt, aber sie konnte sich schlecht darauf verlassen, dass das Wohlwollen anhielt.

WIDERSTAND: Hatten sie die Botschaft bereits entschlüsselt?

Der Treppe in den zweiten Stock fehlten mehrere Stufen. Durch das Loch war zu erkennen, wie sich die Zombies unten versammelten. Greer sprang über den Abgrund hinweg und fühlte, wie der Boden unter ihr leicht nachgab. Es sei denn, das lag an der Musik, die jetzt so nah war, dass sie nicht einmal mehr alle drei Wohnungen oben durchsuchen musste. Es war eine Gitarre, keine Frage. Sie legte die Hand um einen harten Türknauf aus Plastik und wartete auf die Vibrationen in ihren Fingerspitzen, in Knöcheln und Brustbein und all den anderen Stellen, die einmal von *Lasst ab* berührt worden waren – und von den Händen, die dieses Lied spielten.

Sie öffnete die Tür, trat über die Schwelle und dachte: *Das war viel zu einfach.* Es musste einen Haken geben. Die letzten fünfzehn Jahre hatten aus nichts als Haken bestanden. Was sie aber vor sich sah, war genau der Anblick, nach dem sie sich die letzten drei Monate gesehnt hatte, kein zerknülltes Foto des achtzehnjährigen Muse King, sondern das Original Ende dreißig. Er zupfte an seiner Gibson Les Paul von 1978 namens Hewitt, mit Ahornhals und Mahagoni-Korpus in einem speziellen Schneeweiß. Obwohl er nicht dazu sang, hätten die grauen Atemwölkchen in der kalten Luft ganze Liederbücher sein können. Er lebte.

Jedes erdenkliche Gefühl durchfuhr Greers Körper, ein Mahlstrom aus Erleichterung, Dankbarkeit, Verrat und Wut, wobei Letztgenannte, da sie die Löwin war, natürlich dominierte. Sie knallte die Tür hinter sich zu und stieß einen einzigen Schrei aus, spitz wie ein Eispickel.

»Du warst die ganze Zeit hier? Ich werd *deinen* Kopf auf einen Pfahl spießen! Arschloch!«

Die zupfenden Finger verharrten nur eine Note lang, ehe sie fortfuhren. Weniger als eine Sekunde und doch lange genug, um einen Platz zu schaffen, in dem Greer sich die Augen reiben und einen knappen Gedanken fassen konnte. Da saß Muse, keine Frage; aber nicht der Muse, an den sie sich erinnerte. Er roch beißend und zu süß. Sein dünner Pullover hing über den Knoten seiner skeletthaften Schultern. Sein Gesicht war zu einer schmalen Pyramide geschrumpft und bedeckt von einem Bart wie schwarzer Schimmel. Seine Haut hatte die Farbe von Sandstein. Seine roten runden Augen schimmerten durch die rollenden Atemwolken, in die sie ihr Gesicht stoßen wollte, bis sie auf ihren Wangen zu Tränen kondensierten.

Hinter ihr knarrten Treppenstufen. Die Zombies kamen, langsam und schwach und in einer Zahl, mit der sie nicht gerechnet hatte.

»Steh auf.« Sie schnipste mit den Fingern. »Wir diskutieren das später aus.«

Er lächelte; ein schmaler violetter Schlitz. »Erinnerst du dich an diese Melodie?«

»Erinnerst du dich an *diese* Melodie? Das bin ich, die dich anschreit, dass du deinen Arsch in Bewegung setzen sollst?«

»Shhh.« Er nickte verträumt. »Hör mal.«

Der Korpus der Gibson war von Schäden aus dem Zweiten Mittelalter gezeichnet, aber durch die Plünderung eines Musikladens im Jahr zwei besaß Muse einen lebenslangen Vorrat hochwertiger Saiten, und die Gitarre klang noch immer gut, auch der selbst gebaute Dämpfer aus dem Traktorreifen war wieder über dem Schallloch befestigt. Greer wollte keine Sekunde verlieren, wusste aber – wie jeder, der fünfzehn Jahre mit einer anderen Person verbracht hat –, dass man manchmal ein bisschen geben musste, um ein bisschen zurückzubekommen. Sie ballte die Fäuste und gab vor, ihm zu lauschen. Da erkannte sie das *Pling-pling-pling* plötzlich wieder.

Lasst ab hatte sich in das Lied verwandelt, das Muse gespielt hatte, als sie sich zum ersten Mal begegnet waren, auf einer matschigen Kreuzung im Nirgendwo zwischen ein paar Feldern in Missouri. Sie hatte sich zu gut unter Kontrolle, um ein Keuchen entweichen zu lassen, spürte aber den Stich in der Brust wie eine herausgerissene Rippe. Muse, dessen Stimme ein verwüstetes Knurren war, dadurch aber fast noch schöner klang, kratzte sich durch die zweite Strophe.

> *»Take my burned old bones*
> *Cool them in the river, y'all*
> *Take my burned old bones, ooo-ee*
> *Cool them in the river, y'all*
> *So all the pitch black things I done*
> *Slide right down the waterfall.«*

Einmal mehr hatte Muse sie kommen gehört und sein Lied angestimmt, um sie zu sich zu lotsen. Das war der einzige Grund, aus dem sie sich nach jenen angsterfüllten Tagen sehnte: der Wunsch, noch einmal zu empfinden, was sie an jenem Morgen empfunden hatte. Sie erinnerte sich daran, wie ihr erstes Gespräch verlaufen war. Es war einfacher, als sich neue Zeilen einfallen zu lassen.

»Durst?«, fragte sie. Ein Echo, das sich durch die Jahre zog.

Muse lächelte. Er hatte seinen Text nicht vergessen. »Ich muss pinkeln.«

Jetzt war sie wieder an der Reihe. »Du frisst wie ein Hund.«

»Wuff«, rezitierte er.

Obwohl ihre Arme schwer wie Anakondas waren, gelang es ihr, mit einer ausladenden Geste die halb zerfallene Wohnung einzuschließen. »Ist das hier deine Ecke?«

So müde und krank er auch aussah, wieder hatte Muse die Antwort von damals sofort parat. »Nee. Das ist nicht meine Ecke. Bin nur hier vorbeigekommen und, tja, hab mich irgendwie faustisch gefühlt. Hätte nichts gegen einen Robert-Johnson-Deal einzuwenden.«

Greer musste sich aufstützen, also stellte sie ihren Bogen auf dem Boden ab. Das harte Klopfen signalisierte ein Ende ihrer Aufführung. »Mittlerweile weiß ich, wer das war. ›Kind Hearted Woman‹.«

»Dann weißt du ja auch, was er da draußen an der Kreuzung des Teufels getrieben hat.«

»Seine Seele verkauft.« Die Worte machten ihr Angst, und sie wedelte mit einer Hand, um ihre Reaktion zu verbergen. »Na komm. Steck sie weg.«

»Ich kann nicht mit dir kommen, Baby.«

Ihr Seufzen fühlte sich an wie ein Gewölle aus Dornen. Sie schaute zu Boden und räusperte sich. Die Wohnung sah aus, als hauste hier ein Junkie. Konservendosen, geöffnet mit dem harten Tritt eines Stiefelabsatzes. Verkrustete Flecken, wo der gelierte Inhalt verspritzt war. Plastikfeuerzeuge. Brandflecken und Asche von stümperhaften Feuerstellen. Alte Socken und Lappen, verklebt mit einer dunklen Flüssigkeit, Blut vielleicht. Hinten in der Ecke ein Eimer, der Pisse und Scheiße enthalten mochte. Sie trat eine der leeren Dosen weg und sah ihr hinterher, wie sie schief und krumm davonkullerte.

Katzenfutter. Das Foto einer orangefarbenen Perserkatze auf dem Etikett war zu einem Chiaroscuro-Effekt erodiert. Der Anblick tat ihr in den Augen weh. Und im Herzen. Das sah nicht gut aus. Sie wollte sich auf die dreckige Matratze sinken lassen und diesen einst so schönen Jungen in die Arme schließen, fürchtete sich aber davor, nicht mehr hochzukommen, wenn sie erst zwischen seinen knochigen Armen feststeckte, nicht einmal, wenn die Zombies kamen, mit ihren wenigen Zähnen und ausgedörrten Zungen.

»Das hat irgendwas mit dem Zeug zu tun, wovon du immer geredet hast«, sagte sie. »Monatelang. Eigentlich jahrelang.«

Er kicherte sanft. »Du hast nie zugehört.«

»Jetzt werde ich dir zuhören – sobald wir wieder im Fort sind. Morgen steht eine wichtige Abstimmung an. Du hast ja keine Ahnung. Richard, er will – wie soll ich das bloß erklären?«

»Richard.« Er seufzte. »Seinetwegen bin ich verschwunden.«

»Jetzt kannst du seinetwegen zurückkommen. Du kannst mit den Leuten reden, ihnen begreiflich machen, was sie tun sollen. Das kannst du so gut.«

»Es ist zu spät. Ich muss hier bleiben. Für meine Leute.«

»Deine Leute wohnen im Fort.«

Sein Lächeln sah schmerzhaft aus. Er ließ den Kopf kreisen. Sein Hals knackte wie eine Reiswaffel, eine seltsame Begleitung für sein Saitenzupfen.

»Du kennst doch Hoffmann?«, fragte er. »Die Bibliothekarin?«

Greer ging sofort darauf ein; gerade war sie bereit, sich an jeden Strohhalm zu klammern. »Sie ist gerade unten auf der Queen Street, direkt vor der Tür. Los, wir gehen zu ihr.«

»Tief im Innern haben wir es doch alle gewusst, aber richtig klar geworden ist es mir erst, nachdem mir es diese Dame erklärt hat. ›Das Zombie-Virus ist nicht kannibalistisch. Es ist *menschenfeindlich.*‹«

Quietschen, Knirschen, Stöhnen, knarrende Türen, Geländer wurden umklammert, Stufen erklommen.

»Damals wollte niemand so einen Mist hören«, sagte Greer. »Und jetzt haben wir auch keine Zeit dafür.«

»Hoffmann hat sehr vieles richtig verstanden. Nur in einem Punkt hat sie sich geirrt.«

»Schluss mit dem Drama. Spuck's aus, dann verschwinden wir hier.«

Die fünf Finger seiner rechten Hand schnellten in die Höhe, ließen die Saiten im Stich. Seine linke Hand würgte den Gitarrenhals. Stille wie frischer Schnee.

»Nicht die Zombies sind das Virus. Wir sind es selbst.«

Eine lange, kalte Hand kroch ihre Kehle hinab, packte ihre Hoffnung wie Eingeweide und riss sie ihr durch den geöffneten Mund heraus. Es ging gar nicht um das, was Muse genau gesagt hatte; die Einzelheiten waren ihr scheißegal. Es war dieser Tonfall störrischer Überzeugung. Nichts würde ihn freiwillig aus dieser Wohnung bringen, bis auf ein Maß an roher Gewalt, das sie allein nicht aufbringen konnte, vor allem nicht, wenn sich draußen die Zombies versammelten. Tränen traten ihr in die Augen.

»Deshalb hockst du hier draußen? Um tiefgreifende Gedanken mit den Weißaugen auszutauschen?«

»Was hab ich schon an der Kreuzung gesagt? Das beste Versteck ist ein völlig offensichtliches.«

»In klirrender Kälte? Mit Katzenfutter als Nahrung?«

»Hör zu, Greer. Hör einfach zu. Ich werd noch was spielen.«

»*Das* hast du jetzt vor, verflucht?«

»Es beruhigt sie, wenn ich spiele. Es wird dich auch beruhigen.«

»*Ich* bin noch nicht tot!«

Oder war sie es doch? Über einem demolierten Donut-Laden stehen, zusammen mit einem Blues-Gitarristen, der Katzenfutter fraß? Klang schon ziemlich nach idiotischem Jenseits.

»Was tun Viren wirklich? Lass mich ausreden.« Er spielte wieder; Herzschlag-Muster, liebeskranke Tupfer. »Sie vermehren sich, passen sich an, töten. Wir Menschen haben all das zuerst getan, oder nicht? Wir waren auf dem besten Weg, alles kaputt zu machen. *Wir* waren die Krankheit, Greer. Was sind dann die Zombies?«

»Du willst, dass ich ›das Heilmittel‹ sage. Da, bitte schön.«

»Sie sind das Antivirus, genau. Entspann dich. Spür die Musik. Ich erzähle dir jetzt, warum ich dich nicht begleiten kann.«

»Du hast mich verlassen. Du hast mich *sitzen lassen.*«

»Nur für ein Weilchen. Wir kommen alle wieder zusammen.«

»Was soll das denn heißen?«

»Ich habe früher viel über die Seele gesungen, aber nie wirklich darüber nachgedacht, was das eigentlich heißt. Jetzt denke ich darüber nach. Ich denke die ganze Zeit darüber nach. Weil wir unser Virus ungebremst verbreitet haben, hatte die Welt gar keine andere Wahl, als Gegenmaßnahmen zu ergreifen. Sie hat versucht, uns aufzuhalten. Sie hat uns die Seelen direkt aus den

Leibern gerissen, uns in zwei Hälften geteilt – die Lebenden und die Toten. Wir stehen jetzt alle an der Kreuzung, Baby. Wenn wir wirklich eine Chance haben wollen, wenn die Welt wirklich eine Chance haben soll, müssen wir Körper und Seele wieder zusammenfügen.«

»Wir haben bereits eine zweite Chance, KK. Old Muddy.«

»KK? Oh-oh.« Er lachte. »Jetzt krieg ich gleich Ärger.«

Sie spürte einen Funken der alten Wut und schnappte danach. »Nur, damit ich das richtig verstehe. Du hast jetzt alles begriffen. Du. King Kong. Musiker. Seit fünfzehn Jahren hat niemand auch nur die geringste Ahnung, was zur Hölle eigentlich falsch gelaufen ist, aber du mampfst ein paar Wochen lang Katzenfutter, und plötzlich bist du Sokrates?«

»Es liegt nicht an mir. Es ist die Musik. Ich glaube, es hätte nicht mal Musik sein müssen. Hätte auch Lyrik sein können. Malerei. *Kunst*, darauf will ich hinaus. Jegliche Form von Kunst ist mit dem 23.10. den Bach runtergegangen, richtig? Bis auf mich. Ich hab weitergespielt. Ich habe die Fackel weitergetragen. Und das konnte ich nur, weil du bei mir warst. Du hast gekämpft. Du hast mich beschützt. Du hast Kunst, *alle* Kunst, überhaupt wieder möglich gemacht. Du hast geholfen, unsere Seelen am Leben zu halten. Darauf solltest du stolz sein.«

»Stolz? Ich bin auf gar nichts stolz. Glaubst du, ich höre die Kinder von St. Croix nicht jeden verfickten Tag in meinem Kopf schreien? Hätte ich deine Gitarre in tausend Stücke zertrümmert, wäre ich vielleicht stolz. Vielleicht.«

»Ich glaube, man muss erst mal 'ne Menge Scheiße durchmachen, bis man das sehen kann. Und das hast du doch. Genau wie Will und Darlene – ich glaube, genau deswegen haben sie mir die Gitarre ihres Sohnes geschickt. Wir konnten Menschen zusammenbringen, Tiere zusammenbringen, Pflanzen, Bäume, Feuer, Wasser zusammenbringen, einfach alles, und alles akzeptieren, in allem etwas Schönes sehen. Das ist Kunst. Das ist Kunst.«

»Du klingst wie jemand, der drauf und dran ist, was richtig Dummes zu machen. Bitte, Muse. Komm zurück ins Fort.«

»Das Fort ist nur ein Zwischenschritt, der uns nicht weiterbringt. Greer, wir müssen aufhören, die Welt besitzen zu wollen. Das haben wir längst versucht. Wir haben uns darum gerissen wie Wölfe um einen Kadaver. Und darüber vergessen, dass die Welt, na ja, einfach nicht uns gehört. Wir sind hier, um *mit* ihr zu leben. Durch Musik. Durch Poesie. Durch Kunst.«

»Von mir aus. Okay? *Von mir aus.* Ich will mich nicht streiten. Hörst du die Geräusche aus dem Treppenhaus? Fuck! Ich hab hier einen *Bogen*, Muse, kein Maschinengewehr. Du bringst uns beide um, klingt das auch noch so poetisch?«

Sein Ringfinger liebkoste die B-Saite, ein zittriges Klagelied.

»Die werden dir nichts tun. Nicht, solange du bei mir bist.«

»Die lassen sich von ein bisschen Blues abhalten?«

Auf seinen Lippen jetzt das gleiche Zittern, das gleiche Klagelied.

»Weil ich jetzt wie sie bin. Oder sehr bald sein werde.« Er lächelte traurig. *»My old spirit's going to take a Greyhound bus and ride.«*

Wie von einem Seilzug erfasst, ruckte ihr Blick zurück Richtung Boden. Dass dieses Zimmer wie der Unterschlupf eines Junkies aussah, lag nicht nur an den Ascheresten und Konserven. Da lag auch eine benutzte Spritze. Mehrere Spritzen, um genau zu sein, wahrscheinlich aus der Tierklinik ein paar Blocks weiter im Norden. Falls Muse die Wahrheit gesagt hatte über seine Vergangenheit als Bluesstar, hatte er um intravenöse Drogen eigentlich immer einen großen Bogen gemacht – was nur bedeuten konnte, er hatte etwas derart Grauenvolles getan, dass sie nicht einmal wusste, wie sie überhaupt darauf kam.

»Hast du …? Muse. Hast du dich absichtlich …?«

Beide Ärmel seines Pullovers waren zerschlissen und aufgetrennt. An seinem linken Unterarm waren mehrere schwarze Einstichstellen zu sehen. Er nickte, sanft und gemessen, als wollte er ein schluchzendes Kind besänftigen. Auch seine Musik war in einen sanften Rhythmus übergegangen, der ein wenig irisch klang. Erst jetzt ahnte sie, welche Anstrengung es ihn kosten musste, seine Finger in Bewegung und seinen Körper aufrecht zu halten; und alles nur für sie.

»Keine Sorge, ist nicht so schlimm«, sagte er schnell. »Ich hab nur eine Weile gebraucht, um eine Ader zu finden, das ist alles.«

Wie Schmierfett liefen die heißen Tränen ihre kalten Wangen hinab.

»Muse. Nein.«

»Ich habe es von Frau Häuptling genommen. Von der Besten ihrer Art. Sie ist die Mutter, die ich nie hatte. Und der Vater. Obwohl Will und Darlene sehr nah dran waren.«

Greer ließ den Bogen fallen, ergriff ihren Kopf mit beiden Händen, die Fingernägel wie Eissplitter auf ihrer Kopfhaut. »Ich weiß ja, dass du sie nicht töten wolltest. Oder ihnen auch nur wehtun. Aber *einer von ihnen werden*? Muse, du *Idiot*, du blöder *Wichser*, warum denn? Das geht zu weit, verflucht!«

»Du bist aufgebracht«, flüsterte er. »Ich verstehe das, Baby, ich akzeptier das auch. Aber du musst dich eines fragen: über welche Leute hat man das noch gesagt? Sie wären zu weit gegangen? Man sollte sie in ihre Schranken weisen?«

Klick – Fingernägel an der Tür. Oder wahrscheinlich eher Fingerknochen. Selbst die tiefste Melancholie konnte Greers Instinkte nicht trüben. Sie fuhr auf dem Absatz herum, sah einen Metallstuhl, packte die Lehne und rammte ihn unter den Türknauf. Ein paar Zombies würde er wohl aufhalten. Aber der Stuhl war von Rost zerfressen; das Türholz sah aus, als würde es gleich wie ein alter Kürbis zerplatzen. Sie wirbelte zum Bett herum.

»Du arrogantes Arschloch! Im Fort wollte niemand deinen Mist hören, also bist du hierhergekommen, um Leute zu finden, die dir nicht mehr sagen können, dass du die Fresse halten sollst!«

»Sei ruhig wütend. Ist schon okay. Aber bald bin ich einer von ihnen. Sie spüren das. In meinen Armen tun sie dir nichts.«

»Am Arsch! In *deinen* Armen? Willst du mich beißen? Ist das dein toller Plan?«

Er grinste. Seine Zähne waren braun. »Nur, wenn du es auch willst.«

»Ich werd hier oben nicht mit dir zusammen verrecken, du mieser Bastard!«

»Menschen, Zombies – wir alle sterben«, sagte er sanft. »Folgendes müssen wir einfach akzeptieren: Wir sind intelligente Zombies, so wie die Zombies dumme Menschen sind. Sehr bald schon werden sich diese beiden Linien überschneiden, und dann gibt es *keinen Unterschied mehr* zwischen uns. Körper und Seele sind wieder eins. Ich spüre es. Frau Häuptling spürt es. Ganz Slowtown spürt es. Was glaubst du, warum Richard so erbittert kämpft, wie ein Fisch am Haken? Er spürt es auch. Ich hab gewusst, dass du mich besuchen kommst, Baby. Ich hab auf dich gewartet. Weil du es auch spürst, nicht wahr?«

Fuck, auf keinen Fall. Sie spürte gar nichts außer Zorn, und darunter Trauer, und noch tiefer eine Unruhe, die sie von Geburt an in sich getragen hatte. Kämpfen war alles, was sie konnte, und er sagte, dass sie die Fäuste senken sollte? In ihren Augen bedeutete das aufzugeben. Aber was, wenn es kein Aufgeben war? Muse hatte gefragt, ob sie es auch spüren konnte. Während die Willenskraft langsam aus ihren Augen lief, ließ sie den Gedanken zu, dass sie es vielleicht spüren konnte. Es hatte sich angekündigt im Rascheln der Bäume, denen jetzt die Welt gehörte, deren Äste nur halb gen Boden reichten, sodass sie die Arme recken musste; es hatte sich angekündigt in den Formationsflügen der Spatzen, die ihre Kreise zogen, ganz nah, sich dann ruckartig wieder entfernten und ihre Aufmerksamkeit auf die gewaltige Weite des Himmels lenkten, und wie winzig die Menschen im Vergleich doch waren; es hatte sich angekündigt in der Art, wie ihr beim Gang durch Slowtown die Blicke der Zombies folgten wie Sonnenblumen der Sonne, deren Brustkörbe schon halb eingedrückt waren, wie um Platz für ihre unweigerlich bevorstehende Umarmung zu machen.

Sie schlug sich klatschend vor die Stirn, um solche Gedanken zu verscheuchen, dann aber glaubte sie, leise ein zweites Klatschen zu hören, ein drittes. Die Wohnung war zu eng, um den Bogen sinnvoll zu gebrauchen, aber sie hatte schon viele Zombies nur mit Stiefeln und Fäusten abgewehrt. Sie ging in Angriffsstellung und hörte das Klatschen nahen. Sobald sie Muse entdeckt hatte, hatte sie alle Regeln missachtet, vor allem die wichtigste, die da besagte, immer erst jeden verdammten Raum abzusuchen, wenn man ein Gebäude betrat. So ein Anfängerfehler – sie hatte echt verdient, was immer ihr nun bevorstand.

Und das war ein Hund. Er bog mit einem unregelmäßig hüpfenden Gang um die Ecke, da ihm das linke Hinterbein fehlte. Nicht ganz; die obere Hälfte hing noch am Körper fest, die zerbrochenen Knochen schwangen hin und her. Es war ein Zombie-Schäferhund, die ausgeprägten Merkmale dieser Züchtung waren kaum noch zu erkennen. Der schwere Brustkorb war nach wie vor tonnenförmig, obwohl die Hälfte der inneren Organe durch breite Ritzen zwischen den frei liegenden Rippen herausgefallen war. Der einstmals buschige Schwanz war eine knochige Perlenkette, hier und da hingen noch Fellreste wie Büschel aus dichtem Moos. Die Ohren, früher spitze Radarschüsseln, waren zu kleinen Knöpfen verwest. Der gesenkte Kopf, im Leben ein Zeichen für Aggressivität, deutete nun lediglich auf eine fortgeschrittene Verwesung des Halses hin. In dieser Haltung hing die charakteristische lange Zunge, nun noch länger, als fast dreißig Zentimeter messender Lappen grauen Trockenfleischs seitlich hervor und schleifte über den Boden – die Quelle des Klatschens.

Greer verlagerte ihr Gewicht. Dank der übergroßen Kiefer blieben Zombie-Hunde anders als Zombie-Menschen bis zum Schluss eine Gefahr, solange sie noch keine Softies waren. Der Schäferhund trottete voran, die weißen Augen wie zwei Lichtpunkte im Halbdunkel, die großen Reißzähne ebenso. Er kam nur wenige Zentimeter von Muse auf seiner Matratze entfernt durch die Tür, und obwohl Greer wusste, dass Muse dem Untergang geweiht war, hatte sie nicht vor, hier zu stehen und zuzusehen, wie er von den Zähnen dieses dreibeinigen Monsters zerfleischt wurde. Sie holte mit einem Bein aus.

Der Hund setzte sich hin. Das war das Letzte, was sie erwartet hatte. So adrett wie möglich hockte er auf den verwesten Vorderbeinen da und legte den Knochenschweif um die Fellfetzen seines Hinterteils. Er schaute zu Greer auf und ließ die tote Zunge baumeln, vielleicht nicht gerade glücklich, aber doch sichtlich zufrieden.

Muse unterbrach sein Saitenzupfen, um ihn zu berühren. Greer atmete zischend ein und sah bereits vor ihrem geistigen Auge seine talentierten Finger zu blutigen Stümpfen werden, aber der Hund tat nichts. Er ließ sich den Kopf kraulen. Muse hatte ihm offenbar schon oft den Kopf gekrault – das Fell war vollständig abgewetzt, die Fingernägel kratzten über den frei liegenden Schädel.

»Das ist Willy«, sagte Muse.

Da war es vorbei. Sie hatte zu viel gesehen. Greer ließ sich auf die Knie fallen, schlitzte sich dabei das Wadenbein an einer Katzenfutterdose auf, ließ ihr Gesicht schwer gegen Muse' fiebrig feuchten Hals fallen. Er nahm die Gitarre beiseite, sie schloss die Arme um seinen zitternden, skelettartigen Rücken und stellte fest, dass sie beide trotz aller Dinge, die ihnen zugesetzt hatten, noch immer zusammenpassten, lebendig und tot, Körper und Seele.

Greer wartete darauf, von Willy oder Muse gebissen zu werden oder das Klimpern zu hören, mit dem er eine der Spritzen mit den Körpersäften von Frau Häuptling vom Boden aufhob. Stattdessen war sie es, die aufgehoben wurde, wieder auf die Füße gestellt wurde, und obwohl ihre müden Beine die ganze Arbeit leisteten, weil Muse viel zu schwach war, gewährte sie ihm, was sie ihm all die Zeit draußen in der Wildnis niemals erlaubt hatte; sie ließ ihn ihr Ziel bestimmen. Er führte ihre umschlungenen Körper zur Tür, schob den Stuhl beiseite und drehte den Knauf. Greer durchsuchte sich nach Furcht. Merkwürdigerweise fand sie keine.

»Wir werden uns selbst überraschen«, flüsterte er. »Ich bitte dich nur um eins – sag ihnen nicht, dass ich hier oben bin. In Ordnung? Du – du kommst zurück, wenn du so weit bist. Bis dahin will ich dir nur einen kleinen Vorgeschmack auf das geben, was wir tun können.«

Die Tür ging auf. Weißäugige Schädel trieben auf sie zu, als hätten sie sich vom Grund eines Sees gelöst. Die matschigen Hautfetzen verschmierten Schleim auf ihrem Hals. Die dornigen Fingerspitzen tanzten wie Katzenbabykrallen ihre Arme empor. Die kalten Zähne drückten sich wie Maiskörner in ihre Wange. Aber die Finger gruben nicht, die Zähne sanken nicht ein. Greer schmiegte sich noch enger an Muse. Sein Körper war schwach, aber seine Finger, stark wie eh und je, legten sich schützend in ihr Kreuz. Wie auf Kommando legten sich ein Dutzend weitere Hände auf sie, drückten sie unschuldig wie Kinder, ehrfürchtig wie Priester. Die Zombies trugen sie, Muse trug sie, sie trug sich selbst. Es war eine verblüffende, berauschende Bewegung, nicht Leben, nicht Tod, sondern ein Pfad, der mitten durch beides führte.

PLÖTZLICH TRAURIGKEIT

Es hätte Ordnung herrschen sollen. Wenn eine eskalierende Situation entschlossenes Handeln erforderte, konnten sich die zehn Sekunden, die es dauerte, Aufgaben zu verteilen, wie zehn Jahre anfühlen, aber diese paar Augenblicke konnten Leben retten, nicht selten das aller Beteiligten. Diese Lektion hatte sich seit fünfzehn Jahren bewährt.

Charlie hatte bereits befürchtet, dass die letzten Jahre relativen Friedens hätten diese Regeln aufgeweicht hatten, und sah sich nun bestätigt. Nishimura drang in den Donut-Laden vor, ohne sich mit Etta, Charlie oder dem Gesicht abzusprechen. Das Gesicht rannte hinterher. Hoffmann, ewig folgsam, kam als Dritte. Was Charlie, die sich seit Greers Schrei nicht gerührt hatte, dazu zwang, sich in der Ladentür zu postieren. Man musste sich immer nach allen Seiten hin absichern.

Aus dem zweiten Stock über dem Laden drangen die Walgesänge knarrenden Holzes, das Sandpapier-Zischen von Leibern, die an Wänden entlangschrammten, das Rasseln mehrerer Fußfesseln, das popcornartige *Knick-knack.* Da oben mussten unerwartet viele Zombies sein, aber wenn irgendwer die Fähigkeit besaß, unbeschadet an den Trantüten vorbeizuhuschen, dann Greer Morgan. Charlie machte sich mehr Sorgen um Nishimura. Sie stellte sich sein Gehirn wie ein Garnknäuel vor, dessen Ende durch Richard schon zum Bersten gespannt war. Greers Schrei hatte es reißen lassen.

Von drinnen seine Stimme, ziemlich abgehackt. *»Greer!«*

Charlie rang ihre Furcht nieder und behielt weiter pflichtbewusst die Queen Street im Auge. Mitten auf der Straße lag die arme

Softie, noch immer an die Bahre gefesselt. Was den übrigen Zombies nicht zu gefallen schien; Charlie hatte das Gefühl, doppelt so viel wie je zuvor hinter Fenstern und in Türrahmen erspähen zu können. Sie versuchte Ruhe zu verströmen, das Gegenteil des Lärms aus dem Donut-Laden, dann erst betrachtete sie den Zombie, der keine zwei Meter entfernt saß.

Frau Häuptlings Kopf war immer noch starr geradeaus gerichtet, ihre Augen aber, von Farbe und Glanz einer Muschelinnenseite, waren nach oben gerollt und starrten Charlie direkt an. Charlie mochte Frau Häuptling. Das war, wie sie plötzlich begriff, ein radikaler Gedanke. Im Lauf der letzten anderthalb Jahrzehnte hatte sie immer wieder Anfälle von Mitleid für einzelne Zombies empfunden, sogar eine Art Verbundenheit wie im Fall der Zombie-Damen aus dem Frauenhaus in Guyman, Oklahoma. Anders als bei Frau Häuptling hatte sie aber nie den Wunsch verspürt, Zeit mit ihnen zu verbringen. Die Alte wirkte weise, und Charlie musste sich eingestehen, dass sie an dieser Weisheit teilhaben wollte.

Allgemein ging man davon aus, Frau Häuptlings Faszination für funkelnde Objekte sei einer Anomalie in ihrer Amygdala geschuldet. Trotzdem verlieh es ihr eine Art Reife, die man auch bei alten Zootieren beobachten konnte, die ihren Frieden mit den Regeln der Gefangenschaft gemacht hatten und es einem erlaubten, sie so ausgiebig zu betrachten, wie sie selbst einen beäugten. Für Charlie fühlte sich der Anblick eines Softies – ob als Betreuerin von Klein-Hedrick oder wie jetzt bei einem Einsatz – an, als blicke sie über den Rand jenes Wasserfalls, der der Tod war. Man lernte nichts Neues dabei, fühlte sich aber hinterher trotzdem verjüngt und von Ehrfurcht erfüllt. Selbst dem gebrechlichsten Softie wohnte diese Kraft inne; im Hospiz, wo stets mehrere von ihnen anwesend waren, vereinigte sich ihr verlorenes Stöhnen zu einer einzigen kraftvollen Fermate.

Aus dem Donut-Laden drang mehr Geschrei, eine Tür wurde eingeschlagen, Müll auf dem Boden beiseitegetreten. Von weiter oben splitterndes Holz. Statt angespannt zu sein, fühlte Charlie sich einfach nur erschöpft. So lange schon hörte sie dieses Gezänk zwischen Leben und Tod, dass sich jedes laute Geräusch wie die Krallen eines Geiers in ihre Schultern bohrte, ihre Wirbelsäule sich unter der Last des Geierfleischs und des dichten schwarzen Gefieders beugte.

»Nicht schießen!«, schrie Nishimura. »Halt! Das ist Greer!«

Sie hatten Greer gefunden. Das war gut. Trotzdem fühlte Charlie sich nicht besser. Plötzlich wurde sie von Traurigkeit übermannt. Da lag eine große Schwermut im Anblick von Frau Häuptling, oder, besser gesagt, *in Charlie selbst*, wenn sie vor Frau Häuptling stand. Die Regeln von Fort York sahen vor, dass nach dem Tod im Moment der Zombifizierung das Gehirn zerstört und der Körper verbrannt wurde. Obwohl Charlie eine ergebene Dienerin der alten Zombies war, würde sie also selbst dieses Stadium nie erleben. Das war doch eine gute Sache. Aber was für ein Wunder die Zombies gewesen waren! Und wie wenig Fortschritt die Lebenden dabei gemacht hatten, den Sinn ihres Auftauchens zu begreifen, während sie selbst ins Vergessen taumelten.

Wie von einem Eigenleben beseelt, streckte sich ihre Hand nach Frau Häuptling aus, ein großes Raumschiff, das zwischen Sternen aus Staub dahinsegelte. Charlie trug pinke Winterhandschuhe aus Kunstleder mit einem Rand aus Pelzimitat, die Finger waren abgeschnitten. Sie hatte sie aus dem Fundus im Fort gewählt, weil sie gut passten. In dem fahlgrauen Licht aber wirkten sie auf einmal wie das erste Aufblitzen einer Zukunft, in der die Menschen wieder Zeit für Dinge wie Mode haben würden. Das helle Pink überstrahlte die braune, schwindende Haut von Frau Häuptling. Was, wenn man dieser verehrten alten Dame eines Tages weniger gedachte als der Frage, welcher Pinkton besser zu welcher Lippenform passte?

Sie berührte Frau Häuptlings Flechtzöpfe. Drahtseile. Nishimura würde sie umbringen, wenn er sah, wie sie einen Zombie derart liebkoste. Es war ihr egal. Plötzlich hatte Frau Häuptling eine gewisse Ähnlichkeit mit ihrer Mutter, Mae Rutkowski, oder zumindest damit, wie Mae mittlerweile wohl aussehen würde. Charlies Finger strichen über die von Fäulnis befleckte Wange, die unter ihrer Berührung wie Wachs einsank. Sie hatte einfach so Frau Häuptlings Antlitz verändert. Alles veränderte sich, jeden Tag, und nur Frau Häuptling sah sowohl Ende als auch Anfang – was auch immer einst gewesen war, was auch immer eines Tages wieder sein mochte. Charlie ließ ihre Finger über die lila Geschwülste der Lippe streichen – jene Geste der Akzeptanz, die sie John Doe damals verweigert hatte.

»Es tut mir leid«, flüsterte sie.

Ein Haufen Metallschrott quietschte über die gebrochenen Fliesen, als vier Menschen aus dem Donut-Laden ins Freie stolperten. Greer wand sich, um Nishimura abzuschütteln, der ihr Handgelenk gepackt hielt. Ihrem bleichen Gesicht entnahm Charlie jedoch eine weitaus tiefer sitzende Emotion: Schock. Greer musste etwas Denkwürdiges erlebt haben, nur war das im Chaos bisher einzig Charlie aufgefallen.

»… müssen uns hier unten längst gehört haben«, zischte Nishimura. »Wie wir nach Ihnen gerufen haben …«

»Lassen Sie mich los«, fauchte Greer.

»Sie sagt, Muse ist nicht da oben«, teilte das Gesicht Charlie mit.

»Dafür aber eine Menge Zombies«, sagte Nishimura.

»Nehmen Sie Ihre Scheiß-Finger von …«

»Eine *Menge*, viel mehr, als wir …«

»Ich *verpasse* Ihnen gleich eine, Nishimura.«

»Wir sollten los«, sagte das Gesicht, denn ringsum waren Dutzende weiße Augen zu sehen.

»Besser, Sie verpassen mir eine«, sagte Nishimura, »als noch mal die ganze Gruppe derart in Gefahr zu bringen. Niemals wieder, verstanden?«

»Schnüfflerin.«

Dies letzte Wort war nur ein seichter Hauch, fast verloren zwischen all dem Lärm, der für Slowtown viel zu laut war, zwischen all den trampelnden Füßen und klimpernden Schnallen. *Schnüfflerin* – so hatte sie nur eine einzige Person jemals genannt und auch das seit vier Jahren nicht mehr, was nur bedeuten konnte, sie hatte ihn vor Schreck benutzt.

Hier war die Abfolge, die sie bis zum Ende deutlich vor Augen haben würde: Charlie schaut Hoffmann an, Hoffmann schaut Frau Häuptling an, Charlie schaut Frau Häuptling an.

Erst als sie es sah, spürte sie es auch, nicht schmerzhafter als einen etwas zu festen Händedruck. Frau Häuptling hatte die Kiefer um ihre vier Finger geschlossen. Ein paar Sekunden völliger Stille nahm Charlie den Anblick ihres unausweichlichen Todes in sich auf. Es war wie ein Spiegelbild des Bisses, den Mamá Acocella Luis zugefügt hatte – ein Zerrbild aber, da Frau Häuptling Charlies Daumen ausgespart hatte. In den milchigen Augen des Zombies lag keine Bosheit. Sie hatte bloß getan, was in ihrer Natur lag. Charlie fühlte sich nicken, hastig Vergebung aussprechen. Schließlich hatten auch die Lebenden bloß getan, was in ihrer Natur lag.

Frau Häuptling blinzelte. Dafür gab es keine biologische Notwendigkeit. Das Blinzeln wirkte wie ein kleines Geschenk.

War der Biss also auch ein Geschenk?

»Nein!«, brüllte Nishimura.

Er riss an Charlies Mantel. Ihr linker Arm streckte sich, jeder Knochen, jede Sehne wie ein gespanntes Kettenglied, aber die Zähne von Frau Häuptling ließen nicht locker. Nishimura wirbelte herum, sehr agil für so einen alten Kerl, und trat der Zombie-Dame gegen die Brust, gegen den Kopf. Aus Charlies Lunge fuhren kreischende Worte, als hätte er sie angegriffen.

»Was machst du denn?«

Nishimura trat abermals zu. Frau Häuptlings Brustkorb wurde eingedrückt wie ein Pappkarton, mit kleinen Staubwolken lösten sich die porösen Rippen vom Brustbein. Drei Zähne, schwarz wie Öltropfen, flogen zwischen den schlaffen Lippen heraus, dann war Charlie frei, drehte sich um die eigene Achse, vorbei am Bordstein, sah sich schon mit dem Kopf auf der Straße aufschlagen. Arme fingen sie auf. Sie hörte ein Klappern und Surren, als der Bogen auf den Boden fiel. Greer drehte sich unter Charlies Arm hindurch und packte ihr Handgelenk wie den Hals einer Klapperschlange. Charlie betrachtete die komischen Winkel, in denen ihr

Zeige-, Mittel- und Ringfinger abstand. Ein Zahn steckte im jeweils zweiten Fingerglied. Während die beiden Frauen die Finger anstarrten, sprudelte aus den keilförmigen Löchern das Blut hervor.

»Das kann doch nicht *sein*!«, schrie Nishimura.

Hoffmann ging vor Charlie auf die Knie, machte Fischbewegungen mit den Lippen, versuchte wohl, zu atmen oder auch das Wort *Schnüfflerin, Schnüfflerin, Schnüfflerin* zu formen. Die Bibliothekarin warf ihren Rucksack auf den Boden, riss den Klettverschluss auf und zerrte einen Erste-Hilfe-Kasten hervor. Gutes, verlässliches, korrektes Vorgehen, aber Charlie war schwindelig, sie konnte sich nicht auf die richtigen Dinge konzentrieren. Sie schaute Karl Nishimura an, der mit offenen, zitternden Händen dastand, als wäre er nicht einmal mehr in der Lage, sich die Haare zu raufen.

Er schluchzte. »Wie kann denn alles plötzlich so *schiefgehen*?«

Charlie spürte, wie der Ärmel ihres Mantels hochgeschoben, wie ihr Hemd zerrissen wurde. Sie spürte den Druck der Aderpresse auf ihrem Unterarm. Sie konnte nur noch über Nishimuras Worte nachdenken. Er sah mehr als nur einen Biss, mehr als nur eine tote Gefährtin. Er sah den Verlust einer der wichtigsten Personen des Forts – ihr Todesurteil. Charlie war klar, dass Nishimura wusste, wie sich dieser Verlust auf seinen Ruf auswirken würde. Er war es schließlich gewesen, der sich gegen alle Protokolle durchgesetzt hatte, um die Zombies zu schützen, selbst wenn dadurch die Lebenden gefährdet wurden. In seinem Blick sah Charlie den Stimmungsumschwung bei der Abstimmung und den Untergang des Forts, alles verursacht durch diesen kleinen unachtsamen Moment.

Charlie wünschte, er würde sich keine Sorgen machen. Sie hatte Frau Häuptling gestreichelt, um alles wieder gut und nicht noch schlimmer zu machen, aber die Löwin brüllte …

»Ist sie wirklich gebissen worden. Ganz sicher?«

… und Charlie hatte nicht genug Kraft, um sie zu übertönen. Sie bereute ihre Schwäche sofort, als sie zusah, wie Nishimuras entsetzlich geweiteter Blick auf einen bestimmten Gegenstand fiel, den das Gesicht an der rechten Hüfte trug, und dort verharrte.

Bitte nicht, wollte sie flehen, aber statt Worten aus ihrer Kehle kam nur mehr Blut aus ihren Fingern. Greer wich dem Blut aus, das bereits zu Gift geworden sein mochte. Erste-Hilfe-Kästen enthielten nicht länger Fleischermesser – die letzten fünfzehn Jahre hatten bewiesen, dass auch rasch abgetrennte Gliedmaßen die Qualen bloß hinauszögerten. Die Aderpresse diente nicht mehr ihrem ursprünglichen Ziel, sondern sollte das Gegenteil bewirken; statt den Blutverlust einzudämmen, sollte sie den Giftfluss in den Körper verlangsamen, die Wandlung lange genug aufhalten, um die infizierte Person ins Hospiz zu bringen.

Niemand war mit dieser Routine besser vertraut als Charlie selbst. Als Nächstes würde Hoffmann ihrem Rucksack Kabelbinder entnehmen, um Charlie an Fuß- und Handgelenken zu fesseln für den Fall, dass sie sich zu früh verwandelte. *Ihre* Fußgelenke, *ihre* Handgelenke – das alles geschah wirklich.

Nishimura machte einen Ausfallschritt und griff nach dem Holster am Gürtel des Gesichts – ein Anblick, der Charlie fast noch surrealer vorkam als ihr eigener nahender Tod. Karl Nishimura, Galionsfigur des Friedens, Fürsprecher der Gewaltlosigkeit, Gründer des Arsenals, das dazu diente, niemandem Zugang zu Waffen zu gewähren, griff hastig nach einer Pistole. Die im Flottendienst geschulten Hände rissen den Sicherungsriemen ab, und seine Handfläche lag schon auf dem Griff, als das Gesicht endlich zupackte und zu seinem Angreifer herumfuhr. Es gab ein Handgemenge. Nishimura zerrte mit beiden Händen an der Waffe, das Gesicht versuchte sichtlich schockiert, ihn aufzuhalten.

Die rechte Hand des Gesichts rutschte vom Holster ab, zur Überraschung beider Männer. Nishimuras Linke, plötzlich frei, beschrieb einen Bogen durch die Luft und kratzte mit dem kleinen Finger über die verstümmelte Wange. Obwohl sie keine Luft bekam, keuchte Charlie. Sie wusste, dass das Gesicht der Ansicht war, der Anblick seines Gesichts sei bereits schlimm genug. Sich von jemandem berühren zu lassen, und sei es nur durch Zufall, musste undenkbar sein für ihn. Der Mann zuckte zurück wie das demaskierte Phantom in einem Film. Nishimuras Gesicht verzog sich vor Selbstekel, aber trotzdem nahm er die Waffe an sich, machte zwei lange Schritte in Richtung Frau Häuptling und schoss dem ältesten Zombie seit Beginn der Aufzeichnungen aus nächster Nähe zwischen die schimmernden Augen.

Der detonierende Schädel überschüttete den ganzen Eingangsbereich mit einer Wolke aus gelben Knochensplittern, schwarzen Hirnklümpchen und grauer Pampe, mit dem Stoff unzählbarer erlebter, verstorbener und abermals erlebter Jahre. Die Fußfessel zuckte, klimperte ein letztes Mal und lag still da.

»Wir waren so gut zu dir!«, heulte Nishimura den kopflosen Körper an. »Warum hast du das getan?«

Charlie schauderte. Könnte vom Blutverlust kommen. Könnte von den mikroskopisch kleinen Klauen kommen, die der Tod ihr langsam in jede einzelne Zelle grub. Sie ließ ihren schweren, von Trauer übermannten Kopf zurücksinken, bis Frau Häuptling, Nishimura, das Gesicht, Greer und Hoffmann allesamt aus ihrem Blickfeld verschwanden. Ihre Kopfhaut berührte den Bürgersteig; kopfüber schaute sie die Queen Street hinunter.

Die gefesselte Softie bäumte sich auf der Bahre auf. Aus jeder dunklen Öffnung schauten mehrere weiße Augenpaare; die Menge der Zombies über dem Donut-Laden war keine Ausnahme gewesen. Statt laut zu stöhnen, schienen sie alle gemeinsam auszuatmen, unzählige Staubwolken waberten aus toten Brustkörben; es war wie ein tieftrauriges Muhen, wie bei Sam Cooke, diesem alten Soul-Sänger.

A change gonna come, oh yes it will.

Nicht mehr nur Augen jetzt. Sie sah gesenkte Häupter, hängende Schultern, krumme Rücken, *knick-knack, knick-knack*. Die Anwohner regten sich wie nie zuvor. Erst die misshandelte Softie und nun, viel schlimmer, ihre Älteste, ermordet auf eine Weise, die allen Regeln von Slowtown zuwiderlief. Ihre Glieder zuckten in Bewegungen, zu denen nur große Tänzer imstande waren. Charlies Erinnerungen spielten ihr einen bösen Streich – sie waren

Fred Astaire, sie alle, streckten ihre langen weißen Hände aus und stellten ihr die alte, unbeantwortbare Frage: *But oh-ho-ho, who's got the last laugh now?*

Wärmere Hände hoben sie wieder in eine aufrechte Position, zurück in die Realität. Es war Etta Hoffmann. Den spärlichen Informationen zufolge, die Charlie im Lauf der Jahre aus ihr herausbekommen hatte, hatte Etta ganzen Heerscharen von Psychiatern und Therapeuten widerstanden, um ganz ihr emotionsloses Selbst bleiben zu können. Nie war Charlie dankbarer für diese Tatsache gewesen als gerade jetzt, wo sie verdammt noch mal verreckte und alle anderen offenbar den Verstand verloren hatten. Hoffmann verabscheute jeden überflüssigen Körperkontakt, und Charlie wollte ihr die Sache nicht unnötig schwer machen. Also griff sie mit dem gesunden Arm nach Greer.

»Wir müssen hier weg«, flüsterte sie ihr ins Ohr.

Greer nickte. Hoffmann zog eine Mülltüte aus ihrem Rucksack, wickelte sie um Charlies linken Arm, um sich vor Blutspritzern zu schützen, und befestigte sie mit Klebeband. Hinter ihnen hörte Nishimura endlich auf, Frau Häuptling anzustarren, die er so schrecklich zugerichtet hatte, und betrachtete seine Begleiter mit kindlichem Verblüffen.

»Bindet die Softie los«, krächzte er.

Das Gesicht war bereits dabei. Er kniete mitten auf der Straße. Mehrere Dutzend Zombies nahmen mit *Knick-knack* die Bürgersteige zu beiden Seiten in Beschlag. Das Gesicht hatte weder die Zeit noch die Kraft, um die Softie von der Bahre zu entfernen, ohne ihr Schaden zuzufügen. Seine behandschuhten Hände gruben sich durchs modrige Fleisch bis zu den Rippen, die er wie einen Lenker ergriff. Obwohl er die Softie so vorsichtig wie möglich auf die Straße zerrte, verlor sie dabei den linken Arm, und Charlies vergiftetes Hirn versuchte auf der Stelle, diesen Umstand zu rechtfertigen. Ihr linker Arm für den linken Arm der Softie, ein fairer Tausch. Bitte lass es ein fairer Tausch sein.

Sie hörte die Bahre neben sich auf den Bürgersteig klappern. Sie sah zu, wie sich Hoffmann von den Rückständen der Softie säuberte. Sie sah Nishimura die verfluchte Waffe ablegen, ehe er half, sie auf die Bahre zu heben. Sie spürte den Biss der Kabelbinder, als das Gesicht ihre Hand- und Fußgelenke fesselte. Sie sah Greer die Gurte der Bahre festzurren. Ihr Körper wurde aufgehoben, die durchhängenden Oberleitungen der Straßenbahn schienen wie Galgenstricke auf sie niederzufahren. Alles passierte zu schnell. Sie wusste nicht, woran sie denken sollte. An Luis? An ihre Mutter, die wie Frau Häuptling aussah? Sie lachte, schmeckte Blut. Sie würde eine zweite Chance bekommen, Tochter zu sein, wiedergeboren von einer Mutter Erde, die dem Wahn verfallen war.

Endlich waren sie unterwegs, zurück nach Old Muddy. Beim Gedanken an diesen guten Ort, an das Zuhause, das sie so lieb gewonnen hatte, wanderten ihre losen Gedanken zu einer anderen Person: Richard. Sie musste durchhalten, musste es ihnen erzählen. Als Richard vor vier Monaten aufgetaucht war, als Charlene Rutkowski seine Stimme gehört hatte, seinen vollständigen Namen, hatte sie sich selbst nach all den Jahren daran erinnert, dass sie und Luis damals in der ersten Nacht mit ihm gesprochen hatten, direkt nach John Does Vernichtung.

Richard Lindof.

LASS
AB

BEOWULF

Der Winter unsres Missvergnügens. Welches Arschloch hatte das gesagt? Scheiß drauf. Das Arschloch hatte recht. Es war Winter, und Richard Lindof hatte einen ganzen Haufen Missvergnügen an der Backe. Mitte Juli hatte er Fort York erreicht, bei siebenundzwanzig Grad. Himmel, Arsch und Zwirn, war Kanada nicht angeblich das Lande der Iglus oder so? Aber es hatte nicht lange gedauert, bis das Eisbärenwetter einsetzte. Er hatte Kälte schon immer gehasst. Warum wohl hatte er sein Leben an Orten wie Miami, Vegas und Hollywood verbracht? Miami war perdu, das wusste er. Er hatte Fox News geschaut, als der Sender wie in einer Wahlnacht Miami zur ersten vollständig zombifizierten Stadt erklärte. Da er eine kleine Geländewagenflotte besaß, war Richard schleunigst in entgegengesetzter Richtung aufgebrochen, in Richtung Hollywood, wo er aus nächster Nähe den feurigen Holocaust miterlebt hatte, der die Stadt in Schutt und Asche legte. Aber Vegas?

Vegas stand noch.

Selbst ohne die allabendliche Pyrotechnik, selbst halb zerfallen wiegte ihn die Erinnerung an die Casinos, Türme, Dächer, Pyramiden und Pavillons von Sin City selbst in Fort York jede Nacht in den Schlaf und trieb ihn jeden Morgen aus den Federn. Die Pracht von Vegas – die erregende Mischung aus Sex und Feuerwerk; die Freuden von Lippen und Titten und Muschis auf Knopfdruck; die spermaartigen Entladungen von bis zu zwei Millionen Dollar pro Tag – all das mochte eines Tages wiederauferstehen, solange Männer wie er die Eier hatten, die zarten Pflänzchen verbliebener Kultur großzuziehen.

Er würde das durchziehen. Knapp vier Monate im sogenannten Old Muddy, und er hatte bereits eine wichtige Abstimmung angeleiert. Erst ganz kleine Schritte, dann riesige. Das hatte Papa immer gesagt. Hätte er Richard jetzt sehen können, wäre er stolz gewesen, zum ersten Mal.

Auf dem Gipfel des Erfolgs hatte Papa Lindofs Energiekonsortium über fünfzig Milliarden Umsatz erzielt. Egal welcher Treibstoff, Papa Lindof hatte ihn produziert: Erdöl, Benzin, Diesel, Kerosin, Ethanol, dazu Tausende Meilen Pipelines, um Rohöl, raffiniertes Erdöl und Erdgas zu transportieren. Sein ältester Sohn Clark hatte das Familiengeschäft erweitert und Millionen mit Düngemitteln und Pestiziden verdient, außerdem mit der Produktion billiger Harze, Chemikalien, Kunststoffe und Polymere. Darüber hinaus hatte Clark Papas Angewohnheit weitergeführt, Lobbyverbände zu unterstützen, die sicherstellten, dass keine grünen Interessengruppen das Wachstum der Branche gefährdeten.

Otto Normalverbrauchern, die zu sehr damit beschäftigt waren, ihre Miete zusammenzukratzen und so weiter, sagte der Name Lindof bestimmt nichts, für Industriemagnaten und mächtige Politiker aber – also die einzig relevanten Menschen – war er ein Synonym für Profit. Als jüngster Sohn lernte Richard Lindof schnell, dass dies sowohl Fluch als auch Segen bedeutete. Man erwartete von ihm, mit brutalem Pioniergeist neue Geschäftsfelder zu erschließen. Es war hart. Verdammt hart. Richard mochte den Rückenwind eines prall gefüllten Bankkontos und damit die Möglichkeit haben, spektakuläre Fehlschläge ohne Weiteres zu verkraften, aber er hatte auch ganz andere Herausforderungen zu meistern als Clark.

Erstens war er schon als Kind sehr hässlich gewesen. Auch Papa und Clark waren keine George Clooneys, aber Herr im Himmel, Richard hatte in dieser Hinsicht wirklich den Kürzeren gezogen – »eher wie eine Handvoll Rinde«, hatte ihm seine Großmutter ins Gesicht gesagt. Er hatte sich seine absurd lange Nase zwischen Highschool und Uni korrigieren lassen, an seinem zu kurzen linken Bein aber ließ sich nichts machen. Erhöhte Schuhe waren unbequem, ungelenk und, seiner Meinung nach, unschön. Also verzichtete er darauf. Das Resultat? Ein permanentes Hinken und ein verzogener, gekrümmter Rücken.

Am schlimmsten war aber der verkümmerte linke Arm. Der Arm war ein immerwährender Quell der Erniedrigung. Da war es völlig egal, wie er mit Nachnamen hieß oder auf welche tolle Akademie Papa ihn als Nächstes schickte, nachdem er von der vorigen geflogen war. So oft wie möglich versteckte er den Arm mit Schal oder Schultasche, aber am Ende sah man ihn eben doch. Er war eine Handlänge kürzer als der rechte und dürr wie ein Besenstiel, die Haut darauf war pink und sah poliert aus wie eine Brandnarbe.

Natürlich konnten die Lindofs sich die beste medizinische Versorgung leisten, aber der Arm war jenseits dessen, was irgendein Chirurg hätte reparieren oder verbessern können. Papa riet ihm, privat gerne mit dem Herrn zu hadern, in der Öffentlichkeit aber niemals zu zeigen, dass der Arm eine Bürde war. Papa war überhaupt ein religiöser Mensch. Bei Einweihungsfeiern gab es erst einen Bibelvers, bevor das Band zerschnitten wurde. Börsenausschläge wurden mit Gebeten bejubelt. Sowohl für Managerboni als auch für Massenentlassungen wurde Gottes Gnade beschworen. Clark trug Duplikate des kreuzlastigen Schmucks seines Vaters. Einzig Linda Lindof, Papas Frau, die von allen bloß »Mutter« genannt wurde, sogar vom Aufsichtsrat, hatte dem Gotteskram eher reserviert gegenübergestanden, und Richard hatte sie dafür geliebt. Ein gütiger Gott hätte niemals ein unschuldiges Kind wie ihn verkrüppelt! Mutter Lindof widersprach nicht, legte nur ihre Arme um seinen krummen Rücken, schmiegte sich an sein langnasiges Gesicht und stimmte ihm wortlos zu.

Den Großteil seines jungen Lebens verbrachte Richard damit, die Ungerechtigkeit der Welt zu beweinen. Die Tränendrüsen in seinen Augenwinkeln schwollen an, bis sie aussahen und sich anfühlten wie pralle Zecken, die an seinen Augäpfeln saugten. Die Jungen lachten und sagten, sein Arm sehe aus wie ein riesiger zweiter Pimmel – da müsse er doch stolz drauf sein! Hätte es bloß gestimmt. Die Mädchen, die er kennenlernte, meist wohlhabend und engherzig, gaben sich keine Mühe, den angewiderten Ausdruck auf ihren hübschen Lippen vor ihm zu verbergen. Also kullerten noch mehr Tränen, die Zecken kehrten in seine Augenwinkel zurück. Erniedrigung machte ihn wütend. *Darauf* immerhin war er stolz. Stummelbein und anorektischer Arm: beides Defizite. Wut aber ließ sich benutzen.

Als Richard neunzehn war, starb Mutter an einem Herzinfarkt. Zu dem Zeitpunkt hatte er aufgehört zu weinen. Er würde nie wieder weinen. Er verwandelte ihren Tod in einen Eimer Kohle, Papas Lieblingsenergieträger, und schüttete ihn in den brennend heißen Schmelzofen seines Herzens.

Als Erwachsener entdeckte er Filme für sich. Kein Wunder. Der Film hatte eine ruhmreiche Tradition unattraktiver Männer, die ihre Fetische auf große Leinwände rotzten, einen Haufen Kohle verdienten und unterwegs noch ein paar ehrgeizige Nachwuchsschauspielerinnen knallten. Und es herrschte kein Mangel an Möchtegern-Autorenfilmern, die im Austausch für Finanzierung gern bereit waren, ihre Prinzipien neu zu justieren. Richard träumte davon, der langmütige nette Kerl in der ersten Reihe bei den Oscars zu sein, der sich vom Moderator auf den Arm nehmen ließ, ehe er vier Stunden später die Trophäe entgegennahm. Das Problem war nur – er konnte diesen ganzen Oscarscheiß nicht ausstehen. Er bevorzugte Actionfilme oder Sitcoms über fette Typen und deren heiße Ehefrauen.

Trotzdem schmiss er angeblich gefeierten Filmemachern Geld hinterher – und verlor alles. Klar, sie hatten die vertraglich vorgesehene Menge an Titten und Ärschen geliefert – aber, gütiger Himmel, diese Idioten hatten die Szenen sämtlicher Geilheit beraubt! Beim folgenden Weihnachtsessen wies Papa ihn an, Christus um Rat zu fragen. Clark tadelte Klein-Richie, sich den riskantesten aller Märkte ausgesucht zu haben, während er den Salzstreuer knapp außer Reichweite des verkümmerten Arms hielt. Richards Gesicht brannte. Wieder krochen die Zecken über seine Wangen und labten sich an seinen Augäpfeln.

Dann, endlich, der Jackpot. Nicolò Bonfiglio, ein italienischer Artista, kam in Sonnenbrille und Baskenmütze in Richards Büro gestürmt und schwadronierte drauflos, dass er Filme nicht nur für Herz und Hirn, sondern auch für Schwanz und Möse mache! Richard, gerade noch um Schamhaaresbreite davor, sich aus dem Filmgeschäft zurückzuziehen, war begeistert und erklärte sich sofort bereit, Bonfiglio mit den Millionen zu versorgen, die er brauchte, um seine heißblütige Adaption dessen zu drehen, was er vollmundig als das größte epische Gedicht der angelsächsischen Geschichte bezeichnete.

»Richard Lindof, Sie erinnern mich an Bela Lugosi«, verkündete Bonfiglio. »Sie übernehmen doch eine Nebenrolle in meinem kleinen Kunstfilm, ja?«

Richard hörte diesen wenig schmeichelhaften Vergleich nicht zum ersten Mal und hatte bis dato alle alten Vampirfilme gemieden, aber von den flatternden Lippen dieses Italieners erhielt »Lugosi« eine Art korsarenhaften Schwung, und Richard grinste zufrieden. Klar, warum nicht? Er konnte es ja mal versuchen.

Richard wusste nicht, was man sich in Italien unter einem »Kunstfilm« vorstellte, war aber hin und weg von Bonfiglios Arbeit: *Beowulf vs. die Spinnenfrauen*, ein lauter, verschwitzter, lüsterner, blutiger Streifen, in dem sämtliche Figuren, gleich welchen Geschlechts, oben ohne unterwegs waren. Die Handlung war zu vernachlässigen, ganz wie es Richard gefiel. Beowulf wurde von einem Niemand namens Stefan Ratzenberger verkörpert – bald nur noch als »der Ratz« bekannt –, einem derart muskelbepackten Typen, dass seine Arme aussahen wie überreife Weinreben. Mit Schwert, Speer, Dreizack und Hammer vernichtete er Horden von Bestien, bevor er die Spinnenfrauen selbst (in beiderlei Hinsicht) aufs Kreuz legte. Der Höhepunkt wurde von Bonfiglio so inszeniert, dass sich möglichst viel Kunstblut über die bebenden Brüste der Schauspielerinnen ergoss.

Beowulf vs. die Spinnenfrauen gewann keine Oscars – tatsächlich gewann er stattdessen einen Preis namens Goldene Himbeere –, spielte aber weltweit das Fünffache seines Budgets ein.

Richard steckte zwei Fünftel des Gewinns direkt in Bonfiglios Fortsetzung *Beowulf vs. die Wespenfrauen*, der sogar das Siebenfache seines Budgets einspielte, wovon wiederum drei Siebtel in Teil drei flossen – *Beowulf vs. die Kobrafrauen*. Richard sammelte mit Vorliebe Zeitungsausschnitte mit Fotos von sich und Bonfiglio, auch wenn er nur selten mehr als die Überschrift las. Er hatte noch nie viel Geduld für das geschriebene Wort gehabt, und die ersten Absätze der Kritiken hatten immer einen spöttischen Unterton, der ihm missfiel.

Den gleichen Unterton bekam er auch von Papa und Clark zu hören. Obwohl Richard nicht länger weinte, klammerten sich die Zecken weiter an seine Augäpfel. Er begriff das nicht. Er war ein erfolgreicher Hollywood-Produzent! Sein Name stand in drei Meter hohen Lettern auf jeder Leinwand! Jedes Mal, wenn er sich in einer Privatvorführung die neueste Fortsetzung anschaute (zuletzt den hervorragenden *Beowulf vs. die Frauen vom Uranus*), betrachtete er die köstlichen Körper der Schauspielerinnen und Ratz' Muskeln und verspürte eine Art Besitzerstolz. Sie machten wett, woran es ihm mangelte. Mutter hätte das zu schätzen gewusst. Ganz wie Beowulf am Ende des fantastischen *Beowulf vs. die Kolosseum-Schlampen von Rom* hatte Lindof sein eigenes Imperium errichtet.

Wie schnell alles zusammenbrach. Bis zu dem Zeitpunkt hatte Bonfiglio den Ratz listenreich davon überzeugt, ein Mysterium zu bleiben, aber nun forderte der Ratz eine Werbetour für ihren bislang größten Film: *Beowulf vs. Alle Frauen*. Und bekam seinen Willen, trotz Bonfiglios lautstarker Warnungen. Das Problem dabei? Der Ratz war in jedem seiner Filme vom knurrigen Basso profondo eines pensionierten Sportkommentators aus Detroit synchronisiert worden. Der Schauspieler selbst hatte eine derart dünne und affektierte Stimme, dass die fiesen Leute im Internet ihn sehr bald eine Schwuchtel schimpften. Was den verdatterten Ratz dazu veranlasste, sofort alle Karten auf den Tisch zu legen: Er *sei* ja auch schwul und überaus stolz darauf. Richard war das vollkommen wurst, so eine Enthüllung hätte schließlich das Interesse an dem Film durchaus weiter ankurbeln können.

Sobald er aber einmal offen war, wollte sich Ratz' Mund nicht wieder schließen. Er mochte schwul und stolz darauf sein, aber er war darüber hinaus auch sexistisch und stolz darauf, rassistisch und stolz darauf, antisemitisch und stolz darauf. Ehe die Werbetour vorbei war, war der Film gestorben. Die Produktion des Meisterwerks aus der Feder von Lindof/Bonfiglio, *Beowulf vs. die gesamte weibliche Bevölkerung des Universums*, wurde sofort eingestellt.

Richards Google Alerts explodierten. Am meisten Zorn bekam der Ratz zu spüren, gefolgt von Bonfiglio, aber Richard Lindof war dicht dahinter, der »talentfreie« Sohn eines »erbarmungslosen Magnaten«, ein »buckliger«, »Lugosi-hafter« »Midas der Scheiße«, der »Softcore-Dreck« verbreitete und »zu blöd« war, um zu begreifen, dass einzig »Camp-Ästhetik« der Grund dafür war, dass sich »Idioten mit niedrigem IQ« diese Beowulf-»Filme« anschauten. Mit anderen Worten bestätigte die Öffentlichkeit alles, was Papa und Clark immer schon gesagt hatten. Grundgütiger, wie hart die Zecken an seinen müden Augen saugten, und um die Schmerzen irgendwie zu ertragen, wütete Richard durch seine Hollywood-Villa, zertrümmerte die Einrichtung, zerfetzte Kissen und wurde ein bisschen verrückt.

Papa schickte ihm einen Krisenmanager, aber Richard wies den Mann ab. Er brauchte keine Hilfe! Es gab keine Krise! Die Filme waren gut! Er würde noch fünfzig weitere machen! Nichts davon entsprach der Wahrheit, aber wenn er zuließ, dass ihn die eigene Familie aus dem Dreck zog, würde Clark ihm das bis an sein Lebensende unter die Nase reiben. Klein-Richie konnte Müll nicht mal riechen, wenn man ihn ihm mitten ins Gesicht warf, weil man ihm die Nase abgeschnitten hatte. Klein-Richie, der mit seinem Hinkebein in jedes Fettnäpfchen der Geschäftswelt stolperte. Klein-Richie, dessen Stummelarm nicht mal Geld ergreifen konnte, das direkt vor ihm auf dem Tisch lag.

Für den Rest der Branche war er zum Aussätzigen geworden. Man tuschelte in Restaurants über ihn, verhöhnte ihn auf dem Sunset Strip. Er war wieder zum wehleidigen Jungen geworden, nur ohne Mutter, bei der er sich hätte ausheulen können. Richard hatte keine Freunde. Keinen Job. Keine Zukunftsaussichten. Keinen Stolz, kein Selbstwertgefühl. Und Neva war auch keine Hilfe. Ach, hatte er vergessen, seine Frau zu erwähnen? Das passierte ihm häufig. Sie hieß Neva. Sie wohnte in seiner Hollywood-Villa, zumindest manchmal. Er bevorzugte die andere Seite des Landes, das magische Miami, Hauptstadt von Strand, Suff und Möpsen. Normalerweise brachte ihn das wieder auf Kurs, inspirierte ihn zu seiner nächsten Unternehmung.

Diesmal nicht. Er fühlte sich wie eine dicke Tüte Hundescheiße, die immer tiefer im Müllcontainer versank. Sehr bald schon stand das große jährliche Thanksgiving-Familientreffen im Hause Lindof bevor, das einzig und allein dazu diente, mit seinen Erfolgen anzugeben. Richard würde als Sandsack für alle herhalten. Er fing an, die Waffen zu betrachten, die er in seiner Wohnung in Miami hatte – bis jetzt nur als Ausstellungsstücke. Vielleicht sollte er dem Elend ein Ende machen. Warum nicht? Er würde nie wieder einen unglaublichen Film produzieren. Niemand liebte ihn oder konnte ihn auch nur leiden.

Und wenn, dann war Vegas dafür der richtige Ort: Da gab es keinen Winter, kein Missvergnügen. Er entschied sich für den dreiundzwanzigsten Oktober, einen historisch gesehen unwichtigen Tag, um die Chance zu minimieren, dass sein Selbstmord in der Presse von etwas anderem überschattet würde. Er plante seine letzte große Fete. Zeit, alle Register zu ziehen. Die dickste, höchstgelegene Suite mieten, die sich finden lässt. Alle Kontakte durchrufen, mal sehen, wer sich blicken ließ. Das eine künstlich verkürzte Nasenloch mit Koks, das andere mit Speed zukleistern. Tänzerinnen, Stripperinnen, Huren, alle rein in die gute Stube, alle schön mit Hundertern bei Laune halten. Ein paar Pennern vom Strip fünfzig Mäuse geben, damit sie sich im Badezimmer prügeln und Wetten auf den Ausgang annehmen. Einen Schimpansen mieten, einfach um, na ja, eben einen zu haben, der lustiges Schimpansenzeug macht. Es sollte eine gewaltige Sause werden.

Er wusste noch nicht genau, wo er sich das Licht ausblasen sollte (auf dem Balkon? Im Whirlpool?), auch nicht wann (Schlag

Mitternacht? Während eines Dreiers?), also verstaute er seine kleinste Pistole in der rechten Sakkotasche, aus der sein normal großer Arm sie zur gegebenen Zeit hervorziehen konnte. Er fühlte sich gut. Zum ersten Mal, seit der Ratz sein blödes Maul aufgerissen hatte, war Richard Lindof wieder der alte Angeber von früher. Er war nicht *ein* Lindof, sondern *der* Lindof, wenigstens für einen weiteren Abend.

Die A-Promis blieben der Sache fern. Das war schon okay – die hätten eh nur alle Aufmerksamkeit an sich gerissen. Die B-Promis blieben ebenfalls fern. Scheiß auf die, diese Schleimer waren nur noch schlimmer als die A-Promis. Um sich keine Blöße zu geben, schickte er Einladungen an die VIPs mehrerer zeitgleich stattfindender Tagungen und Conventions. Das Resultat war ein völlig chaotischer, surrealer Mix aus Papas Bekanntschaften aus dem Verteidigungsministerium, vergessenen Popsängern aus den Achtzigern, den Bürgermeistern mehrerer mittelgroßer Städte, drittklassigen Vegas-Zauberern, plastikgesichtigen Ex-Models, nerdigen App-Entwicklern, einem Boxer, der einst um die Schwergewichtskrone gekämpft hatte, sowie einem Rudel Gerichtsmediziner und Pathologen, die für ein Fortbildungssymposium in der Stadt waren. Lindof war begeistert; sobald er sich das Hirn rausgeblasen hatte, waren direkt Profis vor Ort, um jeden Spritzer genau zu untersuchen.

Ab elf Uhr begann er, an der Pistole in der Tasche herumzuspielen. Er war kometenmäßig zugedröhnt. Ein Rapper ohne Hemd mit mehreren Schussnarben hatte gerade einen richtig geilen Freestyle hingelegt. Das Mädel, das er bezahlt hatte, um ihm den Schwanz zu lutschen, war total lieb gewesen, und als er den Versuch aufgab, kommen zu wollen – weil er verdammt noch mal kometenmäßig zugedröhnt war –, tätschelte sie ihm die Arme, sogar den verkrüppelten, und er stellte sich vor, sich von Neva scheiden zu lassen und so ein gutherziges, schwanzlutschendes Mäuschen wie sie zu heiraten. Leider hatte er keinen Schimpansen bekommen können, obwohl er den halben Tag mit dem Versuch verbracht hatte, einen aufzutreiben. Immerhin hatte er stattdessen dem Gewinner der Obdachlosenprügelei einen Fünfziger extra spendiert, damit er wie ein Affe johlte und auf den Möbeln herumsprang.

Als Lindof um zehn Minuten vor Mitternacht auf dem Balkon stand, in den pulsierenden Quasar namens Las Vegas Strip blinzelte und ihm die Brise aus der Wüste das Haar zauste, wie Mutter es immer getan hatte, fiel ihm ein Tumult in der Suite auf. Er war, ging ihm auf, schon eine ganze Weile hier draußen. Er betrat die Suite und fand sie beinahe verlassen vor, überall verschüttete Gläser und liegen gelassene Drogen wie bunte Ameisenhäufchen. Das war schlecht. Wenn niemand mitbekam, wie er sich in den Kopf schoss, was sollte die ganze Sache dann? Erst im Foyer stieß er auf mehr als zwanzig Leute, die hastig auf ihre Telefone einhackten und einem der Gerichtsmediziner lauschten, der über – okay, das ergab wirklich keinen Sinn.

In ihren Leichenhallen zu Hause erwachten die Toten zu neuem Leben?

Papas Kumpels aus dem Verteidigungsministerium ließen sich im Salon nieder und klappten ihre Laptops auf, während sie auf ihre auf Lautsprecher geschalteten Handys redeten. Außer ihnen waren nur ein paar bleiche Gerichtsmediziner und Pathologen geblieben, die in ihre Telefone murmelten, schlagartig stocknüchtern. Auch Lindof wurde nüchtern. Er sah sich in der Suite um, die mit jeder erdenklichen Substanz besudelt war – nur nicht mit seinem Gehirn. Die Pistole lastete schwer in seiner Tasche wie tödlich schmerzende Klöten, da der Orgasmus seines explodierenden Kopfs so rüde unterbrochen worden war.

Sein Blick fiel auf einen Typen, der sich als »JT« vorgestellt hatte, noch so ein Leichenhallen-Fuzzi aus einem der Sans, Francisco oder José oder Diego. Er hatte richtig hart gefeiert, aus voller Kehle gesungen, sich an Männern und Frauen gleichermaßen gerieben und eine riesige Piña colada in einer stählernen Rührschüssel vernichtet. Er sah richtig fertig aus, lag zusammengerollt und zitternd in einer Sofaecke, das Handy wie ein Kätzchen ans Gesicht geschmiegt.

Scheiß auf Speed, scheiß auf Koks. JTs Verwandlung in bibbernden Wackelpudding erfüllte Richards Körper mit einem Gefühl, als hätte man ihn mit schnell härtendem Flüssigkunststoff vollgepumpt. Er fühlte sich brandneu. Er fühlte sich unzerstörbar. Als sich JT vom Balkon stürzte, verschwand Lindofs Verlangen, es ihm gleichzutun. Ausgelassen schnappte er sich JTs Telefon und quatschte ein wenig mit einem Kerl namens Acocella, der gerade persönlich eine Begegnung mit einem dieser wandelnden Leichname überlebt hatte. Je mehr sich Acocella aufregte, desto deutlicher war sein Bohnenfresser-Akzent zu hören. Das brachte Lindof erst so richtig in Fahrt. Der Typ war völlig aufgelöst, genau wie Clarks Angestellte, die in Scharen seine Fabriken verlassen würden, sobald sie Wind von der Sache bekamen. Auch Papas Aktien würden in den Keller rasseln.

Himmel, was für eine großartige Nummer.

Überall auf der Welt zogen sich die Machthaber in ihre Bunker zurück. Die meisten Leute wussten nicht, dass die Reichen über eigene Telefonnetze verfügten, aber so war es, und Papa konnte Richard problemlos erreichen, auch nachdem die Infrastruktur der Normalbevölkerung längst zusammengebrochen war. Er drängte seinen jüngsten Sohn, zu ihm in den Luxusbunker in Colorado zu kommen, ehe sie ihn versiegelten. Papas eiserne Stimme war zu einem Winseln zerschmolzen. Es fühlte sich sagenhaft an, dem alten Mann zu sagen: Nee, schon okay, nur zu, mauer du dich ruhig ein, alles Gute. Hier an der Oberfläche gab es echte Macht zu ergreifen, und Lindof war fest entschlossen, die gierigsten Hände von allen zu haben.

Der Schlüssel zum Erfolg bestand darin, die eigene Nase auf den Geruch von frischem Aas zu trainieren – und jetzt bestand die ganze Welt aus Aas. Es bildete die schillernden neuen Farben der amerikanischen Flagge. Lindof zog es dorthin, wo ihn der Geruch am hungrigsten machte, und die Menschen wiederum wurden von jedem angezogen, der noch Appetit hatte. Außerdem wollten sie unbedingt, dass ihnen jemand sagte, was sie zu tun hatten, und darin war Lindof ein Meister. Tatsächlich gereichten ihm jetzt all die Eigenschaften zum Vorteil, die Papa und Clark immer als Grund für seine Mittelmäßigkeit angeführt hatten – faules Delegieren, ein Mangel an Neugier, blinde Gier. Zombies waren wie die stumpfen Arbeiter in Papas und Clarks Fabriken; sie stellten keine ernst zu nehmende Gefahr dar. Während alle anderen über dem *Warum* und dem *Wie* verzweifelten, riss Lindof sich alles unter den Nagel, was er haben wollte.

Er war Beowulf, tötete, wen er töten musste, fickte, wen er ficken wollte, war König, wo auch immer er hinkam.

Lindof gedieh prächtig. Zumindest in den ersten zwölf Jahren. Sobald auch die Tiere anfingen, zu Zombies zu werden, verloren selbst seine fanatischsten Anhänger endgültig die Nerven. Immer öfter war er wieder allein und damit wieder ein Niemand. Also tat er das einzig Sinnvolle und kehrte zurück in sein geliebtes Vegas. Das Trump International Hotel war anscheinend aus billigsten Materialien hochgezogen worden und bereits von der Skyline verschwunden. Die niedrigeren Gebäude entlang des Strip standen aber größtenteils unverändert da. Noch immer war Vegas voller *Krempel*: jede Menge übergroße Requisiten aus Glaswolle, reihenweise tote Münzautomaten und Haufen von modrigen Spieltischen, um sich vor den Zombies zu schützen. Selbst die Zombie-Ratten, im Jahr zwölf überall sonst eine echte Plage, waren hier in der Wüste weniger zahlreich, und ihre Skelette machten nette knusprige Geräusche, wenn man sie zertrat.

Auf der Suche nach Zerstreuung stromerte er durch seine alten Stammlokale: MGM Grand, Paris, Caesars Palace. Es machte ihn wütend, wie einfach man überall reinkam. Keine Sicherheitsleute, keine Gästeliste, keine Codekarten. Selbst die privaten Räume für die richtig teuren Spiele waren der dreckigen, schlurfenden, wertlosen Öffentlichkeit zugänglich. Es war vielleicht das Schlimmste, was Vegas je widerfahren war, und das wollte schon was heißen.

Trotzdem ließ ihn Vegas auch ein letztes Mal nicht im Stich. Im Venetian betrat er in den Grand Canal Shoppes das berühmte Wachsfigurenkabinett von Madame Tussauds. Es war dank mehrerer Löcher in der Decke sonnendurchflutet und außerdem der sauberste Raum, den er seit Auftauchen der Zombies gesehen hatte. Was auch Sinn ergab, schließlich war in einem Wachsfigurenmuseum nichts, was Überlebende gebrauchen konnten. Erst als er Khloé Kardashian Auge in Auge gegenüberstand, begriff Richard Lindof, dass er sehr wohl etwas Bestimmtes von hier gebrauchen konnte.

Khloés Gesicht war größtenteils auf ihre Schultern getropft und hatte sich wie ein Schal aus pfirsichfarbenem Wachs um ihren Hals gelegt. Von ihren langen Haaren waren noch löchrige Pferdeschwänze übrig, den Rest hatten wohl verhungernde Kleintiere gefressen. Khloés leuchtend blaue Glasaugen steckten immer noch im vom falschen Fleisch befreiten nackten Tonschädel. Sie schienen ihn anzuflehen, sie endlich von ihren Qualen zu erlösen. Den Gefallen tat Lindof ihr nicht. Obwohl auch ihre großen Brüste und ihr berühmter Hintern geschmolzen waren, wurde die Masse durch Dessous, Jeans und Stilettos weiter grob in Form gehalten und machte ihn mächtig an. Er konnte tun, was ihm beliebte, Khloé konnte sich nicht mehr wehren. Sie konnte nicht einmal sagen, er sehe aus wie Bela Lugosi. Und doch fühlte er sich dieses eine Mal tatsächlich wie Lugosi, wie er Kraft aus dieser Schlampe zog, als nuckle er an ihrem Blut.

Er hatte die Zombies Dutzende Menschen in Stücke reißen sehen, und ganz ehrlich hatte das schon etwas Erotisches – Menschen, die gegen ihren Willen ausgezogen wurden, bis sie nur noch aus Knochen bestanden. Er schaute sich im Dämmerlicht des Museums um. Angelina Jolie, Brad Pitt, Halle Berry, Johnny Depp, Jennifer Lopez, Katy Perry, Rihanna: Die schönsten Menschen in Amerika waren jetzt zu den hässlichsten geworden. Richard Lindof mit seiner langen Nase und dem kurzen Bein und dem Stummelarm thronte über all den Superstars, die er einst in seinen Träumen bei den Oscars kennengelernt hatte, und sah besser aus als sie alle zusammen.

Die Gerüchte aus Toronto hatten ihn nie interessiert. Sich durch Tausende Kilometer neuen Dschungel zu kämpfen, bloß um irgendwo die zweite Geige zu spielen, war ihm wenig verlockend vorgekommen. Jetzt aber, da er vor all diesen sagenhaften Leuten stand, die er samt und sonders in den Schatten stellte, entschied er sich um. Er blieb gerade lange genug vor Ort, um Marilyn Monroe zu ficken (wann würde er diese Gelegenheit noch mal bekommen?), dann machte er sich auf. Was für eine wilde, farbenprächtige Welt diese Zombie-Bastarde gebracht hatten. Die Natur war schön, das musste sogar er zugeben, auch wenn sie mit ein paar mehr Straßen und Bürgersteigen noch schöner wäre. Um eine gewisse Ordnung zu wahren. Damit man wusste, wem was gehörte. Eines Tages würde es wieder dazu kommen, und er würde derjenige sein, der dafür sorgte.

Fort York entpuppte sich als herbe Enttäuschung, vor allem der faktische Anführer, eine unerträgliche Nervensäge namens Karl Nishimura. Das Potenzial aber war unverkennbar. Nishimura behauptete, Fort York sei durchaus repräsentativ für eine ganze Reihe aufstrebender Siedlungen und Gesellschaften. Sollte das stimmen, umso besser, denn dann wurde Richard Lindof überall dort ebenfalls gebraucht. Er würde über sie alle herfallen wie Lugosi, würde ihnen die Eingeweide auslutschen, würde sie wie Beowulf in die Knie zwingen – *Beowulf vs. Alle anderen*. Himmelarsch, er würde sie spüren lassen, was er die ersten vier Jahrzehnte seines Lebens hatte durchmachen müssen.

Zecken auf ihren Augäpfeln.

KEINE LANGEN VERABSCHIEDUNGEN

Erste Regel, einzige Regel: Hände waschen. In einer Welt ohne Antibiotika und Virostatika waren Menschen so verletzlich wie Goldfische in einer Plastiktüte mit Wasser. Ein kleiner Husten, ein Schnupfen, ein Kratzer, das alles konnte einen problemlos umbringen. Karl Nishimuras Dienstjahre an Bord eines Flugzeugträgers hatten ihn gut auf die Aufgabe vorbereitet, eine Gesellschaft zu organisieren, und keine Erkenntnis aus dieser Zeit war wichtiger als das Wissen um korrekte Hygiene. Lange bevor Zombies neue Maßstäbe in Sachen Übertragbarkeitsrate gesetzt hatten, waren Krankheiten wie Herbststürme durch die *Olympia* gefegt. Offiziere bläuten ihren Untergebenen die eine simple Sache ein, die jeder Seemann tun konnte, um künftige Infektionen zu vermeiden: Seife, warmes Wasser, Schrubben, noch mal.

Als er in Old Muddy eintraf und die laufenden Nasen der Leute bemerkte, die ihm die Hand schüttelten, machte er Hygiene zu seiner obersten Priorität. Seife ließ sich recht problemlos beschaffen. Viele zerstörte Gebäude bargen ganze abgepackte Stücke, und mit einem erfolgreichen Hotel-Streifzug hatte man fast schon ausgesorgt. Aber eine rein auf Tauschhandel ausgelegte Gesellschaft würde nicht ewig funktionieren. Nishimura ging es vor allem um die *Produktion*, darum, den Hungernden das Fischen beizubringen, wenn man so wollte. Fort York war zwar nicht gerade Colonial-Williamsburg-Freilichtmuseum, aber auch hier gab es ein Museum und weitere Ausstellungen mit genug Beispielen für die Technologien vergangener Zeiten – die klassischen Werkzeuge der Schmiede, Radmacher, Ziegelbrenner, Schuster und Weber.

Nishimura suchte sich die Bewohner, die am besten mit diesen Gerätschaften umzugehen verstanden. Als Nächstes freundete er sich mit einem Mann an, der Chemielehrer für die Mittelstufe gewesen war, und gemeinsam stellten sie ein beliebtes Experiment aus dem Klassenzimmer nach: Seife herstellen. Es war kompliziert und erforderte die Herstellung von Pottasche, die dann in siedendes Tierfett eingerührt wurde. Bald war der Eingang zu jedem Gebäude im Fort mit Seife, Wasser, einer Hitzequelle und einem Freiwilligen versehen, der sicherstellte, dass man seine Bürgerpflicht tat und sich vor Betreten die Schmutzfinger schrubbte.

Bestimmt waren manche Leute etwas nachlässig, aber nie in dem Maße, dass es ihm zu Ohren gekommen wäre. Die erste Person, von der Karl Nishimura wusste, dass sie die Regeln definitiv missachtet hatte – beziehungsweise gleich missachten würde –, war Karl Nishimura. Nai Nai, die weitsichtige greise Seifenwächterin an der Wellington Street, begrüßte die Teammitglieder mit einem Singsang in der Reihenfolge, in der sie sie erkannte.

»Noch knapp vor Sonnenuntergang, Gesicht, sehr gut. Nǐ hǎo, Greer und Etta. Ah, Karl, alle fragen sich schon: ›Wo ist Nishimura, wir können Nishimura nirgendwo finden.‹ Die Abstimmung sorgt für sehr, sehr viel …«

Das Gesicht bedeutete Nai Nai beiseitezutreten.

»Keine Seife, jetzt nicht.«

Nai Nais Stirnhaut legte sich in tiefe Falten. »Karl?«

»Keine Seife«, fauchte er.

»Warum bringt ihr einen Softie durchs Fort?«

Greer war deutlich weniger höflich als das Gesicht und trat Nai Nais Wassereimer in hohem Bogen weg, während sie beide Hände an der Bahre behielt. Körperliche Aggression war in Old Muddy sehr selten und schien Nai Nai auf der Stelle die Traumata von fünfzehn Jahren in Erinnerung zu rufen. Ihr spitzer Hilfeschrei bohrte sich in Nishimuras Herz, während sie in der verschütteten Lauge zusammensackte. Zu jeder anderen Zeit hätten sich entweder das Gesicht oder Nishimura hingekniet, um ihr zu helfen, aber Ersterer rannte in Richtung der Schienen, um alle anderen Leute zu verscheuchen, die sie möglicherweise aufhalten wollten, und Letzterer hatte sich um seine Hälfte der Bahre zu kümmern.

Von den Schienen aus sah Nishimura ihr Zuhause vor sich: Fort York. Der Name war nicht falsch, war aber auch nicht hundertprozentig korrekt. Die historische Stätte lag in der Nähe des Neubaugebiets Bathurst Quay am Ufer des Ontariosees und war etwa fünf Häuserblocks lang; ein grob dreieckiger Park, eingepfercht zwischen Autobahn und Schienen. Die acht historischen Gebäude hätten im Notfall vielleicht zweihundert Leuten Platz geboten, die Bevölkerungszahl hatte diese Marke aber bereits vor Nishimuras Ankunft deutlich überstiegen. Deshalb hatte man angefangen – eine hervorragende Idee, die Nishimura mit militärischer Präzision weiter vorantrieb –, angrenzende Wohnblöcke wieder bewohnbar zu machen und das historische Fort York zum administrativen und zeremoniellen Gemeindezentrum zu machen.

Die Hunderte Jahre alten Steinmauern waren bloß mannshoch und erfüllten keine echte defensive Funktion mehr; die Eisenbahnschienen, die erhöhte Bathurst Street und die große Gardiner-Autobahnbrücke boten erstklassige Ausguck-Möglichkeiten, um Zombies rechtzeitig zu entdecken – als diese noch eine Gefahr dargestellt hatten. Das Hospiz befand sich in einem ehemaligen Geschäftsgebäude an der südöstlichen Ecke des Forts, direkt neben dem zusammengezimmerten Krankenhaus. Normalerweise wurden Softies, wie von Nai Nai angedeutet, östlich um das Fort herum getragen. Heute aber trugen sie keinen Softie, und die schnellste Route zum Hospiz führte nun einmal mitten durch die historische Stätte.

Die Steinmauern waren an mehreren Stellen von breiten Schießscharten unterbrochen, durch die man einmal Kanonen abgefeuert hatte. Nishimura und sein Team eilten durch die nächstgelegene Lücke. Noch knapp siebzig Meter bis zur anderen Seite. Von Adrenalin aufgepeitscht, hätten sie diese Strecke selbst mit der Bahre in unter einer Minute bewältigen sollen. Aber die historische Stätte war das Herz der Siedlung und an diesem sonnigen Abend voller Menschen, die ihren täglichen Beschäftigungen nachgingen – sie sprachen Baupläne durch, probierten Erfindungen aus, gaben Unterricht oder spielten einfach mit den Kindern. Hier herrschte fast immer lautes Gedränge, aber auf sehr erfüllende Art und Weise, so wie es auch in Nishimuras Heim mit Larry, Chiyo, Daiki, Neola und Bea gewesen war, damals, vor langer Zeit.

Heute war im Fort sogar noch mehr los als sonst. Nishimura hatte das schreckliche Gefühl, alle wüssten bereits, dass er, der Heilige Karl, eine Bergungsmission derart verpfuscht hatte, dass die allseits beliebte Charlie Rutkowski im Sterben lag und Frau Häuptling in Stücke geschossen war. Binnen Sekunden würden sich die vielen Dutzend Kleingruppen allesamt um ihn scharen, wie es die Zombies einst getan hatten, mit vor Enttäuschung leeren Augen und geifernden Mündern, die nach seinem Blut trachteten.

Der eigentliche Grund für diesen Auflauf war natürlich die Abstimmung; sie stand in wenigen Stunden bevor und würde nicht nur über die Zukunft der Blockhaus-Vier, sondern über die Zukunft der Siedlung insgesamt entscheiden. Die Abstimmung sollte bei Sonnenaufgang beginnen und genauso ablaufen, wie man es bislang auch bei kleineren Entscheidungen gehandhabt hatte. Man schrieb seinen Namen auf ein Stück Papier, ließ dies in eine Kiste fallen und sich dann auf der Einwohnerliste abhaken. Vor dem Ausflug nach Slowtown war Nishimura überzeugt gewesen, den Sieg dank Erfahrung und Beliebtheit so gut wie sicher in der Tasche zu haben.

Das war nicht länger der Fall. Er hörte Streitgespräche in einer Lautstärke, wie sie für Fort York eigentlich unüblich war. Er sah deutliche Trennlinien durch die Bevölkerung laufen, die bis jetzt all die Jahre zusammengehalten hatte. Karl Nishimuras Unterstützer sammelten sich eher im Osten, die von Richard Lindof eher im Westen – und in größerer Zahl, als Nishimura erwartet hatte. Er war beunruhigt von all den abgewandten Köpfen, die eindeutig auf eine Ansprache warteten. Noch war kein Redner zu sehen, aber es konnte sich nur um Lindof handeln. Sein Gefolge hatte sich vor dem Ziegelbau des Magazins versammelt, in dem die Blockhaus-Vier festsaßen und das selbst keine zwanzig Meter von Blockhaus Ost entfernt stand, wo das Verbrechen passiert war.

Nishimura, Greer, das Gesicht und Hoffmann kamen bis zur Blauen Offizierskaserne, ehe man ihnen lautstark den Weg versperrte.

»Karl, die Leute da drüben sind richtig aufgebracht …«

»Mr. Nishimura, wenn er schon eine Rede hält, sollten Sie sich auch überlegen …«

»Wenn Lindof sieht, dass Sie einen Softie mit hier reingebracht haben, wird er …«

»Zurück!«, schrie Nishimura. »Wir haben eine Gebissene dabei!«

Seine eigenen Worte ließen ihn schaudern, und er konnte zusehen, wie sich das Schaudern auch auf die Körper der Umstehenden ausweitete. Wenn nur die Lehrer hier wären, dachte er sich. Eine verblüffende Menge Kindergarten- und Grundschullehrkräfte hatten das Zweite Mittelalter überlebt, und niemand konnte eine aufgebrachte Menge besser beruhigen.

»Das ist schrecklich, Karl, aber die Situation hier …«

»Macht sie unschädlich. Hol mal irgendwer ein Bolzenschussgerät.«

»Wir kümmern uns schon um sie. Sie müssen mit den Leuten reden und …«

»Das ist Charlie Rutkowski!«, schrie Nishimura. Sollte irgendjemand sonst die Bahre übernehmen, würde der erst wieder Eile lernen müssen, die er selbst längst als neuen Gott akzeptiert hatte. »Und wir werden sie hier nicht mitten auf dem Platz mit einem Bolzen erschießen wie eine Kuh! Hat sie es nicht verdient, anständig zu sterben? Wir bringen sie ins Hospiz. Aus dem Weg jetzt. *Bitte.*«

Greer setzte sich an die Spitze und drängte Leute wütend mit den Ellbogen beiseite, während das Gesicht die Arme zu einem

Keil formte und voranschritt. Endlich teilte sich die Menge. Jetzt standen ihnen nur noch drei kleine Kinder im Weg, die ein Klatschspiel spielten und dazu ein Liedchen sangen, aber nicht »Backe, backe Kuchen« oder »Bei Müllers hat's gebrannt« oder ähnlichen Unsinn, sondern einen Reim, den sie in der kleinen, aber stetig wachsenden Schule von Fort York gelernt hatten.

»Zombie, Zombie,
Beiß mich nicht.
Aber wenn doch,
Dann wein ich nicht.
Ich nehm den Schuss,
Ohne zu schreien.
Zombie, Zombie,
Bring mich heim.«

Der »Schuss« bezog sich auf das eben bereits erwähnte Bolzenschussgerät, mit dem man früher Vieh vor der Schlachtung betäubt hatte. Die Kinder heutzutage akzeptierten diese Praktik genauso selbstverständlich, wie ihre Eltern einst das nicht weniger seltsame Ritual akzeptiert hatten, Verstorbene in Körpergärten zu vergraben. Andere Lieder und Reime drehten sich darum, was zu tun war, wenn jemand gebissen wurde oder außerhalb der Siedlung starb, und dass Slowtown den Zombies gehörte. Nishimura war immer wieder überrascht, wie sehr diese Reime auch die Erwachsenen zu beruhigen schienen, während sie die Wiedergeburt ihrer Welt durchlebten.

Die Gruppe wich den Kindern aus und trampelte am Rand des Gartens entlang. Die langen Blätter welker Maispflanzen peitschten ihnen über die Wangen. Nishimura ignorierte das, sah aber, wie Charlie sich gegen ihre Riemen aufbäumte, als wollte sie sie noch ein letztes Mal spüren, als wären die Blätter das Kräuterbüschel eines Medizinmanns – alles, um noch ein paar Minuten länger zu leben. Wie das Fort selbst hatte auch der Garten einen dreieckigen Grundriss und nahm ziemlich genau ein Drittel der Rasenfläche ein. Trotz all der im Herbstlicht verschrumpelten Erdbeeren, Ringelblumen, Thunbergien, Primeln, Lilien und Philodendren war der Wildwuchs darin nicht zu verkennen. Das üppige Leben, das Nordamerika unter sich begraben hatte, gehörte den Toten, und so hatte man mitten in Fort York voll Demut diesen Garten angelegt, um zu beweisen, dass auch Menschen Schönheit existieren lassen konnten, ohne sie zu zerstören.

Endlich hatten sie wieder Platz. Das Gesicht fing an zu laufen, Greer und Nishimura ebenfalls, Hoffmann blieb dicht hinter ihnen. Sie passierten das Zentrum des Forts, die Große Sonnenuhr: halb fünf, das Tageslicht war beinahe erloschen. Nishimura blickte einen geraden Betonweg hinunter, der Richtung Westen führte – auf das Arsenal zu, dem mächtigsten Symbol ihrer Siedlung.

Die wenigsten erreichten Toronto ohne eine, wenn nicht gar mehrere Schusswaffen. Bei Betreten des Forts aber wurden alle Waffen ins Arsenal gesperrt, das nicht nur verschlossen, sondern sogar zugemauert war. Die Nähe so vieler Waffen war wie die Nähe zu Slowtown: Es ging darum, sich bewusst dafür zu entscheiden, Abstand davon zu nehmen. Die Menschen hatten mit ihrem Militär ganze Länder nur auf Vernichtung aufgebaut, hatten ganze Städte geschaffen, die nur der Zerstörung dienten – wie die *Olympia*. Steuermann Karl Nishimura war Teil dieser weltweit betriebenen, eifrigen Suche nach dem Tod gewesen und konnte es dem Tod nicht verdenken, irgendwann zurückgeschlagen zu haben.

Da seit Jahren keine frische Zombie-Horde mehr gesehen worden war, waren lediglich drei Notfall-Feuerwaffen unter den wechselnden Mitgliedern des Rates der Hüter in Umlauf – den Begriff »Hüter« hatte man wohlweislich gewählt, um die Ratsmitglieder daran zu erinnern, dass sie Diener waren, nicht Anführer. Aber selbst diese geringe Zahl hatte ihre Siedlung nun vergiftet. Immer wieder ging ihm der Anblick von Frau Häuptling durch den Kopf und nicht von der runzligen, faltigen alten Weisen mit Pferdeschwänzen, die die Kinder so oft malten, sondern von den verteilten Splittern ihres Schädels, nachdem er abgedrückt hatte.

Das Gesicht verscheuchte zwei knutschende Teenager aus der alten Rotunde, einen halbrunden Mauerabschnitt mit zwei Schießscharten, in denen verrostete Kanonen standen. Greer hob die Bahre darüber hinweg und schob sich durch die linke Scharte, zog Nishimura hinter sich her. Seine achtundfünfzigjährigen Muskeln zitterten, und die Bahre bebte, aber Hoffmann war sofort zur Stelle und brachte sie mit einer zusätzlichen Hand wieder ins Gleichgewicht.

»Vorsicht«, hauchte Charlie. Ihre ersten Worte, seit sie sie festgeschnallt hatten.

Es war ein Zeichen, dass sie lange genug leben würde, um mit derselben Sorgfalt zu sterben, die sie auch so vielen anderen hatte angedeihen lassen. Alles Nishimuras Schuld. Er hätte sich ohne Probleme vor der Bergungsmission drücken können. Dank der nahenden Abstimmung hätte es ihm niemand verübelt. Aber wie ein verschlucktes Samenkorn war Stolz in seiner Brust gesprossen. Er hatte ihnen beweisen wollen, dass er der Heilige Karl war, der Beste von allen.

Und was war das, in einem Wort? Politik. Die Antithese all dessen, wozu er Old Muddy hatte machen wollen. Wenn Richard Lindof es geschafft hatte, selbst ihn so schnell so sehr zu verändern, war der Ausgang der Abstimmung vielleicht sogar nebensächlich. Hier fand ein viel grundlegenderer Kampf statt, und möglicherweise hatte er diesen bereits verloren.

Es war eine Erleichterung, die Menge hinter sich zu lassen. Sie rannten über den Fort York Boulevard und wimmelten den Seifenwächter des Hospizes ab. Der scharfe Geruch der handgemachten Seife biss sich mit dem Duft des Krankenhauses nebenan. Je nach Tagesunglück stank dieser Bürgersteigabschnitt nach Urin, Kot, Blut oder sogar Alkohol, falls mal wieder jemand irgendwo eine alte Flasche ausgegraben und sich krankenhausreif getrunken hatte. Heute aber roch es schlicht nach Bleichmittel, eine willkommene Abwechslung. Der Geruch arbeitete sich wie eine Stahlklammer in seine Nebenhöhlen vor und hielt den Gestank des Hospizes, dieses kränklich-süße Aroma, noch ein paar Sekunden länger zurück.

Im Hospiz roch es nach Fäulnis. Nishimura tat, was er jedes Mal tat: Er atmete schnell und tief ein, um sich zu akklimatisieren, vergleichbar mit einem Sprung in einen kalten See. Kein Teil von Fort York war wichtiger als das Hospiz. Es wirkte wie die Kinderreime in Großbuchstaben: Man sollte erkennen, wissen und akzeptieren, dass der Tod jener letzte Schritt war, der das Leben vervollkommnen würde.

Er hatte vergessen, was das Gebäude früher einmal gewesen war. Ein Nagelstudio? Ein Kickbox-Club? Sie hatten es vollkommen umgebaut, allerdings nicht in eine der antiseptisch beigen Medizineinrichtungen der Prä-Zombie-Ära. Das Hospiz war ja eigentlich auch keine medizinische Einrichtung. Der Eintrittsbereich war vom Reich der Softies lediglich durch eine dünne Reihe bunt zusammengewürfelter Vorhänge getrennt, hier einer mit pinken Tupfern, da einer mit kleinen Football-Spielern, dort einer mit Weihnachtsbaum-Muster. Einzig verbindendes Element war, dass sie von echten Menschen ausgesucht worden waren.

Greer und Nishimura setzten die Bahre auf dem Boden ab. Niemand war besser im Überbringen schlechter Nachrichten als das Gesicht. Unaufgefordert schlüpfte er durch die Vorhänge, um den Mitarbeitern im Hospiz mitzuteilen, dass eine der Ihren gebissen worden war. Greer ließ sich rückwärts gegen die Wand fallen, als könnte sie erst jetzt, da sie ihre Ladung abgeliefert hatten, anfangen, die eigene Schuld zu verarbeiten. Hoffmann kniete neben der Bahre. Ihr ausdrucksloses Gesicht glänzte, als füllte es sich mit Tränen, die ihren Kopf wie den von Frau Häuptling explodieren lassen würden.

So schnell war die Zeit des Abschieds gekommen. Wie immer. Nishimura sperrte alle anderen Gedanken aus seinem Hirn aus, ging in die Knie und schaute die sterbende Frau an, auf deren trüben Augen sich bereits ein gelblicher Film gebildet hatte. Er hatte schon so viele Menschen verabschiedet, dass er seinen Text hätte auswendig können müssen, aber ihm fiel kein einziges Wort ein. Das war Charlene Rutkowski. Charlie! Die bei den Softball-Spielen im Coronation Park schneller geworfen hatte als jeder andere. Die den nörgelnden Nishimura einmal mit zwei beißenden Heftklammerentfernern verscheucht hatte. Die er eines Abends einmal gefunden hatte, wie sie allein dasaß und weinte, in einem schönen Kleid, das eine Bedeutung für sie hatte, die er nicht mal erahnen konnte. Die, als sie einmal einen Plattenspieler zum Laufen gekriegt hatten, so wild zu *Born to Run* getanzt hatte, dass ihr Gesicht ganz in dem tobenden Haar verschwunden war. Wenn Nishimura das Hirn des Forts war, war Charlie das Herz der Siedlung gewesen. Jetzt würden sie ohne sie überleben, von ihrer Erinnerung zehren müssen.

»Ich …«, setzte er an.

»Hier sind keine Entschuldigungen erlaubt«, flüsterte sie. »Das weißt du doch.«

Er nickte. »Aber warum ausgerechnet du?«

»Und keine langen Verabschiedungen.«

Er nickte abermals. Bald würde man Charlie Rutkowskis Leben feiern und dabei so viele Tränen auf die Erde vergießen, dass der Garten zu winterlicher Blüte ausbrechen mochte. So dumm sie auch waren, die Zombies hatten der Menschheit eine wichtige Lektion erteilt. Der Tod hatte mehrere Phasen. Vielleicht sogar welche, die die Lebenden noch nicht erfasst hatten. Ließ man diese Erkenntnis auf sich wirken, konnte man einen gewissen inneren Frieden finden.

»Ich bin da reingerannt, ohne irgendwen zu warnen«, gab er zu. »Ich hab die Kontrolle verloren.«

»Kontrolle verloren?« Charlie lächelte. »Du? Oder ich?«

Er legte seine Hand – so alt – auf ihre – so alt.

»Du hast dir nichts vorzuwerfen«, sagte er.

»Ich hab bloß die Hand nach ihr ausgestreckt. Nach meiner Mutter. Sie hat direkt vor mir gesessen.« Charlie lächelte. »Sie hat Donuts immer geliebt.«

Er nickte ein drittes Mal. Die meisten Leute, die an einem Zombie-Biss starben, redeten irgendwann nur noch wirres Zeug, und obwohl Charlie lange im Hospiz gearbeitet hatte, würde auch sie den geistigen Verfall nicht lange aufhalten können. Nishimura legte ihr eine Hand auf die Wange. Ihre Haut war eisig. Ihr kochender Schweiß lag wie zarter Nebel über ihrem Gesicht.

»Du warst die Beste von uns allen«, sagte er.

»Ha.« Ihr Grinsen zog Risse durch die kränklich harte Glasur um ihren Mund. »Das warst du, Dummerchen.«

Er lächelte.

»Gehst du jetzt zurück in die Bronx?« Das Gesicht war zwischen den flatternden Vorhängen aufgetaucht. Die Waffe, die er getragen und die Nishimura abgefeuert hatte, war verschwunden. Es war so üblich, sie am Ende einer Bergungsmission im Hospiz abzugeben, von wo aus sie in Kürze zurück an den Rat gehen würde. Das Gesicht sprach mit sanfter Stimme, war lautlos aufgetaucht, blieb selbst jetzt auf Abstand. »Wenn du es dir aussuchen könntest, meine ich.«

»San Diego«, sagte Charlie. »Chet Musgraves Generator war der beste Generator.« Ihr Grinsen wurde noch breiter. »*Er* war der König der Generatoren.«

Das Gesicht sah Greer an. Nishimura ebenfalls. Da hinter Greer die letzten roten Schimmer der Abendsonne erstrahlten, lag ihr Antlitz im Schatten verborgen. Als sie mit den Schultern zuckte, klapperte ihr Bogen an der Wand. Die Geste eines Kindes, das zu schüchtern ist, um die gesellschaftlich vorgesehenen Höflichkeitsfloskeln zu flüstern. Und gleichzeitig ein Eingeständnis. Nishimura wusste, Greer würde sich auf der Stelle von Charlie in die Schlagader beißen lassen, wenn sie so das Gift auf sich übertragen könnte. Muse hatte sie schon verloren, warum also auch nicht? Für Nishimura war das Entschuldigung genug und wahrscheinlich auch für Charlie, dachte er.

Wieder flatterten die Vorhänge, und eine Frau erschien neben dem Gesicht. Abgesehen von Charlie war Marion Castle die erfahrenste Hospiz-Mitarbeiterin. Sie hatte vor dem 23.10. als Altenpflegerin gearbeitet, ein ein Meter fünfzig großes Energiebündel in der üblichen Gewandung, bestehend aus Arztkittel, Handschuhen und medizinischer Gesichtsmaske. Alles andere als üblich war jedoch ihre Miene. Charlie war nicht nur ihre Chefin, sondern auch eine liebe Freundin, und die bodenlose Erkenntnis, nicht nur sie zu verlieren, sondern auch von einem Moment auf den anderen ihre Verantwortung übernehmen zu müssen, sorgte eindeutig für ein Schwindelgefühl, das Nishimura noch aus seinen Tagen bei der Marine kannte, wenn das Ausscheiden oder der Tod eines Vorgesetzten eine Kette von Beförderungen ausgelöst hatte.

»Will einer von euch sie begleiten?« Ihre Stimme zitterte. »Ich will niemanden dazu zwingen.«

»Ich«, sagte Hoffmann.

Sie schaute Nishimura an und bat nicht um Erlaubnis, sondern schien neugierig zu sein, ob er sich übergangen fühlte. Nishimura nickte sachte. Natürlich sollte es Hoffmann sein, die Charlie auf ihrem letzten Weg begleitete. Er nahm sich vor, noch an diesem Abend mit Hoffmanns Assistentin Luvvie Lafayette zu sprechen und später persönlich nach Hoffmann zu sehen. Er war nicht sicher, wie sie den Verlust der einzigen Person verkraften würde, der sie vertraute. Also konnte er nur hoffen, dass sich die unverwüstliche Luvvie gut genug eingearbeitet hatte, um sowohl den Bibliotheksbetrieb als auch die Bibliothekarin vor dem Zusammenbruch zu bewahren.

Marion schnaubte und würgte ein Schluchzen herunter. Tränen wurden in Old Muddy zwar durchaus positiv gesehen, trotzdem bewunderte Nishimura ihre Disziplin. Es war noch eine Menge zu tun an diesem Abend. Marion ging in die Knie und ergriff die Vorderseite der Bahre. Nishimura erhob sich und machte Platz für Hoffmann, die das Fußende nahm. Marion zählte bis drei, die beiden Frauen hoben die Bahre an. Im nächsten Moment war Charlie Rutkowski aus Nishimuras Blickfeld verschwunden, und er wusste, er würde ihr großes, forsches, vernarbtes, fröhliches, von blonden Locken eingerahmtes Gesicht nie wiedersehen. Allerdings hörte er noch einen letzten Satz aus ihrem Mund, als das Gesicht den Vorhang aufhielt und die Trägerinnen passieren ließ.

»Ach, *du* bist es«, sagte sie, und Nishimura fragte sich, wen ihr zerfasernder Geist wohl gesehen hatte. Wer auch immer – er war froh darüber. Man wurde allein geboren und starb allein, hieß es immer. Es war vielleicht das größte Geschenk der Zombies, Letzteres widerlegt zu haben. Nun wurde man jenseits des Vorhangs von Saaldienern erwartet, die einem freundlich einen Platz zuwiesen.

HALB BOMBER, HALB BOMBENOPFER

Persönliche Geschichten – Transkript #215
Standort: Neue Bibliothek, Fort York
Befragter: Karl Nishimura
Interviewer: Etta Hoffmann
Zeit: 4.359-08:39

Anmerkungen: Keine.

F.

Moment. Als Allererstes möchte ich mich fürs Protokoll offiziell bei Ihnen entschuldigen. Ich hätte mich als Erster als Interviewpartner zur Verfügung stellen sollen. Ich war nur furchtbar beschäftigt. Der Ausbau. Sie wissen ja, wie das ist. Trotzdem ist das keine Entschuldigung. Ich hoffe, Sie wissen, dass es im ganzen Fort nur wenig gibt, was ich für wertvoller und – rein persönlich – für erfreulicher erachte als die Arbeit, die Sie hier in der Neuen Bibliothek vollbringen. Wer weiß, ob es uns gelingen kann, die Welt zu verändern. Aber umfassende Aufzeichnungen darüber zu haben, dass wir es wenigstens versucht haben? Das ist unverzichtbar.

F.

Ob es mir was ausmacht? Ich bestehe darauf. Jetzt geben Sie die Anweisungen, und ich befolge sie. Ich habe das Gefühl, dass Sie sich selbst nicht als Anführerin sehen, Hoffmann. Aber was macht eine Anführerin aus? Das ist jemand, der so inspirierende Taten vollbringt, dass andere ihr freiwillig folgen. Als ich im Jahr zehn angekommen bin, haben hier, äh, um die dreihundert Leute gelebt. Haben Sie eine Ahnung, wie viele von denen schon von Ihnen gehört hatten? Eine Frau hier hat Sie im Lauf der Jahre sogar mehrmals angerufen – Lizzie Bonaparte. Ich weiß nicht, ob sie's Ihnen schon gezeigt hat, aber sie ist Tätowiererin, und wissen Sie, was sie sich auf ihren linken Arm gestochen hat?

F.

WIE GEHT ES IHNEN? RUFEN SIE MICH AN.

F.

Ich habe immer noch Gewissensbisse wegen der Sache. Wir müssen Ihnen wie gewöhnliche Plünderer vorgekommen sein. Wenn ich das richtig verstehe, lautete Ihr Plan, dass das Archiv eines Tages in der Zukunft wiederentdeckt werden sollte. Aber uns war klar, dass die Menschen es jetzt schon brauchen. Wir waren zuversichtlich, dass wir es in einen lebendigen, dynamischen Teil der Gesellschaft verwandeln können. Lizzie hat sich außerdem Ihre Telefonnummer tätowiert, und wir hatten hier noch dieses eine wunderbare Telefon, das tatsächlich weiter funktionierte. Festnetz, ist das zu fassen? Charlies Anrufe ... waren unehrlich. Die Reise nach Washington, um Sie zu berauben, und das ist leider das richtige Wort, war ein kalkuliertes Unrecht, von uns nach reiflicher Überlegung im Dienste des Allgemeinwohls geplant. Dass Sie trotzdem eingewilligt haben, Charlie zu begleiten – ich kann nur betonen, ich war überglücklich.

F.

Natürlich musste es Charlie sein. Wem sonst hätten Sie vertraut? Wir haben nicht daran gezweifelt, dass sie die vierhundert Meilen nach Washington schafft. Sie ist aus San Diego zu uns gekommen, und das sind zweitausendfünfhundert Meilen. Damit hat sie sogar mich geschlagen. Von Puerto Vallarta nach Toronto sind es nur zweitausenddreihundert. Ich habe durchaus sportlichen Ehrgeiz. Ich habe es nachgerechnet.

F.

Mit dem Schleudersitz aus einer F-18. Das ist ein Kampfjet. Die Pilotin, eine erstklassige Marinepilotin namens Jennifer Angelys Pagán, hatte vor dem Start eine Stichwunde erlitten, durch mich, versehentlich, und während ich geschlafen habe, sind wir weit vom Kurs abgekommen. Sie hat sich in einen Zombie verwandelt, kurz bevor wir die Küste erreicht haben. »Kann mir mal ein pinche Mann auf diesem Schiff zuhören?« (lacht.) Ich habe ihr zugehört. Ich habe den Schleudersitz ausgelöst, wie sie es mir erklärt hat. Alles genau nach Vorschrift. Der Fallschirm hat funktioniert. Ich konnte ihn sogar ein bisschen steuern. Als ich ins Meer gestürzt bin, habe ich mich an das gehalten, was man uns bei einem Lehrgang beigebracht hat. Seitlich mit dem Fuß, seitlich mit der Hüfte, Schulter nach unten. Die Wucht des Einschlags so gut wie möglich verteilen. Trotzdem, weiterempfehlen kann ich das Erlebnis nicht. Ich schwöre, das fühlt sich an, als würde jeder einzelne Knochen im Körper zu Staub zerfallen. Plötzlich ist man unter Wasser, kriegt keine Luft mehr, und dann klebt auch noch der Fallschirm wie eine Decke aus nassem Zement an einem. Heute würde ich das nicht mehr überleben. Jetzt, fünfzehn Jahre später? Auf keinen Fall. Irgendwie habe ich mich aber befreit, den Notfallkoffer vom Sitz gelöst und bin losgepaddelt. Und obwohl Jenny mir das vorher gesagt hatte, habe ich überhaupt nicht mehr daran gedacht, dass beide Sitze gemeinsam abgesprengt wurden.

F.

Eine Fallschirmleine? Eine Koralle? Das klingt vielleicht komisch, aber es hat sich zu sehr nach einer Hand angefühlt, um eine Hand zu sein. Ich wurde so schnell unter Wasser gezogen, dass ich die Augen noch offen hatte, und da war sie, Jenny Pagán, beladen mit ihrer schweren Fliegermontur und dem Helm, aber sie hatte trotzdem keine Schwierigkeiten, weil sie ja nicht mehr atmen musste. Sie hat mir mehrfach das Leben gerettet. Und auf einmal wirkte es so, als würde sie das plötzlich bereuen. Sie hatte beide Hände um mein Fußgelenk geschlungen, und ich hab angefangen, nach ihr zu treten, aber ich war am Ende. Völlig entkräftet. Sie hat mich einfach mitten in ihre Blutwolke gezogen.

F.

Ein Hai, ist das zu fassen? Ich glaube, es lag an ihrem Blut. Der kam angeschossen wie ein riesiges silbriges Gummiband und hat sich direkt in ihrer Taille verbissen. Sobald sich das Blut gelichtet hat, konnte ich auch noch andere Haie sehen. Offenbar hatte ich doch noch genug Kraft, um weiterzuschwimmen. Schon komisch, was der Anblick großer Raubtiere für Energiereserven in einem freisetzt. Ich hab es bis an den Strand geschafft und bin dann erst mal stundenlang nur dagelegen, und die Ruhepause war auch bitter nötig. Sie kennen das ja, wenn die Flut Seegras und Muscheln und Treibholz anspült? So war das da auch, nur wurden eben Zombies angespült. Keine Ahnung, ob da draußen ein Schiff untergegangen war oder irgendwo ein Massensuizid stattgefunden hatte oder was, aber Welle um Welle von denen wurde angespült, alle grün und aufgebläht und so voller Wasser, dass sie nicht mehr aufstehen konnten. Hat sie aber nicht daran gehindert, sofort durch den Sand auf mich zuzukrabbeln. Ich sag Ihnen, Hoffmann, wenn es einen Moment gab, in dem ich wirklich aufgeben wollte, mich selbst und die ganze Welt, dann diesen. Sollten sie mich doch einfach holen.

F.

Eine berechtigte Sorge, die ich durchaus zu schätzen weiß. Aber ich bin mir sicher, das Archiv wird sich noch mindestens ein weiteres Jahrzehnt ausschließlich auf Nordamerika konzentrieren. Ich wünschte, ich könnte Ihnen mehr über Mexiko erzählen. Ich bin über die kalifornische Golfküste heraufgekommen. Nayarit, Sinaloa, Sonora. Arme Städte mit

Gebäuden in Babyzimmer-Farben. Ich weiß nicht, was die mexikanische Regierung unternommen oder unterlassen hat, aber überall sah es aus, als wären kurz vorher Guerilla-Einheiten durchmarschiert. Tod. Überall Tod. Kinder, Babys, alte Leute, alle mit Maschinengewehren in den Kopf niedergemäht. Kopfschüsse. Manchmal bin ich aufgewacht und habe ein zweistimmiges Summen gehört. Das eine kam von gewaltigen Zombie-Horden ein paar Meilen weiter; sie haben sich teilweise wie Wellen über die Bergflanken geschoben. Das andere war Gewehrfeuer, wie ein ferner Bienenschwarm. Das war Krieg, und ich wollte nie wieder etwas mit Krieg zu tun haben.

F.

Jahre. Ein paar. Viele? Irgendwann verliert man die Übersicht. Verglichen mit den Zuständen an Bord der *Olympia*, war es einfach. Das würde jetzt zu weit führen, lassen Sie mich nur sagen: *Das* war die Hölle. Der Rest war dagegen ... Papierkram. Etwas, das ich eben erledigen musste. Noch eine Meile. Noch eine Stadt. Noch ein Häuserblock. Und auch nicht alles zu Fuß. Ich bin immer wieder auf Karawanen gestoßen, die alle nach Norden unterwegs waren. In den USA war ja bestimmt alles besser, nicht wahr? Hier und da hab ich mich ihnen angeschlossen. Aber wenn man die Sprache nicht beherrscht, kann man ebenso gut wie ein Zombie stöhnen. Jedes Mal, wenn sie jemanden loswerden mussten, ist die Wahl auf mich gefallen. Ich hab mich auch nicht gewehrt. Ich wollte nicht mehr kämpfen. Selbst in den Jahren, die ich in Mexiko war, habe ich das nie vergessen. Die Zombies waren so langsam, so dumm. Hätten die Lebenden gewusst, wie man *nicht* kämpft, wäre heute alles anders. Wir wären *aufgeklärt*.

F.

Hatte ich. Meinen Ehemann Larry und unsere Kinder Atsuko, Chiyo, Daiki, Neola und Bea. Manchmal war mir so heiß, und ich war so durstig und so erschöpft, dass ich so viele Buchstaben nicht mehr im Kopf behalten konnte. Also hab ich es zu L-A-C-D-N-B abgekürzt. Mit diesen sechs Buchstaben habe ich bei El Paso die Grenze überquert. Das kam mir nur passend vor, um ehrlich zu sein. Ich komme schließlich aus einer Immigrantenfamilie. Aber an dieser Grenze wurde nur noch auf Zombies geschossen. Auf die, die Grenzen überschreiten wollten. Egal welche.

F.
Ich habe alles Mögliche gehört, aber wem kann man da wirklich trauen? Angeblich hatten ein paar stinkreiche Leute im Osten ihre eigenen Zombie-Armeen aufgebaut. Ich habe davon gehört, dass Löwin und Taube in Robin-Hood-Manier durch den Mittleren Westen gezogen sind. Ich habe von den Patrioten gehört, von diesem Kult, der in Kansas ganze Dörfer in die Luft gejagt hat. Aber die einzige Legende, die ich mit eigenen Augen gesehen habe, war die Zombie-Frau mit den Metallbeinen, die sichtlich durch die Hölle gegangen war, völlig zerfetzt, halb verbrannt, fast schon ein Softie. Sie wollte einfach nicht aufgeben. Ich hab sie in Taos gesehen. Ich war gerade über einen umgestürzten Skilift geklettert, da kam sie auf mich zu, die Metallbeine wie Scheren im frischen Schnee. Ich hab meine Axt gezückt. Ich hab zwar gesagt, ich wollte nicht mehr kämpfen, aber gewehrt habe ich mich schon noch. Sie kam direkt auf mich zu. Die ganze linke Seite ihrer Klamotten war abgerissen, ihre Haut hat gefunkelt. Das war Frost. Sie war teilweise gefroren. Das sah tatsächlich richtig schön aus, und ich weiß nicht, ob Sie das von Washington aus einschätzen konnten, Hoffmann, aber etwas Schönes hatte schon lange niemand mehr irgendwo gesehen.

F.
Ja, später wurde das ganze Land wieder schön. Erinnern Sie sich noch daran, dass die Wissenschaftler gesagt haben, der

Klimawandel wird unser Untergang? Dass wir unsere Umweltsünden nicht rückgängig machen könnten? Dass unsere Enkel nur noch mit Sauerstoffmaske rumlaufen würden? Aber mit dem plötzlichen Aussterben der Menschheit hat keiner gerechnet, oder? Man konnte es beinahe hören. Die Natur, wie sie ein- und ausatmet. Blätter, die vor Wonne erzittern. Wir sind gestorben, damit der Planet leben kann. Davon bin ich überzeugt. Vielleicht konnte die Zombie-Dame in Taos spüren, dass ich davon überzeugt war. Auf jeden Fall hat sie mich in Frieden gelassen. Und ich sie auch.

F.

Ich hab in einer Schneewehe ein Motorrad mit einem Beiwagen voller Benzin gefunden und bin damit los, und ich sag's Ihnen, ich hab es bestimmt zehnmal pro Tag fast zu Schrott gefahren, weil ich nicht aufhören konnte, in die Gegend zu gaffen. Das Leben. All das Leben, das zurückgekommen war. Ich hab mir keine Illusionen gemacht, aber trotzdem weiter gehofft, dass L-A-C-D-N-B noch am Leben waren, um das mitzukriegen. Denn man kann das nicht sehen und dann weitermachen wie vorher. Man kann das nicht sehen und nicht begreifen, wie schrecklich wir alles versaut hatten.

F.

Nein, hab ich. Ich hab sie gefunden.

F.

(Lange Pause.) Ich war mittlerweile ein anderer Mensch. Was mir auf dem Flugzeugträger noch den Todesstoß versetzt hätte – ich wusste jetzt, dass wir Teil von etwas Größerem sind. Haben Sie je gesehen, wie eine Gruppe Zombies ohne Worte zusammenarbeitet? Die wissen auch, dass sie Teil von etwas Größerem sind. Vielleicht können wir jetzt, wo alle Maschinen kaputt sind und das weiße Rauschen verschwunden ist, endlich hören, was die Zombies und die Hunde und die

Ratten und die Bäume hören. Larry ... er hatte getan, was er für das Beste hielt. Sie lagen alle zusammen in unserem Haus in Buffalo. Sie hatten es wirklich schwer gesichert. Ich hab einen halben Tag gebraucht, um durch die Barrikaden zu kommen.

F.

Sechs Haufen unter Spinnweben, dick wie eine Steppdecke. Ich dachte, sie wären tot-tot, bis einer der Klumpen sich gerührt hat, dann alle sechs, als hätte ich sie aufgeweckt. Larry, Atsuko, Chiyo, Daiki, Neola, Bea. Als ich mich um sie gekümmert habe, hab ich sie bei ihren vollen Namen genannt. Heute würde ich es anders machen. Sie waren Softies, aber das war, bevor wir einen Namen dafür hatten. Danach bin ich durchs Haus gewandert und hab die Fotos unserer Familien betrachtet. Natürlich musste ich da auch an die letzte Gelegenheit denken, bei der die Welt beinahe Selbstmord begangen hatte. Und da kam mir dieser Gedanke. Und der ist wohl ziemlich eingebildet. Und ich will nicht, dass das jetzt falsch rüberkommt.

F.

Ich bin Japano-Amerikaner. Halb Bomber, halb Bombenopfer. Ich, und andere wie ich, wir waren die Lösung für diesen Krieg, die einzig mögliche Lösung. Was, wenn das bedeutet, dass ich irgendwo in meinem Gen-Mix auch die Lösung für den jetzigen Krieg in mir trage? Zweifellos ein blödsinniger Gedanke. Aber damit habe ich es bis nach Toronto geschafft. Ich hatte schon lange Gerüchte über Toronto gehört.

F.

Dreihundert Leute, die auf einem Haufen leben und sich nicht an die Gurgel gehen? Das allein war schon bemerkenswert. Ja, auch die hatten aufgespießte Köpfe. Ja, und Fußfesseln im Steinmagazin. Aber immerhin haben sie etwas richtig gemacht.

Ich bin über die Gardiner-Autobahnbrücke gekommen, die mit hellgrünem Gras bewachsen war, und von da oben sieht man am besten, wie gut das Fort zu verteidigen ist. Haben Sie gewusst, dass es mal direkt am Ufer lag? Deshalb haben sie es damals »Muddy York« genannt, und deshalb sind wir irgendwann auf »Old Muddy« gekommen. Es hat ein paar Jahrhunderte gedauert, um dem Wasser den neuen Uferstreifen abzutrotzen, und schon im Jahr zehn waren die alten Verhältnisse fast wiederhergestellt. Es wird nicht mehr lange dauern, bis das Fort wieder direkt am Ufer liegt, und dann lässt es sich noch besser verteidigen. Die Angreifer müssten schon mit Booten kommen.

F.

Ich weiß, ich weiß. Es ist schwer, solche Denkmuster aufzugeben. Verteidigung – bei der Marine haben wir den ganzen Tag an nichts anderes gedacht, und selbst damals, als ich hier angekommen bin, hab ich noch so gedacht, obwohl da schon jeden Tag Softies am Straßenrand zu sehen waren. Was mir am meisten aufgefallen ist von da oben, waren die Kulturpflanzen. Im Garnisonspark nebenan. Und auf den Parzellen auf der anderen Seite der Bathurst. Das musste ein außergewöhnlicher Ort sein. Als ich runterkam und Hallo gesagt habe, waren die Leute offen für Neuankömmlinge. Freundlich. Sie sind ja nicht viel gereist, also muss ich versuchen, Ihnen und allen, die das hier vielleicht einmal lesen, irgendwie zu vermitteln, wie unglaublich kostbar und selten das war. Mir kamen die Tränen. Und später, als ich darüber nachgedacht habe, was Fort York als Symbol bedeutet, hat das alles so viel Sinn ergeben.

F.

Als Marineoffizier hat man normalerweise Ahnung von Militärgeschichte. Die Plünderung von York am siebenundzwanzigsten April 1813. Die USA marschieren in Kanada ein.

All das geht mir durch den Kopf, während ich herumgeführt werde. Die USA sind in Kanada einmarschiert. Hätten sie gewonnen, hätte es Kanada in der Form vielleicht gar nicht gegeben. Warum wollten die USA so viel zusätzliches Land haben? Weil es den Briten gehörte natürlich. Die USA segeln also nach Norden, wo nur ein paar Hundert britische Soldaten, ein bisschen Miliz und eine Handvoll Mississauga und Ojibwa sitzen. Wir überrollen sie nicht nur, wir verachten sie auch noch. Jeder Brite, der freiwillig Seite an Seite mit einem dieser indianischen Wilden kämpft, wird exekutiert, verkünden wir. Dann brennen wir York nieder. Ein Jahr später rächen sich die Briten für unsere Racheaktion und brennen das Weiße Haus nieder. Als der Friede von Gent unterzeichnet wird, was hat sich da wohl an der Grenze zwischen den USA und Kanada geändert? Gar nichts. Zwanzigtausend Tote, und die Antwort lautet: gar nichts.

F.
Was genau der geschätzten Erdbevölkerung im Jahr zehn entspricht, so ist es. Unheimlich, oder?

F.
Nutzlosigkeit. Genau das bedeutet Fort York für mich. Vor dem Britisch-Amerikanischen Krieg waren die meisten Menschen in Oberkanada sowieso Amerikaner. Wir haben gegen uns selbst gekämpft. Dann kommt der 23.10., und wir kämpfen wieder gegen uns selbst. So geht es die ganze Menschheitsgeschichte hindurch, Hoffmann. Das muss ein Ende haben. Genau das versuchen wir hier zu erreichen.

F.
Das bringt uns wieder zum Steinmagazin. Wir sollten uns nicht davor drücken, offen darüber zu sprechen, auch um der Nachwelt willen. Das Steinmagazin ist ein bombensicheres, fensterloses Lagergebäude, errichtet 1815, um Schießpulver

trocken aufzubewahren. Als ich hier ankam, war es voller Zombies. Und die Felder, die ich von der Autobahnbrücke aus gesehen hatte? Da haben sie Zombies arbeiten lassen, die Pflugscharen und Eggen ziehen mussten. Sie haben Fleischstücke vor den Pflug gespannt – Menschenfleisch, das sie in Kisten in der Erde vergraben hatten, damit es möglichst lange frisch blieb. Das ist in vielerlei Hinsicht abstoßend. Die Zombies hatten Ketten an den Füßen, um sie in Schach zu halten. Die Menschen hier haben sie als »domestiziert« bezeichnet. Sie waren nicht domestiziert. Sie waren versklavt.

F.

Könnten wir tun. Aber wir können uns auch darauf konzentrieren, wie empfänglich die Bewohner für alternative Ansätze waren. Ich habe eine Menge Vorschläge gemacht. Sie haben mir nicht den Mund verboten. Sie haben mich nicht rausgeschmissen. Sie wollten bessere Menschen sein, besser werden. Dafür konnte man sie begeistern. Ich hab nicht mehr gesagt, als dass wir zuallererst die Zombies befreien müssen, dann sehen wir weiter. Wir konnten keine neue Welt auf den Fehlern der alten aufbauen. Das war die erste Abstimmung, die wir hier durchgeführt haben. Erlass Nummer eins. Das Ergebnis war nicht einstimmig, aber es gab eine deutliche Mehrheit, also haben wir diese Zombies raus in den Stanley Park geführt und ihnen die Ketten abgenommen und dann haben sie …

F.

Entschuldigung. Haben Sie ein … Danke.

F.

Ich wünschte, Sie hätten das gesehen. Larrys Vorfahren waren Sklaven auf Trinidad und Tobago gewesen – ich wünschte, er hätte es auch sehen können. Hätte es bloß noch Videokameras gegeben und WWN, damit die ganze Welt es hätte sehen können. Sobald die ersten Zombies frei waren, haben sie sich nicht auf uns gestürzt. Sie haben versucht, die anderen zu befreien. Die Ketten durchzubeißen. Haben sich die Finger an den Eisenringen gebrochen. Ich war mir nicht sicher, was ich davon halten sollte. Das wusste niemand so recht. Aber eine Sache war ganz eindeutig: Uns war sofort klar, dass wir ohne jeden Zweifel das Richtige getan hatten. Wir haben uns zurückgezogen, sind auf die Straßenbrücke geklettert und haben zugeschaut, wie die Zombies losgegangen sind. Und wohin? In Richtung Queen Street. Nach Slowtown. Sie haben es sich selbst ausgesucht. Unsere zweite Abstimmung, Erlass Nummer zwei, war der Beschluss, dass sie die Gegend behalten dürfen.

F.

Ich hab vom ersten Tag an klargemacht, dass ich kein Anführer bin. Wir hätten keinen größeren Fehler machen können, als uns einen Anführer zu suchen. Was wir hier brauchten, war das Gegenteil der Olympia. Wir mussten Macht so weit wie möglich verteilen. Das Patriarchat beenden. Jede Last und jede Schuld teilen. Brüder und Schwestern sein, nicht Anführer und Gefolgschaft. Sobald man damit anfängt, kommt einem das völlig selbstverständlich vor. Wir würden eine Zuflucht errichten. Vielleicht eine himmlische Zuflucht. Wir würden es wenigstens versuchen. Derart reinen Tisch für einen Neuanfang würden wir nie wieder haben. Deshalb der Rat der Hüter.

F.

Das bringt uns auch zum Arsenal. Wenn man drüber nachdenkt, ist es auch gar nicht so radikal. Allein die Tatsache, dass es uns so beängstigend vorkam, war gleichzeitig der Beweis dafür, dass wir es tun mussten. Wir mussten schlechte Angewohnheiten ablegen. Das Arsenal war die Chance, unseren

Worten und Ideen Taten folgen zu lassen. Dazu gehörte auch Erlass Nummer drei. Das Verbot von Geld.

F.

Alles! Waffen waren alles. Damit hat man sich sein Abendessen beschafft. Damit hat man sich vor Zombies geschützt. Damit hat man sich gegen Rivalen behauptet. Aber mit Waffen hat man auch Kindern das Essen gestohlen. Man hat gemordet. Man hat vergewaltigt. Wer Waffen hat, spielt permanent mit dem Feuer. Irgendwann verschlingen sie einen. Schauen Sie doch mich an. Waffen haben mein ganzes Leben bestimmt. Also haben wir das genommen, was wir für unseren wertvollsten Besitz hielten, und sie alle weggesperrt. Sie im Steinmagazin eingemauert, wo vorher die versklavten Zombies gehaust hatten. Sie liegen alle da drin. Man könnte durchaus an sie rankommen. Aber man muss sich die Zeit nehmen, die Mauer aufzubrechen, und zwar vor aller Augen. Das wäre, wie einen Tempel zu entweihen, nicht?

F.

Da kann ich nur sagen – fragen Sie die Kinder. Haben Sie eigentlich vor, auch Kinder zu interviewen? Für die ist das Arsenal kein Reservoir voll schlummernder Gewalt. Für sie ist es ein Grabstein. Wenn sie so aufwachsen dürfen, dass sie Schusswaffen so betrachten wie die Generationen vor ihnen mittelalterliche Folterwerkzeuge in einem Museum, würde ich vor Stolz platzen.

F.

Das ist die beste Frage von allen. Was soll das alles überhaupt bringen, wenn wir die Einzigen sind? Ich nehme auch zurück, dass ich vorhin gesagt habe, Old Muddy sein ein »besonderer Ort«. Darauf dürfen wir nicht hoffen. Wir müssen hoffen, dass wir hier absolut nichts Besonderes sind, sondern sich alle aufkeimenden Gesellschaften in die gleiche Richtung entwickeln. Mein letzter Zwischenstopp vor Buffalo war Detroit. Jenny Pagán war aus Detroit. So sind wir auch auf den Namen unseres Fluchtplans gekommen. Operation Bills-Lions. Ich hatte ihr versprochen, sie heil nach Hause zu bringen, was mir offensichtlich nicht gelungen ist. Trotzdem bin ich hin, um zu schauen, ob ich in ihrer Ecke nicht jemanden finde, der puerto-ricanisch aussieht, und das hab ich tatsächlich – Jennys Eltern, Jorge und Lorena. Sie hausten in der Turnhalle der örtlichen Highschool. Mein ganzes militärisches Training war mit einem Schlag zurück. Ich hab strammgestanden und salutiert und mich erst bewegt, nachdem sie auch salutiert hatten. Dann hab ich ihnen erzählt, was für eine außergewöhnliche Matrosin ihre Tochter gewesen ist und dass ich sie für jeden erdenklichen Orden vorschlagen würde, sollten je wieder welche verliehen werden. Ich habe gesagt, es täte mir leid, und sie haben gesagt, nein, ihnen täte es leid, und dann haben sie geweint, bis sie zusammengesunken auf dem Boden saßen, und ich habe mir gedacht, Wer auch immer diese Leute einmal gewesen sein mögen, was auch immer ihnen so entsetzlich leidtut, sie haben sich verändert. Wir alle haben uns verändert. Vielleicht haben wir tatsächlich eine Chance.

LIBIDO DOMINANDI

Obwohl das Gesicht die Geschichtsbücher in der Neuen Bibliothek verschlang, waren es auch nach all der Zeit Erinnerungen an die skurrilen »Rausschmeißer« am Ende mancher WWN-Sendungen, die seinem Hirn die wunderlichsten Gedanken entlockten. Ein Rausschmeißer war zum Beispiel das Porträt eines Highschool-Lehrers aus Palm Springs, der für die hellsten Köpfe seiner Abschlussklasse eine utopische Übung ersonnen hatte: eine selbst gebaute Biosphäre, in der sie zwei Wochen lang leben sollten. Die WWN-Reporterin scherzte, dass es hoffentlich nicht wie bei *Das Experiment* enden würde, und fragte den Lehrer, ob er denn noch andere schrullige Utopieansätze aus der Vergangenheit aufzählen könne. Einer, an den sich das Gesicht noch erinnerte, war das Schlaraffenland, eine mittelalterliche Fantasiewelt mit Flüssen aus Wein, Pfannkuchenbäumen, Gebäckregen und gebratenen Gänsen, die einem direkt in den Mund flogen. Um dorthin zu gelangen, musste man sich durch eine drei Meilen dicke Mauer aus Milchreis fressen.

Man vergleiche dies mit Fort Yorks gedrungenen, utilitaristischen, zweihundert Jahre alten Bauten aus Holz und Stein und Ziegeln, deren Anblick auch nicht dadurch aufgewertet wurde, dass vierhundert nervöse Menschen das Gras zwischen ihnen längst zu Matsch zertrampelt hatten. Dieses lausige Durcheinander sollte ihr Paradies sein? Das Gesicht drückte die Fäuste ins schmerzende Steißbein und sah Nishimura zu, der wie ein Zombie zurück ins Fort stapfte. Plötzlich befürchtete er, Nishimura könne sich zu ihm umdrehen und ihn – da er wusste, dass das Gesicht niemals log – fragen, ob er immer noch daran glaubte, dass Old Muddy diese Krise überstehen würde. Dann hätte das Gesicht antworten müssen, dass er sich momentan nicht sicher sei.

Als er im Jahr elf hier angekommen war, war er schnell zu einem Verfechter der großen Vision dieses Marineveteranen geworden. Die vor ihnen liegende Arbeit sei ein harter Brocken, hatte Nishimura gesagt, während er wortwörtlich einen harten Brocken Erdreich mit der Hacke zerkleinerte. Er hatte zweifellos recht behalten. Der Drang nach individuellem Besitz war so gewaltig, dass selbst das Gesicht sich immer wieder dazu zwingen musste, nicht alles zu horten, was er irgendwo fand. Ein intaktes Zweiersofa zum Beispiel, das im Gemeinschaftsbereich des Forts viel besser aufgehoben war, oder ein makellos scharfes Tranchiermesser, das den Leuten vom Küchendienst viel bessere Dienste leisten würde als ihm selbst.

Das Aussehen des Gesichts machte seinen Nutzen als Sprachrohr für Nishimuras Pläne etwas fragwürdig, aber als Moderator hatte er sich durchaus gewisse rhetorische Fähigkeiten angeeignet, also half er dabei, die Bewohner von Old Muddy davon zu überzeugen, die akzeptable Gegenwart gegen eine idealistische Zukunftsvision einzutauschen. Die erste Phase des Projekts stützte sich stark auf die klassischen Prinzipien einer egalitären Gesellschaft. Wer arbeitete, durfte auch an allem teilhaben. Die Amtszeit im Rat der Hüter war auf einen Monat begrenzt und konzentrierte sich hauptsächlich darauf, auf Anregungen zu reagieren, Arbeitspläne aufzustellen und alltägliche Entscheidungen zu fällen. Nishimura sagte, er habe den Rat als Gegenstück zu militärischen Hierarchien konzipiert.

»Im Rat zu sitzen sollte keine angenehme Aufgabe sein«, sagte er immer wieder.

Mit vollem Erfolg: Das Gesicht konnte aus erster Hand ein Lied davon singen, dass sich die Arbeit im Rat anfühlte, als würde man den ganzen Tag von einer Hühnerschar verfolgt – nicht in der Zombie-Variante, sondern lebendig und laut. Irgendwer entdeckt einen Schatz aus Dosensuppen in so köstlichen Variationen wie

Brokkoli-Käse, Wantan-Hühnchen oder Französische Zwiebelsuppe, und ratet mal, wer den tollen Job hatte zu entscheiden, wer davon was bekommen sollte? Eines der Mühlräder, die die Maschinen des Forts mit Strom versorgen, bricht um drei Uhr morgens, und ratet mal, wer den Mechaniker aus dem Bett holen darf? In diesen viel zu späten oder viel zu frühen Stunden, zitternd und gähnend, kam sich das Gesicht selbst so träge wie ein Zombie vor.

Womit Nishimura aber ebenfalls recht hatte, war Folgendes: Es fühlte sich richtig gut an, eine Amtszeit erfolgreich absolviert zu haben. »Dienst an der Öffentlichkeit« war eine Phrase, mit der auch die hohen Tiere bei WWN vollmundig ihre Jobs umschrieben hatten, ohne dabei die sechs- bis siebenstelligen Jahresgehälter zu erwähnen. Das Gesicht erinnerte sich noch an einen parteiischen Moderator, der sich darüber beschwerte, George W. Bush habe nach dem 11. September die einmalige Chance vertan, so viele Amerikaner wie seit dem Zweiten Weltkrieg nicht mehr zum freiwilligen Dienst an der Gemeinschaft zu motivieren. Ein paar Jahrzehnte später musste das Gesicht dem zustimmen. Es war die Selbstlosigkeit, die die Welt retten würde.

Das Gesicht schlüpfte durch eine der Schießscharten in der Rotunde. Sofort kesselten ihn die Bewohner wie eine Zombie-Horde ein. Abgesehen davon war nicht viel zu sehen; die Sonne war untergegangen, und er konnte gerade noch Greer ausmachen, die nach Süden in Richtung Bucht schlurfte, der Bogen beinahe gerade, verglichen mit ihrem gebeugten Rücken. Er wusste nicht, was er tun sollte. Greer folgen und sich vergewissern, dass es ihr gut ging? Nishimura folgen und der treue Stellvertreter sein, der er stets gewesen war? Oder genau hier stehen bleiben und andächtig warten, bis Charlie ihre Reise beendet hatte? Leider hatte er nicht wirklich eine Wahl. Sollte der Ausgang der morgigen Abstimmung tatsächlich ungewiss sein, war es seine Pflicht, allen, die ihn danach fragten, die Wahrheit zu sagen. Er stieg die Treppe zum Hospiz hinunter. Seine Knöchel schienen leise *Knick-knack* zu machen.

Er begrüßte den Seifenwächter, wusch sich endlich die Hände, ging ein Stück weiter, lehnte sich an eine der alten Kanonen und war froh, dass die fahl flackernden Standfackeln im Fort sein Gesicht verbargen. Die Leute im Innern dieser Steinmauern waren krank vor Sorge; es roch fast wie bei den Zombies, die sich aus General Spaldings Schlachtfeld gegraben hatten. Vielleicht hatte Muse King das einzig Richtige getan und sich aus dem Staub gemacht, sobald Richard Lindof aufgetaucht war.

Die Welt ist hart, hatte Nishimura einmal gesagt, *und die Utopie ein zartes Pflänzchen.*

Das Gesicht vertraute der Kanone noch mehr Gewicht an. Er wünschte, sie könnte ihm auch die Last der Gedanken erleichtern. Er dachte an die lange Nacht, die er im Gespräch mit Nishimura und Charlie verbracht hatte, nachdem er vor vier Jahren angekommen war. Es war seine schönste Erinnerung seit dem 23.10. Vielleicht sogar seine schönste Erinnerung überhaupt. Wann sonst hatte er sich in seinem Leben zwischen desinteressierten Models und geringschätzigen Kollegen wirklich akzeptiert gefühlt?

Sie hatten zu dritt in der Messe gesessen, errichtet laut der Plakette neben der Tür im Jahre 1815, und der gemeinsame Spüldienst nach einem gemeinschaftlichen Essen hatte in einer jener magischen Nächte gemündet, die man nach dem College nur noch selten erlebte, wenn gleichgesinnte Geister einen mit zielloser Freude berauschten und das Tageslicht noch nicht zugegen war, um Löcher in die geteilten Meinungen zu sengen. Sie hatten einfach nur geplaudert, als hätten sie nichts anderes zu tun gehabt, als ein angestochenes Fass zu leeren. Nishimura war locker gewesen wie nie, hatte sogar die Füße auf den Tisch gelegt und die Theorien erörtert, die er sich auf dem Weg von Mexiko durch die USA bis nach Kanada zurechtgelegt hatte.

»Seid ihr religiös?«, hatte er die beiden gefragt.

»Meine Familie hat Rosenkranzperlen geblutet.« Charlie hatte flach auf dem Boden gelegen wie ein Mädchen bei einer Pyjamaparty. »Ich frage mich, ob der Glaube stärker wird, wenn man nicht drüber nachdenkt. Ist das Blasphemie? Aber klingt es nicht trotzdem irgendwie richtig?«

Das Gesicht blies eine ganze Reihe Kerzen aus, ehe er sich in ihre Nähe setzte. Er war noch immer neu hier und wollte diesen Leuten seinen Anblick so gut wie möglich ersparen. »Ich hab da früher nie viel drüber nachgedacht.« Er zuckte mit den Schultern. »Ich hab überhaupt über kaum was nachgedacht.«

»Meine Familie waren entweder Shintoisten oder Buddhisten«, sagte Nishimura. »Ich selbst hab nichts davon je praktiziert, und was ich auf der *Olympia* erlebt habe, hat mir auch das Christentum nicht unbedingt schmackhaft gemacht. Trotzdem werden wir diese Art von Eifer hier auch brauchen. Wir müssen die Leute davon überzeugen, an unsere Idee zu glauben.«

»Das wird nicht passieren«, sagte Charlie. »Alles, woran sie geglaubt haben, hat sich mit einem großen Knall in Rauch aufgelöst.«

»Woran haben sie denn am meisten geglaubt?«, drängte Nishimura.

Charlie seufzte. »Ich kannte mal einen Kerl, der nur an sein Handy geglaubt hat.«

»So war ich auch«, sagte das Gesicht. »Vierundzwanzig-sieben eingeloggt. Ich weiß nicht mal, warum. Man hat uns permanent davor gewarnt, dass unsere Geräte gegen uns verwendet werden, um unsere persönlichen Informationen zu stehlen und sie gewinnbringend zu verhökern. Ich hab trotzdem weitergemacht.«

Nishimura nickte. »Wir alle haben diese Mini-Atombomben wie Kätzchen mit uns rumgetragen. Das Problem mit den sogenannten smarten Geräten war ja, dass man sie personalisieren konnte. Man hatte die Möglichkeit, nur den Sachen zu folgen, denen man folgen wollte. Nur die Dinge zu sehen und zu hören, die einem sowieso gefielen. Wie kleine Taschenspiegel. Kein Wunder, dass wir alle so besessen von den Dingern waren. Der Trick ist jetzt also, den Spiegel durch ein Fenster auszutauschen. Damit wir nicht mehr nur uns selbst, sondern alle anderen sehen.«

»Das wird nicht funktionieren«, sagte Charlie.

»Das ist die richtige Einstellung, Rutkowski«, sagte Nishimura.

»Die werden sich alle so fühlen, als sollten sie einen Schritt zurück machen. Sogar mir kommt das so vor!«

»Sie meinen, man sollte Menschen mit Ideen inspirieren, wie sie früher von Glauben inspiriert wurden«, sagte das Gesicht. »Das Problem ist, dass Glaube auf Wundern basiert. Und wir haben alle Wunder aufgebraucht. Die Leute aus biblischen Zeiten hätten unser Leben vor dem 23.10. für ein Leben *voller* Wunder gehalten. Unsere Blinden konnten sehen. Unsere Lahmen konnten gehen.«

»Unsere Toten«, fügte Charlie hinzu, »konnten leben.«

»Und all das haben wir nur dazu genutzt, um einander wehzutun«, sagte das Gesicht.

»Genau das erfüllt mich mit Hoffnung«, sagte Nishimura. »Wenn ich mir einer Sache ganz sicher bin, dann der, dass wir nicht glücklich waren. Wir waren unzufrieden. Der Unterschied ist, dass wir jetzt die Welt tatsächlich wieder wahrnehmen können. Wunderschön und unberührt. Ich bin mir wirklich sicher, dass wir sie gut und sicher nutzen können, wenn wir uns wie Tiere verhalten und uns nur das nehmen, was wir wirklich brauchen.«

»Wie viele Leute wohnen jetzt hier?«, fragte das Gesicht.

»Hoffmann führt gerade eine Zählung durch«, sagte Charlie. »Aber es werden wohl, keine Ahnung, fünf- bis sechshundert sein?«

»Mit dieser Zahl lässt sich das, was Sie vorschlagen, vielleicht verwirklichen«, sagte das Gesicht. »Da können Sie vielleicht noch erfolgreich sagen: ›Spaltet keine Atome mehr‹ oder ›Produziert kein Senfgas mehr‹ oder ›Was immer ihr tut, erfindet bloß keine Social Media‹. Aber mit tausend Leuten? Mit zweitausend?«

»Ich hab mal gelesen, dass eine Population aus mindestens zehntausend Individuen bestehen muss, um Inzucht zu verhindern«, schob Charlie dazwischen.

»Libido dominandi«, sagte Nishimura. »Herrschaftsgelüste. Man muss bloß genug Schiffskapitäne kennenlernen, dann merkt man sich diesen Begriff.«

Charlie stöhnte. »Latein. Wenn ich noch mal die Wahl hab – lieber Apokalypse als Medizinstudium.«

»Irgendwo in Connecticut hab ich ein altes Einkaufszentrum durchstöbert und eine Überwachungskamera gesehen«, sagte das Gesicht. »Ein paar Minuten später noch eine. Als ich dann darauf geachtet habe, waren sie überall. Es muss Tausende dieser Kameras geben, von denen einige noch mit Wind- oder Solarkraft laufen, und die starren den ganzen Tag *andere Kameras* an. Eine Rückkopplungsschleife ohne Menschen weit und breit. Das ist unser Vermächtnis. Eine Welt, von der wir nicht einmal mehr Teil sind. Das dürfen wir nicht noch mal so machen.« Er zuckte mit den Schultern. »Was wohl bedeutet: Ich bin dabei.«

»Ach, wie schön, die Männer haben einen Plan.« Charlie schnaubte. »Das kann ja dann nur gut ausgehen.«

Aber ehe die Nacht vorbei war, waren sie alle drei aufgeputscht von der Hoffnung, die diese leere Leinwand bot. Sie keuchten vor Begeisterung, aaahten voller Zustimmung, lachten gemeinsam über alles Mögliche. Irgendwann schlug Charlie die Hände vors Gesicht, beschämt von ihren gewaltigen Ambitionen. Das Gesicht zog ihren Ellbogen weg und brachte ihr verlegenes Grinsen zum Vorschein, und sie schlug spielerisch nach ihm. Er musste sich zurücklehnen, weit zurück, um sein rasendes Herz zu beruhigen. Seit elf Jahren hatte ihn niemand mehr mit freundlicher Absicht berührt. Sein Entschluss, dabei zu helfen, Fort York ins Paradies zu verwandeln, festigte sich noch mehr. Nichts schien mehr unmöglich.

In dieser einzigen schwindelerregenden Nacht wurde die Saat ausgebracht, aus der die beiden richtungsweisenden Prinzipien des Forts sprießen sollten: Arsenal und Hospiz. Von da an hatten sie eine klare Philosophie und eine eindeutige Marschrichtung. Mit der Hilfe von Charlie und dem Gesicht verbreiteten sich Nishimuras Ideen schneller als die Memes der alten Tage. Dem Gesicht kam das ganz natürlich vor. Die Zombies starben allmählich aus. Das Fort wuchs weiter. In der Neuen Bibliothek fand das Gesicht in der Abteilung mit alten Zeitschriften eine vergilbte Werbung aus den Fünfzigerjahren für eine Vorstadtsiedlung, die er herausriss und an die Tür seines Schlafzimmers klebte.

Ein Experiment für ein Besseres Leben!

Stand dieses Experiment nun vor dem Scheitern? Das Gesicht trottete ins Fort. Die Standfackeln brannten und hüllten die Menschenmengen zu beiden Seiten in ein fahles oranges Licht. Das alles waren Leute, die einander umarmten und Händchen hielten und jedes Kind, das danach verlangte, huckepack nahmen. Es war schockierend, sie in zwei Lager gespalten zu sehen.

Am lautesten waren die Menschen vor dem Ziegelmagazin, in dem die Blockhaus-Vier gefangen saßen. Wenn die Ehrlichkeit des Gesichts irgendwo gebraucht wurde, dann da. Er ging den Hauptweg entlang, der noch aus den Zeiten stammte, als das Fort bloß eine historische Sehenswürdigkeit gewesen war. Der Weg durchschnitt den Garten, lief vorbei am Arsenal und der Großen Sonnenuhr und führte dann direkt in die wartende Menge. Noch war Richard Lindof nicht erschienen, aber man hatte bereits eine große Kiste als Bühne vor dem Ziegelmagazin platziert. Das Gesicht schob sich durch die Menge, bis er das verblichene Etikett auf der Kiste entziffern konnte: *GUT ABGEHANGENES RINDFLEISCH.* Das klang passend. Fort York mochte zwar genau wie jede andere bekannte Siedlung zum Vegetarismus übergegangen sein, aber der Phantomschmerz, das Sehnen nach Fleischgenuss hielt an, und Lindof hatte seit seiner Ankunft nichts anderes getan, als den Leuten blutige Steaks vor die Nase zu halten.

Das Gesicht rieb sich Wärme in die Arme und dachte darüber nach, was er von diversen Neuankömmlingen über andere Siedlungen erfahren hatte. Viele berichteten von ganz ähnlichen Kolonien, die nur oft durch den fehlenden idealistischen Unterbau etwas anfälliger waren. Insgesamt waren die Nachrichten aber durchaus ermutigend, auch dank der Geschichten über den Zusammenbruch zweifelhafterer Gesellschaftsstrukturen.

Fort Yorks nächster Nachbar war Fort Drum, eine ehemalige Ausbildungsbasis des US-Militärs auf der anderen Seite des Ontariosees. Vor dem 23.10. hatten dort jährlich bis zu achtzigtausend Soldaten trainiert. Den Berichten nach war es heute ein ruhiges umwalltes Dorf, in dem fleißige Arbeiter wohnten, die bezüglich der Softies ganz ähnliche Schlüsse gezogen hatten, sie aber lieber sich selbst überließen, statt sie aufzulesen. Fort Drum bot allerdings eine Besonderheit, die von zwei Besuchern bestätigt worden war. Wie in Fort York träumte man auch dort von einer Welt ohne selbstzerstörerische Impulse, näherte sich diesem Ziel aber mittels Gehirnoperationen an. In Fort Drum lebten unter anderem drei Neurochirurgen, die den ventromedialen präfrontalen Cortex und die Inselrinde untersuchten, jene Teile des Gehirns, die für egalitäres Verhalten und Freundlichkeit zuständig waren. Ihre Theorie besagte, dass sie durch gezielte Manipulation dieser Areale eventuell unsoziales Verhalten ausmerzen könnten.

Obwohl es natürlich eine schöne Vorstellung war, die Welt von künftigen Lindofs zu befreien, wurde dem Gesicht bei dem Gedanken an diese munter drauflosbastelnden Neurochirurgen eher mulmig. Er war froh, dass es Fort Drum gab, froh über deren zukunftsorientiertes Denken, aber er war ebenso froh, einen guten Tagesritt entfernt zu leben.

Die Menge erbebte. Das Gesicht stellte sich auf die Zehenspitzen und sah eine Gruppe von sieben oder acht Leuten, die das Fort durch das Osttor betraten. Es war zweifellos Lindof. Schon von Weitem sah man die stolzgeschwellten Brustkörbe derer, die ihm als unnötige Leibwache dienten, während der Mann in ihrer Mitte ein lässiges Schlendern an den Tag legte, das sein Hinken nicht ganz verbergen konnte. Dieses Tamtam drehte ihm den Magen um. Niemand in Ford York hatte weniger Kontakt mit Lindof als das Gesicht. Der Grund dafür war einfach. Lindof fand das Gesicht abstoßend. Sobald Lindof ihn irgendwo erspähte, wandte er sich ab und verzog seine Miene zu der eines bockigen Kindes am Esstisch. Zunächst hatte das Gesicht ihm deshalb keine Vorwürfe gemacht. Die Reaktion war immerhin ehrlich, und es gab nichts, was ihm wichtiger war als Ehrlichkeit. Dieser Vertrauensbonus hielt ungefähr eine Woche. Wie andere Fort Yorker hatte Lindof Beschwerden. Anders als andere Fort Yorker trug Lindof sie nicht dem Rat der Hüter vor, sondern tuschelte und denunzierte, wurde persönlich. Der Rat der Idioten. Jeder war ein Schwachkopf, der tat, was die sagten.

Eigentlich hätten alle Menschen, die stark genug gewesen waren, das Zweite Mittelalter durchzustehen, diese Art von Schulhofgeflüster sofort durchschauen sollen, aber eine überraschend große Zahl der Bewohner fühlte sich offenbar davon angesprochen. Das Gesicht musste mit ansehen, wie sich die Menschen wieder daran gewöhnten, die Lippen zu einer verächtlichen Miene zu verziehen.

Er behielt diese Beobachtungen für sich. Es fühlte sich nicht gut an, Ziel solch unverblümten Abscheus zu sein. Mittlerweile machte er sich bittere Vorwürfe. Er hätte schnurstracks zu Lindof gehen und ihn dazu zwingen sollen, ihm ins entstellte Antlitz zu schauen, und sei es nur, um ihn derselben Erfahrung auszusetzen, die jeder in Old Muddy durchgemacht hatte. Was war der Sinn all der erreichten Veränderungen, wenn sie bei der ersten Gelegenheit sofort zu kleinlichen Niederträchtigkeiten zurückkehrten?

Sowie er ein Häufchen unzufriedener Mitläufer um sich geschart hatte, fing Lindof an, kleine Zwischenfälle zu großen Skandalen aufzubauschen. Einen Monat nach seiner Ankunft wurde an einem Strand ganz in der Nähe eine Jacht mit einer Ladung Zombie-Ratten angespült, und sie verbrachten zwei Tage damit, das Schiff auf dem Wasser kontrolliert ausbrennen zu lassen. Hätte man in Fort York bloß die Regeln aufgestellt, proaktiv im Hafenbereich zu patrouillieren und Geisterschiffe sofort zu versenken, ereiferte sich Lindof mit hochrotem Kopf, könnten solche Gefahrensituationen gar nicht erst auftreten.

Hätte Lindof berechtigte Kritik geäußert, wäre es in Old Muddy wie in allen Belangen zu ehrlichen Debatten gekommen. Aber Lindofs Gerede war so frei von Intellekt, so fokussiert auf niedere Gelüste, dass es unter den Hürden der Vernunft hindurchschlüpfte und alle unvorbereitet traf. Zum ersten Mal seit über fünf Jahren hegten manche Leute wieder Zweifel an ihrem Lebenswandel.

Vielleicht haben die Leute in Fort Drum doch recht, dachte das Gesicht und malte sich aus, wie das Trio der Neurochirurgen Lindof lange Lobotomienadeln in die Augenhöhlen bohrte. Sofort verurteilte er sich dafür. Genau solche boshaften Gedanken ließen die Leute überhaupt erst gegen den Rat der Hüter rebellieren – eine neue Infektion breitete sich aus. Charlie Rutkowski hatte ihm einmal anvertraut, möglicherweise Patient Null gekannt zu haben. Hier stand nun der neue Patient Null: Richard Lindof.

Das Gesicht wollte Muse King keine klischeehaften Eigenschaften andichten, bloß weil er ein Künstler war, trotzdem machte er sich so seine Gedanken. Drei Jahre lang war Muse der warmherzigste, sanfteste Bewohner des Forts gewesen. Da er selbst nur unverblümte Wahrheiten ausplaudern konnte, bewunderte er Muse für seine Fähigkeit, bittere Tatsachen in netten Fabeln zu verpacken. Umso deutlicher hatte er Muse' Verachtung bemerkt, sobald sich Lindofs Jüngerschaft wie eine Seuche im Fort ausbreitete. Sieben Tage nach Richards Ankunft war Muse verschwunden, als müsse er etwas Reines in seinem Innern vor dessen Einfluss schützen. Jetzt fragte sich das Gesicht, ob all jene auf der Westseite des Forts Muse folgen würden, sollte die Abstimmung zu Lindofs Gunsten ausgehen.

Die Leute jubelten, als Lindof um das Blockhaus Ost bog und dem Gebäude – dem Tatort – im Vorbeigehen einen kleinen Klaps gab, als wollte er dem Bauwerk versichern, es vor allen künftigen Schandtaten zu beschützen. In diesem Blockhaus lagerten die wertvollsten, leckersten, haltbarsten Relikte der Vergangenheit, und die meisten Bewohner lieferten solche Funde verlässlich ab, damit sie eingelagert werden konnten. Wer wollte ihnen verdenken, sich dabei manchmal heimlich ein bisschen Finderlohn abzuzweigen? Den Rest hielt der Rat für Geburtstage, Hochzeiten, Tode oder andere Feierlichkeiten zurück. Campbell's Tomatensuppe, Salz, Maisstärke, Milchpulver, Wackelpudding, Reis. Sojasoße, Maissirup, Vanilleextrakt, Essig, Honig, getrocknete Bohnen. Und natürlich Alkohol: Bier, Wein und Spirituosen, von denen das Gesicht sehr gut wusste, wie nervös ihre Anwesenheit Nishimura machte, die aber auf keinen Fall weggeschüttet werden konnten, ohne zu Recht der Tyrannei bezichtigt zu werden.

Noch seltener als Alkohol waren Drogen, aber Federico, Reed, Stuart und Mandy hatten sich mit irgendeinem Inhalationsmittel zugedröhnt, bevor sie beschlossen, dass ihre mitternächtliche Fressattacke keinen Aufschub duldete. Sie schubsten einen siebzehnjährigen Jungen namens Shyam Iyer zur Seite, der vor Blockhaus Ost Wache stand, und luden sich die Arme mit Essen voll. Shyam versuchte sie aufzuhalten. Sie wehrten sich. Shyam schrie. Der zweiundfünfzigjährige Yong-Sun Tang, der an Schlaflosigkeit litt, kam ihm zu Hilfe. Im Rausch prügelten die vier sowohl auf Shyam als auch auf Yong-Sun ein. Der junge Mann erlitt mehrere Rippenbrüche, verlor ein paar Zähne und pinkelte immer noch Blut, der ältere brach sich das Becken und fünf Rippen, was eine Lungenentzündung nach sich gezogen hatte, die ihn durchaus noch umbringen konnte.

Die Beute, die Federico, Reed, Stuart und Mandy für diese Mühe machten, bestand aus einem Karton Ramen-Nudeln in verschiedenen Geschmacksrichtungen, sechzehn Päckchen Instantkakao, vier Flaschen Wein, zwei Paketen Zucker, einer Flasche Ahornsirup und einer Handvoll Brühwürfel.

Jetzt waren die Blockhaus-Vier im Ziegelmagazin eingesperrt. Fort York hatte absichtlich kein Gefängnis. Nishimura war der Ansicht, der Verlust des öffentlichen Ansehens sei eine produktivere Strafe. Aber wütendere Menschen hatten eine Entscheidung gefällt, als die meisten Bewohner noch schliefen, und so saßen die vier nun seit sechs Tagen im Ziegelmagazin. Man brachte ihnen Essen und Trinken, und sie durften sich erleichtern, wobei sie die Fesseln tragen mussten, die man den Zombies abgenommen hatte. Warum war ihnen allen allein letzteres Detail keine größere Warnung?

Hätte er hier das Sagen, krähte Lindof, würden ihnen diese Ketten niemals mehr abgenommen werden.

Offiziell ging es bei der morgigen Abstimmung nicht um die Blockhaus-Vier. Vordergründig handelte es sich um ein Misstrauensvotum gegen den Rat der Hüter (*Ein Experiment für ein Besseres Leben!*), der danach das dauerhafte Exil für Federico, Reed, Stuart und Mandy beschließen sollte. Wer aber Augen im Kopf hatte, konnte den eigentlichen Grund für die Abstimmung unschwer erkennen: den wachsenden Schatten in der Form von Richard Lindof.

Der gerade auf die Kiste kletterte. Und zwar alles andere als elegant. Der Mann war Ende sechzig und außer Form, mit seinem kurzen Bein und dem verkümmerten Arm benötigte er die Unterstützung von vier Männern. Aber Lindof wusste, wie man mit Publikum umging. Sobald er oben stand, reckte er eine siegreiche Faust über den Kopf, nahm somit gleichzeitig seinen ungelenken Aufstieg auf den Arm und heimste den Jubel ein, nach dem er lechzte. Und der Jubel kam. Das Gesicht zuckte unwillkürlich zusammen. Er kannte jeden einzelnen Menschen hier beim Namen, ein Kunststück, das er sich als rasender Reporter angeeignet hatte. Aber wie die Fackeln in ihren Pupillen tanzten und die Flammen über ihre entblößten Zähne waberten? Ihm war, als wäre er von Fremden umgeben.

Erst als Lindof mit dem guten Arm ein Signal gab, dass er nun sprechen wollte, beruhigten sie sich. Während der Lärm verhallte, wurde sich das Gesicht Charlies Verlust abermals schmerzlich bewusst. Einmal waren sie zu zweit durchs Fort gelaufen und hatten gesehen, wie Lindof Hof hielt, woraufhin Charlie gemurmelt hatte: »Wenn die wüssten, was ich weiß.« Wie immer hatte das Gesicht sich nicht zurückgehalten und sie gefragt, wie sie das meine, aber Charlie war mit Leib und Seele dem Grundsatz verschrieben, dass jeder Bewohner von Old Muddy die Chance auf einen Neuanfang verdient hatte. Das Gesicht wünschte, er hätte nicht lockergelassen. Er sah Charlie vor sich, wie sie in jener magischen Nacht gewesen war, als sie auf dem Boden der Messe gelegen hatte, trunken vor Hoffnung, strahlender als alle Kerzen, ihr vernarbtes Gesicht so schön vor lauter Frohsinn, ihr blondes Haar wie die Sonne ausgebreitet.

ÜBERFÄLLIG

Mein Gott – falls Charlie an Gott glaubte, und da war sie sich selbst jetzt, am erschöpften, schwindelerregenden Ende, nicht wirklich sicher –, mein Gott, war das Hospiz schön, von dieser schwebend dahingleitenden Bahre aus betrachtet. Für sich genommen, mochten die äußerlichen Details erschreckend sein, zusammengenommen aber erzeugten sie nicht bedrückende Verzweiflung, sondern beflügelnde Inspiration. Sowohl während des Medizinstudiums als auch in der Autopsie mit Luis hatte sie zahllose Stunden mit den Toten verbracht, aber niemals erwartet, ihre Anteilnahme könnte sich vom rein Körperlichen hin zum, seien wir ehrlich, Spirituellen verlagern. Das Leben wusste halt immer noch, wie es sie überraschen konnte.

Sie sah nicht mehr als die beiden Leute, die ihre Bahre trugen. Marion Castle wirkte tief erschüttert, obwohl sie mit unbeugsamer Professionalität die Fassung wahrte. Charlie machte einen Hauch von Grapefruitkernöl unter Marions Maske aus, das oft eingesetzt wurde, um den Hospizgeruch zu bekämpfen, obwohl der tatsächlich nicht so schlimm war, wie man hätte vermuten können. Die Softies hatten die übel riechenden Verwesungsphasen bereits hinter sich und gaben meist nicht mehr als einen ranzigen Zimtgeruch ab.

Charlie war wahrscheinlich immer noch die Einzige, die Etta Hoffmanns ausdruckslose Blicke interpretieren konnte. Jetzt gerade zeugten die leichten Wölbungen ihrer geschlossenen Kiefer und die schwach pulsierenden Schläfen davon, dass auch sie sich nur mit Mühe unter Kontrolle hatte. Charlie versuchte, sie anzulächeln. Hatte es geklappt? Ihre Lippen waren bereits taub.

Mit jeder Richtungsänderung stellte sie sich den Weg der Bahre durch das Labyrinth aus Tischen vor. Sie sah die Poster mit den Gemälden der Schulkinder, die den Betreuern Mut machen sollten: *DER TOD IST DEIN FREUND*, stand auf einem, darunter zwei Hände, die einander ergriffen, die eine braun gebrannt und kräftig, die andere grün und knochig. *WIR SIND ALLE GLEICH*, stand auf einem anderen, darunter ein Dramatis Personae aus Menschen, Zombies, Giraffen, Pferden, Katzen und Vögeln, alle in einer Reihe, alle mit einem Lächeln. Erst seit Lindofs Ankunft verspürte Charlie manchmal nagende Unsicherheit bei der Betrachtung dieser netten Nachrichten. Sie erinnerte sich noch gut an den Zorn, der sie damals beim Anblick kleiner Kinder ergriffen hatte, die von Abtreibungsgegnern dazu gezwungen worden waren, ihre Hassplakate hochzuhalten. Das hier war etwas anderes, oder?

Richard Lindof. Wie groß war die Wahrscheinlichkeit gewesen, dass ausgerechnet er in Fort York enden würde? Mit grausiger Klarheit erinnerte sie sich an seine süffisante, hartherzige Stimme aus Luis' Lautsprecher, als er JTs Selbstmord mit den Worten *Er scheint mir ein lustiger kleiner schwuler Kerl gewesen zu sein* zusammengefasst hatte. Es war der Moment gewesen, in dem die Welt aus den Fugen ging – John Does Hirn war ausgeschaltet, die anderen Leichen fingen alle an, sich zu regen, selbst im Trump International Hotel herrschte Chaos –, aber nichts davon war so abstoßend gewesen wie Lindofs Spott. Als wäre er ein kaltblütiges Reptil, das sehr lange gedöst und geduldig darauf gewartet hatte, dass die Sonne unterging, damit er hervorkriechen und sich die Nacht untertan machen konnte.

Ihr solltet euch in eure vollgekackten kleinen Windeln machen, hatte er gesagt, als Charlie Luis' Prius in den apokalyptischen Stau gesteuert hatte. *Wisst ihr, was ich glaube? Ich glaube, eure Welt steht kurz davor, im Meer zu versinken, Acocella, und meine Welt wird gleich emporgehoben werden wie ein verfickter Berg.*

Charlie erinnerte sich vage daran, dass Richard Lindof der Sohn irgendeines Industriemagnaten war. Hatte er nicht auch eine Handvoll Softporno-Actionfilme produziert? All das Wissen floss langsam aus ihrem Hirn wie ein letztes, endgültiges Ausatmen. Sie schloss die Augen und versuchte, den Schmerz unter dem Gemurmel der Betreuer zu begraben, die sanft wie weiche Erde zu ihren Softies sprachen. Tatsächliche Begräbnisse mochten zwar nicht mehr stattfinden, aber im Hospiz wurden symbolische Begräbnisse sehr wohl praktiziert. Charlie atmete durch die Nase und wiederholte im Geiste die weisesten Sätze, die sie kannte. Der Tod ist dein Freund. Wir sind alle gleich.

Nishimura hatte das Hospiz mitten im Fort errichten wollen, direkt im Zentralen Blockhaus. Wie so oft hatte Charlie seine Ambitionen in eine etwas realistischere Richtung gelenkt und einen Ort unmittelbar außerhalb der Mauern vorgeschlagen. Idealerweise ein Gebäude, das tatsächlich ein Hospiz oder ein Pflegeheim gewesen war. Hoffmann war sofort überzeugt; sie sagte, Pflegeheime seien Teil des EWSD-Netzwerks gewesen, und Charlie musste einfach lächeln angesichts der felsenfesten Überzeugung dieser Frau, das Netzwerk eines Tages wieder in Betrieb nehmen zu können. Leider hatten sie kein passendes Gebäude gefunden, aber eigentlich wurden ohnehin nur Tische und Stühle sowie Vorhänge für die Betreuer benötigt, dazu noch ein kleiner Raum im hinteren Teil, der als Sterbezimmer fungierte.

Und dorthin war Charlie nun unterwegs. Was konnte passender sein, als den Löffel in einem Raum abzugeben, der ausdrücklich fürs Löffelabgeben eingerichtet worden war? Sie versuchte zu lächeln, aber die verdammten tauben Lippen wollten nicht. Zu schade. Sie war zu der Überzeugung gelangt, dass Softies auf Lächeln reagierten. Warum auch nicht? Säuglinge reagierten darauf, ehe sie sprechen konnten, und Demenzkranke, die schon nicht mehr sprechen konnten, ebenfalls. Heute Abend musste sie hoffen, dass auch ihr Tonfall allein eine Wirkung erzielte.

»Stopp.« Sie klopfte mit der Faust gegen das Gestänge der Bahre. »Tisch 20.«

Jedem anderen hätte Marion die Bitte wohl abgeschlagen. Die Frau blinzelte einmal über ihre Maske hinweg, um Hoffmann zu signalisieren, sie solle anhalten. Charlie wurde gegen die Gurte gedrückt – eine Erinnerung daran, dass sie selbst nun so gefährlich war wie die Softies harmlos. Sie verrenkte sich den Nacken, um über den Rand der Bahre zu schauen. Wieder gab Marion nach; sie nickte Hoffmann zu, die Bahre abzusenken, damit Charlie sehen konnte, was sie so dringend sehen wollte.

Der Softie auf Tisch 20 war vor sechs Wochen aus Slowtown geborgen worden. Als sie ihn auf dem Tisch fixiert hatte, hatte Charlie in seiner zerschlissenen Hose ein modriges Portemonnaie gefunden. Darin steckte ein verblichenes Foto mit dem Beweis, dass der Mann mehrere Brüder gehabt hatte, alle viel größer als er. Die Familie hörte auf den Nachnamen Hedrick, also hatte sie den Softie »Klein-Hedrick« getauft. Die Betreuer wurden dazu angehalten, ihren Softies Namen zu geben, falls das bei der Arbeit half, und hier war der Beweis, dass es tatsächlich helfen konnte: Der Name hatte eine solche Wirkung auf Charlie gehabt, dass sie sogar die Akten gefälscht hatte, um seine Betreuerin sein zu können.

Charlie bettete die Wange auf den Rand der Bahre. Da lag er, ihr Greis, ihr Kind, und jetzt auch ihr Bruder. Die Bilder aus dem Portemonnaie zeigten Klein-Hedrick als weißen Mann Mitte zwanzig, in jeder Hinsicht durchschnittlich bis auf die Körpergröße. Es hätte ihm sicher nicht gefallen zu hören, dass er noch ein paar Zentimeter eingebüßt hatte; seine Füße waren noch in Slowtown abgefallen. Außerdem hatte er seine Genitalien verloren, und die Haut war schwarzbraun verfärbt. Kurzum – jetzt war er weder weiß noch männlich noch Mitte zwanzig. Er war das, wozu alle Softies in ihren letzten Tagen wurden: gleich.

Sein Körper war eingeschrumpelt, die Schultern berührten sich fast, die Handgelenke lagen übereinander, eine Haltung, die Charlie wie die eines Heiligen vorkam. Seit sie ihn ins Hospiz gebracht hatten, war alles südlich seiner Rippen (Bauchmuskeln, Magen, Leber, Blinddarm, Bauchspeicheldrüse, Dickdarm, Dünndarm – sie kam sich wieder wie Frau Diener vor, als sie dies im Kopf aufzählte) zu Flocken zerfallen, hatte sich in Häufchen auf die losen Rückenwirbel gelegt, bedeckt von Hautresten, die die Farbe und

Textur alter Bananenschalen aufwiesen. Klein-Hedricks Brustbein war eingefallen und bildete einen Käfig für die schrumpeligen Säcke, die einmal Herz und Lunge gewesen waren.

Klein-Hedricks verbliebener Augapfel drehte sich mit leisem Kratzen in Charlies Richtung. Wie bei den meisten Softies waren auch seine Augenlider schon vor langer Zeit von Aasfressern abgerissen worden, was ihm den majestätisch-unbeteiligt starren Blick einer Statue verlieh. Dieses Starren lud dazu ein, die Wahrheit zu sagen – ähnlich den finsteren Fenstern katholischer Beichtstühle, in die man sie das erste Mal mit acht Jahren gezwungen hatte. Alles kam wieder hoch. Auch das war eine der unbeabsichtigten Überraschungen der Hospizarbeit: Dinge, die man Menschen vor dem Ende der Welt nie hatte anvertrauen können, konnte man den Softies erzählen. Sie hatten fast alle Gesichtszüge verloren und konnten jeden darstellen, mit dem man sprechen wollte.

»Klein-Hedrick.« Ihr Krächzen verängstigte sie, trotzdem glaubte sie, in seinem Blick so etwas wie Interesse für den Klang ihrer Stimme zu erkennen. Das Begreifen an sich war Charlie nicht mehr so wichtig wie das Verlangen, begreifen zu wollen – das *Wollen*, wie Greer Morgan es einmal formuliert hatte. Es war ihr egal, was Schwarzmaler wie Lindof davon hielten. Anders als sie selbst waren die nicht jeden Tag hier. Was die Softies brauchten, war Zuwendung, und Charlie war entschlossen, diese bis zu ihrem Ende zu geben.

»Du wirst wohl ohne mich hinübertreten müssen«, sagte sie. »Ich weiß, dir bleibt nicht mehr viel Zeit. Mein tapferer Junge. Aber hab keine Angst. Wir bringen dich sicher auf die andere Seite. Mein tapferer, tapferer Junge. Marion wird einen neuen Betreuer für dich finden.«

»Ich übernehme das selbst«, sagte Marion.

Charlies erleichtertes Seufzen schoss Gift in jede Bronchiole ihrer Lunge. Sie presste die Lippen aufeinander, um das aufwallende Blut zurückzuhalten. In wenigen Minuten würde sie im Sterbezimmer liegen und dort sowohl nach biologischen als auch nach kulturellen Konventionen dahinscheiden. Währenddessen würden Klein-Hedrick und die übrigen Softies weiter hier draußen liegen und langsam ihre irdischen Fesseln abstreifen. So viel Tod, so viel Leben, in dieser seufzenden kleinen Kathedrale.

Während dieser einen herrlichen durchplauderten Nacht damals im Jahr elf hatte Nishimura auch von Jenny Pagán erzählt, die er erstochen und die ihn trotzdem gerettet hatte, die dann zum Zombie geworden war und versucht hatte, ihn umzubringen, nur um ein zweites Mal getötet zu werden, diesmal von Haien. Es waren genau diese *Zyklen*, sagte Nishimura, die Zyklen *innerhalb anderer* Zyklen, die ihn so faszinierten. Der Tod aller erlaubte es allen zu leben. Warum sollte es sich also um einen traumatischen Austausch handeln? Sollte es der Menschheit gelingen, ihre Angst vor dem Tod abzulegen, die sie seit dem ersten Aufflammen ihrer Selbstwahrnehmung verfolgte – und das ohne die baumelnde Karotte der Religion, die sich kaum von den Fleischstücken unterschied, die man den ehemaligen Sklaven von Fort York vor die Nase gehalten hatte –, ließen sich vielleicht auch die inneren Zwänge loswerden, die Gewalt, Grausamkeit und Neid erzeugten.

Niemand mochte den Begriff »Hospiz« besonders. Ohne Scheiß. Er brachte Erinnerungen an das elende, ausgedehnte Dahinsiechen geliebter Menschen zurück, brachte die Scham einer Gesellschaft zurück, in der würdevolle Sterbehilfe verboten war. Im Jahr vierzehn hatte Marion etwas gesagt, das Charlie nie wieder vergaß: »Zombies waren für mich schon vor dem 23.10. ein alter Hut. Ich habe mein ganzes Leben mit ihnen verbracht – mit Sterbepatienten, die an Beatmungsmaschinen hingen. Falls irgendwer noch mehr Beweise braucht, dass wir uns das alles selbst eingebrockt haben, bitte sehr. Wir haben Untote erschaffen, ohne uns Gedanken darüber zu machen, was wir tun, wenn sie eines Tages laufen lernen.«

Der Gedanke hinter dem Betreuer-Programm war einfach. Reihum sollten irgendwann alle Bewohner so lange bei einem Softie sitzen, bis Angst zu Akzeptanz und Abscheu zu Mitgefühl geworden war. Die meisten Menschen redeten mit ihren Softies. Manche lasen ihnen Bücher vor. Andere sangen ihnen leise Lieder. Manche bekamen einen Schreikrampf und standen kurz davor, ihren Softie in Stücke zu reißen. Kurzum, die Leute kriegten ihren Scheiß irgendwann geregelt und kamen drüber weg.

Nach dem TDT – dem Tod Des Todes – wurde ein Softie in ein Laken gewickelt und zur holzbetriebenen Verbrennungsanlage am Ufer des Queens Quay in Bathurst getragen. Stand der Wind richtig, verstreute sich die Asche ganz von selbst in der Yorker Hafenbucht, und manche Flocken bewegten die Wellen gerade genug, um Fische anzulocken, die sie von der Oberfläche küssten, verschluckten und so wieder dem Kreislauf zuführten.

Als Betreuer konnte man nie wissen, in welchem Zustand der zugewiesene Softie sein würde. Wie bei den Geräuschen einstürzender Gebäude hatten sich auch hier eine Reihe neuer Begriffe durchgesetzt. *Talkum* beschrieb einen Zombie, der so zerbrechlich war, dass er den Transport ins Fort kaum überstand; oft blieben ihnen nur noch wenige Tage, falls die Seufzer des Betreuers ihre Knochen nicht vorher schon zu Staub pusteten. *Spitze* beschrieb einen Zombie, der sich seit Monaten nicht bewegt hatte, dessen Fleisch weich und formbar war; wie Klein-Hedrick konnten sie durchaus noch viele Wochen hier liegen. *Eierschale* beschrieb einen Zombie, der bereits kurz nach Einbüßen seiner Mobilität aus Slowtown hergeholt wurde; wie chinesisches Eierschalenporzellan waren sie zwar zerbrechlich, aber noch fest und blieben oft mehrere Monate im Hospiz, ehe sie gingen.

An diesem Abend gehörte Charlie Rutkowski in letztere Kategorie. Fast musste sie lächeln. Spitze wäre auch blöd gewesen – Jeans waren ihr von jeher lieber gewesen.

Es mochte durchaus bloße Einbildung sein. Eigentlich war es auch egal. Trotzdem glaubte Charlie, in Klein-Hedricks zuckendem Auge so etwas wie Vergebung für ihren verfrühten Abgang zu sehen. Mehr als Vergebung. Klein-Hedrick und alle Softies ringsum vermachten den Planeten wieder ihren einstigen Rivalen, verließen sich darauf, dass sie auch ihm nun gute Betreuer sein würden. Charlie verkniff sich ein rasselndes Schluchzen, aber nur wegen der Schmerzen, die es ihr bereitet hätte. Der Trost, den ihr die Hospizarbeit immer gegeben hatte, war im Endstadium angelangt.

Sie nickte in Richtung Sterbezimmer.

Die Bahre wurde angehoben. Das vertikale Ungleichgewicht ließ sie glauben, wieder in der Casa Acocella zu sein und die Treppe hinaufzueilen, um nach Luis zu sehen. Er hatte in vielen Dingen recht behalten, aber in einem entscheidenden Punkt hatte er sich geirrt. Die Zombie-Genesis war keine Fehlgeburt, sondern eine erfolgreiche Niederkunft gewesen. Immerhin war der TDT quasi eine doppelte Verneinung. War der Tod des Todes nicht das Gleiche wie die Geburt des Lebens?

»Mach's gut«, rief sie Klein-Hedrick zum Abschied zu, der seine Rolle als Luis Acocella, Mae Rutkowski und so viele andere einnahm, die zu kennen sie das Glück gehabt hatte. So viele Leute, die es wert waren, dass man sie vermisste. Die Träne, die aus ihrem Auge rollte, brannte wie Quecksilber auf der Wange und zog ihr die Haut ab, damit sie die Zähne spüren konnte, die so viele köstliche Mahlzeiten gegessen hatten, die Zunge spüren konnte, die sich in so vielen aufregenden Küssen gewunden hatte. Die Welt hatte alle Menschen hart rangenommen und Charlie härter als die meisten, aber verdammt noch mal, sie würde sie trotzdem vermissen.

PREDIGER IRGENDWAS

Persönliche Geschichten – Transkript #1530
Standort: Neue Bibliothek, Fort York
Befragter: Richard Lindof
Interviewer: Etta Hoffmann
Zeit: 5.745-15:22

Anmerkungen: Ebenfalls anwesend: Luvvie Lafayette.

F.

Ich bin mehr der Filmtyp. Bücher haben mich nie interessiert. Das treiben Sie den ganzen Tag? Hier mit all den staubigen Büchern rumsitzen? Ich bin außerdem Geschäftsmann, und was ich über Bücher weiß, ist: Sie ergeben businessmäßig keinen Sinn. Ein Buch zu lesen ist, wie die langsamsten, teuersten Arbeiter aus Vermont einzustellen. Einen Film zu gucken ist, als ob man seinen Arbeitern in China die Daumenschrauben anlegt, damit sie einem ein besseres Produkt in einem Bruchteil der Zeit liefern. Lady, wollen Sie mir wirklich weismachen, dass Sie lieber Wochen damit zubringen, Sakrileg zu lesen, wenn es einen absolut brauchbaren Film gibt, der die gleiche Geschichte erzählt?

F.

Süß. Echt süß. »Als das Netz zusammengebrochen ist, haben Bücher weiter funktioniert.« Das finden Sie wohl auch noch clever. Sie sind einer von den Menschen, die sich dem Fortschritt in den Weg stellen. Das war mir schon klar, bevor ich mich hier hingesetzt habe. Sieht man sofort, so was. Das sind meistens, ich bitte um Verzeihung, aber das sind echt meistens verbitterte Frauen von unterdurchschnittlicher Attraktivität, die sich irgendwo ein kleines bisschen Macht erkämpft haben und nicht wollen, dass sich irgendwas ändert.

Tja, Baby, alles ändert sich. Und wie es sich noch ändern wird, meine Fresse.

F.

Weil ich ein netter Kerl bin? Weil man mich darum gebeten hat? Euer kleiner Vorstand hier. Das hab ich schon verstanden – wenn ich bleiben will, muss ich dieses Interview über mich ergehen lassen. Von mir aus. Meine Beine sind sowieso noch völlig erschöpft. Aber bilden Sie sich nur nicht ein, dass ich Ihr kleines Fort hier wirklich nötig habe. Was ganz nebenbei so ziemlich die am schlechtesten befestigte Festung ist, die ich je gesehen habe. Ich könnte auch einfach weiterziehen. Wär vielleicht sogar besser. Was will ich überhaupt in Kanada? Amerika war früher Nummer eins und wird auch wieder Nummer eins werden. Ach, vergessen Sie's. Jetzt bin ich hier. Na los, stellen Sie Ihre Fragen. Ich hab Hunger und will gucken, was für Essen es in dem Laden hier gibt.

F.

Ganz ehrlich, besonders beeindruckt bin ich nicht. Bis jetzt auf keinen Fall. Ich will Ihnen mal sagen, was mir als Erstes durch den Kopf gegangen ist, nachdem ich mir wie ein Kleinkind die Hände waschen musste. Wo sind die aufgespießten Köpfe? Man kann den Zustand einer Siedlung ganz gut daran ablesen, wie viele Köpfe rumstehen. Das sieht also schon mal schlecht aus. Und dann zeigen die mir, ja was? Ein Arsenal? Wollt ihr mich veralbern? Ihr habt hier so viele schöne Waffen und mauert sie ein? Ihr seid doch bescheuert. Vergessen wir mal die fehlenden Köpfe. Ich hab auch nirgendwo Handschellen, Fußfesseln oder Pranger gesehen. Ihr habt ja nicht mal ein Gefängnis. Hören Sie, Lady, der folgende Ratschlag ist völlig kostenlos: Erkundigen Sie sich mal, ob eure kleinen Vorstandsvorsitzenden den Antrag annehmen würden, dass alle mal kurz ihren Kopf aus dem Arsch ziehen.

F.

Das ist doch Hippie-Müll. Das klingt ja wie im Kindergottesdienst. Lasst uns einander an die Hand nehmen und positive Dinge denken. Wenn das das Beste ist, was ihr hier hinkriegt, habt ihr echt verdient, was euch bevorsteht. Okay, ihr habt euch hier ’ne nette Ecke ausgesucht. Richtig gemütlich. Aber ihr habt auch eine feine Autobahnbrücke, von der man auf euch runterballern kann. Wäre doch schade, wenn das alles in Rauch aufgeht. Ein paar Stunden, die richtige Sorte Bösewichte? Kabumm.

F.

Haben Sie Bücherstaub in den Ohren? Das sag ich doch. Die bösen Buben müssen gar nicht erst wie Lee Marvin über den Hügel geritten kommen. Die können auch direkt von hier kommen. Von innen heraus, wie ein Krebsgeschwür quasi. Wie sollte sie dann jemand aufhalten? Fassen wir noch mal zusammen. Ihr habt keinen Knast, und alle Waffen sind eingemauert, und ihr habt ohne Ende Zeit mit dieser – wie nennt ihr das? – Krankenstation? Altenheim? – verschwendet.

F.

Himmel noch mal. Ihr seid wirklich allesamt unzurechnungsfähig. Baby, ich hab da draußen Sachen gesehen, die würden Ihnen aber schnell diesen überlegenen Blick aus dem Gesicht wischen. Das ist echt die Höhe hier. Ich hab mir extra eine Führung geben lassen. Ich dachte, die wollen mich verkackeiern. Erst haben wir uns ein zweites Mal alle die Hände gewaschen, wie im Kindergarten, ganz toll, und dann sind wir in dieses stinknormale Haus gegangen, und dann hab ich echt meinen Augen nicht mehr getraut. Lady, ich hab mir wirklich wie eine Zeichentrickfigur die Augen gerieben. Ihr habt da ausgetrocknete alte Zombies rumliegen, und da sitzen Leute, die ihnen Geschichten vorlesen und so was. Ich will

Ihnen mal sagen, was man tut, wenn man einen ausgetrockneten alten Zombie findet. Man hebt den Fuß und tritt drauf. Man freut sich, dass es einen weniger von denen gibt. Was man nicht macht, ist, mit denen zu schmusen, als wären sie supersüß. Oder gibt es da irgendwelche giftigen Gase, von denen ich nichts weiß? Ist mit euren Gehirnen irgendwas nicht in Ordnung?

F.

Sie wollen mir erzählen, ein lebender Toter ist gleichzeitig widerlich und ... was? Heilig? Nein. Nein.

F.

Nein, nein, nein, nein, nein.

F.

Nein, nein, nein, nein, nein, nein, nein. Schnauze. Verzeihung. Aber halten Sie den Mund. Dieser Asiate mit der Fahnenstange im Arsch hat mir den ganzen Mist auch schon verklickern wollen. Er klang sogar richtig stolz darauf. Normalerweise hätte ich ihm in meiner hilfreichen Art auseinandergesetzt, dass er ein bisschen minderbemittelt ist. Aber ging ja nicht, weil meine Kinnlade immer noch auf dem Boden lag.

F.

Ich bin doch kein durchgeknallter Spinner, oder? Also nein, hab ich nicht. Mein Vater war ein stramm konservativer Typ, der an diesen ganzen Gott-Kram wirklich geglaubt hat. Lasst uns die Häupter senken und gemeinsam beten, juhu. Christus ist auferstanden und so weiter. Das klang alles ungefähr so sinnvoll wie das, was ihr hier treibt. Er wollte auch nicht auf die Stimme der Vernunft hören. Wenn ich gefragt habe »Papa, was ist der Sinn des Lebens?«, hat er gesagt: »Richie, du musst fester im Glauben werden.« Und dann hab ich gesagt: »Aber haben sich unsere Gehirne den Glauben nicht ausgedacht?«, und dann hat er gesagt: »Gott hat dein Gehirn erschaffen«, und na ja, man sieht ja, wie produktiv so was ist. Wenn mein Vater jetzt hier wäre, würde er so was sagen wie »Zombies haben keine Seelen, was eindeutig beweist, dass wir welche haben«. (Übertriebenes Schulterzucken.) Statt sich in die Berge zu schlagen, hätte er herkommen und so ein Zombiefreund werden sollen wie euer Asiate. Wie die Zombies ausgezogen sind, um alle Menschen zu bekehren? Das war Eins-a-Missionarsarbeit. Das würde er sagen.

F.

Damit ich das richtig verstehe: Sie sagen, die Zombies sind heilig, weil sie uns unsere Sünden vor Augen führen? Dann ist Fort York so was wie die Arche Noah? Und diese ganze Nummer soll uns eine große Lehre sein? Lassen Sie mich raten – die gleiche Lehre, von der Leute wie Sie immer hoffen, dass sie wahr ist. »Selig sind die Sanftmütigen, denn sie werden das Erdreich besitzen.« Aber ist das wirklich so? Werfen Sie mal einen Blick in Ihr Hospiz und sagen Sie mir, ob die Sanftmütigen da drin wirklich irgendwas Gutes besitzen. Papas Lieblingsspruch aus der Bibel war »Ein Geschlecht vergeht, das andere kommt; die Erde aber bleibt immer bestehen«. Prediger irgendwas. Papa und ich haben das sehr unterschiedlich gelesen. Er hat es so verstanden, dass die Erde uns zeigt, wer der Boss ist. Ich habe es so verstanden, dass ich dachte, nee, Papa, du raffst das nicht. Die Menschen werden nicht lockerlassen, da kommt ein Geschlecht und dann das nächste und dann das nächste.

F.

Wo haben Sie das her? Aus einem Ihrer Bücher?

F.

Hab ich gesagt, dass ich es abstreite? Ich streite überhaupt nichts ab. Ich hab Ihnen ja gesagt, ich bin eher der Filmtyp.

Das hab ich als Allererstes zugegeben. Das Hinken und der Arm bestätigen es nur, oder nicht? Ah, Sie sind aber listig. Sie halten sich ja für so schrecklich klug. Mit dieser Eröffnung bis jetzt zu warten. Wissen Sie, was ich glaube? Ich glaube, Sie sind eine Schlampe. Diese ganze Bloß-nie-lächeln-Nummer. Das hab ich gnadenlos durchschaut. Ich durchschaue jeden. Das ist meine kleine Gabe. Wissen Sie was? Ich hab das hier mitgemacht, um euch einen Gefallen zu tun. Das war wohl sehr gutgläubig. Tja, Sie haben gekriegt, was Sie wollten. Jetzt mache ich hier Schluss. Und tschüss.

F.

Ich komme extra noch mal zum Tisch zurück, damit Ihr Aufnahmegerät das auch deutlich hören kann. Mit Ihnen? Nein. Keine zweite Sitzung, nicht mit Ihnen. Mit dem kleinen Mäuschen da drüben? Das würd ich mir durchaus überlegen. Hab deinen Namen eben nicht gehört, Süße, aber wenn du mich mal privat interviewen willst, sag einfach Bescheid. Du bist zwar ein bisschen dunkler, als ich meine Mädels gern hab, aber wir sind schließlich in Kanada. Eskimos, Inuit, Aborigines, man nimmt ja, was man kriegen kann, richtig? Meine Güte, ich geh ja schon. Euer Asiate wollte mir noch mehr Sachen zeigen, da brauch ich echt all meine Energie, um so zu tun, als ob mich das interessiert.

DEN ERSTEN SCHLAG

Nishimuras konkrete Ziele: die eine drängende Verpflichtung hinter sich bringen, die im Fort auf ihn wartete, dann Luvvie die schlechte Nachricht überbringen und hinterher früh ins Bett gehen. Hoffentlich würde die Morgensonne Richards Geifer von den Gesichtern der Leute trocknen – und auch den Nebel in Nishimuras Kopf vertreiben, ihn begreifen lassen, wie die Katastrophe mit Charlie und Frau Häuptling hatte passieren können. Wie so oft kam sein übergeordnetes Ziel, ein guter Mensch zu sein, diesen Plänen in die Quere. Als er das Fort betrat, um wie versprochen die Fortschritte eines Teams zu begutachten, das an einem Telegrafen arbeitete, brachte er es nicht übers Herz, das Anliegen einer Gruppe auszuschlagen, die sich selbst als »AV-Club« bezeichnete.

Sie hatten sich dem Ziel verschrieben, der Welt mit allen erdenklichen Mitteln die Kunst zurückzugeben. Ehe Muse King verschwand, war er, der es so gut wie niemand sonst verstand, die Menschen durch die Kraft seiner Musik auf die Knie sinken zu lassen, der Schutzheilige des Clubs gewesen. Seit seinem Verschwinden machte der Club ohne ihn weiter. Momentan fokussierten sie ihre Bemühungen darauf, Farben anzumischen, damit es wieder Maler geben konnte, analoge Mehrspurrekorder zu reparieren, damit Musik aufgenommen werden konnte, und frische Filmrollen zu produzieren, um damit die reparierten 8-mm-Kameras zu bestücken. Die Mitglieder des Clubs waren jung, zwischen sechzehn und fünfundzwanzig. Sie waren genauso nervös und aufgeregt wie er in ihrem Alter. Er hatte sie schrecklich gern, aber heute Abend musste er ihnen sein Glühen zeigen.

»Karl, Sie müssen etwas unternehmen«, sagte Georgia. Sie war de facto die Anführerin des Clubs. Ein Meter fünfundneunzig, Zottelhaar, dickes Brillengestell mit dunklen Gläsern.

»Das habe ich auch vor.« Nishimura versuchte zu lächeln. »Ich soll mit einem Telegrafen spielen.«

»Die führen sich wie Wölfe auf«, sagte ein Junge namens Jack. »Seit Ihr Team aufgebrochen ist, hat es den ganzen Nachmittag Schlägereien gegeben.«

»Nicht so blutig wie die Schlägerei mit den Blockhaus-Vier«, fügte ein Mädchen namens Marilyn hinzu. »Da ging's um Drogen, das kann man im Endeffekt nicht ernst nehmen. Aber die Schlägereien heute waren noch schlimmer. Die waren *ernst* gemeint.«

Nishimuras Seufzer fühlte sich wie Klebstoff an, der ihm die Kehle hochstieg. Mit großem Widerwillen ließ er den Blick durch das Fort schweifen. Jenseits des Gartens wogte Lindofs Schar voller Erwartung wie Blätter im Wind, dahinter stand eine Holzkiste als notdürftige Bühne, welche die Ankunft ihres Führers erwartete. Denn das war er – ein Anführer, genau das, was sie in Fort York so dringend hatten vermeiden wollen.

»Der Wille des Volkes«, sagte er, »wird sich zeigen, so oder so.«

»Schwachsinn«, sagten die zweieiigen Zwillinge Rudi und Russell wie aus einem Mund.

Nishimura wollte den Clubmitgliedern nicht ins Gesicht schauen. Er wusste, was er dort sehen würde. Kluge, aufmerksame Verzweiflung; den Fackelschein, der erregte Muster auf reine, ehrliche Gesichter zeichnete; die Gesichter von Haaren umgeben, die zu greifbarer Länge gewachsen waren, bis vor wenigen Jahren noch völlig undenkbar. Dass sie am 23.10. noch zu klein gewesen waren, um überhaupt zu begreifen, was passierte, machte die Sache nicht besser. Wie schon in den 1960ern und den 2010ern und jeder Ära dazwischen bewiesen worden war, mussten junge Menschen nicht wissen, wie sich eine Faust anfühlte, um ihre Macht zu verstehen; sie hatten die Wahrheit in den zitternden Händen ihrer Eltern gesehen. Es waren gerade die Unversehrten, die die härtesten Kämpfe austragen konnten.

Jack deutete auf Richards Anhänger. »Wenn die die Abstimmung gewinnen, sind wir weg. Der gesamte Club. Inklusive all der Sachen, die wir gebaut haben, und all unserer Ideen. Wir meinen es ernst, Karl.«

Dies war ein weiterer Speer in seiner Seite, jede Speerspitze aus den Knochen einer toten Person geschnitzt – Frau Häuptling, Charlie, Jenny, Larry, ihre fünf Kinder. Das vereinte Gewicht der Speere machte ihn schwerfällig und langsam.

War ihnen nicht klar, dass der klare, gesunde Menschenverstand, mit dem sich Nishimura an die Menge wenden wollte, nur untergehen würde in dem grellen Blut, das Lindof zu versprühen gedachte? Er schüttelte den Kopf und hoffte, die Bewegung würde etwas von der Last von ihm nehmen; heißer Schweiß rollte seitwärts über seine Wangen.

Er wollte um Jack herumgehen, aber ein Junge namens Gary stellte sich ihm in den Weg. Nishimura drehte sich um, nur um von einem Mädchen namens Vincenza behindert zu werden. Es waren keine Drohgebärden; der AV-Club war nur einfach sehr zahlreich. Nishimuras Brust zog sich stechend zusammen beim Anblick all dieser jungen Leute, die nicht kampflos aufgeben wollten. Vielleicht sollte er, Karl Nishimura, achtundfünfzig Jahre alt, alles vergessen, was er zu wissen glaubte, und ihnen zuhören, ihnen vertrauen.

Georgia stand schon wieder ganz vorne. Sie hatte die großen Hände fast wie zum Gebet ineinandergelegt.

»Wir wissen, dass Sie ihn nicht öffentlich angehen wollen. Sie glauben, das würde ihn legitimieren. Das verstehen wir. Das verstehen alle.« Georgia verzog das Gesicht. »Aber Karl, es gibt einfach keine andere Möglichkeit mehr, Mann. Die Zeit ist abgelaufen. Ich würde ja da rübermarschieren und es selbst in die Hand nehmen, könnte ich die richtigen Worte finden. Aber wir wissen alle, dass es von Ihnen kommen muss. Natürlich ist das scheiße. Es ist scheiße, der richtige Mann zu sein. Aber manchmal nimmt einem das Leben die Entscheidung ab.«

Nishimuras Gesichtszüge lösten sich wie die Eisdecke eines Teichs im Tauwetter. Es fühlte sich an, als wäre *er* in Slowtown gebissen worden, als spürte er schon das überreife Reißen der Verwesung. Aber die Wahrheit war noch schockierender: Es handelte sich um ein Grinsen. Dieses Mädchen. Diese Georgia vom AV-Club. Schon jetzt folgten ihr die Leute, wie sie auch ihm folgten. Eines Tages *würde* Georgia die richtigen Worte finden, ob nun in Old Muddy oder an einem anderen Ort, vielleicht auch mithilfe ihrer Kunst, und dann würden die Menschen auf sie hören. Was auch immer heute Abend passierte, musste nicht das letzte Wort in dieser Angelegenheit sein.

Nishimura legte Georgia eine Hand seitlich an den Hals. Unter seinen mit Seife geschrubbten Fingern spürte er das ungewaschene Haar und die verschwitzte Haut des Mädchens und war froh darüber. Auf dem Weg, den sie eingeschlagen hatten, würden sie viel Schweiß vergießen müssen. Nicht erst in zehn Jahren, sondern bereits in zehn Minuten.

»Nicht lockerlassen, Georgia«, sagte Nishimura, und Georgia ergriff seine Hand, die an ihrem Hals ruhte. »Es geht los.«

Er ließ sie los, sie ließ ihn los. Nishimura wandte sich vom AV-Club ab und duckte sich wie ein Boxer um weitere Bürger herum, die nach seiner Aufmerksamkeit verlangten. Bei der Großen Sonnenuhr hatte er die Meute abgeschüttelt. Es war Nacht geworden; keine Uhrzeit mehr zu lesen. Das war gut. Dieses Ereignis sollte außerhalb der Zeit existieren, außerhalb der Aufzeichnungen dessen, was sie in Fort York erreichen wollten. Diese Nacht und der kommende Morgen sollten ein letzter, abscheulicher Abstieg in die Vergangenheit voller Aversion und Missgunst sein. Er bemerkte, dass er beide Hände zu Fäusten geballt hatte. Der Antrieb, der ihn Frau Häuptling hatte erschießen lassen, war zurück. Er hätte dies Gefühl abstoßend finden sollen. Unbedingt.

Auf halbem Weg durch das Fort begann Lindof mit der tiefen, kratzigen Stimme zu sprechen, die Nishimura so hassen gelernt hatte.

»Schaut euch diese Menge an. Diese wunderschöne Versammlung. Ich kenne so viele von euch. Hallo, William. Hallo, Lewis. Ihr seid alle gekommen. Obwohl es so kalt ist! Und es ist wirklich kalt! Ist es nicht kalt? Aber trotzdem habt ihr euch dick eingepackt und seid hergekommen, nicht wahr? Ihr seid hier, weil dies ein wichtiger Anlass ist. Weil euch eure Gemeinschaft wichtig ist. Weil ihr gesunden Menschenverstand habt. Und was ist gesunder Menschenverstand? Wenn ein Typ ankommt und euch voll eins auf die Nase gibt, steht ihr nicht rum und wartet darauf, dass er euch auch noch in die Eier schlägt! Ihr schlagt zurück. Oder noch besser, die ganze Gemeinschaft kommt zusammen und schlägt gemeinsam zurück. Das nennt sich eine gerechte Strafe. Das nennt sich gesunder Menschenverstand.«

Als der Jubel losbrach, war Nishimura noch auf dem Pfad durch den Garten. Er hatte schon viel Jubel in Old Muddy gehört. Als das erste Wasserrad in Betrieb genommen worden war. Als es ihnen gelungen war, einen Moped-Motor mit Pflanzenöl zum Laufen zu bringen. Als eine Frau nach einer erfolgreichen Operation an der Milz wieder aufgewacht war und sich somit die Funktionstüchtigkeit des selbst hergestellten Ammoniumnitrat-Ethers bewiesen hatte. Dieser Jubel jetzt war hingegen eine Gasexplosion, ein zwanzig Meter hoher Krächzer. Die Vegetation verstellte ihm die Sicht, aber Nishimura konnte sich die Szene nur zu gut ausmalen. Er kannte William. Er kannte Lewis. Er mochte sie beide. Er war nicht erpicht darauf, ihre freundlichen Gesichter von Zorn verzerrt zu sehen.

Nishimura verließ den Garten und tauchte im Rücken der Menge auf.

»Natürlich muss ich euch das alles eigentlich gar nicht sagen«, grölte Lindof. »Ihr seid klug. Ihr seid die klügsten Leute, die ich je kennengelernt habe, und ich bin viele, viele Meilen gereist. Weil ihr so klug seid, werdet ihr auch zu schätzen wissen, was ich jetzt gleich sage. Die Leute auf der anderen Seite des Forts, die sind auch klug. Glaubt ihr, die können mich von da drüben hören? Hey, Leute! Kommt mal rüber! Wir unterhalten uns doch nur! Na schaut, da kommen schon welche. Direkt durch den Garten, ist das nicht ein schöner Anblick? Und alle, die nicht rüberkommen, mit denen unterhalten wir uns später noch. Erläutern ihnen unsere Sichtweise. Kein Grund, gewalttätig zu werden oder so. Nicht, solange es nicht nötig ist!«

Lindof lachte, die Menge lachte zurück. Nishimura stand jetzt mitten unter ihnen, konnte einzelne Leute an ihrem Gekicher identifizieren; die Biologielehrerin, die die Seife herstellte, den Grundschullehrer, der während der Essenszeiten dafür sorgte, dass alles gerecht zuging. Er schätzte diese Menschen. Er *liebte* sie. Er ging weiter.

»Da wir gerade über Gewalt reden. Wir wissen alle, warum wir hier sind, stimmt's? Wir stehen direkt vor dem – wie nennt ihr das noch mal? Das Ziegelmagazin? Ist ja ein ziemlich wuchtiger Kasten, oder? Ihr Kanadier wisst ja echt, wie man solide Häuser baut! Diese vier Versager da drin kommen nicht mehr raus. Diese vier Ganoven. Diese vier Diebe. Können wir da mal ehrlich drüber reden? Die vier sind nicht besser als Zombies. Und was machen wir mit Zombies?«

Ein Mann: *Abknallen!*

Eine Frau: *Umlegen!*

Seit er seine Hand von Georgias Hals genommen hatte, war Nishimura wie auf Schienen vorgeprescht. Jetzt kam er von den Gleisen ab, bekam Ellbogen in die Rippen und Finger in die Augen, weil wie verrückt applaudiert wurde.

»Was ich euch klugen Leuten bloß sagen will, ist: Es gibt da diese altbewährte Idee der Läuterung durch Abschreckung. Erinnert sich hier noch jemand daran? Ich sehe einige von euch nicken. Präventivmaßnahmen, meine Freunde. Wer sollte denn wirklich den ersten Schlag führen? Der Bösewicht? Oder haut man dem Bösewicht eine rein, bevor er die Chance bekommt? Leute, die traurige Wahrheit lautet, dass so was mit eurem trotteligen Rat niemals funktionieren wird.«

Nishimura schob sich durch die vorderste Reihe der Fanatiker und starrte direkt in Lindofs Nase hinauf, die im scharfen Fackelschein die verräterischen Anzeichen einer chirurgischen Behandlung zeigte. Man hatte Lindof zurechtgestutzt, nur leider längst nicht genug.

Als Nishimura noch einen Schritt auf die Kiste zumachte, senkte Lindof den Blick. Seine gekürzte Nase kräuselte sich, die dünnen Lippen verzogen sich siegessicher, die glasig blauen Augen blitzten mit wilder Schadenfreude. In diesem Augenblick fielen fünfzig Jahre von ihm ab: Lindof war ein Fünftklässler, ein Störenfried, angetrieben von bodenlosem Hass, und Nishimura war ein dürrer, folgsamer japanischer Junge, der immer das tat, was die Stärkeren von ihm verlangten.

Eine Zange legte sich um Nishimuras Bizeps und zog ihn zurück. Er wirbelte herum und erblickte ein Monster, schlimmer als alle Peiniger in seiner Kindheit, schlimmer noch als Soba Ayumis Millenialist. Er blinzelte; das war kein Monster. Es war das Gesicht. Die zerstörte Miene war rätselhaft, aber die hellen Augen sagten genug.

»Bist du dir sicher?«, zischte das Gesicht durch den Lärm der Menge.

Da dem Gesicht niemals eine Lüge über die Lippen kam, antwortete Nishimura mit einer Gegenfrage. »Was meinst *du*?«

Das Gesicht nickte, sein fahler Kugelkopf ließ Fackelrauch aufwallen. »Dann rauf mit dir«, sagte er ohne Zögern, und um ihm zu danken, legte Nishimura ebenfalls ohne Zögern die Hände auf die hüfthohe Kiste und zog sich hoch. Lindof machte ihm keinen Platz, ein kleines Machtspiel. Kurz fürchtete Nishimura, das Gleichgewicht zu verlieren. Dann wäre es gelaufen, fünf Jahre Arbeit mit einem Ausrutscher zunichtegemacht. Aber er hielt sich fest, richtete sich auf und schaute aus einer Position, die er nie hatte einnehmen wollen, auf die restlichen Fort Yorker herab.

Nishimura sah Lindof an. Lindof sah ihn an. Das Gesicht bewies besser als alle anderen: In der neuen Welt war es idiotischer als je zuvor, Leute nur anhand ihres Aussehens zu beurteilen. Trotzdem wollte er es tun. Lindofs verkümmerter Arm und sein krummer Rücken fielen einfach auf. Abgesehen davon war er unglaublich unbeeindruckend. Er hatte keine großen Ideen. Keine Prinzipien. Er war nicht besonders intelligent. Er war ein Waschlappen, ein Rüpel, ein Grobian. Alle schlechten Dinge, die er getan hatte, hatte er einfach getan, weil er konnte.

Früher hatte es Millionen wie ihn gegeben.

Lindof trat an die Vorderkante der Kiste. Wäre seine Linke nicht zu klein dafür, würde er sich jetzt die Hände reiben, dachte Nishimura.

»Schaut mal, Leute! Jetzt haben wir Karl hier oben! Karl kennt ihr ja alle. Er ist der Typ, der euch eingeredet hat, das mit dem Rat sei eine prima Idee. Er ist der Typ, der gesagt hat: Hey, lasst uns einfach gar keine Wachen haben, die irgendwas bewachen könnten, und mal gucken, wie das so läuft. Wir haben gesehen, wie das gelaufen ist, nicht wahr? Ich persönlich bin begeistert, dass Karl sich dazu entschlossen hat, zu uns zu kommen, denn ich hätte sehr gern ein paar Antworten von ihm. Ihr nicht auch? Und wenn er uns keine Antworten geben kann, werden wir ihm morgen früh zeigen, was wir davon halten, richtig? Es sei denn, wir wollen es ihm schon heute Nacht zeigen. Es sei denn, wir wollen es ihm schon jetzt sofort zeigen.«

ALLES, WAS ZÄHLTE

Das Sterbezimmer war klein und spartanisch eingerichtet. Das ursprüngliche Mobiliar war bereits entfernt worden, ehe Hoffmann nach Fort York kam, aber sie konnte sich gut vorstellen, wie es hier einmal ausgesehen hatte. Billige Tische mit Schubladen aus Spanplatten, schlichte Metallregale, ein wackeliger Beistelltisch mit einem kaputten Drucker. Lange Jahre hatte sie mit ganz ähnlichem Dekor im Gebäude des Amerikanischen Modells für Datenherkunft und Bemaßungen gewohnt.

Nun gab es hier lediglich einen Hocker, einen kleinen Tisch und einen Zahnarztstuhl. Letztgenannter wirkte auf viele Leute nicht unbedingt beruhigend, obwohl man die bedrohlichste Ausrüstung abmontiert hatte: die Absauggeräte, das Spuckbecken, die höhenverstellbare Lampe, den Gelenkarm. Übrig blieb nur der verstellbare Sitz selbst, der sich für jede Personengröße anpassen ließ und dank des Überzugs aus Antihaftvinyl unkompliziert zu säubern war. Einzige Innovation aus der Neuen Welt waren die Spanngurte, gefertigt aus den Sicherheitsgurten alter Autos, und die unscheinbare kleine Holzkiste, in der das Bolzenschussgerät aufbewahrt wurde.

Durch puren glücklichen Zufall waren Charlie Rutkowskis alte Freunde Lenny Hart und Seth Lowenstein bei ihrer Ankunft ebenfalls im Hospiz zugegen. Lenny Hart befreite Charlies Hand- und Fußgelenke von den Kabelbindern, schnallte sie auf dem Stuhl fest und flüsterte währenddessen unablässig Entschuldigungen. Seth Lowenstein entnahm der Kiste das Bolzenschussgerät und befingerte es wie einen Rosenkranz. Das war nur angemessen, dachte Hoffmann. Es war das heiligste Objekt der gesamten Siedlung, ein Werkzeug, das mit einem einzigen Schuss Leben, Tod und Untod hinwegnehmen konnte.

Beide Männer wussten, wie man die Substanzen zubereitete, die einer sterbenden Person die letzten Minuten erleichtern sollten, auch wenn Marion Castle die eigentliche Expertin war. Aber Charlie Rutkowski brauchte ohnehin keine Instruktionen. Sie klappte den Mund auf, um die Weidenrinde anzunehmen, die etwas Linderung bot, wenn man sie gründlich kaute, und reckte den Kopf nach hinten, um das Auftragen der Paste aus Menthol und dem Capsaicin der Chilischote auf Schläfen und Brustbein zu erleichtern. Die Paste verursachte ein kaltes Brennen, das andere Schmerzen übertünchte. Hoffmann wusste, dass Charlie Rutkowski nur den Kopf schütteln würde, wenn man ihr den im Fort hergestellten Ether anbot, was sie dann auch tat.

Das Zimmer könnte noch besser sein, dachte Hoffmann mit stechendem Bedauern. Es gab bereits Pläne, ein dimmbares Lampensystem zu installieren. Hoffmanns Assistentin Luvvie Lafayette, die zwar laut, aber nicht allzu anstrengend war, hatte vorgeschlagen, jedem Interview die Frage beizufügen, welche Musik, falls überhaupt, die jeweilige Person hören wollte, wenn sie eines Tages im Sterbezimmer lag. Charlie Rutkowski hatte geweint, als sie von dieser Idee erfuhr, und unter Tränen erzählt, dass sie Musik aus einem Film namens *Die Katze mit dem roten Haar* gespielt hatte, als Luis gestorben war. Dieser Gedanke inspirierte Hoffmann zu einer weiteren Überlegung. Im Raum der besonderen Sammlungen in der Neuen Bibliothek könnten sie doch eine Kartei mit einem Letzten Bild für jeden Bewohner anlegen, um ihnen für die letzten Minuten einen vertrauten Anblick als Fokus zu bieten.

Karl Nishimura gefiel die Idee so sehr, dass er Hoffmann das einzige Familienfoto gab, das ihm geblieben war. Das Foto war verblichen und zerknittert, als hätte er fünfzehn Jahre damit zugebracht, es mit dem Daumen zu streicheln. Hoffmann kam sich seltsam vor, als sie es entgegennahm. Noch war das Letzte Bild doch nur ein Konzept. Aber Karl Nishimura bestand darauf, dass sie es behielt. Sollte er eines Tages im Sterben liegen, würde Hoffmann dieses Foto ins Sterbezimmer bringen, nicht wahr? Natürlich. Anders als für all die Abteilungsleiter, unter denen sie beim AMDB tätig gewesen war, erfüllte es sie mit einer inneren Befriedigung, für Karl Nishimura zu arbeiten.

Während ihrer vier Jahre im Fort und vor allem in letzter Zeit dank der Hilfe von Luvvie Lafayette hatte Hoffmann genug über sich selbst gelernt, um zu verstehen, dass sie die Angewohnheit hatte, sich von dem abzulenken, was gerade um sie herum vor sich ging. In diesem Fall von Charlie Rutkowskis Tod. Hoffmann bedauerte, ihre Ideen nicht schneller umgesetzt zu haben. Charlie würde im grellen Schein flackernder Öllampen sterben, nicht in gedämpftem Licht, und dabei kein Foto von Luis Acocella, sondern die leere Wand anstarren, noch dazu in völliger Stille statt mit einer Powerballade von Bruce Springsteen im Ohr. In Abwesenheit all dieser Annehmlichkeiten musste Hoffmann selbst einspringen. Was bedeutete, genau das zu tun, was sie nie richtig gekonnt hatte: reden.

»Charlie Rutkowski«, sagte sie.

Charlie Rutkowski drehte den Kopf in ihre Richtung. Das helle blonde Haar hob sich von der grauen Haut ab. Ihre Augen hatten sich bereits cremig gelb verfärbt, noch aber waren es ihre Augen, in denen trotzig das Leben flackerte, während sich die blasslila Lippen an einem Lächeln versuchten. Hoffmann konnte es nicht erwidern. Lächeln hatte sie nie gemeistert.

»Du musst nichts sagen«, krächzte Charlie Rutkowski.

»Ich werde …«

»Du bist nicht so eine Plaudertasche wie ich. Das ist in Ordnung. Das ist gut.«

»Ich werde dich vermissen.«

Charlie Rutkowski weinte. Lange salzige Finger bahnten sich Wege durch ihr schmutziges Gesicht. Ihr Brustkorb zuckte, bäumte sich auf, die Riemen quietschten voller Anteilnahme. Sie krümmte die Finger. Auf ihren Nägeln waren noch Reste des roten Lacks, den sie vor ein paar Wochen aufgestöbert hatte. Ein großes Beben durchlief sie, als wollte sie sich mit einem einzigen Schluchzen aller Tränen entledigen. Lenny Hart wandte den Blick ab. Seth Lowenstein barg sein Gesicht im Ellbogen und weinte ebenfalls. Marion Castle faltete die Hände vor ihrem Mund zu einem Zelt auf, als flüsterte sie ein Gebet, und wer weiß? Hinter ihrer Krankenhausmaske mochte sie alles Mögliche tun.

Charlie Rutkowski riss die nassen Augen auf. Tränen wippten an ihren Wimpern, wie Regentropfen an Spinnennetzen.

»Ein paar Sachen«, krächzte sie. »Ganz schnell.«

»Wir haben alles unter Kontrolle«, sagte Hoffmann.

Charlie Rutkowski winkte ab, so gut es mit gebundenen Händen eben ging. »Ein paar Sachen, die ich nicht zu Ende denken konnte. Pferdefleisch. Wir haben versucht, ihnen Eichhörnchenfleisch zu geben, das hat nicht funktioniert. Warum also Pferdefleisch? Glaubst du, das liegt daran, dass die Pferde mit uns gemeinsame Sache gemacht haben? Blödsinniger Gedanke. Halb gare Theorie. Erzähl sie irgendwem. Oder auch nicht. Weiter bin ich nicht gekommen.«

»Alles klar.«

»Wir werden es nie zum Saatgut-Tresor auf Spitzbergen schaffen. Wir müssen aufhören, uns das Gegenteil einzureden. Unsere beste Chance ist die Saatgutbibliothek in Iowa. Wir müssen da eine Delegation hinschicken. Sag den Leuten, dass ich dafür gestimmt habe.«

»Mache ich.«

»So, und jetzt das Wichtigste. Richard Lindof. Ich habe am 23.10. mit ihm gesprochen. Ich weiß, das klingt verrückt, aber so war es. Mann, Mann, wie schnell die Zeit vergangen ist. Das haut einen echt um. Lindof sind wir alle egal. Das Fort ist ihm egal. Es geht ihm nur um sich selbst. Ihr müsst ihn aufhalten. Koste es, was es wolle. *Koste es, was es wolle.* Sag Nishimura, er muss tun, was getan werden muss.«

»Okay.«

»Eine letzte Sache noch. Etta Hoffmann? Du bewahrst das Archiv. Hart, Lowenstein, Castle – ihr müsst ihr helfen. Ohne das Archiv sind wir gefickt. Ohne das Archiv geht der ganze Mist irgendwann von vorne los. Vielleicht sind es nächstes Mal keine Zombies. Aber irgendwas wird es sein. Eine andere Sorte Sarkophagen. Luis hat seine Zombie-Infektion das Große G genannt. Jetzt würden wir es wohl das Große Z nennen. Luis. Ach, Luis.« Ihr Lachen war ein einziger eisiger Kratzer. »Er hat mir auch bis zur letzten Sekunde Anweisungen erteilt.«

Charlie Rutkowski spreizte die Finger. Ihr Rücken krümmte sich. Marion Castle versuchte, mehr Menthol-Chili-Balsam aufzutragen, aber Charlie Rutkowski warf den Kopf hin und her, also nickte sie Lenny Hart zu, und das unangenehmste Element des Stuhls wurde in Betrieb genommen: ein breiter Lederriemen, mit dem die untere Gesichtshälfte fixiert wurde und in den kleine Löcher hineingebohrt waren, damit die Person auf dem Stuhl noch atmen und reden konnte, solange sie dazu in der Lage war. Außerdem hielt der Riemen den Kopf fest, was Seth Lowenstein die Arbeit erleichtern würde, sobald es Zeit für das Bolzenschussgerät war.

Das Wort »Maulkorb« wurde zwar nicht benutzt, trotzdem wusste Hoffmann, dass es sich genau darum handelte, denn er wurde erst eingesetzt, wenn sich die Person auf dem Stuhl immer mehr einem wilden Tier annäherte. Hoffmann spürte heiße Flüssigkeit aus ihren Poren in ihre Augen treten. Sie wischte sich durchs Gesicht und wandte den Blick ab. Nichts als nackte Wände. Welches Letzte Bild sollte sie für ihr eigenes Ende hinterlegen? Ein Standbild aus einer ihrer Lieblingsserien, vielleicht aus *I Love Lucy* oder aus *Das ist Ihr Leben*? Oder ein Foto aus einem Immobilienmagazin, von einem kleinen, behaglichen Appartement in Washington, wie sie es noch immer vermisste? Vielleicht eine Zeichnung von den Innenräumen der Neuen Bibliothek mit all ihrer inspirierenden Ordnung? Nein, nichts davon. Sobald sie wirklich darüber nachdachte, lag die richtige Antwort auf der Hand.

Sosehr Karl Nishimura auch vor den Tücken des Materialismus warnte, füllten die Leute in Old Muddy doch ihre Wohnungen mit allerlei Kleinzeug oder Bildern, die zeigen sollten, wer sie sein wollten. Hoffmanns Habseligkeiten passten nach wie vor in die tarnfarbene Bauchtasche, die sie immer und überall trug. Darin befanden sich auch die Farbfotos, die sie erst ausgedruckt und um 4.187-05:18 schließlich zusammengeklebt hatte, an dem Tag, da sie das AMDB an der Seite von Charlie Rutkowski verließ. Links Annie Teller, energisch in ihrem Fußballtrikot, rechts Tawna Maydew im Bett mit ihrer dreifarbigen Katze – ein seltsames Pärchen und ebenso herzerfrischend wie Greer Morgan und Muse King.

Schon jetzt war diese Collage das Letzte, was sie jeden Abend vorm Schlafengehen betrachtete. Sie hatte über eintausend Persönliche Geschichten aufgezeichnet, die teils seltsame Parallelen aufwiesen, unerwartet wiederkehrende Details. Oft saß sie bei Kerzenschein in der Neuen Bibliothek und brütete darüber, lange nachdem Luvvie Lafayette ihre Hüften zur Tür hinausgeschwungen hatte. In zwölf unterschiedlichen Interviews war eine Gestalt aufgetaucht, bei der es sich eigentlich nur um ein und denselben Zombie handeln konnte. Ein Zombie, dem Karl Nishimura in Taos begegnet war, glitzernd in einem Negligé aus Raureif. Ein Zombie, den Charlie Rutkowski im Feuersturm außerhalb von Guyman, Oklahoma, gesehen hatte, freigelassen zusammen mit einer Flut anderer untoter Frauen. Ein Zombie, der Greer Morgan während der Katastrophe von St. Croix nicht nur einen Bogen entwendet, sondern diesen sogar benutzt hatte. Ein Zombie, bei dem das Gesicht mit angesehen hatte, wie er sich aus dem matschigen Boden eines Schlachtfelds grub, ausgerüstet mit stählernen Beinprothesen und Klingen an den Handgelenken.

Laut der unglaublichen Aussage des Gesichts hatte dieser Zombie ein Namensschildchen mit der Aufschrift *Annie Teller* getragen. Hoffmann war durchaus bereit, an astronomische Zufälle zu glauben. Sie war jedoch nicht bereit zu glauben, dass Annie Teller tatsächlich gestorben sein könnte. Die Kleidung dieses Zombies auf dem Schlachtfeld hatte einmal einer »Annie Teller« gehört, mehr nicht. Das einzige Detail, welches sie an ihrer Überzeugung zweifeln ließ, war eines, das ebenfalls in allen zwölf Berichten vorkam – dieser metallbeinige Zombie war nach Westen unterwegs gewesen, immer nach Westen.

Können wir das zu unserem Notfallplan erklären? Wenn die Welt in zäher Finsternis versinkt, treffen wir uns am Ufer von La Brea!

Hoffmann versuchte zu akzeptieren, dass sie das Ende der Geschichte von Annie Teller und Tawna Maydew niemals erfahren würde. Aber es war nicht leicht. Die beiden Fernsehserien, die sie in ihrem Leben nicht zu Ende geschaut hatte, verfolgten sie noch immer. Um sich abzulenken, konzentrierte sie sich auf eine Tatsache, die fast so inspirierend war wie die Fotos. Das Leben auf engstem Raum mit anderen Menschen hatte ihr mehr Dramatik geboten als jede Serie. Wenn sie Glück hatte, würde die Old-Muddy-Show niemals abgesetzt, außerdem konnte man sie über das Archiv immer wieder Revue passieren lassen.

Zurzeit arbeiteten zwei Frauen an einer Druckerpresse. Die eine benutzte einen reparierten Hackschnitzler, um einen Pflanzenbrei in Papier zu verwandeln, und mischte Tinte aus Eisensulfat und Gallapfel. Die andere schmiedete Metallformen, aus denen sie Groß- und Kleinbuchstaben sowie Satzzeichen schneiden wollte. Erstes Projekt der fertigen Druckerpresse sollte *Hoffmanns Archiv der Erzählungen aus der Neuen Welt* sein. Einmal in Masse produziert, wollten sie Kopien in jede bekannte Siedlung schicken.

Das wäre ein guter Tag. Es wäre Hoffmanns Vermächtnis. Und das war alles, was ihr noch blieb, denn Charlie Rutkowski war dabei, sie zu verlassen. Wie rotes Garn wölbten sich Blutgefäße aus ihren gelben Augen, die in den Kopf gerollt waren. Bleicher Schleim sickerte durch die Atemlöcher im Lederriemen. Das Zucken ihres Körpers hatte die Richtung geändert, als versuchte sie nun, unter den Schmerzen hinwegzukriechen. Oft war das Ende am schlimmsten. Hoffmann beugte sich vor. Sie mochte es nicht, Menschen zu berühren, wusste aber, dass Menschen manchmal gerne berührt wurden. Sie versuchte, es richtig zu machen. Nicht mit einem piksenden Finger, sondern mit einer ganzen, offenen Handfläche, die sie Charlie Rutkowski auf die Schulter legte. Die Hitze des Körpers der Frau brannte sich durch die Kleidung direkt in ihre Haut.

»Erinnerst du dich daran, wie wir uns getroffen haben?«, fragte Hoffmann.

Charlie Rutkowskis bodenlos schwarze Pupillen tauchten aus den Höhlen auf. Ihre Tränen hatten sich zu einem Gel verdickt, das leicht wackelte, als sie nickte. Ihre Stimme brach durch den tollwütigen Schaum.

»Unsere Telefongespräche.«

Hoffmann schüttelte den Kopf. »Nein, als wir uns *getroffen* haben. Als du in mein Zuhause eingebrochen bist.«

Charlie Rutkowski lachte so heftig, dass rote Tropfen aus den Löchern im Riemen entflohen. Marion Castle warf Hoffmann einen warnenden Blick über ihre Krankenhausmaske hinweg zu. Am Fußende des Zahnarztstuhls streifte Lenny Hart Spülhandschuhe aus Gummi über. Hinter dem Stuhl wischte sich Seth Lowenstein den Schweiß von den Händen und ergriff das Bolzenschussgerät fester. Irgendwo draußen vor dem Hospiz rief ein Mann mit tiefer Stimme etwas, ein anderer Mann rief zurück, irgendwas über die Blockhaus-Vier, obwohl es sich aus der Entfernung um jedes beliebige erbitterte Streitgespräch hätte handeln können. Alles, was zählte, war direkt hier, in diesem Zimmer.

»Deine Klamotten«, brachte Charlie Rutkowski heraus. »Heftklammern und Klebeband. Eine Tasse mit toten Insekten.«

»Mjam«, sagte Hoffmann. Es war, wie sie fand, ein ganz anständiger Witz, der vielleicht bewies, dass sie den Rat verinnerlicht hatte, den ihr Charlie Rutkowski in Slowtown gegeben hatte: *Wir müssen dir wirklich mal die Kunst der Notlüge beibringen.*

Charlie Rutkowskis Lachen dehnte sich zu einem schrillen Heulen aus. Hoffmann musste gar nicht erst überlegen. Sie ergriff die Schulter ihrer Freundin noch fester.

»Du hast schön ausgesehen«, sagte Hoffmann. »Selbst in einem Hockey-Helm.«

Das einzige Anzeichen für Charlie Rutkowskis schmerzliches Grinsen war die Wölbung ihrer Wangen oberhalb des Riemens. Ihre Antwort kam mühevoll, schroff durch das besudelte Leder und von quälendem Schluckauf unterbrochen.

»Ich war – da schon – vernarbt. Die Haare – zu kurz. Aber trotzdem danke – danke dir. Ich sollte – mir nichts daraus machen. Hier lieg ich – im Sterben – und rede darüber – ob – ob ich hübsch war. Drauf geschissen. War – ich. Ich – bin froh darüber. Ich war die – verdammt noch mal – schärfste Braut – die jemals eine – Apokalypse überlebt hat.«

»Aber so was von«, flüsterte Lenny Hart.

»Bist du immer noch, Süße«, sagte Seth Lowenstein und schniefte.

Stinkender Schweiß klebte Charlie Rutkowski in jeder Pore. Ihr Haar war fettig und vollkommen zerzaust. Ihr Hautton veränderte sich von Grau in bleiches Seegras. Trotzdem strahlte sie, und allein deshalb brauchte das Sterbezimmer weder eine neue Lampe noch einen frischen Anstrich noch Musik. Sie war das Licht der Welt und alle Musik. Charlie Rutkowskis Transkript #1 der Persönlichen Geschichten ruhte in einem Ordner in der Neuen Bibliothek und würde bestimmt irgendwann einmal von Bedeutung sein, aber dieser Anblick, hier und jetzt, war alles, was man über diese Frau wissen musste. Einst hatte Hoffmann die Geschichte von dem Bocor gelesen, der diesem haitianischen Nzambi die Seele raubte. Niemand würde jemals Charlie Rutkowskis Seele rauben. Dafür würden alle Anwesenden sorgen.

»Ich liebe – euch alle. Ich liebe – euch wirklich – verflucht – doll – Leute – Luis – liebe dich …«

»Schnüfflerin«, sagte Hoffmann, und als sie Charlie Rutkowski nicht nur mit einer, sondern mit beiden Händen ergriff, fühlte es sich wie die Umarmung an, die sie einander geschuldet hatten, seit jenem ersten Telefongespräch vor einer Million Jahren.

»Suche – sie heim, Poetin – als wärst du – bereits …«

ZWANGSRÄUMUNG

»Wir wollen die Wahrheit sagen. Können wir uns wenigstens darauf einigen, Karl? Ehrlich zu sein? Die Wahrheit ist, dass wir gar nicht hier oben stehen sollten. Wirklich nicht. Wir mögen unsere Differenzen haben, aber wenn es wirklich drauf ankommt, sollten wir doch auf der gleichen Seite stehen. Und welche Seite ist das? Ganz einfach. Die Seite der *Lebenden*. Leider kann ich davon nichts sehen. Vielleicht war ein frisches Paar Augen nötig, um das zu erkennen? Was ich sehe, ist, dass euer Rat exzellente Arbeit leistet. Fantastische Arbeit. Exzellente, fantastische Arbeit leistet, um *Zombies zu beschützen*.«

»Ich bin nicht auf diese Kiste geklettert, um mit Ihnen zu debattieren. Ich bin hier, um euch alle, meine Freunde, daran zu erinnern, dass wir Old Muddy nur deshalb in dieser Form aufbauen konnten, weil wir alle an einem Strang gezogen haben. Es waren nicht die Zombies, die uns in diese Lage gebracht haben. Es war die menschliche Angewohnheit, sich in Lager aufzuspalten, so wie es der Mensch schon immer gemacht hat.«

»Verschiedene Seiten sind also was Schlechtes? Genau das kann ich nicht begreifen. Indem man Partei ergreift, kann man Psychopathen von seinen Kindern fernhalten. Gar keine Parteien zuzulassen, das klingt für mich eher nach Diktatur.«

»Ich weiß nicht, wie Sie von einem Rat auf eine Diktatur schließen. Wir sind mitfühlende Menschen hier. Das ist alles, wonach wir je gestrebt haben.«

»Wir sind dies, wir sind das. Sie wollen also für alle anderen sprechen.«

»Genau das tue ich nicht.«

»Ehrlich gesagt bin ich verblüfft, dass sich noch nicht mehr von Ihren ›mitfühlenden Menschen‹ umgebracht haben. Das klingt jetzt schrecklich, ich weiß. Aber wenn man sich hier umbringt, wird man doch bestens umsorgt. Ein paar Blocks weiter nach Norden gibt es ein ganzes Stadtviertel, wo man mietfrei wohnen kann. Und sobald einem das nicht mehr gut genug ist, stehen hier, gleich auf der anderen Straßenseite, sogar gemütliche Betten bereit. Ein verlockendes Angebot. Vielleicht nehmen das nur deshalb nicht viel mehr Leute wahr, weil ihr all ihre schönen Selbstmordinstrumente eingemauert habt. Ja, ich weiß, das klingt wirklich schrecklich.«

»Niemand hier tut irgendwas, das er nicht tun will. Bis aufs Händewaschen vielleicht.«

»So reden auch Leute, die einen Kult anführen. ›Jeder darf tun und lassen, was er will.‹ Aber das stimmt nicht wirklich, oder? Weil sie nämlich manipuliert werden. Schaut euch mal ganz genau an, liebe Leute. Wie ihr euch anzieht, was ihr esst, wo ihr schlaft. Ist das alles so, wie es wäre, wenn ihr frei entscheiden könntet? Selbstverständlich nicht. Weil es da einen Rat gibt, der sagt, dass ihr alles, was ihr irgendwo findet, so schwer es auch zu finden war, in den Gemeinschaftstopf werfen müsst, damit jemand, der überhaupt nicht arbeitet, auch was davon abhaben kann.«

»Ich weiß nicht, warum es Ihnen so schwerfällt, das zu begreifen. Der Rat beschließt keine Regeln. Er setzt die Regeln um, die *wir alle* beschließen.«

»Da ist Karls ›Wir‹ schon wieder. Hört ihr das, Leute? ›Wir‹ ist die eiserne Kette unter den Wörtern, hat mein Vater oft gesagt. ›Wir‹ ist wie eine Sträflingskolonne, alle gemeinsam mit den Fußgelenken zusammengebunden – natürlich kommen wir nur langsam voran, wenn wir alle aneinandergekettet sind! Was wir hier brauchen, ist mehr ›Ich‹! Wer stimmt mir da zu?«

»Ich stimme Ihnen zu. Wir alle stimmen Ihnen zu. Deshalb wechseln sich die Ratsmitglieder auch jeden Monat ab. Jede Stimme hat das gleiche Gewicht. Sie sind seit vier Monaten hier, Richard. Ihre erste Amtsperiode als Ratsmitglied steht bald bevor, dann können Sie sich selbst davon überzeugen, dass es ein Job ist, der von Verantwortung geprägt ist, nicht von Machtgier.«

»Verantwortung, nicht Machtgier.«

»Wenn Sie das verstanden haben, können wir beide von dieser Kiste klettern und unserer Wege gehen.«

»Ich verstehe, warum die Sie angeheuert haben, Karl.«

»Niemand hat mich *angeheuert.*«

»Ich verstehe, warum die Sie angeheuert haben, denn Sie selbst sind der dankbarste Beweis für meine These. Wenn Sie jemand sind, der Verantwortung tragen muss, aber keine Macht hat, was sind Sie dann? Das frage ich euch. Was seid ihr alle dann?«

»Geschätzte Bürger, die unseren Teil beitragen.«

»Ihr seid *Angestellte*, Baby. Erinnert ihr euch noch an McDonald's? Wendy's? Burger King? Glaubt ihr im Ernst, diese Mindestlohn-Sklaven haben sich nicht ständig die Pickel auf euren Big Macs ausgedrückt? Wenn man Leute scheiße bezahlt, kommt auch Scheiße dabei raus. Genau darum geht es bei der Abstimmung morgen früh. Ich bin dafür, dass wir den Rat abschaffen, weil da gute Ideen noch träger und langsamer verrecken als die Zombies.«

»Und ihn durch was ersetzen? Einen Anführer, vielleicht? Jemanden wie Sie?«

»Das hab ich nicht gesagt. Da bin ich weder dafür noch dagegen.«

»Soll ich Ihnen sagen, wer niemals einen Anführer hatte? Die Zombies – und die haben die ganze Welt erobert. Was brauchen wir denn noch für Beweise, dass ein gemeinsames Ziel die stärkste Kraft von allen ist?«

»Ich fühle mich ein bisschen beleidigt, wenn man mich mit einem Zombie vergleicht. Aber vielleicht geht das nur mir so.«

»Das Problem mit Anführern ist Folgendes, Richard. Wenn man ein Loch in eine Gemeinschaft bohrt und sagt ›Das da ist euer Anführer, dieser eine Punkt hier‹, dann versickert alles Wasser durch dieses Loch. Niemand tut je wieder etwas, nur weil es das Richtige wäre, weil eben jeder dieses Wasser zum Überleben braucht.

Ich habe zwei Jahrzehnte in der Marine gedient. Genau so hat das da funktioniert. Weil die Welt längst ruiniert war und wir nicht mehr tun konnten, als im Partnerlook rumzulaufen und unsere Waffen aufeinander zu richten.«

»Ohne Waffen wäre es uns gegen die Zombies besser ergangen? Das wollen Sie tatsächlich behaupten?«

»Ich behaupte, es hätte keine Rolle gespielt. Wie man es dreht und wendet, wir wären immer genau an diesen Punkt gekommen, ›alles auf Anfang‹ sozusagen. Aber das ist ja eine Chance. Kaum eine Spezies bekommt jemals so eine Chance. Wir haben die Chance bekommen, hier in Fort York neu anzufangen. An diesem wunderbaren See. Mit den Mitteln, diesen wunderbaren Garten anzulegen. Wisst ihr was? Ich bin doch froh, dass ich hier hochgeklettert bin, um darüber zu reden. Weil ich es nicht oft genug sagen kann. Ich bin stolz auf euch. Ich bin stolz auf uns alle.«

»Karl kommt ja richtig in Fahrt! Alles klar, Karl, wenn Sie so froh und so stolz sind, reden wir doch mal über Fort York. Reden wir über das, was ihr hier errichtet habt.«

»Zu gerne.«

»Ihr seid seit fünf Jahren hier? Und habt noch immer keine Verteidigungsanlagen?«

»Sämtliche anderen Siedlungen, mit denen wir hin und wieder Kontakt haben, sind friedlich gesinnt.«

»Im Moment. Im Moment sind sie friedlich gesinnt.«

»Sie streben nach den gleichen Dingen wie wir.«

»Das stimmt. Genau so ist es. Wortwörtlich. Ich nenne sie Strandräuber. Die landen nachts an unseren Stränden, wir haben sie alle gesehen, kleine Boote in der Nacht mit jeweils zwei oder drei Leuten. Ich weiß nicht, aus welcher der angeblich so friedfertigen Siedlungen die kommen? Fort Drum? Ist mir auch egal. Sie kommen nach Toronto, um uns zu bestehlen.«

»Seit wann gehört alles in Toronto uns?«

»Weil wir als Erste hier waren, Baby.«

»Waren wir das? Wer hat denn zu bestimmen, was wem gehört?«

»Diese guten Leute, die hier in der Kälte stehen! Weil sie es sind, die einhundert Prozent der Arbeit hier geleistet haben, Heiliger Karl. Man nennt Sie doch den Heiligen Karl, nicht?«

»Manche tun das. Ich frage mich, wie man Sie nennt.«

»Ich wette, dass Sie niemand mehr Heiliger Karl nennt, sobald hier die ersten Leute sterben. Sobald eine Menge Leute sterben. Kein Ort, an dem ich war, und ich war überall, war so größenwahnsinnig, nicht mal ein Mindestmaß an Verteidigung aufzubauen. Glauben Sie im Ernst, diese Strandräuber wollen nicht auch haben, was wir hier haben? Die Waffen im Arsenal? Das Essen, das der arme Shyman und der arme Sung-Yung verteidigt haben?«

»Shyam und Yong-Sun.«

»Die beide bleibende Schäden davontragen werden! Wir brauchen als Allererstes eine richtige Mauer, und ich will gerne mithelfen, sie zu bauen, sobald wir den Rat losgeworden sind, der sagt, dass wir keine bauen dürfen! Dann kommt hier niemand mehr rein, der nicht zuerst mal seinen Wert für die Gemeinschaft unter Beweis stellt. Die Tage, wo hier einfach jeder reinspazieren durfte, sind gezählt.«

»Sind Sie nicht genau so hergekommen? Einfach reinspaziert?«

»Ich rede nicht von der Vergangenheit, Karl. Ich rede von der Zukunft.«

»Sie reden eigentlich nur von der Vergangenheit.«

»Glauben Sie, es hätte sich hier eine solche Menge versammelt, wenn das wahr wäre? Keine Schmarotzer mehr. Und keine Chance mehr, dass Zombies reinkommen, es sei denn, wir wollen sie verschicken.«

»Sie verschicken? Was soll das heißen?«

»Wenn wir den richtigen Partner da draußen finden – wer weiß? Zombies sind gute Arbeitskräfte, falls wir noch ein paar frische auftreiben können.«

»Richard. Mit Menschen handelt man nicht.«

»Jetzt tun Sie nicht so schockiert. Wirklich schockierend ist nur, dass ihr sie auf der anderen Straßenseite brav ins Bettchen bringt. Wenn Sie uns unsere Waffen nicht geben wollen, um sie zu erschießen, und uns keine Mauer bauen lassen wollen, um sie fernzuhalten, dann können wir doch wenigstens irgendeinen Nutzen aus ihnen ziehen, oder? Jesus Christus, wir tun alles für diese Hohlköpfe, und was tun die für uns? Sie sind Blutsauger. Die sind noch schlimmer als Sozialschmarotzer. Eine invasive Art, das sind die. So wie der asiatische Karpfen. Oder der burmesische Python.«

»Eine Sache haben sie tatsächlich mit den meisten invasiven Arten gemeinsam: Wir haben sie hergebracht. Es ist unsere Schuld.«

»Na eben, wenn wir sie hergebracht haben, ist es auch unser gutes Recht, sie wieder loszuwerden! Also, Leute, sobald wir morgen gewonnen haben, reißen wir das Arsenal ein. Hören Sie diese Reaktion, Heiliger Karl? Die Menschen haben gesprochen!«

»Aber nur, weil sie sich nicht mehr erinnern können. Ich bitte euch, Freunde! Wir essen kein Fleisch. Wir brauchen keine Jagdwaffen. Die Zombies, die noch übrig sind, die habt ihr alle gesehen, ihr wart alle bei Bergungsmissionen in Slowtown dabei. Sie stellen absolut keine Gefahr mehr dar.«

»›All die Straßen draußen gehören euch, mit Ausnahme von Slowtown.‹ Cooler Slogan, Heiliger Karl. Aber was macht das für einen Sinn, den Zombies eine der wichtigsten Straßen zu überlassen, die quer durch das Gebiet läuft, das wir neu erschließen sollten? Wenn wir das nicht für uns beanspruchen, machen die Strandräuber das. Wir könnten uns hier und jetzt ordentlich bewaffnen, da rüberlaufen – *peng, peng, peng* –, auf dem Rückweg einen Abstecher durchs Hospiz machen – *peng, peng* –, dann sind wir das ganze Problem noch vor dem Frühstück los. Noch vor dem Frühstück, Leute! Meine Damen und Herren, nach fünfzehn Jahren sind wir endlich wieder im Vorteil. Und trotzdem *sitzen wir hier nur rum*. Bauen *Uhren*. Erfinden bessere *Seife*.«

»Wir können keine bessere Welt auf Gewaltakten aufbauen.«

»Wann habt ihr das letzte Mal die Stadt verlassen? Falls es je wieder warm wird, verspreche ich euch eins: Ich führe eine Expedition an. Ihr werdet euren Augen nicht trauen. Abermillionen Hektar, völlig unberührt, und das Einzige, was uns im Weg steht, sind ein paar kleine Zombiestämme.«

»Es reicht. Wir sind fertig hier. Ich werde nicht länger mit jemandem diskutieren, der …«

»Was wäre denn in der guten alten Zeit mit einem Ort wie Slowtown passiert, mit den Armen und Kranken? Zwangsräumung.«

»Entschuldigung, das …«

»Leider ist es den Zombies egal, ob sie arm oder krank sind. Sie brauchen also eine harte Hand.«

»… Entschuldigung, das ist *unsere Art zu Leben*. Sich nach vier Monaten – in denen Sie nicht mal ansatzweise irgendetwas Produktives beigetragen haben, wenn ich das hinzufügen darf – hier oben hinzustellen und zu glauben, Sie hätten auch nur die leiseste Ahnung, was diesen Ort ausmacht? Das ist unser *Zuhause*, Richard. Es funktioniert. Wir wissen alle, dass es funktioniert, weil wir uns jeden Tag hier wohlfühlen. Wenn Sie wirklich wieder zu den alten Tagen zurückwollen, in denen wir alles in die Luft gejagt und um uns geschossen haben, schlage ich vor, Sie drehen sich einmal um. Sehen Sie dieses Gebäude da? Direkt jenseits der Brücke, das immer noch steht? Das ist die Neue Bibliothek. Ich schlage vor, Sie begeben sich dorthin, nehmen sich ein paar Bücher und machen sich noch mal mit der alten Welt vertraut, an der Sie offenbar so hängen. Dann werden Sie sehen, wie nahe wir auch ohne Zombies vor dem Ende waren.«

»In Ihrer Bibliothek war ich schon. Hab mich von Ihrer Bibliothekarin interviewen lassen. Die ist echt eine Schreckschraube, was? Ich hab einen bescheidenen Vorschlag, was man mit ihrem heiß geliebten Archiv anstellen könnte. Wollt ihr meinen Vorschlag hören, Leute? Das klingt, als wollten sie meinen Vorschlag hören, Karl.«

»Freunde, fragt euch doch bitte mal, warum ihr so begeistert von diesem Mann seid.«

»Abfackeln, Baby. Bis auf den letzten Ordner. Schön Benzin drüber und los.«

»Wir können uns das nicht länger anhören. Wir müssen anständig miteinander umgehen.«

»*Wir* müssen gar nichts tun. Das ist nicht mehr Ihr Schiff, Herr Kapitän.«

»Es ist …«

»Ah, der Sprücheklopfer hat keine neuen – oh. Es gibt Neuigkeiten? Sieht aus, als ob es Neuigkeiten gibt.«

»Leute, was immer da los ist, lasst uns nicht …«

»Da wird ja gewaltig geflüstert. Wer will uns verraten, was los ist?«

»Wir sollten nicht voreilig …«

»Stimmt das wirklich? Hab ich das richtig gehört?«

»Das ist nicht so, wie es … Leute, bitte …«

»Karl? Heiliger Karl? Möchten Sie uns irgendwas mitteilen?«

»Leute. Bitte. Ja, das stimmt. Es hat einen Unfall gegeben.«

»Das ist ja unglaublich. Ich höre gerade …«

»Ein Unfall. Ein schrecklicher Unfall.«

»Charlie Rutkowski ist tot. Sie ist tot, Leute.«

»Das ist nicht – wir wollten es morgen allen schonend beibringen.«

»Nach der Abstimmung, meinen Sie. Oh, Karl.«

»Weil es schon so spät ist, das ist alles.«

»Das ist in Slowtown passiert?«

»Während einer Bergungsmission. Aber …«

»Während einer dieser absolut *ungefährlichen* Bergungsmissionen nach Slowtown?«

»Ich weiß selbst, wie das klingt. Das ändert aber alles nichts an dem, was wir …«

»Und ich höre, Frau Häuptling persönlich hat sie gebissen? Das ist dieser alte Zombie, von dem alle behaupten, er sei so furchtbar friedfertig?«

»Solche Unfälle sind immer wieder mal passiert. Nichts ist ganz ohne Risiko.«

»War es auch ein Unfall, Frau Häuptling den Kopf wegzublasen?«

»Ich …«

»Das höre ich gerade aus der ersten Reihe, Karl. Haben Sie diesem Zombie mit einer Waffe, einer richtigen Feuerwaffe, ins Gesicht geschossen?«

»Ich lasse nicht zu, dass Sie das völlig falsch darstellen.«

»Der Typ, der uns unsere Waffen weggenommen hat, hat Frau Häuptling erschossen – mit einer unserer Waffen?«

»Ihr wisst alle, wie wichtig Charlie mir war. Wie wichtig sie uns allen war. Ich habe mich zu einer schrecklichen Reaktion hinreißen lassen.«

»Ich finde, Sie haben völlig richtig gehandelt, Karl.«

»Nein, hab ich nicht. Absolut nicht.«

»Selbstverständlich hat er dieser fiesen alten Tussi ins Gesicht geschossen! Die arme, liebe Charlie …«

»Wie können Sie es wagen, ihren Namen …«

»Als Karl zu mir auf die Kiste gestiegen ist, hat er gesagt, es gäbe gar nichts zu diskutieren. Ich bin Manns genug zuzugeben, dass er recht hat. Am heutigen Tag hat er in Slowtown eine Tat vollbracht, die jedem von uns ein Vorbild sein sollte. Ja, ganz recht. Er hat sich wirklich einen Applaus verdient. Wir alle sollten bejubeln, was Karl getan hat! Und wie wäre es, wenn wir mit dem Jubeln erst wieder aufhören, nachdem wir die Sache zu Ende gebracht haben? Oder wollt ihr damit bis morgen warten? Nein? Ich auch nicht, Baby. Wer will jetzt sofort loslegen? Wer will dabei sein, wenn wir Gerechtigkeit walten lassen, wie Karl sie uns vorgelebt hat, und zwar auf der Stelle?«

SCHNELLER, HELLER, INTENSIVER

Elektrisierte Zungenspitze an Zungenspitze, das Bersten von einer Million Nervenenden, la petite mort, *der kleine Tod*, der blitzschnelle Blackout des Orgasmus, der Körper von solch gewaltigem Genuss gepackt, dass es fast Schmerzen sein könnten, und auch Dankbarkeit, weil Dein Körper endlich aufhört, in dem lästigen Zustand zu existieren, in dem er sich immer befunden hat, und Dein Geist, nicht weniger lästig, tut auch nichts mehr, außer zu bestätigen, dass alles verschwunden ist, Angst, Wut, Trauer, Ekel, Scham, Trübsinn, Entrüstung, Neid, Verachtung, Hilflosigkeit, Verzweiflung, Leiden, Schuld, alles aus Deinem Körper gesaugt, als hätte Dir die Faust eines Titanen die Wirbelsäule herausgerissen, Dich knochenlos und federleicht zurückgelassen, ein Stück Fleisch, nur noch die entfernte Ahnung einer Frau, und nicht sicher, ob *Frau* überhaupt eine gute Idee war, ob *Mann* eine gute Idee war, denn hier im Äther wirken beide so unförmig, diese klobigen Fleischhaufen mit ihren pulsierenden Organen und undichten Öffnungen und dem rohen, nassen, kleckernden Ekel ihrer Fortpflanzung, noch mehr Genuss, noch mehr Schmerz, noch mal la petite mort, nur dass all diese kleinen Tode ein neues Leben erschaffen, ein quiekendes Schweinchen aus heißem wütenden Fleisch, das saugt und sich nährt, nur damit es einmal seine eigene Schneise aus Freud und Leid durchs Leben schlagen kann, dessen Sinn jetzt endlich erkennbar scheint, denn es gibt gar keinen Sinn dahinter, aber das Universum ist groß, was sollte es also schaden, eine einzige Welt aufs Spiel zu setzen und zu schauen, ob deren Ameisen etwas anderes erbauen werden als nur Hügel, ob deren Bienen jemand anderem dienen werden als nur ihren Königinnen, ob die Spezies an der Spitze der Nahrungskette etwas anderes tun wird, als alle anderen Spezies zu unterwerfen und zu terrorisieren, aber die Würfel fallen nicht so wie gewünscht, natürlich nicht, die Bank gewinnt immer, und Du bist sowieso am Ende, heimatlos, krank, Herz und Lunge kaputt, und da hängst Du also und fragst Dich, warum Du Dir überhaupt je Mühe gegeben hast, denn hier ist das Leben so viel besser, ein brausender Strom aus Finsternis, von der Du dachtest, es würde dort einsam sein, aber das ist es nicht, denn Du hast endlich die Hand ergriffen, die Dir damals in einem Zustand gereicht wurde, der wohl Albtraum hieß, *tanz mit mir!*, und da hast Du erfahren, dass es hier keine Lernkurve gibt, dass Du nicht erst als quiekendes Schweinchen hineingeboren wirst, sondern stattdessen gleich ganz oben anfängst, mit allem verfügbaren Wissen, weil das hier Leben und Tod in einem ist, und Du stellst überrascht fest, dass diese beiden Daseinsebenen niemals hätten getrennt werden müssen, und Du begreifst, dass die Ereignisse, die sich da unten auf diesem blauen Stein ereignet haben, auf dem Du früher herumgekrabbelt bist, nicht mehr waren, als dass diese perfekte Form die Erde aufsucht, die Zombies, Leben und Tod, und beides von der alles verschlingenden Singularität namens la petite mort angetrieben, worin das Du und Du und Du nur eine andere Art war, Wir zu sagen, und jetzt bist Du, ehemalige Frau, eingeladen worden, Teil dieses gemeinschaftlichen Bestrebens zu werden, und Du bist glücklich und dankbar, bis die Berührung der Zungenspitzen verrutscht und irgendetwas sehr Schlechtes passiert, oder vielleicht auch etwas sehr Gutes, und die formlose Vorstellung von Du wieder physische Gestalt annimmt, sieh nur, dein Bauch, deine Arme, deine Hüften, deine Beine, deine Füße, nein, ich tanze *nicht* mit dir, jetzt noch nicht, und du bist aufgebracht, und ein einziges Schluchzen aus deiner Kehle könnte den blauen Stein in Stücke zerspringen lassen, aber du akzeptierst den Rückfall, denn all die, die du kurzzeitig geworden warst, haben dir das Geschenk einer Erkenntnis mitgegeben, die du zum ersten Mal auf einer Plakette über der Tür im Büro deines alten Chefs und ehemaligen Liebhabers gesehen hast, *HIC LOCUS EST UBI MORS GAUDET SUCCURRERE VITAE* oder *HIER IST DER ORT, AN DEM DER TOD DEM LEBEN MIT FREUDE HILFT,* und dieser Ort ist hier, ist jetzt, sie haben mit Freude geholfen, und jetzt musst du leben und auf das Versprechen hinarbeiten, dass, wenn wir alle zusammenarbeiten, die Geheimnisse unserer wundervollen, chaotischen, mitreißenden Welt uns gehören werden, und du, Frau, wirst diejenige sein, die es ihnen verkündet, wenn du dich nur daran erinnern kannst, sobald du wieder aufwachst. Wir könnten all das erreichen.

Charlie Rutkowski starb nicht.

Sie schmeckte etwas. Wie Erde und Kerosin, leicht blumig, ein bisschen süß. Dann roch sie es, einen schmalzigen, öligen Duft. Zuletzt spürte sie es auch, die Hand eines Entführers auf ihrem Mund, die Finger, die sich in ihre Wangen gruben. Sie mahlte mit den Kiefern und spürte, dass der Griff der Hand einmal ganz um ihren Kopf reichte. Sie streckte die Zunge heraus und erkundete kleine Löcher in einer Tierhaut. Auf ihrem Mund war Leder. Durch die Gitterstäbe ihrer verkrusteten Wimpern sah sie die Gurte, mit denen ihre Hand- und Fußgelenke an den Stuhl gefesselt waren. Alles war weich und flauschig, bis sie das kalte Eisen an ihrer rechten Schläfe spürte.

Das Bolzenschussgerät. Sie hatte es selbst an Dutzende Schläfen gehalten. Sie lag im Sterbezimmer. Sie hatte im Sterben gelegen. Und jetzt nahte so rasch ein weiterer Tod.

»*HALT!*«

Ein zuckender Körper – Etta Hoffmann – landete unsanft auf ihr. Charlie spürte, wie die Luft aus ihrer beider Lungen entwich. Niemals zuvor, da war sie sich sicher, hatte sich die steife Bibliothekarin derart spontan bewegt; es war ein Wunder, dass man ihre Sehnen nicht reißen gehört hatte. Aber da lag Hoffmann, hatte sich quer über den Zahnarztstuhl geworfen, die mögliche Ansteckungsgefahr durch Charlies Speichel war vollkommen vergessen. Mit der linken Hand schlug sie so wild nach dem Bolzenschussgerät, dass sie Charlie drei Ohrfeigen verpasste, mehr als genug, um sie aus dem Sumpf aus Weidenrinde, Menthol und Chili zu ziehen.

»Aua.« Charlies erstes Wort, nachdem sie von den Toten auferstanden war.

Hoffmann hing immer noch auf Charlie. Ihr Gesicht war blass und verschwitzt und so nah, dass Charlie sie hätte beißen können, hätte sie das gewollt. Aber sie wollte nicht.

»Keine Sorge«, sagte Hoffmann. »Alles ist okay.«

»Alles ist okay.« Charlies Stimme klang wie Marmor. »Schhh, Etta.«

»Was zur …«, keuchte Hart.

»Guck dir ihre Augen an«, raunte Lowenstein ehrfürchtig.

»Das ist nicht …«, setzte Marion an. »Das hat noch …«

»Sie sind klar«, sagte Lowenstein. »Vollkommen klar.«

»Was zur …!«, wiederholte Hart.

Bilder von der Autopsie in San Diego brachen wie aus einer Fleischwunde aus ihrem Geist hervor. Sie sah John Does Kopfbewegung, so eine einfache Sache, gefolgt vom Blick seiner Sauermilch-Augen, der sich erst auf Luis und dann auf sie gerichtet hatte. *Madre de Dios,* hatte Luis gesagt. *Wie lange, nachdem der Tod eingetreten ist?,* hatte sie gestammelt.

Diesmal war sie selbst John Doe.

Hoffmann kroch von ihr herunter, brach auf dem Boden zusammen, richtete sich auf und plünderte die Schublade im Beistelltisch derart entschlossen, dass die leere Kiste, in der das Bolzenschussgerät gelegen hatte, zu Boden fiel. Charlies Gedanken funkelten, jede Erinnerung war zu bunt, zu prall, wie reife Beeren vor der Ernte. Sie sah Lowenstein das Bolzenschussgerät an seine Brust drücken, womit er es ungewollt auf das eigene Kinn richtete, und hörte wie klare Musik ihre letzte Unterhaltung mit Luis: *Mitten durch die Stirn. Direkt ins Gehirn.*

»Lowenstein.« Ihre Zunge hinkte ihrem Gehirn hinterher. »Sei bitte vorsichtig, ja?«

Er starrte auf das Bolzenschussgerät, schauderte und hielt es vom Körper weg.

Die Schublade klapperte. Hoffmann fuhr herum. In ihren Händen war alles Werkzeug, das die Bibliothekarin je brauchen würde: Stift und Papier. Vier Jahre lang hatte Charlie stolz beobachtet, wie Hoffmann sich allmählich von ihrer Manie entwöhnt hatte. Trotzdem blieb sie eine fanatische Verfechterin korrekter Abläufe. Sie riss den Hocker an sich, ließ sich darauf nieder und benutzte die eigenen Oberschenkel als Schreibunterlage. Persönliche Geschichten waren ihr Job, und ehe Charlie so weit war, hatte Hoffmann bereits begriffen, dass keine einzige Seite in ihrem großen Archiv einen Bericht wie diesen barg.

»Was ist passiert?« Die gute alte Hoffmann.

Charlie versuchte nachzudenken. Ihre Erinnerung glich einer Kraterlandschaft. Viele Details verschwunden wie die Zähne, die man einst auf diesem Stuhl gezogen hatte. Das schloss auch die Sinneswahrnehmungen mit ein, von denen zu berichten ihr am meisten Freude bereitet hätte – falls es denn wirklich passiert war. Sie glaubte schon. Das meiste, was sie erlebt hatte, lag von ihrem Geist getrennt wie durch eine dünne Algenschicht. Sie musste bloß einen Finger hindurchstecken oder vielleicht eine ganze Hand, um es sich wieder zurückzuholen.

»Ich sage euch, was nicht passiert ist. Sie ist nicht gebissen worden. Wer hat behauptet, sie sei gebissen worden?« Lowenstein verzog das Gesicht. »Fuck, ich hätte Charlie fast in den Kopf geschossen!«

»Sie *ist* gebissen worden«, sagte Marion.

»Aber nicht von einem Zombie, wie es aussieht!«

»Das ist mein *Job*«, blaffte Marion.

»Jetzt nicht mehr«, knurrte Lowenstein.

»Das ist *unser beider* Job.« Marion deutete auf Charlie. »Bist du von einem Zombie gebissen worden oder nicht?«

Charlie zog den Finger zurück, mit dem sie Kreise durch die psychedelische Algenwand gezogen hatte. Sie blinzelte den acht erwartungsvollen Augen entgegen. War sie gebissen worden? Sie erinnerte sich an den entschuldigenden Blick von Frau Häuptling, als die ihre Kiefer um Charlies Finger geschlossen hatte. Oder war entschuldigend das falsche Wort? Vielleicht war der

Blick auch verständnisvoll gewesen. Vielleicht hatte Frau Häuptling gewusst, dass sie Charlie damit keineswegs ein Todesurteil, sondern eine Geburtsurkunde ausstellte.

»Sie ist verwirrt«, sagte Hart. »Sie weiß nicht, was du da sagst.«

»Hier weiß gerade überhaupt niemand, was er sagt!«, rief Lowenstein.

»Was hast du gesehen?«, drängte Hoffmann.

»Etta, bitte!«, rief Marion.

Charlies Gesicht schmerzte; sie begriff, dass sie es zu einer Grimasse verzogen hatte. Da war so viel, was sie in diesen Minuten des Todes gefühlt hatte, und noch so viel mehr, als sie nun ihre geistigen Finger danach ausstreckte. Ozeanische Tiefen voller Ruhe, so kitschig das klingen mochte, und eine Unendlichkeit uneingeschränkter Liebe, noch kitschiger. Es hatte sie verweichlicht, Mae Rutkowskis »Granate aus der Bronx«, und die lauten Geräusche dieser Menschen, die von den nackten Wänden des Sterbezimmers noch verstärkt wurden, ließen sie wie ein Kind zusammenzucken. Dies waren die Gefühle, die die Zombies hatten beenden wollen. Sie nun wieder so heiß, so stark zu spüren machte ihr Angst.

»Bitte.« Ihre Stimme drang undeutlich durch das Leder, dann aber wurde sie selbst von der Wut infiziert, die im Raum hing. »Nimmt mir jetzt mal jemand dieses verfluchte Ding ab?«

Sie hörte, wie das Bolzenschussgerät auf dem Boden abgelegt wurde, spürte Lowensteins Hände an ihrem Kopf. Ihre Haare verfingen sich im Lederriemen, und sie schrie auf, nicht vor Schmerz, sondern vor frischer Wut. Dann war der Riemen fort, und Gerüche und Geschmäcker drangen auf sie ein – der stinkende Schweiß dieser Leute, die scharfe Würze der geteilten Panik. Charlie schnitt Grimassen, um sich die Taubheit aus dem Gesicht zu vertreiben, und hoffte, dieses Prickeln möge der Tod sein, der mit großer Ruhe zurück in ihren Körper flutete.

»Ich kann es nicht erklären.« Sie keuchte. »Es tut mir leid. Kann ich nicht.«

Sie blinzelte Marion eine Entschuldigung entgegen und begriff, dass sie es kurz vor dem Ende versäumt hatte, ihre Freundin freizusprechen. Marions Mund stand offen, ihr Unterkiefer baumelte wie die Krankenhausmaske von ihren Ohren.

»Hart«, sagte sie. »Mach die Gurte los.«

Eine halbe Minute lang waren die einzigen Geräusche im Raum das leise Klimpern und Klatschen, mit denen Hart die Gurte vom Stuhl löste. Hoffmanns eiliges Schreiben hörte Charlie erst, als es wieder aussetzte. Anders als ihre drei Kollegen wirkte die Bibliothekarin entschlossen und unverzagt.

»Was hast du erfahren?«

Große Erleichterung breitete sich in Charlie aus. Am Ende würde Hoffmann sie alle retten.

»Du hast deine Arbeit so wunderbar perfektioniert, Etta«, sagte Charlie. »Stellst immer die richtigen Fragen.«

Wie üblich konnte Hoffmann ihrem Lob nichts abgewinnen. Charlie lächelte. So sehr hatte Hoffmann sich eben doch nicht verändert. Die Bibliothekarin hob ungeduldig die Augenbrauen, aber wie sollte Charlie ihr antworten, wo ihr Lächeln doch gerade das ganze Gesicht einnahm und immer breiter wurde? Hier standen die vier besten Menschen auf der ganzen Welt, und es war wirklich zu ärgerlich, dass die Aufgabe, die unerklärliche Pracht des Todes in Worte fassen zu müssen, an einer so wenig eloquenten Tussi wie ihr hängen blieb.

»Charlie?«, bohrte Hoffmann weiter.

Charlie schlang die Arme um sich. Strich sich mit den Händen über den Hals, über die Wangen, durch die Haare. Völlig egal, wer ihr dabei zuguckte. Sie strich sich über die Brüste, über den Bauch, die Hüften entlang. Alles egal. Ihre Oberschenkel hinab, in den Schritt. Ein paar glorreiche Sekunden lang war sie das gesamte Universum gewesen, einfach wunderbar. Genauso wunderbar, wie diesen Körper zu besitzen. Dessen Zerbrechlichkeit der springende Punkt war. Ein einzelner Körper wie dieser konnte rein gar nichts bewerkstelligen. Aber ein einzelner Körper konnte andere Körper inspirieren, ein gemeinsames Ziel zu verfolgen. Das war es, was sie den anderen begreiflich machen musste.

»Bist du die …?« Lowenstein klang haltlos.

»Das kann nicht sein«, flüsterte Marion.

»Die Letzte?«, brachte Hart heraus. »Charlie, warst du … die Letzte?«

»Die Erste.« Hoffmann blickte herausfordernd in die Runde. »Sie war die *Erste.*«

Der Türknauf des Sterbezimmers klapperte: Marion hatte ihn ergriffen, um sich aufrecht zu halten. Sie riss sich die Maske ganz herunter, die wie ein Dokument mit überholten Regeln auf den blutbespritzten Boden segelte. Marion drückte sich die freie Handfläche erst vor das eine Auge, dann vor das andere.

»Wir dürfen nichts überstürzen«, murmelte sie. »Es könnte sich um einen Zufall handeln.«

»Das ist kein Zufall«, sagte Charlie. »Das kann ich fühlen.«

»Wir müssen es allen erzählen«, sagte Hart drängend.

»Ich kann es in meinem Blut hören«, sagte Charlie.

»Das wird unglaubliches Chaos auslösen«, sagte Marion. »Wir müssen uns ganz sicher sein.«

»Wie denn?«, rief Hart. »Sollen wir losziehen und noch jemanden umbringen?«

»Könnt ihr es nicht sehen?«, fragte Charlie. »In der Luft?«

Lowenstein schnipste mit den Fingern. »Eine Ratte. Wir suchen uns eine Ratte und töten die. Falls sie nicht zurückkommt …«

Marion nickte. »Okay. Alles klar. Wo kriegen wir …« Sie lachte. »Wenn man ein Mal eine braucht.«

»In der Bucht«, sagte Lowenstein. »An den Ruinen vom Pier. Da sind immer Ratten.«

Er rannte los. Charlie hörte das Bolzenschussgerät über den Boden schlittern, er hatte es beiseitegetreten, es wurde nicht mehr gebraucht, vielleicht wurde es nie wieder gebraucht, und als Lowenstein das Fußende des Zahnarztstuhls passierte, drückte er Charlies Schenkel. Obwohl es keine sinnliche Berührung in der Weise war, wie Charlie das bisher definiert hätte, schoss es wie ein Stromschlag durch ihr Bein, auf die gleiche Weise erotisch, auf die sich jetzt alles einfach schneller, heller, intensiver anfühlte. Sie keuchte, aber sofort verwandelte sich der Laut in ein Lachen.

Marion versperrte ihm die Tür. »Nehmt die Quetschuntersetzer mit! Manche von den Ratten sind bestimmt Zombies! Hart, du begleitest ihn, lass ihn das nicht alleine machen. Und seid vorsichtig!«

Hart nickte, rang nach Atem, brach in ein begeistertes Grinsen aus und zwinkerte Charlie zu. Das war fast so gut wie die Berührung gerade. Sie umarmte sich noch fester, grub sich die Fingernägel in die Rippen, verdrehte die Beine, krümmte die Zehen. Marion trat von der Tür zurück, Hart und Lowenstein rannten hinaus wie Grundschüler zu Beginn der Sommerferien.

Marion hielt sich mit beiden Händen am Stuhl fest. Charlie reagierte, ohne nachzudenken, rankte ihre Hände an Marions Armen empor, wie sie es einst bei ihren Liebhabern getan hatte. Sie hatte nicht die Absicht, Marion Castle zu küssen, diese stets besonnene, professionelle Dame, die bloße Vorstellung war absurd, aber siehe da: Marion ließ sich vom Gewicht ihrer Arme auf den Stuhl ziehen, und sie küssten sich, Lippe an Lippe. Marion löste sich bald und schmiegte den Kopf an Charlies Schulter, und Charlie nahm sie in den Arm, und sie streichelten einander das Haar und stellten fest, dass ihre Tränen an Temperatur und Gewicht nicht zu unterscheiden waren. Charlie streckte eine Hand nach Hoffmann aus, in dem Wissen, die Bibliothekarin würde sie anstarren wie ein Alien, aber siehe da: Hoffmann ergriff ihre Hand, und Charlie hielt sie ganz fest – zurückziehen gilt nicht, wie die Mädels in Parkchester immer gesagt hatten –, und die drei Frauen hielten sich fest, eine stumm, zwei lachend und weinend, weil es vorbei war, es war endlich vorbei, vorbei.

»Keine Zombies mehr?«, flüsterte Marion. »Keine Softies?«

»Kein Eierschalenporzellan«, flüsterte Charlie.

»Keine Spitze.«

»Kein Talkum.«

Charlie wischte Marions Tränen fort, Marion die ihren.

Charlie lachte. »Ich bin froh, dass du die Jungs weggeschickt hast.«

Marion kicherte. »Ungeziefer jagen. Das können sie wenigstens.«

Beide drehten die Köpfe in Richtung Tür, als lauschten sie darauf, ob die beiden Idioten die frohe Botschaft zu früh verkündeten. Doch was sie stattdessen hörten, war das Gemurmel der Betreuer, das selten so laut und noch nie so ängstlich geklungen hatte. Hart und Lowenstein mussten in ihrer Eile die Eingangstür offen gelassen haben. Wie ein verschüchterter Hund bahnte sich noch ein anderes, tieferes Geräusch den Weg bis zum Zahnarztstuhl.

Das waren nicht die Stimmen, die sie schreien gehört hatte, ehe sie gestorben war. Es waren Dutzende, brüllend wie ein Güterzug. Charlies watteweiche Hülle wurde kalt, rissig und brüchig. Die Leute, die sie hörte, waren vereint, ganz wie sie gehofft hatte; nur leider in böser Absicht. Marion packte sie noch fester, und als Charlie das Splittern des ausgehöhlten Holzes hörte, packte auch sie Marion ganz fest.

WIR HABEN DAS ERREICHT

Die Tür wurde mit bloßen Händen eingerissen. Solche Zerstörungswut hatte das Gesicht bisher nur bei Zombies gesehen, denen egal war, ob sie sich die Finger brachen oder die Handflächen aufschlitzten. Die ersten Schläge waren noch mit schweren Gegenständen erfolgt, inklusive einer Latte mit der Aufschrift *GUT ABGEHANGENES RINDFLEISCH*, herausgerissen aus der Kiste, auf der Lindof und Nishimura gestanden hatten. Blitzschnell schien Tollwut um sich zu greifen. Das Ziegelmagazin mochte aus Ziegeln gemauert sein, die Tür aber bestand aus Holz, und da so viele Leute auf sie einschlugen, würde sie bald nachgeben.

Das Gesicht wurde hin und her gestoßen. Mitten im Tumult sah er Nishimura auf dem Boden neben den Resten der Kiste liegen. Er hielt sich die blutige Stirn und bewegte den Mund, aber das Gesicht glaubte nicht, dass er verständliche Laute ausstieß – Nishimura schien unter Schock zu stehen.

Vierzig oder fünfzig Leute drängten sich vor dem Ziegelmagazin; schon zwängten sich die ersten an den langen Splittern der geborstenen Tür vorbei. Es waren viel zu viele, als dass ein einzelner Mann wie er etwas hätte ausrichten können. Oder nicht? Das Gesicht dachte an Nathan Baseman, der Chuck Corso ein Angebot gemacht hatte: Setz alles auf eine Karte, verlange nach Kanal acht und werde zu dem, was ChuckSux69 bloß zu sein vorgibt, zu einem *VERKÜNDER DER WAHRHEIT*.

Das Gesicht stürzte sich ins Getümmel und fing an, Menschen von der Tür wegzuziehen. Manche wirbelten mit gefletschten Zähnen herum und rissen die Fäuste hoch, nur um beim Anblick seines Gesichts sofort den Mut zu verlieren. Er arbeitete sich weiter vor, bis er mit blutigen Knien und Ellbogen an der Ziegelmauer direkt neben dem Loch stand, wo vorher die Tür gewesen war. Immer noch strömten Menschen ins Innere. Aus dem zweiten Stock waren Schreie zu hören. Auch hier gab es keinen Teleprompter, aber zwei Wochen Dauersendung nach dem 23.10. hatten bewiesen, dass er auch – diesmal wortwörtlich – mit dem Rücken zur Wand moderieren konnte. Die nächste Person, die hineingelangen wollte, packte er am Kragen.

»Überleg doch, was du tust! Es geht nicht nur um die Leute da drinnen! Es geht jetzt um uns alle! Denk doch nach, was du uns allen antust!«

Der Mann schüttelte ihn ab und tauchte durch das Loch. Das Gesicht bekam eine Frau am Handgelenk zu fassen.

»Karl hatte recht! Wir müssen besser sein als das! Und zwar *sofort!*«

Sie sah seine missgestaltete Visage, verzog das Gesicht und trat ihm vors Schienbein. Er schrie auf und ließ sie los; sie taumelte ins Gebäude. Als Nächstes kam ein alter Mann, der die Hände nach den scharfen Splittern der Tür ausstreckte; seine Geste wirkte beinahe hungrig. Das Gesicht bekam seinen Mantelkragen zu fassen.

»Wir dürfen nicht vergessen, dass Hexenjagden und Lynchmobs und Wildwest-Justiz …«

»Finger weg!«, knurrte der Mann.

»Wollen Sie, dass man sich so an uns erinnert? In der neuen Geschichte?«

Der Mann schlug ihm auf die Nase. Sein Hinterkopf krachte gegen die Ziegelmauer. Schwarze Sternchen, roter Schmerz, erst an der Rückseite des Kopfes, dann auch glühend von vorne. Sofort war das Gesicht wieder in Slowtown, sah den Augenblick vor sich, als Nishimura nach der Pistole im Holster gegriffen und ihm dabei mit dem kleinen Finger über die Wange gekratzt hatte. Es war ein Schlag ins Gesicht der Gemeinschaft gewesen, eine plötzliche ohrenbetäubende Erinnerung an die Wahrheit, die sie alle im Alltag angeblich vergessen hatten: Er war abstoßend, und nur ein Zombie wollte ihm zu nahe kommen, diesem zerfurchten Gesicht mit viel zu glatter Haut, mit nur einem Ohr, mit einer halben Nase, mit den vernarbten Augensäcken und dem lippenlosen Mund. Das Blut aus seinen Nasenlöchern sah schwarz aus in der Nacht, und das fühlte sich richtig an – ein Monster wie er würde kaum rotes Blut haben.

»Lass mich los, du ekelhaft hässliches Stück Scheiße.« Der alte Mann spuckte aus. »So ein hässliches Stück Scheiße wie dich sollte man eigentlich von seinen Qualen erlösen.«

Wie eine Ratte kletterte der Mann ins Gebäude, die langen Barthaare drückten sich am zersplitterten Holzrahmen vorbei. Hinter ihm drängten immer mehr Leute hinein. Das Gesicht ließ seine Hände durch die Reste seines Gesichts gleiten, während er langsam an der Wand hinunter auf den kalten Boden rutschte. Er war wieder Chuck Corso: fein frisiert und mit Armani ausstaffiert, bloß eine Stange, an der Models tanzen konnten, ein Götzendiener spiegelnder Oberflächen.

Plötzlich brandete neuer Jubel auf. Die Reste der Tür wurden von innen beiseitegetreten. Eine Karawane finster grinsender Fort Yorker zerrte die Blockhaus-Vier hervor. Ihre Gesichtszüge waren von Misshandlungen verunstaltet: Die Nasen waren platt oder schief, ausgeschlagene Zähne klebten mit Blut an Wangen und Hälsen. Einer hielt seinen Arm in einem seltsamen Winkel; ein Knochen ragte durch die Haut.

Als Ersten zerrten sie Stuart Shardlow heraus, Old Muddys große Nachwuchshoffnung im Bereich Amateurfunk, der der Neuen Bibliothek seine gewaltige Führerschein-Sammlung vermacht hatte, das Paradebeispiel des ansehnlichen, blonden, groß gewachsenen Amerikaners. Er konnte die Ergebnisse vergangener Baseball-Spiele wie Psalmen aufsagen. Das allgegenwärtige blutrote Käppi der St. Louis Cardinals war echtem Blut gewichen. Der Nächste war Reed Hollis, ein Typ, der Nishimura nervte, den das Gesicht aber mochte, da er wusste, wie gerne Reed ein Couch-Potato geworden wäre – nicht, um sich vor der Arbeit zu drücken, sondern einfach, um mehr Zeit mit seiner Lebensgefährtin und den beiden Adoptivtöchtern verbringen zu können. Auf ihn folgte Mandy Moundson, die einzige Frau und natürlich die einzige der vier, der man das Oberteil heruntergerissen hatte. Sie war als Friseurin in Old Muddy berühmt für schicke Haarschnitte und perfekte Rasuren. Ihr möwenartiges Lachen war mehrere Straßenzüge weit zu hören – und hatte eine gewisse Ähnlichkeit mit ihrem Schluchzen. Als Letzter kam Federico Riera, ein stiller, tapferer Mann, der mit großer Geduld langsam, aber sicher die Texte in der Neuen Bibliothek mit der umliegenden Flora und Fauna verglichen hatte, um neue Tier- und Pflanzenarten zu katalogisieren, eine Aufgabe, der er sich, dem komplizierten Bruch nach zu urteilen, wohl nicht so bald wieder widmen würde.

Das Gesicht glaubte zu hören, wie Lindof im Hintergrund Befehle brüllte, aber selbst dessen Stimme ging im Getöse fast unter. Eine kleine Ecke seines Gehirns machte sich Gedanken darüber, wie schnell Lindof bedeutungslos geworden war. Er war die Zündschnur gewesen, mehr nicht, und nachdem die Explosion einmal erfolgt war, war er nicht viel mehr als ein schwefliger Nachgeschmack. Auch schrie niemand mehr nach Gerechtigkeit für Shyam und Yong-Sun; sie waren bloß Ausreden gewesen. Während viele Menschen geflohen waren, drängten sich andere immer noch näher, im Fackelschein wie Tiger gemustert, und sonderten giftige Wolken kreischenden, hochexplosiven Hasses ab. Der Mob bildete eine Prozession, die in Richtung Süden an der Steinmauer entlang auf die Schießscharten in der Rotunde zustrebte. Sie leckten sich die Lippen. Sie rieben sich die Weichteile. Sie brauchten es so dringend, weil sie so lange züchtig gelebt hatten.

Eine Hand packte das Gesicht und zog. Er hielt dagegen.

»Finger weg!«, brüllte er, genau wie der alte Mann, keinen Deut besser.

Die Stimme war ganz ruhig. »Gesicht.«

»Schau mich nicht an!«

Wie konnte es jetzt noch eine ruhige Stimme geben? »Gesicht.«

Er ließ sich den Arm vom Gesicht ziehen, fühlte sich wie ein aufgebrochener Hummer, das schlaffe weiße Fleisch freigelegt und bereit, von einer mit Butter eingefetteten Speiseröhre verschlungen zu werden. Vor ihm kniete eine Frau im Gras. Er drehte den Kopf, um ihrem Blick zu entgehen, sie aber spiegelte seine Geste und drehte sich mit, und diese kleine Hartnäckigkeit war genug, um seinen Widerstand zu brechen. Er verzog das Gesicht, was es nur noch hässlicher machte, und schaute sie an.

Etta Hoffmann trug immer noch Stiefel, Rucksack und Bauchtasche von der Slowtown-Expedition. Sein entstelltes Gesicht schien sie so wenig zu stören wie immer. Vielleicht lag es daran, dass sie einfach gerade Schlimmeres erlebt hatte – den Tod ihrer einzigen Freundin. Sie schien seine Gedanken zu erraten und schüttelte den Kopf.

»Sie ist nicht tot.«

»Was? Wer?«

»Charlie.«

»Etta, es tut mir leid. Es tut mir so leid, aber sie wird sterben. Manchmal dauert es etwas länger.«

»Nein. Sie ist wieder normal.«

»Das ist eine einzige Katastrophe hier, Etta, die sind eingebrochen, haben die ins Freie gezerrt, sie sind völlig verrückt geworden …«

»Charlie ist zurückgekommen. Sie ist unverändert zurückgekommen.«

Ihr beiläufiger Tonfall sorgte dafür, dass die Worte endlich zu ihm durchdrangen wie eine Hand durch strömenden Regen. Was sie da sagte, war so einfach wie unmöglich. Das Gesicht war davon überzeugt, dass keine andere vorstellbare Aussage in diesem Moment dafür gesorgt hätte, ihn innehalten und nachdenken zu lassen. Er selbst mochte den Ruf des Verkünders der Wahrheit haben, aber Hoffmann war noch einen Schritt weiter, vollkommen außerstande, einen Sachverhalt auch nur zu verzerren, auszuschmücken oder zu umschreiben. Wenn sie sagte, Charlie Rutkowski habe einen Zombie-Biss überlebt, dann –

Das Gesicht fuhr in die Höhe. Die Ziegelwand zerfurchte seinen Rücken.

– dann sprach sie die Wahrheit, und das sollte, würde, *musste* einfach alles verändern.

»Nishimura.« Ein kläglicher Laut, eines Nachrichtensprechers unwürdig. Das Gesicht räusperte sich, befreite seine Kehle von verschlucktem Blut und Selbstmitleid und Furcht. *»Karl!«*

Er packte Hoffmanns Rucksack und zog sie die kleine Anhöhe hinauf hinter sich her, wo Nishimura saß, noch immer benommen. Das Gesicht ging auf die Knie, rammte sich dabei ein paar Splitter von der zertrümmerten Kiste ins Fleisch, nur eine weitere Verletzung, die es zu ignorieren galt, und schüttelte die schlaffen Handgelenke des Mannes, als wären es die beiden Enden eines Springseils.

»Karl! Wach auf! Sieh mich an!«

Nishimura schlug die Augen auf und blinzelte durch Blut und Tränen ihn und Hoffmann an.

»Es tut mir leid«, flüsterte er.

Als das Gesicht diese Worte aus dem Mund des kühnsten Bewohners von Fort York hörte, hatte er das Gefühl, sein Knochenmark schwölle an, bis es die Knochen von innen zum Bersten brachte – und das war das Beste, was ihm passieren konnte. Sein alter Fitnesstrainer Xander hatte immer gesagt, wahre Stärke hätte nur der Körper, der erlittene Wunden eigenständig reparieren konnte. Das Gesicht packte Nishimura an den Schultern.

»Du warst sensationell, Karl. Du hast mich stolz gemacht.« Das entsprach der Wahrheit, und schon spürte er, wie der Heilungsprozess einsetzte.

»Sie haben einfach nicht zugehört …«, sagte Nishimura.

»Karl, du musst hören, was Hoffmann zu sagen hat.«

»Alles zwecklos. Die werden niemals …«

»Steuermann Karl Nishimura!«, brüllte das Gesicht. »Du hörst jetzt auf der Stelle Hoffmann zu, oder ich zerre deinen Arsch vor ein Kriegsgericht!«

Niemand, der sein ganzes Leben lang militärische Befehle entgegengenommen hatte, konnte sich ihrem bedrohlichen Klang entziehen. Nishimura riss die Augen auf; sein Blick wurde klar und stechend.

»Jawohl«, sagte er. »Ich höre.«

Während Hoffmann redete, ließ das Gesicht seinen Blick durch das Fort schweifen. Es war so gut wie verlassen. Von der mächtigen Autobahnbrücke droben und den Hochhäusern ringsum hallte das Geschrei des irdischen Rachefeldzugs wider, dessen Position anhand der Wolke Funken sprühender geschwenkter Fackeln unschwer zu erkennen war. Als er wieder seine Freunde betrachtete, hatte Hoffmann abermals gesiegt.

»Helft mir auf.« Nishimura streckte beide Hände aus. »Wir müssen es ihnen sagen.« Sie zogen ihn auf die Beine. »Und zwar *schnell.*«

Dies war anders, als gemeinsam auf Zehenspitzen durch Slowtown zu schleichen. Zu dritt rannten sie auf den Fackelschein zu. In ihrer Eile und im Kielwasser einer Schneise der Verwüstung trampelte das Gesicht zarte Pflanzen im Garten nieder, Nishimura brach ein Stück der Großen Sonnenuhr ab. Hoffmann erwischte es am schlimmsten. Sie war bereits etwas zurückgefallen, als das Gesicht hinter sich einen dumpfen Aufprall hörte. Er schaute sich um und sah sie im Gras liegen. Sie war gegen das unbeleuchtete Brunnenhäuschen vor dem Arsenal gelaufen, hatte sich zwar schon wieder auf beide Hände gestützt, war aber sichtlich benommen.

Nishimuras Schrei ertönte aus der Nähe des Trockengrabens.

»Beeilung!«

Hoffmanns Gesicht war im Mondschatten nicht auszumachen. Also war auch seines nicht zu erkennen, und so schrecklich er auch aussah, betrübte es ihn, dass sie einander in diesem Moment nicht sehen konnten, denn es mochte das letzte Mal sein. Gleichzeitig fühlte er sich ermutigt. Die Bibliothekarin hatte sein Gehirn aus dem Treibsand gezogen. Sie würde nicht mit den Männern mithalten können, aber zu ihren vielen Qualitäten zählte die Unfähigkeit, beleidigt zu sein. Das Gesicht flüsterte einen schnellen Abschied und rannte hinter Nishimura her, der gerade über die nicht mehr funktionsfähigen 18-Pfünder-Kanone an der südwestlichen Ecke des Forts kletterte.

Dahinter lagen die Straßen von Groß-Fort-York, ehemals die Uferpromenade von Toronto. Das geschwungene Band des Fort York Boulevard; die eiförmigen Wohntürme der Waterpark City; die Straßenbahnschienen auf der Fleet Street, noch immer instand gehalten in der Hoffnung, sie eines Tages wieder benutzen zu können; der niedliche kleine Leuchtturm am Queen's Wharf mit seinem roten Dach, tagsüber Treffpunkt für Arbeitsgruppen, nachts für Frischverliebte. Mitten auf dem siebenspurigen Lake Shore Boulevard holte das Gesicht Nishimura ein. Zertrampeltes Gras markierte den Weg der Karawane.

Der Coronation Park war kaum größer als die drei Softball-Felder, die er einst beherbergt hatte und von denen zwei längst dem Getreideanbau gewichen waren. Eine Gruppe von Sportfans, unter ihnen auch Stuart Shardlow, hatte das dritte Feld weiterhin in bespielbarem Zustand gehalten, das Außenfeld penibel gemäht, das Innenfeld weich und ebenmäßig aus geharkter Erde. Man hatte Stuart, Reed, Mandy und Federico auf der Werferplatte in die Knie gezwungen. Ein Brei aus Tränen, Rotz und Blut baumelte von den vier Gesichtern. Eine Rotte kreischender, johlender, zischender Menschen hatte sie eingekesselt, dahinter tummelten sich Kinder am Spielfeldrand, eindeutig begeistert von der nächtlichen Aufregung.

Ein Mann saß allein am rechten Spielfeldrand, den Kopf zwischen die Knie gelegt. Nishimura rannte zu ihm und ging in die Hocke, das Gesicht blieb hinter ihm stehen. Es war Seth Lowenstein, ein enger Freund von Charlie, und der erste Gedanke des Gesichts war, dass er ans Ufer gekommen sein musste, um ihren Tod zu betrauern. Falls dem so war, hätten sie sensationelle Neuigkeiten für ihn. Dem war nicht so. Lowenstein hielt die Knie weit genug auseinander, um Blut ins Gras zu spucken.

»Was ist passiert?«, fragte Nishimura energisch. »Geht es Ihnen gut?«

»Wir haben versucht, ihnen von Charlie zu erzählen«, murmelte Lowenstein.

»Wer ist wir?«, fragte das Gesicht.

»Hart und ich. Sie haben gar nicht zugehört.«

Das Gesicht wandte sich um und suchte wie nach einem vermissten Ball das Spielfeld ab. Keine fünfzehn Meter weiter sah er einen zweiten Körper im Gras liegen. Reglos.

Lowenstein stöhnte. »Wir haben versucht, sie aufzuhalten.«

Falls Hart noch am Leben war, würde Lowenstein ihm helfen müssen. Nishimura sprang auf, plötzlich wieder junger Seemann statt achtundfünfzigjähriger Organisator, und rannte auf den grellorange im Fackelschein leuchtenden Schwarm der Leiber zu. Ihr Geschrei war lauter als jeder gemurmelte Hilferuf. Das Gesicht rannte hinterher. Zwischen Lowenstein und den Blockhaus-Vier lagen etwa dreißig Meter; sie hätten nur wenige Sekunden brauchen sollen für diese Strecke. Das Gesicht fragte sich, warum es gefühlt vier ganze Lebzeiten dauerte.

Auf dem Weg dorthin sah er viele Dinge. Er sah Richard Lindof, der am Kopfende des immer enger werdenden Kreises stand und grinste; die Flammen spiegelten sich in seinen Zähnen. Er sah Arme so lang wie die Beine riesiger Grashüpfer – weil sie Baseballschläger hielten. Wahrscheinlich hatten sie wie immer neben dem rostigen Zaun an der Rückseite des Spielfelds gelegen. Manche schwangen sie so gekonnt, als sollte hier gleich ein offizielles Spiel stattfinden, andere reckten sie in die Höhe wie Höhlenmenschen ihre Keulen. Höhnische Münder, durch die Flammen zu Fratzen verzerrt, feuerten sie an, endlich zuzuschlagen.

Er sah die ersten Schwünge, die Rakete in Federicos Rippen, die Ramme in Reeds Schulter, den Torpedo in Mandys Magengrube, den horizontalen, sauber geführten Schlag in die Mitte von Stuarts Gesicht. So viel Blut spritzte so schnell auf, dass sich die Spritzer gegenseitig trafen und die Blutkörperchen wie Kolibris umhertanzten. Das Gesicht, das sich in seinem Leben durch Tausende langweilige Sportberichte gequält hatte, begriff auf der Stelle, wie unvermeidlich die Baseballschläger waren, ein ebenso mächtiges Symbol der USA wie die Waffen der amerikanischen Truppen, die Fort York zum ersten Mal zerstört hatten.

Das Gesicht hörte jetzt die trockene Erde des Innenfelds unter den Sohlen, schien aber noch immer nicht voranzukommen. Die Schläger sausten herab, bis schließlich das erste Messer seinen obligatorischen Auftritt hatte und Federico in die Halsader fuhr. Die Blutfontäne spritzte über einen Meter weit. In Old Muddy besaß jeder ein Messer; sie waren einfach sehr praktisch. Mandy stach man in die Brust, ihre Zunge zuckte wild zwischen den schwarzen Schüben ihres Herzbluts. Überall hüpften Menschen auf und nieder, als wäre dies ein Konzert, als wären sie alle jung und unbesiegbar, und es war Mord, der diese Reaktion hervorgerufen hatte, nicht Charlies Sieg über den Untod. Stuart kroch blind und mit eingeschlagenem Gesicht in Richtung First Base, bis er mit hundert Messerstichen liegen blieb, bis sein Wollmantel, sein Baumwollhemd, seine Haut und seine Muskulatur einen einzigen zähvioletten Matsch bildeten. Reed stachen sie mehrmals ins Gesicht, Fetzen aus Wangen, Kinn, Nase und Ohren flogen wie Holzspäne davon, sodass er aussehen würde wie das Gesicht, sollte er die Sache überleben, was nicht passieren würde.

Das Gesicht konnte nicht genau sagen, wann er die Menge schließlich erreichte. Er wusste nur, dass er fremde Leiber spürte, klebrig und zuckend wie neugeborene Mäuse, die ihn hin und her stießen. Nishimura war ganz in der Nähe; mehrfach stießen auch sie zusammen, bis ein riesiger Mann Nishimura von den Füßen hob und ihn forttrug. Das Gesicht ging zu Boden. Durch die geharkte Erde nahe der Second Base sah das Gesicht die Leichen der Blockhaus-Vier, die mit Stiefeltritten, Dreck, Steinen und Urin überschüttet wurden. Alle Messer blieben gezückt; der größte Spaß stand ja noch aus. Für diese vier würde es kein Hospiz, keinen Sterberaum, kein Bolzenschussgerät geben. Die Leute ringsum tigerten auf und ab, warteten, wischten das Blut von ihren Waffen. Das Gesicht grub sein Kinn in die Erde. Jetzt aufzustehen hätte die Baseballschläger angelockt, die überall im Feuerschein glitzerten.

Jeder wusste, dass die Wiederbelebungszeit nicht genau abzuschätzen war. Es konnte zwischen zwei und zwanzig Minuten dauern – bei winterlichem Klima sogar bis zu zwei Stunden. Das Gesicht wusste nicht, wie viel Zeit verging, aber es war mehr als genug. Mit gleich vier ausstehenden Wiedergeburten war es wirklich mehr als genug. Die Blockhaus-Vier rührten sich nicht. Die ersten Leute murmelten ratlos. Dann entgeisterte Rufe. Wilde Erinnerungsfetzen, dass Hart und Lowenstein irgendetwas über Charlie Rutkowski gerufen hatten. Konnte das sein? Je mehr den Leuten die Wahrheit dämmerte, desto mehr schrien und weinten. Das Gesicht fragte sich, ob er Erleichterung fühlen durfte. Aber nachdem er Rochelle Glass und Nathan Baseman erlebt hatte, nach Scotty Rolph und Ramsey Dylan, nach den Generalsschwestern Spalding und Coppola, nach Richard Lindof konnte er schlechte Nachrichten so gut lesen wie Nishimura ein Schiffslogbuch. Sie waren noch lange nicht über den Berg.

»Wir haben das erreicht!«, schrie Richard Lindof. »Wir alle zusammen!«

Keuchen, Schluchzen, Flüche, Wehklagen, Geschrei.

»Nein«, sagte das Gesicht. Kalte trockene Erde wehte ihm in die Augen.

»Bringen wir es zu Ende! Machen wir Schluss damit! Das ist *die* Gelegenheit!«

Jubel, Pfiffe, Rufe, Klatschen, Begeisterung.

Die Männer stürmten voran, wie sie es immer taten, fielen auf die Knie und rammten ihre Messer in totes Fleisch. Sie wüteten wie die Fleischfresser, die sie tief im Innern immer geblieben waren. Einer der Männer trug einen Baseballhandschuh in der unbewaffneten Hand, und als er ihn ganz öffnete, stellte er das perfekte Kissen für Stuarts abgetrennten Kopf dar. Drei weitere Männer sammelten die Köpfe von Reed, Mandy und Federico ein und reckten sie in die Höhe, begleitet vom irren Kreischen der anderen Fleischfresser, deren Hunger auf frisches Blut neu entfacht war.

Jemand hatte die Baseballschläger bereits in die festgestampfte Erde gerammt.

Die Griffe waren stumpf, aber die abgesägten Köpfe mit ihren zerfetzten Muskeln, abgerissenen Luftröhren und gelösten Rückenwirbeln boten kaum Widerstand, als sie auf die Schläger gespießt wurden. Stuart Shardlow, Reed Hollis, Mandy Moundson und Federico Riera wurden zu blutbefleckten, vor Hitze dampfenden Schinkenstücken, die mit tiefroten Augen in diese Welt hinausstarrten, die keinen Bedarf mehr für sie hatte, weder lebendig noch tot. Endlich wieder Köpfe auf Pfählen! Diese Statussymbole, die Lindof so sehr schätzte. Er stolzierte so dicht zwischen den Prunkstücken auf und ab, dass ihre ausgestreckten Zungen feine rote Linien auf seine Ärmel malten.

Die Hälfte der Menge war bereits weitergestürmt, auf zum nächsten Ziel. Lindof hingegen sah nicht so aus, als hätte er es besonders eilig. Dicht vor dem Gesicht blieb er stehen. Zum ersten Mal zuckte er nicht zurück, verzog nicht angewidert die Miene.

Er grinste geradewegs auf ihn herab. Die Flammen in seinem Rücken vollendeten seine Metamorphose zu Bela Lugosi.

»Auf nach Slowtown!«, rief er den verstreuten Jüngern zu, die noch in der Nähe standen und ihn mit Jubelschreien priesen. »Alle auf nach …«

Eine Blutblase und ein frischer Fleischstreifen zischte durch die Luft. Eine stählerne Pfeilspitze ragte aus Lindofs Brust. Er klappte den Mund auf, fand aber endlich keine Worte mehr. Seine Finger wackelten zierlich, ehe seine Arme, sowohl der normale als auch der verkümmerte, mit lautem Klatschen zu den Seiten herabfielen. Lindof ging zu Boden wie ein gefällter Baum und wirbelte eine Wolke staubiger Erde auf. Richard Lindof starb – Himmelherrgott gerade in dem Moment, in dem sich die Zombies nicht länger rächen konnten. Als das Gesicht an der glotzenden Menge und den vier grinsenden, aufgespießten Köpfen vorbei in die Ferne schaute, sah er sie dort noch immer in schussbereiter Haltung stehen. Greer Morgan.

DAS HERZ HERAUSZUSCHNEIDEN

Greer war dem verheißungsvollen Zauber von Old Muddy nie vollends erlegen. Umso verwunderter registrierte sie, was für Gefühle der Anblick des brennenden Forts in ihr auslöste. Der Atem wand sich wie ein Bandwurm aus ihrer Lunge, sie würgte heftig, hustete und spuckte, bis es sich anfühlte, als hinge ihre Lunge irgendwo auf Magenhöhe.

Dem Gesicht an ihrer Seite erging es nicht viel besser. Er klammerte sich an sie, um sich überhaupt auf den Beinen halten zu können, und riss sie damit fast selbst zu Boden; sie musste sich ebenfalls an ihn klammern, und so fanden sie ein seltsames Gleichgewicht. Das Erste, woran sie denken musste, war der Anblick der schmelzenden Tankstelle in Bulk, Missouri, die ungehindert ausgebrannt war, während sich nebenan auf dem Platz Team Horti-Plastics und die Flüchtlinge aus den Raskey-Appartments zum Kampf gerüstet hatten. Jetzt sah es nicht besser aus; das Ziegelmagazin mochte aus Ziegelmauern bestehen, aber das hinderte die Flammen nicht daran, den Innenraum und das Dach zu fressen. Die Begriffe für einstürzende Gebäude rotierten durch ihren Kopf. Bald würde sie dies einen *Abstauber* nennen können, falls sie dann immer noch hier war.

Auch die beiden steinernen Offizierskasernen standen in Flammen, was bedauerlicherweise nur angemessen war. Sie waren die Brutstätte aller revolutionären Ideen dieser Siedlung gewesen, und obwohl Greer bei den öffentlichen Brainstorming-Sitzungen oft die Augen verdreht hatte wie damals bei den Treffen des Sunnybrook-Clubs, begriff sie jetzt instinktiv, dass sie eben doch an all das geglaubt hatte. Warum hätte sie dieser Sache sonst dreieinhalb Jahre ihres Lebens, all ihre Energie, ihre Pfeile und ihre Bögen opfern sollen? Manches davon hatte sie Muse zuliebe getan, aber längst nicht alles.

Auch Bäume brannten. Und ein Teil des Rasens. Am schlimmsten war der Anblick des Gartens – ein einziges Inferno, die einzelnen Pflanzen zischten und knackten und rollten sich zu Ascheskeletten zusammen. Irgendwo stand eine Person in Flammen und schrie, während andere Leute versuchten, ihre Kleidung auszuklopfen – es sei denn, sie wollten sie einfach erschlagen und sich nehmen, was immer die Person geplündert hatte.

Das Gesicht zeigte auf etwas, Greers Blick folgte seinem Finger. Im Vordergrund des brennenden Ziegelmagazins zeichneten sich wie Scherenschnitte die Silhouetten der Menschen ab, die ins Blockhaus Ost rannten und mit Armen voller Suppe, Reis und Bohnen wieder hervorkamen – vor allem aber mit Alkohol. Die Flammen wirbelten wie Karamellstrudel in den durchsichtigen Flaschen. Sie fühlte die eisigen Tränen des Gesichts auf der heißen Haut ihres blanken Arms, den sie über seine Schulter geschlungen hatte, und verstand seine Trauer. Diese Menschen verübten gerade das gleiche Verbrechen wie die Blockhaus-Vier – die sie kurz vorher mit eigenen Händen fröhlich abgeschlachtet hatten.

Sobald Marion Castle und Etta Hoffmann Charlie Rutkowski auf der Bahre in den Sterberaum getragen hatten, war Greer so schnell wie möglich aus dem Hospiz gelaufen. Sie ertrug weder die mönchische Schicksalsergebenheit des Gesichts noch Nishimuras lästiges Mitgefühl. Ihre Jagd nach Muse war der Grund dafür, dass Charlie gebissen worden war, so einfach war das. An der Bathurst war sie scharf rechts abgebogen und bis zum Little Norway Park gelaufen, der die Grenze zum York Harbour bildete. Auf einer Bank in der Nähe der Zombie-Verbrennungsanlage hatte sie sich niedergelassen und den Bogen wie den Leichnam einer geliebten Person im Arm gewiegt. Papa? Mom? Conan? Oder Charlie?

Tief im Innern hatte sie Charlie geliebt. Wer auch nicht? Warum aber hatte sie dann immer so getan, als sei ihre Liebe zu Muse viel wichtiger? Weil er die Taube war? Kein Zombie-Hund namens Willy konnte ihn beschützen. Er brauchte eine Löwin.

Ihre aufmunternden Gedanken verhallten im Nichts. Schließlich war der Mist, den Muse abgelassen hatte, hochgradig idiotisch. Nur ein krankes Hirn würde sich die Körpersäfte von Frau Häuptling injizieren, um Teil einer antiviralen Lösung zu werden. *Wenn die Welt wirklich eine Chance haben soll, müssen wir Körper und Seele wieder zusammenfügen,* hatte er gesagt. Das hatte echt bescheuert geklungen, aber jetzt, wo sie hier herumsaß und über die kalte graue Bucht hinausschaute – scheiße, wer konnte das schon genau wissen? *Das Fort ist nur ein Zwischenschritt, der uns nicht weiterbringt,* hatte er außerdem gesagt, und nach den fernen Schreien zu urteilen, die jetzt zu hören waren, mochte er da durchaus recht gehabt haben.

Lindofs lärmender Mob, denn nur darum konnte es sich handeln, rückte immer näher. Greer ließ sie kommen. Sie zog die Beine an, atmete den Zimthauch der Zombie-Asche ein und fragte sich, ob dies in ausreichender Menge einen ähnlichen Effekt hatte wie Muse' Injektion. Wäre sie ein Zombie, könnte sie ohne Schuldgefühle und ohne Angst nach Slowtown gehen, Muse finden und ihn weiter so lieben wie in den vergangenen fünfzehn Jahren.

Sie ließ sich so tief in diesen seltsamen, angenehmen Gedanken sinken, dass sie das Schluchzen erst bemerkte, als es zu Schreien wurde. Sie schnippte sich die Bogensehne gegen den Unterarm. Das belebte: Sie sprang auf und lauschte in den Wind, wie sie es auf ihrer Reise durch den Osten Amerikas so oft getan hatte. Der Tumult kam aus dem Coronation Park, und der Schärfe der Klänge war eindeutig zu entnehmen, dass es hier nicht um Zombies ging.

Was im alten Toronto ein kurzer Weg von knapp drei Häuserblocks gewesen wäre, wurde durch die erodierte Bucht erschwert. Greer war gezwungen, über den Lake Shore Drive auszuweichen und von dort den Martin Goodman Trail zu nehmen. Unterwegs musste sie sich eingestehen, dass es sich gut anfühlte, wieder auf der Pirsch zu sein, zu jagen, durchs Unterholz zu schleichen und unwegsame Pfade zu bewältigen. Dafür kam sie aber nur langsam voran, und als sie das Dickicht verließ, fand sie nur noch zwanzig Leute vor. Vierundzwanzig, wollte man die aufgespießten Köpfe mitzählen.

Seit Beginn des Zweiten Mittelalters hatte sie Hunderte, wenn nicht Tausende aufgespießte Köpfe gesehen. Nie jedoch derart frische. Ihre Augäpfel glänzten. An den Griffen der Baseballschläger, die durch ihre geöffneten Münder zu sehen waren, lief noch dunkles Blut herunter. Die Köpfe waren so entstellt, dass Greer sie womöglich nicht hätte identifizieren können, wären ihr die Namen nicht sowieso sofort klar gewesen: Stuart, Reed, Mandy und Federico, die ersten Opfer einer neuen Art von Mittelalter.

Greer tötete Lindof. Sie empfand nichts dabei außer der Reue, es nicht schon früher getan zu haben. Sie sah das Gesicht seitwärts stolpern, sich nur mit Mühe auf den Beinen halten. Sie stützte ihn. Er plapperte drauflos, dass Charlie doch nicht gestorben sei, und gestikulierte in Richtung Fort. Da erst begriff sie, dass es mehrere Stunden zu früh war, als dass die Morgenröte den Himmel bereits hätte erhellen können.

Jetzt also auch das noch: eine Feuersbrunst, die ganze Utopie stand in Flammen, und nicht etwa aus einem Verlangen nach Gerechtigkeit, wie Lindofs Jünger behaupten mochten, sondern getrieben vom Hunger, Dinge zu besitzen, die, bei Tageslicht – bei *jedem* Licht – betrachtet, niemanden von ihnen eine Spur glücklicher machen würden. Wie sie da mit bloßen Händen die Mauer abtrugen. Wie sie sich bei den nördlichen Schießscharten versammelten und aufgeregt mit den Fackeln in Richtung Slowtown zeigten. Mehr, mehr, immer mehr, bis nichts mehr übrig war.

Das Gesicht quittierte die Plünderung von Blockhaus Ost mit lautem Stöhnen. Greers Blick aber wanderte höher und weiter, bis auf die andere Seite der angrenzenden Straße. Dort loderte das größte aller Feuer, die aufgequollenen Rauchwolken darüber wie gischtgekrönte Sturmwellen, jede Feuerzunge ein Stück Zivilisation, das abgerissen wurde, um das weiße Nichts dahinter zu entblößen. Die wabernden Funken waren Papierseiten, begriff

Greer, aus Büchern, Zeitschriften, vielen Hundert Aktenordnern. Die Neue Bibliothek brannte völlig nieder.

Etta Hoffmann stand mitten auf der Straße und starrte hinauf in die Flammen, ihre starre Haltung ein krasser Kontrast zu den unzähmbaren Feuerwalzen. Ein Schneesturm aus verkohlten Papierfetzen fiel auf Hoffmanns Kopf, ihre Schultern, ihre Füße, ihre blöde Bauchtasche. Sie wirkte gelassen, als hätte sie all das schon einmal erlebt. Oder zumindest darüber gelesen.

Fünfzehn Jahre unermüdlicher Arbeit, alles verloren. *Hoffmanns Archiv der Erzählungen aus der Neuen Welt* in Rauch aufgegangen. Die geplante Reproduktion und Verbreitung vereitelt. Einst hatte Greer dieses Projekt belächelt; jetzt fühlte es sich an wie der Verlust eines lebenswichtigen Organs. Mi corazón, ächzte sie, mi corazón. Alles, was sie erlebt hatten, würde aus dem kollektiven Gedächtnis verschwinden.

Keine Millionen, die gestorben waren.

Keine Milliarden Knochen übers Land verstreut.

Nichts davon war je passiert.

Die Große Sonnenuhr bewies diese Tatsache endgültig. Der Schattenzeiger war verbogen, die Stundenlinien bis zur Unkenntlichkeit verwischt. Es gab nur noch das Jetzt. Dann ließ sie sich vom Gesicht durch den lodernden Garten zerren. Lange Flammen trafen sich über ihren Köpfen, als wären sie soeben vermählt worden und tanzten nun durch einen Laubengang mit orangeroten Blüten.

Sie kamen auf der Westseite des Forts heraus. Das Gebäude, das seit seiner Errichtung im Jahre 1815 als Steinmagazin bekannt gewesen war, wurde derart belagert, dass es fast aussah, als bestünde es aus dem albtraumhaften Holz menschlicher Gliedmaßen. Dieser Tage nannte man es das Arsenal, und die Horde wollte dringend hinein. Manche machten sich mit Hämmern und Reifenhebern am Mauerwerk zu schaffen, die meisten aber setzten jene Werkzeuge ein, die diese Nacht beherrschten – ihre nackten, blutigen Hände –, um die zerbrochenen Steine beiseitezuwuchten. An einer Stelle klaffte bereits ein kleines Loch, in dem eine Frau steckte, die schrie, man solle sie herausziehen, während sie von Männern weiter hineingedrückt wurde. Vielleicht lag es an all den Feuern ringsum, aber Greer konnte schwören, die Munition zu riechen, wie sie langsam Explosionstemperatur erreichte.

Das Gesicht zerrte sie vom Weg ab, vorbei am Arsenal. Er führte sie in Richtung Exerzierplatz, dem letzten Ausweg. Sie war ihm zutiefst dankbar für seinen Einsatz, hatte aber nicht vor zu verschwinden – heute Nacht schienen alle noch etwas in Slowtown vorzuhaben, sie eingeschlossen.

Greer entzog sich seinem Griff. Das Gesicht schaute gekränkt.

»Du kannst mit denen nicht verhandeln«, sagte er. »Die werden nicht zuhören …«

Plötzlich drehte er den Kopf nach rechts, und Greer folgte seinem Blick. Zwei Kinder hüpften um das Brunnenhäuschen herum, entfesselt zwischen all der Zerstörung, und sangen einen ihrer Reime, der nun grässlich entstellt wirkte: *Zombie, Zombie, beiß mich nicht.* Eine Plakette informierte darüber, dass der kleine Pavillon über dem 1802 ausgehobenen und sieben Meter tiefen Brunnen eine moderne Rekonstruktion sei, der gleichzeitig als Schutzdach diente – inklusive eines auf altertümlich gemachten Eimers an einer langen Kette.

Außerdem stellte er natürlich ein Sicherheitsrisiko dar und war daher bis heute mit Brettern vernagelt gewesen. Die Kinder sorgten für Abwechslung in ihrem Tanz, indem sie hin und wieder Mörtelbrocken aus den Wänden des Arsenals in den Schacht warfen. Vernachlässigbare Verwüstung angesichts der Gesamtsituation, aber das Gesicht war dafür bekannt, auch nebensächliche Details sofort zu erkennen, und als er von Greers Seite wich, um sich den Kindern zu nähern, beeilte sie sich, um vor ihm dort anzukommen. Die Kinder bejubelten die Ankunft neuer Spielkameraden. Greer schubste eins von ihnen mit dem Ellbogen beiseite – der Altersunterschied war ihr gerade scheißegal. Er würde genauso verdorben heranwachsen wie alle anderen, das wusste sie, noch bevor sie einen Blick in das tiefe Loch warf.

In sechs Meter Tiefe und kaum zu sehen hing Karl Nishimura. Während ihrer viel zu langen zweiunddreißig Lebensjahre hatte Greer die schlimmsten Massaker erlebt, aber auch ohne diese Erfahrung war sofort zu erkennen, dass sein Körper falsch aussah. Nishimuras rechter Arm, der mindestens ausgekugelt sein musste, hing schräg unter seinem Rücken. Das linke Bein war am Knie in die falsche Richtung verdreht. Der blutverschmierte Hals war zu weit gekrümmt, und sein Mund, ebenfalls blutig, stand offen, als wäre er kurz vor dem Verdursten. Greer hielt ihn für tot, rief aber trotzdem laut seinen Namen.

»Greer«, antwortete er sofort.

»Karl! Wir holen Sie da raus.«

»Die kommen, um Sie zu holen.« Sein entspannter Tonfall jagte ihr einen Schauer über den Rücken. Das Gleiche hatte Conan vor fünfzehn Jahren gesagt, bevor er weiter ehemalige Klassenkameraden abschlachtete. *Die kommen, um dich zu holen.*

»Können Sie sich am Eimer festhalten, wenn wir ihn runterlassen?«, schrie das Gesicht.

»Die werden euch auch runterschmeißen, dann sind wir ein einziger großer Haufen Gliedmaßen. Wir werden eins. Wir werden Legion.« Er kicherte. »Wer hätte das gedacht. Legion ist wir.«

»Ist Ihr anderer Arm unverletzt?«, fragte das Gesicht.

Im finsteren Loch sah Nishimuras grinsendes Gesicht aus wie ein Totenschädel. Er hob die linke Hand ins Mondlicht. Alle vier Finger hingen gebrochen von seinem Handrücken herab.

»Einer von uns muss da runter«, sagte Greer leise, während das Gesicht an der Eimerkette zerrte, um deren Belastbarkeit zu prüfen.

»Die Golems«, raunte Nishimura. »Greer, erinnern Sie sich?«

»Sie sind verletzt«, rief sie nach unten. »Versuchen Sie, sich nicht zu bewegen.«

»Sie haben gefragt, ob das nicht eine Tolkien-Figur ist, und ich hab gesagt Nein, Nein. Das sind Monster. Monster, die wir beschworen haben, damit sie uns auslöschen.«

»Die Kette könnte stark genug sein«, flüsterte das Gesicht. »Aber der Eimer wird zerbrechen.«

»Jenny hat mir das erzählt, für den Fall, dass sie stirbt. Damit ich es weitererzähle. Und jetzt erzähle ich es Ihnen, Greer.«

»Ruhe jetzt, wir versuchen hier …«

»Ich sage Ihnen das, weil es ganz danach aussieht, als würden wir die Golems ein weiteres Mal brauchen.«

Nishimuras Gelächter hallte den Schacht hinauf wie ein schwerfälliger Geist, der langsam seine Kreise zog. Greer spürte den Klang, als hätte ihr jemand eine Stimmgabel zwischen die Rippen gerammt. Das Gesicht ließ den nutzlosen Eimer frei schwingen. Seine Augen in den fleischigen Furchen schauten entsetzt. Greers Nebenhöhlen füllten sich mit Tränen. Sie könnte den Eimer damit füllen und ihn so lange in den Brunnen leeren, bis Nishimura an die Oberfläche gespült wurde.

»Sie müssen lernen, wie man sie beschwört, Greer. Die Anweisungen dazu stehen in den alten Schriften. Sie können nicht alle Bibliotheken verbrennen.«

Das Ende der Zombies war alles, was sie je gewollt hatten. Und jetzt hatten sie den dringenden Wunsch, sie erneut zu entfesseln. Greer packte die Kette. Wenn es sein musste, würde sie eine Fußschlinge daraus basteln, hinabklettern und sich Nishimura über den Rücken werfen.

»Ich komme runter!«, brüllte sie.

»Nein!«, rief das Gesicht. »Nein«, sagte Nishimura leise.

»Ich komme runter!«, brüllte sie abermals.

»Das geht nicht«, sagte das Gesicht.

»Ich muss aber!«

Nishimura: *»Sie werden das unterlassen, das ist ein Befehl!«*

Greer stolperte rückwärts über die Holzbohlen des Brunnenhäuschens und fiel auf die kalte Erde. Die Kinder tanzten um sie herum. Bänder aus rußgeschwärzter Spucke hingen von ihren Lippen. Ihre pinken Mäuseaugen glitzerten. Ihre tierischen kleinen Hände hielten die Steinchen, die sie benutzt hatten, um der Welt das Herz herauszuschneiden.

Das Gesicht fiel neben ihr auf die Knie und scheuchte die Kinder fort. Die aber wichen aus, kamen nicht einmal aus dem Tritt, und ihr bittersüßer Gesang umkreiste die beiden weiterhin. *Ich nehm den Schuss, ohne zu schreien. Zombie, Zombie, bring mich heim.*

Ein großer Lärm brandete auf, fast wie Jubel, nur gänzlich ohne Freude. Greer dachte, so müsste sich ein Rudel Urmenschen anhören, das mit vereinten Kräften die Rippen eines erlegten Mammuts aufbricht. Eine ganze Seite des Arsenals war eingestürzt. Mindestens eine Frau war von den Trümmern begraben worden, aber ihre undeutlichen Schreie gingen wie schwächliche Eiszapfen im Sturm der Zerstörer unter. Wie Ameisen ergoss sich die Menge ins Arsenal. Sie ergriffen die glatten Schenkel der Gewehre, liebkosten die langen Läufe, rissen Munitionspackungen auf und rammten die Patronen kräftig in die Waffen.

Dann standen sie da und sahen im Stahl ihrer Waffen den Widerschein der Fackeln jener anderen Gruppe, die noch immer zum Sturm auf Slowtown rief. Fackeln und Gewehre wurden noch höher gereckt, zwei getrennte Liebende auf einem überfüllten Bahnsteig. Die Waffen gierten nach den guten alten Zeiten.

Nishimuras Stimme drang aus der Erde.

»Macht euch um mich keine Sorgen. Was wollen sie mir schon groß tun? Mich in ein Lager sperren? Für meine Gesinnung natürlich. Mein Fraternisieren mit dem Feind. Das haben meine Vorfahren schon durchgemacht. Ich bin Japano-Amerikaner, versteht ihr?«

Greer schaute das Gesicht so durchdringend an, dass seine Narben im Feuerschein zu zerlaufen schienen.

»Alles klar«, flüsterte sie.

»Japanischer«, krächzte Nishimura. »Amerikaner.«

»Alles klar!«, brüllte das Gesicht, und sie war froh darüber, denn diese Wut würden sie brauchen, wollten sie noch etwas erreichen. Er packte Greer am Arm, um ihr aufzuhelfen, aber sie war schon auf den Beinen und rannte auf die nächstgelegene Schießscharte bei der nördlichen Kaserne zu, die hinaus auf die Strachan Avenue führte – nicht der schnellste Weg nach Slowtown, aber so war die Wahrscheinlichkeit am größten, dass sie vor dem

Mob dort ankamen. Das Gesicht war dicht hinter ihr, und wieder spürte Greer eine tiefe Dankbarkeit, wo sie sie doch jetzt hinein ins Getümmel führte, statt sich in Sicherheit zu bringen.

Noch immer schien sie Nishimuras Stimme im Rauch zu hören. Seine letzten Worte klangen wie eine Verwünschung.

»Amerikaner ... Amerikaner ... Amerikaner ...«

MÖGE SICH DIE WELT SANFT AUS IHNEN ERHEBEN

Die zweite Plünderung von Fort York erleuchtete ihren Weg. Die helleren Feuer der Fackeln zeigten an, dass der Mob die Niagara Street entlangzog, die östlich des Zentrums von Slowtown auf die Queen Street traf. Greer, die sich in diesen Straßen so gut auskannte wie niemand sonst, rannte auf der Strachan nach Norden, sie würden die Queen Street also zwei Blocks westlich der Meute erreichen. Und was dann? Das Gesicht hatte keine Ahnung. Wenn es nicht einmal Nishimura gelungen war, Old Muddys Untergang mit seinem gesunden Menschenverstand aufzuhalten, was konnten Greer und er da ausrichten? Bis auf Greers Bogen waren sie unbewaffnet. Unbedeutend.

Einziger Hoffnungsschimmer war die Erkenntnis, die er aus der Lektüre vieler Geschichtsbücher in der zerstörten Neuen Bibliothek gezogen hatte. *Unbedeutend* traf auf die meisten großen Menschen der Geschichte zu.

Greer hatte mittlerweile einen halben Block Vorsprung. Fort Yorks Feuersbrunst verwandelte die Pfeile in ihrem Köcher in kleine Kerzen, jede mit ihrer eigenen winzigen Flamme. Er rannte schneller. Sein schweres Keuchen ging nicht nur im Gebrüll der Masse auf der Niagara Street unter, sondern auch im fernen Wiehern der dreihundert Pferde des Forts, deren Koppel in der Schneise des Feuers lag. Nicht einmal Greers Stiefel hörte er, bis sie abrupt stehen blieb. Sie stand am Rand der Queen Street, und ihre Pose drückte große Verwunderung aus. Sie hatte die Arme ausgestreckt, als würde sie ein unsichtbares Gewand vom Boden aufheben. Ihr Kopf drehte sich nach links, dann nach rechts, aber so langsam und ehrfürchtig, dass er es sich nicht erklären konnte. Slowtown änderte sich nie; deshalb hieß die Gegend ja so.

Das Gesicht hörte es, bevor er es sehen konnte: ein getragener Ton, vielstimmig wie von einem Chor, aber er hatte diese Begriffe – von Mezzosopran bis Kontraalto, von Bariton bis Bass – nie so richtig verstanden. Es war ein Heben und Seufzen wie Schnee, der sich setzt, nur um wieder in den Himmel gewirbelt zu werden. Und unter diesem veränderlichen Summen war unregelmäßig weiche Perkussion zu hören, wie schwielige Fingerspitzen, die über verwitterte Trommeln schabten. Als das Gesicht endlich anhielt – indem er Greer bei der Schulter packte –, war diese Klangkulisse eins mit seinem Blut geworden, mit seinen Knochen und seinem Fleisch. Es war er; er war es; sie waren wir. Sie waren immer wir gewesen.

Hunderte Zombies drängten sich in Slowtown. Das Gesicht erinnerte sich an die unerwarteten Galaxien weißer Augen, die aus jedem Fenster und jeder Tür geglüht hatten, nachdem Frau Häuptling erschossen worden war. Hier standen sie nun, waren aus den Blumenläden auf die Straße getreten, aus den Cafés und Schuhgeschäften und Boutiquen und Secondhandläden und Buchläden und Eiscafés und Restaurants und Bars und den unzähligen Appartements der oberen Stockwerke. Dreihundert Zombies? Vierhundert? Fünf? Es war unmöglich zu schätzen.

Zu viele schlurfende Füße zogen zu viele alte Fußfesseln aus Fort York hinter sich her; zu viele baumelnde Arme mit zu viel daran baumelnden Fleischresten; zu viele Torsos so zerfallen, dass er andere Zombies durch die Löcher sehen konnte; zu viele Köpfe, die an zu vielen erschöpften Hälsen hingen und doch hocherhoben waren – er schwor es bei allem, worauf man noch schwören konnte, *ihre Köpfe waren hocherhoben*, die knochigen Gesichter zum Mond gereckt, zu den Flammen, zu wem auch immer, der ihnen in diese milchigen Augen schauen und sie endlich erkennen würde.

Als der Mob die Queen Street erreichte, wirkte er wie eine lebendige Flammenwand; das lag natürlich an den Fackeln, aber auch an den Waffen, die nach fünf entbehrungsreichen Jahren endlich wieder zum Einsatz gebracht werden konnten. Deshalb hatte Greer den Kopf gedreht; die Zombie-Herde zur Linken, der Mob zur Rechten. Die beiden Gruppen würden ziemlich genau dort aufeinandertreffen, wo Greer und das Gesicht jetzt standen. Beste Plätze für das letzte Gefecht, vor dem sich alle so lange gefürchtet, es herbeigesehnt oder gehofft hatten, ihm für immer aus dem Weg gehen zu können.

Vor den versammelten Zombies stand Muse King, an seiner Seite ein untoter Deutscher Schäferhund, dessen graue Zunge über den Asphalt schleifte. Muse war dürr, grau und verdreckt, hatte aber nichts von seiner Anziehungskraft verloren. Sein zittriger Gang ließ darauf schließen, wie geschwächt er war, allerdings gab es, da die Zombies ihn nicht angriffen, vielleicht auch eine andere Erklärung. Das Gesicht stellte fest, dass es ihm egal war. Er wollte zu Muse laufen, ihm die Hand schütteln und ihm sagen, wie schön es sei, ihn wiederzusehen, wie schön es wäre, ihn noch einmal spielen zu hören.

Das Gesicht musste nicht erst fragen. Die alabasterne Gitarre mit dem abgewetzten Gurt hing wie immer über seiner Schulter. Langsam, aber gleichmäßig zupften die grauen Finger einen Viervierteltakt – einfach und doch fesselnd, traurig und doch inspirierend, wehmütig und doch belebend. Jene Sorte Melodie, die sich einmal in einer Generation zur Hymne einer Protestbewegung entwickelt, die ihr ganz eigenes Feuer entfacht. Das Gesicht glaubte schon, verrückt zu werden, aber das Stöhnen der Zombies schien tatsächlich den Grundton der Melodie zu vervielfachen, in sein Lied einzustimmen. Sie harmonierten nicht schlechter als alle anderen Marschierenden vor ihnen.

Wie ein Sonnenaufgang brach die Erkenntnis über ihn herein.

»Das ist kein Angriff«, sagte er.

»Lasst ab«, keuchte Greer.

Sie schlug sich die Hand vors Gesicht, vergrub den Mund darunter, drückte ihre Nase platt und verdeckte halb ihre wild aufgerissenen Augen. Das Gesicht dachte an den *WIDERSTAND-*

Button, den Greer Frau Häuptling gegeben hatte. Ein Zufall, ganz bestimmt, aber warum nicht das Unmögliche glauben? Wann, wenn nicht jetzt, am Ende aller Dinge? Vielleicht war dieses winzige Schmuckstück der letzte Schubser gewesen, den sie noch gebraucht hatten.

Das Gesicht roch Ruß in der Luft. Die Neue Bibliothek, die Persönlichen Geschichten. Hunderte von Stunden hatte er dort mit ihrer Lektüre verbracht, und plötzlich fiel ihm eine bestimmte Zeile aus Charlie Rutkowskis Interview ein. *Ich bin losgegangen,* hatte sie gesagt. *Was könnte einfacher sein? Und was wäre gleichzeitig jemals mächtiger gewesen?*

Entweder auf einen Befehl hin oder einfach dem tief sitzenden Mordinstinkt gehorchend, verteilte sich der bewaffnete Mob über die Queen Street und bildete eine Reihe. Sie hielten die Waffen schussbereit, aber noch hatte niemand abgedrückt. Diese Menschen, die nach frischem Blut schrien, hatten selbst mehr als genug geblutet. Sie wollten ihre Schmerzen loswerden, auch wenn das bedeutete, sie weiterzugeben, indem sie ihre Waffen abfeuerten.

Aber so funktionierten Viren nicht – eine Krankheit, die auf einen anderen übersprang, verblieb trotzdem im Körper der ersten Person. Am Ende waren alle infiziert. Die Zombies waren noch einen Block von einem Zusammenstoß mit der Miliz entfernt. Das Gesicht kniete sich hin und zog Greer zu sich herab. Der Mob musste wohl glauben, dass es so etwas noch nie gegeben hatte. Aber das war ein Trugschluss. Dieser Marsch fühlte sich an wie alle Märsche der Geschichte zusammengenommen. Durch den Fleischverlust hatten die Zombies alle etwa die gleiche Form. Durch die Verwitterung alle etwa die gleiche Farbe. Ihre Ältesten, die Softies, waren zwar invalide, wurden aber von ihren Begleitern gestützt – Softie-Rippen waren mit Zombie-Beinen verhakt, Softie-Köpfe mit Zombie-Rippen. Und obwohl es unmöglich sein konnte, war auch Frau Häuptling da. Ihr unverkennbarer, mit Buttons übersäter Torso wurde von einem Zombie getragen, der dicht neben Muse King einherschritt.

Da kamen sie, die toten Körper; da standen sie und warteten, die lebendigen Seelen.

»Körper und Seele sind wieder eins«, flüsterte Greer.

Die Zombies kamen so dicht an ihnen vorbei, dass sich das Gesicht einen Fetzen modriger Haut hätte abreißen können. Er spürte die Hitze der Maden, die wie träge weiße Blutkörperchen zirkulierten. Nie würden die Fackeln der Miliz so heiß brennen können, denn jedes Feuer – selbst wenn es so groß war wie ganz Fort York – musste irgendwann niederbrennen. Die Maden aber konnte man niemals alle zerquetschen. Aus manchen würden Fliegen schlüpfen, deren Nachfahren nur darauf warteten, dass man selbst starb. Sie würden auf *dich* warten – auf dich allein. Dieses Ende musste nicht grausam sein. Es konnte sich auch als Wunder entpuppen.

Er sah Fackeln herunterfallen, sah, wie sich Gewehre und Pistolen senkten.

Die Musik, dieser herzzerreißende Viervierteltakt, ließ nicht nach. Tränen bahnten sich seltsame Wege über die perfekten Wangen des Gesichts.

Auch Greer weinte. »Du hast es geschafft, Baby. Du hast es wirklich geschafft.«

Und das hatte er. Fast. Ein einziger Knochen wollte nicht mitspielen. Die Perkussionsuntermalung, die das Gesicht gehört hatte, bestand aus dem charakteristischen trockenen *Knick-knack* der alten Zombies, nur hundertfach überlagert, bis das scharfe Schnalzen sanft wie ein Wolkenbruch klang. Die Zombies waren noch fünfzehn Meter von dem Mob entfernt, als einer der vielen Tausend Zombie-Knochen unter seiner Last entzweibrach. *Knick-KRACH!*

Es klang wie ein Schuss.

Mehr brauchte es nicht. Mehr hatte es nie gebraucht. Einer der Milizionäre drückte ab. Der Kopf eines Zombies explodierte. Als die Schädelknochen auf die Straße regneten, klangen sie wie weitere Projektile. Kugeln brachen aus dem Mob hervor, hundert auf einmal.

Greer schrie. Das Gesicht schirmte ihr Gesicht mit seinem Arm ab.

Die Zombies wurden in Stücke gerissen. Gesichter wurden eingedrückt, Hinterköpfe explodierten, Zungen rissen sich los und leckten auf der Straße über faulige Gehirnklumpen. Zähne wirbelten in hohem Bogen durch die Luft, blitzten im Fackelschein auf, flohen wie Glühwürmchen ins Dunkel. Gallertartige Gliedmaßen zerrissen und flogen davon, Fußketten klimperten wie Kastagnetten. Ganze Wirbelsäulen wurden unversehrt aus Körpern geschossen und rutschten wie knochige Schlangen über den Asphalt. Klumpen aus grauen Muskeln überall, als würden gewaltige Hände die Zombies aufbrechen, um in ihrem Innern nach Perlen zu suchen. Automatische Revolver bliesen so viele Löcher in mehrere Brustkörbe, dass diese entlang der Perforation aufrissen und die Organe sackweise hervorquollen. Schrotflinten rissen riesige Löcher in Magengruben und verspritzten Eingeweide wie Netze über die Zombies dahinter, die ebenfalls zu Boden gingen. Die Schützen rückten vor, feuerten abermals, verwandelten Schädel zu Staub, Körper zu Brei. Stumpfe Hiebwaffen zermatschten Hirne zu kleinen Pfützen, schwere Stiefel zertraten verstreute Augäpfel und Körperteile. Die Queen Street war ein einziger Fleischwolf, Slowtown eine einzige Schlachtbank. Die Rinnsteine, von den Zombies über Jahre so penibel sauber gehalten, pulsierten wie ein zähflüssiger, strähniger Sumpf aus ranzigem Blut und verflüssigtem Gewebe.

»Nichts passiert«, flüsterte das Gesicht Greer ins Ohr. Seine erste Lüge seit fünfzehn Jahren.

Erst nachdem eine große Zahl Zombies gefallen war, sah das Gesicht die Tiere. Sie hatten sich durch die Seitenstraßen herangepirscht, kamen hinter der letzten Reihe der Marschierenden näher. Es waren keine untoten Hunde, auch keine untoten Ratten oder Zombie-Hühner, sondern lebende Tiere aller Arten. Ein Bär. Ein Puma. Ein Luchs. Vielfraße, Füchse, Kojoten. Auch noch kleinere Tiere, Säugetiere und Reptilien und Insekten, die wie braunes Wasser um die Tatzen, Klauen und Hufe der größeren schwappten. Über allen aber thronte die Giraffe, die sie noch am selben Morgen gesehen hatten, ihre dicken Lippen zur selben ernsten Miene verzogen.

Das Gesicht schluchzte, als ihn eine akustische Halluzination heimsuchte. Einige Minuten später, als das Geschrei endlich nachließ, würde er das Erlebte auf die Schüsse schieben, auf das Klirren der Patronenhülsen auf der Straße, auf brechende Knochen und reißendes Fleisch. In diesem Moment aber hörte er Stimmen. Die Stimmen der Zombies. Hatte Greer sie auch gehört? Hatte der ganze Mob sie gehört und nur deshalb immer weitergeschossen, um sie zu übertönen? Oder hatte nur er sie hören können, weil er doch Reporter von Beruf war und Zeugnis der Ereignisse ablegen sollte?

Die Zombies bezeichneten sich selbst als *Du*. Du warst eine Familie mit dem Namen Cooper, erschlagen in einem modrigen Keller, und wünschst Dir, Du hättest Dein Leben in Liebe beenden können. Du warst ein Mann namens Roger und hast Dich gefragt, ob das, wofür Du gestorben bist, überhaupt etwas bedeutet hat. Du warst eine Gruppe von Freunden namens Sarah und John und Bill, verhungert auf einer verlassenen Tropeninsel, und hast Dich selbst im Sieg gefragt, wie Du andere hättest retten können. Und so weiter und immer weiter, eine Litanei der Reue, so unsäglich traurig, weil es nicht auf diese Weise hätte enden müssen. Wir hätten alle zusammen so glücklich sein können.

Das Gesicht vergrub sein rußbedecktes Antlitz in Greers rußbedeckten Haaren und roch in ihrem Schweiß und ihren Tränen jene Teile ihres Körpers, die sich eines Tages in Fäulnis verwandeln würden, aus der vielfältiges neues Leben entstehen sollte. Er zwang sich zu lächeln; ohne es zu wollen, küsste sein lippenloser Mund ihre Kopfhaut. Der Kuss sorgte dafür, dass er sich besser fühlte, wenigstens ein bisschen. Tief in uns gibt es keine Erbsünde, nichts Böses, vor dem man Angst haben sollte, nichts, was man bereuen müsste. Unsere Körper enthalten alles. Möge sich die Welt sanft aus ihnen erheben.

ALL IHRE LIEBLINGSLIEDER

Die Sprengsätze, für die sich Richard Lindof starkgemacht hatte, waren bereits gebaut worden. Greer hatte genug Ahnung von der Materie, um zu wissen, dass sich so etwas nicht in ein paar Stunden bewerkstelligen ließ. Die ersten richtigen Sprengstoffe hatten auf Schießpulver basiert, für dessen Herstellung man Holzkohle, Schwefel und Salpeter benötigte, und gerade Letzteres war wirklich aufwendig zu produzieren. Neben anderen unangenehmen Produktionsschritten musste man zum Beispiel Kalkwasser durch Dung filtern. Im Nachhinein war aber vor allem der zweite wichtige Sprengstoff der Menschheitsgeschichte in Fort York quasi problemlos herzustellen, denn er bestand aus Nitroglyzerin. Und wo fand man den Hauptbestandteil von Nitroglyzerin?

Als Nebenprodukt der Seifenherstellung.

Ihr bitteres Lachen klang wie ein Schlag ins Gesicht. Lange waren die Hände der Bewohner von Old Muddy so sauber gewesen! Jetzt waren sie umso schmutziger. Als sie hörte, wie Erwachsene den anwesenden Kindern das handgemachte Dynamit erklärten, begriff Greer, dass dessen Produktion schon vor Lindofs Ankunft im Gange gewesen war. Vielleicht war Lindof als Katalysator nie nötig gewesen. Vielleicht war Lindofs Tod durch einen ihrer Pfeile am Ende irrelevant. Vielleicht hatte diese Nacht so oder so kommen müssen.

Sie und das Gesicht standen noch immer verloren am Rande der Queen Street und umarmten einander. Eine Zeit lang hatte er sie zurückhalten müssen. Sie hatte Muse finden, ihn aus der Schusslinie zerren wollen. Aber sobald die Mitglieder der Protestbewegung in Stücke gerissen wurden, hatte das Gesicht ihr kurz eine

Hand vors Gesicht gehalten, so hatte sie Muse aus den Augen verloren. Das Gesicht hatte nicht versucht, sie vom Geschehen wegzuzerren, dafür war sie ihm dankbar. Sie mussten das Gemetzel beide bis zum Ende mit ansehen. Zur Strafe. Denn auch sie waren nicht ohne Schuld.

Nur wenige bemerkten sie überhaupt, wie sie da standen, und diese wenigen ignorierten sie. Einige von ihnen mochten Nishimura-Sympathisanten gewesen sein, aber die Zeit für solche Unterscheidungen war vorbei. Die Verwüster schienen die heutige Nacht als Neuanfang zu betrachten. Greer hielt sie für das Gegenteil: Das hier war bloß der Beginn eines weiteren langsamen, hässlichen Endes. Sie drückte ihre Wangen noch inniger an die des Gesichts. Sie spürte jedes Tal und jeden Hügel seiner Narbenlandschaft und fragte sich, ob ihr Gesicht wohl die gleichen Konturen annehmen würde, wenn sie nur hart genug drückte, um so ihre Scham vor aller Welt verbergen zu können, auch vor sich selbst.

Davon, dass Benzin in Fort York immer rationiert worden war, war jetzt nichts mehr zu spüren, denn ganz Slowtown schien mit dem Zeug überschüttet zu werden: Zombies, Softies, Bäume, Häuser. Schon brannten ein Dutzend Feuer, schlugen die Flammen mehrere Stockwerke hoch. Zombies wurden in die Brandherde geworfen. Manche zuckten noch, manche stöhnten noch. Ihre trockene Papierhaut fing unglaublich schnell Feuer. Die feuchten Organe zerschmolzen zu schwarzen Pfützen, die wie Tierfett zischten. Am Boden jedes Feuers sammelten sich Haufen aus versengten Knochen, verschränkt wie Finger.

Wer Alkohol aus dem Blockhaus gestohlen hatte, trank ihn auch. Der Gestank der Spirituosen war so stark wie der Gestank der Toten. Gesichter und Brustkörbe glänzten vor verschütteter Flüssigkeit. Überall Jubel und Gesang. Ein Mann leckte einer Frau Whiskey aus dem Gesicht, während lautes Kichern aus ihrer gekrümmten Kehle erscholl. Ein anderer Mann kniete neben einem Jungen und ließ ihn von einer rostigen Bierdose probieren. Zwei Kinder traten den Kopf eines Zombies wie einen Fußball über die

Straße und johlten, als er ins Feuer krachte. Ein Dutzend junge Männer und Frauen hatten sich nackt ausgezogen und tanzten um ein großes Feuer, grölten alte Hits, der Schweiß schimmerte auf ihren Rippen – so bebend, so hungrig. Auch Sex war überall im Gange: Frauen mit Frauen, Männern mit Männern, Männer mit Frauen, Männer mit Zombies – oder zumindest mit deren Körperteilen. Durch die fünf Jahre des Anstands, die ihr vorausgegangen waren, wirkte die Orgie umso ungehemmter.

»Tiere.« Die Stimme des Gesichts war heiser vom Rauch.

Greer hielt den Blick auf die Festlichkeiten gerichtet; noch immer hoffte sie, irgendwo im Feuerschein die Silhouette eines dürren Mannes mit federndem Gang zu entdecken, mit einer Gitarre über der Schulter und einem Hund an seiner Seite. Oder wenigstens die leisen, hoffnungsvollen Klänge dessen zu hören, was ein prophetisches Lied hätte sein sollen. Ein Schuss fiel; nahe genug, dass sie zusammenfuhr.

»Echte Tiere«, fuhr er fort. »Ich schwöre, ich hab sie hinter der Menge herlaufen sehen. Giraffen, Bären, Waschbären. Jetzt sind sie weg. Ich bin wohl doch verrückt.«

Verrückt bedeutete aber nicht unwahr. Muse King an einer Kreuzung im Niemandsland zu treffen war verrückt gewesen. Mit ihm gemeinsam Amerika zu bereisen war verrückt gewesen. Ihn lebendig inmitten von Zombies zu finden war verrückt gewesen.

»Das ist nicht verrückt«, gab sie zurück, schaffte es irgendwie, ihrer wunden, schmerzenden Kehle Geräusche zu entlocken. »Sondern erstaunlich.«

Als wäre dies das Zauberwort gewesen, stand er plötzlich da, Muse King, alias King Kong, alias KK für seine Freunde. Hewitt, seine Gibson Les Paul von 1978 mit Ahornhals und Mahagoni-Korpus in einem speziellen Schneeweiß, war verschwunden, nur ihr Tragegurt hing ihm noch um den Hals und klapperte über den Asphalt. Greer hätte ihn überall erkannt: die langen Gliedmaßen, der leicht eingesunkene Brustkorb, der zottige Bart, die Konturen seiner Lippen. Er wurde von zwei Männern getragen; einer hielt die dürren Schultern, der andere die nackten Füße. Greers Herz schien explodieren zu wollen, als wäre alles Nitroglyzerin von ganz Missouri darin. Die schleppten Muse mit sich, als wäre er ein Müllsack.

Sie sprang auf und riss sich aus der Umarmung des Gesichts. Muse' Zustand war bereits vorher unklar gewesen, sein abgehackter Gang entweder der eines Zombies oder der eines verhungernden Kranken. Vielleicht war er noch am Leben, vielleicht befand er sich irgendwo an der Grenze, aber so oder so waren die beiden, die ihn trugen, viel zu besoffen – von Alkohol oder Allmachtsfantasien –, um mehr in ihm zu sehen als bloß einen weiteren wertlosen Ghul.

Sie sprintete hinein in das Szenenbild, das wie ein vergilbtes Foto eines alten Schlachtfelds aussah, und warum auch nicht? Das hier war der Zweite Bürgerkrieg. Sie schien ihren Körper verlassen zu haben und ihn von oben wie ein Lenkdrachen in einem mächtigen Windstoß zu steuern. Sie würde es trotzdem nicht rechtzeitig schaffen. Ihre Beine waren jetzt älter und müde und verwundet. Sie würde ein echtes Wunder brauchen, und so suchte sie sich eins aus ihrer Vergangenheit aus: Fadi Lolo und sein Fahrrad, eigentlich gar nicht so schnell, aber schnell genug. Sie spürte das Rattern des blauen Rads in ihren Schenkeln, spürte die albernen Ohrfeigen von Fadis nassem Schal im Wind. Schnell genug. Sie beschleunigte und hörte Fadis letzte Worte, ehe er sie verlassen hatte: *Der Kampf wartet auf mich. Ich hätte bei meinen Leuten bleiben sollen.*

Fahr schnell.

Sie schrie nach Muse und wusste, wenn er sie nur hörte, und er hatte sie immer gehört, würde er den Kopf in ihre Richtung drehen und kichern, die gute alte Greer, immer noch auf Heldentaten aus; die Löwin, die ihrem Täubchen zu Hilfe eilte. Die Männer würden ihren Fehler einsehen und Muse wieder auf die Beine stellen, und sobald Greer mit seiner Brust zusammenstieß, würden seine Hände sie sanft umschließen, wie sie es immer getan hatten. Genau wie bei Hewitt wusste Muse auch bei Greer, wie man sie spielen musste, kannte all ihre Lieblingslieder.

Ihr Fehler bestand darin, zu vergessen, wer sie war. Ganz plötzlich spielte es wieder eine Rolle. Sie war schwarz. Sie hatte eine Waffe. Sie hätte sich nicht darüber wundern sollen, plötzlich den Einschlag einer Kugel in ihrer Seite zu spüren. Slowtown wurde zu Windrädern aus Feuer, als sie der Treffer einmal um die eigene Achse wirbelte. Sie stolperte, hielt sich aber auf den Beinen. Fadis Fahrrad hatte genug Rückenwind. Muse war keine zwei Meter mehr entfernt. Auch sie konnte erstaunlich sein. Schaut sie euch an.

Als die zweite Kugel ihre Kehle durchstieß, bekam sie davon kaum etwas mit. Das Feuer in einem der nahen Gebäude hatte das dort deponierte Dynamit erreicht; die blendende, donnernde Explosion schien ein Loch in die Realität selbst zu reißen, und durch diese neue Wunde in der Welt sah sie die Welt, die Muse beschrieben hatte, einen Ort voller Wunder, die Wiege des Urschleims, das Leben zwischen den Menschen, den Tieren, den Pflanzen, zwischen allem. Zu schade, dass das Gesicht irgendwo hinter ihr schrie. Es gab keinen Grund zum Schreien. Das würde er bald genug begreifen.

Die dritte Kugel schlug in ihren Schädel ein, und der letzte Anblick, der Greer Morgan in dieser Welt zuteilwurde, war Muse King, als sie mit ihm zusammenprallte. Ihr Gewicht schlug ihn den Männern aus der Hand und ließ ihn zu Boden gehen, obwohl selbst der Boden vom Gesang der beiden Männer zu vibrieren schien. *You may bury my body down by the highway side.* Ihr Körper lag dicht an seinen geschmiegt, wie all die zahllosen Male zuvor, wenn sie ihn zu Boden gedrückt hatte, um ihn zu küssen, und während ihre Augen von innen in Blut ertranken, sah sie, dass seine Augen sanft und lieb und erwartungsvoll blickten und nicht weiß waren, ganz und gar nicht weiß.

DIE MULLBINDE

Charlie entdeckte Hoffmann neben der Verbrennungsanlage im Little Norway Park. Die Glut war niedergebrannt. Das einzige Licht schien vom Wasser in der Bucht her, auf dem sich der blaue Mond und die roten Wellen der wilden Feuer aus Fort York im Norden spiegelten. Charlie war oft hierhergekommen, um Softies zu entsorgen, konnte sich aber nicht erinnern, dass je jemand freiwillig hier gesessen hätte. Die Aussicht war wirklich schön, aber über allem lag Leichenasche.

Sie gesellte sich zu der Bibliothekarin – der ehemaligen Bibliothekarin – auf die Bank. Hoffmann sagte nichts.

Eine Weile lauschten sie nur dem fernen Knistern des Feuers und dem undeutlichen Wummern der seltsamen Detonationen. Ein dünner Nebel rollte übers Wasser. Nebel war selten so spät im Jahr, und Charlie fragte sich, ob es die Hitze von all den Flammen und dem vergossenen Blut war, die den Ontariosee dazu gebracht hatte, enttäuscht auszuatmen.

»Musst du noch mal zurück?«, fragte sie. »Irgendwas holen?«

Sie sah, dass Hoffmann ihre hässliche alte Bauchtasche umgeschnallt hatte, und wunderte sich nicht, als die Frau den Kopf schüttelte. Hoffmann interessierte sich nicht für Besitztümer. Sie hatte noch immer ein paar Papierfetzen im Haar, die nach und nach wie Schuppen zu Boden segelten. Charlie verfolgte ein kleines verkohltes Stück Papier, das sich auf der Bauchtasche der Bibliothekarin niederließ. Darauf geschrieben stand der eine unbeantwortete Buchstabe: *F.*

Ganz behutsam, um ihre bandagierten, eigenhändig geschienten Finger nicht noch mehr zu verletzen, zog Charlie an den

Riemen ihres Rucksacks, um die Karabinerhaken klimpern zu lassen, damit Hoffmann wusste, dass auch sie fertig zum Aufbruch war.

»Ich hab ein paar Sachen aus dem Hospiz mitgenommen. Weidenrinde. Ein bisschen Ether. Das meiste hab ich aber dagelassen. Sie werden es noch brauchen. Schon heute Nacht. Aber sie sollten sich beeilen. Der Fort York Boulevard ist ja größtenteils von Gestrüpp überwuchert. Das Feuer wird da im Nullkommanichts durch sein. Klein-Hedrick, all die anderen Softies, sie werden bald verbrennen. Ich weiß auch nicht. Da drin, hier draußen – vielleicht macht es gar keinen Unterschied.«

Hoffmann legte den Kopf schief und schaute nach Norden. In dieser Nacht musste man mit allem rechnen. Charlie folgte ihrem Blick, konnte aber zunächst nichts erkennen. Dann sah sie ganz am Rand ihres Blickfelds eine Gruppe von Leuten auf dem Parkplatz vor dem ehemaligen Waterfront-Nachbarschaftszentrum. Kurzzeitig erfüllte sie ein Gefühl von tiefem Verlust. Nishimura hatte das Zentrum in verbesserter Form wiedererrichten wollen, als lebhaften Treffpunkt, wenn in Zukunft die Bevölkerung von Old Muddy die gegenwärtigen Grenzen gesprengt hätte. Was für Pläne sie gehabt hatten. Wie ungeheuerlich ihre Visionen gewesen waren.

»Ich glaube, das ist der AV-Club«, sagte Charlie. »Das große Mädchen da ist Georgia, oder? Sie haben Taschen dabei. Sie machen sich wohl auch auf den Weg. Ich weiß noch, wie Muse King mal gesagt hat, dass es die Kunst ist, die uns alle retten wird. Ich hoffe es. Ich hoffe, diese Kinder halten sich tapfer.« Sie sah Hoffmann an. »Willst du zu ihnen? Sollen wir sie fragen, ob wir mit ihnen losziehen dürfen?«

Hoffmann kniff einen langen Moment die Augen zusammen, dann schüttelte sie den Kopf. Charlie wollte zusehen, wie der AV-Club aufbrach. Sie würden es voller Energie und Tatendrang tun, noch immer überzeugt davon, einfach alles bewerkstelligen zu können. Schnell wandte sie aber den Blick ab, denn sie wusste, wie schmerzhaft es sein würde. Denn *das* war die eigentliche Utopie, nicht wahr? Nishimura, der so vieles richtig gemacht hatte, hatte den Kern dieses Konzepts nie verstanden. Denn eine Utopie hatte nichts damit zu tun, sich irgendwo niederzulassen. Im Gegenteil, eigentlich bedeutete Utopie, immer weiter zu marschieren und nie anzuhalten. Genau wie bei der Angst vor dem Tod. Die hatte auch nichts mit dem Sterben an sich zu tun, sondern nur mit dem Versäumnis, vorher nicht richtig gelebt zu haben.

»In Ordnung«, sagte Charlie. »Die sind noch jung. Wir würden sie eh nur aufhalten.«

Ohne darüber nachzudenken, kam sie Hoffmann noch näher als die Hand, die sie im Sterberaum gehalten hatte. Sie streckte den Arm entlang der Rücklehne der Bank, ergriff Hoffmanns abgewandte Schulter und schmiegte die rätselhafte Frau an sich. Hoffmanns ausbleibendes Zurückweichen war Antwort genug.

Charlie legte den Kopf an Hoffmanns Schläfe und betrachtete die verschnörkelten Linien in den sanften Wellen. Sie saß so still wie möglich und lauschte in sich hinein, in jeden Winkel ihres Körpers, suchte nach Anzeichen von Krankheit. Seit sie im Sterberaum erwacht war, hatte sie dies immer wieder getan. Aber bis auf die vier schmerzenden Finger spürte sie nichts. Ein gutes Zeichen. Warum fühlte sie sich dann so niedergeschlagen? Sie dachte an den Plastik-Jesus, der über Mae Rutkowskis Esstisch gewacht hatte. Sei barmherzig, hatte er gepredigt. Er hatte recht behalten. Alles, was nötig gewesen wäre, um Fort York gedeihen zu lassen, war Barmherzigkeit.

»Es tut mir leid«, sagte Charlie.

»Was?«

»Dass ich dich hergebracht habe. Das Archiv wäre in Washington doch sicherer gewesen. Du hattest recht, es geheim zu halten.«

Hoffmann schüttelte den Kopf.

»Nein?«, fragte Charlie.

»Die Menschen haben es gelesen. Die Stellen, an die sie sich erinnern, erzählen sie anderen. Es wird weitergetragen. Keine Geschichte endet jemals wirklich.«

»Das hast du wirklich schön gesagt, Etta, aber ich weiß nicht …«

»Luis Acocella«, sagte Hoffmann.

Charlie klappte hörbar den Mund zu. Sie konnte sich nicht erinnern, je erlebt zu haben, dass Hoffmann jemandem ins Wort gefallen war. Sie hörte zu, statt zu reden. Seinen vollen Namen in Hoffmanns Stimme zu hören, einer Stimme, die immer nur über Geschäftliches sprach, meist nur Fragen stellte, ließ ihr die Worte im Hals stecken bleiben. Sie würde nicht weinen. Sie konnte nicht. Tränen, die Hoffmann auf den Hals kullerten? Das wäre zu viel. Hoffmann würde sich angewidert abwenden.

»Luis Acocella ist schon lange fort«, sagte Hoffmann. »Aber seine Geschichte wächst immer noch weiter. Nicht wahr?«

Charlie nickte. Die Tränen brachen hervor, überall auf einmal, über ihr Gesicht und ihre Arme, Hoffmanns Rücken und Brust hinab. Um durch ihr Schluchzen kein Aufsehen zu erregen, schlang Charlie den freien Arm um den bebenden Leib. Ihre Hand schabte über ihren Bauch, der nach Jahren ständiger Entbehrung dünn, hart und ledrig, aber einst weich und fruchtbar gewesen war. Ein Platz für sprießendes Leben. Wie sie so am Rande einer neuen unsicheren Welt saß, spürte sie kein Bedauern, nie ein Kind geboren zu haben. Vor allem jetzt nicht, da sie selbst zu einer Art neuem Kind geworden war: zum ersten Menschen, der eigentlich hätte sterben sollen, nur um wiedergeboren zu werden. Luis hätte das nicht so stehen lassen. Wiedergeburt oder Fehlgeburt?, hätte er gefragt. Angesichts der Zustände in Slowtown und Fort York musste Charlie zugeben, dass die Prognose alles andere als verheißungsvoll war. Sie konzentrierte sich wieder auf die Geräusche ganz in der Nähe. Auf ihr eigenes schnaubendes Weinen, auf Hoffmanns Atemzüge, auf den Flüsterklang der streichelnden Finger auf ihren Armen.

»Ich hoffe, das bedeutet, dass wir auch die Hunde zurückbekommen«, sagte Charlie. »Ich vermisse Hunde. Würdest du mir dabei helfen, mich um einen Hund zu kümmern?«

»Ja. Aber ich interessiere mich nicht für Hunde.«

Charlie lachte. »Ich liebe dich, du Spinnerin. Gehen wir?«

Hoffmann blieb ihrem Wesen treu und nickte bloß.

Ein weiteres Geräusch mischte sich zwischen die anderen. Es war das sanfte Schlappen von Wasser, das gewaltsam verdrängt wird. Charlie richtete sich auf, wischte sich so viele Tränen ab, dass sich die Verbände an ihren Fingern lockerten, und starrte direkt geradeaus. Ein Zittern ging durch den Hafen von York. Der sandige Uferstreifen schäumte. Da war etwas im Wasser. Etwas, das immer näher kam.

Der Nebel war weiß wie ein Verband. Die Mitte jedoch verdunkelte sich jetzt wie Blut, das die Mullbinde trübte, die diese zerbrechliche Welt zusammenhielt. Ein Kanu kam in Sicht. An Bord waren zwei Männer, die man wegen ihrer dunklen Kleidung und den schwarz bemalten Gesichtern nicht hatte erkennen können. Der hintere Mann bediente mit sichtlicher Erfahrung ein langes Ruder. Der vordere trug einen Gürtel mit Pistolen an beiden Seiten; es war aber die alte Kaffeebüchse mit den Werkzeugen auf seinem Schoß, bei deren Anblick sich Charlie die Kehle zusammenschnürte.

Die Namen dieser Instrumente hatte sie im Medizinstudium gelernt. Sägedraht. Knochenfasszange. Kopfhautklammer. Laminektomiestanze. Tumorzange. Bohrerführungshülse. Mikromesser. Es handelte sich um neurochirurgische Instrumente, und das bedeutete, diese Männer, die Lindof als Strandräuber bezeichnet hatte, kamen aus Fort Drum, wo die Anführer gutes Benehmen mithilfe von Gehirnchirurgie durchsetzen wollten.

Eigentlich völlig unwichtige Details. Wie genau sie einen schnappten, war ja nebensächlich. Einmal mehr war die Zeit zur Flucht gekommen. Zwei weitere Kanus schnitten durch den Nebel, dahinter vier, dann acht, sechzehn, zweiunddreißig, die Mullbinde war völlig durchlöchert. Charlie begriff, dass nicht nur in Toronto niemand mehr als Zombie auferstand, sondern auch überall sonst, also auch in Fort Drum. Dies, zusammen mit dem chaotischen Anblick von Fort York in Feuer und Rauch, hatte den Möchtegern-Eroberern wohl signalisiert, dass diese Nacht die beste Gelegenheit bot. Wenn meine Utopie nicht mit deiner Utopie übereinstimmt, dachte Charlie, dann passiert eben genau das.

Die Lebenden würden niemals aufhören, einander in Tote zu verwandeln. Das vorderste Boot erreichte den Strand. Sie konnte seinen Namen ausmachen. Es hieß *Antonia*. Die Männer kletterten heraus. Charlie Rutkowski stand auf und ergriff Etta Hoffmanns Hand.

Tanz mit mir!, hätte sie beinahe gesagt.

Wie geht es dir?, hätte sie beinahe gefragt.

»Da kommen Sie«, sagte sie stattdessen.

SO WUNDERSCHÖN

Im ersten Aufblühen der Morgenröte überquerte Annie Teller den Wilshire Boulevard und erreichte Hancock Park. Irgendwo im Schatten ihrer Erinnerungen wusste sie, wie es dort aussehen musste. Aber so sah es nicht mehr aus. Das Kunstmuseum war in sich zusammengefallen, die zerklüfteten Überreste voller Graffiti, nun eher verwandt mit den Abschnitten der Berliner Mauer, die auf der anderen Straßenseite ausgestellt waren. Der Pavillon für Japanische Kunst, ein kurvenförmiges Bauwerk, das selbst im Tod in Annies Träumen geblieben war, war wie ein Fächer nach innen gestürzt. Auch im Park selbst war nichts mehr von dem ungepflegten, grün-braunen L.A.-Charme zu erkennen, an den sie sich von so vielen Fotos erinnerte. Hier war nur noch roter Dreck und verbrannte Erde, selbst die Bäume und Sträucher waren durch Halden aus nicht abbaubarem Plastikmüll ersetzt worden.

Annie Tellers Beine bestanden zur Hälfte aus Metall. Sie hatte das Gefühl, dies müsse der Grund dafür sein, dass sie noch laufen konnte, während viele aus ihrer Generation längst gefallen waren. Weitere Metallblätter, stumpf vom Zahn der Zeit, waren direkt in die Knochen ihrer Handgelenke geschraubt. Von ihrer Kleidung waren nur noch ein paar Fetzen übrig. Große Teile ihrer Haut waren vom Feuer gezeichnet, der Rest durch die Frostschäden langer Winterreisen grau getüpfelt. Jeden Tag fielen kleine Stückchen von ihr ab. Wie Hancock Park nicht mehr wiederzuerkennen war, so galt das auch für sie.

Die La Brea Tar Pits aber warteten noch immer.

Willkürliche Fakten schwirrten durch den zuckenden Klumpen, der von ihrem Gehirn übrig war. Mehrere Zehntausend Jahre lang war hier Rohöl aus dem Boden an die Oberfläche gesickert. Die Knochenfunde reichten achtunddreißigtausend Jahre zurück. Keine Tierart, so einfallsreich sie ihre Selbstzerstörung auch zelebrieren mochte, würde an diesen Tatsachen etwas ändern.

Ihr Gehirn, das so lange so aktiv gewesen war, fuhr allmählich herunter. Sie spürte, wie sich die Gedanken, die ihr unzählige Jahre immer wieder durch den Kopf gegangen waren, langsam auflösten. Sie war jetzt hier, obwohl sie nicht mehr wusste, warum sie hergekommen war. *LA BREA TAR PITS:* Diese Wörter hatten sie verfolgt, wie der Rest ihrer Gattung die Schnellen verfolgt hatte. Einst hatten diese Wörter auf ihrer Brust gestanden. Sie hätte sich keine Sorgen machen müssen, als sie eines Tages verblassten. So oft war sie vom Weg abgekommen, ihr Ziel aber hatte sie nie aus den Augen verloren.

Warum nur quälte sie dann immer noch das Gefühl, ihre Reise sei noch nicht zu Ende?

Tausende Male war Annie Teller hingefallen, und jedes Mal hatte *LA BREA TAR PITS* ihr befohlen, wieder aufzustehen. Sie glaubte, hier etwas finden zu können, das es ihr erlauben würde, endlich liegen zu bleiben. Der Gedanke überkam sie sanft und schlicht. Teergruben waren klebrig.

Eine geflüsterte Erinnerung wies sie darauf hin, dass sich der Teersee zu ihrer Rechten befand. Sie setzte sich in Bewegung, kam aber langsamer voran als sonst. Mit ihrem rechten Auge, das immer noch funktionierte, schaute sie an sich herab und beobachtete, dass ihre Metallbeine von dem heißen Asphalt ergriffen wurden, der sich durch das Gras nach oben drückte. Sie überquerte einen Streifen steinigen Granulats, der einmal ein Gehweg gewesen war, und fand eine Lücke zwischen den Überresten eines alten Maschendrahtzauns. Sie humpelte ans Ufer eines schwarzen Teichs, in dem Methanblasen blubberten.

Annie hatte auf ihrer Reise viele wundersame Dinge gesehen – Dinge, die sie trotz des Ziels, das sie so verbissen verfolgt hatte, innehalten ließen. Endlose Fernstraßen mit glitzernden Fahrzeugen wie gewaltige tote Kobras. Eingestürzte Brücken wie erschlagene Drachen, deren Leiber im diamantenen Wasser von Flüssen und Seen ruhten. Bisons in solch unglaublicher Zahl, dass ihre Herden wie die Schatten längst eingestürzter Wolkenkratzer über der Prärie lagen. Und doch konnte nichts von alledem hiermit konkurrieren.

Die Oberfläche des Asphaltsees changierte zwischen Braun und Gelb und Lila, vermengte sich unaufhörlich ineinander und miteinander zu schillernden Mustern wie Rauch oder Wolken oder Blutlachen, alles mit prähistorischer Langsamkeit. Überall waren die Spuren des Todes. Girlanden aus Federn, wo Vögel hinabgezogen worden waren. Die filigranen Knochen kleiner Säugetiere, die sich zu nah ans Ufer gewagt hatten. Eine Ansammlung von Schädeln, alle unterschiedlich, alle mit aufgerissenen Mündern wie zu einem fröhlichen, stummen Choral.

Annie Tellers funktionierendes Auge betrachtete das gegenüberliegende Ufer.

Wo Tawna Maydew stand, in goldenes Licht gebadet.

Sofort strömten neue, doch unvollständige Erinnerungen auf Annie ein. Sie erinnerte sich daran, dass sich in den ersten Stunden und Tagen damals alle nur gefragt hatten: *warum?* Und hier war das einzige *warum*, das jemals von Bedeutung gewesen war: Eine Person brauchte eine andere Person, um den Schmerz des Lebens erträglich zu machen. Sie sah vor sich, wie sie einen Pfeil aus dem Fenster der Rehaklinik in Mansfield geschossen und das Ziel ihres ersten langen Marsches selbst festgelegt hatte. Nun, da sie am Ende ihres zweiten Marsches stand, nachdem sie die körperliche und geistige Belastung der Genesung überstanden hatte, die Entfremdung, die damit einhergegangen war, etwas namens Leitende Statistikerin gewesen zu sein, die Einsamkeit eines sterilen Arbeitsumfelds ertragen hatte, war Tawna der eine Punkt, den sie noch erreichen musste.

Tawna Maydew stand unter den Stoßzähnen des größten der drei Glasfaser-Mammuts. Die Farbe des Riesen war unter fünfzehn Jahren sengender Sonne abgeplatzt, ansonsten aber sah die Statue genau so aus wie auf den vielen Fotos. Auch Tawna hatte sich nicht verändert. Sie war noch immer groß und kurvig und braun gebrannt, ihre Haare noch immer zerzaust. Vielleicht war sie die ganze Zeit schon hier gewesen, hatte gestanden und gestanden und gestanden, während Annie gelaufen und gelaufen und gelaufen war.

Annies Herz war schon vor Jahren zugrunde gegangen, wie Rost von den vom Wind geschliffenen Rippen abgeschabt worden. Aber vielleicht verwechselte sie das Organ namens Herz auch mit dem Konzept namens Herz. Sie verspürte eine Regung, ganz ähnlich dem Anblick der gestrandeten Fahrzeuge, der eingestürzten Brücken und dahinziehenden Bisonmassen. Ein Gefühl von Bedeutung.

Sie hatte Tawna Maydew nur ein einziges Mal persönlich getroffen, an einem Ort der Illusionen namens Disney World. Dies hier war jedoch keine Illusion. Da war sie. Sie stand da. Sie regte sich. Tawna hob die Arme. Tawna schritt voran.

Tawna stieg in den See.

Annie hatte eine ungefähre Vorstellung von physikalischen Gegebenheiten. In seiner Mitte war der See knapp drei Meter tief. Irgendwann würde sich der Asphalt über Tawnas Kopf schließen. Sein Gewicht würde Tawna auf den Grund ziehen. Annie würde sie niemals aus nächster Nähe sehen, sie nie berühren, trotz der vielen Tausend Meilen, trotz der unzählbaren Jahre.

Also stieg auch Annie in den See.

Der Asphalt haftete sich an ihre sensenförmigen Beine. Es war schlimmer als die wilden Ranken in den Ozarks von Arkansas oder die tiefen Schneewehen in Colorado. Sie musste das ganze Gewicht des Sees verschieben, um ein Bein zu heben. Ihre Anstrengungen verursachten kleine Wellen, die sich wie ringförmige Regenbögen über die schillernde Oberfläche des Sees ausbreiteten. Gegenläufige Wellen kamen von Tawnas schweren Schritten. Wie konnte sie sich so bewegen, mit Beinen, die bloß aus Fleisch bestanden? Annie wollte diese Beine berühren, wie andere ihrer Gattung das Fleisch und das Blut der Lebenden hatten berühren wollen. Sie arbeitete sich entschlossen weiter. Der heiße Teer erreichte ihre Knie, ihre Hüfte.

Als Annie Teller und Tawna Maydew einander erreichten, stand ihnen der Asphalt bis zu den Brüsten; ihre stummen Wege hatten die tiefste Stelle des Sees vermieden. Dafür war Annie etwas von dem schwarzen Öl ins Gesicht gespritzt und hatte ihr gutes Auge teilweise benetzt. Tawna, dachte sie, streckte nun die Hand nach ihr aus. Tawnas Mund, dachte sie, machte nun ein Geräusch, das sie, der beide Ohren fehlten, nicht hören konnte.

Aus den vertrockneten Klüften ihres Hirns erstand ein anderes Geräusch – das Piepen, mit dem ihr Telefon den Eingang einer Nachricht gemeldet hatte. In diesen Nachrichten hatte sie die ersten Bilder aus La Brea gesehen, meist im Hintergrund von Tawnas sinnlichen Selfies. Ach, richtig. Tawna wohnte nur ein oder zwei Straßen von hier entfernt. Das erklärte wohl, warum sie noch einigermaßen unversehrt war. Vielleicht hatte sie ihren Teil der E-Mail-Vereinbarung gehalten und die ganze Zeit gewartet, sicher und geduldig in ihrer Wohnung.

Wenn die Welt in zäher Finsternis versinkt, treffen wir uns am Ufer von La Brea!

Es war so wunderschön wie erhofft. So warm und weich, wie die Decken auf Tawnas Bett auf ihren Fotos immer gewirkt hatten, wurde Annie in ihre wohlverdiente Ruhe gezogen. Annie zwängte einen Arm durch den dunklen Morast und ertastete Tawnas Hand. Tawna Maydew war echt.

Annie fühlte, wie sich Tawnas Finger um ihr Handgelenk schlossen. Die Klingen störten sie nicht. Wellen trafen auf Wellen, Regenbögen fraßen Regenbögen. Die Sonne war aufgegangen und verwandelte den Asphalt in pures Gold.

Sie standen Brust an Brust. Annies Kinn berührte Tawnas Kinn. Der zähe Teer klebte sie zusammen. Das war gut so. Annie hatte nicht vor, diesen Ort je wieder zu verlassen. Tawnas Arme schlossen sich um ihren Rücken. Sie erwiderte die Geste, noch eine letzte, quälend langsame Bewegung. Sie bemerkte, dass ihre rechte Hand abgefallen war. Das machte nichts. Tawnas Augen weiteten sich, schillernde Flüssigkeit klebte zwischen ihren Wimpern. Ihre Augen waren feucht und blau – sie waren blau. Annies Gehirn war nun so träge, dass es wertvolle Sekunden dauerte, bis sie diese Tatsache verarbeitet hatte.

Tawna Maydew war eine Schnelle.

Tawna Maydew war noch am Leben.

Die Tatsache, dass dies nicht von Bedeutung war, war umso bedeutender. Annie legte die Arme um Tawna. Ihr warmes, pulsierendes Fleisch, ihre warmen Atemwölkchen. Seit sehr langer Zeit hatte sich nichts so gut angefühlt. Annie dachte daran, sie zu beißen und zu verwandeln, wie es eine Frau namens Katrina Gotenborg bei ihr getan hatte. Sie entschied sich dagegen. Annie und Tawna konnten einander nicht noch näher sein. Der Teer versiegelte ihre Körper, formte aus zwei Leibern einen einzigen.

Annie hatte das Gefühl, Tawnas Gedanken hören zu können. Euphorie ob ihres Wiedersehens. Tiefe Dankbarkeit, dass ihrer beider Odysseen nun vollendet waren. Das Glück, zu Hause zu sein. Oder waren es ihre eigenen Gedanken? Sie konnte sie nicht mehr unterscheiden. Es gab keine Grenze mehr.

Während die Sonne immer höher steigt, begreifst Du, dass ihr beide nicht allein seid. Da drüben ist noch ein Du. Und da hinten, noch eins. Du schaust Dich um und siehst Dus zur Linken, Dus zur Rechten, kannst sie vor Dir und hinter Dir und überall ringsum hören. Die Dus kommen näher, ihre knickenden, knackenden toten Körperteile verstummen im uralten Teer. Die Dus sind nicht nur Zweibeiner. Dus kommen auf vier Beinen, haben Schwänze und Klauen und Reißzähne und Schnauzen und gespaltene Zungen und spitze Ohren und Geweihe und Hörner und Fell und Schuppen. Schließlich stürzen auch Dus mit Federn herab und beißen Teile von Dir und Dir und Dir ab und tragen sie hoch in die Lüfte, verteilen sie in weitem Umkreis, um Dich überall zu pflanzen. Mit der Zeit wirst Du nachwachsen.

Du sinkst langsam tiefer. Du teilst einen Gedanken mit Dir. Deinen letzten. Du warst schon immer die lebenden Toten. Du wirst es immer sein. Es war die Ankunft des Todes, die es Dir erlaubt hat zu leben. Die toten Dus haben so lange versucht, den lebenden Dus genau das beizubringen, dass die toten Dus irgendwann keine andere Möglichkeit mehr hatten, als es laut herauszuschreien. Jetzt ist es an Dir und Dir und Dir – es ist an Uns, endlich an *Uns* – zu erinnern, wieder aufzustehen, genau wie Wir gerade in diesem See versinken, in Frieden mit Unseren Lebenden zu leben, in Harmonie mit Unseren Toten zu sterben, denn beide Zustände werden überdauern, werden einander umklammern wie Schatten. Wir sind keine Ghule. Wir sind keine Zombies. Wir sind Unsere eigenen Mütter, Väter, Töchter, Söhne, Schwestern und Brüder. Wir haben lange darauf gewartet, dass Wir das endlich begreifen, dass Wir die Arme ausbreiten, um Uns zu umarmen. Wir sind jetzt bald nicht mehr, aber Wir werden wieder sein. Fürs Erste werden die Toten versinken. Fürs Erste dürfen die Toten sterben. Fürs Erste haben die Toten gesiegt.

VERÄNGSTIGT BLEIBEN: ANMERKUNG EINES CO-AUTORS

»Lugosi hat immer in einem Schloss gelebt, während die Zombies rausmussten, um das Zuckerrohr zu ernten.«

George A. Romero, *Film Comment 15, no. 3* (1977)

Alles beginnt und endet mit *Hoffmanns Erzählungen*. Nicht nur das Buch, welches Sie hier in der Hand halten, sondern wahrscheinlich auch George Andrew Romeros gesamte Karriere und somit im weiteren Sinne auch meine eigene.

Georges Besessenheit mit diesem Film von Michael Powell und Emeric Pressburger aus dem Jahr 1951 war allgemein bekannt, sodass auf der DVD der Criterion Edition ein Interview mit George enthalten ist, in dem er erzählt, was für ein unwahrscheinlicher und glücklicher Zufall es war, dass er diesen Film im Alter von zwölf Jahren zu sehen bekam. Falls Sie diesen Film nie gesehen haben – das ist nur verständlich. Anders als andere Werke, die George bekanntermaßen geprägt haben, zum Beispiel der Film *Das Ding aus einer anderen Welt* von Christian Nyby und Howard Hawks oder der Roman *Ich bin Legende* von Richard Matheson, ist dies weder Horror noch Fantasy noch Science-Fiction, sondern eine Adaption von Jacques Offenbachs Oper, die selbst eine Adaption von E. T. A. Hoffmanns Kurzgeschichten darstellt.

Ich empfehle Ihnen trotzdem, sich den Film anzusehen, und zwar aus drei Gründen. Erstens ist er ein überwältigender, phantasmagorischer Beweis dafür, dass gerade ein begrenztes Budget wahre Geniestreiche hervorbringen kann. Zweitens wären sowohl George als auch ich der Meinung, dass es sich eben *doch* um Horror und Fantasy und Science-Fiction handelt, alles in einem. Drittens ist dieser Film das Kunstwerk, welches George Romero – wie er in besagtem Interview für Criterion erzählt – dazu gebracht hat »herauszufinden, wie man einen Stift benutzt«. Und wenn Sie sich wirklich die Mühe machen, diese ungewöhnlich lange Anmerkung des Verfassers zu lesen, dürfte Sie das wahrscheinlich ebenfalls interessieren.

Die allermeisten Menschen glauben, George hätte seinen Stift ausschließlich für das Verfassen von Filmdrehbüchern benutzt. Tatsächlich hatte er schon 1981 öffentlich davon gesprochen, an einem Roman zu arbeiten, als er in *Rod Serling's The Twilight Zone Magazine* gefragt wurde: »Stimmt es, dass Sie selbst an einem Roman schreiben?«

Georges Antwort: »Ja.«

In den folgenden sechsunddreißig Jahren lassen sich immer wieder Hinweise darauf finden, dass ihn der Gedanke, Prosa zu schreiben, stets begleitet hat. Bis zur Kurzgeschichtensammlung *Nights of the Living Dead* von 2017, herausgegeben von George und dem unverzichtbaren Jonathan Maberry – die eine frühere Version der Eröffnung dieses Romans enthält –, war Georges einziges auf klassischem Weg publiziertes Belletristik-Werk, von der Mitwirkung an einigen Romanfassungen seiner Filme abgesehen, ein Beitrag für eine 1982 erschienene Taschenbuch-Anthologie namens *Modern Masters of Horror*. Seine nervenaufreibende, einundzwanzig Seiten lange Geschichte namens *Clay* spielt mit zwei Thematiken, die bei George immer wieder auftauchen: Religion und Glaube beziehungsweise deren Sinnlosigkeit und die Unfähigkeit der Menschen, miteinander zu kommunizieren.

Es gibt noch zwei andere unkonventionelle fiktionale Werke, die nicht unerwähnt bleiben sollten. Das erste ist ein Katalog für eine Kunstausstellung von Georges Freund George Nama. Der Katalog wurde kurz nach Romeros Tod von Jack Rutberg Fine Arts veröffentlicht und enthält eine faszinierende, allegorische

Kurzgeschichte namens *Liberator*, die den Golem-Mythos inspirierte, der sich durch *The Living Dead* zieht.

Beim zweiten Werk handelt es sich um ein Kinderbuch, geschrieben und auch illustriert von George: *The Little World of Humongo Bongo.* Es erschien 1996 in Belgien und ist erst seit einer Neuausgabe im kanadischen Verlag ChiGraphic im Jahre 2018 einer englischsprachigen Leserschaft zugänglich. Diese Neuauflage endet mit einem Interview, in dem George, der seit neun Jahren keinen Film mehr gedreht hatte, sagt: »Es hängt mir wirklich zum Hals raus, Filme bewerben zu müssen … Es ist sehr ermüdend, also wollte ich lieber einfach schreiben.« Sein lebenslanger Frust angesichts des Systems Hollywood wird nicht nur in diesem Zitat deutlich, sondern auch im Text von *Humongo Bongo* selbst, zum Beispiel in folgender Zeile:

»Es war entsetzlich, wie einem das Herz verhärtete.«

Wenige Zeilen von George haben mich mehr berührt. Deshalb habe ich diese Zeile in abgewandelter Form auch Karl Nishimura geliehen. Man muss kein Künstler sein, um zu begreifen, wie das Feuer, das jemanden antreibt, allmählich zum Erlöschen gebracht wird. Verstehen Sie mich nicht falsch. Das Schreiben von Romanen ist auch ein Geschäft (das können Sie mir glauben), aber es wird einem doch deutlich seltener der Boden unter den Füßen weggezogen als im Filmgeschäft. Um Ihnen ein bisschen den Tag zu vermiesen, hier eine kleine Auswahl der Film- bzw. Fernsehprojekte, mit denen George im Laufe der Jahre in unterschiedlicher Form zu tun hatte.

Apartment Living, The Assassination, Beauty Sleeping, Before I Wake, The Bell Witch, Black Gothic, Black Mariah, Carnivore, Cartoon, Chain Letter, City of the Dead, Cryptid, Deep Red, Diamond Dead, The Divine Spirit, Dracula, Empire of the Dead, Enemies, Expostulations, Figments, Flying Horses, The Footage, From a Buick 8, Funky Coven, Ghost Town, The Girl Who Loved Tom Gordon, The Golem, Gänsehaut – Die Stunde der Geister, GPS, Gunperson, Hell Bent, Horror Anthology, The Ill, The Innocents, Invasion of the Spaghetti Monsters (alias *Shoobee Doobee Moon*), *Es, Jacaranda*

Joe, Jack und die Bohnenranke, The Long Walk, Mannequin, Die Maske des Roten Todes, Mickey B (Macbeth mit Robotern), *Midnight Show, Mongrel: The Legend of Copperhead, Moonshadows, Die Mumie, Native Tongue, Night of the Living Dead: The Series, Orange Project, Friedhof der Kuscheltiere, Phobophilia* (ein Fernsehspecial für Penn & Teller), *The Power, The Princeton Principle, Der Rabe, Resident Evil, Brennen muss Salem, Ein Toter spielt Klavier, Seeing Things* (eine TV-Anthologie basierend auf den Geschichten von Shirley Jackson), *Sharing Joy & Sorrow, Shop Till You Drop … Dead, Solitary Isle, Something Outside, The Stand: Das letzte Gefecht, Stranger in a Strange Land, Hoffmanns Erzählungen* (als Weltraumoper!), *Tarzan of the Apes, Three at a Time, Trick 'r Treat, Schloss des Schreckens, Tusk, Unholy Fire, Untitled George Romero Wrestling Project, Wake, War of the Worlds: The Night They Came, Whine of the Faun, Whiz Kid, Akte X, The Zombie Autopsies, Zomboid.*

Kein Wunder also, dass er sich mit der Vorstellung anfreundete, einen Roman zu schreiben. Da musste ihm niemand »grünes Licht« geben. Niemand konnte ihm das Budget kürzen und so eine Neufassung des Drehbuchs erzwingen. Niemand konnte ihn dazu zwingen, seine besten Effekte rauszuschneiden, um die Empfindsamkeit der ach so zarten Öffentlichkeit zu schonen. Trotzdem stellte er wie Tausende vor ihm fest, dass auch das Verfassen eines Romans zermürbende Arbeit war. Im 1992 erschienenen Buch namens *Dark Visions: Conversations with the Masters of the Horror Film* erzählt George dem Herausgeber Stanley Wiater: »Ich habe oft darüber nachgedacht, einen Roman zu schreiben, aber dann fällt mir ein, was das für ein Kraftakt ist. Drehbücher sind tatsächlich höchstens ein Drittel so dick.«

Eine Weile schien dies das Ende vom Lied zu sein.

Achtzehn Jahre später, in der Herbstausgabe des Magazins *Videoscope*, erklärt George am Ende eines Interviews, in dem es um seinen letzten Film *Survival of the Dead* geht, so beiläufig, dass man es glatt hätte überlesen können: »Ich arbeite an einem Roman.«

Als ich von Georges Tod erfuhr, war ich gerade zu Besuch bei meiner Familie in Virginia. Ich erhielt die Nachricht auf meinem Smartphone, was George sicher gehasst hätte. Ich musste mich hinsetzen. Ich glaube, ich konnte nicht mehr sagen als »O nein«. Als man mich fragte, was denn los sei, sagte ich: »George Romero ist gestorben.« Meine Schwestern und mein Vater hatten nur eine vage Vorstellung, was daran so bedeutsam sein könnte, aber meine Frau Amanda begriff es sofort.

Zu sagen, ich sei mit George Romero aufgewachsen, klingt abstrus, ist aber wahr. Der erste Film, an den ich mich erinnern kann, ist *Night of the Living Dead* (*Die Nacht der lebenden Toten*). Ich muss sechs oder sieben gewesen sein. Ich hab ihn mit meiner Mutter geschaut, Susan Laura Kraus, die eine große Vorliebe für Horrorfilme hatte. Das mag nach schlechter Erziehung klingen, war aber tatsächlich die beste Erziehung. Wie Fans dieses Films wissen, liegt dessen Magie unter anderem in der Tatsache begründet, wie toll er für ganz unterschiedliche Zuschauer funktioniert. (Wie viele Filme können schon eine erhabene Criterion Edition und zusätzlich gleich zwei verschiedene RiffTrax-Versionen vorweisen?) Wahrscheinlich, damit ich mich nicht zu sehr gruselte, hat meine Mutter beim Anschauen immer gelacht, hat die glücklose Barbra aufgezogen und den feigen Harry ausgebuht. So verrückt das eingedenk der Handlung klingen mag – *Night of the Living Dead* wurde für mich als Kind zu einem Rückzugsort.

Was sicher unter anderem daran lag, dass *Night* permanent irgendwo lief. Falls Ihnen die Hintergründe bekannt sind, überspringen Sie diesen Abschnitt getrost. Als die Walter Reade Organization, der ursprüngliche Verleiher, den Titel des Films von *Night of the Flesh Eaters* zu *Night of the Living Dead* änderte, vergaß man bei der Einblendung das Copyright-Logo. Mehr war nicht nötig, um den Film gemeinfrei zu machen. Für George war das sowohl schlecht als auch gut. Schlecht, weil er die Millionen, die er damit verdient hätte, nie bekam. Gut, weil niemand mehr etwas für die Rechte bezahlen musste, um *Night* zu zeigen – und weil er verdammt gut war, lief er überall. Wenn jemand in einem Film einen Film schaut, handelt es sich im Zweifel um *Night*, und ich wage zu behaupten, dass kein Film in der Geschichte des Mediums öfter auf VHS oder DVD herausgebracht wurde – viele Hundert Male.

Rein logisch betrachtet, ist die nachkolorierte Version von 1986, herausgegeben von den Hal Roach Studios, eine Abscheulichkeit. Aber werden wir einen Moment unlogisch. Falls Sie einen Videorekorder auftreiben können, ist diese kolorierte VHS-Version die beste Möglichkeit zu begreifen, wie ausgeleiert und ausgenutzt dieser Film war. Die »Farben« sind dünn und kränklich wie zerschlissene Flaggen, aber trotzdem lauert in diesem analogen Matsch eine gewisse Erhabenheit. Diese Version ist auf unbeabsichtigte Weise schön, wie die endlos kopierten Videobänder, die Filmfans vor dem Zeitalter des Internets miteinander getauscht haben. Die Hässlichkeit war erst der Beweis dafür, wie sehr sie geliebt wurden, wie viel Arbeit Leute freiwillig investierten, um sie immer wieder zu schauen.

Dies ist ein weiterer magischer Aspekt von *Night*. Der Film war wie die Zombies, die er erfunden hatte: sattsam bekannt und respektlos behandelt, aber einfach nicht totzukriegen.

Night fühlt sich für mich kaum noch wie ein Film an. Er ist mehr wie ein Lieblingsalbum: immer in meinem Kopf, in meinem Blut und meinem Atem. Als ich erfuhr, dass George gestorben war, erinnerte ich mich einmal mehr daran, wie sehr seine Geschichten wie Familiengeschichten für mich waren, wie sehr er selbst für mich zur Familie gehörte. Ich bin kein fanatischer Fan. Bei mir zu Hause gibt es so gut wie keine dementsprechenden Artikel. George ist die eine Ausnahme. Das *Night*-Poster hängt hinter meinem Schreibtisch. Das seltsame Stück Fankunst zu *Creepshow* (*Die unheimlich verrückte Geisterstunde*), das ich an dem Tag gekauft habe, als George starb. Ich habe drei gerahmte Fotos in meinem Büro: eins von mir und meiner Frau, eins von meiner Mutter und eins von George und mir, von unserer einzigen Begegnung am 6. März 2006.

Im Januar 2006 las ich einen Artikel über George – wahrscheinlich ging es um *Land of the Dead* von 2005 –, in dem man sich bei Georges Manager Chris Roe bedankte. *Das kann doch wohl nicht der Chris Roe aus meinem Heimatort sein,* dachte ich. Die Vorstellung war absurd. Ich bin in einem Nest namens Fairfield in Iowa aufgewachsen, nicht gerade eine Brutstätte für den Hollywood-Nachwuchs. Aber ich erinnerte mich noch daran, dass sich Chris Roe für Filme und Serien interessiert hatte. Also durchforstete ich das Netz nach seiner E-Mail-Adresse, schrieb ihm, und ein paar Tage später telefonierten wir miteinander.

Chris war tatsächlich ein erfolgreicher Künstlermanager geworden, und einer seiner Kunden hieß George Romero. Ich erzählte Chris, was für ein Riesenfan ich sei, und er schlug vor, wir sollten uns doch zu dritt treffen, sobald er das nächste Mal in Chicago wäre, wo ich wohnte.

Drei Monate später traf ich Chris in Rosemont, Illinois, beim *Fangoria's Weekend of Horrors*, einer Horror-Convention, in seinem Hotelzimmer. Kurz darauf kam George aus dem Nebenzimmer. Der leibhaftige George Romero: ungefähr siebzig Stockwerke hoch, nur seine charakteristische übergroße Brille schrumpfte ihn ein wenig zurecht. Er trug seine übliche grüne Weste, hatte die Haare zum üblichen weißen Pferdeschwanz zusammengebunden.

Außerdem sah er grauenvoll aus. Er war krank. Sogar so krank, dass er seinen Auftritt eigentlich hätte absagen müssen. Aber er weigerte sich; seine Fans waren ihm sehr wichtig. Elf Jahre später würde mir seine Frau, Suzanne Desrocher Romero, ein Notizbuch zeigen, in dem George vor jeder Autogrammstunde seine Unterschrift übte, damit sie trotz seiner zitternden Hände gut aussah. Es gibt wohl keine bezeichnendere Anekdote, will man wissen, was George Romero für ein Mensch war.

Wir haben uns zu dritt nett unterhalten, zumindest so nett, wie man sich eben unterhalten kann, wenn sich die Hauptperson kaum auf den Beinen halten kann. George interessierte sich für meine Romane, aber mehr noch für die Kleinstadt-Vergangenheit, die Chris und mich verband. Bald musste George auf die

Bühne. Chris und ich begleiteten ihn zum Aufzug und durch die Gänge, betätigten uns als Leibwächter, um übereifrige Autogrammjäger auf Distanz zu halten. Nur einmal blieben wir stehen, damit George Zigaretten kaufen konnte. Ein schmerzvolles Detail. Elf Jahre später würde er an Lungenkrebs sterben.

Und das war alles, für die nächsten elf Jahre. Einen Monat nach Georges Tod bekam ich einen Anruf von Chris. Wir waren im letzten Jahrzehnt, in dem unsere Karrieren Fahrt aufgenommen hatten, lose in Kontakt geblieben. Zu dem Zeitpunkt steckte ich mitten in der Arbeit an der Romanversion von *The Shape of Water*, meiner zweiten Zusammenarbeit mit Guillermo del Toro. Ich war sehr erfreut, von Chris zu hören, doch die Kollaboration, die er mir vorschlug, traf mich vollkommen unvorbereitet: den epischen Zombie-Roman fertigzuschreiben, den George unvollendet hinterlassen hatte.

Es gab naheliegendere Personen für dieses Projekt. Berühmtere Autoren oder solche, die sich mit Zombie-Fiktion bereits einen Namen gemacht hatten. Ich hatte mich dem Thema zwar schon genähert, allerdings nur indirekt. Meine *Zebulon Finch*-Duologie hat zwar einen untoten Protagonisten, aber der ist agil und charmant, also so weit wie nur möglich entfernt von Romeros Schlurfern. Im zweiten Band huldige ich George sogar explizit, als Zebulon in der Wüste von Arizona verrückt wird und glaubt, George Romero sende ihm via *Night of the Living Dead* geheime Anweisungen – so ähnlich wie bei Charles Manson und dem *White Album*. (Außerdem enthält das Buch eine Verschwörungstheorie, basierend auf einem Detail in *Night*, von dem ich mir sicher bin, dass es außer mir niemandem aufgefallen ist. Sorry, aber da werden Sie schon das Buch lesen müssen.)

Nachdem ich mich von diesem Schock erholt hatte, blieb mir nichts anderes übrig, als mich selbst davon zu überzeugen, ich könnte dieser Aufgabe tatsächlich gewachsen sein. Mein Interesse hatte immer George Romero gegolten, nicht den Zombies an sich. Aus diversen Interviews wusste ich, dass es George ähnlich gegangen war. So dankbar er den Untoten gewesen war, die seiner Karriere Leben eingehaucht hatten, drängten sie ihn doch sehr in eine bestimmte Ecke – ganz wie Barbra und Ben. Wie die Liste seiner unvollendeten Projekte oben zeigt, war es nicht einfach für ihn, irgendetwas anderes fertigzustellen, selbst im Horror-Genre.

Das muss schon ein wenig geschmerzt haben, vor allem für einen Typen, der selbst so gut wie nie Horrorfilme geschaut hat. Er liebte vor allem die klassische Hollywood-Ära, Filme wie Oliviers *Richard III*, Wylers *Ben Hur* oder was sonst auf Turner Classic Movies als Nächstes lief. Obwohl dies der Intuition zuwiderlaufen mag, sollten Horrorfans froh sein, dass George einen solchen Abstand zum Genre hatte – genau aus diesem Grund stechen seine Filme heraus. *Horror* als Selbstzweck war nie sein Hauptanliegen. Was ihn umtrieb, war immer im Alltag zu finden.

Nirgendwo wird das deutlicher als in *The Living Dead*.

Der Roman setzt die Zombie-Krise noch mal auf den Anfang zurück. Das hatte George vorher bereits mit *Diary of the Dead* getan, dessen Handlung er mit seinem letzten und sträflich unterschätzten Film *Survival of the Dead* fortführte. Obwohl er vorhatte, noch weitere Filme zu drehen, kann man sich kaum darüber beschweren, dass die letzte Einstellung von *Survival* die letzte Einstellung ist, die George je auf Film gebannt hat. Sie fasst den gesamten Zyklus mit brutaler Effizienz zusammen: Zwei tote alte weiße Männer stehen sich in den Abendstunden der Menschheit gegenüber und versuchen vergeblich, ihre nicht geladenen Waffen abzufeuern.

Chris und Suzanne haben mir viele Seiten von Georges Roman gegeben, aber es sollten noch ein paar Überraschungen dazukommen. Am 14. Februar 2018 wurde das Projekt in *Entertainment Weekly* offiziell angekündigt. Die Nachricht wurde überall aufgegriffen, auch vom AV-Club. Ich kann mich nicht erinnern, wann ich davor das letzte Mal Internet-Kommentare gelesen hatte. Aber aus irgendeinem Grund (George hätte mich dafür gescholten) habe ich in diesem Fall runtergescrollt, um sie zu lesen.

Und dort fand ich einen Kommentar vom Nutzer TTTWLAM, der schrieb: »Um das Jahr 2000 herum hatte Romero eine Webseite, wo er kapitelweise eine Geschichte namens *The Death of Death* verkaufte. Angeblich sollte das seine ›endgültige‹ Vision davon sein, wie sich *Night of the Living Dead* in einem globalen Rahmen abspielt, [aber] er ist nicht weiter als bis Kapitel 3 gekommen.«

Ich wusste eine ganze Menge über George Romero, aber das war mir neu. Ich durchsuchte das Internet. Ich suchte noch intensiver. Ich fragte andere Romero-Fanatiker, ob sie je davon gehört hätten. Ich konsultierte die *Homepage of the Dead*, eine Fanseite, die es schon seit 1997 gibt. Nichts. Am Ende konsultierte ich ein Internet-Archiv namens *The Wayback-Machine*, um herauszufinden, ob sich nicht Artefakte von Georges kurzlebiger Webseite aufstöbern ließen. Und siehe da: Da war sie, in einem fehlerhaften, aber halbwegs navigierbaren Zustand.

Schließlich stieß ich auf eine Unterseite, die mir ein verblüfftes Keuchen entlockte. Ein digitaler Buchdeckel verkündete *The Death of Death*, darunter der Slogan »Die Hölle hat sich aufgetan«. An einer anderen Stelle auf der Seite hatte George in einem Eintrag vom 21.07.2000 geschrieben: »Meine Zombie-Filme haben sich immer auf kleine Gruppen von Menschen konzentriert, die sich um ihre unmittelbaren Probleme kümmern müssen. *The Death of Death* wird ein eigenständiger, viel breiter angelegter Roman … Ich lasse hier einfach alles raushängen, Leute, ohne mir Gedanken übers Budget oder über Anstand zu machen … Die ganze Sache wird kapitelweise als Download verfügbar sein.«

Aufregende Geschichte, nur war dies ein Angebot für Abonnenten gewesen. Man schickte Geld, und die Seiten tauchten im E-Mail-Postfach auf. Den eigentlichen Text würde ich also auf der Homepage nicht finden. Was ich aber fand, waren jede Menge Hinweise darauf, dass George, ein bekennender Technikfeind, zumindest kurzzeitig vom Konzept des Internets begeistert gewesen zu sein schien. »Hier gibt es keinen Mittelsmann mehr«, schrieb er. »Nur euch und mich.« Er deutete sogar an, seinen nächsten Zombie-Film exklusiv im Internet anzubieten.

Wer wollte ihm nach seinen Erfahrungen im Hollywood-Fleischwolf (so viel zu »Die Hölle hat sich aufgetan«) diese Einstellung verdenken, die sich im Nachhinein wie leichtsinniger Optimismus liest? Um das Jahr 2000 herum dachte man, der Independent-Film stehe kurz vor einem Paradigmenwechsel, der es Regisseuren erlauben würde, ihre Arbeit unmittelbar mit dem Publikum zu teilen. Aus diversen Gründen kam es nicht dazu. Chris Roe erzählte mir, dass die Chaträume der Seite immer ekelhafter wurden – was für eine Überraschung – und George eines Tages den Stecker zog. So blieb ihm nur eine weitere Enttäuschung: Voller Hoffnung hatte er sich dieser idealistischen neuen Demokratievorstellung zugewandt, nur um es durch altbekanntes widerwärtiges Verhalten ruiniert zu sehen. Genau die Entwicklung also, die er in seinen Filmen thematisierte.

Ich unterhielt mich mit Suz über das Mysterium rund um *The Death of Death*. Sie glaubte jemanden zu kennen, der eine Ausgabe besitzen könnte: den Regisseur und langjährigen Romero-Fan Christian Stavrakis (der auch die Büste von George gestaltet hat, die in der Monroeville Mall steht, dem Drehort von *Dawn*). Ein paar Tage später bekam ich von Suz eine E-Mail mit dem Betreff: »Death of Death.pdf.« Und deren Inhalt hat mich wirklich umgehauen. TTTWLAM hatte recht gehabt: George hatte nur zwei Kapitel fertiggestellt. Aber diese zwei Kapitel umfassten über hundert Seiten.

Sie waren fünfzehn Jahre vor dem Großteil von *The Living Dead* entstanden und stellten im Prinzip den Versuchsballon für ein ganz ähnliches Konzept dar. (Außerdem beweisen diese Seiten seine Obsession mit Namen wie Charles, Charlie, Charlene oder Chuck.) *The Death of Death* fehlte zwar die Struktur von *The Living Dead*, dafür war vieles dreckiger und finsterer. Manches davon hatte keinen Platz in *The Living Dead*, sosehr es mir auch gefiel. (Paradebeispiel: eine völlig durchgeknallte Sequenz, in der eine Frau vor einer rituellen Genitalverstümmelung gerettet wird, nur damit ihr Retter kurz darauf den Fluchtjeep zu Schrott fährt, der in einem Fluss landet, woraufhin der Retter zum Zombie wird und Jagd auf sie macht, nur um plötzlich von einer Herde Flusspferde zerfetzt zu werden.) Andere Passagen wiederum ließen sich problemlos in sein Werk einarbeiten, nachdem ich hier etwas hinzufügte, dort etwas wegnahm, Figur B und Figur A zu einer zusammenfügte und so weiter.

Als Zugabe enthielt die alte Homepage noch eine vergessene Kurzgeschichte von George: *Outpost #5.* Sie ist aus der Sicht eines Zombies geschrieben und enthält deutlicher als je zuvor die grundlegenden Fakten über seine Zombies – wie sie ihre Sinne benutzen, bis zu welchem Grad sie zu Gefühlen fähig sind und dergleichen mehr. Zusammen mit einer sorgfältigen Retrospektive seiner Filme war es vor allem diese Geschichte, die es mir erlaubte, ein grundsätzliches Profil des Romero-Zombies anzulegen, auf das ich mich beim Schreiben immer wieder stützen konnte. Nachdem Suz mir die Erlaubnis erteilt hatte, sowohl *The Death of Death* als auch *Outpost #5* zu benutzen, legte ich los.

Aber das war noch nicht die letzte Überraschung. Ein paar Monate später rief Chris mich mit einer Entdeckung an: Er hatte einen neun Seiten langen Brief ausgegraben, in dem George darlegte, wo er mit welchen Handlungssträngen hinwollte. Zu dem Zeitpunkt hatte ich bereits vierhundert Seiten geschrieben. Diese neuen Informationen bedeuteten einen – gelinde gesagt – nervtötenden Mehraufwand. Trotzdem war ich begeistert. Und ein paar Parallelen waren wirklich erschreckend. Sowohl George als auch ich hatten den Nachrichtensprecher unabhängig voneinander seine Karriere auf die gleiche Weise beenden lassen, auch hatten wir uns beide eine heldenhafte Kampfpilotin namens Jenny ausgedacht. Auf der anderen Seite musste ich einige seiner Ideen auch absägen, darunter zwei scheinbare Nebenfiguren, die in seiner Version noch »viele furchterregende Abenteuer« erleben sollten. Die hatte ich bereits abgemurkst und würde sie nicht wieder zum Leben erwecken. Tut mir leid, George.

Suz bestand unerschütterlich darauf, dass George dem Roman ein pessimistisches Ende hatte geben wollen. Seinen neunseitigen Brief allerdings beendete er folgendermaßen: »Es könnte sogar möglich sein, dass ein paar Leute die Seuche überleben.« Was, fragte ich mich, meinte er denn mit »überleben«? Im Sinne von »nicht von Zombies gefressen werden« oder von »bis nach dem Ende der Seuche weiterleben«? Ich kann mir durchaus vorstellen, dass der Prozess, einen Roman zu schreiben, für George so befreiend war, dass er – der Pessimist, der zuließ, dass Ben am Ende von *Night* erschossen wird – dem gleichen vorsichtigen Optimismus erlegen ist, der ihn auch dazu brachte, in letzter Sekunde von seinem Drehbuch für *Dawn* abzuweichen und Fran und Peter überleben zu lassen.

Das Ergebnis dieses konstanten Einsickerns neuer Informationen war eine deutlich klassischere Kollaboration, als ich sie mir hätte träumen lassen. Es fühlte sich manchmal an, als säße George immer noch fleißig in Toronto, mit Schreibmaschine auf seinem üblichen Platz auf dem Sofa, während CNN läuft und Suz durchs Zimmer wirbelt und die Vögel zwitschern und er mir hin und wieder ein paar Seiten schickt. Wie jede effektive Zusammenarbeit war es zur Hälfte Jubel und zur Hälfte Faustkampf, und am Ende sahen wir aus wie John Wayne und Victor McLaglen in *Die Katze mit dem roten Haar*, übel zugerichtet und besoffen, aber einander die Arme um die Schultern geschlungen.

Eins war ganz sicher: Er hatte einen wirklich epischen Roman schreiben wollen, einen richtigen Wälzer, einen kontroversen Gesprächsgegenstand. Ich hatte eine gewaltige Aufgabe vor mir, und so gründliche Vorarbeit er mir auch hinterlassen hatte, blieb sehr viel, was ich allein bewältigen musste. Vor allem musste ich erst einmal begreifen, wo George mit den Zombies hinwollte, denn er hatte ein unfertiges Bild hinterlassen. Und das hieß, dass ich mir einen soliden Zeitstrahl aus den *Dead*-Filmen erarbeiten musste, was schwieriger ist, als es vielleicht klingt.

Als Erstes habe ich mir natürlich alle Filme noch mal angeschaut. Wenn man das Jahrzehnt ignoriert, in dem der jeweilige Film spielt (was George auch getan hat), und sich nur darauf konzentriert, wie lange nach dem Zombie-Aufstand die jeweilige Geschichte angesiedelt ist, kommt man zu folgender chronologischen Reihenfolge:

1. *Night of the Living Dead* (1968).
2. *Diary of the Dead* (2007). Die Geschichte ereignet sich mehr oder weniger zeitgleich mit den Geschehnissen aus *Night*, aufgrund einiger kleiner Details würde ich *Night* aber knapp vorher einordnen.
3. *Survival of the Dead* (2009). In dieser Fortsetzung zu *Diary* informiert uns eine Texteinblendung, dass die Toten sechs Tage zuvor aufgestanden sind.
4. *Dawn of the Dead* (1979). Das ist eine harte Nuss. Der einzige Hinweis, den wir bekommen, stammt von einem einbeinigen Priester, der in einer Szene relativ am Anfang sagt: »Im Lauf der letzten Woche sind viele in den Straßen gestorben.« Also rechnen wir mit einer Woche.
5. *Land of the Dead* (2005). Georges Kommentar auf der Blu-Ray von *Survival* ist zu entnehmen, dass *Land* »ungefähr drei Jahre« nach dem Ausbruch spielt.
6. *Day of the Dead* (1985). Das Original-Drehbuch beginnt mit der Überschrift »Fünf Jahre … nachdem sich die Toten zum ersten Mal erhoben haben«.

Das heißt also: 1968, 2007, 2009, 1979, 2005, 1985. Alles klar? Für *The Living Dead* bedeutete dies, dass Georges Filme beschrieben hatten, was von den ersten fünf Jahren nach Ausbruch der Zombieepidemie zu erwarten war. Der knappe zweite Akt des Romans handelt diese Zeitspanne sehr schnell ab, da die Filme sich damit gründlich genug beschäftigt haben. Er hatte ein paar Gedanken zu den Jahren danach, aber ein Großteil der Konzeption für die Jahre sechs bis fünfzehn blieb mir überlassen. Meine diesbezüglich ergiebigsten Quellen waren *Day* (chronologisch betrachtet der letzte Film, der ursprünglich auch die Reihe beschließen sollte) und *Survival* (Georges letzter Film).

Was die Tonalität angeht, sind keine zwei anderen Filme der Serie so unterschiedlich. *Day* ist fast so zynisch wie *Night*, bis auf einen Epilog, der derart fröhlich daherkommt, dass man sich fragen muss, ob das alles nur ein Traum war (George bleibt da vage: »Das ist eigentlich nicht wichtig«, sagte er 2000 in einem Interview für *Quarterly Review of Film and Video.*) *Survival* hingegen ist ein hoffnungsvoller Film, der zeigt, wie sich die Zombies harmloses Verhalten angewöhnen und dazu gebracht werden können, uns nicht mehr anzugreifen.

Mit all diesen Eckdaten im Kopf begab ich mich zu einem ausführlichen Treffen mit Suz in Toronto, um alles zu besprechen, damit ich die Geschichte auch wirklich in Georges Sinne vollendete. Wir unterhielten uns über seine Gedanken bezüglich des Romans, seine Gedanken über Zombies im Allgemeinen, seine Einstellung zu Religion und Technologie (erschreckend ähnlich), seine Traumprojekte und seine größten Ängste. Am bewegendsten – und abermals Entschuldigung an Suz, weil ich sie zum Weinen gebracht habe – war jedoch unser Gespräch über seinen Tod, der kaum drei Monate nach seiner Diagnose eintrat.

»Ich habe vor, weiter [Kapitel] zu liefern, bis ich eine endgültige Diagnose bekomme, und dann werde ich mir ganz schnell ein Ende einfallen lassen«, schrieb George auf seiner alten Seite. Man kann sein diebisches Gekicher beinahe hören, trotz des bitteren Beigeschmacks. Denn irgendwann *kam* der Tag der Diagnose. Und in dem Moment kam laut Suz auch alles Geschäftliche zum Erliegen. Er wollte die Zeit mit seinen Liebsten verbringen, Punkt. Obwohl sich Suz nicht restlos sicher war, ist er wahrscheinlich gestorben, während er den Soundtrack von *Die Katze mit dem roten Haar* gehört hat – wohl sein Lieblingsfilm nach *Hoffmanns Erzählungen.*

Suz erzählte mir, sie habe George oft »Luis« genannt, wenn er anstrengend war. Nachdem ich das hörte, war mir klar, dass die Beziehung von Luis und Charlene in *The Living Dead* in gewisser Weise die von George und Suz widerspiegelte. Ich habe versucht, dies, so gut es ging, zu würdigen.

Als Nächstes habe ich mir die Filme ein weiteres Mal angeschaut, diesmal mit Audiokommentar. Ich habe nicht nur die Original-Drehbücher gelesen, sondern auch, soweit verfügbar, frühere Fassungen. Ich habe jedes Interview mit George gelesen, gehört oder angeschaut, das ich finden konnte. Ich habe die Analysen seiner Werke von Kritikern und Gelehrten gelesen. Vor allem habe ich lange und intensiv über solch uferlose Fragen wie »Was hat das alles zu bedeuten?« nachgedacht. Ich habe in den letzten paar Jahren kaum über etwas anderes geredet. An alle, die mich persönlich kennen: Es tut mir leid.

Viele meiner Entscheidungen haben sich an meiner Interpretation dessen orientiert, was man über Georges Vorlieben weiß. Zum Beispiel ist allgemein bekannt, dass George bedauerte, in *Night* den Eindruck erweckt zu haben, die radioaktiv verseuchte »Venus-Sonde« habe die Zombies verursacht. Die folgenden fünf *Dead*-Filme verbrachte er damit, uns diesen Gedanken auszutreiben, und dieses Bemühen hat mich auch beim vorliegenden Roman angeleitet. Natürlich würden sich die Figuren in *The Living Dead* darüber Gedanken machen, was die Ursache des Zombie-Ausbruchs sein könnte, aber alle Schlussfolgerungen durften sich nur auf philosophischer Ebene abspielen. Keine Venus-Raumsonde, keine aus dem Ruder gelaufene Biowaffe der Regierung, nichts dergleichen. Wie George schon in seinem ursprünglichen Manuskript festlegte: »Niemand würde je herausfinden, warum.«

Romero-Puristen mögen bei der Vorstellung von Zombie-Tieren die Nase rümpfen, aber auch die stammen von George. In seinem Kommentar zu *Land of the Dead* erzählt er von einer Zombie-Ratte, die aus Budgetgründen gestrichen wurde, und fügt hinzu: »Ein Thema, auf das ich vielleicht noch mal zurückkommen muss.« In einem Interview für *Vulture* vom 28. Mai 2010 erwähnt George die Zombie-Ratten abermals und sagt: »Ich denke darüber nach.« Die Drehfassung von *Land* bestätigt das. Die Figuren Riley, Slack und Charlie (Was habe ich über George und den Namen Charlie gesagt?) werden an der J&L-Zugbrücke angegriffen: »QUIEEEEEEEK! ZOMBIE-RATTEN klettern auf die Straße. DUTZENDE.«

Und er hatte nicht bloß Ratten im Sinn. Kurz vor der Veröffentlichung von *Land* brachte DC Comics eine sechsbändige Reihe namens *Toe Tags* (Zehenanhänger) heraus – mit dem Untertitel *The Death of Death*, ist das zu glauben? Es handelte sich um eine wundervoll illustrierte, wenn auch nicht allzu gute Geschichte von George, in der unter anderem Zombie-Schimpansen vorkommen.

Was hatten seine Zombie-Ratten und seine Zombie-Schimpansen gemeinsam? Was ich plötzlich begriff und was ich auch Etta Hoffmann im Buch begreifen lasse, ist, dass sie weder andere Ratten noch andere Schimpansen angreifen. Ich glaube, George wusste genau, was er da tat. Hier ein Dialogfetzen aus *Dawn of the Dead*:

»Kannibalismus impliziert im wahrsten Sinne des Wortes eine Tätigkeit innerhalb der eigenen Art … Diese Kreaturen … machen Jagd auf Menschen … nicht auf andere ihrer Art.«

Sobald man die allmähliche Zombifizierung von Tieren akzeptiert, ist es nur konsequent, dass die Erde wieder zu einem Garten Eden werden würde. Die letzte Szene in *Day* deutet genau darauf hin – die Protagonisten sind glücklich, denn sie enden auf einer von Menschen unberührten tropischen Insel. *Humongo Bongo* ist Georges direkteste Version dieses Eden-Konzepts, indem es eine üppige Welt zeigt, die in regelmäßigen Abständen von Ausbeutern ruiniert wird. All das kommt auch in der vorletzten Szene von *The Living Dead* zum Tragen.

Was die letzte Szene des Romans angeht, so habe ich nur eine Bemerkung zu machen, und die betrifft den letzten Satz. Eine eher unbekannte Tatsache ist, dass *Night*, *Dawn* und *Day* alle drei lose auf einer Geschichte basieren, die George als »eine kleine Kurzgeschichte« bezeichnete, die er einst verfasst hatte, ein »allegorisches Stück« mit dem Titel *Anubis*. (Der ursprüngliche Titel von *Night of the Living Dead* lautete *Night of Anubis*.) Diese Geschichte, die George mit Mitte zwanzig geschrieben hatte, ist mittlerweile verschollen. In einem Interview mit BFI vom 8. November 2013 erwähnte George allerdings den letzten Satz dieser Geschichte, soweit er sich daran noch erinnerte. Als Hommage an diese Kurzgeschichte, die ein ganzes Genre begründet hat, ist dies der Satz, mit dem ich *The Living Dead* beschließe.

Slowtown war meine eigene Idee (auch wenn Nishimuras »All die Straßen draußen gehören euch, mit Ausnahme von Slowtown« eine Verbeugung vor *2010: Das Jahr, in dem wir Kontakt aufnehmen* ist, einer weiteren Eden-Geschichte). Und Slowtown hat eine lange Geschichte. Ich hatte 1996, als ich noch auf dem College war, ein Drehbuch geschrieben, eine Hommage an *Night*. Junge Leute, spitzt die Ohren: In den guten alten 1990ern waren Zombies noch Persona non grata. Das war ein Jahrzehnt nach *Day* (der damals allgemein als Misserfolg galt). Danny Boyles *28 Days Later* sollte erst sechs Jahre später erscheinen, wonach weitere acht Jahre vergehen sollten bis zur Premiere von AMCs *The Walking Dead*. Wie mittlerweile deutlich geworden sein sollte, lag meine Obsession also nicht gerade im Trend. Ich habe über ein Jahrzehnt an diesem Drehbuch gebastelt, und obwohl es nie produziert wurde, hatte ich immer das Gefühl, mit dem letzten Akt durchaus einer interessanten Sache auf der Spur zu sein. Nachdem ich alles gelesen hatte, was George von *The Living Dead* fertiggestellt hat, begriff ich, dass ich meine Idee von damals in abgewandelter Form benutzen konnte, um Georges Prämisse ein rundes Ende zu geben. Beide drehten sich um das Älterwerden.

Was ich da noch nicht wusste, war, dass George einen ganzen Film über das hohe Alter gedreht hatte. Er hieß *The Amusement Park*. Das Drehbuch stammte von Wally Cook, und der Film war 1973 mit einem Budget von 34 320 Dollar von Communications Pittsburgh im Auftrag der Lutheran Society gedreht worden. Das fünfzigminütige Drama sollte die gesundheitsschädlichen Auswirkungen von Altersdiskriminierung aufzeigen. Und wie er das tat – kein Wunder, wenn man George als Regisseur anheuerte. Der fertige Film wurde erfolgreich in diversen Gemeindezentren gezeigt, da es sich aber um einen Wirtschaftsfilm handelte, geriet er recht schnell in Vergessenheit. Zum Glück hatte ich allerdings nicht vergessen, dass dieser Film in *The Cinema of George A. Romero: Knight of the Living Dead* erwähnt wurde, einer wissenschaftlichen Abhandlung von Tony Williams aus dem Jahr 2003, die man durchaus als Pflichtlektüre erachten kann. Als ich Suz nach dem Film fragte, eröffnete sie mir zu meiner Verblüffung, dass er wieder aufgetaucht sei. Und zu meiner noch größeren Verblüffung führte sie ihn mir vor.

Falls Sie ein echter Romero-Fan sind, erinnern Sie sich vielleicht an das, was als Nächstes passierte. *The Amusement Park* mag als Wirtschaftsfilm produziert worden sein, trotzdem fand ich ihn spannend und aufwühlend. George Romeros Handschrift war unverkennbar. Ich startete einen Twitter-Thread zu dem Thema, die Geschichte wurde richtig groß, und plötzlich sah ich mich mit Anfragen von Presseleuten und Filmverleihern bestürmt. Ich leitete sie alle an Suz weiter, die zum Zeitpunkt, da ich dieses Nachwort schreibe, schwer damit beschäftigt ist, den Film zu restaurieren. Für *The Living Dead* war dieser Fund deshalb so bedeutsam, weil er fünfzig Minuten lang einen emotionalen, unerwarteten Einblick in Georges Gedanken zum Thema Älterwerden, Hospiz, Sterbebegleitung und mehr bietet.

Diesen Teil des Romans ließ ich in Toronto spielen. Mancher Romero-Jünger mag sich wundern, warum ich Georges Langzeit-Heimat Pittsburgh so herzlos unter den Tisch fallen lasse. Der Grund dafür ist denkbar einfach. George hatte *Night*, *Dawn*, *Land* und *Diary* in Pittsburgh spielen lassen, nicht aber *Day* oder *Survival* – die, wie Sie sich erinnern werden, beiden »letzten« Kapitel seiner Serie. Pittsburgh hatte seine Rolle gespielt, vor allem dank *Land*, in dem die Stadt gebührend verabschiedet wird. Hinzu kommt: Sosehr wir Fans Pittsburgh auch lieben mögen, müssen wir doch akzeptieren, dass George in Toronto eine neue Heimat gefunden hatte. Alles deutet darauf hin, dass er diese Stadt von ganzem Herzen geliebt hat. Er wohnte gern mit Suz dort, er liebte die örtlichen Filmteams, er wollte dort begraben werden. Obwohl Toronto auch aus anderen Gründen als Schauplatz gut funktioniert (es verdeutlicht gewisse politische Ansichten), waren dies die Hauptgründe, aus denen ich die Möchtegern-Utopie des Romans an dem Ort angesiedelt habe, der für George etwas ganz Ähnliches bedeutet hat.

Zu guter Letzt sei erwähnt, dass ich mich, wann immer mir Zweifel kamen, an dem inspirierenden Text orientiert habe, den ich eingangs erwähnte. In den zwei Jahren, die ich an diesem Roman arbeitete, hatte ich stets einen Zettel an meinem Bildschirm kleben, damit ich nie vergaß, was *Hoffmanns Erzählungen* für die ganze Geschichte bedeutete. Es ist kein Zufall, dass sowohl *Hoffmann* als auch *The Living Dead* aus drei Akten bestehen. Es ist kein Zufall, dass das »Knick-knack«, mit dem ich die Geräusche der altersschwachen Zombies beschreibe, so auch im Refrain eines der Lieder in *Hoffmann* vorkommt. Ich könnte noch eine ganze Reihe weiterer »Easter Eggs« aufzählen, aber ich hoffe, diese hier sind Anstoß genug, freiwillig tiefer in die Materie einzusteigen. Natürlich nur, falls Sie Lust dazu haben. Offenbach hat *Hoffmann* 1880 fertiggestellt; es wird also noch da sein, wenn Sie so weit sind.

Der Roman enthält zahllose Anspielungen auf Georges Kosmos, aber die einzige, die zu erläutern ich mich an dieser Stelle verpflichtet fühle, da sie Neueinsteiger möglicherweise verwirren könnte, ist der Begriff »Ghule«, wie die Untoten in *Night* ursprünglich genannt wurden. Das Wort »Zombie« tauchte erst in *Dawn* auf, wo Peter bei exakt 1:44:53 (der amerikanischen Kinofassung) sagt: »Hier werden tausend Zombies drin sein.« Im Nachhinein ein amüsanter Satz. George konnte nicht ahnen, wie sehr sich diese Aussage ab den 2000ern bewahrheiten sollte. Tausend? Wohl eher Millionen.

Suz hat mir zwar keine Notizbuch-Seiten gezeigt, auf denen George den Schriftzug »Stay scared!« – Bleib verängstigt! – geübt hat, aber es würde mich nicht wundern, wenn auch die noch irgendwo existieren. Dieser Spruch war sein Markenzeichen. Er würde bestimmt abwiegeln, es handle sich bloß um einen albernen Witz. Ich kann mir aber durchaus vorstellen, dass George, dieser langhaarige 60er-Jahre-Radikale, dessen Ideale zu unbeugsam waren, um sich widerstandslos in Hollywood-Schubladen pressen zu lassen, den Spruch auch als subtile Warnung benutzt hat, um Selbstgefälligkeit zu vermeiden. Um immer wachsam zu bleiben. Mit anderen Worten: »Bleib verängstigt.« Tatsächlich ist mein längstes Werk nicht der vorliegende Roman, sondern mein zweibändiges, 1457 Seiten umfassendes *The Death and Life of Zebulon Finch*, das ich komplett um den Satz »Man muss Angst im Herzen tragen« aufgebaut habe. Es hat bis zur Vollendung von *The Living Dead* gedauert, bis ich begriffen habe, dass George und ich schon lange das Gleiche gesagt hatten.

Lass nicht zu, dass Dein Herz verhärtet.

Du musst Angst in Deinem Herzen tragen.

Bleib verängstigt.

Beim Schreiben dieses Buchs gibt es immer wieder Situationen, in denen sich der Nebel lichtet und ich von Neuem die Ehrfurcht, die Verantwortung, die Dankbarkeit spüre; in denen es wieder März 2006 ist und George, erschöpft, aber entschlossen, den Gang entlangtrottet, mit einem ähnlichen Gang, wie eine seiner Schöpfungen der letzten Veranstaltung des Tages entgegengeht, und ich bin immer noch da, begleite ihn, beschütze ihn. Ich bin immer noch da, entschlossen, ihn ans Ziel zu bringen. Nur bleiben wir diesmal nicht stehen, um Zigaretten zu kaufen.

Daniel Kraus
26. August 2019

DANKSAGUNG

Chris Roe und Suzanne Desrocher-Romero haben mir dieses Buch anvertraut; Richard Abate hat es verkauft; Brendan Denee hat es gekauft; Melissa Ann Singer hat es redigiert. Diesen fünf Menschen werde ich nie genug danken können. Michael Murtaghs persönliche Führung an Bord der USS *Intrepid* war ungeheuer wertvoll, desgleichen Adrian Durands Einblicke ins Marineleben. Wenn es darum geht, tote Körper zu verstehen, kann man sich keinen besseren Leichenclub wünschen als Mary Roach, Judy Melinek und T. J. Mitchell. Phil Morehart stellte mir einen unglaublichen Schatz an publizierter Romero-Forschung zur Verfügung. Adam Harts frühe Ideen über eine Post-Zombie-Gesellschaft waren mir eine stete Orientierung. Steven Schlozman machte während einer Veranstaltung namens »Betrachtungen über Romero« an der Universität von Pittsburgh am 19. Oktober 2018 eine kleine Randbemerkung, die sich für mich zu einem der zentralen Motive des Buchs entwickelte. John Stones wunderbares *Autopsy in the Form of an Elegy*, mein Lieblingsgedicht, erscheint hier mit freundlicher Genehmigung von Mae Nelson Stone, James Stone und John H. Stone. Und Amanda Kraus hat die wichtigste Arbeit von allen erledigt: mich immer wieder daran zu erinnern, dass auch die Welt der Lebenden meiner Aufmerksamkeit bedurfte.

Die folgenden Menschen haben mir in vielfacher Weise geholfen, was hier aber zu sehr ins Detail ginge: Terry Alexander, Ashley Allen, Tara Altebrando, Bryan Bliss, Jill Bruellman, Christa Desir, Corey Ann Hardu, Jennifer Kearney, Affinity Konar, Adam Lowenstein, Carrie Mesrobian, Anne Elizabeth Moore, Bill Morrison,

Vincenzo Natali, Tina Romero, Grant Rosenberg, Benjamin T. Rubin, Michael Ryzy, Marcus Sedgwick, Francesco Sinatora, Julia Smith, Christian Stavrakis, Andrea Subissati, Christian Trimmer, Katharine Uhrich, Jeff Whitehead, Tony Williams und Sara Zarr, die George A. Romero Foundation und die Bibliothek der Universität von Pittsburgh.

Obwohl ich zu viel Recherchematerial benutzt habe, um hier alles anzugeben, im Folgenden einige Werke, die großen Einfluss auf den Roman hatten. *Working Stiff: Two Years, 262 Bodies, and the Making of a Medical Examiner* von Judy Melinek und T. J. Mitchell; *The Chick and the Dead* von Carla Valentine; sowohl *The Cinema of George A. Romero: Knight of the Living Dead* als auch *George A. Romero: Interviews* von Tony Mitchell; *Night of the Living Dead* von Ben Hervey; *Murder in the News: An Inside Look at How Television Covers Crime* von Robert H. Jordan; *Carrier: A Guided Tour of an Aircraft Carrier* von Tom Clancy und John Greshem; *Another Great Day at Sea: Life Aboard the USS George H. W. Bush* von Geoff Dyer; die PBS-Serie *Carrier*; *When There's No More Room in Hell: The Sociology of the Living Dead* von Andrea Subissati (das mir geholfen hat, die haitianischen Zombies mit den Romero-Zombies zu verknüpfen); *The Knowledge: How to Rebuild Civilization in the Aftermath of a Cataclysm* von Lewis Dartnell; *Utopia for Realists: How We Can Build the Ideal World* von Rutger Bregman; *Martin Heidegger's Grouch* von Yan Marchard; *Gospel of the Living Dead: George Romero's Visions of Hell on Earth* von Kim Paffenroth; *The Tales of Hoffmann* von Powell und Pressburger; und natürlich die Filme von George A. Romero.